www.tredition.de

Arnd Frenzel

The Last Camp

www.tredition.de

© 2020 Arnd Frenzel

Verlag und Druck:
tredition GmbH, Halenreie 40-44, 22359 Hamburg

ISBN
Paperback: 978-3-347-16421-5
e-Book: 978-3-347-16422-2

Kapitel 1

„Hast du schon das Radio eingepackt", schreit eine weibliche Stimme aus dem Bad. „Das brauchen wir nicht, da wird es sicher auch Radios geben", erwidert eine männliche Stimme aus dem Schlafzimmer. „Wir fahren nur in den Osceola National Forest und nicht in die Wildnis" fügt er noch hinzu. Arlo und Samantha packen gerade ihre Reisetaschen, denn am nächsten Morgen soll es für 3 Wochen in eine Blockhütte in den Wald gehen. Auf diesen Trip freuen sich die beiden schon so lange. Endlich mal raus aus der großen Stadt und aus den eigenen vier Wänden. Die kleine Wohnung, in einem Mehrfamilienhaus von Atlanta, kann sich aber sehen lassen. Alles ist schön aufgeräumt, sauber und fast schon perfekt eingerichtet. Arlo ist gerade dabei seine Kleidung in einen kleinen Metallkoffer zu quetschen, aber da passt einfach nicht genug rein.

Samantha packt die Badezimmerutensilien in eine noch kleinere Tasche. Aber dank ihres Ordnungsticks passt alles wunderbar. „Schatz?", ruft sie wieder. „Sollen wir nicht lieber heute Abend noch fahren?" „Warum?" Arlos Frage kommt prompt und schon ein wenig genervt, was sicher an seinem Koffer liegt.

„Du weißt schon, wegen der ganzen komischen Nachrichten der letzten Tage. Ich hatte dir doch erzählt das jeden Tag weniger Kinder in die Tagesstätte gekommen sind. Heute Morgen waren es nur noch 2 von fast 30 Kindern." Samantha arbeitet als Betreuerin in einem Kindergarten. Letzten Monat ist sie 25 geworden und wurde endlich als feste Kraft eingestellt.

„Das ist doch alles nur Panikmache", antwortet er. „Die Nachrichten im Fernsehen sind doch alle nur gestellt, die Regierung will einfach nur das wir mehr kaufen. Das nennt man Politik. Du weißt schon, dass ich mich mit so was auskenne." Arlo arbeitet als Fernsehtechniker und ist daher auch oft in Studios unterwegs die Nachrichtensendungen ausstrahlen. „Wir können nicht mehr heute fahren, das Ferienhaus ist erst ab morgen gemietet, oder willst du im Auto schlafen?"

Zur gleichen Zeit läuft im Wohnzimmer eine Livesendung aus Atlanta. Eine größere Gruppe hat sich in der Innenstadt versammelt, um gegen Polizeigewalt zu demonstrieren. Und es werden von Sekunde zu Sekunde mehr. Die Stimmung ist kurz vor dem Kippen, die Staatskräfte haben kaum noch eine Chance den Mob zurückzuhalten.

„Schatz, sieh dir das doch mal an." Sam ist mittlerweile im Wohnzimmer angekommen und schaut auf den Fernseher. „Das ist doch alles nicht mehr normal, wenn das eskaliert kommen wir morgen gar nicht mehr aus der Stadt."

Arlo kommt langsam aus dem Schlafzimmer getrottet, immer noch voll genervt von dem Koffer und schaut stumm auf den Fernseher. Als er gerade was sagen will, schellt es an der Tür.

„Oh nein", sagt Sam, das ist sicher Yvonne. „Was will die denn schon wieder?"

Yvonne wohnt eine Wohnung weiter und ist absolut das Gegenteil von Sam. Mit ihren 23 Jahren hat sie im Leben noch nichts erreicht. Sie beißt sich mit Gelegenheitsjobs durch und geht lieber auf Partys. Ihr Markenzeichen sind wohl ihre Haare, denn die wechseln monatlich die Farbe, derzeit sind sie Orange und gehen ein Stück über die Schultern. Das wäre aber eigentlich alles nicht so schlimm, wenn sie nicht immer versuchen würde Arlo schöne Augen zu machen. Daher kann Sam sie gar nicht leiden und ist auch schon wieder völlig angepisst, weil es geschellt hat.

Langsam geht sie zu Tür und macht sie nur einen Spalt offen, um zu schauen, wer da draußen steht. Plötzlich knallt die Tür ganz auf, Sam fliegt nach hinten und stößt sich ganz böse den Ellenbogen am Türrahmen. Bevor sie überhaupt aufschreien kann, ist Yvonne schon ins Wohnzimmer durchgelaufen.

„Habt ihr das gesehen", schreit Yvonne durchs Zimmer. Sie nimmt sich die Fernbedienung und schaltet auf einen anderen Kanal. Da läuft gerade ein Live Bericht, gefilmt aus einem Hubschrauber. „Seht euch das an", redet sie weiter. „Sie haben es schon wieder getan."

Ohne ein Wort zu sagen starren Arlo und Sam, die sich immer noch den Ellenbogen hält, auf den Fernseher. Der Hubschrauber kreist über einen größeren Park mit einem stilvollen Brunnen in der Mitte. In der Nähe steht eine Gruppe Polizisten und mehrere Krankenwagen. In einem von diesen sitzt ein Polizist und wird gerade verbunden, eine tiefe Wunde klafft an seinem Arm. Ein wenig weiter rechts liegt ein Mensch auf dem Boden und bewegt sich nicht. Der Nachrichtensprecher spricht von Polizeigewalt und dreht das live Video noch mal zurück, damit jeder es mitbekommen kann. Auf dem Bildschirm sehen die drei einen Mann, das müsste der sein, der da jetzt liegt, langsam auf die Polizisten zu laufen. Mehrere Cops schreien ihn an, es sieht so aus, als ob er stehen bleiben soll, aber er läuft einfach weiter. Dann passiert was echt Merkwürdiges. Der Kerl, es handelt sich wohl um einen Obdachlosen, greift einen der Polizisten an und geht mit seinem Kopf direkt an seinen Arm. Als die Kamera näher ran zoomt, kann man genau erkennen, dass er den Uniformierten in den Arm beißt. Die anderen Gesetzeshüter nehmen ihre Waffen und schießen auf den Angreifer. Er wird von mindestens zehn Kugeln durchsiebt, fällt nach hinten und landet mit dem Gesicht nach unten auf dem Boden.

Die Sendung schaltet wieder auf Echtzeit und der Sprecher redet ununterbrochen von der Gewalt an unbescholtene Bürger.

Yvonne bricht das Schweigen in der kleinen Runde. „Das passiert gerade überall, Celine meine Friseuse, hat mich eben angerufen, da haben sie an der Ecke auch jemanden erschossen." Arlo schaut zu Sam und sie erwidert seinen Blick, er sieht die Angst in ihren Augen. Yvonne schiebt sich einfach dazwischen und visiert Arlo an. Er ist mit seinen 1,75 m ziemlich muskulös und hat leichte schwarze Locken, mit seinen 28 Jahren ist er der perfekte Frauenschwarm.

„Ich will auch dahin, also zu der Demo und ihr kommt mit", sagt Yvonne. „Los zieht euch an, es ist ja nicht weit von hier." „Das kannst du vergessen", antwortet Sam. Die Nachbarin dreht sich zu ihr um und mustert sie von oben bis unten. „Wir gehen nirgendwo hin, wir fahren doch morgen in den Urlaub, außerdem geht uns das nichts an", gibt Sam noch dabei. Yvonne antwortet darauf ein wenig zickig. „Am besten gehe ich mit Arlo alleine, du hast bei so was allemal nichts verloren."

Sam ist gerade mal 1,62 m groß und hat eine sehr schmale Statur, eher richtig zierlich. Ihre kurzen schulterlangen blonden Haare kämt sie meistens nach hinten und macht sie dort zu einem Zopf zusammen. Dadurch hat sie fast noch ein kindliches aussehen.

„Du gehst nicht mit Arlo dahin, das kannst du vergessen und es wäre jetzt echt besser, wenn du wieder gehst, wir haben noch was zu tun", sagt Sam echt schon sehr patzig. Yvonne schaut sie an, dreht sich noch einmal zu Arlo und geht direkt zur Haustür. Dort baut sie ihre 1,70 m noch mal in voller Größe auf und wirkt ein wenig beleidigt.

„Dann eben nicht", sagt sie. „Ihr verpasst echt einen geilen Abend, das wird heute noch knallen in der Stadt." Sie macht eine kurze Pause und dann visieren ihre grünen Augen Arlo noch mal an. „Und danke Arlo für die Adresse vom Ferienhaus, war echt lieb von dir." Sie öffnet die Tür und verschwindet, Sam geht ihr nach, schaut auf den Hausflur, wo Yvonne gerade verschwunden ist und schließt leise die Wohnungstür.

„Warum hast du Yvonne die Adresse gegeben?", fragt sie jetzt etwas lauter. Sie steht immer noch an der Tür und aus dem Wohnzimmer kommt keine Antwort. „ARLO", schreit sie richtig laut. „Bist du taub?" Langsam kommt Arlo in ihre Richtung und schaut Sam unschuldig an. „Das war keine Absicht Sam, ich wollte nur ein wenig mit unserem Urlaub angeben. Irgendwie ist mir da wohl auch die Adresse herausgerutscht. Aber ist doch auch egal, sie kann es sich nicht leisten dahin zu kommen und würde das sicher auch gar nicht machen." „Ich hasse diese Frau und ich möchte nicht, dass du dich mit der alleine unterhältst. Am besten wäre es, sie würde heute bei der Demo festgenommen und für immer eingesperrt."

Eine kleine Träne läuft ihr die Wange herunter und Arlo nimmt sie fest in den Arm. „Du musst dir keine Sorgen machen, wir fahren jetzt für drei Wochen weg und genießen dort unsere Zeit. Los, lass uns den Rest zusammenpacken und dann gehen wir schlafen. Ich möchte morgen so früh es geht losfahren." Er sieht bei Sam ein kleines Lächeln im Gesicht. „Ja, lass uns das so machen, ich freue mich schon auf unsere Zeit", sagt sie leise flüsternd in sein Ohr.

Den Rest des Abends verbringen die beiden damit ihre Sachen zu packen. Alle Taschen und Koffer werden schön aufgereiht vor die Haustüre gestellt, so brauchen sie nur noch alles nach unten tragen und können sofort los. Im Wohnzimmer läuft währenddessen die ganze Zeit der Fernseher. Aber keiner der beiden hatte die Zeit oder die Lust, da noch mal darauf zu schauen. So haben die beiden echt was verpasst. Die Demo verlief wirklich nicht friedlich. Der Mob hatte schnell begonnen, Gegenstände nach den Cops zu schmeißen, erst nur kleine Dosen oder Feuerzeuge, das änderte sich aber schnell, nachdem die Sicherheitskräfte anfingen, die Menge gewaltsam wegzudrängen. Es gab die ganze Nacht über zahlreiche Eskalationen, verteilt über die ganze Stadt. Überall brannte es, Autos wurden zerstört und Geschäfte geplündert. Erst im Morgengrauen wurde es wieder ruhiger, die Polizisten hatten alles wieder im Griff, es gab nur noch ein paar kleine Widerstandsnester, die aber kaum noch eine Bedeutung hatten. Die Stadt konnte endlich schlafen...

Kapitel 2

Gegen 5 Uhr wird Arlo wegen eines beißenden Geruches wach. Es stinkt regelrecht im Schlafzimmer und er kann es sich nicht erklären, wo das her kommt. Also steht er auf, geht zum Fenster und schaut runter auf die Straße. Der Anblick ist schon sehr erschreckend, denn da unten brennen doch tatsächlich mehrere Autos. Einige sind auch schon ausgebrannt und schmoren nur noch vor sich hin. Keine

Feuerwehr, keine Polizei, als ob es niemanden Interessiert. Er macht das Fenster zu und trottet langsam in die Küche.

„Gut das unser Auto in der Tiefgarage steht, sonst wäre unser Urlaub schon vorbei", sagt er leise zu sich selber.

Noch total verschlafen befüllt er die Kaffeemaschine, denn fürs Bett ist er nicht mehr bereit. Sie wollten sowieso in einer Stunde aufstehen und dann auch zeitig aufbrechen. Draußen wird es langsam hell, daher lässt er das Licht einfach aus. Er drückt den Schalter der Kaffeemaschine, ein Geschenk von der Schwiegermutter und geht ins Bad. Ja die Schwiegereltern sind nicht gerade die nettesten, gut das man sich meist nur einmal im Jahr sieht, sie wohnen in New York und da fährt man nicht so einfach hin. Sie hatten sich für ihre Tochter was Besseres gewünscht und nicht so einen billigen Fernsehtechniker. Bei den Gedanken lächelt Arlo ein wenig, er wäscht sich die Finger und geht wieder in die Küche. Kein Kaffeegeruch? Arlo geht zur Maschine und sieht, dass sie gar nicht an ist. Er macht das Licht an und nichts passiert. Anscheinend gibt es einen Stromausfall, denn gar nichts funktioniert. Erst jetzt bemerkt er, das auch draußen keine Laternen leuchten, ist ihm wohl wegen der brennenden Autos nicht aufgefallen. Irgendwo in der Stadt ertönen mehrere Sirenen, sie haben wohl doch von den brennenden Autos Notiz genommen.

Arlo ist in Columbus aufgewachsen, seine Kindheit war total perfekt, denn seine Eltern hatten alles für ihn getan. Als er 22 war, hatten sie einen schweren Autounfall und kamen dabei ums Leben. Dieser Schock sitzt immer noch tief, denn seine Eltern fehlen ihm sehr.

Jetzt kommt auch Sam aus dem Schlafzimmer, sie ist wohl von den Sirenen wach geworden.

„Was stinkt hier denn so?", fragt sie als erstes, nachdem sie die Küche betreten hat.

„Erst mal guten Morgen die Dame", antwortet Arlo. „Bei uns in der Straße hatten wohl ein paar Randalierer ihren Spaß und haben die Autos unserer Nachbarn angesteckt." Total geschockt schaut Sam aus dem Fenster. „Gut das unser Auto in der Tiefgarage steht. Da war doch sicher heute Nacht auch Yvonne dabei, hoffentlich haben sie die wenigstens eingebuchtet. Nur warum kommt keiner zum löschen?", fragt Sam beim längeren betrachten der leuchtenden Straße.

„Tja", sagt Arlo. „Es scheint so, als haben die eine Menge zu tun, wir haben auch keinen Strom, Kaffee kannst du also vergessen." „Mir ist ohnehin nicht nach Kaffee, ich gehe jetzt ins Bad und mache mich fertig, ich will so schnell es geht hier weg", sagt Sam immer noch ein wenig schläfrig. Und schon ist sie im Bad verschwunden und Arlo steht immer noch am Küchenfenster und wartet auf die Feuerwehr.

Sein Blick richtet sich auf das Ende der Straße, direkt auf die große Kreuzung, denn da läuft jemand herum. Aber laufen ist nicht wirklich der richtige Ausdruck, der schlürft eher über den Asphalt und das auch noch mitten auf der Straße. Das die es mit dem Alk immer so übertreiben müssen, denkt er sich. Jetzt eiert der auch noch in ihre Richtung und total verpeilt läuft er vor die nächste Straßenlaterne. Aber anstatt sich vor Schmerzen zu krümmen, bewegt sich die Person einfach weiter. Drogen, denkt sich Arlo, Drogen und Alk, keine gute Mischung. Der da unten scheint es sicher übertrieben zu haben. Er schreckt zusammen, Sam ist wieder in der Küche und packt ihn am Arm.

„Was bist du denn so schreckhaft Schatz, seh lieber zu, das du ins Bad kommst, ich will gleich fahren." Arlo schaut noch mal runter zur Straße, die Person ist weiter geschlendert und verschwindet langsam hinter der nächsten Häuserwand.

Nachdem auch er das Bad aufgesucht hat und die beiden bereit sind für die Reise, ist auch der Strom wieder da. Aber anstatt noch mal in den Fernseher zu schauen, nehmen sie lieber ihre Taschen und fahren mit dem Aufzug nach unten in die Tiefgarage. Da ist es echt gut, das der Strom wieder da ist, sonst hätten sie alle Taschen das Treppenhaus runter tragen müssen und dank Sam wären das echt viele gewesen.

In der Tiefgarage ist es ruhig, kein Mensch ist zu sehen. Das Auto der beiden steht in der letzten hinteren Ecke. Es handelt sich um einen Chevrolet Classic in einem schönen Blau. Das Auto haben sie von Sams Eltern bekommen und Arlo mag es absolut nicht, was nicht nur an den

Schwiegereltern und der hohen monatlichen Rate liegt, sondern vor allem daran, weil das Auto total unzuverlässig ist. Andauernd geht irgendwas kaputt und die Kosten sind schon enorm in Höhe geschossen. Hoffentlich schafft das Auto überhaupt die Reise von Atlanta bis nach Lake City. Das sind schließlich 211 Meilen und das alles über die Interstate 75 bis sie endlich den Osceola National Forest erreichen. Dort wartet dann das kleine gemütliche Ferienhaus auf sie, mitten im Wald neben anderen kleinen Häusern. Natur und Ruhe, das ist genau das, was die beiden sich wünschen.

Aber erst mal wird es schwierig, denn die Taschen müssen in den Kofferraum. Eigentlich eine leichte Sache, Deckel auf, Taschen rein, Deckel zu, aber nicht so bei Sam. Da muss alles super ordentlich eingeräumt werden, jede Tasche braucht ihren Platz, nichts darf unterwegs verrutschen oder Geräusche machen, also absolut Perfekt. Das ist eine Sache, die Arlo absolut an Sam hasst, weil es ist schon krankhaft und es gibt dauernd Streit deswegen.

„Dann packen wir mal alles", sagt Arlo leise. Er hat keine Ahnung warum er flüstert, aber irgendwas macht in unruhig. In der Ferne hört man schon wieder Sirenen.

„Lass mich mal machen", antwortet Sam. „Das ist meine Aufgabe, das weißt du doch, wenn du das packst gehen am besten noch die Koffer unterwegs auf und an das Chaos möchte ich gar nicht erst denken." Sam redet ziemlich laut, sie schreit schon fast und das schallt total in der Garage.

„Sei doch nicht so laut Sam, ich stehe doch genau neben dir." Sie schaut ihn ein wenig belustigt an.

„Was hast du für ein Problem? Hier ist doch niemand der was hören könnte. Außerdem ist es mir egal was die anderen über mich denken, ich liebe halt meine Ordnung", sagt Sam trotzdem ein wenig leiser.

Arlo macht den Kofferraum auf, der quietscht wie immer sehr laut und schaut in den leeren Raum darunter. „Sollte ich wohl wirklich mal ölen wenn wir wieder hier sind", sagt er eher zu sich selber als zu seiner Frau.

Sam fängt dann auch sofort an die Taschen rein zu stellen. Eine da, die andere daneben, die nächste oben drauf und schon wird die Erste wieder raus geholt. Jetzt könnte sich Arlo wirklich eine rauchen, beim zuschauen wird ihm gerade völlig anders. Aber das wird er schnell wieder vergessen, schließlich ist hier unten das Rauchen verboten und dieses Laster hat er ja schon lange abgelegt. Arlo hatte damals das Qualmen aufgegeben, genau zu dem Zeitpunkt als seine Eltern tödlich verunglückt sind. Ihm wurde gesagt, das der Fahrer in dem entgegenkommenden Auto versucht hatte, sich eine Zigarette anzuzünden und das während der Fahrt mit einem Streichholz. Dieses ist ihm dann runter gefallen, direkt auf seine Hose, die sofort Feuer fing und dadurch wurde er komplett vom Fahren abgelenkt. Er kam wohl in den Gegenverkehr und fuhr frontal in das Auto seiner Eltern. Die waren beide sofort tot und der Verursacher ist aus dem Auto geschleudert worden und hat überlebt. Arlo wollte ihn schon immer mal kennenlernen und ihm alles Mögliche vor den Kopf schmeißen, aber er hat seine Idee nie in die Tat umgesetzt.

Er horcht auf, irgendein Geräusch aus der anderen Ecke der Tiefgarage hat ihn aus seinen Gedanken gerissen. Er sieht zu Sam rüber, die immer noch nicht alle Taschen eingeräumt hat und geht ein wenig auf das Geraschel zu. Dort selber ist es sehr dunkel, daher sieht er absolut nichts, aber irgendwas ist da, er hat es ja gehört. Langsam geht er weiter in die Richtung und die Lampe an der Decke fängt an zu flackern, das hat schon alles was Unheimliches. Entweder geht die Leuchte gleich kaputt oder der Strom ist wieder weg, trotzdem lässt er sich nicht aufhalten.

„Da ist doch was", sagt Arlo leise. Hinter sich hört er nur das leise Stöhnen von Sam, die immer noch die Koffer sortiert und gar nicht mitbekommt, das ihr Mann sich entfernt. Ein erneutes Geräusch direkt auf Kopfhöhe lässt ihn anhalten. Er versucht im Dunkeln was zu sehen und es tauchen zwei leuchtende Punkte vor ihm auf. Kurz darauf springt eine Katze von einem Autodach direkt vor seine Füße, schnurrt einmal um seine Beine und verschwindet wieder in der nächsten Ecke. Arlo steht vor Schock einfach nur da und kann sich kaum noch bewegen.

„Arlo?" Sam kommt von hinten. „Was ist passiert?" Erst jetzt kommt er wieder zu sich, dreht sich um und umarmt seine Frau. „Die Katze von Yvonne hat mich erschreckt, das blöde Vieh läuft hier unten herum." „Du hast Angst vor einer Katze?", fragt Sam und kann sich ein kleines Lächeln nicht verkneifen. „Komm schon, ich bin fertig mit dem Gepäck, lass uns losfahren, es sieht auch so aus, als ob der Strom gleich wieder weg ist. Soll ich als Erstes fahren?" „Ja", antwortet Arlo. „Ist wohl gerade besser so. Ich gehe eben und schließe das Garagentor auf."

Arlo macht sich an dem Sicherungsgitter zu schaffen, gut das es ein mechanisches ist, so kann man es einfach mit einem Schlüssel aufschließen und hoch drücken. Nachdem Sam rausgefahren ist, schließt er es wieder ab und geht zum Auto. Weiterhin hört er aus vielen Richtungen der Stadt die Sirenen. Zuordnen kann er sie aber nicht, er weiß auch nicht ob es die Feuerwehr, Polizei oder eben doch nur ein Krankenwagen ist.

Sie fahren die kleine Anhöhe der Einfahrt nach oben und sind auf der Straße. Hier ist alles zugebaut mit Häusern. Kaum Grünzeug, nur Beton. Einige der parkenden Autos sind noch am Qualmen, brennen tut aber keins mehr. Das Feuer hat sich wohl alles geholt was es zum Überleben brauch. Kein Fahrzeug ist auf der Straße und kein Mensch läuft herum. Das ist schon sehr komisch, denn an ganz normalen Tagen muss man hier 5 Minuten warten, bis man mal aus der Einfahrt wegkommt. Heute ist nichts los und so können sie, ohne zu warten, einfach losfahren.

Sie nehmen die Straße zur Linken, die führt genau zur Interstate und das ist gerade ihr Ziel. An der nächsten Kreuzung können sie nun in die anderen Querstraßen schauen. Aber auch da ist nichts, wenigstens auch keine brennenden Autos. Dann sehen sie am anderen Ende der Straße eine ältere Frau mit ihrem Hund. Die schaut sich ungeduldig um und wartet wohl darauf das ihr Tier sein Geschäft macht.

„Endlich mal ein Mensch", sagt Arlo. „Ich dachte schon die wären alle ausgestorben." Ein kleines Grinsen huscht über seine Lippen, aber der Witz kam wohl nicht wirklich gut an.

„Die haben sicher noch alle Angst wegen letzter Nacht", antwortet Sam. „Die trauen sich sicher nicht raus und warten lieber noch ein wenig ab." „Noch ein Grund schnell aus der Stadt zu verschwinden", sagt Arlo.

Sie stehen immer noch an der Kreuzung und schauen zu der älteren Frau. Der Hund scheint endlich fertig zu sein und die beiden verschwinden im nächstgelegenen Haus.

Die Ampelanlage scheint wohl in der Zwischenzeit auch ausgefallen zu sein, denn sie zeigt nichts mehr an. Sam legt den ersten Gang ein und will gerade losfahren, als Arlo sie anschreit.

„STOPP SAM." Aus dem Schock heraus tritt sie sofort auf die Bremse. Von links kommen in einer sehr rasanten Geschwindigkeit drei Polizeiwagen herangebraust. Sie haben kein Blaulicht an und auch keine Sirene ist zu hören. Sie düsen einfach an den beiden vorbei, ohne auch nur eine Notiz von ihnen zu nehmen und verschwinden an der nächsten Kreuzung.

„Das war knapp Sam", sagt Arlo wieder. „Die hatten es echt eilig." Sam ist immer noch erstarrt und schaut zu ihm rüber. „Willst du nicht lieber fahren? Jetzt bin ich gerade voll am Zittern. Spinnen die denn? Die können doch nicht so schnell durch die Stadt fahren und das auch noch ohne Sirene. Hier stimmt was nicht Arlo. Wir sollten echt nicht mehr anhalten und endlich die Stadt verlassen."

Arlo macht das Radio an. Auf ihren Lieblingssender läuft gerade Musik. „Dann lassen wir das mal an und schauen, ob die irgendwas sagen."

Sam bleibt jetzt doch am Steuer sitzen, fährt langsam los und überquert die Kreuzung. Immer weiter in südlicher Richtung. Die Musik beruhigt sie ein wenig, auch wenn es nicht gerade ihr Geschmack ist.

Langsam wird es tatsächlich ein wenig voller. Rechts und links laufen sogar wieder Menschen und je näher sie der Interstate kommen, desto mehr Autos fahren herum. Es sieht fast so aus, als ob hier so langsam wieder Normalität einkehrt. Die Demos konzentrierten sich wohl eher nur auf die Innenstadt und eben auf das Gebiet, wo die beiden ihre Wohnung haben.

Auch die nächsten Ampelanlagen sind wieder im Betrieb. Einige Geschäfte haben noch zu, denn die Rolltore vor den Eingängen sind geschlossen. Aber diejenigen, die schon auf haben, leiden unter einen großen Kundenandrang, es sieht fast schon so aus, als ob sie alles leer kaufen würden.

„Die haben wohl alle Angst das diese Demos weiter gehen und keiner mehr was kaufen kann", sagt Arlo. Sam nickt nur und fährt langsam weiter. Die Straßen werden immer voller und im Radio spielen sie einen Song nach dem nächsten. Alles ohne Pause, kein Moderator, nur Musik.

Sie nähern sich der Auffahrt zur Interstate, um endlich auf die 75 zu kommen. Auf der können sie fast bis zum Zielort durchfahren. Beide scheinen ein wenig erleichtert zu sein, endlich aus der Stadt zu kommen, aber kurz vor dem Abbiegen geht auf einmal nichts mehr. Alles ist mit Autos verstopft, eine Menge Leute wollen wohl die Stadt verlassen.

„Das kann es doch nicht sein", sagt Sam. „Wo wollen die denn alle hin? Lass uns bitte tauschen, ich fahre ungern im Stau." Arlo steigt aus dem Auto, läuft einmal hinten herum und wirft dabei einen kurzen Blick in das Fahrzeug hinter ihnen. Da sitzt mit total viel Gepäck eine ganze Familie im Inneren, mindestens 3 Kinder befinden sich auf der Rückbank. Mit einem komischen Gefühl steigt Arlo an der Fahrerseite wieder ein, Sam ist schon auf den Beifahrersitz rüber gerutscht.

Langsam geht es weiter und Arlo lenkt den Chevy endlich auf die Interstate, wo aber auch alles voll ist. Alle 4 Fahrbahnen sind belegt und es bewegt sich kaum was, überall wird gehupt und es stinkt widerlich nach Abgasen. So haben sie sich den Beginn ihrer Ferien sicher nicht vorgestellt.

Über ihnen kreist ein Hubschrauber und Sam macht das Fenster runter um nach oben zu schauen. „Das ist einer von CNN", sagt sie. „Die machen sich sicher ein Bild vom Stau", antwortet Arlo fast beiläufig, er ist gerade dabei die Spur zu wechseln, so wie es aussieht geht es in der Mitte schneller voran.

„Da kommen noch 2 Hubschrauber, das sind aber welche von der Army." Jetzt schaut auch Arlo nach oben und beobachtet selber das Spektakel. Die beiden Militärhubschrauber fliegen direkt zu dem von CNN und umkreisen ihn.

„Die wollen wohl was von dem", sagt Arlo, immer noch weiter nach oben schauend. Jetzt fliegt der von CNN Richtung Stadt und die beiden anderen Fliegen hinter her, als ob sie Geleitschutz geben.

Zur gleichen Zeit fängt das Handy von Sam an zu klingeln.

„Oh, ich hatte gar nicht an mein Handy gedacht", sagt sie sehr erschrocken. Auf dem Display sieht sie die Nummer von ihren Eltern und schaut skeptisch zu Arlo.

„Meine Eltern rufen an, das machen sie doch nie, vor allem nicht aufs Handy." Sam liebt ihre Eltern, aber leider hat sie nicht viel Kontakt mit ihnen. Einmal natürlich wegen Arlo, den sie gar nicht mögen und dann noch wegen ihrer eigenen Jobwahl. Sams Vater ist Anwalt in Manhattan und er hätte sich gerne mehr für seine kleine Tochter gewünscht. Sie drückt auf die grüne Taste und sagt „Hallo" in das Handy.

„Hallo mein Schatz, Dad hier", kommt aus dem Teil. „Wo seid ihr gerade und was macht ihr?", fragt er mit einer ziemlich unsicheren Stimme. Sam wird es ein wenig komisch in der Bauchgegend, ihr Vater strotzt normal vor Souveränität und er fragt auch nie nach Arlo.

„Wir sitzen gerade im Auto und sind auf der Interstate Richtung Süden, Dad", antwortet sie ihm. „Wir fahren doch 3 Wochen in den Urlaub, das hatte ich euch doch gesagt. Was ist los Dad? Du hörst dich so komisch an, ist was mit Mum?" „Nein mit deiner Mutter ist alles in Ordnung. Ich mache mir nur ein wenig Sorgen um euch. Hier in New York passieren komische Dinge. Die US Army sperrt die ganze Stadt ab, niemand darf mehr ausreisen und eine Ausgangssperre haben sie auch verhängt. Wir dürfen das Haus nur noch verlassen, wenn wir einen wichtigen Grund haben. Jeder Passant wird vom Militär kontrolliert."

„Das hört sich echt krass an Dad", sagt Sam mit zitternder Stimme. Ihr Blick streift den von Arlo, der echt neugierig, ja fast schon ängstlich in ihre Richtung schaut. Das Auto bewegt sich wieder ein wenig vorwärts.

„Bei uns waren heute Nacht eine Menge Unruhen und Demonstranten haben überall Autos angesteckt. Aber wegfahren dürfen wir trotzdem noch, wir sind schon auf der Interstate. Denke bei euch in New York war es wohl noch schlimmer." Ihr Vater antwortet sofort. „Ja, bei uns ist heute Nacht das Kriegsrecht ausgerufen worden. Sogar Schüsse haben wir in der Stadt gehört. Es war sehr ungemütlich und im Radio haben sie eben durchgegeben, das einige Menschen krank geworden sind. Irgendein Virus macht die Leute wahnsinnig und man soll sich von ihnen fernhalten und die Polizei rufen. Ich weiß nicht was das bedeutet mein Schatz, aber das hört sich alles nicht gut an, ich will nur das ihr in Sicherheit seid."

„Dad, bei uns war es ja auch unruhig, aber von den anderen Sachen haben wir nichts gehört. Im Radio spielen sie nur Musik. Mama ist aber nicht krank oder?" „Nein", antwortet ihr Vater. „Sie liegt nur im Bett und hat Migräne. Du weißt doch, dass sie mit Stress nicht klar kommt und sich dann zurückzieht. Wann"..... Mehr kommt nicht von ihrem Vater, Sam schaut auf ihr Handy und sieht das sie kein Netz mehr hat und Arlo blickt sie immer noch ganz starr an.

„Was ist los Sam", durchbricht er nun die Stille im Auto. „Ich habe kein Netz mehr", antwortet sie. „Ja, aber was hat dein Dad gesagt?", Arlo wird ein wenig ungeduldig. „Die haben New York abgesperrt und das Kriegsrecht ausgerufen. Dad sagte irgendwas von einem Virus, der die Menschen wahnsinnig macht oder so. Wir sollen uns von kranken Menschen fernhalten und die Cops rufen, wenn wir einen sehen."

Derzeit würde aber kein Cop hier ankommen, nicht mal wenn im Nebenauto jemand krank wäre. Die ganze Bahn ist weiterhin verstopft und es sieht nicht so aus, als ob sich jemand dafür interessiert.

„Geht es deinen Eltern denn gut?", fragt Arlo jetzt mit ziemlich ruhiger Stimme.

„Soweit ich das mitbekommen habe ja", antwortet Sam. „Sie sind Zuhause und wollen den Mist aussitzen. Die Sache muss aber wirklich ziemlich ernst sein, sonst hätte mein Dad nie angerufen."

Das Lied im Radio wird durch ein Piepsen unterbrochen und eine Stimme kommt stattdessen.

„Hier spricht die Nationalgarde von Atlanta, dieses ist eine automatisierte Durchsage. Im Großraum Atlanta ist es heute Nacht zu Unruhen gekommen. Die Nationalgarde und die Polizei haben das aber im Griff. Wir bitten alle Einwohner in ihren Häusern zu bleiben. In einigen Stadtteilen kam es zu Hamsterkäufen, dieses ist nicht notwendig und zu unterlassen. Wir werden uns um alles kümmern. Die Schnellstraßen sind alle überfüllt, es lohnt sich also nicht mit dem Auto die Stadt zu verlassen. Weiterhin ist Bekannt geworden das einige Menschen einen Virus haben. Gehen sie denen bitte aus dem Weg und meiden sie vor allem die Krankenhäuser. Bleiben sie einfach zu Hause, bei Problemen kommen wir zu ihnen."

Wieder dieses Piepsen aus dem Radio und die Aufzeichnung beginnt von vorne. Arlo schaltet es aus und schaut stur nach vorne. Man sieht wie es in ihm arbeitet.

„So wie es aussieht, hat dein Dad wohl recht mit dem was er sagt." „Warum sollte er auch lügen?", antwortet Sam ein wenig patzig. „Aber was machen wir jetzt? Sollen wir umkehren?" „Nein" sagt Arlo. „Das beste ist wenn wir schnell weit von Atlanta wegkommen, wir bleiben bei unserem Plan und fahren zu dem Ferienhaus, falls wir es bis dahin schaffen."

Wie durch ein Wunder fängt der Verkehr wieder an zu laufen, sie können endlich ein wenig schneller fahren und schaffen so wenigstens eine Meile. Atlanta kann man nur noch im Rückspiegel betrachten und Sam schaut aus dem Heckfenster. Dort sieht sie die Skyline und irgendwie wirkt die sehr bedrohlich, was passiert wohl gerade in der großen Stadt?

Wieder eine Meile geschafft und erst jetzt erkennen sie warum es endlich schneller geht. Die Nationalgarde, die Polizei oder sonst wer hat die Mittelleitplanke geöffnet. Beide linken Spuren fahren auf die

Gegenfahrseite. Eigentlich sehr gefährlich, aber es will derzeit eh keiner in die Stadt. Arlo bleibt aber auf der richtigen Seite und kann noch schneller fahren.

Ein wenig in Gedanken versunken überholt er einen Bus. Als die beiden Fahrzeuge auf gleicher Höhe sind, fängt der plötzlich an zu trudeln. Erst fährt er ein wenig auf die Seite der beiden Urlauber und dann wieder rüber auf die erste Spur. Dort durchbricht er die rechte Leitplanke, rollt das Ufer herunter und fällt auf die Seite. Sam hat das alles beobachtet und fängt voll an zu schreien. „ARLOOOO, DER BUS HATTE EINEN UNFALL, HALT AN." Aber Arlo reagiert gar nicht und fährt weiter stur auf seiner Linie. „Bist du taub Arlo, der Bus, der uns gerade beinahe gerammt hat, hatte einen Unfall. Wir müssen denen helfen, du kannst doch nicht einfach weiter fahren. Da waren ganz viele Menschen drin."

Weiterhin kommt keine Reaktion von Arlo, als ob er in Trance ist, er fährt einfach weiter. Er selber muss das Geschehene erst mal verdauen, wenn man so was überhaupt kann. Als sie auf Höhe des Busfahrers waren, konnte er einen kleinen Blick in den Bus werfen. Da hing auf einmal ein Mensch direkt über dem Busfahrer und war mit ihm am Kämpfen und deswegen hatte er die Kontrolle verloren. Das war aber nicht der Punkt, der ihn nachdenken lässt, sondern der Angreifer hatte versucht den anderen zu beißen. Wie so ein Tier ist er über ihn herfallen. War das der Virus?

Jetzt endlich reagiert er auf Sam. Er bremst das Auto ein wenig ab und schaut zu ihr rüber.

„Sam? In dem Bus waren Kranke, wie dein Vater und der Sprecher im Radio gesagt haben. Der eine wollte den Busfahrer beißen, darum hatten sie einen Unfall. Wir können nicht anhalten, oder willst du auch krank werden? Wir wissen doch gar nicht wie sich das überträgt, es sagt uns ja keiner was." Sam schaut ihn irritiert an, öffnet ihren Mund, sagt aber nichts. Sie lässt sich einfach in ihren Sitz zurückfallen und blickt weiter auf Arlo. Sie kann es nicht verstehen, was er gerade gesagt hat, der Typ wollte den Busfahrer beißen, so ein Schwachsinn. Sie schaut wieder nach vorne und sieht, wie der Verkehr langsamer wird. Auf der Gegenfahrbahn ist der Fluss ganz zum stocken gekommen, da geht gar nichts mehr.

„Arlo, der Verkehr wird wieder dichter. Sollen wir nicht versuchen die nächste runter zu fahren, um den Stau zu umgehen?" Bevor Arlo darauf antworten kann, sehen die beiden auch warum es auf der anderen Seite nicht weiter geht, da stehen mitten auf der Straße zwei Panzer quer und versperren den Weg. Mehrere Soldaten mit Waffen kauern dazwischen und schauen grimmig in die Richtung der angekommenen Autos. Da Arlo jetzt nicht mal mehr 20 Meilen fahren kann, sehen sie auch das ganze Spektakel auf der anderen Seite. Es sieht so aus, als ob die Uniformierten die Autos über eine Abfahrt von der Interstate lotsen. Dort geht es ins Industriegebiet von Atlanta und von da dann eigentlich nur wieder zurück zur Stadt.

„Schatz, siehst du das? Die wollen alle zurück nach Atlanta schicken", sagt Sam total beunruhigt. „Ja, ich sehe es. Gut das wir auf dieser Seite geblieben sind. Aber wer weiß wie lange wir hier noch fahren dürfen", antwortet Arlo. Sam schaut in das Auto neben sich, ein großer neuerer VW Bus fährt genau mit ihnen Schritt. Der Mann am Steuer hat eine Halbglatze und starrt auf die Straße. Die Frau daneben kaut an ihren Fingernägeln und blickt zurück. Hinten im Bully sitzen noch 2 oder 3 Kinder, Sam kann es nicht genau erkennen, weil sie wohl schlafen. Jetzt hat es Arlo geschafft, den VW zu überholen und in der Ferne taucht irgendwas Komisches auf der Straße auf. Es sieht so aus, als ob da gerade Zelte und Container aufgebaut werden. Und schon steht die ganze Kolone wieder. Der Bully von eben ist quer hinter ihnen und die beiden Erwachsenen sind wild am Diskutieren. Mittlerweile ist die Interstate nur noch zweispurig. Ein Mann vor ihnen steigt aus seinem Porsche und schaut nach vorne, er will sicher sehen, was da vor sich geht.

Da sie gerade am Berg stehen und die Straße im Tal wieder ansteigt, können sie ziemlich weit gucken.

„Wo sind denn wohl die ganzen anderen Autos hin, die vor uns auf der Interstate waren?", fragt Sam so in die Stille des Autos.

„Ich weiß es nicht, wir haben sicher das Pech, das die gerade erst alles absperren. Die sind sicher alle noch durch gekommen. Sieht irgendwie so aus, als ob die da unten einen Armeestützpunkt aufgebaut haben. Ich kann aber auch nichts sehen, dieser blöde Typ aus seinem Porsche steht voll im Weg."

Er macht seine Tür auf und will gerade aussteigen, als Sam seinen Arm packt.

„Bleib bitte sitzen Arlo, ich glaube nicht das es klug ist jetzt auszusteigen." Er schaut Sam sehr ungläubig an und macht die Türe wieder zu. Genau in diesem Moment tauchen aus dem Waldgebiet zur Rechten ganz viele Soldaten auf. Sie springen über die Seitenplanken und verteilen sich auf der Bahn. Das müssen Hunderte sein und sie fangen an von Auto zu Auto gehen. Zwei Soldaten sprechen mit dem Mann aus dem Porsche und deuten an, dass er sich wieder rein setzen soll. Der redet aber laut auf die beiden ein und gestikuliert dabei wild mit seinen Armen. Einer der beiden Soldaten nimmt seine Waffe und rammt sie dem Porschefahrer direkt in den Bauch. Der fällt wie ein Sack in sich zusammen und krümmt sich vor Schmerzen am Boden. Die Soldaten machen die Fahrertür auf, packen sich die kauernde Person und schmeißen ihn zurück ins Auto.

Jetzt kommen die Uniformierten zu Sam und Arlo ans Auto und deuten an, das sie das Fenster öffnen sollen. Noch vor Schock ganz starr, kurbelt Arlo langsam die Scheibe runter und schaut dem Soldaten direkt in die Augen.

„Wo wollen sie hin?", fragt der eine Soldat, der den Mann vor ihnen niedergeschlagen hatte.

„In den Osceola National Forest", antwortet Arlo doch ziemlich gefasst.

„Was wollen sie da?", fragt der Typ weiter. Sam beugt sich zu Arlo rüber, um den Soldaten besser sehen zu können.

„Wir haben dort ein Ferienhaus gemietet, die erwarten uns schon."
„Sie sind also nicht auf der Flucht, um aus der Stadt zu kommen?",

fragt der andere von draußen, aber mit einer weit netteren Stimme als der Erste.

„Nein", sagt Arlo. „ Wir haben unseren Urlaub schon vor Wochen gebucht und genau heute sollte es losgehen." Er beugt sich zu Sam rüber und öffnet das Handschuhfach. Der Soldat mit der bösen Stimme zuckt kurz und hält auf einmal die Waffe ins Auto.

„Halt, keine Bewegung", schreit er Arlo an und der hält sofort inne und bewegt sich nicht mehr. „Ich wollte ihnen doch nur die Unterlagen vom Urlaub zeigen. Die sind hier im Handschuhfach", sagt er jetzt ohne sich auch nur einen Millimeter zu bewegen. Sam wird kreidebleich, sie schaut abwechselnd zu ihrem Mann und dann wieder zu dem Soldaten mit der Waffe. Der Nette vor dem Auto flüstert dem anderen was zu und endlich zieht der sich zurück.

„Okay", sagt er jetzt. „Zeigen sie mir die Unterlagen. Aber bloß keine hektischen Bewegungen." Arlo nimmt den Zettelhaufen aus dem Fach und reicht es dem Soldaten rüber. Bei den Unterlagen sind alle Buchungsquittungen vom Ferienhaus und auch das Datum ist verzeichnet. Die Soldaten schauen sich das in Ruhe an. Langsam taut Sam wieder auf und bewegt ihren Kopf zur rechten Seite. Überall sind die Soldaten an den Autos und reden mit den Menschen. Auch der schräg hinter ihnen stehende VW Bus hat Besuch bekommen. Sie kann im Augenwinkel sehen, dass die Frau am Weinen ist.

„Das sieht gut aus. Sie sind Arlo und Samantha Stenn?", fragt der Nettere von den beiden und gibt ihnen die Unterlagen zurück. „Ja", antwortet Arlo wieder ganz ruhig.

„Hatten sie irgendwelchen Kontakt mit kranken Menschen?", fragt der mit der Waffe.

„Nein hatten wir nicht", antwortet Sam immer noch mit dem Blick in dem Seitenspiegel, um zu sehen was mit den Menschen aus dem Bully ist. Die Soldaten halten ein leises Gespräch vor dem Auto. Arlo versucht angespannt zuzuhören, versteht aber fast nichts. Das einzige was er mitbekommt ist „Anordnung" und „Zulassen" wegen Ziel. Der Freundliche beugt sich wieder runter und schaut ins Auto, der andere geht einfach weg und gesellt sich zu seinen Kollegen, die derzeit am Bully stehen.

„Hört mal", fängt der Soldat an. „Wir haben die Anordnung, jedes Auto festzuhalten, welches auf der Flucht aus der Stadt ist. Wir dürfen nur die durchlassen, die ein festes Ziel vorweisen können. Die Nationalgarde duldet keine Flucht aus den Städten. Ich mache euch jetzt einen gelben Wimpel an den Scheibenwischer, dann fahren sie bitte hier auf den Randstreifen und langsam zu den Zelten da unten. Dort werdet ihr von unserem medizinischen Personal untersucht und dürft dann eure Fahrt fortsetzen. Macht euch aber nicht so große Hoffnungen überhaupt irgendwo anzukommen, denn überall sind noch andere Straßensperren die euch aufhalten können." Sam lässt den Blick vom Spiegel und beugt sich wieder rüber.

„Können sie uns sagen was hier los ist?", fragt sie mit ihrer nettesten Stimme, die sie hat.

„Nein kann ich nicht", antwortet der Soldat. „Ich weiß nur soviel, das die ganze Stadt gerade abgesperrt wird und kaum noch jemand raus darf. Alle die hier keinen Wimpel von uns bekommen müssen in ihren Autos bleiben und warten bis sie wieder zurück zur Stadt können."

„Aber sie haben doch irgendwas von Kranken gesagt", sagt Arlo.

„Ja da stimmt, aber davon seid ihr nicht betroffen", kommt als Antwort. Er macht den Wimpel an den Scheibenwischer und tritt zurück, um die beiden durchzulassen. Arlo startet das Auto, blinkt links, warum auch immer und fährt langsam auf den Seitenstreifen.

Auf Höhe des Porsches hören sie auf einmal Schüsse hinter sich und Arlo geht voll in die Bremsen. Beide blicken sich um und sehen, das der böse Soldat von eben mit seiner Waffe den Bully durchlöchert hat.

„ARLO", schreit Sam, „DER HAT DIE KINDER IM BULLY ERSCHOSSEN." Arlo schaut nur nach hinten und sieht, wie der nette Soldat auch zum VW rennt. Die anderen holen den Mann und die Frau aus dem Fahrzeug und stellen sie an die Seitenwand. Alle sind am

Herumschreien, die weibliche Person sackt in sich zusammen und kauert auf der Straße. Es kommen noch weitere Soldaten von anderen Stellen hinzu. Einer von denen zieht dem Mann die Ärmel hoch und guckt sich die Arme an. Er blickt sich zu den anderen um, nimmt seine Pistole aus dem Holster und schießt dem Mann in den Kopf. Der sackt sofort in sich zusammen und fällt auf den Asphalt. Genau neben der Frau, die da immer noch kauert und heult. Der böse Soldat, der vorher die Kinder erschossen hatte, schreit ihr irgendwas zu, aber die Frau reagiert gar nicht. Er nimmt seine Waffe und schießt auch ihr in den Kopf. Jetzt diskutieren alle miteinander und einer von ihnen, es sieht so aus, als ob er der Ranghöchste ist, brüllt alle anderen an. Sofort verstummen die Stimmen und die Soldaten verteilen sich wieder und gehen zu den nächsten Autos. Der brüllende Kerl nimmt sein Funkgerät in die Hand, redet irgendwas rein, dreht sich um und geht zu dem Mercedes, der hinter Arlo und Sam gestanden hatte.

Überall schreien und heulen Menschen in ihren Autos. Die haben das natürlich alle mitbekommen. Arlo legt den Gang rein und rollt langsam weiter. Den Porsche haben sie hinter sich gelassen und Sam sitzt in sich zusammengekauert auf dem Beifahrersitz. Sie sagt kein Wort und starrt nur aus dem Fenster. Arlo versucht so langsam, wie es geht weiterzufahren. Er zittert am ganzen Körper und als er zu Sam rüber blickt und sieht, wie es ihr geht, versucht er sie zu beruhigen.

„Vielleicht waren die ja krank." Sam schaut zu ihm rüber, erst jetzt sieht er, das sie Tränen in den Augen hat.

„Deswegen muss man sie doch nicht erschießen. Das waren Kinder in dem Fahrzeug und die wurden einfach so erschossen. Das werde ich nicht vergessen", sagt sie mit heulender Stimme.

Langsam fahren sie weiter. Auch vor und hinter ihnen sind jetzt Autos mit gelben Wimpeln, sie sind also nicht die einzigen die weiter dürfen. Hinter ihnen schert ein dicker Pick-up raus und rollt hinter her. Das Problem daran ist, der hat keinen Wimpel. Die Soldaten zwischen den Autos machen aber nichts und lassen ihn einfach weiter fahren.

„Glaubst du die lassen uns überhaupt durch?", fragt Sam immer noch weinend.

„Ich weiß es nicht", antwortet Arlo. „Ich weiß gar nichts mehr, das ist alles nicht mehr normal. Ich hoffe aber schon, warum sollten sie sich sonst die Mühe machen?" Sam gibt sich mit der Antwort nicht zufrieden. „Und wenn sie uns auch erschießen? Vielleicht sind die Soldaten ja alle krank und töten einfach wahllos Menschen."

Arlo wirft ihr einen merkwürdigen Blick zu und fährt weiter an den stehenden Autos vorbei, sogar ein Sattelschlepper steht mitten in der Schlange. Die Menschen, aus ihren Fahrzeugen, schauen mal hoffnungslos und mal ängstlich zu ihnen rüber. Die Fahrt über den Randstreifen ist so langsam, dass wirklich mit jeden Auto Blickkontakt aufgenommen werden kann. Arlo und Sam versuchen dieses aber zu vermeiden. Zu groß ist die Angst, was zu erblicken was sie nicht sehen wollen. Der Pick-up hinter ihnen folgt weiterhin und Arlo schaut des Öfteren in den Spiegel, aber erkennen kann er niemanden, da die Scheiben ein wenig abgedunkelt sind.

Immer kürzer wird der Abstand zu der provisorischen Grenze der Nationalgarde. Ganz vorne steht ein Panzer quer, der hatte wohl die Autos am Anfang angehalten. Dahinter sind einige Armeelaster, das sind sicher die Fahrzeuge, mit denen die Soldaten gekommen sind. Und noch ein wenig weiter befinden sich aufgebaute Zelte, aber keine Container, es sah von weiten aber echt so aus. Zwischen den LKWs und den Zelten stehen die Autos mit den Wimpeln und an jedem Befinden sich Soldaten, die Menschen müssen aussteigen und mit zu den Zelten gehen. Das Ganze hält natürlich wieder alles auf und die Fahrzeuge auf dem Randstreifen kommen ins Stocken. Der Zwischenraum ist nicht groß genug, es passen gerade mal drei Autos dazwischen und der Rest muss sich gedulden bis es weiter geht. Diese Warterei und das Unbekannte kann einen echt wahnsinnig machen.

Keiner der beiden im Auto sagt ein Wort, sie sitzen nur da und schauen raus. Sie beobachten nichts Besonderes, sie blicken einfach gedankenversunken aus dem Fenster. Dann macht Arlo das Radio wieder an. Es läuft tatsächlich Musik und beide lauschen den Songs, obwohl sie nicht wirklich auf die Stücke achten.

Es wird draußen auf einmal ziemlich laut. Arlo dreht das Radio leiser und schaut zum Himmel. Auch Sam gibt sich einen Ruck, beugt sich nach vorne und blickt nach oben. Dort sehen sie unzählige Militär Hubschrauber fliegen, alle mit Ziel Atlanta. Das müssen mindestens 50 Stück sein und rechts und links neben den Helikoptern fliegen auch noch Düsenjäger. Die sind natürlich viel schneller und erreichen sofort die Stadt. Die beiden drehen sich um und schauen nach hinten. Leider können sie Atlanta nicht mehr sehen, sie sind wohl doch schon zu weit entfernt.

Dann folgt ein lautes Grollen, als ob ein Gewitter aufgezogen wäre. Wieder blicken beide nach hinten, sie sehen aber trotzdem nichts.

„Was war das Arlo?", fragt Sam verwundert. „Ich weiß es auch nicht, es hörte sich so an, als ob eins der Flugzeuge abgestürzt ist."

Arlo merkt, wie viel Angst Sam hat. Ihre ansonsten perfekte Haltung ist wie weggewischt. Er nimmt ihre Hand und schaut sie an. Sie ist am Zittern, blickt aber doch ziemlich gefasst zurück. Ihre Tränen sind getrocknet, aber ihre Augen sind immer noch rot.

„Das ist alles so ein Albtraum", sagt sie jetzt. Arlo beugt sich zu ihr rüber und küsst sie auf die Stirn. Er dreht das Radio wieder lauter, aber da ist nichts mehr, nur noch rauschen.

„Schau mal, ob dein Handy wieder ein Netz hat", fragt er nun. Sam packt in ihre Umhängetasche, zieht das Handy raus und sieht das blinkende „KeinNetz" Symbol.

„Nein, da ist immer noch nichts. Ich mache mir Sorgen um meine Eltern. Wenn das da in New York genau so ist oder vielleicht sogar noch schlimmer, dann könnte alles passiert sein."

„Dein Dad ist ein starker Mann, den kommt man nicht so schnell bei, die werden das schon überstehen." Sam schaut ihn für seine Worte dankbar an, das hat ihr ein wenig Ruhe gebracht. Aber Arlo hat auch recht, ihr Vater ist wirklich ein starker Mann. Er hatte in seiner beruflichen Karriere schon viel erlebt. Da wird er sich nicht von so einer Grippewelle einschüchtern lassen.

Endlich können sie weiterfahren. Die ersten Autos haben die komische Zone verlassen und sie sehen tatsächlich das die alle hinter den Zelten auf der leeren Interstate weiter fahren.

„Siehst Du das Sam", sagt Arlo. „Die dürfen weiter fahren." „Ja", antwortet sie. Ihre Hoffnung kommt langsam zurück. Sie parken auch in diesem kleinen Zwischenraum, direkt neben dem anderen Auto was vor ihnen in der Schlange stand. Sogar der Fahrer des Pick-ups lenkt seine Karre in eine freie Parkbucht, genau neben den beiden. Sam kann hinter der Scheibe eine Person ausmachen, mehr aber auch nicht.

Es kommen 2 Soldaten an das Auto und deuten darauf hin, das sie aussteigen sollen.

„Ich habe Angst", sagt Sam und Arlo hält kurz ihre Hand, lächelt sie an und sagt „es wird schon alles gut gehen." „Aber ich wollte doch einfach in den Urlaub, ich habe mich so darauf gefreut und jetzt haben wir gesehen wie Menschen erschossen wurden. Sam beginnt wieder an zu weinen.

Einer der beiden Soldaten klopft mit seiner Waffe gegen die Scheibe. Arlo macht die Tür auf und steigt aus, auch Sam öffnet ihre Seite und geht raus. „Mitkommen" sagt einer der Uniformierten im rauen Ton. Langsam gehen die beiden hinter den Soldaten her, direkt zu dem größeren Zelt auf der rechten Seite, die Begleiter bleiben vor dem Eingang stehen und zeigen hinein. Das Paar folgt den Anweisungen und betritt die Öffnung. Im Zelt selber ist einfach nur ein langer Gang mit vielen kleinen Eingängen. Es sieht aus wie eine größere Umkleide und aus dem zweiten Loch kommt eine Frau mit Kittel heraus, sie trägt einen Mundschutz und Gummihandschuhe. Sie macht eine Kopfbewegung in den geöffneten Eingang, in den die beiden jetzt rein gehen. In der Kabine selber steht nichts weiter als eine Krankenliege, 2 Stühle und ein Arztkoffer.

„Bitte hinlegen", sagt die Frau. Ihre Stimme hört sich noch sehr jung an, aber wegen dem Mundschutz kann man das Alter nur schätzen. Sam geht als Erstes zur Liege und legt sich hin. Ihr Blick bleibt dabei die ganze Zeit auf Arlo gerichtet. Die Frau holt ein Fieberthermometer aus ihrer Arztkutte und misst bei Sam im Ohr die Temperatur. Ohne ein Wort zu sagen, fühlt sie bei ihrer Patientin am Handgelenk noch den Puls.

„Hatten sie in den letzten 2 Tagen Kontakt zu irgendwelchen kranken Menschen?", fragt sie mit ruhiger Stimme. „Oder ist einer von ihnen vielleicht sogar von jemanden gebissen worden?" Arlo geht ein wenig näher zu den beiden, damit er nicht schreien muss.

„Nein, wir waren die letzten beiden Tage nur Zuhause und haben für unseren Urlaub geplant."

„Was ist das für eine Krankheit?", fragt Sam jetzt. Die Ärztin reagiert nicht auf die Frage, sondern bittet darum den Pulli und die Hose auszuziehen. Sam ist darüber aber gar nicht begeistert. „Warum soll ich das tun? Mir fehlt doch gar nichts", kommt von ihr. Die Ärztin schaut mit besorgten Augen zu Arlo, der dadurch noch näher rutscht.

„Mach es einfach, es wird schon nicht schlimm sein", sagt er zu seiner Frau. Sam schaut ein wenig verwirrt und beginnt der Aufforderung zu folgen. Erst den Pullover und dann die Hose. Mittlerweile sitzt sie auf der Liege und die Frau schaut sich beide Arme und die Beine an. Dann geht sie noch einmal um Sam herum und blickt auch auf den Rücken und den Nacken.

„Gut, anziehen und der nächste bitte." Sam zieht sich wieder an und Arlo ist an der Reihe. Bei ihm geht die Untersuchung ziemlich schnell, da er alles sofort mitmacht. Nachdem auch er sich wieder angezogen hat, überreicht die Ärztin ihnen eine Gelbe Karte.

„Zeigen sie die bitte draußen den Soldaten. Die werden euch dann weiterfahren lassen." Arlo nimmt die Karte entgegen und macht sich bereit zum Gehen, aber Sam ist noch nicht fertig. Sie schaut die Frau im Kittel böse an.

„Was ist hier los? Sie müssen doch irgendwas wissen, sie sind Ärztin", fragt sie mit nicht gerader netter Stimme. Auf einmal nimmt die Frau ihren Mundschutz ab und lächelt sie an.

„Ich kann ihnen nichts sagen, da ich selber nicht viel weiß." Die Dame entpuppt sich als sehr junge Ärztin oder vielleicht nur als Schwester. Jetzt wird auch Arlo neugierig.

„Also sind wir nicht krank?", fragt er vorsichtig. „Nein, das sind sie nicht." Sam, immer noch sehr wütend, möchte das Gespräch gerne weiterführen.

„Wir haben eben gesehen, wie ihre tollen Soldaten Menschen erschossen haben. Da waren auch Kinder bei." „Dazu kann ich ihnen auch nichts sagen, tut mir leid." Jetzt kommt sie den beiden tatsächlich ein wenig näher und fängt an zu flüstern.

„Ihr solltet so schnell es geht hier verschwinden. Wir wissen nicht, wie lange wir diese Scharade noch aufrechterhalten können. Wir haben eigentlich nur den Befehl, die Menschen in den Autos zu untersuchen und alle Kranken den Soldaten zu übergeben. Das mit den gelben Wimpeln war die Idee von meiner Vorgesetzten. Sie meinte das wir so vielleicht ein paar Leute retten können, bevor hier alles zusammenbricht. Daher bitte ich sie keinem was zu sagen, zu ihrem Auto zu gehen und schnell weiter zu fahren."

Arlo und Sam können es nicht fassen was sie da hören, das war alles so unwirklich. Sie nicken der Frau noch einmal freundlich, aber doch sehr geschockt, zu und verlassen den Behandlungsraum. Die Ärztin kommt tatsächlich hinterher, packt Arlo am Arm und flüstert ihm ins Ohr.

„Haltet euch von den Kranken und vor allem von den Toten fern."

Dann lässt sie ihn los und geht zurück in Ihre Kabine. Beim Reingehen hat sie sich auch den Mundschutz wieder aufgesetzt.

Draußen wartet immer noch einer der beiden Soldaten und Arlo zeigt ihm die Gelbe Karte. Der Mann schaut einmal kurz darauf und deutet dann auf ihr Auto.

„Einsteigen und da hinten zwischen den Zelten durchfahren."

Ohne ein Wort zu sagen gehen sie zum Fahrzeug, steigen ein und fahren langsam in die Richtung, die der Soldat ihnen gezeigt hat. Der Pick-up steht immer noch an Ort und Stelle, nur der Fahrer saß nicht mehr drin. Sam konnte aber schnell einen Blick auf die Seitenscheibe erhaschen, sie hatte an der rechten Seite ein kleines Loch, so als ob jemand von draußen rein geschossen hat.

Arlo lenkt das Auto sehr geschickt um die Hindernisse und dahinter warten noch mehr Soldaten mit Waffen in den Händen. Sie winken ihnen aber nur zu und deuten darauf hin das sie weiterfahren sollen. Arlo gibt Gas und befindet sich endlich wieder auf der Interstate. Alles vor ihnen ist frei, kein Auto ist zu sehen. Auf der rechten Seite befindet sich ein Schild mit der Aufschrift „Macon 75" und darunter „70 Meilen"...

Kapitel 3

Yvonne wird mit starken Kopfschmerzen wach. Sie liegt auf einen harten Feldbett, in irgendeinen komischen kleinen Raum, der aussieht wie ein Keller. An der Decke baumelt eine nackte Lampe, das Licht flackert leicht. Sie schaut auf Ihre Uhr, aber da ist überhaupt keine mehr. Sie wurde ihr wohl abgenommen.

Erst jetzt erinnert sie sich an das, was letzte Nacht passiert ist. Sie war in der Stadt und hat sich den Demonstranten angeschlossen. Giselle und Ben kamen ein wenig später hinzu. Zwei Leute, die sie von ihrem letzten Job als Kellnerin noch kannte. Sie standen mitten in dem großen Mob, als die Cops auf einmal anfingen, sie zurückzudrängen. Mit Schildern und Schlagstöcken prügelten sie auf die Menschen ganz vorne ein. Als die Ersten zu Boden gingen, machten sich die drei aus dem Staub. Ben zog die beiden in eine Seitengasse, von dort ging es dann weiter über eine Menge Müll in die nächste. Erst da konnten sie ein wenig verschnaufen. Zu ihrer Rechten befand sich ein offenes Parkhaus, das war ihr nächstes Ziel.

Durch ein Loch im obersten Stockwerk ging es dann aufs Dach. Von da hatte man den besten Ausblick auf die Straßen. Dort setzen sie sich an die Kante des Sims, ließen ihre Beine baumeln und sahen das Chaos unten in der Stadt.

Überall befanden sich Demonstranten, mittlerweile auch mit Waffen und lieferten sich einen harten Kampf mit den Gesetzeshütern. Giselle, die gerade einmal 18 ist, stößt Ben in die Seite.

"Hast du das Zeug dabei?", fragt sie ihn. Er nickt nur, öffnet seinen Rucksack und holt ein kleines in Alu verpacktes Päckchen heraus.

„Das ist eine kleine Überraschung" sagt er mit Blick auf Yvonne. Ben ist schon ein wenig Älter, Yvonne schätzt ihn auf 40, vielleicht auch noch älter. Der packt in Ruhe das Päckchen aus und ein weißes Pulver kommt zum Vorschein.

„Jetzt geht die Party erst richtig los", schreit Giselle vom Dach nach unten. Die beiden nehmen erst mal eine tiefe Nase und legen sich nach hinten auf den Boden. Yvonne ist am Zögern, normal wollte sie mit diesen Scheiß aufhören, sie hat ja gute Gründe dafür, lässt sich dann aber doch noch überreden und nimmt ein wenig, aber eben nicht so viel wie die anderen. Zusammen blicken nach oben und sehen neben den Sternen auch die ganzen Nachrichtenhubschrauber.

„Was ein Spaß", sagt Ben. „Da unten tobt voll der Krieg und wir sind hier oben und lassen es uns gut gehen." So liegen sie jetzt da und genießen den Krach von unten und die Ruhe hier oben. Ein wenig Zeit vergeht, Giselle hatte noch eine Spritze dabei und hat sich ein wenig von dem Zeug gespritzt. Ob man das so überhaupt machen kann, war Yvonne gerade egal. Ben ist irgendwas am Sabbeln und bekommt wegen der Drogen kaum noch ein normales Wort heraus.

Giselle scheint mittlerweile eingeschlafen zu sein. Wie kann man denn in so einer Lage und mit so geilen Drogen einfach pennen, Yvonne versteht es nicht. Was für eine blöde Kuh. Sie blickt zu Ben rüber und sieht das der total high ist. Der bekommt gar nichts mehr mit.

Yvonne setzt sich wieder hin und schaut nach unten. Dort stehen in einer dunkeln Ecke ein paar vermute Personen. Sie weiß nicht was die da unten machen, sieht aber auf einmal ein kleines Licht und schon steht der ganze Müll in Flammen. Die Leute rennen weg, als sie sehen, dass aus der anderen Querstraße einige Cops gelaufen kommen. Aber anstatt das Feuer zu löschen, rennen die einfach nur hinter den anderen her. Wenn das keiner löscht, dann könnte gleich das ganze Haus Feuer fangen, Yvonne hat voll ihren Spaß. Das wäre Hammer geil und sie ist live dabei.

„Brenn du kleines Feuer, brenn", schreit sie nach unten.

Jetzt blickt sie wieder zu den beiden und sieht das Giselle auf Ben liegt.

„Das kann es doch nicht sein", meckert Yvonne. „Da unten ist voll was los, es brennt sogar und ihr denkt nur ans vögeln." Giselle hebt langsam ihren Kopf und schaut in Yvonnes Richtung. Ihr Mund ist blutverschmiert und ihr Blick total starr. Erst jetzt sieht Yvonne das die beiden nicht vögeln, sondern das Giselle, im wahrsten Sinne des Wortes, an Ben rumnagt. Sie reibt sich ihre Augen und steht auf. „Das kann doch alles nicht wahr sein, was hat Ben mir da gegeben. Voll die Hallus bekommt man davon." Giselle steht auch auf und kommt langsam näher.

„Geh weg du blöde Kuh, fass mich bloß nicht an", schreit ihr Yvonne entgegen. Sie dreht sich um und fängt an zu rennen. Irgendwo muss doch diese blöde Loch sein, wo sie wieder nach unten kommt. Sie hat überhaupt keine Angst, sie hat zwar immer noch das Bild von der fressenden Giselle im Kopf, aber für sie ist das alles nicht Real. Endlich hat sie die Lücke gefunden und springt runter ins Parkhaus. Das Dach ist schon länger kaputt und es kommt sehr oft vor, das Jugendliche oder eben Junkies darauf klettern und oben ihren Spaß haben. Yvonne rennt die Schikanen der Straße wieder herunter. Je schneller sie läuft, desto wackeliger werden ihre Beine und ihr blickt trübt sich weiter und weiter. Endlich unten angekommen, rennt sie sofort Richtung Ausgang, hat aber nicht mitbekommen, dass dort die Schranken runter gelassen sind. Zu spät sieht sie das Hindernis, läuft daher voll mit ihrem Bauch hinein, fällt nach hinten und landet hart mit dem Kopf auf dem Boden. Kurz bevor sie das Bewusstsein verliert, hört sie in der Nähe Stimmen. „Da ist wieder einer von denen", sagt die eine. Eine andere erwidert „nehmt sie mit und sperrt sie weg." Und alles wird dunkel.

Yvonne bemerkt gerade, das sie die ganze Geschichte von gestern Abend noch mal durchlebt hat und das nur in ihren Gedanken. Jetzt liegt sie aber auf dem Feldbett, in einer provisorischen Zelle und kann es nicht fassen, was da letzte Nacht passiert ist. Giselle hat doch nicht wirklich Ben angefressen? Neee, so was ist total banal. Das werden die Drogen gewesen sein. Oder war es diese Krankheit, von denen alle sprechen? Giselle sah aber gar nicht krank aus. Sie setzt sich hin und reibt sich ihren Hinterkopf, eine dicke Beule hat sich dort gebildet.

Sie nimmt sich jetzt erst mal die Zeit, ihre neue Bleibe zu checken. Aber was soll man da Großartiges entdecken? Ein Feldbett, auf dem sie sitzt und das war es. Erwähnenswert ist nur noch die nackte Lampe an der Decke, die aber nicht wirklich durchgehend leuchtet. Sie flackert bedrohlich und wenn die ausgeht, sieht sie gar nichts mehr, denn es gibt hier nicht mal ein Fenster, also weiß sie auch nicht, ob es Tag oder Nacht ist. Sie richtet sich auf und geht zu der Metalltür zu ihrer rechten. Diese sieht einfach wie eine normale Kellertür aus. Ein Griff und ein normales Schloss, mehr gibt es darüber nicht zu sagen. Sie versucht sie zu öffnen, abgeschlossen natürlich. Jetzt hält sie ein Ohr an die Tür, nichts ist zu hören.

„Vielleicht sollte ich mal klopfen und denen zeigen das ich wach bin", sagt sie leise. Sie klopft und horcht. Nichts... sie klopft noch mal, diesmal lauter mit einem leisen Hallo. Wieder nichts. So langsam steigt Panik in ihr auf.

„Die können mich doch nicht einfach einsperren und vergessen. Ich habe doch gar nichts gemacht, war nur zur falschen Zeit am falschen Ort." Jetzt tritt sie sehr fest gegen die Tür, die scheppert natürlich ziemlich laut, erreicht hat sie aber nichts, außer das ihr Fuß nun schmerzt. Sie setzt sich wieder auf das Bett und hält Ihre Hände vors Gesicht.

„Das kann doch alles nicht sein", sagt sie sehr leise. „Warum habe ich nicht auf Arlo gehört und bin einfach Zuhause geblieben? Das ist alles die Schuld von dieser dummen Sam, oder besser Samantha, den Namen mag sie ja gar nicht diese blöde Bitsch. Die sind jetzt schön unterwegs oder sogar schon angekommen, haben Spaß und denken nicht an mich. Verstehe eh nicht warum die mich nicht mitgenommen haben, hätten ja wenigstens mal fragen können."

Sie legt sich wieder hin und schließt die Augen. Diese verdammten Kopfschmerzen bringen mich noch um, denkt sie sich. Sind Giselle und Ben auch hier irgendwo im Keller? Oder haben sie die beiden auf dem Dach nicht gefunden? Dass Giselle wirklich an Ben gefressen hat glaubt sie eh nicht mehr.

Sie ist eingeschlafen, wird aber durch ein komisches rumpeln wieder wach. Sie macht die Augen auf und horcht. Kurze Zeit später wieder dieses Rumpeln. Hört sich für sie so an, als ob jemand hier unten das Feldbett gegen eine Tür knallt. „HALLO" schreit sie ganz laut und ist sofort wieder ruhig. Keine Antwort, keine Bewegungen, nichts. Und da ist es schon wieder, das Rumpeln. Das muss aus einem anderen Kellerraum kommen, vielleicht 2 oder 3 Räume weiter. Sie schreit noch mal sehr laut.

„Halt deine verdammte Klappe", kommt plötzlich zurück. Hier unten ist noch einer, Yvonne ist nicht alleine.

„Wo bist du?", ruft sie in die Stille. Bekommt aber keine Antwort. „Hey du blödes Arschloch, kannst du nicht antworten?", schreit sie jetzt wieder.

„Du sollst doch deine Klappe halten", kommt nur zurück. Sie macht ihre Augen zu und gibt es auf. Da, wieder dieses Rumpeln. Das scheint aber weiter weg zu sein als die männliche komische Stimme. „Hast Du noch Licht?", fragt die mit etwas freundlicherer Tonlage. „Was?", antwortet Yvonne. „LICHT" schreit er plötzlich. Yvonne hatte es schon beim ersten mal verstanden, sie wollte halt nur schauen, woher die Stimme kommt und wie weit sie weg ist. Es hört sich so an, als ob es der Nebenraum wäre.

„Ja, ich habe Licht, aber es flackert schon, daher sicher nicht mehr lange", antwortet sie endlich dem Unbekannten. „Bei mir es ist schon lange alles finster, ich habe nur noch das kleine Leuchten aus dem Schlüsselloch. Hast Du eine Haarspange oder Ähnliches mit der du die verdammte Tür auf bekommst?" Tja, Yvonne besitzt so was natürlich nicht. Sie trägt ihre orangenen Haare offen. „Nein", sagt sie jetzt und fügt noch hinzu, „weiß du wo wir hier sind und warum keiner mehr da ist, die können uns doch nicht verrecken lassen?"

Nach einer langen Pause, ohne irgendwelcher Geräusche, außer dem ständigen Rumpeln, kommt endlich eine Antwort. „Wir sind in einem Kellerparadies. Die haben mich hier runter geschleppt und hier eingesperrt. Draußen ist nichts weiter als ein langer Gang der zu einer Treppe führt, die dann nach oben geht. Ich glaube, da waren noch sechs andere Kellerräume."

„Ja aber wo sind die Leute die uns hier eingesperrt haben?", fragt Yvonne schon sehr ungeduldig. Wieder dieses Rumpeln.

„Die sind sofort wieder gegangen und haben den Nächsten geholt. Die Gefängnisse sind wohl schon voll."

„Mein Name ist Yvonne, wie heißt du?" Zuerst kommt nichts zurück, so als ob ihr neuer Nachbar noch am überlegen ist.

„Ich bin Leo, was hast du verbrochen, also warum bist du hier unten?" Yvonne überlegt kurz was sie darauf sagen soll. Von den Drogen und der fressenden Giselle sollte sie lieber nichts erwähnen. Aber wenn sie sagt, dass sie unschuldig hier unten gelandet ist, dann verliert der Kerl sicher das Interesse.

„Ich war bei der Demo und habe es wohl übertrieben, aber die Bullen haben uns auch keine Wahl gelassen, wir mussten uns halt wehren", antwortet sie auf die Frage. Es war zwar eine Lüge, aber sie will ja keine Schwäche zeigen.

„Oh" sagt Leo. „Ich war leider zur falschen Zeit am falschen Ort, ich bin Reporter und hatte versucht die Demo zu filmen, dann ist mir irgend so ein dummer Idiot in den Rücken gesprungen und dabei ist mir die Kamera runter gefallen. Die ging dabei sofort kaputt. Als ich mich umdrehte, um den Verursacher zu stellen, standen da auf einmal eine Menge Cops, die sich sofort auf mich stürzten. Und zack, schon war ich hier unten, ohne Licht eingesperrt in einem Kellerraum und rede mit einer Demonstrantin, die keinen Anstand vor der Polizei hat."

Das sass, Yvonne macht ihre Augen zu und ärgert sich über ihren Fehler. Schon wieder dieses blöde rumpeln.

„Kann das mit dem Krach mal aufhören, ich habe Kopfschmerzen", schreit sie durch ihre kleine Zelle. „Das ist neben mir im Raum", sagt Leo mit einer echt netten Stimme. Er hat gemerkt, das sein Gesagtes nicht so angebracht war. „Ich weiß nicht was der neben mir macht, antworten bekommen wir ja keine."

„Der soll damit aufhören, das nervt total, so kommen wir auch nicht schneller hier raus." Das rumpeln hört aber nicht auf, es wird sogar noch lauter je mehr die beiden sich was zu rufen.

„Ich habe Durst", sagt Yvonne nach einigen schweigsamen Minuten. „Sie können uns doch hier unten nicht einfach vergessen."

„Entweder haben die eine Menge zu tun oder es soll für uns eine Strafe sein", antwortet Leo darauf. „Ich habe da mal einen Bericht aus Mexiko gelesen, da wurden Straftäter auch in dunkele Keller gesperrt, ohne Wasser und Licht. Sie sollten dadurch gebrochen werden."

„Und hat es funktioniert?", fragt Yvonne uninteressiert.

"Nein, die meisten sind gestorben", sagt Leo.

„Na toll, wir sind hier aber in der USA, so was machen die bei uns nicht", flüstert Yvonne schon fast. „Wenn du wüsstest was die alles in der USA machen, dann wärst du jetzt still", sagt Leo mit einem leichten grinsen, welches Yve aber nicht sehen kann.

Wieder dieses nervige Rumpeln aus dem Nachbarkeller. Leo geht an die Wand seiner Zelle und haut dagegen. „Jetzt hör doch mal auf, wir sitzen hier doch alle im gleichen Boot", schreit er rüber. Keine Antwort von drüben. Nur ein Leichtes schnaufen kann er in der Dunkelheit wahrnehmen. Dann knallt etwas genau gegen die Wand, wo Leo gerade noch steht und er schreckt zurück. Er hat sich nicht wegen dem Knall erschrocken, sondern weil irgendwie seine Wand nachgegeben hat.

„Das kann es doch nicht sein, das sind doch keine Steinwände", sagt er leise. Da schon wieder, die Person nebenan hat ziemlich fest gegen die Wand getreten oder gehauen. Jetzt steigt in Leo ein wenig Panik auf, denn wenn die Wand nachgibt, dann ist dieser Irre ganz schnell in seiner Behausung.

Yvonne erst ruhig und nun auch ein wenig aufgeregt steht an ihrer eigenen Wand.

„Alles in Ordnung Leo?" „Geh mal von unserer Seite weg", kommt nur zurück. Nebenan wird das schnaufen lauter und wieder knallt was gegen die Wand von Leo. Yvonne kapiert, das auch Leo ihre gemeinsame Grenze bearbeitet. Bei ihm hört sich das genau so dumpf an wie auf der anderen Seite, nur das Schnaufen fehlt.

„Ich versuche jetzt nach dir durchzubrechen, bleib von der Wand weg, so wie es aussieht, sind die Zwischenwände nur aus dünnen Holz." Er bearbeitet die Wand weiter. Das Gleiche passiert aber auch an der anderen Wandseite von Leo. Yvonne sieht nur, das ihre Wand mit der Pritsche Dellen bekommt und anfängt sich zu verbiegen, dann wird es plötzlich ruhig. Ein wenig verwundert geht sie näher ran, als Leo völlig unerwartet durch die Mauer bricht.

Er stolpert in ihre Zelle und fällt erst mal der Länge nach hin. An der Seite klafft jetzt ein großes Loch in der Wand. So wie es aussieht, ist Leo mit Anlauf einfach durch gerannt. Langsam bewegt er sich wieder und richtet sich auf. Endlich Licht und seine Zellennachbarin sieht er auch zum ersten mal. Er streckt ihr eine Hand entgegen und sagt „Leo."

„Du bist ja ein Neger", ist das erste was Yvonne von sich gibt.

„Ich bevorzuge eigentlich das Wort dunkelhäutiger oder wie wäre es mit Mensch oder einfach nur Mann?" Seine Hand ist immer noch ausgestreckt. Langsam nähert sich Yvonne den am Boden sitzenden Leo und nimmt seine Finger. „Yvonne", sagt sie mit gebrochener Stimme.

Schon wieder hat sie sich blamiert. Leo ist zwar dunkelhäutig, dafür aber auch total muskulös und min. 1,90 m groß.

„Alles gut", erwähnt er rechtlich amüsiert, steht auf und schaut zur Lampe.

„Jetzt müssen wir schauen das wir hier rauskommen", sagt er eher zu sich selber, als zu Yvonne. Er dreht sich zu ihr um und fügt hinzu „bevor dieser Wahnsinnige es auch durch die Wand schafft." Seine

Augen betrachten Yvonne von oben bis unten. Sein Gesichtsausdruck wechselt von belustigt auf interessiert und sein Blick bleibt an den orangenen Haaren hängen. Yvonne sagt immer noch nichts, sie schaut weiter auf Leo und ist sich nicht sicher, wie sie das Gespräch wieder anfangen soll. Als er neben an war, ist es ihr echt leichter Gefallen was von sich zu geben. Leo bemerkt das und findet es irgendwie amüsant, dreht sich um und geht zur nächsten Seitenwand, dort klopft er sehr fest dagegen.

„Jetzt versucht uns der Bimbo erst mal hier rauszubekommen", sagt er mit lachender Stimme. Yvonne, die mittlerweile rot angelaufen ist, schafft es nur zu einen leichten „Sorry."

Von der anderen Seite ertönt ein lauter neuer Knall, diesmal bedeutend näher als zuvor.

„Lange brauch der nicht mehr um durchzubrechen", sagt Yvonne endlich.

„Das glaube ich auch", antwortet Leo mit Blick auf seine alte Zelle, die immer noch voll im dunkeln liegt. Kaum ausgesprochen kracht es gewaltig nebenan und ein Klatschen ist zu vernehmen. Die Wand hat nachgegeben und die Person ist auf dem Boden aufgeschlagen. Leo schiebt die Pritsche vor das Loch, um ein Hindernis aufzubauen, aber das sieht irgendwie albern aus.

„Geh hinter mich Yvonne, ich versuche mit ihm zu reden, vielleicht ist er ja nur besoffen oder hat auch nur Angst." Yve gehorcht und bewegt sich hinter Leo, jetzt sieht es von vorne so aus, als wäre er ganz alleine im Raum. Sie ziemlich klein und zierlich und er sehr groß und muskulös.

Aber erst mal passiert gar nichts. Nebenan ist es ruhig, es bewegt sich nichts.

„Vielleicht ist er bewusstlos", sagt Yvonne sehr leise hinter dem Rücken von Leo. „Oder es ist ein Tier", fügt sie hinzu.

„Ein Tier?", wundert sich Leo. „Die sperren doch hier unten keine Tiere ein und ich glaube auch nicht, das es ein Tier schaffen würde, mal eben durch eine Wand zu brechen."

Sie hören ein Geräusch von nebenan, er ist wohl wieder wach geworden, das ganze kommt aber eher wie ein knurren rüber und das genau aus der Dunkelheit des Nebenraums.

„Vielleicht doch ein Tier", sagt Leo verdutzt. „Bleib weiter hinter mir." Ein Schnaufen und ein Schleifen dringt an ihre Ohren, es kommt näher.

Jetzt bemerken die beiden eine erste Bewegung aus dem Loch. So wie es aussieht, steuert es im Nebenraum direkt auf die Stelle zu, was immer es sein mag. Dann sehen sie es endlich, es ist kein Tier, auch kein muskelbepackter Irrer, es ist eine Frau, wie es auf den ersten Blick aussieht.

Aber sie lässt den Kopf hängen und quetscht sich eher unsicher als gekonnt durch die Lücke und bleibt unten an dem Bett hängen. Anstatt ihr Bein zu heben, läuft sie einfach weiter und schiebt damit das Bett beiseite, bis es zwischen Loch und Wand eingeklemmt wird.

Leo und Yvonne schauen sich die Sache einfach nur an, ohne auch nur ein Wort zu sagen. Zu bizarr sieht das Gesehene aus. Dann ergreift Leo doch das Wort.

„Mam, können wir ihnen irgendwie helfen?" Er bekommt aber keine Antwort. Weiter nur das dumme Laufen gegen das Bett, aber sie hebt endlich ihren Kopf und sieht die beiden an, auch ihre Arme gehen mit hoch und ihre Finger verbiegen sich zu krallen. Es schaut eher so aus, als ob vor ihnen ein spielendes Kind steht was versucht ein Monster zu imitieren. Aber es handelt sich um eine erwachsene Frau und ihr Gesicht sieht aus wie eine Maske. Die Mundwinkel hängen nach unten und sabber läuft ihr aus dem Mund. Dann noch diese komischen knurr Geräusche. Im ersten Augenblick dachten sich die beiden nur, dass es sich um eine Verrückte handelt. Nur ihre Augen verändern alles, denn die sind nicht mehr schön klar mit Pupillen in der Mitte, sondern milchig und komplett blutig unterlaufen.

Erst jetzt reagiert Yvonne auf das Gesehene. „Giselle", sagt sie plötzlich und Leo wundert sich ein wenig.

„Du kennst diese Frau?" „Nein", antwortet Yvonne sofort. „Aber die hat das gleiche wie Giselle letzte Nacht. Ich glaube die Frau ist krank Leo. Das ist sicher dieser neue Virus, von dem alle sprechen." Leo versteht immer noch nichts. Er hatte zwar davon gehört, dass ein neuer Virus herumgeht, aber sonst weiter nichts.

„Yvonne, kannst du mich mal bitte aufklären. Was geht hier vor sich?" Aber Yvonne ist voll in ihren Gedanken versunken. Sie denkt an Giselle und Ben und sieht jetzt, dass es doch nicht die Drogen waren. Das was sie mitbekommen hatte ist also alles wahr gewesen. Giselle hat Ben angefressen und wollte auch auf sie losgehen. Bei dem Gedanken wird ihr gerade voll schlecht.

„Leo, ich war gestern keine der Demonstranten in der Stadt. Ich bin mit zwei Freunden auf ein Dach gestiegen und wir wollten uns die Sache von oben ansehen. Dann ist meine Freundin Giselle über meinen Freund Ben hergefallen und hat angefangen ihn zu fressen. Ihre Augen sahen genau so aus wie bei der Frau da vorne. Sie wollte auch mich angreifen, ich bin aber weggelaufen und dann haben mich die Cops erwischt."

Die Drogen hat sie weggelassen, das käme jetzt nicht gut. Leo dreht sich leicht zu ihr um, damit er sie sehen kann. Zwei Meter weiter versucht die Frau immer noch das Bett zu verschieben und ihr Blick ist weiterhin auf die beiden gerichtet.

„Was sagst du da?", fragt er total verstört. „Deine Freundin hat deinen Freund gefressen? Deinen richtigen Freund?" Schon komisch das Leo eher darauf bedacht ist zu erfahren, ob Yvonnes Freund gefressen wurde, anstatt das da überhaupt jemand gefressen wurde.

„Nein, er war nur ein Bekannter und ja, er wurde angefressen. Ich habe das in der Nacht nicht wirklich realisiert und dachte mir später, dass ich das nur geträumt habe. Aber wenn ich die Frau da sehe, ist das genau das gleiche. Die ist krank und wenn sie uns erreicht, wird sie versuchen uns zu fressen." Leo irgendwie erleichtert, schaut immer noch auf die kleine Frau hinter sich.

„Dann bin ich wohl der Erste, an dir ist ja nichts dran." „Wie kannst du in so einer Situation noch Witze machen?", fragt Yve ziemlich patzig.

„Man sollte immer das beste aus jeder Situation rausholen", sagt er darauf. „Aber okay, Spaß beiseite, was machen wir jetzt? Reden hilft ja nicht wirklich und weglaufen ist auch keine Option. Am besten schlage ich sie einfach nieder, dann ist sie erst mal außer Gefecht. Was meinst du?"

„Traust du dich das denn?" „Eigentlich bin ich eher einer der jeder Gewalt aus dem Weg geht, aber was sollen wir sonst machen?" Yvonne überlegt kurz und sieht, dass es keine andere Möglichkeit gibt.

„Dann aber bitte nicht zu fest, du sollst sie ja nicht umbringen."

„Okay" sagt Leo und bewegt sich langsam auf die Frau zu. Den Klamotten nach zu Urteilen war sie wohl eine der Demonstranten, denn sie trägt fast nur schwarze Sachen und sogar Springerstiefel. Auf Armlänge macht er noch mal halt und schaut zu Yvonne. Die ist mittlerweile in der letzten Ecke verschwunden und sieht sich alles an.

„Hallo?", sagt Leo noch mal zu der Frau. Aber es ändert sich nichts an ihrer Einstellung, es wird sogar noch schlimmer, je näher er kommt. Es sieht fast so aus, als würde die Frau gleich Hyperventilieren. Sie ist völlig am ausrasten und versucht mit aller Kraft an Leo ran zu kommen. „Dann wollen wir mal", sagt Leo. Er holt mit seinem stärkeren rechten Arm aus, macht eine Faust und drückt diese direkt in das Gesicht der Verrückten. Die taumelt durchs Loch zurück und fällt im Nebenraum zu Boden. Aber kein Schmerzensschrei war zu hören, rein gar nichts kommt von der gefallenen Person. Leo geht langsam zu Yvonne und hält sich dabei seine Hand, denn das hat echt wehgetan.

„Alles ok ?", fragt Yvonne. „Ja es geht schon." Als Yvonne sich gerade die Hand von Leo anschauen will, hören sie ein Geräusch von neben an. Beide schauen zum Spalt in der Wand und auf einmal steht die Frau wieder da, als ob nichts gewesen wäre. Eine kleine Delle im Gesicht zeichnet den Abdruck der Faust. Durch Leos handeln hat sich leider auch das Feldbett ein wenig verschoben und nun kommt die

Frau langsam aber sicher durch. Nach ihrer Befreiung schleift sie sich in die Richtung der beiden und öffnet dabei ihren Mund, was die ganze Sache nur noch furchtbarer macht. Gleich hat sie die anderen erreicht.

Yvonne löst sich aus der Ecke, duckt sich unter Leo durch und tritt der Frau vors Schienbein. Diese fällt nach hinten auf den Boden, rappelt sich aber sofort wieder auf und dreht sich nach dem Treter um. Aber Leo kommt von der anderen Seite und schlägt sie mit aller Kraft nieder. Wieder fällt sie zu Boden und wieder rappelt sie sich auf und dreht sich zu Leo.

„Das kann es doch nicht sein", sagt Leo mit panischer Angst in seiner Stimme. Die Frau stürzt sich auf ihn und versucht in doch tatsächlich zu beißen. Mit aller Kraft hält er ihren Kopf beiseite. Aber die lässt einfach nicht locker und kommt mit ihren Zähnen seinem Hals immer näher. Ein Knacken hinter der Frau bekommt er noch mit und dann merkt er, das ihn langsam seine Kräfte verlassen. Aber kurz bevor die Zähne in ihn einschlagen, kommt irgendwas Spitzes aus ihren Hals geschossen. Sie fällt zu Seite, knallt gegen die Wand und Leo kann total erschöpft die Ecke verlassen.

Er sieht Yvonne, die total entgeistert in die Richtung der Frau blickt. Auch er schaut wieder in die Ecke und erst jetzt erkennt er, dass aus ihren Hals ein Stück Holz raus ragt. Yvonne hatte von der gebrochenen Wand etwas los getreten und dieses dann als Waffe benutzt.

„Danke", sagt er schnell. „Ich hätte nicht mehr lange ausgehalten." Er nimmt Yvonne in den Arm und sie fängt an zu weinen. Ihr Blick hängt durchgehend auf die am Boden liegende Frau. Bewegt die sich noch? Aber ja, erst bewegt sich der eine Arm ganz langsam und nun auch der andere. Die Frau beginnt doch tatsächlich sich zu erheben.

„LEO", schreit Yvonne. Er dreht sich um und glaubt nicht, was er da sieht. Die Alte steht wieder und torkelt mit gleicher Geste auf die beiden zu. In Ihrem Hals steckt immer noch das Holzstück und eine Menge Blut fließt aus dem Loch in Richtung Boden. Leo rennt zur kaputten Seite, reißt dort ein weiteres Stück heraus, läuft anschließend zu der Frau rüber und rammt es ihr mit voller Wucht in den Kopf. Wieder fällt sie um, aber jetzt bleibt sie liegen, es kommen keine Bewegungen mehr. Yvonne starrt wie eine verrückte in die Ecke und Leo steht immer noch über dem Körper am Boden.

„Bist du endlich tot", schreit er sie an. „Oder brauchst du noch mehr?" Yvonne torkelt langsam zurück zur Pritsche, setzt sich hin und kann keinen klaren Gedanken mehr fassen. Leo geht endlich von der Frau weg, begibt sich zu Yvonne und setzt sich neben sie. Auch er weiß immer noch nicht was da gerade passiert ist. Die Frau muss wirklich krank gewesen sein. Deswegen vielleicht die ganze Polizeigewalt in der Stadt. Die Menschen, die sie erschossen haben waren auch alle krank und nur eine Verletzung am Kopf beendet das elend. Es war keine Gewalt, es war notwendig. Beide sitzen nun da und schauen weiterhin in die Ecke, als ob sie erwarten würden, dass in der nächsten Sekunde wieder eine Bewegung kommt. Aber es passiert nichts mehr, die Tote liegt einfach nur am Boden und blutet vor sich hin...

Kapitel 4

Eine gewisse Zeit ist erst mal Ruhe im Keller. Yvonne und Leo sitzen auf der Pritsche, jeder in seinen Gedanken versunken und keiner möchte was sagen, niemand will die Stille Verletzten. Ist das alles noch Real, befinden sich die beiden wirklich in einer Zelle? Liegt da echt eine tote Frau am Boden? Das normale Leben ist soweit weg. Aber es existiert natürlich noch, denn beide haben Durst. Leo sein Blick landet wieder bei der toten in der Ecke. Die ganze Zeit kam kein Zucken mehr, sie ist tot, daran gibt es keine Zweifel. Seine Augen bleiben an den Haaren hängen. Normal würde er gerne wieder woanders hinschauen, schließlich hat er sie getötet, aber ihm ist was aufgefallen, was Wichtiges, er begreift einfach nicht was es sein könnte. Zu sehr sind seine Gedanken noch bei den Ereignissen der letzten Geschehnisse. Yvonne sieht den Blick von Leo. Auch sie schaut rüber, versteht aber nicht warum er so am Grübeln ist, man erkennt ja sofort, das er irgendwas hat. Wieder untersuchen ihre Augen die arme Frau und plötzlich schnallt sie es, die hat ihre Haare nach oben gesteckt.

Yve springt mit einem Satz von dem provisorischen Bett und steuert direkt den toten Körper an, Leo schaut ihr nach, bleibt aber sitzen. Sie bückt sich bei dem Opfer und hält sich mit einer Hand die Nase zu, der Geruch ist wirklich widerlich. Langsam beginnt sie die Haare der Toten zu durchwühlen und stöhnt dabei des Öfteren auf. Erst jetzt schaltet sich das Gehirn von Leo wieder ein. Er steht auf, geht rüber und zieht Yvonne sehr sanft von der Leiche weg.

„Ich mach das schon", sagt er ruhig zu ihr. Nun bückt er sich selber und fummelt in den Haaren und wird sofort fündig. Mit einer Haarspange geht er zurück zu Yvonne und lässt sie bei ihr in die offene Hand fallen. Sie schaut sich die Spange an und fängt an sie zu verbiegen. Eine Tür aufsperren sollte wohl nicht so schwer sein, das hat sie früher bei ihren Eltern auch immer gemacht. Ihre Erzeuger waren sehr streng, eigentlich durften sie und ihre Schwester nie was. Hauptsache die Hausarbeit war erledigt. Yvonne hat schon länger keinen Kontakt mehr, aber auch zu ihrer älteren Schwester ist alles abgebrochen. Die hatte nämlich ziemlich früh geheiratet und ist mit ihren Mann nach Europa gezogen. Seit dem ist Sendepause, sie hatten aber eh kein enges Verhältnis.

Yvonne steckt die Haarnadel ins Schlüsselloch und fängt langsam an zu drehen. Aber nichts passiert, nur die Nadel verbiegt sich ein wenig. Sie holt sie wieder raus und richtet sie erneut. Leo steht dahinter und schaut ungeduldig zu ihr runter. Das Licht ist nur noch am Flackern, es dauert sicher nicht mehr lange und sie sitzen hier im Dunkeln. Der zweite Versuch wird gestartet, wieder dreht sie die Nadel langsam im Loch und endlich merkt sie einen Widerstand, ganz vorsichtig macht sie weiter. Aber das Unvermeidliche, das was nicht passieren sollte, tritt ein. Das blöde Teil bricht durch und landet am Boden.

„Verdammte Scheiße", schreit sie fast schon. Leo geht wieder zu der Leiche, er hat die Hoffnung auf eine Flucht noch nicht aufgegeben.

Auf dem Weg darüber versagt die Lampe und sie sitzen endgültig im Dunkeln.

„Das kann es doch nicht sein", merkt Leo an. „Jetzt muss ich ohne was zu sehen was finden." Der Gedanke reizt ihn nicht gerade, es war ja schon bei Licht ekelig.

„Warte!" Ruft Yvonne hinter ihm her. Er dreht sich um und sieht das die Kellertür offen ist, ein kleiner Lichtschimmer scheint in die Zelle.

Die Kleine hat es tatsächlich geschafft, das Schloss ist geknackt. Total erleichtert umarmt Leo seine neue Freundin und bedankt sich bei ihr. Schnell verlassen sie das dunkle Kellerloch und befinden sich jetzt auf dem langen Flur, der nur minimal beleuchtet ist. Das Licht selber kommt von der Treppe, die am Ende nach oben führt. Langsam bewegen sich die beiden darauf zu, erklimmen die ersten Stufen und öffnen eine schwere Tür. Dahinter befindet sich ein Riesen Treppenhaus mit großen Glasfenstern. Draußen ist es taghell, die Eingangstür steht offen und so ist es ein leichtes, endlich in Freiheit zu kommen. Jetzt stehen sie in der Sonne, hinter ihnen ist das große Mehrfamilienhaus, wo unten die Keller ihre Finger nach ihnen ausstrecken. Sie sind in einer kleinen Nebenstraße, irgendwo mitten in Atlanta. Reihenweise Häuser sind in der ganzen Straße und sicher wohnen hier sehr viele Familien mit Kindern, aber alles ist komplett leer. Keine Autos, keine Menschen. Vom Ende des Weges hören sie aber Motorengeräusche und genau darauf steuern sie zu, alles ist sehr merkwürdig.

Bis zur nächsten Kreuzung wird gerannt und ab hier versuchen sie sich zu orientieren. Sie sind auf einer Hauptverkehrsstraße und gegenüber ist eine große Tankstelle. Dort stehen ohne Ende Autos und viele sind am Hupen. Die wollen alle tanken, aber so wie es aussieht, geht es nicht voran. Von rechts kommt eine kleine Gruppe immer näher, bleiben kurz bei ihnen stehen und schauen sich die beiden Ausbrecher an. Ein kleines Mädchen löst sich von denen und nähert sich langsam.

„Ihr seht aber sehr komisch aus, seit ihr auch krank?", fragt sie sehr vorsichtig. Die Erwachsenen ziehen sie wieder nach hinten und lächeln die beiden ein wenig an.

„Nein, wir sind nicht krank", sagt Leo. „Wir waren in einem Keller und bekamen die Tür nicht mehr auf. Jetzt wollen wir nur nach Hause, du brauchst also keine Angst zu haben." Wieder drängelt sich das Mädchen nach vorne und hält den beiden eine Flasche Wasser hin.

„Nehmt ruhig, ihr seht echt so aus, als ob ihr durstig seit." „Das ist echt nicht nötig", antwortet Yvonne mit ganz lieber Stimme. „Wir holen uns eben was an der Tankstelle, aber trotzdem sehr lieb von dir."

Einer der Erwachsenen, eine Frau so gegen 50 ergreift das Wort. „Nehmen sie bitte das Wasser. An der Tankstelle werden sie nichts mehr bekommen, es ist alles ausverkauft. Es gibt fast nirgends mehr was, alle Geschäfte haben entweder geschlossen oder sind leer." Ein Mann gesellt sich dazu, es sieht so aus, als ob er zu der Frau gehört. „Ihr solltet so schnell es geht die Stadt verlassen. Der Katastrophenschutz sperrt alles ab und zwingt die Menschen nach Hause. Überall patrouillieren Soldaten auf den Straßen und die sehen nicht gerade nett aus. Die Cops sind irgendwie alle verschwunden."

Die Frau ergreift wieder das Wort. „Die reden alle von komischen Kranken die durch die Stadt laufen und Menschen anfallen. Wir haben noch keine gesehen, aber zwei Straßen weiter haben die Soldaten eben eine Gruppe erschossen. Die sind trotz Warnung einfach weitergelaufen und dann haben die drauf gehalten." Das Kind schaut sich das alles an und spricht frech dazwischen.

„Ihr könnt ja mit uns kommen. Wir wollen zum Bahnhof und dann mit dem Zug fahren. Ich liebe es, mit der Eisenbahn zu reisen. Sie dreht sich schnell zu den beiden Älteren um und sieht sie fragend an. „Die können doch mitkommen, Mum? Dad ?"

Die anderen Leute aus der Gruppe machen sich langsam wieder auf den Weg. Ohne ein Wort zu sagen gehen sie einfach weiter. Alle bewaffnet mit großen vollgestopften Rucksäcken, es sieht eher so aus wie eine Wandertruppe oder halt wie Urlauber.

„Na sicher dürfen sie mit", sagt wieder die Frau und schaut abwartend zu Leo und Yvonne, denn sie scheinen auch weiter zu wollen.

„Das ist voll nett von ihnen", antwortet Leo. „Aber wir versuchen selber einen Weg aus der Stadt zu finden. Wir wünschen ihnen aber alles Gute."

Die beiden Eltern nicken noch einmal freundlich und gehen dann weiter, sie versuchen die anderen wieder einzuholen. Die Kleine blickt ziemlich traurig und winkt zum Abschied noch eine Weile. Leo und Yvonne schauen ihnen nach.

„Ist das wohl wirklich alles so schlimm?", fragt Yvonne.

„Sieht wohl ganz danach aus, wir sollten versuchen zu verschwinden. Hast du eine Idee?"

„Mit dem Auto können wir das wohl vergessen." Yvonne schaut sich erst mal genauer um und erkennt jetzt, wo sie sich befinden.

„Ich wohne hier in der Nähe und unten in unserer Tiefgarage steht normalerweise ein Motorrad. Kannst du so was fahren?"

Leo schaut sie mit großen Augen an. „Das ist eine krasse Idee, ich habe zwar keinen Führerschein, aber ich habe ein wenig Erfahrung. Dann lass uns los, hier gefällt es mir nicht mehr."

Sie machen sich auf den Weg, Yvonne geht vor und zeigt Leo wo er lang muss. An der nächsten Straßenkreuzung müssen sie erst mal gerade aus. Dort angekommen sehen sie von rechts eine lange Schlange Armeelaster direkt auf sie zufahren. Schnell gehen sie ein Stück zurück und schauen in die grimmigen Gesichter der vorbeifahrenden Soldaten. Die nehmen aber absolut keine Notiz von ihnen. Alle Fahrzeuge biegen nach links ab und fahren zur angrenzenden Tankstelle, wo die Insassen runter springen und alle Autos mit gezogenen Waffen umstellen. Ein älterer Soldat mit weißen Haaren steigt vorne aus, in seiner Hand befindet sich ein Megafon, welches er auch sofort ansetzt und in Richtung der erschreckten Menschen hält.

„Alle raus aus euren Autos. Hier gibt es kein Benzin mehr, das wurde von der Regierung konfisziert. Ich wiederhole, alle raus aus den Scheiß Karren und weg von hier. Am besten verschwindet ihr nach Hause und wartet dort auf neue Instruktionen."

Ein weiterer älterer Herr, der dem Schreihals am nächsten steht, steigt aus seinem Auto. Er geht zu ihm rüber und die beiden Unterhalten sich sehr angestrengt. Leo und Yvonne können aber nicht verstehen, was da gesprochen wird, die sind einfach zu weit weg.

„Komm schon Leo, wir müssen weiter." Der bewegt sich aber nicht, er schaut einfach weiter zu der Tankstelle. Er will wissen, was da passiert, sein Journalismus kommt wohl durch. Der ältere Mann aus dem Auto winkt ab und dreht sich um. Sein Weg führt ihn zurück zu seinem VW Golf, wo er auch sofort wieder einsteigen möchte. Der Soldat mit seinem Megafon nimmt seine Waffe aus dem Holster, geht zwei Schritte nach vorne und schießt dem Mann in den Hinterkopf. Nun setzt er das Sprachteil wieder an.

„Noch jemand, der meinen Wunsch nicht entsprechen möchte?", schreit er hinein. An beiden Seiten kommen weitere Soldaten hinzu und halten Ihre Gewehre weiter auf die Autos. Ganz langsam öffnen sich die Türen und Menschen aller Altersklassen verlassen ihre Vehikel. Einige nehmen noch Taschen aus den Kofferräumen, die sie sich entweder umschnallen oder einfach nur im Arm halten. Kurz darauf befinden sich die Uniformierten alleine an den Säulen.

Leo schaut betroffen zu Yvonne. „Lass uns verschwinden, ich habe genug gesehen." Yvonne bewegt sich aber nicht. Sie starrt einfach nur zur Tankstelle. „Yvonne?" Leo versucht sie zu rütteln. Endlich schaut sie zu ihm auf.

„Hast du das gesehen? Der Soldat hat den Mann erschossen, einfach so. Was ist hier los Leo?"

„Es sieht so aus, als ob alles den Bach runter geht. Genau deswegen müssen wir uns jetzt beeilen, bevor wir gar nicht mehr aus der Stadt rauskommen."

Die beiden bewegen sich schnell weiter. Keiner von ihnen schaut zurück. Sie fangen sogar fast an zu rennen, so schnell wollen sie von der Tankstelle weg, von den Soldaten, von dem Mann mit dem Megafon.

Am Himmel taucht jetzt ein Hubschrauber auf. „Das ist einer von CNN", sagt Leo. Eigentlich ist ein Hubschrauber über Atlanta nichts Neues, aber der ist ziemlich schnell unterwegs. Yvonne schaut jetzt auch nach oben.

„Arbeitest du für die?", fragt sie völlig aus der Puste. „Nein, ich arbeite für einen 3. Klassischen Fernsehsender, sicher nicht für CNN." Beide joggen weiter, wieder haben sie eine Querstraße geschafft und der Verkehr auf den Straßen wird auch wieder dichter. Plötzlich bleibt Leo stehen und blickt wieder nach oben. Da kommen noch mehr Hubschrauber angeflogen.

„Die sind aber nicht von CNN", bemerkt Yvonne, die auch stehen geblieben ist.

„Nein, die sind vom Militär, es sieht eher so aus, als ob sie den anderen verfolgen. Los weiter, ist es noch weit?" Yvonne schaut sich kurz um. „Nein, noch ca. eine Meile, dann sollten wir da sein."

Sie kommen gut voran, aber die Geschwindigkeit wurde gedrosselt, denn auch Leo kann mittlerweile nicht mehr. Genau neben ihnen fahren zwei Autos zusammen. Der Erste musste stark bremsen, da ihm von rechts einer die Vorfahrt genommen hat. Dahinter ist direkt einer rein gekracht, der fährt wieder ein Stück rückwärts, überholt den anderen und düst davon. Der Fahrer des ersten Autos steigt aus, geht nach hinten und schaut sich den Schaden an. Er tritt mit aller Kraft gegen seine eingedellte Stoßstange, die einfach auf die Straße fällt. Kurz darauf ist auch er wieder verschwunden.

„Es sieht so aus, als ob jeder Anstand in dieser Stadt verloren ist", sagt Leo zu der Sache.

„Sag mal Leo, hast du noch irgendwelche Leute hier in der Stadt? Familie oder Verwandtschaft?" „Nein, ich habe niemanden hier, das ist jetzt auch egal. Wie sieht es bei dir aus?"

Yvonne muss wegen der Frage lachen. „Nur eine Katze, ich glaube aber nicht, das die mit möchte." Sie haben noch zwei Querstraßen vor sich, dann sollten sie endlich da sein. Der Gedanke einer baldigen Ankunft gibt ihnen ein wenig Sicherheit. Beim einbiegen in die richtige Straße bleibt Yvonne plötzlich abrupt stehen. Leo kann gerade noch ausweichen und schaut fragend in ihre Richtung.

„Was ist los?", fragt er. „Hier in der Straße sind alle Autos ausgebrannt. Was ist hier passiert?"

Leo schaut die Fahrbahn runter, so gut wie kein Fahrzeug ist mehr heile.

„Ist das ein Problem für uns?" Yvonne richtet ihre Augen auf Leo. „Nein, das Bike steht in unserer Tiefgarage, da ist sicher niemand reingekommen ist. Los gehen wir, ich kann mein Haus schon sehen." Sie trotten sehr langsam weiter, irgendwie ein wenig vorsichtig, als ob sie denken, das die Randalierer noch da sind und ihnen was tun würden. Endlich kommen sie an, das Garagentor ist geschlossen und es sieht so aus, als ob hier niemand gewütet hat. Sie stehen jetzt vor dem verschlossenen Gitter und schauen durch die Stangen nach innen. Alles ist dunkel, das Licht geht wohl nicht mehr.

„Hast du keinen Schlüssel für das Tor?", fragt Leo. „Nein, ich habe doch gar keinen Führerschein, geschweige denn ein Auto. Warum sollte mir die Wohngesellschaft dann einen Schlüssel geben?" Leo schaut sie verdutzt an. „Wem gehört denn dann das Motorrad?" „Mir nicht", lächelt Yvonne ein wenig verlegen. „Das ist das Bike von dem Penner aus dem ersten Stock. Der ist voll das Arschloch und ich denke, der brauch das sicher nicht mehr." „Wir sollen das klauen?" „Warum nicht, interessiert doch eh keinen mehr, was hier passiert."

Leo fühlt sich bei der ganzen Sache nicht wohl, sie hat nichts davon gesagt das sie das Teil klauen wollen. Er sieht, wie Yvonne sich an der rechten Seite des Tores zu schaffen macht.

„Ich muss hier nur diesen kleinen Stift nach links reinschrieben und wollah, das Tor ist offen." Yvonne steht wieder auf und zieht das Gitter nach oben. Der Weg ins Dunkele ist jetzt frei, aber beiden ist es ein wenig komisch in der Bauchgegend. Trotzdem gehen sie hinein. Es dauert eine kurze Zeit, bis sich ihre Augen an die Dunkelheit gewöhnen und Yvonnes erster Blick geht in die linke hintere Ecke. Da sollte eigentlich das Auto von Arlo und Sam stehen. Das ist aber weg, also haben es die beiden noch geschafft. Ein gutes Gefühl bildet sich bei Yvonne und sie lächelt kurz. Als Nächstes dreht sich ihr Kopf nach rechts, dort sollte irgendwo das Bike stehen und sie wird nicht enttäuscht. Eine grüne Kawasaki, ganz allein in einer der Parkbuchten. Ein richtig heißes Gefährt und sicher auch sehr schnell.

„Kannst du das Teil wirklich fahren?", flüstert Yve ziemlich leise.

„Ich denke schon, jedenfalls kommen wir damit schnell hier weg. Aber hast du auch einen Schlüssel dafür? Oder müssen wir die Maschine schieben?"

Yvonne geht einmal um das Motorrad herum, fummelt mit ihren Fingern am Lenker und hat das begehrte Objekt in der Hand.

„Da ist er", sagt sie. Leo, sehr zufrieden mit der Sache, setzt sich vorne drauf und rollt ein wenig. Ein lautes Klacken unter dem Teil signalisiert, das der Ständer eingerastet ist. Er dreht den Schlüssel und die Zündung geht an. Der Tank ist bis oben hin voll, endlich mal ein wenig Glück. Yvonne steht immer noch neben ihm auf dem Boden. Ein Geräusch hinten aus der Ecke hat ihre Aufmerksamkeit erregt.

„Da hinten ist doch was", sagt sie leise. Auch Leo schaut jetzt in die Ecke, erkennt aber nichts. Yvonne geht zwei Schritte in die Richtung und versucht krampfhaft was zu sehen. Leo bleibt weiterhin sitzen und schaut gespannt, er hat jetzt auch was gehört, vielleicht nur eine Ratte.

Eine menschliche Gestalt taucht aus der Dunkelheit auf, sie schleicht sehr langsam auf die beiden zu. Eine Hand ist erhoben zu fingerartigen Klauen, die andere baumelt runter und schleift irgendwas hinter sich her. „Scheiße", schreit Yvonne. „Das ist der Penner aus dem ersten Stock, dem gehört das Motorrad." „Fuck", kommt von Leo, der immer noch auf dem Bike sitzt. „Es sieht aber nicht so aus als ob der noch fahren möchte." „Sehr witzig Leo." Yvonne war von dem Satz nicht wirklich angetan.

Langsam kommt der Stockwerkpenner näher, sein Gesicht ist verzehrt, sein Mund und alles Drumherum ist blutverschmiert. Erst jetzt sehen sie auch, was er in der anderen Hand mit sich herum schleift.

„NEIN", schreit Yvonne. „Das ist meine Katze." Sofort treten ihr tränen in die Augen. Der Kerl hat sich Yvonnes Katze geschnappt und sie sogar angefressen. Gedärme hängen aus dem Körper raus und hinterlassen eine blutige Spur am Boden.

„Los jetzt", schreit Leo. „Steig auf, wir müssen hier weg. Der Typ ist genau so krank wie die Frau aus dem Keller." Yvonne springt auf und beinahe wären die beiden durch die Wucht mit der Maschine umgefallen. Leo dreht den Schlüssel und das Motorrad springt sofort an. Schnell gibt er Gas und sehr wackelig fahren sie aus der Garage. Yvonne klammert sich von hinten an Leo und oben an der Straße deutet sie nach links.

"Richtung Interstate geht es da lang", erwähnt sie noch mit weinender Stimme. Leo lenkt das Geschoss auf die gezeigte Straßenseite und sie rauschen davon. Der Penner aus dem ersten Stock kommt langsam die Auffahrt hoch, die Katze hat er immer noch in der Hand. Er bewegt sich aber nach rechts, genau in Richtung Hauptverkehrsstraße. Dort fahren immer noch Autos und viele Menschen sind unterwegs, denn alle wollen raus aus der Stadt.

Leo und Yvonne düsen mit dem Bike über die Straßen, aber je näher sie der Interstate kommen, desto voller wird alles. Überall rennen Menschen herum, viele haben einfach ihre Autos stehen lassen und sind zu Fuß weiter. Dumm nur das die Teile von denen jetzt die Wege blockieren und damit bald gar nichts mehr geht. Die Biker kommen an die Auffahrt von der Interstate 75. Hier steht alles, sie drängeln sich vorbei und befinden sich ein wenig später auf der Trasse Richtung Süden.

Auch hier das gleiche Bild, Autos ohne Ende und keins bewegt sich nur einen Millimeter. Leo lenkt die Maschine auf den rechten Seitenstreifen, dort fährt er langsam weiter und muss andauernd irgendwelchen Fahrzeugen, Menschen oder geöffneten Türen ausweichen. Yvonne kneift ihm einfach in die Seite und er bleibt stehen und dreht sich um.

„Hey, das hat wehgetan. Was soll der Mist?" Yvonne deutet mit einem Finger nach vorne. Leo dreht seinen Kopf wieder dort hin und sieht etwas weiter hinten eine Menschen Menge. Die bewegen sich genau auf sie zu und die meisten von denen sind am Rennen.

„Wir müssen hier weg", sagt Yvonne und deutet zur rechten Seite auf ein Feld. Leo gibt Gas, schlägt den Lenker ganz rechts ein und fährt sehr langsam das Ufer runter. Mit dem Motorrad geht das natürlich ziemlich einfach. Schon sind sie auf dem Feld angekommen und er hält wieder an. Noch mal blicken sie auf die Interstate zurück, die Menschen sind fast da und einige von ihnen sind laut am Schreien. In der Ferne hören sie jetzt Schüsse. Erst vereinzelt, doch dann werden es immer mehr. Die Menschenmasse wird noch schneller und schreien alle durcheinander. Einige rennen auch das Ufer runter und nähern sich ganz schnell den beiden Bikern. Leo gibt wieder Gas und sie fahren allen davon. Gar nicht auszumalen, was passiert wäre wenn die ersten sie erreicht hätten. Hinter ihnen bildet sich eine große Wolke, denn das Feld scheint sehr trocken zu sein, aber keiner der beiden blickt zurück. Nach dem Feld kommt ein kleiner Wald und danach ein weiteres Feld. Sie fahren und fahren, bloß schnell weg von den Leuten und der großen Stadt. Sie hören hinter sich, mittlerweile weit in der Ferne, einen Riesen Knall, es muss wohl eine Explosion gegeben haben, sie fahren aber weiter, keiner will was sehen...sie sind entkommen...

Kapitel 5

Arlo und Sam befinden sich weiterhin auf der Interstate 75. Es herrscht kaum Verkehr. Hin und wieder überholen sie ein Auto oder einen Camper und manchmal düst auch einer an ihnen vorbei. Fast alle Auf- und Abfahrten sind vom Militär gesperrt. Bisher wollten sie auch nicht runter. Ihr Ziel ist immer noch das Ferienhaus im Wald.

5 Meilen bis Forsyth, von dort ist es dann nicht mehr weit bis Macon, aber da wollen sie ja gar nicht hin. Sie müssen nur vorbei und weiter nach Süden Richtung Lake City. Das ist leider noch ein langer Weg und das Vergangene macht sie völlig fertig. Sie reden nicht viel miteinander, beide sind versunken in Gedanken.

Sam blickt zu Arlo rüber und will was sagen, schluckt es aber wieder runter und schaut aus dem seitlichen Fenster. Arlo hat das mitbekommen, daher versucht er es einfach selber.

„Wenn du was sagen möchtest, dann mach ruhig. Ich höre dir gerne zu. Ich weiß das wir diesen Tag nie vergessen werden. So was erleben andere Menschen ihr ganzes Leben nicht. Hoffentlich kommen wir gut durch und vor allem, hoffentlich ist das jetzt alles vorbei. Rede ich dir zu viel?" Sam schaut ihn an, ihre Augen sind vom weinen noch ganz rot.

„Alles gut, Schatz. Ich mache mir immer noch Gedanken wegen dem Bus und dem Massaker an der Familie. Das will nicht aus meinen Kopf, ich habe noch nie jemanden sterben sehen und wollte es auch nie. Jetzt spielt sich das die ganze Zeit vor meinen Augen ab."

„Ich weiß Kleine, ich kann das auch alles nicht begreifen. Niemand wird erschossen, nur weil man krank ist. So was gibt es doch seit dem Mittelalter nicht mehr."

„Ja genau das meine ich. Die wurden einfach erschossen, obwohl sie gesund aussahen und nicht gefährlich waren." Ihr Auto überholt gerade eine alte Corvette. Am Steuer sitzt ein älterer Herr mit Hut.

Daneben schläft eine Frau. Arlo wird kurz nachdenklich, irgendwas möchte er loswerden.

„Ich mache mir gerade eher Sorgen um das Gesagte von der Ärztin", beginnt er dann doch.

„Ja, die war schon komisch, aber eigentlich auch sehr nett, ohne sie wären wir da gar nicht weggekommen", erwidert Sam.

„Okay, das stimmt schon, aber das meine ich nicht. Sie sagte zum Schluss „Haltet euch von den Kranken und vor allem von den Toten fern", das geht mir nicht mehr aus dem Kopf. Was meinte sie damit? Von den Toten fernhalten?"

„Das kann ich dir nicht sagen Schatz, von den Kranken ist klar. Vielleicht meinte sie auch, dass die Toten noch ansteckend sind. So wie früher das mit der Pest in Europa."

„Das kann sein", antwortet Arlo. „Trotzdem finde ich das alles sehr komisch."

„Was glaubst du denn, wir haben heute so viele komische Sachen gesehen, das mich gar nichts mehr wundert", schreit Sam ihm fast ins Ohr. „Ja, da hast du wohl recht. Willst Du nicht vielleicht ein wenig schlafen?" Sam wird durch die Frage von Arlo fast sauer. Wie kann der Idiot jetzt an so was denken.

Jetzt fahren sie an der ersten Ausfahrt von Foryth vorbei. Auch diese ist abgesperrt, genau wie die Auffahrt dahinter. In der Ferne sehen sie an einer Brücke ein großes Banner. Je näher sie dem kommen, desto besser können sie es erkennen. Es scheint wohl eher so was wie ein weißes Laken zu sein und es stehen große schwarze Buchstaben darauf. Arlo wird ein wenig langsamer, um sich das anzuschauen. Jetzt können sie es lesen, da steht „Der Tod fährt mit". Ob das auf die neue Krise hindeutet oder schon lange wegen der Raser dort hängt, können die beiden nicht sagen. Die nächste Ausfahrt nach Foyrh Innenstadt ist abgesperrt. Auf der Auffahrt dahinter steht diesmal aber kein Laster quer, so wie es bisher immer war, dort parken etliche Polizeiautos. Dahinter eine lange Reihe von Fahrzeugen, die wohl alle auf die Interstate wollten. Einige der Cops liegen zwischen ihren Autos, als ob sie da gemütlich ein Nickerchen machen. Arlo und Sam wissen aber genau, dass sie tot sind. Wo sich die ganzen Besitzer der Vehikel aufhalten, ist völlig unklar, denn niemand ist mehr da. Es ist also nicht nur in Atlanta, überall läuft alles aus den Rudern. Ihre Hoffnung, ans Ziel zu kommen, schwindet leider immer mehr. Sie fahren aber weiter und sehen im Rückspiegel die Polizeiautos langsam verschwinden.

Nach ein paar Minuten sehen sie etwas auf dem Seitenstreifen, es könnte ein kleines Auto sein und davor scheint eine Person zu stehen. Arlo bremst ein wenig ab, normal dachte er, dass Sam sich wieder wegen der Cops die Tränen wegwischt, aber ein Blick zu ihr zeigt ein anderes Bild. Ihre Augen sind trocken und schauen angespannt auf die Person am Straßenrand. Sie kommen näher, das Auto scheint ein alter VW Käfer zu sein und aus dem Kofferraum ist es am Qualmen. Vor dem Käfer steht eine Frau und schaut winkend und hoffnungsvoll zu den beiden Ankömmlingen. Sie hat lange Pech schwarze Haare, die sie komplett offen trägt und ist sicher an die 1,80 m. Ihr Erscheinungsbild ist sehr ausgefallen, sie trägt nämlich nur Schwarz. Von der Sonnenbrille bis zu den Schuhen gibt es nur diese eine Farbe. Trotzdem sieht sie auf den ersten Blick freundlich aus.„Arlo, halt an, ich bitte dich", sagt Sam, als sie sehr langsam an der Frau vorbei rollen. Arlo setzt den rechten Blinker und hält ca. 50 Meter hinter dem qualmenden VW.

Er macht seine Tür auf und schaut noch mal zu Sam.

„Bleib hier und wenn irgendwas passiert, rutsch rüber und fahr weg." Sam nickt nur und dreht sich wieder um und blickt durch die Heckscheibe auf die langsam näher kommende Frau. Arlo steigt aus und geht ihr entgegen. Sam zittert vor Angst. Hätten sie nicht doch einfach weiterfahren sollen? Was ist, wenn die böse Absichten hat? Sie setzt sich schon mal rüber auf den Fahrersitz und blickt weiter angespannt nach hinten.

Arlo geht langsam weiter und 20 Meter, bevor die beiden aufeinandertreffen, halten sie an. Die Frau hebt ihre Hände leicht nach oben, als ob sie zeigen möchte, dass sie unbewaffnet ist.

„Hallo", sagt sie im normalen Ton. „Ich habe eine Panne mit meinem Auto, so wie es aussieht ist der Motor überhitzt." Arlo schaut sie an und weiß nicht genau, was er davon halten soll.

„Wie kann es sein, dass der Motor überhitzt und der Rauch aus dem Kofferraum kommt?" Die Frau dreht sich um, schaut auf ihren Käfer und fängt an zu lachen. „Das ist gut", sagt sie. „Du hast nicht viel Ahnung von Autos. Das ist ein alter VW Käfer, der hat seinen Motor hinten, vorne ist der Kofferraum." Jetzt muss auch Arlo mitlachen, weil das einfach lustig ist. Sam, die weiterhin die Sache beobachtet, versteht die Welt nicht mehr. Da stehen sich ihr Mann und diese Frau gegenüber und krümmen sich vor lachen. Ist das wohl der Anfang von dem Virus?

„Okay", sagt die Schwarzhaarige. „Ich bin Emma, habt ihr auch einen Namen?"

„Arlo und das da hinten im Auto ist meine Frau Sam oder besser Samantha, aber das hört sie nicht gerne. Wieder fangen beide an zu lachen und Sam steigt aus und kommt in ihre Richtung. Als Arlo das mit bekommt, verbeißt er sich das lachen und nimmt sie in Empfang.

„Sam, das ist Emma, sie hat mit ihrem Käfer eine Panne und man darf dabei nicht vergessen, das der Motor hinten ist", wieder fängt er an zu lachen. Auch Emma lacht noch, kommt aber langsam zur Besinnung.

„Hallo, ich bin Emma, das hat dein Mann dir ja gerade schon gesagt. Ich habe mit meiner Schrottmühle dahinten eine Panne. Ich bin auf den Weg nach Macon, dort wohnt meine Mutter. Ich mache mir Sorgen um sie, da sie schon seit 2 Tagen krank ist und sich seit gestern Abend nicht mehr gemeldet hat." Arlo und Sam schauen sich an, bei dem Wort Krank läuft ihnen ein Schauer über den Rücken. Emma hat das bemerkt und verzieht leicht ihr Gesicht.

„Nein, nicht dieser Müll von dem alle reden. Meine Mutter hat Diabetes und fällt deswegen öfters mal um. Da ich sie nicht mehr erreicht habe, habe ich es bei ihrem Arzt versucht, aber auch da geht seit gestern keiner mehr ans Telefon. Nun bin ich heute Morgen von Hampton aus losgefahren, um nach ihr zu sehen." „Was ich an der ganzen Sache nicht verstehe", unterbricht sie Sam. „Warum bist du erst heute Morgen losgefahren? Schließlich hast du seit gestern Abend nichts mehr von deiner Mutter gehört." Arlo schaut grimmig zu Sam und signalisiert ihr mit seinen Augen, das dieses echt unhöflich war.

Emma stößt einen Seufzer aus. „Okay, ich wollte die Geschichte ein wenig tragischer machen, damit ihr mich mitnehmt." Arlo schaut wieder Richtung Emma. „Du hast gelogen?", fragt er sie. „Ja, das habe ich, war aber eine Notlüge, tut mir leid. Ich bin wirklich aus Hampton und will nach Macon. Aber dort wohnt nicht meine Mutter, sondern mein Ex Freund. Und in Hampton wohnt in meiner Wohnung mein jetziger Freund, den ich gestern Abend verlassen habe. Also praktisch auch mein Ex. Ich bin aus der Wohnung geflohen und habe mich über Nacht auf einen Rastplatz versteckt. Als dann aus dem Radio komische Meldungen von Absperrungen und Kranken durchsickerten, bin ich weitergefahren, kam aber nur bis hier hin. Normal ist hier auf der Strecke die Hölle los, aber alle 10 min. mal ein Auto ist wirklich seltsam. Alle anderen sind im großen Bogen weitergefahren, ihr seid die Ersten die halten."

„Hat er dich geschlagen?", möchte Sam wissen. „Nein hat er nicht. So einer ist er nicht. Ich kam gestern Abend früher von der Arbeit, mein Chef meinte ich soll gehen, weil es später vielleicht nicht mehr sicher ist. So früh war ich noch nie Zuhause und habe meinen Freund in flagranti mit seiner Cousine im Bett erwischt."

Sie macht eine kurze Pause und sammelt sich. „Das ist voll das Flittchen, hätte jetzt nicht gedacht das er auf sie abfährt, auf seine eigene Cousine." Eine Träne läuft ihr die Wange runter.

Sam schaut zu Arlo und flüstert „lass sie uns mitnehmen. Ich glaube nicht, dass sie schon wieder lügt. Nach Macon sind es nur noch 25 Meilen." „Ok", sagt Arlo und richtet seinen Blick wieder auf Emma. „Du kannst bis Macon mitkommen, das liegt eh auf unserem Weg. Soll ich dir eben bei deinen Sachen helfen?" „Nein, das geht schon", antwortet Emma sehr glücklich. „Ich habe nur eine kleine Tasche im Auto." Sie geht zu ihrem VW zurück, öffnet vorne die Klappe und holt einen schwarzen Beutel raus.

„Hoffentlich machen wir keinen Fehler", sagt Arlo leise zu Sam. „Nicht das sie eine Satansanbeterin ist." Jetzt fängt auf einmal Sam an zu lachen und haut ihm auf die Schulter.

„Los komm, ich fahre erst mal weiter, pass du unterwegs gut auf unseren Teufel auf.

Emma schließt noch eben ihren Käfer ab, als ob sie glaubt, dass sie den je wieder sehen würde und packt ihre Sonnenbrille in die Tasche. Sam ist schon an der Fahrerseite eingestiegen, Arlo wartet noch auf der anderen Seite und sieht, wie der neue Gast den Kofferraum des Chevrolet öffnet.

Genau in diesem Moment rast ein Auto an ihnen vorbei. Der war so schnell, dass man nur noch die Farbe erkennen konnte. Alle drei schauen dem Auto nach und Emma wechselt in den geöffneten Kofferraum und sieht die schön sortierten Koffer und Taschen.

„Ich nehme meine Tasche mit nach vorne", sagt sie. „Hier hinten ist ja nicht wirklich noch Platz." Sam läuft bei dem Gesagten ein wenig rot an, schließlich ist die Ordnung und auch die Menge da hinten auf ihren Mist gewachsen. Schon als Kind hatte sie einen Tick. Nichts in ihrem Zimmer durfte rumliegen. Alles hatte seinen Platz und oh weh, es lag was woanders. Ihre Eltern hatten sehr oft Probleme mit ihr, das lief dann hinterher so weit, dass keiner mehr in ihr Zimmer durfte.

Mit 14 hatte sie eine Therapie gemacht, ihr sagte man, das wäre eine Zwangsneurose. Das alles hat aber nicht wirklich was gebracht. Erst als sie Zuhause ausgezogen ist, wurde es langsam besser, aber weg ist es nie gegangen. Emma steigt hinten ein, schmeißt ihre Tasche auf die Seite und schnallt sich an. Auch Arlo setzt sich rein und schließt die Tür.

„Seid ihr irgendwie auf der Flucht oder so?", fragt Emma von hinten. Sam startet den Motor und fährt langsam zurück auf die Interstate, ein Blick in den Spiegel zeigt ihr, das alles frei ist.

„Wir sind auf den Weg in den Urlaub, drei Wochen im Wald, in einer schönen Blockhütte mitten in der Natur", antwortet Arlo in Richtung Emma. „Aber nachdem was wir heute so alles gesehen und gehört haben, ist das Wort Flucht wohl eher angebracht", fügt er noch hinzu.

Keiner spricht danach ein Wort, Sam ist voll konzentriert auf die Straße, Arlo immer mit einem Auge in Richtung Gast, Vertrauen scheint nicht wirklich da zu sein und Emma denkt darüber nach, was Arlo gerade gesagt hat, was heute im Radio kam und was sie selber seit gestern Abend so alles gemacht hat. Sie ist ganz sicher kein Engel und ihre mitreise hier kommt ihr echt gelegen. Langsam beugt sie sich nach vorne und versucht es mit einem Gespräch.

„Könnt ihr mir vielleicht sagen, was derzeit los ist? Im Radio sagten sie nur, das die Städte vom Militär abgesperrt werden. Gestern hatte ich schon des Öfteren gehört, dass wohl eine neue Krankheit die Runde macht und alle Angst haben. In einigen Gebieten wie Atlanta gab es wohl auch Krawalle." Arlo schaut zu Sam und sie kurz zurück, dann dreht er sich nach hinten um.

„Wir sind heute Morgen noch so eben aus Atlanta raus gekommen. Letzte Nacht war es wie im Krieg, überall gewaltsame Demos und in unserer Straße wurden fast alle Autos zerstört. Wir sind über die Interstate hier geflohen und kamen in eine Militärsperre. Dort wurden wir untersucht und durften dann weiterfahren, aber auch nur, weil wir ein Ziel hatten und nicht aus der Stadt geflüchtet sind." „Also sind alle, die aus der Stadt raus wollten, aufgehalten worden?", fragt Emma ziemlich erschrocken. „Ja", sagt Sam. „Aber das war noch nicht alles. Auf der Interstate kamen ganz viele Soldaten, die jedes Auto untersucht haben und hinter uns wurde eine Familie erschossen. Die waren wohl krank, aber die haben einfach geschossen, auch auf die Kinder." Wieder schießen Tränen in Sams Augen.

„Krass", erwidert Emma und lässt sich nach hinten in den Sitz fallen. „Was geht da ab? Sind die alle verrückt geworden? Hoffentlich ist Macon nicht auch schon abgesperrt, sonst komme ich gar nicht zu meinem Ex Freund." Wieder schweigen alle im Auto. Ein Straßenschild huscht vorbei, Macon 75 – 15 Meilen. Es dauert also nicht mehr lange und sie haben diese Etappe geschafft. Sam ist froh, wenn sie da endlich ankommen, sie will Emma wieder loswerden. Irgendwie hat sie das Gefühl, das es ein Riesen Fehler war sie mitzunehmen. Sie weiß nicht warum, aber sie werden es sicher bereuen.

Meile um Meile kommen sie näher. Die Ruhe im Auto ist schon unheimlich, jeder ist in seinen Gedanken versunken und alle schauen angespannt nach vorne. Niemand weiß, was in Macon los ist, kommen sie da überhaupt noch rein? Und wenn ja, kommen sie auch wieder raus? Die Aufregung im Auto steigt von Minute zu Minute.

„Wir fahren aber nicht in Macon rein", sagt Sam plötzlich. „Unser Weg führt nur an der Stadt vorbei. Wir lassen dich da irgendwo raus und du versuchst es auf eigene Faust." „Alles gut", sagt Emma im ruhigen Ton. Was hat sie auch erwartet. Sie ist ja schon mal froh, dass sie überhaupt in die Nähe kommt. Außerdem scheinen die beiden echt nett zu sein, ein wenig verklemmt, aber annehmlich. Vor allem der Kerl, der kann einen schon gefallen. Sie schaut rechts aus den Fenster und sieht Wiesen, Felder und Wälder vorbeiziehen.

Die Stadt rückt in greifbare Nähe und alle drei müssen mit ansehen, das der Verkehr hier gar nicht zunimmt. Das hat nichts Gutes zu bedeuten. Noch ein paar Kurven und sie sollten die ersten Häuser sehen. Macon ist die erste größere Stadt auf ihren Weg von Atlanta.

Jetzt geht die Interstate noch durch einen kleinen Tunnel und dann müsste endlich die Abfahrt nach Süden kommen. Würden sie weiterfahren, würde der Weg sie direkt in die City führen, also müssen sie gleich irgendwie Emma raus werfen.

Im Tunnel brennt kein Licht, aber das ist nicht interessant, denn es fährt eh kein anderes Auto. Sam schaltet die Scheinwerfer an, damit sie überhaupt was sieht. Kurz bevor sie am anderen Ende raus fahren, schalltet sie wieder ab. Es muss ja nicht unnötig an sein, bloß nichts verschwenden, auch wenn das Autolicht normal nichts kostet. Sam bremst das Auto ab und sie werden langsamer. Sie fährt rechts rüber auf den Standstreifen und hält den Chervolet an. Alle drei Sitzen auf ihren Platz, schauen nach vorne aus der Windschutzscheibe und haben den Mund offen. Vor ihnen ist tatsächlich Macon. Aber das, was sie da in Wirklichkeit sehen, ist nicht das, was sie erwartet haben. Macon brennt, nicht irgendwo oder irgendein Feuer, ganz Macon brennt lichterloh. Das war kein Unfall oder einfache Brandstiftung, da steckt systematische Absicht hinter.

„Allmächtiger!" Emma ist die Erste die das Wort ergreift. „Das ist mal ein Anblick, die ganze Stadt ist am Brennen." Arlo und Sam schauen nur nach vorne. Ihr Gast scheint wohl besser mit der Situation klar zu kommen.

„Ich glaube nicht, das mein Ziel noch da hinten liegt. Die haben eine ganze Stadt ausgelöscht und das war sicher Absicht." Er jetzt ist der erste Schock bei Arlo vergangen. Er wendet seinen Blick von der brennenden Stadt und schaut auf Emma.

„Wie kommst du darauf, dass es Absicht war? Niemand würde eine ganze Stadt einfach auslöschen."

„Na Logo du Dummkopf. In Krisenzeiten, wenn irgendeine Krankheit sich unkontrolliert ausbreitet, werden solche Maßnahmen ergriffen. Habt ihr noch nie irgendwelche Filme darüber gesehen?" „Nicht wirklich", antwortet Sam. „Aber ich glaube sie hat Recht Schatz. Die haben die Stadt dem Erdboden gleich gemacht." „Ok, auch wenn ihr beiden recht habt, was machen wir jetzt?", fragt Arlo die beiden Frauen im Auto. „Jedenfalls werde ich hier nicht aussteigen, denn ich glaube nicht, dass mein Ex Freund da irgendwo zu finden ist und mich empfangen würde."

„Lässt dich die ganze Sache kalt?" Fragt Sam Emma ziemlich zickig. „Da unten brennt eine ganze Stadt. Wer weiß, wie viele Menschen da gestorben sind. Dein Ex Freund könnte auch tot sein."

„Das ist mir schon bewusst, aber was soll ich dagegen machen? Wäre ich gestern früher gefahren, dann dann....", Emma bricht ab und lässt sich wieder nach hinten fallen. Erst jetzt merkt Sam, dass sie wohl zu weit gegangen ist. Vielleicht ist sie auch unter Schock, niemand ist so kalt und interessiert sich nur für sich.

„Sorry", sagt sie nach hinten und Emma beugt sich wieder nach vorne. „Alles gut, also was haben wir für einen Plan?"

Arlo steigt aus und geht ein Stück auf der Interstate Richtung Macon. Die ganze Stadt zerstört und alles nur wegen dem Virus? Er kann es echt nicht fassen. Ein wenig weiter kommt die Ausfahrt auf die 475 nach Süden. Die geht hinter Macon wieder auf die 75 und dann nach Lake City, dem Tor nach Florida. Aber was bringt die Weiterfahrt eigentlich noch? Wenn das überall so ist, dann gibt es auch kein Lake City mehr, geschweige denn das Urlaubsziel. Wie kann man jetzt überhaupt noch an Urlaub denken? Alles ist auf einmal so fern.

„Auch eine?" Fragt plötzlich Emma hinter ihm. Erschreckt dreht er sich um, sieht das Emma auch gekommen ist und sich gerade eine Zigarette anzündet. „Nein, ich rauche nicht mehr", erwidert er. „Ist mit Sam alles in Ordnung?" „Ja, ich glaube schon. Sie fummelt an ihrem Handy. Da wird sie aber kein Glück haben, bin auch schon seit heute Morgen auf der Suche nach einem Netz, aber da ist einfach nichts mehr."

„Da hast du wohl recht. Sam ist die ganze Fahrt über immer wieder am Handy und versucht ihr Glück. Seit Atlanta ist auf ihrem Handy aber tote Hose. Ihr Vater hatte sie heute Morgen noch erreicht und erzählte irgendwelche Schauergeschichten aus New York."

„Oh, ihre Eltern kommen aus New York? Das ist ja mal cool. Ich hatte nie die Chance, da mal hinzukommen, ich bin eigentlich nie aus Hampton raus gekommen. Aber wer weiß, was da gerade abgeht. Du kannst deine Schwiegereltern nicht leiden, stimmts?"

„Wie kommt du darauf?" Arlo dreht sich um und schaut zu Sam ins Auto. Sie hat immer noch das Handy in der Hand.

„Das merkt man halt, so wie du darüber sprichst. Aber mach dir nichts draus. Ich konnte die Eltern meiner Freunde auch nie leiden. War mir immer irgendwie zu suspekt." Emma spielt sich beim Reden immer wieder in ihren Haaren, als ob sie nervös ist.

„Ist ja jetzt auch egal", antwortet Arlo. Sam ist auch ausgestiegen und gesellt sich zu den beiden. „Ich habe immer noch kein Netz, denke auch nicht, das da noch mal was kommt." Sie stellt sich zwischen den beiden und fast nach Arlos Hand.

„Schatz? Was machen wir jetzt? Sollen wir nicht weiterfahren? Es ist hier total unheimlich und ich will hier weg." Emma blickt auf Sam, es sieht so aus, als ob ihre Mundwinkel ein wenig nach oben gehen, dann dreht sie sich um und geht zurück zum Auto.

„Kommt ihr beiden, die Idee ist ganz gut, also das wir hier abhauen", sagt Emma und steigt ein.

„Ich möchte nicht mehr, das sie mitfährt." „Ich weiß Sam, aber wir können sie jetzt nicht einfach rausschmeißen. Wo soll sie denn hin? Hier ist nichts mehr." „Ist überhaupt noch irgendwo was?" „Ich weiß es nicht", Arlos Blick geht wieder Richtung Macon. „Aber alles ist besser als hier. Wir fahren jetzt einfach weiter Richtung Lake City und dann zum Zielort. Da ist alles ländlich, vielleicht haben wir da mehr Glück." „Und Emma?" Fragt Sam sehr eindringlich. „Die nehmen wir erst mal mit, bis wir was für sie finden, okay?" „Okay."

Auch sie gehen wieder zum Auto und steigen ein. Arlo wird jetzt weiterfahren und Sam setzt sich auf den Beifahrersitz.

„Kann es losgehen?", fragt Emma schon ganz ungeduldig. Arlo startet den Motor und fährt los. Einige Meter weiter biegt er auf die 475 und gibt wieder Gas. Die beiden Frauen schauen links aus dem Fenster, genau da hin, wo einmal Macon gewesen ist...

Kapitel 6

Die 475 ist komplett leer, kein Auto und keine Menschen, was haben sie auch erwartet. Links brennt es weiterhin. Es sieht echt so aus, als ob kein Stadtteil vergessen wurde. Der Qualm geht meilenweit nach oben und keiner im Inneren sagt ein Wort. Worüber jetzt auch reden, sie sind alle noch geschockt, das muss erst mal alles verdaut werden. Sam hat weiterhin das Handy in der Hand und sogar Emma fummelt an ihrem herum. Aber ein Netz ist nicht in Sicht. Alles tot.

Langsam nähern sie sich der Abfahrt, um wieder auf die 75 zu kommen. Dort soll es ja weiter gehen, alles in Richtung Süden.

„Warum habt ihr eigentlich so ein gelbes Teil am Scheibenwischer?", fragt Emma von hinten.

„Das haben wir noch aus Atlanta. Wir sollten das an der Scheibe lassen, damit alle Soldaten die noch kommen, sehen, das wir gesund sind und ein Ziel haben", antwortet Arlo.

„Und hat es schon was gebracht?" „Bisher sind wir in keine Sperre mehr gekommen, nur die Abfahrten und Auffahrten waren blockiert. Aber auch da waren keine Soldaten mehr, nur Fahrzeuge."

Jetzt sind sie wieder auf der 75. Hier stehen, meist auf den Seitenstreifen, ein paar Vehikel. Aber die sind alle verlassen. Auch fährt hier weiterhin kein Auto, nur der blaue Classic von Arlo und Sam. Langsam rollen sie an den stehenden Teilen vorbei, einige haben deftige Dellen, so als ob sie Unfälle hatten.

„Wo sind denn bloß die ganzen Menschen hin", fragt Sam jetzt beim Vorbeifahren. „Die lassen doch nicht ihre Autos stehen und rennen weg." Sie bekommt aber keine Antwort von den anderen, die schauen nur stumm in die vorbeikommenden Autos. Auf einmal geht Arlo voll in die Bremsen und hält den Chevy an.

„Was ist los?", fragt Sam. „Seht mal da in das Auto." Rechts von ihnen, genau auf gleicher Höhe steht ein kleiner weißer Toyota. Im Inneren befindet sich vorne eine Frau, um die 50 müsste sie sein. Sie sitzt aber nicht einfach so im Auto, sie hängt an der Seitenscheibe und bollert durchgehend davor. Ihr Gesichtsausdruck hat eher was von einer Grimasse. Auch ihre Augen sind milchig und ihre Haare total zerzaust.

„Ist die total durchgeknallt?", fragt Emma verdutzt. „Ich weiß es nicht", antwortet Arlo. „Meint ihr, wir sollten ihr helfen? Sie sieht so aus, als ob sie Hilfe braucht." Fragt Sam. Emma rutscht mit ihren Oberkörper nach vorne und hängt mit ihren Kopf genau neben ihr.

„Ich glaube nicht, das sie unsere Hilfe will", sagt sie nun. „Sieht eher so aus, als ob die nicht mehr ganz dicht ist." Sam drückt den Kopf von Emma wieder nach hinten. So eine Nähe kann sie gar nicht ab, vor allem nicht von einer Person wie Emma.

„Das ist diese Krankheit. Vielleicht ein fortgeschrittener Status, wer weiß das schon. Wir sollten uns da nicht einmischen, nicht das wir das dann auch bekommen", sagt Arlo fast schon im Befehlston. Langsam fängt das Auto wieder an zu rollen. Ohne auf eine Antwort der beiden Frauen zu warten, fährt er weiter. Es folgen noch weitere stehengelassene Autos, aber alle sind leer.

Nach einer Meile ist die Bahn wieder frei. Die letzten Autos haben sie hinter sich gelassen und Arlo gibt mehr Gas. Er will so schnell es geht von Macon weg, vor allem von der irren Frau in ihrem weißen Toyota.

„Reicht eigentlich der Sprit aus?", fragt Emma jetzt wieder richtig sitzend auf der Rückbank.

„Ja mit der Füllung sollten wir bis ans Ziel kommen", antwortet Arlo. Sam denkt sich ihren Teil, als ob sie die Alte bis zum Ende mitnehmen würden. Das kann sie echt vergessen. Mittlerweile zeigt die Uhr im Auto schon 3 Uhr an. Wenn alles glattgegangen wäre, hätten sie ihr Ziel jetzt erreicht. Nun müssen sie erst mal weiter auf der 75 bleiben, bis sie nach Lake City kommen. Das sind noch ca. 190 Meilen. Eine weite Strecke, auf der alles Mögliche passieren kann. Arlo macht das Radio an und wie zu erwarten kommt nur ein Rauschen. Als ob alle Sender gleichzeitig abgeschaltet wurden. Diese ganze Situation hat schon was Komisches. Irgendwie ist die Welt verrückt geworden und die drei im Auto sind die einzigen Menschen, die noch am Leben sind. Sam verzieht bei diesen Gedanken ihr Gesicht, denn das kann so sicher nicht stimmen, irgendwo müssen einfach andere Menschen sein. Sie denkt an die junge Ärztin. Ob sie wohl immer noch Menschen untersucht und durch schickt?

Arlo wird wieder langsamer, denn in der Ferne steht was auf der Straße. Es sieht aus wie eine neue Straßensperre vom Militär. Je näher sie kommen, desto langsamer wird er.

„Sieht einer von euch beiden was?", fragt er die Frauen. Die blicken beide gespannt nach vorne. „Nur die Lastwagen", sagt Emma. „Aber keine Soldaten", antwortet Sam.

„Komisch, eine Straßensperre ohne Soldaten. Ich meine, das ist sicher besser so, wer weiß, ob sie uns überhaupt durchgelassen hätten", murmelt Arlo nachdenklich. Jetzt hält er das Auto an, sie stehen genau vor zwei Quergestellten Militärlastwagen und zwischen den beiden befindet sich ein Humvee mit einem Maschinengewehr auf dem Dach. Dieses ist direkt auf den Highway gerichtet, genau auf das Auto der drei. Aber auch in den Fahrzeugen sitzen keine Menschen, alles ist verlassen und Arlo steigt aus.

„Bist du nicht mehr ganz dicht?", schreit Sam ihm aus dem Auto hinterher. „Ich will doch nur eben schauen, ob da noch einer ist und ob wir mit dem Auto irgendwo durchkommen. Ihr bleibt bitte Sitzen, es wird nicht lange dauern."

Arlo geht zu den Fahrzeugen, schaut einmal kurz in den leeren Humvee und quetscht sich dann nach hinten durch. Dort sind wie in Atlanta Zelte aufgebaut, hier wurden wohl auch Menschen untersucht. Das einzige, was aber fehlt, sind halt die Menschen selber und natürlich die wartenden hupenden Autos. Überall liegen irgendwelche Utensilien herum. Essenreste und leere Trinkdosen sind auch dazwischen. Er blickt in das erste Zelt und ruft sehr leise Hallo. Aber er bekommt keine Antwort und er hört keine Bewegungen, hier ist nichts. Auch in dem Zelt selber ist alles durcheinander. Kittel liegen auf dem Boden und im hinteren Teil ist eine Liege umgefallen, so als ob alle schnell aufbrechen mussten. Arlo wendet sich ab und geht zwischen die Zelte hindurch nach hinten, aber auch hier ist nichts Lebendiges zu finden. Hier befindet sich nur die Interstate, leer und verlassen.

Er geht zurück zu den anderen, öffnet die Tür und hält seinen Kopf hinein.

„Also, da ist keiner, alles ist verlassen. Sam rutsch rüber, ich schaue mal eben, ob ich den Humvee wegfahren kann. Dann lenkst du unser

Auto einfach hindurch und um die Zelte herum. Ich komme zu Fuß hinterher." Sam wechselt ihren Platz und schaut Arlo in die Augen.

„Meinst du, das ist eine gute Idee? Falls da doch noch einer ist, wirst du vielleicht sogar erschossen." „So ein Quatsch, da ist wirklich keiner mehr, mach dir keine Sorgen." Ohne sich auf eine Diskussion einzulassen, umrundet er den Humvee und öffnet vorne die schwere Tür. Langsam steigt er mit einem mulmigen Gefühl auf den Fahrersitz. Dort dreht er sich erst mal um und schaut nach hinten, er hatte gerade irgendwie gedacht, dass da noch jemand ist, in der Decke befindet sich nur das Loch mit der Waffe. Im Schlüsselloch steckt tatsächlich der Schlüssel, er dreht ihn und schon rumort der Motor. Das Teil hat keine Schaltung, also da, wo sie sein sollte, befindet sich nur der Knüppel von der Automatik, den stellt er auf D, lässt die Bremse los und rollt vorwärts. Hinter sich sieht er wie Sam das Auto langsam durch die Zelte führt. Das scheint wohl alles gut zu klappen. Er macht das Teil wieder aus und ist gerade im Begriff auszusteigen, als sein Blick auf das sehr große Handschuhfach fällt. Also beugt er sich rüber, öffnet dieses und findet eine Waffe mit zugehöriger Munition.

Die sieht fast so aus wie die von seinem Arbeitskollegen. Eine Halbautomatik, sein Kollege hatte damit immer angegeben, wenn sie mal ein Bier bei ihm getrunken haben. Für alle Notfälle gerüstet, ja das war immer sein Spruch. Arlo hasst Waffen, aber in so einer Situation kann es nicht verkehrt sein, die mitzunehmen. Er steckt das Teil in seine Gürtelschnalle und packt die Munition in seine Hosentasche. Sam wird sicher ausrasten, daher ist es besser, sie zu verstecken.

Schließlich verlässt er das Militärfahrzeug und geht auch zwischen den Zelten hindurch zu den wartenden Frauen. Dort öffnet er den Kofferraum und packt die Waffe heimlich zwischen die gestapelten Taschen, besser ist das. Er sieht das Sam wieder herübergerutscht ist und steigt an der Fahrerseite ein.

„Alles in Ordnung?", fragt Sam sofort. „Ja alles in Ordnung, lass uns weiter fahren." Das Auto setzt sich wieder in Bewegung und wird schneller. Die Interstate ist natürlich weiterhin leer, nichts und niemand ist im Weg.

Jetzt kommen sie echt gut durch, da Arlo auch aufs Pedal tritt, er möchte, so schnell es geht, runter von dieser Schnellstraße. Hin und wieder steht da noch ein Auto am Randstreifen, aber wegen der Geschwindigkeit lohnt sich ein Blick erst gar nicht. Auf der Gegenfahrbahn kommen ihnen tatsächlich andere entgegen, es sind nicht viele, aber es gibt Lebenszeichen. Hoffentlich sind die nicht auf den Weg nach Macon, denn da werden sie nichts mehr vorfinden. Jetzt werden sie von hinten von einem fetten Jaguar überholt. Total nobel, Pech Schwarz und mit voller Beleuchtung. Obwohl Arlo über 100 Meilen fährt, war es ein leichtes von dem überholt zu werden. Ein wenig erhellt sich die Stimmung im Auto, endlich wieder Menschen, es ist auch egal, wo sie gerade herkommen, wenigstens gibt es noch welche.

„Wo arbeitest du eigentlich?", fragt Sam die hinten sitzende Emma. Die erschreckt voll, hat wohl nicht erwartet, dass jemand ein Gespräch anfängt.

„Ich arbeite in einer Bar an der Theke." „Aber du wolltest doch weg nach Macon, hast du freibekommen?" „Spielt das jetzt noch irgendeine Rolle?" „Ja schon, ich bin halt neugierig, schließlich sind wir zusammen unterwegs."

Arlo beobachtet die Sache einfach, mischt sich aber nicht ein. Er weiß, dass Sam nicht aus Höflichkeit fragt. Das ist schon eher so was wie ein Kreuzverhör. Sie überholen gerade einen alten Ford Kombi. Hinten sitzen zwei Kinder, die beim Vorbeifahren lachen und winken. Vorne sind zwei Männer, beide ziemlich angespannt und der Beifahrer blickt rüber und hebt die Hand zum Gruß. Arlo erwidert die Geste und fährt weiter. Alle Abfahrten und auch die Zufahrten sind wieder frei. Keine Blockaden sind mehr vorhanden und im Seitenspiegel sieht er noch, wie der Ford von der Bahn runter fährt.

Nach einer kurzen Ruhephase im Auto ergreift Emma wieder das Wort.

„Ich bin gefeuert worden." Jetzt schaut auch Arlo kurz über seine Schulter nach hinten.

„Aber du hast doch gesagt, dass dein Chef dich eher gehengelassen hat und das du deswegen deinen Freund erwischt hast", sagt Sam schon ziemlich direkt. „Ja ne ist klar, sollte ich in meiner Notlage mit der Panne auch noch sagen, dass ich gefeuert wurde, weil mein Chef sich dachte er könnte mit mir Sex haben?", antwortet Emma total niedergeschlagen.

„Wir hatten wegen den ganzen Ereignissen keine Kunden in der Bar. Mein Chef hing die ganze Zeit vor dem Radio und war am Saufen. Dann ging er zur Tür, schloss ab und kam mit einem fetten Grinsen auf mich zu. Er sagte irgendwas Ekeliges und streichelte meine Haare. Ich habe ihn dann mitten in seine Weichteile getreten. Bin an ihm vorbei zur Tür, schloss sie mit meinem eigenen Schlüssel auf und wollte verschwinden. Habe dann aber noch gehört, wie mein Chef hinter mir her schrie, dass ich mich verpissen soll und das ich eine Schlampe sei. Habe meinen Bar Schlüssel in die nächste Mülltonne geschmissen und bin   nach   Hause."
„Hey, das tut mir leid", sagt Sam nach einer kurzen Pause. „Das wusste ich nicht, wollte auch nicht irgendwelche Wunden aufreißen. Erst das mit deinem Chef und dann noch das mit deinem Freund. Das war sicher sehr hart."

Emma wischt sich mit einer Handbewegung schnell die Tränen aus dem Gesicht. Ihre Laune erhellt sich schon wieder. „Gegen das, was wir hier gerade Erleben ist das mit den blöden Kerlen doch Fliegenschiss", antwortet sie mit einen leichten lächeln im Gesicht.

„Da hast du wohl recht", sagt Arlo. „Wir befinden uns mitten in einer Krise und streiten über irgendwelche belanglosen Notlügen." Beim Reden schaut er die ganze Zeit in den Rückspiegel und sieht, wie Emma ihn lieb anlächelt. Sofort schaut er wieder auf die Straße.

„Ich hatte gar nicht vor, einen Streit anzufangen", sagt Sam fast schon beleidigt. Von dem Blickkontakt der beiden hat sie nichts mitbekommen. „Ich war nur neugierig."

Arlo schaut zu ihr rüber, nimmt ihre Hand und drückt sie ein wenig und schon scheint die Beleidigte wieder aufzutauen, es herrscht Ruhe. Ein Blick auf den Tacho lässt ihn erschrecken, die Nadel steht auf 115

Meilen. Er hat gar nicht mitbekommen, das er so schnell fährt und drosselt die Geschwindigkeit. Irgendwas vor ihnen erhascht seine Aufmerksamkeit.

„Was ist das da hinten auf der Straße?", fragt er die Damen. „Es sieht so aus, als ob da Menschen rumlaufen", antwortet Sam, die ihren Blick auch nach vorne richtet.

Langsam kommen sie näher und alle drei sehen eine kleine Gruppe von Menschen, die direkt auf der Straße laufen. Es sind genau fünf, alle nebeneinander und sie nehmen keine Notiz von dem ankommenden Auto.

„Die sind wohl nicht mehr ganz dicht, wie kann man denn einfach über die Interstate laufen", sagt Emma, die sich mal wieder nach vorne zwischen die beiden gebeugt hat.

Arlo hält das Auto an und ist jetzt ca. 50 Meter von der Gruppe entfernt. Die beiden vorne sitzenden Steigen aus und gehen vor das Auto.

„Warum reagieren die nicht?", fragt Sam sehr leise. „Ich weiß es nicht, vielleicht sind sie traumatisiert oder sogar krank", sagt Arlo. Emma ist auch ausgestiegen, geht an den beiden vorbei und steuert direkt auf die Gruppe zu.

„Ey ihr hirnlosen Penner, das hier ist die Interstate, verpisst euch von der Straße." Erst jetzt regieren die Menschen. Der Erste dreht sich um und auch die anderen machen es ihm gleich. Aber irgendwas stimmt nicht mit ihnen. Einer hält den Kopf quer und es sieht so aus, als ob ein anderer eine tiefe Wunde am Bein hat. Sie laufen sehr langsam und machen dabei komische Geräusche. Irgendwie können sie nicht vernünftig atmen oder sind am Knurren.

Emma steht immer noch ein wenig weiter vorne und schaut den Ankömmlingen entgegen. Als Erstes reagiert Sam auf die neue Situation.

„Vorsicht, die sind Krank, wir müssen hier weg." Sie entfernt sich von den beiden und steigt wieder ins Auto. Auch Arlo bewegt sich endlich, er rennt um das Auto herum, öffnet die Tür und sieht, das

Emma sich nicht rührt und weiterhin einfach da steht. Die Gruppe ist sicher nur noch 10 Meter von ihr entfernt und macht auch keine Anstalten anzuhalten. Jetzt kann man wirklich sehen, dass sie krank sind. Ihre Augen sind milchig, ihre Finger sind gekrümmt und ihre Gesichter leicht verzehrt. Zwei von ihnen machen dauernd den Mund auf und zu, als ob sie in die Luft beißen. Arlo rennt wieder vom Auto weg und flitzt zu Emma, das lässt Sam im Auto völlig austicken, sie fängt an zu schreien.

„Emma, wir müssen hier weg", schreit er ihr ins Ohr. Aber die steht einfach nur da, schaut auf die Kranken, die fast schon in Reichweite sind und beginnen ihre Arme zu heben, um nach den beiden zu greifen. Ihm wird das jetzt echt zu bunt, er packt Emma an der Hand und zieht sie hinter sich her zum Auto. Dort öffnet er die hintere Tür, schubst Emma hinein und sieht das die Ersten schon am Fahrzeug entlang schleichen und immer näher kommen. Auch er steigt hinten ein. Sam drückt vorne die Closetaste und alle Türen werden automatisch verriegelt. Jetzt hängen die komischen Fratzen an den beiden Seitenscheiben. Zwei drücken und kratzen mit ihren Fingernägeln vorne bei Sam an der Fahrerseite und drei sind hinten bei den anderen. Die Gesichtsausdrücke sind total verzehrt, als ob es Tiere wären.

Keiner von ihnen greift nach dem Türgriff, sie hängen einfach nur an der Scheibe und versuchen dadurch reinzukommen.

„Sam", ruft Arlo von hinten, der immer noch Emma im Arm hält. „Setz dich rüber und fahr los, wir müssen hier weg." „Ich will nicht auf den Fahrersitz, du siehst doch auch das die da an der Scheibe hängen. Und wenn ich das Auto starte, entriegeln sich auch die Türen und am besten kommen die dann rein."

„Ich glaube nicht das die es schaffen die Türen zu öffnen. Die sind völlig krank und es sieht auch so aus, als ob die gar keine normalen Gedanken mehr haben. Die haben eher was Totes an sich, als ob ihre Leichen einfach nicht umfallen wollen."

„Meinst du, nun ist es einfacher loszufahren? Das hört sich ja noch schlimmer an, da gefällt mir krank echt besser, danke Arlo." „Sam, bitte setz dich rüber und fahr endlich los. Wenn die da draußen kräftiger oder sogar mit Gegenständen gegen die Scheibe hauen, dann hält das nicht lange. Es tut mir leid, ich wollte dir nicht noch mehr Angst machen."

Sam schaut Arlo an, dann folgt ein kurzer Blick auf Emma, die mit offenen Augen einfach nur dahin vegetiert. Dann reißt sie sich zusammen und rutscht langsam auf den Fahrersitz. Ihr Blick ist die ganze Zeit auf die beiden Kranken vor der Scheibe gerichtet. Je näher sie den beiden kommt, desto mehr ticken die aus. Der eine von denen stößt mit dem Kopf gegen die Scheibe, als ob er denken würde, dass die dadurch kaputt geht. Sam sitzt endlich, dreht den Schlüssel und das Auto springt an, zur gleichen Zeit öffnen sich auch wieder die Türen. Sie legt den ersten Gang ein und fährt los. Die Menschen draußen laufen aber mit und hängen immer noch am Auto und wollen rein. Jetzt gibt Sam endlich richtig Gas, schaltet hoch und sieht das keiner mehr da ist. Arlo schaut aus die Heckscheibe, die Angreifer sind alle hingefallen, rappeln sich aber wieder auf und laufen langsam hinter ihnen her. Aber Sam wird immer schneller und schon verschwinden die fünf aus ihren Augen.

„Danke Sam", sagt Arlo total fertig von hinten, bekommt darauf aber keine Antwort, Sam fährt einfach weiter und ihr Blick ist starr auf die Straße gerichtet.

„Wir müssen irgendwo anhalten, hörst du Sam, Emma geht es gar nicht gut." Sie wird wieder langsamer und holt tief Luft. „Was ist mit ihr?", fragt sie mit echt gefasster Stimme, ohne dabei nach hinten zu schauen. „Ich weiß es nicht, es sieht so aus, als ob sie einen Schock hat. Ich bin ja kein Arzt." „Okay, dann halte ich an und du schmeißt sie raus." „WAS?" Schreit Arlo. „Sam, was geht mit dir? Wir können sie nicht rausschmeißen und sich selbst überlassen. Sie hat einen Schock, sie braucht Hilfe." „Ich war von Anfang an dagegen, sie mitzunehmen, sie wird uns nur Stress machen."

Arlo kann nicht glauben, was er da hört, so kennt er Sam gar nicht. Er versucht erst mal seine Gedanken zu sammeln und redet dann mit echt ruhiger Stimme weiter.

„Sam, es war deine Idee sie mitzunehmen und ich finde es gut, das wir das gemacht haben. Wir sind doch so, wir helfen anderen wenn sie uns brauchen, was ist denn los mit dir? So kenne ich dich gar nicht, das bist nicht du."

Erst mal kommt keine Antwort von vorne. Sam scheint nachzudenken, sie weiß wohl nicht, was sie darauf sagen soll. Sie schaut kurz in den Spiegel und sieht das Emma immer noch reglos in Arlos Armen liegt.

„Die Welt ist im Arsch Arlo", antwortet sie endlich. „Siehst du nicht was hier los ist, überall ist der Tod. Menschen werden erschossen, Städte brennen und Kranke laufen herum und greifen einen an. Nichts ist mehr normal." Sam schießen wieder Tränen in die Augen.

„Ja, du hast recht", antwortet Arlo. „Aber wir sind immer noch hier und wir sind immer noch wir. Ich weiß nicht, was mit der Welt los ist, ich weiß auch nicht, ob das überall so ist. Aber wir werden das durchstehen und wir werden uns selber nicht vergessen. Wir sind gute Menschen Sam."

Das Auto wird langsamer und fährt rechts rüber, dort befindet sich eine Ausfahrt die auf einen Rastplatz führt. „Wir kümmern uns erst mal um Emma und schauen dann weiter", sagt sie beim Einlenken auf den ersten Parkplatz, der nach der Abfahrt auftaucht.

Das Auto steht und die beiden schauen sich um. In der Mitte des Parkplatzes befindet sich ein Toilettenhaus und etwas weiter hinten, am Ende des Rastplatzes zwei Sattelschlepper. Da rührt sich aber nichts und der Rest ist komplett leer.

„Okay Sam", durchbricht Arlo die angespannte Situation. „Wir steigen jetzt langsam aus und schauen uns um. Wir lassen Emma erst mal im Auto und holen sie, wenn alles sicher ist."

Sam steigt aus und streckt sich erst mal vor dem Auto, hier ist alles total ruhig, keine Autogeräusche, keine lachenden Menschen, einfach nichts, absolute Stille. Auch Arlo ist mittlerweile ausgestiegen und gesellt sich an ihre Seite. Langsam gehen sie vorwärts in Richtung Toilettenhaus, dabei sind sie sehr leise und vorsichtig.

„Sollen wir auch drinnen nachschauen?", fragt Sam flüsternd. „Nein, wenn da jemand wäre, dann wüssten wir das schon. Unser Auto war in dieser Stille ja laut genug. Lass uns Emma holen und sie erst mal hier hinten auf eine Bank legen." Sie drehen sich um und laufen zurück zum Chevy. Hinter sich hören sie plötzlich ein dumpfes Geräusch und Arlo dreht sich um und sieht einen Mann auf sie zulaufen. Es war wohl doch einer im Toilettenhaus, denn genau von da kommt er her. Auch Sam dreht sich um und sieht mit großen Augen den Kerl immer näher kommen. Fast wie gelähmt bleibt sie stehen, ihre Beine bewegen sich einfach nicht mehr weiter. Sie versucht zu schreien, aber es kommt kein Ton aus ihren Mund. Der Mann ist nur noch 10 Meter von den beiden entfernt und bleibt auf einmal stehen. Er ist ein wenig stabiler, hat einen ziemlich dicken Bauch und seichte Haare, die durch den Wind hin und her wehen. Seine Sachen erinnern eher an einen Arbeiter, er trägt ein weißes Shirt und darüber eine viel zu kleine Warnweste. Auf seiner Stirn sammeln sich einige Schweißperlen, als ob es ihm zu warm ist. Alle drei schauen sich an und plötzlich hebt der Mann seine Hand.

„Hallo", sagt er sehr freundlich. „Habt ihr was zu Trinken für mich?" Arlo schaut zu Sam rüber, er sieht die Angst in ihren Augen. „Nein tut mir leid, wir haben nichts", sagt er mit echt gefasster Stimme. „Gibt es denn in dem Toilettenhaus kein Wasser?"

Der Mann dreht sich um, es sieht irgendwie so aus, als ob er einen Stock hinten in der Hose hat und schaut zu dem Gebäude.

„Nein, das Wasser wurde wohl abgedreht, da kommt nichts mehr aus den Hähnen." Er dreht sich wieder um und mustert die beiden von oben bis unten. Aus seiner Hosentasche holt er einen sehr dreckigen Lappen und wischt sich damit über die Stirn, dabei fallen ihm ein paar kleine Kabelbinder aus der Tasche, die einfach auf dem Boden landen. Dann packt er das Teil wieder weg, lässt aber die Sachen unten liegen.

„Ihr müsst doch in eurem Auto irgendwas haben, mein Truck da hinten hat einfach schlappgemacht, sicher irgendwas mit der Benzinpumpe oder so. Mein Telefon geht auch nicht mehr und Menschen sind echt Mangelware geworden."

„Wir haben wirklich nichts", sagt Sam. „Wir haben hinten im Auto eine kranke Frau und haben hier nur gehalten, um ihr zu helfen."

„Was hat sie denn?", fragt der Trucker und lächelt dabei. Man sieht seine Zähne, die aber eher so aussehen, als ob ein Zahnarzt da schon lange nicht mehr nachgesehen hat. Wieder holt er seinen Lappen aus der Tasche und wischt sich über die Stirn.

„Einen Schock" antwortet jetzt Arlo „Und wenn sie uns nun entschuldigen würden, wir müssen uns um sie kümmern."

Sam und Arlo drehen sich, um um zu gehen. Der Mann hinter ihnen macht einen Riesen Sprung nach vorne, packt Sam in die Haare und reißt sie nach hinten, dabei holt er mit seiner anderen Hand eine Machete aus seiner Hose. Diese hält er Arlos Frau an den Hals und sein Lächeln wird immer breiter.

„Ihr geht nirgendwo hin", sagt er. Sam fängt an zu schreien und Arlo hebt seine Arme, um eine verteidigende Haltung einzunehmen. „Halt die Fresse du Schlampe" schreit der Kerl ihr ins Ohr. „Oder ich schneide dir deine Kehle durch." Sofort verstummen die Schreie und es kommt nur noch ein winseln.

„Hey, jetzt bloß keinen Fehler machen", schreit Arlo ihn an. „Wir wollen nichts Böses und wir haben wirklich nichts zu trinken. Lass sie bitte los und jeder geht seiner Wege."

Aber der fette Trucker reagiert gar nicht auf Arlo. Er bewegt sich langsam nach vorne und hält weiterhin die Machete an den Hals von Sam.

„Das glaubst du doch selber nicht. Los du Lockenbubi, geh zurück zum Auto und bloß keine falsche Bewegung."

Arlo bewegt sich ganz langsam rückwärts und geht direkt zum Fahrzeug, Sam und der Typ eiern mit etwas Abstand hinter her. Als sie an der hinteren Scheibe vorbei kommen schaut der Fremde kurz ins innere und sieht Emma da liegen. Sein Grinsen wird noch breiter.

„Sind die beiden deine Huren?", fragt er und Sabber läuft ihm aus dem Mundwinkel.

„Nein", antwortet Arlo. „Das sind meine Frau und eine Freundin."

Plötzlich verändert sich der Gesichtsausdruck bei dem Trucker, er macht eher so was wie eine Grimasse. „Ich hasse Frauen", sagt er einfach. „Die sind zu nichts zu gebrauchen und machen ständig ärger." Seine Stirn ist wieder völlig nass und er bekommt einen leichten Hustenanfall. Aber seine Hand mit der Machete bewegt sich dabei nicht von der Stelle.

„Mach den Kofferraum auf", schreit er Arlo an. Sie bewegen sich langsam zum Heck und Arlo packt an den Verschluss. „Halt", schreit der Mann. Er bekommt seinen nächsten Hustenanfall. „Mach bloß langsam, ich will deine Hände sehen." Der Deckel wird ganz langsam geöffnet und die beiden anderen kommen näher. Der Kerl schaut hinein. Mit seiner freien Hand öffnet er die erste Tasche und sieht Klamotten.

„Nur verfickte Kleidung?", sagt er total sauer. Entweder war das eine Frage oder eine Feststellung, Arlo weiß es nicht genau.

„Los ab vor das Auto und dort hinknien", sagt der Kidnapper zu Arlo. Der gehorcht natürlich, bewegt sich wieder um das Auto herum, geht den Bordstein rauf und kniet sich hin.

„Die Hände nach hinten", brüllt der Kerl. Arlo merkt, wie der Mann hinter seinen Rücken irgendwas mit seinen Händen macht und auf einmal kann er sie nicht mehr bewegen. So wie es aussieht wurden die mit einem Kabelband zusammengebunden. Dann kniet auf einmal Sam neben ihm und ihre Hände werden auch gefesselt.

„Bitte", schluchzt sie. „Lassen sie uns gehen." Der Mann beugt sich zu ihr runter. „Ich hatte doch eben schon gesagt, du sollst deine verdammte Fresse halten." „Sam", sagt Arlo sehr leise. „Sei bitte ruhig."

„Was mache ich jetzt mit Euch", sagt der Penner und bewegt sich vor die beiden und schaut auf sie runter. Dabei spielt er mit seinen Händen an der Machete.

„Eine schöne Waffe, nicht wahr? Als Trucker braucht man heutzutage solche Teile, man weiß ja nie auf was für verrückte

Menschen man so trifft." Wieder sieht man beim Grinsen seine ekeligen Zähne, aber das wird durch einen erneuten, dafür aber sehr heftigen Hustenanfall unterbrochen. „Hab mir wohl was eingefangen, so ein Scheiß", gibt er von sich, nachdem er wieder normal Reden kann.

„Es ist eine schwere Krankheit unterwegs", sagt Arlo. „Vielleicht wäre es besser, wenn sie zu einem Arzt gehen." „Meinst Du Locke? Ich habe von dieser Grippe gehört, die überall ihr Unwesen treibt. Aber das habe ich nicht." Er zieht sein rechtes Hosenbein nach oben und darunter ist eine klaffende Wunde zu sehen. „Mich hat nur der Spinner aus dem anderen LKW da hinten gebissen. Keine Ahnung, was das sollte, war wohl hungrig das Schwein und dachte er könnte ein wenig an mir rumknabbern." Wieder fängt er an zu lachen, was aber erneut in einem Hustenanfall endet.

„Also ihr beiden, als Erstes nehme ich euer Auto, das brauche ich viel dringender als ihr. Ich würde euch dann raten im Toilettenhaus zu übernachten, denn hinten bei den Trucks liegt der tote Penner, der mich gebissen hat. Der ist nicht gerade schön anzuschauen, also bleibt da besser weg. Seht ihr, wie nett ich zu euch bin?" Wieder ein lachen, wieder der Husten.

„Aber vorher will ich noch meinen Spaß haben. Ich weiß ja nicht, wie oft man so was noch erleben kann." Er öffnet seine Hose und zieht sie langsam runter. Darunter kommt eine weiße, aber ziemlich dreckige Unterhose zum Vorschein.

„Lass bloß die Finger von meiner Frau du Schwein", sagt Arlo ziemlich wütend. Der Mann beugt sich zu ihm runter und schaut ihn an. „Wer sagt, das ich deine Frau anfasse? Schon vergessen, ich hasse Frauen." Er packt Arlo mit seiner freien Hand in die Haare.

„Aber du bist was besonderes." Er zieht auch seine Unterhose runter und ein ziemlich ekeliges Gehänge kommt zum Vorschein. Wieder wendet er sich an den männlichen Part.

„Wenn du jetzt brav mitmachst, dann passiert auch keinen was. Solltest du dich wehren, nehme ich dich noch härter ran und wenn es gar nicht klappt, stecke ich meine Machete durch den Kopf deiner

Frau. Hast du mich verstanden?" Er zieht mit seiner Hand, die immer noch in den Haaren ist, Arlos Kopf nach oben. „Hast du mich verstanden?", fragt er lauter.

Arlo versucht zu nicken, aber sein Kopf ist fest in den Händen seines Widersachers. Das scheint ihm aber zu reichen und er lässt die Haare wieder los.

„Das gefällt mir, aber ein wenig wehren darfst du dich trotzdem, das macht es für mich interessanter." Jetzt geht er hinter sein Opfer, hebt ihn ein wenig in die Höhe und versucht seine Hose zu öffnen. Aber genau in diesem Moment ertönt ein lauter Schuss, der Trucker fällt vorne rüber, rollt einmal über Arlo und bleibt bewegungslos am Boden liegen. In seinem Kopf klafft ein großes Loch, er ist tot. Die beiden Gefangenen drehen sich gleichzeitig um und da steht Emma mit einer Waffe in der Hand.

„Wenn du schon eine Waffe im Kofferraum versteckst, dann mach es beim nächsten mal bitte auch so, das es keiner mitbekommt", sagt sie direkt zu Arlo. Sie legt die Waffe zu Boden, geht zu dem Toten und hebt die Machete auf. Mit der löst sie die Fesseln von den Händen. Emma bekommt von der aufspringenden Sam sofort eine feste Umarmung.

„Danke, danke, danke", sagt sie zu ihr. Auch Arlo steht auf und drückt die beiden gleichzeitig. „Das war sehr knapp", sagt er sichtlich gerührt, aber trotzdem ziemlich am Ende.

„Danke, du hast uns wohl das Leben gerettet." Emma schaut die ganze Zeit auf den am Boden liegenden Mann. Sie zeigt sich wegen ihrer Tat sehr zufrieden, denn dieser Kerl hat den Tod ganz sicher verdient. Ein wenig löst sie sich jetzt von den beiden und schaut sie an.

„Ich bin euch noch was schuldig gewesen", sagt sie mit einem kleinen lächeln. „Lasst uns am besten hier abhauen."

Arlo hebt die Waffe auf, geht zum Heck des Autos, überlegt kurz, ob er sie wieder da rein legen soll und schließt den Deckel. Die Knarre hat er aber immer noch in der Hand.

„Die nehme ich wohl besser mit nach vorne und stecke sie ins Handschuhfach, Besser ist besser", sagt er mehr zu sich selber als zu den beiden Frauen, die ziemlich komisch aus der Wäsche schauen. Er steigt wieder in den Chevy und wählt den Fahrersitz. Sam schaut fragend zu Emma.

„Die Waffe hatte er bei der letzten Sperre mitgenommen. Ich hatte gesehen, wie er sie heimlich in den Kofferraum gesteckt hat", sagt Emma total locker zu ihr.

Beide gehen auch zum Fahrzeug und Sam steigt diesmal hinten ein. Für Emma bleibt nur der Beifahrersitz neben Arlo, der den Motor startet, zurück setzt und so schnell es geht vom Rastplatz verschwindet. Hinter ihnen liegt der tote Trucker mit der Kugel im Kopf und daneben seine Machete...

Kapitel 7

Leo hält das Motorrad an und stellt es ab. Sie sind gerade in einem kleinen Waldstück angekommen und er dreht sich zu Yvonne um, die sich immer noch fest an ihn klammert.

„Wo sollen wir überhaupt hin?", fragt er sie. Yvonne steigt vom Bike und streckt sich erst mal.

„Ich wüsste da was, aber ich weiß nicht wo wir sind und wie wir dahin kommen." Auch Leo springt ab und streckt sich neben Yvonne.

„Tja, gute Frage, ich habe auch keinen Plan wo wir sind. Denke irgendwo südlich von Atlanta." Ein Knacken hinter ihnen schreckt sie auf. Sie schauen in den kleinen Wald, sehen aber nichts.

„Meinst du, das ist überall so?", fragt Yvonne. „Wenn du diese wandelnden Kranken meinst, ich weiß es nicht. Aber egal wo wir bisher waren, nichts ist mehr normal. Menschen sieht man ja auch kaum noch." Wieder das Knacken. Leo geht ein Stück in den Wald und sieht einen Vogel, der durchs Unterholz läuft. „Wenigstens die Tiere sind noch normal", sagt er eher zu sich selber. Er dreht sich wieder um und geht zurück.

„Also mal die Gedanken sammeln. Wir sind auf den Weg nach Süden, wissen aber nicht genau, wo wir sind. Wir brauchen also eine Karte. Was zu trinken und zu essen wäre auch nicht schlecht." „Da möchte ich dir nicht widersprechen", sagt Yvonne leise zurück. „Es sieht so aus, als ob da hinten Häuser kommen. Vielleicht finden wir da was", fügt sie hinzu.

Leo schaut in die gedeutete Richtung. „Das ist eine gute Idee, dann mal rauf aufs Bike, wir fahren weiter."

Beide sitzen wieder auf, Yvonne hat mittlerweile schon schmerzen am Hintern, lässt sich aber nichts anmerken. Leo schmeißt die Maschine an und fährt langsam los. Der Waldweg, auf dem sie sich befinden, scheint genau in die richtige Richtung zu gehen. Er muss aber ziemlich vorsichtig fahren, der Untergrund ist nicht gerade für Motorräder geeignet. Aber er hat den Dreh schon raus und schafft es ohne große Mühe, die ersten Häuser zu erreichen. Der Ort ist nicht gerade riesig, aber wenigstens kommen sie wieder auf eine Teerstraße. Nur leider ist hier auch alles ausgestorben. Dafür ist es sehr friedlich, Autos parken in den Einfahrten, die Rasenflächen sind gemäht und Katzen laufen herum. An einer Bushaltestelle hält Leo das Bike an und stellt es ab. Am Schild, welches dort hängt, steht nur ein Ort, den man von hier aus erreichen kann und zwar Woolsey.

„Sagt dir der Ort irgendwas?", fragt er in Yvonnes Richtung. „Nein, noch nie von gehört, aber schau mal da hinten, das sieht so aus wie ein kleiner Laden." Jetzt sieht auch Leo das kleine Schaufenster und steigt ab.

„Am besten lassen wir das Motorrad stehen. Es ist zu leise hier, wir wollen ja nicht noch mehr Aufsehen erregen." „Das ist eine gute Idee, lass uns zu Fuß gehen, hoffentlich ist im Laden auch einer."

Sie laufen zusammen die Straße entlang, immer schön in die Richtung von dem kleinen Haus, wo unten ein Geschäft eingebaut wurde.

„Da war jemand am Fenster", sagt Yvonne ziemlich erschrocken. „Wo?" „In dem Haus neben uns. Ich habe es genau gesehen, die Gardine hat sich bewegt." Langsam gehen sie weiter, Leo schaut mal links und dann wieder rechts, überall sind noch Menschen in den Häusern. Die haben sich wohl alle verkrochen.

Endlich kommen sie an, Leo schaut durch das Schaufenster und sieht innen einen kleinen Lebensmittelladen. Auch Karten hängen an der Kasse. Das Problem ist aber, das Licht ist aus. Yvonne war da ein wenig schneller. Sie ist schon an der Tür und drückt dagegen. „Verschlossen", sagt sie. „Na echt toll, endlich mal ein Lichtblick und schon ist er wieder vorbei", antwortet Leo ziemlich frustriert. Yvonne klopft an der Tür, aber nichts passiert. Über dem Geschäft scheint eine Wohnung zu sein, da könnte doch der Ladenbesitzer wohnen. Yvonne geht rechts am Haus vorbei und orientiert sich nach hinten. Leo folgt ihr langsam, irgendwie ist das alles sehr beklemmend hier. Es stimmt doch was nicht. Eindeutig nicht. Er erreicht Yvonne, die vor einer Haustür steht und klingelt.

„Da macht keiner auf." „Das habe ich mir fast gedacht. Aber ich habe was anderes gefunden, komm mal mit zurück." Yvonne folgt Leo wieder an die Seitenwand des Hauses und bleibt neben ihm stehen. „Schau mal da oben", sagt er. Yvonne blickt dort hin und sieht ein Fenster, welches nur auf Kippe steht.

„Du willst da jetzt nicht wirklich einsteigen? Spinnst du?" Yvonne ist von der Idee nicht wirklich begeistert.

„Sollen wir lieber verhungern? Außerdem brauchen wir immer noch eine Karte. Komm, ich helfe dir hoch, du musst nur fest unten rechts gegen das Fenster drücken und es sollte aufgehen." Yvonne lässt sich unter Protest von Leo hochheben und merkt erst jetzt, wie stark er ist. Mit Leichtigkeit kommt sie dem Fenster immer näher. Ein kleiner Druck unten rechts und schon ist es offen, wie er gesagt hat.

Sie klettert vorsichtig rein und springt innen runter. Es scheint sich hier um ein Nebenraum zu handeln, denn viele Regale mit verschiedenen Konserven zieren die Wände. Leo landet plötzlich neben ihr und grinst.

„Warst du früher mal ein Einbrecher?", fragt Yvonne. „Ne ne, aber als Reporter lernt man eine Menge. Los jetzt, lass uns schnell ein paar Sachen packen und wieder verschwinden."

Yvonne öffnet eine Tür, die führt direkt ins Ladenlokal und genau das war von Anfang an ihr Ziel. Jetzt machen sie schnell, Leo holt eine Plastiktasche und eine Karte von der Kasse. Yvonne schmeißt ein paar Flaschen Wasser und einige Schokoriegel in die aufhaltende Tüte.

„Wir brauchen auch noch was Normales zum Essen", sagt Leo und richtet sich nach rechts, wo Würstchengläser das Regal befüllen. Davon packt er zwei in die Tüte und aus einem anderen ein Brot, das echt ziemlich frisch ist. In der Zwischenzeit ist Yvonne an der Kasse und steckt sich ein paar Schachteln Zigaretten ein.

„Muss das sein?" Yvonne lächelt wegen der Frage ein wenig verlegen.

„Es ist nicht gerade der beste Zeitpunkt, um mit dem Rauchen aufzuhören", sagt sie zu ihrer Verteidigung. Leo wendet sich ab und betrachtet die erbeuteten Sachen. Er ist mit dem Gesammelten zufrieden und geht wieder Richtung Lagerraum. Auch Yvonne trottet langsam hinter her.

„So billig habe ich noch nie eingekauft", sagt sie leicht kichernd. „Das stImmt, aber wir sollten besser hier raus und verschwinden." Leo stellt die Sachen ab, klettert aus dem Fenster und nimmt von Yvonne das Geklaute entgegen und zum Schluss springt sie selber in seine Arme.

Sie gehen zurück zur Bushaltestelle, wo immer noch das Motorrad auf die beiden Diebe wartet.

„Ich habe tierischen Hunger", sagt Yvonne zu Leo. „Ich auch, lass uns eben dort drüben auf der Bank was Essen." „Ist das nicht zu gefährlich? Schließlich sind wir gerade eingebrochen."

„Ach Quatsch, ich glaube nicht das es hier irgendjemanden interessiert. Die haben eher Angst vor uns. Nebenbei müssen wir auch noch die Karte studieren, damit wir endlich wissen wo wir sind."

Beide setzen sich auf die Bank, die für eine Bushaltestelle sehr sauber und neu aussieht. In Atlanta sind die beiden echt was anderes gewöhnt. Da muss man echt aufpassen, wo man sich hinsetzt. Leo gibt Yvonne ein Wasser und nimmt sich selber eins. Beide trinken erst mal einen großen Schluck. Er stellt eins der Würstchengläser zwischen die beiden, öffnet es, holt eine Wurst raus und hält sie Yvonne hin.

„Danke!" Yvonne nimmt die Wurst und fängt an zu essen. Die Nächste ist für Leo, in die er auch genüsslich rein beißt. Dann faltet er die Karte auseinander.

„Also hier ist Atlanta", sagt er und tippt mit dem Finger auf einen Punkt. Er schaut weiter nach unten und findet Woolsey. „Also müssen wir irgendwo hier sein", er umkreist einen kleinen Bereich mit einem Finger.

„Wir müssen weiter nach Süden," kommt von Yvonne, die sich auch über die Karte beugt. „Hier unten ist Lake City und daneben ist ein Waldpark und genau da müssen wir hin." Leo schaut sich das alles genau an. „Das ist aber echt weit, ich weiß nicht, ob der Sprit im Motorrad solange reicht und tanken wird sicher noch schwieriger, als was zu Essen zu besorgen. Aber was genau ist denn da?"

„Ich habe da Freunde, die sind heute Morgen dahin gefahren. Und ich glaube, da sind wir sicherer als irgendwo im Nirgendwo." Leo blickt nachdenklich zu Yvonne rüber. „Freunde also, echte Freunde oder einfach nur Freunde? Ich denke, das ist sehr wichtig. In so einer Zeit bedeutet das Wort Freunde vielleicht nicht mehr viel. Außerdem, woher willst du wissen, dass sie wirklich da angekommen sind? Du hast gesehen, was auf der Interstate los war?"

„Es sind richtige Freunde. Sie heißen Arlo und Samantha. Er ist voll der Kumpeltyp und würde uns ganz sicher helfen. Sam ist ein wenig merkwürdig, aber trotzdem irgendwie okay. Ich denke schon, dass sie es geschafft haben. Die wollten heute sehr früh los und das Auto war auch nicht mehr da."

„Kumpel also?", lächelt Leo wieder ein wenig. „Dann machen wir das so. Wüsste auch gerade nicht, wo wir sonst hin könnten und wir brauchen echt ein Ziel." Yvonne blickt zu Leo und sieht sein lächeln. „Ja Kumpel, aber was ist mit dir, hast du niemanden?" Leo schaut wieder auf die Karte. Er hat die Frage wohl überhört und sieht sich lieber die Straßen nach Süden an.

„Leo?" Er schaut wieder auf und atmet einmal tief ein. „Ich habe 2 Jungen. Die wohnen aber bei der Mutter. Ich habe sie schon mehr als 6 Monate nicht mehr gesehen. Wir sind geschieden, sie hat wieder neu geheiratet und ist nach Kansas City gezogen. Sie hat alles versucht, damit ich die Kinder nicht mehr sehe. Nächsten Monat sollte die nächste Verhandlung sein."

„Es tut mir leid, das wusste ich nicht." Yvonne hat gemerkt, dass die Frage zur falschen Zeit gekommen ist. Aber sie versucht es wieder hinzubiegen. „Wie heißen die beiden?" „Tyler ist der ältere und Dan der Kleine. Hoffentlich geht es ihnen gut." „Ich glaube schon", antwortet Yvonne und rückt ein wenig näher zu Leo. „Es muss ja nicht überall so sein und Atlanta ist echt weit weg von Kansas." Leo schöpft ein wenig Hoffnung. „Komm, lass uns weiter, sonst kommen wir nie da unten an. Hoffentlich sind deine Freunde wirklich angekommen."

Er will sich gerade erheben, als es hinter ihnen knackt. Leo dreht sich um und schaut direkt in den Lauf einer Schrotflinte.

„AUFSTEHEN, GANZ LANGSAM", schreit eine Stimme hinter der Waffe. Auch Yvonne dreht sich um und sieht einen wie ein Cowboy angezogenen Mann mit Glatze.

„Ganz ruhig", sagt Leo. „Wir wollen nichts Böses und sind nur auf der Durchreise."

„HALT DEIN MAUL", schreit der Mann und spuckt eine Ladung Kautabak auf den Boden.

„Wir haben es hier nicht so gerne, wenn jemand was klaut. Und vor allem mögen wir es nicht, wenn ein Nigger bei uns was klaut."

Leo will gerade wieder ansetzen aber der Kerl kommt ihm zuvor. „Ich will nichts von dir hören Nigger, ich denke du verstehst meine

Sprache." Jetzt versucht Yvonne das Wort zu ergreifen. „Wir hatten doch nur Hunger und der Laden hatte leider zu. Wir können ihnen auch das Geld geben und alles ist gut."

Der Mann schaut zu Yvonne. „Ist das dein Nigger? Sicherlich....also bist du auch nicht besser. Ihr seid beim alten Harry im Laden eingestiegen und ich lasse mich nicht mit Geld erpressen. Solche Stadtleute wie euch wollen wir hier nicht sehen." Wieder spuckt er auf den Boden, diesmal direkt vor die Füße von Leo.

„Wisst ihr denn gar nicht was los ist? Viele Menschen sind krank und überall wird geschossen", versucht Yve die Sache ein wenig zu verändern.

„Das juckt mich nicht. Wir haben damit nichts zu tun. Wir lieben unsere Ruhe und nur weil irgendwo jemand krank ist oder gar erschossen wird, dürft ihr trotzdem nicht einfach in unseren Laden einbrechen. Ihr geht mit mir jetzt zu Harry. Dem gehört der Shop, er wohnt genau oben drüber." „Der ist nicht da", sagt Leo jetzt wieder. „Wir haben es schon versucht."

„Wer hat dir erlaubt, mit mir zu sprechen?" Der Mann drückt seine Waffe auf die Brust von Leo. „Noch ein Wort und ich verteile deine schwarzen Gedärme hier auf der Straße."

„Bitte nicht", schreit Yvonne wieder. „Er wollte doch nur sagen, das niemand aufgemacht hat. Wir wollten nicht einbrechen, aber wir hatten keine andere Möglichkeit."

„So ist das also, ihr wolltet also nicht einbrechen und ihr wolltet auch nicht klauen. Natürlich, das glaube ich sofort." Er fängt laut an zu lachen und spuckt wieder eine Ladung zu Boden. „Ihr geht jetzt schön langsam vor mir her, direkt zu Harry. Sollte einer von euch was versuchen, dann, ach ihr wisst schon, was passiert. Ich war bei der Army, also reizt mich nicht. Oder denkt ihr das ich nur bluffe? Los Nigger, es geht los."

Langsam bewegen sich die drei zurück zum Shop. Leo und Yvonne gehen nebeneinander und der Mann mit seiner Waffe hinterher. Keiner sagt ein Wort. Yvonne sieht an den Fenstern der Häuser wieder

Menschen und jedes mal, wenn sie dort hin schaut, verschwinden die Personen. Beim Schaufenster angekommen, nehmen die drei den Weg nach hinten, direkt zu der Tür mit der Klingel. „Los an die Seite mit euch beiden und bloß keine falsche Bewegung." Leo und Yvonne stellen sich neben die Tür und der Mann drückt auf die Klingel. Es passiert aber nichts.

„War ja wieder klar, der alte Harry liegt sicher im Bett und hört die Klingel nicht."

Yvonne versucht es mal wieder mit einem Gespräch. „Sind sie denn sicher, dass er überhaupt noch da ist, überall sind Menschen auf der Flucht."

„Ihr kommt euch wohl total schlau vor. Die Städter denken immer, sie wären die hellsten. Hier ist keiner auf der Flucht. Unser Harry war ein paar Tage krank, daher ist der Laden auch geschlossen."

Leo und Yvonne schauen sich an, beide denken bei dem Wort Krank sofort an das Gleiche. Der Kerl packt in seine Hosentasche und holt einen dicken Schlüsselbund heraus. Seine Waffe ist aber weiterhin auf die beiden gerichtet und sein Finger bleibt am Abzug. Nach einer kurzen Suche scheint er den Richtigen gefunden zu haben, steckt diesen in das Schloss und öffnet damit die Tür.

„Seht ihr wir Vertrauen uns. Ich habe für jedes Haus hier in der Stadt einen Schlüssel. Ich bin der Aufpasser und kümmere mich um alles. So was könnt ihr Städter euch sicher gar nicht vorstellen." Er schaut hinter die geöffnete Tür. Auch Leo und Yvonne blicken hinein und sehen eine steile Treppe, die nach oben führt. Am Ende ist noch eine Tür, natürlich geschlossen.

„Los, rein da und die Treppe hoch. Ich würde euch raten, leise und vorsichtig zu sein, Harry hat auch eine Waffe und ist nicht so nett wie ich." Wieder lacht er herzlos vor sich hin.

Leo geht zuerst und Yvonne folgt, zum Schluss kommt der Stadtaufpasser hoch.

Oben angekommen öffnet Leo die Tür, diese ist nicht verschlossen und dahinter befindet sich ein langer Flur mit mehreren Türen an beiden Seiten. Die beiden Diebe bleiben vorne stehen und warten auf den Typen, der ein wenig langsamer und völlig außer Atem ist.

„HARRY", schreit er über den Flur, bekommt aber keine Antwort. „HARRY DU ALTE SCHNAPSDROSSEL", kommt als Nächstes, aber wieder nichts. Jetzt bewegt er sich langsam rückwärts über den langen Gang. Sein Blick bleibt immer schön auf Leo und Yvonne und die Waffe ist auch noch im Anschlag. An der zweit letzten Tür hält er an.

„Harry?" ‚sagt er wieder. Er öffnet langsam die Tür und schaut hinein. „Harry, ich habe hier zwei Ladendiebe gestellt und einer von den beiden ist ein Nigger. Was sollen wir...." Zu mehr kommt er nicht mehr. Aus dem geöffneten Raum stürzt plötzlich ein älterer Mann auf den Flur und beißt dem anderen in seinen Arm. Der lässt dabei seine Waffe fallen und fängt ganz laut an zu schreien, er kann seinen Blick nicht mehr von der Stelle abwenden, wo Harry gerade rein gebissen hat. Dort hat sich eine Riesen Wunde gebildet, sogar etwas Fleisch fehlt und ein fetter Blutschwall läuft nach unten und bedeckt den Boden.

„Verdammt Harry, bist du nicht mehr ganz dicht?" Wieder stürzt sich der Ladenbesitzer auf dem Mann mit der Glatze, diesmal beißt er ihn in den Hals und reißt wieder ein großes Stück heraus. Durch die Heftigkeit des erneuten Angriffs fallen beide zusammen zu Boden. Yvonne fängt sehr laut an zu kreischen, aber Leo handelt sofort, er packt sie am Arm und rennt mit ihr die Treppe runter.

„Los, wir müssen hier weg, schnell", sagt er beim Verlassen des Hauses. Yvonne macht einfach nur das, was er von ihr will, ihr steckt immer noch ein Schrei in der Kehle, den sie aber nicht wirklich raus lässt. Es geht zurück zur Bushaltestelle und an beiden Seiten tauchen wieder Menschen an den Fenstern auf. Bei einem Haus öffnet sich sogar die Haustür und eine ältere Frau kommt heraus. Für die beiden Flüchtlinge ist das alles ohne Bedeutung, sie rennen bis zum Bike, packen schnell ihre geklauten Sachen in den kleinen Koffer, der sich hinten drauf befindet, steigen auf und düsen davon...

Kapitel 8

Diesmal fahren sie keine Waldwege mehr, es geht nur noch um Schnelligkeit. Immer weiter nach Süden. Neue Orte werden gar nicht groß beachtet, sie fahren einfach schnell hindurch. Keiner von Ihnen sagt ein Wort. Leo schaut auf die Straße und versucht so schnell zu fahren, wie es eben möglich ist. Seine Gedanken richten sich nur auf die Straße, er möchte auch gar nicht an was anderes denken. Für ihn ist die ganze Welt verrückt geworden. Yvonnes Gedanken drehen sich nur um den Vorfall von eben. Sie hatten bisher schon genug gesehen, sie haben sogar eine Frau getötet. Ihr Nachbar kam mit ihrer toten Katze auf sie zu geschlürft, aber das heute war anders. So Real, der Tabak kauende Wunderknabe mit der Waffe, wurde einfach von dem Harry gefressen. Wieder kommt Ihr die Sache mit Giselle und Ben in den Sinn. Wie Wirklich das auf dem Dach jetzt ist. Keine Drogen der Welt können solche Gedanken beschwören, alles war echt. Als Nächstes kommt ihr Arlo und Sam in den Sinn. Vor allem Arlo, er ist der Traumtyp, den sie sich immer vorgestellt hat. Ein Mann fürs Leben, mit ihm würde sich alles zum guten wenden. Aber jetzt ist nicht nur Sam das Problem, denn sie weiß noch nicht mal, ob die beiden noch am Leben sind oder ob sie überhaupt irgendwo angekommen sind. Wieder durchfahren sie einen kleinen Ort, sogar Menschen sieht man auf den Straßen. Es sieht fast so aus, als ob das Chaos noch nicht überall angekommen ist, denn auch Autos kommen ihnen entgegen.

Leo lenkt die Maschine auf einen Hof mit einer Tankstelle. Er steigt ab, macht den Ständer runter und geht zu einer Zapfsäule. Aber das Glück hat sie vollkommen verlassen, die Tankstelle ist entweder leer oder abgestellt. Auch das kleine Kassenhäuschen zur Rechten hat geschlossen. Zurück auf dem Bike dreht er sich zu Yvonne um. Sie haben seit ihrer Abfahrt nicht miteinander gesprochen. „Wir haben nicht mehr viel Benzin. Ich weiß nicht wie weit wir noch kommen. Vielleicht bis nach Macon, aber das war es dann."

Yvonne nickt nur und schaut Leo mit großen Augen an. „Geht es dir gut?", fragt er direkt. Yvonne öffnet ihren Mund, sagt aber nichts. Wie kann er in so einer Situation fragen, ob es ihr gut geht? Sie schließt kurz ihre Augen, atmet einmal tief durch und versucht dann doch zu antworten. „Soweit geht es mir gut." Mehr bekommt sie nicht raus. „Wir finden schon noch eine Tankstelle, mach dir keine Sorgen", sagt Leo total hoffnungsvoll und öffnet die Karte.

„Schau mal, da kommen noch einige größere Orte, irgendwo muss es doch noch Benzin geben."

„Mich interessiert der Saft im Bike doch gar nicht", antwortet Yvonne ziemlich heftig. „Leo? Die ganze Welt ist im Arsch, wir werden alle sterben. Das hört sicher nicht mehr auf und wird immer schlimmer."

„Yvonne, ich passe doch auf dich auf. Ich verspreche dir, dass dir nichts passieren wird."

Leo versucht Yvonne zu beruhigen, er merkt, dass die kleine orangefarbene junge Frau kurz vor einen Zusammenbruch steht. Er sieht nach seinen Sätzen aber ein kleines Lächeln bei ihr. Er weiß auch das seine Worte nicht viel bedeuten, er hat ja selber Angst.

„Okay", sagt Yvonne ziemlich leise. „Lass uns weiterfahren und Benzin suchen. Danke, dass du für mich da bist." Sie gibt Leo einen kleinen Kuss auf die Wange.

Die Maschine läuft wieder. Er lenkt zurück auf die Straße und fährt weiter. Sein Blick richtet sich auf die Benzinanzeige, die ist schon kurz vor Rot. Wenn sie nicht schnell was finden, müssen sie wohl zu Fuß weiter oder eben was Neues klauen. Bei dem Gedanken wird es ihm recht mulmig im Bauch, er hat noch nie was entwendet. Und jetzt sitzen sie auf einen geklauten Bike und haben die Satteltaschen voll mit gemopsten Dingen. Wie schnell sich die Welt doch ändern kann.

Wieder legen sie Meile um Meile hinter sich, ein Ort nach dem anderen wird passiert und überall das gleiche Bild. Mal ein paar Menschen, mal ein paar Autos, mal alles ausgestorben, aber keine Tankstelle. An jeder, die sie ansteuern, das gleiche Bild, geschlossen. Laut Karte sind sie noch 10 Meilen von Macon entfernt und dort gibt es sicher was. Nur sollen sie es wirklich wagen in eine größere Stadt zu fahren? Leo hat keinen Plan, er weiß aber auch nicht, ob sie überhaupt noch bis dahin kommen. Laut seiner Uhr ist es bereits 5, es dauert also nicht mehr lange und dann wird es dunkel. Vielleicht sollten sie sich lieber bald einen Platz zum Übernachten suchen.

Kurz nach der Ausfahrt eines durchquerten Ortes geht es plötzlich nicht mehr weiter. Da haben sich einige Lastwagen gedacht, die Straße abzusperren. Mindestens 10 Sattelschlepper stehen hier quer, es passt noch nicht mal das Motorrad durch.

„Das ist unsere Straße nach Macon", ruft er seiner Begleiterin zu. „Ich habe keinen Plan, was die sich dabei gedacht haben, wollten wohl nicht das jemand weiter fährt.

Yvonne steigt erst mal vom Sitz. Sie kann ihre Knochen kaum noch spüren, alles ist steif geworden. Wie können Menschen so was als Hobby haben? Jetzt stehen beide zusammen vor der Barrikade und schauen sich die großen Teile an. An der rechten Seite führt ein kleiner Weg in einen Wald. Es sieht aber nicht so aus, als ob sie über den in die richtige Richtung kommen. Aber mehr gibt es auch nicht, außer eben zurück und das ist keine Option.

„Was machen wir jetzt?", fragt Yvonne mit Blick auf den Waldweg. „Wir können ja nicht wieder zurückfahren. Wie sieht es denn mit der Tanknadel aus?"

Leo geht zum Bike, schaltet die Zündung ein und schaut auf die Anzeige. Er wusste aber vor dem checken schon, das der Tank fast leer ist.

„Sieht nicht gut aus", sagt er. „Weit kommen wir nicht mehr. Wenn wir hier weiterfahren könnten, hätten wir es sicher bis nach Macon geschafft." Er geht zurück zu Yvonne die immer noch in den Waldweg schaut.

„Willst du wirklich nach Macon fahren?", fragt sie den wieder neben ihr stehenden Leo. „Eigentlich nicht, aber wo sollen wir sonst Benzin auftreiben?"

Zusammen gehen sie ein Stück in den Wald hinein, aber nicht so weit, denn sie wollen das Motorrad nicht lange alleine lassen. Es wäre echt fatal, wenn ihr geklautes Teil entwendet wird. So wie es aussieht geht der Weg um eine Kurve, dann einen Berg nach oben und endet auf einer Lichtung. Den Ansatz davon kann man von hier unten schon sehen. Leo geht zurück und holt die Maschine, er schiebt sie aber, auch wenn sie ziemlich schwer ist. Aber als sie endlich oben ankommen, den Wald hinter sich lassen und vor einem riesigen Feld stehen, trauen sie ihren Augen nicht. Die Fläche ist wirklich sehr groß, teilweise wächst auch noch Gras, aber die meisten Stellen sind vertrocknet und man sieht nur braune Erde. Aber das ist nicht das, was die Blicke der beiden auf sich ziehen. Hier oben auf dem Feld stehen unzählige Campinghänger, Campingbusse und Zelte. Es sieht aus wie ein Riesen Flüchtlingslager. Überall laufen und wuseln Menschen, einige bauen was auf, andere rangieren Fahrzeuge. Dazwischen rennen Kinder herum und sind am Spielen. Leo und Yvonne können gar nicht glauben was sie da sehen, das ist eine ganze Stadt. Nur wo kommen die alle her? Ein offizieller Campingplatz ist das wohl eher nicht.

Langsam schieben sie das Motorrad über den Acker, genau in Richtung der kleinen Campingstadt. Leo will es nicht mehr anmachen, nicht nur wegen dem Benzin, sondern weil sie vor allem keine Aufmerksamkeit erregen wollen. Sie steuern sofort auf den ersten Camper zu. Das Teil ist ziemlich alt und hat sicher schon bessere Jahre gesehen. An der Seite, wo sich der Eingang befindet, hat jemand einen großen Sonnenschirm aufgebaut, darunter steht ein Tisch und einige Plastikstühle. Sogar eine Tischdecke ist oben drauf und eine kleine Blumenvase, die ist aber leer. Die Tür steht offen und als sie näher kommen, sehen sie eine Frau im Inneren. Leo stellt die schwere Maschine auf den Ständer und jetzt bemerkt auch die Fremde, dass sie Besuch bekommen hat. Sie kommt langsam die Treppe herunter und lächelt die beiden an. Sie hat etwas längere dunkelblonde Haare. Das Alter wird so bei 30 liegen, kann man aber nicht wirklich deuten.

„Hallo", sagt sie mit sehr freundlicher Stimme. „Seid ihr gerade erst angekommen?" Leo und Yvonne schauen sich an. „Na ja, wir kommen gerade aus Atlanta und wollen über Macon weiter in den Süden. Leider ist uns der Sprit ausgegangen", erwidert Leo die Frage. Die Frau kommt langsam auf die beiden zu und streckt ihre Hand aus. „Sofia", sagt sie kurz. Wieder schauen sich die beiden komisch an, mit so was haben sie wohl nicht gerechnet. Yvonne ergreift als Erstes die Hand und sagt „Yvonne", dann erst packt sich Leo die Selbige und verrät seinen Namen.

„Setzt euch bitte, ich hole eben was zu trinken. Ihr seht durstig aus. Es war sicher kein einfacher Weg hier rüber", sagt Sofia und geht zurück in den Camper. Langsam laufen die beiden zu den Stühlen und setzen sich hin. Die Gastfreundschaft dieser Sofia ist schon sehr unheimlich. Um sie herum flitzen überall Menschen, die alle irgendwas zu tun haben. Hin und wieder bleibt einer von ihnen stehen und nickt den beiden freundlich zu und geht dann seinen Weg. Die Frau ist immer noch im Fahrzeug und ein kleiner Junge kommt vorbei. Er schaut die beiden komisch an, geht auch durch die Tür und ruft dabei nach Mama. Nach kurzer Zeit kommen sie beide wieder raus, Sofia trägt zwei Becher in der einen Hand und eine Flasche Wasser in der anderen.

„Das ist David, einer meiner Jungs. Irgendwo dahinten sind dann noch Matthew, Elijah und Logan."

Der kleine schaut die beiden Besucher wieder nur kurz an, grinst und verschwindet zwischen den anderen Campingfahrzeugen.

„Für den Kleinen ist es ziemlich einfach ohne einen Vater aufzuwachsen, die anderen leiden dann schon ein wenig", erwähnt Sofia beim Hinstellen der Getränke.

„Was ist mit dem Vater", fragt Yvonne einfach frei raus. Im gleichen Augenblick merkt sie aber schon, dass die Frage total unpassend war. Sie läuft langsam rot an und erntet auch einen bösen Blick von Leo.

„Ach der" beginnt Sofia „der ist schon lange über alle Berge. Er hat sich damals aus dem Staub gemacht, als er hörte, dass ich mit David schwanger bin. Keiner wird ihn vermissen, der war echt ein Schwein. Vielleicht die Kinder ein wenig, aber eher die Vaterfigur und nicht den Menschen selber. Ich habe ihn auch schon sehr lange nicht mehr gesehen." Bei ihren Worten ist sie leicht am lächeln und kippt den beiden Wasser in die Becher.

„Trinkt", sagt sie und setzt sich auch an den Tisch. Sie zündet sich eine Zigarette an und hält die Schachtel hin. Yvonne nimmt sich eine und Leo lehnt dankend ab.

„Ihr wollt also in den Süden", spricht Sofia jetzt weiter. „Das ist sicher keine schlechte Idee, aber nach Macon solltet ihr nicht fahren. Das existiert nicht mehr."

Sie zieht genüsslich an ihrer Zigarette, als ob das alles total normal wäre was sie so von sich gibt. Leo nimmt einen großen Schluck aus seinen Becher.

„Was meinen Sie damit? Es existiert nicht mehr?", fragt er sehr interessiert. Wieder zieht Sofia an ihrer Zigarette. Auch Yvonne tut es ihr gleich und ascht einfach auf den Boden. Sie schaut immer abwechselnd zu Leo und dann wieder zu Sofia.

„Ihr habt wohl nicht viel mitbekommen. Macon wurde komplett ausgelöscht. Die Army nannte es Auslöschung und Eindämmung der Krankheit. Alle Menschen die ihr hier seht, sind geflüchtet. Wir sind noch raus gekommen, weil wir nicht gezögert haben. Alle die es nicht mehr geschafft haben, sind wohl jetzt tot."

„Das kann doch nicht sein", sagt Leo. „Die können doch nicht einfach eine ganze Stadt zerstören." Wieder kommt der kleine Junge zu den dreien an den Tisch. Er grinst alle einmal an und verschwindet nach einem Klaps von Sofia. Sie beugt sich über den Tisch und redet ein wenig leiser.

„Das ist nicht nur in Macon passiert. Viele größere Städte an der Ostküste sind nicht mehr. Soweit ich weiß, wurde auch Atlanta zerstört. Es tut mir leid, dass ich euch das sagen muss, aber es ist leider die Wahrheit. Dieser Virus, der überall seine Runden zieht, breitet sich aus. Die Menschen verändern sich einfach und denken nur noch ans Fressen. Soweit ich mitbekommen habe, kann man sie nur töten, wenn man ihnen eine Kopfverletzung zufügt."

Yvonne schluckt erst mal kräftig, sie muss das Gehörte verdauen.

„Und Atlanta soll auch zerstört sein?", fragt sie sehr vorsichtig. „Ja, das habe ich so gehört", antwortet ihr Sofia. „Ich hoffe, ihr habt dort nicht zu viele Menschen verloren. Aber heutzutage kann man auch nicht alles glauben, daher ist das keine Garantie."

Yvonne ist mit ihren Gedanken in Atlanta, bei den ganzen Menschen, die sie kannte und jetzt sind die alle tot? Das kann sie einfach nicht glauben. Sie schaut zu Leo rüber, der krallt sich an dem Wasserglas fest, hat leicht seinen Mund geöffnet und reagiert gar nicht mehr, man kann nur sehen das es in ihm gerade arbeitet.

„Was habt ihr denn jetzt vor?", frag Sofia plötzlich in die Runde. Leo und Yvonne kommen aus ihren Gedanken zurück und schauen ihre Gastgeberin an.

„Wir halten an unseren Plan fest", antwortet er. „Nur unsere Route müssen wir wohl neu planen und wir brauchen immer noch Benzin."

„Da kann ich euch sicher helfen", sagt Sofia. „Wir haben hier genug Benzin, aber es wäre besser, wenn ihr bis morgen früh wartet, es wird gleich dunkel."

Es kommen drei andere Kinder zum Mobil, der Kleine vom letzten mal ist aber nicht dabei.

„Das sind meine drei Großen, die sehe ich nicht so oft, die sind immer unterwegs", sie grinst dabei ein wenig, aber doch schon sehr Verhalten. „Matthew?" Fragt sie jetzt den größten der Knirpse. Der schaut sich einmal um und wartet.

„Geh mal bitte zu Biff, der sollte normal am anderen Ende den Stacheldraht aufziehen. Der soll dir ein wenig Benzin geben. Sag ihm bitte, dass ich dich geschickt habe." Der Junge nickt und verschwindet, die anderen beiden trotten langsam hinterher, wie so ein Rudel.

„Ja das sind meine Kids, alle total verzogen, aber trotzdem mein ganzer Stolz." Wieder lacht Sofia, diesmal aber von ganzen Herzen.

„Also, Matthew besorgt euch Benzin, dann könnt ihr auftanken, aber heute Nacht bleibt ihr bei uns. Unser Camper ist zwar nicht riesig, aber das sollte schon passen. Ihr beiden teilt euch einfach eine Koje." Leo schaut zu Yvonne und sieht, das sie sehr irritiert in seine Richtung blickt.

„Wir wollen aber keine Umstände machen", sagt er zu Sofia.

„Das geht schon klar, wir helfen gerne anderen Menschen in Not. Und ich glaube, in der nächsten Zeit ist das eine Menge wert." Sofia steht auf, räumt die leeren Becher vom Tisch und geht in das Wohnmobil. Leo beugt sich zu Yvonne rüber. „Findest du die Idee gut?" „Willst du etwa in der Nacht fahren und irgendwo unter Bäumen schlafen?" „Aber irgendwas ist hier doch komisch, die Menschen laufen und machen, als ob sie im Urlaub wären. Haben die überhaupt begriffen, dass die Welt gerade den Bach runter geht? Wir sind doch Fremde, wir könnten ja auch krank sein."

Als Leo gerade weiter reden möchte, kommt Sofia wieder raus. „Natürlich wissen wir was passiert ist, schließlich wurde gerade unsere Stadt weg gebombt. Nur wir sind froh, dass wir das überlebt haben und versuchen das beste draus zu machen. Und von euch beiden ist keiner Krank. Ihr seid auf einem Motorrad hier her gekommen, das schafft man aber nur, wenn man gesund ist."

Sie geht um die beiden herum und läuft ans Ende vom Campingbus. Dort macht sie eine kleine Klappe auf und holt ein paar Flaschen Bier raus. Mit denen kommt sie zurück und lächelt die beiden wieder an. „Man muss immer auf alles vorbereitet sein." Sie stellt die Flaschen auf den Tisch und deutet den beiden an, sich zu bedienen. „Ich werde mal schauen wo Matthew bleibt."

Leo nimmt sich ein Bier, dreht den Deckel auf und trinkt einen großen Schluck. „Das ist echt gut", sagt er. „Nimm dir auch eins." Yvonne überlegt kurz wegen dem Bier, tut es ihm dann aber gleich und jetzt sitzen beide wie im Urlaub auf einen Campingplatz und trinken genüsslich, als ob die ganze Welt ein Ferienhotel ist.

Beim Trinken beobachten die beiden das treiben um sie herum. Keiner beachtet sie wirklich, nur der kleine David sitzt in der Nähe und schaut zu den beiden rüber.

„Der Kleine schaut uns die ganze Zeit an", sagt Yvonne leise in Richtung Leo. „Ja, das sehe ich, möchte aber nicht wissen, was in ihm vorgeht. Alles, was mal toll war, ist nicht mehr. Der kann das doch gar nicht begreifen." „Ach Leo, der ist noch jung, der wird das hier wie

Ferien sehen. Spannend ist es ja." Yvonne lächelt bei ihren Worten ein wenig. Kinder waren noch nie ihre Freunde, sie hasst sie zwar nicht, wollte aber auch keine haben. Die sind laut, stinken und kosten Geld. Nicht gerade die tollsten Eigenschaften. Trotzdem schaut sie verträumt zu dem Kleinen rüber und ist auf einmal voll in Gedanken versunken.

„Was ist denn wenn der Virus auch hier her kommt", fragt Leo ganz plötzlich und Yvonne schreckt auf. Sie schaut zu ihm rüber und findet keine Worte.

„Hörst du mir überhaupt zu Yvonne? Der Virus könnte doch auch hier her kommen." „Ich möchte nicht über den Virus reden oder über tote. Das was wir bisher gesehen haben reicht mir vollkommen aus. Ich bin nur froh, wenn wir die anderen erreicht haben." Leo nickt darauf nur und schaut wieder zu dem kleinen Jungen, der ist aber gar nicht mehr da. Hat wohl die Lust verloren der kleine Stalker, denkt sich Leo amüsiert.

„Meinst du das stimmt wirklich?" Leo blickt wieder zu Yvonne. „Was meinst du?"

Yvonne, die sich nach vorne gelehnt hat und sich mit den Armen auf dem Tisch abstützt, gibt sich ein wenig genervt. „Ja das was Sofia eben erzählt hat, das mit Atlanta und Macon, das sie komplett zerstört wurden. So was würden die doch nicht machen."

Leo nimmt sich einen großen Schluck aus seinem Bier, schaut sich die Flasche genauer an und wundert sich, das sie fast schon alle ist. „Weißt du Yvonne, ich kann dir echt nicht sagen ob das stimmt. Aber schau, wir haben schon so viel erlebt und das alles innerhalb weniger Stunden, warum soll das dann nicht stimmen?" „Na ich weiß auch nicht." Yvonne plumpst wieder zurück in ihren Stuhl, will gerade was neues sagen und sieht das Sofia mit einen großen Kanister von hinten kommt.

Leo springt von seinem Stuhl und kippt sich den Rest seines Bieres über die Hose.

„Scheiße, meine ganze Hose ist nass." Yvonne fängt an zu lachen und auch Sofia schließt sich an. Sie hat den Kanister neben das Bike gestellt und steht wieder am Tisch. Zusammen sehen sie, wie Leo seine Hose abklopft. Als er seinen Blick auf die beiden richtet, fängt auch er an zu lachen.

Matthew, der älteste Sohn von Sofia, kommt zum Camper zurück und ist völlig außer Atem. Ziemlich verwirrt schaut er die drei Lachenden an und versucht sich zu sammeln.

„Mama, da hinten kommen neue Camper. Das sind ganz viele. Biff möchte die aber nicht aufnehmen, weil wir eh schon zu viele sind. Die schreien sich da alle an. Flori hatte eben noch gesagt, dass einer von denen krank sei. Die aber sagen, es wäre eine normale ausklingende Erkältung."

Kaum hat der Junge die Worte ausgesprochen, verstummt das Gelächter der drei. „Matthew? Wo sind deine Geschwister?" „Die sind noch bei Flori." Sofia schaut ihren Sohn direkt in die Augen. „Ist David auch bei Flori?" „Nein, den habe ich nicht gesehen." Yvonne und Leo sehen, wie bei Sofia Panik aufkommt. „Hör mir jetzt genau zu Matthew, du gehst jetzt auf direkten Weg zurück und holst deine Geschwister. Ihr kommt dann sofort hier her, ich suche David."

Ein flehender Blick erreicht die beiden Biker. „Wir helfen dir", sagt Leo zu Sofia und sieht ihre Erleichterung. Yvonne springt vom Stuhl und hätte auch beinahe ihr Bier vom Tisch gekickt. Nur diesmal ist keinen mehr zum Lachen zumute.

Alle drei laufen um den Camper herum und gehen in verschiedene Richtungen auseinander. Yvonne rennt schon fast zwischen den ganzen Wohnwagen und Zelten hindurch. Dabei muss sie echt gut aufpassen, denn überall laufen andere Menschen herum und zwischen den Campern wurden eine Menge Sachen aufgebaut. Die Leute planen hier wohl einen längeren Aufenthalt. Überall sieht sie weinende Menschen, wieder andere starren einfach nur in die Leere, jeder ist mit seinen Gedanken woanders. Wie soll man so eine Sache auch verkraften.

Yvonne stolpert über ein am Boden liegendes Bein und fällt der länge nach hin. Sie rollt sich schnell auf die Seite, setzt sich auf ihren Hintern und schaut auf das Bein. Mehr aber auch nicht, sie guckt einfach nur auf das einzelne Bein was zur Hälfte unter einem Camper liegt. Sie möchte gerne schreien, bekommt nur nichts raus. Hinter ihr hört sie jemanden reden und zwei starke Hände helfen ihr wieder auf die Beine. Sie dreht sich um und sieht Leo direkt in die Augen. Neben ihm steht David und lächelt sie an. Der nächste Blick geht wieder zurück und da sieht sie, dass ein Mann unter dem Camper hervorkriecht und irgendwas in einer fremden Sprache vor sich hin faselt. Dieser Mann hat nur ein Bein, er humpelt zu einem Stuhl und setzt sich langsam nieder. Daneben steht eine Beinprothese. Er schaut auf und sieht in das verängstigte Gesicht von Yvonne.

„Desculpa", sagt er ziemlich leise und reibt sich dabei seine Augen. Aus dem Campingwagen kommt eine Frau mit mexikanischen Aussehen und stellt sich zwischen Yvonne und dem sitzenden Einbeiner.

„Meinen Mann tut es leid", sagt sie mit dem typischen mexikanischen Dialekt. „Er hatte nur unterm Camper ein Eisen wieder angeschraubt." So langsam beruhigt sich Yvonne wieder und versucht sich in einem lächeln.

„Alles ok", sagt sie jetzt mit fast noch stotternder Stimme. „Es ist ja nichts passiert." Langsam dreht sie sich wieder um und schaut zu den beiden hinter ihr.

„Ich habe den Kleinen gefunden und du scheinst wohl auch deinen Spaß gehabt zu haben", sagt Leo mit sarkastischer Stimme. „Arschloch", antwortet Yvonne, nimmt David an die Hand, nickt dem Einbeinigen noch mal freundlich zu und geht zurück zu Sofia. Leo trottet langsam hinter her und auf seinem Gesicht sieht man ein leichtes grinsen.

Als sie endlich am Ausgangspunkt ankommen, stehen da schon die drei anderen Jungs und sind am Warten. Auch Sofia kommt gerade von ihrer Suche zurück und nimmt David in die Arme. Sie küsst in ziemlich innig und wirft einen sehr freundlich Blick zu Yvonne und Leo.

„Danke", sagt sie nur und geht zu ihren anderen Kindern. Dort angekommen setzt sie den Kleinen auf einen der Stühle und schaut sich alle der Reihe nach an.

„Keiner von euch geht heute mehr weg. Wir bleiben jetzt alle hier und essen mit unseren Gästen zu Abend. Dann wird es auch langsam Zeit fürs Bett." Keiner der Kinder gibt ein Widerwort. Nur Matthew sieht fragend zu seiner Mutter.

„Was hat Biff denn jetzt gemacht?", fragt er sehr vorsichtig. Sofia setzt sich erst mal auf einen Stuhl und schaut ihren Großen eine Weile an. Sie weiß, dass sie ihm nichts mehr vormachen kann. Er ist schon zu alt und erkennt die Wahrheit.

„Biff hat den Neuen einen eigenen Bereich zugeteilt", sagt sie zu ihm. „Die fangen auch schon an, ihre Fahrzeuge zu parken." „Aber was ist mit dem Kranken?" Sofia sieht, wie ihr Sohn immer ungeduldiger wird. „Keine Angst, das ist wirklich nur eine Erkältung. Der Frau ging es heute Morgen noch schlechter, sie ist aber auf dem Weg der Besserung. Das wird sicher nicht der Virus sein." Matthews Haltung ändert sich ein wenig, er wird ein wenig lockerer.

„Gehst du bitte schon mal rein und beginnst mit dem Abendbrot, ich komme gleich nach und helfe dir", sagt Sofia mit echt lieber Stimme. Matthew nickt einmal kurz und verschwindet in der Tür und sie wendet sich den beiden zu.

„Danke noch mal, dass ihr David zurückgebracht habt. Solche Angst hatte ich schon lange nicht mehr." „Wir haben gerne geholfen", antwortet Leo. „Aber was ist da hinten wirklich los?"

Sofia steht auf, nimmt ihren Kleinen vom Stuhl und stellt ihn in den Camper. Jetzt kommt sie wieder zurück.

„Die haben sich da hinten fast die Birne eingehauen. Biff hat dann am Ende nachgegeben und hat die Camper doch reingelassen. Das mit der Kranken finde ich nicht gut. Keiner von uns weiß wie das wirklich verläuft. Wir werden jedenfalls vorsichtig sein. Ich weiß schon, warum ich am Rand parken wollte."

„Aber wenn da noch mehr Neuankömmlinge auftauchen, wird das nicht mehr lange der Rand bleiben", sagt Leo. „Aber vielleicht ist die auch wirklich nur erkältet", wirft Yvonne noch hinter her. „Wir werden sehen", sagt Sofia, dreht sich um und geht rein. Leo wirft Yvonne einen gedankenleeren Blick zu und läuft zum Bike. Er öffnet mit dem Schlüssel den Tankdeckel, nimmt sich den Kanister und kippt das Benzin in den Tank. Kurz bevor der Saft überläuft, stellt er das Teil wieder ab und schließt beide Deckel.

„Wenn wir Glück haben, kommen wir mit der Füllung bis zum Ziel", sagt er zu Yvonne. Als er sich umdreht, sieht er das die gar nicht mehr da ist. Typisch Frauen, da kann man sagen was man will, die hören eh nie zu. Er stellt den Kanister wieder neben das Wohnmobil und geht der Kleinen hinter her. Die steht zwischen zwei geparkten Autos und schaut sich einen lauten Streit an, der wohl kurz vorm Eskalieren ist. Leo stellt sich an ihre Seite und betrachtet das Treiben.

„Um was geht es da?" Fragt er sehr interessiert. „Es geht um eine Frau. Der eine hat die wohl blöd von der Seite angeschaut und der andere ist deswegen sauer und will ihm die Fresse polieren."

„Nett und gut formuliert", antwortet Leo. Yvonne merkt erst jetzt, dass sie sich irgendwie im Ton vergriffen hat und läuft mal wieder rot an. In der Zwischenzeit ist noch eine junge Frau hinzugekommen und schreit die beiden an. Das wird wohl das Opfer der Begierde sein. Jetzt, wo es endlich interessant wird, kommt ein älterer Mann zu den Schreihälsen, packt die beiden Kerle am Kragen und schubst sie in verschiedene Richtungen auseinander.

„Das ist Biff", sagt hinter den beiden eine Kinderstimme. Matthew ist dazu gekommen und schaut auf die Gestalten am Boden.

„Mama sagt, ich soll euch zum Essen holen." „Danke", antwortet Yvonne freundlich und geht zusammen mit Leo und dem Jungen zurück zum Camper. Dort ist draußen schon der Tisch gedeckt. Drei Gedecks stehen nebeneinander und in der Mitte eine Schale mit Brot. Ringsherum liegt eine Menge Wurst und Käse, es fehlt wohl an nichts.

Matthew geht wieder rein und kurz darauf kommt Sofia mit einer Kanne Tee heraus.

„Setzt euch doch, fühlt euch wie Zuhause. Die Kinder Essen drin."
Yvonne und Leo gehen zum Tisch und setzen sich auf die Stühle. Ein
wenig unbehaglich ist ihnen schon, sie hätten jetzt nicht mit so einem
Festessen gerechnet. Keiner sagt beim Futtern irgendwas, jeder ist nur
mit dem Essen beschäftigt und denkt an die eigenen Dämonen im
inneren.

Nach dem Essen rauchen Yvonne und Sofia erst mal genüsslich.
Diesmal nahm Sofia eine von Yvonnes Geklauten. Leo ist mittlerweile
aufgestanden und räumt unter bösen Blicken den Tisch ab. Sofia
gefällt das nämlich gar nicht, sagt aber auch kein Wort und er will
einfach nur beschäftigt sein, damit er nicht dumm da herum sitzt und
den beiden beim rauchen zuschauen muss.

Als die Glimmstängel aufgeraucht sind und es wirklich so langsam
dunkel wird, steht Sofia auf. „Also ihr beiden schlaft in dem Hauptbett
in der Mitte. Meine beiden Großen werden oben schlafen und ich
schlafe mit den Kleinen im hinteren Teil auf der Couch. So sollten wir
alle Platz haben und gut schlafen können."

„Wir wollen aber echt keine Umstände machen, wir können auch
die Couch nehmen", antwortet Yvonne. Dafür erntet sie den neusten
bösen Blick. „Die Couch ist nicht für euch geeignet, ihr seid unsere
Gäste also Schluss jetzt." Sofia geht nach ihrer Ansprache die kleine
Treppe nach oben und verschwindet im Inneren.

„Ich habe doch gar nichts gesagt", sagt Yvonne leise. Leo gibt ihr
einen leichten Stupser in die Seite und lacht. „Aua, das tat weh." „Stell
dich nicht so an, lass uns mal reingehen, vielleicht können wir ja
irgendwie helfen." „Meinst du, das ist eine gute Idee?" „Nicht
wirklich." Und beide lachen. Trotzdem gehen sie auch in das kleine
Fahrzeug. Das ist von innen aber sehr geräumig, das konnte man von
außen gar nicht erkennen. Links ist eine kleine Küche mit Herd und
Kühlschrank, weiter hinten befindet sich eine Couch mit Tisch. Kurz
davor ist eine Tür, wo gerade einer der Kleinen Jungs im Schlafanzug
raus kommt, da ist wohl das Bad. In der Mitte steht ein etwas größeres
Bett und daneben geht eine Leiter nach oben zu einer Koje. Da liegen
auch schon die beiden älteren und schauen mit einem grinsen nach
unten.

„Willkommen in unserem Zuhause", sagt Sofia leicht amüsiert. „Ist nichts Dolles, aber es muss reichen." „Quatsch", antwortet Yvonne. „Das ist voll schön hier und total gemütlich."

„Das Bett da in der Mitte ist für euch. Hier vorne ist ein kleines Bad, falls ihr euch noch frisch machen wollt. Wir machen gleich die Vorhänge zu und so habt ihr ein wenig Privatsphäre."

„Wir danken ihnen für die Gastfreundlichkeit", antwortet Leo. „Ach kein Ding" bekommt er nur als Antwort. Die beiden Jungs oben ziehen den Vorhang zu und sind verschwunden und auch Sofia macht ihre Ecke dicht. Trotz das es nur dünner Stoff ist, kommt es den beiden so vor, als ob sie alleine wären. Leo setzt sich auf das Bett und hoppelt ein wenig darauf herum, dabei ist er schäbig am Grinsen.

„Komm bloß nicht auf dumme Gedanken", faucht Yvonne ihm zu und verschwindet im sehr kleinen Bad. „Ich doch nicht", lächelt Leo ihr noch leise hinterher, wobei er sich sicher war, das sie es nicht mehr gehört hat. Gestern als Reporter auf einer Demo und heute als Hamster in einem kleinen Käfig voller Kinder. So schnell kann sich das Leben ändern. Wer weiß, was noch alles kommt. Er möchte gar nicht darüber nachdenken und legt sich ein wenig nach hinten und schaut an die Decke. Seine Gedanken verlaufen sich zu seinen Kindern, er hofft, dass es ihnen gut geht. Irgendwie kann er es nicht verstehen, dass er nach Süden fährt. Seine Kinder sind gar nicht in dieser Richtung und doch hat er nicht das Verlangen, nach ihnen zu suchen. Ob es wegen seiner Ex Frau ist oder wegen der Angst, das sie tot sein könnten. Er weiß es nicht.

„Leo?" Er schreckt hoch und sieht Yvonne neben dem Bett stehen. „Das Bad ist jetzt frei und ich möchte mich gerne hinlegen." „Ok ok, ich gehe ja schon."

Yvonne zieht ihre Schuhe aus und legt auch Hose und Pulli an die Seite. Dann verschwindet sie unter der Decke und schließt die Augen. Als sie kurz vor dem einschlafen ist, merkt sie wie Leo auch ins Bett kommt. Mit oder ohne Sachen, die Frage saust durch ihrem Kopf und schon ist sie im Reich der Träume. Leo bleibt noch ein wenig wach und denkt über den Tag nach. Hin und wieder zittert er von ganz alleine, obwohl es gar nicht kalt ist und schließlich schläft auch er langsam ein. Der nächste Tag wird kommen und vielleicht ist dann alles gut, oder es wird noch schlimmer...

Kapitel 9

Arlo lenkt das Auto auf den Highway und gibt Gas. Im Rückspiegel sieht er, wie Sam es sich bequem macht. Die Sache von eben wird sie wohl so schnell nicht mehr vergessen. Daher wäre es vielleicht gut, wenn sie ein wenig schläft. Emma schaut nur starr gerade aus, auch sie wird daran zu knabbern haben. Das war alles sehr knapp, er möchte nicht wissen, was noch alles passiert wäre, wenn sie nicht geholfen hätte.

„Alles in Ordnung?" Emma fährt zusammen und schaut in Arlos Richtung. „Ja, es geht", antwortet sie mit leicht brüchiger Stimme. Die Tachonadel zeigt schon wieder fast 100 Meilen. „Du hast uns da eben echt gerettet. Nicht nur das der Kerl Böses im Sinn hatte, er war sicher auch krank. Ohne dich wären wir vielleicht schon tot." Emma läuft ein wenig rot an. „Ihr habt mir doch auch geholfen."

Arlo konzentriert sich wieder auf die Straße.

„Ja das stimmt, dann sind wir echt quitt", sagt er leicht lächelnd. Emma richtet ihren Blick auf das Handschuhfach, sie weiß das die Waffe dort drin liegt, das Teil mit dem sie den Kerl erschossen hat. Sie schaut wieder zu Arlo.

„Wollt ihr mich jetzt nicht mehr loswerden?" Der hat gesessen, alleine an der Geschwindigkeit, die sich sehr schnell nach unten bewegt, kann man Arlo seine Unsicherheit anmerken.

„Wir wollen dich doch nicht loswerden", sagt er. Emma fängt leicht an zu lachen. „Das sagen immer alle und im nächsten Augenblick ist keiner mehr da."

Arlo fühlt sich gerade ziemlich schlecht, beschleunigt aber den Chevy wieder auf seine gewohnten 100. Sein Blick wandert leicht zu Emma und er sieht das sie ihn auch anschaut. Seine Hand geht langsam auf ihr Bein, mit dieser Geste will er Emma eigentlich nur trösten, aber ihre Augen sagen was anderes. Sofort zieht er sie wieder weg und schaut in den Spiegel. Sam ist am Schlafen, das beruhigt ihn ein wenig.

„Alles gut", sagt Emma lächelnd. „Ich nehme dir das nicht übel und habe es als was Nettes angesehen."

Arlo atmet einmal tief durch. „Manchmal bin ich echt ungeschickt in solchen Dingen", sagt er frei raus. „Hey" widerspricht Emma und legt ihre Hand auf seine, die auf der Schaltung halt gesucht hat. „Mir geht es ja auch nicht anders. Andauernd passieren mir solche Sachen und immer geht es in die Hose. Siehst du, ich halte deine Hand und nichts passiert. Keine Monster krabbeln ins Auto und der Himmel färbt sich auch nicht schwarz. Wir halten einfach nur unsere Hände." Sie zieht ihre Hand mit einem Lachen wieder weg und steckt sie unter ihren Po.

„Da kennst du Sam nicht", sagt Arlo mit einen erneuten Blick in den Rückspiegel. „Wenn sie so was mitbekommen hätte, dann wären Monster unser kleinstes Problem." Jetzt fangen beide an zu lachen und Sam wird hinten im Wagen wach.

„Wie weit ist es noch?" Fragt sie mit verschlafener Stimme. „Es sind noch ca. 60 Meilen bis Lake City. Von da ist es nicht mehr weit bis zum Ziel." Sam legt sich wieder hin, lässt aber die Augen offen und schaut an den Himmel des Autos. „Und was ist, wenn es unser Ziel gar nicht mehr gibt? Was machen wir dann? Es kann ja sein, dass dort im Wald alle tot sind."

Arlo dreht sich leicht nach hinten und schaut Sam direkt an. „So was dürfen wir gar nicht erst denken. Wenn wir keine Hoffnung mehr haben, dann brauchen wir auch gar nicht mehr weiterfahren." Das war nicht gerade eine Antwort die Sam hören wollte. Daher schließt sie wieder ihre Augen und sagt gar nichts mehr.

Das Auto rollt weiter Richtung Süden. Das Ziel kommt immer näher und noch weiß keiner, was sie erwarten wird. 40 Meilen bis Lake City und der Tank ist noch ein Viertel voll. Sollte nichts Unerwartetes passieren, reicht es bis zum Ende. Arlo wird wieder ein wenig langsamer, denn in der Ferne sieht er ein erneutes Hindernis auf der Straße. Da stehen wohl zwei Autos auf der schnellen Seite. Sie kommen immer näher und auch Sam hat sich wieder hingesetzt und schaut gespannt und mit großer Furcht nach vorne. Jetzt erkennen sie endlich was genau hier los ist. Da sind wohl zwei Fahrzeuge zusammen gekracht. Der hintere, das ist der schwarze Jaguar von eben, ist dem anderen ziemlich heftig hinten rein gefahren. Die beiden Autos kann man kaum noch erkennen, der Aufprall muss sehr hart gewesen sein.

„Von denen wird sicher keiner überlebt haben", sagt Arlo beim Betrachten des Unfalls. Mittlerweile stehen sie fast daneben und auf der Straße liegen überall Teile. Arlo hält das Auto an und macht es aus. „Was hast du vor?", fragt Sam verängstigt von hinten.

„Ich will mir das mal ansehen, vielleicht hat es ja einer überlebt und braucht unsere Hilfe."

Er steigt unter großen Protest aus und schließt hinter sich die Tür. Auch Emma packt in Richtung Türgriff und zieht ihre Hand dann wieder zurück. Sie hat in ihrem Leben schon eine Menge gesehen, auf diesen Unfall kann sie aber echt verzichten. Also schaut sie zusammen mit Sam gespannt auf Arlo, der sich ganz langsam den beiden verkeilten Autos nähert.

Als Erstes erreicht er den Jaguar, bei dem ist aber vorne alles eingedrückt. Die Insassen werden das nicht überlebt haben, denn vom Innenraum ist kaum noch was übrig. Daher geht er ohne einen Blick vorbei zu dem anderen Auto. Hier handelt es sich um einen weißen SUV, das Heck ist so gut wie nicht mehr vorhanden. Ganz langsam nähert er sich der Beifahrertür. Ein Blick hinten ins Auto hat nicht wirklich was gezeigt, die Rücksitze sind komplett eingequetscht, dafür sind sie aber leer.

Jetzt erreicht er das vordere Fenster und riskiert einen Blick. Der Beifahrersitz ist frei, aber er kann endlich ganz rein blicken und sieht auch den Fahrer. Leider kann er nicht mehr genau erkennen, ob es sich um einen Männlichen oder Weiblichen handelt. Die Person ist komplett eingequetscht und im Kopf steckt eine Metallstange, die wohl von hinten rein geschossen kam. Er wendet seinen Blick wieder ab und schaut zu den Damen im Auto. Er merkt, wie ihm langsam schlecht wird und er entfernt sich von dem Toten. Beim Laufen macht er noch eine verneinende Kopfbewegung zu den Frauen.

Er geht den Weg zurück und ist schon wieder beim Gedanken schnell hier wegzukommen, denn es war wohl nur eine Illusion zu denken, dass da vielleicht noch einer am Leben ist, als er ein leises Geräusch vernimmt. Dieses kam direkt aus dem Jaguar. Sam und Emma schauen verblüfft, als sie sehen, wie Arlo dem Auto wieder näher geht, sich bückt und hinten rein blickt. Durch die Scheibe kann er leider nichts sehen, denn die sind hinten so schwarz getönt, das wirklich jede Sicht ins Innere verborgen bleibt. Er hört aber schon wieder was, irgendwas muss da doch sein, also wendet er sich der hinteren Tür zu und greift nach dem Griff. Die ist aber durch den Aufprall so sehr verzogen, dass sie sich kein wenig rührt. Arlo geht einmal um das Auto herum und versucht es auf der anderen Seite. Auf den ersten Blick sieht diese Tür aber auch nicht besser aus und trotzdem versucht er sein Glück. Einen kleinen Spalt kann er sie öffnen, aber es reicht leider nicht aus, um reinzuschauen. Beim Umschauen findet er aber ganz schnell einen passenden Gegenstand der ihm weiterhelfen kann. Weiter vorne liegt ein stabiles Metallstück, das man gut als Hebel einsetzen kann. Also holt er sich das am Boden liegende Teil und steckt es in den kleinen Spalt der Tür. Beim ziehen und drücken bewegt sich das ganze Auto hin und her und er sieht, wie sich die Lücke immer weiter öffnet. Nur noch ein wenig und er kann einen Blick ins Innere riskieren.

Endlich ist es soweit, die Tür gibt nach, er schmeißt das Teil wieder auf die Straße und zieht mit aller Kraft, um den Eingang groß genug zu machen. Beim letzten Ruck fällt er leider nach hinten und landet mit seinen Po direkt auf dem Asphalt, aber die Tür ist auf. Er krabbelt auf allen vieren zum Eingang und schaut hinein. Als sich seine Augen an die Dunkelheit gewöhnen, sieht er tatsächlich eine Person auf der Rückbank liegen. Der Größe nach zu Urteilen müsste es ein Teenager sein. Aber er nimmt keine Bewegung wahr, hat er sich das alles nur eingebildet? Der kleine Körper liegt mit seinem Kopf in seiner Richtung. Der Frisur nach wird es wohl ein Junge sein, aber das Gesicht ist unten, so kann Arlo nichts Genaues erkennen. Im Großen und Ganzen sieht er aber unverletzt aus.

„Hallo" sagt Arlo ziemlich leise. „Kannst du mich hören?" Nichts, keine Reaktion. Als Arlo sich gerade wieder aufrichten möchte, sieht er ein zucken am Arm des Jungen. Also bleibt er erst mal unten und wartet weiter. Er traut sich nicht so wirklich, ins Auto zu packen, er hat irgendwie ein ungutes Gefühl bei der Sache. Aber wieder sieht er eine Bewegung, diesmal hat sich der Kopf ein wenig gerührt. Das zeigt ihm jetzt ganz klar, die Person im Auto lebt noch, nur was soll er jetzt machen? Er steckt endlich seinen Kopf und auch seine Arme hinein und versucht den Körper ein wenig zu bewegen. Aber alles nur ganz sanft, schließlich könnte der doch verletzt sein. Dabei richtet sich sein Blick auch in die Front des Jaguars. Da ist alles eingequetscht und zwei Personen scheinen dort gesessen zu haben. Nur von denen ist nicht viel übrig. Wieder steigt Übelkeit in ihm auf, aber er sieht auf einmal, dass der Teenager anfängt, sich mehr zu bewegen.

Der Kopf richtet sich langsam auf und auch ein leichtes Stöhnen ist zu vernehmen.

„Hey Kleiner, mach bitte langsam, du könntest verletzt sein. Kannst du mich verstehen?"

Keine Antwort, der Kopf fällt wieder auf den Rücksitz. Arlo steht auf und winkt den Frauen zu, die schauen immer noch beide sehr ängstlich aus dem Inneren des Autos. Emma öffnet die Tür und steigt aus.

„Was ist da hinten", ruft sie zu Arlo rüber. „Hier ist ein Junge im Auto, der lebt noch, aber ich brauche Hilfe." Er sieht wie Emma ihren Kopf wieder rein steckt und mit Sam redet. Genau in diesem Augenblick bemerkt er unten im Auto eine größere Bewegung, er guckt hinunter und eine Hand greift nach seinem Arm. Diese packt ziemlich fest zu und als Arlo sich bückt, um zu schauen was vor sich geht, schaut er direkt in das Gesicht von dem männlichen Teenager. Also das, was davon noch übrig ist, denn da schaut ihn nur eine blutige Masse an. Das halbe Gesicht des Jungen ist weg und Hautfetzen hängen überall herunter. Eine Nase sieht man gar nicht mehr, auf der einen Seite ist noch so was Ähnliches wie ein Auge zu erkennen, das andere ist komplett zermatscht. Arlos Arm wird weiter in das Fahrzeug gezogen.

„Hey Junge", sagt er ein wenig lauter. „Du bist schwer verletzt, bitte beweg dich nicht so viel, ich hole Hilfe." Aber der Griff wird immer fester und erst jetzt sieht er das sein Arm immer weiter in Richtung Gesicht gezogen wird, dabei öffnet sich die ganze Zeit der Mund und Blut läuft aus dem Mundwinkel und tropft auf den Rücksitz.

„Scheiße" schreit Arlo und versucht sich loszureißen. Er fällt nach hinten und landet mit seinen Rücken auf dem Boden. Seinen Arm hat er zwar frei, aber der Junge kriecht langsam aus dem Auto und packt sich nun sein Bein. Wieder versucht er sich zu befreien und strampelt wie ein kleines Kind. Dabei kommt er aber nicht wirklich voran und das komische blutende Etwas aus dem Jaguar nähert sich. Nicht mehr weit und das, was von dem Gesicht noch übrig ist, erreicht seinen Fuß. Jetzt kommen endlich die Frauen angelaufen, sie haben das „Scheiße" von Arlo gehört und sind gerannt. Sam bleibt wie angewurzelt stehen und kann nicht glauben, was sie da sieht und Emma fast sich an ihren Kopf.

„Verdammter Mist, was geht hier ab?" Kommt von ihr. „Das siehst du doch", kreischt Arlo fast schon. „Der Junge will mich beißen."

Emma reagiert am schnellsten und geistesabwesend packt sie Arlo an den Armen und zieht ihn von dem kriechenden Etwas weg. Nachdem er endlich befreit wurde, steht er auf und geht ein weiteres Stück nach hinten. Auch Emma entfernt sich schnell und stößt beim Laufen Sam aus dem Weg, die jetzt auf der Straße liegt und immer noch nicht begreift, was hier eigentlich los ist.

„Sam!" Ruft Arlo und hilft ihr wieder auf die Beine. Jetzt stehen sie alle zusammen vor dem Auto und schauen auf den Körper, der weiterhin in ihre Richtung kriecht. Keiner sagt ein Wort und immer wenn der Junge näher kommt, bewegen sich die drei ein Stück nach hinten. Unbemerkt ist neben ihrem Auto ein alter roter Pick-up angekommen. Ein älterer Mann mit Vollbart und Cowboy Hut steigt aus dem Wagen, holt ein Brecheisen von der Laderampe und bewegt sich um die Unfallautos herum. Dort nickt er den dreien kurz zu und haut das Eisen dem kriechenden Jungen direkt auf den Kopf. Nach dem ersten Schlag holt er noch einmal aus und schlägt wieder mit voller Wucht drauf. Das wiederholt er so oft, bis von dem Kopf nur eine breiige Masse übrig bleibt und auch keine Bewegung mehr zu sehen ist. Erst jetzt lässt er locker und wendet sich seinen Zuschauern zu.

„Hoffentlich habt ihr was gelernt. Man kann sie nur töten, wenn man ihren Kopf zerstört. Ist einer von euch gebissen worden?" Sam hat ihren Kopf bei Arlo eingegraben und schaut nicht mehr hin. Er selber blickt an sich herunter und weiß schon, dass er nicht gebissen wurde und Emma ergreift als Einzige das Wort.

„Nein, keiner von uns wurde gebissen. Aber sie haben gerade den Jungen ermordet. Sind sie wahnsinnig?" Emma denkt gerade an das Handschuhfach im Auto, an den kleinen Raum wo die Pistole liegt, die Waffe die sie jetzt am liebsten in der Hand hätte. Denn ihnen gegenüber steht ein Mann mit einem Brecheisen, was vor lauter Blut kaum noch zu erkennen ist. Der Kerl holt einen Lappen aus seiner Brusttasche und putzt damit seine Waffe ab. Danach wirft er das Tuch zu Boden und geht einen Schritt auf die drei zu.

„Der Junge war schon tot, ist wohl durch den Unfall hier gestorben. In ihm steckte genauso viel Leben wie in meinem Brecheisen. Hätte er einen von euch gebissen, dann würdet ihr genau so enden und sabbernd durch die Welt laufen, um Fleisch zu finden. Seht zu das ihr in euer Auto steigt und verschwindet. Haltet euch von Menschen fern, wo ihr euch nicht sicher seid, ob sie überhaupt noch am Leben sind und sucht euch eine Waffe oder was Ähnliches, um euch zu schützen." Ohne eine Antwort abzuwarten geht er zu seinem Auto zurück, schmeißt das Brecheisen auf die Ladefläche, steigt ein und fährt mit quietschenden Reifen davon.

Die drei stehen immer noch vor dem Jaguar. Emma und Arlo schauen weiterhin auf den zermatschten Kopf und wissen nicht, was sie mit der Sache anfangen sollen. Wieder einmal ist was Komisches passiert. Also war der Junge wohl auch krank und ist zu so einen Willenslosen Monster geworden. Aber war er das schon vorher oder ist er durch den Unfall gekommen? Haben sie sich angesteckt, nur weil sie in der Nähe waren oder hatte der komische Mann recht, dass es nur durch einen Biss kommen kann?

„Los lass uns verschwinden und das hier ganz schnell vergessen", sagt Emma zu den anderen.

„Wie sollen wir so was vergessen, es wird ja immer schlimmer. Wir haben die anderen Sachen noch nicht mal verdaut", antwortet Arlo. Sam fängt an zu schluchzen und Emma bewegt sich zurück zum Auto und ihr Blick sagt alles. Bring deine Frau hier rüber, einsteigen und Abfahrt. Arlo begleitet Sam zum Chevy, öffnet hinten die Tür und setzt sie rein. Ihre Augen werden schon wieder ein wenig klarer und sagen Danke. Arlo gibt ihr einen Kuss auf die Stirn, öffnet vorne die Tür, blickt noch mal zu den verkeilten Fahrzeugen und steigt ein. Emma sitzt schon und sieht hoffnungsvoll zu ihm rüber. Das Auto startet und sie fahren los. Es ist nicht mehr weit bis zum Ziel.

Jetzt sind es nur noch 10 Meilen bis Lake City und von dort ist es ein Katzensprung bis zum Park. Eigentlich ist es gar nicht mehr so wichtig, was sie vorfinden werden. Alles, was sie heute erlebt haben, den Ganzen Tod den sie gesehen haben, wird sie für immer prägen. Egal ob bald wieder alles normal ist, jeder seinen Dingen nachgeht, es wird nie mehr so sein wie es mal war. Und trotzdem hoffen alle drei, dass in dem Naturpark alles in Ordnung ist. Das der Virus das Gebiet noch nicht erreicht hat, das dort so was wie Schutz existiert und sie endlich mal wieder runter kommen können. Aber ist das nicht eher ein Wunschdenken? Wie kann es da anders sein als woanders? Trotzdem fahren sie Meile um Meile weiter.

Es gibt aber trotzdem einige Dinge, die sie erheitern. Der Verkehr wird wieder mehr, wenigstens auf der Gegenseite und sogar einen Hubschrauber haben sie eben gesehen. Der ist wohl direkt zur nächsten Stadt geflogen. In der Ferne sehen sie auch schon die ersten

Häuser, Lake City liegt genau vor ihnen. Das Tor nach Florida ist nicht am Brennen.

„Schaut euch das an, hier sieht es fast so aus als ob nichts wäre", sagt Sam vom Rücksitz. Die beiden vorne schauen noch mal genauer hin, obwohl sie ja selber alles schon beobachtet haben.

„Ich mache mir gerade ein wenig Sorgen", sagt Emma und Arlo blickt zu ihr rüber.

„Wie meinst du das?" Emma schaut weiter gerade aus. „Nun ja, vor ein paar Meilen sah alles noch nach dem Ende der Welt aus, irgendwie sind wir gerade durch eine unsichtbare Mauer gefahren und alles ist wieder normal." „Ich mache mir da nicht so viele Sorgen", sagt Sam. „Eher das Gegenteil, vielleicht ist das alles noch nicht so weit nach Süden gezogen oder die haben es schneller in den Griff bekommen." „Das ist doch gar nicht der Grund für meine Sorgen." Emma huscht ein leichtes Grinsen über das Gesicht. „Es geht eher darum, das vor uns alles normal aussieht und ihr mich hier irgendwo rausschmeißt." „Emma", antwortet Arlo jetzt darauf. „Du gehörst zu uns und wirst die Fahrt bis zum Ende bei uns bleiben. Über den Punkt mit dem Aussetzen sind wir schon lange hinaus, oder Sam?" „Da stimme ich Arlo komplett zu, du gehst nirgendwo hin."

Das Auto bewegt sich ruhig weiter, nach der letzten Auffahrt sind auch auf ihrer Seite Fahrzeuge unterwegs, mal überholt Arlo welche, mal wird er überholt. Keiner der anderen Menschen sieht irgendwie angespannt aus, als ob wirklich nichts passiert ist. Sam hat es sich hinten bequem gemacht und schaut aus dem Fenster. Emmas Gesichtsausdruck hat sich völlig gebessert, die Angst ist verschwunden, irgendwie fühlt sie sich mit den beiden verbunden. Aber was soll man nach solchen Erlebnissen auch erwarten?

Kurz vor Lake City wird der Verkehr wieder langsamer. Es tauchen zwar nicht mehr Autos auf, aber alle fahren ein wenig vorsichtiger und Arlo passt sich dem natürlich an. Eigentlich müssten sie gleich auf den Highway 90 wechseln, der geht dann einmal durch Lake City durch und endet in Jackson Ville. Aber so weit müssen sie ja gar nicht, denn kurz nach der Stadt kommt schon der Osceola National Forest. Aber wie das Glück so will, ist die Abfahrt nach Lake City natürlich gesperrt.

„So ein Mist", sagt Arlo nachdem er das Auto trotzdem auf die Ausfahrt gelenkt hat. Jetzt stehen sie mal wieder vor einem Armeelaster, der komplett mit seiner Breite die Straße blockiert.

„Das kann es doch nicht sein. So kurz vor dem Ziel geht es schon wieder nicht weiter", sagt Sam verbittert von hinten. Hinter dem Laster machen die drei eine Bewegung aus. Arlo will das Auto zurück auf die Straße setzen, würgt es aber ab und nichts geht mehr. Schnell versucht er es wieder zu starten, aber es klappt einfach nicht, es springt nicht mehr an. Die beiden Frauen im Auto werden immer unruhiger und langsam auch hysterisch. Ein neuer Versuch von Arlo endet wieder im Nichts und ein leichter Benzingeruch dringt ins Innere.

„Du hast die Karre absaufen lassen Arlo", sagt Emma vom Beifahrersitz und ihre Stimme riecht nach Panik. Sie öffnet das Handschuhfach und greift nach der Waffe.

„Nicht" schreit Sam von hinten und zeigt nach vorne. Emmas Blick richtet sich dort hin und im gleichen Augenblick schmeißt sie das Fach wieder zu. Da kommen drei Soldaten um der Sperre herum, zwei bleiben vor dem Auto stehen und richten ihre Waffen nach vorne, der andere geht an die Fahrerseite und Arlo macht langsam das Fenster runter.

„Wo soll es denn hingehen?" Spricht eine feste Männerstimme. Arlo nimmt all seinen Mut zusammen und versucht seine Stimme auch so gut hinzubekommen.

„Wir wollen in den Osceola National Forest." „Und was genau führt sie dahin?", fragt der Soldat weiter. „Wir haben dort eine Blockhütte im Wald gebucht und werden schon erwartet, sollte eigentlich ein Urlaub werden", antwortet Arlo wieder. Der Soldat kann nicht wirklich glauben, was er da hört. Er schaut zu seinen beiden Kollegen und fängt laut an zu lachen.

„Die wollen in den Urlaub", grölt er zu den beiden und auch die fangen an, sich nicht mehr einzukriegen. Jetzt richtet er seine Aufmerksamkeit wieder auf Arlo und den beiden Damen.

„Okay Okay, sie wollen also in den Urlaub. Der Weg dahin führt aber direkt durch Lake City und ich kann euch leider nicht durch fahren lassen. Das ist Sperrgebiet und nichts und niemand darf da rein oder raus."

Sam beugt sich leicht nach vorne und nimmt mit dem Soldaten Blickkontakt auf.

„Wir haben hier so einen Wimpel, uns wurde gesagt, das wir mit dem durch jede Straßensperre kommen." Der Soldat steckt seinen Kopf ein wenig ins Fenster und betrachtet auch die beiden Damen genauer. Dann geht sein Blick auf den Wimpel und er zieht sich wieder zurück.

„Wo habt ihr den denn her und wer hat euch gesagt, dass ihr damit überall durchkommt?" Arlo ist wieder dran. „Kurz nach Atlanta war eine Armeestraßensperre. Dort wurden wir von einer Ärztin untersucht und für gesund erklärt. Sie meinte auch das wir mit diesem Wimpel, den wir von ihr bekommen haben, überall durchkommen." Der Soldat schaut sich den Wimpel noch mal in Ruhe an. „Wir haben schon länger keinen Kontakt mehr mit irgendeinem Stützpunkt nördlich von hier. Die wurden alle aufgegeben und wir wissen nichts von solchen Wimpeln. Eine Untersuchung von irgendeiner Ärztin hat wohl nicht wirklich was zu sagen."

Der Soldat bewegt sich wieder vom Auto weg und spricht mit seinen Kollegen. Die drei im Chevy können aber leider nichts hören. Einer der Soldaten verschwindet hinter der LKW Absperrung und die anderen beiden kommen zurück zu Arlo und den Frauen. Ihre Waffen haben sie sich mittlerweile umgehangen.

„Hört mal zu", sagt der gleiche wie eben. „Swen fährt den LKW beiseite und lässt euch durch. Wir beiden schieben euch dann an, damit das Auto wieder anspringt. Kurz nach der Sperre haltet ihr aber bitte wieder an, bis ich nachkomme. Ich werde ich euch dann durch die Quarantänezone begleiten, ich fahre vor und ihr bleibt direkt hinter mir. Ihr haltet nicht an und keiner steigt aus. Solltet ihr euch daran halten, verlasse ich euch nach der Stadtgrenze wieder. Macht ihr irgendwelche Dummheiten, werde ich euch beseitigen. Verstanden?"

Arlo schaut zu Emma und dann zu Sam. Beide nicken, wenn auch ziemlich unsicher.

„Ja, das haben wir verstanden, aber warum helfen sie uns?", fragt er auch sehr unsicher. Der Soldat steckt seinen Kopf noch mal ins Auto.

„Die Welt geht den Bach runter und jede nette Geste bringt mich näher zu Gott. Wenn ich nach meinen ableben vor ihm stehe, dann möchte ich wenigstens was Gutes vorweisen können."

Er lächelt die Drei kurz an und verschwindet mit dem anderen Soldaten hinter dem Auto.

Die Insassen können die Sache gar nicht glauben. Ein wenig zittrig stellt Arlo die Zündung ein und schaltet in den 2. Gang. Vor ihnen wird der Lastwagen weggefahren und schon geht ein Ruck durchs Auto. Die beiden Soldaten fangen an zu schieben und die 4 Räder bewegen sich und werden immer schneller. Einer von denen haut von hinten an die Scheibe und Arlo lässt die Kupplung kommen. Der Chevy bockt einmal kurz und springt dann an.

„Sollen wir wirklich anhalten und warten?", fragt Sam die beiden anderen. Die Antwort von Arlo kommt prompt. „Natürlich, die erschießen uns, wenn wir einfach abhauen." Nicht gerade die Antwort, die Sam hören wollte, aber sie weiß, dass er damit recht hat. Die Vorfreude, dass hier alles wieder normal ist, wurde vernichtet. Arlo parkt das Auto am Seitenstreifen und wartet. Hinter ihnen wird der LKW wieder quer gestellt, noch einen lassen sie wohl nicht durch. Die drei Soldaten treffen sich bei der Sperre und quatschen ziemlich angestrengt. Dann geben sie sich die Hand und der Freundliche kommt wieder zum Auto. Er hält aber nicht an, sondern geht vorbei und setzt sich ein wenig weiter in einen Armeejeep der Militärpolizei. Er startet den Motor und winkt den dreien zu. Sie sollen also folgen und schon geht die Fahrt los.

Es geht die Abfahrt runter und dort direkt auf den Highway. Die Interstate 75 haben sie endlich hinter sich gelassen, dieses wird die letzte Fahrt bis zum Urlaubsparadies. Die jetzige Straße ist wieder völlig leer, kein Auto fährt hier entlang. An beiden Seiten sind Absperrungen gegen den Lärm angebracht und um in die City zu kommen, muss man eine der vielen Abfahrten nutzen. Aber die drei fahren einfach hinter dem Soldaten her, sie haben gar nicht das Verlangen, irgendwo runter zu düsen. Hin und wieder sehen sie Häuser und Straßen durch die Schutzwälle hindurch blitzen. Aber sonst ist da nicht viel. Die Straßen sind leer, keine Menschen, keine Autos, nichts. Hin und wieder stehen da einige Armeefahrzeuge, das war es dann auch.

„Denkt ihr, das war eine gute Idee?", fragt Emma jetzt in die Stille. Arlo schaut sie an und blickt dann noch in den Rückspiegel zu Sam. „Das ist leider die einzige Idee, die uns bleibt. Hoffen wir mal, dass dieser Soldat da vor uns wirklich so gottgläubig ist und uns hier durchbringt."

Die Fahrt läuft weiterhin ohne Komplikationen, hin und wieder taucht ein Armeefahrzeug auf, die nehmen aber keine Notiz von der Minikolonne und lassen sie weiter fahren. In der Ferne sehen sie eine größere Absperrung, das Ende von Lake City ist in Sicht, jetzt wird es noch mal spannend. Wenn sie da durch sind, dann haben sie nur noch ca. 30 Minuten und sie sind endlich am Park. Aber wer weiß, was sie dort erwartet, gibt es den Ort überhaupt noch oder wurde er sogar geschlossen? Fragen über Fragen und nicht mehr lange und alles wird beantwortet. Dafür müssen sie trotzdem erst mal hier wieder raus. Der Jeep vor ihnen wird wieder langsamer und der Fahrer hebt seine Hand zum Gruß und hält direkt vor dem großen Metallzaun. Das sieht hier wirklich so aus, als ob nichts und niemand rein oder raus darf.

Die Armee hat ein riesiges Metalltor aufgebaut und an den Enden geht ein Gitter in unbekannte weite. Der Mann vor ihnen verlässt sein Auto und orientiert sich zu einen seiner Kollegen. Er fängt an, mit dem anderen Wild zu diskutieren und ein älterer Soldat kommt hinzu der den Streit sofort beendet. Es handelt sich wohl um einen

Ranghöheren, jedenfalls spricht nur noch er. Sie schauen hin und wieder nach dem Chevy, das sieht alles nicht so gut aus.

Jetzt löst sich die Gruppe endlich auf und der Nette kommt ans Auto. Arlo öffnet das Fenster und schaut ihm mit großen Augen entgegen.

„Alles klar", sagt der aber schon vor dem ankommen. „Die machen das Tor jetzt auf und lassen euch durch. Das beste wäre ihr fahrt einfach ohne Blickkontakt hindurch und verschwindet ganz schnell. Nicht alle sehen das hier so positiv und die meisten haben einen lockeren Finger."

Er dreht sich wieder um und verlässt die Drei, die konnten sich noch nicht mal bedanken. Vor ihnen öffnet sich wirklich das große Tor und das natürlich ganz automatisch. Wie konnten die eigentlich so schnell so was Großes hier aufbauen? Auf diese Frage werden sie wohl nie eine Antwort bekommen. Arlo fährt langsam los, alle drei im Auto starren nur gerade aus, bloß niemanden angucken. Kurz nach dem Zaun beschleunigt das Auto und die beiden Damen schauen nach hinten. Sie sehen den netten Soldaten hinter der Absperrung stehen und er ist tatsächlich am winken. Dann hebt er seine Hand zum Soldatengruß und der ältere Vorgesetzte kommt von hinten, nimmt seine Dienstwaffe und schießt ihm in den Kopf. Der Körper fällt zu Boden und einige andere Soldaten schleifen ihn kurz darauf weg. Das Tor beginnt sich wieder zu schließen und die Sicht wird damit versperrt.

Keiner im Auto sagt über die Sache ein Wort. Die beiden Frauen schauen immer noch nach hinten. Das Tor ist geschlossen und Arlo fährt einfach weiter. Erst in einiger Entfernung bricht Sam das Schweigen. „Die haben den Soldaten einfach erschossen. Der hat uns geholfen und wurde dafür getötet." Ihre Stimme zittert. Arlo konzentriert sich auf die Straße. Emma schaut immer noch nach hinten und sieht wie das Tor weiter verschwindet.

„Jetzt ist er jedenfalls bei Gott", sagt sie nun. Sam kann nicht glauben, was sie da hört.

„Wie kannst du so was sagen? Er ist wegen uns gestorben", schreit sie Emma an. „Sam, er wollte das. Das war sein Plan, er hatte keine Lust mehr auf den Dreck und hat sich damit einen guten Platz im Himmel erkauft." Bevor Sam auf Emmas Worte reagieren kann, ergreift Arlo das Wort. „Ich glaube, Emma hat recht. Das war von Anfang an sein Plan. Er wusste genau was mit ihm passiert, wenn er uns hilft. Daher hatte er sich bei der ersten Sperre auch von den anderen Soldaten verabschiedet." Sam blickt auch Arlo ungläubig an, sagt dazu aber nichts mehr, denn jede weitere Diskussion würde nur im Streit enden. Sie setzt sich wieder nach hinten und schaut aus den Seitenscheiben. Links und Rechts ziehen große dichte Wälder vorbei, sie sind also wirklich fast da. Auch hier, kurz nach Lake City, befinden sich keine Autos auf der Straße, wieder ist alles ausgestorben, was natürlich auch an der Riesen Sperre liegt, die sie gerade passiert haben.

Arlo zeigt auf ein Schild, welches in der Ferne auftaucht. Auf dem steht „Osceola National Forest" und ein Pfeil nach links, darunter „1 Meile". Sogar Sams Laune wird ein wenig besser. Der letzte Rest vergeht ganz schnell und schon fährt Arlo links von dem Highway ab und befindet sich auf einer schmalen Teerstraße, die direkt in den Wald führt. Nach gut 2 Meilen auf dem neuen, aber auch verlassenen Weg verändert sich der Untergrund und der Belag wird zu Schotter. Immer weiter fahren sie in den Wald, immer weiter weg von der Zivilisation. Hin und wieder taucht ein neues Schild am Rand auf, jedes mit der Aufschrift des Parks und einem Pfeil gerade aus. Aber wo soll man hier auch abbiegen?

Auf der linken Seite taucht endlich ein Parkplatz auf und ein weiteres Schild deutet darauf hin, das Gäste da parken sollen. Arlo ignoriert das aber völlig und fährt einfach weiter, es folgt eine Kleine rechts Kurve, die steil nach oben geht und der Weg endet an einer großen Schranke mit einem kleinen Häuschen an der rechten Seite. Was sie eigentlich gar nicht mehr für möglich gehalten haben, sie sind angekommen...

Kapitel 10

Arlo stellt den Motor ab und schaut durch die Windschutzscheibe. Auch Emma und Sam blicken gespannt nach vorne. Hinter der Schranke steht das kleine Häuschen mit einem großen Schild, auf dem der Parkname abgedruckt ist. Das scheint wohl das Empfangshaus zu sein. Dahinter verläuft ein steiler Schotter Weg nach oben direkt in den Wald und da steht auch schon die erste Blockhütte.

Alles gut und schön, das Dumme an der Sache ist aber, es ist kein Mensch zu sehen. Die drei steigen erst mal aus und atmen richtig tief ein. Die Luft ist hier sehr frisch und angenehm. Nicht zu vergleichen mit dem Dreck in Atlanta. Arlo bewegt sich an der Schranke entlang und läuft zu dem kleinen Haus. Die beiden Frauen bleiben neben dem Auto stehen und warten.

„Soll ich die Waffe aus dem Auto holen?", fragt Emma sehr leise Richtung Sam. „Nein bloß nicht, hier ist doch alles ruhig." Emma atmet einmal tief durch und belässt es dabei. Währenddessen hat es Arlo endlich geschafft, um die Schranke herum zu gehen und an der Tür zu klopfen, eine Klingel ist nicht vorhanden. Er wartet ein wenig und horcht, aber es kommen keine Geräusche aus dem Inneren. Wieder setzt er zum Klopfen an, diesmal ein wenig lauter, aber weiter nichts. Er drückt die Klinge runter, abgeschlossen.

„HEY" schreit auf einmal ein Mann aus dem Wald. Arlo schreckt zusammen und auch die beiden Damen blicken ängstlich in die Richtung, aus der die Stimme kam. Jetzt sehen sie eine Person, ein kleiner rundlicher Mann mit Glatze, der direkt von der ersten Hütte aus den Berg herunter läuft. Er trägt ein Holzfäller Hemd und Wanderstiefel und blickt eigentlich sehr freundlich. Als er endlich näher kommt und sich ein Bild von den drei Neuankömmlingen gemacht hat, bleibt er stehen. Er wendet sich Arlo zu, da der ihm am nächsten ist.

„Hallo der Herr, mein Name ist Carter, kann ich irgendwas für sie tun? Haben sie sich vielleicht verfahren?" Arlo schaut den Mann, der sich selber Carter nennt, mit großen Augen an und auch Emma und

Sam kommen langsam näher und blicken sehr verwirrt. Dann geht er einen Schritt auf ihn zu und streckt seine Hand aus. „Hallo, mein Name ist Stenn. Wir kommen gerade aus Atlanta und haben hier bei ihnen eine Blockhütte gebucht."

Der Mann guckt plötzlich Arlo an, als ob er ihn fressen will. Dann schaut er kurz zu den Frauen und wieder zurück. „Das kann es doch nicht sein", meint er einfach. „Mit ihnen hätte ich heute nicht mehr gerechnet. Ihr seid die letzten Gäste, auf die wir noch gewartet haben." Er geht einen Schritt nach vorne, nimmt Arlo seine Hand und fängt wild an sie zu schütteln.

„Willkommen, Willkommen verehrte Gäste. Ich freue mich, dass sie es noch geschafft haben."

Nun geht er auch noch zu Emma und Sam und schüttelt denen die Hände, nicht so lang wie bei Arlo aber trotzdem voll übertrieben. Die drei sagen gar nichts mehr. Mit so was haben sie jetzt nicht gerechnet. Eher mit einem Flüchtlingscamp oder einer Menge Toten. In einem kleinen Moment vergessen sie sogar die Erlebnisse des Tages.

„Also, es läuft bei uns so, ihr Auto muss unten auf den Parkplatz. Die sind hier oben im Park nicht erlaubt. Das Gepäck könnt ihr mit einem Bollerwagen direkt zur Hütte mitnehmen. Aber kommt, los kommt erst mal mit in mein kleines Haus hier unten, sie müssen noch ein paar Unterlagen unterschreiben und ich brauche aus Versicherungsgründen ihre Ausweise."

Schon trottet der kleine Mann an allen vorbei, schließt die Tür auf und verschwindet nach innen. Beim laufen hört man noch, wie er irgendwas wie „so schön so schön" murmelt. Die drei bleiben erst mal draußen und Sam kommt zu Arlo.

„Irgendwas stimmt hier doch nicht. Der kann doch nicht so beknackt sein und hier einen auf heile Welt machen, wo doch überall der Tod rumläuft." „Sei still Sam, vielleicht steht er ja unter Schock oder so", antwortet Arlo. „Ihr beiden bleibt erst mal hier draußen, ich gehe alleine rein und versuche ein normales Gespräch mit Mr. Carter zu führen." Keiner der beiden widerspricht der Idee von ihm. Lieber hier draußen in der Natur, als in der kleinen Hütte mit dem Verrückten.

Arlo läuft auch zur Tür, klopft noch mal höflich an und geht dann rein. Im inneren steht ein kleines Bett hinten in der Ecke, daneben ein großer Schrank, ein rustikaler Schreibtisch und davor 2 sehr bequeme Stühle. Der kleine Mann sitzt schon hinter dem Sekretär und deutet Arlo an, sich zu setzen.

„Ich mache erst mal ein paar Kerzen an", sagt er schnell und bewegt sich zum Schrank. Dort öffnet er eine kleine Schublade und holt 3 dicke Kerzen raus. Diese stellt er auf den Tisch und zündet sie an. Er lächelt Arlo einmal zu und setzt sich wieder hin. „Wir haben seit heute Mittag keinen Strom mehr und ich weiß nicht, wann die das wieder hinbekommen. Aber wir sind ja nicht umsonst so unabhängig und können uns selber helfen. Wir haben zur Not zwei Generatoren und Warmwasser machen wir auch selber." Wieder dieses grinsen, Arlo weiß gar nicht, was er sagen soll. Daher bleibt er erst mal still und wartet ab. „Also", sagt der Chef „hier haben wir es ja", er blättert in irgendwelchen Unterlagen, die er aus dem Schreibtisch geholt hat.

„Herr und Frau Stenn aus Atlanta. Ankunft heute für drei Wochen. Blockhütte 13, das ist das Letzte in der Reihe." Er überfliegt alles noch mal und hält sich dabei seine Hand an das Kinn.

„Zwei Personen" murmelt er und blickt ziemlich ernst zu Arlo auf. „Ihr seid einer zu viel, ich habe hier eine Buchung für zwei Personen und ihr seit drei."

Erst jetzt fasst sich Arlo und schaut ernst zurück. „Lieber Mr. Carter, bekommen sie eigentlich irgendwas mit was außerhalb ihres Parks passiert? Die ganze Welt spielt gerade verrückt. Wir sind heute beinahe mehrmals getötet worden. Macon wurde abgebrannt und Lake City ist eine riesige Quarantänezone. Wir haben Emma, das ist die dritte Person, wie sie gut mitbekommen haben, auf der Interstate gerettet, als sie eine Panne hatte. Da draußen wütet ein böser Virus, der Menschen verändert und wahnsinnig macht." Arlo hat gar nicht gemerkt, dass er beim Sprechen aufgestanden ist. Erst jetzt, als er fertig ist, wundert er sich über sich selbst. Der Carter setzt wieder sein Lächeln auf und deutet Arlo an, sich zu setzen.

„Ja auch wir haben hier Geschichten gehört", sagt er im ruhigen Ton. „Aber das wird doch alles heißer gekocht, als es wirklich ist. Es tut mir wirklich leid, was ihnen passiert ist, aber jetzt sind sie ja in Sicherheit. Hier gibt es keinen Virus und wir lassen auch keinen Virus rein. Wir sitzen die Sache hier einfach aus und bald geht alles wieder seinen normalen Gang. Wir haben Wasser, wir haben Vorräte und wir haben den Wald, mehr brauchen wir nicht."

Arlo kann gar nicht verstehen, wie der dicke Mann die Sache so runter spielen kann. Da draußen ist der Horror unterwegs und ihn interessiert das alles nicht. Andersrum hat er auch ein wenig recht. Hier ist keine Zivilisation, hier sind nicht viele Menschen, hier könnte man die Sache wirklich aussitzen.

„Habt ihr denn hier keine Soldaten gesehen? Die sind doch überall mit ihren Waffen."

„Nein, in den letzten Stunden ist nur Familie Stevenson und sie hier angekommen. Ansonsten haben wir kaum Kontakt zu Außenwelt. Einmal im Monat kommt ein Truck mit neuen Lebensmitteln hier an und das war es dann auch. Ist zwar jetzt ein wenig blöd das wir keinen Strom mehr haben und auch das einzige Telefon ist tot, aber das werden wir auch überleben." Wieder schaut er in seine Unterlagen. Als ob er noch was übersehen hat, erneut geht er alles von oben bis unten durch. Arlo schaut sich das in Ruhe an, der Typ ihm gegenüber scheint so ein Dickkopf zu sein, da ist jede Diskussion sofort verloren.

Draußen werden die beiden Frauen ungeduldig. Sie können nicht verstehen, warum das so lange dauert. Sie wollen aber auch nicht nachsehen gehen, dieser kleine dicke Mann kommt ihnen echt zu suspekt vor. Aber hier draußen wird es langsam dunkel und für heute haben sie genug Horror erlebt.

„Sollen wir nicht lieber wieder ins Auto gehen?" Fragt Sam jetzt. „Keine schlechte Idee", antwortet Emma. Ihr Blick ist nach oben in den Wald gerichtet. Bei der ersten Hütte scheint sich was zu bewegen.

„Was ist Emma?" „Ich weiß es nicht, aber ich glaube da oben ist jemand und bewegt sich komisch hin und her." „Wo genau?" „Da oben bei der ersten Blockhütte, daneben ist so ein kleines Haus und dazwischen ist einer."

Sam schaut auch da hoch und verkrampft ein wenig ihre Augen. Auch sie sieht es, irgendwas bewegt sich dort. „Vielleicht ein Gast oder so", sagt Sam. „Das beste ist, wir gehen echt zurück ins Auto", antwortet Emma.

Jetzt bewegt sich diese Person aber in ihre Richtung und langsam kann man die ersten Konturen erkennen, es sieht aus wie ein großer kräftiger Mann. Sam greift nach der Hand von Emma und drückt sie ganz fest. Aber anstatt ins Auto zu rennen oder nach Arlo zu rufen, schauen sie einfach gespannt den Berg nach oben. Die Person kommt immer näher und es handelt sich eindeutig um einen Mann, so viel können sie jetzt erkennen. Auch der hat eine Glatze und trägt grüne Tarnsachen, er geht direkt auf die Frauen zu.

Er kommt immer näher und ist dabei am Lächeln. Sam und Emma stehen noch hinter der Schranke, halten sich an den Händen und starren auf die ankommende Person. Plötzlich stoppt der einfach, hebt einen seiner Arme und spricht mit unverständlicher Stimme. „Hallo, willkommen bei uns im Park."

Die Damen schauen sich an und atmen beide tief aus. Sie bekommen nur ein schüchternes „Hallo" hin und der Kerl grinst weiter. Genau in diesem Augenblick kommen auch Arlo und Mr. Carter aus dem kleinen Haus. Die Sache an der Schranke sieht so bizarr aus, das die beiden einfach stehen bleiben.

„Ich dachte, sie haben hier keine Soldaten", sagt Arlo zu dem hinter ihm stehenden Mann. Der quetscht sich an ihm vorbei und fängt laut an zu lachen.

„Das ist mein Sohn Vincent, der trägt immer solche Sachen, er ist ein wenig Plem Plem in der Birne, aber total harmlos. Er kümmert sich hier um die meisten Belange, ist so was wie der Hausmeister." „Hallo Papa", sagt Vincent zu Mr. Carter, als er ihm näher gekommen ist.

„Hol mal bitte einen Bollerwagen, unsere Gäste hier haben sicher einiges an Gepäck dabei."

Schon dreht sich der kräftige Mann wie auf Kommando um und geht den Berg zurück, ohne darauf irgendwas zu sagen.

Mr. Carter ergreift wieder das Wort und richtet dieses an alle Anwesenden.

„Ich habe eine Idee. Sie sind zwar einer zu viel, aber ich bin ja auch kein Unmensch. Wir werden einfach nach ihrer Abreise eine neue Berechnung aufstellen und schon ist alles geregelt. Den Platz in ihrer Blockhütte müssen sie aber selber einteilen, denn wir sind voll belegt." Sam und Emma schauen zu Arlo und ihr Blick sieht sehr verzweifelt aus. Die beiden können sicher nicht verstehen, wie der kleine Mann hier solche Sachen von sich geben kann, wenn da draußen die Welt brennt und alles den Bach runter geht. Aber sie sagen trotzdem nichts, denn Arlos Blick zeigt ihnen, das sie lieber ruhig sein sollen.

„Ich fahr dann mal das Auto auf den unteren Parkplatz", sagt Arlo in die komische Stille, die eingetreten ist. „Das ist eine gute Idee, ich schicke ihnen dann meinen Sohn mit dem Bollerwagen hinterher. Der wird die Sachen auch zur Blockhütte fahren. Dort warte ich auf sie und weise sie ein."

Schon verschwindet der kleine Kerl den Berg nach oben. Hält aber noch einmal kurz an und geht in das Haus an der Schranke. Dort macht er die Kerzen aus und schließt von außen ab. Dann winkt er den drei noch einmal zu und geht endgültig in die langsam aufkommende Dunkelheit.

Jetzt stehen die drei wieder alleine und schauen ihm hinterher.

„Was geht hier vor?", fragt Sam in Richtung Arlo. „Die sind hier soweit von der Außenwelt abgeschnitten, die wissen gar nicht, was da draußen abgeht." Antwortet Arlo. „Und was machen wir jetzt?", fragt diesmal Emma. „Wir machen alles erst mal genau so, wie die es wollen. So wie es aussieht, fängt unser Urlaub doch noch an. Aber ich glaube, wir sind hier erst mal in Sicherheit."

Arlo steigt ins Auto, die Frauen stehen immer noch an der Schranke und schauen sich an. Sam fällt nichts Besseres ein, als sich bei Emma zu entschuldigen, weil sie eben ihre Hand genommen hat. Die grinst einfach und steigt auch ins Auto. Dabei sagt sie aber noch, dass alles gut sei und schließt die Tür. Sam schaut zu Arlo ins Auto, der mittlerweile ziemlich ungeduldig nach draußen blickt und steigt dann auch ein. Er fährt den Chevy rückwärts den Berg nach unten, dreht an einem kleinen Waldweg und biegt direkt auf den Parkplatz ab. Dort stehen schon einige Fahrzeuge, die alle in ihren Parkbuchten schön aufgereiht abgestellt wurden. Hier handelt es sich wohl um die anderen Gäste, die alle hoffentlich in ihren Blockhütten sind.

Arlo lenkt das Auto in eine freie Lücke. Normal würde sich Sam jetzt die Kennzeichen der nebenstehenden aufschreiben, es könnte ja sein, das einer von denen beim Ausparken ihr Auto schrammt. Aber diesmal spart sie sich das Ganze und steigt sogar als Erstes aus. Sie geht zum Kofferraum, öffnet ihn und schaut sich die Taschen an. Die liegen aber nicht mehr so schön, wie sie in Atlanta gepackt wurden, aber auch das ist nun egal. Am liebsten würde sie nur noch schnell ins Bett und das alles vergessen.

Arlo und Emma sitzen noch im Auto. Sie schauen beide den Berg hinauf, wo eigentlich dieser Vincent kommen sollte. „Soll ich die Waffe mitnehmen?", fragt Emma den aufgeschreckten Arlo. „Ja, wir sollten sie in eine der Taschen verstecken. So ganz traue ich den Frieden hier nicht." „Okay." Emma öffnet das Fach, holt die Pistole raus und greift nach dem Türgriff. Sie schaut aber noch mal zu Arlo und überlegt einen Moment.

„Deine Frau ist manchmal ganz schon zickig, oder siehst du das anders?" Ein leichtes Lächeln geht über sein Gesicht. „Ja das stimmt, manchmal ist sie echt eine Zicke." Auch Emma grinst und öffnet endlich die Tür. „Aber eine süße Zicke ist sie", sagt sie noch eben schnell und steigt dann zusammen mit der Waffe aus. Arlo schaut ihr nach und wollte darauf eigentlich noch antworten, aber die Tür ist schon wieder geschlossen. Er sieht, wie Emma nach hinten geht und mit Sam redet. Beide beugen sich in den Kofferraum und verstauen wohl die Pistole in einen der Taschen. Jetzt sieht Arlo, dass eine

Person den Berg herunter kommt. Sie läuft sehr langsam und ein wenig gebückt, schnell steigt er aus und geht zu den Frauen.

„Da kommt einer den Berg runter." „Das ist doch nur Vincent, du kleiner Schisser", sagt Emma leicht lachend. „Er hat einen Bollerwagen in der Hand." Sam lacht ein wenig mit, auch wenn ihr eigentlich nicht zum Lachen zumute ist, aber Arlo ist immer ein Lacher wert.

„Ja gut, du hast ja recht, meine Sehkraft verlässt mich langsam", murmelt Arlo ein wenig genervt. „Hey Emma, willst du nicht deine Tasche vom Rücksitz nehmen. Oder hast du vor, im Auto zu schlafen?", fragt Sam ganz locker. Emma guckt nur vergnügt und holt ihre Tasche aus dem Auto und stellt sie hinten neben sich auf den Boden.

„Ihr beiden habt ja richtig Spaß, schön das ihr wenigstens was zu lachen habt", gibt Arlo dazu. „Sei nicht so ein Spielverderber, solange wir noch am Leben sind, ist doch alles gut und lachen ist gesund", kontert Emma.

Endlich ist auch Vincent mit der Karre angekommen. Er schaut die Drei nacheinander an und will zum Kofferraum, um die Taschen rauszuholen, aber Sam war natürlich schneller. Sie schlängelt sich durch die anderen durch und greift nach der ersten Tasche. Nun guckt sie den verdutzten Vincent an. „Ich mache das schon, sie müssen ja nicht alles machen."

Der ziemlich große und muskelbepackte Armeefan verzieht sein Gesicht zu einer Grimasse. Dann überlegt er kurz, wie er darauf reagieren soll, öffnet seinen Mund und macht ihn sofort wieder zu. Er hat wohl nicht das Passende gefunden, um zu antworten. Sam packt eine Tasche nach der nächsten in den Bollerwagen und auch Emma hat ihre wieder vom Boden geholt und dazu gestellt. Nachdem der Kofferraum leer ist, schließt Arlo die Klappe und dann das Auto ab. Alle 4 Blinker leuchten einmal auf, die Türen sind zu und Vincent packt sich den Kleinen Wagen und geht mit dem Teil vom Parkplatz. Er steuert direkt die Auffahrt zum Park an und die drei laufen langsam hinterher. Der Kerl ist echt ziemlich stark, denn ohne große Mühe zieht er das ganze Gepäck den steilen Berg nach oben. Die anderen versuchen Schritt zu halten und kommen langsam außer Atem, dabei sind sie noch nicht wirklich weit gegangen. Jetzt fährt er mit dem beladenen Koffertransporter um die Schranke herum und zieht ihn weiter den Berg nach oben, genau auf die erste Blockhütte zu. Sam und Emma sind ihm auf den Versen, nur Arlo hängt ein wenig hinterher. Er schaut immer wieder zurück, so als ob er noch jemanden hinter sich erwartet oder sich den Weg merken möchte, falls sie schnell flüchten müssen.

Sie kommen an der ersten Hütte vorbei und Vincent hält kurz an, ein Blick auf die beiden Frauen signalisiert, das er was sagen möchte. „Das ist unser Haus, hier wohnen Papa und ich. Wenn ihr irgendwelche Probleme habt, müsst ihr her kommen. Das zweite Haus da drüben ist unser Lager mit Essen, dort gibt es auch eine große Küche.

Ohne eine Antwort abzuwarten geht er weiter. Auch Arlo hat wieder aufgeholt und schaut auf die erste beiden Häuser. Ab hier geht der Weg nur noch gerade aus, der Berg ist zu Ende. Überrascht ist er aber über Vincent, der wohl doch einen normalen Satz sprechen kann.

Es folgen noch viele weitere Blockhütten, alle schön aufgereiht hintereinander. Auf der anderen Seite es Weges ist ein kleiner bewaldeter Abhang, nicht steil, aber runter geht es trotzdem. Alle Hütten sehen gleich aus, gebaut aus Baumstämmen und massiver Eingangstür. Das kleine Spitzdach ist verziert mit schöner Schnitzerei, ist aber nur Zierde, denn es sind alles einstöckige Wohnungen. In den meisten sehen die drei noch Licht brennen, es sind aber Kerzen, Strom ist ja keiner mehr da. Wofür dann die beiden hochgelobten Generatoren sind? Endlich kommen sie an der letzten Wohnstätte an und nach dem Häuschen mit der Nummer 13 ist nur noch dichter Wald. Auch hier ist ein Licht im Haus und die Haustür steht offen. Ein leicht grinsender Mr. Carter steht davor und erwartet die Ankömmlinge schon sehr ungeduldig.

„Da seid ihr ja, schön schön", ruft er der kleinen Gruppe entgegen. „Dann kommt mal rein und Vincent kümmert sich um das Gepäck." Der hält mit dem Bollerwagen direkt neben der Tür und schaut ziemlich verunsichert zu Sam. Arlo bemerkt sofort was der Blick bedeuten soll und gibt seiner Frau einen kleinen Klaps in den Rücken. Auch sie sieht nun, was los ist und lächelt Vincent kurz an.

„Alles okay, sie können die Taschen gerne reinbringen." Arlo, sehr zufrieden mit Sam, nimmt ihre Hand und zieht sie durch den Eingang ins innere. Auch Emma läuft hinter her und verschwindet im Kerzenschein. Nur noch Vincent und die Taschen stehen draußen, er steht immer noch wie angewurzelt vor der Tür, blickt kurz auf das Gepäck, dann wieder nach den drei reingegangen und nimmt sich die erste Tasche.

Die Blockhütte ist von innen sehr geräumig, von außen sah das gar nicht so aus. Direkt nach dem Eingang kommt eine kleine Garderobe und dahinter sofort ein großes Wohnzimmer. Hier befindet sich eine bequeme Couch, 2 Sessel und ein Tisch, auf dem 3 Kerzen brennen. Auf der anderen Seite ist ein Kamin, der aber nicht in Betrieb ist und in einer Ecke steht noch eine Kommode mit mehreren Schubladen. Elektronische Geräte fehlen ganz, das war auch so geplant, als die beiden den Urlaub gebucht hatten. Vom Wohnzimmer aus gehen 3 Türen in verschiedene Richtungen. Die drei schauen sich alles in Ruhe an und der Carter steht am Tisch und betrachtet alles leicht grinsend. Die erste Tür geht in eine sehr kleine Küche. Dort stehen neben einem Waschbecken nur eine Kochplatte und eine Kaffeemaschine, die aber wegen dem Strom nicht funktionieren werden. Über dem ganzen Hängen zwei Hängeschränke, in denen sich Tassen und Teller befinden. Die nächste Tür geht ins Bad, auch das ist sehr klein und schlicht gehalten. Ein Waschbecken, eine Dusche und eine Toilette. Aber das ist auch total ausreichend. Zum Schluss ist dann noch das Schlafzimmer, welches aber sehr schön eingerichtet ist. Neben dem großen Doppelbett gibt es hier noch einen Schrank, 2 Stühle und sogar ein kleines Radio. Um überhaupt was sehen zu können, leuchten Sam und Emma mit ihren Handys. Die 3 Kerzen im Wohnraum sind nicht hell genug, um alles zu beleuchten.

„Die Handys könnt ihr hier bei uns aber vergessen", sagt der Eigentümer, als er sich die Sache betrachtet. "Wir haben hier im Wald kein Netz, das einzige Telefon ist in meinem Haus und das geht schon den ganzen Tag nicht mehr." Emma kommt wieder aus dem

Schlafzimmer und schaut runter auf den Zwerg. „Auch außerhalb ihres Waldes gehen die Handys nicht mehr." Ziemlich amüsiert schaut der zurück. „Dann werden sie hier ja nichts vermissen."

Durch seine Aussage erntet er von Emma einen nicht gerade netten Blick. Jetzt kommen auch Arlo und Sam wieder aus dem Schlafzimmer und gesellen sich zu den anderen.

„Wie sieht das mit Wasser aus", fragt Arlo den immer noch grinsenden Mann. Vincent ist weiterhin damit beschäftigt, die Taschen rein zu bringen. Er stellt sie aber alle schön geordnet nach Größe in eine Ecke vom Wohnzimmer. Sehr zum Vergnügen von Sam.

„Wasser haben wir genug, beziehen es aus eigener Quelle. Jeden Tag um 5 Uhr wird es einmal aufgewärmt. Auch das machen wir komplett unabhängig und über unsere Generatoren. Sie können also gerne heute Abend noch duschen, es ist genug warmes Wasser übrig. Im Bad geht auch das Licht, das wird jeden Tag über eine kleine Solaranlage aufgeladen. Kochen geht aber leider nicht, ich habe ihnen aber schon Brot und einige Beläge in die Küche gebracht, auch Getränke werden sie da vorfinden. Morgen früh wird ihnen mein Sohn noch frischen Kaffee vor die Tür stellen, das gehört alles zum Service. Wenn sonst nichts weiter ist, brauche ich nur noch ihre Ausweise."

Die Taschen sind alle angekommen und Vincent verlässt die Hütte, dabei winkt er noch einmal zurück, was aber nur für Sam gedacht war. Die drei holen ihre Ausweise und geben sie ab.

„Wir danken ihnen", sagt Sam zu dem Chef, der noch am Tisch steht und die Hand aufhält.

„Ach kein Problem", antwortet er. „Sie haben hier gebucht und seid unsere Gäste, egal das ihr mit einer Person zu viel hier aufgeschlagen seit. Wie ich schon sagte, das regeln wir schon, wir sind ja flexibel."

Er steckt die Ausweise in eine Mappe mit der Aufschrift „Blockhütte 13" und geht zur Tür, dreht sich aber noch mal um. „Egal was da draußen in der Welt vor sich geht, hier seid ihr in Sicherheit und wartet einfach ab, vielleicht ist morgen schon wieder alles in Ordnung." Dann verschwindet auch er und zieht hinter sich die Tür zu.

Jetzt sind die 3 alleine in der Hütte und keiner weiß so wirklich, was er nun machen soll. Sie schauen sich an und Emma lacht ein wenig.

„Das ist echt ein witziger kleiner Kerl", sagt Emma. „Ja, da kannst du einen drauf lassen", antwortet Sam. „Und morgen ist die Welt wieder in Ordnung", sagt Arlo fast schon laut lachend. Emma sucht in ihrer Tasche nach Zigaretten und wird fündig. „Ich gehe mal eben vor die Tür und rauche eine. Ihr könnt euch ja schon mal das Schlafzimmer einrichten." Sie öffnet die Tür und will gerade rausgehen, als Arlo ihr noch hinterherruft. „Ich schlafe auf der Couch und ihr beiden nehmt das Bett, keine Widerrede." Emma dreht sich noch einmal um und ihr Blick trifft den von Sam. Sie sieht bei ihr ein leichtes aber eher verkrampftes lächeln.

„Wenn ihr das so wollt, ich habe damit kein Problem." Und schon zieht sie die Tür hinter sich zu. Jetzt sind Arlo und Sam ganz alleine. Neben ihnen brennen die Kerzen und geben ein schönes Licht in der Hütte. Normal total romantisch, wenn die Gegebenheiten anders wären. Trotzdem läuft Sam zu Arlo und umarmt ihn ganz fest.

„Ach Arlo, das ist doch alles furchtbar. Alles, was wir heute gesehen haben und trotzdem sind wir hier angekommen. Das muss doch was zu bedeuten haben." „Das hat es ganz sicher." Auch Arlo drückt Sam ganz fest. „Wir werden die Sache hier aussitzen und vielleicht hat der Zwerg mit der Glatze sogar recht, das könnte sich alles von alleine regeln." „Arlo?" Sam richtet ihren Blick genau in die Augen von Arlo. „Hoffentlich hast du recht. Ich schaue jetzt mal, ob die Dusche noch warmes Wasser hat. Wenn du magst, kannst du ja schon mal anfangen die Taschen auszuräumen." „Bist du sicher das ich das darf?" Anstatt zu antworten gibt Sam Arlo einen Kuss und verschwindet im Bad. „Bring mir bitte gleich ein Handtuch und ein paar Sachen zum Anziehen. Ich kann schlecht nackt hier rumlaufen. Wir sind ja nicht alleine." „Ich glaube nicht, das Emma was dagegen hätte", antwortet Arlo wieder mit einen leichten grinsen. Sam zieht die Tür hinter sich zu, aber vorher lächelt sie ihn wegen dem gesagten noch an.

Er stellt sich erst mal eine der Kerzen ins Schlafzimmer und öffnet dort den Schrank. In ihm befinden sich einige gefaltete Handtücher verschiedener Größen und eins davon legt er aufs Bett. Es ist noch genug Platz im Schrank für alle anderen Sachen, die sie mitgebracht haben. Also holt sich Arlo die erste Tasche ins Zimmer und fängt an sie auszuräumen und wieder einzuräumen. Mittlerweile ist auch Emma draußen fertig, horcht einmal an der Badtür und steht im Rahmen zwischen Wohnzimmer und Schlafzimmer. Sie beobachtet Arlo beim Arbeiten, sagt aber kein Wort. Er wirft ihr kurz einen Blick zu und macht weiter. Jetzt ist er an der Tasche angekommen, in der sich die Pistole befindet. Er nimmt sie in die Hand, schaut einmal zu Emma und steckt sie zwischen die eingeräumte Wäsche in den Schrank. Die Schwarzhaarige setzt sich auf das Bett und schaut weiter auf den schuftenden Mann.

„Wir können aber auch gerne alle 3 im Bett schlafen. Das ist doch groß genug für uns alle." Arlo unterbricht seine Arbeit und schaut zu Emma. „Das hättest du wohl gerne", sagt er leicht verschmitzt. „Klar, warum auch nicht, denkst du ich mache dann was?" Arlo dreht sich um, irgendwie könnte ihm das schon gefallen, aber schnell verdrängt er den Gedanken wieder. Was würde wohl Sam davon halten?

„Soll ich Sam eben das Handtuch bringen?" „Ne, das mache ich gleich selber." Erst jetzt merkt er, dass doch schon einige Zeit vergangen ist und Sam sicher schon fertig ist. Er nimmt das Handtuch neben Emma und geht Richtung Bad. Er klopft an und wartet auf ein Zeichen. Aber es kommt nichts. Dann öffnet er langsam die Türe und steckt seinen Kopf hinein. Da sitzt Sam nackt und nass auf dem zugeklappten Klo, hat ihre Hände vor dem Gesicht und ist am Schluchzen. Sofort geht Arlo rein, wirft das Handtuch über sie und nimmt sie in den Arm.

„Oh Arlo, ich will das alles nicht mehr. Alle die wir kannten sind sicher schon tot. Yvonne, oder meine Kinder aus der Tagesstädte, Doris und Paul. Und was ist wohl mit meinen Eltern?" Sie fängt immer lauter an zu weinen, sogar Emma bekommt das mit und geht Richtung Bad. Arlo weiß gar nicht, was er sagen soll. Er hält Sam einfach im Arm und drückt sie an sich. Auch Emma schaut durch die Tür und begreift was los ist. Sie zieht sich aber sofort wieder zurück, geht ins Wohnzimmer und setzt sich auf einen Sessel. Erst jetzt begreift auch sie, wie viel Glück sie eigentlich hatte. Hätte ihr dämlicher Freund sie nicht betrogen, wäre sie nicht hier und vielleicht sogar schon tot. Sogar schlechte Sachen haben hin und wieder was Gutes, auch ihre Taten sind vergessen, wenn man das überhaupt kann. Mit diesen Gedanken nickt sie ein und versinkt im Land der Träume. Einige Zeit später wird sie von Arlo sanft geweckt. Sie macht ihre Augen auf und blickt in seine.

„Sam ist schon im Bett. Ich war gerade auch duschen, ich wollte dir zwar den Vortritt lassen, aber du hast so schön geschlafen. Falls du aber doch noch möchtest, es ist noch genug warmes Wasser da." „Oh, ich bin wohl eingeschlafen. Ja, eine Dusche wäre jetzt echt nicht verkehrt." Sie will sich erheben, aber er steht immer noch direkt über ihr. „Arlo?" Erst jetzt bewegt er sich ein wenig und schaut sie immer noch an. „Ich mache mir Sorgen um euch beiden. Sam ist total niedergeschlagen und schläft schon, aber was ist mit dir? Kommst du klar?" Emma erhebt sich und steht auf gleicher Höhe mit Arlo. „Das ist total lieb von dir, aber ich komme klar, echt jetzt. Du brauchst dir keine Sorgen machen." Sie sieht die Erleichterung in Arlos Gesicht, nachdem sie das gesagt hatte. Sie beugt sich ein wenig nach vorne und küsst Arlo direkt auf den Mund, zieht ihren Kopf aber sofort wieder zurück. Kurz schaut sie ihn noch an und verschwindet ganz schnell im Bad. Sie kommt aber sofort wieder raus, geht leise ins Schlafzimmer und holt sich ein Handtuch und nimmt auf dem Rückweg ihre Tasche aus dem Wohnzimmer mit. Sie schaut die ganze Zeit kein einziges mal zu Arlo, ist aber froh als sie endlich alleine mit zugezogener Tür im Bad verschwunden ist. Sie macht die Deckenlampe an, die nicht gerade hell leuchtet und blickt in den Spiegel.

„Was sollte das Emma", sagt sie leise zu sich selber. Langsam zieht sie sich aus und geht unter die warme Brause. Arlo steht immer noch wie angewurzelt im Wohnzimmer und schaut zur Tür vom Bad. Was sollte das gerade mit dem Kuss? Die Frau hat echt nerven, auch wenn es ihm ein wenig gefallen hat. Er legt sich auf die Couch, die echt sehr bequem ist. Die Decke, die er im Schlafzimmer gefunden hat, ist auch groß genug und reicht für ihn. Er schließt seine Augen und schläft genau wie Sam sehr schnell ein. Auch Emma ist irgendwann fertig im Bad, läuft auf Zehenspitzen durchs

Wohnzimmer und geht sofort ins Bett. Um ihren Kopf hat sie ein Handtuch gewickelt, da ihre Haare ja noch nass sind. Sie kuschelt sich in die Decke, ganz nah an Sam, pustet die Kerze auf dem Stuhl aus und versucht einzuschlafen. Viele Gedanken schwirren durch ihren Kopf und machen das Schlafen echt schwer, aber auch sie schafft es dann endlich. Die Ruhe kehrt in Nummer 13 ein, es war ein schlimmer Tag, doch sind alle drei jetzt am Knacken. Nicht mehr lange und es wird wieder hell im Urlaubsparadies...

Kapitel 11

Es ist noch dunkel draußen, als Yvonne wach wird. Sie schaut zur Seite und sieht das Leo am Schlafen ist. Es sieht jedenfalls so aus, als ob er schläft. Auch die beiden Gardinen sind noch zugezogen. Also war es hier im Wohnwagen keiner, der sie geweckt hat. Aber warum ist sie eigentlich wach, eine sehr gute Frage. Irgendwas hat sie im Schlaf gehört oder war es nur ein Traum? Verkrampft versucht sie sich zu erinnern, was sie denn geträumt haben könnte, es fällt ihr aber nicht mehr ein. Sie legt sich wieder auf die Seite und versucht einzuschlafen. Kaum liegt sie verschwindet auch die Welt um sie herum, doch da war es wieder, dieses komische metallische Geräusch, was sie wohl eben schon gehört hatte. Diesmal war sie noch nicht fest am Schlafen, erhebt sich und setzt sich hin. Dieser Knall war echt und kommt von draußen. Aber sie weiß nicht, woher genau und um was es sich handelt. Aber es hört sich schon komisch an. Sie zieht die Gardine vom Fenster hinter sich beiseite und schaut nach draußen. Erst jetzt sieht sie, dass neben dem Wohnwagen auch noch andere geparkt wurden. „So viel zum Rand", sagt sie leise. Aber das Geräusch muss aus einen von denen kommen. Sie beobachtet weiter die anderen geparkten Wohnwagen und Zelte, entdeckt aber nichts und zieht die Gardine wieder zu. Als sie sich gerade hinlegen will, sieht sie, dass der Vorhang bei Sofia und den beiden Kleinen leicht geöffnet ist. Vielleicht ist einer aufs Klo geschlichen. Jetzt steht sie ganz auf und versucht dabei, Leo nicht zu wecken. Neben dem Bett richtet sie kurz ihre Haare, die ihr im Gesicht hängen und geht Richtung kleines Bad, doch das ist leer. Soll sie eben bei Sofia reinschauen? Oder einfach nur den Vorhang zuziehen? Sie entscheidet sich für das zweite und geht zurück Richtung Bett. Beim vorbeigehen an der Eingangstür sieht sie aber auf einmal, das diese offen steht. Sie ist leicht angelehnt, aber dennoch nicht zu. Sie bekommt es mit der Angst zu tun, öffnet die Tür und geht nach draußen. Jetzt steht sie auf dem Acker und weiß gar nicht, was sie hier sucht. Vielleicht ist auch nur einer der Kleinen an der Tür gewesen und hat sie einfach geöffnet, bei Kindern weiß man ja nie. Sie beschließt also reinzugehen, als sie das metallische Knallen wieder hört. Diesmal bedeutend lauter und kurz danach nimmt sie auch noch ein rascheln wahr. Das kam wohl von der Vorderseite des Campers. Anstatt also reinzugehen, läuft sie um den Wohnwagen herum und schaut, was da wohl sein könnte. Sie kann aber leider nicht weit sehen, es ist einfach noch zu dunkel, auch die ganzen kleinen Lämpchen der anderen Camper nützen nicht gerade viel.

Niemand ist unterwegs, alles ist ruhig. Sie hatte echt gedacht, dass die Leute hier Wachen aufgestellt hätten, aber Fehlanzeige, das ganze Lager ist am Pennen. Sie beschließt wieder zurückzugehen, aber genau in dem Augenblick hört sie wieder das rascheln und diesmal ist es sehr nah. Sie bückt sich und schaut unter den Wohnwagen. Trotz, dass es noch sehr dunkel ist, erkennt sie unter dem Wagen eine kleine Kontur. Da sitzt doch tatsächlich ein Kind drunter.

„Hey Kleiner, was machst du da?", fragt sie ziemlich leise und kniet sich hin. Erst jetzt bemerkt sie an der Kälte, dass sie sich ja gar nichts angezogen hat. Sie ist tatsächlich nur mit Shirt und Slip nach draußen gegangen und der Kleine reagiert auch nicht. Sie weiß noch nicht mal, ob er sie anschaut. Also krabbelt sie ein wenig näher ran und streckt ihre Hand aus.

„Komm her Kleiner, ich bringe dich wieder rein ins warme." Das Kind unter dem Wagen bewegt sich endlich, es kommt Yvonne ein wenig näher und jetzt erkennt sie, das es der Kleine Logan ist. „Was machst du denn hier draußen?", fragt sie mit sehr liebevoller Stimme. Die beiden Hände berühren sich und Logan schaut sie an.

„Ich hatte einen Albtraum. Ich bin wach geworden und wollte mich verstecken." „Oh", antwortet Yvonne. „Das ist aber jetzt vorbei. Du bist jetzt in Sicherheit, also komm zu mir, bitte." Langsam krabbelt der Kleine weiter in ihre Richtung und als sie ihn endlich greifen kann, kommt plötzlich wieder dieser metallische Knall. Logan erschreckt sich, lässt Yvonnes Hand wieder los und kriecht an der anderen Seite raus.

„Verdammt", ruft Yvonne hinterher, sieht aber noch, wie der Kleine direkt in die Richtung der neuen Camper stolpert, genau dahin, wo der Krach her kommt. Sie springt schnell auf, läuft um den Wagen herum und rennt dem Jungen hinter her. Leider ist es noch total dunkel, sie weiß gar nicht, wie sie ihn finden soll. Erst läuft sie zwischen zwei größeren Zelten durch, dann parallel an einem Wohnanhänger entlang und ruft dabei immer wieder leise nach Logan. Der nächste Wohnwagen kreuzt ihren Weg und sie biegt nach rechts ab. Jetzt steht sie an der Seite des Campers und sieht vor sich den Jungen. Der blickt auf einen geöffneten Eingang eines Wohnhängers, der etwas weiter vor ihm parkt. Schnell huscht sie zu ihm rüber und nimmt ihn von hinten in den Arm.

„Du solltest hier nicht alleine rumlaufen Logan, das ist viel zu gefährlich. Komm, ich bringe dich zurück." Aber der reagiert gar nicht, er schaut weiter auf die geöffnete Tür. Wieder dieser Knall, diesmal aber genau vor den beiden und das auch sehr laut. Es handelt sich wohl um die Wohnwagentür, die halt offen steht und im Wind gegen die Seitenwand schlägt. Aus der geöffneten Tür dringt ein leichter Lichtschimmer nach draußen und so geht Yvonnes blick direkt nach unten, da wo eigentlich die kleine Treppe zum Einsteigen steht. Da liegen tatsächlich zwei Menschen auf dem Boden. Einer mit dem Kopf nach unten, direkt im Acker und der andere oben drauf. Der obere bewegt sich ziemlich hektisch, sofort kommt ihr das Bild mit Giselle und Ben ins Gedächtnis. Das kann es doch nicht sein.

„Komm Kleiner", flüstert sie Logan ins Ohr. „Wir müssen hier ganz schnell verschwinden." Sie zieht und zerrt an dem Jungen, der sich aber einfach nicht bewegen will. Wieder knallt die Tür gegen die Seitenwand. Die Person am Boden, es ist wohl eine Frau, hebt ihren Kopf. Sie hat den Kampf zwischen Yvonne und Logan mitbekommen und lässt von ihren Opfer ab. Blut tropft ihr aus dem Gesicht und irgendwas fällt ihr aus dem Mund und landet neben dem am Boden liegenden Menschen. Yvonne hatte mit ihrem Verdacht recht, es ist so wie bei Giselle, die Frau vor ihnen frisst sich gerade durch die Gedärme des Toten. Es ist sicher die kranke Person von gestern Abend, dann war sie wohl doch infiziert. Auf der rechten Seite des Hängers bewegt sich noch jemand, auch da kann Yvonne sofort erkennen, dass es sich nicht um einen normalen Menschen handelt. Es werden irgendwie immer mehr.

Yvonne krallt sich Logan vom Boden, diesmal mit aller Kraft und rennt mit ihm zurück zu den anderen. Der Junge fängt dabei so laut an zu schreien, dass auch die anderen aus dem Flüchtlingslager wach werden. Yvonne ist echt froh, dass sie sich trotz der Dunkelheit den Weg gemerkt hat, denn jetzt hier noch herumzuirren wäre eine absolute Katastrophe. Ohne Verlaufen schafft sie es zum Camper zurück, öffnet die Tür und legt den schreienden Logan bei Leo aufs Bett, der natürlich sofort aus seinen Träumen gerissen wird und Kerzengerade im Bett sitzt.

Sofia wird auch wach, rollt sich durch den Vorhang und steht erschrocken mitten im Raum. Sie schaut erst auf Yvonne und dann auf Logan. Auch die beiden Großen öffnen ihren Vorhang und sehen verschlafen nach unten.

„Was ist passiert?", fragt Sofia jetzt voller Panik. „Das würde ich auch gerne wissen", gibt Leo dabei. Er sitzt immer noch im Bett und hat den schreienden Logan vor sich.

„Wir müssen sofort hier weg", schreit Yvonne die beiden an. Leo deckt sich auf und will aufstehen, sieht aber ganz schnell, das er fast nichts an hat und legt die Decke wieder drüber. Er schaut zurück zu Yvonne, die immer noch hysterisch genau vor dem Bett steht. Die hat auch nicht gerade viel an. „Yvonne, was ist denn los? Ist irgendwas passiert ?", fragt Leo mit ruhiger Stimme, um die Sache ein wenig zu beruhigen. „Er ist hier, ER IST HIER", schreit Yvonne ihn an. Sofia geht ein wenig näher und versucht ihre Hand zu fassen, Logan hat mittlerweile aufgehört zu schreien und schaut auch direkt zu Yve. Die schüttelt die Hand von Sofia einfach ab.

„Wer ist hier?", fragt Logans Mutter mit nicht mehr so panischer Stimme, der Kleine ist ruhig und ihre Angst ein wenig verblasst.

„Der Virus", antwortet Yvonne. „Was sagst du da?" Fragt Leo. „Seid ihr taub oder blöd?" Yvonne wird ein wenig frech. „Ich habe es gerade mit eigenen Augen gesehen. Da hinten ist eine Frau, die ehrlich jemanden frisst und ich habe auch noch einen anderen Kranken entdeckt.

Sofia schaut verstört zu Leo rüber, der springt nun doch aus dem Bett und greift nach seinen Sachen.

„Was ist mit Logan?" Fragt Sofia sehr besorgt. „Dem geht es gut, der war draußen und ich habe ihn wieder mitgebracht", berichtet Yvonne. Genau in diesem Moment hören die Insassen des Wagens draußen laute Schreie. Auch die anderen Camper haben wohl jetzt mitbekommen, was vor sich geht.

„Wir müssen sofort hier weg" kommt diesmal von Leo, der gerade dabei ist, seine Schuhe anzuziehen. Yvonne rennt nach draußen, die Sonne geht langsam auf und man erkennt schon wieder ein wenig mehr. Sie sieht überall Menschen wild herumlaufen. Einer von denen hatte eine Wunde am Hals und ist trotzdem weiter gerannt. Die ersten Schüsse Fallen und dann noch mehr schreie. Bei dem Motorrad angekommen, holt sie die Straßenkarte aus der Seitentasche und läuft schnell wieder rein. Dort ist Leo mittlerweile komplett angezogen, Logan ist auf dem Arm von Sofia und die beiden Großen stehen auch unten. Sie schmeißt die Karte aufs Bett und öffnet sie. Dann ein ernster Blick zu Sofia, sie soll näher kommen.

„Hier Sofia, siehst du das? Da fahren Leo und ich hin. Da haben wir Freunde in einem Waldgebiet. Seht zu, dass ihr hier verschwindet und schlagt euch bis dahin durch. Mehr kann ich euch nicht anbieten." Yvonnes Finger ist direkt auf die Stelle vom Osceola National Forest, da sollen Sofia und ihre Kinder hinfahren. Die schaut sich das an und nickt kurz. Dann setzt sie Logan aufs Bett und holt den kleinen David aus dem anderen. Der kann zwar auch alleine aufstehen, aber wegen dem ganzen Krach, hat er sich wohl nicht getraut. Leo schiebt sich zwischen allen durch und öffnet wieder die Tür. Der Lärm von draußen, die Schüsse und das schreien werden immer lauter.

„Ich mache das Motorrad fertig", sagt er noch beim hinausgehen und verschwindet. Yvonne beginnt auch, sich anzuziehen. Matthew und Elijah sind auch aus ihren Schlafklamotten raus und Sofia hiebt den Kleinen David zu Logan aufs Bett. Dann geht sie nach draußen und klappt die Stühle zusammen. Auch Yvonne springt hinter her und beginnt Sofia zu helfen. Nebenan packt Leo den Koffer vom Bike und steckt den Schlüssel ins Zündloch. Eine junge Frau kommt plötzlich an den Camper und hält Sofia am Arm. Die erschreckt sich natürlich, wirbelt herum und hebt ihre Faust zum Zuschlagen. Sofort geht die aber wieder runter, als sie die Person erkennt.

„Sofia" beginnt die nun. „Es ist das absolute Chaos. Ihr müsst hier ganz schnell weg. Überall laufen Monster herum und versuchen jeden zu beißen. Biff und seine Jungs haben schon welche erschossen." Trotz der Gegebenheiten stellt Sofia die Person kurz vor, sie heißt Florie und ist eine sehr junge Erwachsene, vielleicht gerade mal 20. Sie ist eine bekannte von ihr und hat sich schon oft um die Jungs gekümmert. Bei der Flucht aus der Stadt sind sie gemeinsam hier her gekommen. „Florie, geh schnell zurück und verschwindet hier. Wir machen uns auf den Weg zum Osceola National Forest. Das liegt in der Nähe von Lake City." „Sofia, ich kann hier nicht weg, Luisa ist tot." Sofia nimmt Florie in den Arm und drückt sie ganz fest. „Das tut mir so leid Florie, aber ihr müsst trotzdem von hier verschwinden." „Okay", antwortet sie mit weinender Stimme.

„Ich gehe zurück und sage Harald Bescheid, ich hoffe er stimmt mir zu." Harald ist der Freund von Florie und Luisa war die Oma von ihm. Schon dreht sie sich um und rennt davon. Hinter Sofia hat Yvonne alle Sachen, die noch draußen standen, durch die Tür in den Camper geschmissen. Sofia nickt ihr dankbar zu, geht zu ihr hin und umarmt sie.

„Passt auf euch auf, vielleicht sehen wir uns ja wieder", sagt sie noch, steigt in den Campingbus und schließt hinter sich die Tür.

Leo sitzt schon auf dem Bike, der Motor summt und schaut ungeduldig zu Yvonne.

„Komm jetzt, wir müssen hier weg." Yvonne dreht sich noch mal um und schaut am Wohnmobil vorbei. Die Menschen ticken alle ab, hin und wieder sieht sie welche mit Waffen, dann Frauen und Kinder, die in eine Richtung rennen und kurze Zeit später laufen andere Frauen mit Kindern wieder zurück. Yvonne hat genug und kann eh nichts machen, daher geht sie zu Leo und steigt auf das Bike. Der gibt sofort Gas und die Kawasaki macht einen schnellen Ruck nach vorne. Er fährt direkt auf den Waldweg zu, von dem sie gestern gekommen sind und bremst kurz vor den Bäumen wieder ab. Da kommen 3 Menschen aus dem Wald getorkelt. Der Rechte von denen hat nur noch einen Arm, ein blutiger Rest baumelt an seiner Seite nach unten. Blut tropft aus dem Stumpen und das Shirt ist schon voll durchtränkt. Die anderen beiden sehen eigentlich noch normal aus, wenn man mal von dem irren glasigen Blick und der Grimasse absieht. Leo dreht sich zu Yvonne.

„Was machen wir jetzt?" Fragt er. „Wir dürfen da eh nicht lang, da geht es wieder zurück und da wollen wir sicher nicht hin", antwortet Yvonne. „Fuck, du hast recht, wir müssen einen anderen Weg vom Feld finden. Nur zurück zu den Campern können wir auch nicht."

Leo versucht gerade das Motorrad ganz vorsichtig zu wenden, denn hinfallen wäre jetzt absolut keine Option, als sie von hinten ein lautes Hupen hören. Beide drehen sich um und sehen Sofia mit ihrem Camper heranbrausen. Aber anstatt zu bremsen, fährt sie einfach an denen vorbei, direkt auf die 3 Gestalten zu.

„Oh scheiße", sagt Yvonne noch kurz und schon donnert Sofia voll in die Kranken rein. Es gibt einen lauten Knall und einer der drei fliegt links an der Front vorbei und landet im Wald. Die anderen beiden sind vor dem Fahrzeug hingefallen und wurden überrollt. Leo und Yvonne hören noch kurz die Kinder im inneren schreien und schon ist Sofia mit dem Wagen zwischen den Bäumen verschwunden.

„Das hat die jetzt nicht wirklich gemacht?", flüstert Yvonne. „Doch hat sie. Los jetzt, wir müssen auch hier weg." Endlich schafft er es, die

Maschine zu wenden und gibt wieder Gas. Sie fahren direkt am Waldrand entlang, parallel zu den ganzen Campern auf der linken Seite, aber auch da versuchen gerade andere, mit ihren Fahrzeugen zu flüchten. Irgendwo mitten drin ist es am Brennen, überall rennen weiterhin Menschen wild umher, aber es liegen auch schon viele am Boden und bewegen sich nicht mehr. Leo fährt ein wenig schneller, er muss es unbedingt schaffen, vor den anderen das Feld zu verlassen, ansonsten könnte es sehr schnell gefährlich werden.

In der ferne sieht er zwischen den Bäumen einen kleinen Durchgang, das könnte ein Weg sein und genau da steuert er jetzt drauf zu. Auf der linken Seite fahren zwei etwas größere Camper in die gleiche Richtung. Daher gibt Leo noch mehr Gas, leider lässt es sich auf dem Acker nicht so gut rollen und er kann es nicht übertreiben. Yvonne schaut weiter zu den beiden Fahrzeugen, die immer näher kommen und sieht auf einmal einen grünen Pick-up, der versucht, die beiden auf dem Feld zu überholen. Der hintere Camper schert nach links aus, rammt dabei den Pick-up am Heck, der schleudert dadurch auf die andere Seite und knallt dabei in den ersten Camper. Der gerät durch den Aufprall ins Schleudern, dreht sich auf die Seite, wo er abrupt zum stehen kommt und umfällt. Der Pick-up hat sich noch mal gefangen und setzt seine Fahrt Richtung Waldweg einfach fort. Der hintere Camper rast ungebremst in den am Boden liegenden und schiebt ihn einfach übers Feld und bleibt dann stehen. Leo fährt das Bike unbeirrt weiter, er macht keine Anstalten anzuhalten und lenkt auch in den Waldweg rein, in dem gerade der andere gefahren ist. Auch Yvonne protestiert nicht und klammert sich nur fester an ihm, da der Untergrund noch schlimmer wird. Dadurch werden die beiden wieder langsamer, alles andere wäre auch zu riskant. Der Weg schlängelt sich durch die Bäume, es geht alles Berg ab und am Ende sehen die beiden eine Teerstraße. Kurz bevor sie unten ankommen und endlich wieder gescheiten Boden unter den Reifen haben, erblicken sie den grünen Pick-up. Der hat es wohl mit der Geschwindigkeit übertrieben, ist vom Waldweg runter, hat die Straße überquert und ist auf der anderen Seite wieder in den Wald gefahren und dort direkt frontal gegen einen Baum. Leo hält kurz an und beide blicken auf das Auto.

„Ich glaube nicht das die es überlebt haben", sagt er zu Yvonne. Die schaut aber nur auf den Unfall und bleibt ruhig. Sie tippt Leo von hinten an und zeigt nach links. Damit will sie wohl nur andeuten, das sie in diese Richtung weiter müssen, denn nach rechts sieht es fast so aus, als ob sie wieder zurückfahren würden. Sie setzen sich in Bewegung und folgen dem Straßenverlauf mit der Hoffnung, irgendwo einen gescheiten Hinweis zu finden, um sich neu zu orientieren. Blind durch die Gegend zu fahren, können sie sich nicht erlauben. Nicht das sie dann alles wieder zurückmüssen und dadurch sehr viel Sprit verbrauchen, denn der Plan mit dem Waldpark ist immer noch ihren Köpfen. Auch wenn sie nicht mehr so daran glauben, den jemals zu erreichen. Langsam wird es heller und sie sind echt froh, dass sie da lebend weggekommen sind und auch Sofia wird es wohl geschafft haben. Aber ob sie die fünf jemals wieder sehen steht noch in den Sternen...

Kapitel 12

Arlo wird wach und muss sich erst mal orientieren. Er schaut an die Decke und sieht eine Holzvertäfelung. Oh ja, sie sind ja im Urlaub und es hat an der Tür geklopft. Er richtet sich auf und schaut auf seine Armbanduhr, die zeigt gerade mal 8 Uhr. Er versteht nicht warum so früh am Morgen schon jemand vor der Tür steht. Also erhebt er sich, schlüpft in seine Schuhe und geht zum Eingang. Durch die Fenster kommt nur ein gedämpftes Licht, sicher weil sie so tief im Wald sind, das die Sonne nicht wirklich eine Chance hat, hier runter zu scheinen. Er öffnet die Tür und sieht niemanden, da steht überhaupt keiner. Hat er das nur geträumt? Sein Blick geht nach unten und da steht ein kleiner Korb mit Brötchen und daneben eine Kanne mit Kaffee. Er nimmt sich alles und stellt es in die kleine Küche auf die Theke. Da stehen auch noch die Sachen von gestern Abend. Alle drei waren so müde und keiner hatte mehr ans Essen gedacht. Auf leisen Sohlen geht er Richtung Schlafzimmer und riskiert einen kleinen Blick durch die angelehnte Tür. Da liegen die beiden Damen ganz eng zusammen unter einer Decke. Er lässt die beiden schlafen und geht als Nächstes ins Bad. Danach zieht er sich erst mal neue Sachen an, denn die von gestern würde er am liebsten verbrennen. Es geht zurück in die Küche und direkt an den Kaffee. Die Kanne ist bis oben hin voll und noch sehr heiß. Scheint echt richtig frisch zu sein. Der erste Schluck am Morgen ist immer der beste. Er geht mit seiner Tasse nach draußen direkt auf die Veranda, die vor jeder Hütte gebaut wurde. Genau neben der Tür steht eine kleine Bank, die sicher für viele Menschen schon ein erholsamer Platz gewesen ist. Aber er geht ein wenig vom Haus weg und schaut den Weg hinunter. Da stehen sie alle, die ganzen Blockhütten aus der Broschüre, aber es ist alles ruhig, kein Mensch ist zu sehen. In der Luft liegt noch ein wenig Frühnebel, es wird heute sicher ein schöner Tag.

Was wäre das doch wie ein schöner Urlaub, wenn nicht alles andere so furchtbar gewesen wäre und sicher auch noch ist. Arlo will sich gar nicht vorstellen, was wohl gerade überall los ist. Aber hier im Wald ist alles gut, sie sind weit weg von den Problemen, die derzeit herrschen. Hier lässt es sich echt aushalten und sicher wird die Regierung das alles wieder in den Griff bekommen. Die machen das doch immer, wir sind die USA, alles zerstörte wird wieder aufgebaut und jede Krise wird überstanden. Jetzt sieht er endlich mal eine Bewegung weiter unten. Es ist aber nur Vincent, der Sohn von Mr. Carter und der zieht eine Karre hinter sich her. Das wird sicher das Frühstück für die ganzen Urlauber sein. Erst jetzt sieht er das nebenan auch die gleichen Sachen vor der Tür liegen, nur da sind noch 2 Flaschen Milch dabei. Seinen Kaffee hat er mittlerweile leer, er dreht sich um und will zurück ins Haus, als plötzlich genau vor ihm ein kleines Kind steht. Es handelt sich um ein Mädchen, nicht älter als 5 Jahre, sie trägt einen Jeanshosenanzug und ihre langen braunen Haare sind mit einer Schmetterlingsspange zu einem Zopf zusammen gebunden. Sie lächelt Arlo freundlich an und ihre grünen Augen sind am Leuchten.

„Hallo meine Kleine schon so früh unterwegs?", fragt er das Mädchen. Richtig froh darüber, auch mal jemand anderes zu sehen, geht Arlo ein Stück nach unten. Die Kleine betrachtet ihn ein wenig und rennt dann einfach an ihm vorbei. Drei Häuser weiter geht sie rein und zieht die Tür hinter sich zu. Arlo läuft zurück ins Haus und ist total verwundert über die Nettigkeit der heutigen Kinder. Nur was soll er jetzt Unternehmen? Was hätten sie hier eigentlich gemacht wenn alles normal wäre? Sie wären wohl viel gewandert und hätten Ausflüge zum nahen See unternommen. Aber das ist derzeit keine gute Idee und er fängt an, sich ein Brötchen zu schmieren, große Lust auf die Damen zu warten, hat er gerade nicht, wer weiß wie lange die noch schlafen.

Als er mit seinen beiden Brötchenhälften und noch einer frischen Tasse Kaffee ins Wohnzimmer läuft, öffnet sich auf einmal die Badtür und Emma steht vor ihm.

„Oh, guten Morgen Arlo", sagt sie zu ihm und lächelt dabei ganz lieb. „Guten Morgen zurück, in der Küche gibt es frischen Kaffee und Brötchen stehen in einem Korb." „Danke, aber deins ist sicher auch ganz lecker." Sie nimmt sich einfach eine Brötchenhälfte von Arlo und zwängt sich dann an ihm vorbei, um die Küche zu erreichen. Emma trägt nichts weiter als einen Slip und ein enges Sweatshirt und ist auch noch ziemlich dreist. Mit einem leichten Grinsen geht Arlo ins Wohnzimmer und stellt seine Sachen auf den Tisch. Dann faltet er seine Decke zusammen, öffnet das Fenster hinter sich und setzt sich auf die Couch. Jetzt kommt auch Emma wieder zurück und hat eine Tasse in der Hand, das Brötchen hat sie wohl schon aufgegessen.

„Was ein Service hier, man wird wach und bekommt sofort frischen Kaffee", sagt sie mit einem Lächeln im Gesicht. Sie setzt sich auf die Couch, direkt neben Arlo und lehnt sich hinten an. Dabei zieht sie ihre Beine mit hoch und sitzt da jetzt im Schneidersitz und trinkt ihren Kaffee. Arlo ist das gerade nicht geheuer und wenn Sam das sieht, gibt es sicher Stress.

„Das mit gestern Abend tut mir leid", beginnt Emma das Gespräch und Arlo weiß gar nicht, was sie meint. „Was meinst du?" Fragt er völlig unschuldig.

„Du weißt genau, was ich meine Arlo, das mit dem Kuss, das ist irgendwie einfach so passiert. Ich war so dankbar für meine Rettung und damit wollte ich das halt zeigen."

Arlo schaut sie kurz an und sein Blick geht über ihr Sweatshirt. Sie hat eine sehr gut gebaute Oberweite, das kann er gerade komplett erkennen. Sofort geht sein Blick aber wieder zurück auf den Tisch. „Es ist alles gut, ich weiß gar nicht mehr wovon du redest", sagt er schüchtern.

Emma fängt leicht an zu lachen und nimmt sich den nächsten Schluck aus ihrer Tasse. Sie hat seinen Blick gerade natürlich mitbekommen. „Ich glaube nicht, das du die Wahrheit sagst." Reichlich amüsiert schaut sie zu Arlo, der sehr nervös versucht, seine gerettete Brötchenhälfte mit Käse abzubeißen. Er antwortet nicht, er möchte das auch gar nicht. Ihm ist das gerade alles viel zu peinlich. Emma merkt das und lenkt das Gespräch in eine andere Richtung.

„Was machen wir nun? Hier sind wir erst mal sicher, aber wer weiß wie lange. Was ist, wenn denen das Essen ausgeht oder das Militär hier her kommt? Ich finde der Carter ist viel zu leichtgläubig." „Ich weiß es nicht Emma. Wir müssen erst mal abwarten wie sich das alles entwickelt. Besser als das hier hätte es uns gar nicht treffen können." Arlo ist sichtlich erleichtert, dass es endlich um was anderes geht. Auch wenn das Ende der Welt sicher nicht das beste Thema ist.

Jetzt öffnet sich die Schlafzimmertür und eine sehr verschlafende Sam kommt heraus. Sie trägt einen Pyjama mit weißen Rosen und schaut die beiden auf der Couch verdutzt an.

„Morgen" sagt sie nur kurz und verschwindet im Bad. Emma nimmt ihren letzten Schluck und geht ins Schlafzimmer. Kurz vor dem Eintreten wendet sie sich aber noch mal an Arlo.

„Ich ziehe mir mal besser was an." Leicht grinsend verschwindet sie im Nebenraum. Jetzt ist Arlo wieder alleine. Das kann doch alles nicht wahr sein. Sie sitzen hier im Wald und hoffen, das sie überleben und er wird von einer Frau angemacht. Leider gefällt ihm das auch noch, denn Emma ist eine echt schöne sexige Dame. Sam kommt aus dem Bad und seine Gedanken an die schwarzhaarige sind verschwunden.

„In der Küche ist noch Kaffee", sagt Arlo zu ihr. Sam läuft rückwärts in den Raum, holt sich eine Tasse aus dem Hängeschrank und kippt sich was ein. Mit der kommt sie auch ins Wohnzimmer. „Wo ist denn der Kaffee her?" Fragt sie Arlo. „Der stand heute Morgen einfach vor der Tür, zusammen mit den Brötchen." „Ach ja, das hatte Mr. Carter ja gestern Abend noch erwähnt. Sie bleibt mitten im Raum stehen und trinkt einen Schluck. Dann schaut sie zu Arlo und ihr Blick verfinstert sich ein wenig. „Was geht da zwischen Dir und Emma?" Arlo voll erschrocken von der Frage, steht auf und geht auf Sam zu. „Wie kommst du darauf, dass da was geht?", fragt er ziemlich ruhig. „Tja, ich stehe auf und sehe euch gemütlich auf der Couch sitzen und Kaffee trinken. Emma hatte auch nicht gerade viel an. Versucht sie dir schöne Augen zu machen?"

„Bor Sam, wie kommst du denn auf so einen Mist? Sie hat gar nichts versucht, außerdem denke ich, dass solche Sachen derzeit nicht angebracht wären."

Arlo entfernt sich wieder von Sam und setzt sich zurück auf die Couch. Er merkt schon, dass sein Gesagtes nichts zur Beruhigung der Sache beigetragen hat.

„Wann ist denn für so was ein richtiger Augenblick?", fragt Sam sehr zickig. Sie nimmt wieder einen großen Schluck aus ihrer Tasse. „Was soll das denn jetzt? Es ist doch gar nichts passiert." Arlo geht diese Diskussion echt auf die Nerven. Als ob sie nichts Besseres zu besprechen hätten als so einen Mist. Er weiß aber auch, dass die Beobachtungsgabe seiner Frau echt gut ist. Das macht die Sache noch unangenehmer.

Auf einmal schrecken beide zusammen, Sam hat fast ihre Tasse fallen lassen, als draußen plötzlich superlaut ein Horn ertönt.

„Was war denn das?", fragt sie total verdutzt. „Hörte sich so an, als ob da draußen jemand zum Appell ruft." Antwortet Arlo. „Stand davon nicht irgendwas in der Broschüre? So was wie bei den Pfadfindern mit Aufgaben und gemeinsamen Aktivitäten?" „Oh ja, das kann sein, ich hatte das schon vergessen. Aber eigentlich auch total sinnlos, wenn man die Gegebenheiten bedenkt, ich gehe mir mal was anziehen, kann ja schlecht mit Pyjama raus laufen."

Sam geht Richtung Schlafzimmer und Emma kommt zur gleichen Zeit heraus. Sie hat sich endlich mal was angezogen. Sam wirft ihr beim vorbei gehen aber noch einen bösen Blick zu, bevor sie dann verschwindet und die Tür hinter sich schließt.

„Was war das gerade?" Fragt Emma sehr irritiert. „Ach nichts weiter, das gehört normal zum Urlaubstrip. Lass uns mal raus und sehen, was die da anstellen." Arlo geht schon zur Tür und Emma zieht sich noch eben ihre Schuhe an. Sie trägt zwar nicht die gleichen Klamotten wie gestern, aber einen großen Unterschied macht es nicht. Denn auch die neuen Sachen sind ganz in Schwarz. Ihre Haare trägt sie wieder offen, die sind echt so lang, dass sie bei der Toilettenbenutzung schon aufpassen muss. Beim warten an der Tür beobachtet Arlo sie beim Anziehen ihrer Schuhe und denkt darüber nach, wie der Kuss von gestern wohl gemeint war. Er weiß, dass diese Frau gefährlich ist, sie ist umwerfend und so komplett anders als Sam. Emma ist fertig, bewegt sich auf Arlo zu und reißt ihn damit aus seinen Gedanken. „Können wir?", fragt sie ganz trocken und wundert sich über Arlos Gesichtsausdruck. Anstatt zu antworten, öffnet er einfach die Tür und geht mit ihr nach draußen. Die Sonne blitzt durch die Bäume und beide halten sich die Hände vor die Augen. Emma schaut sich um und sieht in der Nähe vom ersten Haus eine Ansammlung von Menschen, das werden mehr als 25 sein, auch viele Kinder sind dazwischen. Arlo ist gerade dabei, die Tür zu schließen, als sie sich ihm zuwendet.

„Was machen die da hinten? Meinst du, es ist doch irgendwas passiert?" Jetzt blickt auch Arlo in die gemeinte Richtung und sieht die ganzen Leute da fast schon im Kreis stehen. In der Mitte auf einem kleinen Podest thront Mr. Carter und spricht mit seinem Sohn, der sich genau neben ihm befindet. Vincent ist so groß, dass er neben dem Podest auf gleicher Höhe wie sein Vater steht.

Hinter den beiden befindet sich eine Fahnenstange, aber es hängt nichts oben dran.

„Das ist alles nur Show, ich glaube nicht das was passiert ist, lass uns auch mal rüber gehen. Es sieht so aus, als ob die nur noch auf uns warten."

Beim laufen nach vorne ergreift Emma noch mal das Wort, ihr liegt da wohl was Wichtiges auf dem Herzen. „Ist deine Frau eigentlich immer so eifersüchtig und zickig?" „Wie kommst du da darauf?" „Na ja, ich habe das eben mitbekommen und es tut mir echt leid, ich wollte dich nicht in Schwierigkeiten bringen." „Ach alles gut, die stellt sich immer so an, ich bin es schon gewohnt." Emma schaut Arlo direkt an, sie mustert ihn schon richtig und er erwidert ihren Blick. Damit scheint das Gespräch beendet zu sein und die beiden nähern sich immer weiter den Pulk von Menschen. Als Mr. Carter die beiden ankommen sieht macht er ein paar Handbewegungen und alle sind wie durch Geisterhand ruhig. Das hatte schon was Magisches und Arlo fühlt sich gerade sehr unwohl in seiner Haut. Alle ändern plötzlich ihren Blick und schauen nur noch auf die beiden Ankömmlinge, als ob sie was verbrochen hätten. Arlo sieht auch das kleine Mädchen von heute Morgen wieder, es steht bei 2 Erwachsenen die sicher ihre Eltern sind und einen etwas größeren Jungen, der sie an der Hand hält. Endlich sind sie angekommen und alle blicken wie auf Kommando zurück zu dem Mann auf dem Podest.

„Schön schön", fängt der an zu reden. „Wie ihr alle seht, sind gestern Abend unsere letzten Gäste angekommen. Wir sind endlich vollzählig und können mit unserem Programm beginnen."

Ein leises Murmeln geht durch die Menge. Jetzt ist es Emma, die sich sehr unwohl fühlt und wie im Effekt nach der Hand von Arlo greift. Als die beiden sich berühren, zieht sie ihre schnell wieder weg und schaut schüchtern in seine Richtung. Arlo seinen Blick kann sie aber nicht deuten. Der Chef vorne scheint mit seiner Ansprache fortzufahren.

„Das Schöne an der Sache ist, dass unsere letzten Ankömmlinge noch eine Person zusätzlich mitgebracht haben. So sind wir sogar noch einer mehr, das sollte aber nicht weiter stören."

Sein Blick richtet sich direkt auf Arlo und Emma. Es sieht aber irgendwie so aus, als ob sich seine Augen dabei verfinstern.

„Was sehen meine Augen da" setzt er wieder an. „Bei ihnen fehlt ja einer." Wieder blicken alle auf die beiden und die Situation wird immer bizarrer. Arlo geht ein Stück nach vorne, er möchte ungern von hinten schreien.

„Meine Frau ist noch nicht fertig gewesen. Sie zieht sich noch eben was an und kommt dann nach. Die Reise war gestern doch sehr hart."

Mr. Carter sieht einen Moment sehr nachdenklich aus und lächelt dann auf einmal wieder.

„Gut Gut, das lassen wir heute noch mal durchgehen. Beim nächsten Appell wäre es aber von Vorteil, wenn alle pünktlich kommen würden."

Er richtet sich wieder auf und schaut die komplette Menge an. „Also, ich habe heute Morgen einiges zu berichten und es wäre schön, wenn ich von jedem die volle Aufmerksamkeit bekommen würde." Wieder wird alles sehr ruhig und alle schauen direkt zum Podest. Emma beugt sich zu Arlo und flüstert ihm ins Ohr. „Das sieht hier alles eher so aus, als ob wir in einem Gefangenenlager sind." Arlo guckt zu ihr rüber und lächelt, dabei nimmt er einen Finger vor dem Mund und signalisiert ihr, dass sie lieber still sein soll. Beide schauen auch wieder nach vorne, wo Mr. Carter seine Rede weiter führt.

„Es ist wohl allen mittlerweile klar geworden, das außerhalb unserer kleinen Gemeinde einiges in Ungnade gefallen ist. Mir ist zu Ohren gekommen, dass ein Virus sein Unwesen treibt und Menschen komplett verändert. Ich sage dazu nur eins, völliger Quatsch. Die Regierung übertreibt mal wieder vom feinsten. Aber das sollte uns auch alles kalt lassen, denn wir sind hier in Sicherheit und einen Virus werden wir hier nicht finden."

Emma stößt Arlo ziemlich fest in die Seite. „Ah, was soll denn das?", fragt er erschrocken zu ihr. Sie schaut ihn ein wenig ungläubig an. „Sollen wir nicht lieber sagen, was da draußen wirklich abgeht? Wir haben es ja mit eigenen Augen gesehen und die Geschichten sind komplett wahr." „Nein, das machen wir später mit ihm persönlich. Ich glaube nicht, dass es gerade ratsam wäre, dazwischen zu reden und die Leute hier in Angst zu versetzten."

Endlich kommt auch Sam von hinten und stellt sich direkt zwischen den beiden. Sie blickt ein wenig verdutzt drein, da sie mit so was hier nicht gerechnet hat. Sie greift nach Arlos Hand und guckt steif nach vorne, wo sie dem Gesagten einfach lauscht.

„Da wir hier mit der Außenwelt nichts zu tun haben, genug Vorräte im Lager sind und auch sonst nie jemand hier her kommt, habe ich folgende Ankündigung zu machen. Bitte alle genau zu hören, vor allem die Männlichen unter uns. Wir werden gleich anfangen, Ausgucke zu bauen. Ich hatte so an 4 Stück gedacht. Einen stellen wir direkt an unserer Häuschen unten an der Schranke, von da kann man schön die Straße beobachten. Den zweiten Stellen wir hier an die Häuser, der dient dafür im Park alles zu überblicken. Der nächste kommt hinter mein Haus, direkt auf den großen Gemeinschaftsplatz, von da kann man auch den Parkplatz einsehen und der letzte kommt ans Ende, also da, wo Haus Nr. 13 steht." Er hält kurz inne mit seiner Rede und schaut in die Menge. Alle blicken ihn mit großen Augen an, aber es gibt keine Widerreden. So wie es aussieht, sind alle damit einverstanden, aber wie zu erwarten, er ist noch lange nicht fertig.

„Wir werden die kleinen Türme dann rund um die Uhr mit Wachen bemannen, so sind wir ein wenig in Sicherheit." Jetzt tritt ein kräftiger Mann aus der Menge vor und geht zum Podest. Er richtet sein Wort direkt an den kleinen Mann, der oben auf steht. „Warum sehen sie so was für notwendig an? Sie sagten doch eben selber, dass es nur Quatsch ist, was erzählt wird." Der kleine Mann beugt sich ein wenig nach vorne und fletscht seine Zähne. „Gut das sie Fragen Mr. Stevenson, das dient doch alles nur unserer Sicherheit. Böse Geschichten lassen böse Menschen aufhorchen. Ich möchte, dass wir hier Ruhe haben und uns niemand überrascht. Daher passen wir ein wenig besser auf und können sofort Alarm geben, wenn sich irgendwer nähert."

Der Mann, der wohl Stevenson heißt, ist damit aber noch nicht ganz zufrieden.

„Bekommen wir auch Waffen?" Jetzt fängt Mr. Carter an zu lachen. „Nein natürlich nicht, jeder der für den Ausguck eingeteilt wird, bekommt ein Funkgerät. Damit kann er dann schnell Bescheid geben, wenn er was beobachtet. Normal haben wir die Teile für unsere Waldspiele, diese müssen aber leider erst mal ausfallen. Und ja, wir haben auch Waffen im Park, die sind aber schön bei mir im Haus eingeschlossen und da werden sie auch bleiben."

Jetzt entfernt sich der Mann wieder vom Podest und geht zurück in die Menge.

„Wir haben nichts zu befürchten", fährt Mr. Carter fort. „Es gibt hier eine Menge Proviant und wir werden damit sehr lange auskommen, auch wenn der LKW das nächste mal nicht mit neuen Lebensmitteln her kommt. Weiterhin bitte ich euch noch mal, alle eure Handys in Ruhe zu lassen. Bei uns hier im Wald gibt es kein Netz. Wir haben bei mir im Haus ein Telefon für Notfälle, dieses geht aber zurzeit nicht. Auch der Strom ist noch abkömmlich, das ist aber nicht weiter schlimm. Unsere beiden Generatoren werden das Essen im Lager kühlen, Warmwasser wird es auch weiterhin geben und die Waschmaschinen funktionieren auch noch. Wir müssen also unsere Wäsche nicht in einem Bach waschen." Jetzt fängt er laut an zu lachen und auch sein Sohn stimmt mit ein. Das hat alles etwas Beängstigens und wäre die Lage da draußen nicht so ernst, würden sicher die ersten Gäste das Camp wieder verlassen. Aber jeder hat ja irgendwas gehört und keiner verschwendet auch nur den geringsten Gedanken daran, hier zu verschwinden. Denn mit eins hat der Chef ganz sicher Recht, im Camp ist es derzeit besser als überall woanders. Jetzt dreht er sich auf seinem Podest einmal in die andere Richtung. Vincent nimmt so was Ähnliches wie eine Trompete in den Mund und bläst kräftig hinein. Im gleichen Augenblick zieht Mr. Carter die amerikanische Flagge den Mast nach oben. Einige Menschen aus der Menge fangen an zu klatschen. Er dreht sich wieder um und hebt seine Hände und sofort ist es still.

„In einer Stunde treffen wir uns hinter meinem Haus auf dem Gemeinschaftsplatz und teilen die Gruppen ein. Wir haben viel zu tun, also seit diesmal bitte alle pünktlich. Ihr wolltet einen

Abenteuerurlaub und den werdet ihr auch bekommen, also sage ich mal bis gleich."

Er springt vom Podest, redet kurz mit seinem Sohn und geht auf die Blockhütte mit der Nr.1 zu. Vor dem Reingehen schaut er noch einmal zurück und winkt zu der Menge, was wohl bedeutet das sie alle verschwinden dürfen oder besser sollen. Vincent schnappt sich das Holzteil, auf dem sein Vater gerade stand und läuft damit hinter das Haus. Daneben steht ganz im Stillen das Lagerhaus, dort wo sich alle Fressalien befinden und im Keller auch die Waschmaschinen stehen. Alle gehen langsam murmelnd zurück zu ihren Hütten...

Kapitel 13

Auch die drei gehen wieder zurück zu ihrer Behausung. Unterwegs treffen sie noch auf Mr. Stevenson und seine Familie. Die Frau von ihm ist ziemlich groß und hat kurze blonde Haare. Die beiden haben zusammen 2 Kinder, es sind wohl Zwillinge. Denn die beiden Jungs sehen fast genau gleich aus und tragen auch die gleichen Sachen. Das Alter könnte man auf 8 bis 10 schätzen, da die Eltern aber beide sehr groß sind, könnten sie auch jünger sein. Der stämmige Mann nickt den drei noch mal kurz zu und dann gehen die vier in Blockhütte Nr. 12.

„Es sieht irgendwie so aus als ob das alles richtig neue Nachbarn werden. Wir wissen ja nicht, wie lange wir hierbleiben werden", sagt Sam beim laufen in Richtung Nr. 13.

„Ich glaube auch nicht, das wir so schnell nach Atlanta zurückfahren werden. Wir müssen erst mal abwarten was passiert", gibt Arlo dabei. Im Haus angekommen geht es auf die Couch, dort wird erst mal geschwiegen und dann springt Sam wieder auf und will in die Küche. Emma ist irgendwie nachdenklich geworden.

„Soll das hier eigentlich alles ein Witz sein? Wir sind gestern ein paarmal ums Leben gelaufen. Ich habe jemanden erschossen, durch uns ist auch jemand gestorben und jetzt machen wir hier einen auf Urlaub?" Sam hört sich das Ganze in Ruhe an und setzt ihren Weg einfach fort. Dort angekommen fängt sie an aufzuräumen, sie will keinen Ärger mit dem Besitzer und hält die Ordnung daher für angebracht. Arlo bleibt aber sitzen und kümmert sich um das Gesagte von Emma.

„Wir sind die Einzigen die wissen, was wirklich draußen los ist. Alle anderen sind ja schon viel früher angekommen." „Dann sollten wir unser Wissen mal teilen." „Ja, wir reden gleich mit Mr. Carter. Aber irgendwie habe ich ein wenig das Gefühl das er das nicht glauben wird oder nichts davon hören will." Sam kommt wieder aus der Küche und holt noch die dreckigen Tassen vom Tisch.

„Ich habe gleich absolut keine Lust zu diesen Treffen zu gehen", sagt sie noch beim zurücklaufen in die Küche. „Ich auch nicht", stimmt Emma mit ein. „Das ist alles eine Farce, die können doch nicht einfach so weiter machen, wir wissen nicht mal, wie lange wir noch Leben."

Arlo schaut erst Emma an und sieht dann zu Sam in die Küche. Er atmet einmal tief durch.

„So normal ist das doch gar nicht. Wir bauen gleich so was wie Hochsitze und stellen Wachen ab. Ein wenig machen die sie sich ja schon Gedanken. Nur sie verstehen halt nicht, wie ernst es wirklich ist, sie haben halt nicht gesehen, was draußen abgeht."

Es klopft an der Tür und Arlo steht auf und öffnet. Davor befinden sich 2 Frauen, die sie eben auch bei der Versammlung gesehen haben.

„Hallo" sagt die kleinere Stabile. Sie hat schwarze mittellange Haare, die zu einem Zopf zusammen gebunden sind. „Wir sind aus Haus 7." „Hallo zurück", antwortet Arlo genau so nett. „Was können wir für euch tun?" „Nun ja" sagt jetzt die andere etwas Größere. Sie hat blonde schulterlange Haare und die Spitzen sind schwarz gefärbt.

„Wir sind gestern morgen hier schon angekommen", spricht sie weiter. „Und wir fragen uns gerade, was da draußen wirklich los ist."

Sam kommt auch an die Tür und begrüßt die beiden ganz freundlich. „Kommt doch rein, es ist ein wenig blöd, so zwischen Tür und Angel zu reden."

Arlo tritt beiseite und lässt die beiden ins Wohnzimmer, wo Emma immer noch auf der Couch sitzt und ihnen zu nickt. „Also" fängt Arlo an „Ich bin Arlo und das ist meine Frau Sam. Wir kommen aus Atlanta und das auf der Couch ist Emma, die haben wir unterwegs aufgelesen, als sie eine Panne mit ihrem Auto hatte." Die Kleinere sagt, dass sie Jessica heißt und die Größere ist Sarah. Sie kommen aus Jacksonville, direkt von der Ostküste. Sie hatten nicht so einen weiten Weg und sind deshalb schon viel früher angekommen. Die meisten anderen, die hier wohnen, sind auch zur selben Zeit oder ein wenig später aufgeschlagen. Also so richtig weiß keiner was da draußen vor sich geht. Das mit dem Virus haben zwar alle mitbekommen, auch das die Menschen irgendwie wahnsinnig werden wenn sie damit infiziert sind, aber das war es schon. Damit ist die Berichterstattung der beiden Gäste am Ende und sie schauen hoffnungsvoll in die Gesichter der drei.

„Was sollen wir euch schon sagen", beginnt Arlo das Gespräch. „Da draußen ist die Hölle los. Überall ist das Militär und riegelt alles ab. Die bekommen das sicher demnächst wieder hin. Die bauen Quarantänestationen auf und dämmen damit den Virus ein." Die beiden Damen schauen Arlo komisch an. „Das wars ?" Fragt Sarah skeptisch. „Ja, was sollen wir weiter erzählen, wir haben wegen dieser ganzen Sachen ein wenig länger gebraucht. Sind aber nun froh, auch angekommen zu sein." Jessica schaut zu Sarah, die immer noch Arlo mustert.

„Komm Sarah, lass uns gehen. Wir haben erfahren, was wir wollten."

Sarah bedankt sich noch freundlich bei Arlo, nickt den anderen kurz zu und verschwindet mit ihrer Freundin.

„Warum hast du gelogen?", fragt Sam jetzt. „Ich habe nicht gelogen", verteidigt sich Arlo. „Ich habe nur ein wenig weggelassen.

Sollen wir hier eine Panik auslösen und jedem Erzählen, das draußen der Tod herum läuft?"

Auch Emma erhebt sich von der Couch und kommt zu den beiden.

„Arlo hat Recht, die Wahrheit werden sie alle noch früh genug erfahren. Nicht das Mr. Carter uns hier noch rausschmeißt, wenn er erfährt das wir die anderen Gäste vergraulen." Sams blick geht zu Emma und das sieht nicht wirklich freundlich aus. „War ja klar, dass du auf seiner Seite bist."

Sie geht an den beiden vorbei, verschwindet im Schlafzimmer und schlägt die Tür hinter sich zu. Arlo setzt sich wieder auf die Couch und schaut dabei immer noch auf die zugeschlagene Tür. Irgendwie entgleitet ihm gerade alles, aus einem schön geplanten Urlaub ist die Hölle auf Erden geworden. Nicht nur das sie vielleicht nie wieder in ein normales Leben zurückkehren können, auch mit Sam versaut er es sich immer mehr. Emma kommt zu ihm auf die Couch.

„Wir müssen jetzt einen klaren Kopf behalten", sagt sie. „Wir sind derzeit die Einzigen, die wissen was wirklich los ist. Und wer weiß wie sich die Lage draußen noch verschlimmert hat? Wir sollten gleich mit dem Zwerg reden und ihm klar machen, dass seine Waffen vielleicht bald den Weg aus seinem Haus finden sollten."

Arlo lehnt sich nach hinten und hält sich mit seinen Händen die Augen zu. „Ich bin froh, das wenigstens wir bewaffnet sind." Emma grinst Arlo an und packt auf sein Bein. „Wir sollten hier das sagen haben, dann würden wir mehr machen, als nur so ein paar blöde Hochsitze bauen."

Sie nimmt ihre Hand wieder weg, steht auf und verschwindet im Bad. Arlo schaut ihr hinterher und ist völlig durcheinander. Wieder klopft es und er geht zur Tür. Ziemlich gestresst öffnet er diese und das kleine Mädchen aus Nummer 10 steht davor. Sie hat eine einzelne Blume in der Hand und reicht sie Arlo hin. Er bückt sich nach unten und nimmt sie dankend entgegen.

„Das ist voll lieb von dir, mein Name ist Arlo." Die Kleine sagt aber wieder kein Wort, dreht sich um und läuft davon. Arlo steht auf und schließt die Tür. Als er sich umdreht, sieht er Sam hinter sich. Sie hat die ganze Sache im Stillen beobachtet und fällt ihm in die Arme. Leise fängt sie an zu weinen und Arlo umschlingt sie mit seinen Armen und drückt sie leicht. Jetzt küsst er sie auf die Stirn und lächelt zu ihr runter. „Wir werden das schon alles schaffen Sam. So was kriegt uns doch nicht klein." Sam lächelt zurück, schaut auf die Blume und nimmt sie ihn ab.

„Die gehört wohl ins Wasser. Du kannst ja schlecht deine neue Freundin verjagen, weil du dich nicht um ihr Geschenk gekümmert hast."

Mit der Blume in der Hand geht sie in die Küche und kommt mit einem Glas Wasser wieder raus. Das stellt sie auf den Tisch und steckt das Grünzeug rein. Sie geht zur Badtür und klopft einmal ein wenig fester dagegen.

„Wir sollten uns auf den Weg machen, nicht das wir wieder zu spät kommen." Arlo versteht zwar den Sinneswandel von Sam nicht wirklich, aber so ist es besser als vorher. Emma kommt aus dem Bad und geht mit den beiden nach draußen. Dort herrscht schon ein großes Treiben, alle machen sich gerade auf dem Weg zum Treffen. Die drei gehen auch zurück zu Haus Nr. 1, wo rechts daneben ein kleiner Trampelpfad nach hinten führt. Dort befindet sich ein etwas größerer Platz mit einer Feuerstelle in der Mitte. Darüber ist ein Gestell aufgebaut, an dem man einen Topf hängen kann. Drum herum stehen überall Bänke und Tische, als ob hier immer zusammen gegessen wird. Etwas weiter hinten erblicken sie Mr. Carter, der ziemlich aufgeregt mit seinem Sohn spricht. Ihr Weg führt sie direkt zu ihm, schließlich gibt es noch einiges zu klären. Als die beiden die Ankömmlinge erhaschen, endet deren Gespräch und Vincent verschwindet im Wald. Mr. Carter kommt ihnen entgegen und breitet ein wenig seine Arme aus.

„Was kann ich für sie tun? Schön das sie es diesmal pünktlich geschafft haben, aber ist irgendwas nicht zu ihrer Zufriedenheit?" Diese übertriebene Nettigkeit ist schon ziemlich nervig. Arlo ist der Erste, der das Wort ergreift. „Mr. Carter, es gibt da ein paar Sachen, die wir unbedingt besprechen müssen."

Der Blick von dem Kleinen Mann wird ein wenig finster. Er will wohl nichts von dem wissen, was die drei auf der Hinfahrt erlebt haben. Aber Arlo ist davon unbeeindruckt und redet munter weiter.

„Auf dem Weg hier her haben wir sehr verstörende Sachen gesehen und leider auch selber erlebt. Die Stadt Macon wurde komplett zerstört. Die Armee riegelt ganze Gebiete einfach ab und Soldaten erschießen unschuldige Menschen. Wir haben auch den Virus mitbekommen, die Menschen verändern sich total, man könnte echt meinen, dass sie gestorben sind, aber sie laufen weiter herum und beißen alles, was sie kriegen."

Der kleine Kerl kratzt sich einmal über seine Glatze und schaut alle drei nacheinander mit verstohlenen Blick an. Er dreht sich um und es sieht so aus, als ob er gehen möchte, aber kurz danach kommt er sich wieder zurück und blickt noch böser drein als zuvor.

„Glauben sie denn im Ernst, ich wüsste das alles nicht? Es ist nicht gut, wenn sie hier rumlaufen und den Leuten solche Geschichten auftischen. Ich will hier keine Panik und auch keine anderen dummen Sachen. Was glaubten sie denn warum ich die Ausgucke bauen lasse? Das dient alles dem Schutz dieser Gemeinde." Mittlerweile ist er rot angelaufen, der Zorn kommt direkt aus seinen Augen, aber Emma lässt das alles kalt. Sie drängt Arlo ein wenig beiseite und versucht es jetzt selber.

„Das ist ja schön, das sie das alles wissen. Aber die Realität sieht viel schlimmer aus. So ein paar Hochsitze werden uns sicher nicht schützen. Sie müssen die Waffen verteilen und so was wie eine Miliz aufbauen." Das war dann wohl doch eine Nummer zu hoch. Jetzt ist das Fass übergelaufen und Mr. Carter flüstert nur noch.

„Jetzt hören sie mir mal zu meine Dame, sie sind hier nur geduldet, ich glaube nicht, dass sie möchten, dass ich sie rausschmeiße. Das hier ist mein Camp, das ist meine Gemeinde. Das war es schon früher und ist es jetzt noch umso mehr. Ich bin hier der was zu sagen hat. Und wenn es irgendjemanden nicht passt, dann kann er gerne den Wald hier verlassen und draußen in der Welt verrecken. Das juckt mich dann kein wenig. Und jetzt gehen sie zurück zu den anderen und wartet auf die Einteilung. Mein Sohn kann sie aber auch gerne raus begleiten, wenn ihnen das lieber ist." Er dreht sich weg und läuft in Richtung der anderen. Die Drei lässt er einfach kommentarlos stehen. Sam schaut die beiden an, die immer noch dem selbsternannten Chef hinter her gucken.

„Wir sollten uns besser daran Halten was er sagt. Ich will hier nicht weg." Arlo nimmt sie in den Arm und tröstet sie. „Du hast ja recht", flüstert er ihr ins Ohr. Emma sieht die Sache aber nicht so wie die beiden. Sie ist ziemlich erbost über das Gesagte. „Das wollt ihr euch doch nicht gefallen lassen?" Fragt sie böse. Arlo und Sam schauen sie an und sagen darauf nichts.

„Er kann doch hier nicht alles Bestimmen und den Chef raus hängen lassen. Wenn die Kranken den Weg hier her finden, ist er der Erste der flüchtet." „Emma", sagt Arlo. „Warten wir es erst mal ab und ordnen uns unter. Derzeit ist es wohl besser, wenn wir kooperieren." Darauf hat Emma nichts mehr zu sagen. Sie dreht sich um und geht zurück zu dem Platz und Sam schaut Arlo fragend an. „Meinst du sie wird es akzeptieren?" „Ich weiß es nicht, vielleicht, aber wenn dann nicht lange. Wir sollten ein Auge auf sie werfen und zur Not ein wenig bremsen." Jetzt gehen auch die beiden zurück und Mr. Carter stellt sich auf sein Podest, welches Vincent wohl direkt hier wieder aufgebaut hat. Alle Bewohner der kleinen Siedlung versammeln sich im Halbkreis und warten gespannt auf das, was jetzt kommen wird.

„Schön das sie alle gekommen seit, daran sehe ich, wie wichtig ihnen die Situation ist. Ich hatte eben ein ungemütliches Gespräch mit einigen aus unserer Gemeinde. Sie machen sich Sorgen darüber wie ich das hier handhabe. Aber seit euch Gewiss, ich werde alles Menschenmögliche machen, um uns alle zu beschützen. Daher ein Rat von mir, glaubt nicht alles was sie hören, sondern kommt direkt zu mir und wir klären das dann zusammen." Arlo und Sam stehen immer noch eng beisammen und halten sich an den Händen. Nach dem gesagten packt sie ein wenig fester, denn sie weiß genau, das es sich um eine Drohung handelt und sie damit gemeint waren. Sie müssen echt vorsichtig sein. Sie sucht in der Menge nach Emma, kann sie aber nicht erhaschen. Entweder ist sie abgehauen oder hat sich beleidigt hinter anderen versteckt.

„Also werden wir jetzt die Gruppen für die Arbeiten einteilen.", fährt Mr. Carter fort.

„Ich brauche einige kräftige Männer, um die Untergründe für die Hochsitze vorzubereiten. Es wäre ja ziemlich fatal, wenn die Dinger einfach umfallen würden. Dann brauche ich noch ein paar handwerklich begabte, die die Teile zusammenbauen, da sind auch die Frauen gefragt. Weiterhin benötige ich noch jemanden der sich heute um das Essen kümmert, es gibt eine frische leckere Kartoffelsuppe. Alle Vorbereitungen werden im Lager getroffen, dort haben wir eine komplett ausgestattete Küche, gekocht wird aber hier draußen auf dem Feuer. Zum Schluss brauche ich noch ein, zwei Waschfrauen, die müssten die Häuser ablaufen und die dreckige Wäsche einsammeln, ist also keine große Sache. Ich hoffe, dass jeder diese in die dafür vorgesehenen Behälter gelegt und dann vor die Tür gestellt hat. Die Arbeiten werden jeden Tag von mir neu eingeteilt, vor allem weil wir ja nur einmal diese Holzdinger bauen werden."

Nach seinen Worten fängt er mal wieder an zu lachen. Er ist irgendwie von seiner Art total überzeugt, leider kann er damit aber auch die Masse begeistern und mitreißen, denn von den Gästen kichern einige mit. Vincent ist wieder zurückgekommen und spricht leise mit seinem Vater. Derzeit ist es ziemlich laut hier auf dem Platz, alle reden durcheinander und so wie es aussieht, ist die Rede vorbei. Aber was ist mit der Einteilung, die fehlt ja leider immer noch. Mr. Carter kommt auf Arlo zu und nimmt ihn ein wenig beiseite. „Ich möchte das sie die Gruppe der Aushebung anführen. Sie sehen kompetent aus und werden das sicher meistern", sagt er zu ihm. „Bekommen sie das hin?"

Arlo schaut ihn an und hat nicht wirklich mit so was gerechnet. Aber seine Antwort kommt schnell und sehr sicher. „Natürlich, das kann ich machen. Das bekomme ich mit ein paar Leuten sicher hin." „Schön schön, dann gehen sie schon mal darüber und stellen sich auf. Ihre Helfer werden gleich zu ihnen kommen. Vincent hat schon neben der Hütte unten die Werkzeuge hingestellt. Wäre ja ein Witz, wenn ihr das mit den Händen machen müsstet."

Er verschwindet in der Menge und Sam kommt zu Arlo. „Meinst du, das du das hinbekommst?", fragt sie sehr leise. „Na sicher, so was ist nicht schwer, ich verstehe nur nicht warum ich das leiten soll?" „Es kann wohl gut sein, das du ihm eben ein wenig imponiert hast, das wäre jedenfalls gut für uns, versaue es bloß nicht."

Sam verschwindet wieder und mischt sich unter die anderen. Sie muss ja auch eingeteilt werden und möchte nicht bis zum Schluss warten. Außerdem sucht sie immer noch nach Emma, die seit der Rede verschwunden ist.

Langsam kommen zwei andere Männer zu Arlo und nicken ihm zu. Auch Mr. Stevenson ist dabei und stellt sich direkt neben ihn. „Dann wollen wir mal loslegen", sagt er mehr zu Arlo als zu dem anderen. Zusammen verlassen sie den Platz und gehen zu ihrer Baustelle.

Der Zwerg läuft durch die Menschen und zeigt mal da hin und mal dort hin. Er sucht sich die nächsten Opfer für seine geplanten Arbeiten. Auch bei Emma bleibt er stehen und sagt zu ihr „Hochsitz" und geht einfach weiter. Die ist wohl gerade wieder rechtzeitig aufgetaucht, Sam nickt ihr einmal zu und sie schaut sehr komisch zurück, als ob sie was hat.

Emma sieht das alle Ausgewählten ihrer Gruppe zum Waldrand gehen, schnell macht sie sich auf den Weg und gesellt sich zu ihnen. Auch Sarah aus Nr. 7 steht dabei, die sie schon freundlich begrüßt. „Hast du irgendeine Ahnung was wir machen sollen?", fragt sie Emma. „Nein keinen Plan, denke mal ein paar Hölzer zusammen nageln, ach das wird schon nicht so schwer werden."

Sam befindet sich immer noch bei den restlichen Leuten, es sind nur einige Frauen und die Kinder übrig. Mr. Carter steht mitten zwischen ihnen und spielt den Hahn und es sieht so aus, als ob es ihm gefällt.

„Die älteren Kinder können sich frei im Camp bewegen und sich die Arbeiten der anderen anschauen. Vielleicht kann der ein oder andere auch ein wenig mit anpacken", setzt er an. Und schon verschwinden die ersten Kinder vom Platz.

„Ich bräuchte jemanden, der auf die restlichen kleinen Kinder aufpasst", kommt wieder von ihm und Sam drängelt sich durch die Frauen. Sie steht direkt vor dem Mann mit der Glatze.

„Das kann ich machen", sagt sie zu ihm. Mr. Carter schaut sie mit einem kleinen Lächeln an.

„Sie haben doch gar keine eigenen Kinder, sind sie sich denn sicher, das sie das hinbekommen?" Sam macht sich ein wenig größer vor dem Zwerg und stemmt ihre Arme in die Hüften.

„Mr. Carter" fängt sie an. „Ich bin gelernte Kindergärtnerin und arbeite in Atlanta in einer Kindertagesstädte. Zeigen sie mir hier irgendjemanden, der wohl noch mehr Erfahrung mitbringen kann?"

Ziemlich baff von der Ansage nickt der Kerl nur kurz. Für ihn ist die Sache damit beendet und Sam hat ihren Job. Vincent kauert die ganze Zeit in der Nähe herum und hat das alles sehr interessiert beobachtet. Ihm hat die Ansage der kleinen Frau jedenfalls gut gefallen. Er kann seinen Blick gar nicht mehr von ihr lassen und ist total versunken in seinen Gedanken.

„Irgendwelche Probleme?" Eine Stimme von hinten schreckt ihn auf, er dreht sich um und sieht Emma vor sich stehen. Ein verschmitztes lächeln soll signalisieren, dass alles in Ordnung ist.

„Haben wir nicht irgendwas zu erledigen?", fährt Emma fort. „Wenn ich mich recht entsinne, sollen sie uns wohl zeigen, wo sich das Holz befindet und was wir damit machen sollen." „Ja klar, Holz zum Bauen" ist seine knappe Antwort und er setzt sich in Bewegung. Emma läuft langsam hinterher und winkt den anderen zu, dass sie auch folgen sollen. Jetzt machen sich alle auf und folgen Vincent und Emma in den Wald.

Sam sammelt die kleineren Kinder ein und das ist gar nicht mal so einfach. Die wollen wohl nicht alle einfach mit einer fremden Frau mitgehen. Sie bekommt aber tatkräftige Unterstützung von dem kleinen Mädchen aus Nr. 10. Die spricht zwar nicht, geht trotzdem zu den anderen und zieht sie zu Sam. Sie schaut die Kleine dankbar an, beugt sich einmal runter und reicht ihr die Hand. Mit einem leichten zögern nimmt die an. „Sam", sagt sie zu ihr, als die Hände sich berühren. Das Mädchen fängt an zu lächeln und zeigt dabei ihre kleinen weißen Zähne. „Laura" sagt sie ganz leise zurück. „Und mein Bruder heißt Simon, der ist aber mit den anderen Großen verschwunden."

Sam stellt sich wieder hin und geht mit den ganzen Kleinen in Richtung der Tische. Sie muss sich nun überlegen, was sie mit ihnen machen soll, aber sie kennt ja genug Spiele und das wird schon alles klappen.

Die restlichen Frauen sind auch schnell eingeteilt. Drei gehen mit Mr. Carter ins Lager, die anderen begeben sich auf den Weg, um sich der Wäsche anzunehmen. Der Platz ist wieder leer, nur Sam und die Kinder sind noch da, die gerade so was wie ein fang und hüpf Spiel spielen...

Kapitel 14

Der Tag vergeht ziemlich schnell. Mittlerweile ist es schon nachmittags und die Sonne versinkt hinter den Baumkuppen. Das Essen war recht lecker, auch wenn es nur eine Kartoffelsuppe war, die wurde aber sehr schmackhaft zubereitet und alle haben eine Menge gegessen. Sie haben zusammen auf dem großen Platz gefuttert, das war auch die einzige Möglichkeit, dass die drei sich kurz unterhalten konnten. Aber für private Sachen reichte es leider nicht, denn es saßen alle viel zu eng beisammen. Das muss also bis später warten. Arlo und seine Gruppe sind schon sehr gut vorangekommen, drei Plätze sind vorbereitet, es ist aber auch nicht wirklich schwere Arbeit. Die haben einfach den Untergrund ein wenig befestigt und kleine tiefe Löcher gegraben, wo die Füße der Hochsitze rein kommen. Nur noch auf dem großen Platz müssen sie ran und sind dann fertig. Emma und ihre Leute haben auch schon zwei Hochsitze zusammen gebaut. Das Holz war schon fertig, das hat Vincent wohl vorbereitet. Im Endeffekt haben sie aber nur eine Plattform gezimmert und 4 lange Füße dran montiert. Oben wurde dann noch provisorisch eine Umrandung gebaut, damit keiner runter fällt und Emma war dafür verantwortlich, an die fertigen Teile eine kleine Leiter dran zu hämmern. Nicht wirklich kompliziert das ganze, aber bei der Arbeit hat sie sich auch ein wenig mit Sarah angefreundet und dabei erfahren, dass sie mit Jessica eine längere Beziehung führt und sehr glücklich ist. Emma weicht immer geschickt allen Fragen aus, die irgendwie mit ihrer Anreise zusammen hängen. Denn auch sie weiß, das ihr hierbleiben am seidenen Faden baumelt und Vincent hat seine Ohren überall. Das ist alles viel zu riskant und sie will sicher nicht erwischt werden. Der dritte Hochsitz ist auch gleich fertig, dann ist Emma wieder dran.

Sam hatte eher einen ruhigen Tag. Mit Kindern kommt sie Superklar und sie hatten jede Menge Spaß. Alleine die kleine Laura hängt mittlerweile sehr eng an ihr. Sie ist wirklich eine große Hilfe, was die anderen Kinder angeht und sogar von den älteren haben sich einfach welche dazu geschlichen. Die Wäschefrauen sind schon lange mit allem fertig. Im Keller des Lagers stehen 3 große Waschmaschinen, die dank der Generatoren auch super funktionieren. Außerdem sind die Gäste noch gar nicht lange da, daher war Wäsche eher Mangelware. Sie helfen jetzt den Kochfrauen beim Abwasch. Die Küche vorne im Lager, die direkt hinter der Tür anfängt, ist wirklich sehr groß und da kann man sicher auch noch mehr machen als nur eine Kartoffelsuppe. In die hinteren Räume, da wo alle Vorräte aufbewahrt werden durfte bisher aber niemand. Die verstärke Tür, die direkt aus der Küche dort rein führt, war die ganze Zeit geschlossen.

Das Lagerhaus selber fällt komplett aus der Reihe, es ist aus Stein und hat auch kein Dach. Es sieht einfach wie ein viereckiger Kasten aus. Hier geht es wohl eher um Funktionalität.

Mr. Carter, der mit Vornamen Lennart heißt, ist immer überall unterwegs. Selber hat er nirgends Hand angelegt, er ist eher der

Überwacher und gibt Tipps, wie man alles besser machen kann. Er ist sehr zufrieden mit seinen Leuten und läuft durchgehend nur mit einen lächeln durch die Gegend. Hin und wieder unterhält er sich leise mit seinem Sohn, was genau die beiden immer so Wichtiges zu besprechen haben, weiß aber keiner, Emma beobachtet die beiden so gut sie kann. Sie ist sehr misstrauisch geworden, schließlich hat sie heute im Geheimen schon Sachen gesehen, die sicher nicht für ihre Augen bestimmt waren. Aber das muss sie erst mal für sich behalten, denn es ist noch nicht die Zeit, die anderen einzuweihen.

Die Sonne ist verschwunden. Die letzten Sonnenstrahlen berühren nur noch die Baumspitzen. Lennart ist in seine Hütte gelaufen und hat die Laternen, die überall im Camp stehen, mit Strom versorgt. Die sind nicht gerade hell, aber man kann genug sehen und irgendwie hat das alles etwas Gemütliches. Arlo ist mit seinen Leuten schon lange fertig, sie haben noch bei den Hochsitzen geholfen, die ja auch noch hingestellt werden müssen. Aber auch das hat fast sein Ende gefunden. Die Füße passen super in die Löcher und alles wird noch befestigt, damit die Teile nicht sofort wieder umfallen. Das Ganze gleicht jetzt irgendwie einem Militärlager, die Wachtürme sind nicht gerade groß, überragen aber dennoch die Blockhütten. Emma hat ihren Dienst auch schon lange verrichtet und sitzt zusammen mit Sarah und Jessica auf dem Gemeinschaftsplatz und rauchen eine nach der anderen. Fast alle haben gute Laune, es wird viel gelacht, doch sie sieht das alles mit gemischten Gefühlen. Auch die beiden Frauen hat sie schon auf ihrer Seite, obwohl sie noch nichts von dem erlebten außerhalb der sogenannten Sicherheitszone erzählt hat. Sams Kindergruppe hat sich schon lange aufgelöst, die Kleinen sind wieder bei Ihren Müttern und so kann sie mit Arlo zusammen die Hochsitze aufstellen. Auch die beiden lachen viel, die Leute sind alle supernett und es kommt ein Gemeinschaftsgefühl auf.

Der letzte Hochsitz steht und Vincent hat jetzt die Aufgabe, die alle zu testen. Also schwingt er sich mit seinen großen Körper von Turm zu Turm, tanzt ein wenig oben herum und zeigt somit allen, dass die Dinger sehr stabil sind. Bei jeder Kontrolle stehen die Menschen unten und klatschen wenn er wieder hinabsteigt. Das große Bauprojekt ist beendet und Lennart ruft alle noch mal zusammen. Diesmal steht er nicht auf seinem Podest, dafür rücken aber alle näher.

„Ich bin so was von begeistert", fängt er an zu schreien. „Aber ich habe auch keine Sekunde an ihnen gezweifelt. Sie haben alle eine tolle Arbeit geleistet. Ich bin total stolz."

Jetzt grinst er erst mal von einem Ohr zum nächsten. Er schaut durch die Menge und sieht eine Reihe zufriedener Gesichter. So wie er da gerade steht, fehlt nur noch eine Krone.

„Ab morgen teilen wir dann die Wachen ein und ich wünsche ihnen noch einen schönen Abend. Mein Sohn wird ihnen gleich allen noch das Abendbrot und eine Kanne Tee bringen und gegen 10 Uhr schalte ich dann die Beleuchtung ab. Ein wenig Diesel müssen wir ja auch sparen."

Jetzt lacht er noch mal so richtig laut und verschwindet vom Platz. Sein Sohn bleibt aber und wartet darauf, dass alle in ihre Hütten gehen. Emma, endlich wieder mit Arlo und Sam zusammen, schaut noch mal über ihre Schulter und sieht, das Vincent in den Wald trabt. Auch Sarah und Jessica sind bei ihnen und blicken zurück. An Haus Nr. 7 trennen sich dann die Wege und die drei sind wieder ganz alleine unterwegs. Als sie an ihrer Hütte ankommen, sehen sie das die Eingangstür geöffnet ist und alle drei bleiben abrupt stehen.

„Hattest du die Tür nicht zugemacht, als wir gegangen sind Arlo?" Fragt Sam ziemlich leise. „Nein, das war ich", antwortet Emma. „Vielleicht waren es die Wäschefrauen", kommt wieder von Sam. „Ihr bleibt hier draußen", spricht Arlo. „Ich gehe alleine rein und schau mich um." „Sollen wir Mr. Carter holen?", das war wieder Sam und Emma fast sie an ihrem Arm und macht eine verneinende Kopfbewegung.

Arlo geht durch den Eingang, es gibt immer noch kein Licht, daher läuft er vorsichtig zur Kommode und macht dort eine Kerze an. Die erhellt ein wenig das Zimmer und er kann nichts Auffälliges erkennen. Er geht jetzt zusammen mit der Kerze die Räume ab und es sieht alles so aus wie immer. Auch im Schlafzimmer ist nichts passiert. Er geht wieder raus und winkt den beiden zu, sie können reinkommen.

„Warum kann man die Hütten auch nicht abschließen?", fragt Emma im Wohnzimmer und entzündet mit Sam noch mehr Kerzen. „Weil das hier alles ein Geben und Nehmen sein soll. Eine Gemeinschaft mit gegenseitigem Vertrauen", antwortet Arlo. „Das nennst du also Vertrauen?", fragt Emma ein wenig patzig. „Ich kann euch ja gleich mal ein wenig erzählen, denn hier im Camp stimmt vorne und hinten nichts." Sam und Arlo sitzen auf der Couch und schauen fragend zu Emma. Die steht vor dem Tisch, hat ihre Arme in der Seite und blickt auf die beiden herunter.

Als sie gerade anfangen will, den beiden was Wichtiges zu erzählen, rennt sie einfach ins Schlafzimmer. Die anderen schauen sich an und verstehen absolut nichts mehr. Langsam kommt Emma wieder zurück. „Sie ist weg", sagt sie mit niedergeschlagener Stimme. „Was meinst du?" Fragt Arlo. Emma schaut ihn an und dann noch mal Richtung Schlafzimmer. „Unsere Waffe ist nicht mehr im Schrank." „Scheiße" kommt von Sam. „Das kannst du wohl laut sagen", fügt Emma hinzu.

Arlo sagt aber gar nichts, er steht auf, geht zu der kleinen Kommode, bückt sich und holt hinter dem Schränkchen die Waffe hervor und zeigt sie den Frauen. „Alles gut", fängt er an. „Als wir heute hier den Boden fertiggemacht haben, bin ich eben rein aufs Klo. Das mit den Wäschefrauen hatte mich heute Morgen stutzig gemacht. Ich dachte mir einfach, dass ich die Waffe besser woanders verstecke. Nicht das die Frauen die Wäsche am besten noch Zurückbringen und in den Schrank räumen." Arlo lächelt ein wenig und versteckt die Waffe wieder an dem neuen Platz.

„Aber wir hatten doch heute gar keine Wäsche", sagt Sam ein wenig erleichtert. „Ich weiß, aber ich war halt schneller, bevor ich das morgen wieder vergessen habe." Arlo setzt sich wieder zu Sam, die sofort ihren Arm um ihn legt. Sie schauen beide zu Emma, die immer noch mit offenen Mund vor dem Tisch steht.

„Hat irgendwer von euch jemanden was von der Waffe erzählt?" Fragt sie jetzt. Arlo und auch Sam verneinen die Frage sofort. „Okay, ich auch nicht, dann hätte sich aber vielleicht die offene Tür erklärt." „Sollen wir morgen Mr. Carter die Sache er zählen?" Fragt Sam eher beiläufig. Die anderen beiden finden die Idee nicht gerade gut, der sollte lieber raus gehalten werden. Und da ab morgen eh immer einer neben dem Haus auf dem Hochsitz steht, wird das sicher auch nicht noch mal vorkommen.

„Emma?" Fragt Arlo. „Wolltest du uns nicht noch was erzählen?"

„Ja das wollte ich." Emma geht kurz zu Tür und macht sie auf. Draußen sind immer noch die Parklampen beleuchtet, aber sonst ist niemand zu sehen. Sie schließt die Tür und kommt zurück zu den anderen.

„Also, Sam? Der Sohn von Mr. Carter ist total in dich verschossen." „Was?" Fragen Arlo und Sam gleichzeitig. „Ja, ich habe ihn heute die ganze Zeit beobachtet. Er kann seine Augen nicht von dir lassen." „Ja aber das ist doch nicht schlimm", sagt Sam ein wenig errötend. „Ich finde das eher süß." „Aber Vincent ist nicht normal", fängt Emma wieder an. „Er hat was Bedrohliches an sich und es sieht so aus, als ob er sich das nimmt, was er haben will. Ich will dir ja nur sagen, dass du ein wenig auf dich aufpassen sollst." „Ach Emma, ich finde das nicht so schlimm, außerdem habe ich ja noch Arlo, der auf mich aufpasst." Sam schaut Arlo an und der nickt leicht. Emma ist damit nicht so wirklich zufrieden, belässt es aber dabei. Denn es gibt eigentlich noch was Wichtigeres, was noch nicht ausgesprochen worden ist. Emma wartet noch ein wenig, denn die beiden auf der Couch sind noch ein wenig am Schmusen. Irgendwie kommt bei ihr ein Leichtes Eifersuchts-Gefühl auf, was sie aber sofort wieder wegwischt.

„Seid ihr nun fertig?", fragt sie schon ein wenig genervt. Die beiden hören sofort auf, Arlo grinst Emma an und Sam schaut ein wenig verlegen. „Ich habe da noch was entdeckt." Spricht Emma endlich weiter. „Als ihr da heute Morgen schön dem Zwerg gelauscht habt, bin ich dem Vincent hinterher. Irgendwas da im Wald scheint ja sehr wichtig zu sein. Also habe ich mich hinterher geschlichen."

Sie macht eine kurze Pause, sie will einfach nur sehen, ob sie die Aufmerksamkeit der beiden noch hat. Sam und Arlo sitzen beide wieder auseinander und schauen sie mit großen Augen an. Sie sind wohl wirklich neugierig geworden. „Also so ca. eine Meile weiter bin ich dann fündig geworden. Da steht tatsächlich ein alter Bunker im

Wald, dort ist Vincent reingegangen und ich konnte einen kurzen Blick erhaschen. Direkt nach dem Eingang geht eine steile Treppe nach unten."

Arlo erhebt sich plötzlich von der Couch und läuft eine Runde durch das Wohnzimmer. Er ist am nachdenken und dann bleibt er neben Emma stehen.

„Das wird sicher noch ein alter Bunker aus dem Kalten Krieg sein und der steht eben hier auf dem Gebiet von Mr. Carter. Weiß jetzt aber nicht was daran so schlimm sein soll." Emma schaut ihn direkt an. Schon wieder sehen die beiden alles anders und das nervt sie so langsam. Aber sie gibt nicht auf.

„Eigentlich ist das auch nicht schlimm. Aber der Vincent hat da haufenweise Sachen runter getragen. Konserven und Wasser habe ich gesehen und auch noch andere Kisten, die waren alle gut befüllt, ich konnte aber leider nicht sehen, was es war. Ich denke einfach, wenn es da draußen noch schlimmer wird und der Tod hier ankommt, dann werden die beiden sich da einschließen und uns dem Schicksal überlassen." Sam und auch Arlo schauen ein wenig erschrocken. Das hat die beiden doch zum Nachdenken angeregt. Arlo hält seine Finger an den Mund. Diesmal sieht man ihm richtig an, dass er nachdenkt. „Gut" beginnt er jetzt. „Die haben also einen Bunker und tragen Lebensmittel rein. Das soll aber nicht heißen, das sie uns in Stich lassen. Die Sorgen vielleicht nur vor und das ist ja nicht schlecht, das würden wir doch auch machen."

Sam bleibt auch nicht sitzen und jetzt stehen sie alle drei im Wohnzimmer.

„Ich finde das aber nicht gut. Das sieht wirklich so aus, als ob sie uns einfach in Stich lassen werden, wenn irgendwas schief läuft. Außerdem fehlen uns ja die ganzen Sachen, die da nun gebunkert werden. Wir wissen doch gar nicht, wie viel noch im Lager ist. Oder darf da jemand rein?" „Jetzt habt ihr beiden aber echt einen an der Waffel." Arlo setzt sich wieder auf die Couch und blickt die beiden eindringlich an. „Ihr könnt doch nicht einfach irgendwas behaupten, ohne irgendwelche Beweise zu haben. Vielleicht ist es auch gar nicht so, vielleicht will er uns alle mit da runter nehmen. Lasst uns doch erst mal abwarten, wie sich alles entwickelt und das mit dem Bunker behalten wir erst mal für uns." Die beiden Frauen nicken beide und sind erst mal zufrieden. Obwohl Emma eher nur so mitspielt, für sie ist das sicher noch lange nicht zu Ende. Aber eine weitere Diskussion wird da nichts bringen. Vielleicht hat Arlo ja recht.

Es klopft an der Tür und da Emma fast daneben steht, öffnet sie natürlich und sieht einen Korb und eine Thermoskanne am Boden liegen. Ihr Blick geht schnell den Weg hinunter und entdeckt noch Vincent, der mit einer Handkarre unterwegs ist. Das wird das Abendbrot sein, sie nimmt alles mit rein und stellt es in die Küche. Erst jetzt sieht sie es, die Sachen von heute Morgen sind nicht mehr da. Die Kaffeekanne und auch der Korb sind verschwunden. Sie geht wieder zu den anderen. „Hat einer von euch die Frühstückssachen von heute morgen weggebracht?" Sam hat sich mittlerweile auch wieder neben Arlo gesetzt. „Nein von uns war da keiner dran." Sagt sie. „Dann haben wir das mit der Tür geklärt. Da hat jemand die Sachen abgeholt und die wohl vergessen, war sicher zu schwer beladen." Sam springt von der Couch und geht in die Küche, als ob sie Emma nicht vertraut, kontrolliert sie noch mal alles. Schnell kommt sie wieder zurück und schaut die beiden an.

„Emma hat recht, es sind alle Sachen verschwunden. Aber dürfen die das überhaupt? Ich meine, das hier ist ja nun Privatbesitz, wir haben das ja gemietet." „Das gehört doch alles zum Urlaubsprogramm", sagt Arlo weiterhin total ruhig. „Wenn einer von uns morgen mit dem Abwasch dran ist, dann müssen wir sicher auch die anderen Häuser abklappern", fährt er fort. Für ihn ist die Sache beendet und er geht ohne ein weiteres Wort aufs Klo. Das kann man wenigstens ohne Kerze hin.

Emma schaut zu Sam, die irgendwie immer noch ein wenig geschockt genau neben ihr steht und geht nach draußen. Sie brauch erst mal eine Zigarette.

Wieder schaut sie den Weg nach unten, es ist aber weiterhin keiner zu sehen. Alles ist wie ausgestorben aber die Lampen sind wenigstens noch an, bis zehn Uhr hat er gesagt. Nach den ersten beiden Zügen macht sie sich auf, frische Luft und Bewegung sind immer gut und vielleicht kann sie ja hier oder da noch was raus finden. Langsam geht sie an den Häusern vorbei, in jedem sieht sie durch die Fenster ein wenig Kerzenschein. Da sitzen sie alle schön in ihren Buden zusammen und genießen den Abenteuerurlaub. Keiner von ihnen sieht die Gefahr, die draußen lauert. Aber woher sollen sie das auch wissen? Jetzt kommt sie am Lager vorbei und sieht, das die Tür offen steht. Es gibt eh nur eine, die da rein führt und im Inneren ist sofort die Küche. Vorher geht eine Treppe nach unten zu dem Waschraum. Dort selber ist noch eine Tür zur Kammer mit den Generatoren, deswegen stinkt es auch ein wenig nach Diesel. Emma geht langsam Richtung geöffneten Eingang, aber kurz bevor sie ankommt, schreitet auf einmal Lennart heraus und schaut sie an. Wieder setzt er sein schäbiges Lachen auf. „Verlaufen junge Dame?", fragt er nur und betrachtet sie von oben bis unten. Emma springt einen Schritt zurück. „Ich mache noch einen kleinen Spaziergang und habe gesehen, das die Tür offen steht."

Lennart dreht sich um und schließt alles ab. „Nun ist sie zu, also ist alles wieder so, wie es sein soll", sagt er schnell. „Gehen sie lieber wieder zurück zu ihrer Hütte, es ist nicht ratsam als Frau alleine hier herum zulaufen. Man kann ja nie wissen, was in solchen Zeiten alles passieren kann." Er geht an ihr vorbei und verschwindet in seinen eigenen Haus. Kurz bevor er aber durch die Tür huscht, schaut er noch einmal zu Emma, sein lächeln ist weg und dann ist auch er nicht mehr da.

Emma steht noch ein wenig an Ort und Stelle und schaut auf die geschlossene Tür vom Lager. Im Park ist es weiterhin sehr leise und irgendwie kommt es ihr so vor, als ob sie irgendwas hört. Ein Hubschrauber oder was anderes Lautes. Sie macht sich wieder auf den Rückweg und kurz bevor sie Haus Nr. 13 erreicht, gehen auch die Lampen aus. Sie weiß aber genau, dass es noch keine 10 Uhr ist. Das war zu 100 % eine Warnung und sicher war es auch die Letzte. Schnell verschwindet sie durch die Tür und steht im Wohnzimmer, wo Arlo und Sam sie erschrocken anschauen. „Ist alles in Ordnung?" Fragt er besorgt. „Du siehst so aus, als ob du einen Geist gesehen hast." Emma schaut die beiden kurz an, nickt ihnen zu und verschwindet im Bad.

Sam küsst Arlo auf den Mund und lächelt dabei. „Du weißt doch, sie ist mit Satan im Bunde. Da sieht man hin und wieder böse Sachen." Jetzt fangen beide an zu lachen und warten auf Emma, damit sie wieder aufgemuntert werden kann.

Doch Emma kommt so schnell nicht raus. Sie sitzt im Bad auf dem geschlossenen Klo und hat ihre Ärmel hochgekrempelt. Mit einem kleinen Messer aus der Küche zieht sie kleine blutige Bahnen auf ihrer Haut. Sie verzieht dabei kein bisschen das Gesicht, auch nicht, als die Klinge immer tiefer eindringt und das Blut schon anfängt dem Arm herunter zu laufen.

„Gehst du mal nach ihr schauen? Sie ist jetzt schon echt lange im Bad." „Warum ich?" Fragt Sam ein wenig erschrocken. „Weil du eine Frau bist und ich da sicher nicht rein gehe." „Als ob dich das hindern würde."

Sam erhebt sich langsam und wirft Arlo einen bösen Blick zu. „Was soll denn das nun wieder?", fragt er von unten. „Ich dachte, zwischen uns wäre alles wieder okay." Sam überlegt gerade, ob sie noch antworten soll, als es ziemlich laut an der Tür klopft. Ihr Blick wechselt ganz schnell von böse auf besorgt. Arlo steht auf und schiebt Sam sanft beiseite. Kurz vor der Tür kommt er noch mal zurück und holt sich eine Kerze vom Tisch. Er geht wieder rüber und öffnet vorsichtig um rauszuschauen.

„Es ist Vincent", sagt er eher zu sich selber und reißt die Tür auf.

„Mr. und Mrs. Stenn, mein Dad will sprechen, kommen sie bitte mit." Sein Blick geht an Arlo vorbei und bleibt an Sam hängen. Sie kommt auch ein wenig näher.

„Ist etwas passiert? Kann das nicht bitte bis morgen warten?" „Nein kann es nicht, es muss sofort sein", antwortet der Kerl und lässt den Blick auf Sam gerichtet.

Jetzt öffnet sich auf einmal die Badtür und Licht flutet durch das Wohnzimmer. Emma kommt heraus und geht direkt zu den anderen.

Als Vincent sie sieht, hebt er abwertend seine Arme. „Nur Mr. und Mrs. Stenn, tut mir leid."

Arlo dreht sich kurz zu Emma um und blickt dann auffallend zur Kommode. Diese Geste ist sehr verständlich und sie nickt ihm zu. Dann verlassen die beiden Blockhütte 13, Emma bleibt allein zurück und schließt die Tür hinter ihnen. Der Sohn vom Besitzer ist ziemlich schnell unterwegs und die beiden haben echt Mühe, Schritt zu halten. Mittlerweile ist es draußen so duster, das man nicht mal die Hand vor den Augen sehen kann, aber gut das Vins eine Taschenlampe mitgebracht hat. Mit der beleuchtet er den Weg vor ihnen und alle können sich orientieren. Ein paar Wolken sind aufgezogen, daher scheint der Mond heute nicht so hell und es ist dunkler als die Nacht davor. Arlo versucht ein Gespräch mit dem Militärtypen zu beginnen, aber egal was er auch sagt, es kommt nichts zurück. Sie passieren gerade Hütte Nr. 4 und er gibt es auf.

Er geht wieder neben seiner Frau, die auch ziemlich besorgt dreinschaut. Was erwartet sie am Ende ihrer Reise? Haben sie was falsch gemacht? Alles Fragen, die gleich beantwortet werden. Beide haben ähnliche Gedanken, es könnte auch wegen Emma sein, die ja schon ein ziemlicher Rebell ist. Oder wegen dem Bunker, vielleicht wollen sie die beiden ja doch einweihen. Sie gehen auch an Haus Nr. 1 vorbei und Vincent schlägt den Weg zur Empfangshütte ein. Von oben kann man schon sehen, dass die Tür offen steht und ein schwaches Kerzenlicht leuchtet heraus.

Kurz vor dem Haus hält Vincent plötzlich an. „Gehen sie bitte rein, mein Dad wartet schon."

Sein Blick erreicht noch mal Sam und da kam doch tatsächlich ein kleines lächeln. Sam hat das gesehen und sofort erwidert. Vincent bewegt sich zurück zur Siedlung und Arlo und Sam stehen allein vor dem beleuchteten Eingang und überlegen, was sie machen sollen. Aber was bleibt ihnen anderes übrig, sie gehen zusammen rein. Kurz nach dem Eintreten trauen sie ihren Augen nicht mehr, denn damit haben sie jetzt nicht gerechnet.

„Yvonne" rufen Arlo und Sam gleichzeitig. An dem Tisch vor ihnen sitzen Mr. Carter, ein ziemlich großer dunkelhäutiger Mann und Yvonne aus Atlanta. Die springt von ihren Stuhl und rennt zu den beiden rüber und läuft Arlo direkt in die Arme.

„Ich habe euch gefunden." Sam schaut sich das Szenario kurz an und umarmt dann doch tatsächlich Yvonne von hinten und es laufen ihr ein paar Tränen die Wange runter. Auch Yvonne bekommt feuchte Augen, dreht sich um und drückt als Nächstes Sam ziemlich fest. Die Überraschung ist perfekt und alle sind am strahlen...

Kapitel 15

Mr. Carter erhebt sich von seinem Stuhl, geht einmal um den Tisch herum, wirft noch einen komischen Blick auf den fast 2 Köpfe größeren Leo und nähert sich den drei umarmenden Freunden. Kurz vor ihnen bleibt er stehen.

„Wie viele Leute habt ihr eigentlich noch eingeladen?" Er hält kurz inne und wartet, bis er die Aufmerksamkeit bekommen hat, dann spricht er weiter.

„Wir haben hier nur begrenzten Platz und auch unsere Ressourcen halten nicht ewig." Arlo löst sich von den beiden Damen und geht einen Schritt auf Lennart zu. „Die sind sicher durch die Hölle gegangen, um hier her zu kommen. Es wird doch sicher eine Möglichkeit geben, das alles in Ruhe zu regeln."

Leo erhebt sich von seinem Stuhl und kommt einen Schritt näher. Das alles hat irgendwie was Bedrohliches, alleine die Größe macht schon einen Unterschied aus.

„Hallo zusammen, ich habe mich noch gar nicht vorgestellt. Mein Name ist Leo, ich komme auch aus Atlanta und bin dort eigentlich Reporter. Ich bin zusammen mit Yvonne hier her geflohen."

Jetzt löst sich Yvonne von den beiden und stellt sich neben ihn. Die beiden sehen sehr furchtbar und mitgenommen aus. Yvonne nimmt die Hand von Leo und schaut kurz zu ihm hoch.

„Wir sind wirklich durch die Hölle gegangen, um euch hier zu finden", beginnt sie jetzt noch mit einem schluchzen. „Überall ist der Virus unterwegs und Menschen sterben. Der Tod läuft herum und das ist nicht gelogen. Arlo, Sam? Ihr müsst jetzt echt stark sein, aber Atlanta gibt es nicht mehr." „Was?" Fragt Arlo skeptisch und Sam laufen wieder die Tränen runter. „Ja so ist es", sagt nun auch Leo. „Auch Macon wurde vom Militär zerstört und nach Lake City kommt keiner mehr rein. Die haben da eine riesige Quarantäne Zone aufgebaut. Wenn sich von draußen einer nähert, dann wird nicht gefragt, dann wird sofort geschossen."

Leo zupft sich an seiner Schulter und zeigt eine kleine Wunde, die aber nicht mehr blutet.

„Nur gut schießen können sie wohl nicht", fügt er noch mit einem kleinen Lächeln hinzu. Sam muss sich setzen, sie kann einfach nicht mehr, jetzt heult sie doch sehr heftig und gerade Yvonne geht zu ihr und fängt an sie zu trösten. Arlo schaut sich das ziemlich geschockt an und wendet dann sein Wort wieder an Leo. Die beiden erzählen sich jetzt erst mal ihre Geschichten, die sie auf den Weg hier her erlebt haben und Mr. Carter blickt ein wenig grimmig, sagt aber kein Wort. Der Anblick vom großen Leo, der genau neben ihm steht und kaum Luft zum atmen lässt, reicht völlig aus, um ihn verstummen zu lassen.

„Seid ihr euch denn wirklich sicher das Atlanta weg ist? Das mit Macon haben wir selbst gesehen und durch Lake City kamen wir so eben noch durch", bekommt der kleine Mann von Arlo mit und versucht weiter dem Gesagten zu lauschen. „Ich denke schon", antwortet Leo. „Als wir gerade aus Atlanta raus waren, haben wir hinter uns einen riesigen Knall gehört. Wir haben dann in der Nähe von Macon jemanden kennengelernt und da wurde uns das dann erzählt. Das passte dann wohl mit dem zusammen und Macon ist ja auch nicht mehr da." „Ich kann es nicht fassen. Die ganzen Menschen, die da gewohnt haben und nicht mehr rauskamen. Die sind alle tot?" Arlo fast sich bei den schauerlichen Gedanken an den Kopf. Er kann das nicht begreifen. Er kannte so viele in Atlanta und es ist schwer vorstellbar, das die alle nicht mehr da sind.

Lennart hat sich endlich von dem Riesen befreit und steht wieder an seinem Schreibtisch. Er schaut sie alle nacheinander einmal an und wird wieder mutiger.

„Das ist ja alles gut und schön, wenn Atlanta nun nicht mehr ist, dann können von da ja nicht noch mehr Leute kommen und uns hier überraschen." Er setzt sich hin und holt eine Mappe aus seinem Schreibtisch. Yvonne löst sich von Sam und schaut von oben direkt auf ihn herunter. „Hoffen sie mal das keiner mehr aus Atlanta kommt." Der Kleine schaut von seiner aufgeklappten Mappe zu ihr hoch. „Wie meinen sie das?" Jetzt beugt sich Yvonne ein wenig zu ihm runter und schaut ihm direkt in die Augen. „Alles, was von da jetzt noch kommen könnte, würde uns den Tod bringen, also fangen sie schon mal an zu beten, das wir beiden die letzten Gäste sind."

Mr. Carter schluckt hörbar, das hat wirklich jeder im Raum mitbekommen. So wurde er sicher noch nie von einer Frau angesprochen oder behandelt. Sogar seine Farbe im Gesicht ist ein wenig gewichen. Er steht auf, steckt die Mappe zurück in den Schreibtisch und geht zur Tür die immer noch geöffnet ist. Dort angekommen pfeift er einmal ganz laut, ohne dabei seine Finger zu benutzen und dreht sich wieder zu den anderen um.

„Ich bin ja kein Unmensch und lasse mir was einfallen", sagt er plötzlich im ziemlich ruhigen Ton. „Die beiden Gäste schlafen heute Nacht hier unten im Empfangshaus. Ein Bett seht ihr ja da in der Ecke." Er zeigt mit seinen Finger kurz auf das genannte Teil. Als ob das keiner gesehen hätte, aber leider fehlt da noch alles, es ist nur ein kahles kleines Bett. An der Tür erscheint Vincent, der Pfiff war wohl für ihn. Er blickt einmal in die Runde und seine Augen bleiben an Leo hängen.

„Vins" beginnt Lennart. „Hol bitte für unsere beiden neuen Gäste Bettzeug und was zu Essen. Die schlafen heute Nacht hier in der Hütte." Vincent grummelt irgendwas vor sich hin, dreht aber auf dem Absatz um und marschiert zurück nach oben.

Mr. Carter steht immer noch im Türrahmen und schaut in die Runde. Auf seinem Gesicht verzeichnet sich ein kleines, zufriedenes Lachen, als ob er Lob und Dankbarkeit erwartet. Aber nichts davon kommt in seine Richtung. Arlo unterhält sich weiter mit Leo und Yvonne ist wieder zu Sam gerutscht und drückt sie ganz fest. Dabei schaut sie aber durchgehend zu Arlo hoch. Auch er blickt hin und wieder nach unten.

Endlich kommt Vincent wieder zurück und hat Bettzeug unterm Arm und in der Hand trägt er einen der Körbe, die immer vor den Türen stehen. Lennart deutet zum Bett und Vins legt dort alles ab. Bleibt dann aber wie anwurzelt stehen und schaut wie sein Vater in die Runde. Immer bleibt sein Blick an Leo hängen und seine Gesichtszüge verändern sich. Dann schaut er wieder zu Yvonne und Sam und schon erhellt sich alles wieder.

„So, wir werden dann gehen", sagt Mr. Carter etwas lauter. Sein Blick geht zu seinem Sohn, der natürlich auch damit gemeint war, der schaut aber immer noch zu Sam und rührt sich nicht. „Vincent?" Schreit Lennart fast schon. „Wir gehen." Nun hat sein Sohn es mitbekommen und setzt sich ziemlich ungeschickt in Bewegung. Als erstes streift er Leo, der dadurch fast in die Arme von Arlo fällt und durch die Berührung knallt Vins dann auch noch gegen die Damen, die mit großen Augen in seine Richtung schauen. Das Ganze sah doch sehr nach Absicht aus. Dann torkelt er endlich zur Tür, wo sein Dad ungeduldig steht und wartet. Vor dem Rausgehen dreht er sich aber noch mal um und schaut zu Sam. „Tut mir leid, das wollte ich nicht", kommt ziemlich schüchtern aus seinem Mund. Kurz darauf ist er in der Dunkelheit verschwunden.

„Morgen schauen wir dann, wie wir das hier machen. Irgendwo werden wir wohl noch Platz schaffen für zwei weitere Mäuler" kommt noch von Lennart. Eigentlich sollte das lustig sein, aber keiner der Anwesenden lacht. Er drückt Arlo seine Taschenlampe in die Hand und verschwindet wie sein Sohn in der Nacht. Die Tür wird geschlossen, endlich sind die 4 alleine und brauchen keine Rücksicht mehr nehmen.

Erst mal sind sie alle still und schauen sich gegenseitig an, dann bricht Leo das Schweigen.

„Kann es sein, dass hier auch nicht alles normal läuft? Weiß der Typ überhaupt, was da draußen in der Welt passiert?" „Doch ich glaube er weiß es, er will hier aber keine Panik aufkommen lassen", antwortet Arlo. „Wir hatten halt beim Ankommen schon eine Person mitgebracht und das gab schon Stress." „Wen habt ihr denn mitgebracht?" Fragt Yvonne sehr neugierig. „Emma", antwortet Sam, die sich so langsam wieder beruhigt. „Wir haben sie als Anhalterin mitgenommen, weil sie eine Panne hatte. Sie hat uns das Leben gerettet und gehört jetzt zu uns" berichtet Arlo kurz, um weitere Fragen zu vermeiden.

Yvonne steht auf und geht zu Leo. „Wir haben eine Menge Scheiße erlebt. Aber so wie es aussieht, seid ihr auch nicht ohne Schaden hier her gekommen. Die ganze Welt spielt verrückt und ich weiß nicht, ob wir hier alle sicher sind." „Jedenfalls sicherer als draußen auf den Straßen", antwortet Arlo. Leo fängt plötzlich an das Bett zu machen, entweder ist er müde oder er brauch einfach was zu tun, um diese Sache hier zu überbrücken. Yvonne schaut sich das an und eröffnet wieder das Gespräch. „Wir haben da aber noch ein Problem. Wir haben einer gewissen Sofia und ihren Kindern diesen Ort hier empfohlen. Sie hatte uns aufgenommen und wir mussten alle fliehen. Wenn sie das hier findet, was ich echt hoffe, wird es neuen Ärger geben."

„Das bekommen wir auch noch hin", sagt Sam. „Aber sagt mal, wie habt ihr euch eigentlich getroffen?" „Das ist eine lange Geschichte", antwortet Yvonne. „Die werden wir euch noch erzählen, aber bitte nicht mehr heute. Ich bin so froh, dass wir hier sind und ihr auch wirklich da seid. Wir hatten schon richtig Angst, dass es diesen Ort gar nicht mehr gibt." „Was hat denn dieser komische Ausguck neben dem Gebäude zu bedeuten?" Fragt Leo, der in ziemlich schneller Zeit das Bett fertiggemacht hat und einen Blick in den Korb wirft.

„Die haben wir heute gebaut", grinst Arlo. „Ab morgen sollen die bemannt werden, um ankommende Gefahren zu melden. Es gibt insgesamt 4 Stück hier im Park." „Okay", antwortet Leo diesmal mit vollem Mund. Er reicht Yvonne auch ein Brot hin, das sie dankend annimmt.

„Schwarze sind hier aber nicht wirklich willkommen. Habt ihr die Blicke der beiden gesehen?", fängt Leo immer noch kauend wieder an. „Wir sind hier in den Südstaaten und das ist hier alles noch ein wenig altmodisch", sagt Arlo. „Denke aber nicht, dass es ein Problem werden wird." Leo schaut ihn an und grinst ein wenig. „Ich habe die Gastfreundschaft der Südstaatler auf den Weg hier her schon kennengelernt. Sind denn noch andere Dunkelhäutige hier im Camp oder falle ich ganz aus der Rolle?" Sam überlegt kurz und geht in ihren Gedanken die ganzen Gäste einmal durch. „Nein, ich glaube hier ist sonst keiner." „Das kann ja heiter werden", lacht Leo ziemlich laut. „Wir gehen jetzt zurück in unser Haus", kommt von Sam. „Wir haben oben das letzte in der Reihe mit der Nummer 13, wir müssen auch Emma wieder Entwarnung geben, die ist sicher schon ganz unruhig und ich möchte ja nicht, das sie mit der Waffe noch Unfug anstellt." „Ihr habt eine Waffe?" Fragt Yvonne ziemlich erschrocken. „Die haben wir nur durch einen Zufall gefunden", antwortet Arlo und macht sich schon bereit, den Rückweg anzutreten. Auch Sam geht langsam zur Tür. „Wir wünschen euch eine gute Nacht, ruht euch erst mal aus und morgen schauen wir mal wie es weiter geht", sagt sie noch eben schnell. Alle anderen wünschen sich auch eine gute Nacht und schon sind die beiden auf den Weg zu ihrer Hütte. Unterwegs wird nicht geredet, beide müssen das Vergangene erst mal verdauen, damit hatten sie echt nicht gerechnet, für sie war Yvonne tot.

Kurz vor Nummer 13 bleibt Sam aber noch mal stehen. „Danke Arlo und entschuldige bitte." Arlo leuchtet mit der Taschenlampe auf Sam, aber nicht direkt ins Gesicht. „Was meinst du?" „Weil ich dich in Atlanta noch angesaugt habe. Wegen der Adresse, die du Yvonne gegeben hast."

„Ach so, das habe ich doch schon wieder vergessen." „Ich aber nicht und ich war im Unrecht. Hättest du das nicht gemacht, dann wären diese beiden Menschen da unten vielleicht schon tot." Arlo gibt Sam einen kleinen Kuss und nimmt sie an die Hand. „Komm, wir müssen Emma Bescheid geben." „Hoffentlich erschießt sie uns nicht", sagt Sam in einem lustigen Ton. Aber als sie näher kommen, sehen sie Emma schon vor der Tür stehen, sie raucht sich gerade eine.

„Hey ihr zwei, ich wollte schon eine Vermissten Anzeige aufgeben." Neben der Tür steht auf dem Boden eine kleine Dose, in die steckt Emma ihre Zigarette und zusammen gehen die drei nach innen.

Dort versteckt sie erst mal wieder die Waffe, natürlich hinter dem Schrank. Sie war die ganze Zeit bei ihr, schließlich wusste sie auch nicht was los war. Aber Arlo und Sam lassen nicht lange auf sich warten und erzählen ihr die komische Geschichte. So unglaubwürdig sie auch klingt, Emma bekommt dadurch sehr gute Laune.

„Das kann ja noch alles sehr interessant werden", sagt sie darauf. „Was meinst Du?" Fragt Arlo sie. „Seid ihr wirklich so blind? Dieser tolle Lennart und sein dämlicher Sohn haben total was gegen alles, was nicht weiß ist. Das solltet ihr doch mitbekommen haben. Und nun schleppt ihr hier einen Schwarzen an." „Das hat Leo doch auch schon angedeutet", sagt Sam zu Arlo. „Ja das hatte er. Aber ich bleibe bei der Meinung, es wird kein Problem werden."

Emma pflanzt sich auf die Couch und steckt sich dabei eine Scheibe Wurst in den Mund. Diese war aber aufgespießt auf einem echt großen Kampfmesser. „Wo hast du das denn her?" Fragt Arlo ziemlich erschrocken von dem Anblick. „Tja, solche Sachen findet man im Wald, steckte in einem Baumstamm direkt neben dem Bunker. Das kann ich sicher noch gebrauchen." „Das hast du Vincent geklaut." Sagt Sam eher feststellend als fragend. Emma antwortet darauf aber gar nicht mehr und steckt das Messer unter die Couch.

„Es wird Zeit das wir uns hinlegen", sagt sie nun. „Morgen wird sicher ein schwerer und sehr ereignisreicher Tag." Sie verschwindet im Schlafzimmer und lässt die beiden einfach stehen. Die diskutieren noch darüber, wer als Erstes ins Bad darf und kurze Zeit später liegen auch sie in ihren Schlafstellen. Emma und Sam sind beide sehr schnell am Schlafen, nur Arlo bekommt die Augen nicht zu. Das Yvonne mit diesem großen Dunkelhäutigen hier aufgetaucht ist, macht die Sache sicher nicht einfacher. Das wird wieder neue Probleme geben, Probleme mit unbekannten Ausmaß. Dabei sollten doch alle froh sein das sie noch Leben...

Kapitel 16

Der neue Morgen beginnt mit starken Regen. Auch ein leichtes Grummeln ist zu vernehmen. Arlo steht mit Kopfschmerzen auf und nach dem Gang ins Bad schaut er vor die Tür nach dem Frühstück. Da ist aber diesmal nichts. Er blickt draußen den Schotterweg runter und alles sieht wie ausgestorben aus. Genau in dem Augenblick, als Arlo wieder reingehen will, steht auf einmal Yvonne hinter ihm. Sie schaut ihn mit bösen Augen an und hat das Messer von Emma in der Hand. Dieses rammt sie ihm mit voller Wucht in den Bauch. Arlo schafft es noch so eben, nach dem Warum zu fragen und bricht dann auf der Türschwelle zusammen.

„Es hat geklopft", sagt Emma im Wohnzimmer. Arlo macht seine Augen auf und sieht, dass sie den Korb mit Essen rein trägt. Er ist in einer Plastiktüte gewickelt und alles ist am Tropfen. Draußen ist es stark am Regnen und in der Ferne vernimmt man leichten Donner. Arlo schließt wieder seine Augen und pustet einmal heftig durch. Was war das für ein Scheiß Traum. Ihn schaudert es immer noch, so real hat sich das angefühlt. Sam kommt aus dem Bad und lächelt ihn kurz an, verschwindet dann zu Emma in die Küche, die gerade dabei ist frischen Kaffee in die Tassen zu kippen.

Arlo erhebt sich langsam und geht erst mal aufs Klo. Die beiden Frauen scheinen bei ihrem morgendlichen Kaffee echt Spaß zu haben, denn es kommt durchgehend ein Gekicher aus der Küche.

„Lass das Sam", sagt Emma ziemlich laut und kriegt sich vor lachen kaum noch ein. „Warum?", antwortet Sam nur kurz. „Weil ich sonst gleich Arlo auf dich hetzte." Jetzt bekommt sich Sam nicht mehr ein. Die nächsten Worte kann sie kaum noch richtig aussprechen, weil sie halt so heftig lachen muss. „Der wird sich da sicher nicht einmischen, der hat viel zu viel Angst vor 2 Frauen die sich in der Küche gegenseitig an die Wäsche gehen." Von diesem Satz konnte man nur die Hälfte verstehen. Arlo kommt aus dem Bad und geht direkt in die Küche. Da stehen die beiden gackernden Frauen und schauen ihn beide an. Sam hängt an Emmas Pulli und zieht daran herum.

„Sollte ich irgendwas wissen?", fragt er ziemlich trocken und schaut von einer der beiden zur nächsten. Sam ist die Erste, die sich wieder ein wenig fängt. „Nein Schatz, es ist alles in Ordnung. Emma hatte nur keinen BH mehr und ich wollte ihr einen von mir leihen. Da ihre Brüste aber bei weiten größer sind als meine, hat das nicht wirklich geklappt." „Und jetzt zieht sie mich damit die ganze Zeit auf, bitte hilf mir Arlo", fügt Emma hinzu. Arlo schaut immer noch total verdutzt zu den beiden und winkt dann ab. „Nein, das ist mir zu heiß, da verbrenne ich mir nur die Finger."

Er schlängelt sich schnell durch die beiden durch, nimmt sich seinen Kaffee und verschwindet lachend im Wohnzimmer. „Ich habe dir doch gesagt, das er dir nicht helfen wird", sagt Sam wieder mehr kichernd zu Emma. Bei den Worten kneift sie ihr leicht in eine Brüste. „Das wirst du noch bereuen", lacht auch Emma wieder. „Ich gehe gleich zu Sarah und Jessica, die leihen mir ganz sicher einen BH, der mir auch passt." Es wird lauter in der Küche.

Währenddessen hockt Arlo auf der Couch, trinkt seinen Kaffee und denkt wieder über den Traum nach.

Yvonne ist auch schon wach im Bett. Neben ihr liegt Leo und ist am Schlafen. Sie kann es immer noch nicht fassen, hier zu sein. Der Weg war mehr als steinig und begleitet von Leid und Tod. Auch wusste sie nicht, ob Arlo und Sam es wirklich geschafft haben. Irgendwie ist ihr gerade schlecht, sie muss sich wohl übergeben. Sie zieht sich schnell ihre Schuhe an, geht nach draußen und dort einmal um die Hütte herum. Kurz neben dem Hochsitz, wo aber keiner drauf steht, muss sie tatsächlich kotzen. Bei diesem ganzen Stress in der letzten Zeit hat sie wohl ein wichtiges Problem vergessen. Erst jetzt merkt sie, dass sie total nass wird. Sie rennt wieder zurück in die Hütte und Leo sitzt auf der Bettkante.

„Guten Morgen", sagt er zu der fast schon pitschnassen Yvonne. Die hält einen eingepackten Korb in der Hand und schaut Leo ein wenig belustigt an. „Morgen, hier der Korb stand vor der Tür. Soweit ich das sehen kann ist da sogar frischer Kaffee drin." „Leider haben die hier wohl das Klo vergessen", sagt Leo beim Aufstehen. Er nimmt sich seine Sachen vom Stuhl und zieht sich an. „Wo warst du gerade?" „Ähm Leo, ich musste mich nicht erleichtern." „Das weiß ich doch, daher möchte ich mir eine andere Stelle zum Pinkeln suchen." Yvonne läuft rot an und schaut Leo nach, wie er raus in den Regen geht und die andere Seite nimmt.

Sie stellt erst mal die Tassen auf den Tisch und gießt Kaffee ein. Der dampft noch richtig schön, ist also ganz frisch. Auch Leo ist wieder im Haus, er ist aber nicht so nass wie sie.

„Hast du einen Schirm gefunden?", fragt Yvonne sofort, als sie ihn betrachtet. Bei der Frage muss Leo erst mal lachen. „Nein, aber wenn man links herum geht, kommt da an der Seite ein kleines Dach. Da kann man sich unter stellen." Für seine Antwort erntet er erst mal einen bösen Blick. Das bringt ihn aber noch mehr zum Schmunzeln.

Jetzt setzt er sich neben Yvonne aufs Bett und trinkt zusammen mit ihr den Kaffee.

„Darf ich dich mal was fragen?" Fragt er sehr vorsichtig. Yvonne schaut ihn ziemlich unsicher von der Seite an. „Klar darfst du das." Leo setzt sich ein wenig auf die Seite, damit er Yvonne besser sehen kann. „Weiß er es?" Yvonne macht ihren Mund auf, will irgendwas darauf antworten, lässt es dann aber sein und schaut nach unten. Sie guckt einfach nur in ihre Tasse. Dann blickt sie wieder auf. „Du meinst Arlo?" Leo nickt kurz. „Ich liebe ihn, das glaube ich jedenfalls, aber er weiß es nicht." „Oh", sagt Leo „das ist natürlich ein Problem, aber ich habe mir so was schon gedacht. Liebt er dich auch?" „Ich bin mir nicht sicher, ob er mich auch liebt. Er hat es jedenfalls noch nicht so richtig gesagt." „Aber er ist doch mit dieser kleinen Blondine zusammen, die sind doch sogar verheiratet, oder?" „Ja das sind sie. Aber die ist voll bescheuert, oder war es mal, ach ich weiß auch nicht."

Leo steht wieder auf und stellt seine Tasse auf den Tisch. „Für unsere eigene Sicherheit musst du dich aber zurückhalten Yvonne, ich glaube nämlich, das wir nur wegen deinen Freunden hierbleiben dürfen." „Ich werde schon nichts machen, also erst mal nicht. Aber ich kann es nicht ewig verheimlichen."

Jetzt kommt Leo wieder zum Bett und geht vor ihr in die Hocke, dabei schaut er ihr genau in die Augen. „Das weiß ich, aber erst mal muss es so sein." Yvonne nickt kurz und trinkt den Rest vom Kaffee aus. Genau in diesem Moment ertönt von draußen ein lautes Getöse. Es hört sich an wie ein Horn. Jedenfalls zucken die beiden voll zusammen.

„Sind die denn bescheuert?", fragt Yvonne beim Aufspringen. Sie rennt zur Tür und auch Leo ist hinter ihr her. „Das lockt die doch an dieser laute Krach." Beide schauen den Berg nach oben und sehen neben einem Fahnenmast den kleinen Kerl von gestern Abend unter einem Riesen Regenschirm stehen.

Aus den anderen Häusern kommen auch Menschen mit Schirmen, die wohl alle auf den Weg zu dem Mann sind. „Es sieht aus wie ein Treffen", sagt Leo zu Yvonne. „Hoffentlich nicht wegen uns" antwortet sie ein wenig ängstlich. Plötzlich taucht von der Seite der andere Kerl auf, also der gestern das Essen gebracht hat und drückt Yvonne einen Schirm in die Hand. Er trägt genau wie am Abend zuvor einen Soldatenanzug und Springerstiefel. Auf seinen Kopf befindet sich eine Pelzmütze, die ihm wohl vor dem Regen schützen soll. Das ist aber echt schief gelaufen, denn das Stück Wolle trieft schon so vor Wasser.

„Der Schirm ist für den Regen", sagt er kurz. „Habe aber nur noch einen, tut mir leid." Nach seinen Worten dreht er sich wieder um und geht den Berg hinauf. Er begibt sich direkt zu der Gruppe, die von Sekunde zu Sekunde größer wird.

„War klar, der Schwarze kann ja nass werden", sagt Leo ziemlich sarkastisch. Yvonne stößt ihn liebevoll in die Seite. „Komm mein schwarzer Held, lass uns auch da hochgehen." Leo kann sich das Lachen nicht verkneifen und zusammen machen sie sich auf den Weg zu den anderen. Yvonne hat ihm den Schirm gegeben und schmiegt sich ganz eng an ihn ran, so haben beide was davon. Auf den Weg dort hoch sucht sie die Menge ab. Sie achtet natürlich auf Arlo, kann ihn aber nicht entdecken. Kurz bevor sie oben ankommen, kommt ein älteres Paar auf sie zu. Sie müssen schon so Mitte 70 sein, die Frau lächelt sie an und nähert sich kontinuierlich. Sie trägt gelbe Gummistiefel und hat sich ein rotes Regencape übergeworfen. Ihre grauen Haare hat sie zu einem Dutt gebunden. Das Auffälligste an ihr ist aber der Schirm, der leuchtet in allen Farben und ist sehr groß. Der Mann an ihrer Seite schaut ein wenig grummelig. Das scheint aber sein normaler Blick zu sein. Er hat eine sehr alte Pfeife im Mund und man sieht schon von weiten, dass sie ziemlich viele Gebrauchsspuren aufweisen kann. Auf seinen Kopf trägt er einen braunen Hut. Sein Schirm ist aber ganz normal im schlichten Schwarz.

„Hallo mein Kind" ist das Erste was die Frau sagt und streckt den beiden ihre Hand entgegen. Yvonne nimmt diese verdutzt und schüttelt sie. Danach ist Leo dran, auch ihn schaut die ältere Dame mit einem freundlichen Lächeln an.

„Wir haben uns noch nicht gesehen", fährt sie einfach fort. „Ihr seid doch gestern Abend mit so einer heißen Maschine hier angekommen. Ich kann nachts nicht so gut schlafen und schaue deswegen oft aus dem Fenster und genieße die Stille. Daher weiß ich schon ein wenig über euch Bescheid." Der ältere Mann kommt auch endlich an. Aber anstatt auch die Hand auszustrecken, nickt er den beiden zu. Dabei verändert sich sein Gesichtsausdruck kein wenig. Die Frau schaut kurz zu dem Mann und dann wieder zu den beiden. „Der alte Gockel ist Jacob, mein Mann. Wir sind seit 45 Jahren verheiratet und er hat seinen Blick in der Zeit nicht einmal verändert. Mein Name ist Ava. Wir sind die Collister aus Haus Nr. 3 dahinten." Beim Sprechen schaut sie in die Richtung der Häuser, es sieht so aus, als ob sie mit dem Gesicht genau zu Nummer 3 nickt.

„Können wir eure Namen auch erfahren? Das ist dann alles ein wenig einfacher, wenn man sich mal unterhält." Yvonne beginnt als Erstes. „Mein Name ist Yvonne und ich komme aus Atlanta." Leo kommt ein wenig näher, damit er nicht schreien muss." Ich heiße Leo, komme genau wie Yvonne aus Atlanta und vielen Dank für ihre

Freundlichkeit. Das sieht man leider hier unten nicht so oft." Sein Blick geht genau in Richtung Fahnenstange, wo Mr. Carter zusammen mit seinem Sohn die ankommenden Leute betrachtet. Ava folgt seinem Kopf und fängt an zu lachen. „Ach, du meinst den alten Lennart und seinen Sohn Vincent? Da müsst ihr euch keine Gedanken machen, die sind schon immer so. Wir kommen jetzt schon seit Jahren hier her und die haben sich die ganze Zeit nicht verändert." Jetzt fangen alle drei an zu lachen. Ava hat das auch völlig lustig rüber gebracht, da kann man einfach nicht anders. Nur Jacob schaut noch genau wie vorher.

„Dann mischt euch mal unter die Leute", fängt Frau Collister wieder an. „Ihr werdet sehen, das es noch eine Menge andere nette Menschen hier gibt. Wir sehen uns noch."

Sie packt ihren Mann und zieht ihn ziemlich unsanft zurück zu den anderen, die mittlerweile alle schon im Halbkreis um Mr. Carter versammelt stehen. Auch Sarah und Jessica kommen Hand in Hand gerade an und schauen freundlich in Richtung Yvonne und Leo.

Langsam gehen die beiden weiter und tauchen in der Menge unter. Viele der anderen, die hier schon stehen, nicken ihnen freundlich zu, aber von Arlo ist immer noch nichts zu sehen.

„Heute" beginnt Mr. Carter vor der Fahnenstange, diesmal hat er auf sein Podest verzichtet „mache ich es ein wenig kürzer. Das Wetter ist uns nicht wohlgesonnen, daher legen wir einen Tag der Ruhe ein." Yvonne schaut sich weiter um und endlich kann sie Arlo entdecken. Er kommt jetzt erst zusammen mit Sam, die sich beide unter einem Schirm befinden, an. Dahinter ist eine etwas größere Frau, sie hat lange schwarze Haare und ihre Kleidung ist komplett dunkel. Das wird sie wohl sein, die Fremde die sie mitgenommen haben. Yvonne stößt Leo kurz an, wühlt sich zusammen mit ihm durch die Menge und geht direkt zu ihnen.

„Guten Morgen" sagt sie beim ankommen. Sam löst sich kurz von Arlo, kommt ihr ein wenig entgegen und nimmt sie in den Arm, damit hat Yvonne jetzt wirklich nicht gerechnet, aber sie erwidert diese Geste. Arlo lächelt sie an und versucht dann Mr. Carter zu lauschen. Schon wieder sind sie zu spät gekommen. Diesmal waren aber beide

Frauen schuld, die haben so sehr getrödelt, dass sie beim Ertönen des Horns noch nicht mal Ansatzweise angezogen waren. Emma stellt sich hinter die Gruppe ein wenig Abseits von allen und schaut sich alles von hinten an. Aber ein freundliches Nicken Richtung Yvonne und Leo hat sie dennoch eben hinbekommen. Sarah und Jessica gehen auch wieder weiter zurück und gesellen sich zu ihr.

Mr. Carter schaut irgendwie ein wenig mürrisch aus der Wäsche. Es nervt ihn wohl, dass immer noch keine Ruhe eingekehrt ist. Er hatte seine Rede ja schon begonnen und dann unterbrochen, als immer neue ankamen und andere ihre Plätze in der Gruppe tauschten.

Jetzt sieht es aber so aus, als ob er fortfahren kann. „Ich habe hier eine Liste." Er hält einen Zettel mit seiner freien Hand nach oben. „Auf der habe ich alle eingetragen, die heute Wachdienst haben. Ich habe beschlossen erst mal nur 2 Hochsitze zu bemannen, das sollte normal reichen. Und zwar den am Eingang und den auf dem Gemeinschaftsplatz. Mein Sohn hat sich bereit erklärt, die Hälfte des Tages einen Sitz zu übernehmen. Daher habe ich den anderen so eingeteilt, das alle nur ganz kurz rauf müssen. Die Funkgeräte können vorher bei mir abgeholt werden. Für das Essen brauche ich heute nur drei freiwillige. Es müssen also nicht wieder alle in der Küche rumspringen. Bitte bei mir melden, falls jemand daran teilhaben möchte. Wäsche wird heute nicht gemacht, denke jeder zweite Tag sollte reichen. Da heute nicht viel ansteht, bin ich dafür, das die Häuser sich untereinander ein paar Besuche abstatten um sich so ein wenig besser kennenzulernen. Das dient alles dem Allgemeinwohl und wird unsere kommenden Taten ein wenig festigen. In solchen Tagen brauchen wir ein gutes Miteinander. Gestern Nacht sind noch mal zwei Neuankömmlinge angekommen. Ich verspreche euch aber jetzt, das es die Letzten sein werden. Wenn noch mal welche kommen, werden wir sie abweisen, zur Not auch mit Waffengewalt."

Ein lautes murmeln geht durch die Menge. Mit so was hatte wohl jetzt keiner gerechnet. Auch Emma, Sarah und Jessica sind am Diskutieren. Lennart steht vor der Menge und genießt das alles, er will seine Macht demonstrieren. „Leute ?" Schreit er schon fast. „Es ist alles in Ordnung. Wir müssen nur unsere Vorräte verteidigen, aber ich glaube nicht, dass es so weit kommen wird." Langsam beruhigen sich die Menschen wieder und schauen angespannt nach vorne.

„Gut Gut, der nächste Punkt, den ich habe. Ich brauche noch Freiwillige die unsere beiden Neuen aufnehmen. Die letzte Nacht haben sie noch in unseren Willkommenshäuschen verbracht, das ist aber nicht akzeptabel. Ihr werdet das schon hinbekommen, es gibt ja noch Platz in den Hütten. Das solltet ihr aber unter euch ausmachen. Jetzt brauch ich noch einen freiwilligen Mann, der heute mit mir das Camp verlässt. Ich möchte gerne schauen, was außerhalb unser Grenzen passiert. Vielleicht kann ich auch erreichen, dass wir wieder Strom bekommen oder wenigstens unser Telefon wieder geht. Ich erwarte in 30 Minuten einige Kandidaten an meinem Haus."

Ohne noch ein weiteres Wort zu sagen, verschwindet er in seiner Hütte. Vincent bleibt aber vorne stehen und versucht die Aufmerksamkeit zu erregen.

„Drei Frauen für Küche, bitte zu mir kommen", schreit er die Menge an. „Mr. Stevenson bitte ein Funkgerät abholen und dann zum Ausguck Nummer 1. Alle anderen gehen nach Hause."

Langsam löst sich die Versammlung auf. Emma und ihre beiden neuen Freundinnen gehen nach vorne und melden sich für die Küche. Sie bekommen die Order erst gegen 2 Uhr beim Lager zu erscheinen. Heute wird alles ein wenig verschoben. Arlo und Sam nehmen Yvonne und Leo mit zu sich und keine 5 Minuten später ist keiner mehr draußen und der Regen fällt trostlos auf die Stellen, wo gerade noch so viele waren.

Mr. Stevenson war kurz bei Lennart und geht mit einem Schirm und einem Funkgerät zum Hochsitz, er hat sich diesen nassen Tag wohl auch anders vorgestellt. Auch Vincent erklimmt seinen Platz und schaut grimmig durch die Gegend. Sein Teil hängt am Gürtel, es sieht aus wie eine Waffe und seine Brust ist ein wenig herausgestreckt. Er nimmt die Sache wohl ziemlich ernst. Abwechselnd schaut er zum Parkplatz runter und sucht dann wieder den Wald ab. Sehen kann man leider nicht viel, der Regen schränkt die Sicht nämlich sehr ein.

Arlo, Sam, Yvonne und Leo sind in Haus 13 angekommen. Emma wartet schon auf der Couch und schaut die Ankömmlinge an. Alle ziehen erst mal die nassen Schuhe aus und keiner hat bisher was gesagt. Aber jeder von ihnen hat wohl fast die gleichen Gedanken, es geht langsam los. Lennart und sein Sohn wollen das Kommando an sich reißen und dulden keine Widerrede. Das mit der Waffengewalt war nur ein Anzeichen dafür, das sie alleine das Sagen haben.

„So, was machen wir nun?" Beginnt Arlo die Runde. Alle schauen ihn an, aber keiner sagt was. Dann erhebt sich Emma von der Couch. „Ich gehe gleich kochen, ich habe nämlich einen Plan." Sie setzt ein kleines Lächeln auf, aber irgendwie kommt das nicht wirklich an. Yvonne und Leo gehen erst mal zu ihr und stellen sich vor. Emma umarmt beide recht herzlich und sagt sogar ein paar nette Worte. Sam setzt sich mit auf die Couch und schaut zu den anderen hoch.

„Yvonne?" Sagt sie „was habt ihr da draußen gesehen?" „Das möchtest du nicht wirklich wissen", antwortet sie. „Wir haben überall nur Horror gesehen. Dieser Virus ist schlimmer als die meisten hier sicher denken." Arlo und Sam schauen sich an. Sie wissen genau, was Yvonne damit meint. „Wir haben das auch so gesehen", sagt Arlo. „Hier im Camp wissen die meisten gar nicht, was wirklich los ist. Das beste ist, das alles erst mal unter uns bleibt, denn dieser Lennart möchte davon nichts wissen und leider hat er hier halt das Sagen."

Leo ergreift das Wort. „Genau so ist es. Der Typ geht mir jetzt schon auf den Sack. Er lässt hier den King raus hängen, dabei weiß er gar nicht was abgeht. Wenn der Virus hier herkommt, sind wir alle in Gefahr. Wir waren schon in einem Camp, also auf dem Weg hier her und da ist alles den Bach runter gegangen."

Yvonne setzt sich neben Sam auf sie Couch. „Wir haben eine Frau in Atlanta getötet", sagt sie ganz vorsichtig. „Oh nein", antwortet Sam und nimmt sie in den Arm. „Das ist ja furchtbar." „Sie war aber bereits tot" fügt Leo noch hinzu. „Es war der Virus, alle sterben davon." „Ja, das wissen wir bereits". Auch Emma möchte sich in das Gespräch einklinken. „Wir haben Ähnliches gesehen und mussten leider auch schon jemanden töten." „Okay, wir sind wirklich die Einzigen, die alles wissen. Nur was machen wir damit?" Fragt Arlo. „Am besten alles bei uns lassen und die Leute da draußen nicht beunruhigen", antwortet Sam.

„Wir sollten hier das Kommando übernehmen", brüllt Emma fast schon in die Runde. Plötzlich ist es still, alle schauen sie an und verarbeiten ihren Satz. Emma springt von der Couch und macht weiter. „Ich habe auch schon welche auf unserer Seite. Dieser Penner mit seinem Sohn wird uns alle noch in Gefahr bringen. Wir brauchen seine Waffen und sollten die beiden fürs Erste aus dem Verkehr ziehen. Dann machen wir das Camp sicher und weihen alle anderen ein. Sie müssen wissen, was wirklich los ist. Dieses Schickimicki hier im Camp hat dann ein Ende. Die denken doch alle, das gehört zu ihren gebuchten Urlaubsprogramm." Emma ist so richtig in Fahrt gekommen. Total überzeugt von ihren Worten schaut sie alle nacheinander an. Die Gesichter der anderen sind eher entsetzt als begeistert. Nur Leo nickt ihr freundlich zu. „Ich wäre dabei." „Leo" schreit Yvonne, die immer noch bei Sam im Arm liegt. „Ja was denn? Emma hat doch recht. Denk an Sofia und den Camperpark. Das wird hier auch passieren, wenn es so weiter läuft."

Emma geht auf Leo zu und haut ihn auf die Schulter. "Endlich mal ein Mann nach meinem Geschmack. Also wer ist noch dabei?" Bis auf Leo ist wohl keiner so richtig von der Idee angetan. Arlo schaut ein wenig verwirrt, ergreift dann aber als Erster wieder das Wort.

„Lasst uns nichts überstürzen. Ich finde die Idee ein wenig verfrüht. Wir sollten erst mal schauen, wie es weiter geht und die Sache überdenken." „Okay", sagt Emma wirklich. „Ich werde das aber trotzdem weiter vorantreiben. Aber ich werde die Füße still halten, erst mal noch. Ich will hier nicht sterben, nur weil so ein billiger kleiner Zwerg denkt, er könnte hier Chef spielen."

Damit wäre dazu wohl alles gesagt. Wieder einmal sind alle in ihren Gedanken versunken. Bei Sam bildet sich eine kleine Träne unter dem Auge. Arlo sieht das und hofft, dass sie die Sache übersteht und nicht zusammenbricht.

„Ich werde gleich mit Lennart mitfahren", sagt er in die Stille. „Nein" schreit Sam auf „das wirst du nicht." „Das ist eine tolle Idee", sagt Emma. Auch Leo ist davon begeistert, er hatte selber schon mit der Idee gespielt, sie aber wieder verdrängt, da ja wohl die Gefahr besteht, dass er den Weg nicht mehr zurückkommt. Als schwarzer Außenseiter ist das alles nicht so einfach.

„Arlo?" Schreit Sam schon wieder. „Das kannst du nicht machen. Das ist viel zu gefährlich." „Ich werde schon aufpassen und nehme unsere Waffe mit." „Dann solltest du dich aber so langsam mal auf den Weg machen", sagt Yvonne. „Nicht das sich jemand anderes meldet und die schon weg sind, 30 Minuten war ausgemacht und so wie es aussieht, darf man hier nicht zu spät kommen."

Arlo geht zur Kommode und holt die Knarre drunter vor. Er steckt sie hinten in die Hose, zieht seine nassen Schuhe wieder an, nimmt sich einen von den vielen Schirmen und schaut ungeduldig zu Sam. Die erhebt sich auf einmal ganz schnell, stößt dabei fast Yvonne von der Couch und rennt zur Tür. „Bitte Schatz, pass auf dich auf. Komm mir bloß Heile wieder zurück, sonst bekommst du richtig Ärger mit mir."

„Das werde ich schon. Ihr solltet in meiner Abwesenheit am besten alles austauschen, was ihr draußen mitbekommen habt. Je mehr jeder von uns weiß, desto besser ist es für alle." Er gibt Sam noch einen langen Kuss. Schaut dabei aber an ihren Kopf vorbei zu Yvonne. Doch die schaut absichtlich woanders hin und Sam hat davon nichts mitbekommen, sie hatte ihre Augen geschlossen. Aber Emma hat das diesmal gesehen.

Arlo trennt sich endlich von Sam und verlässt das Haus. Spannt schnell seinen Schirm auf und rennt fast schon nach vorne. Aber kurz bevor er losgelaufen war, hat er noch einmal zur Tür geschaut, da stand Sam ganz alleine und blickte ihm nach. So als ob sie sich nie wieder sehen...

Kapitel 17

Arlo ist sichtlich aus der Puste, als er endlich am ersten Haus ankommt. Er geht direkt zur Tür und klopft ziemlich fest an. Die Pistole hinten in seiner Hose drückt ganz schön, er kann nicht verstehen, wie die Leute in den Filmen so was immer einfach hinnehmen. Endlich öffnet sich die Tür und Mr. Carter steht in seinen Hauspantoffeln vor Arlo. „Mr. Stenn, was für eine Überraschung, die doch sicher gar keine ist." „Wie meinen sie das?" Fragt Arlo neugierig. „Nun ja, ich hatte gehofft, das sie sich melden werden, denn deswegen sind sie doch hier, habe ich recht?"

Es kehrt eine kurze Stille ein, wo sich die beiden Männer einfach nur anschauen. Dann ergreift Arlo wieder das Wort. „Ja, ich bin genau deswegen hier, sie suchen einen und ich melde mich freiwillig." „Ist ja nicht so das die Leute mir hier die Bude einrennen", lacht Mr. Carter ganz plötzlich. „Sie sind der Einzige, der sich gemeldet hat und eigentlich auch der Einzige, den ich mitnehmen wollte. Ich zieh mich kurz an und dann können wir los, es gibt Wichtiges zu tun." Lennart schließt die Tür und lässt den verdutzten Arlo einfach im Regen stehen. Es dauert aber nicht lange und die geht wieder auf und Mr. Carter steht in voller Montur mit Regenschirm auf der Schwelle.

„Schön schön, sollen wir?" Arlo deutet mit dem Kopf in Richtung Schranke, was ein ja bedeutet. Der erste Weg führt sie zum Parkplatz und unten angekommen steuert Lennart direkt auf einen älteren Land Rover zu. „Wir nehmen besser den Defender von meinem Sohn. Mit dem kommen wir gut durch." Arlo geht um das armeefarbige Auto herum und steigt vorne auf den Beifahrersitz. Mr. Carter steigt hinters Steuer. Aber anstatt das Auto zu starten, schaut er ziemlich nachdenklich zu Arlo rüber. „Wir brauchen leider ein paar Sachen." „Was für Sachen?" Antwortet Arlo verdutzt. „Wir sind zwar sehr gut mit allen ausgestattet, aber uns fehlen Medikamente." Arlo blickt sich im Auto um und sieht auf dem Rücksitz ein Gewehr liegen. „Wollen sie die Medikamente klauen?" Fragt er ganz trocken. Lennart schaut auch nach hinten und sieht das Gewehr.

„Das gehört Vins, das ist sein Jagdgewehr, aber schön das es noch im Auto liegt, man weiß ja nie was so alles passieren kann." Wieder setzt er sein widerliches Lächeln auf. „Also jetzt noch mal ganz langsam, wir fahren also los, um Medikamente zu kaufen?" Fragt Arlo. „Ja genau so ist es." „Aber sie haben hier doch 12 Ferienhäuser und ich denke, dass nicht nur wir geplant haben, 3 Wochen zu bleiben. Haben sie da nicht vorgesorgt?" Und schon ist das Lachen bei Lennart wieder verschwunden, mit Kritik kann er wohl nicht umgehen. „Doch wir haben genug, aber ich hätte gerne noch mehr", ist seine Antwort. Er dreht den Schlüssel und parkt das große Gefährt rückwärts aus. Dann gibt er langsam Gas und lenkt das Auto auf die Straße. Arlos Blick erhascht kurz seinen Chevrolet, daneben steht eine grüne Kawasaki, die ihm echt bekannt vor kommt.

Langsam folgt Lennart dem Straßenverlauf, eilig hat er es nicht oder er fährt immer so. Hin und wieder schaut er in den Wald, als ob er was suchen würde. Dann streckt er ganz plötzlich seine Hand rüber. „Lennart" sagt er einfach nur. Arlo schaut kurz auf die Hand und nimmt sie dann. „Arlo" kommt von ihm zurück und der Mann sieht zufrieden aus. Lennart legt seine Hand wieder auf die Schaltung. Irgendwas liegt im auf der Seele, es sieht die ganze Zeit so, aus als ob er ein Gespräch beginnen möchte, aber irgendwie kommt nichts. Arlo denkt an die Fahrt hier rüber, es ist erst 2 Tage her, er weiß was da draußen los ist und hofft, das sich alles ein wenig normalisiert hat. Aber was ist, wenn alles noch schlimmer ist? Sie werden es wohl gleich erfahren, ob sie wollen oder nicht.

Der Land Rover wird noch langsamer. „Ich brauche dich Arlo" beginnt Lennart. „Ich möchte, das du meine rechte Hand wirst." „Bitte?" „Ich vertraue dir, daher weiß ich, das ich mich auf dich verlassen kann. Wenn auch nur die Hälfte von dem stimmt, was ihr erzählt habt, dann haben wir bald einen großen Kampf und dafür brauche ich Unterstützung." „Es war alles wahr, was wir erlebt haben, aber was ist mit deinem Sohn?" Lennart verzieht bei der Frage ein wenig das Gesicht. „Vincent ist für so was nicht geeignet und mehr muss ich darüber nicht sagen." Es herrscht kurz schweigen im Auto. Dann fängt Lennart wieder an. „Kann ich mich auf dich verlassen?"

Arlo blickt zu ihm rüber. Jetzt die falsche Antwort und die Chance ist vertan. „Natürlich Lennart." „Puh, das bedeutet mir echt viel, danke Arlo."

Endlich kommen sie aus der Seitenstraße raus und stehen an der Kreuzung der Straße 90. Rechts geht es nach Lake City, was auf der linken Seite ist, weiß Arlo nicht. Straßenschilder gibt es hier nämlich keine. Lennart hält das Auto an und schaut in beide Richtungen.

„Was zum Teufel", sagt er kurz und lässt seinen Mund offen. Arlo schaut auch in beide Richtungen und blickt dann wieder zum Fahrer. „Was ist?" Fragt er kurz. Lennart schließt seinen Mund wieder und blickt zu Arlo. „Hier ist meist so viel los, da kommt man mit dem Auto gar nicht raus. Aber hier ist nichts, kein einziges Fahrzeug." „So war es schon auf dem Hinweg."

„Verdammt an eurer Geschichte ist mehr dran, als ich glauben möchte." Arlo nickt nur auf das Gesagte. „Du musst mir versprechen, das alles was wir heute sehen, unter uns bleibt", beginnt Lennart mit sehr ernsten Gesicht. „Wir können uns keine Panik im Park erlauben, das verstehst du doch Arlo?" „Natürlich, das ist ganz meine Meinung." „Schön schön, wir fahren jetzt nach Olustee, das ist nicht weit von hier. Dort sollten wir alles finden, was wir brauchen."

Lennart bringt den Land Rover wieder in Bewegung und biegt nach links ab. Dort auf dem Highway gibt er endlich mal ein wenig Gas. Laut der Uhr im Rover haben wir es erst 11, es bleibt also noch eine menge Zeit, um alles zu besorgen. Arlo hat seine leider zurückgelassen, daher muss er wohl dem Teil in Vincents Auto vertrauen. Aber der Wagen bräuchte echt mal eine Innenreinigung. Überall ist Dreck und die Armaturen sind sogar am Kleben. Sam würde hier nie einsteigen, das wäre zu viel für sie.

Auf den Weg nach Olustee sprechen die beiden kein Wort. Die Straßen sind weiterhin komplett leer gefegt. Kein einziges Fahrzeug kommt ihnen entgegen. Auf einem Schild steht „Olustee 5 Meilen", also sind sie gleich da. Auch hier ist der Wald auf beiden Seiten sehr dicht. Hin und wieder kommt eine Abfahrt, die mitten da rein führt. Aber Lennart bewegt das Auto weiter genau in Richtung Ortschaft.

Jetzt kommen langsam links und rechts die ersten Häuser zum Vorschein. Sie sehen zwar immer noch keinen Menschen, aber soweit ist alles okay. Der Rover passiert das Ortsschild, aber langsamer wird er nicht. Mr. Carter braust einfach alles weiter. Auf beiden Seiten befinden sich jetzt dicht an dicht immer mehr Häuser, auch Autos stehen geparkt in den Einfahrten. Es sieht alles absolut normal aus. Sie passieren die erste Ampelanlage, die sogar funktioniert und biegen nach links in Richtung Innenstadt ab. Das einzige Problem, was beide feststellen müssen, hier gibt es nichts Lebendiges. Alles ist leer, die Bürgersteige, die Straßen, nirgendwo ist einer zu sehen. Auf der rechten Seite sitzt vor einer Einfahrt wenigstens ein Hund. Der nimmt aber keine Notiz von den beiden vorbeifahrenden und Arlo beobachtet den Vierbeiner noch ein wenig im Spiegel. Lennart biegt nach rechts ab und kommt in eine verkehrsberuhigte Straße, endlich wird er langsamer.

„Das gefällt mir alles nicht", sagt der Zwerg. „Am besten wir fahren schnell zum Drugstore und schauen, ob wir da noch was bekommen und dann geht es sofort zurück", antwortet Arlo.

„Das ist eine gute Idee. So machen wir das." Aber was bleibt den beiden auch anderes übrig? Lennart parkt den Land Rover am Seitenstreifen und zeigt quer über die Straße auf ein Haus mit einem großen Schaufenster. „Da sind wir, das ist der Drugstore, ich glaube aber nicht das die geöffnet haben." Eigentlich sollte das als Witz rüber kommen, aber Arlo lacht kein wenig. Er schaut einfach nur auf das Haus und überlegt, wie sie vorgehen sollen. Bevor er aber überhaupt was sagen kann, öffnet Lennart schon die Tür und steigt aus. Er überquert die Straße und geht direkt auf das Schaufenster zu. Arlo springt aus dem Auto und rennt dem Kerl hinterher. An der Ladentür holt er ihn ein und zieht ihn an der Jacke.

„Warte bitte", flüstert er ihm zu. Wenigstens hat der Regen ein wenig nachgelassen. Lennart schaut ihn kurz an und drückt auf die Klinke. Die Tür öffnet sich doch tatsächlich. Eine kleine Glocke läutet durch die Stille und die beiden treten ein. „HALLO" ruft Lennart sehr laut und blickt sich um. Arlo bleibt an der Eingangstür stehen und schaut dem kleinen Mann geschockt hinterher. Lennart stiefelt zur

Kasse und knallt dort mit der Hand auf eine Glocke. Endlich hat sich Arlo wieder gefangen, er läuft wie auf rohen Eiern hinter her und steht jetzt neben ihm.

„Kannst du endlich mal mit dem Krach aufhören", sagt er ein wenig zornig. Lennart schaut ihn an und lächelt mal wieder. „Warum? Hier ist doch keiner. Wir können also ganz billig einkaufen und wieder verschwinden." „Das ist aber nicht legal." „Es ist aber keiner da und ich habe keine Lust zu warten." Lennart geht zurück zur Eingangstür und holt sich einen Warenkorb. Jetzt beginnt er in voller Gelassenheit die Regale abzulaufen und packt alles rein, was ihm so auf fällt.

Arlo gefällt das absolut nicht. Die Menschen, die hier Leben können doch nicht einfach alle weg sein. Langsam bewegt er sich in einen Gang und schaut sich die Verkaufswaren an. Mulden hier, Klammern da. Ein wenig weiter alle möglichen Pillen gegen Magenverstimmungen. Er weiß gar nicht, was sie brauchen und überlässt Mr. Carter den ganzen Einkauf. Wieder am Schaufenster angekommen, schaut er erst mal nach draußen. Auf der anderen Straßenseite wartet der Land Rover von Vins. Am liebsten wäre er jetzt schon wieder im Auto und auf dem Rückweg.

Ein ziemlich lauter Knall von draußen lässt die beiden aufschrecken, der war sogar so laut, das sie sich im Shop auf den Boden schmeißen. Dabei hat Lennart den Einkaufskorb um geworfen und den kompletten Inhalt über die Fliesen verteilt.

„Arlo, komm her zu mir, das war ein Schuss." Soweit konnte er aber auch selber denken, langsam robbt er den Boden entlang und versucht zu Lennart zu kommen. Und wieder ein Schuss von draußen, gefolgt von noch einen. Endlich erreicht Arlo Mr. Carter und schaut auf ihn. „Was machen wir jetzt?" Fragt er den am Boden kriechenden Lennart. Der ist gerade dabei, die Waren wieder in den Korb zu räumen. Arlo bekommt keine Antwort, packt sich daher den Kerl an den Schultern, um seine Aufmerksamkeit zu erlangen. Der dreht sich erschrocken um und schaut mit großen Augen direkt in die von Arlo. „Lennart? Wir müssen hier weg, lass die scheiß Sachen liegen."

Aber der reagiert weiter nicht, sondern dreht sich einfach um und sucht den letzten Krempel zusammen. Draußen ist es wieder ruhig, es kommen keine weiteren Schüsse. Arlo erhebt sich langsam und versucht etwas zu sehen. Die Straße ist weiterhin leer und auch Geräusche sind nicht zu vernehmen. Als er gerade ganz aufstehen möchte, reißt ihn Lennart plötzlich von hinten um und stößt ihn wieder zu Boden. Dabei knallt Arlo sehr schmerzhaft mit seinem rechten Knie an ein Regel welches sofort bedrohlich anfängt zu wackeln. Auf der anderen Seite fällt von ganz oben ein schweres Luftgerät nach unten und schlägt sehr laut am Boden auf.

„Was soll denn der Mist" raunt Arlo mit schmerzverzerrten Gesicht in Richtung Lennart. Der liegt auf dem Bauch direkt neben ihn und hält sich die Hände über den Kopf, der Korb steht schön eingeräumt mit allen Sachen daneben.

Von draußen hören sie ein neues, diesmal aber komisches Geräusch. Arlo blickt wieder auf und schaut zum Fenster. Da ist doch irgendwas, denn das Geräusch wird lauter. Es hört sich wie ein Kratzen an, als ob irgendwas aus Eisen gegen was anderes reibt. Nun kommt von rechts doch tatsächlich ein Mann ins Sichtfeld. Er läuft sehr langsam und schiebt sich eher an der Wand entlang. Sein Blick geht direkt auf die Straße. In seinem Bauch steckt eine dicke Eisenstange, welche vorne und hinten weit heraus ragt. Immer wenn er ein Stück weiter kommt, kratzt die Stange an der Hauswand und genau das macht dieses komische Geräusch.

Das Teil scheint dem Kerl aber nicht wirklich zu stören. Jemand, der so was im Bauch stecken hat, müsste sich vor Schmerzen krümmen oder wäre eigentlich schon tot. Aber dieser mit seinem Karierten Hemd läuft einfach langsam weiter und kommt direkt am Schaufenster an, wo die Stange sofort gegen das Glas knallt. Das ergibt wieder einen sehr lauten Knall, aber die Scheibe bleibt trotzdem heile.

Lennart, der immer noch neben Arlo kauert, schaut sich das Ganze alles an und als die Stange wieder gegen die Scheibe knallt, schreit er einmal sehr laut auf. „Ruhe", sagt Arlo schnell zu Mr. Carter aber der Mann draußen ist schon stehen geblieben und blickt durch das Fenster. Sein Kopf wackelt komisch hin und her und seine Augen sind nicht gerade klar, eher total unterlaufen. Das hat Arlo doch alles schon ein mal gesehen. Er hält jetzt Lennart den Mund zu, damit er endlich ruhig ist, dabei merkt er, das der kleine Zwerg kurz davor ist in Panik auszubrechen. Von draußen kommen mehrere Schüsse an ihre Ohren. Der Kranke vor dem Schaufenster dreht sich wieder weg und läuft langsam weiter in Richtung des Schützen. Dabei schleift die Eisenstange die ganze Zeit an der Scheibe entlang und das ergibt ein noch nervigeres und lauteres Geräusch. Jetzt nähert er sich der Tür, die leider offen steht, aber er hat nicht wirklich Interesse daran, sondern bewegt sich einfach weiter. Er bleibt dann aber dummerweise mit der Stange im Türwinkel hängen und wird dadurch nach hinten gerissen, dadurch fällt er rückwärts in das Ladenlokal und schlägt hart auf dem Boden auf. Das Metallteil baumelt jetzt nur noch vorne raus und ist kurz davor ganz rauszufallen.

Das ist jetzt zu viel für den Mann mit der Glatze, der neben Arlo aufspringt und in den hinteren Bereich des Drugstores rennt. Dabei schreit er wie ein Verrückter, läuft weiter hinten gegen einen Aufsteller und fliegt lang nach vorne auf den Boden und bleibt liegen. Arlo kann das alles gar nicht fassen, er ist immer noch im Gang, hält sich mit einer Hand das Knie und schaut auf den Mann, der sich im Eingang befindet und vor sich hin zuckt. Er versucht sich zu erheben, trotz seiner

Schmerzen schafft er es auch und steht auf seinem linken Bein. Er hält sich an einem Regal fest und schaut nach hinten, wo sein Fahrer immer noch am Boden liegt. Leise ruft er seinen Namen, aber Lennart rührt sich nicht.

„Na Klasse", sagt Arlo leise zu sich selber. Er schaut wieder zurück zur Tür und bekommt einen Riesen Schreck. Der Mann mit der Stange hat sich aufgerafft und versucht gerade auf die Beine zu kommen. Das Teil in ihm wackelt bedrohlich und ist kurz davor endgültig zu entschwinden. Jetzt bekommt es Arlo mit der Angst zu tun, er humpelt langsam nach hinten, immer weiter weg von diesem blutenden Etwas. Unterwegs hält er sich rechts und links an den Regalen fest und hin und wieder fallen dadurch Sachen laut nach unten. Hinter sich hört er die Stange zu Boden gehen, das ergibt einen weiteren großen Knall.

Schnell dreht er sich um und sieht, dass der Mann immer näher kommt und anfängt, irgendwelche knurr Geräusche von sich zu geben. Der Weg unter seinen Füßen färbt sich Rot und Arlo verfällt langsam in Panik, er versucht trotz seines Knies weiter zu humpeln und nähert sich dem Lennart, der sich nicht bewegt. Das knurren hinter ihm wird lauter und die Regale zum Festhalten sind zu Ende. Also muss Arlo den Rest ohne Hilfe weiter kommen, aber egal wie sehr er es auch versucht, er schafft es nicht. Hinter ihm wird es lauter, er dreht er sich wieder um und schaut in die Fresse des Mannes. Sogar die Kronen auf seinen Zähnen kann man schon erkennen.

Mit seiner rechten Hand, die er vom Regal genommen hat, packt Arlo hinten in seine Hose, wo sich ja immer noch die Waffe befindet und zieht sie raus. Diese hält er zitternd dem Mann entgegen. Aber er zögert, denn das Abfeuern einer Pistole ist ja ein Riesen Schritt, er löscht damit das Leben dieses Menschen aus, auch wenn da nicht mehr viel Lebendiges enthalten ist. Mittlerweile kann der andere schon in die Waffe beißen, so nah ist er gekommen. Ohne weiteres Zögern drückt er ab, es ertönt ein lauter Knall, die Kugel aus der Pistole durchbohrt das Gesicht des blutenden Mannes und durch den Druck fliegt er ein ganzen Stück nach hinten. Er landet zwischen den Regalen und bleibt liegen. Arlo kann sich nicht bewegen, er ist total starr vor Angst, die Waffe hält er immer noch vor sich und an ihr vorbei schaut er auf den Mann am Boden. Es kommt aber keine Bewegung mehr von ihm, er liegt einfach nur da und blutet alles voll. Schnell erinnert sich Arlo an die Szene auf der Interstate, als der Junge ihn greifen wollte und der komische Kerl seinen Kopf zertrümmerte. Nur wenn man den Kopf zerstört, kann man sie töten, das waren doch die Worte von dem Cowboy.

Langsam nimmt er die Waffe runter und beruhigt sich endlich wieder, es war doch eigentlich Notwehr. Dieser Mann wollte ihn angreifen, dieser Mann hätte ihn getötet, er musste einfach schießen, um sich selbst zu retten. Er steckt die Waffe weg und bleibt noch eine Zeit lang leise stehen. Aber es kommen keine Geräusche mehr, auch draußen ist es still. Dumm ist nur, die anderen Menschen, die eben geschossen haben, wissen das er sich hier befindet, das bedeutet natürlich wieder neue Gefahr. Er geht in die Hocke und robbt langsam zu Lennart rüber. Solange er sein verletztes Bein nicht belastet, kommt er voran. Nach dem angekommen, zieht er ihm erst mal am Arm. „Lennart?" Spricht er ganz leise.

„Komm schon, wir müssen hier weg, es ist hier nicht sicher." Er hört ein leises stöhnen und sieht ein zucken am rechten Bein, der war wohl wirklich bewusstlos. Wieder schaut Arlo zur offenen Tür und lauscht, aber weiterhin kommt nichts von draußen.

„Lennart" sagt er etwas lauter. „Bekomm endlich deinen Arsch hoch." Die Bewegungen werden heftiger und endlich hebt sich sein Kopf.

„Was ist passiert?" Fragt Lennart noch total benommen. „Der Kranke ist tot und wir müssen hier weg", antwortet Arlo. Mr. Carter versucht sich hochzuziehen und mit viel mühe schafft er es dann auch, endlich auf die Knie zu gehen. Über seinem rechten Auge klafft eine Wunde, die ziemlich heftig am Bluten ist. Beim Fallen hat er sich wohl eine Platzwunde an der Braue zugezogen. Er packt sich ans Auge und wischt das Blut weg. Jetzt schaut er zu Arlo und bekommt doch tatsächlich ein Lächeln hin. „Arlo" sagt er nun. „Wir leben noch." „Super festgestellt Lennart, reiß dich jetzt zusammen, denn wir müssen hier weg." „Es tut mir wirklich leid was passiert ist. Ich wollte dich nicht umstoßen, aber ich bin in Panik geraten. Wo ist dieser Mann mit der Stange?" „Der ist immer noch tot, liegt da hinten im Gang." Arlo deutet mit dem Kopf kurz darüber, wo der Kerl reglos am Boden liegt. Lennart folgt seinen Blick und sieht das Elend.

„Was hast du getan?" „Ich habe ihn erschossen." „Du hast was? Wie? Ach egal jetzt. Wir sind hier in einer Drogerie, ich brauche was für mein Auge. Bist du verletzt?" „Ja, ich habe mir sehr heftig das Knie angeschlagen, als du mich umgestoßen hast, ich kann kaum laufen." „Scheiße, das wollte ich nicht. Also brauchen wir auch noch Gehstützen. Bleib hier, ich besorge alles und dann nichts wie weg hier." Lennart erhebt sich zu voller Größe, auch wenn das nicht wirklich viel ist und schaut sich um. Sein Korb steht immer noch im Gang, ganz in der Nähe bei den Füßen von dem Toten. Auf der rechten Seite sieht er Mullverbände, genau das ist jetzt sein Ziel. Er schleicht sich langsam mit geducktem Kopf dort hin und nimmt sich einige davon. Eine packt er sofort aus und drückt sie auf seine Wunde. An den Enden befinden sich selbstklebende Streifen, so schafft er es, das Teil an sein Gesicht zu kleben. Jetzt holt er sehr vorsichtig seinen Korb immer mit Blick auf den Kerl und bringt ihn zurück zu Arlo.

„So, jetzt brauchen wir nur noch die Stützen und wir können verschwinden." Arlo selber sagt nichts, er beobachtet Lennart, wie er durch den Laden schleicht und alles absucht. „Ich habe welche" hört er ihn leise reden und schon steht er wieder bei ihm. „Hier, versuchen wir es damit, die sollten eigentlich gehen." Arlo nimmt die Teile und zieht sich daran hoch. Die Enden kommen unter seine Arme und er kann sein verletztes Bein endlich abstützen. „Ja es geht", sagt er. „Nimm jetzt deinen Kram und lass uns hier verschwinden."

Lennart nimmt sich den immer noch gut gefüllten Korb, geht aber durch einen anderen Gang zur Tür, bloß weit weg von dem Toten und Arlo hüpft langsam hinter her. Kurz vor dem Ausgang stolpert Lennart fast über die am Boden liegende Eisenstange, schafft es aber mit einem beherzten Sprung soeben noch drüber und geht zur Tür. Dort angekommen schaut er vorsichtig nach draußen, erst nach links und dann nach rechts. Die Straßen sind komplett frei, es ist keiner zu sehen und hören kann er auch nichts. Er dreht sich um und winkt Arlo zu. Langsam bewegen sich die beiden aus dem Drugstore und stehen auf dem Bürgersteig. Sie schauen beide zum Auto, nicht mehr weit und sie sind in Sicherheit. Plötzlich rennt Lennart einfach los, öffnet hinten die Autotür und stellt den Korb hinein. Dann steigt er vorne rein und startet das Auto. Arlo hat gerade mal die Hälfte des Weges geschafft, als Lennart schon losfährt und an ihm vorbei braust.

Jetzt überkommt Arlo wieder ein Riesen Angstgefühl, der Penner will doch nicht einfach abhauen? Er schaut den Rover hinter her und sieht, dass Lennart in eine Einfahrt eingebogen ist. Dort dreht er das Auto und fährt mit quietschenden Reifen zurück zu Arlo. Kurz vor ihm haut er voll in die Bremsen, beugt sich rüber und öffnet von innen die Beifahrertür.

„Los komm" schreit er laut. Arlo humpelt so schnell es geht mit den Krücken zum Auto, lässt sich rückwärts in den Sitz fallen und zieht die

Beine und die Gehstützen hinter her. Als er die Autotür schließen will, hört er Lennart aufschreien. Er blickt zu ihm rüber und sieht, das der starr gerade aus schaut und den Mund geöffnet hat. Erst jetzt guckt auch Arlo nach vorne und sieht das genau vor dem Auto eine Person mit einer Skimaske steht. Im rechten Arm hält es ein Sturmgewehr, welches auf sie beide gerichtet ist. Sie haben den Menschen gefunden, der hier die ganze Zeit in der Gegend herumgeballert hat. Lennart schaut kurz weg und sieht in den Rückspiegel nach hinten, direkt zur Rückbank. Dort liegt immer noch das Jagdgewehr von Vincent.

„Vergiss es", sagt Arlo von der Seite. „Lass bloß das Gewehr liegen." Lennart schaut wieder nach vorne in das Gesicht mit der Maske. Auf den ersten Blick sieht es so aus, als ob die Person ein Bankräuber ist. Nur wer würde unter solchen krassen Umständen noch eine Bank ausrauben? Die maskierte Person geht einmal ums Auto herum und schaut in die Tür des Drugstores. Seine Waffe ist aber immer noch genau auf den Land Rover gerichtet. Im Inneren liegt die Leiche, die der Maskierte auch gut erkennen kann. Jetzt blickt er aber sofort wieder auf die beiden im Auto. Die sehen nun, dass der Mensch das Sturmgewehr langsam senkt und mit seiner freien Hand bestimmte Zeichen macht. Arlo soll wohl das Fenster runter kurbeln. „Mach das nicht", sagt Lennart von der Seite, aber er hat schon angefangen und öffnet langsam. Die Person mit der Maske kommt näher, hat aber mittlerweile die Waffe zu Boden gerichtet. „Danke" sagt auf einmal eine männliche Stimme. „Den da drinnen hatte ich schon gesucht, hatte echt nicht erwartet, das er mit der Stange im Bauch soweit kommt." Er schaut sich noch mal um und deutet mit der Spitze seiner Waffe in die Drogerie.

„Es wäre das beste, wenn ihr schnell von hier verschwindet. Dieser Ort gehört jetzt mir und ich werde ihn auch verteidigen. Dank eurer Hilfe lasse ich euch noch mal gehen, dieses mal."

Nach seinen Gesagten dreht er sich um, rennt zur Drogerie, nimmt eine Sprühflasche aus seiner Tasche und sprüht ein großes Rotes Kreuz direkt neben der Tür an die Wand.

Nach seinem Kunstwerk rennt er nach rechts und verschwindet zwischen den nächsten Häusern. Arlo macht das Fenster wieder zu und Lennart gibt Gas, keiner von beiden sagt ein Wort, das muss erst mal verdaut werden. Dieser verrückte Mann war dann noch die Krönung von allem, was heute passiert ist. Sie fahren den gleichen Weg zurück, den sie gekommen sind. Auch die Straße mit dem Hund passieren sie wieder, der ist auch noch da, aber er liegt auf der Seite und hat ein großes Loch im Fell. Lennart fährt daran vorbei und biegt auf die Schnellstraße Richtung Lake City. Der Weg zurück ist genau so wie der Hinweg, die Straßen sind weiter völlig leer. Arlo sein Knie ist sehr am Schmerzen, er hofft natürlich, das es nicht gebrochen ist. Aber so schwer war der Sturz eigentlich gar nicht, muss wohl alles unglücklich passiert sein. Auch die Wunde von Lennart ist weiterhin am Bluten, der Mullverband ist schon völlig durchnässt. Endlich erreichen sie die Einfahrt zum Park, Lennart lenkt den Land Rover direkt in die Straße und bremst dann ziemlich unsanft ab.

„Scheiße", sagt Arlo und hält sich verkrampft sein Knie. „Hast du sie nicht mehr alle?" Ohne ein Wort zu sagen macht Lennart das Auto aus und schaut zu Arlo rüber. „Was hast du für ein Problem?" Fragt wieder Arlo mit nicht gerade netter Stimme. „Wir müssen uns noch kurz unterhalten", antwortet Lennart endlich. „Muss das gerade jetzt sein? Können wir nicht erst mal zurückfahren?" „Nein, das geht nicht, das muss jetzt sein." Arlo setzt sich wieder anders hin, um sein Knie weiter zu entlasten. Nebenbei spürt er auch die Waffe am Rücken und er wäre echt bereit, sie zu benutzen, sollte Mr. Carter irgendwas unüberlegtes tun.

„Das was heute passiert ist" beginnt Lennart „dürfen wir im Park nicht erzählen. Das muss alles unter uns bleiben." „Meinst du, ich bin bescheuert?" Antwortet Arlo wieder sehr schroff.

„Nein das ganz sicher nicht. Aber wir müssen uns was überlegen. Die Leute möchten sicher wissen, was passiert ist. Wir sehen ja nicht gerade so aus, als ob wir von einer Vergnügungsfahrt wieder kommen." Und da ist es wieder, das unsympathische Lächeln in Lennarts Gesicht. Arlo würde es ihm am liebsten aus der Fresse schlagen. Aber er beruhigt sich langsam wieder, denn irgendwie hat der Spinner schon recht. Sollten sie das Erlebte erzählen, wird ganz sicher eine Panik ausbrechen. „Okay" sagt er. „Aber was sollen wir sagen?" Lennart beugt sich langsam zu ihm rüber. „Nichts von menschenfressenden Irren, auch nichts davon, das ein Spinner die Straßen dort unsicher macht." Lennart schaut links aus dem Fenster in den Wald, es sah so aus, als ob sich da was bewegt hat. Aber er hat sich geriert.

„Ah so, die Verletzungen haben wir uns dann selber zugezogen, weil wir Spaß an so was haben?" Man hört ganz deutlich den Sarkasmus in Arlos Stimme. „Nein natürlich nicht. Wir sagen einfach, dass uns ein Arschloch kurz vorm betreten der Drogerie angefahren hat und dann Fahrerflucht begonnen hat." So blöd hört sich das gar nicht an. Und das ist auch die einzige Möglichkeit, die sich ein wenig realistisch anhört. Aber den Frauen wird er sicher die Wahrheit sagen. Arlo überlegt kurz bevor er antwortet. „Okay, wir machen es so. Es ist die beste Möglichkeit, die Menschen nicht weiter zu verunsichern." Arlo sieht in ein zufriedenes Gesicht von Lennart, was sich aber auf der Stelle wieder verfinstert. „Und kein Wort über meine Panikattacke zu niemanden verstanden?" Arlo lehnt sich wieder im Sitz zurück. Er nickt kurz und zeigt mit seinen Arm Richtung Straße. „Los, lass uns zurückfahren."

Lennart startet den Rover wieder, für so ein altes Auto läuft der echt schön ruhig. Als er den Gang rein wirft und gerade losfahren möchte, knallt irgendwas gegen das Heck. Beide Insassen schauen erschrocken nach hinten, sehen aber nichts. Lennart greift nach seiner Tür, aber Arlo packt ihn an der Schulter. „Lass bloß die Tür zu" schreit er ihn fast schon an. Lennart nimmt seine Hand weg und schaut zusammen mit Arlo wieder nach hinten.

„Hast du das gesehen?" Fragt Mr. Carter mit Panik in der Stimme.

„Was denn? Da war nichts." „Doch doch, da war kurz unter dem Wischer eine Hand." Arlo schaut noch gespannter zum Heckfenster, kann aber nichts sehen. Der Zwerg gibt auf einmal deftig Gas, die Reifen sind kurz am quietschen und schon bewegen sie sich den Waldweg nach oben. Erst jetzt sehen die beiden das da unten auf der Straße eine Person liegt, die sich beim entfernen aber langsam wieder aufrappelt.

„Darüber verlieren wir auch kein Wort", sagt Lennart in voller Fahrt. „Ganz sicher nicht", antwortet Arlo und sieht die Person langsam verschwinden. Nur war die noch am Leben? Oder war es einer dieser Toten? Je schneller sie den Weg entlang zur sicheren Zone brausen, desto weiter verschwindet die Antwort auf die Frage...

Kapitel 18

Endlich kommen die beiden wieder am Camp an, als Erstes sehen sie den Hochsitz, wo sogar jemand drauf steht und dann wird auch der Rest sichtbar. Lennart fährt das Auto direkt hoch zur Schranke und haut einmal leicht auf die Hupe. Dafür bekommt er erst mal einen bösen Blick von Arlo.

„Was denn?" Fragt er ziemlich gleichgültig. Arlo verdreht bei der Frage ein wenig die Augen. „Schon vergessen, diese Dinger werden durch Geräusche angelockt. Das haben wir doch heute schon gesehen." Erst jetzt merkt Lennart, was er falsch gemacht hat. Aber er ist nicht der Typ Fehler einzugestehen. „Schön schön, wir sind hier weit vom Schuss, also bleib locker Arlo. Wir müssen erst mal zusehen, dass wir uns um dein Bein kümmern." Beide schauen wieder auf die Schranke, die sich aber nicht von alleine öffnet. „Einen Arzt hast du nicht zufällig unter deinen Gästen?" Fragt Arlo beim Warten. Er schaut Lennart von der Seite an und wartet auf eine Antwort. Der geht im Kopf wohl gerade seine Besucher durch. Mit seinem Ärmel wischt er sich einmal über sein Auge, da hat sich schon wieder ein wenig Blut angesammelt.

„Nein einen Arzt nicht, aber ich glaube, Frau Park aus Haus 4 ist Krankenschwester. Das muss dann wohl reichen." Vincent kommt endlich angelaufen. Er trägt immer noch seine komische Wollmütze, auch wenn der Regen nachgelassen hat. Schnell öffnet er die Schranke und Lennart fährt langsam nach oben und das Auto hält direkt vor seiner Hütte. Beim Hochfahren hat Arlo noch versucht, die Person auf dem Ausguck zu erkennen. Es sah aus wie der Mann aus Haus 6, den Namen hat er schon wieder vergessen. Mr. Carter springt aus dem Fahrzeug und schaut genervt den Berg herunter. Sein Sohn ist gerade dabei, die Schranke wieder zu schließen und kommt danach langsam zurück.

„Beweg mal deinen Arsch Vins, das muss doch nicht so lange dauern", schreit ihm sein Dad entgegen. Der rennt jetzt fast schon und kommt ohne ein Wort zu sagen, oben an. Sein Blick geht auf das Auge von Lennart, er schaut ein wenig besorgt, ändert aber sofort wieder seinen Gesichtsausdruck, als er sieht, das sein Dad zum Reden ansetzt.

„Hol sofort Mrs. Park hier her, ich brauche sie hier." Sein Sohn setzt sich in Bewegung und läuft die Häuser entlang. Lennart selber dreht eine Runde um das Auto und öffnet die Beifahrertür. Er hält seinen Kopf hinein und fängt an zu flüstern. „Und immer schön an unsere Abmachung denken, kein Wort über die Scheiße von heute." Arlo nickt kurz und versucht aus dem Auto zu steigen. Dabei stellt er erst die Krücken raus und lässt sich dann von Lennart helfen. Beim Aussteigen untersucht er schon die Gegend nach seinen Leuten. Es muss doch einer von ihnen mitbekommen haben, dass sie wieder da sind.

Aber es kommt nur Frau Park zusammen mit Vincent angerannt. Ihr Gesichtsausdruck ist ziemlich besorgt und Vins schaut immer noch total irritiert. „Was ist passiert?" Fragt Mrs. Park, als sie endlich die beiden erreicht. „Autounfall", sagt Arlo unter Schmerzen und Lennart nickt nur kurz.

„Würden sie uns bitte in mein Haus begleiten Mrs. Park. Ich habe auch ein paar Sachen aus der Apotheke mitgebracht." Sein Sohn, der genau neben der kleinen Gruppe steht, schaut ungläubig auf sein Auto. Er sucht nach Dellen oder Beulen, kann aber nichts finden und sein Dad reißt ihn wieder aus seinen Gedanken.

„Vins! Auf dem Rücksitz steht ein Einkaufskorb, bring den ins Haus." Lennart verschwindet schon in seiner Bude und Frau Park hilft Arlo beim Laufen. Aus der Küche nebenan kommt Emma gerannt. Sie ist beim Kochen und hat jetzt mitbekommen, das die beiden wieder da sind. Sie geht direkt zu Arlo und schaut Mrs. Park freundlich an.

„Gehen sie ruhig schon mal rein, ich helfe Arlo die letzten Meter." Die Frau lächelt einmal kurz und verschwindet im Haus. Auch Vins läuft mit dem Korb an ihnen vorbei und geht rein. Arlo hält kurz an, nicht wegen der Schmerzen, sondern weil Emma ihn ein wenig nach hinten zieht.

„Was ist passiert?" Fragt sie ziemlich schockiert. „Wir sind von einem Auto angefahren worden." „Das glaubst du doch nicht wirklich." „Nein, das ist wohl wahr, holst du bitte Sam, ich erzähle euch gleich alles. Das muss aber unter uns bleiben." Emma nickt und hilft ihm noch kurz über die Schwelle ins Wohnzimmer. Auch das Haus von Lennart und Vins sieht von innen fast genau so aus wie alle anderen. Nur mit dem Unterschied, dass die beiden zwei Stockwerke haben und im Wohnzimmer eine Treppe nach oben führt. Emma setzt Arlo auf die Couch und geht sofort wieder. Vins steht in einer Ecke und schaut ihr nach.

„Vins?" Schreit Lennart mal wieder, der gerade von oben kommt. „Ja Dad?" „Fahr das Auto bitte runter und bring das Gewehr mit." Ohne ein Wort zu sagen, läuft Vins zur Tür und will gerade gehen als Lennart ihn schon wieder anspricht. „Wer ist denn gerade auf den Türmen?"

„Auf dem unteren ist Mr. Williams aus Haus 6 und auf dem anderen seine Tochter Amelia." „AMELIA" schreit Lennart so laut, dass alle Anwesenden zusammenzucken. „Die ist doch gerade erst 13 oder 14, warum ist die auf dem Turm?"

„Sie wollte unbedingt, da ihr Vater auch dran ist. Die hat hier voll einen Aufstand gemacht", antwortet Vins total eingeschüchtert. „Gut gut, mach jetzt was ich gesagt habe."

Schnell verschwindet der Große aus dem Haus, bevor noch mehr kommt.

Mrs. Park steht total erschrocken neben Arlo und bewegt sich keinen Millimeter. „Mr. Carter?" Beginnt sie jetzt. „Was ist da draußen los?" „Oh Mrs. Park, es tut mir leid, dass ich so zornig bin, aber mein Sohn versteht sonst nichts." Er hat wieder sein unsympathisches Lächeln aufgesetzt. „Wir werden gleich nach dem Essen eine Versammlung einberufen und dann sage ich ein paar Takte. Wir wollen die Geschichte ja nicht jedem neu erzählen."

Ziemlich unsicher nimmt die Krankenschwester die Worte auf. „Ich werde dann mal nach Mr. Stenn schauen." Sie geht langsam zu Arlo, der immer noch auf der Couch sitzt und sein Bein mit einer Krücke nach oben hält. „Arlo" sagt er der kommenden Frau entgegen. Sie lächelt ihn total freundlich, aber auch ein wenig besorgt, an. „Evelyn" lacht sie und beide geben sich die Hand. Evelyn Park kommt aus

Orlando und ist dort im hiesigen Krankenhaus als Schwester beschäftigt. Sie ist alleinerziehend und besucht seit Jahren hier das Camp. Sie müsste an die 50 sein, trägt ihre Haare ziemlich kurz und hat schon eine Menge mitgemacht. Ihr Mann hat sie die ganzen Jahre über geschlagen und unterdrückt. Sie war einfach zu schwach, um was dagegen zu machen. Geendet hatte die ganze Sache, als auf einmal die Cops vor der Tür standen und ihren Mann mitgenommen haben. Es kam am Ende raus, das ihr brutaler Ehemann vor ein Paar Jahren eine Frau Vergewaltigt und umgebracht hat. So endete die tragische Geschichte mit einem Happy End. Endlich war Evelyn frei und sie hat sich geschworen, nie wieder zu leiden. Ihre beiden Söhne, 7 und 15 sind ihr ein und alles. Auch wenn sie mit dem großen viele Probleme hat, da er zu viel von seinem Vater abbekommen hat.

„Was ist dir denn genau widerfahren, also was ist verletzt, was soll ich tun?" Fragt Evelyn Arlo.

„Ich würde mal sagen, wir waren zur falschen Zeit am falschen Ort. So ein dummer Idiot hat uns beim Überqueren der Straße angefahren. Bin dann leider unglücklich auf mein Knie gefallen."

„Oh" sagt Evelyn nur. Keiner hat mitbekommen, das Sam auch schon im Haus steht. Sie hatte sich noch nicht bemerkbar gemacht, weil Emma sie ein wenig zurückgehalten hat. Jetzt geht sie durchs Wohnzimmer und setzt sich genau neben Arlo.

„Schatz, es tut mir so leid. Hoffentlich ist es nichts Ernstes. Hast du große Schmerzen?" Arlo legt einen Arm um Sam und küsst sie auf den Mund. „Mach dir nicht so große Sorgen, es ist sicher nicht schlimm und Eveyln wird sich das jetzt anschauen.

„Lennart steht still in einer Ecke und sieht trotz seiner blutenden Wunde ziemlich zufrieden aus, alles läuft genau so, wie er es wollte. Sein Blick geht zur Haustür wo Emma immer noch wartet und in die Runde schaut.

„Sind sie nicht fürs Essen eingeteilt?" Spricht er sie an. Erst jetzt nimmt Emma widerwillig Notiz von dem kleinen Mann. „Ja bin ich", sagt sie nur kurz und trocken. „Dann wäre ich ihnen sehr zu dank verpflichtet, wenn sie dieser Tätigkeit wieder nachgehen würden. Hier wird sich um alles gekümmert und zu viele Leute stören einfach." Das war ziemlich eindeutig, Emma schaut noch einmal abwertend zu Lennart und stößt beim Rausgehen fast mit Vincent zusammen, der gerade mit der Waffe unterm Arm das Haus betritt. „Sorry" sagt dieser, aber Emma hat kein Interesse an irgendeinem Gespräch, sie geht an ihm vorbei und knallt hinter sich die Tür zu. Alle Beteiligten im Wohnzimmer schauen ihr nach. „Habe ich was falsch gemacht?" Fragt Vins ziemlich erschütternd. „Nein alles gut Vins, bring die Waffe bitte nach oben in mein Zimmer und komm wieder runter."

Emma ist währenddessen in der Küche bei Sarah und Jessica angekommen. Dort wird sie erst mal von beiden bedrängt, sie wollen unbedingt wissen, was passiert ist. Emma beruhigt sie wieder und vertröstet sie auf später. Da sie ja selber noch nicht viel weiß, außer irgendwas von einem Autounfall, was sie aber kein wenig glaubt.

„Wir halten an unserem Plan fest", sagt Emma jetzt zu den beiden. „Aber erst mal müssen wir das Essen fertigmachen", lacht Jessica. Die drei schauen sich an und bekommen einen Lachanfall.

Yvonne und Leo kommen von ihrem kleinen Waldspaziergang wieder an Hütte Nummer 13 an. Emma hatte ihnen empfohlen, sich den Bunker im Wald mal anzuschauen, da Lennart unterwegs war und Vincent den morgen auf dem Turm verbrachte. Aber sie konnten nicht wirklich was raus finden. Es war alles verschlossen, auch lagen keine Sachen mehr draußen herum, es wurde schon alles verstaut. Bis auf das Yvonne jetzt nasse Füße hat, haben die beiden nichts erreicht. Sie liegt auf der Couch, hat neue Socken von Sam und Leo massiert ihr liebevoll die kalten Zehen.

Evelyn ist mit Arlo fertig, das Knie ist ziemlich dick und geschwollen, es sieht alles nach einer harmlosen Prellung aus. Die schmerzt zwar heftig, dafür hält die aber nicht lange. Mrs. Park verspricht noch, dass sie später ein wenig Salbe aus ihrer eigenen Apotheke vorbei bringt, das sollte die Schwellung dann ein wenig lindern. Als Nächstes ist Lennarts Auge an der Reihe, doch der zickt wie ein kleines Kind. Am Ende verliert er aber trotzdem nicht nur weil Evelyn sehr hartnäckig ist, sondern weil auch schon wieder neues Blut über das Gesicht nach unten läuft. Nach dem Entfernen des übergroßen Pflasters kommt eine ziemlich tiefe Wunde zum Vorschein und die muss wohl genäht werden. Da sich hier im Haus keine Nähsachen befinden, verschwindet Mrs. Park und geht zu ihrer Hütte. Sie würde dann gleich sofort wieder kommen.

Arlo erhebt sich endlich von der Couch und geht unterstützt von Sam zur Tür.

„Arlo?" Ruft Lennart aus der Ecke. Er dreht sich um und schaut ihn an. „Ich wollte mich noch eben bedanken. Du bist ein guter Mann und ich bin froh, dass du heute dabei warst." „Kein Ding", antwortet Arlo kurz. So viel Nettigkeit ist man von Mr. Carter gar nicht gewohnt und es sah sogar ehrlich aus. Was soll er auch machen, ohne Arlo wäre Lennart sicher tot.

Die beiden verlassen langsam das Haus und Evelyn kommt ihnen entgegen. Sie hat eben das Nähzeug geholt und Arlo auch die Salbe mitgebracht. Der Weg zu Hütte Nummer 13 wird ein wenig dauern. Der Boden ist vom Regen durchgeweicht, das Knie schmerzt völlig und Sam ist auch nicht gerade die größte Hilfe.

„Was ist wirklich passiert Arlo?" Fragt sie jetzt. Arlo schaut sie an und wird dabei ziemlich ernst. „Es sind kaum noch Menschen da. Sie sind alle verschwunden oder tot", antwortet er nach einer kurzen Überlegung. Sam schaut zu Boden. „So schlimm?" „Ja das ist es, wir werden hier nicht lange sicher sein, aber lass uns gleich mit den anderen darüber reden. Wir müssen echt abschätzen, wen wir vertrauen können." Er bleibt kurz stehen und stützt sich auf sein heiles Bein.

„Sam, das ist ganz wichtig, das darf keine große Runde machen. Die Menschen hier würden in Panik ausbrechen und uns alle in Gefahr bringen." Sam nickt kurz und die beiden gehen langsam weiter. Als sie an Haus 10 vorbeikommen, sehen sie die kleine Laura vor der Tür sitzen. Sie hat eine Puppe in der Hand und klammert sie ganz fest. Als sie die beiden sieht, rennt sie sofort los. „Hallo" sagt sie nur und schaut verdutzt auf die Krücken von Arlo.

„Tut das weh?" Arlo bleibt wieder stehen und beugt sich, soweit es geht nach unten. „Nur ein wenig, das ist aber schnell wieder weg."

Laura lächelt die beiden an. „Simon hatte mal den Fuß gebrochen und musste auch solche Stöcke benutzen. Das hat ganz lange gedauert."

Jetzt ergreift Sam das Wort. „Laura? Bei Arlo ist nichts gebrochen. Er bekommt jetzt von mir Ruhe verschrieben und kann bald wieder herum hüpfen." Das Lächeln der Kleinen wird breiter. Sie hüpft von einem Bein auf das andere und dreht sich einmal im Kreis. „Dann können wir ja zusammen hüpfen." Jetzt lachen auch Arlo und Sam mit der Kleinen, die sich langsam wieder entfernt.

„Wir müssen uns echt was einfallen lassen", sagt er sehr leise. „Wir müssen die Menschen hier schützen." Sams lachen endet sofort und sie schaut nachdenklich und ängstlich zu Arlo hoch. Sie bewegen sich weiter und sehen Leo vor ihrer Hütte stehen. Der blickt ziemlich ungläubig zu den beiden rüber. Dann überkommt ihm so was wie ein Geistesblitz, er rennt los und ist nach wenigen Schritten schon bei den beiden. „Was ist passiert?" Ruft er noch vor dem angekommen. „Alles halb so wild", sagt ihm Arlo und versucht die Sache ein wenig runter zu spielen. Er sieht bei Nummer 12 Frau Stevenson vor der Tür stehen. Jetzt bloß nichts Falsches sagen. Leo packt Arlo unter dem Arm und entlässt somit Sam aus ihren Dienst. Sie kommen nun viel schneller voran. Frau Stevenson wird kurz freundlich zugenickt und endlich verschwinden sie im Haus. Dort kommt Yvonne gerade kreidebleich von Toilette und steht direkt vor den anderen. Leo schließt die Tür, schiebt sich an allen vorbei, lächelt Yvonne kurz zu und befreit die Couch von Decken und Kissen, damit Arlo Platz hat. Sam ergreift als Erstes das Wort. „Alles ok Yvonne? Du siehst gar nicht gut aus." Yvonnes Blick bleibt die ganze Zeit an Arlo kleben.

„Das sollte ich wohl eher ihn fragen. Was ist passiert Arlo?" „Ich werde euch gleich alle einweihen, lasst uns aber eben auf Emma warten", antwortet er. Bei der Couch angekommen legt er die Krücken zur Seite und haut sich hin. Beim Setzen stöhnt er einmal kurz auf. Sam steht noch neben Yvonne an der Badtür und Leo an der Couch.

„Emma wohnt nicht mehr hier", sagt sie zu Arlo. Der schaut einmal auf und schließt dann die Augen. Das Knie macht ihm doch sehr zu schaffen. „Wo ist sie denn hin?" Sam kommt näher und setzt sich auf die Kante der Couch, um bei Arlo zu sein.

„Sie ist zu Sarah und Jessica gezogen. Die beiden Frauen aus Haus Nummer 7 und Yvonne und Leo wohnen jetzt bei uns. Man kann die Couch hier ausfahren und zum Bett umbauen, daher haben wir alle genug Platz." Yvonne steht immer noch an der gleichen Stelle, aber ihr Blick erhellt sich ein wenig bei dem Gesagten von Sam. Sie wollte auch unbedingt hier in der Hütte bleiben, nun hat sie ihren Willen bekommen.

Leo schaut runter zu Arlo und setzt einen neugierigen Blick auf. „Was ist denn da draußen passiert? Sieht es immer noch so schlimm aus? Lass uns doch nicht so lange warten."

Arlo hangelt sich ein wenig nach oben und Sam ist gerade dabei, die Hose von ihm auszuziehen. Natürlich alles unter der Decke, sie möchte nämlich das Knie mit der Salbe einreiben. Yvonne kommt auch wieder näher und steht jetzt neben Leo. Arlo schaut erst mal alle der Reihe nach an. Dann beginnt er zu erzählen, alles von vorne bis hinten, er lässt kein Detail aus. Die Augen der drei werden immer größer. Nun wissen sie endlich Bescheid, das Arlo die rechte Hand von Lennart werden soll, dass die Städte ausgestorben sind, die Sache mit dem Kranken und das Arlo den erschossen hat, die Feigheit von Mr. Carter und der geheimnisvolle Schütze aus Olustee. Auch den Rest mit der komischen Person hinter dem Auto lässt er nicht weg. Damit will er ihnen nur zeigen, wie nah die Bedrohung mittlerweile ist. Als er mit allen fertig ist, Sam auch das Knie schon eingerieben hat, herrscht absolute Stille im Haus. Es ist also nichts besser geworden, alles ist noch genau so wie an dem Tag, wo sie angekommen sind. Vielleicht ist es sogar noch schlimmer. Vor allem, wo sind all die ganzen Menschen?

Arlo bewegt sich ein wenig ruckartig auf der Couch und Sam fällt beinahe runter, da sie nur an der Kante sitzt. Dann greift Arlo nach hinten und holt die Waffe von der Sitzfläche. Die ist ihm beim Hinsetzen raus gefallen und lag die ganze Zeit ungesichert auf den Polstern.

„Könnte mal jemand das Teil wieder unter das Schränkchen verstauen?" Leo kommt als Erstes und nimmt sie ihm ab, geht zum kleinen Schrank und steckt die Waffe darunter. „Gut, dass du die Waffe dabei hattest", sagt er noch nebenbei. Auch Sam schließt sich dem Gesagten an. Gar nicht auszudenken, was gewesen wäre, wenn die Pistole gar nicht dabei gewesen wäre.

Es klopft an der Tür und alle schrecken zusammen. Emma kommt herein und macht sofort wieder alles dicht. Sie steht mitten im Raum und grinst ein wenig böse.

„Eine tolle Versammlung habt ihr hier, so wie ich das sehe, hat Arlo schon alles erzählt und ich stehe in der Küche und backe Pizza. Echt total fair von euch." Wieder setzt sie ihren bösen Blick auf und alle fangen an zu lachen. Auch Emma lässt sich davon mitreißen und macht plötzlich mit. Aber sie ist wieder die Erste, die sich einkriegt. Jetzt geht ihr Blick zu Leo.

„Habt ihr irgendwas draußen im Wald gefunden?" „Nein leider nicht", antwortet er. „Der Bunker steht da seelenlos alleine und war komplett versperrt. Es lag auch nichts mehr herum, es sah eher so aus, als ob da schon lange keiner mehr war." „Dann hat dieser Vins wohl schon tolle Arbeit geleistet", bemerkt Emma. „Jetzt wäre ich euch echt dankbar, wenn ihr mir sagen würdet, was genau los ist. Das mit dem Autounfall glaubt ja wohl keiner. Jessi und Sarah verteilen schon das Essen, daher habe ich ein wenig Zeit."

Also beginnt Arlo von vorne, wieder wird die ganze Geschichte mit allen Einzelheiten berichtet. Emma nimmt das sehr gelassen hin und verzieht dabei keine Miene. Nur bei der letzten Sache mit dem Toten am Auto wird sie ein wenig hellhöriger.

„Also ist die Gefahr schon sehr nah und dieser kleine Fettsack hat nicht vor, dagegen was zu unternehmen. Das war mir so was von klar."

„Was soll er denn auch machen?" Fragt Sam. Emma wendet sich ihr zu und wird doch ziemlich direkt. „Das Beste wäre wohl noch mehr Wachen abzustellen und die Leute zu bewaffnen." „Aber dann müssten wir sie alle einweihen und ich glaube nicht, dass es eine gute Idee wäre", antwortet Arlo. „Ich denke in dem Moment, wenn der erste Tote hier oben einen Menschen verletzt, werden sie wohl die Wahrheit erkennen. Dann möchte ich mal die Panik sehen, die dadurch ausbricht", sagt Emma darauf. „Ich muss Emma recht geben", mischt sich Leo ein. „Die Gefahr ist Real, wir haben da draußen alle erlebt, was los ist und das von Arlo heute bestätigt das Ganze doch nur. Sollte sich wirklich einer dieser Kranken hier her verirren, bekommen wir derbe Probleme." Emma geht ein wenig näher zu Leo und schaut ihn an. „Danke Leo für deine Unterstützung." Arlo verdreht ein wenig seine Augen und als er gerade was dazu sagen will, klopft es wieder an der Tür. Diesmal kommt aber keiner rein und Emma öffnet von innen. Davor stehen Jessica und Sarah mit der Pizza, die Emma denen auch sofort abnimmt und im Wohnzimmer auf den Tisch stellt. „Lasst es Euch schmecken, ich habe die gemacht, ich will gleich keine Klagen hören", sagt sie noch kurz und verschwindet dann zu den beiden anderen nach draußen. Da hat auch wieder leichter Regen angefangen.

„Emma hat vollkommen recht", sagt sogar Yvonne. „Wir haben den Mist da draußen alle mitgemacht. Und das heute sollte doch jedem die Augen öffnen." „Ich rede gleich mit Lennart", sagt Arlo darauf nur. „Ihr habt ja alle Recht, aber der Kerl ist nicht gerade leicht umzustimmen." „Lass uns doch erst mal was Essen", sagt Sam und nimmt die Pizza mit in die Küche. Dort holt sie erst mal Teller und Besteck aus dem Schrank und stellt alles zusammen auf die Ablage. Yvonne kommt ihr hinterher und hilft dabei.

„Diese ganze Sache wird noch aus dem Ruder laufen", sagt Leo im Wohnzimmer. „Wenn die Kranken hier her kommen, dann sind wir geliefert." Arlo schaut vom Tisch auf und nickt Leo zu. Er weiß, dass sie alle Recht haben, nur die Gefahr seine Position bei Familie Carter zu verlieren, ist zu groß. Solange er hier auch ein wenig was zu sagen hat, sollte das nicht geschehen, denn so haben sie wenigstens eine Chance.

Sam und Yvonne kommen mit der Pizza, die wurde schön auf Teller aufgeteilt und ist sogar noch am dampfen. Sie stellen alles auf den Tisch und wollen sich gerade setzen, genau in diesem Moment hören sie von draußen einen lauten Schrei.

„Scheiße", sagt Sam und bleibt wie angewurzelt stehen. „Das hörte sich so an wie Mrs. Stevenson." Arlo versucht sich zu erheben, fällt aber vor lauter Schmerzen wieder auf die Couch. Leo reagiert am schnellsten, er holt sich die Waffe unter dem Schränkchen und rennt zur Tür. Yvonne sprintet schon fast hinterher, nur Sam steht immer noch am Tisch und schaut den beiden nach.

„Bleib bitte hier Sam", sagt Arlo sehr leise zu ihr. Sie ist am ganzen Körper am Zittern, schaut zu ihm runter und zeigt keine Geste. Von draußen kommen keine Geräusche mehr, als ob das alles nur ein Traum war.

Das hält aber nicht lange an und die beiden hören einen Schuss. Das war nicht die Pistole von Leo, sondern ein Gewehr. Und dann kommt sofort wieder Stille. Sam geht ganz langsam zur Tür, sie zittert immer noch und streckt die Hand nach dem Griff aus. Aber zur gleichen Zeit öffnet die sich von außen und Leo und Yvonne kommen wieder rein.

„Was eine Aufregung da draußen", sagt Leo zur verdutzen Sam. „Da hat sich nur eine blöde Wildsau ins Camp verirrt und hat die Frau nebenan erschreckt. Dieser dämliche Sohn von Mr. Carter hat mit einem Gewehr darauf geschossen, aber natürlich nicht getroffen. Die Sau ist wieder abgehauen."

Yvonne kümmert sich währenddessen um Sam, die immer noch an der Türschwelle steht und große Augen macht. „Es ist alles in Ordnung", sagt sie zu ihr. „Wir sind hier im Wald, da kann so was schon mal vorkommen." Arlo steht mittlerweile auf seinen Krücken und humpelt zu den Damen. „Das gerade hat wohl gezeigt, wie ernst die Lage wirklich ist. Diesmal war es noch eine Sau, beim nächsten mal kommt der Tod. Ich rede gleich mit Lennart, ich muss ihn einfach umstimmen." Sam geht zu ihm und harkt sich unter. Auch Yvonne nimmt eine Seite und hilft, dabei kommt sie mit ihrem Kopf, den von Arlo sehr nahe. Es sieht fast so aus, als ob sie ihn küssen will. Zusammen bringen sie Arlo zurück zur Couch. Leo steht nicht weit von ihnen und kaut auf einem Stück Pizza. „Was willst du dem alten Sack denn sagen? Der hört doch sowieso auf keinen und macht lieber sein eigenes Ding." Arlo schaut zu ihm hoch. „Ich weiß es noch nicht, aber es muss ganz schnell was passieren." „Vielleicht sollten wir uns dem Klub von Emma anschließen", sagt Yvonne ziemlich vergnügt. „Die haben ja vor, den König zu stürzen und die Macht an sich zu reißen."

Nach den Worten müssen erst mal alle lachen, das hörte sich auch verdammt komisch an. Die Restlichen hauen sich auf die Couch oder wie in Leos Fall auf die Kante und beginnen zu essen. Draußen regnet es wieder fester und leichter Nebel kommt auf. Die beiden auf den Hochsitzen wurden ausgetauscht, Lennart möchte niemanden lange oben lassen. Auf dem unteren steht der alte Collister, er war einer der Freiwilligen. Und auf dem anderen hat sich Mr. Stevenson einquartiert. Er schaut ein wenig zornig wegen der Wildsau und hat sich daher noch mal gemeldet. Der Schock bei seiner Frau sitzt ziemlich tief...

Kapitel 19

Das Essen ist beendet und alles steht noch auf dem Tisch. Alle sind ein wenig schläfrig, was aber wohl eher an der Pizza lag als an irgendeiner körperlichen Anstrengung. Bei Arlo fallen die Augen zu, als es schon wieder an der Tür klopft. Leo will sich gerade erheben, als die sich von alleine öffnet und tatsächlich Mr. Carter mit seinem Sohn reinkommt.

„Hallo alle zusammen, es tut mir leid, hier einfach so hereinzuplatzen, aber es ist wichtig. Mir ist da eine Idee gekommen und wir sollten der Sache mal nachgehen, ohne noch mal jemanden zu gefährden. Ich denke, Arlo hat hier jeden aufgeklärt was heute wirklich passiert ist?"

Lennart hat über seinem Auge ein festes großes Pflaster, Mrs. Park hat alles genäht und schön verarztet. Arlo schaut einmal durch die Runde und nickt Lennart kurz zu.

„Okay Okay, dann kann ich mir ja jedes weitere Wort ersparen, was das angeht und sofort fortfahren. Nicht weit von hier steht ein Aussichtsturm im Wald. Der ist so hoch, dass man von dort bis nach

Lake City schauen kann. Mit einem guten Fernglas könnten wir rausbekommen, was dort los ist."

Keiner von den Anwesenden sagt darauf ein Wort. Mr. Carter schaut jeden nacheinander kurz an. Er dachte wohl, dass seine Idee besser ankommen würde.

„Mein Sohn Vins möchte sich auf den Weg machen, ich möchte aber das einer von euch ihn begleitet, am besten wäre Leo, ich darf doch Leo sagen?" Leo steht immer noch mitten im Raum und macht eine nickende Kopfbewegung. „Schön Schön, also ihr zwei lauft gleich los und schaut, ob ihr was rausbekommt." „Was soll das bei dem Wetter bringen?" Fragt Arlo ziemlich desinteressiert. „Man kann bei dem Regen und dem aufkommenden Nebel ja nicht mal 100 Meter weit schauen", fügt er noch hinzu. „Ja diese Bedenken hatte ich auch", antwortet Lennart.

„Aber der Nebel ist nur in Bodennähe, der sollte kein Problem sein und die Regenwolken hängen so hoch, das sie normal nicht stören." „Ich mach es", sagt Leo kurz und beginnt sich wieder seine Schuhe anzuziehen. „Das ist wunderbar, Vins wird dann vor unserem Haus warten."

Mr. Carter und sein Sohn verlassen Nummer 13 und schließen hinter sich die Tür.

„Mir gefällt das alles nicht", sagt Yvonne eher zu Leo als zu allen anderen. „Nimm am besten die Waffe mit" kommt von Arlo, der immer noch auf der Couch festsitzt. Leo hat sie ja eh in der Tasche und klopft einmal grinsend auf die Stelle. „Ich gehe dann mal", sagt er nun. „Mir wird schon nichts passieren und so schlecht ist die Idee auch gar nicht. Vielleicht sehen wir ja, was in Lake City los ist." „Pass bitte auf dich auf Leo, hörst du?", sagt Yvonne wieder und man erkennt an ihrer Stimme, dass sie sich wirklich Sorgen macht. Leo geht zur Tür und setzt noch mal ein breites Lachen auf. Er hebt seinen Arm zum Abschied und verlässt die Hütte.

Draußen spannt Leo kurz seinen mitgenommenen Schirm auf und geht langsam und gemütlich nach vorne. Es sind wohl noch alle am Essen, denn es befindet sich keiner im Freien, aber was will man bei dem Wetter auch machen? Ob das hier unten immer so viel regnet, fragt sich Leo beim Laufen, das wäre aber kein schöner Urlaubsort. Von weiten sieht er schon die beiden Carters vor dem Haus stehen. Sie sind in ein wildes Wortgefecht verwickelt und keiner von ihnen blickt zu ihm. So bekommt er sogar noch die letzten Wortfetzen der beiden mit. Lennart hat noch irgendwas von einem Plan gefaselt und das Vins den unbedingt genau so umsetzen soll. Vincent ist damit nicht wirklich einverstanden und schaut sehr finster Richtung Empfangshaus. Erst jetzt bemerkt Lennart das Leo schon fast bei ihnen ist.

„Ahhh, da kommt er ja, unser Held. Danke noch mal das du meinen Sohn begleitest." Er kommt Leo ein paar Schritte entgegen und drückt ihm ein Fernglas in die Hand.

„Vins kennt den Weg, folge ihm einfach. Aber glaube nicht, dass ihr sehr gute Gespräche führen könnt, Vins ist da ein wenig eigen und die meiste Zeit sehr still. Aber das schafft ihr schon."

Leo nimmt sich das Fernglas und hängt es sich mit der daran gebundenen Schlaufe um den Hals. Lennart haut seinen Sohn noch mal ziemlich fest auf die Schulter.

„Los jetzt Vins, passt unterwegs gut auf, nicht das ihr von irgendwas überrascht werdet." Vincent dreht sich wieder um und erst jetzt sieht Leo, dass er ein Gewehr im Arm hält und auch ein Fernglas umgebunden hat. Ohne ein Wort zu sagen, geht er los, zuerst Richtung Gemeinschaftsplatz und von dort rechts in den Wald. Leo setzt sich in Bewegung und läuft hinter her und Lennart schaut den beiden nach. Sein obligatorisches Grinsen darf dabei natürlich nicht fehlen. Dann geht er ins Lager und schließt hinter sich die Tür. Draußen ist wieder alles ruhig, weiterhin ist kein Mensch zu sehen.

Emma und die beiden anderen sind auch schon lange mit dem Essen fertig. Sie sitzen gemütlich auf der Couch und rauchen sich eine Zigarette nach der anderen.

„Wer macht eigentlich nun den Abwasch?" Fragt Jessica. Sarah stöhnt kurz auf. „Können die Leute ihre Sachen nicht selber spülen?" Emma sagt gar nichts, denn sie ist in ihren eigenen Gedanken. In der einen Hand hält sie die Zigarette und in der anderen das geklaute Kampfmesser.

„Aber wir müssen wenigstens den Abwasch in der Küche erledigen. Da ist ja auch noch alles dreckig." „Das können wir ja gleich machen", antwortet wieder Sarah, weiterhin total genervt. Emma springt von der Couch und stellt sich vor den beiden anderen, die erschrocken zu ihr aufschauen.

„Wir warten jetzt gleich noch das Treffen ab. Sollte dabei nichts herumkommen, werden wir versuchen noch ein oder zwei Leute auf unsere Seite zu ziehen und dann schlagen wir zu." „Hast du nicht gesagt, dass Arlo das schon machen wird", fragt Jessica ziemlich ängstlich. Sie ist sehr beeindruckt von Emma, die wie eine echte Anführerin rüber kommt und auch im hohen Maße dominant ist. Sarah zieht noch einmal an ihrer Kippe und macht sie dann auf einen Teller aus. Aschenbecher sind wohl in den Häusern Mangelware. Auch sie steht auf und stellt sich neben Emma.

„Emma hat recht, ich mag Arlo irgendwie, aber ich glaube, er wird gar nichts regeln." „Genau so ist es", gibt sie Sarah recht. „Arlo ist ein guter Typ, aber leider wird er das nicht hinbekommen. Daher machen wir das heute, es muss leider sein, sonst werden wir hier alle verrecken."

Jetzt erhebt sich auch Jessica und räumt die Sachen vom Tisch in die Küche. Beim Vorbeilaufen bei den beiden anderen bleibt sie kurz stehen.

„Okay, ich hoffe, dass alles gut gehen wird." Emma geht zur Tür, schaut einmal raus, sieht das niemand unterwegs ist und kommt zurück zur Couch. „Wenn wir uns genau an unseren Plan halten, dann geht das schnell über die Bühne. Und dann beginnt Phase 2, die Leute hier werden das schon verstehen und akzeptieren." Jessica kommt wieder aus der Küche.

„Ich glaube aber nicht, das sie so sehr damit einverstanden sind und ihre Autoschlüssel abzugeben. Das sieht dann eher so aus, als ob wir sie einsperren wollen."

Emma dreht sich zu ihr um. „Genau das ist es auch. Wir wollen sie doch wirklich einsperren, aber nur zu ihren Schutz. Wir können es nicht zulassen, das sie alle versuchen zu fliehen, wenn sie endlich die Wahrheit erfahren. Jeder der dann abhaut, fehlt uns im Kampf gegen alles, was noch kommt. Und die losfahrenden Autos locken mit ihrem Krach diese Dinger an. Wir haben das doch alles schon besprochen."

Jessica quetscht sich wieder durch die beiden durch und setzt sich auf die Couch. „Ja, du hast ja recht, aber irgendwie habe ich ein wenig Bammel." Sarah fängt an zu lachen. „Das war ja wieder klar Jessi, du Weichei willst wieder kneifen." „Nein, das will ich doch gar nicht." „Doch das sieht man doch wieder."

„Ruhe" mischt sich Emma ein. „Wir werden das schon schaffen und ich möchte einfach nur, das ihr beiden zu 100 % hinter mir steht." Jessica und Sarah schauen sie an und nicken gleichzeitig. Als Emma weiter reden möchte, klopft es an der Tür. Sie hat immer noch das Messer in der Hand und geht langsam zum Eingang. Sie öffnet und draußen steht Sam mit den dreckigen Blechen von der Pizza. Sie schaut kurz auf das Messer und wird kreidebleich.

„Oh Sam, komm rein, schön das du uns besuchst. Wie geht es Arlo?" Sam kommt langsam rein und begrüßt die beiden anderen. „Ich dachte, ich helfe euch eben beim Abwasch, damit wir gleich fertig sind wenn die Versammlung anfängt. Arlo liegt noch auf der Couch, Yvonne ist bei ihm, dem geht es sicher bald wieder gut." „Und wo ist Leo?" Fragt Emma. „Der ist zusammen mit Vins los, die wollen zu einen Aussichtsturm, um nach Lake City reinzuschauen." Emma dreht das Messer in ihrer Hand. „Dann ist der blöde Sohn gerade gar nicht da? Das ist gut, das ist sogar sehr gut. Aber bist du sicher, das es gut ist Yvonne alleine mit Arlo zu lassen?"

Ziemlich verwirrt schaut Sam in ihre Richtung. „Na klar, warum auch nicht, sie wird sich schon um ihn kümmern, wenn er was brauch." „Das glaube ich auch." Emma lacht ein wenig. „Ach egal jetzt, alles gut. Dann lass uns mal mit dem blöden Abwasch beginnen. Schließlich warten wir alle fieberhaft auf die tolle Ansprache vom King."

Arlo liegt lang ausgestreckt auf der Couch. Sein blödes Knie schmerzt noch sehr und solange er es nicht bewegt, ist alles gut. Yvonne ist derzeit in der Küche und spült die Teller ab. Arlo schaut die ganze Zeit in ihre Richtung. Er weiß schon, was gleich kommen wird und so richtig gefällt ihm die Sache nicht. Das erste mal mit Yvonne alleine kann nur im Desaster enden.

Jetzt ist sie endlich fertig und kommt zurück ins Wohnzimmer. Arlo schaut an die Decke und macht so, als ob es ihn nicht interessiert. Yvonne läuft ein paar Runden durchs Wohnzimmer und ist ziemlich nervös. Das Ganze spannt Arlo noch mehr an. Endlich entscheidet sie sich und setzt sich auf die Couchkante in der Nähe von Arlos Kopf.

„Können wir reden?" Fragt sie in sehr ruhigen Ton. Arlo dreht sich ein wenig auf die Seite, man sieht, dass er schmerzen hat. „Ist das gerade der passende Augenblick?" „Ja, ich denke schon das es gerade passt", antwortet sie ein wenig trotzig. Die beiden schauen sich eine Weile an und Arlo nimmt tatsächlich die Hand von Yvonne.

„Okay, dann lass uns reden." Er sieht ein Leichtes lächeln auf ihrem Gesicht. Er hält weiterhin ihre Hand und es fällt ihr merklich schwer, die richtigen Worte zu finden.

„Ich muss dir was sagen und das ist ziemlich wichtig."

Die Tonwahl von Yvonne macht Arlo ängstlich, normal ist sie voll die Draufgängerin immer witzig, meist auch ein wenig aggressiv, aber das hier ist anders. Trotzdem lässt er ihre Hand nicht los. „Was ist los Yvonne? Irgendwas stimmt doch nicht." Yvonnes Blick geht kurz einmal komplett durch den Raum und trifft dann wieder den von Arlo.

„Arlo, ich weiß, es ist viel passiert. Alles hat sich irgendwie verändert. Aber es ist was Entscheidendes geschehen und du musst das unbedingt wissen. Ich weiß nur nicht, wie ich es sagen soll." Arlo sieht, dass bei Yvonne eine kleine Träne die Wange herunter läuft. Er rafft sich noch ein wenig mehr auf, um sie besser zu erkennen.

„Du hast was mit Leo stimmts?" Den Blick, den er von Yvonne erntet, ist nicht zu beschreiben. Zwischen Entgeisterung und

Belustigung ist alles dabei. Da kommt am Schluss doch tatsächlich noch ein Lächeln bei ihr.

„Nein, ich habe nichts mit Leo. Er ist ein super Typ, aber nicht wirklich das, was ich suche und brauche. Arlo, ich liebe dich, das habe ich dir schon sehr oft gesagt und das war auch so gemeint." Arlo versucht nach dem gesagten ein Aufgezwungenes lächeln.

„Du weißt Yvonne, das ich mit Sam zusammen bin und sie auch liebe." „Ja, das weiß ich, blöd bin ich ja nicht." Jetzt kommt bei Yvonne wieder die zickige Seite raus. Sie redet die ganze Zeit um den heißen Brei herum. Es ist aber auch schwer, wenn er immer wieder auf Sam herumreitet.

„Ach Yvonne, es ist so viel passiert. Ich weiß nicht, wie wir wieder auf die Vergangenheit aufspringen können. Das mit uns war sehr schön, das will ich nicht abstreiten."

„Ach, nur schön nennst du das also? Da war mehr zwischen uns Arlo. Es war nicht einfach nur Sex, das weißt du auch." Arlo lässt die Hand von Yvonne wieder los. Er muss sich anders drehen, die schmerzen im Knie sind so stark geworden, das er es nicht länger ausgehalten hat.

„Natürlich war da mehr Yvonne. Es ging mir nicht nur um Sex. Ich habe auch was gefühlt, denn du bist eine tolle Frau. Aber du siehst doch selber, was gerade los ist. Ich liege hier auf der Couch mit schmerzen, habe heute Morgen einen Menschen, oder was das auch immer war, erschossen. Ich kann mir halt gerade nicht vorstellen, wie wir einfach weitermachen können?"

Yvonne springt auf, sie ist gerade auf 180 und rennt eine Runde durch den Raum. Dann bleibt sie wieder vor Arlo stehen und schaut zu ihm runter.

„Du kannst das jetzt nicht alles wegschmeißen. Ich brauche dich jetzt mehr, denn je." „Ich bin doch für dich da Yve. Wir müssen jetzt alle zusammen halten. Die Welt hat sich verändert und jeden Tag kann so viel passieren." „Du redest so, als ob unser Verhältnis schon Jahre zurückliegt." Arlo schaut sie kurz von unten an und schließt die Augen.

Er sammelt sich eben schnell, denn auch er ist gerade ein wenig gestresst. Er kann einfach nicht verstehen, warum sie so derbe was klären möchte. Ist sie wirklich so verliebt?

„Meine Gefühle für dich sind immer noch da und ja, du hast recht, es ist noch nicht lange her. Aber diese Welt hat sich verändert. Wir wissen nicht, was als Nächstes kommt. Wir könnten morgen schon tot sein." Yvonne kniet sich nieder und ihr Kopf ist ganz nah bei Arlo. Ihr Blick hat sich auf einmal verändert. In ihren Augen ist kein Zorn mehr zu sehen, sondern eher so was wie Verzweiflung. „Arlo, ich bin schwanger."

Endlich ist es raus. Arlo schaut Yvonne direkt in die Augen. „Das ist nicht dein Ernst?" „Doch Arlo, ich bin Anfang dritten Monat und bevor du versuchst dich raus zureden, ich hatte nur mit dir Sex."

„Scheiße, wie lange weißt du das schon?" „Ich hatte kurz vor eurer Abreise den Test gemacht. Dann bin ich zum Arzt und der hat es auch noch mal bestätigt. Arlo? Wir bekommen ein Kind und ich weiß nicht, was wir jetzt machen sollen."

Wieder treten Tränen in ihre Augen. Die starke, meist witzige Yvonne die immer zu allen und jeden was zu sagen hat, ist total gebrochen. Arlo kann das Ganze gar nicht verstehen. So was hat ihm gerade noch gefehlt. Er denkt kurz an Sam, an seine Ehefrau, mit der er später auch eine Familie haben wollte. Aber was ist später? Was wird noch alles passieren? Kann man überhaupt noch darüber nachdenken, dass man eine Familie haben möchte?

Yvonne schaut ihn noch immer an, sie weint weiter, aber auch weil Arlo nichts sagt und sie nur anschaut. Der schließt kurz die Augen und holt einmal tief Luft. Als er sie wieder aufmacht, hat sich nichts verändert. Diesmal ist es wohl kein Traum. Yvonne ist schwanger und er weiß, das es von ihm ist. Jetzt nimmt er ihre Hände in eine von seinen und mit der anderen wischt er ihr die Tränen weg. Dann kommt er mit seinen Kopf ein wenig näher, küsst sie auf die Stirn und noch ganz zärtlich auf den Mund. „Wir werden das schon hinbekommen, ich lasse dich sicher nicht in Stich." Yvonne kann es nicht fassen. Mit so einer Reaktion hat sie nicht gerechnet. Sie schafft es sogar ein Lächeln hinzubekommen und küsst Arlo noch mal zurück.

„Aber was ist mit Sam?" Arlo schaut kurz nach unten. „Ich weiß es noch nicht. Sie darf es auf keinen Fall erfahren, also jetzt noch nicht. Es muss erst mal alles so weiter gehen, wie es gerade läuft. Das musst du mir versprechen Yve." „Ich möchte so gerne mit dir zusammen sein, das wollte ich schon immer. Aber ich kann verstehen, dass du Zeit brauchst und das akzeptiere ich."

Genau in diesem Moment kommt Sam wieder zurück. Sie ist mit dem Abwasch fertig, steht an der Tür und schaut nachdenklich auf die beiden an der Couch.

„Könnt ihr mir mal bitte erklären, was hier los ist?" Arlo lässt schnell die Hände von der Frau und schaut auf. Yvonne wird kreidebleich, erhebt sich, rennt einmal durchs Wohnzimmer und geht direkt ins Bad.

„Komm her Sam", sagt Arlo ziemlich ruhig. Sie läuft langsam in seine Richtung, blickt noch einmal auf die geschlossene Badtür und geht dann direkt zu ihm.

„Hör mal Sam, Yvonne ist wohl doch nicht so stark, wie sie sich immer gibt. Sie ist total durch den Wind und gerade in Tränen ausgebrochen. Sie kommt damit nicht klar, dass alle die sie mal kannte tot sind. Und wenn ich ehrlich bin, je länger ich darüber nachdenke, mir geht es nicht anders."

Sam kniet sich jetzt an der gleiche Stelle, wo vorher noch Yvonne war. Sie küsst Arlo einmal kurz und schaut ihn direkt an. „Ich weiß Schatz, sie ist zwar fast genau so alt wie ich, aber irgendwie immer noch ein Kind. Ich bin echt stolz auf dich, weil du dich so gut um sie kümmerst. Sie brauch uns jetzt auch." Arlo bekommt ein leichtes Lächeln hin und versucht sich wieder normal hinzulegen. Keine leichte Sache, denn das Knie brennt wie Feuer. Außerdem kreisen in seinem Kopf so viele Gedanken. Das beste wäre jetzt ein wenig schlaf. Sam steht wieder auf und geht Richtung Küche.

„Ach ja, Lennart meinte eben das wir uns in 45 Minuten bei der Fahne treffen. Er will eine Ansprache halten und wäre sehr froh, wenn du es auch einrichten kannst." Sie geht weiter und sieht das hier schon alles sauber und aufgeräumt ist.

Leo und Vins sind schon sehr weit gekommen, dieses hat Vins jedenfalls gerade erwähnt, als Leo gefragt hat. Das war auch das Einzige, was die beiden bisher gesprochen haben. Lennarts Sohn geht ca. 2 Meter vor ihm und daran hat sich seit dem Aufbruch nichts geändert. Leo fühlt sich ein wenig unwohl, wenn er schon für diese Mission ausgewählt wurde, warum wird er dann so behandelt? Oder kann dieser komische Vincent nicht anders und geht mit jedem so um? Wenigstens hat der Regen wieder nachgelassen, nur der Nebel ist noch dicht, es wäre sehr schlecht, wenn er hier alleine gelassen wird. Die Waffe von Arlo fühlt sich echt komisch an. Es ist das erste mal, das Leo bewaffnet ist, er hat normal nichts für solche Sachen übrig und meidet auch alles, was damit zu tun hat. Vincent hält sein Gewehr die ganze Zeit in der Hand, er fühlt sich damit wohl extra cool. Der Weg ging bisher nur Berg auf, der Aussichtsturm muss wirklich ziemlich weit oben stehen. Pfade gibt es hier so gut wie keine oder sie werden absichtlich gemieden. Plötzlich bleibt der vordere einfach stehen und Leo ist ihm beinahe aufgelaufen.

„Was zur Hölle machst du?" Fragt Leo beiläufig, als er es gerade geschafft hatte, Vins auszuweichen. Der deutet mit seinem Zeigefinger nach vorne und grinst. Leo folgt der Geste und sieht das sie nur noch ein paar Meter vor einem sehr großen Turm stehen. Der ist komplett aus Metall und hat ein paar dicke Holzplanken, die wohl zum Schutz daran gebaut wurden. Er geht noch ein wenig näher und blickt nach oben. So wie es aussieht, ragt die obere Spitze wirklich aus dem Nebel raus. Dann hat der Lennart wenigstens schon mal nicht gelogen. Vincent kommt von hinten an, schiebt ihn unsanft beiseite und beginnt den Aufstieg. Leo denkt sich seinen Teil und geht hinter ihm die Treppen hoch. Die führen die ganze Zeit im Kreis und es dauert ein wenig, bis sie endlich am höchsten Punkt ankommen. Dort befindet sich ein Podest, auf dem man super alles überblicken kann. Der Nebel liegt weit unter ihnen und die Regenwolken sind wirklich so hoch, dass sie gar nicht behindern.

Vins hat schon das Fernglas am Auge und Leo macht es ihm jetzt gleich, aber er sieht überall nur Bäume. Der National Forrest ist ehrlich sehr groß. Auf der einen Seite entdeckt er zwischen den Bäumen einen See. Das wäre doch mal ein schönes Ausflugsziel, denkt sich Leo, als Vins ihn plötzlich in die Rippen stößt. Er nimmt sein Fernglas runter und sieht, das der in eine bestimmte Richtung zeigt. Ziemlich sauer schaut Leo wieder durch sein Glas, genau dahin und siehe da, dort liegt Lake City.

Durch drehen am Rädchen, welches sich am Feldstecher befindet, kommt die Stadt immer näher. Wenigstens steht sie noch, sie wurde nicht dem Erdboden gleich gemacht. Aber richtig was erkennen kann man auch nicht. Er sieht nur viele Häuser, den Highway, der einmal mitten durch geht und irgendwo steht so was wie ein kleiner Fernsehturm. Aber es existiert nirgendwo Leben. Kein Auto fährt herum und auch so kann man nichts erkennen. Dann stößt ihn Vins schon wieder in die Seite.

„Kannst du mit dem Mist mal bitte aufhören. Du kannst auch mit mir reden." Das war schon wieder zu viel des Guten, denn sein Gegenüber schaut ziemlich grimmig. „Da", sagt er nur und zeigt mit seinen Finger in eine Richtung. Widerwillig setzt Leo das Fernglas wieder an und versucht das zu finden, was Vins ihm gerade zeigen will. Aber auch jetzt kann er nicht wirklich mehr erkennen. In dem Augenblick, wo er aufgeben will, packt Vins das Glas und dreht es zusammen mit Leos Kopf ein wenig nach rechts. Jetzt sieht er endlich was gemeint ist.

Dort befindet sich das Baseballstadion der Stadt und in dem ganzen Gebiet sind viele kleine Punkte. Das sind alles Menschen und nicht gerade wenige. Es sieht aus wie eine Versammlung oder ein Lager, man kann es nicht genau erkennen.

„Es siehst so aus, als ob sich die ganze Stadt dort versammelt hat", sagt Leo zu seinem Partner. Aber eine Antwort bekommt er natürlich mal wieder nicht. Er nimmt das Fernglas runter und sieht, das Vins sich bereits an den Abstieg gemacht hat.

„Mensch, kannst du bitte mal warten oder wenigstens Bescheid sagen, dass wir hier fertig sind" ruft er ihm noch hinterher. Aber auch darauf kommt nichts zurück. „Was ein blödes Arschloch", sagt er sich nur und sieht vor sich ein A+B, eingeritzt mit einem Herzchen in der Holzplanke. Jetzt bekommt er es mit der Angst zu tun, was ist wenn der Spinner da unten einfach abhaut und ihn hier alleine zurücklässt? Es wird Ewigkeiten dauern, den Weg zurückzufinden, so ganz ohne Führer.

Also macht er sich schnell an den Abstieg, um Vins noch einzuholen. Der ist aber schon ganz unten angekommen, denn er ist nicht mehr zu sehen. Leo rennt jetzt fast die Stufen runter und wäre beinahe die letzten Meter gestürzt. Noch eine Umdrehung und er ist unten, aber auf einmal hört er einen Schuss und spürt ein Zischen neben seinem Ohr. Er bückt sich schnell hinter eine der Holzplanken und horcht auf. Ein weiterer Schuss ertönt und eine Kugel schlägt außerhalb vom Holz ein.

„Vins? Da schießt einer auf mich. Wo steckst du Mann?" Es kommt keine Antwort, nur eine weitere Kugel, die einschlägt und alles splittern lässt. „Verdammt verdammt verdammt", sagt er zu sich.

Das ist sicher diese perverse Sau von Vins, die selber auf ihn schießt. Deswegen hat er es so eilig gehabt. „Was soll der Mist Vins, warum schießt du auf mich?" Die nächste Kugel, die wohl zwischen den Bäumen abgefeuert wurde, verfehlt ziemlich weit ihr Ziel. Leo nutzt kurz die Chance und erhebt sich ein wenig. Er will einfach nur mitbekommen, wo der Schütze genau steht, aber schon kommt der nächste Schuss und trifft ihn an der Schulter. Vor Schmerzen sackt er wieder runter und kauert sich hinter das Holz.

„Verdammt, die dumme Sau hat mich getroffen." Er dreht seinen Kopf zur Seite und sieht das es nur ein Streifschuss war. Wieder dieselbe Stelle wie letztens in Lake City. Nur diesmal merkt er es deutlicher. Und schon kommt der nächste Schuss und trifft das Holz. Der Penner hatte ihn mit der ungenauen Kugel nur verarscht, um ihn ein wenig aus der Deckung zu locken. Dafür weiß Leo nun, wo er steckt. Jetzt zieht er auch seine Pistole und entsichert sie. Er wartet kurz ab, bis die nächste Kugel einschlägt, richtet sich leicht auf und schießt selber ein paar mal in die Richtung, wo der Schütze steht. Dann hechtet er die letzten Stufen nach unten, springt auf der anderen Seite über die Brüstung und rennt zu einer Baumgruppe, wo er sich versteckt.

Die ganze Zeit ertönte kein weiterer Schuss, der Typ, es ist sicher Vins, wurde wohl eingeschüchtert.

„Vincent? Lass uns bitte darüber reden. Das muss so nicht enden. Ich verstehe echt nicht, was du gegen mich hast und warum du mich umbringen willst." Damit hat er wohl seine neue Position verraten, denn das Gewehr von Vins knallt schon wieder und die Kugel schlägt direkt in den Baum, wo Leo hinter kauert.

„VINS" schreit er ziemlich laut. „Halt deine verdammte Fresse, du schwarzes Schwein" kommt endlich als Antwort. Nicht das was Leo hören wollte, aber jetzt weiß er Bescheid. So wie es aussieht, hat sich Vincent auch woanders hin bewegt. Er will ihn umkreisen und schon kommt der nächste Schuss, der diesmal in die Seite des Baumes einschlägt. Holzsplitter spritzen Leo ins Gesicht und er weiß, das er handeln muss, sonst ist er gleich tot. Er dreht sich ein wenig um den Baum, blickt um die Ecke und zielt mit seiner Waffe. Der nächste Schuss schlägt genau neben seinen Fuß in den Boden. Diesmal hat sich Vins aber verraten, durch das Mündungsfeuer konnte Leo erkennen, wo der Typ gerade steckt. Er drückt seine Pistole ab und schießt sein ganzes übrig gebliebenes Magazin genau in diese Richtung. Ein lauter Schmerzensschrei zeigt ihm sofort, dass er wohl getroffen hat.

„Scheiße man", sagt Leo und schreit wieder nach Vins. Aber es kommt nichts weiter als ein Winseln zurück. Leo hat ihn wirklich getroffen aber soll er jetzt nach ihm schauen, oder einfach abhauen? Vielleicht verarscht er ihn auch nur und wenn er aufsteht, schießt er wieder. Leo ist sich absolut uneins, schließlich hängt sein Leben davon ab. Er entscheidet sich dann doch dafür, nachzusehen. Seine Waffe ist leer geschossen und was bleibt ihm anderes übrig? Schnell springt er von Deckung zu Deckung. Es kommen aber keine Schüsse, auch so hört er nichts mehr bis auf das Knacken der Bäume, die sich im Wind bewegen. Noch ein Stück weiter und er sieht endlich was am Boden liegen. Ja, da ist ein Mensch zusammen gekauert im Dreck und er macht keine Bewegung mehr aus. Er zielt mit der leer geschossenen Waffe genau auf die Person und geht langsam näher.

„Ich ziele genau auf dich Vins, eine falsche Bewegung und ich drücke ab." Aber es passiert gar nichts und als er näher kommt, sieht er auch das Gewehr am Boden. Nun steht er genau vor ihm, Vins liegt auf dem Bauch und hat den Kopf im Waldboden. Er bewegt sich nicht und es sieht auch nicht so aus, als ob er noch atmet. Leo geht in die Hocke und streckt seine Hand aus, aber unter Vins sickert Blut ins Erdreich, daher zieht er sie sofort wieder zurück.

„Scheiße", sagt er noch mal. Er hat den Sohn von Mr. Carter erschossen, aber es war doch Notwehr. Nur wird man ihm glauben? Schließlich kennt ihn niemand, außer eben Yvonne. Er steht wieder auf und kratzt sich am Kopf, schaut noch mal nach unten und kann es nicht fassen. Er hat gerade einen Menschen getötet. Einen echten Lebenden, der ihn selber tot sehen wollte. Er packt die Pistole wieder in seine Hosentasche und versucht sich zu orientieren. Jetzt muss er hier unbedingt weg und zurück zu den anderen. Aber er weiß nicht genau, wo er lang muss.

Vincents Gewehr liegt noch neben dem Toten und Leo überlegt, ob er es mitnehmen soll. Der Sohn von Lennart wird es sicher nicht mehr brauchen. Jetzt hat er ein noch schlechteres Gefühl wegen seinen absolut unangebrachten Sarkasmus. Langsam entfernt er sich von der Leiche, das Gewehr liegt in seinem Arm und versucht den Weg zurückzufinden. Eigentlich sollte das nicht so schwer sein, denn großartig abgebogen sind sie auf dem Hinweg ja nicht. Er schaut noch einmal zurück zu dem am Boden liegenden Körper und verschwindet dann tiefer im Wald, genau in die Richtung, wo es zurückgehen könnte. Seine Gedanken überschlagen sich, hat wohl Lennart seinen Sohn befohlen, ihn zu töten? Ein großer Schmerz durchläuft seine Schulter und alles verblasst. Ob er jemals wieder zurückkommt und ob man ihm glauben wird, steht noch in den Sternen...

Kapitel 20

Arlo hat es doch tatsächlich geschafft, zur Versammlung zu kommen. Erst haben ihn Sam und Yvonne geholfen, aber nach ein paar Metern ist dann Emma eingesprungen und hat seine Frau abgelöst. Kurz vor der Fahnenstange ist Lennart schon am Winken, er soll mit nach vorne kommen. Auch alle anderen erscheinen langsam zur Runde, sogar die beiden Ausgucker bequemen sich in die Menge. Evelyn erkundigt sich kurz bei Arlo nach seinem befinden und gibt ihm für die nächste Zeit ein wenig Mut. Er lächelt nur leicht und steht jetzt neben Mr. Carter, der natürlich wieder ein riesen Grinsen im Gesicht hat.

„Dann fangen wir mal an, wir machen es heute auch kurz, denn es sieht so aus, als ob wir gleich neuen Regen bekommen", fängt Lennart die Versammlung an.

„Erst mal möchte ich bekannt geben, das Arlo Stenn, wir kennen ihn sicher alle, meine rechte Hand wird. Ja, das hört sich seltsam an, das möchte ich auch nicht bestreiten, aber wir brauchen hier so was wie eine Führung." Arlo nickt einmal in die Menge.

„Dann geht es auch sofort weiter. Den meisten sollte auch bekannt sein, dass wir heute Morgen in der Ortschaft Olustee waren. Der liegt nicht weit von hier und die Idee war, dort ein paar Medikamente aus dem örtlichen Drugstore zu kaufen. Das ist uns eigentlich auch gut geglückt, trotzdem ist am Ende nicht alles so gelaufen, wie es geplant war. Viele der ansässigen Bewohner haben den Ort verlassen, aus Angst vor dem Virus, der ja überall sein Unwesen treibt. Wir denken aber das unsere Regierung, dass demnächst wieder hinbekommt und so was wie eine Normalität einkehrt. Solange werden wir die Sache hier aussitzen und uns gegenseitig beschützen. Leider ist uns dann kurz vor der Rückfahrt noch ein kleines Malheur passiert. Irgend so ein Idiot hat uns mit seinem Auto angefahren, der hatte es sehr eilig, was aber nicht entschuldbar ist. Es ist aber nicht viel passiert, Mr. Stenn hier hat eine Prellung am Knie und meine Sache könnt ihr ja alle sehen. Wir haben es dann auch gelassen, eine Anzeige zu machen, die hiesigen Cops haben sicher was anderes zu tun."

Lennart macht eine kurze Pause, er schaut sich seine Schäfchen an und wartet ein wenig, ob irgendeiner was zu melden hat. Und tatsächlich tritt der Erste näher ran und deutet an, was sagen zu wollen. „Ja Mr. Williams." „Sie erzählen uns hier gerade, das alle den Ort verlassen haben und irgendwo Schutz suchen, warum machen wir das nicht auch?" „Das ist eine gute Frage Mr. Williams, sogar eine sehr gute, möchtest du eben Arlo?" Der ist sichtlich überrascht, das Lennart das Kommando abgibt und ihm das Wort überlässt. Nach einen Kurzen nicken, kommt er der Menge ein wenig näher.

„Wir sind uns im Klaren darüber, das ihr alle Angst habt", setzt er an, macht eine kurze Pause und wartet, bis er von allen die Aufmerksamkeit hat. „Jeder von euch macht sich Gedanken alleine schon darüber, was mit den Menschen ist die wir alle kennen. Was ist mit den Verwandten, Freunden, Familienangehörigen oder dem Penner an der nächsten Kreuzung? Ich selber habe diese Gedanken auch, aber euch sollte klar sein, dass es hier derzeit am sichersten ist. Wir müssen einfach abwarten und die Sache aussitzen. Es gibt hier genug Essen, jeder hat ein Haus über seinen Kopf und wir sind eine Gemeinde, die aufeinander aufpasst. Das ist derzeit mehr, als was die meisten anderen haben. Wir haben diese Schutzzonen, also da wo angeblich jeder hin möchte, auf dem Hinweg gesehen. Natürlich ist es dort sicher, das Militär überwacht alles und sorgt für Ordnung. Aber wollt ihr wirklich mit Tausenden anderen Menschen eingesperrt sein? In Zelten wohnen und eure Kinder spielen dort, wo Soldaten mit Maschinenpistolen rumlaufen? Mitten in einer großen Stadt, wo es sicher bald anfängt zu stinken, oder wer kümmert sich um den ganzen Müll der dadurch entsteht? Ich könnte jetzt noch ewig so weiter reden, aber besser als hier kann es keinen dort draußen treffen. Überlegt es euch gut, ob ihr hier bleiben wollt oder diese Naturoase gegen Beton tauschen wollt."

Arlo beendet das an dieser Stelle. Er sagt nichts darüber, was wirklich los ist, aber er hat auch nicht gelogen, nur einiges weggelassen. Bei dem ganzen fühlt er sich nicht gut, normalerweise sollte man die Menschen hier aufklären. Aber was soll das bringen? Das wird die Sache doch nur verkomplizieren und noch mehr Angst verbreiten. Hier zu bleiben, die Menschen ruhig zu halten und das Ganze auszusitzen ist das Beste, was man gerade machen kann. Lennart tritt wieder nach vorne.

„Danke Mr. Stenn, ich finde das war sehr einleuchtend und ich kann da auch nichts mehr hinzufügen. Wir werden hier keinen einsperren und auch niemanden aufhalten. Wenn jemand gehen möchte, dann steht es ihm frei. Aber überlegt es euch gut, ihr seid hier doch im Urlaub, also verpasst ihr da draußen auch nichts. Niemand wird euch erwarten."

Ein ziemlich dürrer und ausgemergelter Mann kommt nach vorne. Es sieht so aus, als ob er schon lange nichts mehr gegessen hat, aber vielleicht ist er auch krank. Aber er möchte wohl was sagen, wartet aber tatsächlich erst ab, bis er aufgefordert wird.

„Mr. Roberts, möchten sie was loswerden?", fragt Lennart mit sehr freundlichen Ton. Erst jetzt findet der Mann den Mut, sich zu äußern.

„Wir sind schon seit heute Morgen am überlegen abzureisen. Wir haben eine große Familie und machen uns Sorgen. Gepackt haben wir schon, sind uns aber noch nicht sicher, da meine Frau doch lieber hierbleiben möchte."

„Mr. Roberts" fängt Lennart wieder an, obwohl Arlo gerade was sagen wollte. „Es steht ihnen frei, unser Camp hier zu verlassen. Sollten sie sich dazu entscheiden, dann sagen sie mir bis heute Abend Bescheid und wir erledigen eben das Schriftliche." Damit beendet er ohne ein weiteres Wort die Versammlung und geht direkt in sein Haus. Die versammelte Menge schaut ziemlich irritiert aus der Wäsche, sie hatten wohl nicht damit gerechnet, dass die Ansprache so schnell endet. Alle sprechen durcheinander und es gibt nur ein Thema, hier bleiben oder verschwinden.

„Liebe Leute", sagt Arlo zu den Menschen „Die Versammlung ist zu Ende. Am besten gehen wir erst mal alle wieder zurück in unsere Häuser und lassen das gehörte sacken. Ihr müsst echt selber wissen, was das beste für euch und eure Familien ist. Aber denkt an meine

Warnung, da draußen ist es derzeit nicht sicher, bleibt lieber hier bei uns."

Einige der Anwesenden nicken Arlo noch freundlich zu und langsam löst sich alles auf. Emma kommt mit ihren beiden Damen, die ihr die ganze Zeit am Rockzipfel hängen, nach vorne.

„Ja ich weiß", sagt Arlo, schon bevor Emma was von sich gibt. „Es ist nicht so gelaufen, wie du es dir gewünscht hast. Aber wir sollten das meiste noch für uns behalten und die Leute nicht unnötig in Angst versetzen." Emma baut sich in voller Größe vor Arlo auf. „Und was ist mit der Familie die gehen will? Willst du die einfach ihrem Schicksal überlassen? Die wissen doch gar nicht, wie es wirklich da draußen ist. Die fahren in ihren Tod und wenn die ersten sich trauen zu gehen, werden andere Folgen."

„Ja, du hast ja Recht, Emma. Aber was sollte ich den Leuten jetzt sagen? Das da draußen nur der Tod wartet? Das ihre Familien wohl schon alle gestorben sind? Das ihre Häuser vielleicht gar nicht mehr existieren? Das ist nicht einfach." „Nein, das ist es wirklich nicht, aber wer hat gesagt, dass es einfach wird? Die Wahrheit ist immer schwierig und ich bin weiterhin der Meinung, dass die Menschen sie verdient haben." „Ja Emma, das beste ist, wir treffen uns gleich und reden unter 4 Augen. Du hast nicht ganz unrecht, trotzdem sollten wir das in Ruhe besprechen."

Ein feuriges Leuchten tritt in die Augen von Emma. „Okay, ich komme gleich vorbei und wir reden. Bis dahin werde ich meine Füße still halten. Aber ich werde trotzdem noch mit der Familie Roberts reden und sie von ihren vorhaben abbringen." „Was willst du ihnen sagen?" Fragt Arlo erschrocken. Emma war bereits dabei, sich zu entfernen, kommt aber noch mal zurück.

„Keine Panik, ich werde nichts verraten." Dann verschwindet sie und Jessica und Sarah laufen wie immer hinter ihr her. Sam und Yvonne schauen ihnen nach. „Die ist echt nicht einfach", sagt Yve leise zu den beiden. „Nein, das ist sie wirklich nicht, aber ich glaube, sie will nur das beste für alle hier", antwortet Sam. Mr. Stevenson, der noch als Einziger geblieben ist, kommt nun näher. „Mr. Stenn, ich werde ihnen eben helfen wieder zurück zu kommen. Es sieht nämlich echt immer sehr komisch aus, wenn die Damen das machen." Nach seinem Gesagten fängt er an zu lachen und auch die drei anderen stimmen mit ein, aber es hört sich nicht wirklich echt an.

Mit Mr. Stevenson ist es natürlich ein Leichtes den Weg zurückzuschaffen. Beim laufen oder besser humpeln, sehen die 4 noch Emma, wie sie gerade in Haus Nummer 2 eingelassen wird. Es ist das von Familie Roberts. In Nummer 13 angekommen, lässt sich Arlo wieder auf die Couch fallen, er bedankt sich noch mal bei Mr. Stevenson, der schnell verschwindet. Sam und Yvonne machen sich auch auf den Weg. Als Grund nennen sie nur, dass sie die anderen Leute besuchen wollen und um sie ein wenig zu beruhigen. Aber in echt verschwinden sie nur wegen Emma, die hier ja so grade aufschlägt und sicher ärger machen wird. Das wollen sie wohl nicht mitbekommen und lassen Arlo lieber alleine.

Er liegt weiterhin auf der Couch und schließt seine Augen. So viel zum Urlaub, es sollte schön werden und jetzt ist alles in Trümmern. Draußen läuft der Tod herum und alles geht den Bach runter, er weiß selber, das die Leute, die jetzt den Park verlassen, sterben werden. Aber was soll er auch machen? Er hat nie nach der Verantwortung gefragt, aber alle erwarten nun, dass er die Sache leitet. Und dann Yvonne, sie ist schwanger von ihm und denkt auch noch das alles gut wird. Warum hat er das bloß gesagt? Er weiß doch gar nicht was noch alles passiert.

Arlo hat beim ganzen Denken nicht mitbekommen, das er nicht mehr alleine ist. Emma steht schon mitten im Wohnzimmer und beobachtet ihn. Ein kleiner räusper ihrerseits macht sie bemerkbar und Arlo öffnet seine Augen. Er blickt in das Gesicht von Emma, die da einfach nur steht und mit einem leichten lächeln in seine Richtung schaut. Dann bewegt sie sich endlich und setzt sich an eine freie Stelle auf der Couch, aber sehr nah zu Arlo.

„Sind die Damen vor mir geflüchtet?", fragt sie schon fast lachend. „Nein, ich glaube nicht", antwortet Arlo. „Sie wollen mal schauen, ob sie den Menschen helfen können die sicher alle total durcheinander sind. Hast du was bei der Familie Roberts erreicht?" „Sie wollen also nur helfen? Ist klar", lacht Emma jetzt noch mehr. Aber sie bekommt sich schnell wieder in Griff.

„Ich habe mit ihnen gesprochen, so wie es aussieht, will nur Mr. Roberts abreisen. Seine Frau ist mit der Idee gar nicht einverstanden und die Kinder wollen auch bleiben. Ich habe ihm ins Gewissen geredet, hoffentlich überlegt er es sich noch."

„Hoffentlich hast du recht", antwortet Arlo leise und schließt noch mal kurz die Augen. Als er sie wieder öffnet, sieht er Emma genau vor sich, wie sie ihn beobachtet. „Was ist los?" Fragt er.

„Was ist zwischen dir und Yvonne?", fragt Emma jetzt ziemlich direkt. Arlo ist sichtlich der Frage sehr erschrocken. „Wie kommst du denn auf so was?" „Ich bin nicht blind Arlo." Er legt sich ein wenig anders hin und gibt Emma damit ein wenig mehr Platz. Das nutzt sie auch sofort aus und sitzt noch enger an ihm dran. „Was du nicht alles siehst, bist du nicht wegen Lennart gekommen?" „Ja das natürlich auch, aber wann bekommt man schon mal die Chance, dich alleine zu erwischen", wieder lacht sie bei den Worten. Arlo fühlt sich gerade sehr unwohl, diese Frau ist so was von direkt und das mag er absolut nicht.

„Da ist nichts Emma, wir hatten früher mal eine kleine Liebelei, aber nichts Ernstes." „Alles gut Arlo, ich bin doch nur ein wenig neugierig." Das Grinsen verschwindet aber nicht aus ihrem Gesicht. „Ich mag dich Arlo, das muss ich leider zugeben. Du bist ein toller und sehr attraktiver Mann." „Bitte?" Jetzt ist Arlo noch mehr geschockt. Er merkt auch, das Emma immer näher kommt, trotz des begrenzten Platzes.

„Du hast mich schon verstanden, mein hübscher." Jetzt beugt sich Emma auch noch runter und kommt mit ihrem Kopf immer näher. Er macht aber keine Anstalten, irgendwie zurückzuziehen, er wartet eher ab was als Nächstes passiert. Seine Schmerzen im Knie sind gerade auch nicht zu spüren, diese Situation lässt alles vergessen.

Die beiden halten still und schauen sich in die Augen und dann passiert es einfach, Emma küsst Arlo auf den Mund und er erwidert das, dieser wird ziemlich lang und vor allem sehr intensiv. Nicht so wie beim letzten mal, wo der Kuss eher flüchtig war. Emma hält kurz inne, geht mit ihren Kopf ein wenig zurück und schaut Arlo wieder direkt ins Gesicht. Auch er blickt sie an und sieht das Feuer in in ihren Augen. Dieser Moment hält aber nicht lange, denn Emma setzt schon zum nächsten Kuss an und Arlo nimmt eine seiner Hände und packt ihr an den Hinterkopf. Diesmal steckt sie auch ihre Zunge in seinen Mund und er massiert mit seiner ihre ganz sanft. Der Kuss wird immer wilder, sie können gar nicht mehr voneinander lassen, keine Angst ist zu sehen, dass irgendjemand durch die Tür kommen könnte. Arlos Hand tastet sich langsam voran und berührt eine Brust von Emma. Die wird dadurch nur noch heißer und steckt ihre in seinen Schritt.

„Du bist voll mein Typ Arlo", sagt Emma jetzt in einer kleinen Kusspause. „Du bist aber auch nicht ohne", antwortet Arlo und steckt seinen Kopf in ihre Halsbeuge. Sie fängt leicht an zu stöhnen und er versucht ihren Pulli auszuziehen. Doch ganz plötzlich schreckt Emma zurück, erhebt sich, richtet erst ihren Pulli und geht sich dann einmal durch die Haare.

„Hab ich was Falsches gemacht?" Fragt Arlo total niedergeschlagen. Sie schaut ihn mit ernster Miene an, man kann ihr ansehen, dass es in ihr arbeitet. „Es geht nicht Arlo, tut mir leid." Nach ihren Worten verschwindet sie einfach und lässt Arlo auf der Couch zurück. Mit so was hatte er nicht gerechnet, normal sollte das ein Streitgespräch werden und was ist passiert? Jetzt liegt er wieder da, schaut an die Decke und weiß, dass es noch schlimmer geworden ist. Sam ist seine Frau die ihn liebt, Yvonne ist seine Affäre die ihn auch liebt und schwanger ist und nun kommt Emma. Das wird in einem riesen Desaster enden und was sagt er gleich den anderen, die wollen sicher wissen, wie es gelaufen ist. Jetzt spürt er auch sein Knie wieder, was leider noch mehr schmerzt als vorher, bevor Emma aufgetaucht ist. Wo führt das noch alles hin, draußen geht die Welt unter und er hat hier 3 Frauen, die alle nichts voneinander wissen. Wenn das rauskommt, ist er ein toter Mann, dann braucht es auch keinen Virus mehr...

Kapitel 21

Arlo ist doch tatsächlich eingeschlafen, als er wieder wach wird, ist es draußen schon am dämmern. Er ist immer noch alleine im Haus und versucht sich erst mal aufzuraffen. Sein Knie schmerzt gar nicht mehr so schlimm, er zieht sich hoch, nimmt sich eine Krücke und humpelt ins Bad. Das Licht geht wenigstens noch an, er betrachtet sich eine Runde im Spiegel und beschimpft sich selbst als Arschloch.

Nach dem Toilettengang steht er erst mal im Wohnzimmer und schaut sich um. Wo sind sie denn alle, die beiden Frauen hätten schon lange zurück sein müssen. Langsam eiert er zur Couch und bevor er sich setzen kann, fliegt hinter ihm die Tür auf. Er dreht sich auf der Stelle um und ein ziemlich heruntergekommener Leo steht im Türrahmen.

„Wie siehst du denn aus? Was ist passiert?" Leo hebt kurz seinen Zeigefinger, um anzudeuten das er eben warten soll und geht ins Bad. In der Zwischenzeit setzt sich Arlo wieder hin. Jetzt kommen auch Sam und Yvonne zurück, scheinbar mit sehr guter Laune, denn beide sind am Kichern.

„Hey Arlo", sagt Sam zu ihrem verdutzt dreinschauenden Ehemann. „Weißt du, die Leute hier im Park sind so was von nett. Mit denen kann man echt gut auskommen."

Arlo schaut die beiden nur ziemlich blöd an und sagt kein Wort. „Ist irgendwas passiert Schatz?" Sam kommt ein wenig näher und steht direkt vor ihm. Sie bekommt aber wieder keine Antwort. „Wir haben eben Emma getroffen und so wie es aussah, habt ihr euch wohl doch nicht gestritten." Arlo wird es bei dem Namen ziemlich ungemütlich in der Bauchgegend. Denn eigentlich kennt er sie gar nicht, woher soll er wissen, was sie den beiden gesagt haben könnte.

„Arlo?" Fragt Sam wieder ganz vorsichtig. Jetzt reagiert er endlich mal auf die beiden und zeigt aufs Bad. „Leo ist wieder da." Sam und Yvonne schauen beide auf die Badtür und kurz darauf sich gegenseitig an. Endlich öffnet sich die Tür und Leo kommt ins Wohnzimmer, er hat seine Jacke ausgezogen und im Bad gelassen. An seiner rechten Schulter sieht man eine blutige Stelle. Yvonne reagiert am schnellsten und geht zu ihm rüber.

„Leo? Was ist passiert? Du bist an der Schulter verletzt." Leos Blick wird ein wenig freundlicher. Er ist wirklich froh, dass er es zurückgeschafft hat. Seine Schulter schmerzt zwar noch ein wenig, aber es ist nicht so schlimm.

„Dieser bekloppte Sohn von Lennart hat mich angeschossen", sagt er ganz ruhig und beobachtet dabei die Anwesenden einen nach den anderen. „Warum musste er denn überhaupt schießen?" Fragt Arlo von der Couch." Vincent kann ja eh nicht gut schießen" versucht Yvonne die Angelegenheit ein wenig ins Lächerliche zu ziehen, angedeutet auf die Sache mit der Wildsau. Aber keiner ist am Lachen.

„Wo ist Vincent?" Fragt Arlo wieder. Leo zieht sich seinen Pulli aus und darunter kommen ziemlich muskulöse Arme zum Vorschein. Leider aber auch eine fette Wunde an der Schulter, sie blutet zwar nicht mehr, sieht trotzdem ziemlich tief aus.

„Vincent? Der ist tot", sagt Leo total trocken. Alle drei anwesenden fragen zur gleichen Zeit „Was?" „Ja, der Sohn von Lennart ist tot", setzt Leo wieder an. „Ich habe ihn erschossen." Langsam bewegt sich Leo durch den Raum, geht direkt zum Tisch und legt die leer geschossene Pistole oben auf. „Leo, was ist passiert?" Fragt Arlo wieder in ruhigen Ton, aber man merkt trotzdem die Angst in seiner Frage. Yvonne und Sam stehen einfach nur herum und schauen mit großen Augen in die Richtung von dem Mann, als ob er ein Fremder wäre.

„Dieses verdammte Schwein hat versucht mich umzubringen. Und Yvonne, er konnte besser schießen, als wir gedacht haben." Yvonne nimmt eine Hand vor den Mund, aus Angst und aus Scham, weil sie eben einen Witz gemacht hatte. Jetzt erzählt Leo den dreien die ganze Geschichte. Von Anfang an, vom stillen Weg, vom Aussichtsturm, von dem vollen Ort mit den vielen Menschen und vom Ende, als Vins halt versuchte, ihn zu töten. Das Gewehr von ihm steht hinter dem Haus, das wollte er nicht mit reinbringen.

Die Zuhörer sagen kein Wort, sie lauschen einfach der Geschichte und keiner von ihnen bezichtigt Leo als Lügner. Sie glauben ihm und er ist sichtlich erleichtert.

„Yvonne?" Fragt Arlo. Sie nimmt ihre Hand wieder runter und schaut zu ihm rüber. Sie ist immer noch total fassungslos und schafft es nicht mal zu antworten.

„Geh bitte los und hol Evelyn. Sie soll auch ihre Nähsachen mitbringen." Yvonne nickt einfach nur und geht zur Tür. „Und Yvonne?" Wieder ist es Arlo, der wohl noch nicht fertig war. Sie dreht sich um und schaut ihn an. „Zu niemanden ein Wort. Auch nicht zu Evelyn." „Okay" bekommt sie soeben noch raus und verschwindet. Jetzt kümmert sich Arlo wieder um Leo. Er hat gar nicht mitbekommen, dass er steht und kaum noch schmerzen im Knie verspürt.

„Meinst du, das Lennart was damit zu tun hat?" Leo war gerade dabei seine Wunde an der Schulter zu betrachten, blickt aber wieder auf. „Ich weiß es nicht. Aber es kann gut sein. Vins ist einfach zu dumm gewesen, um das von sich aus zu machen." „Genau das ist der Punkt", antwortet Arlo. „Gerade weil er so dumm war, könnte das auch von ihm alleine gekommen sein." „Da hast du auch wieder recht." Sam steht die ganze Zeit in der Nähe von Arlo, sagt aber kein Wort zu der Sache. Sie hört nur zu und hätte nie damit gerechnet, dass dieser kurze lustige Moment mit Yvonne so beschissen wieder endet. Die beiden haben sich endlich angefreundet und die Vorurteile sind nicht mehr da. Arlo geht ein wenig näher zu Leo und klopft ihm auf die heile Schulter.

„Bist du sicher, das er tot war?" „Ja. ich bin noch hin zu ihm, er lag mit dem Kopf nach unten, genau im Dreck und unter ihm war sehr viel Blut. Ich habe auch nichts Lebendiges mehr an ihm sehen können." „Scheiße" sagt Arlo kurz. Dieses Ereignis wird hier alles verändern, wenn Emma das erfährt, hat sie endlich den Grund, alles an sich zu reißen und Lennart zu entmachten. Die Tür öffnet sich und Emma steht im Raum. Arlo verdreht leicht die Augen, das war so was von klar, kurz danach kommt auch Yvonne zusammen mit Evelyn ins Haus. Die Reaktionen der drei sehen echt lustig aus, wenn die Sache anders wäre. Emma schaut total sauer, so als ob sie auch gerade jemanden töten will, Mrs. Park ist entsetzt und schaut verwirrt durch den Raum und Yvonne ist außer Atem und blickt abwehrend zu Arlo, weil sie wohl Emma mitgebracht hat.

„Was ist hier los?" Posaunt Emma ziemlich laut in den Raum. „Ich bin verletzt", antwortet Leo kurz und knapp und wirft einen flehenden Blick in ihre Richtung. Arlo ist derjenige, der nun versucht, die ganze Sache zu beruhigen.

„Evelyn, schön das du kurz Zeit hast. Kannst du dir bitte die Wunde von Leo anschauen? Es kann sein, dass die genäht werden muss. Emma? Kommst du bitte kurz mit raus, wir müssen reden."

Er nimmt sich eine seiner Krücken und humpelt zur Tür. Yvonne, die Arlo mit Hundeaugen anschaut und Evelyn machen ihm Platz. Kaum ist er draußen, folgt auch schon Emma und die schaut immer noch ziemlich sauer aus der Wäsche. Mrs. Park geht während dessen zu Leo und schaut sich die Wunde an. Ohne ein Wort zu sagen beginnt sie die zu behandeln, sie hat alle nötigen Sachen in ihrer Tasche mitgebracht.

Arlo läuft draußen einmal ums Haus herum und sucht die Waffe von Vincent. An der rechten äußeren Seite wird er fündig, wie Leo es berichtet hat, direkt an der Wand. Emma kommt ihm hinter her und schaut auf das Teil. „Ist das nicht die von Vins?" Fragt sie. „Ja, das ist die von Vins." Emma nimmt sie von der Hauswand und schaut nach der Munition, das Magazin ist völlig leer geschossen.

„Sagst du mir nun, was passiert ist? Oder willst du nur wieder mit mir alleine sein?" Arlo versucht ein kleines Lächeln zu unterdrücken, dieses wäre Angesicht der passierten Sachen auch total unangebracht.

„Warum kennst du dich so gut mit Waffen aus?" „Arlo?" „Okay, Leo hat Vins erschossen, der hat versucht ihn zu töten", sagt Arlo sehr schnell. Emmas Blick ist starr auf ihn gerichtet.

„Was sagst du da? Das ist nicht dein Ernst? Wenn dieser Trottel versucht hat, unseren Leo zu töten, dann steckt da ganz sicher der Lennart hinter." „Emma, das wissen wir noch nicht. Es kann auch sein, das Vins so dämlich war und das von sich aus gemacht hat." „Das glaubst du doch selber nicht Arlo. Haben dir eben meine Küsse das Gehirn erweicht?" Trotz das es schon dämmert, sieht man das Arlo leicht rot anläuft. Als er gerade zur Antwort ansetzt, hört er hinter sich ein Knacken im Geäst, er dreht sich um und schaut in den Wald. Auch Emma kommt an seine Seite und blickt hinein, aber da ist nichts.

„Also Arlo, neue rechte Hand von Mr. Carter, den selbst ernannten König, was machen wir jetzt?" „Das ist eine gute Frage, wenn Lennart mit der Sache nichts zu tun hat, dann wird er sicher so langsam ungeduldig." „Wenn er doch was damit zu tun hat, wird er sicher genau so ungeduldig." Arlo lächelt leicht, denn er weiß, dass Emma mal wieder vollkommen recht hat. Er kommt ihr ein wenig näher, es sieht so aus, als ob er sie küssen möchte und sie weicht auch nicht zurück, sondern setzt selber ein kleines Lächeln auf. Arlo ist mit seinen Kopf fast angekommen und Emma schließt schon die Augen, aber ein lauter Schrei bringt alles durcheinander.

„Scheiße", sagt Emma „Das ist wieder Mrs. Stevenson." Sie rennt wie eine Wilde ums Haus herum und auch Arlo humpelt hinter her. „Nicht schon wieder diese blöde Wildsau", sagt er noch, aber Emma war schon weg. Die rennt einfach weiter und steuert direkt das Haus Nummer 12 an und die Anwesenden aus der 13 kommen auch gerade raus.

Nebenan sehen jetzt alle Mrs. Stevenson mit einer Person kämpfen, sie wehrt sich mit Händen und Füßen, aber der Fremde lässt einfach nicht locker. Emma kommt sehr schnell näher und reißt den Angreifer nach hinten, der dadurch zu Boden geht. Es handelt sich um eine Frau, die aber nicht zur Gemeinde gehört. Auch die anderen kommen näher und sehen, wie die Person am Boden wieder aufsteht und jetzt versucht Emma anzugreifen. Im gleichen Augenblick zieht sie das Kampfmesser von Vincent aus ihrem Stiefel und steckt dieses der vollen Länge nach der Frau in den Kopf. Die sackt sofort in sich zusammen und bleibt regungslos liegen. Mrs. Stevenson ist völlig außer sich und schreit so laut sie kann. Auch aus den anderen Häusern kommen die Menschen und bewegen sich zum Tatort. Mr. Stevenson, der immer noch auf einen der Hochsitze Wache hält, sprintet heran und seine beiden Zwillinge stehen im Hauseingang. Sie schauen stumm auf ihre Mutter und auf die am Boden liegende Frau, bei der aus einer tiefen Wunde das Blut ins Erdreich sickert. Mrs. Stevenson ist plötzlich wieder still, aber nicht weil sie sich beruhigt hat, sondern weil sie einen Schock bekommen hat, das Opfer am Boden war dann doch zu viel für sie.

Jetzt versammelt sich eine große Gruppe Menschen um das Geschehene. Keiner sagt ein Wort, einige Halten sich die Hände vor die Augen und an der rechten Seite kotzt Mr. Roberts an eine Hauswand. Emma zieht das Messer aus dem Kopf, wischt es einmal über ihre Hose und steckt es wieder in ihren Stiefel. Diese Aktion kommt bei den Zuschauern gar nicht gut an. Sie schaut sich alle nacheinander in Ruhe an und ist sehr zornig auf diese Situation.

„So ihr Narren, jetzt seht ihr die Wahrheit. Die Schönrednerei von Mr. Carter hat ein Ende. Diese Frau, die ich gerade erstochen habe, war krank und sie hat den Weg hier her gefunden." Immer noch sagt keiner ein Wort. Jetzt ist es aber Arlo, der mittlerweile neben Emma steht und sich der Sache annimmt.

„Es tut mir furchtbar leid, aber wir waren der Ansicht, euch nicht alles zu erzählen. Wir wollten euch damit schützen aber diese Frau, sie war bereits tot. Sie war nur noch eine körperliche Hülle, die nichts weiter wollte, als andere Menschen zu beißen und eventuell auch zu fressen. Genau das ist der Virus und der ist echt real. Man kann diese Kranken nur töten, indem man ihnen eine schwere Kopfverletzung zufügt."

Mrs. Park ist eine von denen, die sich am schnellsten wieder fängt.

„Arlo, dann war das mit dem Autounfall auch gelogen?" „Ja war es, Lennart und ich sind auch von so einem Kranken angegriffen worden. Es gibt keine Menschen mehr in den Ortschaften. Sie sind alle verschwunden, tot oder laufen als solche hirnlose Gestalten umher." Ein leichtes Murmeln stellt sich ein. Die Urlauber können es nicht fassen, was sie da hören. Jetzt kommen auch Yvonne, Sam und Leo zu der kleinen Gruppe in der Mitte. Sie erzählen nun, was sie draußen alles erlebt haben und was wirklich in der Welt los ist. Nur die Sache mit Vincent lassen sie weg, Leo berichtet aber von dem Stadion, das dort viele Menschen waren und es so aussah, als ob sie alle eingesperrt wurden. Emma erwähnt dann noch die zerstörten Städte und Yvonne die Sache mit dem Campingplatz.

Keiner von den Anwesenden hat bisher mitbekommen, dass Lennart gar nicht da ist. Der Chef des Parks glänzt tatsächlich mit Abwesenheit. Es wird lauter vor Nummer 12, alle fangen wild durcheinanderzureden. Mr. Stevensen hat seine Frau im Arm, die mittlerweile angefangen hat zu weinen. Mr. Roberts hat seinen Kotzgang beendet und steht neben seiner korpulenten Gattin. Wieder ist es Arlo, der das Wort ergreift.

„Seit mal bitte alle ruhig." Aber keiner nimmt gerade eine Notiz von ihm, also ist es wieder Emma die ziemlich laut „Ruhe" schreit. Das hat gesessen, Emma ist der böse Faktor der Gemeinde. Arlo bedankt sich leise bei ihr und erntet ein leichtes lächeln.

„Hört mir jetzt bitte alle mal zu. Wir sind hier sicherer als in irgendeiner dieser Lager in den Städten. Wir müssen jetzt alle zusammen halten und uns gegenseitig unterstützen. Das wichtigste ist aber, wir dürfen keinen Krach mehr machen. Diese Dinger, also diese Toten oder was sie auch immer sind, werden durch Lärm angelockt. Wir müssen uns ruhig verhalten und die Sache hier aussitzen. Bitte liebe Leute, wir müssen das zusammen schaffen, nur so haben wir eine Chance."

Einige der anwesenden Nicken Arlo zu. Es sieht fast so aus, als ob sie ihn als neuen Anführer der Gruppe auserkoren haben, das ist ja auch nicht schwer, denn Mr. Carter ist immer noch abkömmlich. Evelyn ist inzwischen nach Mrs. Stevenson gegangen und kümmert sich um die weinende Frau. Ihr Mann kommt in die Mitte und umarmt Emma, dabei sagt er sehr oft Danke. Leo schaut sich das ganze an und versucht auch ein paar Worte an die versammelten Menschen zu richten.

„Das beste wäre nun, wenn wir die Hochsitze wieder bemannen und die Augen offen halten. Auch die anderen beiden sollten berücksichtigt werden. Weiterhin bin ich auch dafür, dass die Wachen jetzt endlich Waffen bekommen. Mr. Carter sollte davon einige in seinem Haus haben. Ich melde mich freiwillig für einen dieser Posten, wer ist noch dabei?"

Mr. Stevenson, der ja eh noch Dienst hatte, meldet sich sofort und auch Mr. Williams, der vorher eine heftige Diskussion mit seiner Tochter führt, ist dabei.

„Okay, das sind schon mal drei, das ist gut und besser als nichts", sagt Leo kurz und wendet sich erst mal ab. Er steht immer noch im Unterhemd draußen, daher geht er schnell nach Hause und holt sich seine Sachen. Kurz bevor er verschwindet, sagt er noch zu Arlo, dass er sich bitte um die Waffen von Lennart kümmern soll. Der nickt ihm zu und schaut wieder zu den Anwesenden.

„Ich brauche Freiwillige, die sich um die Leiche kümmern. Wir sind immer noch eine zivilisierte Gesellschaft, also bin ich der Meinung, das wir sie begraben, so wie es sich eben gehört."

Jessica und Sarah kommen sofort näher und melden sich für diesen Job, auch wenn sie nicht genau wissen, wie sie das anstellen sollen und natürlich, ob sie das überhaupt schaffen. Es geht hier ja schließlich um eine Leiche und das wird sicher nicht einfach. Mrs. Park löst sich kurz von ihrer Patientin und kommt näher.

„Wir wissen doch gar nicht wie sich die Krankheit überträgt. Was ist wenn wir alle wegen der toten Frau Krank werden? Können wir das wirklich riskieren, sie hier zu begraben?"

Wieder ist es Arlo, der als Erstes reagiert. „Ich verstehe deine Sorgen Evelyn. Aber wenn das der Fall wäre, dann hätten wir hier schon ein paar Kranke. Schließlich hatten wir schon Kontakt mit den Toten und haben uns nicht angesteckt."

Evelyn, nicht wirklich zufrieden mit der Antwort, geht zurück zu dem heutigen Opfer. Mr. Roberts ist der nächste, der das Wort ergreift, diesmal muss er auch nicht aufgerufen werden.

„Sollen wir nicht lieber alle hier verschwinden und nach Hilfe suchen? Die Regierung oder die Army wird uns doch sicher schützen." „Da draußen ist nicht mehr viel. Die Leute aus Macon wurden auch sich selbst überlassen. Ich glaube nicht, dass die Ordnung so schnell wieder hergestellt wird", antwortet Yvonne auf die Fragen. Arlo und Sam sind echt angetan von dieser doch sehr erwachsenden Antwort, sie haben die Kleine falsch eingeschätzt. Mr. Roberts schaut ein wenig ungläubig, fragt aber nicht weiter nach und macht sich zusammen mit seiner Familie auf den Rückweg zu ihrer Behausung. Auch die meisten anderen verlassen die Runde und gehen zurück. Keiner redet mehr laut, sie sind zwar in wilden Gesprächen verwickelt, aber jeder ist nur noch am flüstern.

Jessica und Sarah haben sich Werkzeug zum Graben geholt, die Sachen lehnten ja immer noch an Haus Nummer 11, wegen dem Bau der Hochsitze. Jetzt stehen sie vor der Leiche und wissen nicht mehr so wirklich was sie machen sollen. Yvonne kommt ihnen aber zur Hilfe und fängt an der toten Frau unter die Arme zu greifen und sie zu ziehen. Das reicht den beiden wohl und schon ist Sarah dabei und packt sich die Füße. Zusammen schaffen sie es, die Frau zu bewegen und Jessica geht mit Spitzhacke und einer Schaufel hinterher.

„Wohin mit der?" Fragt Yvonne noch in Richtung Arlo. Der schaut sich einmal um. „Am besten in die Nähe vom Empfangshaus. Aber stellt immer einen ab, der auf die anderen beiden aufpasst." „Okay Chef", antwortet Sarah und schon machen sie sich langsam auf den Weg. Dabei verziehen sie die ganze Zeit ihr Gesicht, denn eine Leiche zu tragen ist sicher nicht das Schönste am Abend.

Jetzt stehen nur noch Emma, Arlo, Sam und nebenan Evelyn und Mrs. Stevenson an Ort und Stelle.„Das Beste wäre, wenn ich mit Emma Lennart besuche", sagt Arlo leise zu Sam. „Und du bleibst bei Evelyn, ist das okay Sam?" Sie nickt kurz und geht in Richtung der beiden, die immer noch vor der Tür sitzen. Das erste, was sie aber macht, ist die beiden Kinder ins Haus bringen, denn die haben wohl genug gesehen.

„Arlo? Kommst du mal bitte, ich möchte dir was zeigen", sagt auf einmal Mrs. Park. Arlo und Emma wollten sich gerade aufmachen, um Lennart bei Nummer 1 zu stellen. Jetzt machen aber beide eine Kehrtwende und Folgen der Bitte. Die einzelne Krücke schmeißt Arlo beim näher kommen einfach neben das Haus, die behindert nur noch und er will lieber die Zähne zusammen beißen.

„Was ist los Evelyn?" Fragt er sofort beim Ankommen. Die schaut zu ihm hoch und schiebt den rechten Ärmel von Mrs. Stevenson Pulli nach oben. „Was ist das?" Fragt nun Emma. Unter dem Ärmel sieht man einige kleine Punkte auf dem Arm. „Das ist ein Biss, diese kranke Frau hat sie wohl gebissen", antwortet Eve. „Scheiße", sagt Arlo jetzt. „Was soll das jetzt bedeuten?" „Ich weiß es nicht, es ist ja auch nicht tief, aber wir sollten Mrs. Stevenson ab jetzt am besten durchgehend beobachten. Ich habe da ein sehr ungutes Gefühl."

Die gute Frau selber rührt sich keinen Millimeter, sie ist wohl immer noch in ihrer eigenen Welt und bekommt von allem gar nichts mit. „Sollen wir noch eben helfen sie reinzubringen?", möchte Emma wissen. „Nein, ich bleibe mit ihr noch ein wenig draußen, zur Not kann ich ja Sam fragen." Arlo nickt ihr noch einmal zu und dann machen sich die beiden auf den Weg nach vorne.

„Ich glaube nun immer mehr, das Lennart hinter der Sache mit Leo steckt", beginnt Emma das Gespräch beim Laufen. Sie kommen nicht wirklich schnell voran, denn Arlo humpelt immer noch. „Wie kommst du da darauf?" „Dann sag mir mal bitte wo er ist? Das hätte sogar er gerade mitbekommen müssen." „Da hast du schon recht, wir werden es sehen."

Sie gehen weiter und sind bei Haus Nummer 4 angekommen. „Jetzt sind wir beiden schon wieder alleine. Das kommt wohl öfters vor" kichert Emma ein wenig. „Ja da hast du wohl recht. Und wegen der Sache auf der Couch eben, das tut mir ehrlich leid. Ich wollte dir nicht zu nahe treten." Emma bleibt plötzlich stehen. „Nein Arlo, mir tut es leid. Du bist mir nicht zu nahe getreten. Ich fand das sehr schön mit dir. Aber", sie stockt kurz und redet dann weiter. „Ich werde dir noch erzählen was los war, nur jetzt ist nicht der richtige Augenblick dafür." Arlo schaut sie kurz an, versteht kein Wort und geht einfach weiter. Endlich kommen sie zu Mr. Carter, in den Fenstern brennt kein Licht, es ist alles dunkel. Es scheint wohl keiner da zu sein.

„Vielleicht ist er ja am Schlafen", sagt Emma. „Lass uns nachsehen, vielleicht ist die Tür ja offen." ...

Kapitel 22

Arlo geht direkt zur Haustür, aber wie zu erwarten ist sie verschlossen. Emma haut leise gegen das Holz und das dumpfe Geräusch zieht einmal durch die Häuserallee. Sie schauen sich beide an und wissen das Krach keine gute Idee ist. „Wo steckt dieser kleine Penner?" Fragt Emma sehr leise. „Ich habe keine Ahnung. Der hat sich wohl aus dem Staub gemacht." Emma schaut sich die Fassade des Hauses einmal genauer an. Leider kann sie aber nichts entdecken, was sie glücklich machen könnte.

„Was suchst du?" Fragt Arlo. „Ich weiß es auch noch nicht, wenn ich es finde, sag ich dir Bescheid." Diese Antwort von Emma lässt Arlo ein wenig grinsen. Jetzt schaut er runter Richtung Empfangshaus. „Meinst du die Drei bekommen das mit der Leiche hin?" „Wie meinst du das?" „Na ja, wann schleppt und verscharrt man schon mal einen Menschen?" „Bestatter machen so was jeden Tag." Jetzt fängt Arlo doch sogar noch an zu lachen, auf alles, was er sagt, hat Emma die passende Antwort. Sie lässt ihren Blick vom Haus und konzentriert sich auf ihn. „Jetzt mal im Ernst, da Yvonne dabei ist, kann ich mir schon gut vorstellen, dass die das hinbekommen. Die werden zwar ein paar Nächte nicht gut schlafen, aber ich glaube auch, das es nicht die letzte Person ist, die wir unter die Erde bringen." Arlos lachen ist wie weggewischt. „Ja das glaube ich auch. Das ist alles so unrealistisch, als ob wir in einem Film mitspielen." „Komm Arlo, wir suchen weiter und lass mal das träumen von irgendwelchen Welten." Arlo weiß nicht, ob das nun witzig oder doch ernst gemeint war, aber er bleibt lieber ruhig und trottet langsam und humpelnd hinter Emma her. Die verlässt die Front und geht nach hinten. Als Arlo auch endlich ankommt hört er nur „Bingo" von Emma. „Was ist? Hast du was gefunden?" Emma grinst von einer Seite bis zur nächsten. „Hier schau, das Fenster ist nur angelehnt. Das müsste das Zimmer von Vincent sein." „Emma, was hast du vor, du willst da doch nicht einsteigen?" „Mensch Arlo du Weichei, ich will doch nur mal eben einen Blick riskieren."

Arlo schaut sich um, es kommt ihm gerade so vor, als ob sie beide ein Verbrechen begehen. Aber wegen der aufgezogenen Dunkelheit sieht man eh nicht mehr viel. Er schaut wieder zu Emma, die mittlerweile den Sims hochgeklettert ist und in der Hocke im nun geöffneten Fenster sitzt.

„Hör auf mir auf den Hintern zu schauen, du schlimmer Junge", sagt sie zu Arlo, der direkt hinter ihr steht. „Das mach ich doch gar nicht", antwortet er. Aber wenn er ehrlich sein muss, seine Augen sind schon die ganze Zeit auf ihren Hintern gerichtet. Nur wo soll er auch hinschauen? Um davon wieder abzulenken, beginnt er ein neues Gesprächsthema.

„Vielleicht ist Lennart auch mit dem Auto weggefahren." Emma antwortet darauf aber nicht, sie hockt immer noch im Rahmen und schaut sich im dunkeln Zimmer um.

„Na endlich" hört Arlo sie sagen. Sie streckt sich ein wenig nach innen und versucht irgendwas zu erreichen und als sie wieder raus kommt, hat sie 2 Sachen in der Hand. Einmal eine Taschenlampe und dann noch ein kleines Päckchen.

„Was hast du da?" Fragt Arlo sehr verdutzt. Nicht nur das Emma da eingebrochen ist, jetzt klaut sie auch noch was. „Das ist eine Taschenlampe, mein Lieber." „Das sehe ich auch, ich meine das andere", antwortet er ein wenig zickig. Emma schaut nach unten in ihre Hände und hält Arlo dann eine Schachtel Zigaretten vor die Augen. „Ich denke nicht, das Vincent die noch brauch."

Arlo schaut Emma böse an und dreht sich dann noch mal in alle Richtungen.

„Wusstest du das Vincent raucht?" Fragt Emma ihn nun. „Nein, aber das ist ja jetzt auch egal." Arlo ist ein wenig genervt, so hat er sich diese kleine Tour nicht vorgestellt.

„Jetzt stell dich doch nicht so an, es kommen harte Zeiten, da kann man nicht genug Kippen haben. Also was war eben? Du denkst, dass Lennart weggefahren ist? Meinst du nicht, das hätte jemand mitbekommen und sofort gemeldet?" Arlo schaut wieder ein wenig freundlicher aus der Wäsche, er ist halt froh, dass sie endlich aus dem Haus raus ist. „Stimmt auch wieder, irgendwer hätte sicher was mitbekommen."

Jetzt stehen die beiden wie blöd in der Gegend herum. Sie sind am überlegen, was als Nächstes zu tun ist. Emma möchte am liebsten wieder ins Haus und die Waffen holen, aber Arlo sieht nicht so aus, als ob ihm diese Idee gefällt.

„Warum geht ihr nicht einfach zum Bunker?" Emma und Arlo schrecken auf. Leo hat sich angeschlichen und steht grinsend vor ihnen. „Man Leo, wo kommst du denn jetzt so plötzlich her?" Faucht Emma ihn an. Leo dreht sich einmal um und deutet auf den Ausguck hinter sich. „Schon vergessen, ich habe Dienst", lächelt er die beiden an. Emma schaut zu Arlo und beide verstehen sofort, was gemeint ist. Sie brechen gemütlich in das Haus ein und Leo steht auf dem Hochsitz und bekommt alles mit. Gut, dass er es war und nicht einer der anderen.

„Hast du nun alles gesehen?" Fragt Arlo sehr vorsichtig. „Nun ja, viel konnte ich auch nicht erkennen, ich achte nur auf Bewegungen im Wald. Da ich aber wusste, dass ihr beiden zu den Carters geht, konnte ich mir den Rest schon denken. Aber er ist natürlich nicht da, die Lampen im Park sind ja auch nicht an. Also wo ist er hin, habe ich mich gefragt und da viel mir halt nur der Bunker ein." „Du bist ein Genie Leo", sagt Emma und gibt ihm einen Kuss auf die Wange. Leo weiß gar nicht, was er darauf antworten soll, er dreht sich auf der Stelle um und geht zu seinem Hochsitz zurück. Kurz bevor er wieder hinauf klettert sagt er noch. „Seit vorsichtig da draußen. Ich traue diesem Lennart nicht." „Das sind wir", antwortet Emma und deutet auf die Taschenlampe. „Gut, dass ich die gerade geklaut habe", grinst sie Arlo an. „Musstest du ihn unbedingt küssen?" Fragt Arlo ganz trocken. Emma grinst noch inniger. „Oh ist da jemand eifersüchtig?" Diese Frage ist Arlo echt unangenehm. Er schaut mit Absicht in eine andere Richtung und sieht auch nicht wie sehr Emma das gefällt.

„Ist schon ein wenig blöd, dass wir die Pistole nicht dabei haben" sagt er nachdenklich. Emmas lachen verschwindet wieder, aber nicht ganz, man merkt an ihrer Tonlage, das sie das Ganze echt genießt.

„Komm schon Arlo, wir brauchen die Waffe nicht. Ich habe mein Messer dabei und weit ist es auch nicht." Schon machen sich die beiden auf den Weg. Leo beobachtet sie noch ein wenig und wendet dann seine Aufmerksamkeit wieder auf den Rest des Waldes.

Amelia steht in der Nähe der Schranke. Es ist zwar schon dunkel und es kommen immer noch hin und wieder ein paar Tropfen von oben, aber ihr ist das egal. Sie weiß, das ihr Dad in der Nähe auf dem Hochsitz steht und das reicht ihr als Sicherheit. Mit ihren 14 Jahren ist sie noch ziemlich klein und zierlich, sie könnte auch noch als 10-Jährige durchgehen. Ihre langen braunen Haare hängen hinten unter ihrer Mütze heraus. Sie hat sie heute Morgen geflochten und sie sehen immer noch sehr gut aus. Sie ist schon das zweite Jahr mit ihrem Dad alleine hier im Urlaub. Ihre Mom wohnt nicht mehr bei ihnen und hat auch wieder neu geheiratet. Amelia wurde damals mit 8 Jahren vom Gericht gefragt bei wem sie lieber bleiben möchte und sie hat sich für ihren Dad entschieden. Zuerst war ihre Mutter über diese Entscheidung echt sauer. Mit der Zeit hat sich das aber gelegt und mittlerweile ist das eher in Gleichgültigkeit umgeschlagen, sie haben nicht viel Kontakt.

Amelia liebt ihren Dad über alles, aber diese jährlichen Ferien hier in der Pampa sind nicht so ihr Ding. Jetzt steht sie neben dem Empfangshaus und beobachtet die drei Frauen, wie sie eine Leiche vergraben. Dieses Jahr könnte der Urlaub interessant werden, aber alle haben ja eher Angst, daher behält sie das lieber für sich.

„Hey" kommt auf einmal eine Stimme von hinten. Amelia bleibt der Atem stehen, sie dreht sich um und sieht diesen Jungen aus Haus Nummer 4. „Musst du dich so anschleichen?", faucht sie ihn an.

„Brauchst ja nicht so schreckhaft sein, außerdem sollen wir ja leise sein, hast du das schon vergessen?" „Schön, dann haben wir jetzt alles gesagt und du kannst zurück zu deiner Mutter, die wartet doch sicher schon auf dich."

Amelia dreht sich wieder um und schaut zu den Frauen. Der Junge kommt ein wenig näher und stellt sich neben sie. Auch er schaut zu den anderen, sie sind gerade dabei das Loch ein wenig tiefer zu graben, aber viel kann man nicht erkennen.

„Wer sie wohl war?" Fragt der Junge sehr leise. Amelia seufzt einmal ziemlich laut. Warum labert der Junge sie eigentlich immer noch an. „Ist mir doch egal, wer sie war, sie war krank und musste beseitigt werden", antwortet sie schon fast beiläufig. Der Junge schaut zum Hochsitz hoch und dann wieder zu Amelia.

„Mein Name ist Milo, falls du das noch nicht mitbekommen hast. Dein Name ist Amelia, das weiß ich schon." Amelia schaut Milo nur einmal finster an und beachtet ihn dann nicht weiter. Er merkt langsam, dass er nicht erwünscht ist und bewegt sich ein wenig nach hinten, Richtung andere Schrankenseite. Sein Blick geht runter zum Parkplatz, aber viel erkennen kann er nicht. Er sieht nur die metallischen Oberflächen, was wohl die Autos sind.

„Amelia?" Ruft er auf einmal ziemlich leise. Die Kleine mit dem geflochtenen Haaren dreht sich um und kommt ein wenig näher. „Sollen wir nicht leise sein?" Fragt sie ihn sarkastisch. „Sei mal still und komm her." Alleine das Geheimnisvolle in der Stimme von Milo lässt sie tatsächlich noch näher kommen. Neben ihm angekommen zeigt er nach unten zum Parkplatz. „Sieh mal, entweder bin ich blöd oder blind, aber da unten bewegt sich doch was." Jetzt schaut auch sie nach unten, kann aber nichts erkennen. Es ist viel zu dunkel, um irgendwas zu sehen. „Milo, wenn das nun eine dumme Anmache sein soll dann finde ich das nicht witzig." Auf ihr Gesagtes reagiert er aber gar nicht, er schaut weiterhin angestrengt nach unten. Also richtet Amelia ihren Blick wieder zu den Autos und erstarrt auf der Stelle. Jetzt hat sie es nämlich auch gesehen, da läuft irgendwer oder irgendwas herum.

„Am besten wir sagen eben meinem Vater Bescheid", flüstert sie noch leiser. Milo schaut sie an und grinst. „Sollen die uns alle für Feiglinge halten, oder eben wie kleine Kinder, die sofort Hilfe brauchen?" Milo ist fast einen Kopf größer als Amelia. Er hat kurz rasierte Haare und trägt nur eine dünne Regenjacke. Im Großen und Ganzen sieht er mit seinen 15 Jahren eher so aus wie ein

18-jähriger Schläger. „Du willst das nicht melden? Und wenn das wieder einer dieser Kranken ist?" Er schaut nach unten und sucht den huschenden Schatten. „Nein Kleine, das ist kein Kranker. So wie der sich bewegt, sieht das für mich so aus, als ob da jemand die Autos knacken möchte." Amelia hat gerade den großen inneren Wunsch, da runter zu gehen und denjenigen zu stellen. Aber was würde ihr Dad von ihr denken?

„Wenn wir jetzt da runter gehen, wird mein Dad uns sehen und das bedeutet dann eine Menge Ärger", sagt sie zu dem Jungen. Der blickt noch mal nach oben zu dem Hochsitz und schüttelt den Kopf. „Der kann den Parkplatz gar nicht sehen, er schaut doch nur zur Straße, also wären wir komplett sicher." Amelia zögert aber immer noch, nicht aus Angst vor dem Unbekannten, sondern davor erwischt zu werden. Aber irgendwas hat dieser Junge an sich und sie weiß, wenn er noch weiter drängt, wird sie mit ihm gehen. Aber genau das macht er gar nicht, Milo springt einfach über die Schranke und läuft langsam geduckt den Berg nach unten. Amelia schaut ihm nur hinter her und verzieht das Gesicht. Dann duckt sie sich auch und geht unter der Schranke durch, läuft kurz ein wenig schneller, um Milo einzuholen und nimmt sofort die gleiche Haltung ein.

„Ich dachte schon, du brauchst eine Extraeinladung", sagt der 15-Jährige leise zu der herangekommenen Amelia. „Nerv nicht Junge" kommt nur zurück. Sie gehen langsam weiter und erreichen fast schon den Parkplatz. Den Schatten haben sie die ganze Zeit nicht mehr gesehen, aber sie wissen genau, er ist noch da. Für Milo ist das total aufregend, er hat sich auf dem Weg hier runter einen dicken Stein geangelt, den er ganz fest in der Hand hält. Amelia beginnt zu zittern, je näher sie den Autos kommen, desto langsamer wird sie.

„Du brauchst keine Angst haben, ich passe auf dich auf." Irgendwas an seinen Worten lässt Amelia Mut schöpfen, denn ihr Blick wird ein wenig befreiter. Sie stehen jetzt auf der rechten Seite zwischen zwei Fahrzeugen und laufen gebückt zum Heck. Von dort schauen sie auf die freie Stelle zwischen den Autos. Genau hier haben sie eben das erste mal den geheimnisvollen Schatten erblickt, aber bisher sehen sie nichts. Vielleicht wurden sie auch schon entdeckt und die Person lauert ihnen nun auf. Soweit denken die beiden aber nicht, denn sie huschen von Auto zu Auto, immer näher an die andere Seite des Parkplatzes. Milo greift nach der Hand von Amelia und zieht sie zu sich. Dann berühren seine Finger ihre Lippen, er deutet ihr an, ruhig zu sein. Sie wollte sich erst wehren, weil sie dachte, der Typ wollte sie nur anfassen, hat aber schnell gemerkt, das er wohl irgendwas gesehen hat. Also fügt sie sich dem Jungen und klammert sich sogar ein wenig an ihm. Beide gucken wieder am neuen Heck herum und sehen endlich den Schatten. Der steht nicht mal 10 Meter von ihnen entfernt und schaut nach oben zu den Häusern. Viel können sie nicht erkennen, da es einfach zu dunkel ist, aber bei eins sind sie sich sicher, da ist wirklich ein Fremder, der die Siedlung ausspioniert.

„Was machen wir nun", flüstert Amelia Milo ganz leise ins Ohr. Er antwortet nicht, deutet ihr aber mit Handbewegungen an, das sie hierbleiben soll. Damit hat die Kleine nicht gerechnet, Milo steht auf und geht langsam auf die Person zu.

„Hey du Arsch, was willst du hier?" In seiner rechten Hand umklammert er seinen Stein und wartet auf eine Reaktion von diesen Unbekannten. Amelia hockt immer noch hinter dem Auto und versucht zu erkennen, was die beiden da machen. Die stehen sich jetzt gegenüber, Milo in einer Angriffspose und der andere sieht eher überrascht aus. Irgendwas auf dem Rücken des Fremden reflektiert in der Dunkelheit, sie kann aber nicht genau erkennen, was es ist.

„Geh mit deiner kleinen Freundin besser wieder zu den anderen", sagt eine männliche Stimme. Milo schreckt aber keinen Millimeter zurück. „Ich bin bewaffnet, du Penner, also was willst du hier?", sagt er mit echt fester Stimme. Der Mann ihm gegenüber macht eine schnelle Bewegung und hat nun irgendwas in der Hand.

„Wenn du deinen kleinen Stein in der Hand meinst, dann bist du das tatsächlich, aber ich habe eine echte Waffe, daher wäre es ratsam, ganz schnell zu verschwinden." Erst jetzt erkennt Amelia, dass der Mann von seinem Rücken ein Gewehr geholt hat. Auch Milo hat das erkannt, trotzdem bleibt er einfach stehen. Er fast seinen Stein nur noch fester und will gerade zum Ausholen ansetzten, als eine feste Hand seinen Arm von hinten packt. Total erschrocken schreckt er herum und sieht in das Gesicht von Leo. Als er sich wieder zu dem Fremden umdreht, ist dieser verschwunden.

„Er ist weg", sagt Leo nun. Milo steht immer noch wie angewurzelt auf der Stelle und schaut zu dem leeren Fleck, wo eben der Mann mit der Waffe stand. Der hat nach Leos Sichtung das Weite gesucht. „Verdammt", sagt Milo. „Der blöde Penner hat sich tatsächlich verpisst."

„Besser ist das", antwortet Leo darauf. „Amelia komm her." Die Kleine kommt aus dem Schutz des Autos hervor und geht auf die beiden zu. „Wer war der Mann?" Fragt sie beim Ankommen.

„Ich weiß es nicht, irgend so ein Kerl, der nichts Besseres zu tun hat, als unser Camp zu beobachten. Ich habe ihn wohl verjagt. Los kommt, wir gehen zurück, das müssen wir melden."

Milo macht aber keine Anstalten zu gehen, er reißt sich von Leo los, dreht sich um und schaut ihn böse an. „Ich hatte alles unter Kontrolle." Leo lacht ein wenig und schaut sich den Jungen an. „Ach hattest du das, der Kerl hatte eine Waffe und so wie es aussah, war es wohl ein Sturmgewehr. Der hätte dich mal eben so durchsieben können und du wärst tot, bevor du den Boden erreicht hättest. Wie kann man so unvernünftig sein? Wenn du dem Mädchen hier imponieren möchtest, dann mach was nicht so gefährliches." Der hat gesessen, Milo schaut nach unten und lässt dabei seinen Stein fallen. „Also kommt ihr beiden, ich weiß nicht, wo der Kerl hin ist, aber wir sollten nicht hier unten bleiben."

Amelia ergreift das Wort. „Könntest du das bitte für dich behalten? Ich habe keine Lust auf Ärger mit meinem Dad." Leo lacht wieder leise, bei dem gehörten. „Ist klar, ich erzähle nur, das ich jemanden hier mit einer Waffe gesehen habe, von euch beiden werde ich nichts erzählen. Aber auch nur, wenn ihr mir versprecht, so was Waghalsiges nicht noch einmal zu machen." Amelia nickt sofort und ist einverstanden und sogar von Milo kommt leise so was wie ein okay. Langsam gehen die drei den Berg nach oben, hin und wieder drehen sie sich noch mal um, können aber nichts mehr entdecken. Entweder ist der Kerl verschwunden oder beobachtet sie aus einem sicheren Versteck heraus. Leo gefällt die Sache absolut nicht, ein fremder Mann mit einer großen Waffe können sie hier nicht gebrauchen, er kann sich auch nicht vorstellen, was der gesucht hat. Er muss das unbedingt den anderen erzählen.

Emma und Arlo tapsen durch den Wald. Nur hin und wieder machen sie die Taschenlampe an, um zu sehen, ob sie noch auf Kurs sind, aber sie wollen sich auch nicht verraten. Sie gehen Hand in Hand, was nicht unbedingt eine Liebesbezeichnung darstellen soll, sondern eher zur Orientierung gedacht ist.

„Wir sind da", sagt Emma plötzlich zu Arlo und sie stehen vor einem kleinen moosbewachsenen Hügel. Die Lampe geht an und leuchtet direkt auf den Berg. Natürlich handelt es sich nicht um etwas echtes, sondern um ein von Hand gebautes Gebäude. Mitten drin befindet sich eine dicke Tür, die ein wenig schief eingelassen wurde, was halt darauf hindeute, das es direkt dahinter nach unten geht. Aber das Teil ist geschlossen und es sieht auch nicht so aus, als ob hier irgendjemand wäre. Sie gehen näher heran und Emma zieht an dem Griff, aber wie zu erwarten bewegt sich nichts.

„Das ist wirklich ein alter Bunker aus dem Kalten Krieg", sagt Arlo zu ihr. „Wie kommst du darauf?" „Komm mal näher, dann zeige ich es dir." Emma stellt sich ganz dicht zu ihm und leuchtet mit der Lampe auf die Stelle wo er hindeutet. „Hier unten an der Tür ist ein Atomzeichen angebracht worden. Man kann es zwar nicht mehr genau erkennen, aber das sagt wohl alles. Und diese Tür ist so dick, ich kann mir gut vorstellen, dass sie aus Blei gebaut wurde, um die Strahlung abzuhalten", macht Arlo mit seiner Lehrstunde weiter. Emma lauscht seinen Worten und nickt hin und wieder, wenn er was Intelligentes von sich gibt. Aber eigentlich juckt sie das nicht wirklich, sie will einfach nur wissen, wo dieser kleine Penner von Lennart ist. Aber wenn er sich hier drin befindet, werden sie ihn wohl nicht finden, denn da kommt niemand rein. Man bräuchte schon was größeres, um das zu öffnen.

„Und was machen wir jetzt?" Fragt Emma ziemlich ungeduldig. „Tja keinen Plan. Es sieht wohl nicht so aus, als ob wir hier weiter kommen." „Also sind wir ganz umsonst hier hingelaufen. Am besten ist der Kerl schon lange wieder im Park und reißt gerade die Macht an sich."

Bei diesen Worten muss Arlo echt ein wenig lachen. Emma ist ja voll besessen von diesen Machtgelaber und Königsgetue. Als sie das sieht, wirft sie Arlo einen bösen Blick zu.

„Machst du dich etwa gerade lustig über mich?" „Nein, wie kommst du da darauf?" Arlos lachen wird ein wenig eindeutiger, was Emma nur noch mehr auf die Palme bringt. „Ich finde das gerade nicht lustig Arlo, ich hätte echt große Lust, dich hier alleine im Dunkeln sitzen zu lassen." Nach dem gesagten hält Arlo aber nicht inne, er lacht immer noch in Emmas Richtung. „Das wirst du nicht tun Emma." „Willst du es drauf ankommen lassen Arlo?" Aber anstatt zu antworten, zieht Arlo sie näher an sich ran und fängt an, sie liebevoll zu küssen. Emmas böser Blick verschwindet dabei ganz schnell und sie gibt sich den total hin und erwidert es sogar noch. Dabei fällt ihr die Lampe aus der Hand und die plumpst auf den Boden. Ihre Küsse werden immer heftiger, auch wenn die Location dafür nicht gerade geeignet ist, machen die beiden einfach weiter. Die Taschenlampe liegt seelenruhig am Boden und beleuchtet das ganze Schauspiel mit ihrem Licht.

Emma zieht Arlo die Jacke aus und schmeißt sie hinter sich zu Boden und auch sie behält ihre nicht lange an. Sie lachen beide und küssen sich weiter, sie können gar nicht mehr voneinander lassen und schon stecken Arlos Hände unter ihren Pulli und berühren ihre Brüste. Das macht sie wieder wilder und sie öffnet die Hose von ihm und zieht sie ein wenig nach unten. Dabei ist wohl auch seine Unterhose mit runtergerutscht, denn auf einmal steht Arlo unten herum ganz nackt vor ihr. Sie greift mit ihrer rechten Hand darunter und berührt seinen

Penis, dabei gibt sie sehr anreizende Geräusche von sich und auch er ist nicht gerade leise.

„Scheiße Arlo, ich bin total verrückt nach dir", sagt Emma mit total verliebter Stimme. Arlo hält kurz an und schaut ihr direkt in die Augen. „Ich auch nach dir." Nach diesen Worten geht es sogar noch weiter. Jetzt rutscht auch noch Emmas Hose herunter und kurz darauf folgt ihr Slip. Arlos Hand, die vorher noch an der Brust von ihr war, geht nun nach unten und berührt ihre Scheide. Genau in diesem Augenblick beißt sie ihn leicht in seine Lippen.

„Ich will dich Arlo, hier und jetzt und keine Widerrede." Seine Augen fangen trotz der Dunkelheit an zu leuchten, aber anstatt zu Antworten dreht er sie einfach um und beugt sie leicht nach vorne. Emma streift noch schnell ihre Hose und ihren Slip über die Stiefel und steht unten herum völlig nackt vor ihrem Liebhaber. Der drängt sich ganz eng an ihr Hinterteil und versucht seinen Penis in die Scheide zu stecken. Mit ein wenig weiblicher Hilfe gelingt das ganze Unterfangen auch und Emma stöhnt laut auf, als sie den in sich spürt. Arlo beginnt sofort sich langsam hin und her zu bewegen und Emma dreht bei den Gefühlen fast durch. Auch er kann sich kaum noch zurückhalten und wird immer schneller und lauter. Er beugt sich bei dem Akt ein wenig nach vorne und küsst sie auf den Mund. Sie steckt vor lauter Geilheit ihre Zunge rein und er stößt dadurch nur noch fester zu, was Emma aber sehr zu gefallen scheint. Beide sind laut am stöhnen, die Taschenlampe ist durch einen Tritt zur Seite gerollt und leuchtet nun auf eine Betonmauer, die genau neben dem Eingang gebaut wurde. Sie lassen sich aber von nichts unterbrechen und machen einfach weiter. Emma schreit jetzt schon fast den Namen von ihm und bei jedem Stoß dreht sie mehr durch. Dann fängt auch Arlo an zu schreien, hier im leisen Wald kann man das sicher Meilen weit hören.

„Oh Emma, ich komme", kommt nur aus ihm raus und Emma antwortet mit einem lauten JA. Und dann ist es auch vorbei. Arlo hatte einen geilen Orgasmus und steckt weiter in Emma drin. Die beiden sind sich immer noch am Küssen und völlig außer Puste. Erst ein knacken auf der rechten Seite, welches direkt aus dem Wald zu kommen scheint, lässt die beiden auf den Boden der Tatsachen zurückkommen. Schnell zieht Arlo seinen Penis raus und nur wenig später hat er auch schon seine Hose hochgezogen. Auch Emma schlüpft in ihre Sachen an und sucht nach der Taschenlampe, die sie natürlich auch sofort findet.

„Sieh mal Arlo", sagt sie und zeigt auf den Lichtschein der Lampe. Arlo, der immer noch total durcheinander ist, schaut in die Richtung und sein Blick fällt auf die beleuchtete Mauer.

„Scheiße", sagt er ganz plötzlich. „Ist das Blut?" Emma und Arlo, endlich wieder komplett angezogen, bücken sich beide vor der Mauer und schauen sich das gemeinsam an. Dort sind überall rote Flecken, das sieht total nach Blut aus, welches auch noch nicht wirklich geronnen ist.

„Wir sollten hier wohl besser schnell verschwinden", sagt Emma jetzt und zieht sich schnell ihre Jacke an. Auch er ist gerade dabei, seine wieder überzuziehen.

„Besser ist das", sagt er kurz und knapp. Emma hebt die Lampe vom Boden, nimmt Arlos Hand und läuft zusammen mit ihm los. Eine kurze Zeit später durchbricht sie die Stille, die bis dahin herrschte.

„Arlo, das was eben passiert ist, das war sehr schön." Er bleibt kurz stehen und versucht mit dem Lichtschein Emma ein wenig anzuschauen. „Ich fand es auch sehr schön. Ich weiß aber nicht, wie es nun weiter gehen soll." Langsam kommen die beiden wieder in Bewegung. „Was meinst du denn mit weiter gehen?" Fragt Emma. „Die Sache mit uns." Emma bleibt wieder stehen und schaut ihn ernst an. „Arlo, es war wirklich sehr schön mit uns und ich hätte auch nichts gegen eine Wiederholung, aber es ging mir nur um Sex." Darauf sagt er erst mal nichts. Sie gehen weiter, diesmal auch ein wenig schneller, soweit Arlo sein Knie, das mitmacht. Da er auf Emmas Worte nichts sagt, ist sie wieder die Nächste, die was loswerden möchte.

„Arlo?" Diesmal antwortet er mit einem knappen Ja. „Leider haben wir gerade einen Fehler gemacht." Jetzt ist es wieder Arlo, der einfach stehen bleibt und sie anschaut. „Wie meinst du das? Warum einen Fehler?" Es dauert ein wenig, bis Emma wieder antwortet, sie sucht die richtigen Worte. „Arlo, ich verhüte nicht." „Was? Ist das dein

Ernst?" „Ja, das ist es leider. Ich habe die Pille nicht vertragen und da ich mit meinem Ex nicht sehr oft was hatte, reichte auch ein Gummi." Jetzt überlegt Arlo ein wenig und sucht nach Worten. Er denkt an Yvonne, mit der er auch nur einmal ungeschützten Sex hatte und die dadurch sofort schwanger geworden ist. „Das ist natürlich scheiße." Langsam gehen sie weiter. „Ach vergiss es Arlo, es wird schon nichts passiert sein. Lass uns das nicht mit bescheuerten Gedanken versauen...

Kapitel 23

Leo ist mit den beiden Teenagern wieder oben angekommen. Unterwegs haben sie kein Wort mehr gesprochen. Amelia hat Angst, das Leo ihren Dad was sagt und Milo ist immer noch auf 180 und würde am liebsten den Kerl wieder suchen gehen. Beim ersten Haus hat sich nichts verändert, es herrscht absolute Dunkelheit in allen Fenstern. In der Gemeinde selber ist auch weiterhin alles dunkel, die Laternen sind natürlich aus, die kann eh nur Lennart einschalten. Leo ist es sehr unwohl dabei, das Haus der Carters zu passieren. Schließlich hat er vor nicht allzu langer Zeit noch den Sohn des Besitzers erschossen. Was wird wohl passieren, wenn Lennart wieder da ist und alles erfährt? Ist er vielleicht sogar wegen der Sache verschwunden? Kaum erreichen die drei das nächste Haus, wird Leo aus seinen Gedanken gerissen. Denn bei den Roberts ist allerhand los. Die Tür steht weit offen und Koffer liegen draußen auf der Veranda. Es sieht wirklich so aus, als ob sie abreisen wollen. Leo schickt noch eben die beiden Ausreißer nach Hause und geht dann direkt zu der Hütte. Bevor er aber eintritt, schaut er noch, ob die Kids wirklich ankommen. Milo versucht auf dem Weg Amelia zu umarmen, aber die schlägt seine Hand einfach weg und entfernt sich sehr schnell von ihm. Noch mal jung sein, denkt sich Leo und wendet sich dann endgültig der Hütte der Roberts zu. Der Hausherr kommt gerade laut schnaufend aus der Tür und stellt eine große Tasche neben die anderen.

„Nabend Mr. Roberts" beginnt Leo ganz vorsichtig das Gespräch. Der dürre Mann schaut kurz auf, nickt ihm freundlich zu und verschwindet wieder im Haus.

„Leo" ruft eine weibliche Stimme von hinten. Er dreht sich um und sieht Yvonne zusammen mit Sarah und Jessica auf ihn zukommen. Sie haben ihre Arbeit wohl verrichtet und dem Blick nach zu Urteilen war es für alle sehr emotional. Das Paar geht ohne ein Wort an Leo vorbei und auf direkten Weg nach Hause.

„Es war sicher nicht einfach für euch die Frau zu beerdigen?" Fragt Leo sehr zaghaft in Richtung Yvonne. „Nein, die beiden sind fast zusammengebrochen, haben sich aber bis zum Ende gehalten und mitgeholfen. Ich denke aber nicht, dass sie das so schnell vergessen werden." Leo geht ein Schritt auf Yvonne zu und nimmt sie in den Arm.

„Das kann ich verstehen, so was ist auch nicht einfach. Aber wie geht es dir?" Yvonne nimmt die Umarmung gerne an und schaut zu Leo hoch. „Mir? Nun ja, sicher besser als den beiden. Wir haben schon genug erlebt und sind ein wenig härter, was solche Sachen angeht." Sie versucht ein kleines Lächeln hinzubekommen, aber so richtig gelingt es ihr nicht.

„Was ist hier los Leo? Reisen die Roberts doch ab? Haben sie nicht verstanden, was da draußen los ist?" Bevor Leo auch nur ein Wort sagen kann, ergreift der hinzugekommene Mr. Roberts selber das Kommando. „Junge Dame, überall ist es sicherer als bei der durchgeknallten Frau. Ich will meine Familie, so schnell es geht hier wegbringen." Yvonne und Leo wissen sofort, das Emma damit gemeint ist. „Aber Mr. Roberts, Emma hat doch nur das gemacht, was gemacht werden musste. Die Frau war krank, man konnte sie nicht mehr retten." Der Mann kratzt sich kurz über seinen Kopf und schaut ziemlich ungläubig in ihre Richtung.

„Umgebracht hat sie die Frau, auf bestialische Weise, muss ich wohl noch anmerken. Und ihr steht hier vor meinem Haus und verteidigt diese Mörderin auch noch." Er schüttelt kurz seinen Kopf und verschwindet wieder im Inneren. „Das sieht nicht gut aus, ich glaube nicht, das wir sie umstimmen können", sagt Leo im Flüsterton. Eigentlich hat Mr. Roberts ja recht, wenn die Gegebenheiten normal gewesen wären, aber das sind sie schon lange nicht mehr. Von Rechts kommt Sam angelaufen.

„Hey ihr beiden, was ist denn hier los?" Yvonne geht ihr einen Schritt entgegen. „Die Roberts wollen abreisen", sagt sie zu Sam und die beiden umarmen sich erst mal, nachdem sie aufeinandergetroffen sind. Leo schaut sich das in Ruhe an und denkt sich seinen Teil. Wie Sam wohl reagieren würde, wenn sie wüsste das Yvonne von ihrem Mann schwanger ist? Er wischt die Gedanken sofort wieder beiseite und lächelt der kleinen Blonden, als sie näher kommt, kurz zu. Eigentlich gibt es ja auch ein viel wichtigeres Thema als die Roberts und Leo versucht, die beiden Damen ein wenig vom Eingang wegzuziehen.

„Hört mal ihr beiden, ich war gerade unten auf dem Parkplatz und habe dort einen Kerl erwischt. Es sah so aus, als ob er die Siedlung hier oben beobachtet. Er hatte so was wie ein Sturmgewehr dabei." „Ach du kacke", sagt Sam auf das gehörte und nimmt sofort wegen der gesagten Worte eine Hand vor den Mund. „Das hört sich doch fast so an, als ob das der Kerl von heute Morgen ist, den Arlo in dem Kaff begegnet ist. Mann und Sturmgewehr passt ja und wie viele Menschen laufen schon mit solchen Waffen herum?", sagt Yvonne. „Wenn man so die Begebenheiten bedenkt, also was da draußen so los ist, dann ist das bald sicher gar nicht mehr so unwahrscheinlich", antwortet Leo.

Erst jetzt macht Sam einen langen Hals und schaut zu dem Haus der Carters. „Ist Arlo noch gar nicht zurück?" Die anderen drehen sich auch kurz in die Richtung. „Sam" beginnt Leo wieder. „Die beiden sind unterwegs zum Bunker. Mr. Carter ist die ganze Zeit nicht hier gewesen, daher vermuten sie ihn dort." Die Frauen sagen beide zur gleichen Zeit „Was?".

„Dann müssen wir ihnen nach" hängt Yvonne noch hinten dran. Sam schaut ziemlich entgeistert zu Boden, ob es nun daran liegt, das

Arlo im Wald ist oder wegen der Idee hinter her zu gehen, kann man nicht genau deuten.

„Das könnt ihr vergessen, die beiden sind schon länger weg und schlagen gleich sicher wieder auf", sagt Leo ziemlich direkt. Es sieht so aus, als ob er mit seiner Ansprache verhindern möchte, dass einer der beiden auf dumme Gedanken kommt. Das hatte er ja heute schon einmal erlebt. Die drei haben gar nicht mitbekommen, das vor Haus Nummer 2 die beiden älteren Kinder der Roberts vor der Tür stehen und sie beobachten. Sam ist die Erste, die das sieht und geht direkt zu ihnen rüber. „Hallo ihr zwei, ich hoffe euch geht es gut. Eure Eltern wollen wohl abreisen?" Der zehnjährige Junge dreht sich auf der Stelle um und geht zurück ins Haus. Sein 2 Jahre jüngerer Bruder läuft zu Sam und nimmt sie in den Arm.

„Ich möchte hier nicht weg Mrs. Stenn. Mom will auch hierbleiben aber Dad möchte davon nichts hören. Er schreit die ganze Zeit und meckert alle an." Sam dreht sich kurz um und geht dann mit dem Jungen ins Haus. „Vielleicht schafft sie es ja, den Alten zu überreden", erwähnt Leo nur beiläufig. Er ist mit seinen Gedanken schon wieder woanders. „Was ist los Leo?" Fragt Yvonne sehr besorgt. „Ich weiß auch nicht, ich gehe erst mal wieder auf den Ausguck und schaue, ob ich den Kerl noch mal entdecke." „Leo? Der hat eine Waffe, was willst du denn machen, wenn er wieder da ist?" „Er hat auch schon beim ersten mal nicht geschossen, ich möchte mich nur mit ihm unterhalten, vielleicht bekomme ich die Chance ja noch. Bis später Yve und hey, mach bloß keinen Mist." Yvonne lächelt ihn noch kurz an und dann ist Leo auch schon zwischen den Häusern verschwunden. Jetzt steht sie ganz alleine vor Nummer 2 und hat keinen Plan, was sie machen soll. Ihre Aufgabe ist beendet, Sam redet mit den Roberts, Leo sucht einen Spinner und Arlo ist noch mit Emma unterwegs. Also setzt sie sich auf die Veranda vor dem Haus und lauscht den Diskussionen von drinnen. Sie hätte nicht gedacht, dass Sam so direkt sein kann. Da bekommt man ja fast nur vom Zuhören Angst.

Arlo und Emma kommen wieder auf dem Gemeinschaftsplatz an. Kaum in der Nähe der anderen lässt sie sofort die Hand von ihm los. Sie überqueren leise den Platz und schauen kurz nach oben, ob Leo noch da ist. Aber dank der Dunkelheit kann man nicht viel erkennen. Sie wollen jetzt aber auch nicht rufen, denn ihr weg geht direkt zu Haus Nr. 1. Sie sehen aber schon von weiten, dass immer noch kein Licht brennt. Anstatt wieder an die Eingangstür zu gehen, laufen sie sofort auf das geöffnete Fenster zu und Emma beginnt mit dem Einstieg. Arlo hilft ihr ein wenig dabei, aber das hätte er sich sparen können, denn die Frau ist kurzerhand im Inneren. So wie es aussieht, hat er nichts mehr gegen einen Einbruch, denn nach Emma schwingt auch er sich durchs Fenster und kommt im Zimmer wieder zu stehen. Leider war das für sein Knie nicht der beste Weg, er schreit kurz auf und sitzt auf einmal auf dem Bett von Vincent. „Psst Arlo", sagt Emma ganz leise. „Und komm aus dem Bett, hätte jetzt nicht gedacht, das du so notgeil bist." Das Lachen von Emma kann Arlo sogar in der Dunkelheit erhaschen, sofort steht er wieder auf, belastet nur das heile Knie und geht mit ihr einen Raum weiter, ins Wohnzimmer.

„Du bist echt witzig, bist du immer so wenn du in fremde Häuser einsteigst?" „Nicht nur dann mein Lieber." Emma kann ihr lachen wieder ein wenig unterdrücken, aber nicht weil sie das nicht witzig fand, sondern weil sie echt ruhig sein müssen, sie wissen ja gar nicht, ob Lennart im Haus ist und wenn ja, kann es schnell gefährlich werden.

„Sollen wir nicht lieber den anderen Bescheid geben?" Fragt Arlo in die Dunkelheit. „Nein, damit die uns den ganzen Spaß nehmen? Das kannst du vergessen." „Dir kann man aber auch gar nicht Widerstehen." Diese Aussage beschert Arlo erst mal einen leichten Rippenschlag. Wieder schreit er kurz auf. „Du bist aber ganz schön ein Weichei Mr. Stenn", bekommt er von Emma zu hören. „Wir gehen am besten nach oben, da scheint auch das Zimmer von Lennart zu sein", fügt sie hinzu. Also schleichen die beiden langsam die Treppe hinauf und Arlo hält sich immer noch die schmerzende Stelle, die Emma ihm gerade zugefügt hat. Die Taschenlampe lassen sie bewusst aus, es soll draußen keiner mitbekommen, dass sie hier herumschnüffeln. Oben angekommen stehen sie wieder vor einer Tür, die natürlich verschlossen ist.

„Heute haben wir es aber auch mit den verschlossenen Türen", sagt Arlo leise zu Emma ins Ohr. „Pass auf süßer, gleich ist sie auf." Arlo hört nur ein leichtes Klacken und dann kurz ein kleines quietschen und schon ist die Tür vor ihnen auf. „Komm rein Arlo, hier gibt es keine Fenster, wenn die Tür zu ist, können wir die Taschenlampe benutzen." Arlo marschiert hinter Emma in das Zimmer, tastet nach der Tür und macht sie hinter sich zu. Zur Gleichen zeit schaltet sie die Taschenlampe an und öffnet ihren Mund. In dem Raum steht ein Bett, ein kleiner Schrank, daneben noch ein größerer, in der Mitte ein runder Tisch und 2 Stühle. Aber das ist nicht das, was die Aufmerksamkeit der beiden auf sich zieht, sondern die Wände, denn die sind komplett mit Zeitungsausschnitten beklebt. Und auf fast jeden ist die gleiche Geschichte beschrieben. Auch auf dem Tisch liegen noch einige Zeitungen und eine große Schere. Emma leuchtet mit der Lampe auf einen Artikel, der sich an der Wand zur Rechten befindet. Mit großen Buchstaben steht die Überschrift „Frau bei Überfall regelrecht hingerichtet." Auch auf den nächsten Artikeln sind ähnliche oder sogar die gleichen Titel versehen. „Warte mal Emma." Arlo versucht den Bericht einer Zeitung mit der Überschrift „Schwarzer schießt weißer Familienmutter wegen 12 Dollar und 25 Cent in den Kopf" zu lesen und Emma leuchtet wieder in seine Richtung.

„Was steht da Arlo?" Kaum fertig gelesen, schaut er ungläubig zu ihr rüber. „Jetzt verstehe ich den Zusammenhang Emma. Hier steht das eine Frau, warte mal, ach so, das ist mittlerweile 10 Jahre her, also eine Frau wurde von einem Schwarzen auf offener Straße in den Kopf geschossen. Es sollte wohl ein Überfall werden und die Frau hatte sich gewehrt. Dann hat der Angreifer eine Waffe gezogen und sie erschossen." „Ja das ist tragisch", antwortet Emma ziemlich gleichgültig. „Das passiert jeden Tag überall ein paar mal." „Ja das stimmt schon Emma, aber so wie es aussieht, war diese Frau wohl die Mutter von Vincent, also die Ehefrau von Lennart." „Scheiße" antwortet Emma und kommt näher zu Arlo, um den Artikel auch kurz zu überfliegen.

„Du hast recht. Also hat vor 10 Jahren ein Farbiger die Frau von Lennart erschossen und alles nur wegen ein paar Dollar." „Genau so ist es und das erklärt auch den Hass von den beiden." „Das stimmt wohl Arlo aber gibt das ihnen das Recht, unseren Leo töten zu wollen?" „Nein ganz sicher nicht, aber der Hass und die Wut auf die Schwarzen ist so tief verankert, das sie gar nicht mehr anders können."

Arlo und Emma schrecken zusammen. Von unten kam ein Geräusch nach oben. Es hörte sich so an, als ob irgendwas runter gefallen ist. Schnell macht Emma die Lampe aus und die beiden verstecken sich hinter dem kleinen Schrank, der ein wenig Schutz vor der Tür bietet. Arlo merkt sein Herz schlagen und die ersten Schweiß Perlen bilden sich auf seiner Stirn. Bei Emma sieht das alles ein wenig anders aus. Sie greift nach unten und holt das Messer von Vincent aus ihren Schuh. Das Teil, was eben noch eine Frau getötet hat.

Jetzt hören sie ein knarren auf der Treppe die nach oben führt und beide wissen sofort, da kommt jemand.

Die Tür öffnet sich, sehr langsam, dafür aber bis zum Anschlag. Ein Lichtschein von einer Kerze erhellt sanft den Raum, aber er beleuchtet nicht jede Ecke, daher sind die beiden noch in Sicherheit. Dann kommt eine Gestalt in das Zimmer, Arlo und Emma erkennen sofort, das es sich um Lennart handelt. Der stellt die Kerze auf den Tisch und setzt sich auf einen der Stühle. Es passiert aber nichts weiter, er sitzt einfach nur da und schaut auf die Flamme, die langsam vor sich hin brennt. Die beiden in der Ecke, die eher im Rücken von Lennart kauern, rühren sich keinen Millimeter. Ob er wohl schon weiß das sie da sind? Emma macht mit ihrer freien Hand ein paar drehende Bewegungen zu Arlo. Zuerst versteht er nicht, was sie von ihm möchte, dann fällt es ihn aber wie Schuppen von den Augen. Die Tür, Emma hatte sie aufgebrochen und natürlich nicht wieder verschlossen. War das der Grund, warum Lennart so lange davor stand? Er weiß genau, das hier jemand im Raum war oder sogar noch ist. Arlo setzt einen genervten Gesichtsausdruck auf und Emma schaut ein wenig verwirrt. Sie hat immer noch das Messer in der Hand und ist sicher auch bereit, es zu benutzen, sollte die Situation eskalieren.

„Setzt euch bitte auf mein Bett, wir haben was zu besprechen", sagt Lennart auf einmal in die Ruhe hinein und deutet mit seinen linken Arm auf das in der Ecke stehende Bett. Mit seiner rechten Hand holt er irgendwas unter dem Tisch hervor. Arlo schaut fast schon ängstlich zu Emma und sie deutet einfach nur in die Ecke. Also setzen sich die beiden in Bewegung und erreichen die Bettkante. Nach dem sitzen können sie auch endlich erkennen, was Lennart da unter dem Tisch hervor geholt hat. Es handelt sich um einen Revolver, ein ziemlich altes Teil, welcher aber sicher noch funktioniert. Jetzt bekommen es die beiden echt mit der Angst zu tun, Emma hat zwar das Messer in der Hand, aber was will sie damit schon ausrichten.

„Ihr steigt also in mein Haus ein und durchwühlt meine Sachen", setzt Lennart wieder an. Mit der rechten Hand spielt er an der Trommel seiner Waffe und mit der linken pocht er langsam im Takt auf dem Tisch. Keiner der beiden sagt ein Wort, sie schauen einfach nur auf den Kerl, der seinen Blick auch nicht auf sie richtet. „Habt ihr denn gefunden was ihr gesucht habt?" Arlo setzt sich ein wenig anders hin, gerade jetzt merkt er sein Knie wieder und das ist echt nicht der passende Augenblick für Schwäche. Er ist aber auch der Erste, der endlich auf den kleinen Mann reagiert. „Lennart, wir brauchen die Waffen." Erst mal bekommt er keine Antwort, der Vater von Vins ändert nichts an seiner Geste. Irgendwie hat die Sache schon was Bedrohliches, oder eben was Irres, das könnte auch passen. Wenn man sich das Zimmer so betrachtet, kann man diesen Lennart Carter eh nicht mehr als normal ansehen.

„Das sind meine Waffen und das ist mein Haus." Wieder ist es Arlo, der versucht das Gespräch zu führen. „Heute war eine kranke Frau im Camp und hat Mrs. Stevenson angegriffen. Die Lage wird ernster und die Wachen auf den Türmen brauchen Waffen." Jetzt schaut Lennart einmal kurz auf und sieht die beiden mit gesenkten Kopf an. Das hält aber nicht lange und er nimmt seine alte Position wieder ein.

„Das sind meine Waffen und das ist mein Haus, muss ich mich noch mal wiederholen? Nichts auf der Welt gibt euch das Recht, hier einzusteigen und mein Leben zu zerstören." Emma ist die Sache langsam zu bunt, aus Angst wird Wut. „Ihr Recht? Sie verschwinden einfach und lassen den Park alleine. So wie es in der Welt gerade abläuft, zählen die alten Werte wohl nicht mehr." Wieder keine sofortige Reaktion, es sieht eher so aus, als ob Lennart alles sacken lässt und seine nächsten Schritte sorgfältig überlegt. Dann blickt er wieder kurz auf und umklammert seine Waffe noch fester.

„Ah, die Frau die hier eigentlich nicht her gehört. Die ohne Einladung einfach mein Camp betreten hat und nun hier sitzt und denkt, sie könnte mich belehren." Der hat gesessen, Emma schaut erst entsetzt und dann angewidert in die Richtung, wo dieser Kerl einfach nur auf seinen Stuhl sitzt und mit der Waffe spielt. Auch das Pochen hat wieder angefangen. Arlo versucht den Blick von Emma einzufangen und nachdem ihm das gelungen ist, macht er ihr mit Gesten klar, dass sie lieber still sein soll.

„Das spielt doch jetzt alles keine Rolle mehr Lennart. Wir sind hier in Gefahr und brauchen die Waffen, das solltest doch gerade du verstehen. Aber kannst du uns mal erklären, was das hier soll? Lennart, was ist los mit dir?" Normalerweise sollte das was ändern, aber wieder keine Reaktion. Arlo ist aber auch noch nicht fertig. „Wo warst du die ganze Zeit? Warum verlässt du einfach das Camp und kommst erst so spät wieder?" „Ich habe meinen Sohn gesucht", kommt es wie aus der Pistole geschossen. Die beiden auf dem Bett zucken zusammen. Haben sie bei der ganzen Sache hier vergessen, das Leo den Sohn vom Mr. Carter erschossen hat? Arlo bekommt sich am schnellsten wieder in den Griff.

„Warum hast du deinen Sohn mit Leo losgeschickt?" Arlo wartet kurz und da Lennart wieder nicht antwortet, macht er einfach weiter. „War es dein Plan Leo umzubringen? Euer Hass, auf alles was dunkelhäutig ist, sieht man hier ja zu genüge." Arlo wird langsam ziemlich mutig und Emma gefällt das gar nicht. Sie zupft ganz leicht an Arlos Jacke, um ihm zu zeigen das er aufhören soll.

Lennart erhebt sich von seinem Stuhl und geht einen Schritt auf die beiden zu. Die Waffe liegt aber weiterhin auf dem Tisch und durch den Schein der Kerze sieht der Schatten von ihm aus wie von einem kleinen Monster.

„Ich dachte, es wäre die beste Therapie für meinen Vincent. Ist er tot?" Auf diese Frage hat Arlo gewartet, er wusste genau das sie kommen wird. „Ja Lennart, es tut mir leid um deinen Verlust." Diese

Worte kommen sehr ehrlich aus dem Mund von Arlo und irgendwie scheint Lennart das auch so aufzuschnappen. Er setzt kurz zum Reden an, macht dann aber wieder dicht und geht langsam zum Stuhl zurück. „Wo ist er jetzt?" Fragt er ganz leise. „Noch in der Nähe von dem Turm. Er hat versucht Leo zu erschießen, es war Notwehr Lennart." Emma schaut zu Arlo, dann wieder zu Lennart und dann wieder auf die Waffe. Ihre Beine sind sehr angespannt, sie wartet nur auf die richtige Gelegenheit, dann will sie aufspringen und Lennart am Tisch erwischen. Diese Situation hier im Zimmer könnte sich hochschaukeln und wer weiß was dann passiert. Aber sagen möchte sie nichts mehr, das könnte die Sache nur noch schneller eskalieren lassen.

Lennart nimmt seine beiden Hände und legt seinen Kopf hinein, dann stützt er sich mit den Ellenbogen auf den Tisch und seufzt leise. „Ich hatte mir so was schon gedacht", sagt er jetzt. „Daher bin ich aufgebrochen, um nach den beiden zu suchen. Ich dachte mein Sohn wäre so stabil das er mit der Sache klar kommt." „STABIL?" Schreit Emma. „Sie als Vorbild leben ihm doch diesen Hass vor. Oder was hat das hier alles zu bedeuten?" Sie macht mit ihrer linken Hand eine Kreisbewegung durchs Zimmer und deutet auf die ganzen Zeitungsausschnitte. Arlo sitzt total starr neben ihr und kann es nicht fassen, dass Emma so in den Angriffsmodus übergegangen ist.

Lennart nimmt seine Arme wieder runter und schaut sie traurig an.

„Ich weiß, aber dieses Zimmer erinnert mich an meine Frau. Es erinnert mich daran, wie schlecht die Welt da draußen ist und warum ich hier in meinem Park eine eigene Welt aufgebaut habe." Emma kommt schon wieder runter, sie hat selber gemerkt, das es nicht angebracht war so zu schreien. Dieser Mann vor ihr, egal wie komisch und nervig er auch ist, hat gerade erfahren, dass sein Sohn tot ist. Ein wenig Mitgefühl wäre da schon angebracht.

„Es tut mir leid", sagt sie noch eben kurz und an ihrer Stimmlage kann man erkennen, das sie es wirklich ernst gemeint hat. Mr. Carter antwortet aber mal wieder nicht. Er ist in seinen Gedanken vertieft und spielt mit der Waffe.

„Lennart, warum ist da draußen ein alter Bunker? Und was genau machen sie in dem?" Arlos Frage hat irgendwas in Lennart ausgelöst. Denn auf einmal geht sein Kopf wieder nach oben, sein trauriger Gesichtsausdruck ist verschwunden und er blickt klar zu den beiden rüber.

„Der ist schon lange hier, ist viel älter als mein Camp. Vins hatte ihn damals entdeckt und Spaß an ihm gefunden. Er geht halt sehr weit nach unten und das hat ihm immer gefallen, aber da unten ist nicht wirklich was. Zwei kleine Räume und sonst nichts, die haben sich damals wohl nicht viel dabei gedacht, als sie den gebaut haben, völlig nutzlos." „Wir haben dich da eben gesucht und wir haben dort neben dem Eingang frisches Blut entdeckt." Das Gesagte interessiert Lennart nicht so wirklich, er erhebt sich langsam und schaut weiter zu den beiden. „Blut? Das wird wohl noch von der Wildsau sein. Vincent wollte sich seine Niederlage nicht eingestehen und ist ihr noch hinterher. Hat sie dann nicht weit von hier erwischt und erlegt. Es kann gut sein, das er die Sau dann in den Bunker gebracht hat, um sie zu sezieren." Bei dem Wort bekommt Emma es mit der Angst zu tun. Alleine der Gedanke, das Vincent da unten im Bunker steht und die Sau aufschneidet, schnürt ihr die Kehle zu. Hätte er das mit Leo dann auch gemacht? Sie will nur noch hier raus und das so schnell es geht.

Also steht sie auf und schaut zu Arlo runter, sie deutet ihm an, das Gleiche zu machen und Arlo gehorcht bei Emma Blick. Daher stehen jetzt beide vor dem Bett und blicken angestrengt zu Mr. Carter rüber.

„Lennart, wir brauchen für die Leute da draußen Waffen." Auf Mr. Carters Gesicht kommt ein leichtes grinsen, es sieht aus, als ob der nun völlig ab tickt. „Wie hat es denn dieser Leo geschafft, meinen Sohn zu töten?" Arlo schaut Emma an und erkennt in ihren Augen die Panik.

„Er hat nicht gelitten Lennart, Leo hat zurückgeschossen und ihn dabei wohl erwischt." Das grinsen wird breiter. „Erschossen also, so wie den Penner im Drugstore? Also habt ihr doch Waffen. Dann braucht ihr meine auch nicht." „Das ist aber nur eine und damit kann man nicht wirklich viel erreichen", antwortet Arlo wieder. „Es reicht aber, um meinen Sohn zu töten." Lennarts Antwort kommt schon ein wenig sarkastisch rüber, wie von einem Irren, auch sein Blick im Ganzen verstellt sich immer mehr zu einer Fratze.

„Ihr bekommt meine Waffen nicht, das hier ist mein Camp und ich bin hier der Chef. Also obliegt es auch in meiner Verantwortung, meine Gäste zu schützen." „So wie bei Mrs. Stevenson?" Fragt Emma echt schon mit dreister Tonlage. Ihre Angst vor diesem Mann ist schon wieder in Wut gewichen.

Lennarts Blick ändert sich kein wenig. Weiterhin schaut er die beiden total abwesend an, dabei greift er nach hinten und nimmt den Revolver vom Tisch und zielt damit auf sie.

„Ihr verlasst sofort mein Haus und diesmal am besten durch die Haustür. Sollte ich noch mal einen von euch beiden hier im Haus erwischen, dann werde ich schießen und das ist dann auch Notwehr."

Er schafft es doch tatsächlich noch ein wenig mehr, seine Mundwinkel nach außen zu richten. Arlo und Emma haben es verstanden, hier können sie nicht wirklich was erreichen und ein schneller Abgang wäre wohl jetzt das beste. Sie laufen seitwärts an Lennart vorbei und steuern die Tür an. Weiterhin werden sie beobachtet und die Waffe ist auch noch auf sie gerichtet. Kurz bevor Emma den Abstieg nach unten beginnen möchte, ergreift Lennart das Wort.

„Ich war eben am Bunker und habe euer treiben gesehen." Arlo und Emma drehen sich auf der Stelle noch mal um. Sie wissen genau, was damit gemeint war. Emma würde sich jetzt am liebsten auf ihn stürzten und das Messer tief in seine Fratze stecken. Aber das befindet sich in ihrem Ärmel, sie hat es für das Beste gehalten, es zu verstecken, schließlich gehörte es Vincent. Ohne eine Antwort gehen die beiden dann doch die Treppe runter und verlassen durch die Haustür das Haus. Mittlerweile ist es echt schon richtig düster draußen. Beide wissen, dass sie nun ein Problem haben, sie kommen nicht nur ohne Waffen aus dem Haus, nein dieser bekloppte Lennart hat sie auch noch in der Hand, sie brauchen einen neuen Plan und das ganz schnell.

„Ich gehe erst mal nach Sarah und Jessi, hoffentlich geht es den beiden gut und die alles über standen haben", sagt Emma sehr leise zu Arlo. „Ist in Ordnung, ich gehe zurück zu Nummer 13 und checke dort die Lage. Es wäre gut, wenn wir uns heute noch besprechen könnten." „Ja ich komme gleich noch mal vorbei." Etwas schneller gehen sie an den Häusern vorbei, auch in der 2 brennt noch Licht. Bei Nummer 7 trennen sich die Wege und Arlo geht alleine weiter. Bei den Stevensons aus der 12 bleibt er kurz stehen, überlegt, ob er da noch mal vorbeigehen soll, lässt es dann aber sein und läuft ein Haus weiter. Dort öffnet er die Tür, oder besser, er versucht es, denn den Griff kann man nicht nach unten drücken. Total verwirrt klopft er einmal fest dagegen und kurze Zeit später folgen einige Rutschgeräusche von innen und Yvonne schaut durch einen Spalt.

„Darf ich eintreten?", fragt Arlo sehr leise und erntet ein breites lächeln. Da ist wohl jemand froh ihn zu sehen und auch Sam rennt direkt in seine Arme.

„Wo warst du so lange? Wir haben uns sorgen gemacht." Arlo nimmt Sam ein wenig fester in den Arm und küsst sie auf die Stirn. Dann kommt auch schon Leo näher und macht einen fragenden Blick. „Keine Waffen?" Arlo löst sich ein wenig von Sam und schaut ihn an.

„Nein, keine Waffen, wir sind dann doch noch bei ihm eingestiegen, nachdem wir am Bunker nichts gefunden haben. Leider hat er uns bei der Waffensuche überrascht und rausgeschmissen."

„Scheiße", sagt Leo und setzt sich auf die Couch. Yvonne hat die Tür wieder dichtgemacht, oder besser, sie hat einen stabilen Stuhl aus der Küche von innen unter den Türgriff geklemmt, so kann man von außen nicht mehr reinkommen. Arlo dreht sich um und schaut sich das an.

„Wer kam denn auf diese Idee?" Yvonne, die immer noch an der Tür steht, setzt ein breiteres Lächeln auf. „Das war meine Idee und wir haben eben auch bei allen anderen geklopft und ihnen das Gleiche empfohlen", sagt sie voller Stolz. „Also bei allen anderen, die auch aufgemacht haben", gibt Sam dabei. „Gar keine schlechte Idee", sagt Arlo. „Bringt aber leider nicht viel, wenn man jeden einlässt, der einfach so an der Tür klopft."

Das hat gesessen, denn das Grinsen bei Yvonne ist wie weggewischt. Arlo hat sich aber mittlerweile wieder umgedreht und schaut zu Leo. „Lennart weiß Bescheid wegen seinem Sohn." Nach dem gesagten kann man sehen, wie bei Leo die Gesichtszüge nach unten fallen. Er sagt aber kein Wort, als ob er sich ein wenig schämt. Daher übernimmt Arlo das weitere reden. „Es hat ihn gar nicht getroffen, fast schon so als ob es ihm egal wäre und Emma und ich sind auch davon überzeugt, das er das mit seinem Sohn geplant hat." Erst jetzt hebt Leo wieder seinen Kopf. „Wie kommt ihr da darauf?" „Ganz einfach, die beiden hassen schwarze. Die sind ganz vernarrt in ihren Hass, wir haben es im Haus gesehen. Die sind total durchgeknallt."

Leo erhebt sich von der Couch und kommt Arlo entgegen. „Und warum?" „Vor Jahren hat ein schwarzer die Mutter von Vincent, also die Frau von Lennart, bei einem Überfall erschossen." „Fuck", sagt Yvonne. „Dann sind die wohl ihre eigenen Opfer geworden." Arlo nickt ihr einmal kurz zu. „So sieht es aus." Leo steht immer noch in der Nähe von Arlo und wechselt einfach das Thema. „Ich habe heute vielleicht einen alten Bekannten von dir getroffen Arlo." Ziemlich irritiert schaut er zu ihm rüber. Er scheint wohl nicht wirklich zu verstehen, was damit gemeint ist, daher versucht es Leo ein wenig genauer. „Unten auf dem Parkplatz haben wir jemanden erwischt, der den Park hier oben ausspioniert hat. Und so wie es aussah, hatte er ein Sturmgewehr dabei." „Auch das noch", sagt Arlo auf das gehörte. „Hatte er eine Maske auf?"

„Nein hatte er nicht, es war aber auch schon dunkel, daher brauchte er wohl keine. Er hatte die Chance, mich zu erschießen, hat es aber gelassen und ist geflüchtet." Arlo setzt sich auf die Couch und reibt sich kurz seine Augen. „Das ist doch schon mal gut, es könnte ja gut sein, das er gar nichts Böses wollte. Hoffen wir einfach mal, dass er nicht wieder kommt. Aber mal was anderes, wie geht es Mrs. Stevenson?" Darauf weiß Sam eine Antwort, schließlich war sie längere Zeit noch mit im Haus. „Sie war die ganze Zeit am Schlafen. Evelyn hat noch ihren Arm eingecremt und mehr konnte sie auch nicht machen. Sie hat ja einen Schock, aber keine Verletzungen." Arlo pustet einmal durch, was wohl so viel zu bedeuten hat das, er mit der Antwort zufrieden ist. Jetzt ist Yvonne an der Reihe, denn sie kommt den anderen auch wieder näher und zeigt mit ihrem rechten Arm auf, wie in der Schule. Alle schauen sie an und verstehen wohl dieses Kinderspiel nicht wirklich. „Also ich habe da auch noch was. Die Roberts werden morgen früh abreisen. Sie wollten heute Abend noch fahren, aber Sam hier hat es geschafft, sie wenigstens auf morgen zu vertrösten." „Was eine Scheiße", antwortet Arlo eher zu sich selber als zu allen anderen. Genau in diesem Moment klopft es an der Tür. Alle Blicke gehen auf Yvonne, die ein klein wenig rot anläuft. Da sie der Tür noch am nächsten steht, läuft sie hin und ruft einmal nach draußen, sie will halt erfahren, wer es ist. Emma antwortet, also öffnet Yvonne und lässt sie rein. Auch Sarah und Jessica sind dabei, sie nicken ihr einmal nett zu und das Wohnzimmer wird ein wenig voller.

„Sind alle auf dem neusten Stand?", beginnt Emma und ihr Blick fällt dabei direkt auf Arlo. Die Anwesenden nicken leicht und sie fährt fort. „Wenn wir nichts gegen Lennart unternehmen, sind wir bald alle geliefert. Mit den nicht herausgegebenen Waffen fängt es an, aber wer weiß, was er sich noch alles einfallen lässt. Wissen wir denn schon, ob es morgen was zu Essen gibt? Das Abendbrot ist ja auch ausgefallen. Jeder hier ist sich der Gefahr bewusst, die von ihm ausgeht und wenn wir nicht ganz schnell handeln, ist es vielleicht zu spät." Yvonne ist die Erste die darauf reagiert. „Vincent macht doch sonst das Abendbrot. Also was sollen wir machen? Hast du wenigstens einen Plan?"

Emma wendet sich ihr zu. „Einen Plan? Nein, habe ich nicht. Nur eine Idee, die aber zum Plan werden könnte, wenn alle mitziehen." „Und wie lautet deine Idee?" Fragt Leo. Emma ist gerade irgendwie zum Mittelpunkt geworden, sie dreht sich wieder um und sieht zu ihm.

„Wir nehmen ihn gefangen und setzen ihn aus, sollte er wieder kommen, wird er erschossen." Keiner sagt darauf ein Wort, alle schauen nur auf Emma. Die dreht sich im Kreis, um alle einmal anzusehen und setzt dann einen merkwürdigen Gesichtsausdruck auf. „Hat einer einwende?" Fragt sie ganz frei heraus.

„Warum so umständlich? Beseitigen wir ihn doch einfach und das Problem ist aus der Welt."

Jetzt drehen sich alle in Richtung Leo, der mit seiner Idee doch ziemlich hart rüber kommt.

„Das wäre doch Mord", sagt Sam von der Couch. „Mich wollten sie doch auch umbringen", kontert Leo.

Endlich erhebt sich Arlo von der Couch und geht zu Emma mitten ins Wohnzimmer.

„Jetzt bleibt doch mal alle ruhig. Wir wissen, dass Lennart ein Arschloch ist und wir wissen auch, das er uns die Gewalt über alles geben muss, aber deswegen werden wir ihn weder wegschicken noch töten." Er hält kurz inne und wartet ein wenig, dann macht er weiter. „Das beste wäre halt, wir überwältigen ihn und sperren ihn dann in sein Haus. Dort soll er dann verharren, bis er wieder normal wird und dann kann er sich gerne als normales Mitglied eingliedern. Solange er nicht einsichtig ist, verbleibt er halt in seiner Bude, welche wir natürlich dementsprechend präparieren." „So schlecht ist die Idee gar nicht", sagt Yvonne. „Dann müssten wir aber wieder neue Wachen abstellen die auf das Haus aufpassen, plus das wir erst mal alles durchsuchen müssen, nicht das er irgendwo versteckte Waffen hat", murrt Leo wegen dem Vorschlag.

„So was können wir doch nicht machen", beginnt Sam, die mittlerweile auch aufgestanden ist. „Wir können ihm doch nicht einfach seinen Park wegnehmen und ihn in sein Haus sperren. Er hat heute seinen Sohn verloren, das ist doch total unmenschlich. Außerdem werden da auch sicher die anderen Gäste nicht mitziehen." „Da ist was dran", antwortet Leo auf das Gesagte. „Also doch am besten abmurksen und irgendwo verscharren." Leo blickt bei seinen letzten Worten auf Sarah und Jessica, die bei seinem Blick sofort ausweichen. „Sollen wir jetzt so was wie eine Abstimmung machen?" Fragt Arlo schon eher belustigt in die Menge. Keiner sagt darauf ein Wort, sie gucken verlegen oder eingeschüchtert zu Boden.

„Aber wir sind doch keine Mörder Arlo" fängt Sam wieder an. „Wo bleibt denn hier unsere Menschlichkeit? Wie schnell kann es denn gehen, dass wir so unsere Werte verändern und überhaupt darüber nachdenken, jemanden zu töten oder einzusperren? Man kann doch einfach versuchen, mit Lennart zu reden und die Sache zu klären, also ich mache da echt nicht mit."

Sie quetscht sich durch das volle Wohnzimmer und verschwindet im Schlafzimmer. Nachdem die Tür geschlossen ist und alle das Gesagte von ihr verarbeitet haben, beginnt Leo wieder.

„Scheiße man, sie hat vollkommen recht. Wir sollten ihn jedenfalls nicht töten. Das mit dem Einsperren und wieder Eingliedern ist wohl die beste Idee. Man kann es ihm auch ein wenig gemütlich machen, mit täglichen Spaziergängen zum Beispiel oder ihn in unwichtige Sachen einbeziehen. Ich fände das am fairsten und mehr hat er auch nicht verdient. Aber eins ist ganz sicher, er kann nicht mehr das sagen haben und wir brauchen freie Hand über die Vorräte."

„Aber wie sollen wir das denn anstellen und wer hat dann zukünftig die Macht oder besser das Sagen hier?" Fragt Yvonne. „Ganz einfach", sagt Emma. „Einige Ausgewählte treffen sich morgen in der früh und warten bis bei ihm was passiert. Dann wird er überrumpelt und erst mal in den Waschraum gesperrt, bis wir das Haus fertig haben. Dann erklären wir es den anderen, die werden es hoffentlich verstehen, schließlich sind sie alle mittlerweile eingeschüchtert und dann machen wir faire und freie Neuwahlen. Am besten wäre es dann, wenn zwei Leute das Sagen haben."

„Aber sind wir denn wirklich schon so weit, dass wir solch krasse Sachen abziehen müssen? Vor ein paar Tagen waren wir noch alle arbeiten und haben vor roten Ampeln gewartet und jetzt bauen wir hier so was wie ein eigenes Reich auf, mit kompletter Hierarchie, Regeln und Waffen?"

Alle drehen sich um und schauen auf Jessica. Bisher war sie ja eher ruhig, aber das kam gerade tatsächlich von ihr. „Hach", sagt Sarah direkt zu ihr. „Was ist denn in dich gefahren?" Ziemlich sauer schaut Jessica sie an. „Ja aber das stimmt doch, wir sind hier her gefahren um Urlaub in der Natur zu machen und nun so was, ich will das alles nicht." Langsam fängt sie an zu weinen und Sarah und sogar Emma nehmen sie in den Arm. Dann beginnt Emma leise mit ihr zu sprechen und Jessica beruhigt sich wieder.

Schließlich kommt sie zurück in die Mitte, wo immer noch Arlo steht und wartet. „Also, wir halten uns an den Plan, wer ist morgen früh dabei, also ich auf jeden Fall." Arlo gesellt sich an ihre Seite und auch Leo hebt seinen Arm. „Das wären drei und das sollte wohl reichen", sagt Emma.

Die Bewohner aus Nummer 7 machen sich bereit. Ein paar kleine Details werden noch besprochen und sie verlassen das Haus. Kurz nachdem die Tür geschlossen wurde, rennt Arlo denen hinterher und erwischt sie bei den Stevensons. Emma schickt Sarah und Jessi schon mal vor und dreht sich zu ihm um. Die beiden Warten kurz, bis die anderen außer Hörweite sind und dann beginnt Arlo das Gespräch.

„Ist das klug morgen? Der Penner wird uns doch sicher auffliegen lassen, wenn wir ihn nur einsperren." „Genau deswegen ist es ja gut, dass nur wir 3 das machen. Leo wird sicher dichthalten, wenn wir ihn darum bitten." „Hast du denn keine Angst, das alles raus kommt?"

Emma verzieht ihre Augen zu kleinen Schlitzen, um Arlo in der Dunkelheit besser sehen zu können. „Nein habe ich nicht. Entweder glaubt es keiner und wenn, dann ist es halt so. Arlo, du musst dazu stehen was du machst, wir hatten heute geilen Sex und dann ist das halt so." Sie küsst einmal auf ihren Mittelfinger und drückt diesen bei Arlo auf den Mund. „Bis morgen süßer." Schon ist sie verschwunden und Arlo geht bedrückt zurück, schließt die Tür mit dem Stuhl und sieht sich auf einmal Yvonne gegenüber.

„Hey, wo ist Leo?" Yvonne deutet mit ihren Kopf aufs Bad. Jetzt zieht sie ihn in die dunkle Küche, wo sie ihn gegen die Spüle drückt und einfach küsst. „Yvonne? Das ist gefährlich", aber sie hört nicht auf Arlo und küsst ihn einfach weiter. Das Ganze geht solange, bis Leo fertig aus dem Bad kommt. Arlo entklammert sich von Yvonne, läuft aus der Küche, huscht am Verdutzen Leo vorbei und geht durch die Tür. Dort setzt er sich angezogen aufs geschlossene Klo und haut leicht seinen Hinterkopf gegen die Rückwand. Wie konnte es bloß soweit kommen? Das wird nicht gut enden, egal welche Geschichte es auch ist. Er zieht sich aus und geht unter die Dusche. Beim Säubern denkt er die ganze Zeit an Emma und an dem Sex am Bunker. Das hatte was, aber Sam wird das zerstören und wenn das mit Yvonne raus kommt, dann ist das Dorf am Brennen...aber schön war es trotzdem...

Kapitel 24

Es klopft, es klopft schon wieder. Arlo haut sich auf die andere Seite und legt seinen Arm über Sam. Aber das klopfen hört nicht auf, es wird sogar noch lauter. Endlich wird Arlo wach, schaut einmal auf die schlafende Sam und setzt sich hin. Er muss sich erst mal orientieren, woher kommt denn das Geräusch, draußen ist es sogar noch dunkel. Dann knallt es fast schon, Arlo dreht sich um und sieht eine Silhouette draußen vor dem Fenster. Er robbt aus dem Bett und öffnet die Scheibe.

„Wie kann man denn so einen festen Schlaf haben?" Fragt Emma von draußen. „Ich klopfe schon seit 10 Minuten." „Morgen Emma, ist was passiert?" Sie verzieht ein wenig ihr Gesicht.

„Arlo, wir wollten uns treffen und die Sache mit Lennart erledigen. Schon vergessen?" Immer noch total verschlafen versuch er sich zu erinnern. Der Plan mit Mr. Carter kommt langsam wieder in sein Gedächtnis. „Aber wir hatten doch gar keine Zeit ausgemacht." „Ja das stimmt aber je früher, desto besser. Los, zieh dich an aber vergiss Leo und die Waffe nicht." Emma verschwindet vom Fenster und Arlo zieht sich an. Im Wohnzimmer weckt er leise Leo, der genau so irritiert dreinschaut wie er eben. Nachdem auch er sich angezogen hat und beide das Klo besucht haben, treffen sie sich vor der Tür mit Emma.

„Wie kann es eigentlich sein, das Männer morgens so lange brauchen?" Leo schaut immer noch verwirrt und bekommt von Arlo einen Klatscher auf die Schulter. „Mist, doch nicht auf diese Seite", sagt er mit Schmerzverzerrten Gesicht. „Oh tut mir leid, Leo. Ich hatte vergessen, das es die mit der Verletzung ist." Leo schüttelt sich einmal und nickt Arlo stumm zu.

„Wenn ihr beiden mit euren Männergeschichten endlich durch seit, dann können wir auch unseren Plan durchziehen." Emma wird langsam ungeduldig, das können sie schon gut erkennen. Sie setzen sich in Bewegung, das Camp liegt noch komplett im Dunkeln und so brauchen sie sich auch nicht verstecken. Trotzdem kommen sie nur sehr langsam voran, was aber eher wegen Arlo ist, der wieder Probleme mit seinem Knie hat. Was hatte Evelyn gestern noch gesagt, 3 Mal täglich mit der Salbe einreiben, das ist wohl irgendwie untergegangen.

In allen Häusern ist es noch dunkel, nur in Nummer 7 sieht man einen leichten Schein im Fenster. Arlo hat mittlerweile die Waffe in der Hand, er möchte kein Risiko mehr eingehen und nicht schon wieder überrascht werden. Leider sind es auch die letzten Kugeln, Leo hatte gestern sehr viel verbraucht. Sie kommen an Haus Nummer 2 vorbei und bleiben stehen.

„Seht ihr das auch, die Haustür steht einen Spalt offen", erwähnt Leo sehr leise. Sie bewegen sich darauf zu und Arlo späht durch den Durchgang in die Dunkelheit des Hauses. „Da ist keiner mehr", sagt er zu den anderen. Emma ist das alles zu bunt, sie schubst Arlo ein wenig unsanft beiseite und geht hinein. Dort leuchtet sie mit einem Feuerzeug alles ab, aber nach kurzer Zeit muss auch sie feststellen, das keiner mehr hier ist. „Die sind schon abgereist", erwähnt Leo ganz beiläufig.

„Du bist ja echt ein Schnellmerker Leo", antwortet Emma. „Verdammt, ich dachte sie warten noch", ergänzt Arlo. „Daran können wir jetzt auch nichts mehr ändern, wir können nur hoffen, das sie durchkommen und den Albtraum da draußen überleben. Kommt Jungs, wir gehen wieder."

Kurz darauf sind sie wieder draußen und schleichen sich an dem Lager vorbei. Sie sind schon sehr nah am Carter Haus, daher ist ruhiges und vorsichtiges Vorgehen angebrachter. Jetzt stehen sie direkt vor der Haustür, durch das kleine Seitenfenster zu ihrer rechten sehen sie von drinnen einen kleinen Lichtschimmer, so wie es aussieht, ist Lennart sogar wach.

Keiner weiß nun, wie es weiter gehen soll. Einfach anklopfen oder schauen, ob die Tür auf ist und rein platzen? Sie können auch einfach warten, nur dann ist die Gefahr zu groß, das noch andere im Camp ihr treiben bemerken.

Erst jetzt merken sie, dass ihr Plan wohl doch nicht so toll durchdacht ist. „Ich gehe klopfen", sagt Leo einfach in die Stille. „Und was willst du sagen wenn er aufmacht?" Fragt Arlo. „Ich werde mich für den Tod seines Sohnes entschuldigen. Außerdem ist er dadurch kurz abgelenkt und ihr könnt ihn überraschen." „Gar nicht mal so schlecht" findet Emma. Er holt aus und klopft doch eher sanft an der Tür, alle drei lauschen, hören aber nichts von innen. Dann will Leo es noch mal versuchen, aber soweit kommt er gar nicht mehr, denn es wird geöffnet und ein ziemlich verschlafener Lennart steht im Türrahmen.

„Sieh mal einer an, schön schön, der Mörder meines Sohnes kommt vorbei. Willst du mich nun auch aus dem Weg schaffen? Ist das so bei eurer Rasse, immer nur Tod und Zerstörung?" Erst mal weiß Leo gar nicht, was er sagen soll. Er ist ein wenig von den Worten überrascht, aber er fängt sich dann doch schnell wieder.

„Mr. Carter, ich bin hier, um mich zu entschuldigen. Ich hatte niemals vor ihren Sohn was anzutun und es tut mir unendlich leid." „Das soll ich jetzt glauben? Euch Niggern kann man nicht vertrauen, ihr seid doch alle gleich." Jetzt wird es Arlo echt zu bunt, einfach nur da draußen im Schatten zu warten und zu hoffen, dass Lennart die Entschuldigung annimmt, ist nicht annehmbar. Er bewegt sich um die Ecke und hält dem Besitzer seine Waffe ins Gesicht. Lennart, total erschrocken, geht einen Schritt zurück und bleibt dann auf der Stelle stehen. Auch Emma kommt um die Ecke und schiebt sich an Arlo und Leo vorbei.

„Los Lennart, beweg dich von der Tür weg", sagt Arlo im ziemlich ruhigen Ton. Der bewegt sich langsam rückwärts, sein Blick ist die ganze Zeit auf die Waffe gerichtet und Leo schließt hinter allen die Tür. Emma geht um Lennart herum und untersucht seine Kleidung. Sie hatte fest damit gerechnet, dass er bewaffnet ist, aber sie findet nichts. Mittlerweile hat sich Mr. Carter vom ersten Schock erholt und wird wieder ein wenig mutiger.

„So so, also seid ihr gekommen, um mich zu töten, damit ich euer dreckiges Geheimnis mit ins Grab nehme?" Leo schaut ziemlich verdutzt bei den Worten von Lennart, er weiß gar nicht, was gemeint ist. Erst blickt er nach Arlo, dann noch schnell nach Emma und wieder zurück auf den kleinen Zwerg vor ihm. Arlo schaltet am schnellsten und richtet die nächsten Worte an seinen Gefangenen. „Lennart, du irrst dich. Niemand möchte dich aus dem Weg schaffen, nur du bist eine Gefahr für uns alle und daher müssen wir dich entmachten." Lennart schaut von einem zu anderen. „Ihr wollt mein Camp? Ihr wollt mich wegschaffen und hier alles übernehmen? Das könnt ihr vergessen, nur über meine Leiche."

Langsam bewegt sich Lennart schritt für schritt nach hinten und Emma ist die Erste, die sein Ziel erkennt. Auf dem kleinen Schränkchen neben der Couch liegt sein Revolver. Genau die Waffe, mit der er erst am vorigen Abend die beiden aus dem Haus geschmissen hat.

Auch Arlo bemerkt das nun. „Bleib stehen Lennart." Aber der Mann mit der Glatze hört nicht auf ihn, er bewegt sich weiter in die eingeschlagene Richtung. „Du bist kein Mörder Arlo, du wirst mich nicht erschießen, das weiß ich genau", sind seine Worte, als er seiner eigenen Waffe immer näher kommt. Arlo krümmt ein wenig seinen Zeigefinger am Abzug, er weiß aber genau das er nicht abdrücken wird, langsam gerät er in Panik. Denn Lennart ist nur noch einen Meter von seinem Ziel entfernt und er ist sich sicher, das der nicht so feige sein wird.

Aber die ganze Sache endet plötzlich, als Leo vorspringt, Lennart an seinen Kragen packt und ihm mit der Faust eins auf den Kopf gibt. Der Alte sackt in sich zusammen und bleibt regungslos am Boden liegen. Der Schlag hat ihn buchstäblich aus den Socken gehauen.

„Danke Leo", sagen Arlo und Emma fast zusammen. „Kein Problem", antwortet er und hält sich dabei seine Hand, der Schlag hat sehr weh getan.

„So, was machen wir nun?" Fragt Arlo in die eingekehrte Stille. „Wir können ihn schlecht draußen herumtragen und in den Waschkeller sperren. Wenn das einer sieht, wird es sehr schwer sie noch vom Gegenteil zu überzeugen." Leo steht immer noch über Lennart und schaut sich den Kerl in Ruhe an.

„Was meinte der Arsch eben mit dem Geheimnis? Habt ihr mir irgendwas verschwiegen?" Emma blickt einmal flüchtig nach Arlo und ergreift das Wort. „Das war nicht wichtig, er meint sicher nur unseren Einbruch von gestern." Arlo wird nach dem gesagten ein wenig lockerer, denn das hörte sich echt real an, was Emma da von sich gegeben hat. Leo ist mit der Antwort auch zufrieden, denn er ändert schnell das Thema. „Ich bin dafür, das er hier in seinem Haus bleibt. Am besten fesseln wir ihn erst mal und machen dann in Ruhe die Bude klar."

„Eine wirklich gute Idee, mein großer", antwortet Emma. „Aber hast du auch eine, womit wir ihn fesseln?" Leo schaut unsicher nach Emma. „Es muss sich doch hier im Haus irgendwas befinden, was wir nutzen können", sagt Arlo. „Das Beste wäre, wenn Emma und ich mal eben was suchen und du bleibst bei Lennart." Über Leos Gesicht kommt ein kleines lächeln.

„Bei mir ist er in den besten Händen." Emma findet das alles nicht so komisch und fügt noch schnell hinzu. „Aufpassen Leo, mehr nicht." „Alles klar" kommt als Antwort und Leo setzt sich neben dem am Boden liegenden Körper auf die Couch. Sein Blick sieht ziemlich selbstzufrieden aus. Emma stöhnt leise auf und geht zu Arlo. „Schau du hier unten mal nach was Passenden, am besten im Zimmer von Vincent, ich gehe nach oben." Ohne ein Wort zu sagen nimmt sich Arlo eine Kerze vom Wohnzimmertisch, lässt sie kurz von ihr entzünden und schlürft in den Nebenraum. Emma holt die geklaute Taschenlampe aus ihrer Tasche und geht nach oben. Leo schaut den beiden noch kurz nach und senkt seinen Blick wieder nach unten, direkt auf Mr. Carter.

„Los komm schon du Penner, beweg dich und ich brate dir noch eins über."

Arlo hat es nicht weit in Vincents Zimmer und steht mitten im Raum. Das Fenster ist verschlossen, da hat Lennart wohl nachgeholfen. Ansonsten befindet sich nicht so viel im Raum. Ein Schrank neben dem Fenster, ein Bett und eine Kommode. In einer Ecke sind noch ein paar Kisten gestapelt. Erst jetzt erkennt er die Dinge an den Wänden. Anstatt irgendwelcher Zeitungsausschnitte hängen hier sehr große Poster von Frauen in Uniformen. Vincent hatte wohl wirklich ein Faible für die Army und natürlich auch für Waffen, denn jede Dame trägt eine in der Hand und schaut ein wenig grimmig.

Zuerst versucht er es an der Kommode, er öffnet die oberste Schublade und findet allerlei Kleinkram. Neben Feuerzeugen und weiteren Zigarettenschachteln liegt dort auch ein Playboy, einige Musik CDs, ein Fachmagazin für Haus und Garten und ein paar Kerzen in verschiedenen Größen. In der nächsten Schublade befindet sich nur Wäsche. Arlo entscheidet sich strikt dagegen, in den Unterhosen und Socken von Vincent zu wühlen. Aber beim schließen sieht er in der unteren rechten Ecke irgendwas aus Plastik. Also blickt er noch mal nach und zieht einen Gefrierbeutel aus dem Fach. Er schaut sich den Inhalt im Kerzenschein genauer an, darin befindet sich ein weißes Pulver, den Rest kann man sich denken, da hatte wohl jemand Spaß mit Drogen. Er schmeißt den Dreck wieder in die Öffnung und knallt die Schublade mit voller Kraft zu.

Eine ist noch übrig, natürlich die ganz unten, also kniet er sich auf den Boden, verzieht einmal sein Gesicht, da sein Knie kurz aufgeschrien hat, stellt die Kerze daneben und öffnet Nummer 3. „Scheiße" kommt nur von Arlo. Er betrachtet in Ruhe den Inhalt. „Was war Vincent doch für ein Schwein." Im untersten Fach des Schränkchens befinden sich allerhand Sex Utensilien. Über Pornomagazine und mehreren Dildos sind dort auch Gummimasken, Knebel, Peitschen und Handschellen in der Schublade. Ziemlich angewidert nimmt Arlo das letzte aus dem Fach und schließt alles wieder.

„Wenigstens habe ich was gefunden, was wir gebrauchen können", sagt er selbstzufrieden. Anstatt noch die Kisten und den Schrank zu untersuchen, verlässt er schnell wieder das Zimmer. Sein Blick fällt auf ein Foto, das neben der Tür an der Wand hängt. Darauf sieht man eine lächelnde Frau mit einem kleinen Jungen im Arm, der ziemlich große Ähnlichkeit mit Vincent hat. Das wird er wohl zusammen mit seiner Mutter sein. Ein leichter Schauer läuft ihm den Rücken herunter, Vincents Mom wurde ja vor einigen Jahren erschossen und schon kommen Gedanken an seine eigenen Eltern, die auch aus dem Leben gerissen wurden. Er verspürt ein wenig Mitleid mit dem kleinen Jungen auf dem Bild, schluckt es dann aber wieder runter und geht zurück nach Leo. Im Wohnzimmer hat sich nichts verändert, Lennart liegt weiterhin unbeweglich am Boden und der Große sitzt über ihm und schaut grimmig nach unten.

„Bist wohl fündig geworden", sagt er zum näher kommenden Arlo, der einmal mit den Handschellen klimpert und ein leichtes Lächeln aufsetzt. Bevor er darauf was berichten kann, kommt auch Emma die Treppe runter. Beide Männer schauen ihr zu, wie sie schon fast majestätisch die Stufen nach unten geht. Im rechten Arm liegen 2 Gewehre und in der linken Hand baumelt ein dickes Seil zu Boden.

„Ich habe auch was gefunden", sagt sie ziemlich belustigt beim Betrachten der beiden Wartenden. „Oben sind noch 2 Gewehre und eine Pistole, eine Menge Munition, 3 Taschenlampen und sogar noch ein Messerset mit dem man jedes Tier ausweiden könnte, was ich kenne."

„Das nenne ich mal gute Ausbeute", sagt Arlo und geht ihr ein wenig entgegen, um ihr was abzunehmen. Er legt die Waffen neben Leo auf die Couch und stellt sich danach neben Emma, die genau über Lennart steht und das Seil immer noch in den Händen hält.

„Okay, wir haben genug gefunden, aber wie stellen wir das nun an?" Fragt Leo, der immer noch über Lennart hängt. „Ganz einfach" antwortet Emma. „Wir fesseln Lennart an einem Stuhl, fixieren ihn dann noch mit den Handschellen an was Festem und stecken ihm ein Tuch in den Mund. Was bringt es uns, die Leute draußen zu überzeugen, wenn er von hier drinnen durchgehend um Hilfe schreit."

Leo schaut Emma ein wenig grimmig an. „Kann es sein, dass du so was schon öfters gemacht hast?" Jetzt bricht Emma auch noch in Gelächter aus. Mit so einer Frage hat sie wohl nicht gerechnet. „Nein Leo, aber ich schaue gerne Filme, da kann man so einiges Lernen." Arlo bleibt bei der ganzen Sache eher ruhig und neutral. Ihm ist nicht wirklich zum Lachen zumute.

„In der Kommode bei Vins im Zimmer befindet sich ganz unten ein ganzes Sortiment von Knebeln, wir sollten lieber davon was nehmen, anstatt ihm irgendeinen Lappen in den Mund zu schieben." Ohne ein Wort verschwindet Emma im Nebenraum und kommt mit einem schwarzen Knebel wieder raus. „Nette Sachen hat der da in seinen Schubladen", sagt sie immer noch grinsend mit Blick auf Arlo. Leo hat das natürlich nicht verstanden, steht aber auf und holt einen Stuhl aus der Küche. Arlo versucht, dem Blick von Emma auszuweichen, denn er weiß genau, was sie meinte und irgendwie hat er das Gefühl, das er gerade rot anläuft.

„Komm Arlo, hilf mir mal mit dem alten Sack", sagt Emma und greift Lennart unter die Arme, um ihn wegzuschleifen. Arlo bewegt sich eher widerwillig, packt sich die Beine und schon schwebt Mr. Carter in der Luft. Mittlerweile hat Leo auch den Stuhl ins Wohnzimmer gestellt und schaut den beiden vergnügt zu.

„Hättet ihr ein wenig gewartet, dann hätte ich auch locker helfen können, aber so wie es aussieht, habt ihr ja alles im Griff." Die beiden setzten Lennart auf den Stuhl und Emma beginnt sofort mit dem Seil den immer noch bewusstlosen Mann einzuwickeln. Leo nimmt sich den Knebel und befestigt ihn an Lennarts Mund und steckt die Verschlüsse am Hinterkopf zusammen. Arlo steht nur daneben, hat immer noch die Handschellen in der Hand und beobachtet das ganze Szenario. Er fühlt sich sehr unwohl bei der ganzen Sache, wie soll er das Sam gleich erklären, die war ja gar nicht damit einverstanden. Emma und Leo sind endlich fertig, Mr. Carter sieht eher wie ein zusammengeschnürtes Paket, als wie ein Gefangener aus.

„Jetzt brauchen wir nur noch einen Ort, wo wir ihn festmachen können", sagt Emma total zufrieden mit ihrer Arbeit. „Wie wäre es mit dem Badezimmer", meint Leo. „Dort könnten wir ihn an ein

Wasserrohr festmachen, die sind ja eigentlich sehr stabil." Emma nickt kurz und ruckelt an dem Stuhl.

„Los Leo, hilf mir mal oder soll ich den Penner alleine ins Bad tragen?" Zusammen bringen die beiden den armen Kerl in den fensterlosen Raum und rufen kurz darauf nach Arlo, der immer noch mit den Handschellen im Wohnzimmer steht. Langsam trottet er den beiden hinterher und sieht, dass Lennart samt Stuhl in einer Ecke gammelt, wo genau hinter ihm die Wasserleitungen aus der Wand kommen. Emma nimmt sich die Dinger und macht sie einseitig an ihm fest. Die andere Seite kommt an einem Rohr genau dahinter.

„So fertig, das sollte reichen, bis wir das Haus fertig haben", sagt sie zu den beiden anderen.

„Wir sollten aber das Licht anlassen", erwidert Arlo. „Nicht das er in Panik verfällt, wenn er wieder wach wird." „Der Arsch brauch kein Licht", meint Leo und verlässt als Erstes den Raum. Arlo schaut Emma an die noch nichts zu seiner Idee gesagt hat. „Na gut, wenn du drauf bestehst, dann lassen wir das an, aber normalerweise hat Leo recht." Auch sie verlässt das Bad und gesellt sich zu Leo ins Wohnzimmer. Arlo seufzt einmal erleichtert und schließt die Tür von außen, das Licht hat er wie besprochen, angelassen.

Zurück im Hauptraum sieht er die beiden, wie sie Schränke durchwühlen. „Was genau macht ihr da?" Leo antwortet nicht, er sucht einfach weiter, aber Emma unterbricht kurz ihre Aktion und schaut zu ihm rüber. „Wir suchen den Schlüssel zum Lager." Arlo dreht sich einmal um und geht zur Haustür, dort nimmt er einen dicken Schlüsselbund von einem Harken und begibt sich wieder zu den anderen. „Hier wird wohl alles dran sein was wir benötigen." Emma schaut zu Leo, der sehr irritiert in die Richtung von Arlo blickt. „Oh", sagt sie. „Den haben wir wohl übersehen." Leo fängt an zu lachen und auch Emma stimmt mit ein. Arlo ist es aber immer noch nicht zum Lachen zumute und kommt den beiden wieder näher.

„Also das Erste ist geschafft, jetzt müssen wir noch das Lager checken, wichtig ist Verpflegung und Diesel für die Generatoren. Dann sollten wir eine Versammlung abhalten, wir müssen die Leute hier endlich einweihen und auf unsere Seite bringen. Auch eine Einteilung der anstehenden Arbeiten wäre nicht schlecht. Und zum Schluss brauchen wir noch ein paar, die das Haus hier fertig machen damit Lennart sich frei bewegen kann." „Du sprichst schon wie ein Politiker Arlo" lacht Emma und Leo springt auf. „Der Penner ist da, wo er nun ist bestens aufgehoben", sagt er frei raus. An seiner Reaktion kann man sehr schnell erkennen, dass er wegen der Sache mit Vincent noch zu knabbern hat. Es war ein Mordanschlag, das vergisst man nicht einfach so, aber eigentlich ist Leo total friedlich.

Emma ist bei Sache eher auf der Seite von Arlo. „Nein, er muss da wieder raus, wenn die draußen mitbekommen, wie wir ihren Urlaubsgeber behandeln, dann wird es schwer, sie alle zu überzeugen." Leo schubst mit seinem Fuß die Schranktür, wo er gerade noch drin gewühlt hat, zu. Der laute Knall lässt die anderen beiden aufschrecken. „Ihr macht da einen großen Fehler, wir können den Kerl da hinten nicht vertrauen und sobald er die Möglichkeit bekommt, wird er sich an uns rächen. Aber okay, ihr habt hier das sagen und ich füge mich."

Die drei bewegen sich wieder nach draußen. Arlo schaut beim Schließen der Haustür noch einmal nach hinten, direkt auf die Badtür, ihm beschleicht ein ungutes Gefühl bei der ganzen Sache, aber er weiß, das es nicht anders geht.

„Ich schaue erst mal nach Sam, irgendwie muss ich ihr nun erklären, das wir das doch alles gemacht haben." Emma und Leo schauen sich kurz an und nicken ihm zu. „Wir werden dann in der Zwischenzeit das Lager checken. Vielleicht schaffst du es ja, Sam und Yvonne zu überreden, das sie gleich das Frühstück machen", sagt Emma dem schon gehenden Arlo hinterher. Er dreht sich noch einmal um und seine Geste sieht eher so aus, als ob er von der Idee nicht viel hält.

Die beiden stehen mit dem doch sehr dicken Schlüsselbund direkt vor dem Lager. Anstatt rein zu gehen, schauen sie beide einfach nur auf die Tür. „Was uns da drin wohl erwartet?" Fragt Leo sehr leise. „Gehen wir rein und finden es raus", antwortet Emma und schließt mit einem der Schlüssel die dicke Tür auf. Das Licht in der Küche schaltet sich automatisch ein, hier ist alles noch von gestern schön aufgeräumt. Im Allgemeinen sind die Geräte, Ablagen und Arbeitsflächen in einem sehr guten Zustand. So wie es sich für ein Camp natürlich auch gehört. Jetzt bewegen sich die beiden auf die gepanzerte Seitentür zu, dahinter befindet sich das Lager mit dem Essen und den sonstigen wichtigen Dingen, die dringend benötigt werden. Emma geht zu Tür, steckt den nächsten Schlüssel rein und der passt nicht.

„Nimm einfach einen anderen, da sind doch genug dran", sagt Leo, der genau neben ihr steht. So probiert Emma einen Weiteren und dann wieder einen und als nur noch 2 übrig sind, passt endlich einer. Sie dreht ihn 2 Mal im Kreis und schon öffnet sich das schwere Teil, auch im Lager geht sofort das Licht an. Emma schaut noch einmal zu Leo und betritt den Raum hinter der Küche. Man hätte nie gedacht, dass hier alles so groß ist, vor allem weil es von draußen viel kleiner wirkt. Eine Menge Regale zieren das Lager, das müssen mindestens 10 Stück sein und auch in den Ecken sind überall noch Kisten gestapelt. Soweit so gut es sieht alles okay aus, aber ein Problem gibt es, hier ist fast alles leer.

„Verdammt" kommt von Emma. „Das soll wohl ein schlechter Scherz sein, hatte Lennart nicht gesagt, wir hätten genug?" „Ja das waren seine Worte", antwortet Leo. Beide gehen ein Stück weiter und untersuchen die Kisten.

„Also so wie es aussieht, haben wir noch Essen für heute und morgen und dann sind wir blank", fängt Emma wieder an. Leo ist gerade noch damit beschäftigt, in der rechten hinteren Ecke ein paar Kisten zu untersuchen. „Die sind auch alle leer, der Penner hat uns von vorne bis hinten verarscht."

Arlo kommt gerade herein, langsam geht er durch den Eingang und steht plötzlich mitten im leeren Raum.

„Hey, Sam und Yvonne kommen gleich, aber was ist das hier? Wo ist das ganze Essen?" Emma begibt sich sofort zu ihm und macht einen besorgten Blick. „Entweder hat uns Lennart von vorne bis hinten belogen oder er hat die ganzen Sachen noch weggeschafft." „Wann denn? Heute Nacht?" Fragt Arlo ziemlich ungläubig. Auch Leo kommt zu den beiden, er hat nichts mehr gefunden.

„Es kann ja auch sein, dass er so was erwartet hatte und heute Nacht alles in den Bunker geräumt hat." „Alleine?" Die Stimme kam von Yvonne und alle drehen sich um. Da stehen Yve und Sam im Türrahmen und blicken ungläubig auf die leeren Regale.

„Sehr unwahrscheinlich", antwortet Emma und geht an den beiden vorbei zurück in die Küche. Auch der Rest von ihnen verlässt das Desaster und kommt in den ersten Raum. „Was ist mit dem Generator Raum unten?" Fragt Leo richtig zurückhaltend. Emma gibt ihm den Schlüsselbund und nickt einmal Richtung Treppe, die nach unten führt. Ohne ein weiteres Wort verschwindet Leo darunter.

„Das beste wäre jetzt, wir behalten das erst mal alles für uns", sagt Emma jetzt. „Yvonne und Sam, es wäre gut, wenn ihr aus den wenigen trotzdem noch ein Frühstück zaubern könntet. Wir werden gleich, wenn Leo wieder kommt, zum Bunker gehen, vielleicht passt einer der Schlüssel auch dort." Sam und Yvonne gehen noch mal ins Lager und holen von dort einige Packungen Aufbackbrötchen. Währenddessen fängt Emma an, die Waffen von Lennart zu untersuchen. Arlo steht am Haupteingang und schaut in das Camp, bisher ist noch alles ruhig, aber gleich wird hier die Hölle los sein, vor allem wenn sie erfahren, das kaum was zu Essen da ist.

Familie Roberts ist heute Nacht schon abgereist, wie viele werden ihnen folgen, wenn sie die Wahrheit erkennen. Arlo wird schnell wieder aus seinen Gedanken gerissen, als Leo von unten nach oben kommt. „Wir haben noch ein wenig Diesel, aber lange wird das auch nicht reichen." „Fuck", antwortet Arlo. „Aber an Diesel werden wir schon kommen. Emma will mit uns zum Bunker, es kann gut sein, dass einer der Schlüssel auch dort passt." „Und was sollen wir da?" Fragt Leo auf das Gesagte. „Vielleicht hat er alles da hingeschafft", sagt Emma hinter ihm. „Los, lass uns losgehen, keine Ahnung wie lange es noch dauert, bis die ersten Leute hier wach werden und anfangen Fragen zu stellen."

Arlo und Leo sehen das genau so und schon laufen die 3 hinter dem Lager in den Wald. Sie müssen sich ein wenig beeilen, die Sonne geht gleich auf und Sam und Yvonne sind sicher nicht in der Lage, die Massen zu bändigen. Dank der Taschenlampen kommen sie schnell voran, auch Arlo beißt die Zähne zusammen, die Sache ist zu wichtig, da bringt das Jammern nichts.

„Hast du mitbekommen, das Familie Roberts doch abgehauen ist?" Fragt Yvonne ziemlich leise Sam. Sie ist gerade dabei, die aufgerollten Brötchen in den Herd zu legen. „Ja, Arlo hatte es mir eben erzählt. Ich finde das voll schlimm, hoffentlich überleben die das." „Ja das hoffe ich auch, vielleicht kommen sie ja bis Lake City durch." Yvonne sucht im Kühlschrank nach Belegbaren.

„So eine Scheiße, wir haben nur noch Marmelade für die Brötchen." „Das wird alles böse Enden, ich hoffe Arlo und die anderen finden in dem Bunker was zu Essen." Yvonne schmeißt den Kühlschrank wieder zu, blickt einmal durch die Küche, sieht das Sam immer noch fleißig ist und geht Richtung Tür. „Ich bin gleich wieder da." Erst jetzt schaut Sam von ihrer Arbeit auf.

„Was hast du vor?" Aber Yvonne ist schon verschwunden, sie hat das nicht mehr gehört.

Die kleine orangefarbene Dame begibt sich zu dem Haus neben dem Lager, also direkt zu den Carters. Vor der Haustür bleibt sie kurz stehen, pustet einmal durch und öffnet die Tür.

„Bei der Sorgfältigkeit, die Emma an den Tag legt, hätte ich echt gedacht, das die Tür verschlossen ist", sagt sie beim Eintreten ins Wohnzimmer. Da dieses aber nicht der Fall ist, steht Yve nun im inneren von ihren ehemaligen Gastgeberhaus. Arlo hatte Sam und ihr erzählt, was sie mit Lennart gemacht haben und sofort bemerkt sie das Licht aus dem Bad. Wieder bleibt sie vor der Tür kurz stehen und merkt ihren Herzschlag im Hals. Was wird sie darin erwarten? Ist der Kerl überhaupt schon wach? Was soll sie ihm sagen und wie wird er reagieren? So viele Fragen die ihr gerade durch den Kopf schießen, die verstärken ihre Angst nur noch mehr. Aber sie findet trotzdem den Mut und öffnet die Tür und sieht Lennart in der Ecke auf einem Stuhl.

Der hebt sofort seinen Kopf und schaut direkt zu ihr, aber in seinen Augen ist kein Flehen, sondern einfach nur Hass. Sie geht in den Raum und schließt hinter sich die Tür...

Kapitel 25

Mr. Stevenson rennt durch die Dunkelheit. Die Blockhütten liegen alle im Schatten, es ist auch noch ziemlich früh, trotzdem ist er sehr schnell unterwegs. Bei Haus Nummer 7 erblickt er einen kleinen Lichtschimmer durch ein Fenster, das interessiert ihn aber nicht wirklich, sein Ziel ist die 4. Vor der Haustür hält er kurz an, im Inneren ist noch alles dunkel. Er versucht erst mal wieder Luft zu bekommen, übertritt dann die Schwelle und klopft eher leise an der Tür. Beim Warten dreht er sich mehrmals um, als ob jemand von hinten kommen würde und ihn überrascht. Aber nichts passiert weder hinter ihm noch vor ihm im Haus. Er klopft wieder, diesmal aber bedeutend fester und lauter. Nach einem kurzen Augenblick sieht er endlich einen Lichtschimmer, es hat also doch jemand was mitbekommen. Er hört ein leichtes Stöhnen vor der Tür, als ob jemand was schweres im inneren verschiebt, der Eingang öffnet sich ein paar Millimeter und Mrs. Parks Kopf kommt zum Vorschein.

„Mr. Stevenson" sagt Evelyn noch sehr schläfrig und auch überrascht. „Ist irgendwas nicht in Ordnung?" „Meine Frau" stammelt Mr. Stevenson, der mit Vornamen Mason heißt. Er muss sich erst mal wieder fangen, bevor er einen normalen Satz hinbekommt. Währenddessen öffnet Eve die Tür ganz, damit die beiden genau gegenüber stehen. „Ihr geht es heute Morgen viel schlechter. Sie ist total heiß und hat Fieber." Mrs. Park versucht die Sache ein wenig zu beruhigen.

„Vielleicht sind es die Nachwirkungen von dem Schock." „Ich weiß es nicht Mrs. Park, aber ich mache mir Sorgen wegen gestern, können sie bitte nach ihr sehen?" Evelyn schaut sich einmal um, aber hinter ihr im Haus ist noch alles ruhig, ihre Kinder sind nicht wach geworden.

„Ich komme gleich sofort vorbei", antwortet sie immer noch im ruhigen Ton. Aber sie weiß schon, dass dieses kein gutes Zeichen ist. „Danke", sagt Mason noch eben schnell und trabt durch die Dunkelheit zurück zum eigenen Haus. Evelyn schließt die Tür und geht zur Couch, wo ihr großer Sohn am Schlafen ist. „Milo?" Fragt sie ganz vorsichtig und zieht dem Jungen ein wenig an der Decke. Langsam beginnt er sich zu rühren und macht endlich seine Augen auf. Noch total verschlafen schaut er seine Mutter an.

„Ich muss mal eben nach den Stevensons, kannst du bitte die Tür wieder zustellen? Ich kann noch nicht sagen, wie lange es dauert." Milo nickt nur kurz, ohne irgendwas zu sagen. Sie geht noch schnell ins Schlafzimmer, holt dort ihre Tasche, in der sich einige Medikamente befinden und schaut einmal nach ihrem kleineren Kind. Der Junge ist aber tief und fest am Schnarchen, also zieht sie sich ihre Schuhe über und verlässt das Haus. Kurz bevor sie draußen losläuft, hört sie noch wie ihr Sohn von innen das kleine Schränkchen vor die Tür schiebt. Ein wenig erleichtert geht sie los, beim laufen merkt sie erst mal, wie müde sie eigentlich noch ist. Sie hatte heute Nacht kaum geschlafen, der gestrige Tag war so voller Ereignisse, das ihre Gedanken einfach nicht zur Ruhe kamen. Es ist kalt, sie weiß gar nicht wie früh es überhaupt ist, aber der Wind pfeift um die Bäume und ihr Pyjama schützt sie davor nicht wirklich.

„Ich hätte mir echt noch was anderes anziehen sollen", sagt sie beim Laufen zu sich selber. Endlich kommt sie bei den Stevensons an, vor der Tür wartet schon einer der beiden Zwillinge, der sie auch sofort hinein bringt. Hier im Haus herrscht richtig Chaos. Überall liegen Spielsachen und Wäsche im Weg, die beiden Jungs nehmen es mit der Ordnung nicht so ernst und ohne der Mama scheint auch nichts zu laufen. Der andere Zwilling ist noch im Bett, aber im Kerzenschein sieht Eve, das er schon wach ist und sie beobachtet.

Ihr weg führt sie sofort ins Schlafzimmer, wo Mason schon ungeduldig auf dem Doppelbett wartet. Überall im Zimmer stehen Kerzen und daher ist es hier sehr hell. Mrs. Stevensons liegt im Bett, komplett eingedeckt mit einer dicken Decke und zuckt hin und wieder.

„Machen sie mir mal Platz, Mr. Stevenson." Sofort steht Mason auf, geht einmal um das Bett herum und setzt sich auf der anderen Seite wieder hin. So kann sie sich nun der Kranken annehmen. Erst mal hält sie ihre Hand auf den Kopf von der Frau. Sie merkt schon bei der ersten Berührung, dass hier hohes Fieber im Spiel ist, daher misst sie mit ihrem Thermometer die Temperatur. 40,8 Grad zeigt das digitale Display nach sehr kurzer Zeit an. Sie schaut einmal besorgt in Masons Richtung und dann fällt ihr Blick auf die Tür. Dort stehen die beiden Zwillinge im Rahmen und beobachten sie und ihre Mutter.

„Könntest du bitte deine Kinder rausbringen?" Mason bemerkt erst jetzt, das die beiden da stehen. Er erhebt sich vom Bett und befördert sie ziemlich grob ins Wohnzimmer. Währenddessen nimmt Eve den Arm von Marta, das ist der Vorname von Masons Frau und untersucht die Bissstelle. Sofort wird ihr anders, die leichte Stelle von gestern Abend ist total rot und auch ziemlich dick geschwollen. Es sieht fast so aus, als ob unter den Zahneinschlägen eine Entzündung ihr Unwesen treibt. „Scheiße" sagt Mrs. Park, aber so leise, das es kein anderer im Haus mitbekommt. Auch Mr. Stevenson ist wieder im Zimmer und schaut fragend zu der Krankenschwester.

„Es sieht so aus, als ob deine Frau unter einer Entzündung leidet, daher auch das hohe Fieber."

„Ist es diese Krankheit?" Fragt Mason total erschrocken. „Das kann ich nicht sagen, ich kenne den Verlauf dieser Grippe oder was auch immer es ist, nicht. Der Biss sieht wie von einem Tier aus, welches unter Tollwut gelitten hat." Mason schaut noch fragender, er versteht gar nichts von dem, was Eve ihm versucht zu erklären.

„Ich gebe deiner Frau jetzt Penicillin, es sollte das Fieber ein wenig senken und auch gegen die Entzündung wirken." Eve wühlt in ihrer Tasche und sucht nach einer kleinen Flasche.

„Wird sie denn wieder gesund?" Endlich ist sie fündig geworden und blickt sich im Zimmer um. „Wir brauchen ein Glas und viel Wasser. Es ist sehr wichtig, das sie viel trinkt." Mason springt auf und rennt aus dem Raum. Die Krankenschwester beugt sich über Maria und versucht sie anzusprechen. Aber egal was sie sagt, es kommt keine Reaktion, obwohl sie eigentlich wach sein sollte. Dann ist Mason auch schon wieder da und hat ein großes Glas Wasser in der Hand.

„Wir müssen deine Frau gleich auch einmal komplett umziehen, alles ist total durchgeschwitzt." Mr. Stevenson steht direkt vor Eve, hat das Glas Wasser in der Hand und sein Blick ist mittlerweile mehr als nur besorgt. „Hat sie das Gleiche wie die anderen?" Eve richtet ihren Blick auf den sehr großen stabilen Mann. „Ich kann es dir immer noch nicht sagen. Vielleicht ist es auch nur eine normale Entzündung. Das beste ist, wir kümmern uns gut um sie und hoffen, das sie schnell wieder gesund wird." Das Gesagte lindert nicht wirklich den besorgten Ausdruck bei Mason aber trotzdem versucht er sich wieder ein wenig zu fangen. „Okay, was kann ich alles machen, damit es meiner Frau wieder besser geht?"

Yvonne steht einfach nur im Bad und schaut auf Lennart runter. Der Blick in seinen Augen wird nicht besser, es strotzt so vor lauter Hass.

„Okay hören sie zu, ich nehme ihnen nun den Knebel aus dem Mund und es wäre gut, wenn sie sich dann ruhig verhalten." Mr. Carters Blick ändert sich ein wenig und Yve bekommt ein kurzes nicken. Schon macht sich Yvonne an dem Teil zu schaffen. Dafür muss sie Lennart leicht den Kopf nach unten drücken, damit sie hinten an den Verschluss kommt. Aber das ist alles andere als schwer, nach ein paar Handgriffen hat sie das komplette Teil in der Hand und geht wieder ein Stück zurück. Lennart bewegt ein paarmal hektisch seinen Mund, er versucht die Nachwirkungen des Knebelns zu überwinden. Nach einer kurzen ruhigen Pause wendet er sich an Yvonne.

„Schicken sie nun ihren Meuchelmörder, um mich aus dem Weg zu schaffen?" Ziemlich verdutzt schaut Yve zu dem kleinen Mann nach unten. „Was labern sie denn für einen Schrott. Ich habe nur ein paar Fragen und wäre ihnen sehr dankbar, ein paar Antworten darauf zu

bekommen. Das wird sicher ihren Aufenthalt hier schnell verbessern."
Lennart beginnt doch tatsächlich an zu lachen, was Yve noch mehr
verwirrt.

„Als ob du kleines Mädchen irgendwas an meiner Situation ändern
könntest. Du hast hier doch gar nichts zu sagen. Du bist auch nur eine
Marionette, die auf die großen drei hört." „Die großen drei? Sie reden
nur wirres Zeug, Mr. Carter." Lennart spuckt einmal in sein
Badezimmer und schaut dann wieder auf. „Du bist noch so was von
unerfahren und das wird dir noch mal das Genick brechen. Dein toller
Freund Arlo, diese unheimliche, schwarz gekleidete Frau und dieser
Nigger haben hier doch das sagen. Was denkst du, warum ich hier an
einem Stuhl gefesselt bin, du dummes Kind."

Yvonne weiß genau worauf dieser Kerl hinaus will. Er möchte einen
Keil zwischen allen Treiben und sich somit dann am besten selbst
befreien. Aber das hatte sie eigentlich schon erwartet, obwohl an dem
Gesagten ein wenig was dran ist. Die drei haben hier wirklich das
sagen und ob das nun gut oder schlecht ist, kann sie zu diesem
Zeitpunkt noch nicht feststellen. Aber sie möchte auch gar nicht über
so was mit dem Gefangenen sprechen, sie hat viel wichtigere Fragen.

„Mr. Carter, wo sind die ganzen Ressourcen, von denen sie uns
erzählt haben? Das Lager ist leer, wollten sie uns alle verhungern
lassen?"

Wieder fängt Lennart an zu lachen. Mit dieser Frage hat er wohl
gerechnet, denn er schaut kein wenig überrascht. „Mach mich los und
ich zeige dir, wo die Sachen sind." „Das können sie vergessen, wir
wissen doch genau, das sie alles in den Bunker geschafft haben. Ich bin
nur hier um es von ihnen direkt zu hören, bevor wir alles finden."

Beim Wort Bunker verschwindet bei Lennart das lachen. „Da
werdet ihr nichts finden, ihr dämliches Pack. Ihr glaubt doch nicht
wirklich, das es so einfach ist? Außerdem bin ich davon überzeugt,
dass keiner deiner Leute auch nur einen Fuß ins Innere setzen wird."

In Yvonne steigt ein wenig die Wut auf. Dieser Kerl kann einen echt
zur Weißglut bringen.

„Wir haben ihre Schlüssel Lennart." Plötzlich fängt der kleine Kerl doch wieder an zu lachen. „Meine Schlüssel? Schön schön, das interessiert nur niemanden. Seid ihr wirklich davon überzeugt, das der vom Bunker auch dabei ist? Da muss ich euch leider enttäuschen. Ihr kommt da nicht rein und könnt auch nichts dran ändern. Das Teil ist nicht umsonst ein Bunker, da könnt ihr sogar mit einem Panzer kommen."

Jetzt lacht Lennart noch lauter und Yvonne wird es zu bunt. Mit voller Wucht bekommt Mr. Carter einen Schlag ins Gesicht. Der war so fest, dass sogar der Kopf von ihm zur Seite fliegt. Sofort ist das Lachen verschwunden und der böse Blick von eben weht Yvonne wieder entgegen.

„Ihr werdet hier alle sterben", sagt er nun sehr leise. „Wo ist das Essen Lennart, letzte Chance." Anstatt zu antworten, spuckt Mr. Carter wieder zu Boden. Beide sehen, das dabei ein wenig Blut mit flog, der Schlag von Yvonne hat wohl wirklich gesessen.

„Essen ist euer geringstes Problem, meine Dame. Entweder wird die Krankheit euch holen oder ihr werdet euch gegenseitig zerfleischen. Solche Personen wie du, Arlos Frau und die Kinder werden die Ersten sein, die dran glauben müssen." Yvonne schaut in ihre Hand und sieht den Knebel, denn sie immer noch fest hält. Sie hat wohl genug gehört und möchte diesen Kerl, so schnell es geht den Rücken kehren.

„Ich vertraue Arlo, Emma und Leo, also können sie sich ihre Geschichten sonst wo hin stecken." Sie geht auf ihn zu und versucht vergeblich den Knebel wieder anzubringen. Aber Lennart wehrt sich so gut er kann.

„Du vertraust ihnen also, das ist doch mal was Schönes. Aber du bist genau so naiv wie die Kleine Frau von Arlo. Das werdet ihr aber noch selber raus finden und ich sitze dann hier gemütlich auf meinem Stuhl und lache mich kaputt."

Yvonne hält kurz mit ihrem Vorhaben inne. „Warum sollten wir naiv sein? Nur weil sie hier nicht mehr das Sagen haben?" Lennart dreht kurz seinen Kopf zu Yvonne und setzt sein schäbiges Grinsen auf.

„Was würde wohl Mrs. Stenn dazu sagen, wenn sie erfahren würde das Arlo und diese Emma es treiben? Ja, ich habe sie gestern Abend gesehen, wie sie am Bunkereingang gefickt haben. Ich könnte dir nun Einzelheiten und Beweise aufzählen, das erspare ich mir aber. Deinen Blick nach zu urteilen sieht es so aus, als ob du mir auch so glaubst. Stell die beiden zur Rede, behalte es für dich oder erzähle es der Frau von ihm. Das ist nun deine Sache, mach damit was du willst."

„Du hast doch einen Knall, du Spinner. Denkst du wirklich, ich glaube auch nur ein Wort von deinen Lügen?" Das höfliche Sie ist verschwunden, wieder versucht Yvonne, den Knebel zu befestigen aber Lennart wehrt sich weiter.

„Lügen? Das sind keine Lügen, du dummes Kind. Aber ich denke du bist mit solchen Dingen, viel zu unerfahren. Hattest du überhaupt schon mal Sex? Ich kann dir zeigen, wie das geht, du musst mich nur losmachen." Jetzt fängt er wieder lauthals an zu lachen und bekommt als Quittung den Ellenbogen von Yvonne mit voller Wucht ins Gesicht. Diesmal hat sie wohl die Nase getroffen, nicht nur das diese ein komisches Geräusch von sich gab, es läuft auch sofort Blut herunter. „Du verdammte Schlampe", schreit Mr. Carter. „Du hast mir die Nase gebrochen." Seine Augen krümmen sich vor Schmerzen, viel mehr kann er ja auch nicht bewegen. Yvonne geht wieder ein Stück zurück.

„Scheiße, das wollte ich nicht, es tut mir leid", sagt sie ziemlich eingeschüchtert. Lennart blickt nun wieder auf, sein Gesicht ist unterhalb der Nase total blutverschmiert.

„Alles gut kleine Dame. Du hast nur aus einem Effekt gehandelt, aber ich sage die Wahrheit. Die beiden treiben es miteinander. Du willst einen Beweis? Den sollst du haben."

Wieder einmal spuckt er zu Boden, jetzt ist aber alles rot. Yvonne sagt kein Wort, sie blickt einfach nur auf den Mann und wartet. Der versucht die Schmerzen zu unterdrücken und schaut nun wieder auf.

„Frag mal deine Freundin nach dem Aussehen von Arlos Schwanz. Die beiden hatten gestern Abend beim Bunker eine Taschenlampe dabei, ich konnte eine Menge sehen." „Was meinst du mit dem Aussehen?", fragt Yvonne ein wenig gefestigter zurück.

„Arlo ist beschnitten, nicht wahr? Schau mich nicht so an, ich kann ja auch nichts dafür, das ich das so gut beobachten konnte. Emma schien das aber nicht zu stören, denn sie war doch sehr laut am Stöhnen, als Arlo sie gefickt hat." Das typische Lachen dringt wieder aus seiner Kehle, auch das erneute Spucken unterbricht seine gute Laune nicht im Geringsten. Yvonne steht einfach nur fassungslos vor der erbärmlichen Gestalt und kann sich kaum noch bewegen. Dieser kleine Pisser hat vollkommen recht mit seiner Aussage, dafür brauch sie auch Sam nicht fragen, denn sie weiß es ja selber, dass es so ist. Aber das kann doch nicht sein, Arlo hat nichts mit Emma. Das würde er ihr nie antun, sie ist doch schwanger von ihm. Aber warum sollte Lennart lügen? Er weiß ja nichts davon, was zwischen Arlo und ihr läuft. Sie bemerkt gar nicht, das Mr. Carter sie beobachtet und auch schon wieder angesprochen hat.

„Junges Fräulein", sagt er nun ein wenig lauter und endlich kommt Yve ein wenig zur Besinnung. Sie schaut den Kerl unter ihr fragend an. „Erklär mich nicht für doof, aber ich glaube, du hast den Schwanz von Arlo auch schon gekostet." Yvonne rennt nach dem gehörten aus dem Bad, geht in die Küche nebenan und kommt mit einem großen Küchenmesser zurück.

„Halt deine verdammte Schnauze, sonst schlitze ich dir die Kehle auf", sagt sie zu dem verdutzt schauenden Lennart. Sie fuchtelt ein wenig mit dem Messer herum und er beobachtet jede einzelne Bewegung. Kein Wort kommt mehr von ihm und das Lachen ist auch verstummt.

Schnell macht Yve den Knebel wieder fest, was nun auch mit Leichtigkeit vonstattengeht und verlässt erst das Badezimmer und dann das Haus. Draußen angekommen lehnt sie sich kurz an die Hauswand und atmet einmal tief ein. Sie muss sich jetzt erst mal fangen, bevor sie wieder zurück in die Küche geht. Ihr Ziel war es, etwas über das Essen zu erfahren und als dank hat sie eine Geschichte bekommen, die sie einfach nicht begreifen kann. Dummerweise glaubt sie dem Penner, denn seine Beweise sind unwiderlegbar. Woher sollte er das ganze auch wissen, warum sollte er gerade ihr solche Lügen auftischen? Eine einzelne Träne rollt ihre Wange herunter und das

Messer hat sie immer noch in ihrer Hand. Langsam setzt sie sich in Bewegung und geht zurück ins Lager, wo Sam weiterhin mit dem Frühstück beschäftigt ist. Das Messer hat sie neben dem Carter Haus ins Gras geschmissen.

Arlo ist mit seinen beiden Begleitern schon wieder auf dem Rückweg, wie zu erwarten haben sie nichts am Bunker erreicht, da keiner der Schlüssel passte. Sie wissen, das sie nun voll in der Klemme sitzen, sie haben einfach zu viele Leute im Camp und kaum noch was zu Essen. Jetzt müssen sie genau überlegen, was sie machen. Langsam kommt sie Sonne über den Horizont zum Vorschein, so wie es aussieht, wird es heute ein schöner Tag.

„Und wenn wir fischen gehen?", fragt Leo beim gemütlichen Waldspaziergang Richtung Wohnsiedlung. Emma schaut ihn von der Seite an, sagt aber kein Wort. Arlo ist auch irgendwie mit den Gedanken nicht bei der Sache. So bekommt er erst mal keine Antwort. Sie gehen noch ein Stück weiter, bis es Leo zu bunt wird. Er läuft einen Schritt schneller und kommt direkt vor den beiden zum Stehen.

„Wir brauchen jetzt einen Plan", sagt er nur kurz zu ihnen, um endlich mal die Aufmerksamkeit zu bekommen. „Natürlich brauchen wir einen Plan, aber das ist alles nicht so einfach. Wir können schlecht einen Lieferservice anrufen, der uns Essen bringt", sagt Arlo ein wenig genervt.

„Dann müssen wir losfahren und was besorgen", antwortet Leo. „Hast du schon vergessen, was beim letzten Ausflug passiert ist? Da haben wir nur ein paar Medikamente geholt und jetzt brauchen wir mehrere Wagenladungen. Wer soll das tun und vor allem, wo sollen die Sachen herkommen?" „Gutes Argument Arlo" schaltet sich nun Emma ein. „Was nützt uns ein guter Plan, wenn wir nicht wissen was uns erwartet?" Sie setzten sich wieder in Bewegung. Leo ist mit der Sache aber noch nicht durch. „Also wollt ihr alle verhungern lassen, nur weil uns nichts einfällt? Dann müssen wir wohl oder übel Lennart mit ins Boot holen. So kann er sich seinen Aufenthalt ein wenig angenehmer machen."

Jetzt ist es Emma, die stehen bleibt. „Das glaubst du doch wohl selber nicht. Der wird uns nicht helfen, nicht unter solchen Voraussetzungen. Außerdem glaube ich immer noch, dass er die ganzen Sachen versteckt hat." Arlo läuft an den beiden vorbei und geht einfach weiter. Die komischen Blicke von Emma und Leo bekommt er so auch gar nicht mit. „Arlo?" Fragt Emma hinter ihm. Erst jetzt bleibt er stehen und dreht sich zu den beiden um.

„Wir halten an unserem Plan fest den wir gemacht haben. Gleich gibt es eine Versammlung und wir stimmen über alles ab. Ich bin dafür, dass alle aus dem Camp Ideen reinbringen können und wir gemeinsam entscheiden, wie es weiter geht. Warum soll alles an uns hängen bleiben?"

„Da hast du recht", sagt Leo auf das gehörte, aber Emma verzieht ein wenig ihr Gesicht.

„Nein hat er nicht", kommt nun von ihr. „Dieses ganze Scheißgelaber von Abstimmung und jeder hat was zu sagen können wir echt vergessen. Die Welt hat sich verändert und wir brauchen eine starke Führung, die das Sagen hat. Wenn bei der Versammlung alle durcheinander labern und jeder seine Ideen reinbringt, werden wir kein Stück weiter kommen. Das endet nur im Chaos."

Arlo und Leo schauen sich verblüfft an. Sie wussten ja schon, das Emma in solchen Sachen sehr direkt ist aber jetzt spricht sie es auch aus. „Ich glaube nicht, das die Leute das so hinnehmen werden", sagt Leo nun. Man sieht an dem Gesichtsausdruck von Emma, dass sie damit nicht übereinstimmt. Daher geht sie einfach weiter, auch Arlo lässt sie hinter sich und übernimmt nun die Spitze der kleinen Gruppe. Aber das hält nicht lange an, denn nach ein paar Metern bleibt sie wieder stehen und dreht sich um.

„Die werden es hinnehmen müssen, was bleibt ihnen nach gestern Abend anderes übrig? Entweder sie akzeptieren unseren Plan, oder sie verlassen das Camp Richtung Weltuntergang. So hätten wir auch ein paar Fresser weniger und die Probleme lösen sich von alleine." Sie dreht sich um und läuft, ohne eine Antwort abzuwarten, weiter. Die Männer sagen auch nichts mehr, sie gehen beide nebeneinander, aber hinter Emma und tauschen hin und wieder ein paar Blicke aus. Keiner traut sich ihr zu widersprechen, da sie wohl doch ein wenig recht hat und weil es nichts bringen würde.

So kommen sie endlich wieder bei den Häusern an und bleiben direkt vor dem Lager stehen. Sam ist davor und hat den Bollerwagen von Vincent in der Hand. Sie haben das Frühstück fertig, der Wagen ist schon ein wenig beladen und auch frischer Kaffeegeruch steigt den drei Ankömmlingen in die Nase. Als sie Arlo sieht, rennt sie sofort in seine Arme.

„Endlich seid ihr wieder da. Habt ihr irgendwas erreicht?" Leo antwortet einfach auf die Frage. „Nein haben wir nicht, der Bunker ist wie eine Festung." „Scheiße", sagt Sam kurz und löst sich von Arlo. „Wir haben das Frühstück fertig, wir können es jetzt verteilen."

„Das ist super", sagt Emma und inspiziert den kleinen Bollerwagen. Jetzt kommt auch Yvonne aus dem Lager und bleibt abrupt auf der Schwelle stehen. Ihr Blick geht einmal von Emma über Arlo und dann zu Leo. „So schnell wieder da?" Fragt sie nur kurz und stellt den nächsten Korb in den Wagen neben Sam.

„Alles okay Yve?" Fragt Arlo sie und Yvonne beantwortet die Frage mit einem kurzen Ja.

„Also müssen wir die Sachen nun nur noch an die Leute bringen. Ich bin dafür, das dieses nun keiner mehr alleine macht, wir sollten jetzt wirklich vorsichtig sein und nichts mehr riskieren", sagt Emma.

„Gute Idee", meint Leo. „Wir brauchen jetzt so was wie einen Begleitschutz. Außerdem muss auch Jeder Bescheid wissen, das wir gleich ein wichtiges Treffen haben." Yvonne ist schon wieder nach innen verschwunden, sie möchte sich den Gesprächen nicht anschließen und vor allem Emma und Arlo aus dem Weg gehen. Sie hat ja auch noch das Problem mit Lennart. Es wird ja rauskommen, das sie bei ihm war und davor hat sie sogar ein wenig Angst. Denn was hat der Penner noch von sich gegeben, die großen drei haben nun das Sagen und irgendwie kommt es ihr gerade so vor, als ob da mehr drin steckt als sie wahr haben möchte.

„Ich werde das übernehmen", sagt Arlo der kleinen Gruppe. „Spitze" kommt von Emma. „Dann werde ich mal zu meinen Mädels gehen und auf das Essen warten. Mache mir dann noch ein paar Gedanken wegen dem Treffen."

Kurz darauf ist sie auch schon verschwunden. Wieder kommt Yvonne, mit einem Korb aus dem Lager. „Das ist der letzte", sagt sie nur kurz und knapp. „Sehr gut" antwortet Sam und setzt sich mit Arlo in Bewegung. „Unser Haus können wir wohl auslassen", sagt sie noch mit einem kleinen Lächeln im Gesicht. Arlo schaut sie an und sieht gerade in diesen Moment, wie hübsch Sam eigentlich ist. Nicht das er das nicht wusste, schließlich hat er sie geheiratet, aber heute kann er das super erkennen. Auf den Weg zu Haus Nummer 12 bekommt er ein richtig schlechtes Gefühl, er kann es einfach nicht erklären, wie dumm er manchmal ist und warum er diese Frau andauernd betrügt. Er muss damit aufhören, aber kann er das überhaupt?

Jetzt sind nur noch Yvonne und Leo übrig. Mit einem kleinen Handzeichen deutet sie ihm an, mit in die Küche zu kommen. Er denkt sich nicht wirklich was dabei und geht ihr einfach hinterher. Drinnen angekommen hängt Yve am Waschbecken und schaut Leo mit großen Augen an. Er bleibt kurz vor ihr stehen und blickt fragend zu ihr runter.

„Leo, ich habe großen Mist gebaut", fängt Yvonne nun an und seine Augen weiten sich.

"Was ist passiert Kleine? Du weißt schon, dass du mir alles sagen kannst." Yvonne schließt einmal kurz die Augen und schaut ihn wieder an. „Ich weiß Leo und dafür bin ich dir echt dankbar. Du bist wirklich ein guter Freund geworden und darüber bin ich echt froh."

Leo geht nach dem Gehörten ein wenig näher an Yve ran und nimmt ihre beiden Hände in die seinen. „Was ist los?" Fragt er mit sehr ruhigen und warmen Worten. „Ich war bei Lennart, als ihr unterwegs wart." Sie macht eine kurze Pause, um zu schauen, wie Leo auf das Gesagte reagiert. Aber von ihm kommt nichts, er hält weiter ihre Hände. Sein netter Gesichtsausdruck hat sich nicht verändert.

„Ich hatte versucht von ihm zu erfahren, wo das Essen ist" stammelt sie nun weiter.

„Aber das ist furchtbar schief gelaufen. Er hat mich die ganze Zeit gereizt und mir nur gesagt, dass alles versteckt sei. Wenn ich ihn befreien würde, dann könnte er mir alles zeigen."

„Das ist doch nicht schlimm", sagt Leo lieb. „Klar du hast dich in Gefahr gebracht, aber du stehst ja hier vor mir und es sieht alles in Ordnung aus." Leo versucht es mit einem kleinen lächeln, aber Yve lässt sich nicht wirklich beruhigen.

„Ich habe ihm die Nase gebrochen", platzt es aus ihr raus. Erst jetzt lässt Leo ihre Hände los und geht einen Schritt nach hinten, um sie besser sehen zu können. „Du hast was gemacht?" Yvonne senkt ein wenig ihren Kopf, sie ist sich echt am Schämen.

„Ja, ich habe ihm mit meinem Ellenbogen die Nase gebrochen, es hat furchtbar geblutet."

Auf einmal fängt Leo laut an zu lachen und Yvonne schaut misstrauisch in seine Richtung. „Alles gut, Yvonne. Wenn du ihm die Nase gebrochen hast, dann hat er es auch verdient. Ich schaue gleich einfach mal nach ihm. Er wird schon nicht verblutet sein und wenn, dann haben wir wenigstens ein Problem weniger." Auch wenn Leos Heiterkeit Yve ein wenig aufmuntert und auch sie versucht, ein wenig zu lachen, beruhigt ist sie deswegen trotzdem nicht, schließlich hat sie das wichtigste verschwiegen, die Sache mit Arlo und Emma.

Sam und Arlo sind bei den Stevensons angekommen. Kurz bevor er anklopfen kann, wird die Tür von innen aufgerissen und eine sehr ernst schauende Mrs. Park steht vor den beiden. Arlo schreckt ein wenig zurück und sieht auf den ersten Blick, dass irgendwas nicht stimmt.

„Evelyn? Was ist los, ist was mit Mrs. Stevenson?" Fragt er sofort frei raus. Eve läuft über die Schwelle und schließt die Tür hinter sich. Sam schaut sie nur sehr ängstlich an und sagt kein Wort. „Arlo, Maria, also Mrs. Stevenson, hat hohes Fieber. Sie ist nicht ansprechbar und mein Penicillin hat bisher nicht geholfen." „Mist", sagt Arlo nur und sammelt kurz seine Gedanken.

„Glaubst du, sie hat das Gleiche wie alle anderen?" Mrs. Park schaut einmal zu Boden, bevor sie mit einer Antwort rauskommt. „Ja, ich denke schon, dass es das ist. Der Biss gestern Abend ist wohl schuld daran." „Oh nein" platzt es aus Sam heraus. Sie fängt ganz plötzlich an zu weinen und rennt zu Haus Nummer 13. Man hört noch die Tür knallen und schon ist sie verschwunden. Arlo und Eve schauen ihr hinterher.

„Sorry, ich schau gleich mal nach ihr. Sie wird sich schon wieder fangen. Aber können wir denn gar nichts für sie tun?" Evelyn schaut immer noch zum Nebenhaus, bevor sie sich wieder auf Arlo konzentriert. „Ich weiß nicht was, es tut mir leid. Meine Medikamente wirken nicht, sie müsste eigentlich sofort in ein Krankenhaus." „Das können wir wohl vergessen. Ich glaube nämlich nicht, das noch eins geöffnet hat und wenn sie den Virus hat, gibt es eh keine Heilung." Arlo wird ein wenig unsanft nach hinten geschubst, weg von dem Haus, weg von den Ohren, die das mitbekommen könnten.

„Kannst du bitte ein wenig leiser reden. Der Rest der Familie ist noch im Haus und brauch das nicht zu hören." „Oh ja, tut mir leid. Also bist du dir nun sicher, dass sie sterben wird?" „Ja Arlo, da führt kein Weg dran vorbei." Arlo tritt vor lauter Wut einen kleinen Stein in Richtung Ufer.

„Das ist doch scheiße", sagt er noch dabei. „Das ist es wirklich Arlo. Aber nun wissen wir wenigstens, wie sich die Krankheit überträgt." Arlo versucht sich wieder ein wenig zu beruhigen. „Wie meinst du das?" „Ganz einfach, der Kontakt mit einer kranken Person ist wohl nicht ansteckend. Ihr habt uns ja mehr als genug Beispiele genannt. Erst wenn man von jemanden gebissen wurde, wird es übertragen." „Soll das jetzt heißen, wenn Mrs. Stevenson nun jemanden beißt, dass der dann auch krank wird?" Evelyn überlegt kurz und weiß nicht wirklich, wie sie das erklären soll, da sie es auch nicht richtig versteht.

„Dieses wird sicher erst im Endstadium der Krankheit auftreten. Dann, wenn die Kranken die Kontrolle über sich verlieren, wie bei der Frau gestern Abend, die Maria gebissen hat. Wir wissen leider zu wenig über den Verlauf und was wirklich passiert Arlo. Daher können wir nur schätzen, wie das genau abläuft."

Arlo schaut Eve genau in die Augen. „Müssen wir sie jetzt töten, damit wir nicht in Gefahr geraten?" Bei den Worten schreckt Mrs. Park ein wenig zurück. „Um Himmelswillen Arlo, nein, das machen wir natürlich nicht. Ich werde mich weiter um sie kümmern und nebenbei auch auf sie aufpassen." „Gut, danke Evelyn, aber ich werde trotzdem gleich mit den anderen reden, vielleicht wäre es ratsam, sie zu fixieren, damit nicht wirklich was passiert." „Nur über meine Leiche, mein junger Freund. Ich bin eine Krankenschwester und habe eine Verantwortung für meine Patienten. Unter meiner Aufsicht wird keiner ans Bett gefesselt. Das kannst du ehrlich vergessen. Wir reden hier über eine kranke Frau, die Familie hat. Noch mal Arlo, ich kümmere mich um sie und zwar so lange, bis es vorbei ist, das bin ich ihr schuldig. Aber deine Aufgabe ist es nun, dich um Mason zu kümmern. Er sollte schon vorher wissen, das es wohl nicht gut enden wird."

Damit hatte Arlo schon gerechnet, also das er es sein wird, der sich um Mr. Stevenson kümmern muss. Das ist keine leichte Aufgabe und er weiß auch noch nicht, wie er das anstellen soll. Aber da sonst kein anderer da ist und Mason ihm vertraut, bleibt es wohl an ihm hängen.

„Das werde ich machen, ich weiß zwar noch nicht wie und wann, aber ich lasse mir was einfallen." Evelyn schaut ziemlich erleichtert. „Danke Arlo, was macht eigentlich dein Knie?" „Es schmerzt hin und wieder noch, aber es ist schon besser geworden, danke das du nachfragst." Sie lächelt ihn noch einmal kurz an und geht zurück zum Haus. Bevor sie aber reingeht, nimmt sie einen Korb aus dem Bollerwagen und hat noch was auf dem Herzen.

„Schaust du bitte gleich nach meinen Kindern?" Arlo geht auch wieder ein Stück auf sie zu.

„Das mache ich versprochen. Ich verteile eben das Essen und werde auch bei dir nach dem Rechten sehen. Ach ja und noch was. Nach dem Frühstück haben wir eine wichtige Versammlung. Es wäre gut, wenn du und auch Mason kurz auftauchen könntet."

„Ich werde sehen, was ich machen kann", sagt Eve noch kurz und verschwindet dann wirklich im Haus. Arlo steht nun ganz alleine in der

Gegend und neben ihm befindet sich der Bollerwagen mit dem Essen. „Dann wollen wir mal", sagt er noch eben schnell zu sich selber, nimmt den Griff und läuft langsam zu Haus Nummer 11...

Kapitel 26

Die restlichen Häuser schafft Arlo mit links. Auch bei den Kindern von Evelyn hat er eben nachgeschaut. Wichtig war für ihn vor allem, das jeder gleich weiß, das es eine Versammlung gibt. Auch wenn nicht alle aus dem Camp zur Gemeinschaft gehören oder sich eben nicht einbringen, kommen sollen sie trotzdem. Normal ist ein Treffen ja nichts ungewöhnliches, denn Mr. Carter hatte das genau so gehandhabt. Nur diesmal ist es halt ohne Lennart, keiner kann sagen, wie die Menschen darauf reagieren werden. Beim Lager stellt er den Bollerwagen ab, nimmt sich die letzte Kanne Kaffee, die sich darin befindet und macht sich auf den Weg nach Hause. Leo und Yvonne bleiben in der Küche, sie haben wohl noch ein paar Dinge zu besprechen. Das interessiert Arlo auch gerade nicht wirklich, er macht sich eher Sorgen um Sam.

Langsam öffnet er die Tür und steckt seinen Kopf ins Haus. Sam kniet am Boden und scheuert mit einer Bürste die Holzpaneelen. Arlo bleibt erst mal auf der Schwelle stehen und beobachtet das ganze, bis er dann zu einem leichten Räuspern übergeht. Aber von ihr kommt keine Reaktion, sie bearbeitet weiter nur den Boden. „Sam?" Fragt er nun sehr vorsichtig. Die Frau im Raum unterbricht kurz ihre Arbeit, nur um danach sofort weiterzumachen. Langsam wird es Arlo echt zu viel, er kennt die Putz- und Ordnungspassagen von ihr, er hat sie Zuhause in Atlanta oft genug erlebt, aber hier ist das absolut überflüssig. Jetzt geht er weiter in den Raum und bleibt genau vor Sam stehen. „Kannst du mir mal sagen, was das soll?" Zuerst bekommt er wieder keine Antwort und die Arbeit wird einfach fortgeführt. Doch dann schaut sie zu ihm hoch und das ziemlich ernst. In ihren Augen sieht man immer noch, das sie geweint hat.

„Ich mache sauber, das siehst du doch." Arlo schaut sich kurz im Raum um und blickt dann wieder nach unten. „Das ist doch gar nicht nötig und eigentlich auch ziemlich bescheuert." Seine Worte lösen bei Sam einen sehr bösen Blick aus und zusammen mit den getrockneten Tränen kommt das fast so rüber, als ob sie sich in eine Bestie verwandelt. Sie leidet unter einer Zwangsneurose, die doch manchmal ziemlich ausufert. Arlo sortiert erst mal seine Gedanken, jedes falsche Wort könnte die Sache nur noch verschlimmern.

„Hör mal Sam, du hast es gerne sauber, aber wir sind hier doch nicht zuhause."

Eine kurze Zeit passiert mal wieder nichts, Sam geht ihrer Arbeit nach und schrubbt die nächste Stelle, die sie sich ausgesucht hat. Dann legt sie alles beiseite, steht auf und schaut immer noch sehr finster in seine Richtung.

„Welches Zuhause? Das hier ist nun unser Zuhause." Erst jetzt begreift Arlo, dass die Worte wieder nicht gut gewählt waren. Atlanta existiert nicht mehr, das gleiche zählt für ihre Wohnung und so wie es aussieht, bleiben sie wohl für unbestimmte Zeit hier in der Blockhütte. Er geht einen Schritt auf sie zu, sie weicht aber zurück und ändert auch nichts an ihrer Haltung.

„Ich kann das alles nicht" fängt sie an zu stammeln. „Was meinst du Sam?" Mrs. Stenn schaut einmal zu Boden und dann zu ihren Mann. Wieder kommen neue Tränen in den Augenwinkeln. „Alles Arlo, einfach alles. Nebenan liegt eine Frau, die wohl sterben wird. Unser Gastgeber wurde gefangen genommen. Wir haben kaum noch was zu Essen und die ganze Welt steht am Abgrund. Diese Krankheit wird uns alle töten und die Menschen die verschont bleiben, töten sich untereinander. Das ist nicht meine Welt Arlo, so kann ich nicht Leben."

Sam kann die Tränen nicht mehr zurückhalten und ihr Gesicht verwandelt sich in ein nasses etwas. Arlo nutzt eben die Chance, geht auf sie zu und nimmt sie in den Arm. Er versucht sie fest zu drücken, aber nicht zu hart, denn die Person ist doch sehr zerbrechlich und das nicht nur physisch.

„Ich weiß Sam", sagt er im absolut ruhigen Ton. „Wir müssen uns nun zusammen reißen und versuchen das alles zu überstehen. Leider müssen wir halt ein paar schlimme Sachen machen, aber auch nur, um uns damit zu schützen. Ich will das doch auch alles nicht."

Leider hat das Gesagte keine große Wirkung, denn Sam stößt Arlo sehr unsanft nach hinten und befreit sich damit aus seiner Umarmung.

„Diese Bude ist Sau dreckig. Ich muss das unbedingt noch alles sauber machen." Ziemlich irritiert schaut Arlo auf Sam. Er kann gerade nicht wirklich verstehen, wie sie nun wieder auf das putzen kommt.

„Sam, hier ist es nicht dreckig und auch nicht unordentlich. Außerdem sind wir hier in einem Waldgebiet, da kann man es halt nicht immer sauber haben." Anstatt darauf zu reagieren, nimmt sich Sam einen Lappen, der schon die ganze Zeit auf dem Tisch lag und fängt damit an, die kleine Kommode abzuwischen. Kurz darauf kommt sie mit genau diesem zu Arlo und hält den vor seine Nase.

„Siehst du alles dreckig." „Oh Sam, das ist doch normal, das wird auch morgen wieder dreckig sein. Das liegt am Wald." Sam hat mittlerweile aufgehört zu weinen, aber ihr Blick ist immer noch sehr böse und nun schaut sie Arlo direkt in die Augen.

„Ich wollte nie hier her. Ich hasse Wälder und ich hasse Dreck." Damit hat er nun nicht gerechnet. Eigentlich waren sie beide von Anfang an begeistert, hier ihren Urlaub zu verbringen.

„Aber Sam, wir wollten doch beide hier her und mal was erleben." „Hah, was erleben nennst du das also. Menschen sterben Arlo, genau nebenan. Auf das Erlebnis kann ich echt verzichten, du bist so witzig Arlo, ein echter Heuchler. Ich wollte zu meinen Eltern nach New York, aber du hast dir diesen Scheiß so derbe in deinen Kopf gesetzt, das ich gar nichts mehr sagen konnte. Und jetzt hängen wir hier am Arsch der Welt und meine Eltern sind sicher tot."

Der hat wirklich gesessen, Arlo dreht sich um und verlässt die Blockhütte. Jede weitere Diskussion würde alles nur noch schlimmer machen. War er denn wirklich so egoistisch, was diesen Urlaub angeht? Klar, sie hatte mal kurz erwähnt, dass sie gerne zu ihren Eltern möchte, aber er wollte da gar nicht drauf eingehen. Er entfernt sich ein wenig vom Haus und bleibt bei Nummer 11 stehen. Er schaut noch mal zurück. Am Ende war seine Idee sicher doch die bessere, denn wer weiß, ob sie in New York nicht auch schon tot wären.

Bei der 11 öffnet sich die Tür und eine junge Frau, sicher nicht älter als 20, schaut hinaus.

„Hallo Mr. Stenn, kann ich mal kurz mit ihnen reden." Arlo dreht sich zum Eingang und kann sich gerade nicht erinnern, wie diese Frau heißt. Sie hatten noch nicht wirklich viel miteinander zu tun. Mehr als das gelieferte Frühstück von eben war bisher nicht passiert. Auch ein junger Mann lebt mit in der Hütte, aber das war es dann. Er geht ihr ein wenig entgegen, denn laut hier herum rufen ist wohl nicht angebracht.

„Hallo, was kann ich denn für Sie tun?", fragt er so freundlich, wie er es gerade schafft.

„Ich will sie auch nicht nerven, sie haben sicher gerade genug um die Ohren, aber wäre es vielleicht möglich, das sie Mr. Carter mal nach dem Telefon fragen? Wir haben ihn seit gestern nicht mehr gesehen und wir müssen unbedingt telefonieren."

Ein wenig verwirrt versucht Arlo , die richtigen Worte zu wählen. „Es tut mir leid, aber das Telefon geht leider immer noch nicht und das wird sich wohl auch nicht ändern." „Oh, das ist natürlich schlecht", antwortet die Junge Frau mit ihren kurzen schwarzen Haaren.

„Wie weit ist es denn von hier bis zum nächsten Ort? Ich kann mich nicht mehr genau erinnern, als wir her kamen. Wir müssen echt kurz telefonieren, das können sie doch sicher verstehen. Demnächst stehen bei uns an der UNI ein paar sehr schwere Prüfungen an und wir brauchen ganz wichtige Infos." „Ich kann ihnen auch nicht weiterhelfen, also jetzt noch nicht. Kommen sie doch bitte gleich zur Versammlung, da werden die meisten Fragen beantwortet." „Okay danke, dann bis gleich."

Die Frau verschwindet im Haus und schließt die Tür. Arlo setzt sich wieder in Bewegung und kann irgendwie nicht verstehen, was die Fragen gerade sollten. Die wohnen genau neben den Stevensons, haben die das Chaos gestern nicht mitbekommen? Wir haben doch allen die Wahrheit erzählt.

Er geht an Haus Nummer 7 vorbei, überlegt kurz anzuklopfen und läuft dann doch einfach weiter. Lange wird es auch nicht mehr dauern und die Versammlung kann beginnen.

Emma sitzt auf einen Stuhl am Fenster und raucht sich eine Zigarette. Auf der Fensterbank hat sie eine Tasse Kaffee stehen und daneben liegt das große Kampfmesser. Sarah und Jessica sitzen hinter ihr auf der Couch und sind am Frühstücken. Ihr Blick fällt auf Arlo, der langsam am Haus vorbei geht. Hinter ihr merkt sie, wie Sarah näher kommt und ihm auch hinterherschaut.

„Meinst du, er ist wirklich so tough wie er die meiste Zeit über zeigt?" Fragt sie nun in Richtung Emma. Die zieht einmal genüsslich an ihrer Zigarette. „Ich hoffe doch, bisher hat er mich ja nicht enttäuscht." Den komischen Blick von Sarah kann sie nicht sehen, da sie immer noch hinter ihr steht. „Wie meinst du das?" Erst jetzt dreht sich Emma zu ihr um. „Genau so wie ich es sage. Er ist sehr brauchbar und das in allen Belangen." „Oh", sagt Sarah nur, schaut einmal zu Jessica, die immer noch auf der Couch sitzt und ein wenig am Lächeln ist.

„Soll das etwa heißen, das du was mit ihm hast?" Emma überlegt kurz, was sie darauf sagen soll, hat aber kein großes Interesse jetzt zu lügen. „Klar, wir hatten gestern richtig geilen Sex."

„Autsch", sagt Jessica von der Couch und auch Sarah fängt nun ein wenig an zu grinsen. Das vergeht ihr aber schnell wieder.

„Aber er ist doch mit Sam zusammen, sind die nicht sogar verheiratet?" Emmas Blick verfinstert sich ein wenig. „Das juckt doch keinen. Was ich haben will, bekomme ich auch, außerdem geht es mir nur um Sex." Sarah, nun ziemlich unsicher nach den Worten, schaut Emma einen Moment ungläubig an. Die dreht sich aber wieder um und macht ihre Zigarette in der Kaffeetasse aus. Dann nimmt sie sich das Messer, springt vom Stuhl und schaut die beiden Frauen nacheinander an. „Beeilt euch mal, wir haben gleich das treffen, oder wollt ihr zu spät kommen?"

Leo und Yvonne sitzen immer noch in der Küche des Lagers auf der Theke und trinken Kaffee. „Sag mal Yvonne, hast du eigentlich schon mit Arlo gesprochen?" Beim Namen Arlo zuckt Yvonne leicht zusammen und lässt dabei beinahe ihre Tasse fallen. „Ja habe ich", sagt sie nur kurz und knapp. Leo beugt sich ein wenig zu ihr rüber und versucht ihren Blick aufzufangen, was ihm aber nicht wirklich gelingt. „Sieht dann wohl eher so aus, als ob es nicht so gut gelaufen ist." Yvonne sagt darauf nichts, ihre Gedanken sind völlig durcheinander. Sie denkt noch mal darüber nach, wie schön es doch war, mit Arlo darüber zu sprechen. Wie toll seine Reaktion rüber kam und wie heiß die Küsse danach. Er wollte zu ihr halten, trotz Sam und auch das Kind war ihm nicht egal. Und dann schwirren die Gedanken in Richtung Emma ab. Diese große, sehr Erwachsene Frau mit ihren langen schwarzen Haaren hat Arlo wohl den Kopf verdreht. Sie hat sich ihn einfach so geangelt und alles daran getan, ihr das Leben zu zerstören.

„Yve?" Hört sie in weiter ferne eine Stimme. „Yvonne?" Nun ein wenig lauter und sie kommt zurück in die Gegenwart. „Ja?" „Was hat er denn gesagt? Es ist ja schließlich sein Kind, er kann sich da nicht einfach raus halten." „Das wird er auch nicht, aber die Situation ist wohl gerade sehr schlecht, um sich auf so was zu konzentrieren. Er wird seinen Hintern schon noch hochkriegen." Leo senkt seinen Blick zum gefliesten Küchenboden. „Natürlich ist die Situation gerade nicht gut, aber trotzdem darf er dich nicht in Stich lassen. Das lasse ich nicht zu."

Yvonne blickt nun auch kurz auf und sieht ihren Freund an. Dann nimmt sie seine Hand und streichelt ihm über die Wange. „Das ist voll lieb von dir, aber ich schaff das schon alleine." Sofort beruhigt sich Leo wieder und als er darauf antworten möchte, fliegt die Lagertür von draußen auf und Arlo steht in der Küche. „Hey ihr beiden, schmeckt euch der Kaffee?"

Langsam füllt sich draußen der Vorplatz. Die Versammlung steht kurz bevor und die Bewohner kommen teils neugierig, teils ängstlich zum Fahnenmast. Nach gestern Abend hat sich für alle das Leben verändert. Die meisten wissen nun, dass die Welt da draußen alles andere als sicher ist und das sie auch hier in Gefahr sind. Aber nicht alle haben es bisher kapiert, aber die drei da oben hoffen, dass sie sie endlich überzeugen können.

Leo hat es eben noch schnell geschafft den Podest von Vincent an die Stange zu stellen. Mittlerweile steht Arlo auch schon neben den beiden und seine Augen durchsuchen die Menge nach Sam. Er hofft, dass sie sich wieder beruhigt hat und auch zur Versammlung kommt, bisher konnte er sie aber nicht entdecken. Aber Evelyn und Mason stehen mitten drin und gucken genau so ungläubig wie die meisten anderen. Bevor überhaupt irgendwas losgeht, kommt schon Mr. Williams nach vorne und erkundigt sich nach Mr. Carter. Emma schafft es dann, mit ihrem Charme ihn zu vertrösten und auf gleich zu warten. Yvonne kommt nun auch aus dem Lager und gesellt sich zu Sarah und Jessica.

„So wie es aussieht, sind wirklich alle gekommen", flüstert Leo den beiden anderen zu. Emma nickt nur kurz und Arlo ist weiterhin damit beschäftigt, nach Sam zu suchen.

Emma geht auf dem Podest einen Schritt nach vorne und hebt ihre Arme, um damit Aufmerksamkeit zu erregen, denn bisher sieht es eher so aus wie ein wilder Haufen durcheinander sprechender Menschen.

„Hallo alle zusammen", beginnt sie die Ansprache. Langsam kehrt ein wenig Ruhe ein aber nicht alle ziehen mit. Daher ruft sie noch ein wenig lauter, aber eben nicht übertrieben, denn das bedeutet schließlich Gefahr.

„Könnt ihr mir bitte alle mal zuhören." Das hat nun endlich was gebracht. „Das ist hier ja schlimmer als im Kindergarten. Habt ihr schon vergessen, das wir uns ruhig verhalten müssen?" Beginnt sie nun wieder. Jetzt verstummen die ganzen kleinen Gespräche und keiner sagt mehr ein Wort, sogar die Kinder sind still, keiner hat das Passierte von gestern vergessen.

Emma atmet einmal tief durch, bevor sie dann fortfährt. „Wir haben euch allen einige wichtige Punkte zu erklären, daher wäre es jetzt echt ratsam, wenn jeder zuhört."

Wieder wartet sie einen kleinen Moment aber so wie es aussieht, hat sie nun von allen die komplette Aufmerksamkeit.

„Wir haben gestern Abend gesehen, wie es mit der Welt bestimmt ist. Auch haben wir euch erklärt, was wir draußen alles erlebt haben. Es ist jetzt ganz wichtig, dass wir alle an einem Strang ziehen." Wieder ist es Mr. Williams, der ein wenig näher kommt und sich nach Familie Roberts erkundigt. Er ist der Erste, der mitbekommen hat, das sie auf der Versammlung fehlen. Wieder ist es Emma, die in auf gleich vertröstet.

„Fangen wir mal mit dem ersten wichtigen Punkt an. Ich wäre euch allen sehr zu dank verpflichtet, einfach nur zuzuhören, sonst stehen wir heute Abend noch hier und sind kein Stück weiter gekommen." Ihr Blick fällt einmal kurz auf Mr. Williams, der sofort verschämt in eine andere Richtung schaut.

„Wie ihr sicher alle gesehen habt, ist Mr. Carter nicht mehr mit von der Partie. Unser netter Gastgeber hat lieber beschlossen, der Gemeinde den Rücken zu kehren und nicht mehr mitzuwirken."

Emma hält kurz an und wartet eben das Geflüster und Getuschel ab. So hat Arlo die Chance, ihr etwas zuzuflüstern. „Was machst du da? Wir wollten ihnen doch die Wahrheit über Lennart sagen." Emma dreht sich um und zeigt Arlo ein flüchtiges lächeln."Glaub mir Arlo, so ist es besser. Die werden unser Handeln nicht verstehen und uns am besten noch Verurteilen. Im schlimmsten Fall befreien sie Lennart sogar. Ich möchte, das wir diese Sache hier überleben." Arlo wendet sich wieder ab und überlässt Emma weiter die Führung.

Diesmal ist es Evelyn, die ein wenig nach vorne kommt. „Wo ist er denn hin?" Leo ist diesmal bereit, diese Frage zu beantworten. „Er hat sich gestern aus dem Staub gemacht, er war ja am Abend, als das mit Mrs. Stevenson passierte, schon nicht mehr da." Mit der Antwort erst mal zufrieden, geht Mrs. Park wieder ein Stück zurück und stellt sich neben ihre Kinder. Emma macht nun weiter.

„Auch der Sohn von Mr. Carter ist nicht mehr im Park. Die beiden sind wohl zur gleichen Zeit verschwunden und haben uns alle im Stich gelassen. Das Gute an der Sache ist aber, sie haben uns die Waffen und alle Schlüssel gelassen, so haben wir wenigstens die Chance, es auch ohne sie zu schaffen."

Eine kleine Erleichterung geht durch die Menge. Zwar haben nun alle begriffen, dass der Besitzer zusammen mit seinem Sohn verschwunden ist, sie aber trotzdem noch die volle Kontrolle über alles haben. Emma setzt wieder an.

„Ich bitte euch alle noch mal, völlige Ruhe zu bewahren. Ihr wisst, was gestern Abend hier passiert ist und wir sind uns völlig sicher, das diese Kranken von Lärm angelockt werden. Ab heute werden wir alle 4 Türme rund um die Uhr besetzten und diesmal bekommen alle Wachen eine Waffe. Die neue Devise lautet, erst schießen und dann fragen. Jeder äußerliche Kontakt, sei es von Kranken oder auch von anderen Menschen ist ab heute ein kriegerischer Akt."

Nach dem gesagten werden die Gespräche wieder lauter und Emma hört solche Sachen wie „ist das wirklich ihr ernst" „wir können doch nicht einfach Menschen erschießen" und „das ist das beste für uns" von unten.

„Ruhe bitte", ruft diesmal Leo von oben und schnell ist alles ruhig. Er bewegt sich ein wenig nach vorne und steht jetzt neben Emma. „Hört mir mal bitte alle zu. Wir haben das da draußen schon miterlebt und so was wie eine Normalität gibt es nicht mehr. Es herrscht Anarchie und alle anderen Lager und Camps, die es sicher noch geben wird, werden genau so reagieren. Wir müssen uns Schützen und an unsere Kinder denken. Es ist wirklich nur zu unserem Besten."

Leos Worte bewirken ein Wunder, denn so wie es aussieht geben sich die Personen damit zufrieden und sind der gleichen Meinung, das gerade wegen der Kinder gehandelt werden muss. Emma schaut kurz zu Leo und bedankt sich mit einem leisen Danke. Das bedeutet aber auch, dass sie nun das Ruder wieder an sich reißt.

„Damit haben wir diesen Punkt auch beendet. Ich weiß, das es schwierig wird, aber wir leben jetzt in seltsamen Zeiten, was eben auch seltsame Handlungen nach sich ziehen muss. Ich hatte auch die Idee, das wir heute ein paar Warnschilder aufstellen, auf denen wir direkt drauf hinweisen das wir von Schusswaffen Gebrauch machen. Es wäre sehr schön, wenn sich gleich ein paar Melden und die Schilder machen würden." Emma ist sehr mit sich zufrieden, denn die Leute hören ihr zu und viele sind mittlerweile am Nicken, was halt nur bedeutet, das sie mit ihr übereinstimmen.

„Beim nächsten Punkt geht es um die neue Führung hier im Camp. Wir hatten uns eigentlich für eine demokratische Wahl entschieden, also jeder könnte die Führung übernehmen, wenn er gewählt wird natürlich. Das halte ich aber mittlerweile für überflüssig, denn wir drei hier oben sind dieser Aufgabe wohl am besten gewachsen. Sollte einer nicht unserer Meinung sein oder sich lieber selber einbringen, so möge er jetzt vortreten und sprechen." Alle drei schauen von oben herunter zu den Menschen. Sie sehen allerlei fragende Gesichter aber keiner hat auch nur im geringsten was an der Idee auszusetzen. Emma hat ihnen aber auch nicht wirklich eine Wahl gelassen.

Yvonne steht immer noch bei den beiden anderen und wendet sich denen nun zu. „Also tauschen wir eine Diktatur gegen eine andere, was für eine tolle Leistung." Sarah beugt sich zu ihr rüber. „Aber da oben sind doch drei, das ist doch dann wie eine Demokratie." Yve verzieht ein wenig das Gesicht. „Ihr glaubt doch wohl nicht im ernst, das die beiden Kerle was zu sagen haben, Emma ist der Chef, also habe ich vollkommen recht." Sarah wendet sich wieder ab und Jessica flüstert ihr kurz ins Ohr, das sie Yvonne wohl zustimmt.

Emma dreht sich ein wenig nach hinten und schaut auf Arlo. Der ist immer noch damit beschäftigt nach Sam zu suchen, sie ist aber echt nicht gekommen. Dann erhascht er den Blick von Emma und schaut sie fragend an.

„Arlo, du bist dran." „Schönen dank auch das ich die schlechten Sachen mitteilen darf." „Gerne doch" lächelt Emma ein wenig gequält und geht beiseite. Arlo macht einen Schritt nach vorne und schaut direkt nach unten.

„Leider sind wir noch nicht am Ende angekommen. Es gibt auch noch schlechte Nachrichten, die wir euch mitteilen müssen." Milo löst sich ein wenig von seiner Mutter und geht ein Stück nach vorne. „Bisher habe ich heute noch nichts Gutes gehört", sagt er ein wenig vorlaut nach oben. Evelyn zieht ihn mit einem Ruck wieder nach hinten und gibt ihm einen Schlag in den Nacken. Dann flüstert sie ihm was ins Ohr und Milo schaut bedrückt nach unten.

„Danke Milo für die aufgeweckten Worte, aber du hast schon Recht, viel positives können wir leider nicht verkünden, aber es liegt an uns allen, aus der ganzen Sache was zu machen. Jeder ist da gefragt, auch du Milo." Schon schaut der Sohn der Krankenschwester wieder nach oben und der bedrückte Ausdruck ist ganz schnell in stolz gewandelt. Evelyn nickt Arlo einmal freundlich zu, seine Art scheint zu begeistern.

„Wo war ich stehen geblieben", fängt er wieder an. „Ach ja, bei den schlechten Nachrichten." Arlo krault sich einmal durch seine Locken und sucht die richtigen Worte.

„Also leider müssen wir euch sagen, dass Familie Roberts heute Nacht das Camp verlassen hat." Arlo schaut zu den versammelten Menschen und sieht in den meisten Gesichtern einen traurigen Ausdruck. „Meine Frau Sam hatte gestern Abend noch versucht, mit ihnen zu sprechen und sie haben versprochen, bis heute morgen zu warten, aber sie waren schon weg als wir hier die erste Runde gedreht haben. Wir hoffen wirklich, das sie es geschafft haben und irgendwo in Sicherheit sind." Selbst Arlo ist kurz still und muss einmal kräftig durchatmen, denn die Sache macht ihn sehr zu schaffen.

„Das nächste, was uns alle betrifft, ist die Versorgung von so vielen Menschen. Lennart, also Mr. Carter hatte uns versichert, das im Lager mehr als genug vorhanden ist. Unsere Inspektion heute Morgen hat aber leider ein anderes Bild gezeigt. Entweder hat er gelogen oder bei seiner Flucht die meisten Sachen einfach mitgenommen. Das wie ist nun egal, Fakt ist, wir haben nur noch für 2 Tage Essen." Dieser Punkt hat die Zuhörer mehr getroffen, als allen lieb war, die Leute reden auf einmal trotz Ruhegebot alle durcheinander. Eine der Frauen schlägt sich die Hände vor die Augen, sie kann es einfach nicht fassen. Auch kann man schon wieder was von einer Aufbruchstimmung vernehmen, denn was soll man an einem Ort ohne Essen. Arlo hat sich dieses aber gedacht und die weiteren Schritte bestens überlegt. Aber Leo ist derjenige, der das Wort ergreift.

„Könnt ihr mal bitte wieder ruhig sein", sagt er mit seiner kräftigen Stimme, die aber nicht unbedingt laut rüber kommt. „Arlo hat seine Rede noch nicht beendet und wir lassen uns ja nicht als Führer hier aufstellen, wenn wir uns nicht um euch Sorgen würden."

Wieder sind seine Worte angekommen, denn ganz schnell kehrt Stille ein. Leo erntet noch eben einen dankenden Blick von Arlo aber irgendwie hat das Ganze auch einen faden Beigeschmack. Die ganze Show sieht voll danach aus, als ob Leo nur die Person für das grobe ist, wie in einem schlechten Film.

„Hört mal bitte alle zu, wir werden das schon hinbekommen. Wir haben auch schon eine Idee wie wir an neues Essen kommen. Wir lassen euch schon nicht verhungern." Arlos beruhigende und doch sehr gut gewählten Worte hatten einen großen Effekt, denn die Stimmung erhellt sich wieder ein wenig. Nur Emma schaut ein wenig verblüfft in seine Richtung.

„Sag mal Arlo", fängt sie sehr leise an, damit es kein anderer hört. „Wie kommst du darauf, das wir wegen dem Essen schon eine Lösung haben?" „Ich habe mir halt auch schon ein paar Gedanken gemacht Emma", grinst er ihr entgegen und wendet sich dann wieder den anderen zu.

„Wir sind dann für heute fertig. Was aber noch sehr wichtig ist, ihr müsst alle mitziehen und uns unterstützen. Ohne eure Hilfe schaffen wir das nicht. Wir brauchen Wachen für die Türme, wir brauchen welche für die Schilder, ihr könnt und dürft euch nicht einschließen und einfach auf das Ende warten. Wichtig ist aber auch, keiner darf sich mehr alleine draußen aufhalten. Vergesst das bitte nicht, es ist zu gefährlich und so was wie gestern darf nicht noch mal passieren."

Zum Abschluss winkt Arlo noch mal den Leuten und wendet sich dann ab.

Sarah sucht das Gespräch mit Yvonne. „Ich denke wohl eher, die beiden rocken zusammen die Bude, die sind echt ein gut eingespieltes Paar." Yve schaut sie sehr entgeistert an. „Ein gutes Paar? Ja das trifft es völlig, danke für deine weisen Worte." Ziemlich eingeschnappt wendet sich Yvonne wieder ab und Jessica zieht ihre Freundin Sarah von den anderen weg.

Langsam löst sich die Versammlung auf, sie haben für heute auch genug gehört. Das muss erst mal alles verarbeitet werden. „Scheiße", sagt Arlo noch eben, als sich alle entfernen. „Was ist?" Fragt Emma, die immer noch an seiner Seite steht.

„Ach nichts Schlimmes, ich wollte eigentlich noch hinzufügen, das wir auch fürs Mittagessen noch Freiwillige brauchen." „Das mache ich heute", hört er eine sehr vertraute Stimme von hinten sagen. Er dreht sich um und Sam steht am Podest. „Gott sei Dank, dir geht es gut", sagt Arlo sofort zu ihr. Emma entfernt sich mittlerweile schon von den anderen und geht ins Lager. Unterwegs sammelt sie noch eben Sarah und Jessica ein, die sie auch dahin beordert. Leo ist währenddessen mit einigen der Männer am Sprechen, da geht es wohl um die Bewachung und Bemannung der Türme. Arlo aber unterhält sich weiter mit seiner Frau.

„Bist du sicher, das du das machen willst?" „Klar doch Arlo, mir geht es schon wieder besser und ich wollte mich auch bei dir entschuldigen. Das was ich gesagt habe, war absolut nicht okay und ich hoffe, du verzeihst mir meine Worte." Arlo springt von dem Podest und nimmt Sam in die Arme. „Natürlich mein Schatz, es ist halt alles nicht einfach und da gehen nun mal die Sicherungen durch." „Danke Schatz", antwortet Sam und drückt ihren Kopf an die Brust von ihm. Kurz darauf schaut sie ihn wieder an. „Ich hoffe, du hast wegen der Verpflegung nichts dummes vor?" Sein Blick wird ziemlich nachdenklich. „Es ist nicht ganz ungefährlich Sam, aber es muss leider sein, wir werden sonst alle verhungern." „Okay Arlo, ich vertraue dir. Ich weiß, das du dich nicht unnötig in Gefahr bringen wirst. Ich gehe erst mal zurück nach Hause, muss noch die Putzsachen verschwinden lassen und kümmere mich dann nachher ums Essen. Es ist immer gut, wenn man was zu tun hat und sich einbringen kann." Arlo sieht noch kurz ein Lächeln und auch die Augen von Sam sind wieder mehr am Leuchten. Genau so kennt er sie, seine kleine Frau, die er ja schließlich aus Liebe geheiratet hat. Aber kaum ist Sam auf dem Rückweg, die letzten Gedanken noch ganz frisch und schon denkt er wieder an Emma, die absolut das Gegenteil von ihr ist. Kann man auch 2 Frauen lieben? Seine Gedanken drehen sich im Kreis, er steht immer noch abseits der Leute, die sich vor dem Podest unterhalten. Und was ist mit Yvonne? Sie ist schwanger und er weiß, dass es sein Kind ist. Er kann darauf gerade keine Antwort finden und bewegt sich auch in Richtung Lager, wo die anderen schon auf ihn warten.

Auf dem Weg dort hin trifft er aber noch Mr. Stevenson, der sich wohl mal wieder freiwillig für einen der Türme gemeldet hat.

„Mason, kann ich kurz mit dir sprechen?" Der dreht sich in seine Richtung und bekommt sogar ein aufgezwungenes Lächeln hin. „Arlo" sagt er kurz und knapp und wartet auf weitere Worte.

„Du musst nicht auf einen der Türme. Ich fände es besser wenn du bei deiner Frau bleibst." „Ich weiß, das ich nicht muss, aber ich möchte. Maria ist bei Evelyn in guten Händen und ich wüsste auch nicht was ich da machen soll. Ich würde doch nur im Weg stehen. Auf einen der Türme habe ich wenigstens was zu tun und kann mich ablenken."

Arlo hört sich das alles an und weiß, das dieser Mann vollkommen recht hat. Aber die Lage ist natürlich noch viel schlimmer, daher muss er nun mit der Wahrheit rauskommen.

„Wir müssen uns mal unterhalten." Der große starke Mann schaut Arlo tief in die Augen. „Ich hatte heute Morgen schon mit Mrs. Park darüber gesprochen. Wir glauben nicht das deine Frau es schaffen wird, es tut mir leid." Nach den Sätzen schaut Arlo nach unten, er weiß das seine Worte Mason hart getroffen haben und aus Anstand sollte er die Würde nicht verlieren.

Aber die Antwort von seinem Gegenüber überrascht ihn völlig. „Ich weiß Arlo. Es wird auch nicht mehr lange dauern, denn der Zustand wird immer schlechter. Weißt du mein Freund, wenn es so weit ist, möchte ich lieber auf einen Turm stehen. Ich kann das nicht, wirklich nicht, nenn mich einen Feigling aber ich glaube ich würde daran zerbrechen." Arlo blickt sofort wieder hoch und schaut ihm in die Augen. „Ich habe es verstanden Mason und noch mal, es tut mir wirklich sehr leid. Ich bin für dich da, wenn du mich brauchst." Nach den Worten wendet sich Arlo ab und geht langsam und vor allem tief betroffen Richtung Lager oder Küche oder wie das Gebäude auch immer genannt wird. Hinter ihm hört er noch ein leises Danke. Auch Leo ist mit der Einteilung fertig und braucht die Waffen, die derzeit im Lager liegen. Also geht er zusammen mit Arlo durch den Eingang, wo sich die ganzen anderen befinden und sehnsüchtig auf die beiden warten...das nächste Vorhaben kann beginnen...

Kapitel 27

Emma, gerade ziemlich aufbrausend, kommt ihnen in der Küche entgegen. „Das wird echt mal Zeit das ihr hier auftaucht, wir warten schon die ganze Zeit." Leo schaut sie an und kontert ihr sehr geschickt. „Wir hatten noch zu tun, schließlich müssen nach Worten auch Taten folgen und jetzt brauch ich noch eben die Waffen." Er geht an Emma vorbei in den hinteren Teil der Küche, wo Yvonne, Sarah und Jessica sich aufhalten. Dort nimmt er sich 3 von den Gewehren und verlässt wieder das Lager. In der Zwischenzeit hat keiner was gesagt, alle haben einfach nur auf Leo geachtet.

„Was hast du für ein Problem Emma?", fragt Arlo frei heraus und geht an ihr vorbei ohne groß auf sie zu schauen, das macht Emma nur noch Aufbrausender.

„Ich kann diese dämlichen Versammlungen echt nicht mehr ab. Immer dieses dumme Gelaber zu den Leuten, das bringt am Ende eh nichts, wenn es ernst wird, ist sich doch jeder selbst der nächste." Wieder ist es Arlo der auf sie reagiert. „Wie meinst du das? Ich finde diese Versammlungen wichtig. So können wir in kurzer Zeit allen das Nötigste mitteilen."

„Aber es interessiert sie doch nicht. Trotz unserer Notlage und aller Ereignisse stehen die einfach da herum und denken, sie wären noch im Urlaub." „Jetzt gehst du mit den Menschen da draußen zu hart ins Gericht", schaltet sich Yvonne ein, die nur darauf gewartet hat, mit Emma in eine Diskussion zu kommen. Aber die nimmt überhaupt keine Notiz von ihr und bearbeitet lieber Arlo weiter. Mittlerweile ist auch Leo wieder mit von der Partie und bleibt angewurzelt am Eingang stehen. „Ohne uns wären die doch schon alle geflüchtet oder sogar schon tot" macht Emma weiter.

„Ein wenig hast du schon Recht", sagt Leo immer noch von der Tür aus. „Aber diese Versammlungen geben den Leuten Sicherheit. Sie hören von uns das wir uns kümmern und sie fühlen sich dadurch nicht verlassen." Emma schaut kurz zu Leo und dann wieder nach Arlo. „Reichen würde es aber auch, wenn wir draußen einfach ein Schwarzes Brett aufstellen, wo wir dann unsere Regeln dran hängen und jeder hat sich daran zu halten. Wir verplempern mit diesem ganzen Gelaber eine Menge Zeit."

Yvonne versucht es auf ein Neues, mittlerweile ist sie aber schon sauer, da Emma nicht auf sie reagiert hat. „Und woher willst das besorgen? Wir haben ja schon Schwierigkeiten, die Schilder fertig zu bekommen." Sarah kommt nach dem Gesagten auch aus der hinteren Ecke nach vorne. „Um die Schilder kümmern wir uns, also Jessica und ich. Wir haben auch schon gute Ideen, lasst uns nur machen." Emma schaut tatsächlich kurz nach Yvonne. „Siehst du Kleine, schon ist das Thema vom Tisch." Sofort geht ihr Blick wieder zu Arlo, daher sieht sie den bösen Gesichtsausdruck von Yvonne gar nicht mehr.

„Sag mir mal Arlo, wie kommst du denn darauf, dass du unser Essenproblem beseitigen kannst? Ich hatte eben echt komisch geschaut, als du von einer Lösung gesprochen hast." Jetzt sind plötzlich alle Augen auf Arlo gerichtet, da wohl jeder neugierig auf seine Antwort ist.

„Genau wie ich komisch geschaut habe, als du die Geschichte von Lennart aufgetischt hast." Eine kurze Zeit herrscht Stille im Raum, keiner sagt ein Wort aber das Streitgespräch zwischen Emma und Arlo gefällt Yvonne am besten. Noch ist sie nicht wirklich davon überzeugt, dass Lennart auch die Wahrheit gesprochen hat, seine Infos können woanders her stammen, schließlich war er länger mit ihm unterwegs. Aber sollte da was dran sein, dann wird sie der blöden Kuh schon beweisen, was die Kleine so alles drauf hat, um zu kämpfen.

Emma setzt ein kleines Lächeln auf und zeigt damit allen Anwesenden ihre Schönheit, die genau bei so was total zum Vorschein kommt. „Du hast schon recht, ich hätte dich vorher einweihen sollen. Aber wie ich schon sagte, so ist es am besten, viele der Gäste kennen Lennart schon seit einigen Jahren, sie hätten uns nie geglaubt."

Leo bewegt sich endlich von der Tür weg und gesellt sich zu den Frauen im hinteren Teil. Dort liegen auch noch die 2 anderen Gewehre, eine Pistole und der alte Revolver von Lennart. Arlo hat es sich mittlerweile angewöhnt, seine Waffe immer bei sich zu haben, daher steckt seine in der Hose.

„Wenn das hier funktionieren soll, dann sollten wir hier wenigstens anfangen, ehrlich zueinander zu sein", sagt Leo nun ziemlich laut, um das hier endlich mal zum Ende zu bringen. Emma und Arlo schauen beide in seine Richtung und nicken ihm zu, denn sie wissen das er absolut recht hat.

„Es tut mir leid Arlo, lass uns jetzt alles durchplanen, damit wir hier nicht noch mehr Zeit liegen lassen", sagt Emma mit einer komplett gewandelten Stimme. Arlo lächelt sie kurz an und beginnt dann mit seinen Gedanken, die er sich schon vor der Versammlung gemacht hat.

„Hört mal bitte alle zu, wir brauchen eine Menge Ressourcen und ich bin der Meinung zu wissen, wo wir die her bekommen. Gestern war ich mit Lennart in Olustee, dort gibt es sicher auch einen Supermarkt, also werde ich gleich dort hinfahren und alles besorgen was wir brauchen."

Dazu möchte sich aber erst mal keiner äußern, natürlich stimmt das, es ist die Beste und vielleicht auch die einzige Möglichkeit, das Lager wieder auf zu füllen. Aber den Wald zu verlassen bedeutet Gefahr.

„Ich komme mit", sagt Yvonne auf einmal, aber wieder ist es Emma die sie böse anfährt.

„Das kannst du vergessen, am besten fahre ich selber mit und passe auf Arlo auf."

Als Yve gerade darauf antworten möchte, spricht Leo sie von der Seite an. „Sie hat recht Yve, das ist nichts für dich, außerdem brauche ich dich hier." Wieder total sauer und absolut durch den Wind schaut Yvonne zu ihm hoch, aber damit die Sache nicht eskaliert, spricht Leo sofort weiter.

„Ich brauche dich bei Lennart im Haus. Da muss noch alles durchsucht werden, vielleicht finden wir auch noch Waffen oder sogar ein Versteck mit Futter. Bei dem kleinen dicken weiß man ja nie und ich brauche jemanden der mir dabei hilft."

Langsam kommt sie wieder runter, sie weiß genau warum Emma mitfahren will, natürlich nur wegen Arlo. Sie blickt noch einmal ziemlich hasserfüllt in ihre Richtung, sieht aber nach kurzer Zeit, das ihre neue Feindin schon wieder weg schaut und sich gar nicht dafür interessiert. Nebenbei denkt sie dann plötzlich an Lennart, Leo hat recht sie mitzunehmen und keinen anderen, nicht das die Sache zwischen ihr und Mr. Carter noch die Runde macht.

„Okay", sagt Emma in den kleinen Kreis von Menschen. „Jeder hat seine Aufgaben, soweit ich mitbekommen habe kümmert sich Sam ums Essen und die Türme sind auch schon besetzt." Sie dreht sich einmal in die Richtung von Sarah und Jessica.

„Ihr beiden kümmert euch um die Schilder, kommt aber nicht auf die Idee, die alleine aufzustellen." Beide Frauen nicken ihr zu und zeigen damit, das sie es verstanden haben. Arlo wendet sich auch noch einmal an die anderen.

„Könnt ihr bitte ein Auge auf Sam haben? Es wäre sehr schön, wenn ihr hinterher auch in der Küche mithelfen könntet, also wenn ihr eure Aufgaben erledigt habt. Nicht das sie alles alleine machen muss, auch wenn sie das sicher möchte." Er bekommt von den anderen zunickende Antworten und ist erst mal beruhigt. Emma öffnet die Tür und verlässt die Küche, nur um kurze Zeit später wieder zurückzukommen. „Wer besetzt denn den Turm hier in der Mitte? Ich sehe gerade, das da gar keiner drauf steht." Leo kommt ihr ein wenig entgegen.

„Solange Yve und ich im Haus von Lennart beschäftigt sind, wäre es sehr unklug, jemanden da hochzuschicken. Wenn wir fertig sind gehe ich selber drauf." „Gute Idee", antwortet Emma. Aber Leo ist noch nicht ganz fertig, rennt einmal durch die Küche und kommt mit den 2 Pistolen wieder zurück. „Ohne Waffen könnt ihr wohl nicht aufbrechen, schließlich kann es gut sein, dass ihr Kranken begegnet und diesen geheimnisvollen Maskierten dürft ihr auch nicht vergessen." Arlo holt seine Waffe aus der Hose und hält sie Leo hin.

„Ich habe meine", sagt er kurz und lächelt dabei leicht. Emma betrachtet die beiden Waffen in Leos Händen und nimmt sich den Revolver von Lennart. „Der gefällt mir und hat sicher eine Menge Wums" grinst sie ihn an. Dann gehen die beiden nach draußen. Die Sonne steht schon ein wenig höher und entfaltet bald ihre volle Kraft. Es wird also sehr warm und Arlo schmeißt seinen Pulli in die Küche, der Yvonne gekonnt in die Hände fliegt. Emma schaut sich das Schauspiel kurz an, lässt ihren eigenen Pulli aber am Körper.

„Am besten wir nehmen das Auto von Vincent, da passt wenigstens genug rein", sagt Arlo zu Emma. Aber sie hatte daran auch schon gedacht und hält ihm den Autoschlüssel des Rovers unter die Nase. Es kommt erst ein sarkastisches Lachen und dann lässt sie Arlo einfach links liegen und geht Richtung Schranke, er läuft aber schnell hinterher.

„Du bist aber schon wieder gut unterwegs. Sind die Probleme mit dem Knie nicht mehr so schlimm?" Arlo geht weiter, ohne ein Wort zu sagen, springt unten gekonnt mit einem Schwung über die Schranke und lacht. „Es sieht so aus, als könnte ich wieder ohne Probleme laufen."

Emma umrundet die Sperre und spart sich das springen. Diesmal ist sie es, die wortlos an ihm vorbei läuft. Arlo folgt ihr ein wenig zügiger und zusammen erreichen sie das Auto von Vincent. „Schon lustig wie schnell die Leute die Sache mit Lennart und seinem Sohn geglaubt haben", sagt er noch vor dem einsteigen. Emma hält kurz an und blickt zu ihm rüber.

„Die wollen einfach nur glauben, was sie hören und damit ist die Sache für sie beendet."

Arlo schaut kurz zurück und steigt dann an der Fahrerseite ein. Auch Emma haut sich rein und das Auto wird gestartet.

„Also liegen bleiben werden wir wohl nicht, der Tank ist noch halb voll, das sollte eigentlich reichen." Emma schnallt sich an und schaut kurz auf die Tanknadel, um sicherzugehen, das Arlo auch die Wahrheit sagt. Kurze Zeit später fahren die beiden vom Parkplatz.

Sarah und Jessica verlassen auch die Küche und gehen erst mal nach Hause. Unterwegs sind sie wild am diskutieren, sie sind sich noch nicht genau einig, wie die Schilder aussehen sollen.

Leo und Yvonne sind daher wieder alleine im Lager.

„Kann es sein, dass du ein Problem mit Emma hast?", beginnt er das Gespräch, als er sie dabei beobachtet, wie sie mit dem Pulli von Arlo kuschelt. Nach den Worten schreckt sie ein wenig zusammen und schaut ihn mit großen Augen an.

„Die macht Arlo die ganze Zeit an und weißt du was, ich könnte echt kotzen wenn ich das sehe." „Ahhh, daher weht also der Wind. Du glaubst doch nicht wirklich, das Arlo auf so was einsteigt?" Yvonne denkt einmal kurz an die Worte von Lennart und schmeißt den Pulli auf die Küchenzeile.„Arlo ist auch nur ein Mann und Emma ist schon eine heiße Frau." Leo kann sich das Lachen leider nicht verkneifen. „Da stimmt schon, aber ich denke trotzdem, dass du dir viel zu viele Gedanken machst. Als ob die beiden nichts Besseres zu tun hätten, als an so was zu denken. Los komm, wir werden dann mal schauen wie es dem Penner geht oder ob er zwischenzeitlich an seiner Nase verreckt ist." „Echt witzig" reagiert Yvonne und trottet langsam hinter Leo her. Kurz vor dem Eingang hält er noch mal an. „Ich gehe aber alleine bei Lennart rein, du kannst ja dann schon mal anfangen, die Räumlichkeiten auf den Kopf zu stellen." „Okay" erwidert Yvonne. „Aber bring ihn bitte nicht um." Leo schaut sie kurz belustigt an und geht dann zusammen mit ihr ins Haus. „Keine Sorge Yvonne, das habe ich nicht vor."

Emma und Arlo fahren die Straße entlang die zur Hauptstraße führt. Er ist mit Absicht sehr langsam unterwegs, denn er beobachtet den Wald an beiden Seiten. „Suchst du irgendwas?" Fragt Emma vom Beifahrersitz. „Nicht wirklich", antwortet er in einem monotonen Ton. „Ich schaue nur nach, das nicht noch irgendwelche Kranken auf dem Weg zur Siedlung laufen, denn die Frau die Maria gebissen hat, war sicherlich die Gleiche die Lennart gestern hier ins Auto gelaufen ist."

„Hm, das kann gut sein, dann ist es wirklich ratsam, hin und wieder den Wald zu beobachten."

Das Auto fährt weiter und es ist auch nicht mehr weit bis zur Kreuzung.

„Hast du Angst Arlo?" Er blickt kurz in ihre Richtung und dann wieder auf die Straße.

„Angst vielleicht nicht, aber ein wenig mulmig ist mir schon." „Geht mir nicht anders Arlo."

In der ferne sehen sie den Highway langsam zwischen den Bäumen auftauchen und kurz bevor sie darauf abbiegen, hält Arlo das Auto an. „Wir müssen gleich wirklich schnell sein, ich möchte nicht, das wieder irgendwas schief läuft." „Das will ich auch nicht, daher unsere neue Richtlinie, erst schießen und dann fragen." Arlo fängt ein wenig an zu kichern. „Ja genau, ich werde nie vergessen, wie die Leute eben geschaut haben als du das verkündet hast. Das war echt ein geniales Bild."

Auch Emma kichert ein wenig, was aber nicht wirklich lange anhält.

„Was ist mit Sam Arlo?" Sichtlich irritiert wegen der Frage schaut er sie ungläubig an.

„Was soll denn mit ihr sein?" Emmas Antwort kommt ein wenig verlegen rüber.

„Na ja, ich habe mitbekommen, das ihr Stress habt, ich habe hoffentlich nichts damit zu tun."

„Ach so nein, ganz und gar nicht. Sie ist leider nicht so stark und kommt mit der ganzen Sache nicht zurecht. Aber wer soll es ihr auch verübeln?" „Ja, das stimmt, trotzdem muss sie lernen, damit umzugehen. So blöd sich das auch anhört aber du weißt das ich recht habe." Arlo nickt nur kurz. Natürlich hat sie recht, in dieser Welt überleben nur die Starken. Aber war es vor dem Untergang nicht genauso? Auch da wurden die Schwachen in eine Schublade gesteckt und ausgenommen.

„Sie wird es schon schaffen, es war halt alles zu viel für sie." Von Emma kommt darauf aber keine Antwort mehr. Sie stehen immer noch an der Kreuzung und die ganze Zeit ist kein Auto vorbeigefahren. Alles ist weiterhin ausgestorben, das einzige Geräusch, was die beiden hören, ist das Schnurren des Motors.

„Wenn wir schon einmal dabei sind Arlo, kannst du mir vielleicht erklären, was Yvonne wie ein Problem mit mir hat? Die hat mich jetzt schon ein paarmal dumm angemacht. Hab ich der irgendwas getan?" „Keine Ahnung, sie ist halt eine Freundin von uns, vielleicht denkt sie auch einfach nur, das du uns ihr wegnehmen willst." „Oh, das kann echt sein. Aber vielleicht ist sie auch in dich verschossen und hat ein wenig was zwischen uns mitbekommen."

Darauf möchte Arlo jetzt nichts sagen, denn er weiß die Antwort ja schon und würde Emma das ganz sicher nicht beichten. Daher belässt er es einfach bei einem kleinen Murren und lenkt den Wagen auf die Querstraße Richtung Olustee. Jetzt kann er endlich mal wieder ein wenig schneller fahren, denn ab hier muss er nicht mehr auf die Wälder achten. Zwischendurch denkt er an gestern Abend, an den Sex mit dieser tollen Frau, die gerade neben ihm sitzt und dann an Yvonne, die sicher mit Leo das Haus von Lennart durchsucht. Irgendwie ertappt er sich sogar selber dabei, das keine Gedanken bei Sam landen, er beißt sich einmal auf seine Lippen.

„Hast du das gesehen Arlo", schreit Emma vom Nebensitz. „Fuck", sagt Arlo sofort. „Wie kannst du mich denn so erschrecken." „Tut mir leid süßer, das wollte ich nicht, fahr einfach die nächste Ausfahrt rechts rein, ich muss mal eben was checken."

Gesagt getan, kurz darauf kommt auch schon eine kleine ungeteerte Ausfahrt, die Arlo direkt, ohne noch mal nachzufragen, raus fährt.

„Fahr einfach noch ein Stück den Weg entlang, du wirst gleich schon sehen was ich meine." Es dauert nicht lange und auf der rechten Seite taucht ein großes Sägewerk auf. Arlo fährt direkt auf den Vorplatz und hält das Auto an. Er kann immer noch nicht verstehen was Emma hier will.

„Mach bitte aus und komm mit." Emma steigt nach draußen und bewegt sich ein Stück vom Auto weg. Nachdem Arlo den Motor abgestellt hat und ausgestiegen ist geht er zu ihr rüber und bleibt stehen. Ruhig ist es, man hört absolut nichts, nur ein paar Vögel zwitschern in den Bäumen.

„Emma, was wollen wir hier?" Aber anstatt zu antworten, geht sie zu einer großen überdachten Halle, die genau vor ihnen steht und Arlo läuft langsam aber mittlerweile total verwundert hinter ihr her. „Emma?" „Arlo, mir ist gerade eine tolle Idee gekommen."

Sie geht noch ein Stück weiter rein und fängt an, das gelagerte Holz zu inspizieren.

„Ja was denn Emma, du kannst auch gerne mit mir reden und mich erleuchten." „Weißt du was wir alles mit diesen Holz machen könnten?" „Ein Haus bauen vielleicht?" „Ach Mensch Arlo, manchmal brauchst du echt einen hintern Kopf. Hör mal, wenn wir es schaffen das Holz irgendwie in unseren Ort zu bringen, dann könnten wir damit eine Umrandung bauen. Verstehst du Arlo, das Zeug liegt hier einfach so herum, sicher kommt auch keiner mehr zur Arbeit." „Eine Umrandung?"

Nach der Frage dreht sich Emma endlich nach Arlo um. Sie zieht ihn einmal leicht am Ohr und zwinkert ihm dabei zu. „Ja eine Umrandung, eine Mauer, eine Wand, nenn es wie du willst, aber wir wären dann in Sicherheit und keiner käme mehr rein. Wir hätten so was wie eine Festung."

Erst jetzt begreift er, was sie mit ihrer Idee meint. Mit dem Holz will sie die ganze Siedlung umrunden und somit alles sicherer machen.

„Aber sag mal Emma, deine Idee ist wirklich gut, aber wer soll das bauen?"

„Keine Ahnung, wir müssen einfach mit den Leuten sprechen, vielleicht hat ja jemand Erfahrung oder weiß, wie das geht." „Vincent wäre sicher eine Möglichkeit gewesen", lacht Arlo fast schon. „Du blöder Idiot", bekommt er nur von Emma zurück, die wieder dabei ist, Kanthölzer anzuschauen. Arlo bewegt sich ein wenig aus der Halle raus und schaut auf ein größeres Blockhaus in der Nähe. In dem haben wohl die Besitzer gewohnt, aber auch da sieht alles ausgestorben aus. In der Einfahrt neben dem Haus steht kein Fahrzeug und Emma kommt wieder raus.

„Wir müssten halt nur schauen, ob wir hier irgendwo so was wie einen LKW finden. Mit den Autos im Camp können wir das schlecht transportieren. Arlo zeigt plötzlich neben die Halle.

„Da hinten stehen welche." Emma schaut in die Richtung und sieht hinter der Halle ein großes Fahrerhaus, was wohl zu einem Lastwagen gehört.

„Perfekt", sagt sie nur und tanzt schon fast um Arlo herum. Der zeigt aber eher ein besorgtes Gesicht. „Was ist los Arlo?" „Keine Ahnung, aber irgendwie hört es sich so an, als ob da irgendwas kommt." Emma lauscht in die Stille, sie kann irgendwie nichts hören und schaut deswegen Arlo sehr ungläubig an. Doch dann hört sie es auch, irgendwas Lautes in der Ferne, was aber schnell näher kommt.

„Los Arlo, fahr das Auto in die Halle. Schnell!" Arlo rennt los, steigt ein, schmeißt den Motor an und fährt flink in die Halle, dort macht er wieder aus und Emma springt auf den Beifahrersitz.

„Was glaubst du was das ist?" Fragt Arlo Richtung Emma. „Das werden wir wohl gleich wissen, es wird nämlich lauter." Zusammen kauern sie in Vincents Rover, der jetzt komplett in der Halle steht. Emma nimmt die Hand von Arlo und drückt leicht zu. „Scheiße Emma", sagt er nun, „Das ist ein Hubschrauber."

Emma beugt sich ein wenig nach hinten, lässt aber seine Hand nicht los und versucht aus der Heckscheibe was zu erhaschen. Und kurz darauf fliegt wirklich ein riesiger Hubschrauber in Tarnfarben über das Sägewerk. „Der ist von der Army", erwähnt Arlo kurz und Emma schaut begeistert aber auch ängstlich dem Teil hinterher.

„Dann sind wir wohl doch nicht die einzigen Menschen, die noch am Leben sind", sagt sie ein wenig sarkastisch. „Hast du gesehen wo der hingeflogen ist? Nicht das der unser Camp entdeckt." „Da sagst du was", antwortet sie. „Aber der ist da hinten eine große Kurve geflogen und ist nach Lake City abgebogen." „Puh, es sieht wohl so aus, als ob die Sperrzone da noch existiert, aber kannst du jetzt bitte wieder auf den Sitz hier vorne kommen, meine Hand wird langsam taub." Emma bewegt sich wieder nach vorne und setzt sich vernünftig auf den Sitz. Die Hand von Arlo hat sie mittlerweile losgelassen.

„Tut mir leid Arlo" kommt noch schnell von ihr. „Hast du jetzt vor dahin zu fahren, um nach Essen zu fragen?" „Nie im Leben Emma, wer weiß was da los ist und ob die uns überhaupt am Leben lassen." „Stimmt auch wieder, du hast ja doch was in der Birne." Jetzt schauen sich die beiden eine Weile lang an und beginnen zu kichern. „Wenn man den Humor nicht verlernt, dann ist es auch noch nicht zu spät", sagt Arlo zu der immer noch kichernden Emma. Aber wie aus dem Nichts wird sie wieder still und schaut ziemlich ernst in seine Richtung.

„Ich bin dir immer noch eine Erklärung schuldig." Auch Arlos kichern hat schnell ein Ende.

„Ich weiß nicht was du meinst." Emma schließt kurz ihre Augen und schaut Arlo danach wieder an, ihr Blick hat sich irgendwie verändert, als ob Angst ihn beherrscht.

„Wegen gestern, als ich dich auflaufen gelassen habe." Arlo packt sich kurz vor dem Kopf.

„Ach so hey, das ist doch schon wieder vergessen, also mach dir bitte keine Sorgen."

„Doch Arlo, es ist mir echt wichtig, ich meine", sie unterbricht ihren Satz und fängt an ihren Pulli auszuziehen. Unter dem Kleidungsstück trägt sie ein ziemlich enges und natürlich schwarzes Top, welches beim ausziehen des Oberteils komplett mit hochrutscht. So hat Arlo freie Sicht auf Emmas Brüste, die kurze Zeit völlig nackt sichtbar sind. Sie hatten zwar gestern wilden Sex, aber wegen dem fehlenden Licht konnte er natürlich nicht viel erkennen. Im Gegensatz zu Sam oder auch Yvonne sind die von Emma doch ganz schön groß, dafür aber supergeformt und kein wenig am Hängen. Endlich hat sie es geschafft, das Teil zu entkleiden und wirft es einfach nach hinten auf die Rückbank. Erst jetzt schnallt Arlo, was Emma von ihm möchte. Er war wohl so angetan von den Brüsten, dass er das wesentliche übersehen hat. Die Arme von Emma sind übersät mit Narben. Die meisten scheinen schon älter zu sein, aber auch ein paar neuere haben wohl den Weg in ihre Haut gefunden. Er sieht, das Emma sich gerade ein wenig schämt.

„Weißt du jetzt was ich meine Arlo?" Er blickt sich noch einmal die Wunden und Narben an und streichelt dann ganz lieb über ihre Wange. Dabei sieht er tatsächlich, dass sich ihre Augen langsam mit Wasser füllen.

„Genau deswegen habe ich gestern einfach aufgehört", beginnt Emma nun wieder. „Du bist nun einer der wenigen Menschen, die das wissen, sogar mein Ex hat das nie zu Gesicht bekommen." „Danke Emma für dein Vertrauen, ich finde das total lieb von dir." Arlo sieht bei ihr ein kleines Lächeln, welches direkt auf seine Worte folgt. Aber sie ist noch nicht fertig.

„Ich habe das schon sehr lange, also diesen Druck, das ich mich schneiden muss. Siehst du das Arlo?" Sie zeigt auf eine sehr frische Stelle am Arm. „Das ist von gestern, als ich dich da einfach so sitzen gelassen habe." „Emma, es ist alles in Ordnung oder denkst du nun ich verurteile dich?" Wieder lächelt sie ihn von der Seite an. „Danke Arlo" ist das Einzige, was sie noch loswerden möchte und beugt sich danach zu ihm rüber. Er nimmt sie auch sofort in den Arm.

Eine ganze Weile bleiben sie genau in dieser Stellung, Arlo streichelt Emma dabei noch sanft über den Rücken. Er hat nun begriffen, das die harte Seite von ihr nur eine Hülle ist, denn im Inneren ist sie eine ganz andere Person. Plötzlich dreht sich Emma leicht aus Arlos Armen und schaut ihn mit total durchnässten Augen an. Er kann diesen Blick nicht lange standhalten, er küsst sie einfach auf den Mund und sie erwidert das sofort. Dabei bleibt es aber nicht, denn Arlo fängt ganz langsam an, Emma von dem Top zu befreien und sie hat auch schon angefangen, sein Shirt vom Körper zu streifen. Nachdem beide oben ohne im Auto knutschen, beginnt Emma und zeitgleich auch Arlo ihre Sachen unterhalb zu entfernen, was auch nicht lange dauert und kurze Zeit später sitzen beide Splitter nackt auf den Sitzen und können nicht mehr von einander lassen. Sie hat wirklich einen perfekten Körper, dieser Gedanke schießt ihm in dem Moment durch den Kopf, als Emma ihn auf ihre Seite zieht, den Beifahrersitz nach hinten kurbelt und sich lang hinlegt. Kurz bevor der eigentliche Akt beginnt, hält Arlo aber an.

„Was ist los Arlo?" Fragt Emma sehr verstört, eigentlich hatte sie genau in diesem Augenblick den Penis in ihr erwartet. „Lass mich mal eben kurz im Handschuhfach von Vincent nachschauen, vielleicht hat er ja Kondome gelagert, bei dem Kerl weiß man ja nie."

Emma stöhnt kurz auf und beobachtet Arlo beim Durchstöbern des Faches.

„Na toll, hier drin befindet sich allerhand Schrott, aber Gummis sind nicht dabei." Langsam wird Emma ungeduldig, sie zieht ihn wieder zu sich runter, so das er direkt auf ihr liegt, küsst ihn ganz zart auf seinen Mund und steckt sich seinen Penis selber in die Scheide.

„Ich will dich jetzt Arlo, also fick mich bitte", ist dann noch das Letzte, was sie mit normalen Worten zu ihm sagen kann und Arlo lässt sich trotz des fehlenden Gummis nicht zweimal bitten, diese Frau macht ihn total wahnsinnig.

Sam ist gerade auf den Weg zur Küche, sie hat wirklich super Laune, denn sie pfeift sogar beim Laufen. Die Sache von heute Morgen steckt ihr immer noch in den Knochen und sie hat sich vorgenommen, endlich aufzuwachen und zu helfen. Sie muss sich ändern, die Welt verlangt es so von ihr und wenn sie jetzt für alle das Essen macht, ist das ja schon mal ein guter Anfang. Sie öffnet die äußere Lagertür, sieht das keiner in der Küche ist und beginnt sofort. Leider gibt es heute und dann auch morgen nur eine dünne Suppe. Mehr ist nicht mehr rauszuholen aber sie versucht trotzdem, das beste draus zu machen.

Leo ist immer noch bei Lennart im Bad und Yvonne macht sich so langsam sorgen. Sie hat bisher das ganze Wohnzimmer auf den Kopf gestellt, jeden Schrank, jede Ecke, alles wurde von ihr durchsucht. Leo meinte noch, das sie speziell auf Waffen und auch auf Schlüssel achten soll, leider ist nichts in dieser Richtung aufgetaucht. Endlich kommt Leo aus dem Bad und bleibt kurz stehen, Yvonne rennt fast schon zu ihm und schaut ihn fragend an.

„Alles gut Yvonne, es geht ihm den Umständen her recht gut, hat halt ein wenig schmerzen, ich werde ihm gleich ein paar Aspirin rein würgen. Außerdem sollte er auch mal was trinken, wir können ihn ja schlecht verdursten lassen." Nicht ganz zufrieden mit der Antwort fragt Yvonne ziemlich ungeduldig noch mal nach. „Hat er irgendwas gesagt? Ist seine Nase gebrochen?"

„Ach Yvonne, du machst dir echt zu viele Gedanken. Ja seine Nase ist wohl wirklich gebrochen, das ist aber nicht weiter schlimm, berede das gleich mit Emma und Arlo und vielleicht schicken wir Mrs. Park kurz zu ihm. Ansonsten hat er außer Beleidigungen nicht viel von sich gegeben, also im Großen und Ganzen ist alles wie immer." „Leo? Du hast ihn doch nicht umgebracht?" Fragt Yvonne ganz vorsichtig. Leo fängt leicht an zu lachen, dreht sich um und öffnet die Tür einen kleinen Spalt, so das sie einen kurzen Blick auf Lennart erhaschen kann. Danach schließt er sie sofort wieder. „Siehst du alles in Ordnung, er ist noch genau so lebendig wie heute Morgen." Endlich beruhigt sich Yvonne wieder. „Aber Mrs. Park weiß ja gar nicht, das er hier ist." „Ich weiß, denke aber, das wir ihr vertrauen können, sie wird das schon verstehen, aber hast du schon was gefunden?"

Leo wechselt jetzt schnell das Thema. „Nein leider nicht", antwortet Yve. „Scheiße, diese blöde Sau hat entweder wirklich alles gut versteckt oder es ist echt nichts mehr da. Aber was solls, hoffen wir einfach das Arlo und Emma Glück haben und gleich mit vollen Händen zurückkommen. Los, lass uns weiter machen, ich helfe dir jetzt."...

Kapitel 28

Emma und Arlo befinden sich schon wieder mit dem Rover auf dem Highway Richtung Olustee.

Viel haben sie nach der Abfahrt vom Sägewerk nicht miteinander gesprochen, wenigstens hat Emma den Pulli ausgelassen, denn die Sonne knallt heute so richtig fies vom Himmel, da reicht ein Top wirklich aus. Emma hat ihre Augen geschlossen und döst ein wenig vor sich hin, Arlo achtet auf die Straße, aber viel gibt es da natürlich nicht, es ist weiterhin in beide Richtungen kein Auto zu sehen. Arlos rechte Hand ist auf dem Schaltknüppel und eine von Emma liegt oben drauf. Gestern Abend hatte sie noch gesagt, das es ihr nur um Sex gehen würde. Nicht mehr und auch nicht weniger, aber Arlo hat irgendwie so das Gefühl, das Emma heute anders denkt. Liegt es an ihrem Geständnis von eben oder an dem zweiten Sex, er weiß es nicht und möchte nicht viel darüber nachdenken. Ein Reh läuft über die Straße, Arlo bremst ein wenig ab und schaut dem Waldtier hinterher. Dabei bemerkt er gar nicht, dass hinter dem Tier noch eine kleine Gruppe Menschen herläuft, in letzter Sekunde sieht er die Leute im Augenwinkel, weicht gekonnt mit einem Schlenker aus und gibt kurz danach wieder Gas. Die waren aber nicht wirklich am Leben, das konnte er trotz Manöver noch erkennen. Emma haut ihre Augen auf und blickt gestört zu Arlo.

„Was ist passiert?" Arlo schaut immer noch in den Rückspiegel und sieht die Kranken langsam verschwinden. „Es war nichts, ein Reh ist über die Straße gehüpft und ich musste eben ausweichen." „Okay", antwortet Emma sehr schläfrig „Sind wir gleich da?" Arlo blickt wieder durchgehend nach vorne. „Ja schau, da hinten kommen schon die ersten Häuser zwischen den Bäumen, weit ist es jetzt nicht mehr." „Dann ist gut, sollte wohl mal wieder wach werden."

Sie setzt sich wieder richtig hin und beobachtet die vorbeiziehenden Wohnhäuser, die alle leer und ausgestorben wirken. Der Rover passiert das Ortsschild und Arlo sieht, das sich seit seinem letzten Besuch nichts getan hat. „Schon ziemlich unheimlich das ganze", beginnt nun Emma wieder das Gespräch. „Ja das stimmt, alles ist ausgestorben, dafür sieht es total friedlich aus wie an einem Sonntag." „Genau das Gleiche habe ich auch gerade gedacht. Wo wohl die ganzen Menschen hin sind? Die können doch nicht alle zeitgleich verschwunden sein." „Sind sie auch nicht", sagt Arlo und haut auf die Bremse. Gut das die beiden angeschnallt waren. Der Rover steht und beide Insassen schauen sehr verstört nach draußen. Da befindet sich ein Mann direkt auf der Straße und einer seiner Füße steckt schief in einem Gullydeckel, der sich wohl verschoben hat. Aber anstatt sich zu befreien, steht die Person einfach nur herum und macht keine großen Anstalten, überhaupt irgendwas zu tun. Erst jetzt nimmt er langsam Notiz von den beiden. Sein Kopf dreht sich zu ihnen rüber und sein Unterkiefer fängt an sich zu bewegen. Seine Arme sind mittlerweile auch in der Höhe und versuchen das Auto zu greifen, obwohl dieses noch mindestens 3 Meter entfernt ist.

„Armer Kerl", sagt Arlo in die eingetretene Stille. Plötzlich steigt Emma aus dem Auto und geht auf den Mann da draußen zu.

„Das kann doch wohl nicht wahr sein", sagt Arlo, schnallt sich ab und springt raus.

„Emma? Bist du nicht mehr ganz dicht? Steig sofort wieder ein."

Aber die hört gar nicht auf ihn, sondern steht weiter nur einen Meter von dem Mann entfernt und schaut ihn interessiert an. Der Kerl in dem Loch tickt völlig aus, sie ist ihm jetzt so nah, das er sie fast schon schmecken kann und das macht ihn total wahnsinnig. Arlo läuft direkt zu Emma und packt ihr an der Schulter.

„Sag mal, was soll das werden? Die sind Gefährlich." „Ja ja Arlo, ich weiß das, aber du siehst es doch selber, der steckt fest." „Aber was hast du vor?" „Ich will mir das mal genauer ansehen. Wir müssen schließlich erfahren, was es mit dieser Krankheit auf sich hat." „Das hier ist aber nicht der Ort und auch nicht die Zeit, so was zu tun. Seine Geräusche können auch noch andere anlocken." Emma blickt sich um und sieht keine Sau.

„Schau mal Arlo, dieser Mann ist eigentlich ganz normal. Ich kann nirgends Bisswunden erkennen, also warum ist er dann krank?" „Emma, dieser Mann ist nicht nackt, er kann überall Bisswunden haben." Diese Antwort löst bei ihr ein kleines Lachen aus.

„Mir reicht es auch vollkommen, dich nackt zu sehen Arlo, da brauche ich keine anderen Männer." Arlo läuft bei dieser Aussage tatsächlich Rot an. Das ist aber genau das was Emma so mag, sie steht voll darauf, wenn Männer sich ihr unterwerfen. Beim lachen kommt sie mit ihrem Kopf ein wenig nach vorne und ihre langen Haare fallen über die Schulter. Der Mann in dem Loch bekommt eine Haarsträhne zu fassen und fängt an Emma zu sich zu ziehen.

„ARLOOOO" schreit sie total laut und versucht sich aus dem Griff zu befreien, aber es gelingt ihr einfach nicht, die Person hat hart zugepackt und lässt auch nicht locker. Emma ist mit ihrem Gesicht fast schon in Beißnähe und verfällt Zusehens immer mehr in Panik. Arlo steht erst kurz unter Schock und reagiert dann. Er springt gekonnt nach vorne und tritt mit voller Wucht gegen das Bein des Kranken. Der ist von dem harten Tritt aber gar nicht beeindruckt, sondern zieht weiterhin in den Haaren. Ihm bleibt nicht mehr viel Zeit zum Handeln, daher nimmt er seine Waffe aus der Hose, hält sie dem Mann an den Kopf und drückt ab. Sofort nach dem Knall, der immer noch in den Ohren der beiden klingelt, lässt der Griff nach und Emma ist frei. Sie stürzt sich auf Arlo und klammert sich fest.

„Danke Arlo, danke danke danke." Dabei küsst sie ihn wild überall ins Gesicht. Arlo stößt Emma sanft beiseite. „Schnell, wir müssen hier weg, den Schuss haben sicher auch andere gehört." Emma dreht sich um und sieht das zwischen den Häusern tatsächlich weitere Kranke auftauchen und auf die beiden zu torkeln. Das müssen mindestens ein

Dutzend sein. Beide springen ins Auto und Arlo fährt mit quietschenden Reifen davon.

„So viel zum ausgestorben", sagt er beim Gas geben. Zwei Straßen weiter bleibt er am Straßenrand stehen und schaut erst mal nach Emma. Zum zweiten mal sieht er heute Tränen in ihren Augen. „Emma ist alles okay?" Anstatt zu antworten, nimmt sie beide Hände ins Gesicht und fängt laut an zu weinen. „Es tut mir so leid Arlo, ich hätte auf dich hören sollen." „Hey alles gut. Wir haben es überstanden." „Trotzdem war es meine Schuld, nur weil ich zu neugierig war. Ich habe dich und die ganze Mission in Gefahr gebracht." „Emma, wir leben noch, unsere Mission können wir auch noch schaffen und jetzt wissen wir auch, dass die Städte wohl doch nicht so leer sind."

„Sind die Menschen alle Krank geworden oder sogar gestorben? Ich dachte eigentlich, das die alle geflüchtet sind." „Lass uns das mal realistisch betrachten Emma. Die Autos stehen fast noch alle in den Einfahrten, ich glaube nicht, dass die alle zu Fuß los sind und außerdem, wohin sollten sie auch flüchten? Die ganze Ostküste ist doch von dieser Krankheit befallen. Bis auf so kleine Siedlungen wie unsere im Wald ist es sicher überall das gleiche Bild." „Ja da hast du recht, aber vielleicht sind ja auch welche in diese Sperrzonen geflüchtet, die in Lake City wird wohl nicht die Einzige gewesen sein." „Das kann natürlich auch sein. Aber lass uns jetzt weiter fahren, wir brauchen einen Supermarkt, der Ort hier scheint groß genug zu sein, um so was zu besitzen, wir müssen ihn nur finden." „Okay Arlo, lass uns fahren und danke noch mal, du hast mir wohl das Leben gerettet." „Dann sind wir wohl jetzt quitt Emma", lacht Arlo sie kurz an. „Stimmt, aber deine Aktion heute war echt heldenhaft, das vergesse ich dir nie." Wieder läuft Arlo rot an und bekommt dafür von Emma sogar ein freundliches Gesicht. „Im Handschuhfach hatte ich eben Taschentücher gesehen." „Danke" Emma beugt sich nach vorne und kramt im Fach herum, währenddessen sieht Arlo im Rückspiegel die Kranken näher kommen.

„Langsam sind sie, das muss ich schon sagen, aber sie finden ihren weg." Schnell gibt er wieder Gas. Auch Emma konnte die Leute noch eben sehen und lehnt sich im Sitz nach hinten. Mit der rechten Hand wischt sie sich mit einem Taschentuch die Tränen aus dem Gesicht, ihre linke liegt wieder auf der von Arlo.

Sie durchquerten den Ort und suchen nach einem passenden Objekt. Bisher konnten sie aber nur 3 kleine Lebensmittelläden entdecken. Da hätte sich das Anhalten schon nicht gelohnt. Nur sollten sie nichts Größeres finden müssen die wohl erst mal reichen. Der Ort selber zeigt überall das gleiche Gesicht, entweder ausgestorben oder hin und wieder ein paar Kranke. Die beiden sind doch schon sehr schockiert darüber, wie viele von denen hier durch die Straßen laufen. Vor allem weil dies eher ein kleinerer Ort mit wenigen Einwohnern war. Beide können sich den Rest wohl zusammen reimen, es ist halt klar, das es überall sehr viele von diesen torkelnden Menschen geben wird, die nichts anderes als Fressen im Sinn haben. Die Sache mit dem Sägewerk und dem Schutz der Gemeinde wird immer realistischer.

Sam ist schon echt weit mit dem Essen und dafür, das sie nicht viel zur Verfügung hat, riecht es sehr angenehm.

„Es sieht fast so aus, als ob du für diese Aufgabe geboren wurdest", hört sie eine weibliche Stimme hinter sich sagen. Sie dreht sich um und sieht Evelyn im Türrahmen stehen.

„Oh hallo Eve", sagt Sam nur kurz, nimmt eine Kelle aus dem Topf und probiert nach längeren pusten die Suppe. „Und schmeckt es?" „Ja schmeckt", antwortet sie und schaut belustigt in Mrs. Parks Richtung. „Warum kochst du hier alleine? Ich dachte, es soll sich keiner mehr alleine im Camp aufhalten." „Ach, ich bin gerne mal alleine und habe so auch Zeit zum Nachdenken. Außerdem bin ich hier doch sicher" „Na ja, darüber kann man streiten, ich bin auch gerade einfach so hier rein gekommen, ich hätte ja auch wer Böses sein können."

Sam verzieht ein wenig das Gesicht, was aber eher lustig und nicht anders rüber kommen soll.

„Dann frag ich mich gerade wo deine Begleitung ist, schließlich bist du auch alleine hier reingekommen." Evelyn, die doch sehr gut Spaß versteht, fängt an zu lachen.

„Gut gekontert Mrs. Stenn." Und jetzt sind beide am Lachen. „Aber jetzt mal im Ernst, was führt dich in die Küche? Du willst mir doch sicher nicht beim Kochen zusehen." „Ich wollte eigentlich nur schauen, ob Arlo wieder da ist. Es gibt nämlich gute Neuigkeiten." „Und sind diese guten Neuigkeiten nur für Arlo bestimmt?" Antwortet Sam aber immer noch im lachenden Ton.

„Nein natürlich nicht", antwortet Eve. „Maria ist eben aufgewacht. Ihr geht es bedeutend besser und auch das Fieber ist gesunken. Sie ist sogar ansprechbar, kann sich aber an nichts erinnern."

„Wow, das nenne ich mal wirklich gute Nachrichten, das freut mich echt." Sam rührt noch einmal die Suppe und stellt den sehr großen Topf vom Herd.

„Aber leider sind Arlo und Emma noch nicht wieder da. Ich mache mir auch so langsam Sorgen. Das kann doch nicht so lange dauern." „Hör mal Sam, Arlo und Emma sind hier die beiden besten, die es gibt. Wenn ich so eine Aktion jemanden zutrauen würde, dann genau den beiden. Mach dir keine Sorgen, die werden gleich schon wieder kommen und ich bin mir sicher, das sie auch was Essbares dabei haben." „Du hast sicher recht, ich vertraue den beiden auch und Emma ist wirklich ein großes Biest. Mit der will sich sicher keiner anlegen", sagt Sam, währenddessen sie die Körbe für das Essen vorbereitet. „Ja das stimmt wohl, ich muss dann wieder los, will ja auch mal nach meinen Kindern gucken, obwohl ich glaube, das Milo auf einen der Türme steht." „Okay, ich danke dir fürs Vorbeischauen Eve." „Kein Ding Sam, und bitte verrate mich nicht bei deinem Mann, weil ich hier alleine herum laufe." Wieder fangen beide an zu lachen und Evelyn verlässt das Lager oder eben die Küche, wie andere dieses Haus mittlerweile nennen. Draußen vor der Tür stößt sie beinahe mit Yvonne zusammen. Sie begrüßen sich kurz und gehen dann ihrer Wege und der von Yve ist direkt in die Küche. Trotz das sie Arlo liebt und auch ein Kind von ihm erwartet, mag sie Sam mittlerweile total gern. Sie ist wirklich eine echte Freundin geworden und sie sieht das nicht anders, bis halt die Wahrheit rauskommt.

„Hey Sam, wie schaut es aus? Oh man, das duftet hier ja lecker." „Hallo Yve, ich bin mit dem Kochen fertig, das muss jetzt nur noch verteilt werden." „Dann komme ich ja genau passend, bin natürlich dabei." „Das ist lieb von dir, eigentlich dürfte ich ja auch nicht alleine raus." „Ja das stimmt und eigentlich sollten wir uns auch an die Regeln halten." Wieder ist es Sam, die das Lachen nicht unterdrücken kann, denn es ist das gleiche Bild wie eben. Keiner darf alleine raus und alle machen was sie wollen.

„Was hast du so getrieben? Also ich meine, ich habe dich jetzt seit der Versammlung nicht mehr gesehen." „Ach ja", antwortet Yvonne und steckt sich ihre orangenen Haare hinter die Ohren.

„Ich war mit Leo im Haus von Lennart. Wir haben da alles abgesucht." „Und irgendwas gefunden?" „Nein leider nicht, Leo ist gerade noch dabei, den Boden im Wohnzimmer zu bearbeiten. Irgendwie hat er das Gefühl, das es unter dem Boden noch so was wie einen Keller gibt. Ich bin aber der Meinung, das er sich irrt." „Typisch Männer und wie geht es Mr. Carter?" „Dem Lennart? Der sitzt in seiner Zelle und schmort vor sich hin. Leider ist er absolut nicht kompromissbereit, daher muss er wohl noch ein wenig da ausharren." „Na ja, egal was der auch gemacht hat, man kann es ihm nicht wirklich verübeln. Er wurde ja einfach überrumpelt und gefangen genommen, wer ist nach so einer Sache schon bereit zu helfen. Was ich aber nicht verstehe, warum hat Emma heute Morgen erzählt, das er und sein Sohn abgehauen sind? So hat er ja nicht wirklich eine Chance, wieder zurückzukommen." „Ich verstehe es auch nicht so ganz. Emma meinte da wohl eher, dass die Leute die Wahrheit nicht glauben werden. Ein wenig kann ich sie da verstehen, aber vielleicht ist es auch ganz anders und Emma beseitigt Lennart einfach und das Problem ist gelöst." Sam schaut eine kurze Weile direkt zu Yvonne. Sie überlegt genau, was sie als Nächstes sagen möchte und dann kommt sie mit ihren Gedanken ans Licht.

„Weißt du Yve, das traue ich Emma wirklich zu. Also das sie Mr. Carter einfach so beseitigt. Ich habe sie unterwegs in Aktion gesehen, wie sie diesen Trucker ohne zu zucken erschossen hat. Sie hat sicher eine Menge Dreck am Stecken." Yvonne schaut Sam ungläubig an. Damit hatte sie nun nicht gerechnet. Sie ist direkt auf ihrer Wellenlänge.

„Sam, ich sehe das genau so. Auch die Kranke Frau hier gestern im Camp, die wurde einfach so von hinten abgestochen. Wir behalten das aber lieber für uns, ich will nämlich keinen Stress mit Arlo und auch nicht mit Leo." Genau in diesem Moment fliegt von hinten die Tür auf.

„Was ist mit mir?" Hören die beiden Leo sagen. Yvonne dreht sich sofort um und auch Sam geht ein Stück zur Seite, um ihn besser sehen zu können. „Bist du endlich fertig mit dem Haus?" Fragt Yve ihn ziemlich trocken und mit dem Gedanken, das er hoffentlich nichts von dem Gespräch mitbekommen hat.

„Jap, das bin ich und es hat sich gelohnt. Vielleicht nicht unbedingt das, was ich erwartet habe aber trotzdem gab es da was Interessantes." Ziemlich neugierig bewegt sich Sam nun in seine Richtung. „Und was hast du gefunden?" Leo steht grinsend vor den beiden Frauen und verschränkt seine Arme. „Dann kommt mal mit, ich zeige es euch. Das Essen könnt ihr auch später verteilen.

Arlo bleibt mit dem Rover stehen und lehnt sich ein wenig nach vorne.

„Da hinten", sagt er kurz zu Emma. Die folgt seinem Blick und sieht, was gemeint ist.

„Jedenfalls ist da schon mal ein großer Parkplatz vor dem Gebäude. Ich kann leider nicht erkennen, was da genau dran steht", sagt Emma zu Arlo, der immer noch an der Windschutzscheibe klebt. „Ich leider auch nicht", antwortet er und setzt den Wagen in Bewegung. Er überfährt eine Bushaltestelle, jongliert mit dem Fahrzeug kurz auf dem Bürgersteig und kommt auf der anderen Seite wieder runter. Jetzt stehen sie endlich direkt vor dem Parkplatz und Arlo hält an.

„Das sieht gut aus Emma, das Gebäude da vorne ist ganz sicher ein Supermarkt." Auch Emma kann das nun genau erkennen. Nicht unbedingt so groß wie sie es gewohnt ist aber trotzdem groß genug, um eine Menge zu bekommen. Auf dem Parkplatz selber stehen ca. 10 abgestellte Autos aber alle sind verlassen und das wichtigste, hier gibt es bisher keine Kranken. Daher fährt Arlo die Einfahrt rein und lenkt das Fahrzeug direkt zum Eingang. Noch vom Auto aus können die beiden durch die großen Scheiben ins Innere blicken.

„Die Regale scheinen sogar voll zu sein, vielleicht haben wir ja mal Glück." Emma schaut ihn an und wundert sich ein wenig über das Gesagte. „Warum sollen die auch leer sein?" Arlo schaut zu Emma zurück. „Ist doch ganz klar, in solchen Notlagen reagieren die Menschen doch mit Hamsterkäufen und räumen die Läden leer. Auch hätte es ja sein können, dass irgendwelche Plünderer den Laden ins Visier genommen haben."

Arlo fährt das Auto ein wenig vom Eingang weg und parkt direkt auf dem ersten Behindertenplatz, dabei grinst er Emma kurz an. „Ich glaube nicht, das heute jemand zum aufschreiben kommt."

„Du bist ja so lustig Arlo." Sie öffnen die Türen und steigen gleichzeitig aus dem Auto. Langsam gehen sie auf die Eingangstür zu, beide drehen sich aber des Öfteren um und beobachten die Gegend. Nicht das einer der Kranken sie von hinten überrascht.

„Krass Arlo", sagt Emma auf einmal und zeigt komplett über den Parkplatz.

„Was ist Emma?" „Du Blindfisch, schau mal da hinten, der schwarze Pick-up mit der großen Ladefläche." Jetzt sieht Arlo was Emma meint. So ca. 70 Meter weiter steht das genannte Auto.

„Bleib hier stehen und pass auf, ich geh mal schauen, ob ich den zum Laufen bringe", sagt Emma zum verdutzt schauenden Arlo. Noch bevor er ihr widersprechen kann, ist sie auch schon unterwegs zum neu verliebten Auto.

„Das kann doch nicht wahr sein", sagt Arlo ihr noch leise hinter her, aber das hat sie natürlich nicht mehr gehört. Er sieht nur, wie Emma die Tür aufmacht und einsteigt. Jetzt kann er aber nicht mehr genau erkennen, was dort passiert. Das Auto wackelt hin und her und dann gehen doch tatsächlich hinten die Lampen an, kurz darauf startet der Motor und der Pick-up setzt sich in Bewegung. Emma kommt grinsend mit dem neuen Gefährt angefahren und parkt genau neben dem Rover. Dort macht sie den Motor aus und steigt umgehend raus.

„Ich weiß, das du nun sauer bist und ich dich auch mit meiner Aktion verärgert habe, aber sieh doch, da passt eine Menge drauf und so haben wir jetzt zwei Autos, mit denen wir alles transportieren können." „Ich bin nicht sauer Emma und du hast sogar Recht, aber bitte eins, beim nächsten mal besprechen wir das erst, ich will nicht das dir was passiert." „Du bist echt süß Arlo", antwortet Emma und gibt ihm einen Kuss. Sehr verwundert schaut Arlo sie an.

„Weißt du Emma, manchmal bist du echt komisch. Gestern noch hast du zu mir gesagt, dass du nur Sex willst und heute kommst du hier einfach an und küsst mich. Muss ich das irgendwie verstehen?" „Nein musst du nicht Arlo, aber deine Gedanken sind einfach göttlich. Vielleicht reicht mir der Sex ja nicht mehr, vielleicht bedeutest du mir ja doch was, es kann aber auch sein, das ich gerade einfach nur lüge, wer weiß das schon. Frauen kann man eben nicht verstehen." Emma fängt bei ihren Worten doch tatsächlich kurz an zu tanzen und Arlo versteht die Welt nicht mehr. „Okay" sagt er nun zu ihr, „dann lass uns mal shoppen gehen."

Aber kurz bevor die beiden sich dem Eingang nähern, zieht er sie noch mal zurück.

„Eins musst du mir aber noch erklären. Was hast du früher gemacht? Du kennst dich mit Waffen aus und Autos kannst du auch klauen. Also? Ich warte?" Emma schaut ihn belustigt an. „Arlo, ich habe in einer Bar gearbeitet, das habe ich doch schon erzählt. Und jetzt ab da rein, wir haben keine Zeit zum Flirten."

Wieder stehen sie beide direkt vor der Tür des Supermarktes. „Meinst du es ist offen?" Fragt Arlo leise. „Das einfachste wäre wir, testen es aus, oder was meinst du?"

Kurz bevor Emma die Tür berührt, hält sie Arlo von hinten fest. „Bor Arlo, was ist jetzt dein Problem?" Arlo deutet auf die rechte Seite, wo zwischen den beiden Schaufenstern ein Stück Beton ist. Genau da, wo er hin zeigt, steht mit Farbe ein blaues Fragezeichen. Emma schaut sich das an und versteht nicht, was er von ihr möchte.

„Was ist damit?" „Dieser Typ also der mit der Maske macht diese Zeichen an die Wände. Und soweit ich mitbekommen habe, bedeutet ein X, das keine Kranken mehr da sind. Oder eben das keine Gefahr droht oder was weiß ich." „Gut, aber hier ist kein X an der Wand Arlo."

„Genau das meine ich, es könnte sein, dass der Laden nicht sauber ist." „Weißt du Arlo, ich gehe da jetzt rein und dann wissen wir es. Was nützt uns das ganze Gelaber, wenn wir eh nichts dran ändern können. Wir brauchen den ganzen Schrott, also komm."

Sie geht wieder nach vorne, drückt gegen die Tür, die sofort nachgibt und steht im Geschäft. Etwas widerwillig läuft Arlo hinter her, doch bevor er auch eintritt, schaut er noch mal nach hinten, da ist aber weiterhin nichts zu sehen.

Leo ist mit Sam und Yvonne im Haus bei Mr. Carter. Die beiden Frauen schauen sich aber nur den Fund an, ins Bad möchte natürlich keiner. Sam fragt auch nicht, sie ist einfach froh, das sie kurze Zeit später wieder vor der Tür stehen.

„Was manche Menschen nicht alles im Haus verstecken", sagt Yvonne noch zu den beiden, als bei Leo das Funkgerät komische Geräusche von sich gibt. Er nimmt es vom Gürtel und hält es sich vor den Mund. „Will da einer was von mir?" Sam stupst ihn von der Seite an. „Du musst auch sagen, wer du bist. Einen Bildschirm haben diese Dinger nicht." Yvonne schaut auch auf Leo und findet die Sache total lustig. „Bei der Stimme wird wohl jeder sofort wissen, dass es sich um Leo handelt." Er schaut die beiden Damen abwechselnd an und nimmt das Gerät wieder hoch.

„Leo hier" nuschelt er noch eben rein und macht ein fragendes Gesicht. Sam hebt einmal kurz ihren Daumen und ist voll am Grinsen. Wieder rauscht es aus dem Lautsprecher und endlich kommt auch so was wie eine Stimme aus dem Teil.

„Hier Wachposten 1, habe was Merkwürdiges zu melden." Dann kommt noch zweimal „Hallo" und Leo schaut auf das Gerät, als ob es ein Fremdkörper wäre. „Leo hier, was gibt es denn Jacob?" „Leo, einmal reicht aus zu sagen, wer du bist", kommt von Sam. Er schaut sie kurz an und grinst. „Wachturm 1 meldet Kontakt auf der Straße, sieht aus wie was Großes. Bitte um Erlaubnis zum Schießen, Over." Leo versteht die Welt nicht mehr, da soll was Großes die Straße hochkommen? „Will der mich verarschen?" Fragt er die beiden Frauen neben sich. Die zucken aber nur kurz mit den Schultern und sagen nichts. Jetzt rennt Leo wie ein Verrückter ins Lager und holt die übrig gebliebenen Waffen. Unterwegs faselt er noch irgendwas von „war ja klar das so was kommen muss, wenn die beiden nicht da sind." Kurz darauf hechtet er mit den Waffen wieder zu den noch immer wartenden Damen, die mittlerweile sehr komisch schauen. Er schmeißt Yvonne eins der Gewehre in den Arm und übergibt Sam die Pistole. Beide Frauen schauen sich kurz an und laufen Leo hinter her, der auch schon wieder am Funkgerät ist.

„Jacob melden bitte", schreit er ein paarmal hintereinander ins Gerät. Da Leo es aber nicht schafft, gleichzeitig zu rennen und dabei auch noch zu reden, bleibt er auf halben Weg stehen und holt erst mal Luft. Schon ertönt wieder die Stimme von Mr. Collister. „Soll ich jetzt schießen?" Leo hält sich schnell das Gerät wieder an den Mund. Mittlerweile sind auch Sam und Yvonne bei ihm angekommen. „Noch nicht schießen Jacob", schreit er schon fast in das Teil.

„Was genau kommt denn da, kannst du schon schon erkennen? Vielleicht sind es auch Arlo und Emma." Wieder nur rauschen und Leo wird fast verrückt. Er könnte jetzt auch die paar Meter sprinten, aber dann könnte es schon zu spät sein. „Jacob?" Fragt er noch mal nach. Endlich ertönt wieder die Stimme des alten Herren. „Es ist ein Camper, ein alter rostiger Camper und so wie es aussieht, sitzt eine Frau am Steuer. Es sind definitiv nicht Arlo und Emma. Habe ich nun einen Schießbefehl?" Yvonne macht auf einmal große Augen und reißt Leo das Funkgerät aus der Hand. Der schaut sie nur verdutzt an und versteht gar nichts mehr.

„Nicht schießen Jacob, nicht schießen", schreit Yvonne in das Gerät. Am anderen Ende meldet sich Jacob sofort wieder zurück. „Wer spricht denn da?" Und auch die Stimme von Mason mischt sich nun unter. „Mason hier, braucht ihr Hilfe?"

Yvonne schmeißt Leo das Funkgerät in die Arme und rennt runter Richtung Schranke.

„Verdammt", sagt er kurz als er die Funke gefangen hat. Sam steht immer noch neben ihm und schaut ihn an. „Was ist los Leo?" Er dreht sich zu ihr um und schaut sie direkt an.

„Jetzt habe ich es geschnallt Sam, der Camper der da kommt, das ist Sofia." Nun rennt auch er den Berg herunter und lässt Sam alleine stehen. Unterwegs schreit er noch ein paarmal „Bitte nicht schießen" ins Funkgerät.

„Welche Sofia" fragt sich Sam nur und geht langsam den beiden hinterher.

„Ziemlich ruhig hier drin", sagt Arlo beim Eintreten zu Emma. „Ist das nicht gut?" Arlo überlegt kurz und ist sich nicht sicher. „Eigentlich schon, aber irgendwie auch unheimlich." Die beiden schauen sich den Laden erst mal vom Eingang aus an. Es sieht wirklich so aus, als ob die sogar noch frische Ware bekommen haben, bevor alles den Bach runter gegangen ist, denn alle Regale sind auf dem ersten Blick komplett gefühlt.

„Das ist ja fast wie im Paradies Arlo. Wir können kaufen was wir wollen und brauchen keinen Cent bezahlen." „Na ja, ein Paradies stell ich mir anders vor, aber lass uns mal anfangen." Emma schaut die mehreren Kassen hinunter und sieht am Ende eine Reihe mit Einkaufswagen, dann blickt sie wieder zu Arlo. „Hast du einen Plan oder einfach einpacken, was wir greifen können?" „Das Beste wäre, wenn wir uns erst mal nur auf Konserven konzentrieren, die werden nicht schlecht und können gut gestapelt werden." „Ist das dein Ernst? Die Leute im Camp wollen doch nicht die nächsten Wochen nur Konserven essen." „Ja stimmt auch wieder, wir haben ja nun dank dir genug Platz. Also rein ins Getümmel und die Regale leer räumen." „Das lass ich mir nicht zweimal sagen", antwortet Emma schnell und will gerade zu den Einkaufswagen losrennen, als Arlo sie noch einmal aufhält. „Wir machen das so, wir packen einen Wagen nach den anderen und schieben sie hier vor den Eingang. Wenn wir genug zusammen haben, packen wir alles in die Autos und verschwinden von hier." „Arlo? Ich hatte auch gar nichts anderes vor. Ich habe keinen Plan, wie du sonst immer einkaufen gegangen bist aber bei uns in Hampton machen das auch so." Arlo sieht bei Emma die Mundwinkel zucken, er weiß genau, dass sie sich gerade voll über ihn lustig macht. Aber er versucht nicht drauf einzugehen, denn irgendwie hat er bei der ganzen Sache ein total schlechtes Gefühl. Er ist einfach nur froh, wenn sie wieder im Auto auf dem Rückweg sind.

Emma rennt los und rutscht die letzten Meter über den Boden. Sie schnappt sich den ersten Wagen und verschwindet zwischen den Regalen. Auch Arlo ist nun bei den leeren Teilen angekommen und zieht sofort drei Stück heraus, die er alle mit zu den Waren nimmt. Er steuert trotzdem als Erstes die Dosen an, die hinten rechts schön aufgestapelt Reihe um Reihe auf ihn warten. Ziemlich schnell ist der erste Wagen voll, er nimmt sich sofort den nächsten und räumt weiter die Regale leer. Hin und wieder hört er Emma in einen der anderen Gänge, die fröhlich durch die Gegend düst. Der nächste Wagen ist gefüllt und er beginnt die ersten beiden Richtung Ausgang zu schieben. Kaum ist er angekommen, bleibt er auch schon wie angewurzelt stehen. Da befinden sich direkt vor der Tür schon 4 vollgepackte Einkaufswagen mit allerlei Essen und Trinken.

„Verdammt" sagt er zu sich selber. „Wie macht die das nur?" Er dreht sich um und geht wieder zurück. Einen Wagen hat er ja noch und er hofft, dass er den auch noch voll bekommt, bevor Emma die nächsten vor die Tür stellt. Gerade will er wieder in seinen Gang abbiegen, da kommt sie aus dem Nebengang gerannt.

„Ach hier bist du, ich hatte schon Sorgen, dass dich jemand gefressen hat", sagt sie ziemlich belustigt. „Voll witzig Emma." „Ach komm schon Arlo, sei nicht so. Schau mal, ich habe was Schönes gefunden." Hinter ihrem Rücken holt sie doch tatsächlich einen Rosa Body für kleine Babys hervor.

„Was hast du denn damit vor Emma?" Fragt er zlemlich ratlos. Anstatt zu antworten geht Emma auf Arlo zu, küsst ihn mal wieder unangekündigt, schaut ihm verlegen in die Augen und schmeißt das Teil in einen ihrer Einkaufswagen. „Man weiß ja nie mein süßer." Ziemlich verträumt läuft sie einmal um Arlo herum und bleibt wie angewurzelt stehen.

„Hast du das auch gehört?" Arlo, der immer noch fast panisch aus der Wäsche schaut, dreht sich zu ihr um. „Was meinst du Emma?" „Sei mal still", bekommt er nur zurück und sieht, wie Emma langsam und total leise durch einen Gang nach hinten geht. Im gleichen Stil bewegt er sich nun hinter ihr her. Am Ende angekommen bleibt Emma kurz stehen und biegt nach links ab. Weiterhin bewegt sie sich wie auf Socken, kein Geräusch ist von ihr zu hören und Arlo trottet wie ein Hund alles hinter her. Das Schauspiel endet wieder an der nächsten Wand, wo auch eine geschlossene Tür zum Vorschein kommt. Dort hält Emma plötzlich an und nimmt Arlos Hand. Mit einem Finger deutet sie auf die Tür vor sich.

„Da ist wer drin", flüstert sie so leise es geht. Arlo lässt Emmas Hand wieder los und tritt genau vor die Tür und hält sein Ohr daran. Aber er kann immer noch nichts hören.

„Da ist keiner Emma, das bildest du dir nur ein", sagt er wieder in normaler Lautstärke und zur gleichen Zeit knallt es heftig von der anderen Seite gegen die Tür. Arlo schreckt zurück und steht nun wieder neben Emma. „Scheiße" sagt er jetzt. „Da ist wirklich jemand drin." „Sag ich doch, du kannst mir ruhig mal glauben." Beide stehen vor der Tür und sind am Lauschen. Arlo ergreift dann als Erstes wieder das Wort. „Meinst du, das ist einer von den Kranken?" Emma geht wieder einen Schritt nach vorne und dreht sich nach ihm um. „Das werden wir gleich sehen." Kaum hatte sie das ausgesprochen, dreht sie sich auch schon wieder um und klopft einmal an der Tür. Sofort wird es nebenan laut. An den Geräuschen, die auch von einem Tier stammen können, erkennen die beiden, das es sich um Kranke handelt und zwar um mehr als nur einen. Wieder knall es an der Tür, das hört jetzt gar nicht mehr auf und wird immer heftiger.

„Daher also das Fragezeichen draußen an der Wand", mein Arlo. „Das soll wohl soviel bedeuten, das es hier nicht sicher ist." Emma hat darauf gerade nicht viel zu sagen. Sie schaut Arlo mit ihren schönen braunen Augen an, als ob sie nun von ihm erwartet, wie es weitergehen soll.

„Komm Emma, lass uns die restlichen Sachen packen und von hier verschwinden." „Eine klasse Idee Arlo." Und schon rennen beide wieder durch die Gänge und füllen einen Wagen nach dem anderen. Alles ist genau wie vor dem Ereignis, außer das die Laune nicht mehr so fröhlich ist. Eine kurze Zeit später stehen sie mit unzähligen vollen Einkaufswagen vor dem Ausgang und spähen nach draußen.

„Da scheint noch alles frei zu sein oder siehst du irgendwas?" Fragt Arlo zu der nebenstehenden Frau. „Nein, da ist nichts." Arlo keilt sofort nach dem öffnen des Ausgangs einen Wagen vor die Tür, damit diese durchgehend offenbleibt und beide beginnen die anderen nach draußen zu schieben. Anstatt die Sachen ordentlich in die Autos zu räumen, schmeißen sie einfach alles rein und achten auch nicht wirklich darauf, ob dabei was kaputt gehen könnte. Der kleine Rosa Body findet seinen Weg auch auf die Ladefläche des Pick-ups. Da Arlo das gesehen hat, hält er kurz mit seiner Arbeit an und blickt direkt nach Emma, die seinen Blick auch sofort bemerkt. Sie beginnt zu grinsen.

„Lass mich doch einfach mal träumen, ich bin ja schließlich auch nur ein Mensch." Arlo schüttelt einmal seinen Kopf und krallt sich den nächsten Wagen, dessen Ladung komplett in seinen Kofferraum fliegt. Endlich haben die beiden es geschafft, auch der letzte Inhalt des Einkaufswagens, der die ganze Zeit noch in der Tür stand, hat seinen Weg ins Auto gefunden.

„Fertig Emma und wir haben wirklich alles rein bekommen." Emma schaut sich die beiden vollgepackten Autos an. „Ich hätte auch nicht gedacht, das wir wirklich alles rein bekommen. Wie viele Ladungen waren das jetzt?" Auch Arlo schaut sich die Autos kurz an.

„Kein Plan, ich habe hinterher nicht mehr mitgezählt." „Geht mir genauso Arlo" lacht Emma nun wieder. „Sollen wir die Dinger nun alle wieder rein stellen?", fügt sie noch hinzu. „Das juckt wohl keinen mehr, lass uns lieber abhauen." Arlo ist auch schon dabei, die Autotür zu öffnen und will gerade einsteigen, als Emma doch tatsächlich noch mal in den Laden rennt.

„Verdammt noch mal", sagt er und geht ihr schnell hinter her. Emma steht direkt an einer Kasse und schaut in einen Glaskasten. Als Arlo sie endlich erreicht, wird seine Laune sofort ein wenig schlechter, denn in dem Kasten befinden sich ganz viele Zigaretten Schachteln.

„Emma? Muss das wirklich sein? Wir müssen hier verschwinden." „Eine Sekunde Arlo, ich will auch nur ein paar davon mitnehmen." Aber egal wie sehr sich Emma auch anstrengt, sie kommt einfach nicht an die Zigaretten ran. Die stecken gemütlich im Glaskasten und lachen sie fast schon aus.

„Mensch, es muss doch eine Möglichkeit geben, an die ran zu kommen." „Vergiss es Emma, der Kasten funktioniert nur mit Strom, da kommst du niemals dran." Emma, fast schon am Austicken, rennt von der Kasse weg und verschwindet in nächstem Gang. Arlo bleibt an Ort und Stelle und schaut nervös nach draußen, aber weiterhin ist dort nichts zu sehen. Emma kommt auch schon wieder und hat doch tatsächlich einen Hammer in der Hand.

„Da hinten ist auch eine kleine Werkzeugabteilung" grinst sie ihn an. „Mach schon Emma, beeil dich endlich." Mit voller Wucht haut Emma mit dem Hammer auf den Glaskasten, der auch sofort in tausend Splittern zerbricht. Dann nimmt sie sich von der Kasse eine hängende Stofftasche und Arlo beginnt die einzelnen Schachteln rein zu schmeißen.

„Ach du kacke", sagt Emma auf einmal wie aus dem nichts und schaut nach draußen. Arlo folgt ihren Blick und sieht auf dem Parkplatz einen Mann mit einem Rohr auf der Schulter, der direkt in den Laden schaut. „Scheiße", sagt er und nimmt Emma an die Hand. „Das ist der Spinner von gestern, der mit der Maske, der auch diese Zeichen an die Wand gesprüht hat." „Aber sag mal Arlo, was hat der wie ein Rohr auf der Schulter?" Arlo schaut noch mal genauer hin, schließlich steht der Maskierte nicht direkt vor dem Schaufenster. „Mist Emma, das ist kein Rohr, das ist eine Panzerfaust." Arlo zieht Emma mit vollem Schwung von der Kasse, die lässt dabei die Tasche fallen und stürzt ein paar Meter weiter zusammen mit ihm zu Boden. Im gleichen Moment hören sie erst Glas zerspringen, dann ein kurzes zischen und einen Augenblick später explodiert über ihnen der halbe Laden. Beide werden von der Wucht der Detonation zur Seite geschleudert und landen ein paar Meter weiter unsanft auf dem Geschäftsboden. Das komplette Dach stürzt hinter ihnen ein und eine Feuerwalze durchzieht einmal komplett den ganzen Supermarkt. Arlo wirft sich noch schnell auf Emma und merkt die heiße Welle an seinem Rücken vorbeiziehen. Kurz darauf ist es wieder still, ein paar Dicke Steine fallen von der Decke und auch ein Regal fällt weiter hinten in sich zusammen. Arlo hebt kurz seinen Kopf, kann aber vor lauter Qualm nicht viel erkennen. Dann dreht er sich zu Emma, die immer noch unter ihm am Boden liegt. „Emma?" Fragt er sehr leise und wartet auf eine Reaktion...

Kapitel 29

Yvonne steht an der Schranke und starrt in Richtung Straße und dann kommt da tatsächlich ein alter Camper angefahren. Sofort erkennt sie das Fahrzeug, springt über die Absperrung und läuft ihm winkend entgegen. Auch Leo erreicht das Teil, geht aber einmal drum herum und dann langsam hinter Yvonne her. Er ist sichtlich aus der Puste und schafft es einfach nicht mehr, mitzuhalten. Sam bleibt ein gutes Stück weiter oben stehen, denn Jacob ist von seinem Turm runter gekommen und gesellt sich zu ihr.

„Sag mal junges Fräulein, das war jetzt aber wirklich nicht gut durchdacht." Sam schaut den älteren Herren an. „Was meinen sie Mr. Collister?" Jacob reibt sich einmal über seine Augen.

„Ja erst heißt es sofort schießen und dann soll ich doch wieder nur blöd gucken. Können die sich auch mal entscheiden?" „Ach das meinen sie, ich kann das schon verstehen, aber so wie es aussieht, kennen Yvonne und Leo die Frau aus dem Camper." „Ja das kann ja sein, aber warum stellen sie dann so eine dämliche Regel auf?" Mr. Collister kratzt sich einmal kurz durch seine restlichen grauen Haare. „Ich kann es ihnen nicht sagen. Aber ich bin trotzdem froh, dass sie nicht geschossen haben", gibt Sam zurück. „Ja ja, mit mir kann man es ja machen. Hör mal Fräulein, du bist ein gutes Mädchen, ich hoffe echt, das du das ganze überstehst. Ich mach mich dann mal wieder auf meinen Turm, irgendwer muss ja die Augen offen halten." Sam schaut ihm noch kurz hinter her und kann nicht genau verstehen, warum er ihr sowas sagt. Dann setzt sie sich in Bewegung und läuft anstatt zur Schranke links hinter dem Empfangshaus her, genau in Richtung des angekommenen Campingwagens.

Sofia hat den Camper unterhalb des nach oben führenden Weges angehalten und abgestellt. Yvonne ist auch schon fast angekommen und kann sie jetzt genau erkennen. Sie winkt noch mal und Sofia winkt nach kurzem Zögern zurück. Yvonne bleibt stehen, irgendwie hat sie gerade das Gefühl, das irgendwas nicht stimmt, hoffentlich ist nichts mit den Kindern. Sie sieht noch, das Sofia das Fahrergehäuse verlässt und nach hinten in den Wagen steigt. Leo hat es endlich auch geschafft und ist bei Yve angekommen. Immer noch völlig aus der Puste bleibt er neben ihr stehen.

„Was ist los, ist es doch nicht Sofia?" „Doch, aber irgendwas stimmt nicht." „Wie meinst du das?" Yvonne setzt sich in Bewegung und geht zur Seitentür, die gerade von innen geöffnet wird. Leo läuft langsam hinter her und hält seine Waffe ein wenig fester in der Hand, jetzt bekommt auch er ein komisches Gefühl. Aber es ist Sofia, die als Erstes aus dem Camper steigt und verlegen den Arm zum Gruß erhebt. Yvonne lässt ihr Gewehr nach unten fallen und geht auf sie zu.

„Sofia, ihr habt es geschafft, ihr habt uns gefunden. Ich bin so froh, dich zu sehen." Auch Leo setzt ein freundliches Gesicht auf und geht näher an die beiden ran. Der Camper fängt leicht an zu wackeln, die Kinder kommen wohl raus und Yvonne will gerade fröhlich zur Tür gehen, als sie einen merkwürdigen Mann aussteigen sieht, der sofort mit einer Waffe auf sie zielt.

„Ganz ruhig Mädchen und du da hinten, sofort das Gewehr runter." Leo bleibt vor Schock sofort stehen und zielt mit seiner Waffe auf den Unbekannten. Der duckt sich schnell geschickt hinter Yvonne und hält ihr seine Pistole direkt vor den Kopf.

„Wir wollen hier jetzt keinen Mist bauen, nimm deine Waffe runter oder ich verpasse der Kleinen hier eine neue Frisur." Leo erstarrt vor Angst, reagiert aber erst mal gar nicht. Mit so was hat er wohl nicht gerechnet, sein Gewehr liegt weiterhin in seinem Arm und zeigt direkt auf Yvonne und dem komischen Mann. „Es tut mir so leid Yvonne" fängt Sofia auf einmal an zu reden und wird von dem Kerl sofort unterbrochen. „Halt die Schnauze du Schlampe." Yvonne selber rührt sich keinen Millimeter, sie steht zwar nicht unter Schock, weiß aber, das jede falsche Bewegung ihren tot bedeuten könnte. Leo kommt langsam wieder zur Besinnung und schmeißt das Gewehr ganz plötzlich zu Boden.

„So ist es gut" kommt nur von dem Kerl. Der ist komplett in schwarz gekleidet, hat einen ungepflegten Bart und eine Baseballkappe auf. Jetzt lässt er auch endlich von Yvonne ab, zielt aber nun auf Leo. Dann bewegt er sich ein wenig nach rechts und schaut nach oben zur Siedlung. „Verdammt, hier lässt es sich echt gut leben. Keine Klapperer und anscheint eine Menge zu futtern." Yvonne, die langsam wieder auftaut, versucht es doch tatsächlich mit einem Gespräch. „Was meinen sie mit Klapperer?" Der Kerl dreht sich zu ihr um. „Was ich damit meine du Fotze? Bist du blöd oder auf den Kopf gefallen? Ich meine damit diese assigen Penner, die versuchen jeden und alles zu fressen. Die klappern dabei immer so schön mit ihrem Gebiss, verstehst du, Klapperer."

Er bricht durch sein Gesagtes in lautes Gelächter aus, das sollte wohl ein Witz sein.

„Jetzt hört mir mal zu, ich übernehme diesen Saustall jetzt, das heißt ich bleibe, ihr verschwindet. Wie viele Waffen habt ihr noch da oben?" Keiner der Anwesenden reagiert auf seine Frage und das scheint ihn wohl ziemlich wütend zu machen. „Entweder, ich bekomme jetzt sofort eine Antwort oder einer von euch stirbt hier auf der Stelle." Er fängt plötzlich wild mit seiner Waffe rum zu fuchteln, erst zielt er auf Yvonne, dann sogar einmal auf Sofia und am Ende wieder auf Leo. „Also?" Jetzt versucht es Leo, den Kerl zu beruhigen. „Wir haben noch 3 Gewehre da oben aber können wir nicht einfach über alles reden? Wir finden sicher eine friedliche Lösung." Wieder fängt der mit der Kappe an zu lachen. „Reden willst du also? Ich sag dir mal was, wenn du Wichser mich noch einmal an laberst, bist du schon mal der Erste, der mit seinem Blut den Boden tränkt. Hast du mich verstanden oder soll ich noch deutlicher werden?"

Leo nickt nur kurz und sagt nichts mehr. Aber der Unrasierte ist noch nicht mit ihm fertig.

„Ich habe dich doch gerade gefragt, ob du mich verstanden hast." „Ja das habe ich, reicht mein Nicken nicht?", antwortet Leo ziemlich patzig. Auf einmal zielt der Kerl mit seiner Waffe genau auf ihn. „Hatte ich dir nicht gesagt, du sollst mich nicht mehr an labern, bist du wirklich so dumm, dass du meine einfachste Anweisung nicht befolgen kannst?" Genau in diesem Moment kommt Sam aus einem Gebüsch direkt neben dem Campingwagen, hält dem Kerl ihre Waffe an den Kopf und drückt ab. Der sackt sofort zu Boden und Sofia ist voll mit seinem Blut, sie stand halt direkt dahinter. Das scheint sie aber nicht zu stören, denn sie schreit einmal laut Vorsicht und zeigt nach hinten, wo plötzlich ein zweiter Mann mit Waffe auftaucht, direkt auf Sam zielt und nach einem kurzen Schuss auch zu Boden geht. Alle vier drehen sich um und sehen, das Jacob auch den gleichen Weg wie Sam gekommen ist und mit seinem Gewehr den anderen Angreifer erschossen hat. Sofort hechtet Leo zu seiner Waffe, hebt es auf und rennt nach rechts, aber Sofia entschärft die Situation.

„Es waren nur zwei, nur zwei", sagt sie kurz und bricht unter Tränen zusammen. Yvonne ist aber sofort bei ihr und nimmt sie in den Arm. „Sofia, wo sind deine Kinder?" Zuerst reagiert sie gar nicht, sie hält sich mit beiden Händen die Augen zu und lehnt sich fest an Yve.

„Ich habe doch gesagt, erst schießen, dann fragen", sagt Jacob von hinten und kommt langsam näher. Er geht direkt zu dem hinteren Angreifer und tritt ihn einmal fest in die Seite.

„Scheint tot zu sein das Schwein, habe ihm direkt im Brustkorb erwischt." Yvonne kniet immer noch neben Sofia, die sich aber langsam wieder beruhigt.

„Sofia" beginnt sie noch mal. „Wo sind deine Kinder?" Endlich erhebt sie sich, befreit sich von Yvonne und rennt durch die Seitentür in den Camper. Leo reagiert am schnellsten, hüpft ihr hinter her und steht nun auch im Inneren. Dort sieht er Sofia noch die kleine Leiter nach oben klettern und den Vorhang aufschieben. „Geht es euch gut?" Hört er sie von unten reden und kurze Zeit später kommt ein Kind nach dem anderen runter. Ihre Hände sind mit einem Seil gefesselt und ihre Münder sind mit Klebeband verklebt. Leo nimmt einen nach den anderen in Empfang und bugsiert sie nach draußen, wo Yvonne sie schon erwartet. Es scheint allen gut zu gehen, niemand ist verletzt und Sofia ist außer sich vor Freude. Sie bleibt kurz auf der Leiter stehen und schaut direkt nach Leo.

„Ich muss euch wohl einiges erklären." Leo geht ein Stück nach vorne und hebt Sofia mit Leichtigkeit herunter. Dann drückt er sie einmal ganz fest und flüstert ihr ins Ohr.

„Das hat Zeit, wir sind so froh das ihr hier seit und diesen Terror überstanden habt." Jetzt ist auch Leo mit Blut beschmiert, aber irgendwie interessiert ihn das nicht, denn die Sache hätte nämlich echt böse ausgehen können. Sofia ist mittlerweile wieder draußen und liegt bei Sam im Arm. Aber vorher hat sie natürlich ihre Kinder einen nach den anderen gedrückt und befreit. Auch Jacob bekommt einen Drücker, der wendet sich dann wieder ab und will zurück zu seinen Turm, hält aber noch mal kurz neben Sam.

„Ich habe doch gesagt, das ich hoffe, das du das hier überstehst und wenn ich dann eben ein wenig nachhelfen muss, finde ich das auch nicht so schlimm." Dann geht er weiter, aber Sam hält ihn noch einmal auf. „Danke Mr. Collister, sie haben mir das Leben gerettet." Er dreht sich noch mal um und schaut Sam tief in die Augen. „So ein Quatsch mein Mädchen, du warst es, die alle hier gerettet hat, ich habe nur ein wenig geholfen. Red dir bloß nicht so einen Mist ein, für mich war das verdammt mutig. Du kannst echt stolz auf dich sein." Sie schafft es doch tatsächlich, dem älteren Herrn ein Lächeln zu zeigen. Mr. Collister streckt noch eben seine Hand aus, die Sam auch sofort nimmt. „Jacob, nicht Mr. Collister", sagt er noch kurz und geht dann endgültig zurück auf seinen Posten. Sam dreht sich wieder um und blickt auf die anderen. Yvonne ist die Nächste, die auf sie zu läuft.

„Alles in Ordnung Sam?" „Ja danke, mir fehlt nichts." Sam merkt selber gar nicht, wie sehr sie am zittern ist und auch die Waffe hatte sie sofort nach dem Schuss fallen gelassen. Trotzdem schauen sie alle mit freundlichen Gesten an. Sie hat wirklich mit ihrer Aktion die Situation gerettet, dafür musste sie aber einen Menschen erschießen, zwar einen Bösen, aber trotzdem hatte er bis gerade noch gelebt.

„Emma?" Arlo gerät langsam in Panik, denn bisher hat er nicht die geringste Bewegung bei ihr ausmachen können. Er legt seinen Kopf auf ihre Brust und hört einen Herzschlag.

„Wenigstens etwas", sagt er leise. Dann hebt er leicht ihren Kopf und sieht ein Zucken im rechten Bein. Sie ist wohl nur bewusstlos, aber hoffentlich hat sie keine größeren Verletzungen.

„Ihr könnt jetzt rauskommen", schreit ein Mann von draußen. Arlo weiß genau, das er es ist, versteht aber im ersten Augenblick nicht, warum er möchte das sie rauskommen. „Arlo", flüstert Emma leise unter ihm und er beugt sich wieder nach unten. „Alles gut Emma, wir leben noch." Sie schlägt ihre Augen auf und schaut Arlo mit einem verzerrten Lächeln an. „Habe jetzt auch nichts anderes erwartet", sagt sie noch. Wieder die Stimme von draußen. „Ich weiß, das ihr mich hören könnt und ich weiß auch, das ihr noch lebt. Also kommt schon raus." Emma versucht sich hinzusetzen, was mit Arlos Hilfe auch funktioniert. Beide schauen sich erst mal im total zerstörten Supermarkt um. Fast keine Stelle ist heil geblieben, aber der Qualm legt sich langsam.

„Was machen wir jetzt Arlo?" „Ich habe keinen Schimmer, aber wir können definitiv nicht hier drin bleiben. Das Dach hält sicher nicht ewig und einen neuen Beschuss können wir auch nicht riskieren." „Scheiße Arlo, ja ich weiß das es meine Schuld war."

Arlo hilft ihr auf die Füße, jetzt stehen beide wieder, zwar noch ein wenig wackelig, aber wenigstens senkrecht. Er versucht sich zu orientieren und reagiert dann erst mal auf die letzten Worte von Emma. „Mach dir jetzt keinen Kopf, wären wir sofort losgefahren, dann hätte er uns vielleicht unterwegs beschossen. Und vielleicht ist dies ja der beste Weg mit dem Rauchen aufzuhören." Emma streckt ihm liebevoll die Zunge raus, dafür beruhigt sie sich ein wenig. Aber wieder kommt was von hinter den Mauern.

„Ich warte immer noch." „Was ist das für ein Schwein, erst will er uns töten und nun sollen wir lieb und brav raus kommen?" Fragt Emma. „Ich glaube nicht, das er uns töten wollte, denn dann hätte er besser gezielt. Die Außenwände stehen noch alle und einen zweiten Ausgang habe ich auch noch nicht gesehen. Das ist beides schlecht."

Arlo packt in seine Hose und holt die Waffe raus, Emma hat ihre schon in der Hand. Langsam gehen sie geduckt Richtung Ausgang, mit den Pistolen in der Hand und von Deckung zur Deckung kommen sie dem auch immer näher. Arlo kann schon die beiden Autos draußen erkennen, die scheinen noch heile zu sein, aber der Schütze ist nirgends zu entdecken.

„Wo ist das Schwein?", fragt Emma, als sie sich schon an den zerstörten Kassen befinden.

„Ich weiß es nicht, aber wir sollten echt vorsichtig sein. Los komm, wir gehen nach da hinten, da kommen wir auch raus."

Sie bewegen sich vom Hauptausgang weg, weiter hinten sind wohl auch die Schaufenster zerborsten und dadurch wurde ein weiterer Ausgang frei gegeben.

„Vorsicht Emma, schneit dich nicht an den Kanten." „Ja Arlo, ich pass schon auf" und schon sind sie im Freien. Weiter unten sehen sie die beiden beladenen Autos und von außen scheint der Supermarkt sogar noch intakt zu sein.

„Wie geht es jetzt weiter?" „Ich weiß es noch nicht, aber einfach in die Autos springen wird wohl nicht wirklich klappen", antwortet Arlo. Sie stehen an der äußeren Kante des Gebäudes und schauen nach vorne zum Eingang. Dort sind immer noch die ganzen Einkaufswagen, aber von dem Kerl ist weiter nichts zu sehen.

„Ich weiß genau, das er uns beobachtet, also lass uns zu den Autos gehen und schauen, was passiert", sagt Arlo jetzt und entsichert seine Waffe. „Sollen wir sofort schießen, wenn er auftaucht?" Arlo schaut sie an und versucht seine Gedanken zu ordnen. „Der will uns nicht tot sehen, denn dann wären wir es bereits. Lass uns versuchen, mit ihm zu reden."

Sie bewegen sich vorsichtig am Rand des Marktes entlang, genau in Richtung ihres Zieles. Hinten bei der Bushaltestelle sehen sie einen Kranken rumlaufen, der hat aber keine Notiz von ihnen genommen.

„Arlo, ich verstehe nicht, warum es hier nicht schon vor Kranken wimmelt. Die Explosion war so laut, das müsste doch den ganzen Ort aufgeschreckt haben." „Ich habe keine Ahnung, vielleicht reagieren sie auch wie Rudeltiere und sammeln sich gerade irgendwo."

Sie haben den kurzen Weg überbrückt und stehen neben den wartenden Autos.

„Diese Monster sind keine Rudeltiere, dafür sind sie aber ziemlich dumm und haben dadurch schnell die Orientierung verloren", sagt auf einmal eine Stimme direkt hinter dem Pick-up.

Arlo und Emma schrecken zusammen, der Kerl hat wohl die ganze Zeit hinter dem Auto gewartet und kommt nun mit seinem Maschinengewehr auf die beiden zu. Sofort erheben sie ihre Waffen und zielen auf den Ankömmling, der einfach stehen bleibt.

„Ihr wollt mich also erschießen? Ist es das, was euch gerade in den Sinn kommt? Ehrlich jetzt?" Beginnt er das Gespräch von Neuen. Seine Waffe ist immer noch zu Boden gerichtet. „Willst du uns verarschen, du Schwein", sagt Emma und wird von Arlo sofort unterbrochen.

„Hör mal, wir brauchen das Essen, sonst verhungern bei uns sehr viele Menschen. Wir haben auch Kinder und ältere bei uns." Der Mann mit seiner Skimaske blickt die beiden eine kurze Weile an. „Ich weiß wie viele Menschen bei euch Leben Arlo." „Woher weißt du, wie ich heiße?" Fragt Arlo sofort. „Ach, ich weiß so einiges über euch. Neben dir steht Emma, euer dunkelhäutiger Riese heißt Leo und dann gibt es da auch noch viele andere. Hätte jetzt aber echt gedacht, dass du mit Lennart hier wieder auftauchst, anstatt mit dieser Schönheit." Emma, kein wenig von der Schmeichelei beeindruckt, ergreift wieder das Wort.

„Du hast schon mitbekommen, das wir dich jetzt einfach erschießen können? Also was willst du von uns?" Die Waffe von dem Kerl zielt jetzt genau auf die beiden Autos neben ihnen.

„Und ich könnte jetzt einfach eure voll beladenen Karren zerstören. Ich brauche nur abdrücken und ihr fangt wieder von vorne an." Arlo geht ein Stück nach vorne und nimmt sogar seine Waffe runter.

„Hey, wir können das doch alles friedlich regeln." „Ja, das könnten wir, aber ich bin echt sehr ungehalten darüber, das ihr hier her kommt und mich bestiehlt." „Dich bestehlen?", fängt Emma jetzt an und zielt weiterhin mit ihrer Waffe direkt auf ihn. „Das ist sicher nicht dein Supermarkt du Spinner", fügt sie noch hinzu.

„Das hier ist mein Ort, also ist alles was ihr hier seht, mein Eigentum und da gehört praktisch der Supermarkt auch zu." „Dann verstehe ich nicht, warum du deinen Besitz zerstörst", sagt Arlo jetzt endlich wieder. „Warum ich das gemacht habe? Dafür habe ich zwei Gründe, erst mal, weil ihr mich beklaut habt und zweitens, weil ich es kann." „Also findest zu zerstören nicht so schlimm wie klauen?" Fragt Emma. „Genau so ist es meine Dame, du hast es genau verstanden, daher bin ich gerade echt am überlegen, ob ich eure Autos nicht auch in Stücke schießen soll und weißt du auch warum, weil ich das auch kann. Außerdem gehört der Pick-up auch mir, der ist hier aus dem Ort." Arlo hebt plötzlich seine Waffe wieder hoch und zielt auf den Mann.

„Tut mir leid, das kann ich nicht zulassen." „Arlo, du bist kein Mörder, du würdest niemals abdrücken", sagt der Maskierte wieder, unter seiner Sturmhaube kann man erkennen, das er ein wenig lächelt. „Das kann gut sein, aber bist du dir bei mir auch so sicher?" Fragt Emma jetzt frei hinaus und zieht den Hahn ihrer Waffe nach hinten.

„Wir können es ja darauf ankommen lassen", bekommt sie als Antwort. Dann zieht auch er an seiner Waffe einen Hebel nach hinten und zielt weiter direkt auf die Autos.

„Können wir uns nicht alle wieder beruhigen? Emma du auch bitte."

Sie schaut Arlo von der Seite an und der andere verkneift leicht seine Augen. Arlo ist aber noch nicht fertig. „Das führt hier doch alles zu nichts. Also was willst du wirklich von uns?"

Ganz langsam senkt er das Sturmgewehr wieder nach unten. Doch dann plötzlich schaut er zur Seite, dreht sich um und rennt über den Parkplatz davon. „Was zum Teufel soll der Scheiß?" Wundert sich Emma und auch Arlo kann das nicht wirklich verstehen, aber eine Antwort lässt nicht lange auf sich warten.

Leo steht an der Schranke und fuchtelt mit dem Schlüsselbund von Lennart herum. Irgendwie findet er den passenden Schlüssel nicht, um das Schloss zu öffnen. Neben ihm steht Sam und schaut sich das in Ruhe an.

„Versuch mal den Kleinen Leo, genau den kleinen rostigen." Gesagt getan und das Schloss fällt zu Boden. Leo schaut Sam kurz an und bedankt sich mit einem lächeln. Endlich kann er die Absperrung öffnen und den wartenden Camper durchlassen. Yvonne sitzt neben Sofia im Fahrerhaus und grinst Leo beim Vorbeifahren genüsslich an.

„Sind wohl keine Haare dran", schreit sie noch aus dem offenen Fenster, als das Vehikel sich vorbei bewegt. „Sehr witzig Yve", murmelt Leo, als sie schon lange weg ist. Hinter ihnen macht er wieder dicht und geht zusammen mit Sam hinter dem Fahrzeug her. Sofia parkt ihren Camper auf der anderen Seite, direkt zwischen Haus Nummer 3 und 4. So bleibt noch Platz, um vorbeizukommen und der Wagen steht auch stabil genug, um rechts nicht den Hang runter zu fallen. Dann steigen alle 6 aus der Fahrertür nach draußen. Im Park sammeln sich langsam die Bewohner, nicht nur weil auf einmal ein Wohnmobil aufgetaucht ist, sondern weil die meisten natürlich auch die Schüsse mitbekommen haben. Evelyn ist aber die Erste, die auf die Personen, die gerade aussteigen, zu rennt.

„Yvonne", schreit sie noch beim Laufen. „Was ist passiert?" Yve geht ihr ein wenig entgegen und versucht sie sofort wieder zu beruhigen. „Es ist alles gut Eve, das Blut ist nicht unser, keiner ist verletzt."

In Kurzform erklärt sie eben allen, die näher gekommen sind, die Ereignisse vom Parkplatz und zum Schluss stellt sie dann noch Sofia und ihre Kinder vor. Die meisten sind von dem Gesagten total geschockt, nicht weil die jetzt auch hierbleiben, sondern weil sie merken, wie die Gefahr von draußen zu ihnen kommt. Eine Schießerei auf dem Parkplatz direkt vor den Häusern ist schon mehr als nur nah. Aber bei einen sind sie sich wohl alle einig, Sam wird mit netten Gesten und Blicken empfangen, als sie endlich mit Leo die anderen erreicht. Die kleine verängstigte Frau hat jetzt gezeigt, wozu sie imstande ist. Aber so richtig wird Sam damit nicht warm.

„Ist jetzt gut Leute, die Sache ist überstanden und ich bin froh, das Sofia mit ihren Kindern heil hier oben angekommen ist. Aber ich bräuchte jetzt mal Hilfe in der Küche, das Essen ist schon lange fertig und alleine werde ich das wohl nicht schaffen." Sie schaut einmal eben nach Yvonne und sagt ihr noch, dass sie damit nicht gemeint war, sie soll sich lieber um die Neuen kümmern. Dann dreht sie sich um und geht direkt zum Lager und wie soll es auch anders sein, Sarah und Jessica folgen ihr sofort.

„Verdammt", sagt Leo nur, als er Sam hinterherschaut. „Die Frau hat was." Yvonne schaut ihn kurz an und Leo merkt sofort, dass es wohl falsch war, es so eindeutig zu sagen, aber Yve ist damit schnell wieder durch. Sie dreht sich zu Sofia und den Kindern um.

„Haus Nummer 2 da vorne ist seit heute Morgen frei, da könnt ihr euch einquartieren." „Wir wollen uns aber nicht aufdrängen", antwortet Sofia und hat dabei den kleinen David auf dem Arm. „Keine Sorge, das tut ihr nicht", lächelt Yvonne sie an. „Aber Yvonne, eine Frage noch, warum ist das Haus denn seit heute morgen leer?" Leo beantwortet die Frage, da er sich gerade völlig unnütz vorkommt. „Eine Familie, die da gewohnt hat, ist heute morgen abgereist."

Das reicht Sofia aber noch nicht, denn sie fragt weiter. „Warum sind die denn abgereist? Wissen die nicht, was da draußen los ist?" „Doch", antwortet Yvonne wieder. „Wir haben es allen hier gesagt, aber trotzdem sind sie einfach gefahren." „Scheiße" kommt nun von Matthew, der sich die ganze Sache angehört hat. „Na Matthew, zügel bitte deine Zunge", bekommt er sofort von seiner Mutter zu hören.

„Hör mal Yvonne, wir haben auf dem Weg hier her eine Menge schlimmer Sachen gesehen, ich hoffe wirklich, das meine Kinder das irgendwann verarbeiten können." Sie nimmt Sofia noch mal in den

Arm. Sie kann verstehen, was sie damit meint, alleine schon wegen den beiden Kerlen.

„Ihr seid hier bei uns in Sicherheit Sofia. Klar, wir müssen noch eine Menge machen, damit wir ruhiger schlafen können aber wir sind schon auf einen guten Weg. Die beiden Männer sind nun tot, die können euch nichts mehr tun." „Und wir haben 2 neue Waffen, ist ja auch nicht schlecht", gibt Leo noch kurz dabei, erntet dafür aber einen bösen Blick von Yvonne.

„Ihr versteht wohl nicht", fängt Sofia wieder an. „Ich meine nicht die beiden Männer, die uns entführt haben, ich rede von der ganzen Welt. Man ist nirgendwo mehr sicher, überall diese Klapperer und es wird nur noch geschossen. Yvonne? Wir sind nach Lake City gefahren, weil es dort eine Quarantäne Zone geben sollte. Aber da war nichts mehr, die ganzen Menschen waren entweder tot oder liefen als Monster herum, sogar die Soldaten."

„Scheiße", sagt Yvonne und schaut traurig zu Leo rüber. Sofia erzählt aber weiter. „Die haben die ganze Stadt mit einer Mauer umrundet und als das schief gelaufen ist, haben sie im Inneren eine zweite Zone gebaut. Aber auch das hat nicht gehalten. Das ging alles so schnell, beim Bau gab es schon Tote.

„Weißt du irgendwas über Florie?" Fragt Yvonne. „Nein, ich habe sie seit der Flucht nicht mehr gesehen, hoffentlich haben sie es geschafft."

Leo hat sich das alles noch angehört und verabschiedet sich dann. Er möchte mal eben bei Jacob vorbei, da seine Frau sich gerade ziemlich sauer auf den weg darunter gemacht hat. Außerdem muss er auch die anderen beiden Posten kontrollieren, die nerven schon ununterbrochen über das Funkgerät, weil sie sich in Stich gelassen fühlen. Yvonne schenkt ihm trotz seiner doch sehr blöden Kommentare noch ein lächeln und dann macht er sich auf den Weg.

„Kommt ihr fünf, ich zeige euch euer neues Zuhause. Ihr habt sogar warmes Wasser und Strom haben wir auch, aber leider nur im Bad." Zusammen verlassen sie den Camper und steuern direkt das leere Haus der Roberts an.

Arlo stürzt zu Boden und über ihm hängt ein Kranker, der direkt aus dem Supermarkt gekommen ist. Emma springt einen Schritt nach hinten, zielt mit ihrer Waffe auf die Person über ihm und bemerkt erst jetzt, das aus dem Laden noch mehr von den auftauchen.

„Scheiße Arlo, was soll ich machen?" Der hat aber gerade nicht wirklich Zeit zu antworten, er liegt am Boden und kämpft mit einer jungen Frau ihm blauen Kittel. Die versucht ihn zu beißen, jede Stelle die er ihr feilbietet, nutzt sie gekonnt aus. Doch nach einen kurzen Schuss aus Emmas Waffe liegt die Frau auf einmal leblos auf Arlo. Mit einen gekonnten Tritt befreit er sich von dem Körper, rollt über den Boden und steht sofort wieder auf. Er sieht, wie Emma von den Kranken umzingelt wird und versucht mit ihrer Waffe zu schießen, aber es kommt einfach nichts mehr raus.

„Verdammt Arlo, die Waffe geht nicht mehr, ich kann den Hebel nicht mehr durchdrücken, als ob da irgendwas klemmt."

Arlo sucht den Boden ab und findet seine Waffe. Die ist ihm wohl beim Fallen aus der Hand geflogen. Mit einem gewagten Sprung hechtet er zum Boden, krallt sie sich, tritt dabei mit einen seiner Füße nach einem Kranken und fängt an zu schießen. Es dauert nicht lange und das Magazin ist komplett leer, Arlo steht neben Emma und schaut sich mit ihr zusammen das ganze Desaster an. Überall liegen Leichen, allesamt mit blauen Kitteln, einige sind noch am zucken, aber eine richtige Bewegung kann man nicht mehr ausmachen.

„Das war jetzt wirklich mehr als knapp", sagt Emma völlig fertig. Arlo schaut sie an und sieht, dass sie ihn erleichtert ansieht. Dann küsst er sie einmal kurz und sagt Danke.

„An deine Küsse könnte ich mich echt gewöhnen Arlo." Trotz der ganzen Probleme schafft es Arlo tatsächlich, Emma kurz anzulächeln und sie lächelt sogar zurück. Jetzt betrachten sie wieder die Körper am Boden.

„Das sind sicher die Kranken hinten aus dem Laden, die hinter der Tür", sagt Emma. „Ja, das glaube ich auch und die haben hier alle im Laden gearbeitet. Sieh doch nur, die haben die gleichen Sachen an. Irgendwer muss sie hinten eingeschlossen haben."

„Das ist voll schlimm, sicher war das dieser Spinner." „Das kann gut sein, aber wir müssen jetzt hier weg, nicht das der gleich wieder auftaucht." „Das brauchst du mir nicht zweimal sagen." Emma rennt um ihn herum, versucht dabei nicht auf einen der am Boden liegenden Toten zu treten und steigt in ihren Pick-up. Arlo geht auch zum Rover und will gerade einsteigen, als er am Ende des Parkplatzes eine ganze Horde neuer Kranker entdeckt, die ganz langsam aber gewiss in ihre Richtung laufen. „Also doch Rudeltiere", sagt er noch kurz und steigt ein.

Zusammen fahren sie hintereinander vom Parkplatz runter, die Horde lassen sie gekonnt rechts liegen. Arlo, der mit seinem Auto vor Emma ist, weiß zwar nicht wohin, aber Hauptsache weg vom Supermarkt und weg von diesem Spinner, den sie sicher nicht zum letzten mal gesehen haben. Geschwindigkeitsbegrenzungen sind total egal, sie fahren einfach von einer Straße zur nächsten und hin und wieder gibt es auch noch ein paar Kranke. Nachdem die beiden Autos sie passiert haben, drehen sie sofort um und nehmen die Verfolgung auf, aber sie sind natürlich viel zu langsam. Endlich hat Arlo die richtige Straße gefunden und hält kurz an, er deutet auf ein Schild, was vor ihm aufgetaucht ist und Emma kann es von hinten auch sehen. Darauf steht Lake City und ein Pfeil nach rechts. Beide Autos setzen sich in Bewegung und eine kurze Zeit später befinden sie sich wieder auf dem Highway. Dort fahren sie noch ca. eine Meile, dann hält Arlo am Straßenrand und Emma parkt genau hinter ihm. Sie steigen aus, gehen aufeinander zu und nehmen sich erst mal in den Arm.

„Emma, wir haben es geschafft, zwei Autos voll mit Lebensmitteln, das sollte erst mal ausreichen." „Ich weiß Arlo, aber meine Knie sind immer noch weich. Wir sind heute beinahe ein paarmal umgekommen, wir hatten echt großes Glück, das wir überhaupt noch Leben."

Arlo schaut sie an und sieht das die Augen von Emma schon wieder nass werden.

„Ich weiß Emma, aber weißt du was, wir sind ein gutes Team. Trotzdem sollten wir bei unseren nächsten Ausflügen besser vorbereitet sein. So was wie heute möchte ich nicht noch mal durchmachen." „Ich auch nicht Arlo, vielleicht sollten wir doch mal nach Lake City fahren. Wenn es da noch Soldaten gibt, dann können die uns vielleicht sogar helfen oder was meinst du?" Arlo überlegt kurz und weiß das Emma recht hat. „Ist ein Versuch wert, lass uns jetzt aber erst mal zurückfahren und die anderen Einweihen, die warten sicher alle schon und machen sich Sorgen." „Du meinst wohl eher Yvonne und Sam machen sich Sorgen." „Hm, die natürlich auch." Erst jetzt bemerkt Arlo die Eifersucht in Emmas Worten, aber er geht nicht wirklich darauf ein. Sie steigen in ihre Autos und brausen los. Emma hat sich vorher noch ihren Pulli geholt und wieder angezogen. Weit ist es nicht mehr und diesen Tag möchten sie auch lieber schnell vergessen...

Kapitel 30

Leo hat seinen Rundgang beendet und steht sichtlich erschöpft vor dem Lager. Von dort kann er gut erkennen, wie Sam zusammen mit Sarah und Jessica das dampfende Essen an die Häuser verteilt. Das Einzige, was ihm gerade einfällt, ist Platz zu nehmen und das genau vor der Tür.

„Was ein Tag", sagt er leise vor sich hin. Von links kommt Yvonne auf ihn zu, bleibt stehen und setzt sich dann daneben. „Alles klar bei Sofia und den Kids?" Fragt Leo sie und bekommt ein nicken. Auch ihr merkt man den heutigen Tag deutlich an.

„Wir haben es gleich 3 Uhr, wo bleiben die beiden bloß?" Leo schaut auf seine Uhr und sieht, dass Yvonne recht hat. „Ich habe keinen Plan, vielleicht ist irgendwas dazwischen gekommen, wer weiß." „Klar sicher stehen die gerade mit dem Auto irgendwo im Wald und ficken sich die Seele aus dem Leib." „Bor Yvonne, geht es nicht noch krasser, du hast ja Gedanken."

Eine kurze Zeit herrscht Stille zwischen den beiden, dann ergreift Yve wieder das Wort.

„Willst du nicht mal nachsehen fahren? Vielleicht stecken sie ja wirklich in Schwierigkeiten." Wieder schaut Leo auf seine Uhr. „Eine Stunde gebe ich ihnen noch, dann fahr ich los, okay?"

Aber Yvonne schaut einfach wieder zu Boden. „Weißt du Leo, Sofia und die Kinder haben echt eine Menge durchgemacht. Da draußen herrscht Krieg und ich weiß ehrlich nicht, wie lange wir hier noch sicher sind." „Ja, leider ist das so. Wir müssen uns echt was einfallen lassen. Wenn die Kranken uns nicht finden, dann vielleicht das Militär oder andere böse Penner, aber was sollen wir machen?" „Ich weiß es doch selber nicht, ich überlege schon die ganze Zeit, was jedenfalls schon mal logisch wäre, wir brauchen mehr Waffen, viel mehr Waffen, um uns auf jegliche Situation einzustellen. Wir müssen die Menschen hier im Park beschützen und zur Not auch mit Gewalt." „Ich stimme dir zu Yvonne, ich verabscheue zwar Gewalt, aber in unserem Fall ist das wohl echt notwendig."

Sofia kommt aus ihren neuem Haus, sieht die beiden da sitzen und gesellt sich zu ihnen. Mittlerweile ist sie frisch geduscht und natürlich auch umgezogen. Leo und Yvonne sind aber immer noch total dreckig.

„Danke noch mal", sagt sie erst mal, nachdem sie sich neben die beiden gesetzt hat.

„Ist diese Sam eine von den Freunden, die ihr erwähnt hattet?" „Ja, das ist sie", antwortet Yvonne. „Ihr Mann ist mit einer weiteren Freundin noch unterwegs, die versuchen gerade Essen aufzutreiben", fügt Leo noch hinzu. „Oh, das hört sich nicht gut an", sagt Sofia. Yvonne schaut zu ihr rüber. „Was meinst du damit?" „Jetzt sind wir auch noch hier und so wie es aussieht, habt ihr kaum noch was zu Futtern. Nicht das es gleich Stress gibt, wenn die beiden wieder kommen."

„Ach mach dir keinen Kopf Sofia, wir hatten euch schon erwähnt, außerdem sind die beiden total umgänglich, daher sehe ich keine Probleme", kommt von Leo. Wieder kehrt eine kurze Stille ein. Weiter hinten sehen sie Sam und die anderen beiden immer näher kommen und neben dem Campingwagen spielt Laura zusammen mit ihrem älteren Bruder fangen.

„Das ist so wunderschön hier, ich bin echt froh, das wir es hier her geschafft haben. Wem gehört das Camp eigentlich, also wer ist der Besitzer?" Yvonne und Leo schauen sich an und Yve versucht darauf zu antworten. „Das ist eine schwierige Situation Sofia. Der Besitzer, also Mr. Carter, ist derzeit eingesperrt." Sofia schaut einen kurzen Moment sehr ungläubig, ändert aber ihren Gesichtsausdruck sofort wieder und Yvonne versucht, die Sache weiter zu erklären.

„Der hat uns alle in Gefahr gebracht und hat seinen Sohn auf Leo gehetzt, damit er ihn umbringt. Uns blieb leider keine andere Wahl." Sie schaut nach ihren Worten eine gewisse Zeit zu Boden, es sieht wirklich so aus, als ob ihr das peinlich ist.

„Und wer hat jetzt das sagen? So eine große Gruppe braucht trotzdem jemanden, der sie anführt." Leo nimmt sich der nächsten Frage an.

„Die beiden Abkömmlinge sind unsere Chefs und ich habe auch ein wenig was zu sagen, überlasse das aber lieber den beiden." Yvonne schaut nun wieder hoch, direkt nach Leo.

„Hey, jetzt mach dich nicht so klein, du machst das doch ganz toll." Leo schaut ein wenig verlegen zu ihr rüber. „Danke Kleine, das hast du jetzt echt lieb gesagt." Sam und ihr Anhang sind auch wieder beim Lager angekommen.

„Hey ihr drei", beginnt Sam das Gespräch. Sie bekommt sofort von allen ein nettes Wort zurück. „Ich habe dir und deinen Kindern auch einen Korb mit Essen ins Haus gestellt. Es ist zwar nur eine Suppe, aber besser als nichts." Sofia steht sofort auf und bedankt sich mehrmals bei Sam, dann geht sie zu ihren Kindern zurück, um mit ihnen das Essen zu genießen.

„Total nett die Frau", sagt Sam jetzt zu den beiden anderen und beginnt an der Handkarre zu fummeln. Sarah und Jessica haben sich schon verabschiedet und sind auch zurück zu ihrem Haus. Unterwegs sprechen sie noch kurz mit Laura, die dann sofort verschwindet. Simon steht noch neben Amelia und hat wohl nicht wirklich Hunger, obwohl ja jeder sieht, dass es da nicht ums Essen geht.

„Noch einmal jung und frei sein, das wäre schön", sagt Yvonne und Leo dreht seinen Kopf zu ihr. „Spin nicht rum Yvonne, du bist doch noch jung." Ein wenig verschämt sagt sie nur einmal kurz danke und Sam kommt mit 2 Schalen dampfender Suppe.

„Hier nehmt, ihr müsst auch mal was Essen." Leo will zwar erst ablehnen, aber Sams Blick hat ihn vom Gegenteil überzeugt. „Ich bringe noch eben Milo und Jacob ihr Essen und dann bin ich damit durch." „Was ist denn mit Mason? Wollte der nichts?" Fragt Yvonne.

„Den können wir wohl selber fragen", sagt Leo mit heißer Suppe im Mund. Alle drei blicken die Häuser entlang und sehen, wie Mason auf sie zukommt.

„Ich bin dann mal weg, bis gleich" kommt von Sam und schon geht sie zusammen mit dem Bollerwagen nach hinten, wo Milo auf einen der Türme wache hält.

„Was für eine kacke heute" beginnt Mason sofort, als er die beiden erreicht hat. „Das kannst du wohl laut sagen", antwortet Leo. „Wo ist denn deine Waffe?" „Die habe ich dem Phil gegeben. Der ist zusammen mit seiner Frau auf meinen Turm." „Phil?" Fragt Leo ein wenig ungläubig. „Wer ist denn das schon wieder?" „Das ist doch dieses junge Pärchen aus der 11", sagt Yvonne. „Ich glaube, das sind Studenten und die sind wirklich zusammen auf den Turm?" „Ja", antwortet Mason kurz. „Aber ihr müsst mich jetzt entschuldigen, meiner Frau geht es wieder besser und ich möchte jetzt bei ihr sein." „Das ist echt schön Mason, das freut uns total", ruft ihm Yvonne noch hinterher.

„Sag mal Leo, meinst du das mit Maria wird wieder was?" Leo ist immer noch am Mampfen und reagiert ein wenig träge. „Wer ist denn Maria?" Fragt er nur kurz und tunkt sein Brötchen in die Suppe. „Mensch Leo, kannst du dir denn gar nichts merken? Maria ist die Frau von Mason und Mason war gerade der Kerl, der vor uns stand." „Oh, okay, aber was wolltest du noch mal wissen?" Yvonne schaut in ihre Suppe und steckt sich einen Löffel davon in den Mund.

„Ach egal, lass es dir schmecken." „Danke schön, du auch."

Eine kurze Zeit später rollt der Bollerwagen von Sam zwischen den Häusern durch und nimmt Kurs auf die Schranke. „Echt fleißig die Kleine", gibt Leo mal wieder von sich. „Ja, da hast du wohl recht" antwortet Yvonne und schaut immer noch hinter Sam her. Nichts ahnend vibriert auf einmal der Boden unter den beiden. Yvonne springt sofort auf ihre Beine und verschüttet dabei die Hälfte ihrer Suppe. „Was war das denn?" Leo erhebt sich auch, dafür aber bedeutend langsamer und lächelt sie an. „Das war einer der Generatoren unter dem Lager, da ist wohl der Sprit alle."

Er kippt sich eben den Rest von der Schale in den Hals und geht ins Lager. Yvonne läuft langsam hinter her und die Suppe tropft von ihrem Arm. Als sie in die Küche kommt ist Leo aber schon nach unten verschwunden, er will wohl sofort nach dem Teil schauen, daher stellt sie ihre Schale auf die Spüle und putzt sich mit einem Tuch sauber. Kurz darauf ist er wieder oben und so wie es sich anhört, laufen beide Generatoren normal.

„Wir beiden müssen wohl auch noch unter die Dusche", schreit Yvonne ihm entgegen, aber Leo schaut eher ein wenig ernst. „Was ist los Leo?" „Ach, ich weiß auch nicht. Die beiden Teile laufen wieder, aber ich bin mir sicher, das ich heute Morgen noch 3 volle Kanister da unten gesehen habe." „Und wo ist jetzt das Problem?" Anstatt zu antworten, schaut Leo Yvonne irgendwie komisch an, als ob er die Frage nicht verstanden hat.

„Das Problem ist halt, das da unten nur noch ein Kanister steht und die anderen beiden verschwunden sind." „Scheiße", sagt Yvonne darauf nur. Leo läuft ein paar Runden im Kreis, dann bleibt er wieder stehen. „Irgendwer hat uns beklaut." Genau in diesem Augenblick kommt Sam in die Küche.

„Ich bin fertig, Milo und Jacob haben auch Essen, aber müssten die nicht so langsam mal abgelöst werden?" Die beiden in der Küche schauen sie nur an, sagen aber kein Wort.

„Ist irgendwas passiert?" Fragt Sam ein wenig erschrocken. „Leo denkt, dass uns jemand den Diesel aus dem Keller klaut." Sein Blick geht direkt zu Yvonne. „Warum denke ich das? Ich bin mir zu hundert Prozent sicher, das heute Morgen drei Kanister da unten standen und alle waren bis zum Rand voll. Jetzt war ich da unten und 2 Kanister sind verschwunden." „Oh, das ist natürlich merkwürdig", sagt Sam nun. „Aber ich war doch fast den ganzen Tag hier in der Küche. In der Zeit ist niemand nach unten gegangen." „Vielleicht haben Arlo und Emma sich was davon genommen, um das Auto zu tanken?" Überlegt Yvonne. „Das könnte natürlich sein", antwortet Leo und fügt hinzu „wenn aber nicht, dann klaut hier jemand unseren Diesel und das finde ich absolut nicht lustig."

„Das ist es auch nicht", sagt Sam noch eben und fängt an, die ersten Schüsseln in der Spüle zu säubern.

Simon und Amelia sind zusammen hinter das Haus von Lennart gegangen, wo sie unbeobachtet vor allen anderen anfangen, sich zu küssen. Simon ist zwar noch ein wenig unerfahren, aber Amelia hat ihm wohl gesagt, dass er so was in seinem Alter schon machen sollte. Jetzt stehen die beiden in der Nähe des großen Grills und knutschen, was das Zeug hält. Sie fühlen sich komplett unbeobachtet, denn entweder sind alle in ihren Häusern oder eben im Lager beschäftigt. Sie haben aber den Turm vergessen, der am Rand des großen Platzes steht. Und genau auf diesen ist derzeit Milo, der natürlich in ihre Richtung schaut und die beiden beobachtet. Der Zorn, der sich auf seinem Gesicht abbildet, ist kaum noch zu beschreiben, er zielt sogar mit seiner Waffe auf das junge Paar am Boden. Nach gefühlt 5 Minuten lässt Simon das erste mal von seiner neuen Freundin ab.

„Du weißt schon, das wir hier nicht sein dürfen?", sagt er ganz vorsichtig, denn er will Amelia natürlich nicht vergraulen. „Ach Simon, das juckt doch keinen, wir sind doch keine Kinder mehr, außerdem musst du doch wohl zugeben, dass es echt toll ist." Simon blickt sich nervös um und wendet sich ihr dann wieder zu. „Ja das ist schon toll, aber ich möchte nicht erwischt werden." Seine neue Herzensdame nimmt eine seiner Hände und führt sie an ihre Brust.

„Fühlst du das Simon?" Ziemlich schüchtern versucht Simon, seine Hand wieder wegzuziehen aber Amelia hält dagegen. „Oh Mensch, ich meine nicht meine Titten, sondern meinen Herzschlag du Trottel."

Langsam entspannt sich der Teenager wieder und lässt seine Hand da wo sie ist.

„Ja, das pocht wie verrückt", sagt er noch eben schnell. Amelia lässt die Hand wieder los und Simon zieht sie zurück. „Siehst du, ich bin total aufgeregt, was juckt mich dann so ein dummes Verbot. Was soll uns hier schon passieren?" „Na ich weiß nicht, denk mal an die Frau aus Nummer 12."

Der Satz hat erst mal reingehauen, denn Amelia schaut ein wenig geknickt in seine Richtung.

„Ja ich weiß, das war scheiße, aber meinst du nicht auch, das wir schneller sind als diese kranken Schweine? Wenn wir einen sehen, können wir doch schnell zurückrennen." „Stimmt auch wieder", antwortet er. Amelia fängt wieder an, Simon zu küssen und nach kurzer Zurückhaltung ist auch er wieder voll dabei.

„Sag mal Simon, möchtest du gerne meine Titten sehen?" „Was?" Bekommt Amelia nur zu hören und Simon geht fast einen ganzen Schritt zurück. „Ja möchtest du oder traust du dich nicht?" Simon bekommt erst mal keine gescheite Antwort hin, denn er hat nicht damit gerechnet, das sie so weit geht. „Du kannst sie auch anfassen, wenn du magst", gibt sie noch hinzu und ihr gegenüber schaut total ungläubig. „Das dürfen wir nicht Amelia" bekommt er soeben raus und schluckt dabei heftig. „Wer hat das gesagt? Das ist doch jetzt egal, wenn du dich traust, dann können wir auch noch mehr machen." Das war nun echt zu viel, Simon bekommt kein gescheites Wort mehr raus, er stottert nur noch. „Ich...ich...weiß auch nicht" kommt aus ihm heraus. Langsam wird Amelia echt zickig. „Was hast du denn für ein Problem, Teenager machen so was halt schon. Und schau dich um, wer weiß wie lange wir noch leben, willst du dann als Jungfrau sterben?" Simon guckt nur noch, reden schafft er nicht mehr. Er wollte schon immer eine Freundin haben, viele aus seiner Klasse haben eine und er war der Außenseiter. Aber in die Schule wird er wohl nicht mehr gehen, wenn die Geschichten der Erwachsenen echt sind, dann leben vielleicht die meisten gar nicht mehr. Trotzdem möchte er das jetzt nicht. Er ist noch nicht so weit und muss nun versuchen, dem Mädchen das zu erklären. Er fast seinen ganzen Mut zusammen.

„Du willst mit mir schlafen Amelia?" Fragt er ziemlich leise. Amelia verzieht ihr Gesicht zu einer Grimasse. „Nein Simon, ich möchte mit dir im Sandkasten spielen, fuck man, du Idiot, natürlich möchte ich das, aber du bist wohl noch nicht so weit." Sie dreht sich um und will gerade gehen, als Simon sie von hinten packt und wieder umdreht. „Lass uns doch noch ein wenig warten, bitte."

Der Blick von Amelia wird richtig böse. „Worauf denn du Spinner? Sollen wir vielleicht so lange warten, bis wir alt und grau sind? Ich dachte, du möchtest mit mir gehen?" „Ja das möchte ich doch auch und es war bisher auch richtig toll, aber du redest hier über Schlafen." „Schlafen? Oh man, du bist wohl echt noch in der Grundschule." Wieder dreht sie sich um und will gehen, doch dann kommt eine neue Stimme hinzu.

„Simon mein Freund, möchtest du nicht lieber meine Waffe nehmen und oben auf dem Turm Wache halten?" Beide drehen sich um und hinter ihnen steht Milo mit seinem Gewehr in der Hand.

„Ich darf nicht auf einen der Türme", sagt Simon total eingeschüchtert. „Ach komm schon, ich verrate es auch nicht. Dann halt wenigstens mal das Teil, ich kümmer mich dann solange um deine Freundin." Simon geht einen Schritt zurück und ist nun wieder auf Höhe von Amelia, die bisher noch nichts gesagt hat.

„Möchtest du mir nicht auch deine Titten zeigen?", spricht Milo sie jetzt direkt an.

„Ich fasse sie auch an und stelle mich nicht so blöd an wie dein sogenannter Freund."

Jetzt geht die kleine Braunhaarige einen Schritt auf Milo zu. „Du kannst dich wieder auf deinen Scheiß Turm verpissen, du blöder Spanner. Bevor ich dich ran lasse, lasse ich mich lieber von einen der Kranken beißen." Milo entweicht die komplette Farbe aus dem Gesicht. Er steht ein wenig breitbeinig vor den beiden und möchte gerne was darauf sagen, aber er bekommt es nicht wirklich hin. Amelia befindet sich immer noch direkt vor dem älteren Teenager, hat ihre Arme überkreuzt und wartet auf eine Antwort. Aber der sagt weiterhin nichts, als ob er unter Schock steht, er starrt einfach nur.

Simon muss dann mit erschrecken fest stellen, dass der Sohn der Krankenschwester langsam das Gewehr in die Höhe hebt und nach kurzer Zeit auf Amelia zielt. Wieder braucht er eine Menge Mut, geht plötzlich auch ein Stück nach vorne und positioniert sich direkt vor seine Freundin.

„Nimm das Gewehr runter Milo", sagt er zu ihm, aber es kommt keine Reaktion, das Gewehr ist weiter direkt am Anschlag. Er brauch eigentlich nur noch abdrücken, aber es passiert gar nichts.

„Hey ihr drei" kommt auf einmal eine grobe Stimme von hinten. „Was macht ihr da, habt ihr sie nicht mehr alle?" Milo senkt sofort das Gewehr und setzt ein gehässiges Lächeln auf. Das kleine Pärchen dreht sich gleichzeitig um und sieht, das Leo neben dem Lager steht und langsam näher kommt. Milo geht an den beiden vorbei und flüstert ihnen noch was zu.

„Die Sache ich noch nicht zu Ende, das hat ein Nachspiel." Dann hebt er seinen Arm zum Gruß und geht weiter auf Leo zu. „Sag mal Milo, was ist hier los?" „Na ja, ich habe die beiden hier gerade erwischt, wie sie abseits von allem am Knutschen waren. Bin dann runter vom Turm und wollte sie zurückschicken." Leo ist nun bei den zwei angekommen und schaut sich die Ausreißer an. „Herumknutschen also, ich verstehe." Auf seinem Gesicht taucht ein Lächeln auf. „Ihr wisst aber schon, das ihr hier hinten nicht sein dürft, das ist viel zu gefährlich."

Amelia nimmt die Hand von Simon und stolziert an Milo und Leo vorbei. Sie dreht sich dann noch mal um. „Wir wollten eigentlich gerade wieder gehen und es ist ja nichts passiert." Ein wenig später sind sie dann hinter dem Lager verschwunden. Leo wendet sich wieder Milo zu.

„Was war hier wirklich los Milo?" Sein Gegenüber schaut völlig unschuldig und macht mit einer Hand eine abwehrende Geste. „Es war so, wie ich es gesagt habe. Die beiden waren hier am knutschen und ich wollte sie zurückschicken." „Okay, brauchst du eine Ablösung?" „Neee, ich bleibe noch ein wenig auf dem Turm und wenn es sein muss, auch die ganze Nacht. Bräuchte nur gleich mal eben was zu trinken." „Das sollst du haben, also das trinken", sagt Leo fast schon lachend. „Aber Nachts lassen wir keinen auf die Türme, alle sollen in den Häusern bleiben und alles dichtmachen, das ist sicherer." „Okay Chef" kommt noch von Milo, dann dreht er auf der Stelle um und stiefelt zurück zu seinem Turm. Leo schaut ihm hinterher und muss dann ans Funkgerät, denn das rauscht schon wieder merkwürdig vor sich hin.

„Leo hier will einer was von mir?" Beim warten auf eine Antwort sieht er noch Milo den Turm hochklettern. Irgendwie hat er das Gefühl, das er gerade belogen wurde. Aber dafür hat er keine Zeit, denn die Funke meldet sich wieder und diesmal ist es sogar eine Stimme.

„Da nähern sich zwei Fahrzeuge, bitte um genaue Anweisungen, Jacob Ende."

„Scheiße", sagt Leo und rennt los. Er muss erst mal wieder ins Lager, denn seine Waffe liegt dort immer noch auf der Theke. Aber kurz bevor er die Tür erreicht, gibt Jacob schon Entwarnung.

„Im ersten Auto sitzt Arlo, ich wiederhole, im ersten Auto sitzt Mr. Stenn, Jacob Ende." Leo nimmt das Funkgerät vor dem Mund. „Danke Jacob habe verstanden. Gehe zur Schranke runter, gute Arbeit, Leo Ende."

Yvonne kommt jetzt auch aus dem Lager, sie hat das wohl mitbekommen und strahlt wie die Sonne. „Wurde auch mal Zeit das sie kommen", sagt Leo direkt zu ihr und bekommt ein leichtes Nicken zurück. Beide gehen zügig Richtung Schranke und kurz bevor sie dort ankommen, bleibt Yvonne plötzlich stehen. Leo schaut sie sehr fragend an. „Was ist los?"

Arlo rast schon fast die letzten Meter bis zum Park und Emma fährt nicht gerade langsamer hinter her. Er schaut hin und wieder in den Spiegel, um nach ihr zu sehen, als ob er Angst hat, dass sie einfach so verschwindet. Er weiß genau, dass er in einem tiefen Dilemma steckt, denn vor der Fahrt war die Sache mit Emma nur ein kleines Abenteuer, aber der erneute Sexakt plus alles andere heute hat schon was ausgelöst, jedenfalls bei ihm. Er überlegt die ganze Zeit, ob er Sam überhaupt noch liebt oder ob Emma die Person ist, die er sein ganzes Leben lang gesucht hat. Und dann Yvonne, er weiß genau das er was für sie empfindet, aber leider auch, dass es keine Liebe ist. Er hatte sich damals zu ihr hingezogen gefühlt, weil sie so anders war als seine Frau und die ganze Affäre spielte sich zu der Zeit ab, als Sam unausstehlich war. Da sind wir dann auch wieder an dem Punkt, wann war Sam mal nicht unausstehlich? Die ganzen Probleme mit ihren Eltern, ihre paranoiden Zwangsvorstellungen und nicht zu vergessen, sie möchte keine Kinder.

Wieder schaut er in den Spiegel nach Emma. Auf der rechten Seite taucht schon das Empfangshäuschen auf und auch der kleine Turm daneben ist zu sehen. Und dann entdeckt er es, direkt vor ihm liegt ein Mensch auf der Straße und knapp dahinter sogar noch einer. Er haut voll auf die Bremse, die Reifen fangen an zu quietschen und das Auto kommt zum Stehen. Leider hat Emma das nicht so schnell mitbekommen, auch sie tritt auf das Pedal, rutscht mit dem Pick-up immer näher zu Arlo, lenkt aber kurz vor einer drohenden Kollision noch nach links und schleift Arlo hinten am Heck. Es gibt einen lauten Knall und sein Rover schiebt sich einmal komplett zur Seite. Die Bewegungen haben ein Ende und beide Autos haben es überlebt.

Langsam steigt Arlo aus der Karre und geht als Erstes zu Emma rüber, die total verpeilt in ihrem Pick-up sitzt. Er öffnet die Beifahrertür und betrachtet sie einmal von oben bis unten.

„Bist du verletzt?" Emma packt sich einmal an ihren Kopf und schaut dann grimmig zu ihm rüber. „Was sollte der Mist Arlo? Wolltest du unbedingt meinen schönen Wagen zerstören?" Arlo zeigt auf die Stelle, wo die beiden Körper liegen. „Tut mir leid Emma, aber da liegen 2 Leichen auf der Straße und ich habe sie zu spät gesehen." Sie beugt sich ein wenig nach vorne und sieht die beiden jetzt auch da liegen. „Scheiße Arlo, was geht hier vor?"

In dem Moment, wo es unten auf der Straße gekracht hat, waren Leo und Yvonne an der Schranke vorbei. Sie hatte kurz vorher noch gesagt, dass sie wohl die beiden Penner vergessen haben. Die gammeln nämlich genau an der Stelle, wo sie vor ein paar Stunden noch erschossen wurden. In dem ganzen Trubel, der danach im Camp auf sie einprasselte, haben sie wohl vergessen, das sich keiner drum gekümmert hat. Jetzt rennen beide den Berg runter und sehen das Ergebnis ihrer Vergesslichkeit. Die beiden angekommenen Autos sind ineinander gefahren und Arlo steht an dem zweiten Fahrzeug und redet mit einer bisher nicht erkennbaren Person.

„Sieht nicht so aus, als ob einer verletzt ist", sagt Leo beiläufig beim Laufen, aber Yvonne gibt keine Antwort. Sie fühlt sich für die ganze Misere verantwortlich, warum hat keiner an die Leichen gedacht. Nicht nur das es total unmenschlich war, die beiden da liegen zu lassen, nein, sie hat auch noch Arlo in Gefahr gebracht. Wäre ihm irgendwas passiert, dann hätte sie sich das nie verziehen. „Yvonne?" Hört sie von rechts und kommt wieder auf die Erde zurück. Leo läuft immer noch neben ihr und schaut sie an.

„Was meinst du Leo?" „Die beiden sehen unverletzt aus, haben wohl noch ein zweites Auto aufgetrieben, aber das gibt sicher Stress." „Auf was du einen lassen kannst Leo."

Beide sehen, wie aus dem anderen Auto Emma aussteigt und sich immer noch den Kopf hält. Dann gehen sie und Arlo ihnen entgegen und alle 4 treffen genau bei den beiden Leichen aufeinander. Sie erkennen aber sofort, das es keiner aus dem Camp ist und Arlo atmet erst mal heftig durch. Dann blickt er auf Leo und Yvonne.

„Kranke?" Fragt er nur kurz. „Nein, böse Schurken Arlo. Aber schön das ihr wieder da seit, wir haben uns bereits Sorgen gemacht", antwortet Leo. Er blickt die beiden eine Weile an.

„Wir hatten ein paar Probleme, aber wir haben genug Proviant aufgetrieben, um uns ein wenig über Wasser zu halten." „Das ist ja wunderbar", freut sich Yvonne „aber was ist euch denn passiert?"

„Da können wir gleich drüber reden", schaltet sich Emma ein. „Viel wichtiger wäre jetzt zu erfahren, was hier in unserer Abwesenheit passiert ist. Wir kommen hier an und uns empfangen 2 Leichen, ist nicht gerade lustig, so ein Anblick." Die beiden haben echt ein Faible dafür, aneinanderzugeraten, denn so wie es endete, fängt es auch wieder an.

„Ich kann ja trotzdem mal fragen", kontert Yvonne und Emma schaut sie böse an. Die Männer gucken nicht schlecht und denken sich ihren Teil.

Daher übernimmt Leo jetzt den Part, erst berichtet er darüber, was Sofia ihnen bedeutet und das die Freude groß war, als der Camper hier auftauchte. Dann spricht er sehr ausführlich über die beiden Männer und was sich zugetragen hatte. Auch den Teil von Sam erklärt er peinlich genau und Arlo versteht die Welt nicht mehr. Seine Frau mit einer Waffe, die sie dann noch eiskalt eingesetzt hat? Sie hat von nächster Nähe einen Menschen in den Kopf geschossen? Darauf kommt er gerade gar nicht klar und das merken auch die anderen.

„Arlo?" Fragt Leo. „Mit Sam ist alles in Ordnung." „Ist schon okay", gibt er zurück. „Es sieht wohl ganz danach aus, als ob ihr hier genau so viel erlebt habt wie wir. Gut das alles einigermaßen okay für alle ausgegangen ist. Das hätte auch anders enden können." „Ich weiß", meint Leo „aber was machen wir nun mit den Leichen?" Emma hatte die ganze Zeit kein Wort mehr gesagt, sie hatte den ausführlichen Punkten zugehört und auch Yvonne war lieber ruhig. Hin und wieder konnte man aber schon sehen, dass die beiden Damen Blicke ausgetauscht haben, die nicht wirklich was mit Freundlichkeit zu tun hatten. Jetzt schaltet sich Emma ins Gespräch.

„Wir verscharren sie da hinten", sie zeigt auf den Wald, der hinter dem Parkplatz der Autos beginnt. „Verscharren?" Fragt Yvonne. Und wieder blickt Emma sehr unfreundlich.

„Ja verscharren, ich glaube nicht, dass diese Penner ein ordentliches Begräbnis brauchen." Yvonne schaut nach den Worten wieder weg. Sie hat keine Lust mehr sich mit Emma anzulegen. Für sie hat die Frau kein Herz und sie wäre sicher die perfekte Anführerin für ein Militärlager. Leo geht nun zu den beiden verkeilten Autos und der Rest folgt ihm langsam hinter her.

Gut, sie sind noch fahrbereit", sagt er nach einer kurzen Inspektion. „Ja, ist nur ein Blechschaden", antwortet Arlo. Yvonne hüpft mittlerweile von einem Bein auf das andere und Leo ist der Erste, der das mitbekommt. „Musst du vielleicht mal aufs Klo?" Yvonne schaut zu ihm auf und läuft ein wenig rot an. „Nein, aber ich möchte gerne wissen, was passiert ist. Zwei Autos voll mit Essen, eins davon ist wohl geklaut und Arlo seine Aussage stillt meine Neugierde nicht wirklich." Jetzt fängt sogar Emma an zu lachen, denn das hörte sich für alle sehr belustigend an, was da gerade von sich gegeben wurde. Die Hautfarbe der Kleinen Frau aus Atlanta wird immer roter. „Habe ich was Falsches gesagt?" Möchte sie gerne wissen, bekommt aber erst mal keine Antwort. Dann erbarmt sich Arlo endlich und beginnt mit ihrer Geschichte, die nicht weniger gefährlich war als die von den Campleuten. Natürlich lässt er das Sägewerk Abenteuer aus, auch die Sache mit dem Zaun möchte er lieber Emma überlassen, schließlich war es ihre Idee. Aber das mit dem Maskierten macht Leo sehr hellhörig.

„Mit einer Panzerfaust hat er den Laden zerlegt, als ihr noch drin wart?" Fragt er ungläubig. Emma nickt nur einmal. „Dieser Kerl Leo, der ist total gefährlich und unberechenbar, der weiß sogar eine Menge über uns", fügt Arlo noch hinzu.

„Das will ich gern glauben, der hat uns hier ausspioniert, aber mich interessiert vor allem die Panzerfaust. Wo hat der Kerl solch krasse Waffen her? Mensch, die könnten wir hier im Camp echt gebrauchen." Arlo schaut ein wenig unsicher in Leos Richtung. „Willst du da hin und ihn fragen, ob er sie uns vielleicht leiht?" Leo lacht darauf eine kurze Zeit und mit seiner tiefen Stimme hört sich das eher so an, als ob ein wildes Tier durch den Wald brüllt.

„Nein das möchte ich natürlich nicht", sagt er, nachdem er sich wieder ein wenig beruhigt hat.

„Aber dahin fahren, den Kerl ausfindig machen und zur Not auch ausschalten, das wäre eine Überlegung wert." Jetzt ist es Emma die dazu was sagen möchte. „Und das alles nur für ein paar Waffen?" Leo beäugt sie von der Seite. „Wir brauchen hier Waffen, je mehr, desto besser. Wir müssen uns verteidigen, denn es wird immer schlimmer."

Auch Yvonne ist der gleichen Meinung, sie nickt die ganze Zeit, wenn Leo was sagt. Emma findet das aber alles eher belustigend. „Sag mal Leo, du warst doch Reporter, wie kommst du denn jetzt auf solche

Ideen?" „Liebe Emma, wir haben heute alle gesehen, wie scheiße es geworden ist und ich bin mir sicher, das es nicht lange dauert bis der nächste Dreck uns überzieht. Auch ein Reporter möchte sich dann verteidigen und das geht ganz toll mit mächtigen Waffen."

„Ist schon gut Leo, eigentlich sollte das nur ein Witz sein", kontert Emma. „Ein Witz?" Fragt Yve. „Wie kannst du in solchen Situationen noch Witze machen?"

Jetzt ist es Arlo, der Emma zurückhalten muss, es sah gerade echt so aus, als ob sie auf Yvonne losgehen möchte. Er nimmt kurz ihren Arm und fragt sie nach ihrem Kopf. „Der ist wieder okay Arlo, aber wenn wir hier noch länger rumstehen, fange ich gleich an zu kotzen."

Leo schaut ein wenig beunruhigt.

„Vielleicht solltet ihr beiden erst mal was essen, dann geht es euch gleich wieder besser. Sam hat eine echt gute Suppe hinbekommen." Emma ist fast am Platzen, geht aber wieder einen Schritt zurück, als sie Arlos Blick sieht. „Leo? Es gibt noch was anderes, was wir euch sagen müssen", sagt Arlo jetzt wieder, um den Stresspegel der Damen zu senken. Leo schaut ihn fragend an. „Überall in dem Ort waren Kranke, das hatten wir noch nicht erwähnt. Und nicht nur vereinzelnd ein paar, ganze Gruppen laufen durch die Stadt." Leo macht seinen Mund kurz auf, als ob er was sagen möchte, aber es war dann doch eher nur eine Reaktion.

„Arlo?" Yvonne hat tatsächlich wieder einen Gang runter geschaltet. „Sofia erzählte uns das Gleiche. Sie waren in Lake City, wollten dort nach Hilfe suchen, aber alle waren entweder krank oder tot. Auch die Soldaten konnten sich nicht retten und dann sind sie dort in die Fänge der Kerle da hinten geraten." Alle drehen sich einmal zu den beiden Personen am Boden um, wie sie da liegen, man könnte echt meinen, das sie nur ein Nickerchen machen.

„Okay", sagt Arlo jetzt. „Wir besprechen das mit dem Maskierten, vielleicht bekommen wir ja eine Möglichkeit, ihm die Waffen zu entwenden. Wenn so ein Rudel, welches wir in Olustee gesehen haben, hier her kommt, dann haben wir keine Chance. Ich bin jetzt ganz auf deiner Wellenlänge Leo." Dafür bekommt er von Leo sogar ein breites lachen und Emma räuspert sich kurz neben Arlo. Sie hat wohl auch noch was zu sagen.

„Wir haben auch noch eine andere Idee, auf dem Weg nach Olustee sind wir an einem verlassenen Sägewerk vorbei gekommen. Da liegt haufenweise Holz herum, was nur darauf wartet, von uns geholt zu werden. Nur wir brauchen da wohl die Hilfe von allen im Camp." „Und was willst du mit dem Holz machen, wenn ich fragen darf" kommt sehr zickig und eher abwertend von Yvonne.

„Eine Festung bauen", sagt aber Leo, bevor Emma antworten kann. „Was für eine geniale Idee, so wären wir jedenfalls vor den Kranken sicher, ich glaube nämlich nicht das die klettern können." Emma ist sehr zufrieden mit der Antwort von Leo, endlich mal einer, der sofort versteht, was sie möchte. „Leider brauchen wir dann aber noch jemanden, der das bauen kann. Ich weiß zum Beispiel nicht, wie man eine Mauer aus Holz baut." Leo fängt schon wieder an zu grinsen. „Ich kenne aber einen, lasst uns jetzt erst mal die Autos nach oben fahren und entladen, dann sprechen wir weiter."

Yvonne hat jetzt ganz die Fassung verloren, Leo ist ihr völlig in den Rücken gefallen und sie hat sich total blamiert, auch bei Emma kann man das genau erkennen.

„Gute Idee", antwortet Arlo. „Wir brauchen auch noch Freiwillige wegen der Leichen, wir können die ja jetzt nicht wirklich da liegen lassen", gibt Emma hinzu. Leo ist aber schon auf dem Rückweg und dreht sich noch mal kurz um.

„Ich öffne eben die Schranke, dann könnt ihr bis direkt vor das Lager fahren." Arlo hebt noch kurz seinen Arm und Emma ist bereits in ihren demolierten Pick-up gestiegen.

„Ich fahre dann eben mit dir hoch Arlo" gibt Yvonne von sich. Arlo nickt ihr einmal zu, steigt in den Rover und Yve nimmt auf dem Beifahrersitz Platz. Emma im Nebenauto gefällt das aber gar nicht, ihr Blick wechselt wieder auf ziemlich bösartig, in diesem Modus könnte man ihr alles zutrauen. Arlo schaut besser nur gerade aus, er kann sich nämlich Emmas Gesicht schon vorstellen und möchte das echt nicht sehen. Er zündet den Rover und fährt sehr langsam nach vorne, von hinten hört er leichte Schleifgeräusche, aber das ist wohl egal. Ein kurzer Blick in den Spiegel zeigt ihm, dass auch Emma ins Rollen kommt.

Yvonne legt ihm ihre Hand auf die Beine und schaut ihn mit ziemlich eindeutigen Gesten von der Seite an. „Arlo?" Ein wenig unsicher versucht er, die Situation runter zu spielen.

„Drück bitte nicht so fest auf das Bein, nicht das ich gleich zu viel Gas gebe und noch einen Unfall baue." „Ach Arlo, genau so schüchtern wie immer" kommt von Yvonne zurück. „Am liebsten würde ich jetzt auf ein anderes Bein von dir drücken." Yvonne kommt ihm im Auto auch mit dem Oberkörper ein wenig näher. Emma wird das sicher nicht lustig finden.

„Sag mal Schatz" geht es nun weiter. „Ich hätte echt mal wieder Lust auf dich. Meinst du nicht, wir können das irgendwie hinbekommen?" Arlo wird das langsam echt zu bunt, denn er möchte das auch gar nicht. „Hör mal Yvonne, versteh mich bitte nicht falsch, aber ich glaube derzeit ist das wirklich nicht die beste Zeit für so was." Er ist gerade dabei, die Schranke zu passieren und Yvonne zieht ihre Hand wieder weg und schaut Arlo sehr zickig an.

„Für Sex sollte man immer Zeit und Lust haben." Arlo blickt kurz zu ihr rüber und fährt dann weiter den Berg nach oben. Emma ist ihm ziemlich dicht auf den Fersen, als ob sie schon wieder drauf knallen möchte. Yvonne schaut einmal kurz nach hinten.

„Dann fickst du wohl wirklich die Schlampe hinter uns." Vor Schreck haut Arlo fast auf die Bremse, mit so einer Aussage hat er wohl gerade nicht gerechnet.

„Wie kommt du denn auf so was?" Fragt er mit zitternder Stimme. Yvonne schaut ihn erst noch an und blickt dann wieder nach vorne und sieht, das Sam auch schon am Lager wartet.

„Lennart hat es mir heute Morgen erzählt. Ich war bei ihm und wollte nach dem verschwundenen Essen fragen." „Diesen Penner glaubst du Yvonne? Ich hatte dich echt für klüger gehalten, es ist doch klar, dass er versucht, uns alle gegeneinander aufzuhetzen."

Irgendwie war diese Antwort schon logisch, aber die Beweise von Lennart müssen ja irgendwo her kommen. Aber Yvonne belässt es jetzt dabei, nachdem das Auto geparkt ist, springt sie raus und geht sofort ins Lager. Auch Emma steht hinter Arlo, steigt aus und sieht, das Sam direkt nach ihm rennt, die Tür auf reißt und auf den Schoß hüpft. Wieder eine Sache, womit er nicht gerechnet hat und Emma läuft mit bösen Blick an ihm vorbei.....Die Kacke ist am Dampfen, Arlos Sünden holen ihn langsam ein und sogar die Kranken sind dagegen nur billiger Dreck...

Kapitel 31

Arlo und Sam erzählen sich im Auto erst mal ihre Erlebnisse, obwohl eher nur sie spricht und er kaum zum Reden kommt. Irgendwie hat sie sich verändert, es ist nicht mehr die Person, die er noch heute Morgen hier zurück gelassen hat, die Frau mit dem Putzlappen ist verschwunden, was sicher an der Sache unten am Parkplatz liegt. Emma kommt zusammen mit Leo wieder raus. Beide fangen an, den Pick-up zu entladen. Nach der kurzen Unterbrechung wendet sich Sam ihm wieder zu.

„Ich habe auch noch was Tolles zu berichten Arlo, Maria geht es wieder besser. Sie ist aufgewacht und auch das Fieber ist gesunken, Evelyn sieht der Sache jetzt sehr positiv entgegen." Endlich eine gute Nachricht, nach so einem Tag ist das echt ein Lichtblick. Mittlerweile kommen auch noch andere Bewohner und helfen beim Entladen der Autos. Der Trip nach Olustee war für sie alle ein voller Erfolg, aber ob sie auch so dächten, wenn sie die Erlebnisse miterlebt hätten?

Arlo hievt seine Frau mit einem Schwung aus dem Wagen und steigt dann aus. Sam lächelt ihm noch einmal zu und verschwindet im Lager. Jetzt herrscht hier schon ein richtiges treiben. Die völlig überladenen Autos werden Stück für Stück ins Lager gebracht, sogar einige der Kinder tragen Kleinigkeiten durch die Gegend. Trotz aller Probleme, die Arlo heute ertragen musste, fühlt er sich gerade ein wenig gut. Bis Emma auf einmal an seiner Seite auftaucht und ihn anspricht.

„Was sollte die Scheiße eben mit Yvonne?" Haucht sie ihm ins Ohr. Er dreht sich zu ihr um und hebt unschuldig die Hände. „Was meinst du Emma?" Kurz sah es so aus, als ob Emma ihm eine Ohrfeige geben möchte, aber sie zieht vorher wieder zurück. „Die hat dich doch die ganze Zeit im Auto angemacht, ich bin nicht blind Arlo." Ein kleiner Junge quetscht sich einmal zwischen den beiden durch und entschärft das Ganze ein wenig. „Du siehst das falsch Emma, sie hat sich einfach nur gefreut, das wir wieder da sind." Emma kommt wieder ein wenig näher.

„Du meinst wohl, das du wieder da bist, mich kann sie ja wohl nicht meinen. Aber ich sag dir jetzt was, sie soll die Finger von dir lassen, sag ihr das oder ich mache es." Ohne eine Antwort abzuwarten, krallt sich Emma den Babybody und steckt ihn unter ihren Pulli, dann nimmt sie sich eine große Kiste mit frisch Milch und läuft, ohne auf Arlo zu achten, ins Lager. Sie ist wieder ganz die Alte.

„Hey, du bist sicher Arlo" sagt eine Frauen Stimme, die gerade auch hier angekommen ist. Arlo dreht sich zu dieser um und schaut sie an. Vor ihm steht eine sehr dünne Brünette Frau mit mittellangen Haaren, das alter schätzt er auf Anfang 30. „Ja das bin ich", antwortet er ziemlich höflich, denn er weiß schon genau, wer das ist. Sie streckt ihm die Hand entgegen und Arlo schüttelt sie. „Sofia" sagt sie kurz und knapp und er lächelt sie an. Langsam lassen sie sich wieder los.

„Ich bin eben mit meinen 4 Kindern hier angekommen. Ich hoffe, das ist jetzt kein Problem, habe schon mitbekommen, das es einigen Stress wegen der Verpflegung gibt und da wollen wir nicht auch noch zur Last fallen."

Arlo ist sichtlich überrascht, so viel Nettigkeit, die in den Worten stecken, hat er nicht erwartet. „Alles gut Sofia, Freunde von unseren Freunden sind hier immer willkommen und das Problem mit der

Verpflegung haben wir erst mal wieder nach hinten geschoben. Viel wichtiger finde ich jetzt, dass ihr hier erst mal ankommt und euch wohlfühlt und vor allem das Gewesene vergesst."

Sofia lächelt Arlo schüchtern an, auch sie hat nicht mit solch warmen Worten gerechnet. Yvonne kommt zusammen mit Leo aus dem Lager und sie bleiben kurz bei den beiden stehen.

„Sofia hast du ja jetzt kennengelernt", sagt Leo belustigt und Yvonne lächelt sie an.

„Jap, das habe ich, gut das sie es hier her geschafft hat und vor allem, das ihr sie von den beiden Arschlöchern befreit habt", antwortet Arlo. Jetzt nimmt er sich vom Rücksitz einige kleine Schachteln, jongliert sie mehrmals auf seinen Arm und bringt sie ins Lagergebäude.

Die drei schauen ihm noch nach. „Ihr habt wohl nicht übertrieben, was ihn angeht, ein supernetter Kerl", sagt Sofia zu den beiden. „Er ist unser Herzstück hier, der Mann für die Ideen und wir können alle froh sein, das wir ihn haben", antwortet Leo darauf.

Jetzt packen auch die drei wieder mit an und bei so vielen Helfern ist es natürlich klar, dass die Autos sehr schnell entladen sind. Das Lager hat sich gut gefüllt, aber für richtig lange wird das nicht reichen. Jeder der anwesenden ist sich jetzt schon im Klaren darüber, das neue Ideen her müssen. Die Autos draußen werden von Leo und Sofia nach unten gefahren und die beiden Leichen liegen immer noch in der Sonne und garen vor sich hin. Auf dem Rückweg wird auch die Schranke wieder geschlossen.

In der Küche stehen Arlo und Emma und essen Sams Suppe, viel haben sie ja heute noch nicht gefuttert, daher tut das Essen gerade echt gut. Die restlichen Helfer sind wieder zurück zu ihren Behausungen, auch Sam möchte kurz nach Hause, wird aber unterwegs von Amelia aufgehalten. „Hey Kleine, was kann ich für dich tun?", fragt Sam die 14-Jährige, die aber nicht unbedingt viel kleiner ist als sie. „Kann ich dich kurz begleiten, ich muss dir was erzählen, es ist echt wichtig." „Na logo, mir darfst du alles sagen." Beide gehen Richtung hintere Siedlung und Amelia berichtet über die Sache mit

Simon und Milo. Kurz bevor sie an Haus Nummer 13 ankommen, hält Sam noch mal an. „Danke, dass du mir das erzählt hast, ich kümmere mich darum, versprochen."

Amelia lächelt Sam kurz an und macht sich auf den Rückweg, die Sache mit dem Sex hat sie natürlich weggelassen.

„Wir müssen uns gleich zusammen setzen und über einiges sprechen", sagt Arlo in die kleine Runde von Leuten, die noch im Lager ist. „An wen hast du da gedacht?" Fragt Leo.

Der ist immer noch mit der Suppe beschäftigt und blickt nun zu ihm auf. „Wie meinst du das?"

Leo schaut ihn merkwürdig an. „Versammlung, sprechen, welche Leute dabei?", sagt er ganz trocken und extra verständlich in seine Richtung. „Ach so" lacht Arlo kurz und steckt sich ein Stück Brot in den Mund. „Hatte daran gedacht, unseren Kreis ein wenig zu erweitern. So was wie einen Rat bilden." „Das beantwortet aber immer noch nicht meine Frage."

Erst jetzt merkt Arlo, wie dumm er doch manchmal sein kann. „Ah so, sorry Leo. Also ich denke mal wir fünf sind schon mal fest." „Fünf?" Fragt Emma neben ihm, auch sie ist noch am kauen. Arlo blickt sie kurz an und dann wieder zu Leo. „Ich meine damit euch beiden, Yvonne, Sam und mich selber. War das nun für alle Anwesenden zu verstehen?" Leo und sogar Emma fangen leicht an zu lachen, irgendwie ist es ihnen gelungen, Arlo komplett zu veräppeln und er ist auch noch darauf reingefallen. Nur Yvonne nebenan im echten Lager, lacht nicht mit. Sie ist doch tatsächlich dabei, eine Liste zu erstellen und somit alle Lebensmittel aufzuschreiben und einzuteilen. Wieder überrascht sie mit ihrer Aktion vor allem Arlo, der sie so nicht eingeschätzt hat.

„Hast du noch an weitere Personen gedacht?" Fragt Leo jetzt wieder.

„Ja das habe ich aber nur an zwei." Emma schaut jetzt wieder neugierig vom Essen auf.

„Mensch Arlo, warum kommst du nicht einfach mit deinen Sachen raus, alles muss ich dir aus der Nase ziehen", sagt Leo schon ein wenig genervt. Er schaut ihn wieder an und muss nun selber ein wenig lachen.

„Also ich habe da noch an Sofia gedacht, sie kann mit ihren Erlebnissen eine Menge dazu beitragen und an Evelyn." „Das finde ich gar nicht mal so schlecht", sagt plötzlich Yvonne, die sich wieder in der Küche eingefunden hat und von Emma einen unfreundlichen Blick ertragen musste.

„Alles nur Frauen Arlo? Meinst du nicht auch, das wird völlig in die Hose gehen?" Fragt Leo jetzt so beiläufig. „Ich hoffe, das war nur ein Scherz", bekommt er von Emma zurück, die gerade dabei ist ihre Schale zu spülen. Arlo blickt von Leo zu Emma und sagt erst mal nichts. Auch Yvonne folgt dem Blick von ihm und möchte darauf nicht antworten, die Frage war ja nicht für sie bestimmt.

„Ne ne, das war nur Spaß, kann man denn hier keine lustigen Sachen mehr sagen?" Gibt Leo von sich und schaut ziemlich unsicher zu Arlo. „Schon" antwortet Emma. „Aber die Sache ist derzeit echt zu ernst." Jetzt schaltet sich Arlo doch wieder ein und nimmt Leo ein wenig in Schutz. „Wenn wir hier nichts mehr zu lachen haben, dann lohnt sich der ganze Aufwand doch gar nicht. Trotz all der Scheiße, die überall passiert, sollten wir uns selber nicht vergessen." „Amen", sagt Yvonne aus der Ecke, wo sie immer noch steht. Emma erwidert nichts mehr dazu, sondern spült jetzt auch die Schale von Arlo.

„Ich gehe dann mal die anderen holen", sagt Leo und verschwindet aus der Küche. Yvonne stolziert ihm hinterher, sie möchte wohl nicht so gerne mit den beiden alleine sein und schließt hinter sich die Tür. „Flittchen" ruft Emma ihr noch nach und blickt dann wieder zu Arlo.

„Kannst du das bitte mal lassen Emma, das ist doch nicht fair." Sie geht ein Stück auf Arlo zu und bleibt genau vor ihm stehen. „Dann, wenn sie aufhört, dir schöne Augen zu machen." „Das macht sie doch gar nicht." Anstatt darauf noch mal zu antworten, zieht Emma ihn einfach durch die Küche hinten ins Lager. „Was soll das werden

Emma" versucht Arlo sich ein wenig zu wehren. „Die anderen können doch so grade wieder da sein."

Emma zieht ihn aber einfach weiter und schon befinden sich die beiden in der letzten Ecke des Lagers und der Blick zum Eingang ist komplett durch die Regale verdeckt. Sie beginnt sofort Arlo zu küssen, aber so wirklich möchte er gerade nicht. „Emma" versucht er zu sagen, aber sie küsst ihn immer weiter. „Sei still Arlo, lass uns einfach diesen kleinen Moment genießen, bis alle wieder da sind, wer weiß wie oft wir dafür noch Gelegenheit bekommen." Arlo schafft es einfach nicht, sich ihr zu widersetzen, denn eins ist schon lange klar, Emma nimmt sich, was sie will. Doch dann plötzlich lässt sie einfach von ihm los und schaut ihn an. „Was ist los Arlo, ich dachte echt, das sich zwischen uns was entwickelt. Oder habe ich mich da geirrt?" Arlo antwortet darauf aber nicht sofort, so das Emma wieder das Wort ergreift. „Also ist es doch wegen dem Flittchen, habe ich mir doch gedacht."

Emma geht Richtung Ausgang und bleibt kurz stehen. Sie kommt noch mal zurück, packt einmal unter ihren Pulli und wirft Arlo den Strampler vor die Füße. Kurz darauf ist sie auch schon wieder verschwunden, Arlo blickt ihr hinter her und versteht derzeit die Welt nicht mehr. Das könnte echt noch böse enden, vor allem wenn Emma sich Yvonne vorknöpft. Er hebt den Strampler vom Boden und schaut ihn kurz an, dann geht er zu den Regalen und versteckt ihn unter einer Kiste mit Nudeln. In der Zwischenzeit hört er von nebenan, das die anderen wohl gerade alle wieder zurückkommen. Also geht auch er nach vorne in die Küche und nimmt seinen alten Platz an der Theke ein. Emma steht ein wenig abseits und blickt nicht einmal in seine Richtung. So langsam wird die Küche ein wenig voller, für eine Versammlung eignet sich der Raum nicht wirklich, daher ist es Evelyn, die als Erstes das Wort ergreift.

„Hallo alle zusammen, ich finde es total Klasse von euch, dass ihr mich auch dabei haben wollt, aber wäre es vielleicht nicht besser, einen anderen Raum zu suchen? Vielleicht bei Lennart im Haus."

Leo geht ein wenig auf sie zu. „Du hast schon recht Eve, aber bei Lennart geht es nicht, du wirst gleich wissen warum." Jetzt versucht Arlo erst mal alle anzuschauen.

„Die Küche hier sollte erst mal ausreichen, um die Punkte zu besprechen. So wie ich es sehe sind wir nun vollzählig." Alle haben einen gewissen Erwartungsblick, jeder möchte wohl gerne was dabei geben, nur Emma weicht Arlos Blick weiterhin aus.

„Wir haben ein paar wichtige Sachen zu besprechen und da es so langsam zu viel wird, habe ich diesen Rat ins Leben gerufen." „Diesen Rat ins Leben gerufen?" Fragt Leo mal wieder belustigt. „Das hört sich für mich so an, als ob wir eine neue Regierung gründen wollen oder so." „Mensch Leo, kannst du bitte mal ernst bleiben?" Bekommt er von Yvonne zu hören und schon herrscht wieder Stille im Raum, so das Arlo seine Sache weiter durchziehen kann. Leo lächelt immer noch ein wenig, was aber eher in die Richtung von Yve geht.

„Fangen wir jetzt mal an" beginnt Arlo. „Erster Punkt wäre Lennart. Er braucht zu Essen und zu Trinken. Wir können jetzt nicht so unmenschlich werden und ihn einfach verrecken lassen." „Und vielleicht mal einen Arzt oder Ähnliches", gibt Leo noch dabei und erntet von Yvonne einen bösen Blick. „Einen Arzt?" Fragt Arlo. Leo schaut ihn direkt an. „Ich war eben bei ihm, er hat es wohl irgendwie geschafft, sich seine Nase zu brechen. Er versucht halt mit allen Mitteln da raus zu kommen." „Da gebe ich nicht viel drauf", gibt Arlo zurück. Nur Emma in ihrer Ecke fängt langsam an zu lächeln. Keiner hat aber bei der ganzen Diskussion auf Evelyn geachtet. Je länger das Gespräch gerade ging, desto weiter öffnete sich ihr Mund. Jetzt, als ein wenig Ruhe einkehrt, ergreift sie das Wort. „Kann mich vielleicht mal einer aufklären was das zu bedeuten hat? Habt ihr nicht gesagt, Mr. Carter wäre mit seinen Sohn abgehauen?" Irgendwie haben sie es wohl verpasst, Evelyn schneller einzuweihen, daher übernimmt Leo nun den genauen Ablauf. Er lässt nichts aus, auch nicht den vermeidlichen Unfall oder Mord an Vincent. Sie hört sich das alles genau an und sucht hinter sich nach einem Halt, um sich festzukrallen. Nachdem Leo seine Geschichte beendet hat, schauen alle Anwesenden auf die Krankenschwester.

„Gut" sagt sie sehr leise. „Das ist keine tolle Sache, aber ich kann euer Handeln irgendwie verstehen, vielleicht nicht gutheißen, aber es musste wohl so kommen. Ich habe mir schon gedacht, dass an der

Flucht irgendwas nicht stimmen kann und ich mochte Mr. Carter eh noch nie. Nach der Sache hier werde ich gleich mit einem von euch darüber gehen und mir die Nase anschauen. Aber das war es dann auch, mehr möchte ich mit der Sache nicht zu tun haben." Damit ist das wohl noch mal gut ausgegangen.

„Aber sag mal Eve", beginnt Arlo wieder. „Ich habe gehört, das es Mrs. Stevenson wieder besser geht. Gibt es da was Neues?" Der Themenwechsel tut Evelyn sichtlich gut, denn ihr Gesichtsausdruck erhellt sich schnell. „Ja Arlo, Maria geht es wieder besser. Sie hat eben sogar gegessen und ist bei klaren Verstand. Ihr Fieber ist zwar noch nicht ganz runter, aber bei weiten nicht mehr so hoch wie heute Morgen." Sam ist diejenige, die sich am meisten über diese Worte freut. Aber auch die anderen sind über den neuen Zustand von Maria begeistert.

„Nächster Punkt, die Leichen müssen unten vom Parkplatz weg" kommt von Arlo. „Normal hatten wir erst geplant, sie am Rand zu verscharren, aber das finde ich zu aufwendig. Ich brauche gleich einen Freiwilligen, der mir eben hilft die beiden tiefer in den Wald zu bringen. Dort werden wir sie mit Ästen und Zweigen bedecken und es dabei belassen."

Die ganze Zeit über harrte sein Blick auf Sam, dieses Thema sollte für sie doch sehr sensibel sein, aber er sah in ihrem Gesicht keine Regung. Sie ist einfach bei der Sache, hört gespannt zu, was es zu sagen gibt und verzieht dabei keine Miene. „Ich bin gleich dabei", kommt von Leo.

„Am besten nehmen wir den Bollerwagen, dann brauchen wir die nicht schleppen."

„Aber nicht ohne was da reinzulegen", sagt jetzt Sam zu ihm. „Wir wollen damit noch Essen transportieren, ihr könnt nicht unseren Bollerwagen versauen." Leo nickt Sam einmal zu und gibt ihr Recht.

„Das geht ja alles ziemlich schnell heute, dann ab zum nächsten Punkt." Alle blicken wieder auf Arlo und warten gespannt. „Leo, habt ihr euch um das Haus von Lennart gekümmert? Bei dem ganzen Trubel hatte ich voll vergessen nachzufragen." Yvonne geht einen Schritt in die Mitte und antwortet auf die neuste Frage. „Ja haben wir Arlo, aber wir haben keine Waffen und auch kein Essen gefunden, dafür hat Leo den Boden aufgebrochen und ein lustiges kleines Lager entdeckt." Arlo schaut fragend zu Leo, der aber schnell wieder abwinkt. „Nichts dolles Arlo, ich zeige es dir gleich, nur das bringt uns auch nicht weiter."

„Okay", sagt Arlo und fährt fort. „Wir haben jetzt erst mal ausreichend Essen, das sollte ein wenig reichen, wir müssen natürlich sparsam sein. Es reicht eben nicht für immer und wir sollten überlegen, wie wir dann an Nachschub kommen. Der Supermarkt in Olustee ist nicht mehr zugänglich, wir könnten zwar unter großer Vorsicht noch ein paar Sachen bekommen, aber das wäre nur ein Tropfen auf dem heißen Stein. Ansonsten bietet der Ort ein paar kleinere Lebensmittelläden, die wir auch noch ausräumen können, das bringt uns aber nicht wirklich viel. Es bleibt auch immer die Gefahr, mit dem unbekannten Maskierten aneinanderzugeraten. Wir müssen uns also drauf einstellen, dass wir demnächst weiter fahren müssen. Leo hat auch schon einen Plan oder eben eine Idee wie wir mit dem Spinner in Olustee verfahren. Kannst du bitte weitermachen?"

Alle Köpfe drehen sich zu Leo und er wird ein wenig unsicher. „Okay" sagt er dann „ich habe aber vorher noch was anderes zu berichten. Ich hatte heute Morgen schon mit Yvonne und Sam darüber gesprochen. Irgendwer klaut uns Diesel aus dem Keller."

Emma tretet ein wenig aus ihrer Versenkung nach vorne und Yvonne weicht dadurch ein Stück zurück. „Wie kommst du da darauf, das jemand was geklaut hat?" Fragt sie Leo direkt.

„Ganz einfach, heute Morgen war noch genug da und als ich eben nach kippen wollte, fehlte das meiste. Auch die Kanister sind verschwunden und da ihr es nicht wart, muss es wohl jemand geklaut haben." „Nein, wir brauchten nichts", antwortet Arlo und Emma schaut komisch.

„Der Rover hatte noch genug, aber wer klaut denn Diesel hier im Camp?" „Vielleicht einer, der abhauen möchte und sein Auto heimlich getankt hat", sagt plötzlich Sam. „Das ist doch quatsch", entgegnet ihr Leo. „Keiner kommt hier mit leeren Tank im Urlaub an." „Darf ich auch eben was dazu sagen?" Fragt Sofia, die bis jetzt eher nur stille Zuhörerin war. Leo und Arlo nicken ihr zu. „Also mit Diesel kann ich euch erst mal aushelfen. Diese beiden Verbrecher haben mir den Wagen in Lake City aufgetankt. So sollte noch genug da sein, wir müssen es nur abzapfen."

„Das ist doch schon mal was", sagt Leo darauf. „Gab es da noch eine funktionierende Tankstelle?"

„Nein gab es nicht, aber mitten in der Stadt stand ein Tanklaster, der bis zum Rand voll war. Die haben es davon geklaut." „Hm" antwortet Leo kurz. „Also müssen wir nur dahin und uns den Sprit holen, dann hätten wir genug." „Das ist doch viel zu gefährlich Leo", sagt Arlo jetzt wieder.

„Die ganze Stadt ist voll mit Kranken, wir sollten erst mal den Camper leer pumpen und dann noch die Autos vom Parkplatz plündern. Das sollte dann reichen." „Okay stimme dir zu, ich denke halt schon ein wenig weiter", grinst Leo ihn an.

„Dann ab zum nächsten Punkt, Emma, du bist dran", sagt Arlo und schaut ihr dabei direkt in die Augen, diesmal weicht sie seinem Blick nicht aus. Leo hebt kurz seinen Arm, er war ja noch gar nicht fertig, aber mittlerweile schauen alle zu der Frau, die ja immer noch ein wenig mittig steht. So kann sie jetzt die ganze Gruppe mit ihrer Idee erreichen.

„Ich hatte euch ja schon mit meinem Traum wegen der Umrundung des Camps konfrontiert. Das Holz dafür liegt hier in der Nähe bei einem Sägewerk, wir brauchen es nur holen. Einen Lastwagen haben wir dort auch gesehen, wenn wir den zum Laufen bringen, können wir damit alles transportieren. Dann brauchen wir nur noch jemanden, der das hier alles aufbaut und schon sind wir ein großes Stück sicherer. Leo? Hattest du nicht jemanden im Blick?"

Leo hat seinen Arm schon wieder gesenkt und räuspert sich kurz, er hat wohl nicht damit gerechnet, dass er heute so viel reden muss. Das wollte er gut und gerne alles Arlo überlassen. Aber Emma hat natürlich recht, er wollte da ja noch was zu sagen.

„In Haus 8 wohnt ein gewisser Mr. Torres", fängt er jetzt an. „Wir haben ihn sicher alle schon mal bei den Versammlungen gesehen, bisher treten aber weder er noch sein Mann, dessen Namen ich nicht kenne, hier groß auf. Bei der ersten Bauaktion hier im Camp, also ich meine die Sache mit den Hochsitzen, hat er wohl alles geplant. Habe das aber nur so am Rande mitbekommen, er soll ein Architekt sein. Und ich meine natürlich, wenn er so was wie diese Hochsitze hinbekommt, dann wird er wohl auch eine Holzwand bauen können." „Krass" sagt nun Emma. „Ich dachte echt, der Vincent hat das alles gemacht." „Nein Emma" antwortet wieder Leo. „Der hat sich nur um das Holz gekümmert, das wahre Genie war wohl unser Mr. Torres." „Und der ist mit seinem Mann hier hergekommen?" Fragt Yvonne. „Ist das ein schwules Pärchen?" „Ja Yvonne, er ist mit seinem Mann hier, aber ich weiß nicht, ob sie verheiratet sind. Hatte ja eben erwähnt, das die sich echt rar machen."

Nun schaltet sich aber Arlo wieder ins Gespräch. „Ist doch egal, was sie sind, wir sollten ihn mal mit unserer Idee konfrontieren und schauen was er dazu sagt. Wenn er das wirklich kann, dann wäre ich dafür das wir am besten morgen schon das Holz holen." „Tolle Idee" gibt Emma dazu. Endlich schaut sie Arlo mal wieder normal an, liegt sicher auch daran, weil er sich so für ihre Idee einsetzt.

„Wer hat dir das eigentlich alles erzählt Leo, also die Sache mit den Hochsitzen und Mr. Torres? Ihr wart doch an dem Tag noch gar nicht hier." Fragt Emma nun ein wenig nachforschend. Leo beugt sich ein wenig vor und lächelt in Richtung Evelyn. „Das war Milo, man kann sich sehr gut mit ihm unterhalten und da er gerade auf so einen Teil steht, hat er mir natürlich die ganze Geschichte

erzählt." Emma nickt darauf einmal in seine Richtung und ist vollkommen zufrieden.

„Meine nächste Frage bezieht sich wohl eher auf was belangloses." Es sieht fast schon so aus, als ob Arlo sich für die nächste Frage schämt. „Kann mir vielleicht mal einer erklären, warum das mit dem Wetter hier so komisch ist? Gestern haben wir uns beim Regen noch den Arsch abgefroren und heute schwitzen wir. Ist das hier immer so krass? Also der Unterschied zwischen den beiden Tagen finde ich enorm." Evelyn ist wohl diejenige, die eine Antwort darauf hat.

„Ich bin ja schon öfters hier gewesen und es war jedes mal das gleiche. Das liegt sicher am dichten Wald. Also ich meine, wenn es regnet, ist es hier besonders kalt, da die Bäume die Wärme nicht wirklich durchlassen." „Danke Eve, daran hatte ich noch gar nicht gedacht. Aber man lernt nicht aus", antwortet Arlo und schaut freundlich in ihre Richtung.

„Aber was war dir an der Frage denn so peinlich Arlo?" Fragt jetzt Sofia, die sich auch mal wieder einbringen möchte. Arlo dreht sich zu ihr um. „Na ja, wir reden hier voll über wichtige Themen, die was mit dem Überleben zu tun haben und ich fange auf einmal mit dem Wetter an. Fand das irgendwie nicht so angebracht." Evelyn meldet sich darauf noch mal. „Arlo vor ein paar Tagen hat sich fast noch die gesamte Menschheit über das Wetter unterhalten. Wir sollten nicht vergessen, das wir trotz der ganzen Scheiße noch Menschen sind. Dies alles hier sollte uns nicht verändern, es macht uns sicher härter und vielleicht auch ein wenig stärker, wir müssen hin und wieder fragwürdige Entscheidungen treffen und auch mal aus uns raus kommen, aber am Ende bin ich immer noch die Krankenschwester und Sam hier die Kindergärtnerin. Lasst uns das nicht vergessen, denn wenn uns das alles abhanden kommt, dann hat die Menschheit schon verloren."

Nach dieser Ansprache ist es absolut still in der Küche. Alle schauen eher nachdenklich zu Boden und bei Sam kommt sogar eine kleine Träne zum Vorschein. Evelyn hat wohl bei allen einen Nerv getroffen, nur Emma scheint sich schnell wieder zu fangen.

„Natürlich hat Evelyn damit vollkommen recht, aber trotzdem möchte ich wieder auf ein wichtiges Thema zurückkommen, welches Leo eben erklären wollte. Die Beschaffung von neuen Waffen, um uns hier zu verteidigen." „Ja stimmt", sagt Arlo. „Wie viele Waffen haben wir jetzt eigentlich?"

Für Waffen ist wohl Leo verantwortlich, obwohl er mit so was nie was zu tun haben wollte. Aber er hat sich damit abgefunden.

„Ihr habt mich ja eben nach der Dieselgeschichte einfach ignoriert, ich war noch gar nicht fertig. Also wir haben 5 Gewehre und 4 Pistolen plus den Revolver von Emma." „Der ist mir leider heute kaputt gegangen", gibt Emma kurz dabei. Leo schaut sie einmal ungläubig an, er kann wohl nicht wirklich verstehen, wie so was einfach passieren kann. Aber bevor er mit Emma eine Diskussion eingeht, redet er lieber zu allen weiter.

„Ich bin dafür, das wir 2 bewaffnete 2er Trupps nach Olustee schicken und dort diesen Maskierten aufstöbern. Der hat einige große Waffen, die wir echt gut gebrauchen können." „Willst du sie ihm einfach wegnehmen oder lieb Fragen?" Möchte Sam gerne wissen, die mit der Idee nicht wirklich einverstanden ist.

Leo dreht sich zu ihr um. „Fragen ganz sicher nicht, habe in erster Linie daran gedacht, dass wir sie klauen. Aber ich denke, es wird nicht einfach werden und sicher zu einen Kampf kommen, denn der Kerl ist gefährlich. Aber wenn wir ihn beseitigen, dann haben wir auch noch eine andere Gefahr vom Hintern." „Du willst ihn also ermorden?" Fragt wieder Sam. „Wenn ich ehrlich bin, genau darauf läuft es wohl hinaus. Ich bin ja auch nicht dafür, aber er hat das, was wir brauchen und wird uns das sicher nicht freiwillig geben, was sollen wir sonst machen?" Antwortet Leo wieder in Richtung Sam, die sich nun ein wenig vor ihm aufbaut, auch wenn das ziemlich lächerlich aussieht. „Wir könnten ihn ja fragen, ob er sich uns anschließt." Das war wohl die falsche Ansage von Sam, denn Emma fährt hoch wie eine Tarantel. „Das kannst du sofort wieder vergessen Sam, der Kerl wollte uns heute umbringen und hat mit einer Panzerwumme auf uns geschossen."

„Panzerfaust" korrigiert sie Leo. „Das ist mir eigentlich gerade egal, wie das scheiß Teil heißt, aber dieser Kerl wird hier nicht wohnen. Also wann geht es los Leo, ich bin ganz sicher dabei." „Erst mal langsam Emma", kommt Arlo ihr dazwischen. „Es ist erst mal nur eine Idee, wir sind noch nicht soweit, das wir sie auch ausführen. Die anderen Sachen sind erst mal wichtiger und dann können wir immer noch darüber reden."

Ziemlich enttäuscht zieht sich Emma wieder zurück und Yvonne lächelt ein wenig, denn das tat ihr gerade echt gut, die große selbstbewusste Frau wurde zurechtgewiesen.

„Dann sind wir wohl erst mal durch mit allen" versucht Arlo das Ganze zu beenden. „Wir sollten jetzt mal zur Tat schreiten und die heutigen Sachen zügig beenden. Eve und Leo kommen erst mal mit mir nach Lennart und danach bringen wir die Leichen weg. Um die Sache mit dem Diesel muss sich auch noch einer kümmern." „Das mache ich", spricht Emma einfach dazwischen.

„Okay Emma" fährt Arlo fort. „Danach sollten wir uns noch mit Mr. Torres unterhalten und den Rest des Tages ein wenig ruhiger angehen lassen. Wie sieht das mit den Wachen aus? Werden die abgelöst und bekommen Verpflegung?" „Ja das läuft alles perfekt, Milo und Jacob wollen nicht abgelöst werden und Mr. Stevenson wurde von den beiden Studenten abgelöst. Essen und trinken haben alle bekommen", antwortet Leo.

„Gut, Eve würdest du bitte deine Tasche holen, damit wir nach Lennart schauen können? Ich packe in der Zwischenzeit Essen und Trinken ein, damit er nicht aus den Latschen kippt." „Ja, ich gehe sofort meine Sachen holen", antwortet Eve und will sich gerade auf machen, als Sam sie noch anspricht. „Eve warte, ich komme mit, ich wollte noch kurz mit dir sprechen." Beide verschwinden aus dem Lager und auch Sofia geht nach draußen. „Kommst du bitte gleich nach mir Emma, dann machen wir das mit dem Tank eben zusammen." Von der kommt nur ein kurzes nicken.

Sofia verschwindet und Emma geht nach unten in den Keller. „Und was soll ich machen?" Fragt jetzt die übrig gebliebene Yvonne. „Vielleicht schon mal mit dem Abendessen anfangen?" Fragt Leo sehr vorsichtig. Aber anstatt das Yve auf diese Idee negativ reagiert, nimmt sie sich ihre erstellten Listen und geht ins Lager. Zurück bleiben nur noch Leo und Arlo, die dann aber auch nach draußen laufen und auf Evelyn warten. Die Verpflegung für Lennart haben sie sofort mit genommen.

„Wir müssen das Lager nun immer abschließen, wenn keiner von uns da drin ist", sagt Arlo draußen zu Leo. „Ja besser ist das, aber wenn ich denjenigen erwische, der uns hier beklaut, dann drehe ich dem den Hals um"......wo wir dann mal wieder bei der Gewalt sind...

Kapitel 32

Arlo und Leo stehen sich draußen die Beine in den Bauch, von weiten sehen sie aber, das Evelyn sich nähert. Sie war wohl noch bei Maria oder hat ihre Tasche dort liegen lassen. Völlig aus der Puste kommt sie bei den beiden an.

„Tut mir leid, ich war noch eben bei Maria." „Und, wie geht es ihr?" Fragt Arlo besorgt. „Es geht, das Fieber ist noch nicht ganz weg, sie war gerade am Schlafen. Aber ich denke, sie hat das Schlimmste überstanden." „Dann lass uns das mit Lennart mal hinter uns bringen", sagt Leo und läuft langsam voraus. Arlo und Evelyn folgen ihm.

Auch Emma ist mittlerweile wieder oben angekommen und geht mit einem Kanister zu Sofia. Yvonne richtet schon das Abendbrot, hält es aber ziemlich knapp, sie weiß ja selber, das nun gespart werden muss.

Sam ist derzeit zu Hause, also in Nummer 13, dem neuen Heim, sitzt auf der Couch und macht sich über alles Gedanken. Sie hat begriffen, dass es kein Zurück mehr gibt. Sogar die sauberen Räume interessieren sie gerade gar nicht, ihre Zwangsneurose ist mittlerweile sehr weit weg, das einzige Positive an der ganzen Sache.

„So Arlo, jetzt zeige ich dir meinen Fund von heute Morgen. Ist eigentlich recht lustig, wenn man bedenkt, das es im Boden unter den Brettern versteckt war." Arlo geht mit Leo ins Wohnzimmer und Eve kommt erst mal hinterher, alleine will sie nämlich nicht nach Lennart schauen. Alle drei bewegen sich auf ein Loch zu, welches mittig im Raum aus dem Boden ragt und bleiben an der Kante stehen.

„Was ist das Leo?" Fragt Arlo sehr nachdenklich. Das einzige, was er erkennen kann, sind einige große Fässer, die schön nebeneinander aufgebaut unterhalb des Loches stehen.

„Das, mein lieber Arlo sind Weinfässer. Und zwar nicht irgendwelche Weinfässer, nein das ist das beste vom besten." „Weinfässer?" Fragt Arlo irritiert. „Warum sollte Lennart hier unten Weinfässer verstecken?" „Das frage ich mich gerade auch", gibt Evelyn sehr nachdenklich dabei. Leo schaut die beiden mit einem Grinsen an. „Ihr habt keine Ahnung von Wein, habe ich recht? Das hier meine Freunde, sind Weinfässer von einem sehr hohen Wert. Das ist schon fast wie eine Lebensversicherung. Er hat sie sicher hier versteckt, damit sie keiner findet." „Ja, das passt zu ihm", sagt Arlo nur darauf, ohne weiter auf die Fässer einzugehen. „Lasst uns das mal im Hinterkopf behalten", fängt Leo wieder an. „Ich denke halt schon weiter und wenn das da draußen noch schlimmer wird, dann haben wir hier eine gute Ware zum Handeln." „Deine Gedankengänge muss mal einer verstehen Leo", sagt Arlo belustigt. „Aber irgendwie auch genial, denn Geld ist in dieser Welt wohl nichts mehr wert und wenn es da draußen noch andere Camps gibt, dann ist das echt ein gutes Tauschmittel."

Leo steht vor den beiden wie ein kleiner King. Er hat wohl nicht damit gerechnet, das seine Idee so gut ankommt. Aber Evelyn muss natürlich ihre Meinung dazu noch abgeben.

„Ich dachte eigentlich eher daran, das du das alles trinken willst Leo und das du deswegen so gut gelaunt bist." Arlo kann sich das Lachen nicht verkneifen und auch Leo beginnt damit, nachdem er den Witz verstanden hat. Aber schnell ist die gute Laune wieder verflogen.

„Lasst uns das jetzt mit Lennart hinter uns bringen, ich möchte so schnell es geht hier raus", sagt Evelyn, die sich auch schon auf dem Weg zum Bad gemacht hat. Also folgen die beiden Männer ihr zügig und Leo geht als erstes rein, das Licht ist immer noch an und Lennart schaut die Ankömmlinge mit zusammengekniffenen Augen entgegen.

Als er aber Evelyn sieht, erhellt sich seine Miene, als ob er eine Chance wittert, endlich hier raus zu kommen. Da hat er sich zu viel versprochen, denn Eve geht gar nicht auf ihn ein, Mr. Carter widert sie sogar an, ihr Gesichtsausdruck zeigt das allen Anwesenden sehr eindeutig. Erst untersucht sie seine Nase, dann legt sie ein paar Tabletten auf die Ablage unter dem Spiegel und ohne ein Wort zu sagen, verlässt sie das Bad. Arlo geht ihr hinterher und schließt die Tür, im Augenwinkel hat er noch gesehen, wie Leo sich an den mitgebrachten Lebensmitteln zu schaffen macht.

„Alles gut Eve?" Fragt er die sehr geknickte Frau. Langsam dreht sie sich zu ihm um und ihr Blick lässt nichts Gutes erahnen. „Arlo, ich bin immer noch der Meinung, das es nicht gut ist, einen Menschen einzusperren, egal was er gemacht hat, es ist nicht rechtens. Aber Angesicht der derzeitigen Lage, ich meine damit wie es da draußen läuft, halte ich Stillschweigen über das Ganze. Ich wusste schon immer, dass Mr. Carter ein schlechter Mensch ist, ich hätte ihm zum Beispiel nie eins meiner Kinder anvertraut." „Danke Eve" antwortet Arlo darauf. „Aber was ist jetzt mit seiner Nase?" „Die ist nicht gebrochen, vielleicht ein wenig angeknackst, aber mehr auch nicht. Gebt ihm die Schmerztabletten, die ich hingelegt habe, eine am Tag und es wird schnell wieder besser."

Arlo drückt Eve einmal und begleitet sie noch vor die Haustür.

„Sagst du bitte Leo, dass ich ihn gleich noch mal sprechen muss?" Sagt sie noch auf der Schwelle und Arlo nickt ihr zu. Nachdem Evelyn ihren Weg angetreten hat, geht er wieder rein und direkt zurück ins Bad. Da ist Leo gerade dabei, Lennart mit einem Brot zu füttern. Wäre die ganze Sache nicht so ernst, könnte man glatt darüber lachen, weil das alles sehr lustig aussieht.

„Ach, der andere Kidnapper kommt auch noch mal zurück", sagt Lennart beim Kauen.

„Halt dein Maul", bekommt er von Leo zu hören. Arlo lässt sich selber gar nicht drauf ein, sondern geht zum Spiegel und schaut nach den Tabletten.

„Ich habe ihm schon eine gegeben", sagt Leo. „Eine pro Tag hat Eve gesagt." „Mir ist das eigentlich Latte" knurrt Leo und steckt ein neues Stück Brot bei Lennart in den Mund.

„Wie soll das eigentlich jetzt weiter gehen?" Fragt Lennart die beiden.

„Wollt ihr mich hier drin verrecken lassen? Ich muss auch mal aufs Klo und meine Arme spüre ich auch nicht mehr." „Du bist an der ganzen Scheiße selber Schuld", sagt Arlo darauf. Leo blickt abwechselnd zu beiden und hat seine eigene Meinung. „Weißt du Arlo, eigentlich hat er recht, das kann so nicht lange gut gehen. Daher bin ich immer noch dafür, ihn zu beseitigen. Es muss ja keiner mitbekommen, zur Not erzählen wir halt, das er geflohen ist."

Dem Lennart fällt gerade das Leben aus dem Gesicht und er öffnet lieber wieder seinen Mund, um das nächste Essen zu empfangen. „Wir reden gleich darüber Leo, Eve möchte dich auch noch gerne kurz sprechen, kein Plan worum es geht." Leo nimmt eine Flasche Wasser und hält sie Lennart an den Mund, der auch sofort anfängt zu trinken. Seine Aussage hat ihn gerade wie durch ein Wunder handzahm gemacht. „Willst du dabei sein, wenn ich ihn gleich losmache und aufs Klo lasse?" Fragt Leo, nachdem die Flasche leer getrunken ist. Arlo winkt aber sofort ab und verlässt das Gefängnis. „Ich warte nebenan, mach es bitte so schmerzlos, wie es geht."

Im Wohnzimmer angekommen steht Arlo vor dem Loch im Boden und schaut noch mal auf die Fässer. Ihm fällt in einer Ecke eine kleine Schatulle auf, die Leo wohl übersehen hat. Langsam klettert er hinab und holt das Teil aus der Dunkelheit, es sicht fast so aus, als handelt es sich um eine Schmuckkästchen. Wieder oben angekommen wundert er sich erst mal, denn sie ist nicht abgeschlossen, also öffnet er sie und schaut hinein.

Oben auf liegen mehrere große Geldscheine, die er erst mal raus nimmt und weglegt. Darunter kommt ihm ein Foto entgegen, auf dem ist Lennart, eine Frau und auch Vincent, sie sehen tatsächlich glücklich aus. Weiter unten stößt er dann auf einigen Schmuck, der wohl Lennarts Frau gehört hatte, aber sein Blick ist eher auf ein kleines Buch gerichtet, was ganz am Grund liegt. Es handelt sich um ein gebundenes Tagebuch aus Leder. Das hat seiner Frau gehört, denn der Name Scarlett Carter steht vorne drauf. Arlo öffnet es vorsichtig und eine weibliche Schrift strahlt ihm entgegen. Das Buch hat viele beschriebene Seiten und er blättert einfach so durch, bis er ans Ende kommt. Die letzten Einträge sind in einem ziemlich schlechten Zustand und auch die Schrift ist nicht mit der von vorne zu vergleichen, aber er kann sie trotzdem lesen.

„Die Trennung von Lennart bekommt mir echt gut und ich bin froh, dass ich so gehandelt habe. Aber für meinen Sohn tut es mir leid. Auch wenn ich Lennart absolut verabscheue, so ist mir klar geworden, dass es besser ist, wenn er bei ihm bleibt. Das was er braucht, kann ich ihm halt nicht geben und nie im Leben werde ich noch mal zurück in den Wald gehen."

Arlo blättert weiter und alle Seiten haben nur noch diese schlechte Qualität. Im Weiteren geht es darum, das sie sich langsam in der neuen Wohnung einlebt und auch schon jemand nettes kennen gelernt hat. Richtig interessant wird es erst wieder auf der letzten Seite. Arlo beginnt lauter zu lesen.

„Ich habe das Gefühl, das ich verfolgt werde und ich weiß, das Lennart dahinter steckt. Schon seit 3 Tagen sehe ich diesen dunkelhäutigen Mann, der immer und immer wieder da auftaucht, wo ich komischerweise hingehe." Der nächste Eintrag im Buch ist noch eindeutiger.

„Jetzt habe ich ihn erkannt. Dieser Kerl war damals bei Vincent in der Schulklasse und hatte des Öfteren bei Lennart ausgeholfen. Er ist älter geworden, aber soweit ich mich erinnere, ist er ein Jahr vor Vincent aus der Schule geflogen und zwar wegen Diebstahl. Lennart hatte ihn dann einen Sommer bei uns aufgenommen weil er angeblich Mitleid mit ihm hatte. Das war das Jahr, wo ich in Kur gefahren bin, daher hatte ich ihn nur ganz kurz vor meiner Abreise gesehen. Aber er ist es ganz eindeutig. Jetzt bekomme ich es echt mit der Angst zu tun. So kurz vor dem Scheidungstermin taucht dieser Kerl hier auf und beobachtet mich. Morgen werde ich mit Victor zur Polizei gehen, ich glaube, der will nichts Gutes."

Arlo schaut nachdenklich auf das Buch, das war der letzte Eintrag, sie hatte wohl keine Möglichkeit, noch mehr zu schreiben. Leo kommt gerade aus dem Bad und bleibt kurz vor dem Loch stehen und blickt hinein.

„So, er hat sein Geschäft gemacht und hat auch nichts versucht. Was hast du da in der Hand?" Arlo wirft ihm das Tagebuch zu, das Leo gekonnt aufschnappt.

„So wie es aussieht, hat unser toller Lennart seine Frau ermorden lassen", gibt er noch hinterher. „Wie kommt du denn auf so was?" „Das ist das Tagebuch seiner verstorbenen Frau, ich habe es unten in dem Loch gefunden. Schau dir den letzten Eintrag an."

Leo öffnet das Buch und fängt an zu lesen. Irgendwie kann man ihm sofort ansehen, das er die Sache kaum glauben kann.

„Dieses verdammte Schwein, er hat seine Frau von dem Schwarzen umbringen lassen, damit er nicht zahlen muss. Eindeutiger geht es wohl nicht", sagt er nach dem lesen.

„Genau so sieht es aus, unser Lennart wird immer mehr zum Schwein und darum lag das Buch auch gut versteckt da unten." Leo schmeißt Arlo das Buch wieder zu. „Am besten packst du den Mist wieder zurück, zur Polizei kannst du wohl nicht mehr gehen. Was ich aber nicht verstehe, warum haben die Carters dann so einen Hass auf Schwarze?" „Gute Frage Leo, ich kann mir nur vorstellen, das er seinen Sohn was vorgespielt hat, damit es nicht auffällt, dass er dahinter steckt." „Scheiße Arlo, das kann sein." Leo steht ziemlich nachdenklich im Wohnzimmer und blickt auf seinen Freund. Arlo legt das Buch und auch alle anderen Sachen zurück in die Schatulle und schmeißt sie ins Loch.

„Das bleibt erst mal unter uns Leo, am besten gehst du eben nach Eve und ich gehe kurz nach Jacob. Habe ihm noch gar nicht für die heutige Sache gedankt, denke das bin ich ihm schuldig. Wir treffen uns dann wieder vor dem Lager." „Ist okay Arlo."

Sie verlassen das Haus und gehen in verschiedene Richtungen davon. Emma ist gerade dabei, mit einem Schlauch den Diesel aus dem Camper zu holen und Sofia steht daneben und behält alles im Blick, helfen kann sie dabei nicht. Emma blickt kurz auf, als Leo vorbeikommt und wendet sich dann wieder ihrer Arbeit zu, Sofia lächelt ihn aber freundlich an.

Sam ist eingeschlafen und wird durch ein knackendes Geräusch wach. Sie öffnet die Augen und sieht gerade noch, wie die Tür von außen geschlossen wird.

„Ist ja mal wieder klar, die kommen hier her und lassen mich einfach schlafen. Ist ja nur die blöde Sam, die eh nichts kann", sagt sie zu sich selber und rennt zur Tür, um den Blödmann noch zu stellen. Sie läuft nach draußen und schaut sich um, aber da ist niemand, keiner ist unterwegs, nur ganz unten kann sie Emma und Sofia am Camper erkennen. Sichtlich irritiert geht sie zurück ins Haus und dort direkt in die Küche, wo sie sich ein Glas Wasser einfüllt und es auf Ex leer trinkt.

„Mensch, habe ich jetzt schon Halluzinationen?" Genau in diesen Moment klopft es an der Tür und Sam lässt vor Schock das Glas fallen, was in 1000 Stücke am Boden zerschellt.

„Verdammte Scheiße" sagt sie kurz und geht langsam zur Tür. Sie hat gerade schon ein wenig Angst zu öffnen, aber sie weiß gar nicht warum. Aber es kommt sofort die Erleichterung, es stehen nur Jessica und Sarah mit einer Handvoll gemalter Schilder vor der Tür.

„Hey Sam", sagt Jessi und auch Sarah grüßt sie ähnlich. Sam guckt die beiden an, als ob sie Fremde wären. „Ist irgendwas passiert Sam?" Fragt Sarah, da sie gesehen hat, dass sie ein wenig komisch aus der Wäsche schaut.

„Wart ihr gerade schon einmal hier?" Sarah und Jessi blicken sich an. „Nein, wir sind gerade direkt hier her gekommen", antwortet Jessi. „Na dann weiß ich auch nicht", sagt Sam darauf.

„Also, was kann ich für euch tun?" Wieder schauen sich die beiden Besucher kurz an und schon ergreift Jessica das Wort. „Wir wollten dich eigentlich fragen, ob du mal eben Zeit und Lust hast, die Schilder mit uns aufzustellen. Wir sollen das ja nicht alleine machen und Leo und Arlo sind gleich auch da unten, um die Leichen wegzuschaffen."

Sams Blick geht zu Boden, sie hätte am liebsten die beiden Leichen vergessen, aber so einfach ist das wohl nicht, auch Jessi bemerkt ihren Fehler.

„Scheiße tut mir leid, ich rede hier über die Leichen, als ob es schon was Alltägliches ist und außerdem habe ich auch noch vergessen, das du was damit zu tun hattest." „Wir können auch jemand anderen Fragen" gibt Sarah noch dabei. „Nein nein, schon gut. Ich ziehe mir eben was anderes an und komme dann."

Sam macht die Tür zu und lässt die beiden draußen stehen, was denen aber sehr zu Gute kommt. Sie schaut noch kurz in die Küche, blickt auf die Scherben am Boden und geht einfach wieder raus. Draußen fühlen sich Jessi und Sarah gerade voll schlecht. „Man, was sind wir belämmert Jessi, warum Fragen wir auch Sam, sie hat den einen doch erschossen." „Ja ich weiß, aber soll man sich nicht seinen Dämonen stellen?" Sarah schaut Jessi ziemlich ungelegen an. „Du weißt schon, das du ganz schön einen an der Waffel hast?" Jessica fängt kurz an zu lachen. „Klar habe ich das, aber was erwartest du von mir, diese Welt ist im Eimer und ich passe mich halt an." Jetzt lacht auch Sarah mit und ist mit Jessica wohl noch nicht ganz fertig. „Du warst auch schon im Eimer, als die Welt noch normal war." Die Tür öffnet sich und Sam steht frisch angezogen vor dem beiden lachenden Frauen, die bei ihrem Anblick auch sofort verstummen.

„Habe ich irgendwas verpasst?" Fragt sie zurückhaltend. „Wir hatten uns nur darüber unterhalten, wie bescheuert wir mittlerweile sind", antwortet Jessi. „Oder eben schon immer waren", gibt Sarah dabei. Wieder fangen sie an zu kichern und bewegen sich dann zusammen mit Sam in Richtung vorderes Camp. Die angemalten Schilder tragen die beiden unterm Arm, so wie es aussieht, haben die sich echt viel Mühe gegeben.

Arlo kommt von Jacob zurück und sieht das Leo schon mit dem Bollerwagen wartet. Das Gespräch mit dem alten Herren war recht interessant, vor allem weil er erfahren hat, das er früher ein Marine war. Auch in Vietnam war er eine Weile stationiert. Das verändert die Wichtigkeit von ihm rapide, so jemanden kann man gebrauchen.

„Wird echt Zeit das du mal kommst", begrüßt ihn Leo und lehnt sich auf den Hebel des Bollerwagens. „Wenn ich mich dich so anschaue Leo, dann wird es wohl eher mal Zeit für eine Dusche." Leo schaut an sich runter. „Da hast du wohl recht, wenn wir gleich fertig sind, mache ich mich auf den Weg, nur blöd das ich nichts zum wechseln dabei habe." „Tja Leo, entweder suchen wir dir was bei den anderen, oder du läufst halt nackig herum." Ziemlich belustigt schaut Leo ihn an. „Das kann ich euch Männern nicht antun." „Wie kommt du denn auf so einen Gedanken?" Leo kommt nach der Frage ein wenig näher. „Na ja, verstehst du Arlo, wenn ich hier nackt rumlaufe, dann werdet ihr alle vor Neid erblassen und das weite suchen und ich kann mich der ganzen Frauen hier alleine annehmen, das geht doch nicht." Arlo schaut Leo kurz an und beginnt zu lachen. „Deinen Witz hätte ich auch gerne, aber sag mal, was wollte Eve denn so Wichtiges von dir?" Leo zieht sich wieder ein wenig zurück, nicht das jemand denkt, er wäre nun vom anderen Ufer. „Ging um ihren Sohn, der hat sich wohl heute Morgen einen geleistet. Erzähle ich dir später, lass uns jetzt endlich die Leichen wegschaffen."

Sam,Sarah und Jessica kommen auch gerade bei den beiden an und Sam möchte nach einen kurzen Kuss erfahren, was denn so lustig war. Arlo schaut bei ihr über die Schulter und sieht, das Emma weiterhin nicht an ihn interessiert ist. Sogar der Kuss von Sam lässt sie völlig kalt, aber er hat ja auch schon gemerkt, das sie sich eher auf Yvonne eingeschossen hat.

„Ihr Damen müsst nicht alles wissen", sagt Leo nun, da Arlo immer noch in Gedanken versunken ist. Erst jetzt orientiert er sich wieder auf die Situation, die genau vor ihm abläuft. „Oh, ihr habt die Schilder fertig?" Sarah hält Arlo nach seiner Frage die Schilder einzeln vor die Nase. „Und was sagst du?" Gibt sie noch dabei. „Perfekt würde ich sagen", antwortet Arlo absolut ehrlich.

Dafür, das die beiden nicht viel Material zur Verfügung hatten, sind die Teile recht gut geworden. Man kann jedenfalls sofort erkennen, worum es geht und zwar das dieses Camp erst schießt und dann fragt. Die Schildflächen haben sie aus dem Generatorraum, die lagen da einfach so herum. Die wurden sicher mal für Spiele im Wald benutzt.

Die Stangen selber sind noch von den Hochsitzen übrig geblieben, also war die Sache doch nicht so schwer.

„Wollt ihr die jetzt da unten aufstellen?" Fragt Arlo die Drei. „Ja, genau das haben wir vor", antwortet Jessi. Arlo und Leo schauen sich die Frauen noch mal genauer an.

„Habt ihr eine Waffe?" Möchte Arlo wissen. Die Damen schauen sich kurz an und alle verneinen die Sache mit einem Kopfschütteln. Arlo greift in seine Hose, holt seine Pistole raus und hält sie ihnen hin. „Also einer von euch muss das Ding schon mitnehmen, ansonsten kommt ihr mir nicht da runter." Sam schaut zur Seite, für heute will sie keine Waffe mehr in die Hand nehmen. Auch Sarah hält abweisend ihre Arme vor sich, also erbarmt sich doch tatsächlich Jessi. Leo schaut sich das kurz an und ist nicht wirklich davon begeistert, aber trotzdem zeigt er ihr noch das Handling der Pistole.

„Ihr wartet kurz hier, bis wir mit dem Bollerwagen und dem Inhalt von der Straße sind. Sam braucht das nicht noch mal sehen", sagt Arlo jetzt ziemlich streng. Seine Frau hat mittlerweile die Schilder von Jessi genommen und schaut ihn direkt an. Sie ist mit dieser Idee mehr als nur zufrieden. Also fängt Leo an, die Karre Richtung Schranke zu ziehen und auch Arlo setzt sich in Bewegung, um den Anschluss nicht zu verlieren. Yvonne schaut einmal aus der Küchentür, verschwindet aber sofort wieder, nachdem die beiden aufgebrochen sind.

„Yvonne geht ja völlig auf bei ihrer Küchenarbeit", sagt Leo auf dem Weg nach unten.

„Ja, das sieht so aus, aber sie sollte das Essen gleich nicht verteilen", antwortet Arlo. Leo schaut in komisch von der Seite an, stolpert kurz über einen vorstehenden Stein, fängt sich aber schnell wieder und geht einfach weiter. „Warum?" Fragt er. „Ganz einfach, weil sie genau wie du eine Dusche brauch. Sie sieht ja nicht gerade besser aus und sollte in so einem Zustand nicht das Essen herum bringen." „Ach, das meinst du Arlo, stimmt schon, ich nehme sie gleich einfach mit. Aber für sie brauchen wir natürlich auch noch neue Klamotten." „Das regeln wir schon irgendwie, es werden ja wohl für euch beiden passende Sachen vorhanden sein, irgendwas wird sich schon finden, kann auch sein das Sams Yvonne passen."

Sie haben beide gar nicht mitbekommen das sie schon unten auf der Straße angekommen sind, denn die beiden Leichen liegen genau zu ihren Füßen.

„Scheiße alles" sagt Leo nur kurz und knapp beim Betrachten der Toten. Auch Arlo schaut entgeistert auf die beiden Körper. „Meinst du, die waren vor dem Scheiß auch schon Arschlöcher?" Fragt Leo. „Kein Plan, aber das interessiert jetzt niemanden mehr. Die haben uns in Gefahr gebracht und haben ihre Quittung bekommen." Leo bückt sich nach unten und packt sich den Kerl, den Sam erschossen hat. Arlo ist auch sofort dabei und nimmt die Füße. Langsam heben sie die Leiche in den Bollerwagen, den Yvonne vorher noch einen Riesen Plastiksack verpasst hat. Dann holen sie sich den Zweiten von Jacob, den sie einfach auf den anderen legen. Leo packt sich den Wagen und fängt an zu ziehen, trotz das der nun voll beladen ist, hat er keine Schwierigkeiten, voranzukommen. Ein Hilfeangebot von Arlo lehnt er einfach ab, auch dann noch, als auf seine Schulter hingewiesen wurde. Zusammen mit dem Bollerwagen und der doch ungewöhnlichen Ladung erreichen sie schnell den Parkplatz. Arlo ist schon ein Stück weiter und winkt den Damen oben zu, die immer noch an der Schranke auf ihren Einsatz warten. Dann gesellt er sich wieder zu Leo.

„Das Motorrad kommt mir irgendwie bekannt vor" sagt er schnell zu ihm, als sie das Teil passieren. Der hält kurz an und schaut noch mal auf die Kawasaki, die ihm und Yvonne echt geholfen hat.

„Die gehörte einem Penner aus eurem Haus." Ein wenig komisch schaut Arlo jetzt doch.

„Du kanntest den und der war ein Penner?" „Nur flüchtig, aber der hat die Katze von Yvonne gefressen." Jetzt weiß Arlo gar nichts mehr zu sagen. Er zeigt einmal Richtung Wald und Leo zieht wieder an. Ziemlich mysteriös das Ganze.

Direkt hinter dem Parkplatz sehen die beiden einen kleinen Trampelpfad, der in den Wald führt. Ohne noch einmal zu fragen, klemmt sich Arlo hinter den Wagen und fängt an zu schieben. 200

Meter weiter bleibt Leo kurz stehen und braucht eine Pause, er dreht sich zu Arlo und schaut nach ihm.

„Alles okay?" Fragt er besorgt. „Ja, wir können sicher gleich weiter, aber dieser Weg eignet sich auch nicht wirklich für so eine Karre." Leo schaut sich kurz die Beschaffenheit an und nickt unauffällig. „Sag mal Arlo, was hast du gemacht, also vor diesem ganzen Scheiß."

Arlo geht vom Heck nach vorne, um besser mit ihm reden zu können. „Ich war Fernsehtechniker." Leo bringt das ein wenig zum Lachen. „Nicht gerade der beste Job um in dieser Apokalypse was zu reißen." Jetzt fängt auch Arlo an zu lachen. „Nein nicht wirklich, aber einen Reporter braucht wohl jetzt auch keiner mehr." Leo schaut Arlo kurz intensiv an und lacht dann weiter.

„Wer weiß Arlo, vielleicht braucht die Welt ja irgendwann mal einen guten Reporter, um über diesen ganzen Mist zu berichten." „Da willst du aber ziemlich hoch hinaus", gibt Arlo zu seinen Besten. Leo kriegt sich langsam wieder ein.

„Wir sollten mal weiter, denn lange bleibt es nicht mehr hell." Arlo geht wieder nach hinten und packt sich den Bollerwagen. „Ich bin bereit, wenn du es bist, aber sag mal, wie weit wollen wir noch?" „Weiß ich auch nicht", antwortet Leo. „Aber besser weiter weg, nicht, dass die Leichen hier noch irgendwelche Kranken anlocken." Schon geht es weiter mit der Reise durch den Wald.

Sam hält die Schilder an der Holzstange und Yvonne haut mit dem mitgenommenen Hammer oben drauf. Die Kleine Sam musste sich nach den ersten Schlägen leider ihr Shirt ausziehen, weil das hämmern einfach zu laut war. Das Teil liegt nun als Puffer dazwischen und sie steht am Rande des Parkplatzes nur noch mit einem BH. Jessi befindet sich 2 Meter von ihnen entfernt und dreht sich durchgehend im Kreis. Die Waffe hat sie fest in ihren Händen und achtet peinlich genau auf jedes Geräusch. Zwei mal hat sie von Sarah schon einen auf den Sack bekommen, da sie mit der Pistole in ihre Richtung herumgewedelt hat. Jetzt dreht sie sich wieder zu ihnen und blickt direkt auf Sam.

Sarah schlägt mit dem Hammer auf den ziemlich dünnen Holzstock und verfehlt ihn ein wenig. „Kann es sein, das die Frau mit dem BH dich irritiert?" Fragt Jessi jetzt ziemlich dreist.

Sarah schaut sie nach dem Satz böse an. „Der Hammer ist ziemlich schwer, da kann ich nicht immer treffen." Sam blickt einfach nur von einer zur nächsten, sagt aber besser nichts.

„Na komm, sei ehrlich, sie ist schon eine hübsche", kommt wieder von Jessi und Sarah ist kurz davor den Hammer zu schmeißen. „Was soll der Scheiß jetzt?" „Ich sehe doch wie du sie anstarrst, also dreh nicht gleich durch. Ich finde sie doch auch sexy."

Sam schluckt einmal heftig, bleibt aber trotzdem weiter ruhig. Jetzt betrachtet Sarah sie erst mal von oben bis unten und wendet sich dann wieder ihrer Freundin zu. „Ja, das ist sie auch, aber das gehört sich trotzdem nicht." „Sagt mal, ihr seht schon, dass ich auch hier stehe?" Fragt Sam ganz vorsichtig. Sarah schaut sie wieder an. „Klar wissen wir das und weißt du was, das ist ja das Tolle daran." Jessica fängt leise hinter ihnen an zu lachen. „Okay" sagt Sam kurz und konzentriert sich wieder auf das Holz in ihrer Hand. „Sag mal Sam, hattest du schon mal was mit einer Frau?" Sam blickt Sarah an und weiß gar nicht, wie sie darauf antworten soll. Dann fast sie ihren Mut zusammen und versucht es doch. „Nein hatte ich noch nicht, warum fragst du?" Jessica ist aber diejenige, die auf diese Frage antwortet. „Weil du da ehrlich was verpasst hast. Es gibt keinen besseren Orgasmus als unter Frauen. Da kannst du jeden Kerl vergessen."

Sam läuft langsam rot an, ihr ist die Sache wirklich peinlich, aber sie muss zugeben, es ist auch interessant. „Oh oh, das hört sich von Jessica fast so an, als ob sie dir ein Angebot machen will, also pass besser auf Sam." „Ja das werde ich", gibt sie schüchtern zurück.

„Jetzt hast du sie in Verlegenheit gebracht, du bist wirklich richtig böse Sarah." „Warum ich? Du hast ihr doch das Angebot gemacht." Sam hält sich wieder zurück, denn irgendwie traut sie dem Ganzen nicht. „Du kannst aber ruhig auch mal ehrlich sein Sarah, du hättest sie doch auch gerne im Bett." „Klar hätte ich das, aber wir können ja hier nicht einfach über sie hinweg entscheiden und irgendwelche Pläne schmieden." Jessica kommt ein Stück näher. „Welche Pläne, es sind doch nur Wünsche."

„STOP" schreit auf einmal Sam die beiden an. „Ich weiß ja nicht was ihr euch da ausmalt, aber ich bin nicht lesbisch." Sarah beruhigt sich schon wieder ein wenig. „Das wissen wir doch Sam, aber für Sex unter Frauen brauch man nicht unbedingt lesbisch sein." „Genau so ist es", gibt Jessi noch dabei. „Also ist das wirklich euer Ernst, bietet ihr mir gerade so was wie ein Sex treffen an?" Fragt Sam ziemlich mutig mit einer normalen Stimme. Jetzt sind es Sarah und Jessi, die sich verblüfft anschauen und nichts mehr sagen können. Sie schaut beide nacheinander an und lächeln plötzlich.

„Schade, ich hatte gerade darüber nachgedacht, das Angebot vielleicht anzunehmen. Es wäre sicher eine Überlegung wert, es mal mit zwei Frauen zu probieren und ich glaube auch nicht das Arlo groß was dagegen hat." Weiterhin sagen Jessi und Sarah kein Wort und schauen nur beide auf Sam. Irgendwie schafft es Sarah dann doch, den Mund zu öffnen. „Ist das jetzt dein Ernst Sam, du mit uns beiden? Also Sex, ich meine, ach du weißt schon." „Habe ich euch nun überrascht? Habt ihr wirklich gedacht, ich wäre so eine kleine Mimose, die sich nichts traut? Natürlich meine ich das ernst, ihr habt mich total neugierig gemacht und was hat man schon zu verlieren?" „Scheiße", sagt nun Jessi von hinten. „Damit habe ich jetzt nicht gerechnet." Sam packt sich den Stock von dem Schild und schaut Sarah erwartungsvoll an. Die ist bei dem Gespräch deutlich ins Schwitzen geraten, schwingt den Hammer und haut zu, ein Treffer und das Schild steht im Boden. Jetzt sind es nur noch zwei.

„Hier ist eine gute Stelle Arlo, schau mal, da ist sogar ein Loch, wo wir sie reinlegen können", gibt Leo von sich und hält den Bollerwagen an. Arlo muss sich erst mal kurz erholen.

„Sag mal Leo, was glaubst du, war es die Regierung?" Leo ist gerade damit beschäftigt, einige Äste und Zweige wegzuräumen und schaut nach der Frage auf. „Was meinst du?" Fragt er kurz und schnappt sich einen sehr großen Ast. „Na die Scheiße mit den Kranken. Ich denke, das war die Regierung. Die haben mal wieder beim Forschen die Kontrolle verloren." Leo kratzt sich am Kopf und kommt Arlo ein Stück näher. Das Loch ist jetzt bereit, es müssen nur noch die beiden Leichen rein.

„Natürlich war es so, entweder unsere oder eine andere", sagt er und ruht sich ein wenig auf einen Baumstamm aus. „Die blöden Penner sitzen sicher gerade alle in ihren Bunkern und machen es sich gemütlich. Das ganze Land geht drauf, aber die sind ja in Sicherheit."

Arlo redet sich gerade in Rage. „Das kann schon sein", sagt Leo von unten. „Aber es kann auch sein, das die ganze Scheiße viel zu schnell kam und die es diesmal auch nicht geschafft haben. Aber seien wir mal ehrlich, wenn die auch alle tot sind, dann haben wir eh schon verloren. Auch wenn die nichts taugen und immer viel Mist verbockt haben, ohne sie wird es nichts mehr werden."

Arlo beruhigt sich schon wieder, steht am Bollerwagen und schaut zu Leo runter.

„Du hast recht, wenn von oben keiner mehr was zu sagen hat, dann sind wir am Ende. Aber ich denke, die forschen noch am Heilmittel, irgendwelche schlauen Köpfe sind gerade dabei, uns alle zu retten." Leo steht wieder auf und schaut durch die Bäume nach oben.

„Wir müssen uns jetzt echt beeilen, ich habe eigentlich keine Lust, im dunkeln durch den Wald zu stampfen." Auch Arlo blickt nach oben, lange ist es wirklich nicht mehr hell.

„Wir schmeißen die beiden einfach in das Loch und hauen ab", sagt er jetzt und packt sich schon die Füße des Ersten. Leo schnappt sich schnell die Arme und gemeinsam ziehen sie die Leichen ins Loch.

Emma hat beide Generatoren aufgefüllt und stellt den Kanister daneben. Oben in der Küche ist derzeit keiner, daher geht sie nach draußen und bleibt vor der Tür stehen. Etwas weiter hinten sieht sie noch Sam, Sarah und Jessi laufen, die wohl alle drei zurück zu den Häusern wollen. Ein Geräusch hinter ihr lässt sie aufhorchen, sie geht wieder in die Küche, wo aber immer noch keiner ist und schleicht einmal durch ins Lager. Direkt hinter den Regalen sieht sie Yvonne, die irgendwelche Kisten von A nach B räumt. Emma will das Lager eigentlich wieder verlassen, als die Frau dort einen erstaunten

Aufschrei von sich gibt. Sie geht ein wenig weiter rein und steht nun im gleichen Gang wie sie und blickt ungläubig auf das Teil, was Yvonne in der Hand hält.

„Wo hast du das her?" Fragt sie jetzt etwas lauter und Yve schnellt zu ihr um. In ihrer Hand hält sie einen kleinen Babybody, den sie krampfhaft festhält. Ihr Gesichtsausdruck wechselt ganz schnell von erschreckend auf abstoßend.

„Was willst du hier Emma, hast du nicht irgendwas zu tun?" Fragt sie mit einem Unterton.

„Ich frage mich nur, was du mit dem Teil da in der Hand möchtest." Yve schaut einmal kurz auf den Body und dann wieder zu Emma. „Geht dich das irgendwas an?" Sie kommen sich ein wenig näher, so das sie nur noch einen Meter auseinanderstehen. „Gib ihn mir bitte", sagt Emma mit ganz normaler Stimme, aber ihr Blick deutet was anderes. „Das kannst du vergessen Emma, das ist meiner und ich weiß genau, das er auch für mich hier lag." Emma verschränkt ihre Arme und schaut Yvonne ernst an. „Deiner soll das sein? Wie kommst du auf so einen Schmarrn?" Erst jetzt merkt Yvonne, dass sie wohl ein Stück zu weit gegangen ist.

„Das geht dich nichts an, also seh zu, das du verschwindest", sagt sie noch eben schnell und dreht sich einfach um. Emma steht hinter ihr und ist am Nachdenken. Dann kommt auf einmal ein kleines aber sehr freches Lächeln in ihrem Gesicht, das hat Yvonne aber nicht gesehen. Sie steht weiterhin mit dem Rücken zu ihr und umklammert immer noch den Body.

„Scheiße Yvonne, erklär mich nicht für doof, aber du bist schwanger", sagt Emma plötzlich.

Die dreht sich wieder um und schaut ihr ins Gesicht. „Das geht dich gar nichts an, also lass mich endlich in Ruhe Emma."

Die große schwarzhaarige Frau bleibt aber trotzdem auf ihren Platz und auch ihr Gesichtsausdruck verändert sich nicht wirklich. „Du bist schwanger und denkst, Arlo hat dir den mitgebracht."

Yvonne schaut sie nur an, sagt aber kein Wort, was soll sie auch darauf antworten, die Sache ist leider eindeutig und was bringt es jetzt noch zu lügen.

„Weiß Sam davon?" Fragt Emma fast schon sarkastisch. Yvonnes Ausdruck wechselt nun auch zu sehr frech. Sie legt den Body ins Regal und baut sich vor Emma auf.

„Weiß Sam denn das du mit Arlo fickt?" Fragt sie jetzt einfach so heraus.

„Wie kommst du denn auf so was?", antwortet Emma ein wenig beleidigt.

„Lennart hat es mir heute Morgen erzählt und er hat mir auch ein paar nette Beweise geliefert." Emma rückt keinen Millimeter von der Stelle und schaut Yvonne ziemlich stur an.

„Dann haben wir wohl beide ein Geheimnis vor seiner Frau. Du kannst ja bei ihr petzen gehen, das würde aber sicher ziemlich lustig ausgehen, wenn sie dabei noch erfährt, dass du von ihrem geliebten Arlo schwanger bist." Yvonne läuft langsam rot an, sie wird richtig wütend.

„Ich hatte schon von Anfang an gewusst das, du eine Schlampe bist Emma. Fickst dich hier sicher durch das Camp und zerstörst anderen ihre Träume. Wer ist denn der Nächste? Leo vielleicht?" Emma fängt wieder breit an zu grinsen.

„Der Body in deinen Händen, ist meiner. Ich habe den mitgenommen und nicht Arlo."

Bei den Worten verschwindet auf einmal die komplette Farbe aus Yvonnes Gesicht. Sie schaut noch mal auf das Teil im Regal, nimmt es wieder raus und wirft es Emma in die Arme.

„Geh mir aus den Augen Emma. Wenn Arlo mit dir fertig ist, dann nimmt er sich die nächste, also glaub bloß nicht, das er es mit dir ernst meint." Eine kleine Träne läuft ihr die Wange runter, ihre Enttäuschung über Arlo kann sie nicht länger verstecken. Emma steckt den Body wieder unter ihren Pulli und will gerade gehen, als Yvonne sie von hinten noch mal anspricht.

„Ich liebe Arlo, aber wenn er lieber mit dir zusammen sein möchte, dann stehe ich euch nicht im Weg. Sei bitte lieb zu ihm, denn er ist was ganz Besonderes."

Emma dreht sich nicht mehr zu Yvonne um, ist aber trotzdem gerade ein wenig über die Worte irritiert. Sie greift unter ihren Pulli, zieht den Body wieder raus und legt ihn zur Linken ins Regal. Ohne ein Wort zu sagen verlässt sie das Lager, dann die Küche und zum Schluss das Gebäude. Von da geht sie direkt nach Hause, wo Jessi und Sarah auf der Couch sitzen und sie lieb begrüßen. Yvonne steht aber weiterhin im Lager und schaut in die Richtung, wo Emma gerade noch stand. Langsam geht sie ein Stück nach vorne, nimmt sich den Body und versteckt ihn wieder unter einer Kiste im hinteren Teil. Zurück in der Küche schaut sie auf das Abendbrot, was dort schon fertig zum Austeilen auf der Theke liegt. Wieder rollt ihr eine Träne die Wange runter, aber mit Arlo scheint sie durch zu sein...

Kapitel 33

Leo und Arlo sind schon wieder an der Schranke, der Bollerwagen ist leer, sogar die Plastikfolie ist nicht mehr im Inneren. Leo nimmt sich das Funkgerät und spricht hinein.

„Leo hier, die Wachposten können jetzt runter und nach Hause. Es wird gleich dunkel und wie besprochen ist dann keiner mehr auf den Türmen." Arlo schaut ihn kurz an und nickt.

„Es ist wirklich besser, wenn sich alle nachts in die Hütten sperren."
„Genau meine Meinung Arlo, die Dinger sind stabil genug gebaut. Ich glaube nicht, dass irgendwelche Kranken da mal eben durchbrechen können."

Oben angekommen kommt ihnen Milo entgegen, die Waffe hängt über seinen Rücken und er winkt den beiden freudig zu. „Keine Meldungen zu machen Leo", sagt er, als die drei aufeinandertreffen. „Bringst du bitte schon mal den Bollerwagen zurück Arlo, ich habe hier noch was zu klären."

Ohne ein Wort zu sagen, geht Arlo an den beiden vorbei und stellt den Bollerwagen vor dem Lager ab. Er sieht noch, wie Leo und Milo wild am Diskutieren sind und von der anderen Seite kommen die beiden Studenten zusammen mit Emma angelaufen. Die beiden jungen Leute aus Nummer 11 geben Arlo das Gewehr und bleiben mit Emma erst mal bei ihm stehen. Alle sehen Milo jetzt vorbeilaufen, der aber keine Notiz von der Gruppe nimmt. Das Gewehr hat er schon bei Leo gelassen, der damit auch am Lager auftaucht.

„Ist irgendwas passiert Leo?" Fragt Emma ihn. „Nein Nein, alles gut, ich musste nur eben mit Milo ein ernstes Gespräch führen." Jetzt drehen sich noch mal alle in die Richtung und Milo verschwindet im Haus Nummer 4. Die beiden Studenten schauen Arlo und Leo fragend an.

„Kann ich vielleicht noch irgendwas für euch tun?" Fragt Arlo. Die junge Frau ergreift das Wort. „Arlo nicht wahr?" Er nickt kurz. „Das Telefon geht immer noch nicht?" Er blickt kurz nach Leo, der nicht gerade begeistert schaut. „Nein, das Telefon geht nicht und es wird auch nicht mehr gehen", antwortet Arlo auf die Frage der jungen Frau. Nun möchte wohl auch Phil, der männliche der beiden Studenten, was dazu sagen. Er schiebt seine Freundin ein wenig zur Seite.

„Was meine Freundin Vanessa eigentlich nur sagen will, wir brauchen dringend ein Telefon." Leo kommt jetzt ein wenig näher und beugt sich zu den beiden runter.

„Hört mal ihr beiden. Ihr habt schon mitbekommen, das die ganze Welt am Ende ist? Es wird kein Telefon mehr geben, es gibt auch keine Uni mehr, fast alle Menschen, die außerhalb dieses Camps wohnen, sind vermutlich tot. Irgendwann müsst ihr das doch mal begreifen."

Die beiden jungen Studenten schauen ihn skeptisch an, es sieht aber eher so aus, als ob sie es immer noch nicht verstanden haben.

„Leo? Das war jetzt aber keine nette Erklärung", sagt auf einmal Evelyn, die auch dazu gestoßen ist. In ihrer rechten Hand hält sie ihre Arzttasche und Phil und Vanessa drehen sich zu ihr um.

„Sie sind doch Ärztin, sie können uns das doch sicher erklären. Es ist doch nicht die ganze USA davon betroffen und was ist mit Europa? So was geht gar nicht", versucht Phil zu erklären. Evelyn schaut einmal zu Leo und Arlo und sieht das die beiden ein wenig grinsen. Dann nimmt sie sich den beiden wieder an.

„Ich bin keine Ärztin, sondern eine Krankenschwester und auf die andere Frage kann ich euch keine Antwort geben. Man kann ja niemanden mehr erreichen, auch die Radios gehen nicht mehr. Wir müssen also davon ausgehen, dass die ganze Welt betroffen ist. Es tut mir leid, aber ihr müsst das jetzt genau so akzeptieren wie alle anderen auch."

Die beiden schauen sich einmal kurz an und nicken zeitgleich in ihre Richtung, dann verabschieden sie sich sehr höflich und gehen nach Hause. Alle anderen blicken ihnen noch hinterher.

„Ich gehe jetzt nach Maria und dann auch nach Hause", sagt Eve zu den anderen. Sie wartet keine Antwort ab, sondern dreht sich einfach um und geht los. Sie bleibt aber noch mal stehen und schaut zu Leo.

„Danke Leo wegen Milo, ich glaube, so eine Ansprache hat er mal gebraucht. Er ist zwar sehr sauer, das wird sich aber wieder legen. Er schaut zu dir hoch, das ist ein gutes Zeichen." „Kein Problem Eve, das habe ich gerne gemacht", antwortet Leo und Evelyn geht weiter Richtung dem Haus der Stevensons.

Jetzt stehen nur noch die drei vor dem Lager. Leo nimmt wieder das Funkgerät in die Hand. „Jacob, Leo hier, deine Schicht ist zu Ende, also ab nach Hause, das Abendbrot kommt gleich." Erst kommt nur ein kurzes Rauschen, doch dann ertönt die Stimme des älteren Herren. „Jacob hier, mache gleich Schluss und komme, Over and out."

Leo hängt das Teil wieder an seinen Gürtel und schaut Emma und Arlo an. „Ich schnappe mir jetzt Yvonne und nehme sie mit nach Hause, wir müssen beide dringend unter die Dusche." „Das ist eine gute Idee", lacht Arlo. „Yvonne kann Sam nach frischen Sachen fragen und du kannst ja eben bei Mason vorbei schauen, ihr habt ja fast die gleiche Größe."

Leo schaut Arlo ein wenig skeptisch an. „Ich soll einfach bei Mason aufschlagen und ihn nach Sachen fragen?" Bevor Arlo darauf antworten kann, kommt Yvonne aus dem Lager.

„Komm schon Leo, der wird sicher nicht Nein sagen." Sie nimmt ihn an die Hand und zieht ihn hinter sich her. Ein wenig hilflos schaut er noch eben zurück und gibt sich dann geschlagen. Yvonne selber hat keinen Blick an den beiden verschwendet, es sah eher so aus, als ob sie schnell von denen weg möchte.

„Wir werden dann noch eben das Essen verteilen und danach bei Mr. Torres vorbeischauen", schreit Arlo ihnen hinter her. Eine kurze Zeit später sind sie auch schon außer Hörweite.

„Yvonne wird auch immer komischer", sagt Arlo zu Emma und geht in die Küche, sie läuft ihm langsam hinterher. Ohne ein weiteres Wort packen sie das Essen in den Bollerwagen und besuchen noch mal kurz das Lager.

„Suchst du irgendwas Arlo?" „Ich möchte mir noch mal eben die Listen von Yvonne anschauen, vielleicht kann man daran schon sehen, wie lange unser Essen hält." Emma geht ohne ein Wort wieder nach draußen und steckt sich vor dem Gebäude eine Zigarette an. Sie möchte derzeit auch nicht viel mit Arlo sprechen, aber das wird sicher noch kommen.

Der Besuch bei den Stevensons ging schneller als die beiden gedacht haben. Mason hat sofort ein paar Sachen aus seinem Schrank geholt und Leo ausgehändigt. Nachdem sich die beiden nett bedankt haben, geht es ein Haus weiter, dort ist Sam gerade dabei, die Scherben in der Küche zu beseitigen.

„Alles okay Sam?" Fragt Yvonne kurz nach und Sam erklärt den beiden die Sache mit dem Glas und wie es dazu gekommen ist. „Scherben bringen Glück" gibt Leo noch eben dabei. Die Küche ist wieder sauber und Sam kommt zurück ins Wohnzimmer, wo die beiden gerade dabei sind, die Wäsche von Mason anzuschauen.

„Ihr habt wirklich eine Dusche nötig", sagt sie zu den beiden, die ihr beide einmal freundlich zunicken. „Yvonne? Du kannst dich gerne gleich an meinem Schrank bedienen, da sollte genug für dich dabei sein." „Danke Sam", antwortet Yvonne ziemlich freundlich. Nachdem Emma das mit der Schwangerschaft erfahren hat, ist es ihr sehr unangenehm, mit Sam zu reden. Jetzt stehen alle drei im Wohnzimmer und gucken sich ein wenig blöd an, es sieht wie eine echt komische Situation aus.

„Ich bin dann noch mal weg und lasse euch in Ruhe", fängt Sam plötzlich wieder an.

„Wo willst du denn hin?" Fragt Leo ein wenig überrascht. „Ich gehe zu Sarah und Jessi, die haben mich eingeladen." „Es sieht ja fast so aus, als ob hier alles normal laufen würde", gibt Yvonne noch dazu. „Wir sind noch am Leben Yve, warum sollen wir uns nun verkriechen? Wenn der Tod uns holen will, dann macht er das einfach, egal ob wir jemanden besuchen oder uns hier einschließen und warten." Für Yvonne war die Antwort von Sam gerade peinlich.

„So habe ich das gar nicht gemeint Sam, pass trotzdem auf dich auf." Sam lächelt den beiden noch mal zu und verlässt das Haus und läuft da mit Arlo und Emma zusammen.

„Hey Schatz, ich gehe nach Sarah und Jessi, ich hoffe, das ist okay?" Arlo schaut erst ein wenig verblüfft, fängt sich dann aber schnell wieder. „Alles klar, Ich habe ja auch noch zu tun."

Sam verabschiedet sich schnell und rennt fast schon zu Haus Nummer 7.

„Es sieht wohl so aus, als ob Sam dir untreu wird", sagt Emma jetzt zu Arlo, der immer noch seiner Frau hinterherschaut.

„Wie kommst du denn auf so was?" Emma verzieht ein wenig ihr Gesicht. „Weil ich nicht glaube, dass Sarah und Jessica ihre Finger von ihr lassen werden." Arlo denkt kurz darüber nach und ist von diesem Gedanken echt angetan. Er weiß auch, das Sam früher mal mit einem

Mädchen zusammen war. Es war zwar nichts Dolles, hat sie immer gesagt, aber trotzdem war da was. Emma schaut ihn weiterhin komisch an.

„Weißt du Emma, wenn Sam daran Spaß hat, dann soll sie das doch machen, ich werde da sicher nichts sagen." „Oh Arlo, du überrascht mich immer wieder." Ohne eine Antwort abzuwarten, nimmt sie 2 Essen aus dem Wagen, geht ins Haus und kommt kurz danach wieder raus.

„Die beiden da drin nähern sich wohl auch gerade an", sagt sie zu Arlo. Sie schnappt sich den Bollerwagen und läuft einfach weiter.

„Warte doch mal", sagt Arlo und hechtet hinter ihr her. „Wie meintest du das gerade?" Sie bleibt kurz vor dem Haus der Stevensons stehen. „Na ja, Leo steht mit nacktem Oberkörper im Wohnzimmer und Yvonne nur mit BH bekleidet daneben, sah schon komisch aus."

Arlo öffnet seinen Mund, um was zu sagen, bekommt aber von Emma einen Schlag gegen die Brust und muss erst mal nach Luft schnappen. „Komm du Hengst, wir haben noch was zu tun."

„Das war aber nicht so toll", meint Leo zu Yvonne, die immer noch zur Tür schaut, wo Emma gerade verschwunden ist. Sie reagiert auf seine Worte und wendet ihren Blick auf ihn.

„Was meinst du damit, Leo?" „Ich stehe hier oben herum nackig und du hast hast auch nicht viel an, Emma hat schon komisch geschaut." „Ach so, das meinst du, das ist doch egal. Emma würde das doch sicher gefallen, wenn wir beiden was zusammen hätten." Leo schaut Yvonne nachdenklich an. „Wie kommst du denn auf so was?" Yvonne geht bei Sam ins Schlafzimmer und kommt kurze Zeit später mit einigen Sachen wieder zurück.

„Willst du als Erstes unter die Dusche Leo?" Er blickt immer noch komisch zu ihr rüber.

„Warum denkst du, dass Emma das gut heißen würde mit uns?" Fragt er wieder.

„Jetzt sag nicht, dass du auch auf sie stehst." Er fängt ein wenig an zu lächeln, denn über so was hat er noch gar nicht nachgedacht. „Nein stehe ich nicht Yve, Emma ist absolut nicht mein Typ."

Yvonne setzt sich auf die Couch und fängt an, die Sachen von Sam neu zu falten.

„Weißt du Leo, Emma hat was mit Arlo, so jetzt ist es raus." Ihm vergeht sein Lächeln sofort wieder. Er kommt ein wenig näher an die Couch und geht vor Yvonne in die Hocke.

„Bist du sicher?" Yvonne schaut Leo in die Augen. „Ganz sicher Leo, sie hat es mir eben selber gesagt und sie weiß leider auch, das ich von Arlo schwanger bin." „Scheiße, euch Frauen kann man auch keine Sekunde aus den Augen lassen, einmal alleine und schon kratzt ihr euch die Augen aus." Leo steht wieder auf und läuft eine Runde durchs Wohnzimmer und stellt sich dann abermals vor die Couch.

„Mir ist es mittlerweile egal Leo, wenn Arlo so entscheidet, dann ist das so. Ich habe jetzt schon so lange wegen Sam gekämpft, wegen Emma werde ich das nicht noch mal machen." Leo kniet sich wieder vor Yvonne, man sieht ihm echt an, dass es ihm leidtut. „Soll ich mal mit Arlo reden?" Wieder kullert ihr eine Träne die Wange runter, die Leo mit einer kleinen liebevollen Handbewegung wegwischt. „Nein, bloß nicht Leo, du kannst jetzt duschen gehen, ich möchte mal eben einen Moment alleine sein." Er streichelt ihr noch kurz über die bunten Haare und verschwindet im Badezimmer. Yvonne steht auf und verriegelt die Haustür, auf ungebetene Gäste hat sie nämlich gerade keine Lust. Als sie am Bad vorbei kommt, hört sie Leo von innen singen, sie lächelt einmal kurz und geht zurück auf die Couch.

Arlo und Emma sind endlich fertig mit dem Verteilen. Beide stehen in der Küche und trinken einen Tee. „Hast du ein Problem damit, wenn die beiden was zusammen haben?" Fragt Emma einfach so aus dem nichts und Arlo schreckt zusammen. „Nein, warum soll mich das stören?" Emma überlegt kurz und lässt es dann bleiben, sie hat keine Lust auf eine dumme Diskussion.

„Ach schon gut Arlo." Sie nippt an ihren Tee und schaut durch die Küche. Arlo selber möchte auch nicht mehr nachfragen, erst das mit

Sam und jetzt noch Yvonne. Das ist gerade zu viel, daher bleibt er lieber ruhig und trinkt sein Getränk.

„Dann gehen wir gleich mal nach Mr. Torres und seinen Mann. Das wird sicher lustig" beginnt Emma wieder, um vor allem das Thema zu wechseln. „Kann es sein, dass du mir nicht mehr sauer bist Emma?" Sie blickt nach der Frage auf und schaut ihn an. „Ich war doch gar nicht sauer Arlo, ich brauchte nur ein wenig Zeit zum Nachdenken." „Nicht sauer?" Fragt Arlo noch mal vorsichtig. Anstatt zu Antworten nimmt Emma eine Hand von ihm und hält sie fest. Dann kommt sie ihm ein wenig näher und küsst ihn auf den Mund.

„Reicht das als Antwort mein Süßer?" Arlo lächelt sie an und ist zufrieden. Er hat selber gemerkt, das er nicht von Emma loskommt und daher ist Streit das Letzte, was er mit ihr möchte. „Dann mal auf jetzt, das Gespräch mit Torres wartet." Emma stellt ihre Tasse in die Spüle und wartet kurz, das Arlo auch mit seinen Tee fertig wird. Dann gehen sie zusammen zu Haus Nummer 8 und hoffen das der Architekt ihnen helfen kann.

Jacob stellt sein Gewehr an die Kante des Hochsitzes und klettert langsam nach unten. Kurz bevor er es geschafft hat, zieht er die Waffe hinter sich her und steht im Gras. Er hängt sich das Teil über und geht langsam zum Empfangshaus, um von dort hoch zum Camp zu kommen. Er bleibt aber noch einmal kurz stehen, weil er was rascheln gehört hat. Schnell nimmt er das Gewehr von der Schulter und blickt in die aufkommende Dunkelheit.

„Da ist nichts", sagt er zu sicher selber und dreht schon wieder, als er das Rascheln nochmals hört, diesmal ein ganzes Stück lauter und näher. Jetzt fängt er erst mal an zu lauschen und geht langsam zurück zum Hochsitz. Unterwegs stochert er mit der Waffe in den Sträuchern und Büschen. „Vielleicht ein dummes Tier, was mir meinen Feierabend nicht gönnt", sagt er leise. Das nächste Geräusch dringt an seine Ohren, es kam von hinter dem Empfangshaus. Er hängt sich das Gewehr wieder über und sucht am Boden nach einem großen Stein. Nach dem Finden wirft er diesen hinter das Haus und wartet auf eine Bewegung.

„Vielleicht eine beschissene Wildsau." Langsam und leise geht er in die Richtung, wo das letzte Geräusch her kam. Aber hinter dem Haus ist nichts, kein Tier ist zu sehen und auch zu hören ist nichts mehr. „Dann leckt mich doch", sagt er prompt und begibt sich wieder auf den Weg nach vorne. Hinter ihm wird es lauter und beim umdrehen sieht er noch eine Person, die ihn sofort angreift. Mit dem Gewehr auf dem Rücken stürzt er rückwärts zu Boden und der Angreifer hinterher. Jacob wehrt sich mit Händen und Füssen, aber der andere lässt einfach nicht von ihm ab. Als das Gesicht von dem immer näher kommt, kann er es auch endlich erkennen und das Letzte, was er noch von sich gibt, ist „Du?"

Yvonne dreht eine Runde nach der anderen durch das Wohnzimmer. Im Bad hört sie Leo summen und auch das Wasser läuft noch. Sie kann einfach nicht verstehen, wie schnell alles den Bach runter geht. Erst war Arlo so nah und jetzt ist er wieder weit weg. Aber spielt das noch eine Rolle? Warum soll sie an ihm festhalten, wenn es doch von Anfang an zum Scheitern verdammt war? Wieder beendet sie eine Runde vor dem Bad und bleibt stehen. Sie öffnet die Tür und das Badezimmer ist komplett unter Dampf, es ist kaum was zu erkennen, aber Leo hängt immer noch unter der Dusche. Jetzt geht sie einfach rein und schließt leise die Tür. Sie steht mittig in dem kleinen Raum und weiß gar nicht, was sie genau hier macht. Als sie gerade wieder raus gehen möchte, schaltet sich das Wasser ab, die Kabine der Dusche öffnet sich und Leo schaut sie an. „Yvonne?" Fragt er sehr erschrocken. Aber anstatt einfach das Bad zu verlassen, läuft sie auf ihn zu, drängt ihn ein Stück nach hinten in die Dusche und geht selber mit in die Kabine. Leo steht komplett nackt vor Yvonne und weiß nicht, was er von der Sache halten soll. Sie entfernt erst ihren BH und dann Hose, Socken und Slip und schmeißt alles nach draußen auf den Boden. Dann schaltet sie das Wasser ein und stellt sich mit geschlossenen Augen genau unter den Strahl. Leo steht weiter in der Ecke und blickt betroffen zu ihr runter, sie öffnet plötzlich ihre Augen und zieht ihn an sich ran.

„Küss mich bitte Leo", sagt sie zu ihm, aber er zögert und schaut Yvonne einfach nur an. „Verdammt Leo", schreit sie jetzt schon fast.

„Du weißt, das ich dich will, also spiel hier nicht das schüchterne Kerlchen." Das Wasser prasselt weiter auf die nackten Körper. Endlich kommt Leo mit seinen Kopf ein wenig näher, aber er zögert weiterhin, so das Yvonne einfach seinen Nacken nimmt und ihn nach unten zieht. Jetzt ist er nah genug, sie nutzt diesen Augenblick und küsst ihn. Lange kann sich Leo aber nicht mehr dagegen wehren, denn Yvonne ist mit all ihrem Handeln ziemlich direkt, noch beim Küssen packt sie nach unten, nimmt seinen Penis in die Hand und fängt an, den zu reiben. Erst jetzt lässt er sich fallen und gibt sich der Situation völlig hin. Jede Gegenwehr hat hier keinen Sinn und er muss sich schon selber eingestehen, dass er an diesen Moment schon mehr als einmal intensiv gedacht hat. Aber das dieses auch mal Wirklichkeit werden würde, lag in seinen Gedanken in weiter ferne. Für eine kurze Zeit unterbricht Yvonne das küssen und schaut ihn einfach nur lange in die Augen.

„Leo, ich möchte dich und wenn ich dein Teil da unten so betrachte, dann bist du auch nicht gerade abgeneigt." Er schaut aber weiterhin nur auf Yvonne und sagt kein Wort. Natürlich hat er mitbekommen, dass er einen Riesen Ständer hat, aber trotzdem ist ihm das alles sehr unangenehm. Nachdem die Sache mit seiner Ex-Frau ein böses Ende fand, hat er sich nie wieder einer weiblichen Person hingezogen gefühlt. Nach so langer Zeit ist Yvonne wirklich die Erste, die sein Herz erreicht und er möchte jetzt gerne mit genau dieser Frau Sex haben, aber es fühlt sich irgendwie falsch an.

„Yvonne, du bist eine verdammt schöne Frau und ich bin schon länger hin und hergerissen, aber ich weiß nicht, ob wir das jetzt machen sollen." Sie deutet ihm jetzt an, das er mit seinen Kopf näher kommen soll, weil sie ihm wohl was ins Ohr flüstern möchte. Da Leo ja auf eine Antwort wartet, gibt er der Bitte nach und auf der richtigen Höhe, beginnt Yvonne mit ihren Worten.

„Leo, ich habe mich schon in dich verliebt, als wir noch bei Sofia auf dem Campingplatz waren. Ich konnte es aber nie zeigen, weil ich halt wegen meiner Schwangerschaft immer nur Arlo im Sinn hatte. Eigentlich bin ich Emma echt dankbar, denn jetzt bin ich endlich frei. Wenn dich mein Baby im Bauch nicht stört und du auch so empfindest, dann küss mich jetzt einfach, ansonsten wäre ich dir auch nicht sauer, wenn du die Dusche verlässt."

Yvonne ist fertig und geht ein Stück zurück, damit sie Leo anschauen kann. Der blickt wirklich merkwürdig zu ihr runter, man sieht ihm echt an, dass er am überlegen ist. Er verlässt aber die Dusche nicht, sondern kommt ihr wieder näher und küsst sie ganz zärtlich auf den Mund. Nach dem Kuss kann er ein leuchten in ihren Augen erkennen. Jetzt beginnt Yve einfach wieder, ihn an allen Stellen zu streicheln und die nächsten Küsse werden intensiver. Aber auch Leo hält sich nicht mehr zurück und streichelt Yvonnes Brüste. Das Ganze dauert nur noch einen Augenblick, denn er hebt sie einfach hoch, drückt sie sehr sanft gegen die Duschwand und dringt langsam in sie ein, er hört dabei ein leises aufstöhnen. Er hört einen kurzen Moment lang auf und schaut seine Begehrte direkt in die Augen. Yvonne erwidert den Blick und krallt sich noch fester an ihn ran. „Fick mich Leo, als ob es das letzte mal sein würde. Bitte!" Sagt sie noch schnell und er legt los.

Emma und Arlo stehen vor dem Haus von Mr. Torres. Leider brennt drinnen kein Licht aber weg sein können die beiden ja nicht wirklich, also klopft Arlo leise an der Tür und wartet. Zuerst kommt kein Geräusch, aber Emma sieht am rechten Fenster, das eine Kerze entzündet wird. Kurz darauf werden Möbel von der Tür entfernt. Aber weiter passiert nichts, keiner macht auf und niemand ruft herein. Arlo geht ein Stück nach vorne und öffnet den Eingang, er schaut noch mal zu Emma und betritt das Haus. Im Wohnzimmer steht die Kerze auf dem Tisch, aber es ist niemand zu sehen. Auch Emma kommt hinterher und schließt die Tür. Beide stehen mitten im Raum und fühlen sich dabei ziemlich merkwürdig. Die Schlafzimmertür geht auf und ein Mann mit Pyjama kommt heraus. Soweit die beiden das beurteilen können, muss es sich wohl um Mr. Torres handeln.

„Hallo ihr beiden", sagt er und hält ihnen zur Begrüßung eine Hand entgegen. Arlo und Emma nehmen sie nacheinander recht kurz und schütteln sie.

„Ihr seid sicher Arlo und Emma, die neuen Meister hier im Camp, was kann so eine kleine Person wie ich für euch tun?" Emma lacht nach den Worten kurz auf, sie fand diese Ansprache doch recht lustig. Mr. Torres schaut sie an und macht einen beleidigten Gesichtsausdruck.

„Hallo Mr. Torres" beginnt Arlo das Gespräch. „Wir brauchen ihre Hilfe bei einem Projekt, welches wir geplant haben." „Aha", sagt der Mann nur und reibt sich über seine schwarzen kurzen Haare. Seine Statur ist eher normal mit einem kleinen Bauch, so wie er den beiden rüber kommt, macht er aus seiner sexuellen Ausrichtung kein Geheimnis. Er wird wohl die Frau in der Beziehung einnehmen.

„Dann beginne ich noch mal von vorn, was kann meine Wenigkeit für euch tun?" Fragt er nun ziemlich verdutzt, weil keiner seiner beiden Besucher irgendwas sagt. Emma nimmt sich dem jetzt an und möchte alles Weitere vermitteln.

„Also Mr. Torres, wir haben gehört, dass sie ein Architekt sind und auch schon bei den Hochsitzen mitgeholfen haben." „Nicht mitgeholfen, meine Dame" unterbricht sie nun der Mann im Pyjama. „Ich habe sie peinlich genau entworfen und ja, ich bin ein Architekt, aber nicht irgendeiner, ich arbeite nur für die Kunst." „Was meinen sie damit?" Fragt Arlo recht interessiert.

„Was soll ich damit schon meinen mein Lieber, ich entwerfe perfekte Kunst, die dann ausgestellt wird und jeder Bewundern kann." Emma fühlt sich gerade nicht wohl, dieser Kerl ist in ihren Augen der absolute Schnösel, solche Menschen konnte sie noch nie leiden. Alleine seine Aussprache kotzt sie völlig an, jetzt versteht sie auch, warum dieser Mann lieber eingeschlossen in seinem Haus verweilt.

„Also Kunst", sagt Arlo ziemlich trocken und schaut einmal zu Emma rüber. Einen Augenblick ist es still, aus dem Schlafzimmer hört man kurz ein leises stöhnen und schon ist es wieder ruhig. „Alles okay bei ihrem Freund?" Fragt Arlo kurz nach dem Geräusch.

„Ja, alles in Ordnung, warum fragen sie?" Emma hat sich langsam wieder im Griff, so das sie das weitere Vorgehen ansprechen kann.

„Also noch mal Mr. Torres, ein paar Meilen von hier ist ein großes Sägewerk mit einer Menge Holz, wir wollen genau dieses Holz hier rüber holen und damit eine Mauer bauen. Können sie uns dabei helfen?" Mr. Torres steht vor Emma und schaut sie an. Es sieht aber eher so aus, als ob er sie anstarren würde und auch sein Gesichtsausdruck wird wieder ziemlich beleidigend.

„Sie wollen tatsächlich, das ich eine blöde Mauer aus Holz entwerfe? Das ist ja schon fast eine Schande, das ist nicht annähernd das, was ich normalerweise mache. Das nenne ich Hochverrat an meine Künste, das..." Arlo unterbricht den Kerl in seiner fast schon ausufernden Rede.

„Wir wollen nur wissen, können sie das oder brauchen wir jemand anderen?" Jetzt schaut der Mann von Emma auf Arlo. „Können? Mein lieber Herr Arlo, die Arbeit an einer Mauer ist für mich keine Arbeit. Natürlich kann ich das, aber eigentlich möchte ich das nicht, denn das ist ziemlich erniedrigend."

Emma wird langsam richtig sauer und hat echt genug von Mr. Torres. Sie möchte gerade ausholen und ihm ein paar Worte vor den Kopf schmeißen, als auf einmal die Schlafzimmertür aufgeht und ein anderer Mann nur in Unterhosen ins Wohnzimmer kommt.

„Schönen guten Abend", sagt er beim Eintreten und schaut sich alle 3 gemütlich an.

„Mein Mann Alexander wird ihnen diese Mauer bauen und ich werde ihm dabei helfen. Und ich möchte mich noch mal für Alex entschuldigen, er benimmt sich meist immer so, aber keine Sorge, wenn er einmal daran beschäftigt ist, wird ihn auch nichts mehr aufhalten."

Emma fährt sofort wieder runter, der Mann von Mr. Torres ist komplett anders und hat die Situation gerade gerettet. „Okay danke", sagt Arlo zu den beiden.

„Was genau brauchen sie für Holz, nicht das wir die falschen Sachen besorgen und noch mal losmüssen." Jetzt ist es wieder Mr. Torres, also Alexander, der antwortet.

„Am besten, sie nehmen mich mit, ich muss das Holz vorher inspizieren, sonst endet das noch im Desaster." „Das kommt gar nicht infrage", schreit Emma fast schon. „Lass gut sein Emma, Mr. Torres wird uns morgen begleiten, wir dürfen uns keine Fehler erlauben." „Und ich komme auch mit, sagt der bisher noch namenlose unbekannte Mann von Alexander.

Ein paar Augenblicke später sind die beiden wieder draußen und Emma steckt sich sofort eine Zigarette an. „Sorry Arlo, aber wenn wir da noch länger drin geblieben wären, dann hätte ich diesen Kerl getötet." Er schaut sie an und weiß genau, was sie meint. „Wir brauchen ihn Emma, wir können sonst die Mauer nicht bauen." „Willst du auch einen Zug?" Arlo lehnt dankend ab. Im Park ist es mittlerweile echt dunkel geworden, aber die Lichter wollen sie nicht mehr anmachen, zu auffällig das Ganze, aber trotzdem sehen sie in der Dunkelheit eine Person, die langsam auf sie zu läuft. „Wer ist das?" Fragt Arlo ziemlich erschrocken.

Sam sitzt bei Jessi und Sarah auf der Couch und trinkt zusammen mit den beiden Sekt. Die hatten einige Flaschen mitgebracht, weil sie schon wussten, dass man hier so was nicht bekommt. Normal trinkt Sam kaum Alkohol, aber trotzdem hat sie sich von den beiden überreden lassen und ist auch schon ein wenig beschwipst. Jessi und Sarah stehen im Wohnzimmer und erzählen alte Geschichten, die sie mal erlebt haben und machen daraus fast ein Theaterstück. Es wird viel gelacht, die Stimmung ist wirklich gut. Sam weiß genau, warum sie hier ist, die beiden haben sie eingeladen und es ist auch ziemlich lustig, aber irgendwie hat sie so das Gefühl, als ob sie noch mehr möchte. Der letzte Sex mit Arlo liegt schon ziemlich lange zurück, immer kam was dazwischen oder er war abends zu müde, aber sie ist doch auch nur ein Mensch mit Bedürfnissen. Und jetzt sitzt sie hier auf der Couch und 2 echt heiße Lesben füllen sie gerade mit Sekt ab, aber wird es dabei bleiben? Die beiden kommen endlich zurück und nehmen Sam in die Mitte. Sarah öffnet die nächste Flasche, aber anstatt den Inhalt einzugießen, kippt sie einfach einen großen Schluck direkt in den Hals. Sam bekommt sie jetzt, die auch sofort trinkt und sie an Jessi weiterreicht.

„Also was machen wir?" Fragt Sarah die beiden anderen und Jessi stellt die Flasche auf den Tisch. „Da würden mir sicher eine Menge

Sachen einfallen", sagt sie noch und holt sich die Flache sofort zurück und nimmt den nächsten Schluck. „Lassen wir doch Sam entscheiden", gibt Sarah von sich und lächelt sie lieb von der Seite an. „Warum ich?" Fragt die ziemlich erschrocken. „Weil du hier der Gast bist, meine liebe", sagt Jessi, die auch schon sehr angeheitert ist. Eine kurze Zeit passiert erst mal nichts, alle drei hocken auf der Couch und teilen Blicke untereinander aus. Dann beugt sich Sarah zu Sam rüber, die total verwirrt einfach sitzen bleibt und küsst sie auf den Mund.

„So, der Anfang ist gemacht", sagt sie triumphierend und schnappt sich die Flasche von Jessi. Sam sitzt weiterhin in der Mitte und lässt alles auf sich zukommen. Als Nächstes ist Jessica dran, auch sie kommt ihr total nah und küsst sie auf den Mund, aber dabei soll es natürlich nicht bleiben. Sarah fängt an, Sam den Pullover auszuziehen und auch Jessi lässt ihren nicht am Körper. Das war aber immer noch nicht alles, Jessica geht nun hinter die Kleine und öffnet ihren BH, der auch sofort runter rutscht. Sam, die das Ganze natürlich auch wollte und mittlerweile eine Menge Sekt getrunken hat, verschränkt trotzdem ihre Arme vor den Brüsten. Doch Sarah lehnt sie einfach langsam nach hinten und löst die sanft zur Seite. Da ihre Brüste jetzt frei liegen, beginnt Jessica auch sofort damit, diese zu küssen, Sarah küsst dabei Sam auf den Mund und fängt auch an, ihre Zunge dabei zu benutzen. Da die Kleine sich der Sache nun absolut hingibt und keine Gegenwehr mehr leistet zieht Jessi erst die Hose und dann auch den Slip von ihr aus. Auch Sarah hat sich kurz von der kleinen Blondine gelöst und beginnt sich auszuziehen. Jessica nimmt die Beine von Sam nach oben und legt sie auf die Couch und kurze Zeit später ist sie auch schon mit dem Kopf dazwischen verschwunden. Alle drei sind nun voll bei der Sache und es sieht echt fast so aus, als ob es keine Tabus mehr gibt. Die Geräusche, die von innen nach draußen dringen, hätte jeden Mann verrückt gemacht. Sam hat schon nach kurzer Zeit einen Orgasmus, sie kann es nicht fassen, wie toll der war, ihr ganzer Körper ist am zittern und die 3 heißen Damen liegen eng umschlungen auf der Couch und machen einfach weiter. Arlos Frau ist gerade dabei, die Sektflasche an Sarah zu verwenden, als sie plötzlich aufspringt und zum Fenster zeigt.

„Da war einer am Fenster und hat hier rein geschaut", schreit sie. Auch Jessi und Sarah springen von der Couch und blicken zum Fenster. Alle drei Frauen stehen nackt im Wohnzimmer und rühren sich keinen Millimeter vom Fleck. Star vor Angst verdecken sie ihre Brüste und Sam ist die Erste, die reagiert, sie springt zum Tisch und pustet die Kerzen aus, so das es innen dunkler ist als draußen. Sehr langsam entspannen sich die drei wieder.

„Hast du ihn erkannt Sam?" Fragt nun Sarah. „Nein, er hatte eine Mütze auf und ich weiß nicht, man konnte halt nicht viel sehen." Jessi rennt ins Schlafzimmer und holt die Waffe von Arlo, die dort versteckt zwischen der Wäsche im Schrank liegt. „Verdammter Spanner", sagt sie noch und zielt mit der Pistole Richtung Fenster. Sarah und Sam beginnen sich wieder anzuziehen, dann überreicht Jessi die Waffe an Sam und kann sich selber ankleiden.

„Sollen wir nachsehen gehen? Vielleicht war es ja dieser Spinner aus Olustee", kommt mutig von Sarah. Aber keiner der anderen findet Gefallen an der Idee, sie verständigen sich darauf, das sie einfach warten, bis Emma endlich auftaucht. Sie lassen sich wieder auf der Couch nieder und kuscheln sich zusammen, den Vorhang vom Fenster haben sie vorher aber noch zugezogen, so kann keiner mehr reinschauen und die Waffe liegt griffbereit auf dem Tisch.

„Hat es dir wenigstens gefallen Sam?" Fragt Jessi jetzt im Arm von ihr. „Gefallen? Ich könnte glatt die Seiten wechseln, so toll fand ich das mit euch. Danke, ne ehrlich, vielen Dank, so einen geilen Orgasmus hatte ich noch nie. Ihr seid beide total fantastisch und ich hoffe, wir können das noch mal wiederholen." Der Reihe nach geben sie sich noch ein paar Küsse und warten gespannt auf Emma, aber von der ist nichts zu sehen.

Arlo packt sich hinten in die Hose und bemerkt erst jetzt, dass seine Waffe gar nicht da ist, auch Emma hat nur ihr Messer dabei, welches sie auch sofort rausholt. Die Person kommt langsam näher, bleibt aber trotzdem für die beiden noch unerkannt. Das Schritttempo ist nicht gerade hoch und auch sieht es so aus, als ob sie ein wenig gebückt läuft.

„Emma aufpassen, das ist einer von den Kranken." „Ja ich sehe es, lass ihn näher kommen, dann lenkst du ihn ab und ich haue mit dem Messer zu." Jetzt sehen die beiden, das die Person den Arm einmal hebt und dann wieder senkt und Emma steckt sich schnell das Messer in den Stiefel.

„Was machst du Emma?" Fragt Arlo total nervös. „Das ist Mrs. Collister du Trottel, die Frau von Jacob." Erst nachdem Emma das gesagt hat, erkennt auch Arlo die ankommende Frau und langsam gehen die beiden ihr ein wenig entgegen.

„Guten Abend Mrs. Collister, warum laufen sie hier alleine in der Dunkelheit herum?" Fragt Emma so freundlich, wie es eben geht. „Hallo ihr beiden", antwortet sie jetzt, als sie nah genug zusammen sind. „Nennt mich doch Ava bitte, dieses Mrs. Collister hört sich so unpersönlich an." Emma schaut kurz nach Arlo, der ziemlich besorgte Blicke in Richtung Ava sendet.

„Okay Ava, warum sind sie noch so spät hier draußen?" Fragt er jetzt.

„Das kann ich euch schnell erklären", beginnt die alte Dame ziemlich langsam. „Kann es sein, dass ihr meinen Mann noch nicht gesagt habt, das er nach Hause kommen soll? Er ist immer noch nicht da und der Weg da runter ist mir einfach zu dunkel." Arlo sein Blick ändert sich von besorgt zu panisch.

„Wie, er ist noch nicht da?" Fragt er unsicher und bekommt von Emma einen kleinen Fußtritt.

„Ava, wir gehen sofort nachschauen, wo er bleibt, das Beste ist, wir begleiten dich noch eben nach Hause." Emma harkt sich bei ihr unter und zusammen gehen sie zurück zum Haus der Collisters. Sie warten noch kurz, bis Ava sich eingeschlossen hat und schauen sich dann an.

„Verdammt Emma, Leo hatte schon vor Stunden allen Bescheid gesagt, das für heute Schluss ist."

„Ja ich weiß los ab ins Lager, wir brauchen eine Taschenlampe und Waffen." Beide rennen so schnell es geht zum Lager und schließen die Tür auf. Kurze Zeit später strahlt das Licht von der Decke und sie nehmen ein Gewehr, eine Pistole und natürlich eine Taschenlampe mit nach draußen. Arlo schließt noch kurz ab und schon rennen sie den Berg nach unten. An der Schranke halten sie an.

„Wäre es nicht besser gewesen, Leo zu holen?" Fragt Arlo Emma voll aus der Puste.

„Um noch mehr Zeit zu verschwenden Arlo? Vielleicht ist er auch nur eingeschlafen."

„Ja, das kann auch sein, lass uns ab jetzt trotzdem vorsichtig sein, ich habe keinen Nerv auf irgendwelche Überraschungen."

Beide bewegen sich vorne beim Häuschen entlang, genau Richtung Ausguck. Schritt um Schritt kommen sie immer näher und Emma leuchtet auch schon auf das Holzgestell.

„Sieh eben nach, ob er oben ist Arlo", sagt sie. Arlo gehorcht natürlich und klettert langsam die kleine Leiter hoch, aber dort ist niemand, so kommt er schnell wieder runter.

„Da ist keiner Emma." „Verdammte Scheiße", flucht sie leise vor sich hin. „Wo soll er denn hin sein? Es ist doch schon dunkel, am besten hat er sich noch verirrt", gibt sie noch hinzu. So langsam, wie sie angekommen sind, gehen sie auch wieder weg.

Emma beleuchtet die Gegend und sucht nach einem Hinweis, der aber leider nicht auftaucht.

„Sollen wir wieder zurück? Vielleicht ist er mittlerweile angekommen", flüstert Arlo Emma ins Ohr. „Pssst" kommt nur von ihr zurück. Emma lauscht, irgendwas hat sie gehört.

„Arlo, ich habe was gehört." „Was denn?" „Ich weiß es auch nicht genau, es hört sich an wie ein schmatzen?" „Wie ein schmatzen?" Emma bewegt sich langsam auf das Gebäude zu und bleibt kurz vorher noch mal stehen, um wieder zu horchen. Sie zeigt nach links und geht zusammen mit ihm um das Haus herum. Auf der anderen Seite angekommen bleibt Emma plötzlich stehen und Arlo läuft ihr hinten rein. Mit der Taschenlampe leuchtet sie auf den Boden, genau an eine bestimmte Stelle und hält den Atem an. Auch Arlo kommt nach dem

Rempler neben Emma zum stehen und schaut in den Lampenschein nach unten. Da liegt eine Person am Boden und über ihr kauert eine andere und bewegt sich die ganze Zeit auf und ab.

„Was zur Hölle", sagt Emma und der oben drauf stockt kurz in seiner Bewegung und dreht dann den Kopf zu den beiden.

Emma macht einen kurzen Schrei und klammert sich an Arlo fest, der selber seinen Augen gerade nicht glauben kann. Die Person, die am Boden liegt, hat ein Riesen Loch im Bauch und auch das Gesicht ist unkenntlich zerfressen. Dem anderen hängen Gedärme aus seinen Mund und erst jetzt sehen beide, dass der ganze Untergrund in Blut versinkt. Dieses Bild vor ihnen hat so was Bizarres, das man gar nicht glauben kann, was man da erblickt. Aber in einem sind sich beide sicher, der obere Mann frisst den unteren gerade auf. Emma und Arlo stehen beide wie gelähmt vor dem scheußlichen Anblick und bekommen auch irgendwie gar nicht mit das der immer noch kauende Kerl langsam näher kommt. Bei jedem Schritt fällt ihm irgendwas aus dem Mund und Blut läuft ihm das Kinn herunter. Emma kommt langsam wieder zur Besinnung, sie schubst Arlo zur Seite, der verliert dabei das Gleichgewicht und stürzt zu Boden. Der Angreifer orientiert sich daher auf sein nächstes Opfer, auf Arlo und ist mittlerweile nur noch gut einen Meter von ihm entfernt. Er bückt sich langsam in seine Richtung und streckt seine Arme aus, aber mit einem gewagten Sprung hechtet Emma nach vorne und überrascht den Kranken von der Seite, der dank seiner Trägheit nicht so schnell reagieren kann. Bei ihm angekommen, rammt sie ihr Messer mit voller Wucht in den Kopf. Dieses bleibt stecken, Emma fällt zur Seite und landet direkt auf den anderen Mann mit dem Loch im Bauch. Im vollem Schwung dreht sie sich wieder von dem runter und schaut zu dem ersten, der aber mittlerweile zusammen gesackt mit dem Messer im Kopf vor Arlos Füßen liegt.

Langsam erhebt sich Arlo und lässt dabei den Blick nicht von dem Körper vor ihm. Als er endlich begreift, das der wirklich erledigt ist, stolpert er zu seiner Freundin und hilft ihr auf die Beine. Emma hat trotz ihrer akrobatischen Einlagen die Taschenlampe noch in der Hand und leuchtet weiterhin auf den Toten. Erst kurz danach bemerkt sie, das sie voller Blut ist, welches wohl von dem Opfer stammt auf den sie gefallen ist. Sie leuchtet jetzt auf denjenigen.

„Scheiße Emma, das ist Jacob", sagt Arlo mit immer noch zitternder Stimme. „Ja ich weiß, der Kranke muss ihn wohl überrascht haben." Zusammen stehen sie vor der verstümmelten Leiche und blicken starr nach unten.

„Verdammte Kacke Arlo, was machen wir denn jetzt? Jacob ist tot und das nur, weil wir ihn auf den Turm gestellt haben." „Das ist nicht unsere Schuld Emma, er war sich der Gefahr bewusst." „Mensch Arlo, er war ein alter Mann, wir hätten jemanden schicken müssen, um ihn abzuholen. Das auch niemanden was aufgefallen ist, die Waffe fehlte schließlich auch noch."

Arlo packt sie am Arm und dreht sie zu sich rüber. „Emma, er war ein Kriegsheld, er hat in Vietnam gekämpft. Er konnte auf sich selber aufpassen, wir tragen daran keine Schuld."

Emma dreht sich wieder von Arlo weg und schaut auf Jacob. „Wie sollen wir das seiner Frau erklären?" „Ich weiß es nicht Emma, ich weiß es wirklich nicht."

Arlo bewegt sich ein wenig auf den anderen zu. Der liegt immer noch an der gleichen Stelle und das Messer von Emma ragt aus seinem Haarschopf. „Irgendwas stimmt nicht mit diesem Mann hier."

Emma bewegt sich zu Arlo und leuchtet genauer auf den zweiten Toten.

„Was meinst du Arlo?" Er bückt sich nach unten und dreht den Mörder von Jacob auf die Seite. „Verdammt Emma, das ist einer der beiden Toten, die Leo und ich heute in den Wald gebracht haben." Auch Emma bückt sich jetzt nach unten zu Arlo.

„Du musst dich irren, die waren beide tot." Arlo fummelt dem Mann am Hemd herum und zieht es ein wenig beiseite.

„Das ist der Kerl, den Jacob in die Brust geschossen hat. Da sieht man noch genau das Einschussloch." Emma leuchtet mit der Lampe genau auf die Stelle, die Arlo ihr gerade zeigt und sieht nun auch das kleine Loch.

„Was hat das zu bedeuten Arlo?" Zuerst bekommt Emma keine Antwort, Arlo stellt sich wieder hin und steht still vor dem Mann, den er heute noch in das Loch im Wald geschmissen hat. Er schaut auf die kleine Wunde in der Brust und ist am Nachdenken.

„Emma, wir müssen umdenken. Die Kranken, das sind keine echten Kranken, das sind Tote."

„Du hast doch einen Knall", sagt Emma. Er schaut sie jetzt ernst an. „Das ist aber so, wenn jemand stirbt, dann kommt er wieder. Dieser Mann da Emma, der war eben noch mausetot, erschossen von Jacob und wir haben den in den Wald gebracht. An dem Kerl war nichts Lebendiges mehr und jetzt ist er trotzdem hier und hat getötet. Wie erklärst du dir das sonst?" „Ich weiß es nicht Arlo."

Emma ist mittlerweile schon eher panisch und kurz vorm Weinen. Dieser ganze unrealistische Scheiß macht ihr echt zu schaffen. Sie atmet einmal tief ein und blickt dann Arlo wieder an.

„Das soll also heißen, das dieser ganze Scheiß Virus, der die Menschen in diese Kranken verwandelt, gar nicht real ist?" „Doch Emma, der ist real, aber der verwandelt die Menschen nicht, der tötet sie und dann kommen sie wieder." „Aber dieser Mann am Boden war doch gar nicht krank."

„Genau, was eben auch bedeutet, das der Virus nicht schuld ist, egal auf welche Art du stirbst, man kommt wieder. Denk mal an dem Jungen im Auto, der auf der Interstate vom Unfall, der hatte mich auch angegriffen. Der war auch nicht krank Emma, der ist bei dem Unfall gestorben und ist dann zurückgekommen."

Emma schließt kurz ihre Augen und sammelt sich. „Was sollen wir jetzt machen, Ava wartet auf ihren Mann und hier liegen 2 Leichen, die hier nicht bleiben können." „Das beste wäre erst mal, wir sagen Leo und Yvonne Bescheid. Wir können das nicht alleine bewältigen Emma." „Genau das waren gerade auch meine Gedanken."

Wie eine verrückte springt Emma zur Seite und stößt Arlo beinahe das zweite mal um. Aber diesmal kann er sich noch halten. „Emma, was ist los?" Sie leuchtet den Boden ab und der Schein der Lampe bleibt auf Jacob hängen. „Verdammt Emma" fängt Arlo an zu reden, hält aber sofort wieder inne und schaut genau wie Emma auf den alten Herren. Aber so tot, wie er eben noch war, ist er gar nicht mehr. Seine Arme zeigen eindeutig Bewegung und auch das rechte Bein winkelt sich an und geht kurz darauf wieder runter.

„Er hat mich gerade ans Bein gefasst Arlo." Sie können beide ihren Blick nicht abwenden und sehen unter großer Angst das Jacob von Sekunde zu Sekunde lebendiger wird. Auch sein Kopf dreht sich von der einen Seite zur nächsten. Es fehlt jetzt nur noch, dass er sich erhebt und die beiden anspricht. Diesmal ist es aber Arlo, der sofort reagiert, er holt das Messer aus dem anderen, kniet sich neben Jacob und als der gerade seinen Kopf hebt, steckt die Klinge in ihm drin, alle Bewegungen sind erloschen. Emma blickt verängstigt nach Arlo, der immer noch neben Jacob am Boden ist. Einen kleinen Moment später schaut er zu ihr hoch.

„Meine Theorie wird stimmen Emma, denn Jacob war ganz sicher nicht Krank." Als Antwort bekommt er nur ein leichtes nicken.

Leo und Yvonne sitzen auf der Couch, der Blick ist auf die Tür gerichtet, denn sie warten auf die anderen. Aber weder Sam noch Arlo sind bisher wieder aufgetaucht und draußen ist es mittlerweile ziemlich dunkel. Leo nimmt die Hand von Yvonne und schaut sie an.

„Das eben, also das unter der Dusche, das war ziemlich schön, aber was soll nun werden?" Nach der Frage drückt Yvonne die Hand von Leo ein wenig fester und lächelt ihn an.

„Ja Leo, es war schön, aber wir sollten uns erst mal noch zurückhalten." Leos Gesichtsausdruck wird nachdenklich. „Was meinst du damit? War das nur eine einmalige Sache?"

Yvonne merkt sofort die Angst in Leos Worten, daher beugt sie sich zu ihm rüber und küsst ihn kurz. „Mach dir nicht so einen Kopf Leo, ich habe dich nicht verarscht oder ausgenutzt, nur ich brauche ein wenig Zeit." Auf Leos Gesicht verzeichnet sich eine große Erleichterung.

„Ich gebe dir alle Zeit der Welt Yvonne, ich dränge dich zu nichts und kann warten. Ich möchte aber das du weißt, dass ich dich wirklich liebe." „Du bist so lieb Leo" lächelt Yvonne und zieht die Hand wieder zurück." Ich entriegel mal die Tür, nicht das die gleich zu lange draußen warten müssen." Yvonne springt auf und entfernt den Stuhl unter dem Griff der Haustür. Auf dem Rückweg bleibt sie kurz in der Mitte des Wohnzimmers stehen.

„Hast du eigentlich eine Waffe Leo?" Anstatt zu antworten, legt Leo eine Pistole auf den Tisch. „Ohne eine Waffe gehe ich nicht mehr aus dem Haus." Yvonne fängt auf einmal an zu lachen und Leo versteht das gerade gar nicht.

„Was ist los Yve? Was ist so lustig?" Langsam kommt Yvonne wieder näher und bleibt genau vor ihm stehen. „Dann gehst du ja immer mit zwei Waffen aus dem Haus." Leo, der das immer noch nicht begriffen hat, schaut sie mit großen Augen an. „Verstehe ich gerade wirklich nicht", sagt er eben und Yvonne bückt sich zu ihm runter und fast ihm zwischen die Beine.

„Den Großen hier meine ich, meine Muschi fühlt sich immer noch taub an." Jetzt beginnt auch Leo mit dem lachen, er hat es endlich verstanden und hinter den beiden knallt die Haustür nach innen gegen die Rückwand. Beide schrecken auf und Leo steht mit der Waffe in der Hand neben Yvonne im Wohnzimmer. Arlo und Emma stolpern mehr, als sie laufen ins Innere und schmeißen hinter sich die Tür zu. Sie stehen jetzt am Rand des Zimmers und blicken in den Lauf von Leos Waffe, der die aber sofort wieder runter nimmt. Die beiden trauen ihren Augen nicht, das liegt nicht wirklich daran, dass die beiden hier einfach rein geplatzt sind, sondern eher an ihren aussehen. Blutverschmiert und völlig verdreckt stehen die beiden einfach so da und rühren sich keinen Millimeter. Nach einem kurzen Moment der Stille bricht Leo endlich die Ruhe.

„Was ist passiert?" Arlo schaut zu Emma und sie blickt zurück, keiner der beiden weiß nun, wie er anfangen soll. Yvonne steht immer noch neben Leo und hat den Mund geöffnet. Das Schweigen der beiden macht ihr fast mehr Angst als das Aussehen. Sie selber war heute mit Blut beschmiert, aber das ist gar nichts dagegen, wie die beiden gerade aussehen. Leo geht einen schritt näher an die beiden ran.

„Arlo? Emma? Was ist los?" Arlo fängt sich langsam wieder. Sie sind den Berg hoch gerannt, hier reingekommen und hatten gar nicht darüber nachgedacht, wie sie die Sache erklären sollen. Er schaut Leo an und dann auch kurz Yvonne. „Jacob ist tot" ist das Einzige, was er von sich gibt. Leo schaut auch einmal kurz nach Yvonne und dann wieder auf Arlo. „Wie kann das sein? Was ist passiert? Er sollte doch jetzt eigentlich Zuhause sein."

Gerade mal 15 Minuten später stehen Arlo und Emma immer noch verdreckt im Wohnzimmer und Leo und Yvonne sitzen beide auf der Couch. Arlo hat es dann endlich geschafft, die Geschehnisse um Jacob und der Toten zu erklären. Irgendwie will Leo das alles nicht verstehen und Yvonne sagt gar nichts dazu.

„Wollt ihr uns jetzt wirklich erklären, dass diese Kranken nicht krank, sondern tot sind? Egal wie man stirbt, man kommt trotzdem wieder und läuft dann so herum? Das geht doch gar nicht, das ist überhaupt nicht möglich. Tod ist tot."

Nach seiner Ansprache vergräbt Leo sein Gesicht in seinen Händen. Es sieht fast danach aus, als ob er weint und Yvonne bleibt weiterhin still. „Doch Leo" beginnt Arlo „das ist genau so, der Typ war tot, das weißt du genau, Jacob war auch nicht mehr am Leben und ganz sicher nicht krank. Es ist wirklich völlig egal, wie man abtritt, jeder kommt wieder und wird so ein Ding. Nur eine derbe Kopfverletzung beendet das alles."

„Also ist der ganze Virus einfach nur reine Schikane?" Fragt Yvonne jetzt ganz plötzlich.

„Das kann man so nicht sagen, der Virus ist real, das haben wir mehr als einmal mitbekommen, aber dadurch wird man sicher nicht zu so einem Ding. Der ist einfach nur tödlich und wenn man dann stirbt, geht der Rest von alleine", antwortet Emma und das sogar im vernünftigen Ton.

Es herrscht mal wieder Stille zwischen den Anwesenden, jeder ist in seinen Gedanken versunken. Leo springt von der Couch und zieht sich seine Schuhe an.

„Was hast du vor Leo?" Fragt Arlo. Er schaut ihn kurz an und macht einfach weiter. „Leo?" Fragt er abermals. „Arlo, einer muss Ava Bescheid sagen, oder soll sie Zuhause sitzen und weiter warten?" „Wer hat gesagt, das du das machen sollst?" Kommt jetzt von Emma. Leos Blick wechselt auf die Frau neben Arlo.

„Ich war für die Einteilung verantwortlich, ich habe Jacob da hoch gelassen, also ist es auch meine Sache das zu klären." „Du warst nicht verantwortlich Leo" versucht Yvonne die Sache zu beschwichtigen. Leo schaut sie einmal kurz an und belässt es dabei.

„Ich komme mit", sagt Arlo zu ihm. „Das kannst du vergessen", bekommt er als Antwort. „Hast du dich vielleicht mal angeschaut? Willst du der armen Frau dann erklären, das es Jacobs Blut ist, was an dir klebt?" Arlo schaut an sich runter und hat verstanden, auch Emma widerspricht nicht im Geringsten. Nur Yvonne fängt an, sich ihre Schuhe zu holen und anzuziehen.

„Was soll das werden Yve?" Fragt Leo sie, als er das mitbekommt. „Ich gehe mit und keine Widerrede." An Leos Blick kann man sofort erkennen, dass er ihr sehr dankbar ist, daher sagt er auch nichts weiter. Aber Arlo liegt wohl noch was auf dem Herzen.

„Weiß eigentlich einer von euch, wo Sam ist? Ist sie immer noch bei Sarah und Jessica?"

„Sie ist nicht zurückgekommen, also gehe ich mal davon aus, das sie noch da ist. Wir bringen sie gleich mit, macht ihr euch bitte schon mal Gedanken darüber, was wir mit den Leichen machen. Wir werden Jacob sicher nicht in den Wald bringen", sagt Leo noch eben und verschwindet mit Yvonne aus dem Haus. Vorher hat er sich aber noch die Waffe vom Tisch geholt. Emma und Arlo bleiben alleine zurück...

Kapitel 34 :

Der neue Morgen beginnt mit Sonnenschein. Arlo liegt bei Sam auf der Seite und konnte fast die ganze Nacht nicht schlafen. Sie selber war noch lange am Weinen, der tot von Jacob hat sie doch sehr mitgenommen. Nebenan sind Leo und Yvonne noch am Schlafen, jedenfalls hört man nichts aus dem Wohnzimmer. Arlo weiß, das der heutige Tag nicht einfacher wird als der gestrige, emotional gesehen sicher sogar noch schwerer. Die Beerdigung von Jacob steht leider an, mit einer Plastikfolie versehen liegt er derzeit unten im Empfangshaus. Ava ist ihm nicht mehr von der Seite gewichen, auch sie hat die Nacht in dem kleinen Haus an der Schranke verbracht. Die Leiche des Mörders wurde zum Parkplatz getragen und dort in den Kofferraum des kaputten Rovers gelegt. Geplant ist, dass sie heute Nachmittag auf der Fahrt zum Sägewerk entsorgt wird. Sam kam gestern zusammen mit Leo nach Hause, die Sache mit dem Spanner am Fenster wurde nach den schlechten Nachrichten gar nicht mehr angesprochen. Emma hatte Arlo nach Sams Ankunft verlassen und ist zurück in ihre Behausung. Dort hatte sie dann, genau wie Arlo erst mal eine lange Dusche genommen. Leo und Yvonne haben sich um Ava gekümmert und noch die Leichen übernommen. Arlo und Emma waren natürlich tabu und sie hatten ja auch genug durch gemacht.

Seine Frau befindet sich noch im Land der Träume, als er sich erhebt. Neben der Beerdigung steht heute noch die Fahrt zum Sägewerk an. Die Türme müssen wieder bemannt werden, nur wer soll auf den von Jacob? Kann da überhaupt noch mal einer drauf? Sie brauchen die Mauer jetzt mehr als gestern. Weitere Einteilungen müssen noch vorgenommen werden. Die Wäsche muss mal wieder gewaschen werden, das Essen steht auch an und keiner darf mehr alleine umherwandern, vor allem keines der Kinder. Die Arbeit im Camp sollte endlich mal besser aufgeteilt werden, es kann nicht sein das immer nur die Gleichen alles machen und die anderen profitieren. Vor allem beim Bau der Mauer brauchen sie jede Hand.

Arlo hat genug nachgedacht, langsam schleicht er durchs Wohnzimmer, denn er muss unbedingt ins Bad, bleibt aber einmal kurz stehen, um nach Leo und Yvonne zu schauen. Der Anblick der beiden macht ihn echt stutzig, normal liegt jeder auf seiner Seite unter einer Decke, aber diesmal nicht. Ein kleines Eifersuchtsgefühl kommt in ihm auf, trotzdem geht er leise weiter und verschwindet im Bad. Dort steht er erst mal längere Zeit vor dem Spiegel und schaut sich selber an. Plötzlich öffnet sich die Tür und Yvonne marschiert aufs Klo. Sie trägt nichts weiter als einen BH und einen fast schon durchsichtigen Slip. Nachdem sie sich erleichtert hat, geht sie ans Waschbecken und wäscht sich ihre Finger, Arlo hat extra Platz gemacht. Kaum damit fertig, wandert sie zur Tür und bleibt noch mal stehen, sie dreht sich um und schaut ihn an.

„Guten morgen Arlo, schau nicht so komisch an mir ist nichts, was du nicht schon gesehen hast." Nach dem kurzen Satz verschwindet sie einfach wieder und Arlo hört noch, wie sie zurück auf die Couch gegangen ist. Der BH war von Sam, den hat er erkannt, aber der Slip war ihm neu. Zurück im Wohnzimmer sieht er Yvonne ganz nah an Leo gekuschelt, das muss er wohl wirklich nicht verstehen.

Wie jeden Morgen klopft es irgendwo am Haus, diesmal ist es aber die Haustür. Arlo räumt den Stuhl zur Seite und öffnet. Direkt vor dem Eingang stehen Emma und Evelyn und begrüßen ihn recht freundlich. Nachdem er das erwidert hat, geht er ein Stück nach draußen, um die Schlafenden nicht zu wecken. Aber eigentlich will er nur nicht, dass Emma das Schauspiel im Wohnzimmer mitbekommt, da ist es ihm auch egal das er nur eine Unterhose trägt.

„Ist was passiert? Oder warum seid ihr schon so früh auf den Beinen?" Fragt er die beiden Frauen. „Früh?" Entgegnet ihm Emma „schau mal auf die Uhr, wir haben es gleich 8."

Arlo winkt kurz ab und wartet auf die andere Antwort. Evelyn schaut ein wenig zerknautscht aus, sie hat wohl auch nicht gut geschlafen.

„Die Sache gestern Abend war der absolute Horror Arlo und es tut mir so leid, das ihr das durchmachen musstet. Trotzdem haben wir eine Menge gelernt, wir verstehen zwar immer noch nicht, was das alles zu bedeuten hat, wissen aber nun, das wir wohl alle wieder kommen."

Sie macht eine kurze Pause, ist aber wohl noch nicht fertig, was ein kurzer Blick zu Emma verrät. "Leider habe ich wieder mal keine guten Nachrichten. Ich war eben bei Maria und das Fieber ist wieder gestiegen. Leider kann ich mir das auch nicht erklären, werde das heute aber weiter beobachten und falle so für andere Aufgaben weg."

Arlo geht ihr ein wenig entgegen, damit innen keiner hört, wie sie sich unterhalten. Es sieht aber eher so aus, als ob er nicht möchte, dass Yvonne oder Leo wach werden.

"Eve, für mehr bist du auch gar nicht zuständig, wir können echt froh sein, das wir dich haben. Aber denk bitte daran, sollte Maria den Tag nicht überstehen, dann müsst ihr sie einsperren und uns Bescheid geben." Eve schaut Arlo trotz der deutlichen Worte noch sehr freundlich an und nickt kurz. "Das verstehe ich, aber wollen wir mal hoffen, das es nicht dazu kommt. Das zweite Problem, was wir haben ist Ava, wir waren eben da unten und sie hat sich eingeschlossen. Sie reagiert einfach auf nichts, hoffentlich ist ihr nichts zugestoßen." Arlo schaut nachdenklich zu Emma und sieht das die gute Frau, die ganze Zeit versucht einen Blick ins innere zu erhaschen.

"Durch Jacob sollte eigentlich keine Gefahr mehr ausgehen. Hoffen wir einfach mal, dass sie einen zu festen Schlaf hat, ich gehe gleich mal da runter." "Danke Arlo" antwortet Eve "ich werde dann mal wieder nach Maria gehen, wenn irgendwas ist, dann meldet euch einfach."

Evelyn setzt zum Gehen an und bleibt dann noch mal stehen und dreht sich um.

"Habt ihr euch schon was wegen der Beerdigung überlegt?" Emma hat darauf wohl eine Antwort und dreht sich zu ihr. "Ein wenig, das Beste wäre wir beerdigen Jacob oben am Gemeinschaftsplatz. Irgendwer wird dann sicher noch ein schönes Kreuz oder was Ähnliches basteln, welches wir dann da oben aufstellen können." Eve lächelt ein wenig gequält. "Ihr seit wirklich die Besten, es ist schon echt gut, das ihr das sagen habt, ohne euch wären wir vielleicht schon alle tot."

Nun geht sie dann doch rüber zu Haus Nummer 12, klopft kurz und wird kurze Zeit später eingelassen. Die beiden haben ihr noch hinter her geschaut und blicken sich nun wieder an.

„Ich gehe mir was anziehen und komme dann raus, hast du eine Waffe?" Fragt Arlo Emma. Sie bückt sich einmal kurz und zieht ein Hosenbein hoch, dort kann er ihr beliebtes Messer erkennen. „Warum anziehen Arlo, ausgezogen gefällst du mir echt besser." Arlo grinst Emma noch kurz an und verschwindet im Haus, um seiner Sache nachzugehen.

Nur ein paar Minuten später befinden sich die beiden auf dem Weg nach unten, sie wollen nach Ava schauen und ihr das Beileid aussprechen. Arlo tritt an die Tür und greift nach dem Türgriff, aber es ist verschlossen, wie Eve schon sagte, auch das einzige Fenster ist nicht einsehbar, von innen ist die Gardine vorgezogen.

„Was machen wir jetzt?" Fragt Emma, die noch mal die Tür versucht hat. Arlo schaut den Berg nach oben und sieht, das Leo runter kommt und schon von weiten am Winken ist.

„Hast du ein Problem damit, das Leo deine Ex vögelt?" Fragt Emma wie aus dem nichts. Arlo schaut sie an und kann manchmal echt nicht begreifen, wie direkt diese Frau sein kann.

„Nein habe ich nicht, ich weiß auch nicht, wie du auf so was kommst." Emma schaut noch einmal Richtung Leo, der immer näher kommt. „Man sieht es an der Laune von Leo, also erklär mich bitte nicht für blöd." Darauf antwortet Arlo aber nicht mehr, denn Leo ist mittlerweile in Hörweite und begrüßt die beiden in einen absolut netten Ton. Man könnte schon fast denken, dass er unter Drogen steht.

„Genau das meine ich Arlo", sagt Emma noch schnell und wendet sich dann Leo zu.

„Was ist los?" kommt von ihm, als er endlich an der Tür angekommen ist. Nach einer kurzen Erklärung versucht auch Leo, den Eingang zu öffnen, aber sogar er hat keine Chance.

„Das kann es doch nicht sein, niemand schläft so fest, ich befürchte gerade irgendwie das Schlimmste." Nach seinem Satz geht Leo den Berg wieder nach oben, diesmal bedeutend schneller als vorher und kommt kurze Zeit später mit einer Eisenstange zurück. Emma und Arlo haben in der Zwischenzeit kein Wort gewechselt. Auch der Blickkontakt ist völlig ausgeblieben, so als ob beide beleidigt wären.

„Dann wollen wir mal", sagt er und steckt die Stange zwischen Tür und Rahmen. Nach einen kurzen knacken springt die auch schon auf und Leo wendet sich den beiden zu.

„Das soll jetzt nicht bedeuten, das ich so was schon öfters gemacht habe und das hat auch absolut nichts mit meiner Hautfarbe zu tun." „Alles klar Leo, mach dir nicht immer so einen Kopf", antwortet Arlo und geht zusammen mit den anderen durch die nun geöffnete Tür.

Aber kurz nach dem Eintreten bleiben alle drei wieder stehen und Leo verlässt sofort das Haus und stellt sich draußen an die Hauswand. „Verdammte Scheiße", sagt Arlo und Emma legt ihren Kopf auf seine Schulter. Mit so was haben die drei jetzt nicht gerechnet. Auf dem Schreibtisch liegt Jacob und die Folie ist bis zu den Beinen aufgezogen. Ein Stück dahinter baumelt Ava von der Decke, ihr Hals steckt in einem Gürtel, welcher oben an der Lampe angebracht ist. So wie es aussieht, hat sie sich in der Nacht das Teil von Jacob geholt, ist auf den Tisch gestiegen und hat sich erhängt. Aber das ist leider nicht das einzige schlimme Ereignis hier im kleinen Häuschen, denn Ava schaut die beiden mit aufgerissenen Augen an und versucht mit ihren Armen nach ihnen zu greifen. Arlo weiß genau, dass sie nicht mehr am Leben ist, sondern sich in eins dieser Dinger verwandelt hat. Die Geräusche, die sie von sich gibt, belegen das Ganze leider noch. Arlo verlässt zusammen mit Emma das Haus und zieht die kaputte Tür hinter sich zu, so weit es eben geht. „Ich kann das echt nicht mehr verstehen Arlo" beginnt nun Leo, der immer noch an der Hauswand lehnt. „Meinst du, weil sie nach dem tot wieder gekommen ist?" Fragt Arlo.

„Nein, dass sie sich das Leben genommen hat. Natürlich war das gestern Abend für sie ein Schock, das wäre ja bei jedem so, aber sie war so befestigt, sie sagte ja noch, das sie die Nacht über ihn wachen möchte."

Emma löst sich langsam von Arlo und schaut die beiden an. „Sie hatte das über ihn wachen wohl wörtlich genommen", sagt sie kurz zu den beiden verblüfften Männern, zieht ihr Messer aus dem Stiefel und geht wieder durch die Tür ins Innere. Leo versucht ihr noch zu folgen aber Arlo hält ihm am Arm fest.

„Lass sie Leo, es muss ja leider getan werden, so scheiße es auch ist." Leo sieht es ein und lässt locker. Eine kurze Zeit später kommt Emma wieder raus und marschiert an den beiden vorbei in Richtung Camp. Arlo rennt ihr hinterher, auf halben Weg hat er sie eingeholt und nimmt sie in den Arm. Leo öffnet noch mal die Tür und sieht, dass Avas Körper nun schlaf runter hängt und sich nicht mehr bewegt. In ihrem Kopf befindet sich ein kleines Einstichloch, woraus auch ein wenig Blut nach unten läuft. Leo klemmt die Eisenstange von außen quer in die Tür, damit niemand da rein kommt und geht den beiden hinter her, die mittlerweile im Lager verschwunden sind.

In der Küche ist alles still, Arlo sitzt auf der Theke und Emma versucht sich an der Kaffeemaschine. Da dieses aber nicht so klappt, wie sie es möchte, haut sie mehrmals gegen die Kanne, bis alles Perfekt ist. Leo geht zu Arlo und bleibt neben ihm stehen, zusammen beobachten sie die Frau, die immer noch an der Maschine grummelt. Die Tür öffnet sich und Sam und Yvonne kommen rein. Sie wollen sich eigentlich um das Frühstück kümmern, bleiben aber auf der Schwelle stehen und schauen in die ernsten Gesichter der anderen.

„Was ist nun schon wieder passiert?" Möchte Yvonne gerne wissen und bekommt erst mal keine Antwort. Emma quetscht sich an den beiden vorbei und geht nach draußen. Direkt vor der Tür steckt sie sich eine Zigarette an und verschwindet nach rechts. Arlo bewegt sich auch an den beiden vorbei, entschuldigt sich kurz bei Sam und läuft Emma hinterher. Leo bleibt weiterhin in der Küche und schaut zu Boden. Yvonne ist nun diejenige, die sich um die Tür kümmert und kurz darauf fragend vor ihrem neuen Lover steht.

„Leo? Was ist hier los?" Endlich besinnt er sich ein wenig und nimmt Yvonne in den Arm.

„Hört mal ihr beiden, leider brauchen wir gleich zwei Gräber, die gute Ava hat sich heute Nacht das Leben genommen." Irgendwie hat er versucht, es so schonend wie möglich zu sagen, aber das hat wohl nicht wirklich geklappt, denn Yvonne reißt sich von ihm los und schaut ihn böse an.

„Das ist jetzt ein Scherz", kommt von ihr. Sam steht immer noch am Eingang und die ersten Tränen kullern nach unten. „Nein leider nicht, wir mussten gerade die Tür aufbrechen und haben sie gefunden", antwortet Leo. Jetzt schaut auch Yvonne zu Boden und ihre grünen Augen werden feucht.

Arlo findet Emma am Ende des Gemeinschaftsplatzes an einer kleinen Hecke, die genau neben einer sehr grünen Wiese steht. „Hier werden die beiden begraben, das ist ein schöner Ort und der würde sogar mir gefallen", sagt sie zu ihm, der sie einfach nur anschaut.

„Ist alles in Ordnung bei dir?" Fragt er jetzt sehr vorsichtig. Emma zieht einmal an ihrer Zigarette und wendet sich ihm zu. „Ja ist es Arlo, aber auf die beiden Tussis hatte ich gerade echt keine Lust." Arlo geht in die Hocke und nimmt ein wenig Erde in die Hand.

„Du bist wirklich eine komische Frau Emma, manchmal werde ich nicht schlau aus dir."

Auch Emma hockt sich hin, macht ihre Kippe am Boden aus und lächelt Arlo an.

„Das haben schon viele zu mir gesagt." „Das kann ich mir vorstellen, mit dir auszukommen ist nicht einfach, aber genau das liebe ich an dir." „Da ist es wieder, das Wort Liebe, sei nicht so vorschnell mein lieber Arlo, mich zu lieben bedeutet eine Menge Schmerz." Arlo schaut sie kurz an und dann wieder die Erde in seinen Händen. „Mach mich nicht noch neugieriger auf dich Emma, du verdrehst mir eh schon den Kopf."

Auf einmal muss Emma laut lachen und steht wieder auf. „Du bist echt der beste Arlo. Aber jetzt haben wir für so was keine Zeit, der Tag heute wird echt stressig, wir sollten genau jetzt damit anfangen." Sie dreht sich wieder um und geht zurück zum Lager und lässt Arlo alleine. Aber auch er steht auf und schaut noch mal auf die Stelle, die Emma für die Gräber ausgesucht hat.

„Ja, hier ist es wirklich schön, Emma hat vollkommen recht."

Im Lager ist es mittlerweile echt voll geworden. Sofia, Jessica, Sarah und sogar der Mann von Mr. Torres sind dort aufgeschlagen. Der möchte aber eigentlich nur wissen, wann es losgeht und Emma, die auch gerade reingekommen ist, vertröstet ihn auf später. Als Arlo das Lager betritt, ist der Kerl schon wieder weg.

„Das sind echt komische Vögel", sagt Sarah und meint damit wohl Mr. Torres und seinen Mann. Emma nickt nur kurz und dreht sich zu Arlo um. „Was steht heute alles an, also außer der Beerdigung und dem Sägewerk." Arlo ziemlich überrascht, das hier so viel los ist, denkt kurz über das Gesagte nach.

„Wir sollten den Leuten heute nicht zu viel auftragen, denn wir brauchen noch genügend Kräfte für den Bau der Mauer. Ich denke, das wir gleich direkt nach dem Frühstück fahren, die anderen müssen sich dann alleine um die Beerdigung kümmern." „Meinst du nicht, das ist ein wenig anstandslos Arlo?" Fragt Yvonne sofort nach dem letzten Wort von ihm. Arlo wendet sich jetzt direkt an sie.

„Natürlich ist es das, aber wenn wir uns nicht beeilen, dann haben wir bald eine Menge Gräber mehr und da kann ich gerne drauf verzichten. Wir dürfen keine Zeit mehr verlieren." „Leider muss ich Arlo da recht geben, solange diese blöde Mauer nicht steht, sind wir alle in Gefahr", gibt Leo dabei. Yvonne reagiert darauf nicht mehr, ihr Blick zeigt zwar was anderes, aber sie belässt es dabei.

„Also werde ich dann mit dem Frühstück anfangen", sagt Sam in die aufgetretene Ruhe.

„Und das beste wäre, das ihr euer Essen sogar mitnehmt", gibt Sofia noch von sich. Emma geht ein wenig näher an sie ran. „Du auch Sofia, denn wir brauchen dich da am Sägewerk." „Warum mich?" Fragt Sofia ziemlich verunsichert. „Gute Idee Emma", sagt Arlo und wendet sich auch der Frau zu. „Du bist hier sicher die Einzige, die den großen Truck fahren kann." Sofia schaut einmal durch die Runde. „Ist das jetzt euer Ernst, doch nicht wegen den Camper?" Als Antwort bekommt sie von Arlo nur ein kurzes nicken. „Wir bräuchten noch jemanden, der sich um die Wäsche kümmert, leider ist ja einiges liegen geblieben und ich bin wirklich mal dafür, das es keiner macht, der sich hier im Raum befindet. Es geht echt nicht, das alles an uns hängen bleibt und die Türme müssen auch wieder besetzt werden", gibt Arlo zum Besten.

„Um die Türme werde ich mich kümmern", sagt Leo und schaut dabei ein wenig verzweifelt.

„Mach dir wegen gestern nicht so einen Kopf, das war nicht deine Schuld. Es wäre aber besser, wenn der untere Turm erst mal frei bleibt, also muss heute mal der Turm vor dem Lager herhalten", sagt schon wieder Arlo, der sich langsam den Mund fusselig redet.

Jessica, die bis hier mal wieder sehr ruhig war und nebenbei nur ein wenig an Sam gezupft hat, kommt ein wenig näher.

„Am besten machen wir, also Sarah, Sam und ich heute das Essen. So können wir uns die Arbeit aufteilen und aufeinander aufpassen. Aber wir sollten mal eben auf die Schnelle die Häuser durchgehen und uns darüber klar werden, wer sich hier noch einbringen muss."

„Dafür bin ich wohl geeignet", beginnt nun Sarah mit einem breiten lächeln.

„Ich habe mir darüber sogar schon Notizen gemacht." Sie holt einen kleinen Zettel aus der Hosentasche und beginnt mit dem vorlesen.

„Nummer 13 fällt weg, Nummer 12 natürlich auch, in Nummer 11 wohnen die beiden Studenten." Leo unterbricht Sarah an dieser Stelle. „Die beiden Studenten wollen heute wieder auf einen Turm, die fallen schon mal weg." „Okay", sagt Sarah und macht weiter. „Nummer 10 hat bisher auch noch nichts gemacht, aber der Mann könnte heute beim Bau helfen, klär ich ab. Die Nummer 9 ist das einzige Haus, wo ich ratlos bin." Keiner sagt dazu ein Wort, auch kein anderer weiß was mit Nummer 9 ist, daher macht Sarah mit der nächsten Nummer einfach weiter. „Nummer 8 fährt gleich mit zum Sägewerk, Nummer 7 sind wir, Nummer 6 ist Mr. Williams."

Leo zeigt bei dem Namen einmal kurz auf und Sarah versteht sofort, sie geht auf den gar nicht weiter ein. „Nummer 5 ist ein junges Paar mit einer Tochter, habe ich leider auch noch nicht viel von gesehen. Nummer 4 fällt weg, Nummer 3 leider auch und Nummer 2 ist Sofia."

Sam kommt ein wenig näher zu Sarah und schaut sie merkwürdig an.

„Das hast du alles auf dem kleinen Zettel stehen?" Sarah lacht sie kurz an. „Natürlich nicht, schau her, hier stehen nur kleine Notizen, den Rest habe ich einfach dabei gedichtet." Auch die anderen fangen leicht an zu lachen, bis Arlo dann wieder übernimmt. „Okay danke Sarah, das war sehr einleuchtend, die Wäsche wird dann wohl.." er blickt noch schnell auf den Zettel von Sarah und fährt dann fort. „Nummer 5 und Nummer 10 übernehmen."

„Also bestehen wir hier jetzt nur noch aus Nummern?" Fragt Yvonne ein wenig skeptisch. „Natürlich nicht" antwortet Arlo „aber warum soll man sich alle Namen merken, wenn es doch mit Nummern viel einfacher ist, da hatte Lennart wohl wirklich mal eine gute Idee."

„Okay" sagt Emma „ich gehe dann gleich mal nach Nummer 9, da wohnt ja eine Frau ganz alleine, ich möchte doch gerne mal wissen, wer das ist und was sie für uns tun kann."

„Ich komme mit", sagt Arlo schnell und will sich schon zum Gehen aufmachen, als Leo ihn noch mal zurückhält. „Arlo, nach dem Frühstück werde ich die Türme bemannen und auch allen wieder Waffen geben, ihr müsst aber auch welche mitnehmen."

Im gleichen Moment legt Jessi die Pistole von Arlo auf die Theke und alle Schauen kurz dahin, weil es doch ziemlich laut war. „Dann werde ich mit einen Freiwilligen die Leichen unten fertigmachen, damit wir sie beerdigen können. Den Rest der Zeit werde ich dann damit verbringen, ihm Camp Patrouille zu laufen, ich möchte nicht mehr überrascht werden." Arlo packt Leo einmal auf die heile Schulter und nickt ihm zu. „Was sollen wir bloß ohne dich machen, Leo, du bist echt der Beste und das meine ich ernst." Er blickt einmal auf Emma und winkt ihr zu. „Los Emma, wir müssen noch jemanden besuchen."

Die beiden verlassen die Küche und lassen den Rest zurück. Yvonne schleicht sich leise an Sam ran und flüstert ihr ins Ohr. „Sag mal Sam, kann es sein, das Arlo dich gar nicht mehr beachtet? Das ist heute schon das zweite mal, das er keine Notiz von dir nimmt. Du bist doch nicht aus Luft."

Sam lächelt Yvonne aber einfach nur an und flüstert zurück. „Alles halb so wild, so ist er nun mal, war schon immer so. Wenn er was zu tun hat, vergisst er den Rest einfach, ich nehme es ihm auch nicht übel, habe auch so meinen Spaß."

Yve schaut Sam noch einmal komisch an, möchte aber nicht weiter drauf eingehen. Ein Blick zu Sarah und Jessi sagen mehr als tausend Worte. Trotzdem kann sie sich das nicht wirklich vorstellen, vor allem weil der weg nach Arlo nun frei gewesen wäre, wenn Emma nicht existieren würde. Jetzt schaut sie einmal auf ihren nachdenklichen Leo und bekommt ein warmes Gefühl im Bauch, so ist es echt am besten.

Arlo und Emma stehen direkt vor Haus Nummer 9 und blicken auf die Tür. Die Fenster sind alle von innen verhangen, also kann man keinen Blick riskieren. Arlo geht ein Stück nach vorne und klopft an. Emma packt in der Zwischenzeit nach ihrem Messer und erntet von ihm einen bösen Blick. Als er gerade wieder anklopfen möchte, hört er eine Stimme von Innen, die irgendwas mit „ist offen" gerufen hat. Also packt er seinen Mut und geht verfolgt von Emma, ins Innere.

Erst mal müssen sich die beiden an die Dunkelheit gewöhnen, den kein Lichtschimmer dringt von außen rein. Auch im Inneren ist keine Kerze oder Ähnliches am Leuchten.

„Hallo" ruft Arlo vorsichtig und bleibt stehen. Emma läuft ihm natürlich hinten rein, denn auch sie sieht so gut wie gar nichts. Plötzlich entzündet sich in der Ecke ein Streichholz und eine Kerze leuchtet kurze Zeit später auf.

„Ich habe mich schon gefragt, wann endlich einer von euch hier auftaucht, hatte aber nicht wirklich damit gerechnet, das es der große Arlo mit seiner Holden Emma ist" sagt eine weibliche Stimme, die wohl direkt hinter dem Licht zu sein scheint. Arlo geht ein wenig darauf zu und sieht nun leichte Umrisse auf der Couch. „Ähm, Mrs.?" Fragt Arlo vorsichtig. „Nennt mich einfach Sayana", sagt die unbekannte Person.

Arlo und Emma stehen irgendwie wie zwei Trottel im Haus von Sayana. Die Frau sitzt weiter auf der Couch und gibt sich total unheimlich. „Sayana" beginnt nun Arlo „wir müssen uns mal unterhalten." Eine zweite Kerze wird entzündet und kurz danach auch noch eine dritte. Langsam erhellt sich der Raum und die unbekannte Frau wird sichtbar.

Sie sitzt im Schneidersitz auf der Couch, ist ungefähr Mitte 40, schmal und hat lange schwarze Haare. Sie trägt so was wie einen Umhang, oder vielleicht sogar eine Kutte, man kann es nicht wirklich erkennen. Aber um ihren Hals befindet sich eine lange Kette mit einem Kreuz. Mit einer Handbewegung deutet sie Arlo und Emma an, sich hinzusetzen, vor dem Wohnzimmertisch stehen extra 2 Stühle, als ob sie auf die beiden gewartet hat. Die gehorchen natürlich und sitzen nun nebeneinander und gegenüber von der unheimlichen Frau.

„Was kann eine bescheidene Frau für euch tun?" Fragt sie jetzt. „Sayana, wir brauchen im Park jetzt jede Hilfe, die wir bekommen können. Sie haben sicher mitbekommen, was draußen so los ist", antwortet Arlo ein wenig unsicher. Sayana lächelt darauf ein wenig, jedenfalls sieht es im Kerzenschein so aus. Sie löscht wieder eine der Kerzen und schaut die beiden Gäste merkwürdig an. „Natürlich weiß ich, was da draußen los ist. Menschen sterben und kommen wieder, die Welt steht am Abgrund, wir sind nur einen Schritt von der Apokalypse entfernt."

Sie beugt sich ein wenig zu den beiden rüber und die Kette mit dem Kreuz baumelt nach unten.

„Ihr beiden werdet aber überleben und die Welt wieder aufbauen, das spüre ich in euren Auren."

Kaum hatte sie das gesagt, geht sie auch wieder nach hinten und legt ihre Arme in den Schoß. Emma schaut Arlo von der Seite an und wirkt ziemlich unsicher.

„Wie meinen sie das?" Fragt wieder Arlo. Er bekommt aber keine Antwort, denn sie erhebt sich von der Couch, geht zum kleinen Schrank und zündet darauf irgendeine Duftkerze an. „Glaubt ihr beiden an Gott?" Fragt sie ganz plötzlich. Emma hatte ihren Blick bisher kaum von Arlo gelassen und er schaut nun auch zu ihr zurück.

„Nein Sayana, ich nicht", antwortet er und Emma tut es ihm gleich, aber nur mit einem kurzen Nein. Die Frau setzt sich wieder auf die Couch und schaut die beiden an.

„Vielleicht ist jetzt die Zeit gekommen, das zu ändern. Der Glaube ist das Einzige, was uns jetzt noch retten kann." Emma taut langsam auf und versucht sich jetzt auch am Gespräch zu beteiligen. „Verstehen sie mich nicht falsch, aber wie soll uns der Glaube retten?" Fragt sie jetzt ganz direkt. „Liebe Emma, alles ist Gottes Wille, der Tod, das Leben und auch die Wiedergeburt." Arlo beugt sich ein wenig nach vorne. „Sie wollen uns also gerade erklären, das Gott die Toten wieder aufstehen lässt?" Sayana orientiert sich wieder in die Richtung von Arlo.

„Genau so ist es Arlo, es ist Gottes Wille und mit ihm kommt das Ende der Welt. Nur die stärksten werden überleben und die Welt neu formen, aber so wie Gott es will."

Emma springt vom Stuhl und schaut von oben auf die Frau herunter. „Sorry Sayana, dieser Glaube oder was auch immer, gibt es nicht. Das da draußen ist keine Apokalypse von Gott, sondern eine handgemachte Scheiße, die uns alle umbringen wird. Ich habe auch keine Lust, über irgendwelche mystischen Sachen zu reden, ich bin eine rationale Person." Emma beendet ihre Ansprache und verlässt kurz darauf das Haus. Arlo sitzt jetzt alleine bei der Frau und lächelt ein wenig verlegen. „Keine Sorge Arlo, Emma wird ihren Weg schon noch finden. Wir brauchen sie und wir brauchen dich. Du bist der neue Anführer Arlo, du wirst die Menschheit in ein neues Leben führen."

Auch Arlo steht auf und schaut von oben herab. „Schön, das wir uns mal kennenlernen durften. Leider muss ich jetzt auch gehen, wir haben noch einiges zu tun. Aber eine Frage habe ich noch Sayana." Die Frau erhebt sich nun auch und schaut Arlo liebevoll an.

„Du darfst mich alles Fragen?" Arlo sortiert kurz seine Gedanken.

„Wir haben gleich eine Doppelbeerdigung und ich frage mich gerade, ob sie die vielleicht abhalten können." Sie kommt langsam um den Tisch herum und geht direkt zu ihm. Dann nimmt sie seine Hände in die ihren und hält sie an ihre Brust. Arlo ist das ziemlich unangenehm, aber er wehrt sich nicht. „Ich weiß das mit den Collisters, das ist eine tragische Sache, aber es war wohl so vorbestimmt. Es werden auch noch viele andere Menschen sterben, Menschen die dir nahe stehen Arlo, du kannst sie nicht alle retten. Aber ich werde gleich da sein, ich werde ein paar Worte an die neue Gemeinde richten und Versuchen zu helfen." Sie lässt Arlos Hände wieder los, schaut ihn aber trotzdem noch sehr innig an. „Arlo, nicht jeder Mensch hier in der Gemeinde ist auch ein guter Mensch. Ich möchte, dass du deine Augen offen hältst und auf dich aufpasst, auf dich und auch auf Emma. Wenn euer Licht vergeht, dann ist alles zu Ende." Arlo geht einen Schritt nach hinten. „Danke Sayana, ich werde an deine Worte denken."

Kurz darauf verlässt er das Haus und schließt die Tür hinter sich. Draußen neben dem Eingang steht Emma und ist am Rauchen. „Verdammt ist die unheimlich Arlo. Das geht gar nicht", sagt sie zu ihm, als er sich neben sie stellt. „Unheimlich ganz sicher, aber komischer weise auch sehr gut informiert." „Oh Arlo, Jetzt sag mir nicht, das sie dich in ihren Bann gezogen hat?" Arlo lächelt sie kurz an und deutet dann auf einen näher kommenden Bollerwagen.

„Die sind wohl auch schon fertig mit dem Frühstück, es wird Zeit, das wir losfahren."

Emma schaut auch in die Richtung und sieht Yvonne und Jessica näher kommen.

„Dann mal los, zurück in die Wirklichkeit", sagt sie unter leichten lächeln, macht ihre Kippe am Boden aus und geht mit ihm zum Lager.

Eine halbe Stunde später steht die gesamte Sägewerkgruppe bereit. Leo hat die Wachtürme besetzen lassen mit der Anweisung, jegliche Sache sofort zu melden und keiner darf die Türme ohne vorige Absprache verlassen. Er selber steht zusammen mit Yvonne auch vor dem Lager und hat mehrere Laken in der Hand. Er hat in seiner neuen Freundin wohl seine Freiwillige gefunden und sie werden sich gleich um die Leichen im kleinen Häuschen kümmern. Sam, Sarah und Jessica sind in der Küche und besprechen schon das Mittagessen. Die drei scheinen sich sehr gut zu verstehen, von der Sache gestern Abend weiß aber keiner was. Nur Yvonne hat so eine Ahnung, da sie die Blicke eben in der Küche mitbekommen hat. Evelyn ist immer noch bei Maria und hat sich bisher nicht blicken lassen. Milo ist zusammen mit Matthew dabei, die Gräber auszuheben. Arlo war erst dagegen, aber Leo hat ihm versichert, dass Mr. Williams auf seinen Turm ein Auge auf sie hat.

Sarah hat es doch tatsächlich geschafft, die Mama von Laura und Simon und die junge Frau aus Haus Nummer 5 dazu zu bringen, die Wäsche einzusammeln und natürlich danach auch zu waschen. Sie haben sich sofort bereit erklärt, die Sache zu übernehmen.

„Wann können wir denn endlich los?" Fragt Alexander Torres ziemlich ungeduldig.

„Es geht gleich los" beschwichtigt ihn Arlo und geht mit Leo noch kurz ins Lager, um ein paar Waffen zu holen. „Nimm bitte die beiden Gewehre mit und auch noch 2 Pistolen Arlo", sagt Leo im Inneren. „Ich habe ja noch meine." „Egal ihr seid 5 Leute, also braucht ihr auch 5 Waffen. Wir haben die 3 Türme mit Gewehren und ich habe noch eine Pistole, das sollte vorerst reichen."

„Das ist alles viel zu wenig Leo, wir müssen uns unbedingt um neue kümmern" kommt noch von Arlo, der das Lager dann verlässt. Dort übergibt er den anderen die Waffen, die beiden Pistolen gehen an das schwule Pärchen, die natürlich lautstark protestieren. Arlo läuft Richtung Schranke und der Rest der Gruppe folgt ihm. Leo und Yvonne bleiben allein zurück und schauen ihnen nach.

Das nächste Problem lässt aber nicht lange auf sich warten, denn unten auf dem Parkplatz weigert sich Alexander, in das Auto einzusteigen. Er stampft schon fast mit den Füßen auf den Boden. Es geht darum, dass hinten im Auto die Leiche des Mörders liegt und er das nicht Verantworten kann. Erst als sein Mann mit ihm gesprochen hat und Emma ihm erlaubt, vorne zu sitzen, kann die Reise endlich losgehen.

Das Auto verlässt den Parkplatz und düst etwas schneller den Schotterweg Richtung Highway hinab, vorher wurde aber noch die Heckstoßstange losgetreten. Eine kurze Zeit später ist das Camp auch nicht mehr zu sehen, im Fahrzeug ist es sehr still, keiner sagt ein Wort, sogar Alex hat sein Gemecker eingestellt und schaut einfach gerade aus. Die Fahrt selber geht wirklich ziemlich zügig, schon taucht der Highway auf und Arlo hält den Rover an, denn direkt an der Einfahrt steht ein Auto mit offenen Türen. Ganz langsam rollt er ein wenig näher und stellt dann den Motor ab. Emma kommt vom Rücksitz ein wenig nach vorne, was Mr. Torres wieder sauer aufstößt.

„Bleiben sie bitte weg von mir junge Dame, so viel nähe kann ich gerade nicht gebrauchen", kommt von ihm. Aber Emma geht gar nicht drauf ein und auch nicht wieder zurück, sondern wendet sich an den Fahrer. „Arlo, das Auto da vorne, das stand doch auch bei uns auf dem Parkplatz oder täusche ich mich da?" „Ja, du hast recht Emma, das ist das Auto von den Roberts."

Emma schaut ihn sehr verwirrt an, man kann sogar Angst in ihren Augen erkennen. Arlo öffnet die Tür und steigt nach draußen, gleichzeitig nimmt er auch seine Waffe in die Hand.

„Sie können hier doch nicht einfach aussteigen Mr. Stenn", schimpft mal wieder Alexander vom Beifahrersitz. Aber auch Emma und Sofia verlassen das Fahrzeug und nehmen ihre Waffen mit. Zurück bleibt nur Mr. Torres und sein Mann, der sofort die Türen von innen verschließt. „Verdammt, was ein feiges Pack", sagt Emma, als sie bei Arlo ankommt. Gemeinsam gehen die drei langsam auf das abgestellte Auto zu. Dabei schauen sie sich die ganze Zeit in alle Richtungen um, sie wollen sicher nicht überrascht werden. Arlo ist der Erste, der ankommt und blickt erst vorne und ein wenig später hinten rein.

„Es ist leer, hier ist keiner", sagt er zu Emma und Sofia, die auch am Auto auftauchen und sich umschauen.

„Da Arlo, auf der Rückbank, das sieht aus wie Blut." Er schaut ein wenig genauer rein und sieht es jetzt auch. „Verdammt" kommt von Sofia. „Was hat das zu bedeuten Arlo?" Fragt jetzt wieder Emma. „Ich weiß es nicht, aber sicher nichts Gutes." Sofia ist gerade dabei, ums Auto herum zu laufen und hinten im Kofferraum befinden sich nur ein paar Koffer. Ihr Blick fällt auf den Highway, wo auf der Seite von Olustee kommend irgendwas auf der Straße liegt. Sie zeigt einmal in die Richtung und die beiden kommen näher.

„Was soll das sein?" Fragt Emma. „Es sieht leider so aus, als ob es sich um tote Menschen handelt", antwortet Sofia. Arlo stellt sich vor die beiden und dreht sich um.

„Ihr bleibt hier, ich gehe gucken und keine Widerrede." Keiner der beiden Frauen sagt darauf ein Wort und Arlo läuft alleine die Straße entlang, genau auf die Stelle zu, die sie von weiten gesehen haben. Er ahnt aber leider schon, dass es sich wirklich um Leichen handelt, vier Stück und drei davon scheinen Kinder zu sein. Trotz seines Verdachtes geht er näher ran und steht kurze Zeit später genau davor. „So eine Scheiße", sagt er leise zu sich und betrachtet das elend auf der Straße. Er erkennt sofort, dass es die Familie Roberts ist. Eine Frau und 3 kleine Kinder liegen hier, aber sie sehen nicht wirklich krank aus, im Großen und Ganzen eher total normal, wenn da diese kleinen Einschusslöcher im Kopf nicht wären. Alle vier wurden erschossen und das aus nächster Nähe.

Von Mr. Roberts fehlt aber jede Spur. Emma steht plötzlich neben ihm und hält sich die Hände vor das Gesicht. „Verdammt Arlo, das sind die Roberts, wer macht denn so was?" Arlo nimmt Emma in den Arm und dreht sie von den Leichen weg.

„Ich weiß es nicht Emma, lass uns hier verschwinden." Beide rennen zurück zu Sofia, die immer noch an der gleichen Stelle wartet.

„Ist es das, was ich mir gedacht habe?" Fragt Sofia ziemlich deprimiert. Emma geht einfach an ihr vorbei und läuft direkt zum Auto, Arlo bleibt aber stehen. „Es ist noch schlimmer Sofia. Die ganze

Familie wurde erschossen und dort liegen gelassen, nur Mr. Roberts fehlt." Sofias Gesichtszüge gehen nach unten. „Waren sie krank Arlo?" „Nein Sofia, ich habe nichts dergleichen gesehen." Emma ist mittlerweile schon wieder eingestiegen. Jetzt gehen auch die beiden zurück zum Auto und steigen ein. Arlo startet den Rover und fährt auf den Highway, dort gibt er sofort Gas und düst auf der anderen Seite der Leichen davon. Emma schaut trotzdem noch mal nach hinten. „Die wollten sicher wieder zurück zum Camp kommen, nur wer hat sie erschossen?" Sie bekommt darauf aber keine Antwort, es wird wieder im Still im Auto.

Leo und Yvonne haben die beiden Collisters in die Laken gewickelt und draußen steht schon der Bollerwagen für den Transport. Viel gesprochen haben die beiden bisher nicht, aber die Sache mit Jacob und Ava ist auch kein leichtes Thema. Milo und Matthew sind mittlerweile fertig mit den Gräbern, also kann es gleich losgehen. Langsam tragen Leo und Yvonne die beiden Leichen zum Wagen, sie müssen vor allem darauf achten, das sie vernünftig drin liegen, sie wollen ja nicht, das die Leute oben im Camp einen Schock bekommen.

„Wie soll das nun ablaufen? Sollen wir jetzt allen Bescheid geben, dass sie kommen sollen?" Leo schaut Yve darauf an und dann nachdenklich nach oben. „Arlo meinte, dass diese merkwürdige Frau ein paar Worte sprechen möchte." „Ja ich weiß, ich bin trotzdem dafür, das alle mit zum Grab kommen sollten." Leo schnappt sich den Bollerwagen und geht langsam los. „Wir fahren jetzt erst mal hoch und schauen dann nach dieser Frau, soll die das doch entscheiden."

Yvonne läuft neben Leo und zeigt plötzlich in die laufende Richtung. „Wie es aussieht, wartet sie schon da oben auf uns." Leo schaut auch dahin und sieht eine Frau mit langen schwarzen Haaren direkt vor dem Lager stehen. Sie trägt so was Ähnliches wie eine Kutte und hat ein Buch in der Hand. „Verdammt", sagt Leo, als er sie erblickt. „Jetzt kann ich verstehen, was Arlo meinte."

Sie laufen weiter und Sayana kommt ihnen entgegen, kurz vor Haus Nummer 1 bleiben alle stehen. „Ihr habt Gott einen großen Dienst erwiesen", sagt sie zu den beiden. Leo und Yvonne schauen beide sehr nachdenklich. Die Frau fängt leicht an zu lachen, so sieht es jedenfalls aus.

„Ihr versteht sicher nicht, was ich meine, daher lasst es mich erklären. Mit eurer liebevollen Behandlung habt ihr ihnen den Weg zu Gott geebnet, daher ist es jetzt an der Zeit, sie zu Grabe zu tragen. Ich werde den Part für Gott übernehmen und ihr seid seine Diener." Kaum hatte sie das ausgesprochen, dreht sie sich wieder um und setzt sich in Bewegung. Beim Laufen ist sie irgendwas am Murmeln, aber weder Leo noch Yvonne können es verstehen. Ohne ein weiteres Wort zieht er den Bollerwagen wieder an und geht langsam hinter Sayana her. Da der Weg zum Gemeinschaftsplatz sehr kurz ist, sind sie auch schon wenige Augenblicke später an den ausgehobenen Löchern angekommen.

„Sollen wir noch eben schnell die anderen holen?" Fragt Yvonne, die komische Frau. Die dreht sich zu ihr um und lächelt wieder. „Wir brauchen niemanden. Gott allein reicht völlig aus, er nimmt sich die beiden jetzt an und begleitet sie auf ihren nächsten Weg. Ihr beide seid auserwählt, die ersten Schritte einzuleiten und ich werde mit einem Gebet die Sache erleichtern. Wenn sich die anderen verabschieden möchten, dann kann das auch später erfolgen."

Sie dreht sich wieder weg und steht mit erhobenen Armen vor den doch sehr tiefen Löchern. Yvonne schaut nachdenklich zu Leo, der einmal seine Schultern anhebt und anfängt, den ersten Körper aus dem Wagen zu heben. Sie ist aber sofort dabei und gemeinsam legen sie Ava in das hintere Loch. Sayana steht weiterhin einfach nur dabei und murmelt ihre Worte. Das Buch, welches wohl die Bibel ist, liegt neben ihr geschlossen im Gras. Auch Jacob wird von den beiden geholt und sehr sanft in das andere Grab gelegt. Jetzt erst bückt sich die Frau nach ihrer Bibel und schlägt eine markierte Seite auf. Sie beginnt was vorzulesen, aber auch das kann man nicht verstehen, denn sie spricht weiterhin sehr undeutlich.

Plötzlich schlägt sie das Buch wieder zu und schaut die beiden an.

„Ihr könnt die Gräber jetzt schließen, die Seelen sind empfangen worden, für mich gibt es hier nichts mehr zu tun." Einen Augenblick später verschwindet sie einfach und lässt die beiden stehen. Leo nimmt sich eine Schaufel, die hier zurückgelassen wurde und fängt an, mit Erde die Löcher zu füllen. Yvonne aber stemmt ihre Arme in die Seiten und schaut ziemlich verwirrt.

„Sag mal Leo, das kann es doch jetzt nicht gewesen sein?" Leo unterbricht kurz seine Arbeit und schaut sie an. „Was meinst du Yvonne?" „Ja das gerade mit der komischen Frau, das war doch keine Beerdigung." Leo nimmt seine Arbeit wieder auf. „Mir war es so lieber Yvonne, kein Plan, welcher Glaubensrichtung sie angehört, aber so mussten wir wenigstens niemanden in Gefahr bringen." Yvonne setzt sich neben Leo ins Gras und belässt es dabei, sie muss wohl so langsam mal einsehen, das nichts mehr seinen normalen Gang geht, alles ist anders, auch sie wird sich weiter verändern...

Kapitel 35

Arlo lenkt den Wagen rechts in die Einfahrt, die zum Sägewerk führt. Unterwegs wurde wieder nicht viel geredet, nach dem Entdecken der Leichen, die einfach so erschossen auf dem Highway lagen, gab es auch kein Gesprächsthema, oder es wollte halt keiner was dazu sagen. Kurz vor dem Sägewerk hält er an und bittet Emma mit auszusteigen. Gemeinsam gehen sie zum Kofferraum und holen den Toten raus, tragen ihn zum Rand der Einfahrt und legen ihn in den Straßengraben. Beide steigen schnell wieder ein und fahren die letzten Meter bis zum Sägewerk.

„Fahr bitte wieder in die Halle da vorne", sagt Emma von hinten und Arlo folgt der Anweisung und stellt den Motor ab. Alle 5 steigen aus und schauen sich kurz um. Alles ist hier genau so wie beim letzten Besuch, es ist auch wieder sehr ruhig und vor allem, es sind keine Kranken zu sehen.

„Hoffentlich finden wir hier, was wir suchen", sagt Arlo zu den anderen. Alexander blickt sich einmal in der Halle um, geht dann raus und schaut an dem Gebäude vorbei nach hinten, da gibt es Holz ohne Ende. Irgendwie sieht es fast so aus, als ob er strahlt, nach einer kurzen Inspektion kommt er wieder zurück zu den anderen.

„Hier gibt es jede Menge, was wir gebrauchen können. Kommt mit, ich zeige euch alles, was ich benötige." „Alex, es soll einfach nur eine Absperrung werden, einfach nur was, um die Kranken abzuhalten, also bitte mach daraus jetzt kein Kunstwerk", lässt Arlo noch raus, bevor sie alle hinter Mr. Torres her laufen. Er bekommt natürlich keine Antwort, was hat er auch erwartet. Hinter der großen Halle steht der geparkte Truck, den Emma und Arlo beim letzten mal entdeckt haben. Auf der riesigen Ladefläche passt genug drauf, einen kleinen Kran hat er auch zu bieten, direkt hinter dem Fahrerhaus. Sofia springt kurz drauf, öffnet die Tür und macht einen Daumen nach oben. „Schlüssel ist da und Zündung geht auch", ruft sie nach unten.

„Wenigstens schon mal etwas", sagt Emma und die Gruppe geht von einem Holzlager zum nächsten. Überall liegt was herum, was Mr. Torres für seinen Bau gebrauchen kann, das Wichtigste ist aber, es ist alles da, nichts fehlt, also steht der Wand nichts mehr im Weg.

Ziemlich erschöpft sitzen alle ein wenig später vor der Anfangshalle auf einem Baumstamm und futtern das mitgebrachte Essen.

„Das sieht ja richtig gut aus heute", sagt Emma fast schon motiviert zu den anderen.

„Wie gehen wir jetzt vor?" Fragt Arlo. „Ich fahre gleich den Truck längst der einzelnen Holzlager. Am besten nehmen wir dann einen der Stapler, die wir eben gesehen haben und bringen die Sachen damit zum Hänger. Also einfach aufladen und Abfahrt nach Hause."

„Hört sich für mich echt gut an", sagt Arlo und der Rest nickt zustimmend.

„Also Futtern und ran an die Arbeit" kommt vom Mann von Alexander. Arlo geht das ein wenig auf den Keks, niemand weiß wie der gute Kerl heißt, jeden kann man hier mit Namen ansprechen, aber er ist bisher der Unbekannte. Alexander muss nach der Frage ein wenig lachen, lässt aber seinen Mann die Sache selbst beantworten.

„Meinen Namen wollt ihr wissen?" Fragt er sehr verlegen und muss auch er erst mal eine Runde lachen, denn eigentlich war die Frage ziemlich banal. Dann wird er auf einmal wieder ernst.

„Ich will euch den ja nicht verheimlichen, daher kann ich es auch einfach sagen, also ich heiße Peter van Leeuwen, so einfach ist das." „Endlich" sagt Arlo „diese schwere Frage haben wir dann auch geklärt und können uns jetzt den leichten Sachen widmen." Sofia springt vom Baumstamm und dreht sich zu den anderen. „Los jetzt Leute, ich will nach Hause, packen wir es an."

Alle anderen springen nach ihrer Ansage auch auf und wollen sich gerade auf den Weg nach hinten machen, als Emma sie wieder zurückpfeift.

„Stopp" schreit sie fast schon und alle Bleiben stehen. „Was ist los Emma?" Fragt Arlo und sieht, wie sie sich langsam im Kreis dreht. „Seit mal bitte alle ruhig, ich höre was" bekommt er von ihr als Antwort. „Wieder der Hubschrauber?" Arlo schaut nach seiner Frage in den Himmel, kann aber nichts sehen. Plötzlich rennt Emma zurück in die Halle und schreit dabei die anderen an.

„Los, alle rein hier sofort." Alleine wegen der Panikmache von ihr hören alle auf den Befehl und rennen hinter ihr her. Emma steigt aber diesmal nicht ins Auto, sondern läuft daran vorbei und steuert die großen Holzstapel im hinteren Bereich an. Auch der Rest kommt kurze Zeit später an und verstecken sich neben ihr.

„Emma was ist los?" Fragt Arlo völlig aus der Puste. „Unten auf dem Highway fahren welche herum und wenn wir Pech haben, kommen die genau hier hin", antwortet Emma und schaut zwischen den Holzlatten hindurch nach draußen. Man kann von hier alles gut überblicken, was vor der Halle passiert, bisher ist aber nichts zu sehen.

„Du hast echt verdammt gute Ohren Emma", sagt Arlo kurz.

„Scheiße, unsere Waffen sind noch im Auto", kommt von Sofia in voller Panik. Sie will gerade loslaufen, als Emma sie am Pulli wieder zurückzieht. „Zu spät Sofia" sagt sie noch eben schnell und zeigt durch das Holz nach draußen. Arlo holt seine Waffe aus der Hose und schaut ziemlich ernst zu den anderen. So wie es aussieht, ist es die Einzige die sie haben. Die beiden Gewehre und auch die anderen Pistolen liegen noch im Rover, Sofia konnte sie ja nicht mehr holen. Unten auf der Auffahrt Näheren sich mehrere Fahrzeuge von der Army. Vorne fahren zwei Jeeps mit festen Maschinengewehren, dahinter kommt ein Truppentransporter mit Plane und zum Schluss noch ein gepanzerter Spähwagen mit großer Waffe. Alle Fahrzeuge halten direkt vor der Halle und schalten ihre Motoren ab, dann steigen mehrere Soldaten aus und sammeln sich hinter dem Rover.

Das Mittagessen ist im vollen Gange, trotz das Sparen angesagt ist, sieht das Essen der Frauen echt lecker aus. Sam, Jessica und Yvonne sind oft am Lachen, ihnen macht die Arbeit in der Küche großen Spaß, was natürlich auch daran liegt, das sie zusammen sind. Kein Wort wird über die Beerdigung verloren, sie wissen ja noch nicht mal, das die schon vorbei ist. Vielleicht halten sie sich mit ihrer guten Laune einfach über Wasser, um die Wirklichkeit zu vergessen oder wenigstens zu verdrängen. Leo hatte hin und wieder reingeschaut und ist dann aber schnell verschwunden, er wollte auch nur nachschauen, ob alles in Ordnung ist.

„Wir sind fertig Leute", sagt Sam gut gelaunt zu den anderen. „Ja, wir sind schon Helden", gibt Sarah dabei und Jessica freut sich über das Ergebnis.

Alle drei stehen zusammen an der Theke und blicken sich an. Sarah möchte aber unbedingt noch was erfahren, daher spricht sie Sam jetzt direkt an.

„Sag mal Sam, das mit uns gestern Abend war doch total geil. Kann es vielleicht sein, dass du jetzt nicht mehr auf Männer stehst?" Jessica duckt sich kurz bei der Frage und Sam läuft leicht rot an.

„Die Wahrheit oder das, was du hören willst?" Fragt sie. Sarah lächelt sie kurz an.

„Okay, natürlich die Wahrheit war auch nur Spaß", fährt Sam fort. „Wenn ich ehrlich bin, ihr habt mich fast so weit. Sicher, ich bin mit

Arlo verheiratet und bis vor Kurzen dachte ich sogar noch das ich ihn Liebe, aber das gestern Abend hat mir gezeigt, das ich echt nachdenken muss. Ich hoffe, ihr behaltet das für euch?" Beide Damen schauen grinsend in ihre Richtung und nicken kurz.

„Ich danke euch, ich kann ja auch nichts dafür, aber ihr beiden habt es mir voll angetan, ich kann gar nicht sagen, wen ich von euch mehr begehre." Jetzt läuft Sam wirklich richtig rot an, sie hätte niemals erwartet, das sie so offen über ihre Gefühle sprechen kann. Aber sie hat sich fast entschieden, hat aber noch keinen Plan, wie sie das ihren Mann erzählen soll. Die beiden kommen ihr näher und nehmen sie in den Arm, dann küssen sie nacheinander die baldige Ex Frau von Arlo und lachen alle zusammen. „Willkommen in unseren Klub", sagt jetzt Jessica. „Wir nehmen dich gerne auf, eine Dreierbeziehung wird sicher spannend", kommt noch von Sarah und der Tag ist perfekt.

„Könnt ihr eben auf das Essen aufpassen?" Fragt Sam die beiden. „Warum fragst du?" Möchte Jessica gerne wissen. „Ich gehe mal eben nach Hause und zieh mich um, ich hasse es total, wenn ich so nach Essen stinke." „Du weißt aber schon, das du nicht alleine gehen darfst", sagt Sarah mit erhobenem Finger. „Ja ich weiß Sarah, aber Leo ist vorne auf dem Turm und hinten sind die beiden Studenten. Ich denke, mein Weg wird gut überwacht, ich bin ja auch gleich wieder da."

Eine weitere Antwort wartet Sam aber nicht mehr ab, sie verlässt die Küche und stößt draußen fast mit Yvonne zusammen. Beide schauen sich komisch an und gehen getrennte Wege. Sam ist sich aber sicher, dass Yvonne alles aus der Küche mitbekommen hat, der Gesichtsausdruck sprach Bände.

Sie winkt Leo einmal zu, der auch sofort zurück winkt und geht langsam Richtung Haus 13. Das mit Yvonne ist ihr erst mal egal, es ist so, wie es ist und daran kann sie nichts ändern.

Kurz vor der Hütte sieht sie den nächsten Turm mit den beiden Studenten, auch hier wird beidseitig gewunken.

Im Haus angekommen geht sie erst mal ins Bad und zieht dort ihre Klamotten aus, nur den BH und den Slip lässt sie noch an. Von da wandert sie sofort ins Schlafzimmer, wo sich im Schrank die neuen Sachen befinden. Irgendwie hat das ganze schlechte auch was Gutes, sie hatte nie eine richtige Freundin, immer nur Bekanntschaften und jetzt hat sie gleich 2. Sie muss das aber noch Arlo beibringen und vielleicht kann sie danach mit Emma die Häuser tauschen, aber ob das nicht zu weit geht? Emma wird das nicht wollen und Arlo hat sicher auch keine Lust auf eine fremde Frau im Bett. Sie wischt sich die durchgeknallten Gedanken wieder weg und holt sich erst eine neue Hose und dann ein neues Shirt aus dem Schrank. Alles legt sie peinlich genau auf die Bettkante und hört plötzlich ein Geräusch aus dem Wohnzimmer.

Vorsichtig geht sie aus dem Schlafzimmer rüber und schaut sich um. Die Haustür ist verschlossen und der Raum ist auch leer, ein Blick in die Küche zeigt das gleiche Bild. Genau in dem Moment, wo sie sich wieder Richtung Schlafzimmer aufmacht, kommt ein Lappen in ihr Gesicht, sie nimmt noch kurz, einen merkwürdigen Geruch war und die Welt wird dunkel.

Es befinden sich fast 20 Soldaten vor der Halle. Sie reden alle durcheinander, einige Rauchen und andere Checken ihre Waffen. Die 5 aus dem Camp stehen immer noch ganz ruhig hinter den Holzpaletten und sehen durch die Ritzen. Mehr als die Sache beobachten, ist nicht drin, sie wissen ja auch nicht, was die Army hier zu schaffen hat. Ein älterer Mann mit grauen Haaren kommt aus dem Spähwagen zu den anderen. Rechts und links von ihm laufen noch 2 weitere Soldaten, die ihn begleiten. Als die drei bei den anderen ankommen, herrscht auf einmal völlige Stille, keiner sagt ein Wort und alle stehen fast schon stramm.

„Alles mal herhören, wir machen hier eine kurze Pause und dann geht es weiter, also macht es euch nicht zu gemütlich" faselt der grauhaarige, der wohl das Kommando hat. Kurz nach seiner Ansprache geht er mit den beiden anderen in Richtung des Wohnhauses und verschwindet später aus der Sicht der Versteckten.

„Arlo, der alte Soldat, ist das nicht der aus Lake City? Der unseren freundlichen Begleiter einfach erschossen hat?" Fragt Emma sehr leise. Arlo ist sich nicht ganz sicher, aber es könnte genau der sein.

„Warum gehen wir nicht einfach zu den Soldaten? Das ist schließlich die US Army, die werden uns doch sicher helfen", flüstert Alexander den anderen zu. Von Peter bekommt er nur einen nachdenklichen Blick, aber Emma gefällt die Idee gar nicht.

„Ich bin mir da echt nicht sicher Alex, irgendwie vertraue ich der Sache nicht, lass uns lieber abwarten, bis sie wieder verschwinden. Außerdem hat der Anführer vor ein paar Tagen grundlos einen Menschen erschossen." Ein klein wenig geknickt schaut Mr. Torres weiter auf die Männer vor der Halle. „Ich bin auch der Meinung, das wir lieber warten", gibt Arlo noch dazu. Sofia und Peter bleiben still, es sieht aber so aus, als ob sie die Meinung der anderen teilen.

„Aber die haben doch sicher irgendwo ein Lager, denkt doch mal nach, ein Camp mit Soldaten, dann wären wir endlich sicher", sagt wieder Alexander, der nicht locker lassen will.

„Oder die rauben uns einfach aus und überfallen dann noch unser Camp, das ist zu gefährlich Alex, wir wissen nicht, wie die ticken", spricht Arlo zu ihm. Alex schaut ziemlich genervt auf die Soldaten und nach nicht mal einer Minute blickt er seine Begleiter wieder an.

„Es tut mir leid", sagt er schnell und verlässt das Versteck. Er schlängelt sich durch die Holzplatten und steht kurze Zeit später neben dem Rover. Emma hatte noch versucht, ihn zu halten, aber sie war zu langsam. Auch Peter macht sich auf und verschwindet von der Gruppe, in seinem Gesicht konnte man die Angst sehen und ihn konnte auch keiner stoppen.

„Scheiße" sagt Emma noch kurz und schaut nach oben. „Los klettert auf die Holzplatten, wir müssen hoch, schnell." Emma beginnt sofort mit dem klettern, die Holzstapel sind so gestellt das man gut dazwischen packen kann und schnell nach oben kommt. Arlo und Sofia schauen ihr noch nach und fangen auch mit dem Aufstieg an. Draußen hören sie, wie die Soldaten alle durcheinander schreien, sie haben die beiden Männer wohl entdeckt und scheinen nicht erfreut zu sein.

Zwei von denen kommen mit erhobenen Waffen in die Halle und begleiten Alex und Peter hinaus, wo auch die anderen ihre Gewehre heben. Dort angekommen umrunden die Uniformierten die beiden aus dem Camp und nehmen sie in die Mitte.

„Wir sind nicht krank und wir sind auch nicht bewaffnet", sagt Alexander mit seiner typischen Stimme. Peter senkt nur seinen Kopf zu Boden und wartet ab. Ein Soldat mit einer Glatze fängt an zu lachen.

„Habt ihr das gehört Jungs, sie sind nicht Krank und bewaffnet sind sie auch nicht." Bei den Worten Krank und bewaffnet äfft er Alex einfach nach. Ein anderer kommt den beiden in der Mitte ein wenig näher. „Auf die Knie, ihr schwulen Schweine, sofort" schreit er sie an. Die gehorchen natürlich sofort und gehen runter. Wieder ein anderer schreit sie jetzt an. „Wo kommt ihr her?"

Mittlerweile haben alle ihre Waffen runter genommen, von den beiden geht wohl keine Gefahr aus.

„Wir sind nur auf der Durchreise Sir", antwortet jetzt Peter auf die sehr unfreundliche Frage. Der Soldat, der sich eben schon über Alex lustig gemacht hat, wiederholt kurz das „Sir" und lacht gemütlich weiter, auch einige andere Stimmen mit ein. „Auf der Durchreise also?", sagt wieder der eine, der die Frage gestellt hat. Der mit der Glatze tritt Alex von hinten in den Rücken, so das er das Gleichgewicht verliert und vornüber auf den Boden fällt. Die komische Bewegung, die er dabei gemacht hat und das landen auf den Steinen, löst ein noch lauteres Gelächter aus. Kurz darauf wird auch Peter nach unten befördert und einer tritt Alex in die Seite, so das er einmal aufstöhnt.

„Was machen wir jetzt mit dem schwulen Pack?" Fragt einer von ihnen, der bisher noch nicht in Erscheinung getreten ist.

Emma, Arlo und Sofia sind mittlerweile oben auf den Holzpaletten angekommen und beobachten das Ganze aus der Höhe. Keiner von ihnen traut sich auch nur zu flüstern, ihre Ängste und Bedenken, was die Soldaten betraf, sind komplett eingetreten. Arlo hat immer noch die Waffe in der Hand, aber angesichts der Gefahr wird er sie nur im Notfall einsetzen. Draußen vor der Halle sehen die drei weitere Tritte und Beleidigungen gegen ihre Freunde, sie fühlen sich so machtlos, aber jedes Eingreifen würde nichts bringen. Plötzlich hat das Drama ein Ende und sie hören eine andere Stimme, die von irgendwo was

Lautes schreit, sie konnten aber nicht verstehen, was gesagt wurde. Die Soldaten beenden sofort ihre Schikanen und stehen stramm. Der Ältere aus Lake City taucht im Sichtfeld auf und steht jetzt auch im Kreis, genau vor den beiden am Boden liegenden Personen.

„Was soll der Scheiß hier? Ich hatte mich doch klar ausgedrückt, keine Zivilisten", sagt der Alte zu seinen Leuten.

„Die haben sich hier versteckt Sir" antwortet einer, der gerade noch dabei war, die beiden zu treten. Eine kurze Pause tritt ein, wo alle einfach nur auf Alex und Peter schauen, dann beginnt der Anführer wieder.

„Wir machen uns wieder auf den Weg, heute geht es zur Ostküste, da könnt ihr dann eure dreckigen Ärsche ins Meer halten." Als er sich gerade aufmacht, die Gruppe zu verlassen, fast Alex dem Mann unten ans Bein und hält ihn damit auf. Der dreht sich sofort wieder um und schaut auf die zitternde Person, die mittlerweile nicht mehr am Boden liegt. Auch Peter ist auf seinen Knien.

„Danke", sagt Alex kurz und ein schäbiges Grinsen bildet sich auf dem Gesicht des Grauen.

„Wer hat dir Drecksack erlaubt, mich anzufassen?" Fragt er direkt zu Alex. „Ich wollte mich nur bedanken, weil sie uns gerettet haben." Ein anderer Soldat tritt aus der Runde und kommt an die Seite vom Chef.

„Das Auto da hinten gehört wohl denen, was sollen wir damit machen?" Etliche andere drehen sich auch um und schauen auf den Rover, der immer noch brav in der Halle steht. Die drei versteckten im Lager ducken sich ein wenig mehr, sie wollen bloß nicht entdeckt werden.

„Einmal checken, ob es was zu holen gibt", sagt der Anführer. „Und was machen wir mit den beiden?" Fragt der mit der Glatze. Alex und Peter schauen in die Runde und warten auf eine Antwort. „Ich hatte doch gesagt, keine Zivilisten" hören ihre Ohren.

Der Hochrangige öffnet seine Pistolentasche und nimmt die Waffe raus, ohne auch nur einen Moment zu zögern zielt er damit auf Alex und drückt ab. Die Kugel schmeißt Alexander nach hinten, wo er hart auf den Boden aufschlägt. Peter schaut ihm noch hinterher und begreift nicht wirklich, was da gerade geschehen ist. Genau in dem Moment wo er seinen Kopf wieder nach vorne dreht, fällt auch schon der nächste Schuss. Auch er fliegt nach hinten und landet neben seinen Mann im Dreck. Die drei in der Halle halten sich den Mund zu, damit sie nicht schreien, sie haben sicher nicht damit gerechnet, dass die beiden da draußen von den Soldaten erschossen werden. Zwei der Männer beschäftigen sich gerade mit dem Rover und kommen mit den vier Waffen zurück.

„Wir haben ein paar Waffen gefunden", sagt einer der beiden. Der Alte steht immer noch vor den beiden Erschossenen und blickt auf sie runter, als wäre es nur Müll.

„Einpacken und aufsitzen, wir machen uns auf den Weg." Die Soldaten gehen alle zurück zu ihren Fahrzeugen und steigen ein, die Waffen aus dem Camp werden hinten auf den LKW geschmissen. Einer von ihnen steht aber immer noch bei Alex und Peter und schaut zu ihnen runter.

„Jones du Penner, Abfahrt", schreit ein anderer, der sich gerade in den vorderen Jeep gesetzt hat. Der Mann rennt los, steigt auch ein und bekommt von dem anderen einen Schlag hinterm Kopf. Die Motoren starten und die kleine Kolonne setzt sich in Bewegung, kaum einer der Soldaten schaut zurück, sie sind mit der Sache fertig und gedanklich schon wieder woanders. Eine kurze Zeit später sind die Fahrzeuge nur noch zu hören, aber auch das wird immer leiser, bis gar nichts mehr die Stille unterbricht. Allein das schwere Atmen der drei zurückgebliebenen ist zu vernehmen, sie hängen oben auf dem Holzstapel und sprechen kein Wort, geschweige denn das sich einer von ihnen rührt. Draußen vor der Halle liegen ihre beiden Freunde, sie bewegen sich nicht mehr, denn sie sind tot.

„Wir müssen hier weg und zwar so schnell es geht", sagt Emma zu den anderen und beginnt mit dem Abstieg. Auch Arlo versucht wieder, nach unten zu kommen. Sofia ist noch oben und schaut auf die Toten, sie denkt an ihre Kinder und daran, wie es wohl geworden wäre, wenn sie alle raus gegangen wären.

„Sofia?" Ruft Emma von unten und endlich rührt sie sich. Arlo steht neben ihr und schaut nach oben. „Ich komme", sagt Sofia endlich und beginnt mit dem Abstieg. Leider verfehlt sie mit ihrem rechten Fuß eine Lücke im Holz und rutscht ein wenig ab. „Vorsicht" schreit Emma noch, aber es ist schon zu spät, Sofia verliert komplett den Halt und fällt nach unten.

Leo nimmt sein Funkgerät in die Hand und spricht hinein. „Bei den Türmen alles in Ordnung?"

Es dauert nur einen kurzen Moment und es melden sich beide zurück, alles scheint ruhig zu sein. Leo sieht wie Sarah und Jessica mit dem Bollerwagen das Essen verteilen und Yvonne steht rauchend vor dem Haus von Sofia. Sie hatte sich sofort bereit erklärt, auf die Kinder aufzupassen, als klar wurde, dass ihre Mutter mit den anderen mit fährt. Leo winkt ihr kurz zu und Yvonne zurück. Er schaut runter zur Schranke, aber auch da ist alles ruhig. Als sein Blick wieder auf Yvonne fällt, ist sie verschwunden, aber weiter vorne steht Sayana und blickt zu ihm hoch. Langsam steigt er von seinen Ausguck und geht auf sie zu.

„Kann ich ihnen irgendwie helfen?" Fragt er schon von weiten. Die Frau lässt ihren Blick auf ihn und wartet mit einer Antwort, bis er sie erreicht hat. „Leo, ich mache mir Sorgen um die anderen", kommt aus ihren Mund. „Die werden es schon schaffen, ich warte ja auch auf ihre Ankunft, also wenn es ein wenig lauter wird, dann kommen sie." Sie schaut ihn ein wenig merkwürdig an und Leo fühlt sich dabei sehr unwohl. „Ich glaube, das ein großes Unglück passieren wird Leo."

Er schaut sie nach den Worten ein wenig merkwürdig an. „Haben wir das große Unglück nicht bereits erlebt?"

„Ich meine nicht die Krankheit oder die Toten, die hier wandeln, ich sehe was anderes kommen. Der Tod mein lieber Leo hat viele Gesichter." Leo ist mit dem Gespräch schon am Ende, er gibt nicht viel auf das Gefasel von der komischen Frau und woher soll sie auch wissen, was noch kommt? Er glaubt weder an Gott noch an irgendwas Übernatürliches. Als er gerade auf das Letzte von ihr antworten möchte, kommt Yvonne wieder aus dem Haus und geht direkt zu den beiden.

„Hey" sagt sie beim Ankommen und Leo beruhigt sich ein wenig, der Anblick seiner jungen Freundin gibt ihm eine Menge Kraft.

„Junges Mädchen" beginnt Sayana wieder „es kommt etwas Schlimmes auf uns zu." Yvonne schaut zu Leo und begreift gerade nicht wirklich, was die Frau von ihr will. Dann blickt sie nach oben und sieht in der Ferne schwarze Wolken. „Wenn sie das Wetter meinen, dann muss ich ihnen wohl recht geben", sagt Yvonne ziemlich trotzig zu der Frau. Leo kann sich soeben das Lachen verkneifen, denn die Antwort von seiner neuen Freundin war recht angenehm.

„Hört auf meine Worte", sagt die geheimnisvolle Frau noch und verschwindet in Richtung ihrer Behausung. Yvonne geht näher zu Leo und umarmt ihn zärtlich.

„Die hat doch einen an der Waffel", sagt sie ganz im Ruhigen. Leo beobachtet Sayana noch ein wenig und schaut dann zu Yvonne runter. „Die macht mir Angst." „Ach Leo, das ist doch nicht dein Ernst?" „Doch Yve, wenn ich die reden höre, dann möchte ich am liebsten flüchten und mich verstecken." Yvonne lächelt ihn an. „So ein starker Bär muss sich doch nicht verstecken." Jetzt beginnt er doch noch mit dem lachen. „Auch ich darf mal Angst haben." Beide schauen noch mal nach oben zu den Wolken. „Das Wetter könnte echt umschlagen, das sieht da hinten nicht wirklich toll aus", sagt Yvonne. Auch Leo betrachtet die Wolken.

„Hoffentlich kommen die gleich wieder, langsam fange ich echt an, mir Sorgen zu machen."

Sarah und Jessica kommen mit ihren Bollerwagen vorbei. Das Essen ist verteilt, nur die Wachen brauchen noch was. „Wo habt ihr denn Sam gelassen?" Ruft Yvonne schon von weiten, sie kann sich ihr grinsen nicht verkneifen. Die beiden kommen näher und lassen die Karre stehen.

„Sie wollte eben nach Hause und sich umziehen, bisher ist sie aber nicht wiedergekommen", antwortet Jessica. „Habt ihr denn in Haus 13 kein Essen geliefert?" Fragt jetzt Leo.

„Nein, Sam wollte ja mit uns in der Küche essen und sonst ist ja auch keiner da", sagt diesmal Sarah. „Okay, ich schau gleich mal nach ihr, hebt mir ein Essen auf, ich habe auch Hunger", lächelt Leo ein wenig und stampft langsam los.

„Ich gehe wieder zu den Kindern von Sofia und esse mit denen", sagt Yvonne und geht ebenfalls.

„Hast du ihren Blick gesehen Sarah?" „Klar, die ist sicher eifersüchtig." Sie setzen sich wieder in Bewegung und peilen die Küche an. Dort nehmen sie ein Essen aus dem Wagen und gehen zusammen zum Gemeinschaftsplatz, wo Mr. Williams noch auf dem Hochsitz wartet.

Sofia liegt auf dem Rücken, direkt vor den Füßen von Arlo und Emma. Sie bewegt sich nicht, die beiden stehen starr vor Schock und schauen zu ihr runter. Endlich bekommt Arlo sich wieder in den Griff und bückt sich zu ihr. Der Sturz war nicht wirklich hoch, aber Sofia ist unglücklich unten aufgeschlagen, teils auf dem Rücken und auch ein wenig auf den Kopf.

„Sie atmet, aber ist nicht bei Bewusstsein", sagt Arlo beim näheren betrachten. „Das sehe ich auch", antwortet Emma ein wenig zickig und geht neben Sofia in die Hocke.

„Verdammt, was machen wir jetzt?" Emma schaut zu Arlo, ihre braunen Augen funkeln ein wenig, was aber nichts darüber aussagt, was sie gerade denkt. „Wir müssen sie irgendwie zurück ins Camp bringen, mehr bleibt uns wohl nicht übrig", antwortet sie. „Aber dürfen wir sie überhaupt bewegen?" Fragt Arlo sehr vorsichtig. „Willst du sie hier einfach liegen lassen?", bekommt er wieder zickig zurück. „Geh und mach das Auto fertig, wir müssen sie hinten reinlegen. Schau, ob man die Sitze vielleicht umklappen kann, so hat sie mehr Platz, los geh schon", schreit Emma ihn an. Er rennt schon fast um die Holzstapel herum und kommt vorne zum Rover, ein Stückchen weiter liegen die Leichen von Alexander und Peter. Er bleibt kurz am Heck des

Autos stehen und schaut zu den beiden rüber. Es sieht fast so aus, als ob sie nur Schlafen, aber die Realität sagt was anderes.

„Bist du bald soweit?" Schreit Emma von hinten aus der Halle. Arlo öffnet den Kofferraum und entdeckt an beiden Seiten der Rückenlehne kleine Druckstellen. Ein kurzer Druck auf genau diese Stellen lässt das gewünschte Ergebnis schnell erscheinen. Die Ladefläche ist jetzt doppelt so groß wie vorher. Kaum ist das passiert, rennt er auch schon wieder nach hinten und steht vor Sofia. „Wir müssen sie so vorsichtig wie möglich ins Auto tragen, nicht das sie sich irgendwas am Rücken gebrochen hat", sagt Emma ein wenig ruhiger und Arlo bückt sich an der Kopfseite.

„Zusammen Emma, eins, zwei und drei." An beiden Seiten wird Sofia vorsichtig angehoben, dann geht es langsam um das Holz herum und direkt zum Auto. Dort wird sie sanft hinten rein gelegt und Emma steigt hinzu.

„Was machen wir mit Alex und Peter?" Fragt Arlo ein wenig irritiert. „Was denkst du denn, sie müssen da bleiben, wir haben sicher keine Zeit, sie zu beerdigen." Arlo gibt keine Widerworte, er weiß genau, dass sie keine Zeit haben und schnell hier wegmüssen. Also schließt er ganz vorsichtig den Kofferraum und steigt vorne ein. Der Motor schnurrt los und Arlo fährt langsam rückwärts aus der Halle und wendet das Auto, dabei muss er aber aufpassen, das er nicht die beiden Körper überrollt. Ein wenig später befinden sich die drei wieder auf dem Highway und rollen Richtung Camp. Der Weg zurück ist eigentlich nicht weit, aber Arlo fährt wie auf rohen Eiern, er will nichts riskieren.

„Alles okay da hinten?" Ruft er von vorne und sieht im Spiegel, dass Emma kurz nickt. Was soll sie auch sagen, erst verlieren sie Alex und Peter und jetzt ist noch Sofia schwer verletzt. Die Mauer können sie wohl auch vergessen, sie haben ja keinen mehr, der sie bauen kann. Langsam rollt der Rover über die Straße, Arlo versucht jedem Loch auszuweichen, denn jede Erschütterung ist für Sofia sicher nicht gut und Emma schaut sehr böse von hinten. In der Ferne sehen sie schon die Einfahrt und etwas weiter vorne liegen die Leichen von den Roberts, aber da ist noch was.

„Scheiße Emma, da vorne sind Kranke auf der Straße und die sind an den Leichen der Roberts." Emma rückt von hinten ein wenig nach vorne und schaut sich das an.

„Arlo, die müssen weg, nicht, dass sie hinter uns herlaufen und im Camp auftauchen." Das Fahrzeug wird langsamer und hält schließlich 50 Meter vor dem neuen Problem.

„Sei bitte vorsichtig Arlo" gibt Emma ihm noch mit und kurz darauf steht er auch schon auf dem Highway und hat seine Pistole in der Hand. Es sind nur zwei von denen, die sich genüsslich an den Leichen austoben, ihre Aktivität aber sofort einstellen, als sie mitbekommen, das Arlo in ihrer Nähe ist. Langsam erheben sie sich und bewegen sich schleppend in seine Richtung. Ihre Gesichter sind voller Blut, einer der beiden ist auch noch am Kauen, die Sache ist so ekelig, das Arlo sich die freie Hand vor den Mund hält, um nicht zu kotzen. Aus dem Auto hört er die Stimme von Emma, er soll sich wohl beeilen. Der Abstand zwischen ihm und den Kranken wird immer kleiner und endlich nimmt er die Waffe hoch, geht noch ein Stück und drückt zweimal ab. Jeder Schuss trifft genau ins Schwarze, obwohl Arlo nie viel mit so was zu tun hatte, seine Schüsse treffen trotzdem ins Ziel. Schnell steigt er wieder ins Auto und fährt langsam weiter, die Leichen umkurvt er sehr vorsichtig und die Abfahrt zum Camp kommt immer näher. Beim Abbiegen sieht er noch mal das Fahrzeug der Roberts, hier hat sich nichts getan, alles ist genau wie auf der Hinfahrt.

„Das mit der Familie waren sicher auch die Soldaten", ruft Emma von hinten. Arlo nickt nur kurz und gibt wieder etwas mehr Gas.

Leo ist schon wieder auf den Rückweg zum Lager, als er unterwegs auf Amelia trifft. Die ist gerade alleine draußen und schaut ziemlich genervt in seine Richtung.

„Wohin soll es denn gehen?" Fragt er freundlich. „Darf man denn gar nichts mehr machen, ohne das jemand dumme Fragen stellt?" Bekommt er nur als Antwort. „Es ist halt alleine zu gefährlich", sagt Leo immer noch freundlich. „Ach ja, hier sind doch überall Wachen und eigentlich möchte ich auch nur zu Simon." Leo schaut sich um, bis auf ihn ist keiner zu sehen. „Wenn die Mauer aufgebaut ist, könnt ihr gerne wieder alleine raus." „Und wie lange soll das dauern?" Leo bleibt trotz der frechen Worte sehr geduldig. „Komm, ich begleite dich eben", sagt er jetzt und Amelia zeigt doch tatsächlich ein kleines lächeln. Kaum bei Haus Nummer 10 angekommen, geht auch schon die Tür auf und Simon winkt den beiden zu.

„Wenn du wieder zurückwillst, dann sag bitte jemanden Bescheid", gibt Leo Amelia noch mit auf den Weg und er kann sich endlich nach vorne machen, kurz vor dem Lager hört er aber Motorengeräusche und fängt an zu grinsen. „Endlich" sagt er zu sich selber und rennt den Berg nach unten. An der Schranke angekommen versteckt er sich aber erst mal, irgendwie ist ihm unterwegs doch klar geworden, dass es auch andere sein können und seine Offenheit ein wenig zu früh war. Das Geräusch wird lauter, aber es ist wohl nur ein Auto, das kann er schnell heraushören, es könnte der Rover sein, wo bleibt dann der Lastwagen? Er wartet neben der Schranke ungeduldig auf Sichtkontakt und hat seine Pistole mittlerweile auch in der Hand. Seine sehr kurz geschnittenen Haare wehen ein wenig im Wind und sein Blick geht nach oben. Die schwarzen Wolken sind näher gekommen und so, wie es aussieht, könnte das Wetter gleich umschlagen. „Hoffentlich bekommen wir kein Unwetter", sagt er noch eben sehr leise und sieht auf einmal den Rover den Berg nach oben auftauchen. Mit einem Sprung steht er an der Schranke und macht sie hoch, das Auto nähert sich verdächtig langsam und kurz darauf passiert es die geöffnete Sperre. Leo sieht noch eben, das Arlo am Steuer sitzt und Emma ziemlich nachdenklich im Kofferraum gastiert. Schnell schließt er die Schranke wieder und rennt dem Fahrzeug hinter her. Sie kommen fast zeitgleich oben an, wo auch schon Jessica und Sarah aus der Küche erscheinen. Arlo springt aus dem Auto und sieht sehr mitgenommen aus.

„Holt sofort Eve hier her", schreit er die beiden Frauen an, die auch sofort die Häuser Richtung Stevensons entlang rennen. „Arlo?" Schreit auch Leo mittlerweile. Er dreht sich zu ihm um und sieht voll verzweifelt aus. „Was ist passiert Arlo?" Fragt Leo wieder. „Sofia ist verletzt, sie ist einen Holzstapel runter gefallen", kommt endlich aus Arlo raus. Leo öffnet den Kofferraum und Emma steigt heraus.

„Emma" sagt er etwas leiser. Von hinten kommen die beiden Frauen schon zusammen mit Eve zurück. Ziemlich aus der Puste umrundet die Krankenschwester das Auto und schaut in den Kofferraum. „Verdammte Scheiße" ist das einzige, was sie bei dem Anblick sagen kann. Alle stehen jetzt versammelt am Heck und schauen in den geöffneten Kofferraum.

„Was ist genau passiert?" Fragt Eve die beiden anderen. „Sofia ist von einem großen Holzstapel runter gefallen und direkt auf den Rücken gelandet, der Kopf hat auch was abbekommen", sagt Emma. „War sie seit dem noch mal bei Bewusstsein?" Will Eve jetzt wissen. Arlo und Emma schütteln nur den Kopf. „Das ist schlecht, das ist sehr schlecht", sagt sie weiter. „Wir müssen sie ins Haus bringen und das am besten ganz langsam und vorsichtig. Sie könnte sich das Genick gebrochen haben oder das Rückkrad oder wer weiß was noch alles."

Eve ist total hysterisch geworden und nebenbei hat es auch noch angefangen zu regen. Leo und Arlo heben Sofia aus dem Auto, Sarah und Jessica sind schon zum Haus gerannt, um dort alle Wege zu öffnen. Yvonne begreift im ersten Moment gar nicht, was hier los ist, sie sitzt im Wohnzimmer und ist mit den Kindern am Essen. Sie hatten nicht mitbekommen, dass ein Auto gekommen ist, da es doch sehr laut im Haus war. Nach einer kurzen Erklärung von Sarah fangen die Kinder an zu heulen und Yvonne entschwindet die Farbe aus dem Gesicht. Zusammen schaffen sie es aber, alles frei zu räumen, das Bett fertigzumachen und sich dann noch um die Kleinen zu kümmern.

Kurz darauf kommen sie mit Sofia ins Haus und tragen sie direkt ins SchlafzImmer. Der Regen wird mittlerweile heftiger und auch ein leichter Sturm ist hinzugekommen, aber Emma sitzt trotzdem noch draußen auf der Stoßstange des Rovers und hat die Hände vor dem Gesicht. Bis auf Yvonne und Eve kommen alle wieder aus dem Haus und versammeln sich vor dem Lager, niemanden scheint das Wetter was auszumachen. Sie schauen alle fragend auf Arlo und Emma, sie möchten natürlich wissen, was passiert ist und wo der Rest der Gruppe bleibt.

„Wo sind Alex und sein Mann?", beginnt Leo nun die Fragerunde. Da er aber keine Antwort bekommt, schaut er Arlo noch mal direkter an. „Sie sind tot Leo, beide", sagt er nur kurz und setzt sich neben Emma. Leo schaut erst Sarah und Jessica an und geht dann näher an die beiden ran. „Was ist passiert? Seit ihr Kranken begegnet?" Emma nimmt ihre Hände runter und schaut zu ihm zurück. „Nein Leo, keine Kranken in dem Sinne, aber Kranke im anderen. Die Army hat uns beim Sägewerk überrascht und hat Alex und Peter erschossen."

Nach dem Satz nimmt Emma die Hände wieder hoch und Arlo erzählt die Geschichte von Anfang bis Ende. Auch die Sache mit den Roberts wird nicht verschwiegen, weil er wirklich glaubt, das es die Gleichen waren, die sie erschossen haben. Die anderen hören sich das alles an und können es nicht fassen, nicht nur das wieder neue Tote hinzugekommen sind, auch der Zustand von Sofia macht sie alle zu schaffen. Endlich kommt Eve zu den anderen, alle richten sich auf und schauen zu ihr. „Ich kann noch nichts Genaues sagen, aber das Genick ist nicht gebrochen, so viel steht schon mal fest. Über den Rücken weiß ich leider nichts, ich bin ja auch kein Arzt, wir müssen jetzt einfach abwarten, bis sie wach wird. Yvonne kümmert sich erst mal um sie, es wäre nicht schlecht, wenn sich noch einer der Kinder annehmen könnte." Sarah und Jessica erklären sich sofort dafür bereit und verlassen die Gruppe am Rover. Auch Eve erfährt nun mehr über das Schicksal der beiden Männer und ist absolut am Ende.

„Was macht denn Maria?" Will Arlo jetzt wissen. Eve schaut ihn an und guckt kurz danach zu Boden. „Ich weiß auch nicht, gestern ging es ihr noch so gut, heute kämpfe ich schon den ganzen Tag gegen das Fieber. Ich muss gleich unbedingt wieder nach ihr, denn ich bin eben auf der Couch eingeschlafen und musste ja dann schnell hier her. Leo stößt Arlo ein wenig an, damit er seine Aufmerksamkeit bekommt. „Hey, ich habe da auch noch was, Sam ist verschwunden."

Nicht nur Arlo, sondern sogar Emma schauen auf einmal zu ihm hoch. „Wie meinst du das Leo, verschwunden?" Fragt Arlo ziemlich gefasst. „Ja, sie war eben noch mit in der Küche, ist dann nach Hause, um sich umzuziehen und wollte danach wiederkommen. Ich und auch die beiden Studenten vom hinteren Turm haben sie ins Haus gehen sehen. Ich habe dann mal nachschaut, aber es ist niemand da, die Hütte ist leer."

„Scheiße", sagt Arlo, stemmt sich vom Rover und rennt fast schon Richtung Haus 13. Emma und auch Leo folgen ihm mit gleicher Geschwindigkeit, nur Eve läuft etwas langsamer hinterher, man kann ihr halt ansehen, das sie ziemlich am Ende ihrer Kräfte ist. Kurz bevor die drei das hinterste Haus erreichen, sehen sie plötzlich Mason aus seinem rauskommen. Er läuft ein wenig komisch, als ob er nicht anwesend ist, dann blickt er auf die drei näher kommenden, packt in seine Hosentasche und holt einen kleinen Revolver heraus. Emma, Arlo und Leo verstehen die Welt nicht mehr, was macht der Mann mit einer Waffe und wo hat er die überhaupt her, daher bleiben alle sofort stehen. „Es tut mir alles so leid", sagt Mason noch, hält sich den Revolver an den Kopf und drückt ab. Kurz nach dem Schuss liegt er am Boden und bewegt sich nicht mehr. Total schockiert schauen die drei auf den Leichnam, auch Eve ist mittlerweile angekommen und steht daneben. Es sieht fast so aus, als ob ihnen das Camp und deren Bewohner aus den Händen gleitet. Der Regen drischt nun in voller Härte von oben herab, die vier triefen mittlerweile schon, aber keiner bewegt sich und niemand sagt ein Wort, der Anblick von Mason ist der reinste Horror...

Kapitel 36

Sam schlägt ihre Augen auf, kann sich aber irgendwie nicht bewegen. Trotz das sie noch einen trüben Blick hat, kann sie erkennen, dass sie sich in einer Art Duschraum befindet. Der komplette Raum ist mit hässlichen grauen Fliesen belegt, auch die Wände sind nicht davon befreit. Langsam schaut sie sich um und kann immer noch nicht begreifen, was passiert ist, die letzte Erinnerung kommt ihr in den Sinn, sie wollte sich umziehen und hatte ein Geräusch gehört. Sie blickt an sich runter und sieht das sie bis auf BH und Slip nichts weiter an hat und ihre nackten Füße stehen auf dem kalten Boden.

Alles wird ein wenig klarer, sie weiß aber immer noch nicht, warum sie sich kaum Bewegen kann. Aber auch das ist schnell geklärt, ihre Arme sind hinten an einer Duschstange festgemacht und langsam steigt Panik in ihr auf. Der Raum um sie herum wird immer deutlicher, es ist wirklich so was wie eine große Dusche. Neben ihrer offenen Kabine sind noch 3 weitere Duschstangen nebenan, gegenüber stehen ein paar Bänke und auf der rechten Seite befinden sich vier Spinde. Links ist eine geschlossene Metalltür und an der Decke hängen ein paar Neonleuchten, die hell von oben runter brennen. Mehr hat dieser Raum nicht zu bieten, kein Fenster ist zu sehen, auch die Wände sind komplett nackt. Es ist einfach nur ein Ort, wo Menschen nebeneinander eine Brause nehmen. Aber warum ist sie hier und vor allem wo ist sie?

„Hallo" ruft sie sehr leise, irgendwie will sie gehört werden, aber irgendwie auch nicht, denn derjenige, der sie hergebracht hat, ist sicher kein guter Mensch. Sie schaut noch mal auf ihre festgebundenen Arme, an den Handgelenken ist ein weißes Kabel, welches die Stange hinter ihr umschließt, das ganze ist so fest, das sie nichts bewegen kann. Jede Anstrengung schmerzt, also lässt sie es lieber. Sie hält kurz ihren Atem, um zu horchen, aber es kommen keine Geräusche, es ist unheimlich still. Ein erneuerter Blick auf ihre nackten Füße lässt sie erschaudern, die Zehen haben schon eine leicht blaue Farbe angenommen. Wieder ruft sie Hallo, diesmal sogar ein wenig lauter, aber weiterhin passiert nichts. Der einzige Trost der ihr bleibt, ist das die anderen sie sicher suchen werden, es muss doch auffallen, das sie weg ist. Nur wird sie auch gefunden? Sie weiß ja selber nicht, wo sie sich befindet. Aber in einem ist sie sich sicher, dieser Raum ist nicht mehr im Camp. Die Zeit vergeht, es passiert nichts, ihre Füße werden kälter und die Panik langsam größer.

Die ersten Tränen kullern die Wange herunter, wieder versucht sie sich loszureißen, aber keine Chance, es ist zu fest und es schmerzt ungemein. Ein neues, lauteres Hallo hallt durch den Raum. Es muss doch jemand da sein, irgend so ein verdammtes Arschloch, was ihr das angetan hat, ihre Gedanken überschlagen sich langsam. Warum hat es sie getroffen? Wem hat sie Böses getan? Sie nimmt ihren letzten Mut zusammen und schreit sehr laut um Hilfe. Mit angehaltenen Atem lauscht sie in die Stille, war da ein Geräusch oder bildet sie sich das nur ein? Nach einem kurzem Luft holen horcht sie weiter, aber es kommt doch nichts, die Ruhe wird langsam unerträglich und ihre Angst wird größer und größer. Muss sie hier jetzt sterben? Hat sie jemand nur aus diesem Grund entführt, damit sie verreckt? Wieder zieht sie mit aller Kraft an den Bändern und an der Stange, aber es gibt keinen Millimeter nach. Ihr Kopf sinkt zu Boden, die Füße fangen an zu schmerzen, sie kann nichts weiter tun, als zu warten und zu hoffen, das es kein böses Ende nimmt. Mit letzter Kraft schreit sie noch mal um Hilfe, auch wenn sie genau weiß, dass nichts passieren wird.

Sie lässt ihren Kopf wieder sinken und genau in diesem Moment kommt ein lautes Geräusch von der Metalltür.

Mit bangen Blicken schaut sie direkt auf den Eingang, der sich langsam öffnet. Hinter der Tür ist es dunkel, bis auf einen schwarzen Schatten kann sie nichts erkennen, sie weiß aber genau, das da jemand steht, denn es sind Konturen zu sehen. Ihre Angst steigt ins Unermessliche, sie spürt ihren Herzschlag am ganzen Körper, sie versucht zu schreien, aber es kommt nur ein leises kratzen aus ihren Mund. Wie gelähmt schaut sie weiter auf die offene Tür, wo der Schatten nun fülliger wird und ganz langsam eine Person ins innere tritt. Trotz Licht kann sie nichts erkennen, der Mensch ist komplett in einem Regenschutz eingewickelt und auch der Kopf ist unter einer Haube. Der Statur nach zu urteilen ist es wohl ein Mann, ein Großer, der jetzt langsam näher kommt. Er trieft fast schon, als ob er gerade durch einem Regenschauer gelaufen ist. Ein neuer anschwoll von Panik, kommt in Sam auf, wenn der Mann vor ihr so nass ist und ihre letzten Gedanken eher an Sonnenschein hängen, dann könnte sie schon sehr lange hier eingesperrt sein.

Die Person vor ihr bleibt stehen und 2 Augen blicken unter der Regenmaske hervor, die sie genau beobachten. Plötzlich packt der in seine Tasche vom Regencape und holt zwei Hausschuhe heraus, diese schmeißt er Sam vor die Füße. Nach kurzen betrachten sieht sie sofort, dass es ihre Eigenen sind, die hatte sie vor Urlaubsantritt noch gekauft und bisher nur einmal im Haus getragen. Schnell schlüpft sie in die Latschen, die von innen leicht gefüttert sind und ihre Füße schmerzen ohne Ende. Aber sie schreit nicht, noch zeigt sie irgendwelche Anzeichen, das ihr irgendwas wehtut, sie blickt einfach weiter auf den Mann, der nichts anderes macht, als sie anzustarren. Trotz ihrer Riesen Angst, versucht sie ein wenig Mut zu beweisen, auch wenn ihr das kaum gelingt.

„Endlich bist du wach", sagt der geheimnisvolle Mann und zieht seine Kapuze nach hinten, wobei auch der Mundschutz nach unten gleitet. Sam starrt die Person mit großen Augen an, ihre Angst wird noch größer und das Atmen fällt immer schwerer.

Leo schaut zum Eingang von Haus Nummer 12, nichts ist zu sehen, die Tür steht einfach nur offen. Ein Blick zu Arlo signalisiert ihm, das er wohl in die gleiche Richtung blickt. Er nimmt seine Waffe raus und geht ein Stück zum Eingang, auch sein Freund kommt an seine Seite, Emma und Eve bleiben aber stehen und schauen den beiden nur nach.

„Ihr bleibt hier", sagt Leo kurz und läuft zusammen mit Arlo hinein. Im Wohnzimmer angekommen sehen sie erst mal nichts, keine Person befindet sich hier, auch die Kinder sind nicht zu erblicken, die Tür zum Schlafzimmer ist geschlossen.

„Meinst du, Mason hat sie alle erschossen?" Fragt Leo im Flüsterton. Arlo schaut ihn an und weiß gar nicht, was er dazu sagen soll. Alles wäre möglich, aber um sich Gewissheit zu verschaffen, muss das nächste Zimmer betreten werden. Sie gehen langsam weiter, es sind keine Geräusche zu hören, nur der Regen prasselt von oben aufs Dach und macht die Sache noch unheimlicher.

Leo ist der Erste an der Tür und drückt die Klinke runter, ein kurzer Blick zu Arlo soll ihm zeigen, das er bereit ist. Ganz langsam öffnet sich die Tür und Leo schaut hinein, Arlo steht jetzt neben ihm und riskiert auch ein Auge. Mit dem, was sie im Inneren erkennen, hat aber keiner der beiden gerechnet. Arlo nimmt eine Hand vor dem Mund. „Tut mir leid Leo", sagt er schnell, dreht sich um und rennt nach draußen, dort geht er direkt neben das Haus und erbricht sich. Emma und Eve schauen mit großen ängstlichen Augen auf die doch sehr ekelige Aktion. Leo aber steht immer noch starr im Eingang des Schlafzimmers. Sein Blick kann sich einfach nicht vom Bett lösen und seine Waffe zittert leicht in seinen Händen. Vor ihm bietet sich ein Schauspiel, was ihn sicher noch in seinen Träumen verfolgen wird. Alles ist voller Blut und er kann gar nicht mehr genau erkennen, wo was anfängt und wo was aufhört. Mitten auf der Liegefläche sitzt Maria und ist am Fressen. Leo kann nicht genau erkennen, was sie da frisst, aber er kann es sich denken. Er nimmt seine Waffe hoch, zieht den Abzug nach hinten und drückt ab. Draußen hören die anderen genau 3 Schüsse, Eve bricht zusammen und liegt am Boden, Emma schaut weiter auf Arlo, zuckt aber bei jedem Schuss einmal.

Einen kurzen Augenblick später kommt Leo aus dem Haus. Die Waffe hält er immer noch in seiner Hand und die baumelt kraftlos an ihm herunter. Seinen Gesichtsausdruck kann man nicht wirklich deuten, zwischen Angst und Ungewissheit ist wohl alles dabei. Er sackt kurz nach dem Rauskommen zusammen und bleibt auf der Veranda sitzen. Arlo ist wieder vorne angekommen und setzt sich neben ihn auf die nasse Erde. Keiner der beiden sagt ein Wort, das Grauen steckt tief in ihren Knochen, was sie fast schon lähmt. Emma ist die Einzige, die noch steht und auch die Erste, die versucht sich wieder zu fangen. Sie möchte gar nicht wissen, was im Inneren passiert ist, alleine der Gedanke reicht völlig aus. Erst mal hilft sie der weinenden Eve auf die Beine und zerrt sie fast schon zum Gebäude. Dort angekommen setzt sie die Frau direkt unter die Veranda auf die kleine Bank, auch wenn das nicht mehr viel bringt, denn sie ist bis auf die Haut durchnässt. Dann geht sie zu den beiden Männern, die auch im Regen sitzen.

„Wir müssen Mason da weggolen, wenn die anderen ihn entdecken, könnte eine Panik ausbrechen, das ist sicher das Letzte was wir jetzt gebrauchen können. Die beiden Männer erheben sich fast zeitgleich, trotten rüber zur Leiche, packen sie an den armen und schleifen sie zum Haus.

Die ganze Sache sieht nicht gerade moralisch aus, aber nur Emma stößt das böse auf, sie sagt aber kein Wort. Die beiden bringen Mason direkt ins Haus und legen ihn ins Wohnzimmer, dann gehen sie schnell wieder raus und Leo schließt die Tür.

Yvonne ist mittlerweile auch eingetroffen und steht vor dem Haus im Regen. Sie hatte schon von weiten gesehen, dass jemand über den Boden geschleift wurde. Sie geht noch mal zu der Stelle, wo Mason eben lag und hebt die Waffe auf, welche sie kurze Zeit später auf die Veranda legt. Es handelt sich um einen kleinen Revolver mit 6 Schuss, wohl ein Privatbesitz von ihm selber. Leo und Arlo haben sich neben Eve auf die Bank gesetzt, nur Emma steht noch neben der Tür und ist in Gedanken versunken.

„Ich traue mich gar nicht zu fragen, aber was ist passiert?" Fragt Yvonne trotzdem. Leo total in sich gekehrt, hebt seinen Kopf. „Sie sind alle tot Yvonne, hier gibt es nichts mehr." Ziemlich skeptisch schaut sie alle noch mal kurz an.

„Sofia ist aufgewacht, eigentlich wollte ich nur eben Eve holen." Jetzt schauen sie alle an und sie fühlt sich unter den Blicken absolut unwohl. Plötzlich springt Eve von der Bank und geht zu ihr. „Danke Yvonne, lass uns gehen." Die drei anderen schauen den beiden nach, die langsam im Regen verschwinden und nach vorne gehen. Emma stellt sich vor die beiden Männer und blickt zu ihnen runter.

„Was machen wir jetzt?" Keiner der beiden gibt eine Antwort. Nachdem die beiden Frauen sie verlassen haben, sind sie wieder in ihre Starre verfallen. Emma gibt aber so schnell nicht auf. „Jungs, ich weiß das gerade alles scheiße ist und ihr sicher was gesehen habt, was ich nicht verkraften würde, aber wir haben eine Verantwortung den anderen gegenüber."

Langsam steht Arlo auf und verlässt die Veranda. „Ich gehe eben nach Sam schauen, am besten treffen wir uns gleich bei Sofia vor dem Haus." Emma nickt nur kurz und Arlo geht nach nebenan. Leo sitzt weiter auf der Bank und rührt sich nicht.

Arlo öffnet die Tür und geht ins Haus, beim eintreten ruft er sofort nach Sam. Hier ist alles schön aufgeräumt, so wie immer, er schaut kurz ins Bad und sieht von seiner Frau die Sachen in der Ecke liegen. Sofort erkennt er, dass es die von heute Morgen sind. Zurück im

Wohnzimmer geht er direkt ins Schlafzimmer, dort kann er leider nicht viel sehen, da das Wetter draußen so schlecht ist, das durch das Fenster kaum Licht kommt. Das Zimmer ist aber leer, auf der Bettkante liegen neue Klamotten von Sam, die hat sie wohl noch hingelegt. Aber von ihr selber fehlt weiterhin jede Spur. Zurück im Wohnzimmer schaut er sich noch mal um, aber es ist wirklich nichts zu finden, so langsam bekommt er es echt mit der Angst zu tun.

Emma kommt von draußen rein und steht nun auch im Raum, sie schaltet eine Taschenlampe ein und leuchtet direkt auf Arlo. „Hast du was gefunden?" „Nein Emma, hier ist nichts. Aber sie war hier, auf dem Bett liegen noch ihre neuen Sachen und im Bad sind die Alten. Also hat sie sich ausgezogen und das wars." Emma geht mit der Lampe nach nebenan und beleuchtet die Sachen auf dem Bett. „Arlo komm mal bitte", ruft sie aus dem Schlafzimmer und er läuft sofort rüber. „Schau mal, das Fenster ist nur angelehnt, außerdem ist hier Dreck am Boden." Er geht zum Fenster und öffnet es ganz, es war wirklich nur angelehnt, dann bückt er sich und untersucht den Dreck. „Irgendwer ist hier durch das Fenster gestiegen. Das kann man eindeutig sehen", sagt er von unten. „Meinst du, Sam ist entführt worden?" Arlo steht wieder auf und dreht sich zu Emma um.

„Wer sollte so was tun? Und vor allem warum?" Ohne eine Antwort abzuwarten, läuft er nach draußen. Gefolgt von Emma gehen sie um das Haus herum nach hinten. Der Waldboden unter dem Fenster ist platt gedrückt und eine Spur führt direkt in den Wald. Zusammen mit der Taschenlampe folgen die beiden dieser, aber einige Meter weiter ist sie auch schon verloren.

„Verdammt", sagt Arlo und dreht zurück zum Haus. Emma folgt ihm mittlerweile schon wie ein kleiner Hund, aber anstatt wieder zur Tür zu gehen läuft er zum Hochsitz. Unten angekommen schaut er nach oben.

„Hey ihr beiden, seid ihr noch da?" Nicht mal einen Augenblick später tauchen 2 Köpfe von oben auf. „Sagt mal, habt ihr hier irgendjemanden ums Haus schleichen sehen?" Fragt Arlo die beiden. „Nein haben wir nicht Arlo", antwortet Phil. „Okay danke" kommt noch eben von Arlo und er geht zusammen mit Emma zurück zur

Haustür, dort setzt er sich auf die Bank und schaut nach unten. „Vielleicht ist sie auch vor irgendwas geflohen", sagt sie und er steht wieder auf.

„Gib mir deine Lampe." Emma händigt sie sofort aus. „Was hast du vor?" Fragt sie noch.

„Ich gehe sie suchen, weit kann sie ja nicht sein." Sie schaut ihn besorgt an. „Dann komme ich mit, du gehst sicher nicht alleine." „Nein Emma diesmal nicht. Geh du lieber nach vorne und schau was da los ist. Am besten redest du schon mal mit den anderen, es muss hier jetzt was passieren, so kann das alles nicht weiter gehen." „Arlo bitte." Aber mit der Taschenlampe in der einen Hand und seiner Waffe in der anderen verschwindet er einfach hinters Haus und lässt Emma bedröppelt im Regen stehen.

Sam schaut die Person vor ihr mit Riesen Augen an, sie kann gar nicht glauben, wen sie da sieht, das ist doch eigentlich unmöglich. „Du?" Fragt sie eher kläglich, denn man kann kaum was von ihrer Stimme hören. Der Mann zieht auch sein Regencape aus und legt alles auf eine Bank. Dann geht er zu ihr und bleibt vor ihr stehen. Er sagt kein Wort und Sam schaut ihm direkt in die Augen. „Warum hast du mich hier gefangen?" Ihre Stimme ist wieder ein wenig fester, aber sie bekommt weiterhin kein Wort zurück. „Vincent, wir dachten alle, du wärst tot", sagt sie und der Sohn von Lennart zieht kurz eine Braue nach oben.

„Ich bin nicht tot, ich stehe doch hier." „Du hast versucht, Leo zu ermorden und er hat dich dann erschossen", platzt es auf einmal aus Sam raus. Vincent schaut nur komisch und fängt an zu grinsen. Er zieht seinen Pulli nach oben und zeigt Sam einen dicken Verband.

„Dieser blöde schwarze Penner hat mich nicht erschossen, so schnell sterbe ich nicht." „Aber er hat doch nachgesehen, du warst am bluten und hast dich nicht mehr gerührt." Er dreht sich um und reißt eine Bank von der Wand, diese schleift er in die Mitte und setzt sich drauf.

„Weißt du Sam, für die meisten war ich immer nur der dumme Sohn vom Chef. Der Trottel, der für jeden die Arbeit macht und sich von seinem Vater herumkommandieren lässt. Aber jetzt bin ich der Chef, jetzt kann ich entscheiden. Die Sache mit dem Nigger ist leider nicht so gelaufen, wie ich es mir vorgestellt habe. Es konnte ja keiner ahnen, dass er auch eine Waffe dabei hat. Ich lag dann da am Waldboden und dachte, dass ich wohl sterben werde, als auf einmal mein Vater vor mir stand.

Er hatte mich gefunden und gerettet, oder denkst du, ich habe mir den Verband selber angelegt?

Mein Dad ist aber ein Schwein, das weiß wohl jeder und da wo er jetzt ist, bleibt er auch. Er hat es nicht anders verdient."

Nach seiner langen Rede holt er sich eine Zigarette aus der Brusttasche und steckt sie sich genüsslich an. „Ich weiß, hier ist das Rauchen verboten, aber weißt du was mich das interessiert? Gar nicht, genau." Er nimmt einen tiefen Zug und pustet genau in Sams Richtung, die auch sofort anfängt zu husten.

„Vincent? Warum hast du mich hier her gebracht? Was habe ich dir getan?" Zuerst kommt mal wieder keine Antwort, Vins zieht weiter an seiner Kippe und schaut Sam belustigt an. Dann schmeißt er den Stängel zu Boden und tritt sie mit seinen Stiefeln aus. „Warum? Die Frage ist eher, warum nicht? Du bist eine tolle Frau, daher war die Wahl recht einfach. Du bist was besonderes Sam und genau dich wollte ich haben." Ganz langsam schöpft Sam Hoffnung, der Tote hat wohl was für sie übrig, das könnte sie doch ausnutzen.

„Warum hast du mich dann hier gefesselt? Du sagst doch selber, dass ich was Besonderes bin."

Der Blick vom leichten grinsen wandelt sich bei Vincent zu einer nachdenklichen Fratze, er steht auf und läuft ein paar Runden durch den Duschraum. Bei jeder zweiten Runde stolpert er einmal kurz über die Bank.

„Ich muss dich doch fesseln", sagt er plötzlich und bleibt wieder stehen. „Wenn ich das nicht mache, läufst du weg und dann muss ich dir wehtun. Das will ich aber nicht, du musst hierbleiben, hier bei mir." Sam versucht auf ihre Art, den Kerl zu manipulieren. „Ich werde dir sicher nicht weglaufen Vins, das ist auch gar nicht möglich. Aber wenn du versuchst, mir schöne Augen zu machen, dann musst du mich schon besser behandeln. Niemand entführt sein Traummädchen und fesselt es fast nackt an eine Dusche. Mir ist kalt und ich habe Hunger und Durst."

„Dein Anblick gefällt mir aber", sagt der Kerl als Antwort und gafft Sam mittlerweile fast besessen an. „Vins, mach mich bitte los und gib mir was zum Anziehen, bitte", versucht sie es jetzt auf die mitleidstur. Aber leider merkt sie schon, bei dem hat sie doch nicht so ein leichtes Spiel.

„Ich überlege mir das noch, bis dahin bleibst du schön unter der Dusche." Vincent geht Richtung Ausgang und bleibt noch mal kurz stehen. „Wenn du mir doof kommst oder hier herumschreist, dann mache ich die Dusche an. Das tolle daran ist nämlich, es gibt hier nur kaltes Wasser."

Kurz darauf ist er verschwunden, lässt aber diesmal die Tür auf.

Emma geht an Haus 12 vorbei, die Tür ist geschlossen und so wie es aussieht, fehlt der Türgriff. Das war sicher Leo, aber von ihm selber ist nichts zu sehen, daher spaziert sie weiter und bleibt erst wieder stehen, als sie bei Sofia angekommen ist. Der Regen wird immer dichter und auch der Wind hat sich zu einem Sturm entwickelt. Emmas Haare wirbeln komplett durcheinander, aber das stört sie nicht wirklich, sie geht einfach ins Haus und steht im Wohnzimmer. Unter Kerzenschein spielen Jessica und Sarah mit den Kindern ein Brettspiel und Leo ist im Türrahmen vom Schlafzimmer. Als er Emma kommen sieht, wird sein Gesicht ein wenig Lebhafter.

„Hey Leo", sagt sie beim ankommen und schaut nun auch in den Raum, wo Sofia liegt. Man merkt sofort an ihrer Stimme, dass sie sehr bedrückt ist. Yvonne und auch Eve sind bei Sofia im Zimmer und blicken auf Emma.

„Komm rein" sagt jetzt aber Sofia, sie ist also wirklich wieder wach. Emma setzt sich neben Evelyn ans Bett und schaut freundlich auf sie runter. „Wie schaut es aus?" Fragt sie.

„Sie hat großes Glück gehabt", antwortet Eve ihr jetzt „sie kann alles bewegen und merkt auch die Schmerzen im Rücken, das ist ein gutes Zeichen." Emma beugt sich ein klein wenig zu Sofia runter. „Du machst Sachen Sofia", sagt sie mit einem leichten Lächeln im Gesicht. Unter der Decke kommt jetzt eine Hand hervor und packt Emma am Arm. Sofia versucht ein wenig den Kopf zu heben, was ihr unter schmerzen sogar gelingt. „Danke Emma, ihr beiden habt mir wohl das Leben gerettet", sagt sie jetzt direkt zu ihr. „Wo ist Arlo? Ich möchte mich auch bei ihm bedanken."

„Der ist unterwegs und sucht nach Sam", sagt Emma mit ziemlich trauriger Miene, ihr lächeln ist schnell wieder verschwunden. Sofia legt sich hin und zieht auch ihren Arm zurück.

„Das ist doch alles scheiße, erst Alex und Peter, dann die ganze Familie Stevenson und jetzt ist auch noch Sam verschwunden. Unser Pech hat wohl kein Ende." Alle im Raum schauen sich an, Sofia hat vollkommen Recht, alles geht den Bach runter und keiner weiß, wie das aufzuhalten ist.

Leo denkt an Sayana, an die ungewöhnliche Frau aus Nummer 9, hatte sie nicht genau das eben noch gesagt? Emma steht wieder auf und gibt ihm ein Zeichen, das er ihr folgen soll, was er natürlich auch prompt macht. Im Wohnzimmer schauen Jessica und Sarah vorsichtig nach Emma. Auch sie möchten gerne wissen, ob Sam wieder da ist. Nach einer kurzen Erklärung sind sie sehr traurig und wenden sich den Kindern zu. Die beiden anderen gehen weiter.

Vor der Haustür bleibt Emma stehen und wartet auf Leo, der hinter sich die Tür zu zieht.

„Das mit Arlo gefällt mir gar nicht Leo, er streift jetzt bei diesem Wetter durch die Wälder."

„Habt ihr irgendwas raus gefunden oder wie kommt er auf die Idee, da raus zu gehen?"

Emma dreht sich komplett zu ihm um. „Vor dem Schlafzimmerfenster waren Spuren, entweder ist jemand rein und hat sie mitgenommen oder sie ist einfach raus und dann verschwunden."

Leo macht ein nachdenkliches Gesicht. Der Wind ist mittlerweile so stark, dass sie sogar unter dem Dach Regen abbekommen, was aber nicht wirklich stört, nass sind sie ja eh schon alle.

„Ich hoffe er findet sie Emma, aber wir haben auch noch was zu tun. Hast du eine Waffe?"

Emma zeigt nach der Frage an sich runter und deutet auf ihr Messer. „Das reicht nicht Emma, hier nimm meine Pistole, ich nehme mir das Gewehr, was noch in der Küche liegt."

Leo rennt ein Haus weiter und verschwindet im Lager. Eine kurze Zeit später kommt er wieder raus und hat das Gewehr in der Hand, Emma geht zu ihm rüber.

„Was hast du denn vor Leo?" Nach der Frage schaut er sie ziemlich ernst an.

„Wir müssen nach Olustee und die Waffen besorgen. Wir haben heute wieder eine Menge verloren, sollte uns jemand angreifen, haben wir keine Chance." „Ja Leo, du hast schon Recht, aber wir haben keinen Plan, auch die anderen wissen nicht Bescheid", antwortet Emma. Das interessiert Leo aber nicht wirklich, er sieht eher verloren aus, daher lässt sie es dabei.

„Wir sollten den Rover nehmen, da passt eine Menge rein." Leo dreht sich zu der Karre um und ist weiter am Nachdenken. Das kann man ihm voll ansehen, seine Stirn liegt in Falten und seine dunkeln Augen sind nur noch Schlitze.

„Nein Emma, das geht nicht, der Wagen ist zu laut und auch zu auffällig. Wir müssen was Unauffälliges nehmen." Auch Emma schaut nachdenklich zum Auto und das Regenwasser läuft ihr das Gesicht runter. „Okay, du hast recht, ich denke, wir nehmen das Auto von Arlo."

Wieder kommt eine sehr starke Böe, und der Hochsitz vor dem Lager beginnt bedrohlich an zu wackeln. „Verdammt", sagt Leo, „die Leute müssen von den Dingern runter." Beide schauen auf den Ausguck, der jetzt aber wieder still steht und nur auf den nächsten Windstoß wartet.

„Emma, ich renne eben nach hinten und hole den Schlüssel von Arlo, werde auch noch eben Phil und seine Freundin vom Turm holen und du gehst eben noch nach Sarah und Jessica und sagst ihnen, das sie sich um die Leute kümmern sollen." Sie nickt kurz und flitzt los, auch Leo rennt hinter ihr her und später trennen sich die Wege. Das Ganze dauert natürlich nicht lange und sie treffen sich wieder vor dem Haus von Sofia. Jessica und Sarah sind auch mit draußen und halten sich die Hände vors Gesicht, bei dem Sturm kann man kaum atmen.

„Die beiden hinten wollen nicht runter, sie haben sich unter einer Art Zelt versteckt und schauen durch die ritzen nach draußen. Ich kann sie sicher nicht zwingen. Könnt ihr beiden noch eben Mr. Williams vom Turm holen, dieses blöde Wetter stört mein Funkgerät und ich komme nicht durch." Die beiden Frauen nicken und rennen los, weit haben sie es ja nicht.

„Hast du den Schlüssel?" Fragt Emma und Leo hält einen kleinen Bund nach oben. Zusammen rennen sie unter starken Gegenwind nach unten, es geht an der Schranke vorbei zum Parkplatz.

Hier ist der Wind nicht so heftig, was aber eigentlich auch gerade gar nicht interessiert.

„Wo steht das Auto von Arlo?" Fragt Leo nun ziemlich genervt. Eigentlich wollte er die Sache cool über die Bühne bringen und nur den Knopf am Schlüssel drücken, aber kein Auto hat darauf reagiert. „Hier vorne, der blaue Chevy ist es Leo" erlöst Emma ihn endlich. Der Classic ist offen und die beiden steigen ein, das Funksignal hat wohl doch funktioniert, aber es wurde halt nicht angezeigt. „Warst du heute schon bei Lennart Leo?" Fragt Emma noch vor der Abfahrt. „Ist das wichtig Emma?" Kommt als Antwort. Emma wirft Leo einen bösen Blick zu.

„Okay Okay, ich war sogar schon zweimal bei ihm." Zufrieden schaut sie nach vorne, Leo schmeißt das Auto an und fährt los.

Sarah und Jessica sind auch wieder bei Sofia angekommen und wärmen sich auf. Es ist nicht wirklich kalt draußen, aber die Nässe lässt sie frieren. Yvonne und Eve sind noch im Schlafzimmer und die Kleinen spielen im Wohnzimmer. Es kommt ein klopfen und die beiden gehen zusammen zur Tür. Dort steht der junge Mann aus Haus Nummer 5 und schaut die beiden Frauen überrascht an.

„Hallo ist irgendwer von der Führung im Haus?" „Hey, warte bitte kurz", antwortet Sarah und geht nach hinten und holt Yvonne. Zusammen kommen die beiden wieder an die Tür, wo Jessica noch mit dem Mann am warten ist.

„Was kann ich für dich tun?" Fragt Yve ziemlich erschrocken. Der Mann vor der Tür überlegt ein wenig, er weiß wohl nicht, wie er das Gespräch anfangen soll und dann prasselt es aus ihm heraus. „Wir wollen uns nur verabschieden, wir reisen jetzt ab und versuchen unser Glück woanders." „Das könnt ihr doch nicht machen", antwortet Yve sofort, nachdem der Mann ausgesprochen hat. „Ihr werdet nicht weit kommen, da draußen gibt es nichts mehr." Der Gesichtsausdruck des Mannes ändert sich schnell auf zickig. „Das können wir sicher selbst entscheiden und ihr habt auch nicht das Recht, uns hier zu halten. Wir haben das eben mitbekommen, die Scheiße mit dem Mann, der sich erschossen hat. Auch haben wir erfahren, dass die beiden aus Haus 8 ermordet wurden. Ihr könnt nicht wirklich für unsere Sicherheit sorgen, daher fahren wir hier weg."

Jessica packt Yve am Arm, das soll wohl bedeuten, das sie nichts mehr sagen soll, aber Yvonne denkt gar nicht daran. „Willst du wirklich deine Familie in Gefahr bringen? Die Roberts haben das auch gemacht und weißt du was mit ihnen geschehen ist, die liegen tot unten auf dem Highway. Das wird euch genau so passieren, denk doch mal nach du Trottel." Langsam redet sich Yve in Rage, sie kann einfach nicht verstehen, wie dumm die sind. Der Mann antwortet aber nicht sofort, er dreht sich um und schaut in den Regen. Eine neue Böe erwischt das Haus und Sarah hat große Mühe die Tür zu halten. Plötzlich dreht er sich wieder um und schaut die Damen böse an.

„Ich wollte es ja nicht sagen, aber wir haben uns heute Morgen länger darüber unterhalten und sind entschlossen, jetzt zu fahren. Ihr seid alle irre und wenn wir hierbleiben, werden wir sterben. Wir Vertrauen euch nicht, denn ihr seid weit davon entfernt, ein Camp zu leiten, das hätte der Lennart sicher besser hinbekommen." Ohne eine Antwort abzuwarten geht er ein Stück vor das Haus und dreht sich noch mal um. Aber er winkt einfach ab und verschwindet. Jessica und Sarah müssen Yvonne schon fast halten, da sie wohl hinterher will. Mit gemeinsamer Kraft wird sie wieder ins Innere befördert und die Tür geschlossen.

„Du kannst sie nicht aufhalten Yve, sie haben mit dem Camp hier abgeschlossen und alles weitere würde sie nur noch mehr aufbringen." „Ich könnte sie zwingen, sie einsperren oder sogar fesseln", antwortet Yvonne und in den Worten sieht man ihre Hilflosigkeit. Aber langsam beruhigt sie sich wieder und geht zurück nach Sofia, auf einen fragenden Blick von Eve, die gerne wissen möchte was los war, reagiert sie gar nicht.

Sarah und Jessica stehen am Fenster und schauen nach draußen, sie hoffen beide, das sich die junge Familie noch umentscheidet, aber auch sie werden enttäuscht. Nicht viel später rennen die drei draußen vorbei, das Kind auf dem Arm der Mutter und die Koffer beim Vater. Beide Frauen schauen sich kurz an und sagen kein Wort, die Gedanken sollten ausreichen.

Arlo hat schon lange die Spur verloren und irrt nur noch durch den Wald. Er kann es einfach nicht begreifen, das Sam verschwunden ist. Warum ist sie gegangen, hatte sie Angst oder hat sie das mit Emma oder Yvonne erfahren? Aber auch das wäre kein Grund, einfach zu verschwinden.

Dann würde nur noch eine Entführung bleiben, aber wer sollte so was machen und warum? Eine kleine Weile steht er unter einem dicken Baum. Er braucht eine Pause und hier ist der Regen nicht so stark, aber daran denkt er eh nicht wirklich. Wegen dem heftigen Wind kann er auch nichts hören, seine Rufe verpuffen einfach und wenn Sam sogar in der Nähe wäre, würde er sie vielleicht verpassen.

Er setzt sich auf eine Wurzel und schaut nach oben, der Baum scheint sehr alt zu sein, denn er ist ziemlich dick und die Krone ist gewaltig. Zum gefühlten hundertsten mal hört er ein Knacken hinter sich. Er will sich gar nicht mehr umdrehen, denn er weiß genau, dass der Wind ihm wieder nur was vorspielt. Aber er muss weiter, auch wenn er nicht wirklich ein Ziel hat. Zuerst wollte er zum Bunker, aber den hat er wohl verpasst und der wird eh weiterhin geschlossen sein. Wieder ein lautes knacken, weiter hinten bricht ein kleiner Ast vom Baum und fällt nach unten. Er richtet sich auf, versucht sich zu orientieren und geht von ihm aus nach rechts. Sofort bleibt er aber wieder stehen, er sieht in einigen Metern eine Gestalt durch die Bäume laufen. Das ist kein Tier, da ist er ganz sicher, es handelt sich tatsächlich um einen Menschen. Nur ist es Sam oder vielleicht sogar jemand, der ihn sucht? Langsam läuft er in die Richtung, leider hat er die Person schon wieder aus den Augen verloren, er wollte erst rufen, aber wenn es doch nicht Sam ist, er ist total verunsichert, aber trotzdem geht er weiter.

Er schlängelt sich von Baum zu Baum, jedes mal schaut er sich um, nicht das er den Menschen verpasst. Es ist zwar noch nicht wirklich spät, aber alleine das Wetter und natürlich die dichten Bäume lassen den Wald so aussehen, als ob es schon Nacht sei. Ein wenig weiter ist es dann soweit, er sieht die Person wieder, ein Sprung würde ausreichen, um sie zu erreichen. Er kann jetzt genau erkennen, dass es sich um eine Frau handelt, denn lange Haare wehen hinten am Kopf. Aber es ist sicher nicht Sam, denn weder die Farbe noch die Länge passen überein. Trotzdem packt er der Frau von hinten auf die Schulter. Die wirbelt plötzlich so schnell herum, das Arlo völlig überrascht wird und ein Stück rückwärts geht. Erst jetzt merkt er, wie leichtsinnig er war, anstatt einer jungen Frau steht ihm ein Kranker gegenüber, der auch nichts anderes im Kopf hat als anzugreifen.

Leider bekommt er die Waffe nicht in ihre Richtung, denn er brauch beide Arme, um sich zu wehren und die Zähne kommen jede Sekunde näher. Das Ganze sieht fast schon wie ein Tanz aus, aber Arlo ist es gerade nicht zum Lachen zumute, denn seine Pistole ist ihm auch noch aus der Hand gefallen. Es wird weiter gekämpft und die Frau drückt ihn nach hinten, wo er dann, wie zu erwarten über eine Wurzel stolpert und zu Boden kracht. Die Alte mit dem irren Blick hat dadurch kurz abgelassen, denn auch sie ist gefallen, landet aber ein kleines Stück neben Arlo. Er schafft es, sich loszureißen und robbt über den Waldboden genau dahin, wo er seine Waffe vermutet. Aber zu früh gefreut, die Kranke hat ihn schon wieder am Fuß und zieht ihn mit aller Kraft zurück.

Er dreht sich auf den Rücken und sieht, das die Frau dabei ist, langsam über ihn zu kommen. Ein Tritt bringt sie nur leicht ins Wanken, sofort geht der Angriff weiter mit dem Ziel, ihn zu töten und zu fressen. Mit seiner rechten Hand bekommt er einen Ast zu packen, mit diesem haut er ihr mit aller Kraft auf den Kopf, dadurch lässt sie tatsächlich kurz ab. Das hat aber nicht gereicht, denn sie wappnet sich schon zum nächsten Angriff, Arlo schafft es dennoch, seine Beine einzuziehen und wieder aufzustehen. Mit voller Wucht haut er ein zweites mal auf die Frau, die immer noch über den Boden kraucht. Dieses wiederholt er jetzt ununterbrochen, die Kranke bewegt sich aber schon lange nicht mehr, auch vom Kopf ist nicht wirklich mehr was übrig, trotzdem schlägt er weiter und weiter, bis der Ast in seiner Hand nachgibt und zerbricht. Als er das Ergebnis vor seinen Füßen sieht, bricht er zusammen und ist wieder am Waldboden. Dort beginnt er laut zu schluchzten, er ist mit den Kräften am Ende und kann nicht mehr...

Kapitel 37

Leo rast fast schon mit dem Auto von Arlo über den Highway, man sieht sofort, das er es eilig hat. Die Stelle von den Roberts haben sie lange passiert, haben aber keinen Blick verschwendet, Emma hatte genug davon und Leo wollte es eh nicht mitbekommen. In Hintergrund sehen sie schon die ersten Häuser, aber wegen dem Wetter können sie nicht viel erkennen.

„Was machen wir denn, wenn die Soldaten noch nicht weitergezogen sind?" Fragt Emma in die Stille des Autos.

„Das werden wir dann sehen, gehen wir einfach mal davon aus, das sie schon weg sind, wüsste auch nicht was sie in so einem kleinen Ort wollen." Leo bremst das Auto ein wenig ab, denn die Häuser werden dichter und er kann ja nicht einfach durch den Ort rasen.

„Und was hast du vor, um an die Waffen zu kommen?" Leo fährt, ohne darauf zu antworten weiter und biegt an der ersten Kreuzung nach links ab. „Ich habe leider keinen Plan Emma", sagt er jetzt. „Wir müssen einfach ein wenig Aufmerksamkeit erregen und hoffen, das der Typ sich dumm anstellt." Emma schaut Leo von der Seite an. „Das ist dein Plan?" Auf seinem Gesicht verzeichnet sich ein kleines lächeln. „Das ist mein Plan." Darauf sagt sie nichts mehr, sie beobachtet die Häuser am Straßenrand und hofft leise auf das Beste. Sie hat aber mit dem Maskierten noch eine Rechnung offen, sie glaubt auch nicht daran, dass sie ihn leben lässt. Kurz erschaudert sie bei dem Gedanken, merkwürdige Dinge schießen durch ihren Kopf, die sie schnell beiseite wischt. Wieder biegt Leo ab und fährt jetzt sehr langsam eine Straße nach der nächsten. Bis auf ein paar Kranke, die ihnen sofort folgen, ist nichts zu entdecken, von dem Spinner fehlt jede Spur, aber auch die Army ist nicht zu sehen.

„Wenn du da hinten nach links abbiegst, kommen wir zum Supermarkt." Emma versucht Leo genau den Weg zu erklären und er folgt ihren Anweisungen. Der Regen und der Sturm lassen kein wenig nach und sie denkt kurz an Arlo, der sicher immer noch alleine durch den Wald irrt.

„Sag mal Leo, läuft da was zwischen dir und Yvonne?" Ziemlich überrascht wegen der Frage hält Leo das Auto an und blickt zu Emma rüber. „Ja" antwortet er kurz und trocken. Emma hatte jetzt nicht damit gerechnet, dass er es sofort zugibt, daher kommt die nächste Frage ein wenig später. „Weißt du, dass sie von Arlo schwanger ist?" Leo schaut wieder durch die Windschutzscheibe auf die Straße. „Da hinten ist der Supermarkt, sollen wir dahin fahren?" Emma schaut auch wieder nach vorne, da Leo ihrer Frage ausgewichen ist, weiß er es wohl und das ist gut. Aber sie erwischt sich selber bei total falschen Gedanken. Wie kann sie es bloß wagen, jetzt an eine Zukunft mit Arlo zu denken, wenn der gerade dabei ist Sam zu suchen.

„Emma?" Fragt Leo. Sie schaut ihn wieder an. „Ja lass uns dahin fahren." Das Auto setzt sich wieder in Bewegung und das genau im richtigen Moment, sie haben gar nicht darauf geachtet, das hinter ihnen ein paar Kranke näher gekommen sind, das Wetter scheint denen wohl nichts auszumachen. Vor dem Supermarkt hält Leo den Wagen an, der Motor läuft aber weiter.

„Da wart ihr drin?" Fragt Leo jetzt beim Betrachten des fast völlig zerstörten Ladens. Emma erinnert sich nicht gerne an die Situation, schließlich sind sie beinahe gestorben, als das Dach durch die Explosion nachgab. Sie nickt also nur und interessiert sich dabei nicht wirklich, ob er das gesehen hat.

„Ich weiß das du mit Arlo ein Verhältnis hast Emma", greift Leo das Thema auf einmal wieder auf. Emma schaut sehr erschrocken zu ihm rüber, obwohl sie sich ja vorher schon sicher war, dass er es weiß. Mit einer Hand streift sie sich eine Haarsträhne aus dem Gesicht.

„Es ist einfach so passiert, ich kann auch nicht sagen warum." Wieder taucht bei Leo ein kleines Lächeln auf. „Alles gut Emma, eigentlich hast du mir ja einen Gefallen getan. Nur Sam tut mir bei der ganzen Sache ein wenig leid. Ich hoffe nur, das Arlo sie findet." Emma kullert tatsächlich eine kleine Träne die Wange herunter. „Das hoffe ich auch Leo, ich mag Sam sehr und ich schäme mich dafür, das wir sie hintergehen." „Ich mag sie auch Emma, aber bei Liebe spielt so was keine Rolle. Es ist nun mal passiert und ich weiß, wie ihr beiden euch anseht. Wenn alles normal wäre, würde ich fast sagen, das ihr ein Traumpaar seid." Auch Emma lächelt jetzt wieder ein wenig.

„Sam hatte gestern Abend Sex mit Sarah und Jessica." „Bitte was? Ist das dein Ernst?" Emma lächelt weiter und nickt kurz. „Dann muss sie also nur noch auftauchen und die Sache könnte ein gutes Ende nehmen", gibt Leo von sich. Emma will darauf gerade antworten, als etwas hinten gegen das Auto knallt. Beide drehen sich um und sehen, das sehr viele Kranke aufgetaucht sind, einer ist wohl gegen das Heck gelaufen und bewegt sich langsam an Leos Seite nach vorne.

„Verdammt, diese Penner wird man wohl so schnell nicht los." Er setzt den Chevy in Bewegung und fährt vom Parkplatz runter. Im

Rückspiegel sieht er aber noch, wie die Kranken alle nacheinander zu Boden gehen.

„Der Typ hat uns gefunden", sagt er schnell und fährt zurück auf den Parkplatz.

„Da hinten, bei dem kleinem Gebäude, da steht er", spricht Emma und Leo schaut dahin. Neben einer Bushaltestelle ist ein kleines Wohnhaus und genau vor dem steht ein maskierter Mann mit einem Sturmgewehr und erschießt einen nach den anderen. Leo düst dann doch wieder vom Parkplatz runter, direkt in die Richtung von dem Schützen, der beim Betrachten des näher kommenden Autos verschwindet.

„Fahr hinten herum Leo, dann können wir ihn den Weg absperren." Leo bewegt das Auto nach rechts, düst einmal über einen Bürgersteig, nimmt in voller Fahrt ein Verkehrsschild mit und umrundet das kleine Haus. Auf der Rückseite ist aber niemand, der Kerl ist wohl schon wieder verschwunden oder hat sich versteckt. Leo hält das Auto an, nimmt sich das Gewehr vom Rücksitz und springt raus, Emma tut es ihm gleich und zusammen umrunden sie wieder das Haus, diesmal zu Fuß. Einer der Kranken hat die Attacke wohl überlebt und kommt ihnen entgegen, aber Emma schießt dem sofort in den Kopf und beendet damit das armselige Leben. Noch eine Hausecke weiter und sie sind wieder am Auto, da steht aber auf einmal der geheimnisvolle Mann mit seinem Sturmgewehr und ballert den beiden vor die Füße. Vor lauter Schock bleiben Emma und Leo stehen.

„Die Waffen runter und keine Bewegung" schleudert ihnen eine Stimme entgegen. Den beiden bleibt leider nichts anderes übrig, als zu gehorchen, die Waffen fliegen zu Boden und die Hände gehen nach oben. „So ist es fein, ich dachte mir schon, dass ihr wieder kommt, obwohl ich nicht mit dem schwarzen Leo gerechnet habe." Der Mann hebt die Waffen auf und deutet zu einem Eingang, welcher in das kleine Haus rein führt. „Los rein da" kommt von ihm und Leo und Emma geben nach und gehen nach innen. Der Mann folgt ihnen langsam und schließt hinter sich die Tür. Emma und Leo schauen sich noch an.

Sam weiß gar nicht, wie viel Zeit schon vergangen ist, sie hängt weiter an der Dusche und spürt kaum noch ihre Arme. Vincent ist bisher nicht wieder gekommen, auch hört sie trotz offener Tür keine Geräusche. Ihr Blick wandert nach unten auf ihre Hauspantoffel, wenigstens etwas, ihre Füße haben sich schon erholt, aber der Rest vom Körper fängt langsam an zu zittern. Eine neue Idee schießt ihr durch den Kopf, auch wenn es gefährlich werden könnte. Sie hebt ihren rechten Fuß und versucht das Bein anzuwinkeln. Sie muss es irgendwie schaffen, mit den Händen an die Schuhe zu kommen. Nichts leichter als das, sie steht viel zu nah an der Wand und alle Knochen sind schon steif. Aber nach ein paar Versuchen schafft sie es trotzdem, mit der linken Hand hält sie nun den Pantoffel und mit der rechten, versucht sie was abzureißen. Diese schönen bequemen Hausschuhe haben oben als Deko eine Metallschnalle drauf genäht und mit der könnte man ja versuchen, das Kabel zu durchschneiden.

Aber sie schafft es nicht, eine kurze Zeit später steht der Fuß wieder am Boden und ihre Hände schmerzen noch mehr. Eine Pause muss her, ein wenig verschnaufen und dann kommt der nächste Versuch. Immer noch versteht sie nicht, wie sie in diese Lage geraten ist. Klar, der Typ hat sie entführt, angeblich aus Liebe, aber so richtig kann sie das nicht Glauben. Warum musste sie sich auch umziehen und warum ist sie alleine gegangen, obwohl alle das verboten haben. Aber das sind alles nur dumme Ausreden, der Kerl hätte es eh irgendwie geschafft, sie zu bekommen. Dann war es auch sicher er, der gestern Abend durch das Fenster gespannt hat.

Der nächste Versuch steht an, wieder hebt sie das Bein und reißt an der Schnalle. Warum musste sie unbedingt so teure Schuhe kaufen, eine billigere Variante hätte sicher schon nachgegeben. Sie probiert es aber weiter, irgendwie muss es gehen, es ist ihre einzige Chance und wer weiß, was der Kerl noch mit ihr vorhat. Unter großen schmerzen zupft sie an den Pantoffeln, aber sie glaubt nicht, dass die Schnalle sich löst, sie ist einfach zu fest. Jetzt bekommt sie auch noch einen Krampf im Bein, schnell stellt sie den Fuß wieder runter und verzieht schmerzhaft das Gesicht. Sie schaut nach unten und versucht die

Muskeln ein wenig zu spannen, die ersten Tränen kommen in den Augen, denn es tut höllisch weh.

Das ganze hatte aber auch was Gutes, durch die schnelle Beinbewegung hat sie es geschafft, die Schnalle abzureißen. Ihre Finger sind ein wenig taub, darum hat sie es nicht sofort bemerkt, aber der Pantoffel unten hat was weniger. Trotz schmerzen versucht sie sich wieder auf das Metallteil zu konzentrieren, es liegt in ihrer rechten Hand und nach mehrfachen Abtasten findet sie sogar eine scharfe Kante. Sam ist doch tatsächlich gerade am Weinen und gleichzeitig am Lachen, sie hat nicht damit gerechnet, das so was wirklich klappt. Langsam und mit aller Vorsicht dreht sie die Schnalle in der Hand und fängt an, die Kante an dem Kabel zu reiben. Bloß nicht fallen lassen ist einer der Gedanken, der gerade durch ihren Kopf huscht, die schmerzen im Bein sind fast vergessen, denn sie schöpft tatsächlich neue Hoffnung.

Ein Baum nach den nächsten, Arlo weiß schon gar nicht mehr, wie viele an ihm vorbeigezogen sind. Er ist wieder unterwegs, er friert und will nur zurück zum Camp. Aber er hat vollkommen die Orientierung verloren, daher versucht er einfach den Weg zurückzugehen von dem er gekommen ist, er weiß aber selber, das er schon wieder woanders hinläuft. Seine Beine wollen nicht mehr, seine Gedanken sind völlig am Durchdrehen, aber er geht weiter, denn alles andere wäre keine Option. Der Regen drischt mit voller Härte von oben runter und auf jeder kleinen Lichtung weht ein Wind wie bei einem Orkan. Seine wiedergefundene Waffe hat er sich nun in die Hose gesteckt, seine Hände sind schon steif vor Kälte und darum hat er sie in die Hosentasche gestopft. Die Taschenlampe ist leider verschwunden, nach dem Kampf mit der Frau hat er sie wohl auch verloren, er hat sich aber keine Mühe mehr gemacht, sie zu suchen. Er hat eh kaum noch Hoffnung, hier im Wald was zu finden, aber vielleicht ist Sam schon lange wieder da.

In der Ferne sieht er, das die Waldung ein wenig heller wird, dort scheint eine größere Lichtung auf ihn zu warten. Er glaubt zwar nicht daran, das es das Camp ist, aber vielleicht was anderes, was ihm bei der Orientierung hilft. Er geht ein wenig schneller, die letzten Bäume muss er noch schaffen und dann ist er da, er stolpert kurz über eine Wurzel, fällt aufs Knie, rappelt sich aber sofort wieder auf und läuft weiter. Endlich ist er angekommen, unter ihm liegt ein kleines Tal und in der Mitte ist ein riesiger See. Er kann sich daran erinnern, dieses Gebiet hatte er auf der Karte im Camp gesehen, ein beliebtes Ausflugsziel, wenn die Welt noch in Ordnung wäre. Aber seine Hoffnung wird wieder größer, denn vom See aus müsste ein Weg zurück nach Hause führen, wenn er den findet, dann ist er gerettet.

Der Abstieg wird nicht gerade leicht, denn an seiner Stelle geht es steil nach unten. Trotzdem versucht er sein Glück und steigt langsam Schritt um Schritt abwärts, das Ufer ist komplett durchweicht und der Regen ist noch heftiger als vorher im Wald. Auch der Wind hat derbe zugenommen, trotz das es Sommer ist, fühlt es sich fast schon an wie später Herbst. Wieder hat er einen Meter geschafft und sieht weiter unten einen kleinen Weg, der einmal um den See herum reicht, das ist sein Ziel, den muss er erreichen. Leider ist alles viel zu klitschig, er rutsch mit dem rechten Fuß weg, der Linke versucht noch den Halt zu wahren, was aber gar nicht funktioniert und kopfüber fällt er hinunter. Unter großen schmerzen landet er mit dem Rücken auf dem Rundweg, einzig der Rasenbelag hat alles ein wenig abgebremst. Er bleibt kurz liegen und schaut nach oben, es tut zwar alles weh, aber er glaubt nicht daran, das er sich was gebrochen hat, daher schwingt er sich schnell wieder auf die Beine. Jetzt steht er erst mal eine Runde, denn der Weg selber führt in zwei Richtungen und er muss sich für eine Entscheiden. Also läuft er einfach los und wird prompt belohnt, nur ein paar Meter weiter befindet sich tatsächlich ein Schild und auf diesen ist auch das Camp eingezeichnet. Noch 1,5 Meilen hat er vor sich, wenigstens weiß er jetzt, wo er ist und wie er zurückkommt. Er folgt dem Weg weiter, bisher geht es nur am See entlang, also müsste gleich irgendwo eine Abbiegung kommen. Irgendetwas im Wasser zieht seine Aufmerksamkeit auf sich. Etwas weiter hinten liegt doch was im See, er kann es aber nicht erkennen und Panik steigt wieder in ihm auf, das könnte auch Sam sein. So schnell ihn seine Füße noch tragen, rennt er los, immer dem Weg folgend und mit Blick auf die Wasseroberfläche.

„Bitte lass es nicht Sam sein", sagt er dabei die ganze Zeit. Es dauert auch nicht lange und er ist endlich in der Nähe. Es handelt sich wirklich um einen Menschen, der scheint aber ertrunken zu sein, denn er treibt mit dem Kopf nach unten auf der Wasseroberfläche. Das ist sicher nicht Sam, nur eine andere arme Seele, die hier ihr Ende gefunden hat. Ein paar Sekunden bleibt er noch stehen und schaut auf das Wasser, seine Gedanken sind bei der Leiche, niemand wird sie vermissen, keiner wird nach ihr suchen oder sich um sie kümmern. Als er sich gerade abwenden will, sieht er im Augenwinkel eine Bewegung. Zuerst will er hineinspringen, doch ganz schnell kommt ihm der Gedanke, dass es nur einer der Kranken oder eben Toten sein kann. Ertrunken und wieder zurückgekommen, niemand kann solange unter Wasser überleben, daher wendet er sich schweren Herzens ab und sucht weiter nach dem Weg zurück zum Camp. Den hat er auch schnell gefunden, ein kleiner Pfad geht vom Hauptweg ab und ein neues Schild an einem Baum zeigt ihm, das er richtig ist. Kurz schaut er sich noch einmal um, aber die Person im Wasser kann er nicht mehr erkennen und verschwindet dann im Wald.

Der Raum, den sie betreten haben, ist fast völlig leer, nur ein paar ältere Stühle stehen in einer Ecke. Die beiden befinden sich mittig und schauen sich um, der Mann mit der Maske ist noch hinten an der Tür, die er gerade geschlossen hat.

„Ich habe noch das Messer", flüstert Emma leise, aber Leo winkt sofort ab und macht eine verneinende Bewegung. Er will es wohl drauf an kommen lassen und sieht sogar ziemlich gelassen aus. „Holt euch einen Stuhl und setzt euch", sagt der Unbekannte von hinten. Leo geht los und besorgt einen, den er für Emma an die Wand stellt, ein Weiterer kommt schnell hinzu, beide sitzen jetzt und schauen auf ihren Widersacher. Der richtet weiter seine Waffe auf die beiden, holt sich aber auch einen Stuhl und setzt sich ihnen gegenüber. Emma ist total sauer, sie versteht einfach nicht, warum Leo nicht will, das sie es beendet. Genug Möglichkeiten sind bisher vertan, daher muss sie erst mal abwarten, aber wenn der Typ sie tot sehen will, dann wäre das sicher schon passiert. Vielleicht ist er auch ein Psychopath und will noch mit ihnen spielen?

Keiner sagt ein Wort, sie sitzen sich gegenüber und schauen sich an. Draußen hört man den Regen prasseln und hin und wieder läuft auch ein Kranker vorbei. Die Geräusche von denen sind unverkennbar, dieses komische Knurren und das klappern mit den Zähnen, würde jeder erkennen.

„Was habt ihr denn diesmal hier gesucht?" Fängt der Maskenmann das Gespräch ganz locker an. Emma schaut zu Leo und erkennt, das er wohl darauf antworten möchte.

„Wir haben dich gesucht", kommt dann auch. Die Augen des Fremden, die echt sehr dunkel sind, formen sich zu schlitzen. „Mich also und warum?" „Wir wollen dich töten und deine Waffen klauen", platzt es aus Emma raus. Man kann wegen der Maske nicht erkennen, wie der Mann darauf reagiert, aber er lässt sich nicht aus der Ruhe bringen. „Und das wolltet ihr mit diesen beiden Waffen schaffen? Soll das ein Witz sein?" Bekommt sie als Antwort und das macht sie noch rasender. Leo schaut sich das Schauspiel an, er hat wohl aufgegeben, denn gegen Emma hat er keine Chance.

„Für dich brauche ich keine Waffen, du Spinner, dich kann ich auch mit bloßen Händen töten."

Es sieht fast so aus, als ob der Kerl unter seiner Maske anfängt zu lachen. Sein Sturmgewehr ist immer noch auf die beiden gerichtet und die beiden anderen Waffen liegen unter seinem Stuhl. Emma bleibt also nur das Messer und mit dem kann sie super umgehen.

„Hört mal ihr beiden, ich will euch doch gar nichts tun, ganz im Gegenteil, ich habe sogar einen Vorschlag für euch." Nach diesen Worten versucht Leo wieder zu übernehmen, wenn er das alles Emma überlässt, dann endet das nur in einem Blutbad.

„Einen Vorschlag also, wie soll der denn aussehen?" Fragt er nun. Emma schaut ihn von der Seite an und wird noch eine Runde sauerer, wenn das überhaupt geht. „Leo, wie kannst du dem zuhören?" Sie bekommt aber keine Antwort, dafür redet der andere wieder.

„Ich gebe euch alle meine Waffen, wenn ihr mich mit nehmt." Damit haben die beiden nicht gerechnet. Emma bleibt zwar auf ihren

Hasslevel, aber Leo schaut ein wenig nachdenklich. „Wie stellst du dir das vor, seit Tagen versuchst du unsere Leute zu töten und jetzt sollen wir dich einfach mitnehmen?" Der Kerl steht nach Leos Worten auf und kommt einen Schritt näher, seine Waffe ist immer noch im Anschlag, er will wohl kein Risiko eingehen.

„Ich wollte niemanden von euch töten, die Möglichkeit hatte ich wohl oft genug. Das mit dem Dach vom Supermarkt ist leider nicht so gelaufen, wie ich es mir vorgestellt habe. Es sollte euch nur Angst machen, daher habe ich auch ein großes Stück daneben geschossen."

„Ein großes Stück daneben geschossen?" Schreit Emma ihn an. Aber wieder ist es Leo, der versucht die Sache zu beruhigen. „Emma, er hatte wirklich schon sehr viele Möglichkeiten uns zu töten, auch an den Abend vor dem Camp." Sie will sich aber irgendwie nicht beruhigen, in einer schnellen Bewegung bückt sie sich und zieht das Messer aus dem Stiefel. Aber viel weiter kommt sie nicht, denn Leo geht dazwischen und hält sie von hinten fest.

„Lass mich los, der verarscht uns doch nur" schreit sie ihn an, aber Leo ist bedeutend stärker. Der Typ mit dem Sturmgewehr springt ein Stück nach hinten, rammt seinen Stuhl zur Seite und wäre beinahe gefallen. Aber anstatt auf die Sache zu reagieren, stellt er seine Waffe nach unten und hebt leicht seine Arme. Emma hört sofort auf, sich zu wehren und Leo löst den Griff, denn damit haben sie wohl wieder nicht gerechnet. Beide schauen auf den Maskierten, der einfach nur da steht und sich wirklich ergeben will.

„Du bist mein Bruder Leo", sagt er plötzlich und zieht sich die Sturmmaske vom Kopf und schmeißt sie zu Boden. Vor den beiden erscheint ein dunkelhäutiger Mann, er wird so an die 30 sein und hat eher noch kindliche Züge. Auf seiner rechten Wange hat er eine ziemlich große Narbe, die aber schon älter aussieht. Emma steckt tatsächlich das Messer zurück in den Stiefel und lässt dabei den Mann nicht aus den Augen.

„Warum hast du dich von Anfang an gegen uns gestellt? Du hast uns eine Menge Schwierigkeiten gemacht." Fragt Emma jetzt. „Ich weiß", antwortet er „das war auch alles nicht so gedacht. Ich wollte mir erst bei euch sicher sein, mir ein Bild von euch machen, daher habe ich auch das Camp beobachtet. Und ich wollte den Ort hier schützen, damit hier keiner her kommt und alles plündert. Es konnte ja keiner ahnen, dass ich wohl die größte Gefahr hier darstelle, es tut mir wirklich leid." Er nimmt das Sturmgewehr vom Boden und hält es ihnen hin.

„Wo hast du die Waffen her?" Fragt Leo, nachdem er seine nicht angenommen hat.

„Die liegen alle in der Schule, ist nicht weit von hier. Da hatten sich ein paar Soldaten der Army einquartiert, eigentlich mit der Aufgabe, den Ort zu schützen und gegebenenfalls die Menschen von hier wegzubringen. Wir sollten alle nach Lake City haben sie gesagt. Das Ganze ist völlig schief gelaufen und diese Penner sind einfach abgehauen." „Was für Waffen hast du denn da in der Schule?" Möchte Emma jetzt gerne wissen. Der Mann schaut nach der Frage noch ein wenig freundlicher. Alleine, dass sie was Normales gefragt hat, lässt ihn ein wenig aufatmen, auch ihre Stimmlage ist nicht mehr ganz so düster.

„Von diesen Sturmgewehren liegen da noch 3 herum, 4 oder 5 Pistolen, ein paar Handgranaten, Rauchgranaten und ein Scharfschützengewehr." Er macht eine kurze Pause und senkt seinen Kopf. „Und natürlich noch die Panzerfaust und jede Menge Munition für alle Waffen."

Emma schaut nach Leo, der plötzlich ein breites Grinsen im Gesicht hat.

„Okay, dann fahren wir jetzt dahin und holen die Sachen ab", sagt er und macht sich schon auf zur Tür. Emma hebt die Waffen vom Boden und gibt Leo das Gewehr zurück.

„Und was ist mit mir? Ich will nicht hierbleiben, das schaffe ich nicht mehr." Emma schaut zu ihm und fängt tatsächlich an zu lachen. „Das sehen wir dann, vielleicht darfst du ja im Kofferraum mitfahren." „Los jetzt, wir haben es eilig" gibt Leo von sich, öffnet die Tür und rennt zum Auto. Die beiden folgen ihm und alle steigen ein. Emma dreht sich im Auto noch einmal um.

„Wie heißt du eigentlich?" Der Mann schaut sie mit großen Augen an. „Kiano."

„Unsere Namen brauchen wir dir wohl nicht mehr sagen", lacht Leo vom Fahrersitz und setzt das Auto in Bewegung.

Von Sams Händen läuft Blut nach unten und tropft auf die Fliesen. Das ganze Reiben hat ihre Finger wohl übel mitgenommen, leider kann sie nicht kontrollieren, ob sie überhaupt was erreicht. Sie macht einfach mit dem kleinen Teil ihre Bewegungen an dem Kabel und hofft das beste. Von Vincent fehlt weiterhin jede Spur, vielleicht ist er unterwegs und klaut ihr neue Sachen, aber eigentlich möchte sie das auch gar nicht wissen. Sie bekommt aber irgendwie gerade das Gefühl, das ihre Handgelenke mehr platz haben. Kann es sein, das sie doch weiter kommt oder ist es nur, weil sie ihre Hände kaum noch spürt? Das muss unbedingt klappen, sie kann dem Kerl nicht ausgeliefert bleiben, der ist nicht zurechnungsfähig und hat schon versucht, Leo zu töten. Das Gefühl täuscht sie wirklich nicht, denn sie merkt immer mehr, das ihre Hände beweglicher werden. Sie wird nicht enttäuscht, denn einen kurzen Augenblick später ist es soweit, sie kann sich wirklich raus winden.

Zuerst nimmt sie ihre Arme nach vorne und ihr ganzer Oberkörper schmerzt. Jetzt kann sie sehen, das alles voller Blut ist, die Bewegungen mit dem Metallstück haben wohl auch ihre Hände aufgeschlitzt. Sam hat aber keine Zeit, sich selber zu bedauern, sie muss ganz schnell einen Ausgang finden.

Langsam durchquert sie den Raum und kommt an die Tür, dahinter liegt ein dunkler Gang der zu einer neuen Tür führt, die leider geschlossen ist. Absolut leise bewegt sie sich durch den kleinen Flur und öffnet sie vorsichtig. Sie ist nicht verriegelt und sie kommt in einen großen Raum mit sehr vielen Etagenbetten. Auch hier strahlt ein Licht von der Decke, so kann sie alles in Ruhe erkunden. Ein paar Meter weiter erstarrt sie aber und hält an, da liegt tatsächlich Vincent in einem der Betten und schläft. Jetzt bloß keinen Fehler machen, das wäre sonst ihr Untergang. Zwei weitere geschlossene Metalltüren gehen von diesem Raum ab und ein Fenster sucht sie Vergebens. So langsam dämmert es ihr, das muss der alte Bunker sein, Vincent hat sich hier versteckt und sie ist jetzt seine Gefangene.

Auf ganz leisen Sohlen bewegt sie sich auf die rechte Tür zu, sie hat sich diese ausgesucht, weil die andere zu nah an dem schlafenden Entführer liegt. Sie greift nach dem Türgriff und unter leichten Quietschen öffnet sich auch die. Dahinter ist aber leider kein Licht, trotzdem kann sie ein wenig was erkennen. Es sieht aus wie ein großes Lager, viele Regale zieren den Raum und sie kann es echt nicht fassen. Hier sind total viele Lebensmittel gelagert, das können nur die Sachen aus dem Camp sein. Dieser Scheiß Lennart hat alles her gebracht, um es zu verstecken.

Das Dumme an der Sache ist aber, hier gibt es auch keinen Ausgang. Sie muss doch die andere Tür versuchen, daher schleicht sie leise wieder zurück und geht zur nächsten. Das Teil ist leider auch am Quietschen, aber Vincent bewegt sich keinen Millimeter. Trotz das ihr total kalt ist, läuft ihr der Schweiß das Gesicht runter, soviel Angst wie heute hatte sie noch nie. Hinter der neuen Tür ist erneut ein Gang, am Ende und in der Mitte geht es weiter, also wieder zwei neue Versuche. Sie nimmt sofort die Erste zu ihrer rechten, macht sie langsam auf und schaut hinein. Dahinter befindet sich aber nur eine Toilette mit Waschbecken, also lässt sie es sein und geht zur nächsten, die sich auch öffnen lässt. Wieder ein neuer Raum mit 2 weiteren Türen, so langsam bekommt sie echt genug, das kann es doch nicht sein, wie groß ist dieser Bunker denn? Diesmal befindet sie sich in einem Aufenthaltsraum. In der einen Ecke steht ein Sofa mit einem Tisch, die Sachen sehen alle sehr alt und mitgenommen aus. Mehrere Schränke zieren eine Wand, alle schlicht und aus Metall. Gegenüber von dem Sofa ist eine komplette Sitzecke mit Eckbank, Tisch und mehreren Stühlen, das soll die Essecke darstellen.

Sie geht weiter und zwar wieder zur rechten Tür. Nach dem öffnen sieht sie eine komplett ausgestattete Küche, auch hier ist alles sehr alt, trotzdem könnte das noch funktionieren. Neben dem Einbauherd stehen 2 große Kanister. Sam hat wohl den Diesel Dieb gefunden, denn das könnten die zwei aus dem Generator Raum sein. Wie konnte Vincent die einfach klauen, ohne das es jemand mit bekommen hat?

Jetzt bleibt ihr nur noch die letzte Tür, genau auf die geht sie jetzt zu, aber in der Mitte des Raumes hält sie einmal an. Sie lauscht nach Bewegungen, aber von nebenan kommt kein Geräusch. Es ist alles sicher und sie geht ihren Weg weiter. Wie durch ein Wunder ist auch diese Tür nicht verschlossen und dahinter führt eine Treppe nach oben. Jetzt wird sie auf einmal schneller, sie rennt schon fast die Stufen hoch und steht sofort vor dem nächsten Problem. Vor ihr befindet sich eine schräg eingelassene Metalltür ohne Türgriff, hinter diesem Teil geht es ganz sicher nach draußen.

Auf der rechten Seite entdeckt sie ein kleines Tastenfeld, welches wohl mit dem Ausgang zusammen hängt. „Verdammt" sagt sie leise, sie brauch die richtige Kombination, um hier raus zu kommen. Sie versucht einfach ihr Glück, sie haut ein paarmal auf die Zahlen und drückt auf die große Taste im unteren Bereich. Weiter oben sieht sie auf einen kleinen Bildschirm das Wort „Error". Nachdem sie auf ein großes C gedrückt hat, versucht sie es aufs Neue, aber wieder nur dieses „Error". Sie gerät in Panik, so nah an der Freiheit und sie kommt einfach nicht raus. Mit aller Kraft drückt sie von innen gegen die Tür, aber die gibt natürlich nicht nach. Also dreht sie sich wieder um und geht zurück in den Gemeinschaftsraum, als sie gerade unten ankommt, steht auf einmal Vincent vor ihr und haut ihr mit voller Wucht gegen den Kopf...

Es hat auch angefangen zu gewittern, der Sturm wird heftiger und der Regen ist fast schon so dicht, das man kaum noch was sehen kann. Sarah sitzt am Fenster bei Sofia im Haus und schaut nach draußen. Jessica und Yvonne sind bei den Kleinen, die jedes mal anfangen zu heulen, wenn der nächste Donner rein schallt. Sofia sitzt mittlerweile wieder im Bett und isst das Mittagessen. Eve hat sich verabschiedet, sie macht sich Sorgen um ihre Kinder und ist schon lange außer Haus. Niemand läuft draußen herum, das ist sicher auch besser so, denn es gibt keine Wachen mehr. Sie kann sich nicht vorstellen, dass Phil und Vanessa noch auf dem Turm sind. Emma und Leo sind immer noch nicht da und von Sam und Arlo fehlt jede Spur. Sie schaut kurz zu den anderen und sieht, das Jessica die Kinder mit einem Spiel ablenkt. Wieder ein heller Blitz, der durchs Fenster leuchtet und kaum 2

Sekunden später kommt der Donner. Der kleine David liegt bei Yvonne im Arm und ist am Weinen. Von nebenan ruft Sofia seinen Namen, er hat aber zu viel Angst, da rüber zu laufen und Yve kann sich nicht erheben, weil Logan auch an ihr hängt.

„Wenn das so weiter geht saufen wir noch ab", sagt Jessica, die neben Sarah aufgetaucht ist. „Ach quatsch, wir sind hier doch auf einen Berg, das Wasser fliest doch sofort ab." Beide schauen aus dem Fenster und sehen einen kleinen Bach am Haus vorbei fließen.

„Weißt du Sarah, ich vermisse Sam. Ich habe sie wirklich mehr als nur gern." Sie dreht sich zu Jessica um und nimmt sie in den Arm. „Mir geht es doch nicht anders, das mit der dreier Beziehung war doch kein Scherz von mir und das mit Arlo hätten wir auch noch hinbekommen, dafür haben wir ja Emma." Beide lachen ein wenig, aber das vergeht sehr schnell wieder. „Hoffen wir mal, das sie gefunden wird." Sarah dreht sich wieder zum Fenster und verzieht ein wenig die Augen.

„Schau mal dahinten Jessi läuft da nicht einer durch den Regen?" Beide gehen näher an die Scheibe und schauen in die Richtung, man kann echt nicht viel erkennen.

„Vielleicht war es ja Arlo, der auf den Weg zum Lager ist" antwortet jetzt Jessica. Wieder erkennen die beiden eine Person im Regen, die langsam näher kommt. Sarah schaut zur Tür und rennt los. „Hilf mir mal, wir müssen die Tür verschließen." Jessica versteht erst nicht, was Sarah meint, sieht dann aber, das sie an dem kleinen Schrank steht und ungeduldig schaut. Sofort kommt sie ihr zur Hilfe und gemeinsam schließen sie von innen ab. Kurz darauf sind sie schon wieder am Fenster und schauen raus. Der Regen lässt aber auch nicht nach und das Gewitter wütet immer noch über ihnen. „Da", sagt Sarah und zeigt wieder nach draußen. Auch Jessica kann die Person jetzt erkennen, aber keiner der beiden weiß wer das ist. Sie kommt aber näher und gleich wissen sie mehr. Jessica fällt nach hinten und auch Sarah bekommt einen Schock, die Person ist gerade direkt am Fenster erschienen und hat sie angeschaut. Es handelt sich um einen fremden Kranken, man kann aber nicht erkennen, ob es ein Mann oder eine Frau ist, denn das halbe Gesicht ist nicht mehr da. Beim genaueren Betrachten könnte man sicher bis ins Gehirn gucken, das linke Auge und die Nase sind verschwunden und weiter unten sieht man die Zähne samt Wurzel.

Sarah schließt schnell den Vorhang und geht ein Stück zurück, auch Yvonne schaut nun auf.

„Was ist mit euch?" „Da draußen laufen Kranke herum, einer war gerade direkt vor dem Fenster und hat uns angeschaut", antwortet Sarah und Jessica liegt immer noch am Boden.

„Waren da noch mehr Sarah?" Fragt sie von unten. „Ja, mindestens drei habe ich noch gesehen, sie laufen einfach durchs Camp, haben wir irgendwelche Waffen hier?" Yvonne verneint das sofort und draußen beginnt der Erste am Fenster zu kratzen. Aus dem Schlafzimmer kommt Sofia gehumpelt. „Hier hinten laufen auch noch welche herum, wir müssen uns jetzt ganz ruhig verhalten, macht alle Kerzen aus." Nicht mal eine Sekunde später liegt das Haus komplett im dunkeln, keiner sagt mehr ein Wort, mit den Kindern in den Armen bleibt ihnen nichts anderes übrig, als zu warten. Hilfe wird hoffentlich bald kommen.

Weit ist Arlo bisher nicht gekommen, nicht mal 100 Meter nach dem See hat er sich in eine kleine Hütte am Wegesrand verzogen. Die wurde wohl extra für ein Picknick dort hin gebaut, jetzt dient sie ihm als Raststätte. Er kann nicht mehr, seine Beine geben nach und die Kraft hat ihn verlassen. Nicht nur der lange Marsch durch den Wald hat ihn fertiggemacht, sondern auch das Wetter hat ihm zugesetzt. Die kleine Holzhütte ist an drei Seiten komplett zu, in der Mitte steht ein kleiner Tisch und er liegt auf einer Bank dahinter. So ganz in Ruhe kommen ihm natürlich eine Menge Gedanken in den Sinn. Aber er braucht die Pause, auch wenn es nicht mehr weit ist. Er schweift sofort ein wenig ab, nur einschlafen darf er nicht, denn das könnte seinen Tod bedeuten.

„Sam? Wo bist du nur Sam?" Sagt er leise zu sich selber. Er denkt an die Hochzeit von den beiden, an die total durchgeknallte Fahrt durch Atlanta direkt nach der Kirche. Es waren sehr viele Menschen anwesend, er nimmt absichtlich das Wort Mensch und nicht Freund. Denn so was hatten die beiden nicht, gute Bekannte, Arbeitskollegen, nette Nachbarn, aber das wars. Sams Eltern hatten sich auch erst angekündigt, sind aber nicht gekommen, da ging es wohl um irgendeine banale Ausrede. Sam war sehr enttäuscht, weil sie wusste, warum. Sie mochten Arlo nicht, das haben sie dann am wichtigsten Tag der beiden deutlich gezeigt. Danach haben sie die beiden nur noch zweimal gesehen. Ein Jahr später zu Weihnachten und dann wegen dem Auto was sie bezahlt haben. Da mussten die Eltern natürlich voll einen raus hängen lassen, sie hatten Geld ohne Ende und Familie Stenn halt nicht. Aber sie waren glücklich oder doch nicht?

Arlo setzt sich wieder hin, eine starke Böe hatte sich kurz in seine Hütte verirrt und ihn unsanft verschoben. Der Wind wird tatsächlich stärker, nur man kann nirgends nach schauen, die Wettervorhersage gibt es ja nicht mehr, weder online noch im Radio oder im Fernsehen, alles ist tot. Er legt sich wieder hin, eine kurze Runde braucht er noch, dann geht es weiter. Wo war er stehen geblieben? Ach ja, Glück. Waren er und Sam eigentlich Glücklich oder haben sie sich das nur eingebildet? Warum hatte er dann eine Affäre mit Yvonne? War doch nicht alles so rosig zwischen den beiden? Sam war schwierig, sie hatte eigene Ansichten, wollte keine Kinder und war zu sehr wie ihr Dad. Da gab es eine Menge Schwankungen zwischen den beiden. Daher ist er bei Yve im Bett gelandet, sie war so frei und anders, wie eine Rebellin. Sie lebte einfach in den Tag und hatte kein Interesse an den alltäglichen Wahnsinn, aber es war halt nur ein Abenteuer, es spielte nie wirklich Liebe mit, das wusste er damals und das weiß er heute. Er mag sie, sehr sogar, mehr ist da aber nicht, auch die Schwangerschaft wird nichts daran ändern. Vielleicht wird sie ja mit Leo Glücklich. Emma, ja Emma....die nächste Böe trifft das Innere und rüttelt Ihn durch. Die große Schwarzhaarige ist voll was anderes. Sie hat genau das von einer Frau, was er immer gemocht hatte, irgendwie ist sie eine Mischung zwischen Sam und Yve. Er ist sich trotzdem nicht sicher, was daraus werden soll, auch weiß er nicht, ob es Liebe ist oder einfach nur Verlangen. Und es ist absolut unfair gegenüber Sam, aber wäre es nicht das Beste, wenn sie einfach verschwunden bleibt? Arlo gibt sich selber eine Ohrfeige und die tat wohl wirklich richtig weh, er setzt sich wieder auf die Bank und schaut nach draußen, wo es immer dunkler wird.

„Verdammt, was bin ich für ein Arschloch." Er ist sich aber fast sicher, dass es gerade einfach nur ein Gedankengang war. Denn warum ist er sonst hier draußen und sucht seine Frau? Er fühlt leider nicht mehr viel für sie, aber sie darf nicht tot sein. Seine Gedankengänge werden immer wirrer, es wird sicher Zeit, endlich weiter zu gehen, bevor er noch ganz wahnsinnig wird. Also erhebt er sich wieder und will gerade die Hütte verlassen, als er von links jemanden kommen sieht, direkt vom See. Er bückt sich schnell hinter den Tisch und schaut gespannt, aber auch ein wenig ängstlich nach draußen. Eine Person taucht im Eingang auf und bleibt stehen, er kann aber sofort erkennen, um wen es sich handelt. Es ist die aus dem See, auf den ersten Blick war sie wohl eine junge Frau. Die Haare sind an den Seiten abrasiert, aber oben drauf sind sie ein wenig länger und sie hatte eine zierliche Figur. Leise nimmt er die Pistole aus der Hose und sieht, dass sie voller Wasser ist. Er kippt sie einmal nach unten und lässt alles raus laufen, Panik kommt in ihm auf, wenn die nicht mehr geht, dann sitzt er voll in der Klemme. Er bleibt aber weiter geduckt und hält den Atem an. Die junge Frau bewegt sich nicht mehr, sie steht weiterhin seitlich zum Eingang und blickt auf den Waldweg. Viel kann er eh nicht erkennen, denn es ist zu dunkel und die trägt nur schwarze Sachen oder sie sehen halt so aus, weil sie einfach nass sind. Er entscheidet sich weiterhin zu warten, ein Gefühl von Mitleid taucht in ihm auf, aber wenn sie weiter geht, wird er sie von hinten überraschen und ausschalten. Aber seine Hoffnung wird in dem Moment vernichtet, als sich die weibliche Person in seine Richtung dreht und langsam näher kommt. Arlo nimmt die Waffe hoch, zieht den Abzug und ist bereit. „Hallo, kannst du mir bitte helfen?" Kommt Arlo entgegen, sofort senkt er seine Pistole und steht auf, die junge Frau ist noch am leben...

Kapitel 38

„Wo müssen wir hin Kiano?" Fragt Leo etwas ungeduldig von vorne. Der Motor läuft, alle Türen sind zu, aber er weiß halt nicht, wo die Schule ist. Sie haben sich ein paar Meter bewegt und dann kam das Auto wieder zum Stehen und einige Kranke sind auch schon näher gekommen und beginnen gerade das Fahrzeug zu umzingeln.

„Ich sagte doch, es ist nicht weit von hier, fahr erst mal da lang", antwortet der Dunkelhäutige von hinten. Leo setzt das Auto in Bewegung und fährt in die gezeigte Richtung. Die fresssüchtigen Menschen verschwinden schnell wieder im Rückspiegel, aber nicht weil er schon weit gefahren ist, sondern wegen dem Wetter. Der Mann von hinten beugt sich ein wenig nach vorne, um was sagen zu können. „Es ist irgendwie komisch mit den Toten, bei schlechtem Wetter sind sie irgendwie agiler, auch kommt es mir so vor, als ob sie uns leichter finden."

Emma schaut ihn an und nickt einfach nur, sie denkt gerade ans Camp und an Arlo. Sie hofft wirklich, dass er wieder da ist und am besten sogar Sam gefunden hat.

„Hier vorne musst du nach rechts und dann sind wir auch schon da." Leo gehorcht weiter, biegt einmal ab und neben den drei taucht ein größeres Gebäude auf, auf einem Schild vor dem Haus steht „Olustee School." „Fahr direkt zum Eingang", kommt wieder von hinten und Leo parkt das Auto direkt davor. Alle drei schauen erst mal die Treppe nach oben, diese führt zu einer doppelseitigen Eingangstür, die von unten geschlossen aus sieht.

„Wie geht es jetzt weiter?" Fragt Leo, dreht sich im Auto um und schaut den neuen Insassen an. „Wir müssen da oben rein, dann einmal den Flur entlang und hinten rechts in eins der Klassenzimmer, dort habe ich alles gelagert." „Okay, Emma du bleibst hier und passt auf das Auto auf, wenn was ist dann hau auf die Hupe und wenn das nicht reicht, verschwinde einfach und sammel uns später wieder ein." Sie ist nicht wirklich damit zufrieden, sie ist nicht die Person, die draußen wartet und aufpasst, da Leo aber schon ausgestiegen ist und Kiano auch nicht mehr im Auto sitzt, bleibt ihr wohl nichts anderes übrig. Noch beobachtet sie die beiden, wie sie die Treppe nach oben rennen und im Eingang verschwinden. Auf dem Fahrersitz angekommen nimmt sie die Pistole in die Hand und sucht die Umgebung ab, dank des tollen Wetters kann sie aber nicht weit sehen. Sie kann nur hoffen, das die beiden sich beeilen.

Leo und Kiano rennen durch einen langen Flur, an beiden Seiten sind Spinde angebracht, die wohl mal den Kindern gehörten, die hier zur Schule gegangen sind. Da das Licht nicht funktioniert und der gesamte Gang mit irgendwelchen Sachen zugestellt wurde, ist der Weg nicht gerade leicht. Immer wieder müssen sie über irgendwas springen, Kiano ist sogar beinahe gefallen, aber Leo hat ihn noch halten können. Endlich kommen sie am genannten Klassenraum an und gehen rein. Hier sieht alles noch so aus, als ob die Schüler gleich weiter lernen, nur die Waffen vorne auf dem Pult stören ein wenig das Bild.

„Komm Leo, da sind die Waffen, wir müssen schnell wieder raus, ich habe irgendwie ein komisches Gefühl." Leo geht es nicht anders, auch er glaubt, das irgendwas nicht stimmt, aber was soll es sein, er kann ja nicht in die Zukunft schauen.

„Wie sollen wir das alles transportieren?" Kiano schaut sich um und rennt los.

„Warte eben, ich hole was", sagt er noch und ist verschwunden. Leo schaut sich währenddessen die ganzen Waffen an. Der Typ hat nicht gelogen, alles ist genau, wie er es gesagt hat. Das ist sicher ein guter Anfang und er hofft, dass Emma jetzt keinen Scheiß macht und ihn einfach hier lässt.

Aber die hat draußen ihre eigenen Sorgen, sie kann zwar immer noch nicht weit schauen, aber trotzdem sieht sie, dass mehrere Kranke auf dem Weg zum Auto sind. Zuerst sind es drei, mit denen würde sie schnell fertig werden, aber das täuscht wohl alles nur, denn es werden sekündlich mehr. Sie startet das Auto und haut auf die Hupe. Diese Idee war aber nicht wirklich toll, das fällt ihr auch gerade auf, so lockt sie ja noch mehr von denen an. Also dreht sie die Karre und fährt los, dabei versucht sie so gut es geht, den Kranken auszuweichen, jeder Unfall könnte nämlich das Ende bedeuten. Das Auto kommt trotzdem gut vom Schulgelände runter und einige von denen folgen ihr aber leider nicht alle.

Kiano ist wieder zurück und hat tatsächlich zwei große Sporttaschen in der Hand.

„Hier, die müssten reichen, die habe ich in der Sporthalle gefunden." Leo schaut ziemlich zufrieden auf die doch sehr großen Behälter und fängt an, die Waffen zu packen. Auch Kiano hilft alles zu verstauen, zum Schluss stecken sie noch so viel Munition hinterher wie reinpasst. Das Hupen von Emma haben beide nicht gehört, was wohl am tollen Wetter liegt.

„Alles fertig", sagt Leo und hängt sich eine der Taschen um, die andere nimmt sich Kiano und zusammen verlassen sie das Klassenzimmer. Wieder geht es zurück durch den langen Gang und als sie endlich an der Ausgangstür ankommen, sehen sie die ganze Bescherung. Das Auto ist nicht mehr da und der Vorplatz ist voll von diesen Dingern.

„Scheiße, was machen wir jetzt?" Fragt Leo. Kiano überlegt kurz, aber viel Zeit haben sie nicht, der Erste steht schon vor der Tür und beginnt sie aufzudrücken.

„Los zurück, wir müssen hinten raus", schreit der Kleinere. Also geht es wieder durch den Flur, beide schauen sich die ganze Zeit um und sehen, das die Kranken schon im Gebäude sind und ihnen hinter her stolpern. Sie passieren noch einige Klassenräume und kommen am Ende an einer Tür an, die beim ersten Probieren verschlossen ist.

„Verdammte Scheiße, was jetzt?" Kiano gerät langsam in Panik, denn ein Blick nach hinten zeigt, das die Fresser immer näher kommen. Leo nimmt sich eine Pistole aus der Tasche und schießt dreimal auf das Schloss der Tür, welches auch sehr schnell zerspringt. Ein kurzer Blick von ihm zeigt, dass draußen alles frei ist und zusammen stürmen sie hinaus. Nur wenige Meter weiter steht tatsächlich Emma mit dem Auto, sie hatte wohl den gleichen

Gedanken und hat schon gewartet. Die beiden Dunkelhäutigen schmeißen schnell die Taschen rein und steigen hinterher, die Frau gibt Gas und zusammen verschwinden sie aus der Stadt. Nur ein paar Minuten verstreichen und sie sind wieder auf dem Highway, langsam kennt Emma sich hier aus.

Die Insassen sind ziemlich fertig, nicht erschöpft, aber die Angst steckt ihnen in den Knochen.

Emma fährt so schnell wie es das Wetter zulässt, sie kann es aber nicht übertreiben, denn ein Unfall wäre jetzt das Letzte, was sie noch gebrauchen können, aber trotzdem hat sie es eilig und lässt den Motor sehr bedenklich aufheulen.

„Übertreib es bitte nicht, ich will zwar auch wieder ins Camp, aber schau dir den Regen an, du kannst ja kaum was sehen", sagt Leo völlig ruhig vom Beifahrersitz. Sie reagiert nicht auf seine Worte, fährt einfach weiter und wartet schon auf die Abfahrt, die immer noch ein Stück entfernt ist. Das Auto fängt an zu ruckeln und einige rote Lampen leuchten auf.

„Mensch Emma, ich habe dir doch gerade gesagt, du sollst es nicht übertreiben", schreit Leo zu ihr rüber. Die Fahrt wird immer langsamer und wenn sie aufs Gaspedal tritt, stockt der Wagen nur, eine kurze Zeit später stehen sie dann ganz und der Motor ist aus.

„Ich habe doch gar nichts gemacht", sagt sie jetzt, um sich wieder raus zu winden.

„Vielleicht ist der Sprit alle", kommt von hinten und Emma schaut böse in den Rückspiegel. „Es sieht wohl eher nach einer Panne aus", sagt Leo und greift sich den Autoschlüssel, um den Wagen wieder zu starten, aber mehr als ein paar Lampen gehen nicht mehr an. „Tja, dann müssen wir zu Fuß weiter", gibt Leo noch ziemlich trotzig von sich und steigt aus. „Und das mit den schweren Taschen tolle Sache." Kommt von Kiano und auch er steigt hinter Leo her. Emma sieht das die beiden sich draußen die Taschen umhängen und über die Leitplanke klettern. Sie selber sitzt noch im Auto und dreht den Schlüssel, aber weiterhin tut sich nichts. Also muss sie in den Regen, denn der hat auch nicht nachgelassen. Schnell erreicht sie die beiden anderen, die immer noch hinter der Seitenbegrenzung stehen und warten. „Wenn wir hier in den Wald reingehen, kommen wir sicher zum Feriencamp", sagt Kiano zum nachdenklichen Leo. Emma nickt darauf nur und Leo geht einfach los.

„Los kommt ihr zwei, das wird ein langer Marsch und vor allem ein Nasser." Auch Emma und Kiano setzten sich in Bewegung, sie gehen einfach hinter Leo her, erst über eine kleine Wiese und dann ab in den Wald, dort halten sie Ausschau nach einem Weg.

Sam wird wieder wach und merkt, dass sie diesmal liegt. Langsam öffnet sie die Augen, sie ist in einen dieser Stockbetten, die sie eben noch gesehen hat. Ihr Kopf ist völlig am Hämmern, jeder Gedankengang ist eine Qual. Sie will sich kurz ihre Augen reiben und merkt erst jetzt, dass sie ihre Arme wieder nicht bewegen kann. Unter schmerzen dreht sie ihren Kopf nach oben, dort wurde sie mit Handschellen ans obere Ende des Bettes festgemacht. Ihre Hände sind aber komplett verbunden, Vins hat sie doch tatsächlich verarztet.

„Nicht schon wieder", sagt sie leise und schaut sich langsam im Raum um. Von Vincent ist nichts zu sehen, wieder ist er verschwunden, also irgendwie die gleiche Situation wie vorher, nur das es diesmal ein wenig bequemer ist. Sie rüttelt ein wenig an den Handschellen und merkt schnell, dass die Stange vom Bett nicht gerade fest ist, sie hat wirklich eine Chance erneut zu entkommen.

Vom Nebenraum hört sie plötzlich jemanden gemütlich pfeifen, der Spinner ist also doch im Bunker und hat wohl beste Laune. Als sie an sich runter schaut, bekommt sie einen Schock, Vincent hat sie komplett ausgezogen, sie hat gar nichts mehr an und liegt hier splitternackt auf dem Bett. Was hat dieser Wichser bloß vor, sie gerät schon wieder in Panik. Der erste Gedanke, der ihr durch den Kopf geht, als Vincent mit einer Schale ins Zimmer kommt, ist das sie am liebsten tot wäre. „Bist du endlich wach geworden?" Fragt er sofort, als er nahe genug ans Bett gekommen ist. Unter Tränen versucht Sam das Gespräch zu führen.

„Bitte Vins, lass mich frei, ich werde auch den anderen nichts von dir erzählen." Aber der Typ steht einfach nur vor dem Bett, hat eine dampfende Schale in der Hand und schaut auf Sam hinab. Dabei fahren seine Augen immer wieder über ihren Körper.

„Du kannst hier nicht weg Sam, du gehörst jetzt mir und wenn du lieb und brav bist, werde ich dich vielleicht sogar losmachen." Nach den Worten verdreht Sam ihre Augen.

„Das kannst du nicht machen und wo sind meine Sachen?" Wieder schaut Vincent sie von oben bis unten an.

„Natürlich kann ich das kleine Sam, du kannst hier nicht entfliehen, das hier ist ein Bunker.

Also iss jetzt bitte deine Suppe und sei artig." Langsam setzt er sich aufs Bett und rührt dabei mit einem Löffel in der Schale. „Ich habe sie extra für dich gekocht." Sam ist ziemlich angewidert von dem Kerl und schaut auf die Wand der anderen Seite. Vincent rührt noch ein paarmal, füllt dann einen Löffel mit Suppe und führt ihn zu Sams Mund. Sie wehrt sich aber heftig, erst fliegt das Besteck zu Boden und kurz danach folgt die Schale. Vincent ist außer sich vor Zorn und knallt Sam eine direkt ins Gesicht. Diesmal hat er wenigstens die Handfläche genommen, trotzdem hat es sehr weh getan.

„Das ist also deine Dankbarkeit", sagt er jetzt immer noch zornig. „Ich hätte dich auch töten können, aber nein, ich koche dir sogar eine Suppe und kann jetzt alles aufwischen."

Er steht wieder auf, hebt die Sachen vom Boden und geht zurück in den anderen Raum. Sam hat kein Wort mehr gesagt, sie schaut weiter die Wand an und weint, nicht nur weil die Kopfschmerzen jetzt noch stärker sind, sondern weil dieser Spinner recht hat. Es gibt kein entkommen, ohne den Zahlencode kann sie die Tür nach draußen nicht öffnen. Eine kurze Zeit später ist auch ihr Peiniger wieder da und hat doch tatsächlich einen Eimer und einen Lappen mitgebracht. Grummelig fängt er an zu putzen, Sam schaut von oben zu und überlegt, wie sie hier entkommen kann. Sie fühlt sich nebenbei auch absolut unwohl, denn sie liegt ja immer noch nackt neben diesem Scheiß Kerl. Kaum ist der Boden sauber, verschwindet er und bringt die Sachen weg, das dauert aber alles nicht lange und er steht plötzlich wieder im Raum. Zuerst sagt er kein Wort, er schaut auch nicht auf

Sam, sondern in irgendeine Ecke. Dann läuft er zu dem Eingang vom Duschraum. Er bleibt aber vor dem Raumwechsel noch einmal stehen.

„Ich gehe jetzt kalt duschen, da stehe ich voll drauf, also bau bitte keinen Mist, das werde ich dann leider wieder bestrafen." Kaum hat er das gesagt, ist er auch schon verschwunden und kurz darauf hört Sam das Wasser. Wieder versucht sie, sich zu befreien, durchgehend rüttelt sie an der Stange, die immer ein wenig nachgibt aber mehr auch nicht. Sie muss es schaffen, sie will nicht auf den Penner warten.

„Ich dachte, sie wären tot", sagt Arlo zu der fremden Frau, die jetzt auch neben ihm auf der Bank in dem kleinen Haus sitzt. Sie schaut kurz zu ihm und ihre blauen Augen sehen traurig aus.

„Nein, ich bin nicht tot, aber ich wünschte, ich wäre es", antwortet sie ganz trocken. „Was haben sie denn da im See gemacht, ich stand da eben etwas länger." Wieder schaut sie Arlo mit dem gleichen Blick an. „Ich wollte mir das Leben nehmen, aber sich selber zu ertränken, funktioniert leider nicht." Arlo weiß gar nicht, was er darauf sagen soll, er kann es nicht verstehen wie diese Frau, die total unterkühlt ist, noch am Leben ist. Wie lange stand er am Ufer, 5 Minuten oder sogar noch länger? Niemand kann so lange die Luft anhalten.

„Warum wollten sie sich umbringen?" Fragt er sehr vorsichtig. Erst mal bekommt er darauf keine Antwort, die junge Frau schaut einfach nur in die Gegend und ist gerade wohl nicht wirklich anwesend. „Alle sind tot, ich habe als Einzige überlebt und wusste nicht mehr, was ich machen soll." Arlo rutscht ihr ein wenig näher, er will nicht, das sie sich fürchtet und sie tut ihm unheimlich leid. „Wo kommst du denn her?" „Ich komme aus Miami", kommt nur knapp als Antwort. Das war aber nicht was Arlo meinte, die Wohnorte sind wohl absolut uninteressant geworden, daher versucht er es noch mal, diesmal genauer. „Ich meinte damit, wo du die ganze Zeit warst, also vor der Sache mit dem See." Ein kleines lächeln kommt von dem Mädchen und auch sie rutscht noch ein wenig näher an Arlo.

„Wir hatten hier in der Nähe ein kleines Zeltlager. Dort wollten wir ein paar lustige Tage verbringen, das gesamte Schwimmteam unserer Uni. Den See haben wir uns ausgesucht, weil wir so auch noch ein wenig trainieren konnten. Es dauerte aber nicht lange und wir hörten komische Geschichten und unsere Handys gingen plötzlich nicht mehr. Unser Schwimmlehrer ist dann losgefahren, um Hilfe zu holen, aber er ist nie wieder gekommen und dann kamen diese Monster, man konnte nicht mit ihnen reden und es wurden immer mehr." Sie unterbricht kurz ihre Geschichte und fängt an zu weinen. Arlo legt einen seiner Arme um sie und versucht sie zu trösten. Eins ist ihm aber gerade klar geworden, dieser junge Mensch ist eine gelernte Schwimmerin, daher hat sie es geschafft, so lange unter Wasser zu bleiben und er ist einfach weiter gegangen, anstatt sie zu retten.

„Es tut mir leid", sagt er jetzt und sie schaut ihn wieder an. „Warum?" Fragt sie prompt zurück.

„Sie hatten doch gar nichts mit der Sache zu tun." „Das meine ich auch nicht, aber ich hätte sie gerade retten müssen, ich habe sie schließlich gesehen." Wieder bekommt Arlo ein kleines Lächeln von ihr und dann schaut sie gerade aus. „Sie konnten ja gar nicht wissen, das ich noch lebe, außerdem haben sie mich doch gerettet, denn ich habe sie gesehen und bin ihnen nachgelaufen. Aber wo war ich stehen geblieben? Ach ja, bei den Monstern. Sie fingen auf einmal an uns zu beißen, zuerst traf es Judy, ich habe immer noch ihre Schreie im Kopf. Dieser komische Freak hat ihr einfach ein ganzes Stück Fleisch aus dem Arm gerissen. Und so ging es dann weiter, immer mehr von meinen Freundinnen wurden angegriffen und gebissen. Sie lagen alle am Boden und diese Viecher waren über ihnen und haben gefressen. Die Restlichen haben dann versucht zu fliehen, aber es kamen immer mehr, am Ende konnte man dann gar nicht mehr sehen, wer noch am Leben war. Ich bin wohl als einzige entkommen und wollte mir dann das Leben nehmen."

Die Sätze fallen ihr sichtlich schwer, denn weiter ist sie bitterlich am Weinen. Arlo kann verstehen, was sie durchgemacht hat, aber eine wichtige Frage hat er noch.

„Bist du gebissen worden?" Die junge Frau schaut ihn wieder an, ihre Augen sind völlig nass. „Nein, ich hatte Glück, eines dieser Dinger hatte mich am Bein und wollte gerade beißen, als Linda neben mir zu Boden viel und direkt auf dem landete. Dadurch konnte ich mich losreißen und bin entkommen." Arlo könnte sich gerade für seine Frage Ohrfeigen, sie war zwar ziemlich wichtig, aber auch sehr herzlos.

„Ich heiße Arlo", sagt er nun und hält ihr die Hand hin. Langsam nimmt sie diese und schaut fast schon hoffnungsvoll zu ihm." Ich bin die Abigail und danke, das du da bist." Nach ihrem Namen lehnt sie ihren Kopf an Arlos Brust und fängt wieder an zu weinen.

„Du kommst jetzt mit mir, in einer Meile kommt ein großes Camp, ich habe da Freunde und da bist du erst mal sicher." Aber sie macht keine Anzeichen, sich von ihm zu lösen.

„Arlo, was ist passiert? Wo kommen diese Dinger her?" Genau auf diese Frage hat er gewartet und versucht so vorsichtig wie möglich, die junge Frau über alle Geschehnisse aufzuklären. Abigail hört unter schluchzten zu, sagt aber kein Wort. Arlo kann sich gar nicht vorstellen, was in ihr gerade vorgeht, schließlich erzählt er ihr vom Ende der Welt.

Leo, Emma und Kiano gehen weiter, bisher haben sie keine Pause eingelegt, zu wichtig ist das vorwärtskommen. Sie machen sich sehr große Sorgen um das Camp, alles ist heute schief gelaufen, sie wissen nicht mal, was da gerade geschieht und genau das treibt sie an. Kiano bleibt plötzlich stehen und schmeißt seine Tasche zu Boden.

„Ich kann nicht mehr, ich brauche eine Pause, es tut mir leid." Auch Leo legt seine Tasche auf den Waldboden und blickt zu Emma. „Okay, eine kleine Pause wäre nicht schlecht", gibt sie von sich und setzt sich auf einen Baumstumpf. Weiterhin ist es aus allen Wolken am Regnen, das interessiert aber nicht mehr. „Hey Kiano, du kommst doch von hier, ist das Wetter immer so krass?" Fragt Emma den am Boden sitzenden Mann.

„Ich bin vor kurzen erst wieder hier her gekommen, ich weiß nicht ob es die letzten Jahre auch so war." Emma zieht sich ihren nassen Pulli ein wenig nach oben und bedeckt damit ihren Mund. Dann packt sie in ihre Tasche und holt eine komplett durchgeweichte Schachtel Zigaretten raus.

„Fuck", sagt sie und schmeißt sie zu Boden. „Ist wohl ein guter Augenblick mit dem rauchen aufzuhören." Emma schaut nach den Worten böse zu Leo und denkt wieder an Arlo. Er hatte das ja auch schon mal gesagt, vielleicht haben die beiden ja recht. Wenn sie mit ihm zusammen bleiben möchte, dann sollte sie sich das echt überlegen. Aber kaum sind die Gedanken durch den Kopf, denkt sie auch schon wieder an Sam. Sie steht auf und schaut die beiden Männer von oben an.

„Los, wir müssen weiter, ich glaube nicht, das es noch weit ist." Ziemlich genervt stehen auch die beiden wieder auf, nehmen sich die Taschen und laufen los. Kiano ist ein wenig vor den beiden und hält plötzlich an. „Hier ist ein Weg", schreit er ihnen zu, denn der Wind weht so fest, das jedes Wort fast schon im Hals stecken bleibt. Auch die anderen stehen jetzt auf einem kleinen Trampelpfad.

„Es kann gut sein, das der Weg zum Camp führt, also müssen wir nach links", sagt Leo und schlägt sofort die Richtung ein. Kiano sieht man aber richtig an, das er nicht mehr kann, er ist ein wenig kleiner als Leo und bedeutend dünner gebaut. Emma nimmt ihm einfach die Tasche ab und hängt sie sich selber um. Zuerst ist er damit nicht einverstanden, aber ein Blick von ihr lässt jede Reaktion verstummen. Er bedankt sich noch kurz und stampft los.

Zusammen folgen sie nun den Verlauf des Weges, bis Leo plötzlich stehen bleibt und eine Hand nach oben hält.

„Stop ihr beiden da vorne ist was." Er legt die große Tasche auf den Boden und holt sich wieder eine Pistole raus. Auch Emma stellt ihre daneben und geht langsam hinter ihm her. Kiano hat die ganze Sache gerade nicht wirklich verstanden und bleibt einfach bei den Taschen.

„Was ist Leo?" Fragt Emma sehr leise. Leo dreht sich kurz zu ihr um.

„Ich glaube, da vorne laufen Kranke, ich bin mir nicht sicher, aber ich habe was gesehen."

Ohne zu antworten geht Emma ein Stück vor und schielt in den Regen. Sie kann nichts erkennen aber Leo bleibt bei seiner Meinung und schleicht weiter. Aus ihrem Stiefel holt sie jetzt das Messer, es ist wohl besser nicht zu schießen, wer weiß wie viele von denen hier noch durch den Wald streifen. Ein kurzes Stück weiter sehen sie jetzt mindestens zwei Kranke auf dem Weg. Die beiden gehen sehr langsam und hängen dicht zusammen. Noch ein paar Meter weiter werden die immer realer und Emma hält ihr Messer ganz fest in der Hand. Leo befindet sich noch ein Stück vor ihr und bleibt einfach stehen. Das war jetzt aber mehr als nur knapp, Emma ist beinahe mit dem Messer hinten rein gelaufen.

„Verdammt Leo, soll ich dich abstechen?" Aber Leo antwortet nicht, er achtet gar nicht auf ihre Worte, sondern starrt weiter gerade aus, genau auf die beiden vor sich.

„Stehen bleiben", schreit er auf einmal und Emmas Herz bleibt beinahe stehen, die beiden Gestalten halten an. Ganz langsam drehen sie sich um und starren genau so bekloppt wie die beiden anderen.

„Arlo" schreit Emma und rennt wie eine Verrückte auf die beiden zu. Arlo kann es nicht fassen, das ist sie wirklich, er lässt Abigail los und geht ihr entgegen und beim Aufeinandertreffen umarmen sich die beiden. Ohne Rücksicht auf irgendwas anderes küsst Emma Arlo einfach. Leo kommt jetzt auch näher und zieht die beiden auseinander.

„Hey mein Freund, was machst du hier?" „Leo" antwortet Arlo und umarmt auch ihn.

„Das Gleiche könnte ich euch auch fragen, was sucht ihr hier mitten im Wald?" Von hinten kommt Kiano langsam näher und lässt neben sich die Taschen fallen. „Wer ist das?" Fragt Arlo sofort.

Aber auch Abigail kommt langsam näher und trifft auf die anderen. „Und wer ist das" fragt Emma. Da beide jetzt auf eine Antwort warten, fängt Arlo einfach an.

„Das ist Abigail, ich habe sie im Wald gefunden, oder besser sie mich. Sie ist aus einem Zeltlager geflohen, wo leider alle gestorben sind." Leo und Emma gehen zu ihr rüber und geben ihr sehr freundlich die Hand, dabei sagen sie auch ihren Namen.

„Hast du Sam gefunden Arlo?" Fragt Emma so ganz beiläufig. „Nein habe ich nicht. Ich hoffe aber, dass sie wieder im Camp ist. Ich habe mich völlig verlaufen und habe dann diesen Weg hier gefunden, der geht direkt zurück. Aber jetzt erzählt mal, wer ist der Kerl und was habt ihr da in den Taschen?" „Hör mal Arlo" beginnt Leo „das mit Sam tut mir leid, ich hoffe auch, das sie schon wieder im Camp ist. Aber raste jetzt bitte nicht aus, das hier ist Kiano, das ist unser geheimnisvoller Maskenmann aus Olustee."

Emma stellt sich plötzlich neben Leo und versperrt somit den Weg zu dem Neuankömmling. Arlo bleibt aber ruhig und schaut an den beiden vorbei.

„Das ist er also? Ich hatte mir den wirklich anders vorgestellt. Und in den Taschen habt ihr die Waffen?" Die beiden sind über Arlos Reaktion verwundert, schließlich haben sie ihm gerade jemanden vorgestellt, der ihn töten wollte. „Ja, das sind die Waffen, es sind genug um das Camp zu schützen", sagt Leo. „Gut" antwortet Arlo. Er winkt Kiano einmal zu und dreht sich wieder zu Abigail um, die ziemlich eingeschüchtert an der gleichen Stelle steht.

„Jetzt hast du ein paar aus dem Camp kennengelernt, wir sind aber noch mehr und der Rest ist genau so nett." Abigail versucht es mit einem lächeln, was sie aber nicht wirklich gut hinbekommt. Bevor sie alle weiter gehen dreht sich Arlo noch mal um.

„Eins verstehe ich an der ganzen Sache nicht, habt ihr die Waffen zu Fuß geholt?" Emma ist das ziemlich peinlich, trotzdem will sie die Sache mit Arlo klären. „Nun ja, wir haben dein Auto genommen, damit wir nicht sofort auffallen. Dummerweise ist mir das Teil auf dem Rückweg kaputt gegangen. Es war wohl meine Schuld, bin einfach zu schnell gefahren und das Auto ist einfach ausgegangen." „Ihr habt meinen Chevy genommen?" Fragt Arlo belustigt. Leo und Emma nicken beide unschuldig.

„Und der ist während der Fahrt einfach aus gegangen?" Wieder nicken die beiden Arlo zu. „Dann habt ihr ja noch Glück gehabt. Die Karre wollte von Anfang an nicht wirklich, hatte öfters eine Panne und war sehr oft in der Werkstatt. Also alles gut, es ist nicht deine Schuld Emma."

Arlo geht wieder an die Seite von Abigail und nimmt sie in den Arm. Emma schaut noch einmal böse zu Leo, der aber einfach wegschaut, mit einem grinsen im Gesicht. Zusammen machen sie sich auf den Weg, es ist nicht mehr weit und sie wollen auch endlich ankommen. Hin und wieder schaut Emma ziemlich düster in die Richtung von Abigail, weil sie gerade das bekommt, was sie total nötig hat, Liebe und Geborgenheit von Arlo.

Sam hat es leider nicht geschafft, ihrer Situation zu entfliehen. Mit großer Angst hat sie mitbekommen, das Vincent das Wasser abgestellt hat und mit lauten Pfeifen hinten herum läuft oder was auch immer er gerade macht. Leider dauert es nicht lange und der Kerl kommt wieder in das Zimmer. Er trägt nur eine Hose, der Oberkörper total beharrt, ist nackt und Socken oder Schuhe hat er auch nicht an. Er nimmt aber keine Notiz von ihr und geht einfach einen Raum weiter. Sam rüttelt noch mal ein wenig fester an ihren Handschellen und wieder kommt sie nicht los. Sie hört irgendwelche Glas oder Flaschengeräusche von neben an, Vincent macht irgendwas zu trinken und das würde sogar sie nicht ablehnen, denn sie hat richtig Durst. Einen Moment ist es komplett still, dann kommt Vins mit einer Flasche Whiskey in den Schlafraum zurück und setzt sich neben Sam aufs Bett. Zuerst trinkt er einen großen Schluck und reicht sie ihr dann rüber.

Anstatt zu antworten, nickt sie einmal kurz und Vins hält ihr die Pulle an den Hals. Sie trinkt auch einen großen Schluck, der aber sofort In der Kehle brennt, das Zeug scheint ziemlich stark zu sein und als er sie wegnimmt, fängt sie an zu husten. „Ist gut nicht wahr?" Fragt er und Sam nickt ein weiteres mal. Er nimmt noch mal einen großen Schluck und stellt die Flasche auf den Boden. Vincent dreht seinen ganzen Körper in ihre Richtung und schaut sie an, mit der rechten Hand fängt er an sie zu streicheln. Erst an der Seite, dann auf dem Bauch und langsam geht er immer höher zu ihren Brüsten. Sam bleibt bei der ganzen Sache ziemlich ruhig.

„Vins ich möchte das nicht, also lass das bitte", sagt sie im normalen Ton. Sie bekommt gar nicht mit, wie sehr sie am ganzen

Körper zittert. Er zieht seine Hand doch tatsächlich weg und schaut sie einfach nur an. Er hebt die Flasche wieder hoch und trinkt den nächsten Schluck, dann hält er sie ihr auch noch mal hin, aber Sam möchte nichts mehr.

„Sam" beginnt er nun „ich weiß genau das du das auch willst. Ich sehe das doch, dein ganzer Körper zittert vor lauter Geilheit und wenn du jetzt brav mitmachst, dann binde ich dich vielleicht auch los. Ich habe dich gestern Abend schon beobachtet, wie du es mit den beiden Frauen getrieben hast, das hier ist fast das gleiche." „Nein Vincent, ich möchte das nicht und du weißt auch, dass man so was nicht gegen den Willen eines anderen macht. Wenn du mich losmachst, bin ich dir sehr dankbar und werde mich sicher auch erkenntlich zeigen."

Eine kurze Zeit herrscht Stille im Raum, sie wartet auf eine Antwort und weiß jetzt auch, dass er es gestern Abend wirklich war, der bei Jessi und Sarah durch das Fenster gespannt hat. Aber anstatt etwas zu sagen, zieht er einfach seine Hose aus und schmeißt sie ins Zimmer, darunter trägt er nichts weiter und Sam sieht sofort, das er völlig geil auf sie ist.

„Vins bitte?" Fleht Sam mittlerweile und auch neue Tränen treten in ihre Augen.

„Halt deine verdammte Fresse" bekommt sie nur zurück „ihr Scheiß Frauen seit doch alle gleich, du bist nicht die Erste, die ich hier unten habe. Alle haben geweint und gefleht und mir Sachen versprochen und ich habe sie alle gebrochen." Er trinkt noch mal einen Schluck aus der Flasche und schmeißt sie mit voller Wucht auf den Boden. Die Pulle schlägt einmal hart auf und zerbricht in zwei Hälften. Der restliche Whiskey ergießt sich auf dem Boden und er beruhigt sich wieder ein wenig. „Ich kann das gleich sauber machen, mach mich einfach los und wir werden schon zusammen auskommen. Ich bin nicht wie die anderen, glaub mir doch einfach", versucht es Sam auf eine andere Art. Wieder fängt er an, sie zu berühren, diesmal geht er auch an ihre Brüste und beginnt sie zu kneten.

„Bitte Vins, mach das nicht", kommt noch von ihr, aber er hört gar nicht mehr zu. Mit seiner zweiten Hand geht er ihr zwischen die Beine,

Sam versucht sich zu wehren, aber er ist viel zu stark, sie schafft es nicht mal die Beine zusammen zu pressen. Sofort reißt er sie wieder auseinander. Sie merkt leider, dass sie feucht wird, sie will das gar nicht, der Kerl ekelt sie einfach nur an, aber es passiert und genau das hat das Schwein gerade mitbekommen. Er steht aber noch mal auf und stellt sich vor sie hin und spielt sich an seinem Teil, dabei macht er ziemlich unausstehliche Geräusche.

Sam ist gerade dabei, ihre Beine zu schließen, als er wieder runter kommt und sie auseinanderreißt. Dann legt er sich von oben dazwischen und liegt mit seinem Bauch auf ihren. Sie versucht sich nun wieder ein wenig mehr zu wehren, aber egal was sie macht, sie hat keine Chance. Er atmet ziemlich schwer, dabei knetet er ihre Brüste und versucht sie auch noch zu küssen. Aber Sam reagiert darauf sofort und beißt ihn in die Lippe und zwar so fest, das es anfängt zu bluten.

„Du verdammte Schlampe", schreit er sie an und haut ihr wieder vor den Kopf. Leider verliert Sam aber nicht das Bewusstsein und muss diesen Wichser noch weiter ertragen. An ihrer Scheide spürt sie seinen Penis, er ist wohl einfach zu blöd, sein scheiß Teil in sie einzuführen, er macht nämlich die ganze Zeit Bewegungen, als ob er schon am Vögeln wäre. Sam nimmt alle Kraft, die sie noch hat und reißt unter starken schmerzen an ihren Armen. Die Stange löst sich ein wenig, aber es reicht leider nicht, sie zieht sich immer wieder zurück. Sie versucht es trotzdem weiter und bekommt kaum noch mit, das Vins ihre Beine nach hinten streckt und nun mit seinem Penis in sie eindringt. Sie spürt unten kurz einen Schmerz, weil vorsichtig hat der Penner das natürlich nicht gemacht. Sie konzentriert sich aber weiter auf ihre Arme, sie möchte auch nicht mitbekommen, dass der Kerl sie gerade nimmt. Vincent schnallt es gar nicht, das sie versucht sich zu befreien, er stößt einfach immer wieder zu und fängt laut an zu stöhnen. Trotz das Sam weiter versucht loszukommen, spürt sie sein Teil ziemlich tief in sich drin, wäre die Situation jetzt anders und der Kerl nicht Vincent, würde es ihr vielleicht sogar Gefallen. Einen Moment denkt sie darüber nach, wie es wohl anderen Frauen ergeht, die vergewaltigt werden, ob sie wohl Lust dabei empfinden oder einfach nur nachgeben. Sie hatte sich damit noch nie beschäftigt, warum auch man bekommt so was ja gar nicht mit.

Ihre Arme sind weiterhin fest mit dem Bett verbunden, mittlerweile hat sie aber aufgegeben, an ihnen zu ziehen, der Schmerz ist einfach zu groß geworden. Durch Vincents Bewegungen wackelt das ganze Gestell und sie möchte einfach nur noch das es endet. Sie spürt weiter seinen Penis, nebenbei knetet er auch wieder ihre Brüste, er hat wohl seinen Spaß. Jede Gegenwehr hat keine Auswirkungen mehr, daher lässt sie es jetzt einfach mit sich geschehen, sie hofft einfach nur, dass der Kerl wegen der Anstrengungen krepiert.

Kaum hatte sie diesen Gedanken gehabt, hält Vins an und schaut zu ihr hoch.

„Sam, du bist so toll, ich liebe dich und das schon seit dem ersten Tag unten am Auto. Ich verspreche dir, das ich dich gleich losmache, aber auch nur, wenn du jetzt mit machst." Damit hat sie nicht gerechnet, sie malt sich kurz ihre Chancen aus und hofft das er nicht lügt. Sie schaut nach unten auf den Boden, da liegt immer noch die kaputte Flasche und der Whiskey hat sich schon überall verteilt, dann blickt sie wieder auf ihren Peiniger.

„Wenn du mich jetzt sofort losmachst, dann darfst du mich ohne Gegenwehr zu Ende ficken", sagt sie nun. Sie hofft natürlich, dass der Kerl wirklich so dumm ist wie er tut und wartet auf eine Antwort. Vincent zieht sein Teil aus ihr raus und steht auf, geht einmal durch den Raum zu seiner Hose und holt einen kleinen Schlüssel aus der Tasche. Sofort kommt er zurück ans Bett und legt sich auf Sam, die wegen dem Gewicht kurz aufstöhnt. Mit dem Schlüssel öffnet er doch tatsächlich die Handschellen und sie kann sich wieder frei bewegen.

„Ich nehme dich beim Wort Sam, du weißt das ich stärker bin und das bekomme, was ich will. Es liegt jetzt an dir, wie das Ganze zu Ende geht." Jetzt steckt Sam voll in einem Dilemma, sie ist zwar jetzt frei, aber er hat auch Recht, viel machen kann sie trotzdem nicht, sie muss ihn in Sicherheit wägen, damit er unvorsichtig wird. Warum die Chance nicht einfach ausnutzen, es einfach überstehen und auf die ganz bestimmte Situation warten.

„Okay" sagt sie nur und lächelt einmal, dann macht sie ihre Beine breiter und wartet auf eine Reaktion. Vincent küsst ihre linke Brust und steckt diesmal sogar ein wenig vorsichtiger seinen Penis wieder rein. Er beginnt auch sofort mit dem Akt, was aber ein wenig langsamer geworden ist, er will ihr wohl nicht mehr weh tun. Einen kurzen Moment denkt Sam noch mal nach, sie will sich ihn nun wirklich hingeben, es zulassen das er sie fickt und wenn er seinen Spaß hatte, wird sie ihn töten, da ist sie sich ganz sicher. Wieder spürt sie seinen Penis in sich und fängt leise an zu stöhnen, sie schließt aber ihre Augen und stellt sich vor, dass er ein anderer ist. Seine Bewegungen werden schneller und er küsst sie jetzt auch noch. Aber sogar da macht sie einfach mit, denn alles andere würde die Situation wieder verschärfen. Vincent wird immer schneller und schneller und er küsst Sam total wild, ihre endlich befreiten Arme liegen seitlich neben dem Bett, sie möchte diesen Kerl damit nicht berühren. Einige Minuten später täuscht sie einen Höhepunkt vor und schreit einmal sehr laut durch den Bunker, was Vincent noch Leichtsinniger macht, er zieht seinen Penis raus, dreht sie mit Leichtigkeit auf den Bauch und nimmt sie von hinten. Sam kann es nicht fassen, dieser Kerl ist so ein Wichser, wann ist er denn endlich fertig. Mehr als schmerzen fühlt sie auch nicht mehr, denn sein stoßen wird heftiger. Aber das Ganze dauert nur noch einen Moment, ein paar Augenblicke später spritz Vincent seinen Saft ab und wird sofort langsamer. Er zieht seinen Penis raus und sackt erschöpft zusammen, Sam dreht sich um und schaut ihn an. Das ist genau die Gelegenheit, auf die sie gewartet hat, sie springt aus dem Bett und geht schrittweise nach hinten. Als Vincent das mitbekommt, steht er auch auf und schaut sie mit unschuldigen Augen an. Sam weiß genau, wo sie hin will, an ihrem linken Bein fühlt sie die Samen von ihm herunterlaufen und könnte echt kotzen, aber sie wartet noch kurz. Langsam kommt Vincent ihr näher und lächelt.

„Das war echt der Hammer, das war die beste Fotze, die ich bisher hatte." Sam lächelt noch einmal zurück. „Ja Vins, es war auch die letzte Fotze, die du jemals hattest." Sie bückt sich kurz, hebt einen Teil der kaputten Flasche vom Boden, springt mit einem Satz nach vorne und rammt dem Kerl die Bruchstücke direkt in die Brust. Vincent geht ein paar Schritte nach hinten, schaut an sich runter und packt an die

Stelle, er schafft es aber nicht es raus zuziehen und aus seinem Mund rieselt Blut. Er blickt noch mal auf Sam und fällt dann zu Boden, wo er auch regungslos liegen bleibt. Sie geht einmal näher und schaut zu ihm runter, seine Augen stehen offen, diesmal ist er wohl wirklich tot und Lennart kann ihn nicht mehr retten...

Kapitel 39

Nicht mal 20 Minuten ist die kleine Gruppe bisher unterwegs und die beiden vorne sehen den ersten Ausguck. Endlich hat auch der Regen nachgelassen, nur der Wind ist noch ziemlich kräftig. Arlo und Abigail halten an und warten auf die anderen.

„Da oben ist wohl keiner mehr", sagt er zu den anderen. „Die sind wohl wegen dem Wetter geflohen", gibt Leo von sich. Nur Emma sieht das anders, ihr gefällt das nicht wirklich und schaut dementsprechend auch sehr nachdenklich. „Wir sollten vorsichtig sein, ich habe da ein schlechtes Gefühl", sagt sie auf einmal und Arlo, der gerade losrennen will, bricht seine Aktion wieder ab. „Was meinst du Emma?" Fragt er ziemlich irritiert. „Es ist zu ruhig, wie spät ist es?"

Leo schaut auf seine Armbanduhr. „Gerade mal 7 Uhr, aber ich glaube du übertreibst, die sind sicher alle nur wegen dem Unwetter geflohen." „Trotzdem sollten wir vorsichtig sein", widerspricht ihm Emma. Langsam gehen sie weiter und passieren den Hochsitz und erreichen fast schon das erste Haus. Eine sehr starke Windbö kommt den fünf entgegen und lässt sie stehen bleiben.

„Habt ihr das gehört?" Fragt Emma. Keiner antwortet auf ihre Frage, dafür sind sie aber alle ruhig und lauschen. „Ja Emma, jetzt habe ich auch was gehört", sagt Arlo plötzlich und zieht seine Waffe. Leo ist weiterhin der Meinung, dass alles in Ordnung ist, bleibt aber trotzdem bei den anderen. Kiano ist derjenige, der an die Tasche von

Emma geht und 2 Sturmgewehre raus holt. Eins reicht er Arlo hin, der seine Pistole sofort wieder wegsteckt und die größere Waffe nimmt, die andere behält er selber. Endlich ist auch Leo bereit, sich den anderen anzuschließen. Seine Tasche landet auf dem Boden und er holt 2 weitere Sturmgewehre heraus, das eine für sich, das andere für Emma.

„Könnt ihr mit den Dingern umgehen, das ist was anderes als ein normales Gewehr, die Teile haben voll den Rückstoß", versucht Kiano zu erklären. Abigail wird von Arlo nach hinten verfrachtet, sie selber möchte keine Waffe, was sicher auch besser ist. Alle sind bereit, Kiano zeigt jedem noch, wie man die Sicherung löst und dann geht es auch schon los.

Emma und Leo schleichen leise zu Haus Nummer 13. Kiano bleibt an der Seite von Arlo, zusammen laufen sie zum Ufer, genau gegenüber der anderen. Abigail ist durchgehend in der Nähe von ihrem Retter.

„Runter Arlo" flüstert Kiano und alle drei gehen in die Hocke und sehen endlich, was wirklich im Camp los ist. Bei Haus Nummer 2 sind doch tatsächlich ein paar Kranke, sie schlürfen hin und her und sind ziemlich orientierungslos. Auch an dem Wohnzimmerfenster steht einer und kratzt mit seinen Fingern an der Scheibe, jetzt haben auch Emma und Leo sie gesichtet. Sie schleichen ein Haus weiter und sind nun bei Nummer 12, ohne Deckung können die anderen aber nicht weiter, auf der linken Seite geht es steil nach unten und der Camper von Sofia ist einfach noch zu weit weg. Daher schleichen sie wieder zurück zu den Häusern, Arlo ist aber nicht wirklich bei der Sache, denn anstatt weiter vorzurücken, geht er leise in sein Zuhause und ruft nach Sam. Kiano total konfus, läuft einfach hinter her und auch Abigail ist jetzt im Inneren.

„Mist", sagt Arlo nur und will sich gerade wieder raus machen, kommt aber an den anderen nicht vorbei. „Sollen wir die Kleine nicht besser hier lassen?" Fragt Kiano und bei Abigail steigt Panik auf. „Nein, ganz sicher nicht, es ist zu gefährlich alleine im Haus, sie bleibt schön bei mir", antwortet Arlo. Sofort erhellt sich die Miene des Mädchens und die drei gehen wieder raus.

Emma und Leo sind schon bei Haus Nummer 8 angekommen, bisher hat auch noch keiner der Kranken auf sie reagiert. „Los wir gehen hinten herum", sagt Arlo und setzt sich sofort in Bewegung. An der Rückseite des Hauses geht die Reise weiter, immer von einer Bude zur nächsten und es dauert auch nicht lange, bis sie die beiden eingeholt haben. Emma und Leo hocken an der Vorderseite von der 4. Arlo und Kiano auf der anderen Seite hinten. Abigail dient mittlerweile als Überbringer von Nachrichten und bewegt sich zwischen den beiden Gruppen hin und her. Allen ist jetzt klar, wie viele Kranke sich hier befinden. Vor dem Haus sind vier plus einer am Fenster und hinten sind auch noch mal drei. Laut Plan von Emma wollen sie alle zusammen losschlagen, so ist die Gefahr am geringsten. Wichtig ist nur, dass keiner näher kommt und die Möglichkeit bekommt, jemanden zu beißen.

Leo hebt seine Hand und zählt mit den Fingern runter, bei 0 soll der Angriff starten. Nur haben die fünf nicht mit Milo gerechnet, der plötzlich am Fenster auftaucht, die Bewaffneten entdeckt und wenig später aus der Tür nach draußen kommt. Die Kranken ändern sofort ihr untätiges Dasein und laufen in seine Richtung, auch die 3 von hinten setzten sich in Bewegung und Arlo legt sein Gewehr an. „Immer nur kleine Stöße Arlo", sagt Kiano noch und das Feuer beginnt. Vorne fangen Emma und Leo an zu schießen, die ersten Schüsse gehen aber komplett daneben, Kianos Worte sind wohl nicht wirklich angekommen. Milo ist im Haus verschwunden, Eve hat ihn sofort wieder reingezogen und die Tür geschlossen, aber der Überraschungseffekt ist dadurch leider verpufft. Arlo und Kiano sind dabei die Kranken zu erledigen, den beiden gelingt es aber bei weiten besser, der erste liegt schon getroffen am Boden und der Nächste folgt kurz danach. Einer ist noch übrig, aber vorne sind weiterhin alle fünf unterwegs. Emma geht jetzt in die Hocke und zielt ein wenig genauer, aber Leo schießt munter weiter und hat den ersten in den Arm getroffen. „Verdammte Kacke, ich kriege das nicht hin" schreit er und sieht mit erschrecken das die immer näher kommen.

Hinter dem Haus ist aber alles klar, alle drei liegen im Gras, getötet durch saubere Kopfschüsse. Daher rennt Arlo und ein wenig später auch Kiano nach vorne, sie kommen natürlich von der Seite, wo sie sofort die ersten beiden ohne große Mühe erlegen. Emma hat es endlich geschafft, den ersten zu erschießen, es bleiben aber immer noch zwei, die jetzt schon am Eingang von Haus 4 angekommen sind. Schnell legt sie ihre Waffe zur Seite, zieht ihr Messer aus dem Stiefel und springt den Ersten, der sich nähert wie eine Wilde an. Der fällt zu Boden und Emma haut mit aller Kraft die Klinge in den Kopf. Da Leo es immer noch nicht schafft zu treffen und er der Überzeugung ist, das seine Waffe kaputt ist, springt auch er nach vorne, dreht im Sprung das Gewehr in der Hand und drischt mit voller Wucht den Kolben auf den anderen, der sofort zur Seite fliegt. Aber damit ist die Sache nicht zu Ende, er hechtet hinter her und knallt den Kolben ein weiteres mal auf den Kopf, bis nichts mehr davon übrig ist. Zur gleichen Zeit kommen auch die anderen drei um die Ecke gelaufen und bleiben sofort stehen.

„Was geht denn hier ab?" Fragt Kiano sofort, als er das elend betrachtet. Leo schaut ihn an und grinst. „Mein Gewehr ist kaputt, das schießt nicht gerade aus." Die Tür von Haus 4 öffnet sich wieder und Eve kommt kreidebleich nach draußen.

„Endlich seid ihr wieder da, diese Kranken lungerten schon ziemlich lange hier herum und alle hatten Angst. Wir haben die ganze Zeit gehofft, dass keiner reinkommt, aber auch um die anderen Häuser haben wir uns Sorgen gemacht." Weiter vorne geht noch eine Tür auf und Yvonne, Sarah und Jessica kommen angerannt. Sie sind so froh, das die Sache ein Ende hat und vor allem, das die Gefahr vorbei ist. Yvonne fragt sofort nach Sam und Arlo kann leider keine guten Nachrichten überbringen. Jetzt weiß er aber auch, dass er selber keine bekommt. Sam ist wohl nicht wieder zurückgekommen. Nach ihrer Frage geht Yve direkt zu Leo und umarmt ihn sehr lange, sie hat sich große Sorgen um ihn gemacht. Jessica und Sarah schauen sich an, die beiden Leiden mehr als sie zugeben möchten.

Erst jetzt bemerken die anderen das zwei neue Gesichter mit in der Gruppe sind und wollen natürlich auch sofort wissen, wer die sind. Nach einer kurzen Erklärung sind aber alle Fragen schnell gelöst. Sofia ist auch wieder agiler und zu den anderen gestoßen, nimmt Abigail sofort mit nach Hause und kleidet sie neu ein. Vorher hat sie aber Arlo noch für ihre Rettung beim Sägewerk gedankt und ihm wegen Sam Mut zugesprochen. Auch die anderen brauchen unbedingt neue Sachen, nicht das sie noch krank werden, das kann gerade keiner gebrauchen. Das Ganze dauert natürlich nicht lange und kurz darauf treffen sie sich im Lager zu einer neuen Lagebesprechung. Das die junge Familie aus Nummer 5 verschwunden ist, wurde irgendwie vergessen zu erwähnen, aber es hat auch keiner nachgefragt. Die Küche des Lagers ist wieder gefüllt mit Menschen, Leo und Yvonne stehen in der hinteren Ecke Arm in Arm, sie machen aus ihrer Sache kein Geheimnis mehr, trotzdem schaut Yve sehr oft nach Arlo. Der sitzt direkt in der Mitte auf der Theke und diskutiert leise mit Emma. Nicht weit daneben befinden sich Sofia, Jessica und Sarah in einem Gespräch verwickelt und die beiden Neuen stehen am Ausgang und betrachten alles nur. Eve wurde auch zur Besprechung geladen, sie hat es aber vorgezogen, bei ihren Kindern zu bleiben. Mitten in dem ganzen Gequatsche klopft es auf einmal an der Tür und Kiano öffnet, ohne vorher darüber nachzudenken. Vor dem Eingang steht Sayana mit einer Bibel und bittet um Einlass.

Das erste, was Sam nach ihrer Erlösung getan hat, war eine Dusche zu nehmen, ihr war es auch egal, dass von oben nur kaltes Wasser kommt, Hauptsache der Dreck von dem Penner wurde abgewaschen. Ihr ging es von Sekunde zu Sekunde schlechter, sie konnte einfach nicht begreifen, wie ein Mensch einen anderen so was antun kann. Aber sie hatte ihre Chance gesucht und auch bekommen, dieses Schwein hat sie vergewaltigt und dafür seine gerechte Strafe erhalten. Nach der Dusche hat sie in einem der Spinde ein Handtuch gefunden, mit dem sie sich schnell abgerubbelt hat. Jetzt steht sie nur mit ihren Hauspantoffeln bekleidet am Ausgang des Duschraumes und ist am Nachdenken. Sie brauch unbedingt was zum Anziehen, im Schlafraum liegt immer noch der tote Vins, mittlerweile aber in einer großen Blutlache. Sie schenkt dem Kerl keine Aufmerksamkeit und geht zum ersten Schrank, der sich hier im Raum befindet. Indem findet sie aber leider nur Bettwäsche und im Nächsten das gleiche Bild. Wenn sie wenigstens schon mal ihre Unterwäsche hätte, aber der Kerl hat sie echt gut versteckt. Der letzte Schrank ist dran, nach dem Öffnen schaut sie ein wenig irritiert, denn der ist tatsächlich voll mit Frauen Sachen. Kurz erinnert sie sich an Vincents Worte, sie wäre nicht die Einzige gewesen, die er hier unten hatte und ein Schaudern überkommt ihren Körper. Es nützt aber nichts, sie sucht sich passende Sachen heraus und zieht sich an. Mit einem blauen engen Kleid wechselt sie in den nächsten Raum und geht als erstes zur Treppe. Sie hat natürlich nicht erwartet, dass die Tür nach draußen offen ist und läuft zurück.

In der Küche findet sie eine Flasche Mineralwasser, auf die sie sich auch sofort stürzt. Dann schaut sie sich um, der Bunker ist tief in der Erde und komplett mit Beton umgeben, die Tür an der Treppe scheint wirklich der einzige Ausgang zu sein und da Lennart weiterhin gefangen ist, kommt sie hier nicht raus. Sie durchsucht jeden einzelnen Schrank, erst in der Küche und auch im Wohnbereich. Den Schlafraum hat sie ja schon hinter sich, trotzdem befindet sie sich wieder genau in diesem Raum. Die Hose von Vins hat es ihr angetan, vielleicht findet sich ja dort irgendwas. Aber leider sind alle Taschen leer, der kleine Schlüssel von ihren Handschellen war wohl das Einzige, was sich darin befunden hat.

Der nächste Raum ist das Lager, also macht sie sich auf den Weg und schaltet das Deckenlicht an. Jetzt sieht sie auch endlich, was sich hier befindet, alle Regale sind bis oben hin voll mit Lebensmitteln. Kurz verflucht sie Lennart und sogar Vincent bekommt ein paar Worte ab. In einer Ecke befindet sich aber noch eine fette Tür mit einem Radverschluss, auf den ersten Blick sieht es so aus wie ein riesiger begehbarer Kühlschrank. Ihre Neugierde ist ziemlich groß, also macht sie sich auf und dreht an dem Rad, kaum hat sie das getan, öffnet sich auch schon das schwere Teil und sie kann ein Auge riskieren. Die erste Reaktion ist ein lauter Schrei, sie hält sich die Hände vors Gesicht und kann es nicht fassen. Einen kurzen Augenblick später schaut sie ein zweites mal hinein, anstatt irgendwelche Kühlsachen zu erwarten, liegen hier mindestens 5 nackte Frauen, alle tiefgefroren.

„Dieses verfickte Schwein", sagt sie und schließt die Tür, er hat also nicht gelogen, aber er hat sie alle umgebracht und weggesperrt. Wie kann man nur so pervers sein, sie fragt sich gerade, ob Lennart das wusste. Sie verlässt das Lager und macht auch die Zwischentür zu, der Schock sitzt tief, sie wäre sicher die Nächste geworden. Wieder im Wohnbereich angekommen, öffnet sie erst mal eine Flasche Whiskey und nimmt sich einen großen Schluck. Abermals muss sie husten, aber die innere Wärme war es wert. Verhungern wird sie wohl nicht, das ist schon mal klar, in Sicherheit ist sie auch, aber sie möchte trotzdem so schnell es geht hier raus, nur der Weg ist ihr noch nicht eingefallen. Auf einem Regal zu ihrer Rechten stehen ein paar Bücher, die sie nun betrachtet. Sie weiß zwar nicht, wie sie darauf kommt, aber was soll sie auch anderes machen. Das Erste mit dem Titel „dem Verbrechen auf der Spur" liegt wenig später in ihren Händen. Aber anstatt darin zu lesen, blättert sie einfach nur die Seiten durch und nimmt vom Inhalt keine Notiz, irgendwie ist ihr gerade was eingefallen, sie schaut noch mal auf den Titel und schmeißt das Buch weg. Schnell rennt sie in die Küche und durchsucht die Schränke und ein wenig später hat sie genau das, was sie braucht, einen Behälter mit Mehl.

Mit dem läuft sie schnell zur Treppe, hechtet die Stufen nach oben und bleibt vor dem Zahlenfeld stehen. Sie greift einmal in die Plastikdose und nimmt sich eine Handvoll heraus, danach pustet sie in ihre Handfläche und lässt das Mehl verschwinden. Das Tastaturfeld selber ändert seine Farbe und wird komplett Weiß. Sie kann aber jetzt genau erkennen, welche Tasten am meisten gedrückt wurden.

Auf der 0 hat sich das Mehl kaum gehalten und Sam wundert sich ein wenig, warum ist es nur eine?

Sie probiert einfach viermal hintereinander die 0, drückt dann auf die große Taste und oben im Display erscheint das Wort „Open". Sie kann es nicht fassen, ist aber gerade auch ein wenig sauer auf sich selbst, denn das Rätsel war so einfach. Von unten hört sie ein Geräusch, aber richtig interessiert sie sich nicht dafür, sie starrt einfach nur auf die schräge Tür, die sich nicht wirklich öffnet und der Schriftzug auf dem Display ist verschwunden. Schnell versucht sie es wieder, aber es ist das gleiche wie vorher, nur ein „Open", aber nichts passiert. Sie drückt sehr fest gegen die Tür, die sich aber nicht bewegt, sie muss noch irgendwas vergessen haben.

Das Display ist aus und von unten kommt schon wieder ein Geräusch, sie geht kurz die Treppe runter und sieht, das ihre Flasche auf dem Tisch umgefallen ist. Kaum eine Sekunde später ist sie wieder oben und blickt auf die geschlossene Tür.

„Das kann es jetzt echt nicht sein, warum will dieses verdammte Teil nicht aufgehen", schreit sie fast schon und probiert es ein weiteres mal, aber wieder nichts. Völlig erschöpft setzt sie sich auf die oberste Stufe und schaut nach oben, an den Seiten des Ausganges sind irgendwelche kleinen Griffe eingelassen. Warum hat sie die vorher nicht gesehen, schnell steht sie wieder auf und greift nach ihnen, sie lassen sich sogar leicht andrehen, blockieren aber kurze Zeit wieder.

„Was bin ich doof", sagt sie zu sich selber. Sie geht an den kleinen Ziffernkasten und haut die Nullen rein, das „Open" erscheint natürlich, schnell greift sie sich die Griffe und endlich lassen sie sich drehen. Ein kurzes Klacken über ihr zeigt, das die Tür jetzt offen ist. Sie fängt vor Freude an zu lachen und öffnet die rechte Seite der Doppeltür und von oben rieselt Wasser herunter und trifft sie genau im Gesicht. Vor Schock lässt die Tür wieder fallen und der Druck schmeißt sie die Treppe runter.

„Autsch" sagt sie leise und rappelt sie sich wieder auf und schaut nach oben, das kann es echt nicht sein. Sie will gerade wieder hoch, als sie im Augenwinkel eine Bewegung wahrnimmt, sie dreht sich um und der Schrei bleibt ihr in der Kehle stecken. Vor ihr steht doch tatsächlich Vincent, dem immer noch ein wenig Blut aus den Mundwinkeln sickert. Sogar die Flasche hat ihren Platz noch in der Brust. Mit einem gewagten Sprung versucht sie in die Küche zu flüchten, aber es war schon zu spät, der tote Vins fällt heute das zweite mal über sie her, diesmal hat er aber was anderes als Sex im Sinn. Sam wehrt sich mit Leibeskräften, schafft es nur nicht wirklich, den schweren Körper loszuwerden. Mit seinem Kopf kommt er ihren Hals immer näher......

Sayana wandert einfach durch die Küche und haut neben Arlo die Bibel auf die Theke. Einige der anwesenden Schrecken zusammen. „Was habe ich euch denn gesagt?" Beginnt sie nun mit ihrer Predigt. „Das Chaos wird uns treffen, die Welt ist dem Untergang geweiht und eine Rettung ist nicht in Sicht." Sie holt einmal kurz Luft. „Der Tod ist bei uns allen angekommen. Wie viele sind heute gestorben? Sinnlos und ohne den Weg zu Gott zu finden. Das Leiden hat noch kein Ende. Es hat erst begonnen." Plötzlich ist sie ruhig, schaut aber jeden Einzelnen einmal an und bleibt am Ende bei Arlo hängen. „Sayana" kommt nun von ihm. „Es ist gerade echt nicht der richtige Zeitpunkt. Wir haben Probleme ohne Ende und wollen die jetzt gerade besprechen."

Als er gerade weiter reden möchte, macht sie eine abwinkende Bewegung.

„Sei still Arlo, denn du bist ein Sünder. Du stehst hier mit deiner neuen Hure, wo doch deine echte Frau da draußen deine Hilfe braucht. Du bist dem Untergang geweiht und einer der Nächsten, der sterben wird."

Jetzt geht sie noch ein wenig näher an Arlo ran und schaut ihm genau in die Augen.

„Höre meine Worte Arlo, du bist der Nächste und dann kommt der Rest, ich habe es gesehen."

Arlo springt von der Theke und geht angewidert ein Stück zurück, denn der Atem der Frau stinkt derbe nach billigen Fusel. Emma kommt aber näher an sie ran, in ihren Augen erkennt man den Hass.

„Wen nennst du hier eine Hure, du dämliches Miststück, nimm deine scheiß Bibel und verschwinde." Als Sayana darauf gerade antworten will, kommt Leo von hinten und zerrt die ältere Frau zum Ausgang. Er öffnet die Tür und geht mit ihr nach draußen, Sarah bringt noch eben die Bibel hinterher und drückt sie ihm in die Hand. Der Ausgang schließt sich wieder und die beiden sind alleine.

„Sayana, es wäre besser, wenn du jetzt nach Hause gehst und dich hinlegst." „Fass mich bloß nicht an, du schwarzer Teufel", schreit sie ihn an. „Ihr seit doch alles Sünder und die Apokalypse wird kommen, schneller als ihr glaubt." Sie reißt ihm die Bibel aus der Hand und schwankt zurück in ihre Hütte. „Verdammt", sagt Leo und will gerade wieder ins Lager laufen, als ihm eine Idee kommt. Etwas Gutes scheint die Sache ja gehabt zu haben.

In der Küche herrscht noch große Unruhe, Emma ist außer sich vor Wut und wäre am liebsten der Alten hinter her gelaufen. „Wie kann sie es wagen, hier her zu kommen und so einen Scheiß zu labern. Die hat sie doch nicht mehr alle." „Beruhige dich bitte Emma, die war total besoffen, die wusste nicht was sie sagt und Leo wird sie sicher nach Hause bringen", versucht sie Sarah runter zu bringen. Aber Emma will sich gar nicht beruhigen, sie ist immer noch auf 180.

„Das ist mir völlig egal, sie kann so nicht mit mir reden." Auch Jessica kommt zu ihr und stellt sich an ihre Seite. „Die Frau ist eh total unheimlich, es würde mich nicht wundern, wenn sie in Kürze jemanden von uns tötet." Arlo wollte sich gerade einschalten, hat es aber sofort verworfen, gegen die Frauen wird er wohl nicht ankommen. Ein lauter Knall an der Außentür beendet das komplette gezicke im inneren, alle schauen Richtung Ausgang und wieder ist es Kiano, der diesmal total vorsichtig die Tür öffnet. Seine andere Hand steckt schon in seiner Tasche, wo sich noch immer eine Pistole befindet. Es ist aber nur Leo mit einem großen Fass Wein im Arm, langsam läuft er über die Schwelle und stellt das schwere Teil neben Arlo auf die Theke. „Jetzt brauchen wir nur noch was zum aufschlagen und die Party kann beginnen."

Der Wein ist wirklich richtig gut und jeder trinkt mehr, als ihm lieb ist. Die Gefahr die draußen lauert ist gerade nicht real, alle sind am lachen, Leo ist in der hinteren Ecke mit Yvonne am Knutschen und Emma labert mit Sarah und Jessica. Es liegt ein wenig Stress in der Luft, Arlo und Emma haben seit der Sache mit Sayana nicht mehr zusammen gesprochen. Eve ist auch noch vorbeigekommen und hat sich ein Glas genehmigt, sie befindet sich in der Nähe des Ausgangs. Sofia, Arlo und die beiden Neuen stehen neben ihr. Leo kommt von hinten an und tippt Arlo auf die Schulter. „Hör mal mein Freund, ich habe gerade erfahren, dass die junge Familie aus Nummer 5 abgehauen ist, das ist sehr tragisch, aber leider nicht mehr zu ändern." Arlo dreht sich um und begreift im ersten Moment gar nicht, was Leo von ihm möchte. Er schaut kurz zu Emma, die ihn beobachtet hat und sofort wieder woanders hinschaut.

„Was meinst du damit Leo?" Zwischen den beiden kommt eine kurze Pause, da wohl auch Leo am überlegen ist. „Die sind weg, futsch, nicht mehr anwesend. Die haben sich einfach aus dem Staub gemacht und kommen wohl nicht wieder, jetzt verstanden?" Eve, die das ganze natürlich beim ersten mal schon verstanden hat, schaut ein wenig ernst. „Das ist sehr bedauerlich, die hatten doch so ein kleines Kind. Ich hoffe inständig, das sie das überleben." Auch Arlo schnallt es endlich. „Verdammt" sagt er „das ist echt scheiße. Hoffentlich haben sie was gefunden und liegen nicht auch tot unten auf dem Highway."

Leo ist aber noch nicht fertig und beginnt wieder das Gespräch. „Eigentlich wollte ich dir auch nur sagen, das Yve und ich jetzt ausziehen und das Haus von denen nehmen. Ich hoffe das ist in Ordnung?" Leos Augen schauen fragend in Arlos Richtung. „Sicher mein Freund" antwortet er sofort „macht euch keinen Kopf, so habe ich wenigstens meine Ruhe."

Arlo ist am Lachen und Leo stimmt mit ein, geht aber wenig später zurück zu Yvonne, die immer noch an ihrem ersten Glas nippt. Sofia ist die Erste, die verschwindet und auch Eve ist kurz danach zu Hause. Kiano hatte schon lange genug, zusammen mit Leo schafft Arlo ihn in das Haus von den Collisters, das ja leider leer steht und schmeißt ihn dort einfach auf die Couch. Zurück in der Küche machen sich gerade Sarah, Jessica und sogar Emma fertig zum Gehen. Ohne ein Wort zu sagen, geht Emma an Arlo vorbei und verschwindet mit den anderen Frauen in der Dunkelheit. Zurück bleiben nur noch Leo, Yvonne, Arlo und Abigail, aber auch bei denen ist bald Schluss, der Tag war zu lang und viel zu heftig und der Alkohol gibt ihnen jetzt den Rest. Leo kommt wieder zu Arlo.

„Was hast du denn mit Abigail vor? Sollen wir sie mit nach uns nehmen?" Arlo dreht sich um und schaut fragend nach der jungen Frau. „Das könnt ihr vergessen", kommt auf einmal von ihr. „Ohne Arlo gehe ich nirgendwo hin." „Ahhh" sagt Leo plötzlich „die typische Beschützerrolle. Da wir ja nun raus sind, ist Platz vorhanden." Yvonne kommt auch zu den anderen, sie hat es endlich geschafft, den Wein runter zu bekommen.

„Los Bärchen, wir gehen jetzt, ich bin total müde." Leo lächelt alleine wegen dem Kosenamen ein wenig verlegen, dann wendet er sich seiner Dame zu. „Okay schlafen wäre jetzt eine gute Idee, eins habe ich aber noch Yvonne, was ich schon immer wissen wollte, welche Haarfarbe ist deine echte?" Yvonne lächelt auch ein wenig und schaut kurz auf Arlo. „Die Antwort, mein lieber Leo, wirst du dir verdienen müssen, also ab jetzt." Sie nickt Abigail noch eben zu und winkt zum Abschied und verschwindet dann mit Bärchen aus der Küche. Arlo formt mit seinen Lippen noch das Wort „blond" und Leo lacht noch freundlich.

Zurück bleiben nur noch die beiden. „Sag mal Abigail, wie alt bist du eigentlich?" Die junge Frau antwortet aber nicht sofort, sondern schaut ein wenig ärgerlich. „Alt genug, um bestimmte Sachen zu machen." Arlo fängt an zu lachen, denn das war so doch gar nicht gemeint. „Ich meinte das jetzt ernst, wie alt bist du? Ich bin 28, jetzt bist du dran." Abigail, die jetzt erst versteht, dass es eine ernste Frage war, kommt sich gerade echt doof vor. Klar, sie hat eine Menge durchgemacht, dieser Mann aber auch. Es wird nie wieder so werden, wie es mal war und es kann gut sein, das alle die sie mal kannte, nicht mehr am Leben sind. „Ich bin 18, also seit 6 Tagen bin ich das genau genommen, ich hatte meinen Geburtstag noch am See gefeiert. Wenn du noch was wissen möchtest, ich bin 1,65 m, habe blaue Augen, meine erste Periode hatte ich mit 12, einen Freund habe ich nicht und wenn das so wäre, dann hätte ich jetzt keinen mehr. An der Uni war ich im ersten Semester und mein Hauptfach ist Biologie."

Arlo steht vor ihr und hat den Mund offen, jetzt kommt er sich gerade ein wenig blöd vor. „Hoffentlich war das jetzt alles nur Spaß?", sagt er ziemlich betroffen. Abigail schaut zu Boden, geht an Arlo vorbei und gießt sich noch einen Wein ein. „Nein, das war alles die Wahrheit, aber es sollte normal viel lustiger rüber kommen. Es tut mir leid Arlo, mir ist derzeit nicht so nach Witzen." Mit einem Schluck kippt sie den Wein runter und fängt an zu weinen. Arlo, natürlich voll Gentleman, geht zu ihr rüber und nimmt sie in den Arm. „Alles gut, Abigail, ich nehme dir nichts übel. Ich hatte aber echt gedacht, du wärst noch jünger, aber lass uns jetzt losgehen, wir müssen echt ins Bett." Ein kleines Lächeln fährt über ihr Gesicht. „Nein, ich bin wirklich 18, habe mich halt gut gehalten und gehe oft als 15-Jährige durch. Aber nenn mich bitte Abi, Abigail hört sich so unpersönlich an."

„Okay" antwortet Arlo und nimmt sich eins der Sturmgewehre von der Theke. Er hat zwar ziemlich viel getrunken, aber er ist noch klar genug, nicht ohne eine Waffe das Lager zu verlassen. Aber der Weg nach Nummer 13 verläuft ohne Zwischenfälle, niemand war mehr zu sehen, sind wohl alle schon am Schlafen. Kaum sind sie im Inneren, kommt der Stuhl unter den Griff.

„Wir sollten jetzt sicher sein", sagt Arlo und kontrolliert erst mal die Behausung. Er hat immer noch die Hoffnung, dass Sam vielleicht da ist, aber das vergeht leider ziemlich schnell. Auch die Sachen von seiner Frau liegen auf dem Bett, die räumt er aber wieder schön ordentlich in den Schrank. Der nächste Weg geht ins Bad, da hat sich nichts verändert. Als er wieder raus kommt, sitzt Abi auf dem ausgeklappten Sofa und schaut ihn an.

„Das hier ist mein Bett?" Fragt sie total lieb und Arlo nickt. „Ich schlafe genau neben an, wenn irgendwas ist, dann melde dich bitte."

„Danke Arlo, für alles, ich meine das ernst, ohne dich wäre ich jetzt tot. Aber kannst du mir noch einen Gefallen tun?" Arlo setzt sich kurz neben sie. „Na Logo" sagt er zu ihr. „Lässt du bitte deine Tür auf?" Arlo lächelt kurz und nickt. „Ich wünsche dir eine gute Nacht Abi." Direkt danach geht er ins Schlafzimmer, zieht seine Sachen aus und legt sich hin. Im Nebenraum hört er, wie auch Abi sich fertig macht, sie war noch kurz im Bad und hat sich den Geräuschen nach wohl ausgezogen. Kurze Zeit später quietscht die Couch und er ist beruhigt, seine Gedanken schwirren aber sofort wieder ab. Erst denkt er an Emma, er kann es nicht begreifen, warum sie wegen der komischen Frau zickig geworden ist und warum wurde er bestraft, er hat doch gar nichts gemacht. Seine nächsten Gedanken landen bei Sam, er vermisst sie, sehr sogar und kommt kaum damit klar, dass sie einfach verschwunden ist. Jetzt so alleine hier im Bett, zusammen mit dem ganzen Wein, da kommt alles wieder hoch. Nein, die Liebe ist es nicht mehr, trotzdem ist sie ihm total wichtig. Ein leises klopfen an der

Schlafzimmertür reißt ihn aus seinen Gedanken, er setzt sich hin und sieht Abi im Rahmen stehen.

„Darf ich bei dir schlafen Arlo?" Fragt sie ganz schüchtern. Er überlegt kurz und sagt dann ja, kaum eine Sekunde später liegt sie neben ihm und deckt sich zu. „Danke Arlo". „Kein Ding Abi."

Kiano steht an der Tür und schaut nach draußen. Er hat einen nach den anderen vorbeilaufen sehen und als auch endlich Arlo und Abigail vorbei sind, öffnet er und geht sehr leise ins Freie. Das Camp ist komplett ruhig, er hört bis auf den Wind keine Geräusche, langsam schleicht er sich zum Lager, welches aber abgeschlossen ist. Einen kurzen Moment bleibt er davor stehen und blickt sich um. Zum ersten mal seit langen ist er ohne Waffen unterwegs und das macht ihn sehr unsicher. Aber es muss auch so gehen, noch ein Haus weiter und er steht bei Lennart vor der Tür. Der Weg nach unten liegt komplett im dunkeln, nur vor der Schranke kann er den Pick-up aus Olustee erkennen, auf seiner Ladefläche befinden sich die erschossenen Kranken. Er schleicht sich leise in das Haus und freut sich, das wenigstens die Tür nicht abgeschlossen ist. Unter der Badtür kommt ein Lichtschein nach draußen, so schafft er es auch, sich im Dunkeln zu orientieren. Sein Weg führt ihn in die Küche, dort holt er sich ein großes Messer aus einer der Schubladen, bleibt kurz stehen und denkt nach.

Mit seiner Aktion geht er ein hohes Risiko, die Menschen hier im Camp fangen langsam an ihm zu vertrauen, trotz das er den ganzen Mist verbockt hat. Aber er kann einfach nicht anders, er muss das jetzt durchzlehen, also öffnet er die Badtür, das Licht von innen überflutet ihn sofort und tritt ein. Auf einem Stuhl sitzt der kleine Lennart, seine Augen sind geschlossen, entweder schläft er oder simuliert. Ihm ist das egal, er steht jetzt genau vor dem Gefangenen und spielt mit dem geklauten Messer. Das Ganze dauert aber nur einen kleinen Moment, denn warten ist Kiano echt zu wieder, also tritt er Mr. Carter vors Schienbein. Unter lauten stöhnen wird er wach und schaut mit zugekniffenen Augen seinen Besucher an. Kiano macht den Knebel los und geht wieder ein Stück zurück.

„Du?" Fragt Lennart ziemlich trocken und fängt an zu husten. „Ich hatte mir schon gedacht, das du mich noch erkennst, bist du nicht überrascht?" Antwortet Kiano. Der gefesselte Mann schaut einfach nur auf das Messer und dann wieder zum Gast. „Was willst du hier? Bist du gekommen, um es endlich zu beenden?" Ein wenig amüsiert läuft Kiano durch das kleine Bad und bleibt wieder vor Lennart stehen.

„Wie lange habe ich auf diesen Moment gewartet? Und jetzt sitzt das fette Schwein direkt vor mir und kann sich nicht bewegen." Lennart kneift ein wenig seine Augen zusammen und schaut ihn an. „Reicht dir diese Demütigung nicht?" Kiano beginnt zu lachen. „Alles, was ich mit dir anstellen könnte, würde nicht reichen. Du hast mir 8 Jahre meines Lebens geklaut und die bekomme ich nicht zurück." Auch Mr. Carter fängt leicht an zu lachen. „Du warst dir der Gefahren bewusst, sei froh das es nur 8 Jahre waren und nicht mehr." Bei Kiano verschwindet das lachen, er holt aus und schlägt Lennart ins Gesicht. „Du hast mich damals hängen lassen, du Schwein, hast mir gesagt, das ich sie töten soll und das du mich dann beschützt. Nichts davon ist eingetreten, die haben mich eingesperrt und du hast hier gemütlich gesessen und gelacht." „Dumm gelaufen Kiano, ich hatte nie vor dir zu helfen, ich brauchte nur ein Opfer, der meine Frau beseitigt, alles andere war egal." Wieder schlägt er ihn ins Gesicht, diesmal sogar fester und Lennart sein Kopf knallt zur Seite. Blut fließt aus seiner angeknacksten Nase, aber trotzdem lacht er noch.

„Was willst du jetzt tun Kiano? Mich einfach abstechen? Die werden dich finden und beseitigen. Es wird genau wie damals laufen. Du bist halt ein Mörder und daran lässt sich nichts mehr ändern. Einfach eine unschuldige Frau auf der Straße abschlachten und dann noch denken, davon zu kommen. Ziemlich einfältig mein Freund." „Ich bin nicht dein Freund." Kiano wird immer wütender. Du hast mich hintergangen, hast mich benutzt und jetzt bekommst du die Quittung dafür." Lennart leckt sich mit seiner Zunge das Blut von den Lippen und schaut zu ihm hoch.

„Du warst doch einfach ein dummer, blöder Junge, du hast zu mir hochgeschaut, hast mir aus der Hand gefressen. Es hätte nur noch gefehlt, dass du mich Dad nennst. Es war so leicht, dich zu überreden und dann fallen zu lassen. Natürlich habe ich dich benutzt, aber habe ich dir nicht auch geholfen? Also davor, ich habe dich aufgenommen, dir eine Bleibe gegeben und dich gut behandelt."

„Du versuchst dich doch nur raus zu reden, du Schwein, von Anfang an hast du geplant, deine Frau zu ermorden und ich kam dir da gerade recht." Lennart sagt darauf aber nichts mehr, er blickt ihn einfach an und wartet. Aber sein Gegenüber beruhigt sich langsam wieder und schaut sogar bemitleidend von oben runter.

„Okay Lennart", beginnt er „ich gebe dir noch eine Chance. Wo ist die Frau von Arlo?"

Die Augen von Mr. Carter weiten sich, er sieht tatsächlich überrascht aus.

„Woher soll ich das wissen? Ich weiß ja noch nicht mal, das sie weg ist." Kiano schaut zur Decke und ist am Nachdenken. „Vincent" sagt er nur kurz und knapp. Lennart beginnt zu lachen. „Vincent ist tot, du Spinner, erschossen von diesem Schwarzen." „Das glaube ich nicht Lennart, die Frau ist verschwunden und ich weiß genau das er was damit zu tun hat, so wie früher."

„Hast du die Geschichten deiner neuen Freunde nicht gehört Kiano? Mein Sohn wurde erschossen." Kiano spielt mit dem Messer in seiner Hand und schaut Lennart weiter von oben an. „Der Bunker Lennart, wie kommt man da rein?" Mit dieser Frage hat der Alte wohl gerechnet, denn kaum war sie ausgesprochen schaut er zu Boden.

„Verdammt Kiano, da kommt man nicht rein, der ist mit einem Code gesperrt und den wusste nur mein Sohn." „Das habe ich mir schon gedacht und dein toter Sohn sitzt jetzt da drin, zusammen mit der Frau von Arlo." Lennart fängt wieder an zu lachen, das endet aber schnell in einem deftigen Hustenanfall.

„Ich sitze doch schon länger hier, woher soll ich das wissen?" „Weil du genau weißt, das er noch lebt, wir haben die Mittel, um da rein zu kommen, es wäre also besser wenn du die Wahrheit sagst."

„Ihr kommt da nicht rein, das Ding wurde damals so gebaut, das man nicht von außen eindringen kann." Jetzt fängt Kiano wieder an zu lachen und dem Lennart wird das echt ein wenig unheimlich. „Damals Lennart, du hast es genau getroffen, wir leben aber nicht mehr im damals. Es hat sich viel verändert und ich habe auch schon einen Plan, rein zu kommen. Also sagst du mir jetzt, was ich wissen möchte oder soll ich dich einfach abstechen?" Die Augen von Mr. Carter fangen langsam an zu flehen, wie ein unschuldiger kleiner Hund schauen sie zu Kiano.

„Okay Kiano Vincent ist am Leben und im Bunker. Ich weiß aber nicht, ob er diese Sam entführt hat, ich sitze doch hier auf diesem blöden Stuhl und bekomme rein gar nichts mit. Ihr wart damals Freunde, habe ich nicht recht? Das war doch der Grund, warum ich dich überhaupt aufgenommen habe."

Die Angst von Lennart spielt Kiano voll in die Karten. Er hat genau das erfahren, was er wollte und jetzt liegt es an ihm, wie die Sache hier endet. „Lennart, dein Sohn war genau wie du, ein Schwein. Er war nicht mein Freund, jede Möglichkeit hatte er genutzt, mich fertigzumachen und nur weil ich nicht wusste wohin, habe ich nie was gesagt. Sollten wir in den Bunker kommen und glaube mir, das schaffen wir, dann werde ich ihn töten."

„Bitte Kiano, Vincent ist an allen unschuldig, er kann doch nichts dafür, das er so ist." „Es reicht Lennart" schreit Kiano ihn an. „Dein Sohn war ein Vergewaltiger und Mörder und du hast das alles toleriert." „Er war mein Sohn, was sollte ich denn machen?" „Dein Sohn? Und wo ist dein Sohn jetzt? Warum hat er dich nicht gerettet und lässt dich hier verrecken?" Lennart schaut wieder zu Boden. Langsam sieht man ihm die Angst richtig an.

Kiano sein Blick wird düster. „Ich bin fertig mit deiner Familie. Und weißt du was? Ich kann es nicht riskieren, dass du den anderen was von meiner Vergangenheit erzählst. Das machst du mir nicht kaputt, diesmal nicht." Lennart fällt die komplette Farbe aus seinem Gesicht. „Ich habe es doch jetzt zugegeben, Kiano bitte, das musst du nicht tun", fleht er ihn an. „Grüß mir deine Frau Lennart, deinen Sohn schicke ich bald nach."

Kaum ist das ausgesprochen, passiert alles Weitere im Sekundenbruchteil, Kiano rammt Lennart das Küchenmesser in den Bauch, er zieht es dann aber noch mal raus und steckt es an anderer Stelle wieder rein. Sein Kopf ist ganz nah an dem von Mr. Carter, so sieht er genau, wie das Leben aus ihm verschwindet. Nach seiner Tat steht er ein paar Minuten vor dem Toten, steckt dann aber noch den Knebel wieder rein und verlässt das Haus. Draußen weht weiterhin eine steife Brise, schnell geht er zurück und zufrieden legt er sich auf die Couch. Mit einem Grinsen schläft er ein.

„Darf ich dich was fragen Arlo?" Er dreht sich langsam in Abis Richtung und schaut sie an.

„Klar, warum auch nicht." „Sam ist deine Frau und verschwunden, aber was ist dann Emma? Ist sie deine Freundin? Für mich sieht es so aus, als ob ihr was zusammen habt."

Einen kleinen Moment schaut Arlo die junge Frau neben sich einfach nur an, sie hat es genau auf den Punkt gebracht mit ihrer Frage. Sam ist seine Frau und Emma seine Freundin.

„So in etwa hast du recht. Sam ist wirklich meine Ehefrau, aber ich liebe sie nicht mehr. Ich kann noch nicht mal sagen, ob sie mich noch liebt. Irgendwie haben wir uns auseinandergelebt."

Abigail schaut Arlo an. Im dunkeln Zimmer kann man zwar nicht viel sehen, aber es reicht, um die Augen des anderen zu erblicken. „Okay, aber was ist mit Emma?" „Das ist leider sehr kompliziert Abi. Ich würde gerne sagen, das es meine Freundin ist, aber so genau weiß ich das auch nicht." „Liebst du sie?" Auf die Frage hat Arlo gewartet und kann sie eigentlich gar nicht beantworten. „Ich weiß es nicht", antwortet er daher ehrlich und dreht sich wieder auf den Rücken. Abigail rutscht ein wenig näher und kommt auch leicht unter Arlos Decke.

„Das bedeutet dann also, das du eine Frau hast, die du aber nicht mehr liebst und das du eine Freundin hast, wo du nicht weißt, ob du sie liebst." Arlo fängt leise an zu lachen, obwohl er das gar nicht möchte, die Kleine neben ihm hat völlig recht. „So kann man das auch sagen", kommt noch von ihm. „Das ist gut", sagt Abi und schaut ihn weiter von der Seite an. „Was ist mit dir Abi? Du hast gesagt, dass du keinen Freund hast." „Ja das ist so, ich wollte keinen Freund, hatte aber eine Menge Verehrer." Arlo blickt wieder zu ihr rüber. „Das kann ich mir vorstellen, du bist ja nicht unbedingt hässlich." „War das jetzt ein Kompliment oder eine Feststellung?" Fragt sie ganz trocken. Wieder lächelt er ein wenig. „Wohl von beiden etwas." Abigail rutscht noch weiter in seine Richtung und liegt nun fast komplett unter seiner Decke, mit einer Hand berührt sie ihn leicht an seinem Arm.

„Abi, was soll das werden?" Fragt Arlo ziemlich verunsichert. „Mir ist kalt, außerdem brauche ich ein wenig nähe, ist dir das unangenehm?" Arlo kann ihr darauf gar keine Antwort geben, denn egal was er auch sagt, es wird sicher falsch bei ihr ankommen, aber eigentlich möchte er das nicht. Nicht nur, weil sie ihm viel zu jung ist, er hat ja schließlich Emma, oder hat er sie doch nicht?

„Alles gut Abi" antwortet er einfach und versucht sich ein wenig zurückzuziehen, was ihm aber nicht wirklich gut gelingt. Denn kaum hatte er das ausgesprochen, legt Abi auch schon einen Arm um ihn. „Danke" sagt sie noch kurz und kuschelt sich mit dem Kopf an seine Brust.

Erst jetzt merkt Arlo, dass sie wohl völlig nackt ist, leider ist sein Arm an Ihre Brust gekommen. „Abi?" Fragt er sehr leise. Sie schaut einmal kurz von seiner Brust nach oben. „Warum hast du nichts an?" In ihren Augen sieht er jetzt, das die Frage ziemlich peinlich ist.

„Ich schlafe immer nackt, tut mir leid." Da sie aber immer noch auf seiner Brust liegt und er deswegen seinen Arm nicht zurücknehmen kann, berührt er weiter ihre nackte Oberweite.

„Es ist doch nichts dabei, wenn man nackt schläft Arlo, oder?" „Eigentlich ja nicht, aber so was machen normal nur Paare." „Muss man immer erst ein Paar sein, um Zärtlichkeiten auszutauschen? Denkst du jetzt wirklich, ich laufe morgen nach Emma und sage ihr das? Irgendwie habe ich auch gerade mitbekommen, dass du wohl eher Single bist, also stell dich nicht so an."

Arlo stöhnt einmal kurz auf, 18 Jahre ist die junge Dame alt, aber gerissen wie eine erfahrene Frau. „Okay", sagt er schnell „es ist alles gut Abi." Sie schaut ihn von unterhalb noch einmal an und lächelt. „Du hast ja fast pechschwarze Augen, das sieht echt geil aus, das hatte ich heute gar nicht so wahrgenommen", sagt sie plötzlich. Von ihm kommt darauf aber nur ein kleines lächeln, denn er möchte sich bloß nicht mehr bewegen und versucht einzuschlafen, auch wenn das wirklich nicht so einfach ist. Seine Gedanken schwirren durch seinen Kopf, heute sind viele gestorben, Sam ist verschwunden und das mit Emma ist irgendwie nichts mehr. Wieder rührt sich Abi unter seinem Arm, sie geht mit einer Hand direkt unter sein Shirt, aber er lässt sie einfach weiter Gewehren, eine Diskussion wäre gerade nicht angebracht. Aber sie ist noch nicht fertig mit ihren Annäherungen, sie reckt ihren Kopf nach oben und küsst Arlo auf den Mund.

„Abigail" sagt er jetzt. „Was soll das werden, wenn es fertig ist?" „Ich möchte mich doch einfach nur erkenntlich zeigen, du hast mich schließlich gerettet." Arlo zieht schnell seinen Arm weg und geht ein Stück nach hinten. „Das musst du nicht Abi, es ist alles in Ordnung." Ein wenig beleidigt zieht sich auch Abi zurück, bleibt aber noch unter seiner Decke.

„Mensch Arlo, zier dich nicht so, du kannst doch einfach ein wenig mitmachen und wenn es dir dann nicht gefällt, hören wir auf, so macht man das doch heute." „Macht man das? Das wäre mir aber neu Abi." „Ach so ist das", antwortet sie ziemlich patzig. „Ich gefalle dir nicht." Schon steckt Arlo direkt in der Diskussion, die er vermeiden wollte, er möchte doch nur schlafen. Also wie schafft er es jetzt, der Frau zu erklären, dass er das nicht will, ohne sie zu verletzten? Sie möchte das doch sicher auch nicht und macht das nur, weil er sie gerettet hat.

„Abi, du bist eine tolle Frau, das steht außer Zweifel, aber wir kennen uns doch gar nicht, wir können hier doch nicht einfach intim werden." Wieder war es die falsche Aussage, denn akzeptieren möchte sie das mal gar nicht. „Es juckt doch heute keinen mehr, ob man sich kennt, man trifft sich und hat Sex." „Ich bin aber nicht so jung wie du Abi, ich kenne so was nicht." „Oh Arlo, du bist doch nicht alt, du bist in meinen Augen voll umwerfend und das hat schon was zu bedeuten."

Egal was er ihr sagt, es hat keinen nutzen. Kurz denkt er nach, er braucht jetzt ganz schnell einen Plan B. Abigail ist aber im Angriffsmodus, sie legt eins ihrer Beine über das seine und hat auch schon wieder eine Hand unter seinem Shirt. Da Arlo unten nichts weiter trägt als eine Unterhose, merkt er natürlich sofort ihre warme, beharrte Scheide auf seiner Haut.

„Lass uns vögeln Arlo" sagt Abi total direkt und überfordert ihn komplett. Ihre Hand rutscht ein ganzes Stück nach unten und umfasst seinen Penis. „Siehst du, du willst doch auch." Arlo ist das aber gerade total peinlich, er hatte echt gehofft, dass seine Erektion unentdeckt bleibt. Aber egal wie anziehend diese Frau ist, er möchte nicht. Zuerst zieht er ihre Hand unten weg und wirft dann, aber mit Gefühl ihr Bein von dem seinen. Er beugt sich einmal zu ihr rüber und küsst sie auf die Stirn.

„Hör mal Abi, ich möchte das jetzt wirklich nicht, egal was du da unten auch gefunden hast. Das beste wäre einfach, das wir uns besser kennenlernen und wenn es dann doch irgendwann passt, gehen wir das noch mal an. Sei mir bitte nicht sauer, aber wir müssen jetzt echt schlafen." Kurz darauf dreht er sich einfach auf die Seite und überlässt sie ihren Gedanken. Von Abigail kommt kein Wort, sie geht aber auch nicht zurück auf ihre Hälfte, sondern legt sich nackt hinten an ihn ran. Das Thema ist dann wohl beendet und Arlo braucht nicht lange, bis er endlich einschläft...

Kapitel 40

Der neue Morgen beginnt, Arlo wird doch tatsächlich vom Sonnenschein geweckt. Er schlägt seine Augen auf und schaut auf Abi, sie liegt seelenruhig neben ihm und ist am Schlafen. Leider ist sie nicht mehr unter der Decke und so kann er sie komplett nackt betrachten.

Wieder rührt sich was in seiner Hose, aber schnell steht er auf, deckt sie langsam zu und geht nach nebenan. Nach dem Bad zieht er sich an, nimmt das Sturmgewehr vom Tisch und schiebt den Stuhl beiseite. Ein kurzer Blick nach draußen signalisiert keine Gefahr. Er will sich eigentlich gar nicht weit entfernen, denn sofort sind seine Gedanken bei Sam und er möchte nicht, das Abi das Gleiche widerfährt. Er wird aber schnell aus seiner Überlegung gerissen, denn neben dem Haus steht Emma und raucht eine Zigarette. „Ich wollte euch Turteltäubchen nicht wecken", sagt sie plötzlich und zieht an ihrer Kippe, Arlo schaut sie ein wenig finster an.

„Was soll der Mist Emma?" „Na ja, wenn ich hier durchs Fenster schaue, sehe ich Abigail nicht, was mir natürlich sagt, das sie bei dir geschlafen hat." „Echt jetzt Emma? Sie hatte Angst, das kannst du wohl verstehen. Aber es ist nichts zwischen uns, also lass das bitte." Langsam bewegt sich Emma von der Hauswand weg und kommt ihm ein wenig näher. „Wer weiß, wer weiß Arlo, du warst gestern sauer auf mich, dann der Alk und sie ist ja auch nicht gerade hässlich und noch schön jung. Da kann man sich sicher eine Menge denken." Arlo verdreht die Augen, er ist ja völlig unschuldig, aber wie soll man das so einer wie Emma erklären, daher lenkt er ein wenig auf sie selber um. „Aber was war das dann gestern von dir?" Fragt er jetzt total direkt und auch ein wenig genervt. „Na ja, ich war halt sauer", antwortet sie schnell und kneift Arlo in den Arm.

„Aber egal jetzt, wir sind ja kein Paar, du darfst machen, was du willst. Ich bin aber auch wegen was anderen hier, wir haben ein Problem." Arlo belässt es auch dabei, es hat eh keinen Sinn.

„Ein Problem Emma? Da untertreibst du völlig, alles ist derzeit beschissen." „Los komm, ich muss dir das zeigen, Leo wartet auch schon." Kurz bevor Emma sich mit Arlo auf den Weg macht, schaut sie noch einmal ins Haus und sieht eine völlig nackte Abigail ins Bad laufen. Sie lässt sich aber nichts anmerken und geht zusammen mit ihm nach vorne. Von weiten sehen die beiden Leo vor dem Lager stehen, er redet mit Mr. Williams, der wohl ziemlich aufgebracht ist.

„Was ist los?" Fragt Arlo beim Ankommen und beide Drehen sich um. „Meine Tochter war heute Nacht nicht zu Hause und jetzt habe ich Angst, dass auch sie verschwunden ist", sagt Mr. Williams, der mit Vornamen eigentlich Swen heißt.

„Aber was haben wir damit zu tun?" Fragt Arlo ziemlich gleichgültig. „Ganz einfach, ihr habt uns versprochen, uns zu schützen, aber ich sehe ja wo das hinführt. Zwei Personen sind verschwunden und eine davon ist meine Tochter. Da unten liegen eine Menge Kranker, die hier einfach im Camp herumgelaufen sind." „Wir waren doch nicht da Swen, dafür haben wir jetzt eine Menge Waffen", antwortet Leo. „Das bringt mir aber meine Tochter nicht zurück." Weiter hinten kommt Amelia den Weg gelaufen, direkt aus Nummer 10 und bleibt sofort stehen, als sie die kleine Gruppe vorne sieht. „Da ist wohl jemand wieder aufgetaucht", sagt Emma ein wenig gereizt.

Swen rennt sofort los und als er bei Amelia ankommt, umarmt er sie, kurz darauf bekommt sie aber noch ein Ständchen. Zusammen gehen die beiden in ihr Haus und schließen die Tür.

„Das ist jetzt nicht euer Ernst", sagt Arlo auf einmal „wegen so einer banalen Sache komme ich hier runter?" „Wolltest wohl lieber bei deiner neuen Flamme bleiben", antwortet Emma und Leo schaut sich das in Ruhe an. „Wenn ihr dann mal endlich fertig seit, können wir uns auch um die echten Probleme kümmern." Beide sind sofort wieder ruhig und Yvonne kommt aus dem Lager.

„Das Frühstück ist gleich fertig, aber ohne Waffenschutz werde ich hier nicht rumlaufen." „Gleich Yve", sagt Leo ziemlich ruhig und läuft ein Haus weiter. Emma und Arlo folgen ihm einfach und zusammen gehen sei bei Lennart rein und bleiben vor dem Bad stehen.

„Nicht erschrecken", sagt Leo und öffnet die Tür. Arlo geht an ihm vorbei und schaut auf Lennart, der immer noch auf seinem Stuhl sitzt. Aber unter ihm ist alles voller Blut und auch ein Messer liegt zu seinen Füssen. Er selber ist voll am zappeln und versucht sich loszureißen, aber Arlo erkennt sofort, das er einer der Kranken geworden ist.

„Scheiße", sagt er und dreht sich zu den anderen um. „Tja, irgendwer war wohl heute Nacht hier drin und hat unseren guten Mr. Carter erstochen", kommt von Leo. „Aber wer soll das gemacht haben?" Fragt Arlo die beiden anderen. „Kein Plan", antwortet Emma, zieht ihr Lieblingsmesser aus dem Stiefel und beendet mit einer kleinen Bewegung das elend von Lennart. Zusammen verlassen sie wieder das Haus und Leo schließt von außen ab.

„Hat einer von euch eine Idee, wer das gewesen sein könnte?" Fragt Arlo noch mal und bekommt nichts weiter als ein Schulterzucken. „Oh man, so sollte der nicht Abdanken", gibt er hinzu und macht sich auf den Weg zum Lager. Die beiden trotten einfach hinter her und vor der Tür bleiben sie stehen.

„Was hast du nun wegen Sam vor Arlo?", beginnt Leo wieder. Emma schiebt sich an den beiden vorbei und geht nach innen, mit Absicht rempelt sie Arlo noch kurz an.

„Ich habe keinen Schimmer", antwortet er. „Das mit Emma sieht wohl gerade auch nicht gut aus, habt ihr euch gestritten?" Arlo schaut Leo an und senkt seinen Kopf.

„Nein eigentlich nicht, nachdem Sayana ihre Sache gestern abgezogen hat, ist zwischen uns Sendepause. Außerdem hackt sie jetzt noch auf Abigail herum, da sie ja bei mir geschlafen hat." Leo fängt an zu lachen. „Muss Liebe nicht schön sein?" Dafür bekommt er natürlich einen bösen Blick, was ihn aber nicht wirklich interessiert.

„Wir müssen noch die Leichen da unten wegbringen. Es sind eh alle total nervös, es wäre besser wenn die schnell verschwinden." Arlo schaut zusammen mit Leo nach unten. „Das machen wir gleich, das Beste wäre wir fahren die Karre einfach hier weg und lassen sie irgendwo stehen." „Keine schlechte Idee Arlo, genau so machen wir das." Abigail kommt von hinten angerannt, als ob sie voller Panik ist, wenigstens hat sie sich wieder angezogen.

„Warum hast du mich alleine gelassen Arlo?" Fragt sie voll aus der Puste. Leo haut Arlo noch kurz auf die Schulter, grinst einmal und geht ins Lager.

„Es tut mir leid Abi, aber es war was Dringendes zu erledigen." „Mach das bitte nicht noch mal, ich bin beinahe vor Angst gestorben." Er lächelt sie kurz an und geht zusammen mit ihr durch die Tür, wo die anderen schon auf sie warten.

Kiano erwacht in seinem neuen Haus und steht sofort auf, erst jetzt sieht er, das seine Hände voller Blut sind. Er kann echt froh sein, dass bisher keiner zu ihm gekommen ist. Im Bad wäscht er sich so lange, bis nichts mehr zu sehen ist. Ob die wohl schon was mitbekommen haben? Er darf sich bloß nichts anmerken lassen, schließlich denken alle, das er sich gestern mit dem Wein abgeschossen hat. Er verlässt das Haus und schaut sich um, keiner ist zu sehen, er hatte aber schon gehört, das welche hier herumgelaufen sind. Daher schlägt er den Weg zum Lager ein und das mit dem Wissen, das nur er über Sam Bescheid weiß. Er hat einen Plan, muss aber noch ein wenig warten, um nicht aufzufallen, kaum kommt an, gibt ihm Leo auch schon ein Sturmgewehr.

„Du hast dich gerade freiwillig gemeldet meine Dame beim Essen austragen zu begleiten", sagt er mit einem Lächeln im Gesicht. Ohne Widerworte geht er raus und ist froh, endlich wieder eine Waffe zu haben, außerdem ist er sich jetzt sicher, das ihn keiner verdächtigt.

Nebenan kommt Sofia aus dem Haus und hat ihre vier Kinder im Schlepptau. „Guten Morgen Kiano", sagt sie kurz und lässt ihre Kleinen ein wenig hin und her rennen. Es kommt ein wenig Normalität ins Camp, bisher sind aber keine Wachen auf den Türmen und der Leichenwagen steht auch noch an der Schranke.

Jessica und Sarah erscheinen, sie haben mitbekommen, das die Kinder draußen herumtollen und die haben sie echt lieb gewonnen. Sogar Eve öffnet ihre Tür und schnuppert nach der frischen Luft. „Ganz schön was los hier", sagt sie kurz und geht wieder rein, lässt aber alles offen, sie möchte wohl erst mal lüften. Arlo und Leo kommen raus und bleiben bei Kiano stehen.

„Das Einzige, was mir noch einfällt, ist der Bunker Leo", sagt Arlo genau in dem Moment, als sie Kiano passieren. „Aber da kommen wir nicht rein, das Teil trägt seinen Namen wohl nicht nur aus Spaß", antwortet Leo und beide gehen den Berg nach unten. Kiano schaut ihnen noch nach und bleibt weiter still, es ist zu früh und außerdem hat er einen Job, denn Yvonne kommt mit dem Bollerwagen. „Alles bereit Kiano?" Er nickt kurz, haut einmal leicht auf seine Waffe und zusammen machen sie sich auf den Weg, viele Häuser sind es ja nicht mehr. Zurück bleiben nur noch Emma und Abigail.

„Und hattest du heute Nacht deinen Spaß?" Fragt Emma ziemlich trotzig. Abi dreht sich zu ihr um und weiß gar nicht, was sie sagen soll. „Er ist gut im Bett, nicht wahr?" Kommt wieder von Emma. „Ich weiß gerade wirklich nicht, was du meinst Emma" kommt jetzt endlich zurück. „Ach weißt du das nicht? Soll ich dir ein wenig helfen? Alleine mit Arlo, in seinem Bett, nackt, na klingelt da was?" Abigail wird ein wenig rot, will aber nicht nachgeben. „Du irrst dich Emma, da war nichts zwischen uns. Ich schlafe halt immer nackt und Arlo ist voll der Gentleman. Er hat mich nicht angefasst und ich weiß genau, dass er dich mag." „Tut er das? Mich mögen? Da fällt mir ja glatt ein Stein vom Herzen." Sie blickt Abigail ziemlich feindlich an, auch ihr Satz war gerade nicht ehrlich gemeint. „Du siehst noch aus wie ein Kind, also lass die Finger von ihm und schon haben wir beiden kein Problem." „Ich bin schon 18, also halt mal die Luft an." Emma kommt gerade näher, als im gleichen Augenblick Sofia erscheint. „Hey, bei euch alles okay?" Fragt sie kurz und beide nicken ihr freundlich zu.

Arlo ist mit dem Pick-up schon unterwegs und hinter ihm ist Leo mit dem Rover. Sie hatten sich darauf geeinigt, ein Stück Richtung Lake City zu fahren und den Wagen dort stehen zu lassen.

Arlo hat sich ein Sturmgewehr mitgenommen und Leo nur ein einfaches, von diesen Automatikteilen will er nichts mehr wissen. Unten an der Kreuzung hält Arlo kurz an und steigt aus, er geht schnell nach hinten und Leo öffnet sein Fenster.

„Hey, schau mal, das Auto von den Roberts ist nicht mehr da." Er blickt einmal an die Stelle und nickt nur. „Wir sollten uns echt beeilen, derzeit bin ich absolut ungern vom Camp weg." Arlo nickt ihm zu und setzt sich wieder hinters Steuer. Sofort braust er los, denn Leo hat vollkommen recht, sie dürfen nicht lange weg sein. Die Türme müssen noch besetzt werden und die suche nach Sam muss fortgeführt werden. Komisch ist bei ihm aber gerade, dass er nach den Gedanken an seine Frau an Abigail denken musste, anstatt an Emma. „Verdammt" sagt er zu sich selber und tritt noch mal richtig aufs Gas. Er sieht im Rückspiegel, das Leo derbe Probleme hat, dran zu bleiben, was ihn aber nicht wirklich stört, der wird schon nachkommen. Diese blöden Frauen machen ihn noch verrückt, warum ist Sam verschwunden, warum ist Emma immer so zickig und böse und warum hat er die Chance mit Abi gestern Abend nicht genutzt? Alles Fragen über Fragen, die er nicht versteht. In der Ferne sieht er schon die ersten Häuser auftauchen und er bremst das Auto ab. Leo holt schnell wieder auf und parkt direkt hinter ihm.

Beide steigen aus und kommen zwischen den Autos zusammen.

„Siehst du das Arlo, da hinten in der Stadt ist es am Brennen." „Ja sehe ich und niemand kommt zum Löschen." Leo geht ein Stück nach vorne und kneift seine Augen zusammen.

„Wenn sich das ausbreitet, wird der Ort bald Geschichte sein." Er geht wieder zurück zum Rover und winkt Arlo zu. „Los komm, das muss uns nicht jucken." Arlo schaut noch einmal zu dem Feuer und steigt dann auch zu Leo ins Auto. Sofort dreht der das Teil und fährt zurück.

„Wir müssen die Leichen aus den Häusern schaffen Leo, es dauert sicher nicht lange und die fangen an zu stinken." Leo nickt kurz und konzentriert sich aufs Fahren, dann schaut er noch mal zu Arlo rüber. „Willst du die auch alle wegschaffen?" Arlo senkt seinen Blick. „Ich würde sie lieber begraben, vor allem die Stevensons, aber die Leute sollen sie nicht sehen, daher wäre wegschaffen die bessere Option." Das Auto biegt schon wieder auf den Waldweg. „Da reden wir noch drüber Arlo, aber erst mal haben wir noch andere Sachen zu tun."

Yvonne und Kiano sind schon wieder im Lager, wo Abigail ruhig hinten in der Ecke steht und Emma vorne eine Tasse Kaffee trinkt. „Oh, das ging heute aber schnell", sagt sie zu den beiden. Yvonne schaut sich einmal in der Küche um. „Hier sieht es auch nicht gerade nach guter Stimmung aus." Emma lacht leicht und wirft einen Blick auf die junge Frau. Abigail reagiert aber nicht wirklich darauf, sie wartet einfach nur, das Arlo wieder kommt, sie vermisst ihn total und würde am liebsten mit ihm verschwinden.

„Ist eigentlich schon einer auf den Türmen?" Fragt Emma jetzt die beiden anderen. „Nein", sagt Yvonne „die sind alle noch am essen, wenn Leo und Arlo wieder kommen, wird das sicher geklärt." Bei Arlos Namen zuckt Abi einmal kurz, was aber keiner mitbekommen hat, Emma schnappt sich eins der Sturmgewehre und verlässt das Lager. Draußen angekommen geht sie sofort zum Gemeinschaftsplatz und dort auf den Turm. „Soll ich nicht auch eben auf einen Turm?" Fragt Kiano in der Küche und Yvonne dreht sich zu ihm um.

„Das wäre eine gute Idee, nimm am besten den vor dem Lager, alleine schon wegen der Kinder." „Okay" antwortet Kiano und will sich gerade raus machen, als Yvonne ihn noch mal anspricht.

„Und Kiano, wenn irgendwas komisch ist, schieß einfach, fragen kannst du später." Er hebt seinen Daumen und geht raus, Abigail ist jetzt mit Yvonne alleine und kommt ein wenig näher.

„Möchtest du auch einen Kaffee?" Fragt Yvonne total lieb und Abi nickt ihr zu. Yve stellt sich zwei Tassen zurecht und kippt aus einer Kanne den Kaffee rein. „Du magst Arlo wohl?" Fragt sie ganz plötzlich und Abi ist voll erschrocken. „Du kannst es ruhig zugeben, ich sage es auch nicht weiter." „Ja schon", antwortet Abi und schaut ein wenig traurig. „Aber er ist doch mit Emma zusammen und seine Frau ist auch noch verschwunden." Yvonne gibt ihr eine Tasse und sie bedankt sich brav.

„Hör mal Abigail, Arlo ist voll der liebe Kerl. Die Emma da draußen ist aber total böse, ich will nicht, dass er mit ihr zusammen ist. Ich kenne ihn und auch Sam schon sehr lange, wir waren Nachbarn, ich weiß wovon ich rede." „Aber" will Abi gerade ihren Satz beginnen, als Yve ihr schon wieder ins Wort fällt. „Kein aber, Emma ist nichts für ihn, das mit Sam ist eine andere Sache. Sie ist auch eine Freundin von mir, ich glaube aber nicht, das wir sie wieder finden. Außerdem weiß ich, dass sie ihn verlassen wollte. Arlo braucht bald jemanden, der sich um ihn kümmert und da bist du wohl die bessere Wahl. Er liebt Sam nicht mehr, das weiß ich, aber es wird trotzdem hart."

„Du kennst mich doch gar nicht Yvonne, außerdem glaube ich nicht, das er was von mir will." Yvonne trinkt noch mal einen großen Schluck aus ihrer Tasse. „Nein, ich kenne dich nicht, aber ich habe dich beobachtet. Du bist voll das liebe Mädchen, zwar ein wenig jung für

Arlo, aber das spielt wohl keine Rolle mehr. Ich habe aber gestern Abend gesehen, wie er dich angeschaut hat, du bist voll sein Typ, ich habe keinen Plan, warum das mit Emma überhaupt passiert ist, die passt gar nicht zu ihm." Auch Abi trinkt einen Schluck Kaffee und verbrennt sich leicht ihren Mund.

„Emma hat mich eben böse angemacht, also wegen Arlo. Sie hat mir sogar gedroht."

Yvonne nimmt ihre Tasse runter und schaut sie an. „Das passt zu ihr, aber ich achte auf dich und helfe dir bei Arlo versprochen." Abigail geht nach Yvonne und umarmt sie ganz lieb.

„Du bist wirklich toll, Yvonne. Aber ein Problem gibt es da noch." Yve schaut sie sehr lieb an und wartet auf den nächsten Satz. Zuerst will die Kleine nicht damit rauskommen, sogar eine Träne läuft ihr die Wange runter, aber Yvonne nimmt sie noch mal in den Arm und tröstet sie.

„Ich habe leider gelogen, wenn er das raus findet wird er sicher sauer sein und mich auch nicht mehr wollen." „Was meinst du denn mit lügen? Es wird doch sicher nicht so schlimm sein", antwortet Yvonne ganz lieb. „Ich bin keine 18, ich bin vor 6 Tagen gerade mal 16 geworden. Ich wollte nur nicht, dass es einer erfährt. Auch bin ich nicht an einer Uni, sondern noch an der High School. Wir haben am See nur eine Klassenfahrt gemacht. Und Biologie wollte ich nach meinem Abschluss lernen."

„Uns wird schon was einfallen Abigail aber behalte das bloß für dich." Abi möchte darauf gerade antworten aber da kommen auch schon Arlo und Leo zurück. Sie schauen die beiden an und wundern sich ein wenig. „Haben wir irgendwas verpasst?" Fragt Arlo sehr leise. Die beiden Damen fangen beide an zu lachen und Abi springt ihm direkt in die Arme. An Yvonnes netten Blick sieht er sofort, worüber sie gesprochen haben. Leo geht direkt zu ihr und drückt ihr einen Kuss auf.

„Arbeit erledigt", sagt er noch. Arlo drückt Abigail leicht, dafür aber lieb zur Seite.

„Ich habe gerade gesehen, das Kiano auf einem Turm steht. Wie sieht es mit den anderen aus?" Fragt er Yvonne. „Emma ist auf den hinteren, oben ist noch keiner, ich wollte eben auf euch warten." „Gut", sagt Leo und geht mit seinem Gewehr nach draußen. „Ich such mal eben jemanden für hinten und komme gleich wieder. Dann schauen wir mal, was wir wegen Sam noch machen können."

Kurz danach ist er verschwunden. Abigail muss aufs Klo und hofft, das Arlo mit ihr nach hinten geht, aber leider wird sie enttäuscht, denn er sagt ihr nur das sie eben bei Sofia fragen soll. Ziemlich niedergeschlagen verlässt sie auch das Lager.

„Schön, das wir beiden mal wieder alleine sind Arlo." Er zuckt zusammen, hätte damit aber eigentlich rechen müssen, sicher kommt jetzt die Abrechnung. „Das mit uns hätte nicht klappen können Arlo und weißt du was, ich bin mit Leo sehr glücklich. Er ist dein Freund und er hat auch nicht vor, dir dein Kind wegzunehmen." Ziemlich irritiert schaut Arlo zu Yvonne, kein Stress, keine Ansage, nur nette Worte?

„Das weiß ich doch Yve, ich würde mir auch keinen anderen als Leo wünschen, es ist schön, das du glücklich bist." „Aber du bist es nicht Arlo." Er ist gerade dabei, sich einen Kaffee einzugießen und Yvonne reicht ihm noch ein Brötchen. „Wie kommst du darauf? Wegen Sam?" „Nein, nicht wegen Sam. Natürlich ist es absolut scheiße, dass sie weg ist und ich mache mir echt große Sorgen, aber komm schon, du liebst sie doch gar nicht mehr." „Da kann was dran sein, sie muss aber trotzdem wieder her." „Ganz sicher muss sie das Arlo, mir geht es da eher um Emma, du kannst mir nicht einreden, dass du sie liebst. Sie ist gar nicht dein Typ, nicht vom Menschlichen und auch nicht vom Aussehen. Ich kenne deinen Geschmack, also rede dir da nichts ein, nur weil sie toll ist." Arlo verschluckt sich fast am Brötchen und hustet leicht.

„Du bist heute ganz schön direkt Yvonne." „Und? So ist das halt. Ich mag dich Arlo sehr sogar und ich will, dass du auch glücklich wirst." „Yvonne, ich weiß nicht, wie du darauf kommst, das man in so einer Zeit noch glücklich werden kann." Die kleine gefärbte Frau lässt aber nicht locker, sie hat sich gerade voll in das Thema gebissen und Arlo hofft schon die ganze Zeit, das endlich einer rein kommt.

„Auch in so einer Zeit braucht man Liebe an seiner Seite, das ist ganz wichtig. Bei dir und Emma geht es doch nur um Sex." „Hey, jetzt gehst du aber zu weit Yve. Das ist wohl meine Sache." Arlo dreht sich um und will das Lager verlassen, aber Yvonne geht ihm einfach hinter her und hält ihn fest. „Es gibt auch noch andere Frauen Arlo, mach deine Augen auf, sie sind nicht weit weg und sind bedeutend besser als Emma." „Verdammt Yvonne, du meinst Abigail, habe ich recht? Versuchst du mich zu verkuppeln? Die ist doch viel zu jung für mich." „Stell dich doch nicht so an, sie ist nicht zu jung, du bist einfach nur blind. Sie ist absolut ein liebes Mädchen und fährt voll auf dich ab. Außerdem braucht sie genau wie du eine Menge Liebe, denk mal darüber nach, was sie durchgemacht hat."

Arlo will gerade wieder antworten, als endlich von draußen die Tür aufgeht und Leo zusammen mit Abi rein kommt. „Alles in Ordnung hier?" Fragt Leo und beide Nicken. Nach seiner Frage wendet er sich sofort an Arlo. „Ich habe mich gerade mit Kiano unterhalten, wir haben einen Plan wegen dem Bunker, oder besser, er hatte ihn", sagt Leo. Yvonne nickt Arlo lieb zu. „Ich kümmere mich schon um Abi, geht ihr lieber raus und spielt Männer." Leo wirft Yvonne noch einen komischen Blick zu und geht zusammen mit Arlo nach draußen, dort wartet auch schon Kiano auf sie.

„Erzähl du es ihm Kiano, schließlich ist es auch deine Idee." „Hey Arlo, ich habe eben mitbekommen, dass ihr in einen Bunker einbrechen wollt. Aber ihr habt nicht die Mittel, um dort reinzukommen, da kann ich aber helfen." „Ich bin ganz Ohr Kiano", antwortet Arlo.

„Okay" beginnt er wieder „kannst du dich noch an den Supermarkt erinnern?" Langsam dämmert es Arlo. „Du meinst die Panzerfaust?" „Richtig Arlo, mit dem Ding bekommen wir auch den Bunker auf, da kannst du dich drauf verlassen." „Das ist eine Idee, danke Kiano", sagt Arlo und wendet sich Leo zu. „Wie schaut das mit den Türmen aus? Wenn wir das Teil sprengen, kann es sehr gut sein, das hier Kranke auftauchen." „Ich habe hinten auf dem Turm wieder die beiden Studenten, ich habe keine Ahnung, warum sie darauf so scharf sind, aber denen ist wohl langweilig, sie haben ein Gewehr und eine Pistole.

Auf den oberen ist Emma mit einem Sturmgewehr, also brauchen wir noch jemanden für diesen Turm." „Ich mache das", sagt eine weibliche Stimme von hinten. Sofia hat sich leise angeschlichen und dem Gespräch gelauscht. „Sarah und Jessica sind bei den Kindern und eigentlich wollte ich schauen, ob ich in der Küche aushelfen kann, aber einen Turm kann ich auch besetzen." „Alles klar Sofia", sagt Leo ganz locker „dann holen wir dir eine Waffe. Wir brauchen ja auch welche für uns und dann kann es auch schon losgehen." Leo verschwindet im Lager und Sofia kommt Arlo ein wenig näher.

„Ich wünsche euch alles Gute und hoffentlich findet ihr Sam." „Danke Sofia." Leo kommt mit einer der Sporttaschen nach draußen, erst gibt er Sofia ein Gewehr, die damit auch sofort den kleinen Turm besteigt und dann den anderen noch eine Pistole.

„Wir haben doch unsere Sturmgewehre Leo", sagt Arlo zu ihm. „Ich weiß, aber wenn wir da wirklich rein kommen, brauchen wir kleine Waffen." Arlo nickt darauf kurz und schon geht es los in Richtung Wald. Auf dem Gemeinschaftsplatz kommt Emma sofort vom Turm und hält die Drei auf. „Wo wollt ihr denn hin?" „Wir knacken jetzt den Bunker", antwortet Kiano ziemlich strahlend. „Aha" sagt sie nur und schaut auf die beiden anderen. „Emma, wir schießen mit der Panzerfaust auf den Eingang und das könnte ziemlich laut werden. Ihr müsst hier unbedingt die Augen offen halten, es wird sicher Besuch kommen", sagt Leo direkt zu ihr. Die wird natürlich sofort wieder sauer. „Also wollt ihr mich einfach hier lassen, damit ich Kindermädchen spielen darf?" „Du bist jetzt der Chef, also wäre es besser so", sagt Arlo ziemlich trocken. Ohne ein weiteres Wort dreht Emma sich wieder um und geht auf ihren Turm. Die drei schauen ihr noch nach und setzten ihre Reise fort.

Abigail steht am Fenster und hat die Sache beobachtet, ein kleines grinsen geht ihr übers Gesicht. „Hilfst du mir beim Essen kochen?" Spricht Yvonne sie von hinten an. Abigail zuckt kurz zusammen und schaut zu ihr rüber. „Ich kann leider nicht kochen", sagt sie schnell. „Das ist nicht schlimm, das kann ich dir zeigen." Wieder überkommt Abigail ein leichtes lächeln. „Okay", sagt sie noch und steht parat.

Kiano geht voran und die anderen folgen ihm. „Sag mal Kiano, warst du schon mal hier?" Fragt Arlo ihn von hinten. Der Dunkelhäutige bleibt nicht stehen, sondern antwortet beim Laufen.

„Nein, wie kommst du denn auf so was?" „Ach weiß ich auch nicht, bin aber echt froh, dass du da bist und nicht nur wegen der Waffen", sagt er eben schnell und schaut Leo von der Seite an. Der versteht natürlich sofort, wo Arlo drauf hinaus will, wenn Kiano hier noch nie war, warum geht er dann vor und kennt den Weg zum Bunker. Die Sache ist schon sehr merkwürdig, aber sie belassen es erst mal dabei und folgen ihm einfach weiter.

Emma gammelt auf ihren Ausguck, hin und wieder schaut sie nach unten, aber da ist nichts. Sie ist sehr angepisst, weil sonst ist sie immer dabei und jetzt sind sie alleine losgezogen. Der Bunker ist natürlich nicht wichtig, warum auch, sie hat den ja nur gefunden. Sicher hat Arlo das so gewollt und alles nur wegen dieser neuen Schlampe. Sie schaut einmal schnell nach unten, aber da war nichts. Blut tropft von ihrer linken Hand, weiter oben hängt gerade das Messer in der Haut. Normal wollte sie sich ein wenig abregen, am Ende wurde es ein Kunstwerk, in ihrem Arm ist nun ein A und ein E zu all den Narben hinzugekommen. Unten an der Küche wurde gerade ein Fenster geöffnet, Emma blickt kurz auf und sieht Abigail mit einem Tuch herumwedeln, da hat sich wohl ein wenig Rauch gebildet. Mit ihrer Hand formt sie eine Pistole und drückt ab, danach pustet sie einmal über ihre Finger.

„Jetzt musst du nur noch umfallen, du dumme Bitsch", sagt sie leise. Ihr Blick landet wieder unten auf dem Parkplatz, da ist doch irgendwas, also hatte sie sich nicht getäuscht. Sie rafft sich auf, zieht ihren Ärmel runter und beobachtet die Stellen zwischen den Autos. Ganz sicher ist sie sich nicht, aber da hat sich eben was bewegt. Normal sollte sie jetzt das Funkgerät benutzen, aber das ist ihr zu blöd, sie geht vom Turm und schleicht hinter Lennarts Haus nach unten. Ihr Messer ist nun dem Sturmgewehr gewichen.

Geduckt und ziemlich leise kommt sie unten an, bisher hat sie nichts mehr gesehen, vielleicht hat sie sich auch einfach nur geirrt. Doch dann entdeckt sie was, zwischen den Autos läuft eine Frau herum, eine Alte den Haaren nach zu urteilen. Emma geht aus ihrer Deckung und betritt den Parkplatz. „Hey" ruft sie von weiten und die bleibt stehen. Langsam dreht sie sich um und Emma erkennt sofort, dass es wirklich eine der Kranken ist.

„Verdammte Scheiße", sagt sie kurz und zielt mit ihrer Waffe direkt auf den Kopf. Aber sie drückt nicht ab und die Frau kommt immer näher. „Willst du spielen?" Fragt sie ein wenig lauter und hebt einen Stein vom Boden. Diesen wirft sie einfach in die Richtung, trifft aber nicht und die Person kommt weiter näher. „Also bist du eine ganz harte", lacht Emma mittlerweile und hebt den nächsten Stein auf. Diesen wirft sie ein wenig genauer und der prallt vom Körper ab. Sie kommt durch die Wucht zwar ein wenig ins Wanken, fällt aber nicht und nähert sich weiter. Der nächste Stein fliegt zum Ziel, dieser entwickelt sich zum Volltreffer, denn er geht direkt an den Kopf. Emma schaut sich das Spektakel ein wenig an, die Kranke liegt am Boden, rappelt sich aber wieder auf und nimmt den gleichen Kurs. Oben an der Stirn kann sie eindeutig die Stelle erkennen, wo der Stein getroffen hat, auch ein wenig Blut sickert nach unten. „Ganz schön hartnäckig meine Dame, du warst im Leben wohl auch nicht schnell kleinzukriegen." Emma hat es mit den Steinen aufgegeben, sie läuft einfach langsam rückwärts und hält durchgehend den gleichen Abstand. Der Parkplatz ist schon zu Ende und hinter ihr kommt die kleine Wiese, die an dem Wald angrenzt. „Hast du vielleicht Hunger Madame?" Fragt Emma sogar ziemlich liebevoll, eine Antwort wird sie wohl nicht bekommen, das ist ihr aber auch egal.

„Ich könnte dir so ein junges Miststück anbieten, die ist sicher noch schön knackig, jaaaa Ich sehe schon, das würde dir gefallen", ist das nächste, was von Emma kommt, sie zieht ihr Messer, legt das Gewehr an die Seite und umkurvt ihr Opfer. „Leider kann ich das nicht machen, das würde sicher auffallen, daher muss ich dich wohl doch töten." Sie läuft ein paar Runden im Kreis und wartet auf den passenden Augenblick. Der kommt auch ziemlich schnell, die ältere Frau fällt beim Drehen über ihre eigenen Füße und kullert den kleinen Abhang hinab. Sofort springt Emma hinterher und stellt ihren Stiefel auf ihren Kopf, so das sie sich nicht mehr bewegen kann.

Jetzt schiebt sie ihren Ärmel nach oben und schneidet sich noch mal tief in die Haut, das Blut tropft sehr schnell nach unten und zwar direkt in den Mund der Frau.

„Schmeckt dir das?" Fragt Emma ziemlich amüsiert. Die Kranke zieht jeden Tropfen Blut ins sich hinein, sogar die Zunge tastet außen den Mund ab. Emma kann aber nicht mehr lange so weiter machen, denn je mehr Rotes nach unten geht, desto wilder wird die, also nimmt sie ihr Messer und steckt es der Frau mitten in den Kopf. Sofort sind alle Bewegungen verstummt und Emma zieht ihren Fuß zurück.

„Hoffentlich hat es noch geschmeckt", lacht sie wieder. Mit ein paar Blättern und einigen Zweigen deckt Emma die Leiche ab und geht zurück zu ihren Turm. Oben angekommen schaut sie noch mal zu dem Fenster der Küche, das ist aber schon wieder geschlossen. Sie pustet sich einmal die Haare aus dem Gesicht und macht es sich gemütlich. Der nächste Kranke kommt bestimmt und vielleicht bekommt er dann auch was zu beißen. Ein kleines Lächeln geht über Emmas Lippen.

„Hey, wir sind da" ruft Kiano von vorne und bleibt stehen. Arlo und Leo brauchen nur ein paar Augenblicke länger und alle drei schauen jetzt direkt auf den Eingang. Die schräge Tür, die in der kleinen Bergkuppel eingelassen wurde, ist natürlich geschlossen.

„Dann mach mal dein Ding Kiano", sagt Leo. Der schaut ihn aber ungläubig an. „Ich soll schießen?" Arlo und Leo nicken gleichzeitig und gehen schon mal ein Stück nach hinten.

„Okay", sagt Kiano sehr unsicher und wühlt in der Sporttasche, die vor ihm liegt. Dort findet er einmal die Waffe selber und 2 Raketen ähnliche Geschosse. Eines dieser Teile steckt er langsam in das große Rohr, bis es etwas lauter klickt. Er blickt noch einmal auf die beiden anderen, die sich schon die Ohren zu halten und nimmt die schwere Waffe auf die Schulter. Beim letzten Schuss am Supermarkt hatte er sich die verletzt, der Rückstoß hatte die Haut direkt oben neben dem Hals abgerubbelt und genau da liegt das Teil nun wieder drauf. Er beißt die Zähne zusammen und zielt, kurz darauf betätigt er den Abzug, aber nichts passiert.

„Was ist los?" Schreit Arlo von hinten. „Ich habe die Sicherung vergessen", antwortet Kiano und an seiner Stimme erkennt man sofort, das es ihm sehr peinlich ist, vielleicht ist es aber auch angst. „Geht ihr bitte ein wenig beiseite." Kiano schaut die beiden eindringlich an.

„Es ist nicht gerade ratsam, direkt hinter dem Teil zu stehen." Arlo und Leo gehorchen natürlich und gehen ein großes Stück zur Seite.

Wieder beginnt Kiano mit dem zielen, er zählt langsam von 3 runter zur 0 und zieht den Abzug. Dieses mal funktioniert es auch, ein Donnergrollen breitet sich kurz aus und Arlo hört das Zischen, was er ja schon kennt. Nicht mal eine Sekunde später gibt es eine riesen Explosion.

Die beiden an der Seite ducken sich und ziehen sich noch weiter zurück, denn eine große Staubwolke breitet sich aus. Kiano ist komplett vom Qualm verschluckt oder einfach verschwunden, beides wäre wohl möglich. Es dauert nicht lange und der Rauch hat sich ein wenig verzogen, jedenfalls am Boden, denn nach oben geht die Rauchsäule aber weiterhin. „Scheiße Leo, das ist sicher schön weit zu sehen", sagt Arlo immer noch zusammengekauert neben seinen Freund. „Hoffentlich bekommen die im Camp keine ungebetenen Gäste", antwortet Leo. „Habe ich euch nicht gesagt, dass es funktioniert?" Es ist Kiano, der dann wohl doch nicht verschwunden ist. In beiden Händen hält er die Panzerfaust, die selber noch am Qualmen ist. „Jetzt haben wir nur noch einen Schuss, dann können wir das Teil in den Müll schmeißen", fügt er hinzu und legt das schwere Ding auf den Waldboden.

Leo und Arlo erheben sich wieder und gehen Richtung Bunker, die Detonation hat es wirklich geschafft, den Eingang zu öffnen. Oder besser, es ist nichts mehr von übrig, auch der kleine Hügel ist weitgehend verschwunden. Das ist aber egal, die Hauptsache ist, man kommt da jetzt rein. Arlo macht sich auf den Weg und steht vor dem neu entstandenen Loch, Leo ist an seiner Seite und zusammen blicken sie runter. Ein kleiner Lichtschimmer ist zu sehen, aber auch da unten scheint eine Menge Qualm und Schrott zu sein.

„Du bleibst hier Arlo", sagt Leo plötzlich. Er schaut ihn an. „Das kannst du vergessen."

Kiano kommt von hinten und stellt sich an ihre Seite. „Arlo, ich bin dein Freund und als dieser sage ich dir, dass du hierbleibst. Ich gehe erst mal alleine da runter. Kiano pass auf ihn auf und wenn er nicht hören möchte, gibst du ihn eins auf die Birne." Ziemlich erschrocken schaut Kiano erst auf Leo und dann auf Arlo. „Okay, ich gebe mein bestes", sagt er noch schnell und zieht Arlo ein wenig nach hinten. Der ist damit aber gar nicht einverstanden und reißt sich los, aber wieder ist es Leo, der mit seiner ruhigen Stimme Arlo zur Vernunft bringt.

„Mensch Arlo, das ist jetzt kein Spaß, wir wissen nicht, was wir da unten finden, es ist nur zu deinem Besten. Wenn alles okay ist, hole ich dich sofort." Als Antwort bekommt Leo ein leichtes Nicken. Bevor der aber nach unten steigt, vergewissert er sich noch mal, das Kiano wirklich zur Stelle ist. Leider weiß er auch, dass er Arlo wohl nicht halten kann, wenn der es doch versucht.

Vorsichtig geht Leo eine Stufe nach der anderen nach unten, er hält sich eine Hand vor den Mund, denn es stinkt fürchterlich, was aber an der Explosion liegt. Er muss sehr aufpassen, denn überall befinden sich Beton und Metallstücke im Weg, ein Sturz wäre jetzt sicher nicht gut. In der rechten Hand hat er seine Pistole, er geht lieber auf Nummer sicher. Er passiert unten eine Tür, die aber offen steht und kommt in den ersten Raum. Leichter Nebel liegt in der Luft, aber die Deckenleuchten geben genug Licht, um alles zu erkennen. Er bleibt aber sofort stehen und schaut nach unten. Hier ist eine Menge Blut am Boden, welches schon getrocknet ist, das wird wohl nicht von der Explosion stammen.

„Was ist hier bloß geschehen?" Sagt er leise zu sich und macht einen kleinen Bogen um die Lache. Vor ihm befindet sich eine Tür und zur Rechten sieht er noch eine, er entscheidet sich aber für die Erstere. Den nächsten Raum erreicht er ohne Probleme und schaut hinein. Es handelt sich um eine Küche, aber sein Blick bleibt auf was anderen hängen, denn hinten rechts liegt eine Leiche auf dem Bauch. Er erkennt aber sofort, das es ein Mann ist. Leo geht langsam näher, sein Herz pocht sehr schnell und seine Angst wird bei jedem Schritt größer.

„Bitte lass es nicht er sein, bitte", sagt er etwas lauter und steht jetzt genau vor dem Körper. Er dreht ihn um und erstarrt, er ist es tatsächlich. Vor ihm liegt Vincent, in seiner Brust steckt irgendwas glasiges und in seinem rechten Auge wohl eine Gabel. Er kann es nicht genau erkennen, es ist jedenfalls ein Besteckteil und außerdem ist Vins komplett nackt, was Leo noch mehr verunsichert.

„Und ich dachte, ich hätte dich getötet", spricht er die Leiche an. Die reagiert natürlich nicht, schließlich ist sie nun wirklich tot. Aber so richtig kann sich Leo derzeit nicht konzentrieren. Natürlich ist er jetzt kein Mörder mehr, denn der Typ zu seinen Füssen hat seine Attacke überlebt. Andersrum wird der Mann hier unten auch nicht alleine gewesen sein, denn er wird sich die Verletzungen nicht selber zugezogen haben. In Leo dämmert es leicht, es kann nur Sam sein, aber wo ist sie? Er verlässt die Küche und folgt einer Blutspur in einen kleinen Durchgang. Auf der linken Seite ist eine Tür, dahinter befindet sich aber nur ein Klo. Also geht er gerade aus weiter und kommt in ein größeres Schlafzimmer mit einigen Stockbetten. Dort sieht er leider noch mehr Blut am Boden und auch den Rest des glasigen Gegenstands, der in Vincents Brust steckt.

„Wieder zwei Türen", sagt Leo und muss sich entscheiden. Er geht gerade aus und sieht im Augenwinkel Handschellen an einem Bett. „Das kann nicht gut ausgehen."

Langsam fängt er an zu zittern, denn an ein gutes Ende glaubt er nicht mehr. Alleine wegen der Handschellen ist er sich aber sicher, das er Sam gleich finden wird. Die Frage ist eher, lebt sie noch? Der nächste Gang wird passiert und Leo betritt einen Duschraum. Aber auch hier findet er nichts, nur eine kleine Stelle an einer der Stangen kommt ihm komisch vor. Er nähert sich langsam und erkennt ein Kabel. Weiter unten sieht er Blut. Eine Pause muss her, er lehnt sich einmal an die Wand und versucht ein wenig runter zu kommen, aber sein Herz will einfach nicht langsamer werden. Einen Versuch hat er noch, die aus dem Schlafraum, die war aber als Einzige geschlossen.

Er geht zurück und steht wieder vor dem großen Blutfleck, von dort steuert er die Tür an und versucht sie zu öffnen. Die quietscht ein wenig, aber trotzdem bekommt er sie auf und dahinter ist es dunkel.

Im leichten Licht vom Nebenraum erkennt er aber ein Lager und was für eins, hier ist eine Menge Proviant gelagert.

„Dieser blöde Penner, hier hat er also alles versteckt." An der Wand neben der Tür sucht er einen Lichtschalter und findet ihn, das Licht geht an und er sieht das ganze Lager. Aber da ist noch mehr, er kann auch was hören, direkt hinter den Regalen ist ein wimmern, oder ein leises weinen, er kann es nicht genau einordnen.

Er nimmt seine Waffe hoch und läuft langsam in die Richtung. „SAM" ruft er auf einmal, wirft die Pistole weg und sprintet an die gegenüber liegende Seite. Dort sitzt zusammen gekauert Arlos Frau, sie lehnt direkt an der Wand und hat ihren Kopf zwischen die Beine gesteckt.

„Sam, Sam, Sam", sagt er durchgehend und kniet sich vor ihr hin. Er kann es nicht fassen, sie lebt, aber reagiert nicht auf ihn. Langsam hebt er ihren Kopf und schaut in ein verweintes Gesicht und die Augen blicken ihn an.

„Leo? Was machst du denn hier?" Fragt sie total leise. Leo kann sie kaum verstehen.

„Sam, wir haben dich gesucht und haben den Bunker gesprengt, ich habe drüben Vincent gefunden, was ist passiert?" Sie schaut Leo erst mal eine Zeit lang an, ohne was zu sagen. Ein leichtes Lächeln läuft ihr über die Lippen, was aber schnell wieder vergeht.

„Jetzt habt ihr mich ja gefunden, danke Leo, ich habe damit nicht mehr gerechnet. Vincent hat mich entführt, direkt aus dem Haus und mich hier eingesperrt. Ich habe ihn getötet Leo" und wieder fängt sie furchtbar an zu weinen. Leo umarmt sie sofort und drückt sie dabei sehr fest.

„Du hast es jetzt überstanden Sam", flüstert er ihr ins Ohr und geht wieder ein Stück zurück.

„Ich hole jetzt Arlo, der wartet draußen und zusammen bringen wir dich hier raus."

Leo will sich gerade erheben, als Sam ihn mit letzter Kraft wieder zurückzieht. „Bitte nicht Arlo, bitte Leo. Er darf mich so nicht sehen." Leo begreift nicht wirklich, was sie damit meint, versucht aber nicht noch mal zu entkommen. „Sam, wir bringen dich hier raus, alles wird wieder gut."

„Nein Leo", schreit sie plötzlich. „Nichts wird wieder gut, verstehst du das nicht?" Leo versteht es wirklich nicht, was man auch an seinen Blick erkennen kann. Aber anstatt weiter zu reden, zieht Sam ihr Kleid ein wenig nach unten und oberhalb ihrer Brust sieht man einen tiefen Biss. Leo fällt nach hinten und starrt auf die Stelle. „Nein", sagt er kurz und blickt nach unten. „Wie?" Fragt er noch und redet nicht weiter.

„Leo, ich habe ihn mit einer Flasche getötet, er ist aber wieder gekommen und hat mich angegriffen und dabei ist das passiert." Sams Stimme wird bei jedem Satz leiser. Leo blickt wieder auf und schaut sie an, auch er hat mittlerweile Tränen in den Augen. „Vielleicht ist ja gar nichts passiert, so tief ist es doch gar nicht." „Ach Leo, du bist lieb, leider ist es schon zu spät. Die Stelle ist total heiß und schmerzt ungemein. Außerdem habe ich auch Fieber und möchte nur noch schlafen."

„Sam, ich kann das nicht zulassen, was soll ich denn Arlo sagen?" „Sag ihm" Sam fängt an zu husten „sag ihm einfach, dass ich tot bin, alles andere würde ihn zerstören." „Du bist aber nicht tot Sam." Wieder kommt ein leichtes Lächeln bei ihr. „Noch nicht Leo, noch nicht." Sie schaut an ihm vorbei und deutet mit dem Kopf auf eine Stelle. Leo dreht sich um und sieht seine Waffe dort liegen, er hatte sie selber eben da hInbefördert. „Bitte Leo, du musst das für mich machen, ich kann es nicht selber." Leo steht auf und holt sich seine Waffe. „Ich kann das nicht Sam, ich kann dich doch nicht einfach erschießen." „Bitte Leo, ich flehe dich an, ich kann nicht als eins dieser Dinger wieder kommen. Das kannst du Arlo nicht antun, er muss wissen, dass ich tot bin. Nur so kann er weiter leben." Leo geht einmal im Kreis und schaut dabei auf die Waffe. Dann bleibt er stehen und blickt wieder auf Sam. „Es tut mir so leid Sam." „Mir auch Leo, aber bitte zieh das jetzt durch, du musst das machen." Leo geht noch einmal in den Schlafraum und holt dort 2 große Kissen. Er kommt sofort zurück und legt das Erste hinter Sam an die Wand. Dann schaut er sich das andere an und weitere Tränen treten in seine Augen. „Du bist mein Held, Leo, ich danke dir von ganzen Herzen und pass bitte auf Arlo auf." „Das werde ich Sam, das verspreche ich dir." Sie schließt die Augen und presst ihren Kopf fest in das Kissen hinter sich. Leos Hände sind am Zittern, langsam nimmt er das zweite Kissen und hält es Sam vors Gesicht, dann hebt er seine Waffe und steckt sie genau da rein. „Es tut mir so leid Sam" sagt er noch und drückt ab...

Kapitel 41

Emma steht immer noch auf ihren Turm und schaut in den Wald. Die Explosion war bis hier her zu hören und nun sieht sie eine große Qualmwolke. Unten kommen Yvonne und Abigail angelaufen. „Hast du das auch eben gehört?" Fragt Yve nach oben. Emma schaut einmal kurz nach unten und verzieht das Gesicht. „Die haben es wohl geschafft oder haben sich selbst in die Luft gejagt, bei Männern weiß man ja nie." Die beiden von unten blicken ziemlich finster nach oben. „Sehr witzig Emma", sagt Yvonne noch kurz und geht mit Abi zurück zur Küche. Davor wartet Eve zusammen mit ihrem kleinen Sohn.

„Yvonne", sagt sie schnell „was war das eben?" „Das waren die Männer im Wald, die haben wohl den Bunker gesprengt, um nach Sam zu schauen." „Oh" sagt Eve wieder „dann hoffe ich mal, das sie Glück dabei haben. Braucht ihr in der Küche Hilfe? Ich komme mir gerade so nutzlos vor, ich habe einfach nichts zu tun." Yvonne lächelt sie einmal an. „Ach Eve, mach dir bitte keinen Kopf, wir sind so froh, das du hier bist. Wir werden dich sicher bald wieder brauchen, so blöd das auch ist." Yvonne und auch Abi bekommen von Evelyn ein nettes lachen und dann verschwindet sie wieder. Dafür kommt Sofia von ihrem Turm und gesellt sich kurz zu den beiden. „Mach dir keine Sorgen Yvonne, Leo wird schon wieder kommen." Dann schaut sie kurz zu Abigail.

„Arlo natürlich auch." Die kleine Abi läuft natürlich rot an und Yvonne zieht sie sofort in die Küche. Vor dem Schließen der Tür wendet sie sich aber noch einmal an Sofia.

„Pass jetzt bitte ein wenig auf, wer weiß, wer das alles mitbekommen hat und wir haben alle keinen Nerv auf Überraschungen." Sofia fabriziert kurz einen Soldaten Gruß und geht wieder auf ihren Turm. Yvonne macht auch die Küchentür zu und blickt auf Abigail.

„Keine Angst Abi, wir haben hier auch noch Waffen, sollte was passieren, dann kümmere ich mich darum." „Danke Yvonne, aber sag mal, warst du schon immer so tough?" Yvonne beginnt ein wenig lauter zu lachen und nimmt Abis Hand. „Nein, ich war mal so wie du, aber die Zeit hat mich verändert." „Wird mir das auch passieren?" „Das denke ich schon, warte einfach ab."

Abigail schaut ein wenig nachdenklich. „Meinst du, Emma war früher auch mal anders?" Das Lachen verschwindet bei Yve aus dem Gesicht. „Nein Abi, ich glaube, die war schon immer so."

Emma blickt gespannt nach unten, irgendwie hofft sie gerade, das da ein paar Kranke kommen, sie braucht unbedingt was zu tun. Ihre Wunden am Arm sind wieder getrocknet, aber sie macht sich wirklich ein wenig Sorgen. Seit sie das Messer von Vincent geklaut hat, wurde es nicht einmal gesäubert, vielleicht mal abgeputzt, mehr aber auch nicht. Jetzt hängt sie hier oben und ritzt sich die Haut, dabei hatte sie mit dem Teil schon mehrere Kranke getötet. Aber die Angst hält nicht lange, denn sie sieht unten auf dem Weg zum Parkplatz den ersten Kranken. Diesmal nutzt sie aber das Funkgerät und warnt die anderen, gerade Sofia muss sich um den Häuserweg kümmern, kein Lebender darf sich hier aufhalten und vor allem auch kein Toter. Emma beginnt zu schießen und alle schrecken zusammen.

Arlo sitzt auf dem Waldboden und Kiano steht leicht neben ihn. Keiner von beiden hat bisher gesprochen, jeder ist versunken in seinen Gedanken. Die Aufsichtspflicht hat Kiano doch ziemlich ernst genommen, aber so langsam hat er darauf keine Lust mehr. Er geht zur Seite und packt die Panzerfaust und die letzte Rakete wieder in die

Tasche, kaum ist das geschehen, horcht er auf und rennt zu Arlo zurück. „Hörst du das Arlo?" „Ja, das sind Schüsse. Die bekommen da unten wohl Besuch", antwortet Arlo ziemlich gleichgültig. „Scheiße Mann, wir müssen uns beeilen, die brauchen uns." Arlo antwortet darauf aber nicht mehr, er schaut weiter auf das Loch und wartet auf Leo.

Eigentlich ist der auch schon wieder bereit dafür nach draußen zu gehen, aber er hat noch einen Dienst im Bunker. Er hat Sam ganz vorsichtig durch das Lager getragen und in den Nebenraum gebracht. Dort hat er sie in eins der Betten gelegt, aber nicht das mit den Handschellen und eine Decke über den Kopf gezogen. Auch wenn er nicht an Gott glaubt, so hat der dennoch ein kleines Gebet gesprochen, das kannte er noch aus seiner Kindheit.

„Ruhe in Frieden Sam", sagt er zum Abschluss und geht zum Ausgang. Bevor er aber nach draußen klettert, läuft er noch einmal in die Küche und nimmt sich ein großes Messer. Dieses steckt er Vincent in den Kopf, diesmal will er wohl auf Nummer sichergehen. Er steht noch eine Weile vor der Leiche und kann nicht verstehen, wie der das alles überlebt hat. Er hatte ihn erschossen, er hätte tot sein müssen und doch ist er hier und hat Sam entführt. Langsam macht er sich bereit, um seinen Freund da draußen die schlimme Nachricht zu überbringen. Ziemlich unsicher erklimmt er die Stufen und erreicht das freie, wo Arlo nur ein paar Meter weiter am Boden sitzt. Als er ihn sieht, springt er sofort auf und geht zu ihm rüber. Leo hasst sich jetzt schon dafür, er will seinen Freund das nicht sagen, aber Sam hat es sich genau so gewünscht, daher darf er nicht lügen.

„Hey Leo, sag schon, was ist da unten?" Fragt Arlo schon, bevor er ihn erreicht. Leo geht aus dem Loch und kommt mit ihm zusammen. Der schaut ihn natürlich mit großen Augen an. „Leo?"

„Es tut mir leid Arlo, ich weiß nicht, wie ich es dir sagen soll, aber Sam ist tot." Arlo bleibt kurz vor Leo stehen und schaut ihn an. „Du machst Scherze?" Leo packt Arlo an den Schultern und schaut ihm jetzt tief in die Augen. „Nein Arlo, ich scherze nicht, Sam ist tot. Es tut mir unendlich leid." Einen kurzen Augenblick passiert gar nichts, Kiano kommt von hinten ein wenig näher und schaut sehr traurig, er hat Sam zwar nicht gekannt, aber vielleicht hätte er es verhindern können.

„Wie?" Fragt Arlo jetzt mit leiser Stimme. Über das wie hat sich Leo noch unten im Bunker den Kopf zerbrochen, aber er möchte, so nah es geht bei der Wahrheit bleiben. „Vincent Arlo, er war nicht tot, er ist zurückgekommen und hat Sam wohl entführt und unten eingesperrt. Sam war aber nicht mehr die Frau, die er mal kannte, sie hat sich wohl gewehrt und hat ihn getötet. So wie es aussieht ist der Penner dann noch mal wieder gekommen und hat Sam gebissen und sie hat ihn dann endgültig getötet. Im Endefekt hat sie sich dann selber erschossen." „Und das hast du alles herausgefunden?" „Arlo, es war eindeutig, man konnte jede Spur erkennen. Hast du schon vergessen? Ich war Reporter und da musste man so was erkennen können." „Ich muss da runter Leo, ich muss sie sehen." Arlo ist kurz vorm Ausrasten und in der Ferne hören sie weitere Schüsse. „Leo, wir müssen zurück, sie brauchen sicher unsere Hilfe", sagt Kiano und er winkt ab. Er hält Arlo sehr fest, der kann sich gar nicht bewegen, zur Not würde er ihn auch bewusstlos schlagen. Aber er wird es absolut nicht zulassen, das er da runter geht. Langsam verpufft die Gegenwehr und Arlo setzt sich auf den Waldboden, oder besser, er sackt einfach zusammen.

„Also war meine ganze Suche umsonst", sagt er zu sich selber. Leo setzt sich neben ihn und schaut zu ihm rüber. „Nein war es nicht, du hast einer anderen Frau das Leben geschenkt, wenn Sams tot einen Sinn hatte, dann diesen. Ohne ihr verschwinden wäre Abigail gestorben Arlo." „Bist du jetzt ein Gläubiger geworden Leo" fragt Arlo doch schon sehr frech. Ein leichtes lachen geht Leo über die Lippen. „Ganz sicher nicht, aber ein komischer Zufall ist es schon."

Arlo nickt kurz und schaut nach Kiano, wie vom Blitz getroffen, springt er auf, zieht seine Pistole und hält sie ihm direkt an den Kopf. Der kann das gar nicht fassen und fängt an zu schreien. „Arlo, was tust du?" Schreit Leo ihn an. „Rede du Schwein, wer bist du?" Schreit Arlo in Richtung Kiano. „Das weißt du doch Arlo, ich bin Kiano", wimmert sein Opfer. „Arlo leg jetzt die Waffe weg, ich bitte dich", fängt Leo wieder an. „Halt dich da raus Leo, ich habe was zu klären", widerspricht er ihm.

„Also noch mal schön langsam, wer bist du wirklich Kiano und warum bist du hier?" „Mein Name ist wirklich Kiano und ich bin hier, weil ihr mich mitgenommen habt." Es sieht gerade so aus, als ob er sich in die Hose macht. „Falsche Antwort mein Junge, du hast nur noch eine Chance und du weißt genau, das ich gerade sehr wohl in der Lage bin abzudrücken." Arlo fast Kiano am Kragen und zieht den Abzug der Pistole, jetzt fehlt nur noch ein leichter Fingerdruck und die Waffe tut ihren Dienst. „Du warst schon mal hier, stimmt es?" Kiano verzieht sein ganzes Gesicht, so viel Angst hatte er wohl noch nie. „Antworte sofort" schreit Arlo ihn an. „Ja war ich Arlo." „Gut, und weiter, du hast heute Nacht Lennart umgebracht, habe ich recht? Rede." Aber Kiano antwortet nicht, er nickt nur kurz, Leo kann es nicht glauben, zuerst war er negativ von Arlo überrascht, er dachte wirklich, dass er den Verstand verliert, was er aber jetzt hört, raubt ihm den Atem. Aber Arlo ist noch nicht am Ende. „Du kanntest Lennart schon länger und auch Vincent war dir bekannt, stimmt es?" Wieder nur das leichte nicken, die Hose von Kiano wird immer dunkler.

„Letzte Frage Kiano, du hast die Frau von Lennart ermordet, daher warst du so lange nicht mehr hier, weil man dich eingebuchtet hat, habe ich recht?" Jetzt geht es Leo allmählich zu weit, er bewegt sich ein wenig nach vorne und will eingreifen, aber Kianos Worte kommen ihn zuvor.

„Ja Arlo, ich war es, Lennart hatte mich dazu gezwungen, ich musste es tun und dann hat er mich fallen lassen. Ich bin mit euch zum Camp gekommen, weil ich mich an ihm rächen wollte, es tut mir leid, es hatte aber nichts mit euch zu tun. Ich habe den Wichser heute Nacht auch nach deiner Frau gefragt und er hat mir das mit Vincent erzählt, ich wusste also, das er noch lebt. Ich hatte doch heute Morgen schon geplant mit euch hier her zu gehen, oder wie kam ich auf die Idee mit der Panzerfaust, ich wollte nur helfen."

Kiano heult ohne Ende, es war schon ein Wunder, das er so einen langen Satz überhaupt hinbekommen hat. Aber Arlo drückt nicht ab, er nimmt sogar die Waffe runter und sackt zusammen. Sofort ist Leo zur Stelle und läuft zu ihm rüber, Kiano springt noch schnell zur Seite, sonst wäre er einfach überrannt worden, aber auch er geht zu Boden und heult weiter. Leo spricht leise auf Arlo ein, aber er weiß nicht was er machen soll, die Sache ist einfach zu traurig, um die richtigen Worte zu finden.

Bisher waren es nur zwei, die Emma vom Turm erledigt hat. Bei Sofia ist bislang keiner aufgetaucht. Mit dem Gewehr im Anschlag steht Emma weiterhin auf dem Turm und beobachtet den Parkplatz. Hin und wieder schaut sie auch zur Schranke, da sie genau bis dahin alles überblicken kann, dort ist aber nichts. Sofia ist nicht so von der Sache angetan wie Emma, sie hält ihre Waffe in der Hand und dreht sich durchgehend im Kreis. Sie weiß genau, dass sie es sicher nicht schaffen wird, jemanden zu erschießen. Daher hofft sie insgeheim, das keiner der Kranken den Weg nach oben findet.

Yvonne kommt hin und wieder mit einer Pistole aus der Küche und schaut nach unten, Abigail lässt sich aber nicht blicken, da Yve es ihr verboten hat. Ein weiterer Kranker torkelt zwischen den Autos herum, Emma setzt an und schießt. Das Ding läuft aber einfach weiter, entweder hat sie nicht getroffen oder den Kopf zu sehr verfehlt, ein erneuter Schuss geht auch daneben, der Kranke hat jetzt den Weg nach oben eingeschlagen. Emma hat nur noch eine Chance und dann ist er aus dem Sichtfeld. Der nächste Schuss trifft aber, der Typ fällt zur Seite und rollt ein Stück den Berg zurück. Nach dem Abschuss nimmt Emma ihr Messer in die Hand und ritzt einen vierten Strich vor sich ins Holz. Sofort geht ihr Blick wieder zum Parkplatz, da ist aber keiner mehr aufgetaucht. Eine erneute Kontrolle bei der Schranke lässt sie aufschrecken, die Leiche ist verschwunden. Sie hatte ihn doch getroffen und er ist auch gefallen, sie schaut kurz auf ihren vierten Strich und dann wieder darunter, aber da ist wirklich keiner mehr.

„Scheiße", sagt sie und will gerade vom Turm runter, als ihre Augen noch mal zu den Autos gehen und sie mit erschrecken feststellen muss, das zwei neue aufgetaucht sind. Also nimmt sie das Funkgerät in die Hand und spricht hinein. „Emma hier, einer der Kranken ist mir entwischt, es kann gut sein, dass der den Berg hochkommt, also haltet die Augen offen."

Sie schmeißt das Funkgerät wieder zur Seite und nimmt die Neuen aufs Korn.

Sofia ist total angespannt und schaut in die von Emma genannte Richtung, sieht aber nichts. „Verdammt" sagt sie ein wenig lauter und sucht die Gegend ab, es kann doch nicht sein, das die gelogen hat. Nebenan hört sie die Frau auch wieder schießen, sie hat wohl noch mehr entdeckt.

„Yvonne?" Ruft sie nach unten, denn unter ihren Hochsitz hat sie ein Geräusch gehört. Sie ist heilfroh, das Yve sie bei der Sache unterstützt. Sie geht ein Stück nach hinten und schaut die kleine Leiter runter, dort steht aber nicht ihre Freundin, da befindet sich ein kranker Mann.

„Oh nein, das gibt es doch nicht", ruft sie zu ihm. An der rechten Seite fehlt ein Ohr und Blut läuft an der Stelle herunter, mit zitternder Hand nimmt sie das Gewehr und zielt nach unten. Sie krümmt ihren Finger, aber nichts passiert, schnell zieht sie ihre Waffe wieder hoch und schaut sie an, sie hat keinen Plan, was damit nicht stimmt. Der Kranke steht weiter an der Leiter und greift die ganze Zeit nach oben, er kann sie zwar nicht erreichen, aber irgendwie wackelt der Turm ein wenig. Sofia bekommt es langsam mit der Angst zu tun, sie nimmt sich das Funkgerät und drückt auf den Knopf.

„Ich brauche Hilfe, meine Waffe funktioniert nicht und einer der Kranken wackelt unten am Ausguck." Eine Antwort bekommt sie aber nicht, Emma ist nebenan weiter am schießen und hat daher sicher nichts gehört, Phil und Vanessa reagieren einfach gar nicht.

Der Sitz wackelt immer mehr und Sofia ruft um Hilfe, irgendwer muss das doch mitbekommen und plötzlich ist es vorbei, das Holzgestell hat wieder eine feste Position und auch die furchtbaren Geräusche sind verstummt. Langsam bewegt sie sich nach vorne und schaut nach unten. Da liegt der Mann am Boden und ist wohl tot, ein spitzer Gegenstand steckt in seinem Kopf. Jetzt reckt sie sich ein wenig weiter und sieht Sayana unten stehen.

„Danke" ruft Sofia runter und die ältere Frau hebt ihren Kopf. „Dank nicht mir, mein Kind, danke Gott da oben, denn ich war am Schlafen, hatte aber einen merkwürdigen Traum, das war eine Fügung, ich sollte wach werden und nach dem rechten Sehen. Genau das habe ich jetzt gemacht, ich habe Mr. Roberts gerettet, er kann jetzt rüber gleiten und seine Ruhe finden." „Mr. Roberts?" Fragt Sofia noch verwundert nach unten, aber Sayana ist schon wieder aufgebrochen und geht zurück zu ihrer Behausung.

„Emma hier, der Parkplatz ist sauber, bei euch alles in Ordnung?" Kommt aus dem Funkgerät und Sofia kickt das Teil in die Ecke.

Arlo, Leo und Kiano kommen zwischen den Bäumen hervor und erreichen den hinteren Platz. Emma schaut von oben und verlässt sofort ihren Posten.

„Hey" ruft sie schon von weiten und sieht sofort das was nicht stimmt. Ein wenig lässt sie ihren Kopf hängen und wartet auf die kleine Gruppe.

„Hey Emma", sagt Leo und macht eine unmissverständliche Geste. Sie begreift sofort, das ihre Reise nicht mit Glück gekrönt wurde. Sie ist sich gerade sehr unsicher, was sie sagen soll, denn mit Arlo ist sie im Streit und jedes Wort wäre jetzt wohl fehl am Platz. Kiano grinst sie ein wenig erleichtert an und bleibt auch als erstes stehen, aber Emma nimmt keine Notiz von ihm und wendet sich dann doch an die anderen.

„Was ist passiert? Habt ihr sie gefunden?" Arlo antwortet auf die Frage nicht, er ist total in seinen Gedanken versunken und hat auch nicht wirklich Interesse, mit ihr zu sprechen. Kiano ist weiterhin irgendwie am Grinsen, daraus kann man aber nichts deuten, nur Leo geht ein wenig auf sie zu, er war ja der Einzige, der sie begrüßt hatte. „Sorry Emma, es ist alles schief gelaufen." Emma blickt kurz zu Boden und versucht dann doch den Blickkontakt mit Arlo aufzunehmen, der geht aber einfach weiter und verschwindet zwischen den Häusern. „Leo?" Fragt Emma etwas vorsichtiger und schaut ihn an. „Lass ihm Zeit Emma, es war nicht einfach, wir haben Sam gefunden, sie ist tot."

Wieder treten Tränen in Leos Augen, er sehnt sich einfach nur nach Yvonne, sie ist die einzige Person, die er gerade braucht. Er ist aber nicht unhöflich, daher bleibt er noch ein wenig stehen. „Verdammt" sagt Emma nur und versucht Leo nicht in die Augen zu schauen. Ihr

Funkgerät in der Tasche macht sich bemerkbar, sie nimmt es raus und lauscht Sofias Stimme.

„Da unten an der Schranke ist ein Fahrzeug gekommen, ich habe es genau gehört, aber bisher sehe ich keinen. Emma? Kannst du erkennen, wer das ist? Ich habe gerade Arlo am Turm vorbeilaufen sehen, er ist ohne ein Wort nach hinten gegangen."

Emma rennt zum Turm und hechtet die Leiter hoch, ihr Blick geht sofort zur Schranke und mit erschrecken erkennt sie einen Army Jeep mit zwei Insassen. Aber anstatt da oben zu bleiben und zu schießen, klettert sie wieder runter und gesellt sich zu Kiano, der hinter Lennarts Haus in Deckung gegangen ist. Leo steht noch am Fenster der Küche und diskutiert mit den beiden Damen, kommt aber auch danach zu den anderen. Emma nimmt ihr Funkgerät und drückt die Taste.

„Sofia, lass den Kopf unten, das sind Soldaten, wir machen das." Leo schaut ungläubig auf Emma und auch Kianos Blick ist nicht gerade erheitert.

„Was machen wir jetzt?" Fragt Leo sehr leise, Kiano hebt nur die Schultern und sagt nichts, aber Emma hat eine Idee. „Wir schleichen uns hinten herum und schauen was sie wollen. Solange die uns nicht sehen, sind wir im Vorteil." Die drei schleichen langsam hinter dem Haus entlang und kommen an die Seite, wo einige Büsche eine gute Deckung abgeben. Jetzt können sie die Soldaten, die mittlerweile ausgestiegen sind, erkennen. Sie bewegen sich mit ihren Waffen im Anschlag langsam um die Schranke herum und nehmen den Weg nach oben.

„Das sind zwei von denen", sagt Emma leise und Leo schaut sie an. „Wer?" Möchte er wissen. Emma erwidert sofort den Blick und kann im ersten Moment wohl nicht verstehen, wie dumm Leo manchmal ist, daher ist ihre Antwort auch ein wenig gereizt. „Die beiden waren beim Sägewerk dabei." „Scheiße" kommt von Leo und er zielt mit seiner Waffe auf die Uniformierten. „Warte Leo, wir wissen nicht, wo die anderen sind", sagt Emma zu ihm und schleicht weiter. Die Soldaten gehen vorsichtig den Berg nach oben, sie sind auch nicht mehr weit vom ersten Haus, als sie plötzlich anhalten. Der Rechte der beiden stellt seine Waffe zwischen seine Beine und holt ein großes Funkgerät aus seiner Tasche.

„Red hier, wir sind angekommen", spricht er in das Teil und wartet auf Antwort. Es dauert auch nicht lange und eine Stimme kommt aus dem Gerät. Trotz das Emma den beiden sehr nah ist, versteht sie kein Wort. Der Soldat spricht wieder rein. „Ist eine kleine Ansammlung von Häusern, wir haben bisher keinen gesehen, unten ist ein kleiner Parkplatz und dort liegen ein paar Leichen." Wieder kommt die andere Stimme aus der Muschel, die ist weiterhin so leise, dass Emma nichts versteht. „Nein es waren Verwandelte und sie sind erschossen worden", beginnt der Typ von Neuen. „Weiter oben ist so was wie ein Hochstand und darunter liegt auch noch einer, ich kann aber nicht erkennen, ob er verwandelt war."

Emma hat leider von dem anderen nichts verstanden, aber der Soldat packt das Funkgerät wieder weg und nimmt seine Waffe auf. „Was sollen wir jetzt tun?" Fragt der andere.

„Ich habe keinen Plan Dan, aber unsere Anweisung ist doch klar, wir durchforsten den Ort und erschießen jeden, den wir finden." „Findest du das gut? Warum erschießen wir immer alle, die haben uns doch nichts getan?" Sagt Dan wieder und der andere packt ihm derbe an der Uniform.

„Willst du deinen Schwanz einziehen? Dann bist du der Nächste, der ins Gras beißt." Der lässt sich aber nicht einschüchtern, er schaut den ziemlich böse an. „Nimm deine scheiß Finger von mir" kommt von ihm und der Durchgeknallte zieht zurück. „Gut so" beginnt Dan wieder „lass uns das jetzt hier beenden, die Sache stinkt voll, irgendwas stimmt hier nicht."

Langsam bewegen sie sich weiter und sind jetzt am Hochsitz, kurz kontrollieren sie Mr. Roberts und schauen dann nach oben. Emma schleicht zusammen mit den anderen zurück und versucht hinter das Lager zu kommen. Das Zwischenstück von Lennarts Haus und dem nächsten Gebäude schaffen sie ohne Probleme, jetzt sind sie an der hinteren Ecke angekommen und können wieder alles überblicken. Emma sieht mit Entsetzen, das einer der Soldaten dabei ist, auf den

Hochsitz zu klettern, nicht mehr viel und er entdeckt Sofia. Sie nimmt ihre Waffe hoch und zielt auf den Kerl, aber eine Stimme aus der anderen Richtung lässt sie zögern.

„Hallo ihr zwei seid ihr hier, um uns endlich zu retten? Ich habe schon zu Gott gebetet, dass wir endlich hier raus kommen." Sayana ist aus ihrem Haus gekommen und läuft direkt auf die beiden zu. Der kletternde Soldat unterbricht seine Aktion und springt mit einem Satz nach unten. Sofort nehmen beide ihre Waffen hoch und starren auf die ankommende Frau.

„Wer sind sie Madame?" Fragt Dan mit freundlicher Stimme. „Ihr könnt die Waffen ruhig runter nehmen meine Freunde, ich bin unbewaffnet, aber ich habe euch erwartet, denn ihr wurdet von Gott geschickt." Leo und Emma schauen sich an und wissen nicht, was sie machen sollen. Eigentlich möchte Emma gerne schießen, aber Leo hält sie noch zurück. „Warte Emma, vielleicht schafft es Sayana, die beiden umzustimmen. Wir müssen hier kein weiteres Blut vergießen."

„Du hast echt einen Knall Leo, die haben unsere Jungs auf dem Gewissen, die müssen sterben", antwortet Emma ziemlich zickig. Leo verdreht ein wenig seine Augen und Kiano steht im Hintergrund und hält sich einfach raus. „Und dann Emma? Wenn die anderen das mitbekommen, werden sie her kommen und die suchen. Dann sterben wir alle, hast du selber eben gesagt."

Emma ändert ihren Blick auf finster. „Dann sterben wir halt, aber ich werde noch genug von denen mitnehmen."

Das Gespräch der Soldaten mit Sayana ist auch noch nicht beendet, aber an der Haltung der beiden sieht man schon, das sie ein wenig ruhiger geworden sind. „Wie viele seid ihr hier?" Möchte Dan von der Frau wissen. Bevor sie aber antwortet, kommt sie noch ein Stück näher, so können auch die drei versteckten sie erkennen. „Wir sind eine ganze Gruppe, wir haben auch Frauen und Kinder unter uns", sagt sie und die beiden Soldaten schauen sich grinsend an.

„Ach, ihr habt auch Frauen hier, das höre ich gerne", antwortet der eine, der nicht Dan ist.

„Wie sieht es mit Waffen und Proviant aus?" Fragt jetzt aber wieder Dan, der sogar seine Waffe runter genommen hat. Sayana hebt ihre Hände zum Himmel und lächelt die beiden an.

„Wir haben genug Essen, dafür aber keine Waffen. Wir vertrauen auf Gott und sind nicht enttäuscht worden, ihr seit gekommen und werdet uns retten, ich habe es genau vorausgesehen."

Dan fummelt an seiner Tasche, es sieht so aus, als ob er auch ein Funkgerät heraus holt, aber es ist eine kleine Pistole, die auf einmal in seiner Hand auftaucht. Mit der zielt er auf Sayana und drückt ab. Die fliegt ein Stück nach hinten und landet außer Reichweite der drei Versteckten. Der andere Soldat fängt laut an zu lachen. „So gefällst du mir Dan, lass uns mal die anderen Frauen suchen, ich habe schon lange nicht mehr gefickt."

Auch Dan beginnt zu lachen und setzt zum Reden an. „Die Alte wollte ich aber nicht, wer weiß was die hatte, nicht das es ansteckend war." Im gleichen Augenblick sieht er seinen Kollegen zu Boden gehen und Blut spritzt ihm ins Gesicht. Emma rennt aus ihrem Versteck genau auf ihn zu und ihre Waffe ist noch ein wenig am Qualmen. Dan hebt seine und will gerade abdrücken, als ihn eine andere Stimme von hinten ablenkt. „Nimm die Waffe runter, du Schwein", schreit Leo ihn an und zielt mit seiner Waffe direkt auf ihn. Anstatt weiter auf Emma zu achten, wirbelt der Typ nach hinten und nimmt Leo ins Visier. Aber bevor er auch nur den Finger bewegen kann, ist Emma schon bei ihm und rammt das Sturmgewehr in seine Seite. Der verliert das Gleichgewicht und seine Pistole fliegt ihm aus der Hand, kurz danach landet er hart auf dem Boden.

Emma und Leo reagieren sehr schnell und tauchen über dem Mann auf. Ihre Waffen sind direkt auf seinen Kopf gerichtet. Von hinten kommt Arlo angerannt und auch Kiano ist zur Stelle, damit hat der Soldat keine Chance mehr und ist den Campbewohnern völlig ausgeliefert.

„Los auf die Knie du Schwein", schreit Emma ihn an und der Kerl gehorcht. Langsam sammelt sich auch der Rest in der Nähe, nur Sofia ist zu Sayana gerannt und erkennt sofort, dass hier nichts mehr zu machen ist. Arlo ist endlich von hinten gekommen und steht direkt vor Sayanas Mörder und schaut ihn böse an.

„Warum habt ihr sie erschossen? Was hat sie euch getan?" Will er von dem Mann wissen. Der Kerl hebt seinen Kopf und grinst ihn an. „Ihr werdet alle sterben", gibt er nur von sich und zeigt dabei sogar seine Zähne. Emma knallt ihm von hinten ihr Gewehr vor den Kopf und der Mann fliegt wieder nach vorne auf den Boden.

„Arlo, das sind zwei von denen die Alex und Peter getötet haben." Er schaut erst zu Emma und dann wieder auf den Typ am Boden. „Ihr fahrt also durch die Gegend und tötet wahllos irgendwelche Menschen? Seid ihr nicht die US Army? Habt ihr nicht einen Eid geschworen, die Unschuldigen zu beschützen?" Dan rappelt sich wieder auf und grinst tatsächlich immer noch, sein Blick geht einmal durch die Runde und bleibt dann bei Arlo hängen.

„Die US Army? Die gibt es nicht mehr, jetzt zählt es nur noch zu überleben. Wenn wir nicht zurückkommen, dann werden sie uns suchen und ihr seid dann die Nächsten. Zuerst töten sie alle Männer und dann schänden sie die Frauen und Kinder. Also stellt euch schon mal drauf ein, das ist euer Ende." Arlo geht die Sache jetzt zu weit, er schaut noch einmal nachdenklich nach unten und zieht dann seine Waffe. Er schießt aber nicht, er hält dem Mann einfach nur die Pistole an den Kopf.

„Gut das ich nicht so bin wie ihr." Er zieht seine Waffe wieder weg, dreht sich um und geht, aber Dan ist wohl noch nicht fertig. „Du bist ein feiges Schwein", schreit er Arlo hinterher.

„Er hat wohl einfach keine Lust, dich zu töten, ich bin da aber anders", flüstert Emma Dan ins Ohr. Sie hat sich nach unten gebeugt und ist mit ihrem Kopf direkt an seinem. Aus ihrem Stiefel zieht sie ihr Messer und schlitzt Dan damit die Kehle auf, das Ganze dauert natürlich nicht lange und der Soldat fällt tot zu Boden. Schnell breitet sich eine Blutlache unter ihm aus und Emma haut ihm noch einmal in den Kopf, sie will kein Risiko eingehen. Arlo hat das alles nicht mehr mitbekommen, sein Weg hat ihn nach Hause geführt, wo er auch schon im Inneren verschwunden ist.

„Musste das jetzt sein Emma?" Fragt Leo ziemlich enttäuscht. „Die haben es verdient Leo" bekommt er nur zurück. Er schaut Emma an und ist sich nicht mehr sicher, wen er da noch vor sich hat. „Das meinte ich nicht, es geht um das wie und das vor dem ganzen Camp." Sie schaut sich um und sieht das alle sie anstarren, in ihren Blicken ist aber keine Bewunderung, eher so was wie Abneigung und Angst. Aber ihr ist das egal, sie lächelt kurz und wendet ihren Blick zu Kiano.

„Los Alter, sammel die Waffen ein und bring sie ins Lager." Ohne eine Antwort zu geben, gehorcht der einfach und nimmt sich alles. Emma selber geht ein Stück nach hinten und schaut noch mal alle an. „Ich habe vielleicht leicht übertrieben, aber diese Penner haben drei von unseren Leuten auf dem Gewissen. Sie hätten nicht eine Sekunde gezögert, euch zu töten, ihr habt ihn doch reden hören. Leider gibt es von diesem Pack noch mehr und glaubt mir, die werden kommen, also bereitet euch auf einen Krieg vor." Mit erhobenem Haupt geht Emma an allen vorbei und ins Lager, wo vorher noch Kiano die neuen Waffen hingebracht hat. Yvonne rennt zu Leo und lässt sich von ihm umarmen und Sofia steht immer noch neben Sayana und hat Tränen in den Augen. Langsam löst sich die Menge auf und zurückbleiben die vier Leichen. Es wird jetzt ernst, auch wenn Emma es übertrieben hat, ihre Worte sind wohl hängen geblieben. Es riecht nach Krieg und wenn die Soldaten kommen, müssen sie vorbereitet sein. Leo, Yvonne und Abigail stehen noch vor dem Haus 5.

„Sag mal Leo, was ist im Bunker wirklich geschehen? Ich habe Arlo noch nie so gesehen."

Leo schaut zu Yvonne runter, die gerade die Frage gestellt hat. „Kommt mit, ich erzähle es euch."

Arlo sitzt auf der Couch und hat die Hände vor dem Gesicht. Er kann nicht aufhören zu denken, nicht nur an Sam, was natürlich der Hauptgedanke ist, aber auch an alle anderen Sachen, die passiert sind. Seit ihrer Abfahrt in Atlanta ist viel Geschehen und so lange ist das noch gar nicht her. Jetzt sitzt er hier im gebuchten Ferienhaus und denkt darüber nach, wie alles enden wird. Wie lange werden sie noch durchhalten? Wann wird für sie das Ende kommen? Das Camp wird immer kleiner, die Menschen sterben wie die Fliegen und Hoffnung ist nicht in Sicht. Dass es an der Tür geklopft hat, ist ihm wohl entgangen. Er rührt sich nicht und bekommt daher auch nicht mit, das Abigail mitten im Raum steht. „Arlo?" Spricht sie sehr leise, das letzte was sie möchte, ist das er sich erschreckt, aber auch auf ihr leises Fragen kommt keine Reaktion. Langsam geht sie näher zu ihm rüber und setzt sich auf die Couch. Erst jetzt bekommt er mit, dass er nicht mehr alleine ist und blickt auf. Seine Augen sind noch nass und sie schaut ziemlich lieb zu ihm rüber.

„Leo hat mir erzählt, was passiert ist, es tut mir so leid." Die Gefahr, das er sie wieder raus schmeißt, ist natürlich ziemlich groß, sie würde es ihm noch nicht mal übel nehmen, daher bleibt sie auf Abstand und wartet auf eine Reaktion. „Danke Abi, das ist lieb von dir", kommt von Arlo mit heiser Stimme zurück. Sie lächelt ihn leicht an, will es aber nicht übertreiben. Einen kurzen Augenblick schauen sich die beiden einfach nur an, dann rückt Arlo ein wenig näher und umarmt sie. Langsam nimmt Abi ihre Arme und legt sie um ihn.

„Wenn ich irgendwas für dich tun kann, dann lass es mich wissen", flüstert sie ihm ins Ohr. Der Druck von Arlo wird ein wenig fester, aber nicht so das es wehtut.

„Sei einfach nur da Abi, das reicht mir gerade."

Darauf sagt sie aber nichts mehr, denn Worte können viel zerstören und das will sie nicht riskieren. Eine ganze Weile bleiben die beiden genau in dieser Stellung, dann drückt sich Arlo leicht von ihr ab und schaut sie an. „Das du da bist, bedeutet mir wirklich viel Abi, danke." Wieder überkommt Abi ein leichtes lächeln, sie hatte mit allen möglichen Reaktionen gerechnet, aber nicht mit dieser. Dann löst sich Arlo langsam von ihr, lässt aber seinen Blick auf sie gerichtet. Abigail kommen ein paar Tränen, sie nimmt die Sache auch sehr mit.

„Wo sind die anderen?" Abigail überlegt kurz, sie kennt ja alle noch nicht wirklich, versucht es dann aber doch mit einer ziemlich genauen Angabe. „Yvonne und Leo sind im Lager, Emma und Kiano waren eben auch noch da. Die Frau mit den vielen Kindern ist auch rüber gegangen und die Ältere, ich meine die Ärztin, kam mir gerade noch entgegen."

„Weißt du, was die da machen?" „Nein tut mir leid, aber Leo meinte, es gäbe viel zu klären." „Warum bist du dann nicht mitgegangen? Du gehörst doch jetzt zu uns." Abi nimmt ihre Hand und streichelt ihm einmal durchs Gesicht. „Weißt du Arlo, ich kann mir nicht im entferntesten Vorstellen, wie es dir gerade geht. Ich habe auch sehr viele Menschen verloren und da waren einige Freunde dabei. Aber als Leo und Yvonne sich aufmachten, habe ich lieber diesen Weg eingeschlagen, mir ist es wichtig, bei dir zu sein, weil...." Sie schaut kurz weg und denkt nach.

Arlo blickt sie noch weiter an und wartet einfach. Natürlich, er hat heute seine Frau verloren, sie hat aber selber eine Menge durchgemacht und er sollte seine Probleme nicht über ihre stellen. „Weil ich dich halt sehr mag" beendet Abi dann doch noch ihren Satz. Bei Arlo taucht tatsächlich ein Lächeln auf. „Danke Abi, wirklich, du bist eine bemerkenswerte Person und du bedeutest mir auch sehr viel. Ich bin echt froh, dass wir uns getroffen haben und ich dich von deinen Gedanken abbringen konnte." Beide schauen sich noch ein weile an und dann steht Arlo auf, dabei blickt er noch mal zu ihr runter. „Mach dir bitte keine Sorgen um mich Abi, ich habe heute wirklich einen Teil von mir verloren, aber es könnte echt sein, das ich ein anderes dafür gefunden habe." Seine Hand geht nach unten, Abi nimmt sie und wird hochgezogen. „Aber jetzt müssen wir beide auch zum Lager, denn wenn das hier alles Erhalten bleiben soll, dann müssen wir dafür kämpfen. Die Leute besprechen gerade unsere Zukunft, da sollten wir bei sein." Abi nickt auf das Gesagte eben schnell und macht sich dann mit Arlo auf den Weg nach vorne. Aber sie schaut ein wenig geknickt, eigentlich hatte sie jetzt mit was anderen gerechnet...

Kapitel 42

Yvonne steht ganz nah bei ihrem Bärchen und Emma gibt gerade ihr bestes, um die Gruppe aufzustacheln. Leo hatte Yve die wahre Geschichte mit Sam noch erzählt und sie hat absolut keine Lust, dem Geschwafel von der Frau zuzuhören. Sie denkt die ganze Zeit darüber nach, wie schlimm das doch für Leo gewesen sein muss und daher bleibt sie durchgehend an seiner Seite, sie will ihn einfach nur spüren. Natürlich gehen ihre Gedanken auch zu Arlo, er hat heute seine Frau verloren und kann froh sein, dass er die echte Geschichte nicht kennt. Froh sein? Ein komisches Wort nach all dem was heute war. Sie hofft jetzt echt auf Abi, denn sie hatten den ganzen Tag zusammen verbracht und sie ist echt ein tolles Mädchen. Auch wenn sie erst 16 ist, so ist sie schon eine ganze Frau und könnte als einzige ihren Freund noch retten. Die Gedanken an Sam versucht sie wirklich zu unterdrücken, denn jedes mal kommen ihr sofort die Tränen. Früher konnten sie sich nicht leiden, auch Hass war mit dabei, das hat sich aber schnell geändert. Sam war eine echte Freundin geworden und jetzt ist sie tot. Das kann man nicht einfach wegstecken. Wenn sie sich dann Emma anschaut, bekommt sie echt das kotzen. Diese Frau darf Arlo nicht besitzen und wenn sie nachhelfen muss. Klar, er hat gerade erst Sam verloren, aber es war nur noch eine Freundin, Liebe war da nicht mehr Spiel, und das beidseitig.

Yvonne schaut zur Tür, Arlo ist zusammen mit Abi reingekommen und hält den Atem an. Aber auch der Rest der Anwesenden ist plötzlich still, alle haben das mit Sam wohl erfahren und keiner möchte wirklich darüber reden. Emma steht neben Kiano, der ihr schon aus der Hand frisst und schaut finster zum Eingang. Ihr Ausdruck ändert sich aber schnell, als sie ihre Hassgedanken zur Seite schiebt und nur noch den trauernden Mann betrachtet. Arlo schaut sich um, die Küche war ja schon des Öfteren voll, aber diesmal ist er echt überwältigt. Neben Emma, Kiano, Leo und Yvonne sind auch noch Sofia, Evelyn, Milo, Phil, Vanessa und Swen im Raum und alle starren ihn an. Jessica und Sarah sind bei Sofias Kindern, wollen aber gleich dazu stoßen.

Die Geschichte mit Sam ist ihnen sehr nahe gegangen, vor allem wegen dem, was sie mit ihr erlebt haben. Sie sind wirklich froh, dass sie sich beide haben, denn sonst wäre alles noch viel schlimmer.

„Ihr könnt gerne weiter reden", sagt Arlo recht freundlich und Abi läuft einmal durch zu Yvonne. „Wir haben nur auf dich gewartet", sagt Leo und Emma stimmt sogar zu.

„Ihr müsst das doch nicht alles von mir abhängig machen", antwortet Arlo. „Doch müssen wir Arlo", sagt Yvonne von hinten und auch Sofia springt noch ein. „Ohne dich läuft es nicht." Ein wenig stolz geht Arlo zu Emma in die Mitte und schaut in die große Runde. Jessica und Sarah sind jetzt auch dabei, sie haben sich einfach rein geschlichen und stehen an der Tür. Beide haben verweinte Augen, sagen aber nichts.

„Okay" beginnt Arlo „wo stehen wir? Wir haben draußen eine Menge Leichen, die beiden Soldaten und leider auch Sayana mit eingerechnet. Das einer von den Kranken unser Mr. Roberts war, macht mich sehr traurig, dafür haben wir sein Fehlen jetzt geklärt. Die müssen alle verschwinden, ich sag es nicht gerne, auch die Toten aus den Häusern müssen weg. Wir können sie nicht alle beerdigen, denn dafür reicht uns leider die Zeit nicht, gerade bei unseren Leuten tut mir das echt leid. Weiterhin haben wir draußen einen Army Jeep stehen, der muss auch irgendwie versteckt werden. Vielleicht wissen die anderen Soldaten gar nicht, wo die zwei sich genau befanden, aber wenn doch und davon gehe ich leider aus, müssen wir uns auf sie vorbereiten. Wir haben sie beim Sägewerk in Aktion gesehen, sie sind kalt und brutal und sie werden auch vor Kindern keinen Halt machen. Sie werden kommen und dann wird es ein harter Kampf. Ob wir sie besiegen können? Sicher, denn wir haben ein paar gewisse Vorteile."

Er macht eine kurze Pause und schaut sich seine Zuhörer der Reihe nach an. Jeder ist voll bei der Sache, sogar Emma blickt interessiert. Sehr zufrieden mit seinen Leuten fährt er fort.

„Erst mal wissen die nicht, wie viele wir sind, sie haben auch keine Ahnung, was für Waffen wir haben, Leo kannst du dazu was sagen?"

Der hängt gerade auf der Theke und hat Yvonne im Arm, ein wenig irritiert steht er auf und kommt ein wenig näher. „Ich habe die Waffen eben noch kontrolliert. Wir haben 6 Sturmgewehre, 10 Pistolen, ein richtig schönes Scharfschützengewehr, 3 normale Gewehre, ein paar Handgranaten und natürlich noch die Panzerfaust, die aber leider nur noch einen Schuss hat. Für die restlichen Waffen haben wir aber haufenweise Munition."

„Gut danke Leo." Arlo ist wieder dran. So wie er hier die Rede hält, könnte man glatt meinen, er wäre ein Politiker, dabei geht es um Leben und Tod und das in einer Welt, wo die Schwachen keine Chance mehr haben.

„Unser weiterer Pluspunkt ist unser Camp, hier sind wir zu Hause und hier können wir uns verschanzen. Ich gehe mal davon aus, das sie den Hauptweg nach oben kommen, das ist natürlich nur Spekulation, daher sollten sich ein paar von uns unten bei den Autos verstecken, die Türme sind auch sehr nützlich, dafür aber gefährlich und wir haben noch die Häuser selber, die jede Menge Schutz bieten." „Sollen wir dann alle bewaffnen?" Fragt Evelyn ziemlich schockiert und Arlo schaut sie an. „Wenn es sein muss ja, wir wissen doch alle, Menschen ohne Waffen können genau so sterben wie welche mit Waffen, so ist es nur von Vorteil." Die Krankenschwester zieht sich wieder zurück, ist damit aber nicht wirklich einverstanden.

„Was ist denn mit den kleinen Kindern?" Fragt Sofia jetzt, die mit dieser Frage schon die ganze Zeit ankommen wollte. „Das ist ein Problem", gibt Arlo offen zu „aber auch da werden wir eine Lösung finden. Meine erste Idee war, dass sie hier verschwinden, zum See wäre nicht schlecht. Aber damit schwächen wir uns wieder, denn die Kleinen können nicht alleine gehen. Und wir dürfen nicht vergessen, das auch noch die andere Gefahr da draußen lauert, damit meine ich die Kranken. Also werden die Kinder bei Kontakt hier ins Lager gebracht und zwar unten in den Keller. Der ist nicht ebenerdig und bietet dicke Wände. Unser Lager ist eh dreh und Angelpunkt, wir haben zwar nach vorne keine Fenster, aber eine dicke Tür und auch das hintere Lager ist gut geschützt, das kann man gerne als Fluchtpunkt sehen."

„Apropos Kranke" schmeißt Emma jetzt dazwischen „wir müssen gleich, wenn wir hier fertig sind, noch mal alles draußen checken, nicht das wir ein paar Nachzügler übersehen." „Punkt für dich Emma", fügt Arlo schnell hinzu.

„Wo ist denn das Funkgerät von den beiden Soldaten?" „Das liegt hier hinten", ruft Yvonne und hält das Teil einmal in die Höhe. „Aber seit dem wir das Teil haben, ist nichts mehr gekommen", fügt sie hinzu und verzieht ein wenig das Gesicht.

„Das kann gut sein oder auch schlecht, lassen wir das einfach mit dem Teil" hat Leo noch dabei zu geben. Arlo schaut auf seine Armbanduhr und sieht dabei ziemlich skeptisch aus.

„Kann mir einer sagen, was die Uhr gerade sagt? Meine scheint nicht mehr zu gehen." „3:36" antwortet Kiano, der ziemlich ruhig geworden ist. Nicht nur das er sich sehr an Emma hält, ihn steckt wohl immer noch die Sache mit Arlo in den Knochen und natürlich die Angst, das seine Geschichte hier die Runde macht. Er möchte sich gerne beweisen, will allen zeigen, das er dabei gehört, aber er hat noch keinen Plan.

„Danke Kiano" bekommt er trotzdem von Arlo zurück. Er atmet einmal tief ein und ist am Nachdenken. Alle schauen ihn gespannt an und warten, wie es weiter geht. Sogar Emma hält die ganze Zeit still, entweder aus Respekt wegen Sam, oder weil sie sich doch Gedanken um ihre Sache draußen macht. Aber von Arlo kommt nichts, es sieht echt so aus, als ob er gerade abdriftet und gar nichts mehr schnallt. Evelyn ist die Erste, die ihn anspricht.

„Arlo ist alles okay?" Endlich wacht er wieder auf und starrt sie an. „Ja Eve, alles okay, danke. Ich wollte mich trotzdem gerne noch für alles entschuldigen. Es ist nicht wirklich so gelaufen, wie wir es uns vorgestellt haben. Menschen sind gestorben, Menschen die zu uns gehörten und jetzt nicht mehr da sind, ich fühle mich dafür verantwortlich. Also es tut mir leid, leider kann ich nicht mehr sagen."

Bei Abigail treten Tränen in die Augen, seine Ansprache hat sie sehr getroffen, aber auch die anderen schauen fast alle zu Boden und sind in Gedanken. Leo gefällt die Sache aber nicht wirklich, er drängelt sich ein wenig durch die Leute und steht plötzlich neben Arlo und packt ihm auf die Schulter. „Jetzt mach mal halblang mein Freund. Wir alle müssen schon zugeben, dass du unser neuer Lennart bist, bitte nicht bildlich vorstellen und wir, ohne dich sicher schon tot wären. Egal was es zu tun gab, egal welche Idee reingebracht wurde, du warst dabei. Auch wir anderen haben unseren Beitrag geleistet, das will ich nicht abstreiten aber ohne Arlo hier wäre das nichts Ganzes gewesen. Menschen sterben halt, das kann man nicht verhindern, trotzdem machst du deine Sache mehr als gut und ich würde hier niemanden lieber folgen als dir."

Der hat gesessen, keiner sagt ein Wort und Arlo schaut wie ein kaputtes Auto zu Leo. Aber im nächsten Augenblick umarmt er ihn einfach und dankt ihm. Die restlichen Leute in der Küche fangen an zu klatschen und stimmen damit Leos Rede zu, sogar Emma nimmt ihre Hände. Mit Tränen in den Augen ist Arlo wieder der Alte und macht weiter. „Also Leute, wir haben gehört was passieren muss, wie schaut es mit der Einteilung aus, wer bekommt welche Waffe und wer geht auf welchen Posten, wer kümmert sich um die Leichen, wo schaffen wir sie hin und wer regelt den normalen Ablauf im Camp? Die Kinder brauchen Essen und Trinken und wenn ich ehrlich bin, der Rest natürlich auch. Ich zwinge niemanden was auf und mache selber am Ende das, was übrig bleibt."

Wie zu erwarten bekommt Arlo erst mal keine Antwort. Die Sache ist natürlich auch nicht einfach und seine Fragen und Einteilungen ziemlich oberflächlich, jeder möchte gerne was tun aber keiner möchte anfangen. Kiano ist der Erste, der sich aufdrängt und sogar aufzeigt.

„Ich habe was einzuwerfen oder besser einen Vorschlag." Arlo schaut ihn an und ist froh das wenigstens einer was zu sagen hat. „Also ich sehe das so, wir brauchen ein Frühwarnsystem. Einer fährt mit einem Auto runter zum Highway, parkt dort im Wald, so das er nicht gesehen wird und wenn die Schweine kommen, gibt er

Bescheid." „Gar nicht mal die schlechteste Idee", sagt Leo „aber wir haben da ein Problem, die Funkgeräte hier im Camp reichen nicht so weit und wenn derjenige nicht vorhat, über Rauchzeichen eine Warnung hier hochzuschicken wie denn dann?" Kiano zuckt kurz mit den Schultern und weiß darauf keine Antwort. Die Zeiten mit den Handys sind wohl vorbei, aber Arlo ist nachdenklich geworden. „Yvonne? Gibst du mir mal bitte das Funkgerät von den Soldaten." Yvonne springt von der Küchentheke und kommt mit dem Ding nach vorne. Nach einen leichten grinsen geht sie wieder zurück.

„Klasse" sagt Arlo auf einmal „das habe ich mir doch gedacht, diese Teile haben einen echt großen Sender, also mit diesem Gerät kann man Meilen weit senden. Es wäre kein Problem, das Teil mit unseren kleinen Geräten zu verbinden und schon ist das aus der Welt. Aber natürlich nur einseitig, das soll heißen, der Freiwillige unten im Auto kann nur senden, wir aber nicht zurück. Trotzdem wäre ein Versuch wert."

Kiano fängt an zu grinsen, denn seine Idee hat nun wieder an Bedeutung gewonnen.

„Wer meldet sich den freiwillig für diese Sache?" Fragt Leo in die Runde und Kiano zeigt natürlich sofort auf. „Ich gehe auch mit", sagt Emma und alle schauen sie an. „Bist du sicher Emma?" Fragt Arlo ziemlich nachdenklich, sie grinst einmal kurz und nickt. „Zu zweit sehen wir mehr und können uns auch abwechseln. Wir wissen ja noch gar nicht, wie lange das dauern wird. Außerdem habe ich mir so gedacht, dass wir dann hinterherkommen und die Penner von hinten aufmischen." „Gar nicht mal schlecht", wirft Leo ein. „Nur die Sache sollte dann am besten jetzt sofort starten", ruft Yvonne von hinten. Nicht das es echt wichtig ist, da unten einen zu haben, für sie ist es vor allem der Punkt, Emma loszuwerden. „Okay" sagt wieder Arlo „ich eiche eben das Gerät und ihr fangt an zu packen."

Emma geht ins Lager und kommt mit einem Sixpack Wasser zurück. „Essen braucht ihr auch noch", sagt Jessica. „Und natürlich Waffen" kommt von Leo, der die Dinger wohl echt lieb gewonnen hat. Die ganze Sache dauert auch gar nicht lange. Arlo hat schnell das Funkgerät eingestellt und ausprobiert. Yvonne und Jessica haben das

Essen verpackt und Leo die Waffen übergeben. Sie nehmen beide jeweils ein Sturmgewehr und eine Ersatzpistole mit, außerdem bekommt Kiano noch seine Panzerfaust, weil er eh der Einzige ist, der damit Erfahrung hat. Swen spendet sein Auto, er ist sich gerade sicher, das der wohl nicht mehr wirklich gebraucht wird und ein Kombi wäre echt passend.

Leo und Swen sind schon mal vor gelaufen und durchkämen die Gegend nach neuen Kranken, aber nach kurzer Zeit kommen sie wieder zurück und melden keine Gefahr. Emma bewegt sich nach draußen und Kiano folgt ihr sofort. „Emma?" Ruft Arlo noch eben, bevor sie den Weg nach unten antreten. Sie bleibt stehen und dreht sich um. „Pass bitte auf dich auf." „Mache ich Arlo und du auch auf dich." Arlo nickt noch kurz und schaut den beiden nach, sieht dann aber, das Leo mit dem Jeep nach oben gefahren kommt und genau neben ihm hält.

„Wo willst du mit dem Ding hin?" Fragt er sehr verblüfft. „Ich wollte früher immer so ein Teil haben, jetzt gönne mir doch die kleine Fahrt. Ich bring das Ding hinter dein Haus, da wird es so schnell nicht gesehen." Arlo lacht und winkt Leo zur Weiterfahrt durch. Jessica und Sarah kommen aber kurz nach draußen und gesellen sich zu ihm. Beide umarmen ihn erst mal und beteuern, wie leid es ihnen tut. Sie hatten Sam auch sehr lieb gewonnen und leiden mit ihm zusammen. Die restlichen Sachen lassen sie aber weg, vor allem weil sie es Sam versprochen hatten.

Ziemlich gerührt geht Arlo mit ihnen wieder rein, wo die anderen auf ihre Anweisungen warten. Evelyn kommt sofort nach vorne und hat wohl was zu sagen. „Arlo, solange niemand verletzt wird, übernehme ich das Essen. Meine Söhne werden mir helfen, so habe ich sie unter Kontrolle." „Danke Eve, damit hilfst du uns sehr, aber trotzdem möchte ich, dass ihr eine Pistole zum Schutz bei euch tragt, darauf bestehe ich." Evelyn nickt kurz und ist damit wohl einverstanden. Milo hält sofort die Hand auf aber Arlo gibt die Waffe trotzdem seiner Mam und bekommt dafür von ihrem Sohn einen sehr enttäuschten Blick.

„Super, dann geht es jetzt weiter", gibt Arlo von sich, was eher für ihn selber gedacht war. Leo ist auch wieder rein gekommen, er hat seine Fahrt beendet, sein grinsen ist aber immer noch da. Sofia nähert sich den beiden. „Was machen wir mit dem Camper? Sollen wir den nicht irgendwo in den Weg stellen?" „Da könnte man sicher drüber nachdenken", sagt Leo aber Arlo schüttelt sofort den Kopf. „Nein Sofia, das wäre zu auffällig und könnte die Soldaten ausbremsen und vorsichtiger werden lassen. Damit wäre vielleicht unser Überraschungseffekt dahin und den werden wir brauchen." „Punkt für dich Arlo" grinst Leo ihn an. „Sofia, wir werden dich für die Kinder einteilen. Du bekommst natürlich auch eine Waffe als Selbstschutz."

„Okay Arlo, das ist wirklich mein Part. Dann gehe ich jetzt eben zu Haus Nummer 10, die sollten auch eingeweiht werden, vielleicht bekomme ich die Kinder ja dazu, das sie mit mir nach vorne kommen." Swen drängelt sich ein wenig dazwischen. „Sofia warte, kannst du bitte meine Tochter mit nach dir nehmen, dann wäre ich beruhigter." Sie nickt ihm einmal lieb zu und bewegt sich nach draußen. Yvonne steht plötzlich auf, nimmt sich eine Pistole und rennt Sofia hinterher. An der Tür dreht sie sich noch mal um. „Niemand geht alleine, war das nicht so?" Ohne auf eine Antwort zu warten, ist sie schon verschwunden. Arlo schaut zu Leo und lacht.

„Eine gute Frau nicht wahr?" Leo stimmt ihm zu, wird aber sofort wieder nachdenklich.

„Sag mal Arlo, die vier größeren Kids, also Matthew, Milo, Amelia und Simon sind eigentlich alt genug um auch Waffen zu bekommen. Was machen wir mit denen?"

Er ist mit seiner Frage sehr vorsichtig und flüstert nur, damit sie keiner mitbekommt. Arlo kratzt sich kurz am Kopf, schaut einmal auf Abi und dann wieder zu Leo.

„Ja ich weiß, sie könnten uns helfen, sehe es aber nur als letzten Ausweg, also wenn wirklich alles schief läuft. Bis dahin möchte ich sie gerne raus halten." Leo nickt ihm zu und ist damit zufrieden oder sogar derselben Meinung. Aber er hat sofort das nächste Thema auf Lager, kommt aber nicht wirklich dazu, es auszusprechen, denn Phil und Vanessa nähern sich. „Arlo, Leo wir möchten auch unseren Beitrag leisten und wir machen das, was wir am besten können, wir besetzten zwei der Türme. Vanessa geht nach hinten, da ist es etwas sicherer und ich nehme den vorderen. Was haltet ihr von der Idee, wir wären auch sofort bereit, unseren Posten einzunehmen, wir brauchen schließlich jetzt schon Schutz."

Leo schaut nach Arlo und als der gerade was sagen möchte, melden sich die Funkgeräte.

„Emma hier, haben einen sehr guten Platz gefunden, können von hier alles überblicken und werden selber nicht gesehen. Melden uns bei Kontakt, ich hoffe, ihr könnt uns hören."

Leo grinst Arlo an. „Die Idee ist echt der Hammer, also hat sich dein Beruf doch noch ausgezahlt, Mr. Techniker." Arlo fängt an zu lachen und haut Leo vor den Bauch, der spielt sofort den sterbenden Schwan, geht aber kurze Zeit später nach hinten und kommt mit 2 Sturmgewehren zurück. Die gibt er an Phil und Vanessa weiter, die beiden salutieren noch lustig und ziehen Leine.

„Können wir den beiden Vertrauen?" Fragt Leo leise. „Ich denke schon, solange sie nicht zusammen auf einen Turm sitzen, wird das klappen." Das bringt Leo wieder zum Lachen. „Arlo, wir müssen jetzt die Leichen wegschaffen und gerade bei den Stevensons ist das eine ziemlich harte Sache. Wer soll das tun und wo bringen wir sie hin?" Arlo hat natürlich darauf gewartet, der für ihn schlimmste Punkt steht noch an und er wird die Sache wohl lieber selber machen und niemanden damit behelligen.

„Ich mache das Leo", sagt er ziemlich trocken und der verzieht das Gesicht. „Warum gerade du?" „Ganz einfach, ich habe es vorgeschlagen und es ist übrig geblieben. Nebenbei habe ich auch schon eine Menge Leichen gesehen, viele andere würden daran zerbrechen." Leo schaut Arlo sehr nachdenklich an. „Wenn du denkst, dass du das alleine machst, dann täuschst du dich, ich bin natürlich mit von der Partie." Arlo schaut ihn einmal freundlich und vor allem erleichtert an.

„Hast du einen Plan?" Fragt Leo aber noch. „Ja den habe ich, nicht so ein doller wie heute Morgen, aber eben was Ähnliches. Wir holen den Rover hier hoch, packen dort die Leichen alle rein und fahren die Karre erst mal runter zum Parkplatz. Wenn die Sache ausgestanden ist, bringen wir sie weg." „Okay, machen wir das so, außerdem kommen ja noch ein paar Soldaten dabei."

Leo bekommt dafür von Arlo einen ernsten Blick. Er hat es aber genau auf den Punkt gebracht, ein paar Soldaten mehr. „Sarah und Jessica?" Ruft Arlo einmal durch die Küche. Die beiden kommen sofort nach vorne und lächeln. „Könnt ihr mir einen kleinen Gefallen tun, wir brauchen ein paar Bettlaken." „Natürlich Arlo" antwortet Sarah und zieht Jessica aus der Küche.

„Was soll ich machen?" Fragt Swen ziemlich nervös, sicher hat er Angst, dass er bei den Leichen helfen muss.

„Wir haben draußen noch einen Turm, wie wäre es mit dem?" Antwortet Leo. Swen lächelt plötzlich und nickt. „Sturmgewehr oder normales Gewehr?" Fragt Leo noch und Swen entscheidet sich für das Zweite und geht auf seinen Posten. „Irgendwie kommt es mir so vor, als ob ihr mich einfach überall raus haltet." Abigail stampft aus ihrer Ecke zu den beiden Männern und ist enttäuscht, aber Arlo wäre ja nicht Arlo, wenn er das nicht schon durchdacht hätte. „Du bleibst gleich bei mir, also wenn wir die Leichen weghaben, ich brauche dich als Rückendeckung." Sofort strahlt Abi über das ganze Gesicht. „Und was mache ich solange?" „Wenn Sarah und Jessica wieder da sind, können sie bei dir bleiben. Leo? Gehst du schon mal den Rover holen, ich besorge die Laken.

Emma hat wirklich eine tolle Tour hingelegt, sie hat es geschafft, den Kombi von Swen direkt zwischen den Bäumen zu parken, obwohl kein Weg vorhanden war. Um die Sache ein wenig echter Aussehen zu lassen, hat sie auch noch den Baum gerammt. Nicht so fest, dass was Wichtiges kaputt gegangen ist, aber heftig genug, das es von weiten so aussieht, als ob jemand einen Unfall hatte. Kiano hat auch noch ein paar Tannenzweige auf die Scheinwerfer geschmissen, damit sich das Licht nicht reflektiert und jetzt sitzen die beiden im Auto und schauen auf die Kreuzung vom Highway. Das Funkgerät steht zwischen ihnen und Emma streichelt vor Langeweile ihr Messer.

„Was ist los mit dir Kiano?" Fragt sie ganz plötzlich und er bekommt tatsächlich einen kleinen Schock. Langsam schaut er zu Emma rüber und sie starrt ihn an. „Was meinst du damit?" Fragt er sehr leise. „Jetzt krieg deinen Hintern mal wieder hoch, ich beiße nicht. Aber nach der Sache mit dem Bunker hast du dich verändert, was ist da wirklich vorgefallen? Ihr verschweigt mir doch was." Kiano schaut auf seine Hose und wird wieder ruhig, Emma kann genau erkennen, wie es in ihm arbeitet. „Na los", sagt sie noch dazu und wartet weiter auf eine Antwort.

„Ich habe ein paar Sachen gemacht, auf die ich nicht stolz bin." Emma schaut jetzt ein wenig skeptisch. „Da beim Bunker?" Kiano schafft es tatsächlich, sie wieder anzuschauen. „Nein, nicht beim Bunker, vorher habe ich die Sachen gemacht." „Dann verstehe ich aber deine Reaktion nicht, wenn das doch länger her ist, was ist beim Bunker passiert?" Wieder wird Kiano ruhiger und schaut auch Emma nicht mehr an.

„Ich habe letzte Nacht Lennart gekillt." „Du warst das?" Fragt Emma ziemlich belustigt, sie fängt doch tatsächlich an zu lachen. „Ich hatte echt gedacht, das ich diejenige sein werde, die das dicke Schwein umbringt", gibt sie noch hinzu. Kiano sitzt neben ihr und begreift die Welt nicht mehr, auch er fängt kurz ein wenig an zu lachen, kriegt sich aber schnell wieder in den Griff.

„Das ist noch nicht alles." Auch Emma beruhigt sich langsam wieder und schaut sehr interessiert zu ihrem Autopartner. „Das glaube ich, du hast Lennart sicher nicht ohne Grund getötet."

„Nein, ich bin der Schwarze, der damals seine Frau umgebracht hat. Ja, er hatte mich dazu gezwungen, aber das ist sicher keine Entschuldigung. Nach der Tat hat er mich fallen lassen und ich bin 8 Jahre in den Bau gegangen, ich wollte mich an ihm rächen und das ist dann wohl passiert."

Emma hört die ganze Zeit still zu, hebt hin und wieder eine Braue und lacht auch nicht mehr. Die Beichte von Kiano hat sie nachdenklich gemacht. Sie sitzt also mit einem Mörder im Auto, aber so wirklich juckt sie das nicht, jeder hat seine dunklen Geheimnisse.

„Okay Kiano" versucht sie nun zu antworten „jeder von uns hat seine Geschichte, das war deine. Nur verstehe ich immer noch nicht, warum du dich dann verändert hast. Hast du da beim Bunker einen Moralischen bekommen?" Ziemlich erleichtert von Emmas Reaktion fängt Kiano wieder an zu lächeln. „Nein habe ich nicht, nur dein Freund Arlo hat mich durchschaut, irgendwie habe ich mich verraten und als die Sache mit Sam raus kam, ist er völlig ausgerastet. Er hat mir seine Pistole an den Kopf gehalten und mich genau diese Dinge gefragt. Jetzt habe ich Angst, dass meine Geschichte im Camp die Runde macht und ich gehen muss." Wieder ist Emma sehr nachdenklich, sie schaut ihn von der Seite an und er mit seinen dunklen Augen zurück.

„Kiano, Arlo ist nicht wirklich mein Freund, wir hatten nur Sex, mehr war da nicht. Aber nimm dich vor ihm in acht, er ist ein schlauer Kerl. Ich bin selber gerade überrascht, dass er das alles wusste. Nur wenn er bisher nichts davon erzählt hat, warum sollte er das dann noch tun? Also kannst du dir sicher sein, das es bei ihm bleibt."

Kiano pustet einmal aus, genau das wollte er hören, nur leider hat er es jetzt auch noch Emma erzählt, wieder einer mehr. „Und was ist mit dir?" Emma zieht ihre Brauen hoch und schaut Kiano fragend an. „Was soll mit mir sein?" „Wirst du es auch für dich behalten " Emma fängt an zu lachen. „Kommt auf dich an." „Wie auf mich, mach mir keine Angst." Emma lacht weiter, sie hat ihn genau da, wo sie ihn haben wollte, voll in ihrer Hand.

„Wenn du lieb zu mir bist und das machst was ich möchte, dann bleibt es mein Geheimnis", sagt sie jetzt. Kiano schaut sie an, als ob er von ihr geschlagen wurde. „Okay, dann ist das wohl so." Beide blicken auf den Highway, ein paar Kranke torkeln vorbei, nehmen aber nicht die Ausfahrt zum Camp. Emma schaut wieder auf ihren Beifahrer.

„Hör mal Kiano, dein Vertrauen schätze ich sehr, denk bloß nicht daran, das ich das ausnutzen werde und weißt du was, ich werde es dir Beweisen." Kiano schaut sie sehr komisch an und Emma bringt das zum Lachen. „Hör auf mich so anzuschauen Kiano." Schnell verzieht er sein Gesicht und versucht wieder normal zu schauen. „Tut mir leid Emma", sagt er schnell und findet die ganze Sache total peinlich, aber er möchte natürlich auch gerne wissen, was Emma von ihm will.

„Also hör zu, wir sind gar nicht so verschieden, ich habe auch einen Menschen getötet." Emma schaut einmal kurz aus dem Fenster und dann wieder zurück. „Okay, es waren sogar drei und du bist der Einzige, dem ich das bisher gesagt habe, also sind wir nun quitt."

Kiano öffnet kurz seinen Mund, da er was sagen will, lässt es aber sein. Er beobachtet lieber den nächsten Kranken, der mit seinen Knien an der Leitplanke hängt und nicht weiter kommt.

„Willst du nicht wissen, wen ich getötet habe?" Fängt Emma wieder an und Kiano schaut zu ihr. „Wenn du es nicht sagen willst, dann ist das auch okay", antwortet er auf ihre Frage.

„Doch will ich. An dem Abend, bevor alles den Bach runter ging, habe ich noch gearbeitet. Mein Chef wollte Sex mit mir haben und ich habe mich gewehrt. Er wollte aber einfach nicht locker lassen und wurde auch noch handgreiflich. Ich habe mir dann einen Billardqueue genommen, ich habe in einer Bar gearbeitet falls, du dich wunderst und auf ihn eingedroschen. Sogar das hat nicht geholfen, er kam immer wieder an, also habe ich das Teil zerbrochen und ihm das Spitze Stück ins Auge gerammt. Er war natürlich sofort tot und da wir keine Kunden hatten, hat keiner was gesehen." Sie macht eine kurze Pause und es sieht fast so aus, als ob sie anfängt zu weinen.

„Hey Emma, das war Notwehr, das würde jedes Gericht auch so sehen, dein Chef war ein Schwein und hat es nicht anders verdient." Emma hebt kurz ihren Zeigefinger, was Kiano zeigen soll, dass er ruhig sein soll. „Das war noch nicht alles. Ich bin dann aus der Bar abgehauen, habe mir aber vorher noch die Knarre unter der Theke geklaut und bin nach Hause. Dort habe ich dann meinen Freund mit seiner Cousine im Bett erwischt, sie waren gerade voll dabei und er hatte noch nicht mit mir gerechnet. Ich habe dann einfach die Knarre genommen und ihn erschossen und die blöde Schlampe gleich mit.

Danach bin ich dann abgehauen und jetzt bin ich hier. Also sag nicht, dass du hier der einzige Mörder im Auto bist."

Sie beruhigt sich sehr schnell wieder und schaut nur noch auf die Straße. Der Kranke vor der Leitplanke ist vornüber gekippt und ist auf der anderen Seite einfach weiter gelaufen. Es gibt wohl immer einen Weg, egal wie schwierig es auch ist.

Arlo und Leo machen ihre Arbeit und die ist nicht wirklich einfach, gerade ihre Freunde einfach in den Rover zu werfen hat schon was von Quälerei. Die Laken hat Arlo aber auch nur für ihre Leute benutzt, die anderen werden einfach oben drauf geschmissen. Bei den Stevensons im Haus ist es besonders schlimm, beide haben sich ein kleines Handtuch vor die Nase gebunden, was aber nicht wirklich hilft. Hin und wieder müssen sie schnell raus, um neue Luft zu tanken. Aber der Geruch ist natürlich nicht das einzige, das was sie da sehen müssen brennt sich für immer in ihre Gehirne. Trotzdem haben sie die schwierige Aufgabe gemeistert, langsam fahren sie mit dem Rover nach unten, dort sind noch die restlichen Kranken, die auch hinten rein müssen.

Jessica und Sarah sind schon lange wieder im Lager und reden mit Abi. Eigentlich geht es die ganze Zeit um Sam, auch die Sache mit dem Sexabend lassen sie nicht aus. Abigail hört aber einfach nur zu, selber hat sie ja nichts zu erzählen. Sie wartet ohnehin auf Arlo, der sich für ihren Geschmack echt Zeit lässt, dann öffnet sich endlich die Tür und die beiden kommen rein, der Gesichtsausdruck von ihr ist unbezahlbar. Auch Yvonne ist zurück und schaut ein wenig benommen.

„Was ist los Yve?" Fragt Leo sofort, der das gar nicht mag, wenn mit seiner Freundin irgendwas nicht stimmt. „Die Leute aus Haus 10 stellen sich quer." „Was meinst du damit?" Fragt jetzt Arlo, der das natürlich auch wissen möchte. „Na ja, sie haben uns zwar reingelassen, wollen uns aber die Kinder nicht geben. Sie wollen sich auch am Kampf nicht beteiligen, sie sitzen das einfach aus. Sofia hat das natürlich nicht akzeptiert und hat versucht, ihnen ins Gewissen zu reden, alleine schon wegen der Kinder und die haben uns einfach rausgeschmissen." Arlo und Leo schauen sich an und sind ratlos.

„Belassen wir das erst mal dabei, wenn sie nicht wollen, dann kann man sie auch nicht zwingen", sagt Arlo zu der ganzen Sache und setzt sich auf die Theke. Abigail bringt ihm ein Wasser, was er auch dankend annimmt. Der Geruch und den Geschmack im Mund wird er so schnell nicht mehr los.

„Wie soll es jetzt weiter gehen Arlo?" Fragt wieder Leo. „Es sind ja noch ein paar Leute übrig." Arlo schaut sich die Leute in der Küche an und sieht, dass er recht hat. Jessica, Sarah, Yvonne und auch Leo haben keinen Posten. Evelyn ist wohl bis zum Abendbrot noch mal nach Hause gegangen, sie fällt eh weg.

„Ich nehme mir gleich das Scharfschützengewehr und baue mir vor Haus 13 irgendeine kleine Barriere auf. Daher wäre es gut, wenn Abi mir Rückendeckung gibt, wenn es losgeht." Was hast du denn vor da hin zu bauen?" Fragt ihn Leo. Arlo zuckt aber nur einmal mit den Schultern.

„Wie wäre es mit einer Couch? Vielleicht auch noch ein Tisch, damit es nicht auffällt. Da könnte man was drauf stellen, dann sieht es von weiten so aus wie ein Picknick im Garten", kommt auf einmal von Abigail, die sich Gedanken über alles macht.

„Das nenne ich einen Plan", kommentiert das Leo „am besten sofort bei mehreren Häusern und schon haben wir ein paar gute Rückzugsmöglichkeiten. Und so eine dicke Couch kann ein paar Kugeln einstecken." Nach Leos Vortrag ist Abi natürlich freudig gestimmt.

„Dann nehmen wir am besten unsere Häuser", gibt Yvonne noch dabei „so haben wir Restlichen die Möglichkeit, die Häuserflanken einzunehmen." Leo ist fast schon am Lachen, er ist total begeistert von der ganzen Sache. Für die Soldaten sieht das wirklich so aus, als ob es halt ein Urlaubsort ist, mit gemütlichen Sitzecken direkt vor den Häusern. „Dann lass uns mal die Waffen aufteilen, ich habe noch 2 Gewehre, 2 Sturmgewehre und 5 Pistolen. Ich selber nehme natürlich ein Gewehr und gehe gleich runter zum unteren Hochsitz." „Das ist nicht dein Ernst Leo" meckert Yvonne sofort, als sie die Idee von ihm gehört hat. „Keine Panik Maus, wenn die kommen verschwinde ich, der Posten ist einfach zu gefährlich. Ich will dort nur ein wenig nach dem rechten sehen und solange auch auf Kranke achten." Yvonne lächelt ein wenig, was aber nicht wirklich ehrlich aussieht.

„Also wir nehmen die beiden Sturmgewehre", kommt von Sarah und Leo dreht sich zu ihr um. „Sicher?" Sarah verschränkt ihre Arme und nickt. Beide bekommen ihre Waffen und gehen los, sie wollen schon mal die Barrikade aufbauen. „Ich nehme so ein normales Gewehr und eine Pistole", gibt Yvonne von sich und hält die Hand auf. „Du kannst dir deine Waffen aber auch selber holen, mein Schatz" bekommt sie von Leo zu hören. Böse stampft sie nach neben an und besorgt sich ihre Teile. „Das war doch nur Spaß Yvonne" kommt schnell noch hinterher.

„Dann seh zu, dass du gleich bei mir vorbeischaust und mit mir die Couch nach draußen trägst", antwortet sie ziemlich zickig und geht. „Ich mache mich lieber auf die Socken, Frauen lässt man nicht warten", lacht Leo und läuft Yvonne schnell hinter her.

„Bist du sicher, dass ich auch eine Waffe bekommen soll Arlo?" Fragt Abi sehr unsicher.

„Na klar, ich brauche dich, ich zeige dir aber noch, wie die funktioniert. Also lass uns die holen und dann nach hinten flitzen." Abigail nickt einmal und geht mit ihm ins hintere Lager. Dort befindet sich das Scharfschützengewehr und auch die Pistole für Abi, aber Arlo nimmt lieber zwei mit.

Schnell werden im Camp die letzten Arbeiten ausgeführt und alle haben ihre Posten eingenommen, jetzt heißt es warten, bis Emma sich meldet. Aber nach dem ersten Funkspruch ist nichts mehr gekommen, so war das aber auch ausgemacht, bloß keine unnötigen Dinge über Funk, man weiß nie, wer zuhört. Arlo und Abi sitzen vor Haus 13 auf der Couch und die Kleine lernt mit einer Waffe umzugehen. Auch Jessica und Sarah sind draußen, Yvonne ist aber bei ihnen, da sie nicht alleine sein möchte. Alle vier Türme sind besetzt, Eve kümmert sich mit ihren Kindern um das Abendbrot und Sofia liest den anderen Geschichten vor. Alle Funkgeräte dürfen nur noch im Notfall benutzt werden. Ein gutes hat das Ganze gerade ja, es kommen keine weiteren Kranken. Der Rauch über dem Bunker hat sich schon lange verzogen und auch so ist es unheimlich ruhig. Die Autos am Parkplatz glänzen in der Spätsonne und spiegeln eine Zeit, die es wohl nie wieder geben wird.

Die Uhr tickt, außer die von Arlo und es wird immer später aber nichts passiert. Die beiden unten am Highway langweilen sich zu Tode. Leo musste gerade feststellen, dass die Turmwache doch nicht so interessant ist wie Phil und Vanessa immer behaupten. Yvonne hat vor lauter Langeweile einige Kannen Kaffee gekocht und erst mal an alle verteilt. Arlo und Abigail sitzen auf der Couch und reden über alte Zeiten, auch wenn Abi mit ihren 16 nicht viel zu sagen hat, sie lauscht lieber nur. Eve hat das Abendbrot schon fertig und ist gerade dabei, es mit ihren Söhnen zu verteilen, die Waffe hat sie die ganze Zeit dabei. Gelangweilt verlässt Leo seinen Posten und erscheint wieder oben, als Arlo ihn sieht, kommt er ihm entgegen und bei Sarah und Jessica treffen sie sich. „Hey Arlo, das bringt nichts, warum hängen wir alle auf den Türmen oder sitzen hier herum, wenn wir ab der Warnung bis zum Eintreffen genug Zeit zum Handeln haben. Wir schicken erst mal alle nach Hause und warten ab, sie sollen sich ausruhen. Wir haben ja die 4 Funkgeräte und wenn Emma sich meldet, geht das schnell die Runde." „Eigentlich hast du recht, aber was ist, wenn die beiden da unten verpennen?" Antwortet Arlo. „Das glaube ich nicht, wir können uns da auf Emma verlassen und Kiano hat auch noch was gut zu machen. Nebenbei denke ich nicht, dass die Soldaten in der Nacht kommen, das ist sogar für sie zu gefährlich." „Okay Leo, dann lass uns das hier abblasen und hoffen, das Emma das hinbekommt. Die Leute sollen sich ausruhen, vielleicht ein wenig schlafen und morgen schauen wir, was passiert." „So spricht ein echter Anführer", gibt Sarah noch dabei und grinst...

Kapitel 43

Es fängt an zu dämmern, Emma hat mittlerweile an vielen Stellen im Auto mit ihren Messer kerben verteilt. Das sieht alles sehr merkwürdig aus, normal benutzt sie für ihre Schnitzereien eher ihre Arme, da sie aber nicht alleine ist, muss sie sich anders abreagieren. Swen wollte das Auto eh nicht wieder haben, dann ist es auch egal. Kiano ist neben ihr am Pennen, das war zwar so nicht ausgemacht, aber er hatte wohl Langeweile. Emma haut ihr Messer mit voller Wucht auf die Ablage über dem Handschuhfach. Durch den Schlag springt der Airbag aus seiner Hülle und erschreckt Kiano fast zu Tode.

„Sag mal, spinnst du Emma?" Fragt er total neben sich. Anstatt zu antworten, lacht sich Emma gerade kaputt. „Du hast echt einen Knall", sagt er noch und schaut auf seine Uhr. „10 Uhr haben wir es erst? Ich glaube nicht, dass die heute Nacht noch kommen." Emma schaut noch mal nach draußen und nickt Kiano zu. „Ich bin ganz deiner Meinung, warum sollten die auch in der Nacht angreifen, das wäre total bescheuert, aber normal sind die ja trotzdem nicht." „Wenn du magst, kannst du jetzt eine Runde schlafen, ich passe dann auf." „Ne Kiano, ich bin nicht müde, mir ist nur furchtbar langweilig." „Mir auch Emma, aber was sollen wir auch machen, wir dürfen die da oben nicht im Stich lassen." Emma schaut ein wenig böse zu Kiano rüber. „Das will ich auch nicht, aber es hat keiner gesagt, das wir uns hier unten nicht amüsieren dürfen." Jetzt blickt auch Kiano zu ihr rüber und hat nicht wirklich gecheckt, was Emma damit meint. „Ihr Männer seid einfach nur zu blöd", sagt sie ziemlich eingeschnappt und zieht ihr Messer wieder aus dem Auto. Kiano beugt sich nach vorne und reißt den Airbag raus. Er schaut sich das schlaffe Teil ein wenig an und schmeißt es dann nach hinten. Kurz darauf wühlt er sich durch das Handschuhfach, schließt es genervt und lehnt sich Richtung Fenster. „Was hast du gesucht?" Fragt Emma, die ihn die ganze Zeit beobachtet hat. „Hatte auf was zu Naschen gehofft, aber Fehlanzeige." „Was zum naschen kannst du auch von mir bekommen Kiano" grinst Emma ihn an. „Hast du was mitgenommen?" Bekommt sie als Antwort und das Grinsen ist wieder verschwunden. Emma packt sich einmal vor den

Kopf und stöhnt laut auf. „Dem ist nicht mehr zu helfen." Kiano schaut sie ziemlich perplex an. Eigentlich will er gerade was sagen, aber er hat es sich dann wohl doch wieder anders überlegt. Emma hat aber keinen Nerv mehr, mit dem dummen Typen zu sprechen, sie legt das Messer auf das Armaturenbrett und packt eine kleine Tüte aus. „Wollen wir mal sehen, ob ich dich nicht in Stimmung kriege", sagt sie nun und wickelt das Mitgebrachte aus. Im inneren befindet sich eine kleine Menge mit komisch aussehenden Pulver.

„Ist es das, was ich denke?" Fragt Kiano ziemlich nervös. Von Emma kommt aber nur ein böses grinsen, sie nimmt ihr Messer wieder in die Hand und steckt die Spitze in das Zeug. Dann hält sie es hoch und zieht es mit einmal in die Nase. Kurz schließt sie ihre Augen und das lachen wird noch breiter. „Wo hast du das her?" Fragt jetzt wieder Kiano. „Das, mein lieber Freund, habe ich bei Vincent gefunden. Das war in seinem Zimmer und ich habe es mir angeeignet." Sie reicht ihm das Messer und auch die offene Tüte rüber. Erst zögert ihr Beifahrer ein wenig, dann greift er doch zu und macht es Emma gleich. Mittlerweile sind beide am Lachen, denn sie haben jeweils noch eine Nase genommen und die Tüte wieder eingepackt. Emma beugt sich ein wenig zu Kiano rüber und nickt auf seine Hose. Vor lauter lachen versteht der Dunkelhäutige gar nicht, was sie will. Da Emma darauf aber keinen Nerv mehr hat, fasst sie ihm einfach zwischen die Beine.

„Bist du wirklich so blöd oder willst du mich einfach nur ärgern?" Fragt sie ihn dabei. Kiano schaut erst nach unten und dann auf Emma. So wie es aussieht, hat er damit wohl echt nicht gerechnet, denn er bekommt vor Panik kein Wort heraus. Emma zieht einfach seine Hose runter und beugt sich über sein Ding, welches sie auch sofort in den Mund nimmt. Jetzt kann er erst recht nichts mehr sagen, er schaut nur nach unten und schließt dann die Augen. Die Drogen zeigen wohl die volle Wirkung, denn keine paar Minuten später sitzt Emma schon mit nacktem Unterkörper auf ihn drauf und lässt sich von Kiano durchvögeln.

Die anderen oben im Camp sitzen immer noch bei Jessi und Sarah draußen. Wenn man nicht wüsste, was in der Welt so vor sich geht, dann könnte man echt meinen, dass die alle im Urlaub sind. Leo hat noch ein wenig Wein geholt, hat aber sofort gesagt, das es heute nicht übertrieben wird. Sofia und Evelyn haben sich auch dazu gesellt und sogar eigene Stühle mitgebracht. Eine kleine Lampe, die nur ein seichtes Licht von sich gibt, steht in der Mitte auf dem Tisch. Man kann gar nicht glauben, das ein Tag zuvor noch ein Sturm gewütet hat, denn der Abend ist sehr mild. Hin und wieder surrt Leos Funkgerät, aber es kommt nicht wirklich irgendwas an, trotzdem schrecken immer alle auf. Arlo hat dann aber noch mal erklärt, dass dieses total normal ist. Abi liegt leicht bei ihm im Arm, was eher ein Zufall ist, denn das Sofa ist schon ziemlich voll und so müssen halt alle ein wenig zusammen rücken. Die anderen auf ihren Hochsitzen sind mittlerweile schon in ihren Häusern, sie waren aber auch noch kurz da und haben ein Glas Wein getrunken. Es wird gelacht und erzählt und keiner denkt gerade an den ernst der Lage. Da sie alle im Kreis sitzen und dadurch keine Stelle unbeobachtet ist, wird sich auch kein Kranker anschleichen können, trotzdem ist die Sache echt gefährlich, wie Yvonne mindestens 10-mal schon erwähnt hat.

„Wir machen jetzt Schluss hier" versaut Leo die gute Laune, aber niemand widerspricht und alle machen sich auf. „Hoffentlich könnt ihr alle ein wenig schlafen, aber bitte nicht zu fest, man kann nie wissen was noch passiert", gibt Arlo jedem noch mit auf den Weg und geht langsam mit Abi nach hinten. Leo und Yvonne bringen Sofia nach Hause und auch die anderen verschwinden ziemlich schnell. Das Camp ist auf einmal wieder völlig ruhig, sogar die Tiere sind verstummt.

Arlo schließt die Tür hinter sich und klemmt den bekannten Stuhl unter den Griff. Seit Sam verschwunden ist, war niemand mehr an den Fenstern, er hat zwar mittlerweile begriffen, das Vins seine Frau entführt hat und der Kerl auch nicht mehr lebt, trotzdem geht er auf Nummer sicher. Er macht sich als erstes aufs Klo, nicht weil er kein Gentleman ist, sondern weil Abigail noch eine Dusche nehmen möchte. Kaum ist Arlo wieder im Wohnzimmer, kommt Abi ihm ein wenig näher.

„Ich gehe jetzt eben, aber bitte nicht einschlafen, ich habe schon ein wenig Angst." „Keine Panik Abi, ich leg mich zwar schon hin, werde aber nicht schlafen, also kannst du in Ruhe das Wasser genießen."

„Danke mein großer", antwortet sie ihm mit einen leichten grinsen. Gerade als sie sich entfernen möchte, ruft Arlo ihr noch hinterher. „Hör mal Abi, wenn du gleich was zum Anziehen brauchst, dann nimm es ruhig von Sam, ihr habt ja fast die gleiche Größe." Ein wenig unsicher kommt sie noch mal zurück und schaut ihn an. „Nein Arlo, das kann ich nicht machen, so was geht nicht." „Ach Abi, glaub mir, Sam hätte es so gewollt, sie hat immer allen geholfen und nur, weil sie nicht mehr da ist, heißt das noch lange nicht, das es jetzt anders ist. Und noch was, heute Nacht darfst du sogar bei mir schlafen, ich bin echt nett, nicht wahr?"

Wieder erscheint ein leichtes Lächeln bei Abi auf dem Gesicht. „Es ist ja auch keine Couch mehr da Arlo, ich kann ja schlecht auf dem Boden schlafen, so viel zu deiner Nettigkeit." Sie dreht sich um und verschwindet im Bad, zurück bleibt ein lachender Arlo, der aber sofort einen Raum weiter geht, Hose und Pulli auszieht und sich ins Bett legt.

Yvonne liegt schon und wartet auf Leo, der ist noch ein wenig im Bad und hat sich rasiert. Endlich kommt er auch ins Schlafzimmer und Yve hebt schon die Decke. Ein wenig später liegen sie zusammen gekuschelt nebeneinander und streicheln sich. „Alles gut bei dir Bärchen?" Fragt Yvonne. „Ja sicher", antwortet Leo „warum fragst du?" Yvonne dreht sich zu ihm rüber und küsst ihn einmal zärtlich, dann schaut sie ihm in die Augen. „Na ja, du weißt schon, die Sache mit Sam heute, ich kann mir echt vorstellen, dass dich das belastet. Wenn du reden möchtest, ich bin für dich da." Jetzt bekommt die kleine Frau von Leo einen Kuss. „Ich liebe dich Yvonne", sagt er kurz danach. Auch Yve wiederholt die Worte und schaut sehr verträumt in seine Richtung.

„Meinst du das mit Arlo und Abigail könnte was werden?" Ein wenig verblüfft schaut Leo nach ihren Worten schon. „Ich dachte, Arlo ist mit Emma zusammen?" Jetzt fängt Yvonne doch tatsächlich an zu lachen und Leo versteht die Welt nicht mehr. „Ach Bärchen, Emma ist out und du weißt genau, dass sie nichts für ihn ist. Er brauch so was Zärtliches und Liebes wie Abigail, alles andere ist Quatsch." Leo schaut eine Weile an die Decke im Zimmer und seine Liebe wird schon ein wenig ungeduldig. Dann dreht er seinen Kopf wieder in ihre Richtung.

„Ich weiß Yve, Emma ist eine komische Frau, ich könnte mir nie vorstellen, mit der zusammen zu sein, da hätte ich den ganzen Tag Angst." „Du sollst dir gar nichts mit ihr vorstellen", sagt Yve ein wenig frech und Leo fängt an zu lachen. Dafür bekommt er erst mal einen Schlag in die Rippen, nicht sehr fest, aber gut gezielt. „Weißt du Leo, Emma hat Abigail heute Morgen gedroht. Sie soll Arlo in Ruhe lassen, wenn sie keinen Stress haben will." Das Lachen bei Leo verschwindet sofort wieder und er wird ein wenig ernst. „Ja, das passt zu Emma, wir sollten ein Auge darauf haben, ich mag die Kleine Abi echt gerne. Arlo brauch Abigail genau so, wie sie ihn, die beiden können sich nur Kraft geben." „Wow Leo, das waren aber mal schöne Worte, ich wusste gar nicht, dass mein Brummbär so was sagen kann." Diesmal bekommt sie von ihm einen kleinen Kneifer und die beiden verfallen in einem Lachkrampf. Am Ende küssen sie sich aber wieder und kuscheln miteinander.

„Ich würde jetzt gerne bei den beiden Mäuschen spielen, das wäre sicher interessant", sagt Yvonne noch und Leo schaut sie ungläubig an. „Bitte?" „Ach lass mich doch auch mal. Ein Problem gibt es aber noch." „Leo schaut wieder ein wenig ernster. „Was meinst du?" „Du darfst es aber nicht weiter erzählen, Abi hat mir heute gebeichtet, das sie gerade erst 16 geworden ist." Zuerst sagt er kein Wort, er schaut seine Geliebte einfach nur an. „Leo?" „Scheiß drauf Yvonne, klar 16 ist ein wenig krass, ich hatte mir so was aber schon gedacht, denn sie sieht wirklich noch sehr jung aus. Aber vom Verstand her ist sie sicher 20." „Nur Arlo darf das nicht erfahren Bärchen, versprich mir das, der wird sofort zu machen und das können wir Abi nicht antun." Leo nickt ihr einmal zu und küsst sie noch mal zärtlich.

Lange dauert es nicht und Abi kommt ins Schlafzimmer, sie hat sich wohl wirklich sehr beeilt, was an der Angst liegen könnte oder an dem Gedanken, das Arlo nicht mehr wach ist. Sie geht tatsächlich an den Schrank, holt sich ein Paar Socken und ein Shirt heraus und verschwindet noch mal im Bad. Arlo ist natürlich wach, er kann eh nicht schlafen, zu viele Gedanken sind in seinem Kopf. Neben ihm liegt das Funkgerät von Phil, was aber weiter still ist. Er denkt auch sehr oft an Sam, was wäre wohl geworden, wenn er sie lebendig gefunden hätte? Wäre es zu einem Comeback von ihrer Liebe gekommen oder das endgültige Ende? Er weiß ja nicht, was Sam wirklich dachte, eine Freundschaft wäre aber die wahrscheinlichste Variante geworden. Aber jetzt ist sie Tod, getötet von diesem Vincent, der die Attacke von Leo überlebt hat. Er kann seinem Freund daraus keinen Vorwurf machen, er hatte zwar gesagt, das Vins tot sei, konnte aber nicht damit rechnen, das der es doch übersteht und Lennart ihn gefunden hat, was ein blöder Zufall.

Abi kommt zurück und geht ins Bett, diesmal unter ihre eigene Decke. Da es draußen nicht bewölkt ist, kann man im Zimmer fast alles sehen. Sie dreht sich zu Arlo um und schaut ihn an. „Danke, das du gewartet hast", sagt sie mit lieber Stimme. „Hatte ich doch versprochen Abi" lächelt Arlo leicht zu ihr rüber. „Meinst du, wir werden den Angriff überleben?" Nach der Frage dreht sich Arlo komplett zu ihr um. „Ja, das werden wir Kleine, unser Plan ist nicht schlecht, die werden sicher sehr blöd gucken." Sie verzieht ein wenig ihr Gesicht und schaut jetzt bockig zu ihm rüber.

„Wen nennst du hier Kleine?" Arlo fängt an zu lachen und kann im hellen Mondlicht erkennen, das Abi sofort mit einstimmt. Sie lässt es dabei aber nicht, langsam beginnt sie ihn zu piesacken, sie stupst ihn immer wieder leicht an und er natürlich auch zurück. Das wird auf Dauer ein wenig fester und nachdem es Arlo einmal übertrieben hat, rollt sie zu ihm rüber und hält seine Hände fest. „Das ist jetzt aber unfair", sagt er ein wenig beleidigt. Abi schaut ihn einfach nur an und bleibt dabei still.

„Du bist wirklich ein tolles Mädchen Abi, ich bin echt froh, das du mich in der Hütte gefunden hast." „Ich bin nicht nur ein Mädchen Arlo, ich bin auch eine Frau." Arlo ist die Sache ein wenig unangenehm, wenn Emma das jetzt sehen würde, dann gäbe es sicher eine Menge Stress und er glaubt auch nicht daran, das Abi es gerade ehrlich meint. Er kennt sie schließlich gar nicht, weiß nichts aus ihrem Leben, trotzdem kommt sie ihm sehr vertraut vor.

„Machst du dich gerade über mich lustig?" Fragt sie ein wenig vorsichtig. „Nein, wie kommst du darauf?" „Es sieht halt so aus, darf ich dich was fragen?" „Klar, warum auch nicht." Abi liegt immer noch auf Arlo und auch die Hände von ihm sind weiter gefangen, zwischen ihnen ist aber die Decke. „Bist du sicher, dass zwischen dir und Emma nicht mehr ist?" Arlo zieht ein wenig seine rechte Braue nach oben. „Ich glaube, es war einfach nur die Flucht vor Sam. Emma war da, sie war interessiert und es ist einfach passiert. Ich mag sie Abi, das gebe ich gerne zu, aber liebe wird das sicher nicht sein." Abi fängt wieder leicht an zu lachen, die Antwort war wohl nach ihrem Geschmack.

„Darf ich noch was fragen?" Arlo schaut sie weiter an und wehrt sich auch nicht gegen ihren Griff, anstatt zu antworten, nickt er nur leicht. „Bin ich dir zu jung? Und denkst du vielleicht, dass ich dir gefallen könnte?" „Oh, gleich zwei Fragen auf einmal", antwortet Arlo aber erst mal nur und Abi schaut ein wenig verzweifelt. Ihr waren die Fragen wohl sehr wichtig und er muss das echt überdenken, er möchte auch nichts Falsches sagen. Sie schaut ihn immer noch mit ihren blauen Augen an. Ihre nassen Haare fallen ein wenig nach unten, nicht das Arlo unter einem Schleier verschwindet, dafür sind sie oben drauf nicht lang genug und die Seiten sind ja abrasiert.

„Nein Abi, du bist natürlich nicht zu jung, vielleicht ein wenig unerfahren, was das Leben angeht, aber sicher nicht zu jung", sagt er endlich. Aber damit gibt sie sich nicht zufrieden, weiter schaut sie ihn direkt an. „Und?" Will sie jetzt wissen, die zweite Frage bleibt noch offen.

„Kann es sein, dass du zu viel unter Yvonnes Einfluss gestanden hast?" Fragt Arlo einfach und weicht damit der anderen Frage aus. „Das ist keine Antwort auf meine Frage Arlo, aber Yvonne hat hiermit nichts zu tun." „Man kann es ja mal versuchen", grinst Arlo und bekommt dafür einen eher düsteren Blick zurück.

„Okay Abi, ich will dann mal ehrlich sein. Ich mag dich, sehr sogar, du bist ein tolles Mä... eh eine tolle Frau, bist witzig, süß und hast eine Menge, wo andere Frauen neidisch sein können." „Und das wäre?" Abi gibt sich damit auch nicht zufrieden, trotzdem merkt sie gerade, das sie wohl echt gemein ist. Arlo so unter Druck zu setzen ist nicht wirklich fair, daher fängt sie an zu lächeln.

„Alles gut Arlo, das war nicht fair von mir." „Abi, genau das meine ich, du hast Herz und das hat nicht jeder. Du bist einer von diesen Menschen, die man um sich haben möchte, die man festhält und nie mehr gehen lässt." Jetzt starrt sie ihn wieder an, die Worte waren sehr ehrlich gesprochen und viel mehr als jedes Kompliment, was man bekommen kann. Ihre kleine Stupsnase kräuselt sich ein wenig, sie denkt gerade darüber nach, was als Nächstes passieren soll. Aber Arlo macht nichts, er liegt einfach weiter unter ihr und schaut sie an. Sie kann nicht wirklich was daraus deuten und irgendwie wird ihr das gerade peinlich. Sie hat auch noch was auf dem Herzen, was sie aber bestimmt jetzt nicht sagen möchte. Sie fast ihren ganzen Mut zusammen und küsst Arlo einfach, dabei schließt sie ihre Augen um den Blick von ihm zu entgehen. Langsam lässt sie seine Hände los, er hat ihren Kuss doch tatsächlich erwidert, aber sie will ihn nicht überfordern. Mit einem leichten Lächeln geht sie von ihm runter und legt sich wieder auf ihre Seite. Arlo hebt aber sofort seine Decke und lässt sie drunter krabbeln.

„Zu zweit ist es ein wenig gemütlicher", sagt er noch schnell. Abigail kuschelt sich an ihn ran und schließt die Augen, es dauert auch nicht lange und sie ist eingeschlafen, Arlo fängt langsam an zu dösen und ist wenige Augenblicke später auch im Reich der Träume, seine letzten Gedanken waren aber bei Sam.

Mitten in der Nacht wird er wieder wach, aus dem Funkgerät kam ein Geräusch, lauter als das surren, was sie sonst den ganzen Abend gehört haben. Abigail liegt immer noch sehr nah an ihm und nur mit Mühe kommt er aus dem Bett. Er nimmt sich das Gerät und geht ins Wohnzimmer, bisher ist aber nichts mehr passiert. Hat er das vielleicht nur geträumt oder war da wirklich eine Stimme? Er hält sich das Teil an den Mund und will gerade was rein sprechen, als Abi aus dem Nebenzimmer kommt.

„Tut mir leid Abi, ich wollte dich nicht wecken." „Hast du nicht Arlo, ist was passiert?" Sie geht direkt zu ihm und kuschelt sich an seine Seite, mit seinem freien Arm hält er sie fest.

„Ich weiß es nicht aber ich dachte, ich hätte eine Stimme gehört. Ich wollte gerade was sagen und schauen, ob die anderen was wissen." Abi nimmt ihm das Teil aus der Hand, setzt es an ihre Lippen und spricht rein. „War eben irgendwas? Wir haben was gehört aber nicht verstanden, was es gewesen ist." Beide starren auf das Funkgerät und warten. Es dauert auch nicht lange und Leos Stimme kommt vom anderen Ende. „Hey ihr beiden, ich dachte ihr seit am Schlafen. Es war wieder nur falscher Alarm, ihr könnt wieder ins Bett." Ohne zu antworten gibt Abi Arlo das Teil zurück und zieht ihn ins Schlafzimmer.

„Siehst du Arlo, es war nichts." Sie sieht immer noch, das er ein wenig aufgewühlt ist, daher küsst sie ihn einfach, diesmal aber sehr kurz und schmeißt ihn danach aufs Bett. Von unten schaut er nach ihr auf, nimmt plötzlich ihre Hände und zieht sie auch runter. Ein paar Sekunden später liegt sie wieder in seinen Armen unter der Decke und blickt ihn an.

„Weißt du Arlo, hätte ich gewusst, dass so ein toller Typ die ganze Zeit in meiner Nähe ist, dann wäre ich schon viel früher her gekommen." Darauf bekommt sie aber nicht wirklich eine Antwort. Arlo streichelt Abi ganz leicht durch ihr Gesicht. Der Mond hat ein wenig seine Position geändert und schaut jetzt fast zum Fenster rein. Nicht nur das dieses romantisch ist, es ist auch sehr hell im Zimmer und die beiden können sich super sehen.

„Ich habe mich voll in dich verschossen", sagt Abi noch hinterher und lächelt ihn an.

„Ich weiß, ich wollte es aber nicht wahrhaben und habe dich daher abgeblockt." Auch er fängt nun an zu lächeln und sie kommt mit ihrem Gesicht immer näher. Diesmal ist es aber Arlo, der sie küsst und das so sanft und lieb, dass sie fast im siebten Himmel schwebt. Als Nächstes steckt er seine Hand bei ihr unters Shirt, aber nur hinten, er hat nicht vor hier irgendwie zu weit zu gehen. Er möchte sie einfach berühren und merkt dabei, dass sie drunter nichts anhat, keinen BH und der Slip fehlt natürlich auch, also hat sie ihn mit dem Oberteil ein wenig auf die falsche Spur gelenkt. Sie küssen sich weiter und das alles ohne Hast. Abi zieht nun ihr Shirt aus und liegt wieder ganz nackt bei Arlo im Bett. Sie schmiegt sich nah an ihn dran und das streicheln von beiden wird immer intensiver. Auch Arlo entledigt sich seiner Sachen und Abi berührt ihn an allen Stellen, die sie gerade für richtig hält.

Aber plötzlich stellt sie alles ein und schaut ihn einfach nur an. „Es ist alles gut Abi, wir brauchen hier nichts überstürzen und wenn ich was falsch gemacht habe, dann tut es mir leid", kommt von Arlo, der sich gerade wieder sehr unwohl fühlt. „Nein hast du nicht, es ist sehr schön mit dir und ich möchte gerade nicht woanders sein", antwortet sie und lässt ihn dabei nicht aus den Augen. Bei ihm verschwindet schnell wieder das ungute Gefühl und macht einem leichten Kribbeln Platz, aber trotzdem weiß er nicht, warum sie einfach aufhört hat und ihn nur anschaut.

„Ich muss dir noch was sagen Arlo" fängt sie an und er sagt darauf nichts, er wartet einfach auf die nächsten Worte. „Das ist mir aber ziemlich peinlich", gibt sie noch hinzu und diesmal muss er reagieren. „Du kannst mir gerne alles sagen, was du willst Abi." Sie lächelt ihn nach seinen Worten wieder an. „Ich bin noch Jungfrau", sagt sie ganz plötzlich und schaut danach sofort weg.

Arlo lässt seinen Blick aber auf ihr und fühlt sich gerade echt komisch, denn damit hat er jetzt nicht wirklich gerechnet. „Alles gut Abi, wir machen hier nichts Schlimmes und ich würde auch nie was machen, was du nicht willst." Endlich schaut sie wieder zu ihm zurück und ihre Augen sind ein wenig nass, ihr war das wohl mehr als nur unangenehm.

„Du bist so lieb Arlo, das kann man gar nicht in Worte fassen, was bin ich dankbar, das ich dich gefunden habe. Bisher habe ich einfach nicht den Richtigen gefunden, ich wollte das auch nicht wirklich. Ich bin halt einer der Menschen, der warten wollte bis es funkt."

Ein wenig nachdenklich versucht Arlo, die nächsten Worte zu finden, gerade in diesem Moment wird ihm klar, wie jung diese Frau eigentlich ist. Bevor er aber was sagen kann, setzt sie schon wieder an. „Arlo wegen gestern Abend, wo ich dich so bedrängt habe, das tut mir echt leid. Ich wollte dir einfach nur gefallen und du solltest nicht denken, dass ich ein schüchternes Mädchen bin. Aber du warst so was von toll, hast die Situation nicht ausgenutzt und mir damit gezeigt, wie du wirklich bist. Ich glaube auch nicht, dass ich mit dir geschlafen hätte."

„Abi, wir müssen jetzt auch nichts machen, du sollst dich nicht bedrängt fühlen, ich bin dann sicher nicht sauer und das mit gestern Abend ist schon vergessen. Das mit uns ist was Besonderes, lass uns nicht irgendwas erzwingen." „Oh Arlo, warum bist du bloß so süß? Ich kann das gar nicht erklären, aber du bist genau das, was ich immer gesucht habe. In meinen Träumen haben wir es schon ganz oft getan, auch schon bevor ich dich kennengelernt habe."

Ein wenig verwundert schaut Arlo jetzt doch. „Ich werde dich aber trotzdem zu nichts zwingen Kleine." Abigail sieht sofort, das Arlo sich ein wenig zurückzieht. „Ich will dich aber und zwar jetzt." Anstatt weiter zu reden, küsst sie ihn einfach und er ist nach einem kurzen Zögern wieder dabei. Auch wenn sie noch keine Erfahrung in Sachen Sex gesammelt hat, so ist sie natürlich nicht auf den Kopf gefallen. Langsam legt sie eines ihrer Beine um ihn und reibt damit an seinen Penis, er streichelt dabei sehr vorsichtig ihre kleinen Brüste, er möchte jetzt nichts falsch machen und sie lieb behandeln. Einen Moment später dreht sie sich einfach auf den Rücken und zieht Arlo hinter sich her, er weiß genau, was sie von ihm möchte, aber so wirklich traut er der Sache nicht, zu tief ist der Gedanke, diese Frau einfach auszunutzen. Aber Abi ist schon ziemlich dreist, sie hält ihr linkes Bein einfach unten und holt ihn immer weiter in die Mitte. Dabei küsst sie ihn ununterbrochen und lässt ihm kaum Zeit zum Nachdenken. Nur ein paar Augenblicke später liegt Arlo zwischen ihren Beinen und die Falle ist zugeschnappt, jetzt kommt er nicht mehr weg.

„Bist du wirklich sicher Abi, das du das willst?" Sie nimmt seinen Kopf zwischen ihre Hände und zieht ihn nach unten, um ihn wieder zu küssen. Mit dem Unterkörper rutsch sie ein wenig hin und her und stellt ihre Beine nach oben. Dafür, dass sie noch eine Jungfrau ist, kann sie aber sehr überzeugend sein. Sein Penis findet fast von alleine die Öffnung, aber wieder ist es Abi, die einfach nachhilft, nicht nur das sie ihm unten den Weg gezeigt hat, sie nimmt auch ihre Hände und drückt Arlo leicht auf den Hintern. So kann er sich gar nicht mehr sträuben und es dauert nur einen kurzen Moment und Arlo dringt in Abi ein.

Das Ganze natürlich sehr vorsichtig, denn das Letzte was er möchte, ist ihr wehzutun. Trotzdem sieht er kurz den Schmerz in ihrem Gesicht.

„Es tut mir leid Abi", sagt er zu ihr. Aber sie lächelt ihn an und nimmt seine Hände in die ihren. Sie will damit einfach nur zeigen, dass sie sich unterworfen hat und er weiter machen soll. So langsam wie es geht, erfüllt er ihren Wunsch. Ihr schmerzlicher Ausdruck verschwindet auch, er wandelt sich erst in Neugierde und dann in Lust. Leise fängt sie an zu stöhnen und schließt dabei die Augen. So wie es aussieht, ist der Punkt der Entjungferung überstanden und die Schmerzen haben nachgelassen. Arlo bleibt voll Gentleman, das Gefühl, welches er selber bei der ganzen Sache spürt, ist überwältigend. Bei Emma war es der Sex, der ihn getrieben hat, bei Abi ist es aber anders, nicht die Lust treibt ihn weiter, sondern die Hingabe zu dem Menschen. So zierlich und jung diese Frau auch ist, sie hat was Tolles an sich, das ihn vollkommen in ihren Bann zieht. Das Herz von Sam und das Feuer von Emma in einer Person, er unterbricht seine Aktion und schaut sie an.

„Möchtest du gerne mal nach oben?" Fragt er Abi total lieb, auch wenn das echt voll komisch ist, er hatte noch nie so was beim Sex gefragt. Sie ist da aber echt anders, sie küsst ihn einmal, zieht sich zwischen ihm weg und wartet, bis er sich hingelegt hat.

„Wenn ich aber was falsch mache, dann sagst du es bitte", sagt sie doch tatsächlich zu ihm. Kaum hatte sie das ausgesprochen, sitzt sie auch schon auf ihm drauf und fängt an, sich zu bewegen. Diese Position macht ihr wohl noch mehr Spaß, denn sie kann sich vor Lust gar nicht mehr zurückhalten und bewegt sich immer schneller. Arlo umklammert dabei ihre Brüste und merkt fast schon, das er gleich kommt. Diese Frau hat ihn so heiß gemacht, das er seinen Saft kaum noch halten kann. Er will Abigail gerade Bescheid geben, da er nicht in ihr kommen will, da beugt sie sich einfach runter und legt sich auf seinen Oberkörper. Dabei fängt sie wild an ihn zu küssen und bewegt sich unten immer schneller. Arlo kann es echt kaum noch halten. Sie geht mit ihren Mund zu seinem Ohr und fängt an zu flüstern. „Du brauchst mir nichts sagen Arlo, ich habe mich in dich verliebt und wir machen uns diesen Moment jetzt nicht kaputt." Als ob sie genau wusste, was er ihr sagen wollte, so hat sie das Sexspiel einfach selbst in die Hand genommen und kurze Zeit später hat Arlo seinen Orgasmus. Dabei schaut er mit seinen braunschwarzen Augen direkt in die Blauen von ihr.

Abi bleibt danach eine Weile auf ihm sitzen und beide Blicken sich an, hin und wieder küssen sie sich noch und sind glücklich mit der Situation. Keiner der beiden hat es bereut und sie beide wünschen sich, dass dieser Augenblick nie vergeht. Trotzdem geht draußen so langsam die Sonne auf, der Morgen bricht an und die beiden liegen nackt und erschöpft unter einer Decke und sind am Schlafen.

Die Nacht selber war ruhig, Leo ist auch schon unterwegs, um alles zu checken, der Tag heute kann alles Verändern oder es passiert gar nichts und das Leben geht einfach weiter.

Auch Emma wird von den ersten Sonnenstrahlen geweckt und erschrickt fast zu Tode, denn an ihrer Seitenscheibe steht ein Kranker und pocht die ganze Zeit gegen die Scheibe. Ein Blick zu Kiano zeigt ihr, dass auch er fest am Schlafen ist.

„Kiano" schreit sie ihn an und langsam rührt er sich. „Was ist?" Fragt er total verschlafen.

„Du Blödmann, wir sind beide eingeschlafen." Wie aus dem Nichts ist er hell wach und schaut angewidert zu Emma oder eher zu dem Ding, was vor dem Fenster steht.

„So eine Scheiße, wenn die jetzt doch angegriffen haben, sind wir am Arsch", sagt Kiano voller Panik. Emma drückt auf den kleinen Knopf an ihrer Tür, sie will das Fenster ein wenig runter lassen, aber nichts passiert. „Du musst schon die Zündung einschalten, sonst geht das nicht", versucht Kiano ihr zu erklären, als Antwort bekommt er einen Schlag auf sein Bein. Emma schaltet die Zündung ein, viele Lämpchen leuchten am Armaturenbrett auf und betätigt wieder den kleinen Schalter an der Tür. Jetzt bewegt sich das Fenster endlich, aber sie macht es nur ein Stück runter, so das sie mit ihrem Messer an den Kranken ran kommt.

„Ich glaube, der war mal ein Arzt", sagt Kiano beim näheren Betrachten des Gastes. „Nur weil er einen weißen Kittel trägt? Vielleicht hat der den auch geklaut", antwortet eine total genervte Emma. Sie hängt nun mit dem Messer an der Öffnung, aber der Kerl will einfach nicht mit seinen Kopf an die richtige Stelle kommen, sie möchte aber auch ungern die Scheibe weiter öffnen, also muss sie warten und langsam wird sie echt ungeduldig.

„Ich reiße gleich die Tür auf und trete die Sau kaputt", flucht sie schon. „Was hast du für ein Problem, Emma?" Langsam dreht sie ihren Kopf in seine Richtung und will gerade ausholen, als der vermeintliche Arzt von draußen verschwindet, schnell schaut sie wieder rüber und wundert sich. „Wo will der Arsch jetzt hin?" Ärgert sich Emma und will gerade die Autotür öffnen, als Kiano sie an die Schulter fasst. „Warte Emma." Jetzt geht ihr Blick wieder auf ihn und ein fragendes Gesicht erscheint. Der Kranke draußen entfernt sich immer weiter und erreicht fast die Auffahrt zum Camp. „Irgendwas kann ich hören und der Wichser da hinten hat sicher das Gleiche vernommen."

Emma versucht ihre Ohren anzustrengen, aber bis auf ein kleines Summen kann sie nichts hören. „Mach am besten das Fenster wieder zu", sagt Kiano fast schon im Befehlston. Emma gehorcht doch tatsächlich, auch die Zündung stellt sie wieder ab und beide rutschen ein wenig nach unten. „Ich kann immer noch nichts hören, bist du sicher, das da was kommt? Normal höre ich immer alles zuerst." „Vertrau mir einfach Emma, ich weiß, was ich gehört habe, vielleicht hat auch der Wind gedreht." Emmas Blick wandelt sich in pure Skepsis. Da draußen ist es absolut windstill und als sie sich gerade wieder hinsetzen möchte, kommt von links ein Army Jeep angefahren, es ist genau so einer wie gestern im Camp.

„Scheiße Kiano, da kommt wirklich einer." Er grinst ein wenig, die letzte Nacht war sie der Chef im Auto und hat ihn einfach mit ihrem Sex überrascht. Jetzt hat er mal was zu sagen und es ist verdammt toll, wenn Emma sich irrt. „Soll ich im Camp Bescheid sagen?" Fragt Emma ziemlich unsicher. Kiano verneint die Sache mit einer Geste. Sie wird auf ein mal voll zappelig, sie möchte jetzt unbedingt das Funkgerät benutzen, aber er hält sogar seine Hand auf dem Gerät. Er merkt aber ganz schnell, dass Emma immer schlimmer wird.

„Wir warten noch Emma, es ist nur ein Jeep. Vielleicht ist es nur ein Späher und solange keiner nach oben fährt, sagen wir auch nichts. Die sind da oben sicher schon in voller Aufregung und eine Falschmeldung käme sehr ungelegen." Emma nimmt ihren Arm wieder zurück und schaut durch die untere Kante der Windschutzscheibe. In dem Jeep sitzen 2 Soldaten, der Fahrer steigt auf seiner Seite aus, umrundet das Fahrzeug und tritt dem Arzt vor das Schienbein. Der knickt einfach weg und wird dann von dem anderen mit dem Messer bearbeitet. Der nun tote kranke Arzt wird von dem Beifahrer weggeschleift und in den Graben neben der Straße geschmissen. Der Fahrer ist schon wieder eingestiegen und der andere kommt auch zum Jeep zurück, schaut einmal auf seine Uhr und steigt ein. Es dauert nicht lange und das Fahrzeug setzt sich in Bewegung und fährt Richtung Lake City. Die beiden Beobachter im Auto schauen sich an und verstehen nicht wirklich was das alles sollte.

„Sollen wir trotzdem mal eben nach oben Funken und von der Sache erzählen?" Emma will weiterhin Kontakt mit dem Camp aufnehmen und Kiano ist von der Idee immer noch nicht überzeugt. „Wir müssen davon ausgehen, das diese Penner unseren Funk hören und wenn wir jetzt Bescheid geben, dann werden sie vielleicht zurückkommen. Wir haben jetzt echt die Chance, dass sie vielleicht gar nicht mehr kommen." Emma pustet einmal aus und blickt Kiano weiter an, sie hasst es, wenn ein anderer recht hat und sie der Dumme ist. Aber sie sagt dazu kein Wort, sie will auch keine Diskussion daraus entstehen lassen, sie bleibt einfach zusammen gesackt in ihren Autositz und schaut nach draußen.

Leo klopft bei Nummer 13 an der Tür, das Funkgerät möchte er gerade ungern benutzen, daher versucht er es auf die altmodische Art. Es dauert eine Weile, bis Arlo endlich den Stuhl wegstellt und öffnet. „Morgen Leo, ist irgendwas passiert?" Leo schaut sich Arlo einmal genauer an und sieht, das der total verschlafen rüber kommt, sogar das Shirt ist falsch herum.

„Ihr habt wohl eine lange Nacht gehabt", grinst er ihn an. „Wie kommst du denn auf so was?"

„Das sieht man doch Arlo aber um deine Frage zu beantworten, es ist alles ruhig, bisher keine Nachricht von unten und auch keine neuen Kranken." „Das hört sich gut an, wir sollten aber gleich alles wieder so hinbiegen, wie es gestern besprochen wurde, am Plan wird nichts geändert."

Leo legt seine Hand auf seine Schulter und zieht ihn leicht nach draußen. Er zeigt einmal den Weg nach unten und Arlo kann erkennen, dass alle schon auf den Beinen sind. „Alles schon geregelt, auch die Türme sind besetzt. Das Tollste ist aber, Anthony hat sich eben auch eine Waffe geholt und möchte gleich seine Couch nach draußen bringen. Und seine Frau Caroline will sich erst um die Wäsche kümmern und dann Eve in der Küche helfen. Die Kinder haben sie eben nach Sofia gebracht, echt krass, nicht wahr, was eine Nacht nicht alles verändern kann."

Arlo schaut ein wenig komisch zu Leo rüber, als ob er nur die Hälfte verstanden hat. Von hinten kommt Abi an die Tür und schmiegt sich an Arlo, auch sie trägt bloß ein Shirt, welches aber richtig aus sieht. „Sag mal Leo, wer ist Anthony und Caroline?" Fragt Arlo total verdutzt und Leo beginnt sofort mit dem lachen. „Das sind unsere Nummer 10 Bewohner, deine Nachbarn, die Eltern von Laura, klingelt es jetzt?" Arlo packt sich langsam vor die Stirn, als ob ihm die Sonne blendet.

„Echt jetzt? Die waren doch gestern noch dagegen und jetzt sind sie dabei?" Leo nickt und setzt zum Gehen an. „Ich bin noch ein wenig in der Küche, schau gleich mal rein und gib dein Funkgerät noch ab, ich glaube, Phil hat noch keins", sagt er aber noch und geht dann wirklich.

Arlo schließt die Tür und steht vor Abi. „Meinst du, der hat was gemerkt?" Fragt Abi ganz vorsichtig. „Kann schon sein", grinst Arlo und küsst sie auf die Stirn. Abi schenkt ihm ein lächeln, was man so schnell nicht wieder vergisst. Trotzdem müssen die beiden sich fertigmachen, auch wenn Abigail lieber noch mal eine Runde ins Bett möchte, natürlich nicht, um zu schlafen. Nicht viel später sind die beiden draußen unterwegs. Arlo hilft eben noch bei Anthony aus, der war gerade dabei, die Couch durch die Tür zu schleifen und geht dann Richtung Lager weiter.

Das Funkgerät hat auch seinen Besitzer gewechselt und Sofia winkt durchs Fenster. Es sieht wirklich so aus, als wäre alles in bester Ordnung, aber ein tiefer Schatten wartet über dem Camp, jeder ist irgendwie angespannt, zwar freundlich, aber trotzdem in sich gekehrt.

Im Lager ist Eve zusammen mit Yvonne am wirbeln, sie möchten gerne den Leuten ein schönes Frühstück servieren, sie sollen schließlich alle gestärkt sein, falls es zum Angriff kommt. Milo sitzt in der hinteren Ecke und schaut grimmig durch die Gegend, er hat immer noch keine Waffe und langweilt sich total. Der kleine von Evelyn ist bei Sofia untergekommen, denn irgendwie war es schon blöd, dass er eine Sonderbehandlung bekommen sollte und außerdem stand er auch die ganze Zeit im Weg. Caroline kommt gerade von unten hoch und hat einen Wäschekorb in der Hand, sie lächelt Arlo und Abi einmal an und verschwindet nach draußen.

„Verdammt, hier läuft ja alles Perfekt", sagt Arlo plötzlich und Leo hat jetzt erst mitbekommen, das die beiden auch da sind. „Hey Arlo, ich muss dich mal kurz draußen sprechen, es ist wichtig." Zusammen verlassen die beiden das Lager und Yvonne hat endlich die Chance, Abi auszuquetschen, ihre Fragen brennen schon den ganzen Morgen. „Und Abi?" Will sie wissen und bekommt ein verschmitztes Lächeln, was mehr sagt als irgendwelche dummen Worte, auch Yvonne kann sich das Lachen nicht verkneifen.

„Also ist Emma jetzt out?" Abigail kommt ihr ein wenig näher. „Es war Hammer geil heute Nacht, Arlo ist so lieb, das gibt es gar nicht." Yvonne schaut sie ziemlich frech an. „Versuch ihn bloß zu halten, ihr seid echt ein tolles Paar." Abis Blick geht aber nach Yvonnes Worten ein wenig nach unten. „Aber ich weiß nicht, ob es richtig ist Yve, ich meine wegen Sam, was sollen die Leute denn denken, ich bin total glücklich, fühle mich aber auch schlecht." Yvonne nimmt sie kurz in den Arm. „Mach dir bitte keine Sorgen und lass die andern einfach reden, es ist nur wichtig, was ihr beiden wollt und nicht was andere denken." Ein wenig hat das was gebracht, denn Abi ist schon wieder ein wenig lebendiger. „Ich drücke euch die Daumen", kommt vom

Waschbecken, auch Evelyn hat nur nette Worte für die Sache. Trotzdem hat Yvonne noch eine Frage. „Ich hoffe, ihr habt heute Nacht verhütet?" Die Frage hat gesessen, denn die kleine Kurzhaarige wird auf einmal ziemlich rot im Gesicht. Als Yve das mitbekommt, hebt sie einen Finger in die Luft. „Ihr seid echt verrückt, du bist doch erst 16, aber irgendwie ist das auch total süß", lacht sie plötzlich und holt Abi einen Kaffee.

Draußen ist das Gesprächsthema leider nicht so toll, Leo versucht Arlo gerade zu erklären, das er noch mal in den Bunker möchte, um die Verpflegung da raus zu holen. Er möchte natürlich nicht das Arlo mitkommt, der kann das aber wiederum nicht verstehen und wird sogar ein wenig sauer. „Mensch Arlo, versteh das doch, für dich ist das wirklich nichts, du darfst dir das nicht antun."

„Du kannst es mir aber auch nicht verbieten Leo, es war schließlich meine Frau." Leo schaut Arlo eindringlich an und man sieht genau, dass es in ihm arbeitet. „Okay Arlo" versucht er neu anzusetzen „wenn dieser Scheiß hier überstanden ist, werden wir Sam da rausholen und sie begraben, das ist das Einzige, was ich dir anbieten kann." Jetzt ist es mal Arlo, der Leo auf die Schulter fasst.

„Danke mein Freund, damit gebe ich mich zufrieden, ich weiß auch, dass du mich nur schützen willst." Leo lächelt leicht und ist froh, das er das noch hinbekommen hat. Arlo ändert aber sofort das Thema, ihm ist es auch unangenehm, darüber zu sprechen.

„Was hältst du davon, wenn ich mich auf den Weg mache und die beiden da unten besuche. Es wäre sicher richtig, einmal nach dem Rechten zu sehen, außerdem kann ich dann auch das Funkgerät noch mal testen." So richtig gut kommt die Idee bei Leo aber nicht an.

„Ich finde das zu gefährlich Arlo, wenn du darunter fährst und die dann kommen, sind wir geliefert." „Das weiß ich auch Leo, daher mach ich mich mit meinem neuen Gewehr zu Fuß da runter, soweit ist das nicht und wenn ich durch den Wald gehe, wird mich auch keiner sehen."

Leo schaut Arlo nachdenklich an. „Du willst den ganzen Weg zu Fuß da runter? Ich finde das schon ein wenig weit." „Quatsch Leo, das sind höchstens 3 Meilen, ich bin in 2 Stunden wieder da. Mir lässt das halt keine Ruhe, nicht das irgendwas nicht stimmt und wir hinterher die Dummen sind." Leo scheint langsam nachzugeben und ist gar nicht mehr so abgetan von der Idee, er merkt ja auch selber, das die Kontrolle sein muss.

„Gehst du alleine oder willst du Abi mitnehmen?" Arlo schaut nach der Frage ein wenig komisch, hat dazu aber schnell eine Antwort. „Ich gehe alleine, so bin ich agiler, brauche nur auf mich aufpassen und Abi und Emma sollten derzeit nicht zusammen treffen." Dieser Satz schafft es doch tatsächlich, bei Leo ein Lächeln ins Gesicht zu zaubern. „Hör zu Leo, ich hole eben meine Waffen und mach mich auf die Socken, so bekommt Abi das gar nicht mit und braucht sich nicht aufregen." „Okay, das klingt gut, aber aufregen wird sie sich trotzdem und hey, pass bloß auf dich auf." „Jawohl Sir, wenn ich sie erreicht habe, setzen wir einen kurzen Funkspruch ab, aber nichts Dolles, wir wollen ja nichts verraten." Auf eine Antwort wartet Arlo aber gar nicht mehr, er sprintet regelrecht nach hinten und verschwindet im Haus. Leo möchte nicht sofort ins Lager, da er nicht weiß, wie Abi auf das Verschwinden reagiert. Sie ist noch jung und könnte ausrasten und dann wäre es besser, wenn Arlo unterwegs ist. Keine Minute später ist der auch schon wieder im Freien, steckt sich vor der Tür seine Pistole in die Hose und hängt sich das Scharfschützengewehr um. Er winkt Leo noch einmal zu und verschwindet an Ort und Stelle im Wald. Er hat sich für das steile Ufer entschieden, was auf der anderen Seite des Hauptweges liegt und ist wenig später nicht mehr zu sehen. Leo geht wieder zurück ins Lager und hofft, das es jetzt keinen Stress gibt. Er findet die Sache mit Arlo auch sehr riskant aber trotzdem notwendig, denn die beiden da unten könnten schon tot sein oder das Funkgerät hat seinen Dienst eingestellt oder oder oder...

Kapitel 44 :

Das steile Ufer meistert Arlo ohne Probleme und ein wenig weiter unten wird es auch wieder ebener. Er fühlt sich gerade ein wenig beklommen, die Nacht mit Abi war sehr schön, aber jetzt hier wie ein Soldat durch den Wald zu rennen ist schon komisch. Auf seinen Rücken trägt er das neue Gewehr, er weiß noch gar nicht, ob er damit schießen kann, ihm wäre es am liebsten, das nie austesten zu müssen. Er wechselt ständig zwischen rennen und gehen, hin und wieder ist der Wald so dicht, das die Geschwindigkeit halt angepasst werden muss, Pausen braucht er natürlich auch, er kann den ganzen Weg ja nicht nur rennen.

Trotz das es mit Emma gerade nicht gut läuft, er auch eher auf Abigail fixiert ist, macht er sich Gedanken darüber, wie es ihr geht. Kiano kommt nicht wirklich in seinen Sinn, nicht nur das er eine Menge verschwiegen hat, er ist auch ein Mörder, ein Killer aus der alten Zeit, der eine wehrlose Frau getötet hat. Egal was er auch versucht zu erzählen, was der Lennart alles gemacht hat, man kann niemanden zu so einer Tat zwingen. Er braucht ihn aber trotzdem und ist auch froh, dass Emma nicht alleine da unten im Auto sitzt. Vor ihm erscheint eine kleine Lichtung, der Boden wird ein wenig weicher und er kommt wieder schneller voran. Ein wenig ärgert er sich gerade, der schnelle Aufbruch war zwar notwendig, aber er hätte ja wenigstens was zu trinken mitnehmen können. Jetzt muss er dummerweise da durch oder den nächsten kleinen Bach abwarten. Die baumfreie Zone liegt schon wieder hinter ihm und er setzt sich kurz auf einen Baumstumpf, er braucht eine Pause, rechts neben ihm ist die Straße, er sollte sich an ihr orientieren, nicht das er sich verläuft und die beiden anderen nie erreicht. Langsam geht er weiter, das Gewehr auf seinen Rücken ist zwar nicht gerade schwer, aber ein wenig unhandlich, er bleibt leider des Öfteren an Ästen hängen was ihn doch sehr ausbremst.

Vor ihm taucht eine kleine Hütte auf, nicht groß genug, um darin zu wohnen, aber trotzdem komplett geschlossen mit Fenstern und einer Tür. Zuerst hält er ein wenig Abstand und horcht, aber es ist nichts zu vernehmen, daher schleicht er sich näher ran und schaut um die Ecken. Neben der Eingangstür gibt es eine kleine Feuerstelle, die aber wohl schon länger keine Glut mehr gesehen hat, trotzdem befindet sich noch ein wenig Holzkohle darin. Die Tür ist natürlich verschlossen, was hat er auch erwartet, daher schaut er daneben einfach durchs Fenster. Er kann nicht wirklich was erkennen, die Scheiben sind total verdreckt, viel befindet sich eh nicht in der kleinen Hütte, in der rechten Ecke ist ein Tisch, umzäunt von einer Eckbank. Eine Zeitung liegt oben drauf, daneben eine Brille und eine Tasse. Auf der anderen Seite befindet sich eine Schlafcouch mit einer Decke, als ob da eben noch einer gelegen hätte. Er dreht sich wieder weg und will sich auf den Weg machen, aber im Augenwinkel nimmt er einen Schatten wahr. Ein erneuter Blick durchs Fenster und er sieht tatsächlich einen kleinen Umriss. Der wird immer größer und dann knallt es von innen gegen die Scheibe. Arlo torkelt leicht nach hinten, denn direkt hinter dem Glas ist ein Mann aufgetaucht und schaut ihn mit blutunterlaufenen Augen an. Alleine die plötzliche Begegnung hat natürlich einen Schock bei ihm ausgelöst und dann steckt dem Kerl auch noch ein Bleistift oder was Ähnliches im Hals. Arlo geht ein Stück weiter nach hinten, berührt mit seinem Fuß die Umrandung der Feuerstelle, verliert das Gleichgewicht und landet auf seinen Pobacken. Nach einem kurzen „Autsch" schaut er von unten zu seinen neuen Bekannten hoch.

„Ich kann echt nicht begreifen, wie du da in die Hütte gekommen bist und dann auch noch verreckt bist. Diese Begegnung hätte ich mir echt ersparen können", sagt er zu dem Mann auf der anderen Seite des Fensters. Er schaut nach links und sieht, das er genau neben der Feuerstelle sitzt, nur ein paar Handgriffe später und er hat sich mit der Kohle ein paar Streifen ins Gesicht gemalt. „Wenn schon, denn schon, muss ja was dran sein an dieser Tarnung", sagt er wieder zu dem Kranken, der weiter mit den Händen gegen die Scheibe patscht. Arlo rappelt sich auf und bewundert sein Gesicht in dem verdreckten Fenster. Noch ein kurzer Gruß zu seinen neuen Freund und macht sich wieder auf die Socken, lange kann es ja nicht mehr dauern, bis er die beiden da unten endlich erreicht.

Leo kann sich im Lager erst mal eine Menge anhören, denn nicht nur Abi ist mit der Idee von Arlo nicht einverstanden, sondern auch Yvonne regt sich tierisch auf. Aber dafür ist es wohl zu spät, schließlich ist der schon unterwegs und keiner wird ihm nachlaufen. Eve schaut sich das alles in Ruhe an und lächelt ein wenig. „Ich finde die Idee gut, wir können uns doch hier oben nicht auf die beiden da unten verlassen, wenn wir gar nicht wissen, ob es ihnen gut geht. Das ist viel zu gefährlich und wenn dann die Soldaten hier oben angreifen, ist es zu spät darüber nachzudenken." „Danke Evelyn" sagt Leo ziemlich trocken. „Ich kann ihm ja hinterhergehen, um zu schauen ob alles glattgeht", kommt von Milo und er bekommt von seiner Mutter natürlich sofort eine Absage. Aber auch Leo findet die Idee absolut nicht gut, aber er hat genug vom Geschnatter im Lager und geht wieder raus. Mit seinem Gewehr in der Hand läuft er Richtung unteren Hochstand, wird aber unterwegs von Sarah und Jessica aufgehalten.

„Hey Leo", sagt Sarah und auch Jessica grüßt ihn ziemlich freundlich. „Hallo ihr beiden", erwidert Leo ein wenig genervt, er hatte echt gehofft, dass er den Weg unbeschadet übersteht.

„Wir haben eben Arlo in den Wald gehen sehen, stimmt irgendwas nicht?" Möchte Sarah jetzt wissen. Weiterhin von Frauen bedrängt, erklärt Leo auch den beiden die Absicht hinter Arlos verschwinden, gut für ihn ist aber das die, das wenigstens Verstehen und sogar versprechen, den Wald nach unten ein wenig im Auge zu behalten. Endlich kommt Leo an und erklimmt den Ausguck, als Erstes schaut er in alle Richtungen und sackt dann zusammen. Die ganze Sache hat ziemlich an ihm genagt. So viele Tote und dann das mit Sam, das steckt tief in ihm drin und macht ihn fertig. Er ist einfach nur froh, endlich mal alleine zu sein, er kauert sich ein wenig auf den Boden, nimmt seine Hände ins Gesicht und fängt leise an zu weinen.

Arlo hat wieder ein großes Stück geschafft und nähert sich langsam dem Highway. Zwischen den Bäumen kann er auch schon die Straße sehen, nur wo sind die beiden? So weit entfernt können sie doch gar nicht sein, sie sollten ja die Einfahrt zum Camp im Auge behalten. Und dann sieht er sie, ein Auto parkt mitten im Wald, es ist aber leider völlig umringt von Kranken. Auf der Fahrerseite liegen zwei tote am

Boden, die wurden wohl schon erledigt, aber drei Weitere stehen auf denen drauf und Versuchen, rein zu gelangen. Auch auf der anderen Seite sind zwei an der Scheibe und einer ist hinten am Heck, der hängt an der Stoßstange fest und kommt nicht mehr weg. Anstatt in Panik auszubrechen, legt Arlo sich langsam auf den Waldboden, schnappt sich sein tolles Gewehr und schaut durch das Zielfernrohr. Als erstes visiert er den Kranken am Heck an, sein Kopf taucht genau in dem kleinen Fadenkreuz auf und schon drückt er ab und der geht zu Boden. Kurz nimmt Arlo das Gewehr runter und schaut es sich an, kein Schuss war zu hören, der ist einfach umgefallen.

„Klasse, das Ding hat einen Schalldämpfer", sagt er zu sich und setzt wieder an.

Emma und Kiano haben alle Hände voll zu tun. Sie versucht durch die wieder geöffnete Scheibe die Kranken zu erstechen, zweimal ist es bereits gelungen, aber die anderen wollen einfach nicht mehr mit dem Kopf an die Öffnung kommen. Kiano stemmt sich auf der anderen Seite mit seinen ganzen Körper gegen das Fenster, er hat nämlich kein Messer und möchte die Aktion von Emma auch gar nicht wiederholen. Das Problem bei ihm ist aber, das einer seiner Kranken einen übergroßen Ring am Finger hat und genau damit immer und immer wieder gegen die Scheibe knallt. Ein leichter Riss ist sogar schon aufgetaucht, so versucht er nun mit seinen Körper, ein wenig Gegengewicht von innen auszuüben. Ihre Schusswaffen möchten sie sehr ungern benutzen, denn jeder Schuss würde Neue anlocken oder sogar die Soldaten auf den Plan bringen.

Ein Blick nach hinten lässt Kiano aufschrecken. „Emma, der Kranke von der Heckscheibe ist nicht mehr da, kannst du erkennen, wo der hingegangen ist?" Auch Emma schaut einmal nach hinten und kann ihn nicht mehr sehen. „Ich bin hier selber beschäftigt, woher soll ich das wissen?" Kiano schaut aber weiter nach hinten und hofft, dass der nicht auch noch an seiner Seite auftaucht.

„Wie wäre es denn, wenn ich versuche, hinten raus zukommen? Dann könnte ich die alle weglocken und du kannst aussteigen und sie erledigen?" So schlecht findet Emma die Idee gar nicht, aber es wäre auch riskant, Kianos Seitenscheibe könnte kaputt gehen und sie wissen nicht, ob er es überhaupt raus schafft. Sie konzentriert sich wieder auf ihre Seite, da stehen immer noch drei, die sie erledigen muss, komisch ist nur, dass einer der Kranken einfach umfällt. „Hast du das gesehen Kiano?" „Was denn?" Emma blickt kurz zu ihm rüber und sieht, das er immer noch nach hinten schaut und am überlegen ist.

„Einer auf meiner Seite ist einfach umgefallen." Kaum hatte sie das ausgesprochen, fällt auch schon der Nächste um, sie kann die beiden auch nicht mehr sehen, sie liegen an der Seite des Autos und sind nicht im Sichtfeld. „Scheiße Emma, jetzt habe ich es auch gesehen, die fallen einfach um." Beide recken ihre Hälse nach oben und versuchen, draußen was zu erkennen, aber sie sehen einfach nichts. Der letzte an Emmas Seite teilt das merkwürdige Verschwinden der anderen und versinkt in der Versenkung, Emma holt sich das Sturmgewehr vom Rücksitz und entfernt die Sicherung. Bei Kiano dauert es auch nicht lange, bis die beiden bei ihm am Waldboden liegen. Diesmal kann er aber was erkennen, denn beide Leichen haben ein kleines Loch im Kopf, aus dem langsam Blut nach draußen sickert.

„Emma, die beiden hier wurden erschossen." „Was?" Sie beugt sich zu ihm rüber und versucht, auch was zu erkennen. Gleichzeitig klopft es an der hinteren Tür und beide Schauen fast schon verängstigt durch die Scheibe nach draußen. Da steht doch tatsächlich ein Mann mit schwarzen Streifen im Gesicht, wie bei einer Kriegsbemalung und bittet um Einlass.

Aber alleine an den Haaren erkennt Emma sofort um wenn es sich handelt. Mit einen Knopfdruck an der Fernbedienung des Schlüssels öffnen sich die Türen und er kann einsteigen. Zuerst fliegt hinten das Gewehr ins Auto und dann steigt Arlo hinter her und schließt die Tür.

„Hey ihr beiden", sagt er mit einem doch sehr lustigen Ton, denn die vorne schauen so komisch, dass man einfach nur lachen kann. „Arlo" schreit Emma ihn an und auch Kiano bekommt langsam ein freundlicheres Gesicht. „Ich wollte mal eben schauen, wie es euch geht und ob das Funkgerät noch funktioniert, habt ihr vielleicht einen kleinen Schluck Wasser für mich?"

Emma fummelt mit offenen Mund an einer Flasche und reicht sie ihm hin. Sofort wandert der Inhalt in Arlo, das leer getrunkene Teil schmeißt er einfach nach hinten in den Kofferraum. Emma kommt langsam zur Besinnung und schafft es, wieder normal zu reden. „Danke Arlo, die Sache war schon scheiße hier." „Kein Problem Emma, aber warum waren die Scheißdinger überhaupt hier, ich hätte jetzt nicht gedacht, das sie euch im Auto sehen würden." Kiano setzt ein grimmiges Gesicht auf. „Das war Emmas Schuld", sagt er plötzlich und schaut sie dabei die ganze Zeit an „sie ist an die Hupe gekommen, sie wusste wohl nicht, das die auch ohne Zündung geht." Emma ist das ein wenig peinlich, sie blickt erst ziemlich grantig zu Kiano und dann wieder zu Arlo, wo sich ihr Ausdruck natürlich ändert.

„Ja das war echt dumm gelaufen, diese blöden Wichser kamen sofort zum Auto, die hatten wohl mit einer tollen Mahlzeit gerechnet." „War denn sonst hier unten alles ruhig?" Will Arlo jetzt wissen und Emma erzählt ihm von dem Jeep und das sie nicht Bescheid gesagt haben, weil der nicht hochgefahren ist. Er findet ihre Entscheidung recht gut, krallt sich das Funkgerät von vorne und schaltet es ein.

„Ich hoffe, der Kaffee ist gleich fertig", spricht er kurz rein und stellt es wieder ab.

„Das war nur ein Test, hoffentlich ist es oben angekommen", sagt er zu den beiden komisch schauenden Personen. Er öffnet die Tür und deutet Kiano an mit auszusteigen, der gehorcht natürlich und zusammen ziehen sie draußen die Toten vom Auto weg. Wenn die Soldaten wirklich noch kommen, dann würde ein Haufen Toter um einer Karre im Wald schon auffallen. Emma steigt aber trotzdem mit aus und schnappt sich eine junge Frau, die sie hinter den anderen her zieht. „Warum bist du so bemalt Arlo?" Möchte sie jetzt wissen. Er hält kurz und schaut Emma belustigt an. Das sie gerade Leichen durch den Wald ziehen, hat wohl keine Bedeutung mehr, das ist alles normal geworden.

„Das haben doch schon die alten Indianer gemacht, Tarnfarbe und so, so wird man schlechter gesehen." „Keine schlechte Idee" gibt Kiano von sich. Sie sind gerade dabei, den Letzten Angreifer tiefer in den Wald zu schleifen.

„Hört mal" beginnt Arlo jetzt wieder, als alle Kranken außer Reichweite sind „bis morgen früh müsst ihr noch durchhalten. Wenn bis dahin keiner gekommen ist, dann brecht das hier ab und kommt zurück, denn es kann echt gut sein, das die gar nicht wissen, wo wir sind. Ich mache mich wieder auf den Weg nach oben, weil ich denke, dass der Kaffee gleich fertig ist."

Nach seinen Worten ist er ein wenig am Lachen und zusammen mit seiner Waffe, die er wieder aus dem Auto geholt hat und den Streifen im Gesicht sieht das wirklich sehr komisch aus.

„Danke noch mal", sagt Kiano und steigt ein. Emma selber wartet noch ein wenig draußen und schaut ihn einfach nur an. „Alles okay Emma?" Fragt Arlo plötzlich, als er den Gesichtsausdruck von ihr sieht. „Danke Arlo, echt jetzt, du hast uns geholfen und es tut mir auch total leid, dass ich in der letzten Zeit so ein Arschloch war." „Alles gut Emma, es sind halt scheiß Zeiten und da kann man nicht immer mit guter Laune durch die Gegend laufen."

Ein wenig glücklich über Arlos Worte kommt sie ihm ein wenig näher und küsst ihn einfach, zwar nur ganz kurz, aber doch ziemlich innig. Sie verabschiedet sich und steigt zu Kiano ins Auto, Arlo bleibt noch eine Weile stehen, dreht sich dann um und macht sich auf den Rückweg.

Leo stiefelt wieder den Berg nach oben, die Nachricht von Arlo ist gerade angekommen und er will das eben in der Küche kundtun. Dort sieht er sich immer noch zwei zickigen Frauen ausgesetzt und Eve werkelt mit Carolina am Mittagessen.

„Ihr könnt gleich einen Kaffee aufsetzten", sagt er ein wenig belustigt. Abi und auch Yvonne schauen ihn ein wenig komisch an, als ob er sie verarschen möchte. „Warum sollen wir jetzt Kaffee machen?" Fragt Yvonne ziemlich frech. „Wenn du einen haben möchtest, dann mach ihn dir doch selber." „Meine Damen, immer noch total zickig. Ich will damit auch nur sagen, das Arlo sich eben über das Funkgerät gemeldet hat, er hätte gleich gerne einen Kaffee." Immer noch ist Leo sehr belustigt, denn die Stimmung in der Küche hat sich gerade schlagartig geändert.

„Er hat sich gemeldet?" Fragt Abi sofort und auch Yvonne ist an ihrer Seite.

„Ja hat er, es sieht also alles gut aus, er ist sicher schon wieder auf dem Rückweg."

Abi dreht sich zu Yve und umarmt sie einfach, man kann ihr die Freude richtig ansehen und Leo verlässt schnell wieder das Lager und geht nach oben zu Jessica und Sarah. Die sitzen gemeinsam auf ihrer Couch und schauen Richtung Waldufer, er setzt sich einfach dabei und blickt auch nach unten. „Er müsste so grade wieder kommen, also ein wenig die Augen offen halten und nicht unbedingt auf die erste Bewegung schießen." Sarah schaut ihn an und legt ihr Gewehr ein wenig zur Seite. „Hat er sich gemeldet?" „Ja eben, er ist wohl wieder unterwegs." Die beiden pusten hintereinander einmal aus, alle haben sich gesorgt, denn wenn Arlo etwas passiert, weiß keiner wie es weiter gehen soll. Auch wenn Leo sehr viel macht und Emma ihren Beitrag leistet, ohne ihn funktioniert es nicht, das hatte schon der tote Lennart erkannt.

Leo bewegt sich zum hinteren Ausguck, dort schaut er eben nach Vanessa, der es aber gut geht. Sein nächster Weg bringt ihn zum Gemeinschaftsplatz, aber eigentlich gammelt er nur durch die Gegend und wartet auf seinen Freund. Sein Sinnloses laufen soll auch nicht lange unbelohnt bleiben, denn nachdem Leo sich den Parkplatz unten einmal angeschaut hat und gerade die Schranke passiert, kommt Arlo am unteren Hochsitz aus dem Wald. Er wollte wohl nicht wieder das steile Ufer nach oben klettern, der Weg selber hatte ja schon genug Strapazen.

„Arlo" ruft Leo erstaunt, so schnell hat er ihn nämlich nicht erwartet. Der grinst ihn ein wenig an und ruht sich kurz aus. „Da unten ist alles in Ordnung, nur ein kleiner Jeep ist da durch gekommen, also nichts Wildes. Ist mein Funkspruch angekommen?" Leo beginnt zu grinsen, nicht nur weil er sich freut, das Arlo wieder da ist, sondern auch weil unten alles in Butter ist, das kommt ja allen zu gute.

„Dein Kaffee wird sicher schon fertig sein, aber sei vorsichtig, die Damen könnten ihre Krallen ausfahren. Und wie siehst du eigentlich aus, bist du auf dem Kriegspfad?"

Jetzt fängt Arlo doch tatsächlich richtig an zu lachen. „Ich hatte unterwegs eine Hütte mit einer Feuerstelle gefunden, das passt halt zum Scharfschützengewehr. Dann lass uns mal in die Küche, das wird sicher lustig, vielleicht erkennen sie mich ja nicht."

Aber Leo kommt nicht mit, er bequemt sich lieber wieder auf den Hochstand. So geht Arlo auch den Rest alleine, stellt sein Gewehr draußen an die Wand und betritt das Lager. Dort wird er rührend empfangen, zuerst schreckt seine Bemalung natürlich alle ein wenig ab, nur Milo findet es toll, doch dann bekommt er sofort eine tolle Umarmung und einige Küsse von Abi. Yvonne klopft ihm auf die Schulter, denn auch wenn das alles sehr gefährlich war, das Ergebnis kann sich sehen lassen. Gut das Leo unten geblieben ist, das hätte ihm sicher alles nicht gefallen, nach dem Ärger, den er aushalten musste. Arlo bekommt endlich seinen Kaffee, den er auch genüsslich trinkt.

Emma und Kiano sitzen beide wieder seelenruhig im Auto und schauen auf die Kreuzung. Die Sache eben war schon sehr peinlich und wäre vielleicht ohne Arlo auch schlecht ausgegangen. Kiano schaut zu Emma rüber. „Ein ganz schon krasser Kerl dieser Arlo." Ohne auf ihn zu achten, schaut Emma weiter nach draußen. „Ja, das stimmt." Kiano blickt auch wieder raus, er merkt schon, dass sie gerade nicht so große Lust hat, mit ihm zu quatschen, trotzdem macht er noch ein wenig weiter. „Liebst du ihn?" Jetzt guckt Emma doch zu ihm. „Was soll die Frage? Was geht dich das überhaupt an?" Kiano fährt ein wenig zusammen, denn die Antwort war alles andere als freundlich. „Na ja, ich meine ja nur, wir hatten letzte Nacht Sex und dann kommt Arlo hier runter und du küsst ihn einfach." Emma nimmt ihr Messer und hält es Kiano vor die Nase. „Das mit uns, das war nur Sex, nichts weiter. Also kein Grund, es an die große Glocke zu hängen. Ich denke, wir verstehen uns?" Natürlich schnallt Kiano das, schließlich fuchtelt Emma mit ihrem Messer vor ihm herum, was kann man daran nicht verstehen? Daher sagt er lieber nichts und konzentriert sich wieder auf draußen, auch Emma zieht ihr Messer zurück und ändert ihre

Richtung. Auf der Fahrerseite hat sie ein wenig das Fenster geöffnet, denn die Luft im Auto ist ziemlich stickig geworden.

Emma hebt eine Hand nach oben und lauscht. „Hörst du das Kiano?" Ihr Nachbar ist immer noch fertig von der letzten Ansprache und beginnt jetzt erst wieder mit dem normalen denken, aber er hört trotzdem nichts, daher verneint er ihre Frage einfach.

„Ich höre auch nichts mehr", sagt Emma und versucht ein wenig, ihre Haare zu richten. Kiano beobachtet sie dabei von der Seite und denkt sich seinen Teil. Wie kann eine Frau, die so toll aussieht, nur so einen scheiß Charakter haben? Oder ist sie genau deswegen so, weil sie weiß das sie alles haben kann? Was würde Arlo wohl sagen, wenn er von dem hier erfahren würde? Oder von den Morden, die sie begangen hat. Aber es ist besser, wenn er alles für sich behält, denn er kann sich nicht vorstellen, was diese Frau mit ihm macht, wenn er die Wahrheit über sie verbreitet.

Ein Jeep in Tarnfarben steht unten in der Einfahrt, keiner der beiden hat mitbekommen, dass der gekommen ist, jetzt wird er entdeckt und beide schrecken auf.

„Scheiße" ruft Emma und rutscht runter, auch Kiano ist schnell versunken und sie schauen vorsichtig nach draußen. „Sind das die gleichen wie heute Morgen?" Fragt Emma ziemlich klein laut. Kiano versucht sich zu konzentrieren, es ist wohl der gleiche, diesmal steigt aber keiner aus. Die Soldaten sitzen einfach im Auto und warten. Von der linken Seite nähert sich aber noch mehr. Da kommen wieder zwei Jeeps und in jedem Sitzen jeweils zwei Soldaten. Die halten direkt bei dem ersten und die Insassen beginnen mit einer wilden Diskussion. Ein weiteres Fahrzeug, diesmal ein Lkw mit Plane, kommt die Straße entlang gefahren, Emma erkennt das Teil natürlich sofort, es ist der gleiche wie beim Sägewerk, auch der stoppt bei den anderen und fährt nicht weiter.

„So langsam wird es echt interessant", versucht Emma Kiano zu sagen, der ist aber zu sehr damit beschäftigt, die Soldaten zu beobachten und reagiert daher nicht auf ihre Worte. Da auf der Kreuzung nichts weiter passiert, dreht er sich doch zu ihr rüber. „Was machen die da? Nur eine Pause oder planen sie einen Angriff?" Emma schaut ihn ein wenig wütend an, sie kann nicht verstehen, wie ein Mensch so doof sein kann. „Du kannst ja runter gehen und nachfragen, dann wissen wir es." Sofort schaut Kiano wieder weg und lässt es dabei, sehr vorsichtig entsichert er sein Sturmgewehr und sieht, das Emma gleich zieht.

„Mach jetzt bloß keine Dummheiten, wir warten, bis sie wieder weg sind", gibt sie ihm noch zu verstehen. Aber Kiano hat gar nicht vor, irgendwas zu machen, er will einfach nur, dass diese Situation schnell endet. Mit großen Augen sehen die beiden aber, dass aus einen der Jeeps zwei Soldaten aussteigen und direkt zu ihnen zeigen. „Was sollen wir jetzt machen?" Fragt Kiano schon voller Panik. Emma zeigt ihm aber mit einer Geste, dass er ruhig bleiben soll. Die beiden draußen kommen langsam näher und wollen sicher das Auto kontrollieren. Aber da erscheint doch tatsächlich noch ein neues Fahrzeug, dieses ist so laut, das Emma und Kiano gar nicht lauschen müssen. Es handelt sich um den vermissten Spähwagen, fett gepanzert und mit einer großen Waffe oben drauf. Emma weiß genau, dass es der Chef ist, der Wichser hat Peter und Alex erschossen.

Das riesige Fahrzeug hält direkt bei den anderen und die beiden kommenden Soldaten ändern ihre Richtung und gehen zurück. Emma und Kiano kann man die Erleichterung echt ansehen, aber trotzdem sind sie wegen der Menge da unten ein wenig geschockt. Wenn die nach oben fahren, dann wird das sehr eng, egal was Arlo und die anderen vorbereitet haben, das wird viele Tote geben.

Aber erst mal passiert nichts, einige sind am Rauchen und auch aus dem Lkw sind Uniformierte hinten ausgestiegen, als ob die sich nur ein wenig die Füße vertreten. Einer der Soldaten aus einen der Jeeps zeigt einmal in jede Richtung, leider auch nach oben, die Augen einiger anderen folgen seinen Handzeichen.

„Sollen wir jetzt Bescheid sagen?" Fragt mal Kiano, aber Emma winkt einfach ab, diesmal ist sie die coolere Person im Auto. Auf dem gepanzerten Wagen öffnet sich oben eine Luke und der Kopf des Alten schaut heraus. Am liebsten würde Emma jetzt ihr Gewehr nehmen und diesen Penner einfach eine Kugel rein jagen. Aber das geht natürlich nicht, denn das würde ihren Tod bedeuten. Die beiden im Auto sehen nur, wie der Kerl einige Anweisungen gibt. Alle ausgestiegenen Steigen wieder in ihre Fahrzeuge und die Motoren heulen auf.

„Jetzt wird es spannend Kiano, wo fahren die jetzt hin?" Auf die Frage antwortet er nicht, was soll er auch sagen, er beobachtet einfach die Lage weiter. Der erste Jeep setzt sich in Bewegung und fährt zurück auf den Highway, auch die anderen zwei Folgen dem und alle bleiben wieder stehen. Der gepanzerte Wagen bewegt sich als Nächstes und fährt direkt in die Einfahrt zum Camp. Es folgen die drei Jeeps, die wohl nur Platz gemacht haben und als Letztes düst der Lkw die Straße hoch.

„Verdammte Scheiße", sagt Emma und schaltet das Funkgerät ein. Ein Blick auf Kiano zeigt ihr, dass er Angst hat und einfach nur im Sitz hängt.

„Emma hier, das Böse rollt an, 5 Fahrzeuge, ein Gepanzertes, min. 25 bewaffnete Wichser", spricht sie so klar, wie es geht in das Teil.

Die beiden wissen ja nicht, dass der Test von Arlo positiv verlaufen ist. Ihre Ansage wiederholt sie noch einmal, sicher ist sicher und dann startet sie das Auto. Erst will der nicht anspringen, aber nach einigen Versuchen schnurrt der Motor endlich und sie haut den rückwärts Gang rein.

„Willst du wirklich hinter her fahren?" Fragt Kiano total unsicher vom Beifahrersitz. Emma schaut ihn plötzlich an, als ob er sie beleidigt hat.

„Bist du bescheuert Alter, natürlich fahre ich hinter her, ich lasse die doch nicht in Stich."

„Aber Emma, hast du das nicht gesehen? Das war schon fast eine Armee, die überrollen einfach alles und lassen keinen am Leben. Das ist doch Selbstmord." Emma beugt sich rüber und öffnet seine Tür. „Raus, ich kann auch alleine fahren." Kiano schaut erst auf Emma und dann auf die Tür, als Nächstes schubst er die doch sehr starke Frau zurück auf ihren Sitz und macht das Auto wieder dicht. Emma gibt Gas und die Reifen drehen auf dem Waldboden durch. „Scheiße nicht jetzt" schreit sie fast schon und versucht es noch ein paarmal, aber das Auto bewegt sich keinen Millimeter. Kiano steigt aus der Karre und läuft nach vorne. Dort lehnt er sich an die Front und fängt an zu schieben. Emma gibt wieder Gas, aber es funktioniert immer noch nicht.

„Du musst weniger Gas geben" schreit Kiano von draußen und sieht im Augenwinkel, das von unten wieder neue Kranke kommen. Normal hört Emma ja auf niemanden, diesmal geht sie aber auf den Rat ein und gibt tatsächlich weniger Gas und schon bewegt sich der Wagen. Kiano rennt schnell um das Auto herum und will wieder einsteigen, aber die Kranken sind angekommen und einer erwischt ihn von hinten und reißt ihn um. Er rollt sich einmal über den Boden und will sich gerade davon machen, als Emma von innen mit der Pistole den Angreifer erschießt. Jetzt hat Kiano keine zwei Sekunden, um ins Auto zu springen, denn der nächste Kranke hat ihn fast erreicht. Dieses mal hat er es aber geschafft, er will gerade die Tür schließen, als noch einer von denen versucht mit einzusteigen. Aber durch die Wucht der Autotür und dem erneuten Gas geben von Emma wird der Kopf einfach sauber vom Rest des Körpers abgetrennt. Eingeklemmt zwischen Tür und Sitz bewegt sich der Mund aber immer noch und versucht sogar Kiano zu beißen. Die Augen im Kopf schauen ihn auch starr an. Er reist noch mal die Tür auf und gibt dem Teil einen leichten Tritt, der dadurch sofort nach draußen kullert. „Scheiße war das ekelig Emma", sagt Kiano total aus der Puste. Emma lächelt ihn an, lenkt den Kombi auf die Straße und gibt Gas.

Der Funkspruch erreicht Leo gerade am Waldrand, als er sich erleichtert. Er schafft es noch nicht mal, das zu beenden, er packt schnell alles ein und rennt nach oben. Dort steht aber schon Phil und diskutiert mit Jessica und Sarah. Er rennt einfach an ihnen vorbei und geht in die Küche, wo Arlo gerade dabei ist Abi und Yvonne zu zeigen, wie das mit dem Schminken ablief. Durch die Wucht der Tür und dem dazugehörigen Krach schauen alle sofort zu ihm, an der Panik in Leos Ausdruck weiß auch jeder, was passiert ist.

„Es geht los, nicht wahr?" Fragt Arlo. „Ja", antwortet Leo völlig aus der Puste. Er nimmt sich noch mal eben schnell das kleine Funkgerät und spricht hinein. „Alle Türme herhören, ihr habt das von Emma gerade gehört, also geht es gleich los. Es wird nicht geschossen, wir müssen sie erst mal näher kommen lassen und dann ins Kreuzfeuer nehmen. Entweder Arlo oder ich schießen als Erstes. Ich wiederhole, keiner schießt, wartet auf unser Zeichen."

Schnell packt er das Teil wieder weg und an seiner Hose sieht man eine nasse Stelle.

„Yvonne, los rüber zu Sofia, die Kinder müssen in den Keller. Eve, du und dein Sohn gehen auch da runter und Caroline natürlich auch." Yvonne rennt aus der Küche und verschwindet, Arlo packt sich Abi und geht hinterher, Leo wartet noch in der offenen Tür auf die Kleinen. Weiter hinten machen sich auch Jessica und Sarah bereit, sie legen sich schussbereit hinter die Couch. Als Arlo an ihnen vorbei rennt, sieht er die Angst in ihren Augen, er nickt ihnen noch einmal zu und geht weiter.

Abi schickt er sofort in Haus 13, sie soll in der Nähe des Fensters bleiben und auf ihn aufpassen. Er selber kniet sich hinter seine Couch und macht sein Scharfschützengewehr bereit, den ersten Probelauf hat er heute Morgen ja bestanden. Vorne sieht er dann noch, wie alle Kinder zusammen mit Sofia das Gebäude wechseln und dort wohl im Keller verschwinden. Leo schmeißt hinter ihnen die Tür zu und schließt ab, sein nächster Gang geht zu seinem eigenen Haus, wo er sich mit Yvonne versteckt. Das große Warten ist vorbei, in der Ferne hören alle schon die Motoren heulen, der Gegner ist nicht mehr weit und wird gleich sein hässliches Gesicht zeigen.

„Bist du sicher, dass wir die Leute auf den Hochsitzen lassen sollen? Ich kann mir gut vorstellen, das die als Erstes angegriffen werden", flüstert Yvonne Leo leise zu. „Ich weiß Yve, daher sollen die auch still bleiben und nichts machen. Wir müssen die Aufmerksamkeit auf uns lenken, wenn die dann in Deckung gehen, haben die höheren Posten gute Chancen, sie zu erschießen." Yvonne gibt sich damit aber nicht zufrieden. „Das stimmt schon, aber die Gefahr ist viel zu hoch."

„Das ist es Yve, aber die Leute sind freiwillig da oben, ich habe sie nicht gezwungen." Dabei wird es dann belassen, Leo weiß genau, dass er die beiden auf den vorderen Hochsitzen irgendwie opfert. Wenn der Krieg hier ausbricht, werden die als erstes fallen, trotzdem kann es ja noch sein, dass es gar nicht dazu kommt. Vielleicht schauen die Soldaten auch nur kurz vorbei und verschwinden wieder, nur dann werden sie auf Emma treffen, die sicher schon hinter ihnen her ist. Also alles scheiße...

Arlo kniet vor der Couch und schaut mit dem Zielfernrohr nach vorne, er kann alles genau erkennen. Bei Emma unten hat er mit dem Teil schon geschossen und jedes mal getroffen, diesmal ist es aber anders, die Ziele werden sich bewegen und vor allem auch zurückschießen. Abi hängt mit einer Menge Panik im Gesicht am Fenster, sie hat ohne Ende Angst und kann es nicht verstehen, warum sie nach innen muss. Wie soll sie Arlo denn beschützen, wenn sie nur einen kleinen Blickwinkel vor sich hat? Sie hofft eh die ganze Zeit, dass nichts passiert, vielleicht sind die Soldaten ja anders und wollen gar nichts Böses. Sie schaut noch einmal nach ihrer Waffe und geht alles durch was sie zu beachten hat, sie will nicht versagen.

Jessica und Sarah blicken sich die ganze Zeit an, gleich geht es los und so richtige Erfahrung mit den Sturmgewehren haben sie auch nicht. Einfach auf alles schießen, hat Leo eben noch gesagt, was ein blöder Witz. Die kommen schließlich auch mit Waffen und werden sich nicht umbringen lassen. Das könnte heute das Ende sein, darin sind sich beide sicher, daher jetzt auch noch die letzten Blicke.

Unten im Keller hat Caroline als Erstes die Waschmaschinen abgestellt. Die sind einfach zu laut und Sofia ist sogar noch einen Raum weiter, um dort die Generatoren abzuschalten. Hier unten ist es jetzt natürlich ziemlich dunkel, aber ein paar Kerzen und Taschenlampen wurden schon bereitgestellt. Die Kinder sind alle sehr ängstlich, aber trotzdem schaffen es die Erwachsenen, sie ruhig zu halten. Dieses ist ganz wichtig, denn niemand oben darf mitbekommen, dass sich da unten jemand befindet. Wenn die es schaffen, hier einzudringen und die Kinder als Geiseln nehmen, haben sie den Kampf schon verloren...

Kapitel 45

Es qualmt von unten, die Motoren heulen extra laut auf, als ob sie das Camp vor dem Angriff demoralisieren möchten. Vielleicht hoffen sie auch einfach, das sich alle sofort ergeben, oder es ist einfach nur Zufall. Es dauert auch nicht lange und der gepanzerte Wagen durchbricht die Schranke, bleibt aber kurz dahinter stehen. Dafür fahren 2 der Jeeps ganz durch und tauchen oben bei Lennarts Haus auf. Der erste ist mit einem Maschinengewehr bestückt, wo auch jemand hinter steht, aus dem zweiten springen die Soldaten raus und gehen hinter dem Fahrzeug in Deckung. Der Fahrer des ersten Jeeps nimmt ein Megaphone in die Hand und erhebt sich. Weiter unten, zwischen Empfangshäuschen und Hochsitz, kommt der Lkw zum Stehen und mindestens 10 Männer springen hinten runter. Aber es geschieht sonst noch nichts, bis auf die beiden Fahrzeuge oben hält sich der Rest komplett zurück. Der Megaphone Kerl beginnt zu sprechen und seine Stimme halt durch das ganze Camp.

„Liebe Leute des Flüchtlingscamps, wir sind nicht eure Feinde, wir wollen euch helfen und sogar die Hand reichen. Wir sind die US Army der Vereinigten Staaten von Amerika und haben einen Eid geleistet, Zivilisten in Not bei zu stehen. Daher wären wir euch sehr dankbar, wenn ihr jetzt einfach mit erhobenen Händen raus kommt, ich verspreche euch auch, es wird niemanden was geschehen. Wir möchten auch gerne unsere Jungs wieder haben. Und wir wissen genau, dass ihr sie habt, also verschwenden wir keine Zeit, lasst uns das friedlich lösen, ohne unnötiges Blut zu vergießen."

Nach seiner doch sehr netten Ansprache nimmt er das Teil wieder runter und schaut neugierig in das Camp. Er grinst leicht und man kann ihm die Lügen ansehen, die würden niemals friedlich abziehen, vor allem weil sie die beiden Soldaten auch gar nicht zurückbekommen können, die sind ja schließlich tot und liegen im Rover. Der Mann mit dem Megaphone dreht sich nach unten und hebt seine Schultern, er signalisiert damit wohl, das niemand auf seinen Scheiß reinfällt. Arlo hat von ganz hinten den Soldaten mit dem

Maschinengewehr im Fadenkreuz, eine dumme Bewegung, ein Fehler und der ist tot. Womit jetzt aber keiner gerechnet hat, der Chef aus seinem gepanzerten Fahrzeug steigt aus und kommt nach oben. An beiden Seiten flankieren ihn wieder seine Soldaten, wie es auch schon beim Sägewerk der Fall war. Arlo wechselt sofort sein Ziel, er kennt den Penner noch, er ist der Mörder seiner Freunde. Die Soldaten gehen zusammen mit ihrem Chef zum ersten Haus und versuchen sich an der abgeschlossenen Tür. Es dauert auch nicht lange und einer der Typen tritt sie einfach ein und läuft mit erhobener Waffe ins Innere.

„Fuck", sagt Leo sehr leise zu Yve. „Was ist los Leo?" Antwortet sie genau so leise.

„Wir haben wohl den Lennart vergessen wegzuschaffen, der Fette sitzt immer noch auf seinem Stuhl." Von Yvonne kommt tatsächlich ein kleines Grinsen und beide schauen nach vorne. Nach einer kurzen Zeit erscheint der Soldat wieder, redet mit den anderen und alle gehen ein Haus weiter. Der alte Anführer bleibt ein wenig zurück, er will er wohl doch kein Risiko eingehen. An der Lagertür beißen sich die zwei Soldaten aber die Zähne aus, egal wie sehr sie die Tür auch bearbeiten, sie will nicht aufgehen. Da hat der Lennart echt gute Arbeit geleistet, eine stabile Metalltür tritt man nicht so einfach ein. Die zwei geben es auf und gehen zurück. Der Alte nimmt sich jetzt selber das Megaphone und spricht hinein.

„Hier spricht Colonel Riekes, ich bin ein hohes Tier, der noch existieren US-Armee. Da der Präsident das Kriegsrecht ausgerufen hat, sind wir auch befugt, von Schusswaffen Gebrauch zu machen. Ich gebe ihnen noch genau 5 Minuten und dann werden sie sich ergeben und uns unsere Männer aus liefern, ansonsten machen wir dieses Camp dem Erdboden gleich." Nach seiner Ansprache setzt er sich einfach in den Jeep, macht sich eine Zigarette an und seine Beschützer stellen sich davor. Arlo nimmt also wieder den Kerl mit dem Maschinengewehr ins Auge.

Der letzte Jeep steht unten in der Nähe vom Parkplatz und die zwei Insassen schauen den Berg hoch. Beide sind von der Show da oben abgelenkt und bekommen gar nicht mit, dass Emma sich von hinten angeschlichen hat. Von Kiano fehlt aber jede Spur und das Auto wurde weiter unten abgestellt. Sie hat zwar ihr Sturmgewehr dabei, steht da trotzdem gerade mit ihren Messer in der Hand. Sie hebt einen Stein auf und schmeißt ihn in Richtung der parkenden Autos. Der verursacht aber nur ein kleines Geräusch, einer der Soldaten schaut kurz darüber und richtet seine Aufmerksamkeit schnell wieder nach oben.

„Meinst du, die werden sich ergeben?" Fragt der rechte und der linke schaut ihn an.

„Ich hoffe nicht, dann haben wir ja keinen Spaß." Beide sind kurz am Lachen.

„Stimmt, wenn die sich ergeben, geht es immer so schnell und wir hier unten haben wieder mal die Arschkarte." „Aber weißt du was, wenn die da oben auch Frauen haben, wäre es natürlich einfacher, tote Fotzen ficken sich nicht gut." Wieder lachen beide und Emma weiß genau, was die beiden meinen. Sie hebt wieder einen Stein auf und wirft ihn diesmal ein wenig fester und trifft eins der Autos auf dem Parkplatz. Das gab natürlich einen lauten Knall und beide Soldaten schauen dahin. „Verdammt" sagt der linke „was war das?" Der andere erhebt sich und verlässt das Fahrzeug, langsam geht er vorne herum und bewegt sich auf die parkenden Autos zu, er hat seine Waffe im Anschlag und ist sehr vorsichtig. Emma nutzt sofort die Chance, schleicht auf der anderen Seite um den Jeep und steigt leise durch die geöffnete Tür. Der Soldat im Auto bekommt das gar nicht mit, er schaut die ganze Zeit zu seinem Kollegen. Kaum ist sie neben ihn, steckt auch schon das Messer in seinen Kopf, das Blut spritzt durch den Jeep und der Kerl ist sofort tot. Emma, auch total verschmiert, steigt wieder aus und geht ans Heck. Der Mann am Parkplatz steht jetzt bei den Autos und schaut sich um, da er aber nichts entdecken kann, dreht er sich wieder und will zum Jeep zurück.

„Was ist das für eine Scheiße", sagt er zu sich selber, als er seinen Kameraden leblos auf dem Sitz erblickt. Im gleichen Moment kommt Kiano zwischen den Autos hervor und zielt mit seinem Gewehr genau auf seinen Kopf. „Mach jetzt bloß keinen Fehler Arschloch" spricht er zu ihm.

Der Soldat wirbelt herum und schaut direkt auf ihn, in seinen Augen spiegelt sich Angst und Wut gleichzeitig, seine Waffe ist aber zu Boden gerichtet.

„Ganz ruhig, mein Freund, jetzt bloß nicht die Nerven verlieren", sagt er zu Kiano. Er bückt sich total langsam und legt sein Gewehr auf den Boden und kommt wieder hoch.

„Seh zu, dass deine Hände nach oben gehen", ruft Kiano ihm zu. Der Soldat macht genau das, was ihm befohlen wird, was bleibt ihm auch anderes übrig, ein Sturmgewehr ist auf seinen Kopf gerichtet und sein Gegenüber sieht auch nicht so aus, als ob er blufft. Von hinten schleicht sich Emma an, sie hat ihr Messer immer noch in der Hand, die Schusswaffe hat sie einfach am Jeep liegen lassen. Der Kerl steht weiterhin vor Kiano und macht keine Anstalten, sich zu bewegen, aber mit seinem Gelaber versucht er ihn zu verunsichern.

„Hör mal, gehörst du da oben zu dem Camp? Wir wollen doch gar nichts Böses, wir sind Soldaten." „Halt deine Schnauze du Drecksack", bekommt er von Kiano zurück. Er hat ja schon mitbekommen, das Emma leise von hinten kommt, weiß aber nicht was sie vorhat. Er lässt seine Augen einfach auf seinen Gefangenen, damit er sie nicht verrät.

„Was hast du jetzt vor du schwarzes Schwein? Willst du mich erschießen? Glaubst du nicht, dass meine Leute da oben was mitbekommen? Die werden dich dann hier unten ficken. Also nimm die verdammte Waffe runter und ver...." Zu mehr kommt er aber nicht, denn Emma ist endlich angekommen und haut dem Soldaten ihr Messer direkt ins Ohr. Der Kerl fällt wie ein Sack zu Boden und ist sofort tot. „Emma? Spinnst du, das hätte jetzt nicht sein müssen."

„Halt dein Maul Kiano und hilf mir lieber." Zusammen schleifen sie die Leiche zwischen die Autos und gehen wieder in Deckung. „Zwei weniger", sagt sie noch und Kiano schüttelt nur den Kopf. „Warum bist du so Emma?" Fragt er sie jetzt. Emma schaut kurz zu ihm rüber und dann wieder nach oben. „Wie soll ich denn sein?" „Mensch Emma, du bist eine Killerin, ich dachte gestern noch, dass deine Morde eher so was wie Notwehr waren, aber jetzt bin ich mir gar nicht mehr so sicher." Wieder blickt sie zu ihm rüber und fängt an zu lächeln.

„Wer hat gesagt, das es Notwehr war?" Kiano bekommt es ein wenig mit der Angst zu tun und hebt ein wenig seine Waffe. „Was hast du vor Kiano? Willst du mich jetzt erschießen? Du kannst es ja versuchen, du bist doch selber nicht besser als ich, stehst wohl darauf, Frauen zu töten."

Ihr Gegenüber fängt ein wenig an zu stottern. „Nein, ich will dich nicht erschießen, aber glaubst du, die Leute oben im Camp würden das alles gut finden, wenn sie das Erfahren würden?"

Emmas lächeln wechselt zu einer frechen Fratze. „Versuch mich nicht zu erpressen, du kleiner Wichser, das würde dir nicht bekommen." Ohne auf eine Antwort zu warten, schleicht sich Emma wieder nach vorne und geht hinter dem Jeep in Deckung. Kiano schaut ihr hinterher und seine Hose ist nun doch wieder nass. Er fühlt sich irgendwie dafür verantwortlich, die Menschen da oben wegen Emma zu warnen, vielleicht nicht alle, aber Leo und Arlo sollten das schon wissen. Er hat aber fürchterliche Angst vor dieser Frau, vor allem jetzt, weil sie genau so was von ihm erwartet. Schnell verschwindet er von seinem Platz und sucht sich was Neues.

Oben im Camp hat sich nichts verändert, die Soldaten stehen immer noch vor Lennarts Haus und warten die restliche Zeit ab. Die anderen aus dem Lkw befinden sich weiter vor dem Empfangshaus und sind sich am Unterhalten, sie haben gar nicht mitbekommen, was sich unten am Parkplatz zugetragen hat, sie glauben ja nicht mal das überhaupt noch was passiert. Die Verteidiger selber bleiben alle unsichtbar, keiner zeigt sich den Soldaten und auch die Kinder im Lager sind weiterhin ruhig. Leo versucht es mit einer gewagten Taktik, die sollen denken, dass niemand mehr hier ist, dadurch werden sie vielleicht unvorsichtig und machen Fehler.

Der Colonel nimmt das Megaphone in die Hand und will was rein sprechen, er überlegt es sich aber anders und senkt es wieder. Die fünf Minuten sind schon lange abgelaufen und es ist nichts passiert, er sieht sogar ein wenig zornig aus. Er spricht kurz mit einem Soldaten zu seiner linken, der einfach nur nickt. Aus einer Seitentasche nimmt der Mann einen runden Gegenstand und wirft diesen in Lennarts Haus. Einen kurzen Augenblick später ertönt von innen eine Explosion, einige der Fenster bersten und dunkler Qualm kommt aus der Tür, das war wohl eine Handgranate. Der ältere springt aus dem Jeep und geht mit seinen beiden Begleitern zurück nach unten, wo die anderen alle salutieren. Die drei oben gebliebenen Soldaten steigen wieder in ihre Fahrzeuge und der Kerl an dem Maschinengewehr dreht seine Waffe, lädt das Teil einmal durch und zielt auf den Hochsitz von Phil.

Arlo, der den immer noch im Zielfernrohr beobachtet, bekommt das natürlich mit, er kann sich genau vorstellen, was als Nächstes kommt, der Ausguck soll zerstört werden. Jetzt hat er nur ein kurzes Zeitfenster zum Nachdenken, wenn er reagiert, ist die Tarnung futsch, wenn nicht, ist Phil Tod.

Der Mann am Maschinengewehr fliegt plötzlich nach hinten und bleibt auf dem Rücksitz liegen. Der vordere Soldat versteht nicht wirklich, was passiert ist, er dreht sich zu seinen Kameraden um und sieht ihn leblos im Auto. In seinem Gesicht erkennt man ganz deutlich, das er noch gar nicht begriffen hat, was geschehen ist und einen Moment später knallt eine Kugel in seinen Kopf und beendet auch sein Leben. Das Scharfschützengewehr wird nachgeladen und Arlo schwenkt auf den anderen Jeep um, die Insassen haben das aber mitbekommen und verstecken sich hinter ihrem Gefährt. Erst jetzt bekommen die anderen was mit und der Colonel gibt den Befehl zum Angriff. Er selber flitzt mit seinen beiden Begleitern wieder nach oben und geht hinter dem immer noch qualmenden Haus von Lennart in Deckung. Ein weiterer Soldat rennt an der kaputten Schranke nach unten und will wohl den Nachzüglern Bescheid geben. Er bleibt aber auf halbem Weg einfach stehen. Nicht nur das einer seiner Freunde tot im Auto liegt, der andere ist gar nicht mehr da, schnell dreht er sich wieder um und schreit nach oben. „Colonel, das ist eine Falle."

Das waren auch schon seine letzten Worte, denn Kiano hat von unten den Mann unter Beschuss genommen und ihn tödlich getroffen. Noch bevor der Körper den Boden berührt, setzt sich der gepanzerte Spähwagen in Bewegung und fährt direkt nach oben, wo aber die beiden Jeeps im Weg stehen. Der versteckte Chef schreit irgendwelche nicht verständlichen Befehle und einer der beiden Soldaten, die oben in Deckung sitzen, steigt wieder in seinen Jeep. Auch der wird die

Sache nicht überleben, denn Leo nimmt ihn sofort aufs Korn, ein paar Schüsse später liegt der Fahrer neben seinem Auto am Boden und bewegt sich nur noch sporadisch. Die anderen Soldaten, die unten am Empfangshaus stehen, verteilen sich jetzt, ein paar Springen das Ufer runter, einige sind hoch hinter die Jeeps und der Rest rennt um Lennarts Haus herum. Bisher hat noch keiner von ihnen zurückgeschossen, worauf denn auch, sie sehen ja niemanden.

Der Colonel, der weiter in seinem Versteck hockt, schreit die ganze Zeit und der Panzerwagen bewegt sich nun doch ganz nach oben. Die Soldaten hinter den Jeeps ändern ihre Position und befinden sich jetzt hinter dem großen Gefährt, dort sind sie erst mal in Sicherheit. Die Karren oben werden von dem Spähwagen weggeschoben und von rechts kommen die ersten hinter Lennarts Haus zum Vorschein und positionieren sich an der Seite des Lagers. Arlo ist fleißig am Schießen, aber bis auf ein Beinschuss ist keiner mehr getroffen worden.

Unten bewegen sich Emma und Kiano weiter getrennt durch die Gegend, bisher hat von ihnen keiner eine Notiz genommen. Swen kommt auch langsam aus seiner Deckung und zielt auf die kleine Gruppe neben dem Lager, er wartet aber noch auf den richtigen Moment, wenn er jetzt die Aufmerksamkeit auf sich zieht, ist er schnell auf seinem Turm verloren.

Auch Phil rührt sich langsam, er hat schon mitbekommen, dass die Soldaten in seiner Nähe sind, er will sich aber noch nicht verraten, vor Angst ist er voll am zittern und schafft es daher kaum, seine Waffe zu entsichern. Die Jeeps wurden zur Seite geschoben, aber einer verkeilt sich vorne am Panzerwagen und blockiert somit weiterhin den Weg. Die Soldaten dahinter bleiben in Deckung, trotzdem versucht es Arlo hin und wieder mit einem Schuss. Jetzt ist es aber Leo, der die Initiative ergreift, mit seinem Gewehr hat er die Ecke des Lagers ins Visier genommen und knallt eine Kugel nach der anderen in die Richtung.

Jessica und Sarah folgen seinem Beispiel, auch sie eröffnen mit ihren Sturmgewehren das Feuer und versuchen es mit dem Spähwagen, wo die Schüsse einfach nur abprallen. Sie haben zwar noch nie selber geschossen, aber diese halb automatischen Waffen liegen ihnen, nur bringt es nichts. Yvonne hat sich von Leo entfernt, sie kriecht erst zur hinteren Hausecke, steht dort angekommen sofort auf und läuft nach hinten. Hinter dem Haus sieht sie tatsächlich 2 Soldaten, die sich langsam vom Lager zu Nummer 2 geschlichen haben. Sie hält einfach ihr Gewehr um die Ecke und drückt ab, die Kugeln fliegen den beiden nur so um die Ohren, treffen aber nicht. Etwas weiter hinten ist Anthony aufgetaucht, auch er nimmt die beiden mit seiner Pistole unter Beschuss und erwischt den ersten sogar im Arm. Der wirft sich sofort gegen die Hauswand, um dort nach Deckung zu suchen. Da hat er die Rechnung aber ohne Swen gemacht, denn auch er zielt auf die beiden und entlädt dann das ganze Magazin seines Gewehres. Da die Schussfolge aus seiner Waffe bedeutend höher ist, fliegen viel mehr Geschosse zu den beiden rüber, die werden dadurch natürlich getroffen und sacken blutend zu Boden.

Yve winkt Swen einmal zu, der sofort wieder in Deckung geht und das auch nicht zu früh, ein weiterer Feind hat den Ausguck ins Visier genommen und ballert eine Salve nach der nächsten auf das Holzteil. Der hat aber nicht damit gerechnet, dass Yvonne immer noch da ist oder das überhaupt jemand hinten steht, denn er wird schnell von der Seite flankiert. Unter starken Beschuss zieht er sich zurück und geht hinter dem Lager in Deckung.

Leo merkt schon, dass der Plan sehr gut aufgegangen ist, die Gegner haben hohe Verluste, nur warum ziehen sie nicht ab? Hinter dem Panzerwagen geht jetzt der Erste zu Boden. Da stecken sicher Emma oder Kiano hinter. Sarah und Jessica orientieren sich in Richtung Ufer, sie haben mit bekommen, dass einige runter sind und sicher gleich wieder auftauchen werden. Sogar Arlo hat sich seine kleine Waffe bereitgelegt, kümmert sich aber weiter um sein Scharfschützengewehr, hinter ihm fallen jetzt auch Schüsse und als er sich umdreht, sieht er einen Soldaten zwischen den Bäumen liegen. Vanessa ist wohl mit von der Partie, aber ein anderer Kerl taucht vorne am Ufer auf. So schnell kann Arlo gar nicht reagieren, als er gerade sein Gewehr zur Seite schmeißt und nach seiner Pistole greift, sieht er schon, das der auf ihn zielende Soldat nach hinten fliegt und aus seiner Sicht verschwindet. Er dreht sich um und Abi steht in der Tür und hat ihn wohl gerade gerettet, denn sie hat ihre Waffe in der Hand und hat sie auch benutzt. Er nickt ihr einmal dankend zu und gibt ihr zu verstehen, dass sie schnell wieder rein gehen soll. Zwei weitere Soldaten tauchen am Ufer auf und stehen ohne Deckung am seitlichen Rand, erst jetzt wird ihnen klar, das ihre Idee wohl doch nicht so gut war. Trotzdem schaffen es die beiden, ihre Waffen noch zu benutzen und in die Richtung von Sarah und Jessica zu schießen. Doch die beiden Frauen haben aufgepasst und entleeren ihre Magazine auf die Angreifer. Die fallen durch die Wucht der Kugeln wieder nach unten und bleiben im Wald liegen.

Weiter vorne hat es der Panzerwagen geschafft, sich zu befreien und rollt langsam ins Camp. Oben öffnet sich eine kleine Luke und einer der Insassen nimmt mit einer kleineren Variante eines Maschinengewehrs die aufgestellten Barrikaden unter Beschuss. Auch die anderen, die sich noch hinter dem Fahrzeug befinden, schießen jetzt direkt auf die Verteidiger hinter ihrem Schutzwall. Mittlerweile haben die wohl mitbekommen, dass sich einige hinter den Sofas versteckt haben. Leo und den anderen bleibt nichts anderes übrig, als ihre Köpfe unten zu behalten.

Phil hat sich die Sache aber lange genug angeschaut, er erhebt sich aus seiner Deckung und feuert auf den Mann, der oben auf dem Fahrzeug ist. Der wird sofort von mehreren Kugeln getroffen und fällt zurück in den Panzerwagen. Dafür dreht sich jetzt der kleine Turm, der vorne an der Front des Wagens angebracht ist und die Kanone davon zielt genau auf den Ausguck von Phil. Leo hat das Feuer auch wieder aufgenommen, aber gegen das Teil haben sie keine Chance.

Ein ohrenbetäubender Schuss ertönt und der Hochsitz samt Phil fliegt krachend und teils brennend zu Boden. „Nein" schreit Leo von hinten und geht in die Hocke. Seine Schüsse, die ohne Ende in die Richtung des Täters fliegen, haben keine Auswirkung, trotzdem fallen die Soldaten hinter dem Teil wie die Fliegen. Emma hat sich hinter das Empfangshaus geschlichen und hat mit den Typen ein leichtes Spiel, die Restlichen versuchen noch zu flüchten, aber Arlo und Leo haben wieder eine freie Schussbahn und nehmen sie unter Feuer. Der Spähpanzer, der eigentlich gerade dabei war, mit seiner Hauptwaffe die Couchbarrikaden anzuvisieren, dreht sich zur Seite und der Turm selber bewegt sich nach unten. Ein weiterer lauter Schuss erfolgt und das Empfangshaus zerfällt in seine Einzelteile. Was genau mit Emma dabei passiert ist, konnte keiner sehen, jedenfalls haben die Schüsse von unten aufgehört. Das Teil ändert wieder seine Richtung und der kleine Turm dreht sich gemütlich mit, jetzt besteht für die Verbarrikadierten eine neue Gefahr, denn ein Schuss von dem Ding kann keine Couch so einfach wegstecken.

Die übrig gebliebenen Soldaten bewegen sich nach hinten, was sich aber als großer Fehler raus stellt, denn keiner hat es bisher geschafft, Swen vom Hochsitz zu holen und auch Yvonne und Anthony haben ihre Deckung gewechselt und hängen zwischen den Bäumen am äußeren Rand. Das Querfeuer aus mehreren Richtungen halten die Geflüchteten nicht lange aus und so fällt einer nach den anderen den Kugeln zum Opfer, die Anzahl wird weiter minimiert. Leo will sich gerade in Sicherheit bringen und versucht noch im gleichen Atemzug, Jessica und Sarah zu informieren als vor ihm eine sehr große Explosion stattfindet. Sein Blick geht sofort zurück zum Panzerwagen, der aber komplett in Flammen steht. Irgendwas hat den Wagen zerstört und das auch endgültig.

Emma hat es eben noch geschafft, dem Schuss der riesigen Waffe zu entkommen, leider hat die Druckwelle sie zur Seite geschleudert und am Kopf verletzt. Langsam rappelt sie sich wieder auf und wischt sich das Blut aus dem Gesicht. An ihrem Kopf bemerkt sie eine kleine Platzwunde, was sie aber gerade nicht wirklich aufhält, sie rennt wie eine verrückte um das zerstörte Haus herum und kommt an der gebrochenen Schranke zum Stehen. Weiter oben sieht sie den Colonel mit seinen zwei Beschützern kauern, genau das ist ihr Ziel, da möchte sie hin. Nur kommt sie nicht wirklich weiter, denn Kiano passiert von unten ihren Weg und berührt sie dabei kurz. Trotzdem sorgt das dafür, dass sie zu Boden geht. Vom Grund aus kann sie noch erkennen, wie Kiano stehen bleibt, die Panzerfaust vom Rücken nimmt, anlegt und kurz darauf abfeuert. Die Aktion endet in einer Riesen Explosion, denn mit seiner Waffe hat er direkt den Panzerwagen getroffen, der diesen Beschuss von hinten auch nicht standhalten konnte.

Zum zweiten mal rappelt sich Emma auf und zielt auf den versteckten Colonel, dabei sieht sie aber, wie der Kerl selber seine eigene Waffe direkt auf Kiano richtet. Sie zögert kurz und Kiano wird dadurch ein paar Meter vor ihr erschossen. Der Dunkelhäutige fliegt zu Boden und bleibt regungslos liegen, sie hätte ihn retten können, hat es aber nicht getan. Jetzt entdecken auch die versteckten Soldaten, das Emma von unten auf sie zielt und gehen ein Stück weiter in Deckung. Trotz ihrer Verletzungen und ohne auf ihre eigene Sicherheit zu achten, rennt sie den Berg nach oben. Die beiden Begleiter vom Colonel rücken wieder in Sichtweite, stellen sich direkt vor den Alten und richten ihre Waffen auf die verrückte Frau. Zu einem Schuss kommen sie aber nicht wirklich, denn sie werden von hinten durch Yvonne und Anthony erschossen, die sich dank der freien Bahn dort hin geschlichen haben und Emma damit das Leben retten. Der Colonel selber lässt seine Pistole fallen und hebt seine Arme.

Zuerst geht Emma zu Kiano, dort stellt sie aber fest, das er wirklich Tod ist. Wie eine Tarantel läuft sie auf den Alten zu und schlägt ihn mit ihrer Waffe nieder, dann hebt sie ihn wieder hoch und hält ihm das Messer an die Kehle. Yvonne geht aber dazwischen und sie lässt es wirklich sein, der Anführer grinst sie einmal schäbig an und bekommt dafür den Kolben von Emmas Gewehr in den Bauch. Wieder ist er am Boden, diesmal ist es Yve, die ihn aufhebt und mit ihrer Pistole um das Haus herum nach vorne führt.

Jetzt können sie endlich das Camp komplett betrachten und es sieht nach einem Kriegsgebiet aus. Der Kampf ist zwar gewonnen, es gab aber Verluste. Leo kommt der kleinen Gruppe entgegen und auch Swen erscheint zwischen den Häusern. Die Bude von Lennart ist noch ein wenig am glimmen, die Handgranate hat kurz Feuer gelegt, was sich aber nicht durchsetzen konnte. Der Panzerwagen brennt vor sich hin, Kiano hat den sehr gut am Heck getroffen und damit völlig zerstört. Überall an den Häusern sind Einschusslöcher zu sehen, von dem schönen Urlaubsparadies ist nicht mehr viel übrig. Im Hintergrund stehen Arlo und Abi zusammen und schauen auf das Elend, Vanessa rennt an ihnen vorbei und schreit aus vollen Halse. Beim zerstörten Hochsitz geht sie zu Boden und ist bitterlich am

Weinen. Vor ihr befinden sich die Überreste von ihrem Freund Phil, er hat den Angriff auch nicht überlebt. Vor dem Lager bekommt der Colonel einen Schlag in die Kniekehlen und geht wieder zu Boden, dort erwartet ihn nun sein Schicksal, was jetzt in den Händen der Campbewohner liegt. Diese einfachen Menschen, die gerade seine ganzen Soldaten erledigt haben. Wer hätte damit gerechnet? Eine kleine Gruppe von Zivilisten wehrt sich gegen eine große von ausgebildeten Soldaten, die mit schwerem Gerät versucht haben, sie in die Knie zu zwingen. Überall liegen die Toten herum, Emma geht von einem zum anderen und steckt ihnen ihr Messer in den Kopf. Einer war sogar dabei, der gar nicht so schwer verletzt war, doch auch ihm ereilte das gleiche Schicksal, Emma kennt kein Mitleid, niemand wird verschont, nur der Anführer ist noch am Leben.

Leo steht dem sogenannten Chef genau gegenüber und ein schäbiges Lachen dringt zu ihm hoch.

„Ich kann echt nicht verstehen, was es da noch zu lachen gibt." Er bekommt darauf aber keine Antwort, oder besser, er hat keine Zeit darauf zu warten, denn etwas weiter hinten fängt Jessica an zu schreien. So schnell ihn seine Beine tragen, rennt er dort hin und auch Arlo bewegt sich in die Richtung. Yvonne und Swen bleiben kreidebleich bei dem Gefangenen und rühren sich nicht vom Fleck. Leo umrundet die Couch und steht vor den Mädels, auch Arlo und Abi kommen kurz danach an. Vor ihnen liegt Sarah am Boden und blutet stark aus einer Wunde am Bauch. Jessica kniet neben ihr und drückt direkt darauf.

„Gerade ging es ihr noch gut, ich hatte nicht gesehen, das sie getroffen wurde", schluchzt Jessi von unten hoch. „Wir brauchen ganz schnell Eve hier bei uns", schreit Leo sehr laut nach vorne und merkt dann selber, das er ja den Schlüssel vom Lager hat. Wieder rennt er los, öffnet beim Ankommen die Tür und ruft Evelyns Namen. Die Kinder unten fangen plötzlich alle an zu weinen und Sofia hat große Mühe, sie zu beruhigen. Sie haben sich die ganze Schlacht über ruhig gehalten, erst als Leo oben herumschreit, kommen die Emotionen durch. Jeder da unten weiß, dass es endlich vorbei ist, es fallen keine Schüsse mehr und Leo ist es, der die Tür geöffnet hat. Aber bis auf Eve geht niemand rauf. Komplett ohne Farbe im Gesicht kommt sie bei ihm an und sieht, das nicht alles so gelaufen ist, wie es sollte. „Leo" beginnt sie das Gespräch, wird aber sofort von ihm unterbrochen. „Eve, Sarah ist schwer verletzt, sie braucht deine Hilfe."

Nicht unbedingt das, was die ältere Frau hören wollte, trotzdem rennt sie sofort hinter Leo her und erreicht wenig später die verletzte Person. Dort bietet sich ihr ein schlimmes Bild, Sarah blutet ziemlich stark und ist auch nicht bei Bewusstsein. Alleine die Tatsache, dass Jessica durchgehend auf die Wunde gedrückt hat, könnte bedeuten, dass sie noch am Leben ist, ansonsten wäre sie sicher schon verblutet. Eve bückt sich sofort und fühlt nach den Puls. „Sie lebt noch, aber der Puls ist sehr schwach, wir müssen sie umgehend stabilisieren und die Blutung stoppen." Sie steht wieder auf und schaut sich um, die Zerstörung des Lagers nimmt sie nicht wirklich wahr.

„Leo, Arlo tragt sie sofort ins Haus und dort ins Bett, es ist zwar riskant, aber es muss leider sein, hier auf dem Boden kann sie nicht bleiben. Nicht mal 30 Sekunden später liegt Sarah im Schlafzimmer, Jessica ist keinen Moment von ihrer Seite gewichen und hat sich weiter um die Wunde gekümmert. Leo und Arlo gehen wieder nach draußen, sie können hier nicht wirklich was machen. Vor der Tür erwartet sie schon Emma, total blutverschmiert fragt sie nach Sarah und die beiden können ihr nicht viel sagen. Auch Yvonne ist mittlerweile angekommen und geht ins Haus, wo sie zusammen mit Abi und Jessica einen Befehl nach dem anderen von Eve ausführt. Sie ist durchgehend nach irgendwelchen Sachen am schreien und niemand fragt nur einmal nach dem Sinn. Emma selber umarmt erst Leo und dann Arlo, ihr Gesichtsausdruck wechselt die ganze Zeit zwischen Erleichterung, Angst und Erschöpfung. Der Kampf ist gewonnen, aber ohne Emma und Kiano wäre er sicher verloren gegangen, sie sind die wahren Helden, leider hat Kiano mit seinen Leben dafür bezahlt und niemand wird jemals von Emmas zögern erfahren.

„Was machen wir jetzt mit dem Penner da vorne?" Fragt Leo die beiden und alle blicken zu dem am Boden knienden Mann. Swen steht immer noch mit seiner Waffe dahinter.

„Der hat schon wieder zwei von unseren Leuten getötet und ob Sarah überlebt, kann keiner sagen", antwortet Arlo nachdenklich. „Wir dürfen nicht vergessen, das Alex und Peter auch auf sein Konto gehen", wirft Emma mit rein, sie ist gerade dabei, mit einem Tuch ihr Gesicht zu säubern.

„Der Kerl muss weg", sagt Leo und macht einen bösen Gesichtsausdruck. „Und bevor wir die Kinder hochholen, müssen wir hier eh alles wegschaffen."

Arlo läuft einfach los und geht nach vorne, Leo und Emma folgen stumm und wissen nicht, was jetzt passiert. Kurz vor dem alten Mann, der immer noch leicht am Lächeln ist, bleibt er stehen.

„Was haben sie sich dabei gedacht?" Schreit er ihn an. Aber er bekommt keine Antwort, weiter bleibt der belustigte Ausdruck. Swen lädt seine Waffe durch, wenn es nach ihm gehen würde, wäre der schon tot. „Arlo, wir können ihn nicht einsperren, wir haben für so was keine Kapazitäten", versucht Leo zu erklären. Emma holt schon wieder ihr Messer raus und reibt langsam über die scharfe Seite. Sie geht ein wenig näher und hockt sich vor dem Gefangenen nieder.

„Willst du nicht wissen, wo deine zwei vermissten Soldaten sind?" Fragt sie ihn und eine kleine Reaktion ist zu spüren. „Die sind Tod, das waren sie schon von Anfang an, ihr hättet sie nicht retten können." Kurz geht der Blick des Colonel zu Boden und dann schaut er Emma tief in die Augen.

„Ihr seit auch bald alle tot, oder denkt ihr wirklich, das auch nur einer von euch überlebt? Ihr habt uns geschlagen, aber es werden andere kommen und immer könnt ihr euch nicht halten." Er spuckt einmal kurz auf den Steinweg. Emma hat sich das alles in Ruhe angehört, holt mit ihrer Faust aus und schlägt den Mann zu Boden. Swen hilft ihm aber sofort auf und schon ist das gleiche Bild wieder hergestellt.

„Haben sie nicht begriffen, dass hier oben nur unschuldige Menschen leben?" Fragt Arlo den Typen und der wechselt seinen Blick zu ihm. Sein rechtes Auge ist leicht geschlossen, Emma hat ihn wohl sehr gut erwischt. „Unschuldige Menschen nennt ihr das? Ihr seid doch alle verrückt, habt meine Leute nieder gemetzelt. Niemand ist mehr unschuldig, auch an euren Händen klebt Blut", bekommt Arlo als Antwort. „Wir haben hier Frauen und Kinder du Penner" mischt sich Leo ein, der sich kaum noch halten kann. „Bringt die Kinder einfach um, hätten wir auch so gemacht, erspart ihnen das scheiß Leben. Und was die Frauen angeht, wenn die alle so sind wie die hier" er deutet mit seinem Gesicht auf Emma „dann sind das wohl eher Wahnsinnige." Sein lächeln wird wieder breiter und Emma will gerade ausholen, als Arlo ihren Arm fest hält. Sein Blick geht zu Leo, bei dem steht aber nur ein Fragezeichen im Gesicht. Er muss wohl selber eine Entscheidung fällen, eine über Leben und Tod. „Wie heißen sie?" Ist aber die Frage, die er stellt. Der Mann schaut ihn wieder an. „Was geht euch das an? Macht einfach, was getan werden muss. Ich hätte keinen von euch verschont, vielleicht nur ein paar Frauen für meine Jungs." Erst will Arlo darauf antworten, belässt es aber dabei. Leo bückt sich nach unten und dreht dem Colonel seinen Kopf zurecht.

„Sie hin, du Schwein, da hinten liegen deine Jungs, die brauchen keine Frauen mehr." Trotz das er die ganzen Toten sieht, ändert sich nichts an seinem Verhalten. Er lächelt einfach weiter und schaut abwechselnd zu den drein hoch. Arlo hat Emma mittlerweile wieder losgelassen und wendet sich jetzt an sie.

„Kannst du bitte noch das Ufer unten absuchen, da liegen auch noch Soldaten, die wohl einen Gnadenstoß brauchen." Ein kurzes Nicken signalisiert ihm, das sie die Sache machen wird, auch gibt sie keine Widerrede, weil sie hier verschwinden soll und keine Sekunde später springt sie schon das Ufer runter. Neben dem zerstörten Ausguck liegt immer noch Phil am Boden, Vanessa hat ihn nicht alleine gelassen und Arlo schaut gerade direkt dahin.

„Ich weiß Arlo, auch da müssen wir schnell handeln", spricht Leo ihn an. „Wir müssen auch die heilen Türme wieder besetzten Leo, es kann gut sein, das in der nächsten Zeit einige Kranke hier auftauchen werden." „Ich gehe schon mal wieder zu meinen Turm", sagt Swen und Leo nickt ihm zu. „Sagt bitte meiner Tochter, dass ich noch lebe" und schon verschwindet er nach hinten. „Entscheide dich jetzt Arlo, wir müssen das Camp aufräumen und die Leichen wegschaffen. Was machen wir mit dem Kerl?" Arlo hat aber schon lange mit dem Thema abgeschlossen, er weiß, das es hart wird und er es machen muss. Er zieht seine Waffe aus der Hose, lädt sie schnell durch, zielt auf den Colonel und drückt ab. Der Mann fliegt nach hinten und ist sofort tot.

„Endlich Arlo, hättest du das nicht gemacht, dann ich, dieses Schwein hat den Tod mehr als verdient." Arlo steht einfach nur da, die Waffe noch auf den Toten gerichtet und sein Blick wird wässerig. Aber wie aus dem Nichts steckt er sie wieder ein und haut Leo auf die Schulter. „Los jetzt, die Kinder müssen unten raus, wir brauchen schnell wieder Normalität."

Nach dem Schuss sind Yvonne und Abi raus gekommen, sie stehen zusammen an der Tür und betrachten die Aktion, in ihren Gesichtern zeigen sich gemischte Gefühle. Als Leo die beiden entdeckt, deutet er kurz zu Vanessa und sie verstehen sofort. Zusammen gehen sie zu der weinenden Frau und sprechen mit ihr, es folgt eine feste Umarmung und nicht viel später laufen alle drei zurück nach Sarah. Vanessa dreht sich noch einmal kurz um und schon sind sie im Haus verschwunden, auch Emma taucht ganz hinten wieder auf und kommt nach vorne. Ein Blick von Leo signalisiert ihr den nächsten Schritt, langsam nähert sie sich Phil und steckt ihm das Messer in den Kopf, aber nicht so hart wie bei den Soldaten. „Ist ja wieder nett, ich wollte den eigentlich töten, denn der hat auch nichts anderes verdient", sagt sie beim zurückkommen und richtet dabei ihre Augen auf den Colonel.

Anthony, der eben unten bei den Frauen und Kindern war, kommt wieder aus dem Lager.

„Ich gehe mal nach unten auf dem Hochsitz", gibt er von sich und Leo hält ihn noch mal kurz zurück. „Hier nimm mein Gewehr, mit deiner kleinen Pistole kannst du nicht viel anrichten und noch was Anthony, kontrolliere den Turm bitte vorher, nicht das die Explosion da unten an ihm genagt hat." „Alles klar", sagt der noch und trottet los. Jetzt stehen die drei wieder alleine und überblicken das Camp. „Ich habe einen Plan", sagt Leo plötzlich und die beiden schauen ihn neugierig an.

„Als Erstes packen wir alle Leichen in den Lkw da unten, dann binden wir den zerstörten Panzerwagen an den Truck und ziehen den nach unten, wir stellen einfach alles auf den Parkplatz, Hauptsache hier oben ist er weg. Als Nächstes bringen wie die beiden Fahrzeuge mit den Leichen von hier weg und lassen sie irgendwo stehen." „Gute Idee", sagt Emma „aber wollen wir unsere Leute auch in den Lkw schmeißen?" Auch Arlo hatte diese Frage, sie kam ihm aber zuvor, dennoch schaut er Leo so an, als ob er selber gefragt hat. Sehr nachdenklich schaut Leo auf den Lastwagen, er weiß nicht, wie das ablaufen soll, aber haben sie wirklich eine Wahl?

„Alle müssen weg, es tut mir leid, aber wir können hier oben keine weiteren Gräber gebrauchen, auch den Lennart müssen wir noch vom Stuhl holen." Von den beiden kommt keine Widerrede, sie wissen selber, dass es sein muss.

„Kann einer von euch den Truck fahren?" Fragt Leo jetzt und schaut sie an. „Das kann ja wohl nicht so schwer sein", antwortet Emma „zur Not holen wir Sofia."

Da Yvonne auch noch dazu gestoßen ist, fangen die vier sofort mit den Arbeiten an. Sie müssen sich ein wenig beeilen, denn die Kinder werden langsam ungeduldig, die wollen unbedingt aus dem Keller raus. Sarah geht es gar nicht gut, die Verletzung ist ziemlich mies und die Kugel steckt auch noch drin, es wurden aber keine wichtigen Organe getroffen. Trotzdem hat Eve keine großen Hoffnungen, sie möchte gleich mit Arlo und Leo reden, aber noch hat sie zu tun und solange haben die anderen Zeit, Ordnung zu schaffen...

Kapitel 46

Die Aufräumarbeiten laufen gut, der Lastwagen der Army ist voll mit Leichen, leider liegen auch Kiano und Phil mit hinten drauf.

Vanessa hat das noch nicht mitbekommen, sie ist weiterhin zusammen mit Abi und Jessica bei Sarah. Der Zustand von ihr hat sich nicht gebessert, daher wird Eve gleich mit den anderen Reden müssen. Emma hat den Kombi von Swen wieder hochgeholt, der stand ja weiter unten, es werden aber 3 Autos gebraucht, um die Leichen wegzuschaffen. Auf dem Weg hat sie selber noch 2 Kranke getötet, die kamen ihr entgegen und liegen jetzt hinten im Kofferraum. Arlo hat es geschafft, mit dem Lkw den Panzerwagen nach unten zu ziehen, qualmend parkt der nun auf dem Parkplatz und bleibt dort stehen. Da er trotz Zerstörung noch komplett geschlossen ist, wird auch niemand die Leichen rausholen, denn keiner möchte da rein krabbeln. Die Kinder sind mittlerweile wieder im Freien und Milo hat endlich seine Waffe. Unter großen Protest von Eve ist er auf dem hinten Hochstand und hält die Augen offen. Das Haus von Lennart wurde mit Brettern aus dem komplett zerstörten Empfangshäuschen vernagelt, da soll keiner mehr rein, das glimmen hat zwar aufgehört, aber es könnte sein, das es zusammen bricht, da die Handgranate im unteren Stockwerk einige Stützbalken zerstört hat.

Die ganzen Kinder sind gerade dabei, die Patronenhülsen aufzusammeln, Sofia und Caroline unterstützen sie und passen natürlich auf sie auf. Keiner wollte das die das machen, aber nachdem sie die erste Hülse gefunden haben, konnte sie niemand mehr von abbringen. Die Leichen sind ja alle verschwunden und Yvonne hat sogar noch einige Ecken abgewaschen, sie wollte einfach nicht das die Kinder das Blut sehen. Unten am Parkplatz ist alles abfahrbereit, der Lastwagen, der Rover von Vincent und der Kombi stehen in einer Reihe und warten, aber die Fahrer sind wieder oben im Camp. Eve hat sie her zitiert, es gibt da was Wichtiges, was unbedingt sofort geklärt werden muss. Also stehen Leo, Arlo, Emma und Yvonne vor dem Haus und warten auf die Krankenschwester. Zusammen mit Jessica und Abi kommt sie nach draußen und setzt sich auf die Bank neben der Tür, mit ernstem Gesicht schaut sie die Vier vor sich an.

„Sarah ist erst mal stabil, sie hat leider viel Blut verloren, daher ist alles eher kritisch. Wir haben aber ein Problem, ich muss die Kugel rausholen. Sie wird es nicht überleben, solange das Teil darin steckt."

„Was können wir machen?" Fragt Arlo sehr bedrückt. „Genau das ist der Punkt, ich brauche für die OP ein paar wichtige Sachen, die ich hier auf eine Liste geschrieben habe." Sie überreicht Arlo einen kleinen Zettel, auf dem stichwortartig einige Sachen aufgeführt sind. Die Liste wird kurz überflogen und schon hat er die nächste Frage. „Woher bekommen wir das? Ein Drugstore wird solche Sachen nicht führen." Evelyn erhebt sich von der Bank und stellt sich vor die anderen.

„Arlo, die Sachen gibt es nur in einem Krankenhaus." „Scheiße", sagt Leo nur und umarmt erst mal Yvonne. Abi hält sich von Arlo fern, was aber daran liegt, das Emma sie hin und wieder mit unschönen Blicken bedeckt. „Wo ist denn hier das nächste Krankenhaus? Lake City?" Fragt Arlo wieder und schaut alle einmal an. Sofia hat sich auch dabei geschlichen und hält die Finger vor den Mund. Sie hat das meiste gerade mitbekommen, ist aber genau so davon abgetan wie alle anderen. „Ja Arlo" beginnt sie jetzt von hinten „das Nächste ist in Lake City und das steht genau in der Quarantäne Zone neben dem Stadion, das wird sicher keine leichte Aufgabe. Nicht nur das dort alles abgesperrt ist und man sehr schwer da rein kommt, da laufen auch noch Tausende Kranke herum. Das ist echt fast unmöglich." „Willst du also sagen, dass wir Sarah einfach sterben lassen sollen?" Fragt Jessica ziemlich direkt und zickig. „Nein Jessi, ich werde sogar mitfahren, falls wir dahin aufbrechen, ich bin wohl die Einzige, die sich da auskennt." Ein wenig beruhigter versucht Jessica jetzt wieder zu antworten. „Danke Sofia, aber wir müssen da hin, es geht nicht anders." Dabei blickt sie auch die anderen an. Arlo antwortet erst mal nicht, er schaut einfach nur nachdenklich auf die Liste, Leo hat aber was zu sagen.

„Okay, ich fahre auch mit, dann sind wir schon mal zwei." Jessica hebt ihre Hand, sie möchte auch mitfahren, aber Leo findet die Idee nicht gut, sie soll lieber bei Sarah bleiben und Eve fällt komplett raus. „Das sind alles Sachen, die ich nicht kenne, wie sollen wir die finden?" Fragt Arlo jetzt frei raus und schaut Eve dabei an. „Ich werde es euch genau erklären, einmal wie alles aussieht und natürlich auch, wo ihr sie ungefähr finden werdet. Ich muss leider auch hierbleiben, falls was mit Sarah ist, muss ja einer Reagieren."

Mit der Antwort ist Arlo zufrieden, auch wenn es echt nicht einfach wird. Er schaut zu Emma, die auch sofort zurückblickt. „Einer von uns muss hier bleiben, wir können nicht alle drei fahren und keiner sorgt mehr für Ordnung." „Such du es dir aus Arlo, mich zieht es nicht wirklich dahin, aber wenn du hierbleiben möchtest, bin ich dabei." Jessica blickt immer fröhlicher, denn sie merkt gerade, dass die Tour wohl stattfinden wird. „Ich fahre mit", sagt Arlo jetzt „wir müssen nur noch schauen, welches Auto wir nehmen. Der Rover und der Kombi von Swen fallen wohl weg." Wir nehmen einen von den Jeeps", wirft Leo fröhlich ein „dann ist wenigstens schon mal klar, wer fährt." „Wir haben ja 4 Stück", sagt Arlo wieder „einer mit Maschinengewehr wäre gut, aber besser wäre es, wenn wir zu viert aufbrechen." Yvonne hat sich die ganze Sache nur angehört und fühlt sich angesprochen. „Ich hatte eigentlich vor mit Caro gleich das Essen zu machen, die Kinder brauchen was zu futtern, aber ich könnte trotzdem mitkommen."

Endlich rührt sich Abi mal, sie ist die ganze Zeit über still geblieben, sieht aber nun die Chance, auch was zu sagen. „Ich kann auch mit, Essen kochen ist ja nicht so meins." „Bist du sicher Abi, das könnte echt hart werden?" Fragt Yvonne jetzt und bekommt ein sehr ernst gemeintes Nicken. Emma ist damit aber nicht einverstanden, man sieht genau, wie es in ihr arbeitet und als sie gerade was loswerden möchte, fällt ihr Arlo ins Wort. „Dann haben wir unsere Leute, Yvonne bleibt am besten hier und die Leichen unten in den Autos müssen warten. Eve, es wäre jetzt angebracht, wenn du uns alle eben aufklärst, jeder braucht die gleichen Infos, damit wir keine Probleme bekommen." Als Eve gerade anfangen möchte, geht Emma dazwischen.

„Ich finde diese ganze Aktion nicht sonderlich gut, wir schicken also vier Leute darüber, um einen zu retten. Wer übernimmt denn die Verantwortung, wenn denen was passiert? Ich finde die Gefahr viel zu hoch." Jessica will dazu gerade was loswerden, man sieht ihr voll an, dass sie ziemlich aufgebracht ist, aber auch sie kommt nicht zur Aussprache, Arlo ist schneller und schneidet ihr das Wort ab. Hier darf wohl nicht jeder sofort was sagen.

„Emma, für dich würden wir das auch machen, wenn es auch nur eine kleine Chance gibt, einen von uns zu retten, dann werden wir die auch nutzen." „Für mich braucht ihr gar nichts tun" sagt sie beleidigt und verlässt die Gruppe. Alle schauen ihr nach und denken sich ihren Teil, denn es wird darüber nicht mehr gesprochen. Arlo wendet sich wieder Eve zu und sie geht mit den vier Freiwilligen nach innen.

Ziemlich wütend geht Emma nach vorne zum Lager, nicht die Sache mit dem Krankenhaus regt sie auf, sondern das Abigail mitfährt, sie bleibt einmal kurz stehen und schaut sich um. Das Camp sieht schon wieder richtig toll aus, die Aufräumarbeiten haben sehr gut gefruchtet. Ein Schuss von unten lässt sie aufhorchen, das kam wohl vom unteren Turm und schnell rennt sie in die Richtung, um der Sache auf den Grund zu gehen. Ziemlich außer Atem kommt sie bei Anthony an, der ihr auch sofort davon berichtet, dass einer der Kranken gerade auf der Straße aufgetaucht ist. Emma schaut zu der gezeigten Stelle und sieht dort einen liegen.

„Hast du ihn in den Kopf geschossen?" „Ja, sah jedenfalls so aus, er bewegt sich auch nicht mehr." Trotzdem geht Emma nach unten und schaut nach dem Kranken, mitten im Kopf wuchert eine dicke Schusswunde. Gar nicht mal schlecht getroffen, schade das es nicht Abi war. Der Gedanke erschreckt sie nicht wirklich, sie ist eine Mörderin, das weiß sie ja selber und nur Kiano wusste von der Sache, der kann es aber nicht mehr verraten. Aber wäre sie bereit, wieder einen Menschen zu töten? Und das alles nur, um Arlo zu halten? Sie kann sich die Frage nicht beantworten, hofft aber ein wenig, dass der Ausflug nach Lake City die Sache selber erledigt. Der nächste Kranke schlendert die Straße hoch und Emma findet das irgendwie belustigend, warum laufen diese Penner denn direkt auf dem Weg? Ist es Zufall oder haben die Viecher doch ein Resthirn, welches ihnen sagt, das man da besser vorankommt. Auch den erledigt Emma mit Leichtigkeit, die sind in ihren Bewegungen so langsam, dass man locker das Messer nutzen kann.

Die vier Reisenden sind mittlerweile im Lager angekommen, die meisten Waffen wurden dort wieder eingelagert, die größte Gefahr ist ja vorbei. Dank den Soldaten wurde der Vorrat an Schusswaffen deutlich aufgestockt, auch Munition ist jetzt wesentlich mehr verfügbar. Leo nimmt sich wieder mal ein Gewehr, Arlo ein Sturmgewehr und die beiden Damen jeweils eine von den neuen kleineren Maschinenpistolen, die bei den Angreifern zu finden waren. Pistolen werden gar nicht mehr mitgezählt, die sind eh immer dabei. Zusammen gehen sie jetzt runter zum Parkplatz, die Autos der Soldaten wurden dort alle geparkt und von oben sehen sie, wie Emma gerade eine Leiche über den Boden schleift.

„Mist" sagt Abi kurz und die anderen nehmen nicht wirklich Notiz davon. Leo steuert sofort den ersten Jeep mit montierten Maschinengewehr an und Emma gesellt sich schnell dazu. Die beiden anderen Damen steigen hinten ein und sind nicht wirklich davon begeistert, mit einem offen Wagen durch die Gegend zu fahren, klar mit der Waffe kann man sich besser schützen, aber ansonsten sind sie allen komplett ausgesetzt.

„Passt auf euch auf", sagt Emma kurz und stellt sich neben Arlo. Leo untersucht gerade noch das Maschinengewehr und setzt sich dann auf den Fahrersitz, es dauert auch nicht lange und der Motor ist gestartet. Emma umarmt aber Arlo und drückt ihm dabei einen Kuss auf, die Szene wurde von ihr extra genau so gestellt, das Abi hinten im Auto alles mitbekommt. Er löst sich aber sehr schnell von der Frau und steigt auch ein. Leo gibt sofort Gas und sie entfernen sich vom Parkplatz, Emma hatte natürlich genug Zeit, einen schüchternen Blick von Abi einzufangen. Sie selber bleibt zurück und lacht über das ganze Gesicht.

Ziemlich ernst schaut Leo zu Arlo rüber und der merkt natürlich auch sofort, das die Situation nicht gerade förderlich war, dabei war es doch Emmas Schuld. Unten an der Kreuzung geht die Fahrt nach rechts, der Highway verläuft genau durch Lake City und Leo fährt schon sehr schnell. Die Insassen sprechen nicht wirklich viel im Auto, was nicht nur an dem heftigen Fahrtwind liegt. Arlo ist mit seinen Gedanken bei Emma, nicht das er die Sache gerade gut fand, sondern weil er wirklich darüber nachdenken muss, die Frau loszuwerden. Sofia denkt über ihren letzten Ausflug nach Lake City nach, sie kann sich genau an die Quarantänezone erinnern, nicht nur das man nicht wirklich rein kommt, da sind auch noch Tausende Kranke. Außerdem kann sie sich gut vorstellen, dass andere böse Menschen dort ihr Unwesen treiben, die machen ihr am meisten Angst. Abigail ist in ihren Gedanken natürlich bei der Szene von eben, sie weiß genau das Emma das mit Absicht durchgezogen hat, nur wie ist das bei Arlo, wollte er das? Hat es ihm sogar Gefallen? Sie kann es sich nicht erklären, hat nur Angst davor, ihn zu verlieren. In der Ferne sieht man schon die ersten Häuser näher kommen, es brennt nicht mehr, entweder wurde das Feuer gelöscht, was aber sehr unwahrscheinlich ist, es hat sicher einfach aufgehört. Das ist eigentlich auch egal, denn ihre Reise geht zum Stadion, wo sich auch das Krankenhaus befindet. Leo kann sich noch daran erinnern, als er mit Vins auf dem Turm stand, von da konnte er schön weit in die Zone reinschauen, was er aber als große Menschenmenge angesehen hatte, war in Wahrheit eine Horde Kranker.

Trotz Sperrzonen rund um die City kommen die vier gut voran, die äußeren Tore sind nicht mehr geschlossen, nur ein paar Militär Fahrzeuge stehen einsam in der Gegend herum. Auf der Hinfahrt wurden Arlo, Sam und Emma hier noch aufgehalten und ein Soldat hatte für die 3 sein Leben geopfert. Das ist gerade mal eine Woche her, wie schnell sich hier alles verändert hat. Genau die Stelle hat das Auto jetzt passiert und schon befinden sie sich auf der Stadtbahn. Da hier beim Beginn des Virus alles unter Aufsicht stand, ist die Straße auch komplett leer, keine verlassenen Fahrzeuge sind im Weg, es konnte also keiner flüchten, die Menschen wurden eingesperrt und sind am Ende wohl alle gestorben.

Das Krankenhaus und auch das Stadion sind schon auf den Schildern vermerkt, es ist nicht mehr weit und gleich geht es auch runter in die City. Aber Leo hält den Jeep noch mal an und dreht sich zu den anderen herum.

„Hat jetzt jemand einen Plan? Oder sollen wir einfach hinfahren und auf unser Glück hoffen?" „Glück können wir echt gebrauchen Leo", antwortet Sofia und steht einmal auf, um von der Brücke, auf der sie sich gerade befinden, nach unten zu schauen.

„Das Quarantänelager ist komplett mit einer Mauer umschlossen, fragt mich nicht, wie die das geschafft haben, aber ich habe es selber gesehen. Es gibt 2 Ein und Ausgänge, dort wurden Tore eingebaut und die sind nicht so dick wie die übrige Wand. Vielleicht bekommen wir die irgendwie auf und können uns rein schleichen. Wir werden sicher nicht mit dem Auto bis zum Ziel durchfahren können." „Alles gut und schön aber sollen wir die Sachen dann alle tragen? Wie soll das funktionieren, wenn wir plötzlich rennen müssen? Wir haben ja auch noch die Waffen." Fragt Arlo ziemlich irritiert. Sofia schaut ihn an und hat darauf keine Antwort, sie weiß aber das er recht hat. „Wir klauen uns einfach einen Krankenwagen oder was da gerade so rumsteht", sagt Leo plötzlich und bekommt dafür natürlich sofort Zustimmung.

„Okay" beginnt Sofia und setzt sich wieder hin. „Wir sollten die nächste Ausfahrt nehmen, die Echte ist zu gefährlich, die führt direkt zur Zone und es kann gut sein, das die gar nicht frei ist." Leo bringt das Auto in Bewegung und sieht auch schon die von Sofia genannte Abfahrt. Nach dem Verlassen fahren sie erst mal eine ganze Runde im Kreis, da die Stadtbahn ein wenig höher liegt, müssen sie wieder nach unten kommen. Dort treffen sie auf eine große Kreuzung, die Ampelanlage funktioniert nicht mehr und auch sonst ist nichts zu sehen.

An den Häusern stehen überall Müllsäcke, was wohl bedeutet, dass die Müllabfuhr schon länger ihren Dienst eingestellt hat. Es stinkt bestialisch und jetzt sehen es auch Leo und Arlo ein, dass der Jeep nicht die beste Wahl war. Sie müssen nach links abbiegen, um zur Zone zu kommen, langsam rollen die Räder weiter und in der Straße zur rechten erblicken sie einen einsamen Kranken. „Wir haben Glück", sagt Arlo „dank der Quarantäne sind die Straßen natürlich leer. Wer weiß, was hier sonst los wäre, wenn es die nicht gegeben hätte, wir haben es ja in Olustee gesehen und hier sind bedeutend mehr Menschen."

Leo fährt langsam weiter, er möchte nicht überrascht werden, denn nicht nur die Kranken sind eine Gefahr, Sofia hatte gerade noch erzählt, dass auf der anderen Seite der Mauer ein kleines Lager mit nicht so netten Menschen aufgebaut war. Aber das kann auch schon wieder weg sein, niemand möchte direkt neben so was wohnen. Es ist nicht mehr weit und man merkt langsam die Anspannung im Inneren, je näher sie kommen, desto nachdenklicher werden alle. Noch einmal abbiegen und sie stehen vor dem Tor, was natürlich geschlossen ist, aber nicht so stabil aussieht, wie man erst dachte. Leo hält das Auto an, nimmt sein Gewehr und steigt zusammen mit Arlo aus. Die beiden Frauen sollen erst mal sitzen bleiben, um eine schnelle Flucht zu ermöglichen.

„Die haben wirklich ganze Arbeit geleistet", sagt Arlo zu Leo, als sie sich der Mauer nähern.

„Und was hat es gebracht? Nichts, die ganzen Menschen wurden da rein gesperrt und ihrem Schicksal überlassen. Ich kann mir gar nicht vorstellen, wie das alles abgelaufen ist." „Stimmt Leo, hoffen wir mal, dass sich im Krankenhaus nicht so viele befinden, das würde unserer Unternehmung echt nicht guttun."

Beide stehen jetzt vor dem verschlossenen Tor. Dahinter können sie auch schon die ersten Kranken sehen, die einfach so durch die Gegend laufen und von ihnen keine Notiz nehmen.

„Das Tor bekommen wir wohl nicht auf", sagt Leo beim näheren betrachten.

„Nein, das wird elektronisch geöffnet, wir könnten aber versuchen, einfach durchzufahren, so stabil sieht es nicht aus." Leo dreht sich um und schaut auf den Jeep. „Das kannst du vergessen, mit dem Jeep wird das nicht klappen, außerdem werden dann die ganzen Kranken auf uns aufmerksam und weit würden wir dann nicht kommen, auch nicht mit den Waffen."

„Also brauchen wir einen anderen Weg" gibt Arlo dabei und geht ein Stück nach hinten. Von da kann er die Mauer besser erkennen, aber es sieht nicht so aus, als ob man einfach drüber kommt. Sie gehen zurück zum Fahrzeug und steigen an.

„Hier kommen wir nicht durch, am besten fahren wir links die Mauer entlang und schauen, ob wir irgendwo drüber kommen", berichtet Leo den beiden Frauen, die sich gar nicht wohl in ihrer Haut fühlen. Die ganze Zeit haben sie sich umgeschaut, sie hatten große Angst, dass irgendjemand aus den Seitenstraßen kommt und sie einfach überrascht. Wieder steht die Wahl des Autos im Mittelpunkt einer Diskussion. Leo fährt es nach links und folgt langsam der Mauer. Nichts, aber auch gar nichts sieht nach einen rüber kommen aus, bis Sofia von hinten Stopp ruft.

„Schaut mal da hoch, der Balkon von dem Haus da, wenn wir darauf kommen würden, dann können wir locker hinten runter springen und wären drin." Alle schauen sich das Gesagte jetzt an, auf der linken Seite ist eins der Häuser so nah an der Mauer, das die Balkone ein wenig über stehen. „Gar keine schlechte Idee", entgegnet ihr Leo und parkt das Auto direkt neben dem Gebäude. Alle vier steigen aus und gucken noch mal nach oben. „Jetzt müssen wir nur noch in das Haus rein kommen und dann in die richtige Wohnung", sagt diesmal Abi und Leo bewegt sich auch schon auf den Eingang des Mehrfamilienhauses zu. Er probiert die Tür und die lässt sich glücklicherweise öffnen, er dreht sich kurz um und lächelt. „Die erste Hürde haben wir geschafft."

Er ist auch der Erste, der das Treppenhaus hinter der Tür betritt, ganz langsam folgt der Rest und zusammen schleichen sie die Treppen nach oben. Alle haben ihre Waffen im Anschlag, das ganze sieht so aus wie ein Angriff eines SWAT Teams. An der ersten Tür, die vor ihnen auftaucht, bleiben sie stehen.

„Das könnte die Wohnung sein", sagt Leo zu den anderen. Das Glück ist aber wieder verschwunden, denn die Tür ist verschlossen und von oben hören sie Geräusche.

„Seit leise", sagt Sofia „wir sind nicht alleine."

Ein kurzer Blick die Treppe rauf zeigt aber nichts. „Was machen wir jetzt?" Fragt Arlo.

Leo drückt noch mal gegen die Tür, die aber nicht nach gibt.

„Die werden das oben hören, wenn ich die aufbreche, also müssen wir schnell sein."

„Aber in der Wohnung könnten auch welche von denen sein, das ist viel zu gefährlich", sagt Arlo, der immer noch nach oben schaut und aufpasst. „Das Risiko müssen wir eingehen, wir können nichts anderes suchen, die Zeit drängt", versucht Sofia ihm zu erklären, der auch gar nichts mehr von sich gibt. „Wir könnten das Schloss auch aufschießen", sagt Abi und schaut fragend in die Richtung der Männer. „Das wäre aber noch lauter", antwortet ihr Leo. „Dafür geht es schneller, wir müssen nur schnell was finden, um die Tür von innen zu blockieren", gibt Arlo wieder dabei.

Leo zieht seine Pistole, zielt direkt auf das Schloss und schaut alle noch mal an, um sich zu vergewissern, das sie bereit sind. Da keiner was sagt, drückt er ab, der Schuss in dem engen Treppenhaus ist so laut, das sich alle danach die Ohren zuhalten. Nur leider geht die Tür trotzdem nicht auf, das Schloss ist zwar kaputt, aber weiter oben ist eine zweite Sicherung. Leo drückt mit aller Kraft dagegen, die Frauen stehen direkt dahinter und Arlo ist an die Treppe gegangen und schaut wieder aufwärts. Die Geräusche werden lauter, daher wird ihnen auch sofort klar, das er mehr als nur einer ist.

„Leo, sie kommen", sagt Arlo und eine Schweißperle rollt ihm das Gesicht nach unten. „Ich habs gleich", antwortet der.

Der erste Kranke kommt in Sicht, läuft aber im Zwischenstock gegen eine Pflanze und legt sich lang hin. Kurz dahinter ist der Nächste, es handelt sich um einen kleinen Jungen, alleine der Anblick eines kranken Kindes lässt Arlo erschaudern. Aber auch der kommt nicht viel weiter, er fällt direkt über den Ersten, der sich gerade wieder erheben wollte. Ein lautes Krachen hinter Arlo signalisiert, das Leo es geschafft hat und das genau im richtigen Moment. Denn eine kranke Frau kommt als Drittes von oben, läuft gegen die zwei anderen und der Erste kullert die Treppe runter. Aber viel mehr bekommen die vier nicht mit, die Tür ist geöffnet und alle rennen rein. Arlo stürmt durch einen kleinen Flur, die beiden Frauen folgen ihm und zum Schluss bleibt Leo, der sofort alles dichtmacht.

Da die Tür aber nicht mehr schließt und die Kranken von außen angekommen sind, muss er erst mal stehen bleiben. „Schnell sucht was zum zustellen, ich will hier nicht ewig stehen", schreit Leo den anderen hinter her. Die sind aber erst mal damit beschäftigt, die Wohnung zu kontrollieren, da die Tür von innen verschlossen war, kann es gut sein, dass die Bewohner noch da sind. Auf den ersten Blick ist niemand zu sehen, Arlo kommt zurück zum Flur und schiebt zusammen mit Sofia einen Schuhschrank in Leos Richtung. Der wird schnell vor die Tür gestellt, was die Kranken aber nicht ewig abhalten wird.

Zusammen verschwinden sie im Wohnzimmer und schließen auch noch die Zwischentür, die leider aus Glas besteht. „Los, wir müssen auf den Balkon", sagt Leo und sieht das sie ein neues Problem haben, die Balkontür ist von innen abgeschlossen. Am Griff befindet sich ein Schlüsselloch und da steckt natürlich kein Schlüssel drin.

„Ich hasse diese verschließbaren Fenstergriffe", flucht Leo und schaut sich um. „Wir können die Tür ja wieder aufbrechen", sagt Abi und bekommt ganz schnell erklärt, warum die Idee nicht gut ist. Jedes Geräusch nach draußen würde hinter der Mauer die unzähligen Kranken aufschrecken und wenn sie Pech haben, können sie ihren Weg nicht fortsetzen. Daher möchte Leo auch nicht auf die vor der Haustür schießen. „Wir müssen also den Schlüssel finden", sagt Arlo und schaut sich um. Leo geht noch mal zurück zum Flur und sucht die Wände ab. Die Haustür ist einen Spalt weit geöffnet und von draußen hört er die Kranken knurren. Gut für die Gruppe ist aber, das der Schuhschrank sich an der Wand verkeilt hat und sich nicht mehr bewegt, das einzige, was derzeit eindringen kann, sind zwei Hände und die furchtbaren Geräusche. Abi geht zusammen mit Arlo in eine weitere Tür, die sich direkt im Wohnzimmer befindet, aber kurz nach dem öffnen, erschrecken beide und bleiben stehen. Vor ihnen ist das Schlafzimmer, aber an der Deckenleuchte hängen zwei Menschen. Abi geht sofort zurück ins Wohnzimmer und hält sich den Mund zu. Leo kommt dafür an Arlos Seite und wirft einen Blick ins Zimmer.

„Scheiße Leo", sagt Arlo jetzt „die haben wohl versucht, der Sache auf ihre eigene Art zu entfliehen." „Ja das sehe ich, hat aber nicht viel gebracht, sie sind zwar gestorben aber leider auch wieder gekommen." Zusammen stehen die beiden im Türrahmen und schauen auf das ältere Ehepaar, was an der Lampe baumelt. Sie haben sich beide erhängt und versuchen trotzdem, mit ihren Händen nach den Besuchern zu greifen, aber soweit sie sich auch strecken, sie kommen nicht ran. „Sollen wir sie erlösen?" Fragt Sofia von hinten, die auch einen Blick riskieren wollte.

„Nein für so was haben wir keine Zeit", antwortet Leo „wir müssen die Schlüssel finden." Arlo ist schon wieder aus dem Raum und zieht an der Balkontür. „Leo, komm mal her" ruft er plötzlich und ein wenig später stehen sie beide vor der Tür.

„Der Griff hat sich gerade schon bewegt, das bekommen wir auch so auf, wir haben keine Zeit den Schlüssel zu suchen." Leo drängt Arlo ein wenig beiseite und reißt an dem Teil, hinter ihnen hören sie jetzt, dass der Schuhschrank wohl doch nachgegeben hat und die 3 Kranken über den Flur kommen. „Mach weiter Leo", sagt Arlo und schiebt zusammen mit Sofia und Abi die Couch vor die Glastür." Das sollte sie ein wenig aufhalten", gibt er von sich und im gleichen Moment schafft es Leo, den Griff zu lösen, die Balkontür öffnet sich und alle verschwinden nach draußen.

Am Geländer angekommen schauen sie nach unten, sie müssen eigentlich nur darüber klettern und kämen dann schon mit den Füssen an die Mauer. Leider ist aber unterhalb der Steinwand nichts weiter, sie müssten das letzte Stück springen.

„Schafft ihr das?" Fragt Leo sofort und ist auch schon dabei, auf das Geländer zu steigen. Die anderen drei schauen noch mal runter und nicken. „Das sollte kein Problem sein", antwortet nur Sofia und beginnt auch die Beine über die Brüstung zu heben.

„Wenn wir unten sind, dann müssen wir ganz schnell hinter das große Zelt da hinten. Die meisten Kranken halten sich nur auf der rechten Seite auf", sagt Leo, der schon mit dem ersten Fuß auf der Mauer steht. Jetzt schauen sich das alle noch mal an und haben es verstanden.

Runter springen, am besten so leise wie es geht und dann hinter das Zelt, das befindet sich nur 20 Meter weiter. Von da können sie einfach durch schleichen und sind im schnell beim Krankenhaus, welches sie von hier auch schon erkennen können. Die

Quarantänezone wurde direkt auf den Parkplätzen errichtet, trotzdem stehen genug große Sachen im Weg, um von einer Deckung zur nächsten zu hüpfen. Überall sind Zelte, Container und sogar ein Panzer wurde hier geparkt, alles wurde genaustens organisiert, trotzdem hat es nichts gebracht, denn die größte Gefahr kam nicht von außen, sondern von innen selbst.

Leo ist der Erste, der unten aufkommt und den Weg hinter das Zelt nimmt. Kurz danach ist auch Sofia gesprungen, die geht natürlich den Gleichen und kommt bei Leo an. Abi und Arlo sind noch oben am Geländer und schauen runter.

„Schaffst du das wirklich Abi?" Sie schaut ihn plötzlich ziemlich komisch an.

„Was war das eben mit Emma am Parkplatz?" Arlo verzieht ein wenig das Gesicht und sieht schon, das die beiden anderen ein wenig ungeduldig werden. „Abi, Emma hat das noch nicht verstanden, ich hatte bisher auch keine Chance mit ihr darüber zu sprechen." Anstatt noch mal zu antworten, springt sie einfach in die Tiefe, kommt unten gut auf und flitzt zu den anderen. Jetzt ist Arlo allein am Geländer und zieht das zweite Bein hinterher. Hinter sich hört er ein lautes Krachen, die Kranken sind durch die Glastür gebrochen und bewegen sich zum Balkon. Eile ist angesagt, Arlo geht in die Hocke und springt, kommt aber leider unglücklich auf und humpelt schnell hinter das Zelt. „Alles ok Arlo?" Fragt Leo, als sie endlich wieder komplett sind.

„Ist wieder das scheiß Knie, aber es wird schon gehen."

Vorsichtig schauen sie am anderen Ende um das Zelt herum. Wieder sind es an die 20 Meter bis zur nächsten Deckung, ein Kranker befindet sich aber in der Nähe und hat auch nicht wirklich das Bedürfnis, sich zu entfernen. „Der wird uns sicher sehen", sagt Leo und deutet auf den Typen nicht unweit von ihnen. „Eigentlich haben wir doch echt Glück", kommt von Abi, die auch um die Ecke schaut, Sofia hat sich dabei gesellt und sieht das wie die Kleine. „Sie hat recht, hier am Rand sind kaum welche von denen aber seht mal da hinten, wo der Wachturm steht, das sind sicher mehrere Hundert, wenn die uns entdecken, dann wars das." „Also was machen wir mit dem?" Fragt

Arlo. „Ich habe eine Idee." Leo holt seine Pistole aus der Tasche und schmeißt sie hinter sich vor die Wand. Das Geräusch war laut genug, um die Aufmerksamkeit des einen zu erregen.

„Es wird nicht geschossen", sagt Leo zu den anderen und zieht sich mit ihnen ein wenig zurück. „Was hast du vor Leo?" Fragt Arlo irritiert. „Wenn der hier ankommt, schlage ich ihn nieder, das macht keinen Krach und das Problem ist weg."

Also warten sie bis der an der Ecke auftaucht, kaum ist er da, schnellt Leo nach vorne und schlägt dem mit aller Kraft seinen Gewehrkolben auf den Kopf. Die Idee war zwar gut, denn der Kranke geht sofort zu Boden, aber auch sehr ekelig, denn der Kolben hat die Birne fast ganz zerquetscht. Abi hält sich die Hände vors Gesicht, denn der Anblick lässt alles, was heute gegessen wurde, wieder hochkommen.

„Tut mir leid, meine Damen", sagt Leo, als er die Blicke der beiden Frauen erhascht.

„Ich hatte nicht damit gerechnet, das mein Schlag so viel anrichtet." „Egal jetzt" sagt Arlo sofort „wir müssen weiter." Zusammen und geduckt verlassen sie die Deckung hinter dem Zelt und gehen zu einen großen Container. Der bietet erst mal genug Schutz und am anderen Ende sind sie dem Krankenhaus schon sehr nach. „Seht ihr das?" Fragt Sofia und alle schauen in die gezeigte Richtung. „Der Eingang wurde von innen verbarrikadiert, da kommen wir wohl nicht rein", sagt Arlo. „Da hinten" deutet Leo und alle ändern ihren Blick auf eine Einfahrt, die wohl in eine Tiefgarage führt. „Wir können es versuchen", sagt er noch mal und schaut um die Ecke.

„Mist" kommt nun und auch die anderen sehen was er meint. Ein wenig weiter vorne, fast schon in der Nähe vom normalen Eingang des Krankenhauses, befinden sich einige Kranke. Auch Krankenhauspersonal ist darunter, denn ein paar von denen tragen grüne Kittel.

„Sollen wir wieder eine Waffe opfern?" Fragt Abi und deutet dabei auf ihre Eigene.

„Nein" widerspricht ihr Leo und geht auf die andere Seite des Containers, dort befindet sich nämlich ein Eingang ins Innere, den er auch sofort nutzt. Angekommen sieht er eine Menge Kisten, die er eine nach der anderen durchsucht. Irgendwo muss doch was Lautes sein, etwas was man schmeißen kann. Aber egal was er auch öffnet, immer wieder Decken, Schlafsäcke und einmal sogar eine mit Kondomen. Sofia ist rein gekommen und wirft einen komischen Blick in die Kiste. „Leo, ich habe hier was", sagt sie ganz plötzlich und hält ihm eine große Dose Babyfutter vor die Nase. „Wo hast du die denn gefunden?" „Stand direkt beim Eingang Leo." Leicht grinsend nimmt Leo die Dose und geht wieder raus. „Sag den anderen bitte Bescheid, ich werde die Dose gleich in die andere Richtung schmeißen, wir müssen dann sicher schnell handeln." Sofia nickt und geht zurück. Kaum hatte sie das Geplante ausgesprochen, kommt schon ein lauter Knall, leider ist die Dose so dämlich gelandet, das sogar viele andere darauf reagieren und in die Richtung laufen. Leo ist aber wieder bei den anderen und zusammen sehen sie, wie auch die Kranken vor dem Krankenhaus verschwinden.

„Jetzt oder nie", ruft Arlo und schon geht es los, zuerst rennen sie seitlich zur Außenwand, Arlo beißt die ganze Zeit die Zähne aufeinander und dort bleiben sie kurz stehen. Immer mehr von denen wandern in die Wurfrichtung der Dose. Jetzt geht es links an der Hauswand weiter, direkt zu der Einfahrt, die leicht nach unten abfällt. Dort angekommen machen sie aber keine Pause, der Weg wird sofort genommen und wenige Augenblicke später befinden sie sich in der Tiefgarage. Leider ist da unten kein Licht und somit alles dunkel. Zusätzlich dazu sind hier auch noch eine Menge Kranke, die sofort auf die vier Reagieren.

„Scheiße" schreit Leo „ohne unsere Waffen geht es jetzt nicht weiter und zurück können wir auch nicht." Ohrenbetäubend fängt das Geballer da unten an, jeder von ihnen schießt, was er kann und die Kranken fallen wie die Fliegen. „Seht ihr da hinten an der Wand die kleine grüne Leuchte?" Schreit Arlo und alle blicken dort hin. „Da müssen wir hin, das sieht aus wie ein Eingang."

„Dann haben die ja noch Strom im Krankenhaus", schreit auch Sofia genau so laut wie Arlo. Zusammen versuchen die vier, den Weg zu dem vermeintlichen Eingang zu schaffen, immer wieder kommen aus irgendwelchen Ecken neue Kranke, die aber sofort erschossen werden. Es ist nicht mehr weit, aber Abi stolpert über irgendwas am Boden und fällt hin, zur gleichen Zeit gehen in der Tiefgarage die Lichter an. Zuerst erschrocken und dann dankbar wird erst die Frau aufgehoben, sie ist über eine ältere Leiche gefallen und sofort zum Eingang gerannt. Arlo hatte vollkommen recht, das kleine grüne Leuchten war ein Pfeil, der wohl den Notausgang bezeichnet. Leo ist der Erste, er drückt auf den Griff und fällt durch seine eigene Wucht ins Innere, die restlichen Folgen schnell und schließen hinter sich die Tür. Arlo reagiert am schnellsten und packt sich einen geparkten Putzwagen, diesen klemmt er direkt vor den Ausgang und von draußen kommt keiner mehr rein. Sehr erschöpft durch den Kampf setzten sich erst mal alle auf den Boden, so viel Zeit muss sein und kurz darauf gehen die Lichter in der Tiefgarage wieder aus.

Jetzt hängen sie in einem langen Kellerflur und sehen nur noch ein paar kleine rote Deckenleuchten, die wohl als Notlicht dienen sollen. „Na Klasse" sagt Sofia und steht wieder auf. „Wir müssen wohl mit den kleinen Lampen auszukommen, am besten finden wir ein Treppenhaus, damit wir nach oben kommen." „Aber warum ging überhaupt das Licht in der Tiefgarage an?" Fragt Abi. „Das soll uns jetzt nicht jucken", antwortet Leo „ich habe genau das gesehen, was ich sehen wollte." „Was meinst du damit Leo?" Fragt Arlo ziemlich unsicher. „Arlo, da unten waren nicht nur Kranke und Tote, da standen auch mehrere Krankenwagen." Auch wenn Leo es nicht sehen kann, Arlo ist leicht am Grinsen. Denn wenn das Krankenhaus nicht voller Kranker ist, brauchen sie nur die Sachen suchen und hier runter schaffen. Dann alles in einen der Wagen packen und ab die Fahrt. So schwer sieht das alles gar nicht aus...

Kapitel 47

Emma hat weitere getötete in den Kombi geworfen. In den anderen beiden Fahrzeugen ist nicht mehr genug Platz, wenn das so weiter geht, braucht sie noch ein Auto. Sie schaut kurz oben vorbei, wo aber alles ruhig ist, die Wachen auf den Hochständen machen ihre Arbeit und haben auch die Augen offen. In der Küche kümmern sich Yvonne und Carolina um das Essen. Die Kinder befinden sich alle im Haus von Sofia, dort sind mal die Älteren gefragt, die auf die Kleinen aufpassen. Aber Emma will noch was anderes erkunden, sie verlässt über den Gemeinschaftsplatz das Camp und verschwindet im Wald.

Eve ist bei Sarah und fühlt sich total hilflos. Wenn die Sachen aus dem Krankenhaus nicht bald kommen, wird ihre Patientin das nicht überleben. Sie ist zwar weiterhin stabil, aber das kann sich schnell ändern. Jessica ist die ganze Zeit über bei ihr, aber auch sie kann natürlich nichts machen. Yvonne hat sich mit Caroline ein wenig angefreundet, was aber sicher an Yve liegt, mit ihrer offenen, freundlichen Art kann ihr einfach keiner widerstehen, mit dem Essen sind sie auch gleich fertig. Jeder muss im Camp mit anpacken, denn sie werden immer weniger und irgendwann ist der Punkt erreicht, wo es einfach nicht mehr weiter geht. Die meisten Gedanken sind natürlich bei der kleinen Gruppe, die sich gerade in Lake City befindet und ihr Leben riskiert.

Emma bewegt sich weiter durch den Wald, sie hat nur ihr Messer mitgenommen, sie ist der Meinung, das sie nichts anderes braucht. Eine Schusswaffe macht Krach und lockt wieder Neue an, das ist absolut kontraproduktiv. Vor ihr taucht ein Loch im Boden auf, jetzt weiß sie genau, das sie angekommen ist. Sie steht direkt vor dem Eingang des halb zerstörten Bunkers. Mit einer Taschenlampe bewaffnet klettert sie langsam die kaputten Stufen runter und kommt in den Gemeinschaftsraum. Dort schaut sie sich als Erstes um, aber nichts in diesem Raum hat ihre Aufmerksamkeit verdient, deshalb geht sie weiter in die Küche, wo sie erst mal alles anleuchtet.

In einer Ecke liegt Vincent, der doch ziemlich tot aussieht und wäre er nicht noch mal wieder gekommen, sehe sicher alles besser aus. Emma steht direkt vor dem Körper und schaut nach unten, ekel überkommt sie, nicht weil der Typ Tod ist, sondern weil es Lennarts Sohn ist. Auch die Küche interessiert sie nicht weiter, als Nächstes kommt der Schlafraum. Sofort nach dem Eintreten sieht sie auf einen der Betten eine Person liegen, direkt unter einem Laken. Langsam geht sie darauf zu und schaut drunter, wie zu erwarten handelt es sich um Sam. Ein beklemmendes Gefühl ergreift sie, die tote hier unten im Bunker zu sehen ist schon eine traurige Sache. Sie setzt sich an das Kopfende und streichelt ihrer kleinen Freundin durch das Haar, ihr Kopf ist leicht nach links gedreht, daher sieht Emma auch nicht das kleine Einschussloch an der Stirn. Sie verfällt ein wenig in Gedanken, ohne Sam wäre sie gar nicht hier, dann wäre sie vielleicht schon tot. Eins macht sie aber stutzig, das Blut auf dem Kissen. Es ist zwar komplett getrocknet, aber warum hat sie überhaupt noch geblutet, als Leo sie gefunden hat? Sie dreht ihren Kopf gerade und erhascht das Loch in der Mitte, Sam ist erschossen worden. Das muss Leo gewesen sein. Alleine bei dem Gedanken wird ihr gerade schlecht, sie kann sich nicht vorstellen, dass er dieses einfach so gemacht hat, sie wird ihn drum gebeten haben. Weiter unten sieht Emma den Biss von Vincent, auch kann sie genau erkennen, dass Sam sich noch nicht verwandelt hatte. „Scheiße" sagt sie sehr leise und zieht das Laken wieder über den Kopf. Wie musste sich Leo danach bloß fühlen? Sie möchte nicht mit ihm tauschen.

Langsam erhebt sie sich wieder und schaut sich den Rest des Raumes an, aber auch hier ist nichts zu finden, was man gebrauchen könnte, das Blut am Boden interessiert sie nicht wirklich. Sie geht einfach weiter und kommt in den Duschraum. Da gibt es aber gar nichts, also ändert sie sofort ihren Weg und schaut in den letzten Raum, das Lager. Was sie jetzt entdeckt, überrascht sie nicht wirklich, die ganzen Vorräte aus dem Camp haben hier ihren Platz gefunden. Vieles davon muss demnächst zurückkommen, denn sie können das echt gebrauchen. Den großen Kühlraum in der Ecke lässt sie einfach außer Acht, ohne Strom keine Kühlung, wer weiß, was für verderbte Lebensmittel ihr entgegen kommen würden.

Aber sie findet 2 Kissen, die an einer Wand auf dem Boden liegen und realisiert jetzt wirklich, was hier unten geschehen sein muss.

„Verdammt Leo, das tut mir echt leid", sagt sie leise zu sich selber, als sie eins der Kissen mit dem Schussloch in der Hand hält. Ein Geräusch von hinten lässt sie plötzlich aufschrecken, schnell macht sie ihre Lampe aus und duckt sich hinter ein Regal. Sie ist sich gerade nicht sicher, ob es wirklich was war, daher wartet sie einen Moment und horcht. Mit dem Messer in der Hand tastet sie sich voran, langsam und vorsichtig geht sie von einem Regal zum nächsten, bisher hat sie nichts weiter gehört, darum will sie jetzt nachsehen. An der Tür zum Schlafraum bleibt sie wieder stehen und sieht einen kleinen Lichtkegel im Nebenraum. Da ist wirklich jemand, irgendwer hat den Weg hier runter genommen und es sind sicher keine Kranken.

Immer noch sehr erschöpft richten sich die vier im Krankenhaus wieder auf. Das rote Licht, was von der Decke runter scheint reicht völlig aus, um sich zu orientieren, sie mussten sich nur dran gewöhnen. Hier unten sind sie natürlich falsch, alles was sie brauchen, kann man in der Nähe oder eben direkt in den Operationsräumen ergattern, also müssen sie weiter. Leo als erstes, die beiden Frauen in der Mitte und Arlo am Schluss, so sieht die derzeitige Strategie aus, um nicht überrascht zu werden. Keiner von ihnen weiß auch nur im geringsten, ob sich Kranke im Gebäude aufhalten, aber die Gefahr ist natürlich sehr groß. Links und rechts kommen eine Menge Türen, aber keine von ihnen wird ausprobiert, denn das Einzige, was sie derzeit interessiert, ist ein Treppenhaus, um nach oben zu gelangen. Lange brauchen sie aber nicht suchen, fast am Ende des Ganges geht es durch eine Doppeltür. Aber erst mal wird gehorcht, das Treppenhaus ist leider wieder völlig dunkel, weiter oben sehen sie ein Licht, genau dahin müssen sie kommen. Da sie nichts hören und alles total ruhig ist, können die vier wohl den Aufstieg wagen. Oben angekommen sehen sie wieder eine neue Doppeltür, die wohl direkt in den großen Eingangsbereich führt. Da es sich um eine Glastür handelt, können sie auch sofort erkennen, dass sich hier keine Kranken befinden. So kommen sie ohne Probleme in den Bereich, der unter normalen Umständen nach draußen führen würde. Hier sieht alles ziemlich verwüstet aus, überall fliegen Blätter herum, einige Stühle liegen quer im Raum und auch andere Sachen wie Krankenbetten, Kissen und Taschen stehen verstreut in der Gegend. Die vier großen Eingangstüren, die nach draußen führen, wurden von innen mit allen möglichen Sachen verbarrikadiert.

„Es sieht ganz so aus, als ob wir hier nicht alleine sind", sagt Leo ziemlich leise und deutet auf die Barrikaden. „Also müssen wir sehr vorsichtig sein", ergänzt Arlo genau so leise „denn entweder sind hier noch ein paar Verstecke oder eben Kranke, irgendwer muss das ja aufgebaut haben."

„Seit wann können Kranke so was bauen?" Fragt Sofia ein wenig verwundert. „Das waren doch keine Kranken, die sind dann wohl gestorben, also nach dem Aufbau", antwortet Arlo ein wenig witzig. „Vielleicht sind die auch unten raus oder aus einem anderen Ausgang, ich finde es sehr leise hier, ich glaube nicht, dass hier noch einer ist" sagt nun Abi und schaut sich noch ein wenig weiter um. „Hier" ruft Leo und alle gehen zu ihm rüber. Er steht vor einem großen Schild, auf dem alle Stationen mit Stockwerken aufgeführt sind. „Wir müssen ins 3. Stockwerk, da ist der OP", sagt er noch und schaut sich um. „Dafür brauchen wir wohl ein neues Treppenhaus, die Fahrstühle da vorne werden sicher nicht mehr gehen." Sofia deutet auf 2 geschlossene Schiebetüren, die zu einem Lift gehören. „Es kann doch gut sein, das sie noch gehen, schließlich hat das Krankenhaus noch Strom", entgegnet ihr Arlo und läuft schon auf die Metalltüren zu. „Also mir gefällt das nicht Arlo" sagt Abi „ich möchte nicht mit dem Fahrstuhl fahren." Auch Sofia und Leo wollen lieber laufen, also entscheidet sich Arlo doch für das Treppenhaus, was genau daneben liegt. Dieses geht nur nach oben, daher müssen sie alle Sachen, die sie finden, erst hier runter tragen und dann ins nächste wechseln.

„Mit den Fahrstühlen können wir sicher bis nach unten fahren, das spart Zeit und vor allem viel Schlepperei", sagt Arlo wieder, als sie gerade die Türen öffnen, um nach oben zu kommen.

„Genau und unten öffnen sich dann die Lifttüren und wir stehen direkt in einer Gruppe Kranker, besser wir nehmen den gleichen Weg wie vorher", antwortet Leo auf seine Idee. Im neuen Treppenhaus ist auch alles ruhig und wenigstens ist genug Licht vorhanden, da die Außenwände aus Glassteinen bestehen. Wieder total langsam und Vorsichtig schleichen die vier nach oben, sie müssen 2 Stockwerke hoch und es stehen ihnen keine größeren Probleme im Weg.

Emma kauert an ihrer Ecke und schaut auf den Lichtschein. Jetzt ärgert sie sich natürlich, eine Pistole wäre nun sicher angebracht, sie muss wohl auf den Überraschungseffekt hoffen. Das Licht kommt langsam näher und sie kann erkennen, das es sich wohl um zwei Taschenlampen handelt. Der erste der beiden ist fast bei ihr angekommen und ohne auch nur einmal darüber nachzudenken, springt Emma auf, macht einen kurzen Satz nach vorne und schnappt sich den Eindringling. Das Messer in Ihrer Hand schnellt an die Kehle des Menschen und ein lauter Aufschrei halt durch den Bunker.

„Ganz vorsichtig, mein Freund, eine falsche Bewegung und ich schlitze dir die Kehle auf", sagt sie ihren Gefangenen ins Ohr. Mit ihrer Taschenlampe leuchtet sie dem anderen ins Gesicht und erschreckt ein wenig. Bei dem zweiten handelt es sich um einen schwarzen Jugendlichen, der wird nicht älter als 14 Jahre sein. Der schaut total erschrocken und verängstigt in ihre Richtung. Mit der Lampe leuchtet Emma auf die andere Person, von der Seite erkennt sie, dass es sich auch um einen schwarzen Mann handelt, der aber bedeutend älter ist.

„Bitte machen sie jetzt keinen Mist, wir haben nichts Böses im Sinn", stottert der mit dem Messer am Hals, auch der Jüngere mischt sich ein. „Lassen sie meinen Dad in Ruhe, der hat ihnen doch gar nichts getan." So langsam kommt sich Emma wirklich blöd vor, sie hat hier wohl zwei unschuldige Menschen überrascht, sie senkt das Messer und geht ein Stück zurück. Der Ältere läuft schnell zu dem Jungen und stellt sich schützend vor ihn, beide schauen im Licht der Lampe zu Emma rüber.

„Wir wussten nicht, das hier unten jemand ist", sagt der Mann ziemlich eingenommen. Emma leuchtet weiter mit ihrer Lampe auf die beiden, die wirklich sehr ängstlich schauen. Das ist verständlich, nicht nur weil sie mit ihrer Messerattacke angegriffen hat, sondern auch, weil sie immer noch voller Blut ist. „Hier unten ist normal auch keiner", sagt sie jetzt mit einer normalen Stimme. Ein wenig entspannt sich die Situation gerade, auch der Junge kommt hinter seinem Dad hervor und stellt sich neben ihn. „Was sucht ihr hier unten?" Fragt Emma und schaut sich die beiden ein wenig genauer an, wieder antwortet nur der Ältere.

„Wir haben was für die Nacht gesucht. Wir wollten aber wirklich nichts Böses, einfach nur übernachten und danach wären wir wieder weg." „Was sind eure Namen?" Emma versucht ihre Aktion irgendwie wieder gut zu machen, daher ändert sie von Satz zu Satz ihre Stimmlage und erkennt auch sofort, das die beiden immer lockerer werden.

„Mein Name ist Woody", fängt der Dad an und zeigt dann auf den kleinen „und das ist mein Sohn Cain." „Also Vater und Sohn?" Fragt Emma „wo kommt ihr her und was hat euch hier hin verschlagen?" Woody schaut seinen Kleinen an und wendet sich dann wieder an die Messer Frau.

„Wir kommen aus Jacksonville, wir sind dort geflüchtet, nachdem die Polizei angefangen hat, Menschen zu erschießen. Da wussten wir aber noch nicht, dass es um Hirnlose geht. Trotzdem war unsere Flucht das beste, was wir machen konnten." „Wir haben hier in der Nähe ein Camp, wenn ihr wollt, könnt ihr mich dahin begleiten." Cain schaut mit großen Augen seinen Dad an. „Wir sind ihnen für dieses Angebot sehr dankbar, leider müssen wir ablehnen. Wir haben uns geschworen, um jede Menschenansammlung einen großen Bogen zu machen. Bisher sind wir zweimal drauf rein gefallen und seit dem schlagen wir uns alleine durch." Emma setzt sich auf das Bett von Sam und lässt die beiden nicht aus den Augen. „Ich bin Emma, nicht mal eine Meile von hier ist das Camp, wenn ihr da nicht hin wollt, dann geht am besten nicht nach Süden. Ihr könnt hier aber übernachten, auch länger bleiben, wenn ihr wollt, ich werde dafür sorgen, dass erst mal niemand hier her kommt. Nebenan ist ein Lager, dort gibt es eine Menge Essen und Trinken, nehmt euch was ihr braucht, es gehört zwar uns, aber es wird wohl nicht auffallen."

Woody macht einen langen Hals und leuchtet auf den Eingang vom Lager. „Warum lagert ihr eure Vorräte hier unten und nicht in eurem Camp?" Emma lächelt leicht, erst jetzt merkt sie, wie dumm sich das

Ganze angehört haben muss. „Einer unserer Leute hat unser Lager leer geräumt und alles hier versteckt, wir haben das jetzt erst entdeckt, aber bedient euch ruhig, wir teilen gerne." „Und was ist, wenn der Dieb hier her kommt und uns überfällt?" Fragt der junge Cain mit ziemlich unsicher Stimme. Wieder kommt ein leichtes Grinsen bei Emma im Gesicht. „Der Dieb liegt hinten in der Küche, der kann nicht mehr vorbeikommen." Langsam sieht Emma das die beiden wieder vorsichtiger werden. Ihre Worte tragen auch nicht wirklich dazu bei, den beiden eine Sicherheit zu vermitteln.

„Wo ist denn die Mutter von dem Jungen?" Fragt Emma, um ein wenig abzulenken und gerät damit sofort in die nächste Misere. Der Junge nimmt seine Hände vors Gesicht und beginnt zu weinen, auch Woody schaut zu Boden, versucht sich aber zu halten.

„Die haben wir leider im ersten Camp verloren. Nachdem dort der erste Hirnlose aufgetaucht ist, sind alle durchgedreht. Es wurden Menschen erschossen, auch welche die nicht gebissen wurden, sie haben einfach keinen Unterschied mehr gemacht. Leider hat es seine Mutter dabei erwischt, erschossen von einem Teenager mit der Waffe von seinem toten Vater. Wir sind dann geflüchtet, nur um im nächsten Camp was Ähnliches zu erleben." Emma erhebt sich wieder von dem Bett und kommt den beiden ein wenig entgegen, als sie mitbekommt, das sie ängstlich zurückschrecken, hebt sie ihre Arme und geht vor Cain in die Hocke. „Das tut mir leid, ehrlich, hätte ich gewusst, was euch widerfahren ist, dann hätte ich nicht gefragt." Langsam streckt sie ihren Arm aus und fast Cain an die Hände, die er dadurch auch langsam runter nimmt.

„Hört zu ihr beiden, hier im Schlafraum ist eine Tür, die könnt ihr heute Nacht von innen schließen. Ruht euch hier aus und nehmt euch so viel Verpflegung mit, wie ihr tragen könnt. Es tut mir wirklich leid, dass ich falsch reagiert habe, ich wollte euch keine Angst machen." Emma steht wieder auf und schaut die beiden an. „Warum bist du so voller Blut?" Fragt der Kleine, der diese wohl schon die ganze Zeit stellen wollte. „Das ist nicht meins mein Kleiner, aber auch wir hatten unsere Probleme und mussten uns verteidigen. Böse Menschen haben uns heute überfallen und so ganz langsam kann ich euch und eure alleinsein Taktik verstehen." Cain schaut seinen Dad an und bekommt ein Lächeln zurück.

„Du bist keine böse Frau", sagt er direkt zu Emma. „Danke Cain" antwortet sie und macht sich bereit, das Lager zu verlassen, Woody hält sie aber noch mal auf. „Danke Emma" gibt er von sich und schaut sie freundlich an. „Ich denke wir werden hier zwei Nächte bleiben, wir müssen uns ausruhen." Emma dreht sich noch mal um und schaut ein letztes mal auf die beiden.

„Eins muss ich noch machen, hätte das beinahe vergessen." Sie kommt wieder zurück in den Schlafraum und nimmt Sam in den Arm, sie achtet aber peinlich genau darauf, dass sich das Laken nicht verschiebt. Langsam geht sie mit der Leiche zurück in den Wohnbereich und bleibt noch mal stehen. „Das hier ist meine Freundin, sie wurde hier unten eingesperrt und von dem Dieb getötet. Das war auch der Grund, warum ich heute hier war. Ich werde sie jetzt mitnehmen, sie hat ein ordentliches Begräbnis verdient." Woody schaut zu Boden und beobachtet seinen Lichtschein, er möchte gerne was sagen, aber die Worte fallen ihm schwer. Der kleine Cain blickt einfach nur auf Emma und wieder auf das eingewickelte Laken. „Es tut mir sehr leid Emma" bekommt Woody dann aber trotzdem noch hin und beleuchtet für Emma den Weg nach draußen.

„Sie war echt nett Dad", sagt Cain zu seinem Vater, der gerade die Zwischentür schließt. „Ich weiß mein Sohn, sie hatte auch nur Angst."

Auch die Tür im zweiten Stockwerk ist nicht verschlossen, Leo geht als erstes und schaut in den Gang dahinter. „Sieht alles sauber aus", sagt er nach hinten und der Rest folgt ihm auf den breiten Flur.

„Laut dem Schild brauchen wir nur den Flur lang", bemerkt Arlo und zeigt auf ein Hinweisschild an der Wand. Zusammen gehen sie weiter, an beiden Seiten sind mehrere Türen, die wohl in Patientenzimmer führen, aber völlig unwichtig sind. Eine milchige Glastür signalisiert den Suchenden, dass sie fast da sind, denn dahinter liegen die OP Säle. Wieder ist es Leo, der als Erstes durch geht, dahinter bietet sich ihm ein neuer Gang mit schweren Metalltüren an beiden Seiten. Aber auch hier ist nichts Verdächtiges und sogar alles sehr sauber und aufgeräumt, es sieht fast danach aus, als ob die Putzfrauen noch ihre Arbeit machen. Leise öffnet er die erste Tür zu seiner linken, dahinter kommt ein OP Raum zum Vorschein, alles ist in Grün gehalten, auch die Gardinen an den Fenstern. „Typischer Operationsraum", sagt Arlo, als er hinter Leo reinkommt. Auch Abi und Sofia kommen mit in den Raum und schauen sich um.

„Also Leute, hier sollten wir richtig sein, last uns die Sachen suchen und schnell verschwinden", sagt Arlo zu allen und macht sich selber auf die Suche. Das Beatmungsgerät ist nicht schwer zu finden, dieses steht genau neben der Liege, die in der Mitte des Raumes ist. Montiert ist es auf einen kleinen Wagen mit Rädern, daher brauchen sie es nicht die ganze Zeit tragen und können es sogar noch als Transportmittel missbrauchen. Arlo fährt es schon mal zur Tür und Leo kommt mit einigen Schutzsachen dazu. „Sucht weiter, wir brauchen nicht mehr viel", sagt er. „Hier gibt es nirgends Desinfektionsmittel", versucht Sofia zu erklären. „Es kann gut sein, das es irgendwo in einem Lager ist", antwortet Arlo und stellt die nächsten Sachen zu den anderen. Abi ist durch eine Zwischentür in den Nebenraum gegangen, auch da befindet sich ein OP Saal, der dem ersten genau gleicht.

Alle gefundenen Sachen werden erst mal auf den Flur geschoben, die komplette Liste ist abgearbeitet, leider fehlt immer noch das Desinfektionsmittel. Was sich aber als schwierig raus stellt, wird dann doch sehr einfach, am anderen Ende des kurzen Gangs befindet sich ein kleines Lager, in dem sich viele notwendige Dinge aufhalten, auch das Mittel ist dabei.

„Laut unserer Liste haben wir alles", gibt Arlo von sich, er vergleicht noch mal den Zettel von Eve mit den gepackten Sachen. „Okay, lasst uns hier verschwinden", kommt von Leo und zusammen mit den Waffen verlassen sie den OP Gang. Es geht zurück durch die Milch Tür und dann auf den langen Flur, wo am Ende das Treppenhaus wartet.

„Mir kommt die Sache hier irgendwie komisch vor." Abi bleibt stehen und schaut die anderen an. „Was meinst du damit?" Fragt Sofia. Die beiden Frauen stehen sich gegenüber und Leo verdreht ein wenig die Augen. „Die Sache lief irgendwie zu glatt und das Krankenhaus hier oben sieht noch in Benutzung aus" versucht Abi den anderen zu erklären. „Darüber können wir doch froh sein, die Option sich durchzuschießen gab es ja auch" kommt jetzt von Arlo, der aber sofort mit dem Kleinen Wagen das Treppenhaus anpeilt. Leo und Sofia gehen weiter, Abi bleibt ein klein wenig zurück und schaut auf ihre Waffe.

„Verdammt" schreit Leo plötzlich und dreht sich zu den anderen um, er ist ein wenig vorausgelaufen und wollte schon mal die Tür aufhalten. „Was ist los?" Fragt Arlo. „Die Türen sind verschlossen." Auch Arlo geht an die Doppeltür und versucht sein Glück, aber Leo hat natürlich recht, sie lassen sich nicht öffnen. Wie auf Kommando stellen sich alle vier in den Gang und halten die Waffen hoch. Sie sind eben noch auf diesen Weg reingekommen, jetzt ist die Tür aber verschlossen, also hat sie jemand zu gemacht.

„Was nu?" Fragt Sofia und beobachtet den Gang vor sich. „Ich kann die Tür eben aufbrechen, aber damit wäre das Problem nicht gelöst, wer hat sie verschlossen?" Sagt Leo. Weiter hinten im Gang, fast auf der Höhe vom OP Eingang, öffnet sich eine Tür. Die Gruppe schaut gespannt dahin, die Waffen sind entsichert und bereit zum Feuern, aber sie sehen noch nichts. Etwas weiter vorne öffnet sich eine weitere Tür und gegenüber noch eine, so langsam wird die Sache echt unheimlich. Abi hatte es gerade angedeutet und schon geht was schief.

„Soll ich die Tür jetzt aufbrechen?" Fragt Leo leise. Arlo will darauf gerade antworten, als von ganz hinten ein kleiner Metallgegenstand geschmissen wird, auch aus den anderen Türen fliegen ähnliche Sachen, alles kleine Metallgegenstände, die einer Handgranate nicht unähnlich sind. Genau in dem Augenblick, wo die Teile die vier erreichen, öffnen sie sich und ein Gas tritt aus.

„Scheiße" schreit Arlo noch und hält sich die Nase zu. „Ein Gas" sagt Leo „wir müssen hier weg." Mit Gewalt versucht er jetzt die Tür aufzubrechen, aber es gelingt ihm einfach nicht, Arlo kommt zur Hilfe, mit seiner Waffe drischt er auf die Scheibe, die aber nicht nachgibt. Mit Erschrecken sehen die beiden wie Sofia und kurz danach Abi auf den Boden fallen. Arlo löst sich von der Treppenhaustür und versucht eine andere Tür, die schräg gegenüber ist, aber auch die ist verschlossen. Leo ist mittlerweile am Boden, das Gas vernebelt den ganzen Flur, so das Arlo kaum noch was erkennen kann. Er merkt wie das Zeug seine Sinne benebelt, vielleicht ein Narkosegas, er schafft es auch nicht länger und verliert das Bewusstsein.

Emma ist schon wieder im Camp angekommen, sie hat einen anderen Weg genommen, damit keiner ihre Fracht erblicken kann. Die Leiche legt sie ganz in Ruhe in das Haus von den Stevensons, da wird ja so schnell keiner mehr reingehen. Nach ihrer Aktion bleibt Emma erst mal draußen ein wenig stehen und zieht die frische Luft in ihre Nase. Auch wenn das mit Sam nicht lange her ist, den Geruch wird sie so schnell nicht vergessen. Es fängt gleich an zu dämmern, von den Ausflüglern ist noch nichts zu sehen, aber Emma kann sich genau vorstellen, das es ein wenig dauert. Ein Besuch in ihren eigenen Haus ergibt keine Neuigkeiten, Sarah ist weiterhin stabil, muss aber unbedingt operiert werden. Jessica ist völlig mit den Nerven am Ende und Eve ist derzeit bei ihrem Sohn Milo am hinteren Wachposten. Also begibt sie sich in die Küche, das Essen wurde schon lange ausgeliefert und Yvonne ist zusammen mit Carolina bei den Kindern. Anthony und auch Swen haben hin und wieder ein paar Abschüsse zu melden, die Leichen bleiben aber erst mal liegen, Emma hat nämlich keine Lust, wegen jeder getöteten Person den Berg nach unten zu laufen. Was wäre das schön gewesen, wenn es mit der Mauer geklappt hätte, mit Provisorischen Mitteln ist das leider nicht hinzubekommen, dafür ist das Gebiet einfach zu groß. Trotzdem ist Emma immer noch der Meinung, dass wenigstens unten vom Parkplatz kommend irgendwas passieren muss. Irgendeinen Zaun mit Maschendraht oder Ähnlichem würde für den Anfang reichen.

Jetzt sitzt sie erst mal auf der Theke und trinkt sich ein Wasser. Yvonne kommt auch in die Küche und bleibt sofort stehen, als sie Emma sieht.

„Habe ich irgendwas an mir, oder was soll dein Blick bedeuten?" Fragt Emma ziemlich unfreundlich und nimmt den nächsten Schluck aus ihrer Flasche. „Du solltest vielleicht mal eine Dusche nehmen", antwortet ihr Yvonne prompt und geht ins Lager. Emma bleibt aber einfach sitzen und wartet, bis Yve wieder raus kommt. „Ich habe keine

Zeit für so was", schmeißt sie ihr entgegen. Die Kaffeemaschine wird vorbereitet und keiner sagt dabei ein Wort.

„Findest du es denn ratsam, mit deinen versauten Sachen auf der Küchentheke zu sitzen?" Fragt Yvonne völlig desinteressiert. Emma springt von der Theke und kommt ihr ein Stück entgegen.

„Hast du vielleicht ein Problem mit mir? Wir sind hier ganz allein, du kannst mir ruhig alles sagen." Genau auf so eine Konfrontation hat Yvonne gerade keine Lust. Sie hätte sicher eine Menge zu sagen, aber auch ein wenig Angst vor Emma. „Warum sollte ich das haben Emma?"

„Weil du schon seit langen nicht mehr mit mir sprichst und wenn, dann nur das Nötigste. Bist du immer noch sauer, weil ich dir Arlo weggeschnappt habe oder geht es um das scheiß Babyteil?" Yvonne fängt nach den Worten an zu lachen, allein die Aussage weggeschnappt passt ja mal gar nicht. Sie dreht sich zu Emma um und sieht das ihr lachen, bei der gerade nicht gut ankommt.

„Du hast ihn mir nicht weggeschnappt", das letzte Wort wird so richtig betont.

„Das sehe ich anders Yvonne." „Weißt du Emma, die Leute hier im Camp haben Angst vor dir. Schau dich an, du bist blutverschmiert und tötest, ohne mit der Wimper zu zucken." Jetzt beginnt auch Emma mit dem lachen. „So seht ihr mich also, das Monster vom Camp. Kann ich nicht wirklich verstehen, ich mache nur die Sachen, die sonst keiner macht und ohne mich würde es das hier alles gar nicht mehr geben." „Ich weiß Emma, aber du bist einfach zu brutal und das sieht hier jeder. Was spricht gegen eine Dusche? Warum bringst du dich nicht mehr ein, bei den ganz normalen Dingen?" Emma kommt Yvonne noch ein wenig näher. „Ich verstehe euch nicht, ich rette euch hier dauernd den Arsch und du kommst hier an und nörgelst herum. Ich glaube dir kein Wort, es geht einfach und allein um Arlo. Nur weil du es nicht geschafft hast ihn zu halten, deswegen kommst du mir jetzt so doof."

Yvonne geht einen Schritt nach hinten und schaut Emma abwertend an. „Du bist echt sehr von dir eingenommen. Glaubst du wirklich, das Arlo dich liebt oder du eine Zukunft mit ihm hast? Träum weiter Emma, das wird sicher nicht passieren." Diese Aussage war ein wenig zu hart, jedenfalls in Emmas Augen. Direkt nachdem das ausgesprochen wurde, hebt sie ihre Hand und gibt Yvonne eine Ohrfeige. Eine kurze Zeit stehen die beiden sich gegenüber und keiner sagt ein Wort. Aber anstatt darauf zu regieren, dreht sich Yve einfach um und verlässt die Küche, Emma bleibt alleine zurück und schaut ihr hinterher. „So eine Scheiße", sagt sie doch ziemlich laut und setzt sich trotz dreckiger Sachen wieder auf die Theke. Sie weiß, das sie gerade einen Riesen Fehler gemacht hat, aber sie wurde auch provoziert, die musste doch damit rechnen, dass was passiert. Aber das Yvonne mit ihrer Aussage sogar recht haben könnte, das kommt Emma nicht in den Sinn. Klar, sie hat derzeit mit Arlo nicht das beste Verhältnis, was natürlich auch an der Schlampe Abigail liegt, aber das wird sich schon wieder regeln, zur Not passiert halt ein kleiner Unfall...

Kapitel 48

Arlo wird langsam wach, er öffnet seine Augen, nur um sie schnell wieder zu schließen, denn eine sehr helle Lampe leuchtet ihm direkt ins Gesicht. So wie es aussieht, liegt er auf was Flachen, was nicht gerade bequem ist. Irgendwas stimmt nicht, denn es ist nicht nur hell von oben, er kann sich auch irgendwie nicht bewegen. Erst bemerkt er es an den Armen, ein wenig später sind die Beine dran, die sind aber genau so fest wie der Rest. Er dreht seinen Kopf zur Seite und öffnet wieder seine Augen, jetzt erkennt er endlich wo er sich befindet. Er liegt tatsächlich auf einer der Pritschen, die in den OP Sälen stehen. Seine Arme sind an der Seite fixiert, schwarze Bänder sind direkt darüber gespannt und machen jede Bewegung unmöglich. Er hebt leicht seinen Kopf und sieht, dass es unten genau so ist, er ist gefangen. Nachdem er das festgestellt hat, versucht er sich im Raum umzuschauen, der ist aber leer und alle Türen sind geschlossen.

Langsam legt er seinen Kopf wieder auf die Pritsche und schließt die Augen und alles fällt ihm plötzlich ein. Der Flur, das verschlossene Treppenhaus, die kleinen geschmissenen Teile und dann das Gas.

Die große Metalltür öffnet sich und eine in grün gekleidete Person betritt den Raum. Da sie aber eine Haube auf hat und einen Mundschutz trägt, kann er nicht genau erkennen, um was es sich handelt, sie hat ein Klemmbrett in der Hand und bleibt kurz vor ihm stehen. Arlo kann nun sehen, dass es eine Frau ist, denn die Augen gehören sicher keinen Mann.

„Was soll der Scheiß hier, warum haben sie mich gefangen?" Versucht er zu fragen, aber es kommt nur ein Kratzen aus seinem Mund, trotzdem konnte man genau hören, was er gemeint hat. Natürlich bekommt er keine Antwort, was hat er auch erwartet, die Frau nimmt einfach eine seiner Hände und fühlt nach seinen Puls. Dann leuchtet sie mit einer kleinen Lampe in seine Augen und macht danach kleine Häkchen auf dem angebrachten Blatt vom Klemmbrett.

„Können sie vielleicht mal mit mir reden", kommt aus Arlo und die Stimme wird wieder ein wenig fester. „Warum bin ich hier festgemacht?" Aber wieder keine Antwort, die Frau dreht sich einfach um und verschwindet auf dem gleichen Weg, wie sie rein gekommen ist. Mit aller Kraft versucht Arlo sich zu befreien, erst reist er an beiden Armen, die sind aber echt sehr fest, dann an den Beinen, auch da scheint es keine Rettung zu geben. Was wollen die von ihm? Wo sind die anderen? Wie lange hat er geschlafen? Das sind alles Fragen, die ihm gerade durch den Kopf gehen. Alleine wegen der Angst, die langsam in ihm aufkommt, probiert er es an seinen Armen weiter und hat irgendwie das Gefühl das sein rechter lockerer ist als sein linker. Daher konzentriert er sich auf genau diese Sache, wenn er es schafft, den Arm zu lösen, dann kann er sich befreien. Aber erst mal kann er seinen Plan nicht weiter verfolgen, denn die Tür geht wieder auf und zwei Personen kommen diesmal rein. Er erkennt sofort, dass es diese Frau ist und das andere müsste laut seinen Augen ein älterer Mann sein. Genau dieser nimmt sich einen Stuhl aus der Ecke und setzt sich nah an ihn ran. Zuerst gibt es nur Blickkontakt, Arlo hat keine Lust wieder anzufangen, denkt sich aber gerade, dass der Kerl sicher zum quatschen näher gerückt ist, daher wartet er einfach ab. Die Person reißt seinen Mundschutz runter und Arlo bekommt recht, es handelt sich wirklich um einen älteren Mann mit unrasiertem Gesicht.

„Darf ich mich vorstellen, ich bin Dr. Carnelson." Mehr kommt erst mal nicht, er schaut Arlo belustigend an und wartet auf eine Antwort.

„Wie ich sehe, sind sie bei bester Gesundheit, daher können wir uns die nächsten Tests einfach sparen, wie geht es ihnen Arlo?" „Woher kennen sie meinen Namen?" „Sie müssen verstehen, ihre Freunde sind unter bestimmten Voraussetzungen sehr redselig, daher weiß ich, wer sie sind und woher sie kommen, sie sind der Chef und haben das sagen." „Wo sind meine Freunde?"

Der sogenannte Doktor rutscht vergnügt auf seinen Stuhl hin und her, man kann ihm richtig ansehen, dass er Spaß an dieser Situation hat. „Wir haben vier OP Säle und sie sind vier Eindringlinge, den Rest können sie sich sicher denken." Arlo kneift kurz seine Augen zusammen, das Licht von oben schmerzt. „Wir sind keine Eindringlinge, wir brauchen nur ein paar Sachen, weil wir eine verletzte Person haben." „Ach ja" antwortet der Kerl und schaut auf sein mitgebrachtes Klemmbrett „Sarah wurde angeschossen und sie wollten hier im Krankenhaus ein paar Sachen klauen. Gehe ich davon aus, dass ich recht habe, Arlo?" „Wir wollten nichts klauen, ich glaube auch nicht, das dieses heute noch jemanden interessiert", antwortet er immer noch mit geschlossenen Augen. Der Arzt fängt leicht an zu lachen. „Natürlich, uns interessiert das, denn es sind unsere Sachen. Also seit ihr hier eingebrochen und wolltet uns bestehlen, in der heutigen Zeit wird so was mit der Todesstrafe geahndet." Arlo öffnet wieder seine Augen und schaut den Kerl direkt an.

„Sie wollen uns bestrafen, weil wir jemanden das Leben retten möchten? Was sind sie denn für ein Arzt?" Die Frau fängt an zu lachen und der Mann hebt seine Hand, schon ist es wieder ruhig.

„Wer sagt das ich ein Arzt bin?" Arlo kneift ein wenig seine Augen zusammen, damit es so aussieht, als ob er sauer wird, dabei hat er nur Angst. „Sie haben es mir eben gesagt." Die Augen von dem Mann mustern Arlo. „Habe ich das? Stimmt, jetzt bin ich Arzt, aber das war ich nicht immer, aber ich habe davon geträumt, einer zu sein und manchmal gehen Träume halt in Erfüllung."

„Was wollen sie von uns?" Schreit Arlo fast schon. Aber anstatt zu antworten, steht der Mann einfach nur auf und stellt den Stuhl wieder zurück. Zusammen mit der Frau geht er zur Tür, dreht sich aber noch mal um. „Arlo, ich bestrafe böse Menschen." Soweit es geht, hebt Arlo seinen Kopf und schaut den Möchtegern Arzt an. „Was meinen sie damit? Wir sind nicht böse." Die Frau hat das Zimmer schon verlassen und Arlo kann erkennen, das der OP Saal gegenüber geschlossen ist. „Jeder Mensch ist auf seine Art böse, du wirst schon sehen, was ich damit meine." Er verlässt den Raum und schließt die Tür und Arlo ist wieder alleine. Aber schnell dämmert es in ihm, dieser Penner wird sie alle vier töten, er muss hier raus, also macht er mit seinen Arm weiter, er darf jetzt bloß nicht nachlassen.

Emma verlässt das Lager und bleibt stehen, draußen ist alles leer, niemand möchte wohl in Gefahr geraten oder sie gehen ihr einfach aus dem Weg. Kurz überlegt sie, ob eine Entschuldigung bei Yve angebracht wäre, sie entscheidet sich aber dagegen und kontrolliert erst mal die Hochsitze. Die beiden melden weitere Abschüsse und Emma weiß sofort, dass es wohl noch ein wenig so weiter geht, alleine der Krach von den Waffen lockt sicher weitere an. Nur was sollen sie machen? Sich mit Messern bewaffnen und alle losschicken, das ist eher ihr Ding. Trotzdem geht sie unten erst mal wieder eine Runde die Leichen kontrollieren, nicht das einer von denen noch am Leben ist oder was die auch immer sind. Etwa ein Dutzend gammeln da herum, mit ihrem Messer bearbeitet sie jeden nach, lässt sie aber weiterhin liegen. Außerdem hat was anderes gerade ihre Aufmerksamkeit erregt, ein Motorengeräusch tritt an ihre Ohren und sie bleibt stehen. Irgendwas kommt den Berg nach oben, das kann man genau deuten und wieder ist sie nur mit einem Messer bewaffnet.

Schnell nimmt sie mit den Türmen Funk Kontakt auf, aber Swen und Anthony haben das Geräusch schon wahrgenommen und sind in Alarmbereitschaft. Emma verschwindet schnell zwischen den Autos und schaut direkt auf die Straße, die weiter hinten in den Wald nach unten führt. Der Krach wird lauter und es dauert auch nicht lange und ein Bully taucht auf. Der bewegt sich ein wenig in Emmas Richtung und kommt dann neben dem Parkplatz zum Stehen. Am Steuer sitzt ein Mann im mittleren Alter und schaut verblüfft auf die Armeefahrzeuge, die immer noch alle da rumstehen.

Auf dem Beifahrersitz befindet sich auch jemand, man kann diese Person aber nicht wirklich erkennen, denn entweder ist es eine sehr kleine oder sogar ein Kind. Der Kerl schaut jetzt nach oben und zeigt auf irgendwas, vielleicht auf das zerstörte Empfangshaus oder auf den einen Hochsitz, den man von da unten gut sehen kann. Trotz aller Gefahren, die an seine Augen treten, macht er den Motor aus und kommt raus. Gekleidet ist der Mann mit einem Trainingsanzug und in seiner Hand hält er eine Pistole. Seine Haare, ganz in Blond und ziemlich buschig, wehen leicht im Wind. Langsam bewegt er sich vorwärts, direkt vor seinem Fahrzeug bleibt er aber stehen. Er schaut wieder nach oben und wartet ab, er kann ja nicht wirklich wissen was da los ist, vielleicht ist auch alles mit Kranken überlaufen, das könnte wenigstens sein zögern erklären. Emma bleibt erst mal ruhig, sie hatte den Türmen extra die Anweisung gegeben, sich still zu verhalten. Der Mann steht weiter vor seinem Fahrzeug und schaut nur dumm, als die Beifahrertür sich öffnet, winkt er ziemlich hysterisch mit seiner Waffe. Die Tür schließt sich wieder und der Blonde beginnt mit seinem Aufstieg zum Camp. Emma möchte das natürlich nicht zulassen und kommt aus ihrem Versteck. Die zweite Person im Auto haut völlig unerwartet auf die Hupe und der Mann schreckt zusammen, dreht sich um, sieht die Frau und hebt die Waffe. Die schmeißt sofort ihre Hände nach oben und zeigt, dass sie unbewaffnet ist, der Blonde hält aber trotzdem weiter die Pistole auf sie und schaut ziemlich unsicher.

„Ich bin nicht bewaffnet", ruft Emma ihm entgegen und bewegt sich langsam auf ihn zu.

„Bleib stehen", schreit der Mann und schaut kurz ins Innere seines Bullys. „Was wollt ihr hier?" Fragt Emma sehr ruhig und kommt trotzdem noch näher. Die Waffe in der Hand des Mannes beginnt zu wackeln, sie kann die Angst schon fast riechen.

„Du sollst doch stehen bleiben, oder ich schieße", sagt der wieder und auch an seiner Stimme kann man jetzt erkennen, das er immer nervöser wird. „Hör mal, oben auf den beiden Türmen habe ich meine Männer, die zielen gerade mit ihren Waffen auf dich, also nimm sie runter, ich will nur reden." Vorsichtig schaut sich der Kerl um und entdeckt auf den Türmen die beiden erwähnten Personen und sieht auch die Gewehre. Trotzdem nimmt er seine nicht runter und zielt weiter auf Emma. Die bleibt jetzt lieber stehen, weil sie genau weiß, dass ängstliche Menschen zu allen bereit sind.

„Ich frage jetzt noch mal, was wollt ihr hier?" Sie bekommt immer noch keine Antwort auf ihre Frage, der Mann steht angewurzelt an Ort und Stelle und sieht nur zu Emma rüber. So langsam hat sie aber genug von dieser Scharade, sehr vorsichtig kommt sie näher und hält weiter ihre Hände nach oben. „Nimm doch endlich die Waffe runter, das bringt doch alles nichts", sagt sie zu ihm. „Ich will das du stehen bleibst", schreit der Mann wieder und fängt an zu schwitzen. Fünf Meter vor dem Fremden bleibt Emma stehen und kann erkennen, dass der Kerl total durch den Wind ist. Seine Hand ist immer noch am Zittern, der Schweiß läuft ihm so das Gesicht runter und auch die Beine sind nicht mehr standhaft.

„Das hier ist privat und wie du siehst, sind wir auch bewaffnet. Uns bleiben also zwei Möglichkeiten, entweder du nimmst die Waffe runter und redest mit mir oder ich gebe den Befehl und du wirst erschossen. Aber eins kann ich absolut nicht ab, wenn man mich mit einer Waffe bedroht."

Sie sieht, dass es in ihm arbeitet, er wägt wohl seine Möglichkeiten ab, aber die Waffe senkt er nicht. „Wer gibt mir denn die Sicherheit, das ich nicht erschossen werde?" Fragt er mit unruhiger Stimmlage. „Keiner" antwortet Emma sehr frech „entweder du verlässt dich auf mein Wort oder du bist tot." Langsam senkt der Mann seine Pistole und Emma ist erleichtert. Als sie ihm dann näher kommt, um mit ihm zu reden, hebt er sie plötzlich wieder und drückt ab, die Kugel pfeift links an ihrem Ohr vorbei, mit einem Satz springt sie nach vorne und haut ihm die Waffe aus der Hand. Der Mann ist aber noch nicht fertig, wie ein wilder stürzt er sich auf die schwarzhaarige Frau und begräbt sie unter sich. Aus seiner rechten Seitentasche hat er plötzlich ein Messer in der Hand und versucht, es mit aller Kraft in Emma reinzustecken. Der Kampf am Boden geht um Leben und Tod, die beiden Schützen auf den Türmen wagen es nicht zu schießen, sie haben keine freie Schussbahn und könnten auch Emma treffen. Aber schnell ändert sich alles, mit einen direkten Tritt befördert sie den Angreifer von sich runter, zieht ihr eigenes Messer aus dem Stiefel und schmeißt sich auf den Kerl. Der hat damit natürlich nicht gerechnet und Emma hat die Klinge an seinen Hals. Trotzdem wartet sie einfach ab, sie erinnert sich an die Worte von Yvonne, dass sie das Monster wäre und einfach tötet, daher sucht sie wieder das Gespräch.

„Jetzt reden wir", sagt sie zu ihm. Der Mann nickt einfach nur und schaut Emma, die immer noch auf ihm drauf liegt, ängstlich an. „Was wollt ihr hier?" „Wir sind auf der Suche nach einigen Dingen", bekommt Emma als Antwort, das reicht ihr natürlich nicht. „Was für Dinge?" Plötzlich fängt der Mann doch tatsächlich an zu lachen. „Nach allen, Essen, Waffen oder Sachen zum Tauschen." Emma behält die derzeitige Position bei und das Messer bleibt auch.

„Hier gibt es aber nichts für euch, wir haben selber nicht viel, aber wir haben Waffen, siehst du die Army Fahrzeuge da hinten? Die haben uns angegriffen, heute Morgen sind sie bei uns einmarschiert und haben den Kampf verloren. Der Lkw da hinten ist voll mit Leichen, also denk erst gar nicht darüber nach, dass es hier was zu holen gibt." „Okay okay, ich habe es verstanden, lassen sie mich einfach los und wir verschwinden." Langsam erhebt sich Emma und zieht auch das Messer weg, aber sie behält es noch in der Hand. Der Mann steht wieder auf und schaut sie böse an, er hat es wohl nicht wirklich verstanden.

„Kann ich meine Waffe wieder haben?" Fragt er jetzt völlig trotzig. „Nein kannst du nicht, die bleibt hier." Langsam bewegt sich der Mann von Emma weg, auch sein Messer liegt noch am Boden, aber irgendwas kommt ihr komisch vor, nicht das er sich weiter entfernt oder merkwürdig schaut, sondern weil er seine Hände so verkrampft hält. Schnell wird es ihr bewusst, der gibt der anderen Person im Bully ein Zeichen. Sie dreht sich um und sieht im Augenwinkel noch, wie derjenige die Tür öffnet und mit einer Waffe auf Emma zielt. Swen auf seinen Turm hat das aber bereits mitbekommen, mit seinem

Sturmgewehr eröffnet er das Feuer auf das Fahrzeug. Viele Kugeln schlagen nacheinander in das Blech des alten Bullys und einige Treffen auch die Person. Der blonde Mann schreit einmal laut auf und schmeißt sich das zweite mal auf Emma, dummerweise ist er aber direkt in die offene Klinge des Messers gesprungen, fällt zu Boden und bleibt regungslos liegen. Emma, die von dem Angriff selber nach unten gegangen ist, rappelt sich wieder auf und schaut zu dem Kerl runter. Er ist noch am leben und blickt mit aufgerissen Augen zu ihr hoch.

„Ihr verdammten Idioten, das hätte so nicht enden müssen", sagt sie zu ihm. „Ihr habt meinen Sohn getötet", bekommt sie nur als Antwort und kurz darauf hört die Atmung auf und der Mann ist tot. Anthony und Swen kommen den Berg herunter und rufen schon von weiten nach Emma. Die dreht sich aber um und geht zum Bully, direkt auf die Seite, wo der andere erschossen wurde. Sie bleibt geschockt stehen und blickt nach unten, vor ihr liegt ein gerade mal 16-jähriger Junge und die vermutete Waffe war nichts weiter als eine kleine schwarze Küchenkelle. Er war nicht bewaffnet, hatte nur unüberlegt gehandelt, um wohl seinen Vater zu retten. Die Handzeichen sollten sicher was anderes bedeuten, aber dafür ist es jetzt zu spät. Die beiden anderen kommen bei Emma an und schauen auf den noch nicht so alten Mann am Boden. Swen fällt sofort auf die Knie, man merkt ihm schnell an, dass er völlig am Ende ist, er hat einen unschuldigen Jungen erschossen, auch wenn es wie Notwehr aussah. Emma nimmt ihr Messer und beendet die Sache.

Arlo ist krampfhaft damit beschäftigt, seinen Arm zu lösen, im Nebenraum hört er Sofia schreien, er weiß das die Zeit drängt, aber wenigstens ist sie noch am leben. Was mit den anderen ist, kann er nicht sagen, er befürchtet aber das Schlimmste. Dieses blöde Band um seinem Handgelenk gibt immer nur einen Millimeter nach, so kann er es nicht schaffen, sich zu befreien. Sofia ist mittlerweile wieder ruhig und die schwere Schiebetür wurde bei ihr geschlossen, er hat gerade eigentlich vor, nach ihr zu rufen, lässt es aber lieber sein, denn damit könnte er die Sache noch verschlimmern. Er hebt seinen Kopf und schaut nach seinen Arm, in der ganzen Zeit hat er es kaum geschafft, irgendwas zu lockern. Seine Tür öffnet sich wieder und die Frau kommt rein, kurz vor seinem Bett bleibt sie stehen und misst seinen Puls.

„Wir sind nicht böse, hören sie nicht, wir wollten doch nur unsere Freundin retten." Arlo ist schon ziemlich verzweifelt. Die Frau lässt seinen Arm wieder los und schaut ihn plötzlich an. „Hören sie mir überhaupt zu?" Fragt Arlo wieder und die Frau nickt.

„Warum macht ihr das? Wir haben euch doch nichts getan", redet er einfach weiter und die weibliche Person steht einfach nur neben ihm und schaut. Mit einem Handgriff zieht sie ihre Maske runter und lächelt Arlo an, es handelt sich um ein sehr junges Ding. Sie hat noch feine Gesichtszüge, daher wird sie nicht älter als 20 sein, aber in ihrem Blick sieht man Angst. Weitere Fragen erspart sich Arlo erst mal, er bekommt eh nichts zurück, daher schaut er die Frau einfach nur an. „Ich bin Michelle", sagt sie und ihre Augen beginnen ein wenig zu leuchten.

„Mein Name ist Arlo, aber das weißt du ja schon" versucht er es mit einer normalen Stimmlage.

„Ich darf nicht mit dir reden." „Warum machst du es dann?" Ihr Blick geht nach unten, Arlo sieht, das sich eine kleine Träne bildet. „Michelle?" Fragt Arlo mit vorsichtiger Stimme. Sie hebt wieder ihren Kopf und schaut ihn an. „Hör zu Arlo, ich will das hier alles nicht, ich kann aber nicht anders." Jetzt kommt es darauf an, was er daraus macht, diese junge Frau scheint mit der ganzen Sache nicht einverstanden zu sein, das ist die Chance, auf die er gewartet hat. Er weiß aber auch, dass Menschen unter Angst komisch reagieren, um ihre Haut zu retten.

„Warum machst du es dann Michelle?" Die junge Frau atmet einmal schwer ein und schaut sich verstohlen im Zimmer um, eine kurze Zeit später treffen die Augen wieder aufeinander.

„Ich kann nicht anders Arlo, wenn ich nicht gehorche, dann werde ich sterben, dann liege ich bald hier auf der Pritsche." „Wie geht es den anderen, weißt du irgendwas? Und was genau hat dieser Carnelson mit uns vor?" Darauf bekommt er aber keine Antwort, Michelle macht ihren Gesichtsschutz wieder hoch und nimmt die kleine Lampe, um in seine Augen zu leuchten. Arlo erkennt sofort, das ihre Angst noch größer geworden ist. Kurz darauf geht die Tür wieder auf und ein Mann im mittleren Alter kommt herein. Dieser ist aber nicht in einen grünen Anzug gehüllt, er trägt die Uniform eines Wachmanns. An seinen Gürtel befindet sich auf der einen Seite eine Pistole und auf der anderen ein Stock, wie ihn Wärter eben so haben.

„Alles in Ordnung Michelle?" Fragt er mit einen komischen ausländischen Dialekt. Michelle dreht sich zu ihm um und nickt. „Wenn einer der gefangenen Probleme macht, dann sag Bescheid, ich habe da so ein paar Ideen, sie ruhig zu stellen." Michelle antwortet darauf aber nicht mehr, sondern schaut nachdenklich auf ihr mitgebrachtes Klemmbrett. Der Kerl verlässt mit einem fröhlichen Pfeifen den Raum und schließt hinter sich die Tür.

„Das war Aufseher Wants ein richtiges Arschloch", sagt Michelle kurz, lässt aber ihre Maske diesmal oben. „Das habe ich gesehen", antwortet Arlo und schaut die Frau mit flehenden Augen an. „Arlo, deinen Freunden geht es gut, noch, wenn Carnelson aber erst loslegt, dann ändert sich das schnell." „Was hat er mit uns vor?" Er sieht aber schon, dass Michelle am liebsten wieder gehen würde, in ihrer Stimme schwebt eine große Unsicherheit. „Er schneidet euch auf, er ist voll ein Sadist, er wird auch dafür sorgen, das ihr alles mitbekommt, wenn er an euch herumbastelt. Er hat Spaß daran, anderen Menschen wehzutun. Er war hier mal der Hausmeister, aber auch da war er schon ein Arschloch." Arlo erkennt jetzt noch mehr, in was für einer schlimmen Lage sie sich befinden. Er hat sich so was zwar schon gedacht, dass es aber so übel rüber kommt, damit hat er nicht gerechnet. Seine Augen schauen sie weiter durchdringlich an.

„Michelle, du musst uns helfen, das kannst du doch nicht zulassen, ich sehe doch, dass du anders bist." Ziemlich unsicher schaut sie sich wieder im Zimmer um. „Wir sind knapp 30 Menschen hier, alles frühere Mitarbeiter vom Krankenhaus. Wir haben uns hier verschanzt, als die Sache draußen immer schlimmer wurde." Nach ihrem Satz geht Michelle ein wenig näher an Arlo ran. „Wenn ich euch helfe, nehmt ihr mich dann mit?" Genau auf so einen Satz hat Arlo gewartet, er sieht nun wirklich eine reale Chance, der Sache zu entfliehen, aber seine nächsten Worte sollte er weise wählen, das weiß er. „Hör mal Michelle, da wo wir herkommen, gibt es so etwas nicht, wir sind eine kleine Gemeinschaft und respektieren uns. Keiner von uns ist böse, wir versuchen nur zu überleben. Und wie du siehst, jeder ist bei uns wichtig, sonst wären wir ja nicht hier."

Wieder fangen ihre Augen an zu leuchten, aber schnell wird sie nachdenklich. „Nehmt ihr mich mit?" Fragt sie erneut und Arlo begreift, dass er die wichtigste Frage nicht beantwortet hat. „Wenn du uns hilfst, dann nehmen wir dich mit Michelle, versprochen." Schnell entfernt sie sich von der Pritsche und geht zu einer Schrankwand. Dort holt sie irgendwas raus und kommt an die rechte Seite von Arlo. Noch einmal schaut er sie eindringlich an. „Ich mache jetzt deinen rechten Arm los, aber der Riemen muss noch dran bleiben, es darf nicht auffallen." Arlo schaut sie weiter an. „Danke Michelle." „Dank mir nicht zu früh, wir haben noch einen langen Weg vor uns." Beide schauen auf ihre Hände und jetzt sieht Arlo erst, was sie geholt hat, in ihrer Handfläche liegt ein Skalpell. „Nimm das und versteck es unter deinem Bein."

Endlich ist der Arm wieder frei, Arlo nimmt sich das scharfe OP Messer und versteckt es. Der Plan von Michelle könnte aufgehen, er darf es nur nicht versauen. Sie schnallt den Riemen wieder über sein Handgelenk, macht ihn aber nicht mehr fest. „Vergiss mich aber nicht Arlo, das war die Abmachung." „Keine Sorge, das werden wir nicht." Michelle geht zum Ausgang und bleibt noch mal stehen, erst horcht sie nach Geräuschen von draußen, da sie aber nichts wahrnimmt kommt sie wieder näher.

„Eure Sachen stehen immer noch hinten im Flur, aber wir dürfen nicht das Treppenhaus nehmen, der rechte Fahrstuhl funktioniert noch und geht direkt in die Tiefgarage. Ich werde auch dafür sorgen, das der Penner dich als Erstes nimmt und dann machst du ihn fertig." Ohne auf eine Antwort zu warten, verlässt sie den OP Saal und schließt die Tür, Arlo sieht endlich ein Licht, es gibt eine gewisse Hoffnung für die vier. Aus einer unmöglichen Situation hat er wieder was anderes gemacht, natürlich wäre es ohne die Hilfe von Michelle nicht geglückt und noch sind sie ja nicht draußen.

Emma hat die beiden neuen Leichen in ihren eigenen Bully gelegt, den Wagen selber stellt sie nach einer kurzen Kontrolle in die Reihe der anderen. Alle weiteren Toten, die hier rumliegen, kann sie nun in das neue Fahrzeug schmeißen, da passen ja noch genug rein. Swen und Anthony sind schon wieder zurück auf ihren Türmen und beobachten die Gegend. Emma weiß aber ganz genau, dass sie Swen gleich ablösen muss, die Sache hat doch sehr an ihm genagt, nicht das er beim nächsten mal zögert, wenn es ernst wird. Sie macht sich wieder auf den Weg nach oben und Eve und Yvonne kommen ihr entgegen.

„Was ist passiert?" Fragt Eve, als sie aufeinandertreffen. „Zwei Fremde sind hier aufgetaucht und haben Stress gemacht." „Wir haben schreie gehört Emma, was ist aus denen geworden?" Aber anstatt zu antworten, geht Emma einfach an ihnen vorbei und bewegt sich den Berg nach oben.

Die beiden Frauen sehen unten das neue Fahrzeug in der Schlange und laufen ihr hinter her.

„Bleib doch mal stehen Emma", sagt Eve völlig genervt. Doch die große Frau hört nicht auf das rufen, sondern geht in die Küche und wird natürlich verfolgt.

„Wollt ihr mich jetzt wieder belehren?" Fragt sie die beiden, als sie auch im Raum angekommen sind. Yvonne hält sich zurück, was natürlich an der letzten Auseinandersetzung liegt, aber Eve ist noch nicht fertig. „Du kannst doch nicht einfach alle töten, die sich hier her verirren Emma" schreit sie fast schon und Emma fängt an zu lächeln. „Warum nicht? Wir wollten doch kein Risiko mehr eingehen und dann sind solche Sachen auch erforderlich." „Nicht alle Menschen verfolgen böse Absichten", antwortet Evelyn. „Es waren Plünderer Eve und sie waren bewaffnet." Evelyn hat keine Lust mehr zum Reden, sie dreht sich einfach um und will die Küche wieder verlassen. Emma hat aber noch nicht zu Ende geredet. „Den einen hat Swen erschossen, nicht ich und der andere ist wegen eines Unfalls gestorben, also hört auf mir irgendetwas vorzuwerfen."

Evelyn schaut noch einmal zurück, geht aber trotzdem Kommentarlos nach draußen, Yvonne folgt ihr natürlich sofort, denn mit Emma will sie sicher nicht mehr alleine sein. Zusammen laufen die beiden zu Sarah und Jessicas Haus und bleiben davor stehen.

„Die Frau gerät außer Kontrolle Yvonne, ich bin so froh, wenn die anderen wieder hier sind, die müssen echt was unternehmen." „Ich weiß Eve, ich habe selber Angst vor ihr und wenn das so weiter geht, wird sie uns noch alle umbringen." Ziemlich ernst schaut Evelyn ihren Gesprächspartner noch mal an. „Wir reden mit den anderen wenn sie da sind, hoffentlich können sie die wieder zur Vernunft bringen." Nach dem Gespräch trennen sich die Wege der beiden Frauen wieder, Yvonne geht in ihr eigenes Haus und haut sich auf die Couch. Ein wenig nachdenklich legt sie sich nach hinten und fängt leise an zu weinen.

Emma hat die Küche verlassen, sie geht einmal zu Swen und schaut nach ihm. Er verweigert aber die Ablösung, so wandert sie runter zum Parkplatz und steigt in einen der Jeeps. Sie startet den Motor und fährt los, den beiden Wachen sagt sie noch über das Funkgerät, das sie gleich wieder da ist. Ziemlich zügig düst sie die Straße runter und nach nur einer Meile trifft sie den ersten Kranken, der nach oben stampft. Anstatt anzuhalten und den zu erledigen, fährt sie ihn einfach um, im Rückspiegel sieht sie noch, wie der sich wieder aufrappelt und den Weg nach unten einschlägt, wenigstens einer, der nicht mehr hoch will. An der Kreuzung schlägt sie die linke Seite ein, genau nach Olustee...

Kapitel 49

Arlo wartet geduldig, keine Geräusche dringen an sein Ohr und auch von den anderen hört er nichts. Hoffentlich geht es ihnen gut und sind nur ruhig, um niemanden zu gefährden. Seinen rechten Arm bewegt er gar nicht mehr, denn es wäre sehr unvorteilhaft, wenn der Riemen runter rutschen würde. Unter seinem Bein merkt er das Skalpell, eine scharfe Waffe, die sicher ihre Wirkung zeigen wird, nur wie geht es dann weiter? Wenn er den Hausmeister getötet hat, muss er erst mal zu den anderen. Dann kommt der schwierige Teil, ihre Waffen liegen sicher nicht einfach herum und die Gegner haben leider welche, das kann auch noch in die Hose gehen. Von draußen hört er jetzt Geräusche, er kann eindeutig eine Diskussion vernehmen und eine der Stimmen ist die von Michelle. Eine kurze Zeit später öffnet sich seine Schiebetür und Carnelson kommt zusammen mit ihr hinein. Er sieht sofort, dass sie völlig unter Druck steht, sie hat Angst und das kann er auch verstehen.

„Hallo Arlo, ich hoffe, du hast nicht zu lange gewartet, das ist normal gar nicht meine Art, daher bin ich ja jetzt da", sagt der Möchtegern Arzt. Er hält seine Hände nach oben und Michelle holt aus einem Schrank zwei Handschuhe, die zieht sie dem Kerl über und macht auch den Mundschutz an ihm fest. Ein kurzer Blick von ihr deutet Arlo an, dass er die Sache bloß nicht vermasseln soll. Als Nächstes bestückt Michelle ein Tablett, auf das kommen viele verschiedene medizinische Werkzeuge, Spritzen und Tupfer.

„Sie haben immer noch die Chance, uns gehen zu lassen", sagt Arlo mit fester Stimme. Der Mann dreht sich zu ihm um und kommt ein wenig näher. „Ja das könnte ich, möchte ich aber nicht, wo bleibt denn da der Spaß. Ich sage dir mal genau, was ich jetzt vor habe, also hör mir einfach zu und entspann dich ein wenig. Du sollst ruhig alles von meiner Arbeit erfahren, bevor ich damit anfange. Als erstes Spritze ich dir ein Mittel, das wird dafür sorgen, das du nicht einfach bewusstlos wirst. Dann fange ich an, deinen Brustkorb zu öffnen, natürlich ganz langsam und sorgfältig, ich möchte ja nicht, dass du mir einfach wegstirbst. Wenn ich damit fertig bin und du noch einigermaßen stabil bist, werde ich entweder an deinen Genitalien weiter machen oder an deinen Kopf. Das werde ich mir aber noch überlegen, das schöne an der Sache ist, du bekommst alles mit, wir können uns dabei auch ein wenig unterhalten." Arlo hört sich das alles in Ruhe an und denkt die ganze Zeit an seine Waffe, er muss nur auf den richtigen Augenblick warten. „Sie sind ein verficktes, perverses Arschloch und auch sie bekommen noch ihre Quittung", antwortet Arlo jetzt. Carnelson fängt an zu lachen, sogar unter seiner Maske kann man erkennen, dass seine Mundwinkel sehr breit werden, er genießt das sichtlich.

Auf einen kleinen Beistellwagen hat er das Tablett gestellt und schaut genüsslich auf die Utensilien. Er nimmt sich eine Spritze, drückt einmal unten drauf und wartet bis aus der Nadel was raus kommt. Im Hintergrund steht Michelle mit weit aufgerissen Augen.

„Jetzt bloß nicht verkrampfen Arlo, sonst bekomme ich die Nadel nicht in deinen Arm", sagt er mit immer noch lachender Stimme. Er hält die Spritze an und brauch sie nur reinstecken, als Arlo seinen anderen Arm befreit, das Skalpell unter seinem Bein hervorholt und ausholt. Der Mann reagiert aber geistesabwesend auf die kommende Attacke, geht ein Stück nach hinten, Arlo verfehlt ihn und verliert dabei seine Waffe. Schnell springt Carnelson auf, nimmt sich selbst ein Skalpell und stürzt sich auf sein Opfer. Mit seinem rechten Arm versucht Arlo den Verrückten von sich wegzuhalten, aber die Waffe von dem kommt seinem Hals immer näher. Er merkt schon, wie ihn langsam die Kraft verlässt, er hat halt nur einen Arm und der Spinner lehnt sich mit seinem ganzen Körper auf ihn drauf. In seinen Augen erkennt Arlo den Wahnsinn, es dauert aber nur ein paar Sekunden und die Kraft des Kerls lässt einfach nach und Blut tropft auf Arlo herunter. Schnell drückt er ihn von sich weg und der schlafe Körper fällt zu Boden. Erst jetzt sieht Arlo, dass aus Carnelsons Hals ein Skalpell heraus ragt, er schaut auf Michelle und sie hat beide Hände vor dem Gesicht.

„Danke Michelle", sagt Arlo und öffnet den Verschluss vom linken Arm. Bei seinen Beinen bekommt er aber Hilfe, seine Verbündete hat sich wieder ein wenig gefangen und legt selbst Hand an. Endlich ist er frei und hüpft von der Pritsche, als Erstes umarmt er seine Beschützerin und sagt ihr noch mal danke, sie hat schließlich den paranoiden Hausmeister getötet. „Jetzt müssen wir die anderen befreien und dann so schnell es geht hier weg." Michelle schaut ihn an und hat wohl was auf dem Herzen. „Ihr nehmt mich doch wirklich mit?" Arlo schaut sie sehr ruhig an und nickt. „Natürlich, ich habe es doch versprochen, außerdem hast du uns gerettet." Schnell reißt sich die junge Frau die grünen Sachen vom Leib und lächelt ihn an. Sie hat längere braun gelockte Haare, das konnte Arlo vorher nicht sehen, die waren ja immer verdeckt. Zusammen mit ihr läuft Arlo durch die Zwischentür und Sofia liegt in der Mitte auf dem OP Tisch. Ihre Augen verraten wahre Freude, sie hat nicht damit gerechnet, das Arlo durch die Tür kommt. Ihr Arm ist vom Ellenbogen bis zur Hand verbunden und färbt sich langsam rot, so wie es aussieht, hat der Penner bei ihr schon angefangen. In ihrem Mund steckt ein Lappen, daher kann sie nicht sprechen, der wird aber als Erstes entfernt.

„Arlo, was bin ich froh, dich zu sehen, dieser Kerl ist voll der Psychopath, wir müssen sofort hier weg." „Pssst Sofia nicht so laut, der Typ ist tot, unsere neue Freundin Michelle hat ihn getötet und mich danach befreit." Sofia schaut Michelle vorsichtig an und die gelockte Frau blickt sofort weg, sie ist sich am Schämen. „Können wir ihr trauen Arlo?" Der ist gerade dabei, die Fesseln von Sofia zu lösen, schaut dann aber wieder auf. „Ja können wir, ohne sie wäre ich jetzt tot. Sie will einfach nur hier weg und ich habe ihr versprochen, dass wir sie mit nehmen." „Okay Arlo, ich vertraue dir, wenn du das sagst, dann hat das was." „Was ist mit deinem Arm Sofia?"

Michelle dreht ihren Kopf wieder zu den beiden. „Carnelson hat ihren Arm aufgeschnitten und ich musste ihn wieder verbinden, es tut mir so leid Sofia." Wieder kommen Tränen in ihre Augen, man sieht ihr wirklich an, dass sie es ehrlich meint. „Alles gut Michelle, du kannst ja nicht wirklich was dafür."

Für diesen Satz bekommt Sofia tatsächlich ein freundliches Gesicht. Nachdem sie auch endlich aufstehen kann, geht es einen Raum weiter und dort liegt Leo, genau wie die beiden anderen direkt auf dem OP Tisch. Er hat aber bis auf einen Kittel nichts an und auf seinem Gesicht befindet sich eine Maske mit Schläuchen.

„Keine Angst, ihm ist nichts geschehen, er bekommt über die Maske nur eine leichte Betäubung, da Carnelson dachte, es wäre besser ihn ruhig zu stellen."

Schnell entfernt Arlo die Maske und die beiden Frauen lösen die Lederbänder, es dauert auch nicht lange und Leo schlägt die Augen auf. „Warum hat das so lange gedauert Arlo" scherzt er sofort und erhebt sich vom Tisch. Da er aber noch ein wenig wackelig ist, wird er erst mal gehalten.

„Schneller ging nicht Leo, aber jetzt bin ich ja da." Es fehlt nur noch Abigail, die wird dann wohl im nächsten Saal liegen und warten. Arlo beschleicht aber ein ungutes Gefühl, er hat wirklich Angst, das er bei ihr zu spät kommt, schnell reißt er die Zwischentür auf und schaut in den Raum. Aber der ist leer und sofort wendet er sich an Michelle. „Wo ist sie?" Fragt er kurz und knapp und sie schüttelt den Kopf. „Ich weiß es nicht, eben war sie noch da."

„Scheiße", sagt Leo „wir müssen sie finden." „Hast du irgendeine Idee, wo sie sein kann?" Fragt Arlo wieder und sie überlegt. „Wartet mal, der zweite Wachmann, könnte sie haben. Der heißt Black und war total begeistert von ihr." Ein wenig nachdenklich schaut Arlo Michelle an, dann fragt er weiter. „Wo könnte er sie hingebracht haben?" „Sicher in sein Zimmer Arlo" antwortet die total eingeschüchterte Frau. Als Arlo den Raum verlassen will, hält sie ihn aber fest.

„Warte, draußen auf dem Flur ist Wants, der passt auf alles auf und ist bewaffnet."

„Wieder Scheiße" kommt von Leo und er schaut immer noch sehr skeptisch auf die Frau mit den Locken. „Wartet hier und bewaffnet euch, ich mache das schon", sagt die aber und verlässt die anderen. Draußen auf dem ersten Flur öffnet sie die beiden milchigen Glastüren und steckt den Kopf hinaus.

„Wants, kannst du bitte mal kommen, Carnelson brauch deine Hilfe." Schnell kommt sie wieder rein und gesellt sich zu der Gruppe, der Wachmann darf sie natürlich nicht sehen, da sie ja keine grüne Tracht mehr trägt. Arlo und auch Leo stehen hinter der OP Tür und haben beide ein Skalpell in der Hand. Von der anderen Seite hören sie, wie der Wachmann rein kommt und ihren Raum betritt. Aber die Zeit zum reagieren ist natürlich zu klein, kaum ist er bei den Flüchtigen angekommen, wird er auch schon von den Männern nieder gestochen.

So haben sie endlich wieder eine Waffe und Arlo ist der Erste, der hinter den OP Gang den Flur betritt, niemand ist zu sehen. Auch Michelle kommt an seine Seite. „Da hinten, die zweit letzte Tür, das ist die von Black." Langsam geht Arlo den Flur entlang, die restlichen folgen im gleichen Schritttempo. Nicht mehr weit und sie haben die Tür erreicht, wo sich hoffentlich Abigail hinter befindet. Noch weiter hinten, bei den Türen zum Treppenhaus, sehen sie ihre gepackten Sachen, die wurden wirklich nicht weggeräumt, so wäre es ein leichtes damit zu verschwinden, aber erst muss Abi gerettet werden.

Emma düst über den Highway, das Sägewerk hat sie schon hinter sich gelassen und Olustee taucht vor ihr auf. Nicht mehr lange und sie hat den Ort erreicht. Sie biegt an der ersten Kreuzung nach links und folgt der Straße, ihr Ziel ist der kaputte Supermarkt. Dort angekommen stellt sie das Auto ab und geht vorsichtig nach innen. Den größten Teil des Marktes kann man nicht mehr betreten, auch ist wieder ein weiteres Stück des Daches eingestürzt. Sie erinnert sich noch genau an die Situation mit Arlo, wie sie hier an der Kasse standen und Zigaretten gepackt haben und dann tauchte Kiano auf und hat die Sache unschön beendet. Sie ist wieder her gekommen, um sich endlich die Kippen zu holen, im Camp hat sie nur noch eine Schachtel und das reicht wohl nicht mehr lange. Die Idee mit dem aufhören hat sie hinter sich gelassen, die ganze Situation hat sich auch verändert. Emma hat schon begriffen, das sie langsam, aber sicher zur Außenseiterin abdriftet und das alles nur, weil sie halt die Sachen erledigt, die sonst niemand macht. Wenn es brennt, kommt Emma, sie ist immer zur Stelle und lässt niemanden in Stich. Sie hat auch schon mit dem Gedanken gespielt, die anderen zu verlassen, alleine wäre sie sicher besser dran, aber noch ist es nicht so weit.

Wieder denkt sie an Arlo, an die schöne gemeinsame Zeit die sie verbracht haben, an den heißen Sex und an die Zukunft, die ihr vorgeschwebt hat. Nichts davon ist mehr aktuell, was nicht nur an dem Kind Abigail liegt, sondern auch er hat sich verändert. So langsam fängt sie an den Worten von Yvonne zu glauben und die Ohrfeige als Quittung wird immer unrealistischer. Sie schnappt sich eine Einkaufstüte und beginnt mit dem packen, es sind ja genug Schachteln am Boden. Von der anderen Seite der Kasse nimmt sie noch ein paar Feuerzeuge mit und will sich damit gerade nach draußen machen, als sie direkt bei dem Jeep ein paar Kranke entdeckt. Die blockieren natürlich ihren Fluchtweg und auch das Auto kann sie nicht ohne Probleme erreichen.

„Irgendwie sind diese Zigaretten verflucht", schimpft Emma leise vor sich hin und beobachtet von innen die kleine Gruppe. Sie hatte vorsorglich eine Pistole aus dem Lager mitgenommen, die sie auch raus holt. Langsam schleicht sie an der hinteren Ecke nach draußen, das ist genau der Weg, den sie auch mit Arlo genommen hat, dort bleibt sie kurz stehen und zählt die Kranken. Wenn sie sich nicht geirrt hat, dann sind es sieben, sie hat in ihrer Waffe aber mindestens 10 Schuss, wenn sie nicht großartig vorbeischießt, sollte das doch aufgehen.

Mit der Pistole in der Hand geht sie ein Stück näher und bleibt bei einem kleinen Häuschen stehen, in dem mehrere Einkaufswagen geparkt wurden. Von da hat sie eine gute Schussbahn und zielt auf den Ersten. Ein Schuss ertönt in der Stille des Ortes und der fällt in sich zusammen.

„Wunderbar", sagt Emma und nimmt den nächsten ins Visier. Jetzt kommen natürlich alle näher, kein Wunder, der Krach hat sie angelockt. Emma drückt ab, aber nichts passiert, sie drückt wieder ab und auch diesmal nichts. Schnell nimmt sie das Magazin raus und kontrolliert den Inhalt, mit großen Augen muss sie feststellen, das die Waffe nur eine Patrone hatte. Sie könnte sich gerade echt in den Hintern beißen, sie ist selber schuld, warum hat sie nicht vorher nachgesehen? Dann fällt ihr wieder ein, dass es Yvonnes Waffe war, sie hatte damit geschossen, als die Soldaten angegriffen haben. Warum hat sie die nicht nachgeladen? Wer legt denn leere Pistolen zurück ins Lager, oder war es sogar Absicht, vielleicht hat sie ja damit gerechnet, das Emma die nimmt. Das ganze denken an dem kleinen Unterstand hat die Kranken aber immer näher kommen lassen, sie war so derbe mit sich selbst beschäftigt, das sie gar nicht mitbekommen hat, das sie mittlerweile umzingelt ist. Dem ersten schmeißt sie die Waffe vor den Kopf und zieht dann ihr Messer raus, welches sie auch sofort dem nächsten in die Birne rammt. Von hinten krallt sich einer der Kranken ihre Haare und reißt sie nach unten. Vom Boden aus sieht sie noch, wie der nächste von oben runter kommt und sich mit seinen Zähnen immer weiter nähert.

Die vier bewegen sich weiter über den Flur, genau in Richtung ihres Ziels, Arlo ist total fertig, er hat Angst um Abi und hofft die ganze Zeit, das sie wohl auf ist. Sollte der Typ ihr was angetan haben, wird er bluten, noch mitten in seinen Gedanken sieht er aber, wie die Tür aufgeht, zu der sie gerade unterwegs sind. Ein ziemlich großer Mann mit Glatze kommt heraus und zieht sofort seine Waffe. Das Ganze passiert in einem Sekundenbruchteil, Arlo schafft es gerade noch seine zu heben, als von dem anderen der erste Schuss ertönt. Zu einem zweiten kommt er aber nicht mehr, denn Arlo schießt sofort zurück und trifft den Mann erst in der Schulter und der Nächste geht direkt in den Kopf. Er schaut an sich runter und sieht kein Einschussloch, aber Leo spricht von hinten.

„Verdammt Arlo", sagt er total betroffen und Arlo dreht sich um. Erst jetzt erkennt er, warum der Mann ihn nicht getroffen hat, die Kugel ist hinter ihm eingeschlagen. Schnell stürzt er sich in Richtung Boden und kniet verzweifelt vor Michelle. Der blöde Black hat sie direkt in der Brust getroffen, sehr kurzatmig schaut die Frau von unten hoch und blickt Arlo in die Augen. Eine Blutlache bildet sich unter ihr und langsam entweicht das Leben. Arlo nimmt noch schnell ihre Hände und küsst sie auf die Stirn. „Es tut mir so leid Michelle, das sollte nicht passieren." Die letzten Worte hat sie aber nicht mehr gehört, sie ist schon gestorben. Leo kommt auch nach unten und steckt der lockigen Frau sein Skalpell in den Kopf, er ist ziemlich nieder geschlagen, Michelle hatte sie schließlich gerade gerettet und jetzt liegt sie hier am Boden und ist Tod. Sie wollte sich der Gruppe anschließen und er ist sich sicher, dass sie schnell aufgenommen worden wäre. Als er sich von ihr löst, ist Arlo schon weiter gelaufen und hinten im Zimmer verschwunden. Schnell rappelt er sich wieder auf und rennt zusammen mit Sofia hinter her. Als sie auch an der Tür ankommen sind, sehen sie aber gegenüber, dass weitere Leute an der Treppenhaustür aufgetaucht sind. Sie versuchen diese mit einem

Schlüssel zu öffnen. Ohne zu zögern nimmt sich Sofia die Waffe von Black und schießt ein paarmal auf die Glastür. Drei Menschen dahinter fallen getroffen zu Boden, es hört sich aber so an, als ob schon die nächsten von unten nach oben marschieren.

Arlo hat im Zimmer Abi schnell gefunden, sie liegt nackt auf einem Krankenbett und ist an den Händen gefesselt. In ihrem Mund steckt auch ein Lappen, damit sie nicht schreien kann, dieser wird von ihm entfernt und Abi kann wieder reden. „Arlo" sagt sie nur verwundert und sieht mit an, wie ihre Hände befreit werden. „Hat er dir was angetan?" Fragt Arlo schnell und Abigail schüttelt nur den Kopf, vom Flur hören sie die nächsten Schüsse. Von unten kommen immer mehr von diesen Krankenhausbewohnern. Neben dem Bett liegen Abis Sachen, die Arlo auch sofort aufhebt und ihr gibt. „Ich muss den anderen helfen, zieh dich bitte an, wir müssen hier weg", sagt er noch und rennt mit seiner Waffe nach draußen. Aber sofort erkennt er das die beiden die Sache gut im Griff haben, vor der ungeöffneten Glastür des Treppenhauses liegen mittlerweile schon fünf Menschen am Boden.

„Ich habe keine Patronen mehr", sagt Sofia zum herankommenden Arlo, der sich auch an der Tür positioniert. „Sammelt schnell unsere Sachen, wir müssen hier weg. Michelle meinte, wir sollen den rechten Fahrstuhl nehmen, der geht direkt in die Tiefgarage." Leo holt die Sachen und Sofia drückt auf den Knopf vom Fahrstuhl, die Lampe leuchtet doch tatsächlich auf. Abigail kommt auch auf den Flur und hat eine Pumpgun in der Hand, die sie Leo zuwirft. „Die hat der Penner im Zimmer vergessen", sagt sie noch und sieht Michelle weiter hinten am Boden liegen.

„Wer ist das?" Fragt sie vorsichtig. „Sie hat uns gerettet und wurde von dem Arsch hier erschossen", sagt Arlo und konzentriert sich wieder auf das Treppenhaus, bisher ist aber keiner mehr gekommen. Hinter sich hört er den Fahrstuhl ankommen, ein Signalton hat das gerade signalisiert. Leo dreht sich sofort zu den öffnenden Türen und zielt mit der neuen Waffe ins Innere. Die Kabine ist aber leer, schnell schiebt er alles rein und alle springen hinterher. Arlo drückt den Knopf mit dem großen U und die Türen schließen sich. Sie konnten aber noch sehen, wie im Treppenhaus die nächsten Leute aufgetaucht sind, in ihren Händen hatten sie die Waffen, die von den vier mitgebracht wurden. „Die hatten unsere Waffen", sagt Leo und schaut auf den Stockwerksanzeiger, der von der 2 auf die 1 springt und dann auf E wechselt. Das Teil wird nicht angehalten, denn nach dem E kommt das U und die Türen öffnen sich. Leo steht mit der Pumpgun ganz vorne und schaut heraus, kein Kranker lässt sich blicken, sie wissen aber genau, das viele hier unten rumlaufen.

Vor ihnen parken 2 Krankenwagen, die hatten wohl noch Patienten angeliefert, bevor der ganze Mist begonnen hat. Sie stehen rückwärts an der Kante, so das man schnell in den Aufzug kommen kann.

Leo prescht nach vorne und versucht es am Ersten, er probiert die Türen am Heck, die sind aber verschlossen, was hat er auch erwartet. Der Nächste ist an der Reihe und siehe da, die gehen tatsächlich auf. Leo winkt den anderen zu, die noch im Aufzug stehen und auf ein positives Zeichen warten. In der Tiefgarage geht die Deckenbeleuchtung wieder an, was soviel bedeutet, dass sie gleich Besuch bekommen. Leo schaut sich um, jetzt kann er ja endlich was erkennen, so viele Kranke kann er gar nicht entdecken, vielleicht ein Dutzend hält sich noch hier unten auf. Weiter hinten liegen einige Leichen, das werden wohl die von der Anreise sein. Arlo schiebt das Luftgerät in den Krankenwagen und auch die beiden Frauen steigen ein, von innen verschließt Leo die Türen und geht nach vorne zu Arlo, der schon auf dem Fahrersitz platz genommen hat.

„Ist der Schlüssel da?" Fragt Leo beim Ankommen. Die Antwort fällt aber anders aus, als er erwartet hat, denn der Motor wird gestartet und Arlo grinst. „Okay dann mal los Chef" kommt dann noch und langsam rollt der Wagen auf die Rampe, wo es nach draußen geht. Hinter ihnen tauchen die ersten Verfolger auf, sie versuchen also alles, um die vier aufzuhalten. Aber Arlo gibt einfach Gas, der Krankenwagen flitzt nach oben und ist im Freien.

Je weiter sie in der Quarantänezone zum Haupttor kommen, desto mehr Kranke stellen sich in den Weg. Anstatt einfach so durchzurauschen, fährt Arlo eher besonnen und lenkt um jeden

Kranken langsam herum, einen Unfall können sie gerade nicht gebrauchen.

„Gleich musst du aber Gas geben Arlo, sonst kommen wir nicht durch das Tor." Arlo schaut zu Leo rüber und nickt ihm zu. Auch die beiden Frauen stecken ihre Köpfe von hinten in die Fahrerkabine und blicken auf das Spektakel.

„Schau euch das an, das müssen Hunderte von denen sein", sagt Abi ziemlich aufgebohrt.

„Nein Abi", antwortet Sofia „das sind Tausende, die haben hier wohl eine ganze Menge Menschen hingebracht, das können nicht nur Bürger aus Lake City sein." Stumm fahren sie weiter, die wichtige Fracht ist hinten im Fahrzeug und das Tor kommt immer näher, Arlo hält aber noch mal an und schaut sich um.

„Haltet euch jetzt fest, hoffentlich klappt es." Die beiden gehen wieder nach hinten und setzten sich auf die Notplätze, die normal für das Medizinische Personal gedacht sind. Auch Leo schnallt sich an, er zeigt seine Angst zwar nicht, aber trotzdem ist er von der Idee nicht begeistert. Ein Blick von Arlo signalisiert, dass es bei ihm wohl nicht anders ist.

„Wir müssen da durch Leo, einen anderen Ausgang haben wir nicht und mit dem Zeug hinten drin können wir auch schlecht über die Mauer klettern." Leo schaut ihn an und das Gesagte von Arlo hat nicht wirklich geholfen, er fühlt sich kein bisschen besser. Die Kranken umzingeln langsam das Fahrzeug und versuchen ins innere zu gelangen, große Chancen haben sie aber nicht, denn eine Tür können sie nicht öffnen und die Scheiben sind ziemlich robust. Hinter ihnen hören sie noch andere Geräusche, es ist nicht zu glauben, die Spinner sind immer noch hinter ihnen her. Aus der Tiefgarage kommen so an die 10 Menschen gelaufen und sie sind alle bewaffnet, der erste beginnt auch schon zu schießen, aber die Kugeln schlagen nur im Blech ein.

„Jetzt oder nie Arlo", sagt Leo und der Krankenwagen setzt sich in Bewegung. Arlo drückt das Gaspedal bis unten durch und das merkt man auch am Beschleunigen. Die Angreifer hinter ihnen sind stehen geblieben und müssen sich jetzt mit den Kranken auseinandersetzen. Da sich die vier mit dem Fahrzeug immer weiter entfernen, sind die Neuen natürlich lukrativer geworden, daher dauert es auch nicht lange und die sind umzingelt. Mehr können die Insassen aber nicht mehr sehen, das Tor kommt nämlich näher und alle bereiten sich auf den Aufprall vor. Mit voller Wucht kracht das Fahrzeug durch das Gitter, mit einem Riesengetöse wird es an beiden Seiten aus der provisorischen Mauer gerissen und fliegt über die vier nach hinten, wo es hart auf den Boden aufschlägt. Arlo haut auf die Bremse, denn mit der Geschwindigkeit können sie draußen nicht weiter fahren. Er weicht noch gekonnt einer Ampel aus und nimmt ein paar volle Mülltonnen mit, was die Weiterfahrt aber nicht behindert. Endlich bekommt er die Karre in den Griff, er bremst noch mal kurz ab und biegt an der nächsten Kreuzung nach rechts, die Straße windet sich hier nach oben und geht direkt auf den Highway. Erst jetzt schafft es Arlo nach den anderen zu sehen. „Alles in Ordnung da hinten, seid ihr unverletzt?"

Sofia und Abi kommen mit ihren Köpfen nach vorne und er kann sich selbst davon überzeugen, das alles okay ist. Der Krankenwagen düst über den Highway und verlässt auch endlich die Stadtgrenze, Leo schaut sich währenddessen die Armaturen im Inneren an und bedient plötzlich einen Kippschalter. Auf dem Dach des Wagens leuchten die Lichter auf und er grinst.

„Ich wollte schon immer mal mit Blaulicht durch die Gegend fahren, schließlich haben wir ja auch eine kostbare Fracht." Arlo schaut von der Seite ein wenig komisch zu seinem Beifahrer rüber.

„Du hast echt einen Knall Leo" kommt von ihm und bedient wieder den Kippschalter. Er erwischt aber einen anderen und die Sirene beginnt zu heulen, die ist natürlich so laut das alle im Wagen zusammen schrecken. „Mensch Arlo" kommt von Sofia „das kann man jetzt Meilen weit hören." Schnell nimmt sich Leo die Schalter wieder an und stellt erst die Sirene und dann das Blaulicht ab. „Für heute reicht es wirklich, noch mehr Aufregung kann ich nicht vertragen."

An beiden Seiten wird der Wald wieder dichter und in den Seitenspiegeln verschwinden die letzten Häuser von Lake City. Sie haben es wirklich geschafft, nur diesmal war es mehr als knapp, keiner im Fahrzeug möchte gerade darüber reden, so ist die restliche Fahrt sehr ruhig.

Emma wehrt sich mit Händen und Füssen, aber der Kranke über ihr kommt mit seinen Zähnen näher, nicht mehr lange und sie hat den Kampf verloren. Mit aller Kraft hebt sie ihr Messer in die Höhe und steckt es dem Vieh in den Hals. Sie merkt schnell, dass der Druck ein wenig nachlässt, aber trotz Klinge gibt der nicht auf. Emma versucht die Klinge, welche immer noch in dem drin steckt, nach oben zu drehen. Ein Blutschwall läuft mittlerweile runter und bedeckt sie komplett damit. Irgendwie schafft sie es wirklich, das Teil im Hals zu bewegen, mit einen leichten Schlag rammt sie es nun in den Kopf und sofort ist der Angriff gestorben. Damit hat sie aber noch lange nicht das Problem behoben, denn viele Weitere stehen um sie herum und versuchen an sie ran zu kommen. Einen Kampf würde sie locker verlieren, spätestens dann, wenn sie sich von der Last des Toten befreit und die anderen freie Bahn haben.

Daher bleibt sie einfach regungslos liegen und lässt den Kranken direkt über ihr ausbluten. Sie sieht jetzt tatsächlich, dass die ersten verschwinden, sie können Emma wohl unter der Leiche und mit dem ganzen Blut nicht mehr erkennen. Der Plan geht wirklich auf, sie hat nicht damit gerechnet, hat aber gerade geschnallt woran es liegt. Diese Kranken reagieren nur auf Bewegungen und Gerüche, da sie sich nicht mehr bewegt und einer der Kranken Tod auf ihr hängt, fallen die Sachen natürlich weg. Der Gestank von dem Penner ist zwar fürchterlich, dafür können sie Emma aber nicht wahrnehmen. Es ist natürlich nur eine Vermutung, aber was soll es sonst gewesen sein, denn auch die letzten verschwinden langsam und laufen in unbestimmte Richtungen davon. Der Weg ist frei und Emma rollt den lebensrettenden Kranken zur Seite und steht auf. Sie hebt schnell die Pistole vom Boden, nimmt sich ihre gepackte Tüte und rennt zum Jeep. Die Ersten, die gerade noch da waren, haben schon wieder ihre Richtung geändert und laufen zu ihr rüber, aber diesmal ist sie schneller, kaum sitzt sie im Wagen, startet sie den Motor und fährt los. Hinten am Heck hat sich einer dieser widerlichen Biester festgekrallt und wird über den Boden mitgeschleift, es dauert aber nicht lange und der fällt ab.

Wie eine Verrückte fährt Emma durch die Stadt und hält am bekannten Drugstore an.

Dort schaut sie sich erst mal um, niemand ist zu sehen, dann springt sie schnell rein und rennt zu den Kosmetikartikeln. Einige Packungen feuchte Tücher landen in ihrer Hand und sie macht sich auf den Rückweg. Im ersten Gang sieht sie noch einen Toten liegen, das wird wohl der Kranke gewesen sein, den Arlo hier getötet hat.

Zurück im Jeep fährt sie sofort wieder los und lenkt den Wagen zurück auf den Highway. Doch ihr Weg geht nicht ins Camp, sie biegt an der Einfahrt des Sägewerks ab und düst direkt dahin. Dort steuert sie das große Haus an, welches ein wenig weiter oben auf einem Hügel steht. Beim vorbeifahren der ersten Halle kann sie noch mal einen Blick auf Alex und Peter werfen, sie liegen weiterhin im Dreck, wer soll sie auch weggeschafft haben. Sie stellt das Auto ab und geht hinein, sie weiß ja von den Soldaten, das es wohl sauber sein muss. Zusammen mit den feuchten Tüchern sucht sie sich das Badezimmer, zuerst versucht sie es am Wasserhahn, aber da kommt nichts raus. Dafür hat sie hier einen großen Spiegel und die mitgebrachten Sachen, so hat sie wenigstens die Chance, sich ein wenig sauber zu machen. Schlimm sieht sie aus, das ganze Gesicht ist voller Blut und auch andere ekelige Dinge kann sie erkennen. Beim Reinigen fängt sie an zu weinen, ihre Zukunft ist derzeit ziemlich unsicher, sie weiß noch nicht mal, ob sie zurück zu den anderen will.

Der Krankenwagen düst die kleine Straße zum Camp nach oben, nicht mehr weit und sie haben es endlich geschafft. Alle vier im inneren hoffen natürlich, das es nicht zu spät ist, denn sie wissen ja nicht, ob Sarah überhaupt noch lebt. Das Licht am Wagen ist schon eingeschaltet, je weiter sie in den Wald einfahren, desto dunkler wird es, der Abend bricht auch an. Endlich kommt der erste Hochsitz in Sicht und oben steht einer drauf und ist am Winken. Da sich ja ein Krankenwagen nähert, wurde auch kein Alarm geschlagen, jeder kann sich wohl denken, dass es die Ausflügler sind. Arlo bleibt nicht unten, sondern fährt nach oben durch, ein wenig verwundert Schauen die

Insassen aber schon, denn auf dem Parkplatz stehen eine Reihe Fahrzeuge hintereinander und ein neuer Bully ist dazu gekommen. Das ist aber gerade unwichtig, im Camp angekommen halten sie direkt hinter dem Camper, genau vor dem Haus von Sarah. Eve kommt nach ihrer Ankunft nach draußen und reibt sich die Hände, sie ist wohl mehr als nur froh, dass die vier endlich wieder da sind. Der ganze Ausflug hat schon recht lange gedauert, aber keiner weiß, was wirklich in Lake City passiert ist.

Schnell springen alle aus dem Fahrzeug, Eves Blick auf Sofias Arm ist sehr besorgt, aber schnell wendet sie sich an die Männer.

„Ihr habt es geschafft, ich bin so froh, das ihr wieder da seid, habt ihr alles bekommen?"

„Hey Eve", sagt Arlo und Leo läuft an ihr vorbei und öffnet die hinteren Türen. Aus der Küche kommt Yvonne angerannt und gesellt sich sofort zu ihrem Freund, der gerade dabei ist, alles abzuladen. Arlo bewegt sich nach hinten und will Leo helfen, bekommt aber erstmal eine fette Umarmung von Yve. Die ganzen Utensilien werden ins Haus getragen, wo Eve auch schon die ersten Vorbereitungen getroffen hat. Ein erneuter Blick von ihr nach Sofia zeigt sofort, das sie wohl die nächste sein wird. Kaum wurden die Sachen in den richtigen Raum gebracht, das Beatmungsgerät mit einem Verlängerungskabel im Bad angeschlossen, schmeißt Evelyn alle wieder raus. Nur Jessica darf bleiben und unterstützen. Sie braucht jetzt ihre Ruhe, sie ist zwar allen sehr dankbar, möchte aber die Zeit nicht mit unnötigen Gesprächen verschwenden.

Die Restlichen gehen zusammen zum Lager, Sofia biegt nur vorher ab und will zu den Kindern. Jetzt bleiben noch Leo, Arlo, Abi und Yvonne, die sich vor die Tür der Küche setzen und eine Pause brauchen, von innen können sie aber hören, wie Caroline mit dem Abwasch beschäftigt ist.

„Was ist passiert?" Will Yvonne natürlich wissen und Leo beginnt die Geschichte mit fast allen Einzelheiten zu erzählen. Er fügt noch hinzu, dass sie nun mehr Wachen brauchen, da er Vergeltungsschläge aus dem Krankenhaus erwartet. Ziemlich geschockt über die Sache nimmt Yvonne Leo in den Arm. Sie wusste vorher schon, dass es schlimm werden könnte, aber mit so was hat sie nicht gerechnet. Die Sache mit Michelle nimmt sie sehr mit, denn ohne sie wäre die Gruppe nicht entkommen und eine neue Fachkraft aus einem Krankenhaus wäre sicher nicht schlecht gewesen. Arlo erkundigt sich noch nach Emma, da sie hier ja nirgends zu sehen ist und Yvonne berichtet kurz, dass sie mit einem Jeep vor einiger Zeit das Camp verlassen hat. Leo und Arlo schauen sich beide besorgt an, nicht nur weil sie nicht wieder da ist, sondern weil sie überhaupt gefahren ist, sie könnte jetzt überall sein. Das wahrscheinlichste wäre natürlich, das sie nach Lake City ist, um die vier zu suchen. Trotzdem entscheiden sie sich zu warten, sie möchten es nicht riskieren, noch mehr zu verlieren, erst wenn Emma auch später nicht zurück ist, werden sie wohl reagieren müssen. Die wahre Geschichte über sie wird von Yvonne nicht erzählt, dafür berichtet sie aber kurz über den Bully und das die Insassen leider gestorben sind. Das Erste was Leo jetzt aber macht, ist sich was anziehen gehen, denn mit den Krankenhaussachen kann er hier nicht länger verweilen...

Kapitel 50

Emma schaut noch mal in den Spiegel und ist zufrieden, bis auf ihre Haare sieht sie schon wieder wie ein Mensch aus. Die Ganzen benutzen Tücher, hat sie einfach in die Wanne geschmissen, sie ist nicht hier her gekommen, um irgendwas sauber zu machen. Sie verlässt das Bad und schaut sich erst mal im Haus um. So wie es aussieht, sind die Bewohner nicht gerade arm gewesen, es ist zwar alles sehr rustikal, dafür aber echt edel. Ein Blick in den Kühlschrank hätte sie sich besser gespart, da ist wohl einiges schlecht geworden, was sie auch sofort an dem Geruch erkennt. Aber in einen der Schränke nebenan hat sie ein paar Konserven mit Birnen und

Pfirsichen gefunden. Warum sich nicht mal gesund ernähren, spasst sie herum und setzt sich mit dem Essen in einen Schaukelstuhl im Wohnzimmer. Von dort kann sie aus dem Fenster die beiden Leichen unten erkennen. Sie weiß genau, was sie noch zu tun hat, sie kann die beiden da nicht liegen lassen, daher wird sie gleich zwei Löcher graben und sie beerdigen. Mit dem Tod des Pärchen hat irgendwie alles angefangen, die ganzen Schläge, die danach im Camp auftraten, bauten darauf auf. Zurzeit hat sie auch nicht das Verlangen, zu den anderen zurückzufahren. Sie möchte zwar gerne wissen, ob die vier aus Lake City zurück sind, sie macht sich sogar ein wenig Sorgen, aber sie kann es derzeit nicht ändern. Sie wird aber gleich nach dem Essen das Haus auf den Kopf stellen, gerade heute hat sie erkannt, das ihr Messer bei bestimmen Sachen einfach nicht ausreicht. Es wird hier doch irgendwo eine Waffe geben, die Leute in diesen Landesteilen haben so was doch immer und ein einzelnes Haus wird doch auch Schutz gebraucht haben.

Sie stellt ihren Teller auf den Boden und legt los, zuerst ist das Riesen Wohnzimmer dran, jeder Schrank wird durchsucht und die Wände kontrolliert. Hier befindet sich aber nichts, also wechselt sie den Raum, die Küche lässt sie erst mal weg, aber die Schlafzimmer im zweiten Stock sehen sehr verlockend aus. Und natürlich wird sie belohnt, auf einem großen Schlafzimmerschrank ist ein Gewehr und die Munition ist auch nicht weit. Frohen Mutes geht sie mit der Waffe wieder nach unten, schmeißt die Kugeln hinein und verlässt das Haus. Die Sonne am Himmel ist fast nicht mehr zu sehen, trotzdem ist es noch hell genug, um den nächsten Plan umzusetzen.

Nebenan befindet sich eine Einfahrt, auf der auch der Jeep geparkt ist und am Ende steht eine aus Holz gebaute Garage. Dort versucht sie es als erstes, wo soll man sonst verschiedene Werkzeuge lagern? Leider ist die natürlich mit einem dicken Vorhängeschloss verschlossen. Aber so was hält eine Emma nicht auf, mit dem Gewehrkolben haut sie ein paarmal auf das Eisenteil und es dauert auch nicht lange, bis es nach unten fällt. Die Tore werden geöffnet und sie staunt nicht schlecht, in der Garage steht doch tatsächlich ein Auto und was für eins, es handelt sich um einen Porsche 911 in Knall roter

Farbe. Sie wusste ja schon vorher, dass die Leute nicht arm waren, aber jetzt kann sie es eindeutig sehen, denn so ein Teil ist sicher nicht billig. Natürlich probiert sie es sofort an der Tür, leider ist das Auto aber nicht offen, aber was anderes fällt in ihren Blick. An der Wand da hinter hängen jede Menge Gartenwerkzeuge, genau das, was sie eigentlich gesucht hat. Schnell holt sie sich die nötigen Sachen und geht hinter das Haus in den Garten. Dort beginnt sie mit der Arbeit, es macht ihr auch absolut nichts aus, sie genießt die Ruhe und ist immer mehr davon überzeugt, nicht zu den anderen zurückzukehren. Nach einer kurzen Trinkpause buddelt sie weiter.

Leo und Yvonne sitzen beide in der Küche auf der Theke und Caroline ist bei Sofia und den Kindern. Arlo ist zusammen mit Abi nach hinten gegangen, weil sie unbedingt eine Dusche nehmen wollte. Auch nach mehrfachen Nachfragen beteuert Abigail, dass der Kerl sie im Krankenhaus nicht angefasst hat. Nachdem er sie ausgezogen hat und mit seiner Sache anfangen wollte, hat er draußen was gehört und den Rest kennt er ja. Zufrieden damit sitzt Arlo auf der Couch und wartet bis sie fertig ist. Endlich frisch geduscht und sehr duftend gesellt sie sich zu ihren Freund und kuschelt sich an seine Seite.

„Meinst du, wir werden das überleben?" Fragt Abi total verträumt und Arlo gibt ihr einen Kuss. „Natürlich werden wir das Abi, solange wir beiden zusammen bleiben, wird niemanden was passieren." Leider können die beiden ihre gemeinsame Ruhe nicht genießen, denn es klopft an der Tür. Da Arlo von innen dichtgemacht hat, muss er natürlich aufstehen und nachsehen, wer da ist. Nach dem öffnen sieht er Jessica vor der Tür stehen und schaut sie fragend an.

„Eve hat es geschafft Arlo, die Kugel ist raus und Sarah ist weiterhin stabil. Ich bin eigentlich nur hier, um mich noch mal zu bedanken." „Das brauchst du nicht Jessica, das war alles Ehrensache, sie war in Not und brauchte die Sachen." „Trotzdem Arlo, ohne euch hätte es Sarah nicht geschafft, jetzt hat sie eine Chance, die Sache zu überleben und das ist nicht nur Evelyns Verdienst." Nach den Worten geht Jessica wieder und Arlo schließt die Tür.

„Lass uns mal nach vorne gehen", sagt er zu Abi, die damit aber nicht wirklich einverstanden ist. Sie ist sehr müde und würde sich gerne ein wenig ausruhen. „Dann bleib hier Abi, aber mach die Tür hinter mir dicht und nicht so viele Bewegungen auf der Couch, es kann gut sein, das sie nicht mehr lange hält." Das sollte eigentlich als Witz rüber kommen, aber Abi ist nicht wirklich nach Lachen zumute, sie weiß ja, das die Couch von den Kugeln durchlöchert wurde, trotzdem war es nicht lustig. Arlo verlässt das Haus und wartet noch eben, bis sie dichtgemacht hat, erst dann geht er den Weg nach vorne. Der Krankenwagen steht auch nicht mehr im Camp, es sieht wohl so aus, als ob Leo den nach unten gebracht hat. Er geht am Haus von Sarah und Jessica vorbei und steuert die absolute Anlaufstelle an, die Küche im Lager. Aber bevor er da ankommt, trifft er noch Eve, die gerade bei Sofia raus kommt.

„Hey Arlo" fängt die gute Frau an „ich habe gerade von Sofia erfahren, was alles Geschehen ist, das hört sich wirklich grausam an und tut mir furchtbar leid. Hätte ich das eher gewusst, dann hätte ich das nie vorgeschlagen." „Alles gut Eve, wir haben die Sache überlebt und ich bin echt froh, das es mit Sarah geklappt hat, Jessica war gerade da und hat es uns erzählt." Evelyn pustet einmal aus und schaut Arlo weiter an. „Weißt du Arlo, wir müssen jetzt erst mal abwarten, die nächsten Tage werden kritisch, ich glaube aber, dass sie es schafft und das wäre ohne euch nie geglückt."

„Wie geht es Sofia?" Die gelernte Krankenschwester dreht sich einmal um und schaut auf das Haus, dann wendet sie sich ihm wieder zu. „Sie hat Glück gehabt, es wurde nichts Wichtiges verletzt, aber die Wunde war schon ziemlich tief, wie sadistisch muss man sein, um so was zu machen?"

Ein wenig betrübt schaut Arlo nach Eve. „Ja, du hast recht, ich bin froh, dass der Kerl tot ist, so kann er wenigstens keinen mehr was antun." Ein kleines Lächeln dringt zu Arlo durch und nach einem Kuss auf die Wange, geht Evelyn nach Hause, sie braucht wohl auch erst mal Ruhe.

Er geht aber weiter und kommt in die Küche, wo immer noch Leo und Yvonne auf der Theke sitzen und den Neuen freudig anschauen.

„Hast das schon mit Sarah gehört?" Fragt Yvonne sofort und Arlo nickt. „Ja, also war unser Ausflug nicht umsonst, wollen wir mal hoffen, dass die Schweine nicht auf Rache aus sind."

„Dann werden wir sie gebürtig empfangen", antwortet Leo sofort und haut dabei auf das Gewehr, was genau neben ihm auf der Theke liegt. „Möchtest du einen Kaffee Arlo?" Fragt Yvonne und er holt sich schon mal eine Tasse. „Arlo, wir müssen uns unterhalten, es geht um Emma", beginnt Leo jetzt und springt von der Theke. Der wartet eben, bis seine Tasse voll ist, trinkt einen Schluck und schaut ihn fragend an. „Ist sie immer noch nicht da?" „Nein, darum geht es nicht, es gab wegen ihr eine Menge Ärger in unser Abwesenheit und einige sind der Meinung, dass wir sie nicht suchen sollen." Jetzt verschluckt sich Arlo auch noch an dem Kaffee und muss husten. Langsam bekommt er sich wieder in den Griff und schaut die beiden komisch an.

„Ich glaube, das ist nicht fair", sagt er nun, ist aber noch nicht fertig. „Ich weiß das Emma manchmal echt ausfällig wird, aber auch ihr müsst einsehen, das sie uns des Öfteren den Hintern gerettet hat. Das dürfen wir bei der Sache nicht vergessen und wenn sie bis morgen früh nicht wieder da ist, werde ich sie suchen, zur Not auch alleine." Leo schaut Yvonne eingeschüchtert an. „Ich gebe dir recht Arlo", sagt er ziemlich leise „wenn sie bis morgen nicht da ist, komme ich mit." „Leo" schreit Yvonne plötzlich und sieht dabei sehr zickig aus.

„Nein Yvonne, Arlo hat vollkommen recht, Emma gehört zu uns und wenn sie in Not ist, müssen wir sie retten. Nur heute im Dunkeln wird das nicht mehr viel bringen." Zuerst will Yve darauf noch was sagen, lässt es aber doch bleiben und verschränkt einfach nur die Arme. Sie wird sich damit wohl abfinden müssen.

„Leo, was machen wir mit den Wachen? Der Ansturm der Kranken hat nachgelassen und ich bin absolut nicht dafür, dass sie nachts draußen ausharren." „Ja, du hast recht, Nachts bringen die Wachen nicht viel, aber was ist, wenn die aus dem Krankenhaus angreifen?" Arlo trinkt den Rest des Kaffees und schaut Leo an. „Ich weiß, das ist gefährlich, aber die müssen wohl erst mal ihre Wunden lecken, außerdem wissen wir gar nicht, wie viele noch übrig geblieben sind. Ich denke nicht, dass sie die Schlagkraft haben, ein ganzes Camp anzugreifen." „Wir müssen es einfach hoffen, ich werde dann mal die Wachen abziehen." Leo verlässt nach seinen Worten das Lager und kümmert sich um die Türme. Zurück bleiben noch Yvonne und Arlo.

„Ist bei dir alles in Ordnung Yvonne?" Zuerst schaut sie noch weg und tut so, als ob sie ein paar Sachen in die Spüle räumt, doch dann wendet sie sich Arlo zu. „Ja Arlo, alles bestens" kommt nur von ihr. „Warum glaube ich dir das nicht?" „Du kennst mich wohl zu gut Arlo" und nach dem Satz kommt ein kleines lachen, welches er auch sofort erwidert. „Ich mache mir Sorgen Arlo, um alles", sagt sie jetzt und Arlo geht ihr ein wenig näher. „Wir werden hier schon überleben, wir haben Waffen, Verpflegung und einen guten Unterschlupf. Es wird hart, das stimmt wohl, aber wenn wir zusammen halten, werden wir es schaffen." Yvonne atmet einmal tief ein und schaut Arlo mit ihren grünen Augen ziemlich intensiv an.

„Das ist es nicht, was ich meine Arlo, es geht mir um alles, um die Zukunft der Menschen und natürlich um unser Baby. Arlo? Wie können wir ein Kind in diese Welt setzen? Das ist unverantwortlich." Langsam kommen tränen in ihre Augen und Arlo nimmt sie in den Arm.

„Ich kann dich verstehen, aber wenn wir jetzt schon aufgeben, dann hat die Menschheit schon verloren." Yvonne schaut ihn weiter an und wischt sich eine Träne von der Wange.

„Versprichst du mir, dass unserem Kind nichts passieren wird?" Mit einem lächeln im Gesicht kommt Arlos Antwort sehr gut rüber. „Ich verspreche es Yvonne, wir sind nicht alleine, daher werden wir es schaffen." „Danke Arlo, ich weiß, dass ich mich auf dich verlassen kann, das war schon immer so."

Yvonne löst sich wieder von ihm, schaut noch mal in seine Richtung und gibt ihm plötzlich einen Kuss auf den Mund. Kurz darauf hält sie sich eine Hand davor und geht ein Stück nach hinten, das war ihr wohl sehr unangenehm. Sie dreht sich um und schafft es noch zu einem leisen Sorry und verschwindet ins Lager.

Emma sitzt wieder im Schaukelstuhl und trinkt genüsslich ein Bier. Sie hat, nachdem sie die beiden Freunde vergraben hat, den Keller gefunden und der ist voll mit tollen Sachen. Das Bier selber ist da noch das schlechteste von allen. Zuerst hatte sie aber das Haus kontrolliert und auch mehrere Schlüssel gefunden. Alle Fenster sind geschlossen, beide Eingänge verbarrikadiert und die Waffe liegt griffbereit neben ihrer Stelle. Sogar der Porsche ist nun fahrbereit, denn der passende Schlüssel war auch dabei und für den nächsten Tag ist eine Probefahrt eingeplant. An ihren Füssen steht ein großer Aschenbecher, mittlerweile ist der schon gut gefüllt, sie hat ja genug zum rauchen, warum also sparen. Hin und wieder sieht sie draußen einen Kranken vorbeischlendern, im Haus ist sie aber sicher, daher belässt sie es einfach dabei, die wollen wohl auch nur vorbei und die Schatten verschwinden schnell wieder. Aber was anderes erregt gerade ihre Aufmerksamkeit. Ein kleines Licht am Nachthimmel, was sich aber bewegt und daher kein Stern sein kann. Sie springt von dem Stuhl und geht zum Fenster.

„Das ist ein Flugzeug", sagt sie leise und beobachtet den blinkenden Punkt eine Runde länger. Noch einen Schluck aus ihrer Flasche und sie geht zurück zum Stuhl. Wenn da oben Menschen fliegen, dann könnte es doch auch sein, dass es noch mehr gibt. Vielleicht hat es nicht die ganze USA getroffen, oder die anderen Kontinente sind frei, sie schöpft gerade wirklich ein wenig Hoffnung und das an einem Tag, wo sie schon mit dem Leben abgeschlossen hatte.

Langsam fängt sie an zu dösen, die letzten Gedanken waren bei Arlo, sie möchte ihn gerne wieder sehen, aber die Zeit im Camp ist wohl vorbei. Mitten in der Nacht wird sie wach, ein lautes Knallen hat ihren Schlaf gestört und als erstes nimmt sie sich das Gewehr. Sie kontrolliert erst mal das Fenster, aber draußen ist nichts zu sehen. Der nächste Weg geht zu den beiden Türen, da hat sich aber auch nichts getan, also wartet sie angespannt auf was Neues. Nach einer weile wird sie wieder schläfrig und glaubt, dass es nur ein Traum gewesen ist. Sie geht zurück zu ihrer Schlafstätte, holt sich vorher aber noch eine Decke von der Couch und will sich gerade setzen, als es schon wieder knallt. Aber das Geräusch kam nicht von draußen, sondern von oben. Mit dem Gewehr bewaffnet geht sie langsam die knarrende

Treppe hinauf, sie wartet aber noch mal kurz und lauscht in die Stille. Hier oben ist nichts zu hören, die Fenster hatte sie ja alle kontrolliert und die Räume waren leer, also kann niemand reingekommen sein und es war auch keiner vorher da. Wieder das Krachen, diesmal lauter und Emma schaut hoch, das kommt tatsächlich vom Dachboden. Bisher hatte sie im Haus aber noch keine weitere Treppe entdeckt, also muss es einen anderen Weg da rauf geben. Sie untersucht im oberen Flur die Decke, leider hat sie gerade kein Licht, aber eigentlich ist das auch besser so, denn von draußen soll schließlich keiner mitbekommen, dass sich hier jemand befindet. Nur macht es das natürlich schwierig die Treppe zu suchen, irgendwo muss eine Klappe sein, dahinter ist normalerweise eine kleine Leiter, die direkt nach oben geht. Lange braucht sie aber nicht mehr, hinter der Badtür wird sie fündig, aber unter normalem Umständen kommt sie da nicht dran. Entweder holt sie einen Stuhl oder findet irgendeine Stange, die man einharken kann. Da das zweite nicht vorhanden ist und das erste im Dunkeln zu gefährlich, geht sie wieder nach unten und verschiebt ihr Vorhaben auf morgen. So wie es auch aussah, ist die Klappe schön fest und egal, was da oben auch ist, es kommt nicht runter, also begibt sie sich auf ihren Stuhl und versucht zu schlafen. Das knallen hört sie noch ganze zweimal und dann ist sie wieder eingeschlafen.

Arlo liegt im Bett und bekommt die Augen nicht zu. Der Tag heute war einfach zu heftig, er schaut einmal nach rechts und sieht, das Abi am Schlafen ist, sie hat natürlich mal wieder nichts an, was aber daran liegt, das die beiden schönen Sex hatten. Auch wenn die Kleine hier im Bett noch ziemlich jung ist, Arlo ist das mittlerweile egal. In so einer Zeit wie heute spielen wohl Geburtsjahre keine Rolle mehr. Er denkt auch an die Sache im Krankenhaus, nicht an den Scheiß Psychopathen, sondern eher an Michelle. Warum konnte er sie nicht retten? Sie hätte es jedenfalls verdient, nur er war auf dem Flur einen ticken zu langsam und nun ist sie tot. Auch Emma taucht in seinen Gedanken auf, er macht sich wirklich Sorgen um sie, normal kann sie auf sich selber aufpassen, aber alleine, das sie überhaupt gefahren ist, bringt ihn zum Nachdenken. Das passt nicht zu ihr und er wird morgen früh sofort losfahren und sie suchen, auch wenn er nicht weiß, wo er anfangen soll.

Der neue Morgen steht in den Startlöchern, so wie es aussieht, wird es wieder ein sonniger warmer Tag. Keine Wolke ist am Himmel und langsam nimmt die Temperatur zu. Arlo läuft draußen zusammen mit Abi Richtung Küche und trifft unterwegs auf Eve. Sie ist gerade bei Sarah raus gekommen und macht einen fröhlichen Eindruck. Als sie die beiden sieht, geht sie ihnen entgegen.

„Guten Morgen Eve", sagt Arlo als Erstes, die beiden anderen tun es ihm gleich. „Wie geht es Sarah?" Fragt Abi. „Sie hat die Nacht gut überstanden, sie wird es packen." „Das sind gute Neuigkeiten", sagt Arlo und erkundigt sich auch nach Emma. Aber die wurde weder von Eve noch von Leo gesehen, der gerade von seiner Runde durchs Camp zu ihnen stößt.

„Yvonne ist immer noch der Meinung, das wir sie nicht suchen sollen", beginnt er, nachdem alle nett begrüßt wurden. Arlos Blick auf Abigail sagt Leo sofort, das sie wohl der gleichen Meinung ist. „Jetzt hört mir mal zu, Emma ist eine von uns, sie hat für das Camp schon mehr als genug getan und wenn ihr gleich nicht nach ihr sucht, dann fahre ich selber los" kommt plötzlich ziemlich ernst von Evelyn. Die Männer schauen sehr erschütternd auf die gute Frau. „Wir werden gleich losfahren, Eve" verspricht ihr Leo und auch Arlo nickt nach dem Satz hoffnungsvoll in ihre Richtung.

„Gut" kommt nur noch von Eve und kurz darauf verschwindet sie in ihrem Haus.

„Kommt mit nach vorne", beginnt Leo wieder „Yvonne hat schon Kaffee gemacht."

Zusammen laufen die drei direkt in die Küche. Im Inneren steht Yvonne mit einer Tasse am Fenster und schaut nach draußen. Als sie mitbekommt, dass sie nicht mehr alleine ist, ändert sie ihre Richtung und begrüßt die beiden, die sie heute noch nicht gesehen hat. Bei Arlo lässt sie ihren Blickkontakt nur auf das Nötigste, die Sache von gestern ist ihr wohl weiterhin peinlich. Erst mal trinken alle einen warmen Kaffee, der schmeckt noch richtig frisch, als ob er gerade erst gemacht wurde, das liegt aber eher daran, dass die Maschine wohl ziemlich teuer war.

„Wie stellen wir es jetzt an?" Fragt Leo in die Gruppe, aber die Frage war eher an Arlo gerichtet. „Ich habe keinen Plan, am besten fahren wir gleich los und suchen die bekannten Plätze ab."

Trotz des bösen Blicks von Yvonne stimmt Leo der Idee zu und holt Waffen aus dem Lager. „Arlo, du musst das nicht tun" versucht es jetzt Abi um ihn daran zu hindern, das er aufbricht.

„Doch das muss ich, das bin ich ihr schuldig Abi." Die beiden Frauen in der Küche ziehen sich ein wenig zurück, sie haben jetzt gemerkt, dass es keinen Sinn macht, sie von der Idee abzubringen. Was auch soviel bedeutet, dass kein Wort mehr gewechselt wird und die beiden stumm nach draußen gehen. „Die werden sich schon wieder einkriegen", sagt Leo vor der Tür und läuft mit Arlo nach unten. Der Ansturm der Kranken hat sich über Nacht komplett eingestellt. Nur einer war am Morgen unten am Parkplatz herumgeirrt, um den hat sich Leo schon gekümmert. Die Türme sind besetzt, so wie es aussieht, wird es heute ein ruhiger Tag. Leo spielt auch schon mit dem Gedanken, den Bunker zu räumen und alles ins Camp zu bringen, aber erst muss Emma gefunden werden, außerdem bleibt ein wenig Rest Angst wegen dem Krankenhaus. Die beiden nehmen einen der Jeeps, es fehlen zwar zwei, aber es sind ja immer noch welche da und für solche Ausflüge sind die robusten Karren gut geeignet. Auf der Straße nach unten unterhalten sich die beiden ein wenig über gestern, aber sie merken sehr schnell, dass eigentlich keiner darüber reden möchte, daher belassen sie es dabei.

Sie hoffen, das die Suche nach Emma nicht ewig dauern wird und vor allem auch erfolgreich ist, egal was die anderen oben im Camp dazu sagen. Unten an der Kreuzung hält Leo den Wagen an und schaut erst mal in beide Richtungen. „Links oder Rechts?" Fragt er sehr trocken und wechselt seinen Blick auf Arlo. Der ist aber selber nicht sicher und schaut erst mal beide Seiten in Ruhe an. „Lass uns erst mal nach Olustee fahren, wenn wir sie da finden, haben wir Glück, nach Lake City zieht es mich nicht wirklich." Leo nickt kurz und setzt das Auto in die richtige Richtung. Das Arlo nicht zurück in die City möchte, kann er sich natürlich denken, aber vielleicht müssen sie trotzdem dahin und dann muss er halt dadurch. Diese Armeekarren sind nicht gerade schnell, trotzdem versucht er alles rauszuholen, was geht. Auf der rechten Seite taucht die Auffahrt zum Sägewerk auf, aber Leo fährt einfach weiter, denn der Ort war ja nicht in der Planung enthalten.

Ein wenig später kommt links das Auto von Arlo in Sicht, das ist dort ja liegen geblieben und er wirft einen kurzen Blick darauf. Er mochte die Karre eh nicht, es war ein richtiges scheiß Teil, vorgestreckt von Sams Eltern, die ihn nicht leiden konnten, aber trotzdem stecken viele Erinnerungen in dem Vehikel, aber schnell versucht er, sich wieder auf das wesentliche zu konzentrieren.

Weit ist es nicht mehr und der Wald wird schon ein wenig lichter, aber anstatt die Fahrt in den Ort fortzusetzen, haut Leo voll auf die Bremse und Arlo schafft es noch soeben, sich festzuhalten. Sein besorgter Blick zum Fahrer ändert sich schnell in Verwunderung, denn von vorne kommt was Rotes Schnelles, was immer größer wird.

Kaum wurde es von den beiden entdeckt, ist es auch schon wieder verschwunden. Ein roter Porsche ist gerade mit enormer Geschwindigkeit an den beiden vorbei gedüst, aber trotz das er so schnell war, konnten die beiden Jeep Fahrer noch erkennen, dass wohl Emma am Steuer saß.

„Die hat ja nerven", sagt Leo beim Drehen. Arlo hat einfach nur den Mund offen, er kann nicht wirklich verstehen, warum Emma gerade an ihnen vorbei gesaust ist.

„Die kriegen wir doch nie eingeholt", sagt Leo wieder und gibt Gas.

„Fahr zum Sägewerk", kommt nur von Arlo und Leo wechselt schon mal die Straßenseite.

Mit der größten Geschwindigkeit, die das Teil hergibt, rast er über den Highway, was aber im Gegensatz zu dem Porsche eher wie eine Schnecke aussieht. Es dauert trotzdem nicht lange und sie erreichen die Einfahrt, Leo lenkt das Auto direkt hinein und etwas weiter oben kommen sie dann an der ersten Halle an, wo Arlo sofort erkennt, das die beiden Leichen nicht mehr da sind.

Weiter in der Richtung steht das große Haus und davor ist auch der Porsche und daneben einer der Jeeps, alle weiteren Fragen sind damit beantwortet. Leo stellt das Auto direkt neben dem roten Flitzer und Arlo springt raus.

„Fahr zurück zum Camp Leo, ich mache das hier alleine." Ein wenig verwundert beugt sich Leo vom Fahrersitz in seine Richtung. „Bist du sicher?" Zurück bekommt er ein eindeutiges Nicken. Der Wagen springt wieder an, Leo winkt einmal und fährt nach unten und kurze Zeit später ist er auch verschwunden.

Arlo schaut seinem Freund noch nach, bis er nicht mehr zu sehen ist und dreht sich dann zum Haus um. Der Porsche wurde schön direkt vor der Haustür abgestellt, der Jeep aus dem Camp steht etwas abseits, auf den hat sie wohl keine Lust mehr. Aber von Emma fehlt jede Spur, er weiß aber genau, dass sie da ist und sie müsste wohl auch schon mitbekommen haben, dass Besuch gekommen ist. Also geht er einfach zur Haustür und klopft sogar an. Von innen kommt die Stimme von Emma, er soll eben warten. Das sieht alles ein wenig bescheuert aus und Arlo fühlt sich gerade echt komisch. Es dauert aber nicht lange und er hört, dass innen eine Kette entfernt wird, dann dreht sich ein Schlüssel im Loch und die Tür geht auf.

„Arlo? Was für eine Freude das du mich besuchst." Arlo schaut Emma aber einfach nur an, der Anblick der Frau hat sich krass verändert. Sie trägt ein rotes enges Kleid, sogar ihre Schultern liegen frei, ihre Haare sind ein ganzes Stück kürzer und unten hat sie keine Schuhe an. Sogar Schminke hat sie aufgetragen, diesmal aber keine dunkele und genau dieser Anblick verschlägt ihm jetzt die Stimme. „Komm rein", sagt sie noch kurz und verschwindet im Hausflur. Nach dem ersten Schock überläuft Arlo die Schwelle und von irgendwo hört er ihre Stimme, die sagt, dass er bitte die Tür schließen soll. Der Bitte kommt er natürlich nach und langsam bewegt er sich weiter, zuerst betritt er eine rustikale Küche, die sehr aufgeräumt daher kommt und von da geht es durch eine offene Zwischentür ins Wohnzimmer. Auch dort ist alles so, als ob hier noch jemand wohnen würde und wie es aussieht, hat er genau diese Person gerade gefunden. Emma kommt nämlich ins Wohnzimmer und reicht Arlo ein Bier.

„Wow, das ist ja völlig kalt, wo hast du das gekühlt?" Emma tänzelt einmal um Arlo herum und bleibt dann wieder vor ihm stehen. „Hinterm Haus habe ich einen kleinen Bach, der ist schön kühl, habe sogar meine Haare drin gewaschen." Arlo nimmt einen großen Schluck aus der Flasche und beobachtet Emma dabei.

Sie hat sich verändert, sie ist nicht mehr die Person, die gestern noch die Leichen im Camp weggeschafft hat. An den Augen trägt sie roten Lidschatten und sogar Lippenstift ist zartdünn aufgetragen.

„Was ist los Emma?" Fragt er jetzt und stellt seine Flasche auf den Tisch. Ein wenig entgeistert schaut sie ihn an. „Was meinst du damit?" „Ach komm schon, du weißt genau was ich meine. Du verschwindest einfach und kommst nicht wieder. Dann finde ich dich hier im Haus und du bist völlig verändert, was ist mit dir passiert?" Emma lächelt Arlo einmal an und verschwindet in der Küche. Eine kurze Zeit später kommt sie mit einem Teller wieder zurück, auf dem tatsächlich frisches Obst liegt. Sie hält Arlo die Sachen vor die Nase und er nimmt sich einen Apfel.

„Aus dem Garten?" Fragt er ein wenig lächelnd. „Nein aus dem Keller, die Bewohner haben dort noch andere tolle Sachen gelagert." „Emma, was ist los?" Fragt Arlo wieder, da er ja beim ersten mal schon keine Antwort bekommen hat. „Gefalle ich dir so nicht?" Fragt sie und dreht sich einmal im Kreis. „Emma", sagt Arlo, ein wenig aufdringlicher. Das Grinsen aus ihrem Gesicht verschwindet und sie wird ernst. „Ich komme nicht mehr zurück. Ich habe mich entschieden und es ist besser, wenn ich hierbleibe. Aber weißt du was, du kannst auch hierbleiben, das würde mich echt glücklich machen." „Emma, das Camp braucht uns, wir können sie nicht einfach im Stich lassen, es ist unser Zuhause." Der Ausdruck der schwarzhaarigen Frau ändert sich von ernst auf verachtend. „Sie brauchen uns also oder braucht Abigail dich? Außerdem mein lieber Arlo, mich braucht schon lange keiner mehr, auch du nicht und mein Zuhause war es noch nie."

Sie dreht sich um und geht in die Küche, sie kommt aber schnell mit ihrem Bier wieder zurück. Arlo hat schon gemerkt, das es echt schwierig werden wird, Emma zu überreden. Leider hat sie aber auch recht, nicht mit allen, trotzdem hat sie es gut auf den Punkt gebracht.

Er hat ja mitbekommen, wie die Leute im Camp über sie reden, trotzdem möchte er nicht ohne sie zurück. „Emma, ich weiß, wie du dich fühlst, aber es wäre trotzdem schön, wenn du wieder mit zurückkommst." Einen kurzen Augenblick schaut sie ihn einfach nur an, sie ist am Nachdenken.

„Warum? Ich habe hier alles, was ich brauche." Arlo stöhnt einmal kurz auf.

„Bitte Emma, wir brauchen dich und du gehörst zu uns, soll ich erst betteln?" Emma kommt Arlo ein wenig näher und er weicht auch nicht zurück. „Küss mich Arlo", sagt sie plötzlich. Aber anstatt sie zu küssen, geht er doch ein Stück nach hinten. „Siehst du, das meine ich. Es wäre das Beste, wenn du wieder fährst und zu deiner Abi gehst." Damit hat sie ihn völlig überrascht und seine Reaktion war nicht die tollste. Sie ist auch wegen ihm abgehauen, darüber wird er sich nun bewusst, nur was soll er machen? Er ist jetzt mit Abi zusammen, er glaubt sogar, das er sie liebt, aber die Sache mit Emma war schon sehr intensiv, daher kann er das nicht einfach ablegen. Sie verschwindet aber einfach wieder, stellt ihre leere Flasche in die Küche und geht aus einer Seitentür nach draußen. Auch Arlo leert sein Bier, platziert es neben Emmas und folgt ihr durch die Tür. Er befindet sich jetzt in einem sehr großen gepflegten Garten, Hecken umzäunen das Gebiet und überall sind Beete. Emma steht vor zwei kleinen Erdhügeln und schaut traurig nach unten. Als Arlo sie erreicht, blickt sie auf und deutet mit ihren Kopf runter. „Hier liegen Alex und Peter. Ich konnte sie nicht da unten liegen lassen, daher habe ich sie hier beerdigt." Beide stehen jetzt vor den Gräbern und sagen kein Wort, auch Arlo lässt die Zeit verstreichen, das ist er den beiden schuldig.

„Ich hatte mir so was schon gedacht, ich habe ja gesehen, das die beiden da unten nicht mehr liegen", beginnt er sehr leise wieder das Gespräch. Langsam nimmt sie seine Hand und er lässt sie gewähren. Eine kurze Zeit stehen sie so vor den Erdhaufen und schauen nach unten, dann dreht sich Emma plötzlich um.

„Werden wir das alles überleben?" Ziemlich verblüfft schaut Arlo zurück, er hat mit so einer Frage nicht gerechnet, denn normalerweise ist Emma diejenige, die vor nichts Angst hat.

„Ich glaube schon Emma, aber nur, wenn wir zusammen halten." „Du irrst dich, ich habe jetzt gesehen, das man nur alleine durch kommt, in großen Gruppen hat man keine Chance. Weißt du, ich habe gestern zwei Leute kennengelernt, die haben Schutz im Bunker gesucht und ich habe sie gelassen. Die haben auch eine Menge durchgemacht und meiden größere Gruppen, einfach weil sie damit schon auf die Schnauze gefallen sind." „Was hast du im Bunker gemacht?" Will Arlo natürlich wissen.

„Ich habe Sam zurück ins Camp gebracht, ich habe sie bei den Stevensons auf die Couch gelegt." Darauf kann Arlo jetzt nichts mehr sagen, er schaut wieder auf die beiden Erdhügel und tränen treten in seine Augen. Emma war also im Bunker und hat Sam abgeholt, das war mehr als nur eine nette Geste. Er greift bei ihrer Hand ein wenig fester und sie erwidert es.

„Lass uns wieder rein gehen Arlo, es ist zwar schön hier im Garten, aber ich brauche noch ein Bier." Ohne Widerworte gehen die beiden rein. Emma holt aus der Küche noch zwei gekühlte Bierflaschen und im Wohnzimmer setzen sich die beiden auf die sehr bequeme Couch, aber keiner redet. Sie nippen an ihren Flaschen und sind versunken in ihren Gedanken, Arlo hat jetzt begriffen, das es keine Chance mehr gibt, sie zu überreden. Sie möchte hierbleiben und sich alleine durchschlagen und irgendwie kann er es ihr nicht verübeln. Nicht nur er hat sie in Stich gelassen, auch die anderen sind der Meinung, dass sie gefährlich ist. Arlo trinkt schnell sein Bier aus und steht auf.

„Soll ich dir meine Waffen hier lassen?" Emma schaut ihn von unten an und beginnt zu weinen. Also setzt er sich wieder nieder und nimmt sie in den Arm.

„Arlo, ich kann das nicht mehr, ich möchte keine Menschen mehr sterben sehen, alleine bin ich echt besser dran." Sie wird nach ihrem Satz noch fester gedrückt, er kann sie verstehen, sie ist vielleicht gar nicht so hart, wie sie immer vorgegeben hat.

„Ich kann dich nicht zwingen, aber ich werde dich nicht in Stich lassen." Anstatt zu antworten, küsst sie ihn einfach, das kam total plötzlich, er hatte keine Chance, sich dagegen zu wehren. Er hatte es auch gar nicht vor, denn er greift ihr hinten in die Haare und erwidert damit den Kuss. Ganz schnell wird alles heftiger, Emma zieht ihr Kleid nach oben und hat darunter nichts an. Die Sache schaukelt sich natürlich hoch, es dauert nicht lange und der Sex ist im vollen Gange. Emma stöhnt aus allen Stücken, mit Arlo war es schon immer was besonderes und auch er ist voll dabei. Mittlerweile sind beide ganz nackt und er setzt sich auf dem Schaukelstuhl. Emma geht oben drauf und die Sache wird immer heißer.

Leo ist im Camp angekommen, alleine geht er mit seiner Waffe den Berg nach oben und steuert die Küche an. Alles ist ruhig, keiner der Posten hat was zu melden, also ist in seiner Abwesenheit auch nichts passiert. Er hat aber ein wenig Angst die Frauen zu treffen, denn die sehen es sicher nicht so toll, das er Arlo bei Emma gelassen hat. Aber er hat Glück, in der Küche befindet sich niemand, die Damen haben sich noch ums Frühstück gekümmert und sind dann verschwunden. So hat er jetzt die Ruhe, etwas zu trinken und auch was zu essen. Leider dauert seine Einsamkeit nicht an und Eve kommt in die Küche.

„Genau dich habe ich gesucht Leo." „Eve" antwortet er nur kurz. „Habt ihr Emma gefunden?"

Da Leo aber gerade was im Mund hat, antwortet er auch nicht, ein kurzes nicken sollte reichen. „Und?" Fragt Eve noch mal „wo ist sie und wo ist Arlo." Leo hat seinen Mund wieder frei, trinkt eben schnell was hinter her und ist bereit, die Fragen zu beantworten.

„Er ist bei ihr und versucht sie gerade zu überreden, wieder her zu kommen." „Aha" kommt nur zurück. Eve schaut sich in der Küche um, man kann genau erkennen, dass sie noch was anderes will. „Was hast du auf dem Herzen Eve?" „Kann man mir das ansehen?" Wieder nickt Leo nur und lächelt dabei. „Okay, du hast recht. Das kommt jetzt echt sehr plötzlich und wir haben immer eine Menge Stress, aber ich würde gerne so was wie ein Krankenhaus hier aufbauen."

Leo hat sich gerade was in den Mund geschoben und hat sich daran verschluckt, schnell reagiert Eve und haut ihn auf den Rücken. „Trink schnell was", sagt sie noch dazu, was er auch sofort macht. Es dauert nicht lange und Leo ist wieder voll da.

„Wie soll das gehen Eve?" Fragt er nun. „Naja, ganz einfach, wir bauen eins der leeren Häuser um und machen daraus ein Krankenhaus, ich glaube, das werden wir noch des Öfteren brauchen." „Wohl eher eine Krankenstation, das andere wäre wohl zu groß", sagt Leo und lächelt dabei. „Mensch Leo, du weißt genau, was ich meine und ich habe mir auch schon Gedanken gemacht. Wir brauchen natürlich eine Menge Sachen und da das Krankenhaus in Lake City wohl wegfällt, brauchen wir ein anderes. Ich habe heute Morgen schon die Karten studiert und wenn wir weiter nach Osten fahren, werden wir schnell ein anderes finden." „Du meinst das also wirklich ernst?" Für diese Frage bekommt Leo einen bösen Blick. „Natürlich du Trottel, das mit Sarah darf nicht noch mal passieren, ich habe auch vor mich weiter zu bilden, dafür brauche ich natürlich entsprechende Lektüre." „Ich werde mir das mal überlegen und mit den anderen besprechen Evelyn, vielleicht finden wir ja eine Lösung." „Mach das Leo" kommt nur zurück und eine etwas unzufriedene Eve verlässt die Küche und lässt Leo wieder allein. „Die kommt auf Ideen", sagt er noch leise hinter ihr her und isst den Rest von seinem Brötchen.

Arlo und Emma haben ihren Akt beendet, sitzen aber immer noch nackt zusammen auf ihren Lieblingsplatz. „Das war sehr schön Arlo, du bist der perfekte Liebhaber."

Für diesen Satz bekommt sie von Arlo einen nassen Kuss auf eine ihrer nackten Brüste.

„Aber ich komme trotzdem nicht mit zurück, tut mir leid, auch wenn deine Überredungskünste echt harter Natur sind." Arlo schaut sie an und hatte damit gerechnet, es aber auch schon akzeptiert. „Also möchtest du mit mir jetzt eine Affäre haben?" Emma fängt an zu lachen und geht von Arlo runter, sie beugt sich aber noch mal und gibt ihm einen langen Kuss.

„Alles, was du willst", sagt sie mit lachender Stimme. „Möchtest du noch ein Bier?" Arlo nickt und Emma verschwindet in der Küche, kurz darauf kommt sie mit 2 Bierflaschen zurück. Aber ein lautes Knallen von oben lässt sie erstarren.

„Was war das?" Fragt Arlo und springt vom Stuhl. „Das habe ich die letzte Nacht schon ein paarmal gehört, ich weiß es nicht, das kommt vom Dachboden." „Und du hast nicht nachgesehen? Kenne ich ja gar nicht von dir", kommt lachend von Arlo. Emmas Blick wird aber ernster.

„Ich war heute Nacht oben, da ich aber kein Licht hatte, habe ich es verschoben." Arlo ist gerade dabei, sich wieder anzuziehen, Emma steht immer noch im Türrahmen und hält die beiden Flaschen in der Hand.

„Willst du schon fahren?" Fragt sie fast schon ängstlich. „Nein, ich werde jetzt da hochgehen und nachsehen, was da ab geht, ich lasse dich doch nicht hier mit wer weiß was im Haus."

Für diese nette Geste bekommt er ein echtes lächeln. Dieser Anblick beschert ihm weiche Knie, diese Frau ist verdammt hübsch, warum war sie nicht die ganze Zeit so wie jetzt, dann wäre das alles nicht passiert. Emma stellt die Flaschen auf den Tisch und wirft sich ihr Kleid über. Dann holt sie die mitgebrachte Pistole von Arlo und geht mit ihm zusammen nach oben. Das Geräusch ist in der ganzen Zeit nicht noch mal aufgetaucht, aber sie wissen genau, wo sie hinmüssen. Oben angekommen zeigt Emma ihm die Klappe und beide Stehen jetzt darunter und überlegen, wie sie da hochkommen.

„Hast du nirgends eine Stange gesehen, mit der man die öffnen kann?" „Nein Arlo, ich habe letzte Nacht mal kurz gesucht, aber hier ist wirklich keine." „Dann brauchen wir wohl einen Stuhl." Emma rennt schnell in einen Nebenraum und kommt mit einem schön verzierten Holzstuhl zurück. „Reicht der aus?" Ein kurzer Blick von Arlo signalisiert das der geht. Er stellt den Stuhl direkt unter die Klappe, steigt oben auf und greift nach dem kleinen Griff. Leider wurde das aber so gebaut, dass nur eine Stange mit Harken da rein gehört, daher hat Arlo nur zwei Finger zur Verfügung, um daran zu ziehen. Trotzdem öffnet sich ein kleiner Spalt, in die er seine freie Hand steckt und alles runter drückt. Ohne Vorwarnung springt das komplett auf und die kleine Leiter fällt nach unten, leider steht Arlo aber noch im Weg und bekommt das ganze Teil ins Gesicht. Zusammen mit seinem Stuhl fliegt er nach hinten und landet nicht gerade sanft auf dem glänzenden

Holzboden, aber Emma ist sofort da und kümmert sich um das Unfallopfer.

„Arlo? Alles okay? Hast du dir was getan?" Die Person am Boden stöhnt ein wenig, er wurde echt gut getroffen, aber rappelt sich wieder auf. Sein Blick geht auf die ausgefahrene Leiter und dann zu dem Loch an der Decke. „Wir können jetzt wohl nachsehen, gib mir bitte die Waffe Emma."

Sie steht wieder auf und lässt ihn einfach am Boden sitzen. „Das kannst du vergessen, mein Schatz, ich gehe als Erstes da hoch, du bist wohl gerade nicht imstande dazu." Mit einer Hand tastet Arlo sein Gesicht ab, er will nachsehen, ob er irgendwo am Bluten ist, da er aber nichts findet, steht er auf und geht an die Treppe, die Emma gerade nach oben steigt. Von unten kann er unter ihr Kleid schauen und sie hat ja immer noch nichts drunter.

„Tolle Aussicht Emma", sagt er mit schmerzverzerrten, aber trotzdem lächelnden Gesichtsausdruck. Emma bleibt kurz stehen und schaut zu ihm. „Du bist echt ein Schuft Arlo." „Ist ja nicht so, dass ich das noch nicht gesehen habe", lacht Arlo weiter, wird aber sofort wieder ernst.

„Pass jetzt besser auf, du weißt nicht, was da oben ist." Sie schaut wieder hoch und erklimmt die letzten Stufen. Es ist es ein wenig dunkel, auf einer Seite ist nur ein kleines Dachfenster, was minimales Licht nach innen bringt. Trotzdem kann Emma genau erkennen, was sich da oben befindet, sie klettert den Rest hoch und steigt auf den Balken, bleibt aber an der Luke stehen und schaut nach unten. „Kommst du bitte auch nach oben?" Sofort erklimmt Arlo die kleinen Stufen und es dauert auch nicht lange, bis er oben angekommen ist. Beim letzten Stück hilft Emma ihm noch und schon sitzen beide auf dem Dachboden und schauen sich was an. „Grundgütiger" sagt Arlo und lässt den Mund offen.

Leo hat sein Frühstück beendet und ist wieder nach draußen gegangen. Von hinten kommen Yvonne und Abi gelaufen und als sie ihn sehen, fangen sie an zu rennen.

„Das kann ja jetzt heiter werden", sagt Leo leise zu sich und versucht ein freundliches Gesicht zu machen. Er kann sich die Fragen schon denken. „Hey Leo, wo ist Arlo?" Fragt Abi und Yvonne schaut schon ein wenig grimmig. „Den habe ich unterwegs verloren", antwortet Leo ein wenig gewitzt. Vielleicht bringt das ja was, aber sicher knallt es gleich.

„Leo" sagt Yvonne sehr ernst. „Okay Okay, wir haben Emma gefunden, die hat sich in das Sägewerkhaus einquartiert und Arlo wollte das alleine klären. Daher bin ich schon mal losgefahren, um euch die Info zu bringen." Erst bekommt er darauf keine Antwort, die beiden Frauen schauen ihn nur ein wenig merkwürdig an, als ob sie ihn so grade anfallen wollen.

„Warum habt ihr sie nicht einfach da gelassen? Gibt Yvonne von sich und schaut Leo fragend an. „Was fragt ihr mich, wartet doch einfach, bis Arlo gleich kommt." Für seine nicht gerade weisen Worte bekommt er von beiden Damen böse Blicke.

„Vergiss es Leo, komm Abi, wir gehen", sagt Yvonne und mit erhobenen Köpfen verschwinden sie nach vorne. Er schaut ihnen noch ein wenig nach und ist eigentlich froh, dass er so gut dabei weggekommen ist. An seiner Seite steht auf einmal Eve, die ihn belustigt anschaut.

„Hört sich fast nach einem Zickenkrieg an, wo bist du da bloß rein geraten?" Leo schaut nach Eve und lacht mit ihr zusammen. „Naja, ich hatte es mir schlimmer vorgestellt." Evelyns Blick wird aber schon wieder ernster. „Also sind die beiden immer noch nicht da?" Auch Leo reißt sich wieder zusammen. „Nein, aber das wird nicht mehr lange dauern, wenn sie mit einem Porsche kommen, dann ist Emma dabei." Seine Gesprächspartnerin schaut ihn sehr eindringlich an.

„Das klingt für mich alles ein wenig komisch, aber belassen wir es dabei. Aber sag mal, hast du mit den Damen schon über das Krankenhaus, ähm ja okay, über die Krankenstation gesprochen?" Nach dem Satz fängt Leo ein wenig an zu grinsen.

„Du hast ja gerade gesehen, wie es gelaufen ist, also eher nicht. Warten wir einfach auf Arlo, dann klär ich das mit ihm." „Okay Leo, es muss ja nicht sofort was passieren, aber danke das du dir überhaupt Gedanken machst. Ich bin dann mal wieder bei Sarah."

Eve verschwindet in das nahe stehende Haus und schließt die Tür. Leo steht also wieder alleine in der Gegend herum und ist darüber nicht unbedingt traurig. Eigentlich wollte er die Damen auch noch fragen, ob sie gleich bei der Bunkeraktion helfen möchten, aber das kann er wohl erst mal vergessen. Er bewegt sich jetzt nach hinten und bleibt vor dem Haus der Stevensons stehen.

„Das wäre wohl das Beste für eine Krankenstation. Nur müsste es vorher erst sauber gemacht werden", sagt Leo zu sich selbst und geht hinein. Kurz nach dem Eintreten bleibt er aber stehen und schaut auf die Couch im Wohnzimmer, da liegt in einem Laken gewickelt doch tatsächlich eine Leiche. Sofort kommen ihm die Erinnerungen vom Bunker ins Gedächtnis. Er weißt auch, wer da liegt, er hat sie selber eingepackt. Er geht ein wenig näher und bleibt direkt vor der stehen.

Seine Arme sind schon ausgestreckt, eigentlich will er sich nur vergewissern, ob er recht hat, aber er traut sich nicht. Am Kopfende sieht er auch noch ein wenig Blut, es ist ganz sicher Sam. Mit einem sehr schlechten Gefühl verlässt er das Haus und tankt draußen ein wenig Sonne.

Er muss sich erst mal wieder einkriegen, das war jetzt echt ein hartes Stück. Trotzdem stellt sich ihm die Frage, wer die Leiche aus dem Bunker geholt hat. Arlo fällt schon mal weg, der war entweder nicht da oder unter Aufsicht, wenn er genau darüber nachdenkt, dann kann es nur Emma gewesen sein, aber warum macht sie das? Sehr langsam schlürft er zurück nach vorne, beim Haus von Sarah bleibt er stehen, möchte eigentlich rein schauen, überlegt es sich anders und geht weiter. Aber auch da fühlt er sich fehl am Platz, denn den beiden Frauen möchte er nicht über den Weg laufen, irgendwie ist er gerade völlig hilflos und hofft einfach nur, das Arlo gleich wieder kommt, in seiner Fantasie hört er schon den Porsche.

„Das ist nicht das, was ich gerade denke?" Fragt Arlo seine Begleiterin auf dem Dachboden.

„Doch Arlo, das ist genau das." „Wie viele werden das sein? 100 oder sogar noch mehr?" „Ach Arlo, ich habe sicher keinen Nerv, die ganzen Päckchen zu zählen. Aber mein stiller Gastgeber hier ist wohl ein fetter Drogendealer, daher sicher auch der Porsche."

Direkt an beiden Seiten des Dachbodens stehen mehr als 100 Schuhkarton große Päckchen. Die wurden alle schön aufgestapelt und warten darauf, abgeholt zu werden. Arlo nimmt sich eins von den Dingern und öffnet es, sofort rieselt eine Menge weißes Pulver zu Boden. „Unter anderen Voraussetzungen wären wir jetzt Stein Reich Arlo, was glaubst du, was das für einen Wert hat?" Das genommene Päckchen fliegt in eine Ecke und Arlo wendet sich zu Emma. „Das hier oben hat alles keinen Wert mehr, die Zeiten sind vorbei." Ein wenig geknickt schaut Emma zu Arlo und nickt. „Das ist wohl wahr."

Da man hier oben nicht wirklich stehen kann, geht Arlo in der Hocke ein wenig weiter.

„Aber weißt du was, diese ganzen Drogen sind sicher nicht für den Krach verantwortlich", sagt er noch beim weiterkommen und Emma folgt ihm langsam.

„Warte mal Arlo, siehst du da vorne diesen eisernen Ring? Der ist direkt am Boden festgemacht und daran hängt eine Kette." Auch Arlo sieht das Gemeinte von Emma und bleibt stehen. Vor ihm ist wirklich was, ein Ring am Boden und eine schwere Kette, die nach hinten führt. Sie endet hinter einem großen alten Schreibtisch.

„Das gefällt mir nicht Emma, gib mir mal die Waffe." Sie reicht ihm die Pistole und achtet die ganze Zeit auf dem Tisch. Es sieht wohl danach aus, als ob sich etwas oder jemand dahinter befindet, das würde auch den Krach erklären. „Hallo" ruft Arlo, es kommt aber keine Antwort. Er dreht sich wieder zu Emma und zuckt mit den Schultern. „Vielleicht ist es Tod? Nach dem letzten Knall kam ja nichts mehr" versucht Emma ihm zu erklären, die Sache ist auch sehr merkwürdig.

„Ich gehe mal weiter, irgendwas muss ja am anderen Ende hängen." „Sei bitte vorsichtig Arlo." Nach dem kurzen Gespräch robbt Arlo weiter Richtung abgestellten Möbelstück. Nicht mehr weit und er ist an der Öse am Boden angekommen, von da muss er nur noch der

Kette folgen und findet sein gesuchtes Ziel. Ihm ist aber mehr als mulmig zumute, ein wenig Angst und auch eine gewisse Aufregung mischt sich darunter. Was wird er wohl finden? Dummerweise bekommt er seine Antwort schneller, als ihm lieb ist, denn als er sich gerade an der Kette zu schaffen macht, springt was Kleines über den Tisch und fällt ihn sofort an. Arlo fliegt nach hinten und verliert dabei die Pistole, mit einer Hand versucht er das Wesen über sich wegzuhalten und mit der anderen sich wieder aufzurichten. Trotz deftigen Kampf kann er jetzt erkennen, was genau ihn angreift, es handelt sich um einen kleinen Jungen, sicher nicht älter als 5 Jahre und nur mit einer Pampers bekleidet. Einzig durch die Wildheit des Angriffs kann Arlo sich nicht befreien, viel Kraft kann der kleine Körper ihm nicht entgegenbringen. Trotzdem kommt er mit seinem Gesicht immer näher. Arlo versucht jetzt auch, mit der anderen Hand den Jungen von sich zu halten, was ihm ein wenig gelingt, denn noch ein wenig weiter und es wäre aus gewesen. Er drückt den Kopf des Kleinen weit nach oben, achtet aber dabei, mit seinen Händen nicht in die Nähe von dem Mund zu kommen. Nach einem lauten Schuss ist plötzlich alles vorbei, das Kind sackt in sich zusammen und Arlo befreit sich. Das Nächste, was er aber macht, ist ein Blick nach Emma zu werfen, die ein wenig näher gekommen ist. Der Ausdruck in ihrem Gesicht ist nicht zu deuten. Es sieht wie Angst, vermischt mit Entschlossenheit und Abwesenheit aus. Sie hält immer noch die Waffe und schaut genau dahin, wo vorher der Junge am Kämpfen war. Als Nächstes lässt sie die Pistole fallen und nimmt die Hände vors Gesicht, ein lautes Schluchzen folgt der Aktion.

„Emma?" Fragt Arlo sehr leise und bewegt sich ein wenig auf sie zu. Die selber reagiert aber nicht auf sein rufen, so ist er wohl gezwungen, noch näher ran zu gehen. „Emma?" Fragt er ein weiteres mal und endlich kommt eine Reaktion, sie nimmt ihre Hände wieder runter und gibt ihre nassen Augen frei. „Arlo, ich habe gerade ein Kind erschossen, verstehst du das, es war ein Kind."

„Ich weiß Emma, es war krank, du konntest nichts machen, aber du hast mich gerettet. Danke." „Aber warum war er hier oben? Warum haben sie ihn fest gekettet?" Arlo setzt sich auf seinen Hintern und schaut sie an. „Vielleicht war er Krank und sie konnten ihn nicht töten, ich weiß es nicht Emma." „Ich würde niemals mein Kind auf einen Dachboden sperren, auch nicht, wenn es Krank ist. Das ist so was von unmenschlich, ich kann das gar nicht erklären. Ich bin gerade richtig sauer, am liebsten würde ich das Haus einfach nur abfackeln."

Arlo streichelt mit seiner Hand über Emma Gesicht, dafür bekommt er ein kleines lächeln, aber ob das ernst gemeint war, wird er wohl nie erfahren. „Sollen wir wieder runter?" Fragt er. Sie schaut aber noch mal auf das am Boden liegende Kind. „Sollen wir den Kleinen nicht beerdigen? Wir können den doch nicht einfach hier liegen lassen und so machen, als ob nichts passiert ist." „Eigentlich hast du recht Emma, aber wenn wir jeden Beerdigen, den wir finden, dann kommen wir da nie wieder raus." Ein wenig verwundert schaut Emma Arlo doch an, sie hat nicht wirklich mit so einer Antwort gerechnet. Trotzdem nimmt sie, ohne darauf noch mal einzugehen, die Treppe nach unten. Ein paar Augenblicke später folgt Arlo und kommt neben ihr an. Emma hat schon gewartet und will die Klappe wieder schließen, als er das Thema noch mal aufgreift.

„Wir können das auch eben über die Bühne bringen, ich helfe dir dabei." Aber so wie es aussieht, ist Emma damit durch, anstatt zu antworten, schließt sie mit einem lauten Knall die Klappe und schaut besorgt in seine Richtung. „Du hast leider recht Arlo, wir können uns nicht um jeden kümmern, lass uns wieder runter gehen." Ein wenig von sich selbst genervt geht Arlo hinter Emma her, warum hat er nicht einfach zugestimmt, dann wäre die Atmosphäre jetzt sicher nicht so steril.

Unten angekommen schmeißt Emma ihr Kleid ins Wohnzimmer und geht völlig nackt nach draußen. Sie lässt ihren Freund einfach stehen, ohne ein Wort zu sagen, also bleibt ihm nichts anderes übrig, als zu warten, was er aber mit seinem nicht getrunkenen Bier überbrückt. Seine Gedanken driften kurz nach draußen in den Garten, er kann sich noch vage daran erinnern, dass dort auf einer Wäscheleine Emmas schwarze Sachen hängen, das könnte den Ausflug erklären.

Es dauert eine Weile, bis sie wieder auftaucht und auch ihre typische Kleidung am Körper trägt. Sie kommt ins Wohnzimmer, wo Arlo derzeit wartet und trinkt eben ihre Flasche Bier. Ohne einmal abzusetzen, leert sie die mit einem Schluck, als Nächstes steckt sie sich noch eine Zigarette an und bewegt sich auf ihn zu.

„Hör mal Arlo, die Sache da oben hat mir gezeigt, dass ein normales Leben abseits von allen nicht möglich ist. Auch ich bin verwundbar und schaffe das nicht alleine. Was ich eigentlich damit sagen will, ich komme mit dir zurück, wenn du das wirklich möchtest." Ein wenig überrumpelt trinkt Arlo noch einen Schluck Bier und stellt die Flasche halb voll auf den Tisch.

„Natürlich will ich dich wieder mitnehmen, genau deswegen bin ich ja auch her gekommen", antwortet er und schaut Emma eindringlich an. Leider kann er aber an ihren Gesichtszügen nicht erkennen, was sie von seinen Worten hält. Plötzlich kommt sie ihm noch näher, schmeißt erst ihre Zigarette in ihre Flasche und küsst ihn einfach so aus dem nichts.

„Das war erst mal der letzte Kuss Arlo, ich werde unser kleines Geheimnis bei mir behalten und dir mit Abi nicht im Weg stehen. Jetzt schau nicht so belämmert, das ist mein Ernst. Ich bin absolut nicht beziehungsfähig und wir bekommen sicher noch öfters die Gelegenheit zum Ficken, das reicht mir." Ohne auf eine Antwort zu warten, geht sie noch mal in den Garten und stellt sich vor die beiden Gräber. Arlo bleibt einfach im Wohnzimmer stehen und begreift gerade gar nichts. Klar ist es ein Problem, Emma mitzunehmen, aber hier lassen möchte er sie auch nicht, also muss er wohl dadurch. Mit ihrem Messer in der Hand kommt sie wieder rein. „Das hätte ich beinahe vergessen, das geht ja gar nicht", lächelt sie und geht durch die Haustür nach draußen. Arlo folgt ihr stumm und schließt hinter sich die Tür.

„Ich fahre", sagt Emma und winkt mit dem Autoschlüssel vom Porsche. „Willst du wirklich den Porsche nehmen?" Auf seine Frage bekommt er keine Antwort, Emma springt einfach über einen Blumenkübel und steigt in das Auto. Sofort startet sie den Motor und die Geräusche zeigen, dass der Wagen eine Menge Power hat. An der

Fahrerseite geht das Fenster runter und Emma ihr Kopf kommt nach draußen. „Willst du hier Wurzeln schlagen?" Arlo lacht einmal kurz und geht zu dem Auto, wo er auch einsteigt. Emma gibt natürlich sofort richtig Gas, aber voran kommen sie trotzdem nicht, denn die Reifen drehen die ganze Zeit durch und viele kleine Steine fliegen hinter dem Porsche in alle Richtungen. Ein Seitenblick von Arlo bringt bei ihr wieder ein wenig mehr Gefühl rein, denn auf einmal bewegt sich das Geschoss und sie entfernen sich immer weiter von dem großen Haus. Unten auf dem Highway gibt Emma aber so richtig Stoff und beide werden nach hinten in den Sitz gedrückt. Aber kurze Zeit später wird das Auto wieder langsamer und sie riskiert einen Blick zu ihrem Beifahrer.

„War das nicht geil? So eine Karre hätte ich gerne früher gehabt, ist ein wenig schneller als mein alter Käfer." Arlo muss sich aber erst mal wieder fangen, ein wenig Angst hatte er schon. „Das glaube ich dir gern" kommt nur von ihm und mit der rechten Hand krallt er sich immer noch am Sitz fest, es könnte ja sein, das Emma gleich abermals los düst. Aber so wie es aussieht, ist das wirklich vorbei, denn sie sucht eher das Gespräch, als wieder über die Bahn zu fliegen.

„Weißt du Arlo, ich glaube, wir sind noch nicht am Ende." „Wie meinst du das, am Ende?" Ein kleines Lachen huscht über Emmas Lippen. „Ich meine nicht uns, sondern die Menschheit selber. Gestern Abend habe ich draußen ein Flugzeug am Himmel gesehen." Der Blick von Arlo ist mehr als nur irritiert, so als ob er das nicht glauben kann. „Bist du sicher?" „Natürlich Arlo, ich habe es die ganze Zeit beobachtet, es war nicht schnell, aber es war ganz sicher ein Flugzeug." Arlo schaut aus dem Fenster nach oben, als ob er selber was am Himmel sucht, dabei ist er nur am überlegen.

„Es ist ja auch alles noch gar nicht lange her Emma, ich kann mir nicht vorstellen, das so viele Menschen plötzlich tot oder krank sind. Da gibt es sicher noch viele, vielleicht sogar ganze Städte. Wir wissen ja gar nicht, ob es überall so ist." Die Fahrerin des Porsches nickt langsam.

„Genau so sehe ich das auch, aber was meinst du, wie hat das angefangen?" Wieder ist Arlo sehr nachdenklich, aber er schaut diesmal aus der Seitenscheibe raus. „Ich habe keinen Plan, vielleicht war es ein Angriff oder ein Unfall, so schnell werden wir das nicht erfahren. Ich hatte mich schon mal mit Leo darüber unterhalten, auch da kamen wir auf keinen Nenner." Der Porsche wird noch langsamer und kommt dann ganz zum Stehen.

„Was ist los Emma? Habe ich was Falsches gesagt?" Emma zeigt mit einer Kopfbewegung nach vorne und Arlo folgt ihrem Blick und sieht das Gleiche wie sie.

„Was machen die Krankenwagen da vorne?" Fragt Emma leise, eher zu sich selber als zu Arlo. Auch er schaut sehr verwundert auf das Bild, was vor ihnen auf getaucht ist. Da stehen 3 Krankenwagen direkt hintereinander quer auf der Straße und blockieren jedes vorbeikommen. Langsam tastet sich Emma voran und kurz vor der Blockade kommt der Porsche wieder zum Stillstand. „Was soll der Mist Arlo?" Fragt sie und schaut in seine Richtung.

„Ich weiß es auch nicht, aber die sind aus Lake City. Den Gleichen haben wir oben im Camp stehen." „Arlo, was ist da gestern in der City passiert? Die Teile stehen sicher nicht aus Spaß hier herum und blockieren die ganze Straße." „Wir haben uns gestern neue Feinde gemacht, mehr brauchst du jetzt nicht wissen, den Rest erzähle ich dir oben im Camp." Arlo öffnet die Tür und steigt aus, langsam geht er mit erhobener Waffe auf die Karren zu und schaut sich das genauer an. Die Rettungswagen wurden wirklich genau so geparkt, das keiner, nicht mal ein Mensch da durch passt. Auch Emma ist ausgestiegen und geht von Wagen zu Wagen.

„Die sind alle abgeschlossen", sagt sie. „Komm mal her", schreit Arlo fast schon und sein panischer Blick macht Emma Angst. Irgendwas muss er gesehen haben, daher beeilt sie sich extra, um ihn zu erreichen. Genau wie er stellt sie sich auf eine der Stoßstangen und schaut drüber hinweg in die Richtung, die hinter der Blockade liegt.

Emma macht den Mund auf, kann aber nichts sagen, denn nicht mal 200 Meter entfernt ist eine Riesen Gruppe von Kranken. Die laufen alle ganz langsam auf die Blockade zu und die beiden wissen genau, was dann passiert, sie werden ihre Richtung ändern und zum

Camp gehen. „Verdammt Emma, das sind die Kranken aus Lake City, das sind die aus der Quarantänezone, wir haben sie gestern frei gelassen", erzählt Arlo fast schon unter Schock. „Aber warum dann die Blockade?" Fragt Emma total entgeistert und schaut weiter auf die Meute. „Das sind mehrere Tausend von denen Arlo und wenn die alle nach oben laufen, ist das unser Ende." Arlo springt von der Karre und steht wieder unten auf der Bahn.

„Das ist die Rache, weil wir das Krankenhaus überfallen haben. Das haben die getan, die haben die Blockade errichtet und am besten auch die Kranken hier her geführt. Sie wussten genau, wo unser Camp ist." Auch Emma springt wieder runter und läuft zum Porsche.

„Schnell steig ein, wir schieben die Wagen mit dem Porsche zur Seite und dann locken wir sie woanders hin." Arlo rennt zum roten Auto und steigt ein, der Motor heult auf und Emma fährt sehr langsam an die Front des äußeren Rettungswagen. Dort lenkt sie den Sportwagen genau so, dass er mit der Schnauze den anderen wegschieben kann und gibt Gas.

Beide im Auto hören das Knirschen des Metalls, auch der Kofferraum, der beim Porsche wie beim Käfer vorne ist, stellt sich langsam auf. Alleine die Power sollte es mit Leichtigkeit schaffen, den etwas größeren Wagen wenigstens ein wenig zu schieben, aber es passiert nichts. Die Reifen drehen durch, der Porsche fängt hinten an zu schlingern und die Haube vorne geht nach oben, die ganze Front zieht sich zusammen und Emma stellt den Motor ab.

„Das gibt es doch nicht Arlo, warum bewegen sich die scheiß Karren nicht? So schwer sind die doch gar nicht." Arlo springt wieder raus, klettert auf einen Krankenwagen und geht auf der anderen Seite runter. Und jetzt sieht er auch, warum der Porsche es nicht schafft, die Spinner aus dem Krankenhaus haben fette Eisenstangen zwischen die Wagen geklemmt, die sind ziemlich lang und haben sich untereinander verkeilt. Die haben wohl damit gerechnet, dass einer versucht das zu bereinigen. Auch Emma kommt auf die andere Seite und schaut unsicher auf die Horde, die sich immer weiter nähert. Ihr nächster Blick auf die Blockade verändert ihren Gesichtsausdruck nicht im Geringsten.

„Wie haben die das denn geschafft? Sind die hier mit 30 Leuten aufgeschlagen?" Fragt sie ganz plötzlich, als sie das ganze Chaos betrachtet hat. „Das ist jetzt egal, wir können daran nichts ändern", antwortet Arlo und geht der ankommenden Meute ein wenig entgegen, sie kommt an seine Seite und nimmt seine Hand. „Emma, wir können das nicht aufhalten, die werden definitiv den Weg zum Camp einschlagen. Wir müssen so schnell es geht da hoch und die Leute warnen." Emma schaut nach den Worten immer finsterer, sie weiß das Arlo recht hat, aber sie haben oben genug Waffen, vielleicht gibt es eine Chance, daher lässt sie ihn wieder los und rennt gegenüber zur Einfahrt.

„Los beweg deinen Arsch Arlo, wir sollten vor ihnen oben ankommen, dann haben wir noch genug Zeit zum Handeln." Etwas mäßiger bewegt sich Arlo zu Emma und schaut noch mal auf die Kranken. „Wir werden keine Chance haben, eine Evakuierung wäre wohl die beste Option." Für seine Aussage bekommt er doch tatsächlich eine Ohrfeige und die hat wirklich gesessen.

„Wir haben das da oben zusammen aufgebaut Arlo, also los jetzt, das lass ich mir nicht kaputtmachen." Trotz des deftigen Schlages gibt Arlo Emma endlich recht und zusammen rennen sie die Straße nach oben.....die Zeit drängt...

Kapitel 51

Leo ist gerade damit beschäftigt, im zerstörten Empfangshäuschen für Ordnung zu sorgen. Für ihn gibt es derzeit einfach keine Aufgabe, das leer räumen des Bunkers hat er nach hinten geschoben. Der Plan, eine Krankenstation aufzubauen, ist auch nicht so sein Ding, er hat nichts dagegen, findet die Idee sogar gut, aber durchführen müssen das andere, es sei denn, es geht hinterher um die körperliche Arbeit.

Er vermisst seine journalistischen Aktivitäten, er war auf sich gestellt und konnte machen, was er wollte. So langsam ist er es leid, immer über alles und jeden nachzudenken, da zu sein, wenn jemand gebraucht wird, es gibt doch auch noch andere. Daher räumt er gerade lieber den Schutt beiseite, als mit irgendjemanden zu reden. Nebenan steht Swen auf seinem Turm und schaut ab und an dabei zu, wie er wieder irgendwas von A nach B umräumt. Die Ruhe, die sich Leo aber gerade wünscht, hält leider nicht lange, denn Abi kommt den Berg nach unten, zwar ohne Yvonne, aber trotzdem mit einem grimmigen Ausdruck. Er schaut einmal hoch und begrüßt sie schon von weiten mit einem Kopfnicken, aber innerlich ist er kurz vorm Explodieren. Warum dauert das mit Arlo und Emma so lange, er fehlt hier oben, er ist halt der Kopf des Camps.

„Leo" beginnt Abi sofort nach dem ankommen „kannst du nicht noch mal losfahren und schauen, wo Arlo bleibt? Da stimmt doch was nicht." Ziemlich genervt schmeißt Leo ein verbranntes Kantholz das Ufer herunter und wendet sich dann Abi zu.

„Er wird schon kommen, was soll da unten schon passieren, er hat ein Auto und er hat Waffen, mehr braucht er nicht." Das reicht natürlich nicht, denn Abi schaut noch grimmiger. „Und wenn Emma ihn einfach nicht mehr fahren lässt?" Das nächste Stück Holz segelt nach unten. „Warum sollte sie das tun?" Ziemlich sauer dreht sich Abi einfach um und läuft zurück nach oben, sie hat wohl gemerkt, das eine Diskussion nichts bringt. Dafür kommt Swen von seinem Turm und geht nach Leo. „Ärger im Paradies?" Sagt er ein wenig belustigt. „Da hast du wohl recht und ich möchte nicht wissen, wie es wird, wenn Arlo Emma wirklich mit zurückbringt." Ein wenig nachdenklich steht Swen neben Leo und schaut ihm beim Arbeiten zu. „Wir brauchen sie aber Leo, Emma bedeutet Sicherheit." Jetzt unterbricht Leo seine Arbeit und wendet sich ihm komplett zu.

„Das gleiche denkt Arlo auch, Emma ist halt so, wie sie ist, aber genau solche Leute brauchen wir jetzt." „Das sehe ich auch so, aber das Camp ist echt zweigeteilt, wenn es um sie geht. Ihre Methoden kommen nicht bei jeden gut an." „Hast du irgendwas mitbekommen? Reden die Leute schon so?" Die nächste Antwort von Swen kommt ein wenig zögernd, es sieht eher so aus, als ob er niemanden verraten möchte. „So groß ist unser Camp leider nicht mehr, aber ich denke, ohne Emma wird es schnell noch kleiner." Leo geht ein wenig näher auf ihn zu. „Das ist nicht unbedingt eine Antwort auf meine Frage." Er weicht ein wenig zurück. „Ja Leo, die Leute reden schon, sie haben Angst und ich kann es ihnen nicht verübeln. Trotzdem brauchen wir sie und hoffentlich bringt Arlo sie mit." Ohne auf eine weitere Antwort zu warten, geht Swen wieder zurück auf seinen Turm und untersucht als Erstes die Gegend. Leo bleibt unten stehen und schaut ihm hinterher. Anstatt weiter zu schuften, rennt er fast schon zurück nach oben. Ihm ist wohl der Sinn verloren gegangen, an dem Haus zu arbeiten, sein Weg führt ihn direkt in die Küche, da er denkt, das Abi und Yve sich dort aufhalten und natürlich hat er damit auch recht. Er schließt sofort die Tür und schaut die beiden eindringlich an, denn die sind der Mittelpunkt der Emma Verschwörung.

„Ihr beiden hört mir jetzt mal zu, dieses ewige Gejammer wegen Emma geht mir voll gegen den Strich. Ich weiß, dass ihr sie nicht mögt und lieber wollt das sie wegbleibt, aber so geht das nicht. Emma war von Anfang an dabei, sie hat uns mit ihrer Art oft den Arsch gerettet und ich hoffe, dass Arlo sie mitbringt." Die beiden schauen ihn an, als sei er ein Fremder. Damit haben sie wohl nicht gerechnet, vor allem weil Leo eigentlich nie die Fassung verliert. Es wird still in der Küche, er wartet auf eine Reaktion und die beiden trauen sich nicht was zu sagen. So vergeht eine kleine Weile und sie schauen sich alle an.

Dann kommt aber Yvonne ein wenig näher und bleibt direkt vor ihm stehen. „Aber Emma ist gefährlich Leo, ich möchte nicht, dass sie irgendwann mal den Falschen umbringt." Leo atmet einmal tief ein und setzt dann zu Runde zwei an. „Natürlich ist sie das, aber euch geht es doch nur um Arlo. Glaubt ihr nicht auch, dass er selbst entscheiden kann, was für ihn gut ist? Er ist doch Erwachsen und weiß, was er tut." Jetzt kommt auch Abi ein wenig näher, aber nicht so nah wie Yve, es sieht fast schon danach aus, als ob sie Angst hat.

„Aber Leo, ich liebe ihn doch, ich möchte ihn nicht an Emma verlieren." Trotz das er echt völlig genervt ist, ändert sich sein Blick ein wenig, er möchte Abi nicht direkt vor den Kopf stoßen. „Hör mal

Abigail, Arlo weiß, was gut für ihn ist und ich glaube nicht, das er Emma dir vorzieht, trotzdem ist sie ein Teil von uns und wir werden sie sicher noch brauchen." Wieder kehrt eine Ruhe in den Raum, die niemand gebrauchen kann, Leo will sich aber gerade zum Gehen bereit machen, als sein Funkgerät anfängt zu sprechen.

„Arlo und Emma kommen die Straße hoch, sie sind zu Fuß unterwegs und völlig fertig, irgendwas stimmt da nicht." Leos Blick ändert sich schnell von grantig auf besorgt und er verlässt die Küche. Draußen rennt er sofort los. Auch Yve und Abi bleiben nicht an Ort und Stelle, sie sind zwar nicht so schnell wie Leo, schlagen aber denselben Weg ein. Etwas weiter unten sehen sie, das er schon fast am Parkplatz ankommt und dort mit Arlo und Emma aufeinandertrifft. Trotzdem verpassen sie nichts, denn die beiden sind so sehr außer Atem, das sie sich erst sammeln müssen.

„Was ist los? Warum kommt ihr zu Fuß ?", will Leo sofort wissen, aber Arlo hebt nur seinen Zeigefinger und signalisiert, das er noch ein paar Sekunden braucht. Yvonne bleibt direkt neben ihnen stehen und Abi umarmt ihren Freund, der sie aber sanft abstößt und endlich wieder reden kann.

„Wir haben ein Problem, eine riesige Horde Kranker ist hinter uns her und sie kommen gleich hier an." „Was sagst du da?" Fragt jetzt Yvonne, die gar nicht begreift, was Arlo möchte. Also übernimmt Emma die Sache, egal was die Frauen von ihr halten, die Ansprache, die sie von sich gibt, ändert alles. Keiner sagt ein Wort oder versucht sie zu unterbrechen, sie hören einfach zu. Sie können nicht verstehen, dass dieses Problem größer werden wird als alle anderen zuvor. Nachdem alles berichtet wurde, stehen sie blöd in der Gegend herum. Arlo ist aber der Erste, der versucht, die Möglichkeiten abzuschätzen.

„Wir haben jetzt zwei Möglichkeiten, entweder wir evakuieren oder wir kämpfen. Obwohl ich echt lieber zu eins tendieren würde, denn ich glaube nicht, das wir den Kampf gewinnen können."

„Wir kämpfen", sagt Leo auf einmal mit Blick auf das Camp. „Wenn wir flüchten, dann gehen wir alle nacheinander drauf, wir haben Kinder und denkt an Sarah, das endet in einem Desaster."

„Wir brauchen aber einen Fluchtpunkt, falls wirklich alles schief läuft", sagt Yvonne plötzlich, die sich wohl auch auf einen Kampf einstellt. „Okay, dann kämpfen wir" gibt Arlo von sich „wenn alles schief läuft, treffen wir uns unten am See. Der Weg geht vom Camp nach hinten raus, also werden da keine Kranken sein und von dort müssen wir dann weiter sehen."

„Abgemacht", sagt auch Emma jetzt. „Aber was für Vorbereitungen sollen wir treffen? Klar, alle bekommen Waffen, aber reicht das?" „Können wir die nicht einfach weglocken?" Fragt Abigail. „Nein keine Chance Kleine, die bleiben auf dem Weg und der geht mitten durch den Wald. Und unten auf dem Highway geht gar nichts, da stehen die Wagen und überall die Seitenbegrenzungen", antwortet Emma und das sogar total lieb. Abi ist danach sehr irritiert.

„Sollen wir nicht lieber mit den Autos und dem Camper abhauen, also wenn wirklich alles schief läuft?" Fragt Yvonne mit fast schon hysterischer Stimme. „Das wäre doch eine bessere Idee als zum See zu gehen", meint Abi, die auch nicht mehr dort hin möchte. „Das könnt ihr vergessen, das sind so viele und da kommen wir nicht durch. Wenn wir stehen oder stecken bleiben, sind wir verloren. Sogar für den Camper wäre das zu viel und da passen wir auch nicht alle rein."

„Ich habe eine Idee", antwortet Leo, wir stellen den Lastwagen der Army quer auf die Straße, der wird sie zwar nicht lange aufhalten, aber wenn sie durchkommen, schießen wir einfach auf den Tank, dann nehmen wir eine Menge mit und das Feuer wird die nächsten abfackeln. Arlo, traust du dir einen Schuss mit dem Scharfschützengewehr zu?" „Ja, wenn du mir zeigst, worauf ich schießen muss ganz sicher."

Emma nimmt Arlo seine Waffen ab. „Ich fahre den Lkw an den richtigen Ort und erledige schon mal die Ersten, die kommen. Dann kannst du gerne den Wagen hochjagen und ich ziehe mich auf den hinteren Ausguck zurück. Geht ihr nach oben und bewaffnet alle anderen, sagt ihnen, wie ernst die Lage ist und macht mir meinen Turm frei." Schnell trennen sich die Wege, Yvonne und Abi rennen hoch, sie wollen die Leute einweihen und die Waffen verteilen. Die anderen beiden gehen zusammenn mit Emma zum Truck, um die Sache mit dem Tank zu klären. Unterwegs sagt Leo über das Funkgerät noch Anthony Bescheid, damit er den hinteren Hochsitz verlässt und sich beim Lager meldet.

Die ersten Vorkehrungen sind schnell erledigt, der Lastwagen steht quer auf der Straße, Emma liegt oben auf der Plane und wartet auf die Besucher, aber bisher ist keiner zu sehen. Arlo und Leo sind auch wieder zurück, unterwegs wird aber noch Swen aufgeklärt. Er bleibt erst mal auf dem unteren Turm und von Anthony hat er eine größere Menge Munition bekommen. Die Kinder gehen diese Runde nicht in den Keller des Lagers, Arlo hat entschieden, das es zu gefährlich ist, sich da einzuschließen, sie sind alle bei Sofia im Haus und die älteren halten sie unter Kontrolle. Eine schnelle Flucht zum See muss für jeden gewährleistet sein, vor allem für die Kleinen. Sofia liegt zusammen mit Vanessa auf dem Camper, der hat eine schöne große Fläche, die man dafür gut nutzen kann. Aber vorher hat sie den noch umgedreht, die Front steht jetzt nach vorne und die Leiter zum aufsteigen ist hinten.

Fast alle anderen Bewohner befinden sich derzeit oben beim Lager, sie sollen die Häuser als Deckung nutzen, aber auch erst dann, wenn die Kranken hier ankommen. Nur Leo und Arlo gehen wieder runter zum zerstörten Empfangshaus und Quartieren sich ein. Die Schussbahn zum Tank des Lkws ist dort sehr gut gegeben, aber Emma sollte erst verschwunden sein. Zu ihrem Turm wurde auch noch eine Menge Munition geschleppt, damit sie da nicht nur doof darauf stehen muss. Jessica bleibt bei Sarah, sie hat eine Pistole bei sich, denn jeder muss helfen, ob er will oder nicht, das interessiert nicht mehr. Sogar Anthony hat seiner Frau Caro eine Waffe in die Hand gedrückt, sie war erst gar nicht davon begeistert, hat sich aber schnell wieder beruhigt und steht nun neben ihrem Mann und den anderen vor dem Lager und wartet. Evelyn ist bei ihrem Sohn Milo, der hängt immer noch auf dem hinteren Turm und ist dafür verantwortlich, den Rückzug zu decken. Sie war mit der ganzen Sache natürlich nicht einverstanden, sie war auch eher für eine schnelle Flucht, die sogar Sarah mit eingeschlossen hätte. Trotzdem hat sie selber ein Gewehr und wird sich gleich vorne einfinden, um den anderen zu helfen.

„Ich bin immer noch nicht davon überzeugt, das wir das Richtige tun", sagt Arlo zu Leo, der genau neben ihm am Boden liegt und wartet. „Ich weiß Arlo aber egal was wir auch machen, Opfer sind nicht zu vermeiden, wir müssen das Camp hier verteidigen, egal was es kostet. Ich bin aber dafür, das wir den Leuten in Lake City noch mal einen Besuch abstatten, also wenn wir das hier überstanden haben. Die werden es wieder versuchen und das müssen wir verhindern."

Arlo blickt zu Leo rüber und weiß gerade gar nicht, was er darauf antworten soll.

„Du willst Rache Leo?" „Nein, keine Rache, aber unser Leben schützen, wir können nicht in ständiger Angst leben." Arlo dreht sich noch mal um und schaut nach oben. Er sieht das sich dort alle bereit gemacht haben, mit ihren Waffen stehen sie alle nebeneinander und warten genau wie die beiden da unten. Aber er kann auch von weiten ihre Angst erkennen, man kann nur hoffen, dass die Linie nicht einbricht. Mit seinem Zielfernrohr schaut er als Nächstes nach Emma, die liegt immer noch auf dem Lkw und wartet. Sie sieht aber im Gegensatz zu den meisten anderen voll konzentriert und entschlossen aus. Yve kommt noch mal zusammen mit Abi nach unten, sie haben was auf dem Herzen.

„Sagt mal Jungs, die da oben fragen sich die ganze Zeit, warum wir uns nicht einfach ins Lager einsperren. Dort wären wir doch sicher, die Meute wird vorbeiziehen und wir haben keine Verluste", sagt Yvonne direkt nach dem ankommen. Beide Kerle drehen sich nach den Frauen um.

„Die Idee hatte ich eben auch Yvonne, aber das wird uns nicht retten", beginnt Arlo darauf „wir werden dort in einer Falle sitzen. Wir müssen davon ausgehen, dass die nicht wieder verschwinden und dann weiß ich nicht, wie wir da jemals wieder raus kommen. Nebenbei ist die Menge auch entscheidend, wenn die merken, das wir da drin hocken, kann es gut sein, dass sie uns belagern. Und irgendwann werden sie durchs Fenster brechen, egal wie gut wir das verriegeln."

Die Frauen schauen ein wenig enttäuscht, aber verstehen seine Argumente. „Wir haben auch noch ein anderes Problem, für die

Kranken ist das hier oben eine Sackgasse, ihr müsst euch das so vorstellen, wir verstecken uns und die kommen an. Von hier geht es nicht weiter und sie werden bleiben, das werden wir nicht lange überstehen", gibt noch Leo dabei und die Sache ist ganz vergessen. Die beiden Frauen gehen wieder nach oben und versuchen, auch den Rest der Leute aufzuklären.

„Warum hat das eigentlich so lange gedauert Arlo?" Fragt Leo seinen Freund, nachdem ihre Perlen wieder verschwunden sind. „Was meinst du?" „Ich meine unten beim Sägewerk, wollte Emma nicht?" „Nein, sie wollte wirklich nicht, erst als wir am Dachboden ein kleines krankes Kind gefunden haben und sie es erschießen musste, hat sie ihre Meinung geändert." „Auf dem Dachboden war ein Kind? Verdammte Scheiße, wer macht denn so was?" Arlo blickt noch mal nach Emma runter und wendet sich dann wieder seinen Freund zu. „Das hat Emma auch gesagt, sie konnte dann aber nicht mehr bleiben." Ein kleines Schmunzeln tritt bei Leo ins Gesicht.

„Siehst du Arlo, auch wenn jeder Angst vor Emma hat, sie ist trotzdem ein Mensch mit Gefühlen." „Das habe ich mir auch schon gedacht, sie kann noch so hart rüber kommen, ein Herz hat sie trotzdem, sie hat sogar Alex und Peter beerdigt." Leo schaut weiter zu seinen Freund und sein schmunzeln wird breiter. „Emma kann einen echt immer wieder überraschen." Nach einer kurzen Kontrolle Richtung der Frau schaut Arlo wieder rüber. „Leo, Emma hat gestern Sam aus dem Bunker geholt und in Haus 12 gebracht." Kurz blickt Leo in den Dreck vor sich, er wird ein wenig ruhiger. „Ich weiß Arlo, bin heute da rein und habe es selber gesehen. Es tut mir immer noch leid." „Alles gut, wenn wir das hier überstehen, dann werden wir sie anständig beerdigen." Schnell blickt Leo wieder auf und sein Ausdruck wird ein wenig fragend. „Warum sollten wir das nicht überstehen?" Arlo blickt kurz nach oben und betrachtet ihre Leute. „Da kommen fast tausend kranke Leo, vielleicht auch noch mehr und wenn ich mir die da oben so anschaue, dann denke ich nicht das die standhalten werden. Die haben Angst, mein Freund und ich kann es ihnen nicht verübeln."

Leo will gerade darauf antworten, aber der erste Schuss von Emma lässt ihn das nicht mehr ausführen. Beide schauen wieder gespannt nach unten, wo sie begonnen hat mit ihrer Waffe die ersten Kranken ins Visier zu nehmen. Noch sehen die anderen keine Ankömmlinge daher heißt es weiter warten.

Emma erblickt aber schon das ganze Ausmaß, sie liegt oben auf und erledigt die Ersten, die sich nähern. Aber das ist nur ein Tropfen auf dem heißen Stein, die Straße ist komplett voll mit denen, dicht an dicht drängen sie voran und werden auch nicht mehr lange brauchen.

„Verdammt" sagt Emma und schießt weiter. Ein Opfer nach dem Nächsten fällt zu Boden, einige stehen aber wieder auf und gehen einfach weiter, sie kann halt nicht jeden im Kopf treffen. Aber diejenigen, die liegen bleiben, werden von den anderen einfach überlaufen und platt getrampelt. Das einzig gute, was die ganze Sache derzeit bietet, ist die Geschwindigkeit. Die laufen sehr langsam und so bleibt den Verteidigern genug Zeit zu reagieren. Trotzdem legen sich weitere Sorgenfalten auf die Stirn von Emma, denn auch wenn sie viele Waffen haben, ist noch lange nicht geklärt, dass die Munition bis zum Ende reicht. Alleine die Fehlschüsse sind absolute Verschwendung, lassen sich aber leider nicht verhindern.

Jetzt hat auch Swen die Ersten im Sichtfeld, aber anstatt zu schießen, öffnet er nur seinen Mund und stellt auf Durchzug. Er kann gar nicht glauben, wie viele von da unten kommen und er bekommt es echt mit der Angst zu tun. Sein nächster Gedanke ist auch nicht bei seiner Waffe in der Hand, sondern bei seiner Tochter Amelia. Langsam sammelt er sich wieder und nimmt das Funkgerät. „Hört her, ich habe die Gruppe auch im Sichtfeld, warte aber noch mit dem Schießen, um Munition zu sparen. Es sind ehrlich verdammt viele, macht euch bereit."

Leo schaut von unten einmal zu ihm auf und streckt seinen Daumen in die Höhe. Arlo ändert mit seinem Gewehr das Sichtfeld und nimmt die Straße vor Emma ins Visier. Er kann immer noch keinen sehen, Swen ist einfach bedeutend höher und hat damit einen besseren Einblick. Die Frau da unten ist weiterhin am Schießen, so langsam sollte sie sich aber davon machen. Arlo schaut sehr besorgt in

Leos Richtung. „Emma soll da unten verschwinden." Leo nickt ihm zu und packt sich das Funkgerät. „Emma kommen", schreit er rein und wartet, aber es passiert nichts. „Die hört mich nicht Arlo." Genau das hat er sich schon gedacht, er muss was anderes machen, um ihr zu zeigen, das sie verschwinden soll. Mit seinem Gewehr nimmt er den Truck ins Visier und drückt ab. Der erste Schuss geht in die Frontscheibe, die auch sofort zersplittert. Sein nächster knallt gegen einen Seitenspiegel, der einfach abfällt und am Boden landet. Das hat Emma endlich mitbekommen, sie nimmt das Funkgerät in die Hand und schreit sauer hinein. „Was soll der Scheiß?" „Arlo sagt, du sollst da jetzt verschwinden." Wieder kommt erst mal keine Reaktion, Emma ist total damit beschäftigt, die Meute, die sich immer weiter nähert, unter Beschuss zu nehmen. Auch die beiden im kaputten Haus sehen jetzt die ersten und Arlo fängt an zu schießen. Mit seiner Sniper ist es schon ein leichtes, die Kranken zu erledigen.

„Ich bin gleich weg" kommt wieder von Emma aus dem Funkgerät. Swen eröffnet auch das Feuer, er hat sich wohl an Arlo orientiert und möchte nicht länger warten, aber trotz das da unten einer nach den anderen zu Boden geht, der Ansturm wird einfach nicht weniger. Die Horde hat jetzt den Lkw erreicht und die Bewegungen werden erst mal gestoppt. Es staut sich schon so richtig davor und immer mehr von denen rennen einfach hinten rein und bringen sogar den Lastwagen zum Wackeln. Endlich reagiert Emma und klettert vom Dach, leider haben sich aber die ersten schon vorbei gequetscht und kommen ihr dadurch sehr nah. Mit denen hat sie nicht wirklich Probleme, den einen erschießt sie mit der Pistole und ein Weiterer wird mit dem Messer erledigt. Sie macht nun eindeutige Handzeichen, das Arlo endlich den Tank ins Visier nehmen soll, aber der wartet natürlich noch, bis sie außer Reichweite ist. Das hat sie jetzt verstanden und rennt los, sie hat ja den hinteren Turm als Rückzugsort gewählt und auf den steuert sie zu, so hat Arlo freie Bahn und konzentriert sich auf den Lkw. Die Kranken haben sich aber mittlerweile an beiden Seiten durchgedrängt und der Lastwagen beginnt stark an zu wackeln. Der erste Schuss von ihm landet im Hals eines gerade vorbeilaufenden, der sofort zu Boden geht. Der Nächste knallt in der Seitenverkleidung, der Plan war eigentlich recht gut, nur wegen Emma musste er zu lange warten und es sind zu viele von denen im Weg. Leo und Swen unterstützen Arlo aber und erledigen so viele, wie sie können damit, endlich die Schussbahn frei wird und der nächste Einschlag geht direkt in den Tank. Der Lastwagen explodiert in einer riesigen Feuerwolke und die Kranken werden an allen Seiten durch die Gegend geschleudert. „Verdammt guter Schuss Arlo" kommt von Leo, er ist vollkommen zufrieden und eröffnet auch wieder das Feuer.

Leider hat das Ganze nicht viel gebracht, denn die Kranken, die von der Explosion getroffen wurden, stehen einfach wieder auf und laufen weiter. Auch die Nachfolgenden, die jetzt besser durch die Blockade kommen, gehen durch das Feuer, es interessiert sie gar nicht, das sie brennen. Emma ist mittlerweile auf ihren Turm angekommen und hochgeklettert. Von oben sieht sie nun das Gleiche und kann es absolut nicht fassen. Mit dem Funkgerät in der Hand kontaktiert sie die anderen. „Das hat nichts gebracht, das Feuer hält sie nicht auf, seht ihr das?" Kommt bei allen anderen an, die auch so ein Teil haben. „Ja Emma, wir sehen es, wir müssen weiter schießen", antwortet ihr Leo. Neben ihm ist Arlo weiter damit beschäftigt, die Angreifer zu erledigen, aber es werden immer mehr, die ersten erreichen auch den Aufgang zum Camp, nicht mehr lange und sie sind beim zerstörten Haus. Emma sieht aber noch was anderes, hinter dem Parkplatz aus dem Wald kommt noch eine andere große Gruppe gelaufen. Entweder haben die sich unterwegs aufgeteilt oder es handelt sich um eine Zweite, die auch direkt zum Camp geht.

Um die kümmert sich aber Emma und überlässt die anderen der Abwehrgruppe vor dem Lager. Die reagieren jetzt auch. Anthony, Yvonne und Abi laufen ein Stück den Berg nach unten und fangen an zu schießen. Zurück bleiben Eve und Caroline, die mit der ganzen Sache nicht wirklich klar kommen. Sofia und Vanessa warten noch ein wenig, nicht nur weil die Gefahr zu weit weg ist, sondern weil sie auch nicht die anderen treffen wollen. So langsam müssen Arlo und Leo verschwinden, trotz der neuen Hilfe von oben kommt die Horde immer näher. Es macht alles keinen Sinn, egal wie viele sie treffen, es rücken andere wieder vor, es nimmt einfach kein Ende. Swen verlässt seinen Turm und kommt zu den anderen, denn an seiner Seite klettern die Ersten schon das Ufer hoch und die Gefahr, das er nicht mehr flüchten kann, ist viel zu groß.

Emma hat ihre Gruppe aber gut unter Kontrolle, die fallen auf dem Parkplatz wie die Fliegen, nur macht sie sich langsam Sorgen um ihre Munition die nicht so lange halten wird. Arlo und Leo verlassen ihren Platz und gehen mit den anderen vier nach oben. Sie bewegen sich einfach rückwärts den Berg zurück und schießen dabei weiter auf die Angreifer. Die beiden oben auf dem Camper haben jetzt begonnen, den anderen zu helfen, mit schnellen kurzen Salven feuern sie nach unten und treffen auch sehr gut. Leider bringt das alles nichts, denn viele von den Getroffenen stehen kurze Zeit später wieder auf und gehen weiter.

„Wenn das so weiter geht, dann müssen wir uns nach hinten zurückziehen", schreit Leo zu allen, die aber gar nicht reagieren, jeder ist einfach nur noch damit beschäftigt, die Waffen zu entleeren. Jessica erscheint draußen und schaut sich das Ganze kurz an, aber an ihrem Ausdruck kann man genau erkennen, das sie keine Chance mehr sieht. Anstatt zu schießen, rennt sie zu Sofias Haus und blickt nach den Kindern, denn wenn die Kranken noch näher kommen, dann sind die nicht mehr lange sicher und das bekommt auch Sofia mit. Sie unterbricht ihre Schießeinlagen und klettert vom Camper. „Wo willst du hin Sofia?" Ruft Vanessa ihr noch hinterher, aber bekommt keine Antwort. Sie rennt in ihr Haus und nicht mal 10 Sekunden später kommt sie mit allen Kindern wieder raus und geht mit ihnen zusammen zum Camper, wo sie jeden Einzelnen der Kleinen reinlässt. Auch Jessica soll mit rein, die damit aber nicht wirklich einverstanden ist, sie wollte eigentlich zurück zu Sarah, Sofia setzt sich einfach durch. Sarah ist bisher nach der not OP nicht wieder aufgewacht, ihr geht es zwar gut, aber dieser Sache ist sie hilflos ausgeliefert. Sofia selber bleibt neben dem Camper und schießt weiter, für ihre Aktion erntet sie vor allem von Carolina eine zustimmende Geste.

Die Kranken passieren das zerstörte Empfangshäuschen und machen weiterhin keinen halt, sie haben nur eins im Sinn, die Lebenden müssen gefressen werden. Emmas neue Horde, die von der anderen Seite kommt, schafft es langsam auch, die Anfänge des

Camps zu erreichen. Sie ist so sehr damit beschäftigt, auf die zu schießen, das sie gar nicht mitbekommt, das auch hinter ihr einige Kranke durch Huschen und in Richtung Häuser schlürfen. „Das sind einfach zu viele", schreit Arlo und gibt den Befehl zum Rückzug. Die Gruppe vor dem Lager zieht sich zwei Häuser zurück und befindet sich jetzt auf Höhe von Sofia und ihren Camper.

„Wir müssen das Camp aufgeben", schreit nun Leo, bekommt aber nicht wirklich eine Antwort, denn weiterhin sind alle damit beschäftigt, die Kranken abzuwehren. Anthony ist der Erste, der die Gruppe verlässt und selber zum Camper rennt. Dort öffnet er unter großen Protest von Sofia die Tür und holt Laura und Simon heraus, auch Caroline ist dazu gekommen und nimmt die Kleine auf den Arm. „Was soll das werden Anthony?" Schreit Sofia ihn an. „Ich muss meine Familie retten, du siehst doch selber, das wir keine Chance haben, das sind einfach zu viele und die werden uns gleich überrennen." Dummerweise ist bei dem Gespräch der kleine Sohn von Evelyn entwischt, vor lauter Angst hat er es im inneren nicht mehr ausgehalten und rennt nach Nummer 4, wo er eigentlich seine Mutter vorfinden würde. Eve hat das aber mitbekommen und läuft ihm hinterher, noch bevor sie das Haus erreichen, holt sie ihn ein und hält ihn fest. Sie beugt sich zu ihm runter und versucht ihm zu erklären, das dieses gerade echt dumm war. Zur gleichen Zeit kommen aber zwischen den Häusern die ersten Angreifer hindurch, die Emma hinten nicht gesehen hat und die steuern direkt auf die beiden zu. Als Evelyn die erblickt, verfällt sie in so was wie eine Trance, als Schutzfunktion umklammert sie einfach ihren Sohn und schließt die Augen.

Etwas weiter vorne beginnt der Camper heftig an zu wackeln, das liegt aber nicht an den restlichen Kindern im inneren, sondern weil auf der anderen Seite die ersten Kranken das Ufer erklommen haben und nun an dem großen Wohnmobil vorbei wollen. Vanessa, die immer noch oben drauf hängt, ändert ihre Position und schießt am Rand auf die neuen Ankömmlinge. Die Fallen nacheinander den steilen Hang wieder runter. Aber auch hier sind es einfach zu viele, es kommen schnell Neue, die jetzt auch versuchen, den Wagen zu umrunden. Das Ganze bekommt auch Swen mit, der mit einem Satz an der Seitentür des Wohnmobils steht und seine Tochter rausholt. „Es tut mir leid Sofia", sagt er noch schnell. Vanessa geht oben in die Hocke und ruft zu den anderen runter, da aber alles sehr laut ist, bekommt niemand ihre Hilferufe mit. Beim nächsten Wackeln verliert sie das Gleichgewicht und fällt nach hinten, mit einer Hand schafft sie es noch, sich an der Satellitenschüssel vom Camper festzuhalten.

Aber ihre Beine baumeln schon an der Seite runter und die Kranken versuchen sie daran nach unten zu ziehen. Keiner der anderen bekommt von der Sache was mit, auch die neuen Rufe von ihr gehen im Gewehrfeuer unter. Ein größerer Kranker beißt Vanessa in den Fuß, zuerst merkt sie das gar nicht, da die Sohle ihrer Schuhe ziemlich dick ist, aber ein wenig später spürt sie auf einmal den Schmerz. Mit verzehrten Gesicht schaut sie nach unten und sieht, wie der Kerl weiter an ihr hängt, der Schuh selber ist auch schon abgefallen, ein anderer ist an dem zweiten Bein und ganz langsam verliert sie oben ihren Halt. Noch versucht sie, nach den Angreifern zu treten, der große rutscht tatsächlich ab und kullert das Ufer hinunter, aber die Kraft verlässt sie immer mehr und ein weiterer zieht an ihrem blutigen Fuß. Das kann sie nicht lange aushalten und sie fällt in die Tiefe, ihre Landung ist zwar weich, aber sehr schnell fallen alle über sie her, auch die neuen Schreie sind auf der anderen Seite nicht angekommen, denn die Front der Verteidiger bricht langsam zusammen. Anthony und seine Familie rennen nach hinten durch und peilen ihr Haus an, bekommen aber gar nicht mit, das Eve und ihr Sohn in großer Gefahr sind. Trotzdem schaffen sie es nicht, am Ziel anzukommen, denn auch zwischen Blockhütte 9, 10 und 11 erscheinen etliche Kranke und laufen genau in ihre Richtung.

Von ganz hinten kommt Milo angerannt, er hat den hinteren Turm verlassen, weil er es nicht mehr ausgehalten hat. Auf seinen Weg erschießt er einen nach den anderen, die gerade dabei waren, die junge Familie anzugreifen, aber auf halber Strecke bleibt er einfach stehen und schreit, so laut er kann. Das haben dann auch die anderen weiter vorne mitbekommen, sie drehen sich alle um und sehen mit Entsetzen, wie einige von den Kranken über Eve und ihrem Jungen herfallen. Die Schreie der beiden werden sie wohl nie vergessen, Yve und Abi rasten völlig aus und schießen blind auf die Angreifer, die mittlerweile aber komplett ihre beiden Opfer verdeckt haben. Es dauert auch nicht lange und die beiden verstummen. Milo, der das alles mit ansehen musste, fällt auf seine Knie und schreit weiter, von der Seite kommen auch beim ihm die nächsten Kranken, die Anthony zusammen mit Caro noch abgewehrt bekommt.

Der Jugendliche interessiert sich dafür aber nicht mehr, er nimmt sich seine Pistole aus der Hose, setzt sie selber an seinen Kopf und drückt ab. Jetzt sind es die Kinder von Anthony, die mit ihren schreien alle aufschrecken, erst mussten sie die Sache mit Eve anschauen und dann den Selbstmord von Milo. Ihre Eltern reißen sie aber vom Boden und verschwinden mit ihnen in ihrem Haus, wo auch schnell die Tür geschlossen wird.

„Abi, Yvonne geht in die Küche und schließt euch ein, da seid ihr erst mal sicher", brüllt Arlo den beiden zu, die schauen immer noch total geschockt in die Richtung, wo Eve gestanden hat.

Yve reagiert aber plötzlich und nimmt die Kleine an die Hand, die Männer schießen ihnen den Weg frei, daher schaffen sie es durch die Tür ins Innere.

„Wir treffen uns unten am See", schreit Leo hinterher und die beiden sind verschwunden, ob sie das noch gehört haben, kann keiner sagen.

Swen und seine Tochter Amelia hält auch nichts mehr, zu viel ist gerade passiert und die Massen kommen immer näher, aber anstatt nach hinten zu laufen, gehen sie einfach zwischen den Häusern durch. Kurz darauf sind sie wie vom Erdboden verschluckt. Nur noch Arlo, Leo und Sofia stehen an Ort und Stelle und versuchen weiter, die Angreifer abzuwehren. Aber auch Emma im Hintergrund hat nicht genug, sie ist zwar mittlerweile komplett umzingelt, ist aber trotzdem in Sicherheit, denn ihre Leiter kommen die Kranken nicht hoch.

„Ich werde jetzt mit den Kids verschwinden, es tut mir leid, aber länger können wir das nicht durchhalten." Sofias letzte Worte kommen bei Arlo und Leo fast gar nicht an, denn die Waffen sind doch ziemlich laut und die beiden sind immer noch am Schießen. Sie sehen aber, wie Sofia in den Camper steigt und dort schnell auf den Fahrersitz klettert. Das große Gefährt wird an geschmissen und keine Sekunde später rollt sie langsam nach unten. Sie nimmt natürlich keine Rücksicht auf irgendwelche Kranken, die sich im Weg befinden, die werden einfach überrollt oder beiseitegeschoben und der Wagen macht auch keine Anstalten, das es ihn stören würde. Die beiden Männer sind jetzt ganz alleine und haben irgendwie keinen Plan, sie müssen ständig weiter nach hinten, denn von vorne kommen immer mehr. Sofia hat viele mit ihrer Aktion getötet, aber auch aus den Seiten der Häuser erscheinen weitere. An der Stelle, wo Eve eben ihr Leben gelassen hat, hat sich eine größere Menge gesammelt, die sind alle am Fressen und nehmen von den beiden nicht wirklich eine Notiz. Das Lager ist auch umzingelt, sogar an der Rückseite sind überall welche, rein kommen sie also nicht, aber Yve und Abi sind erst mal in Sicherheit, solange sie sich vom Fenster fernhalten. Arlo und Leo bleibt nur die Flucht nach hinten. Auch Milo ist am Boden nicht alleine, da er aber nicht mehr am Leben ist, bekommt er das elend nicht mit, welches gerade über ihn einbricht. Für Arlo und Leo ist das natürlich hilfreich, so können sie ohne größere Probleme durch huschen und kommen schnell an den hinteren Häusern an, wo sich das Funkgerät meldet.

„Emma hier, ich musste gerade beobachten, wie Swen und Amelia hier hinten aufgetaucht sind, auch der Camper ist verschwunden, was ist bei euch da vorne los?" Leo nimmt das Teil in die Hand und antwortet sofort. „Wir haben uns zurückgezogen, es ist fast keiner mehr da, was ist mit Swen und seiner Tochter? Haben sie es geschafft?" Ein kurzes Rauschen kommt zurück, es sieht eher so aus, als ob sie gerade nicht antworten kann. Sie hören aus ihrer Richtung einige Schüsse, das hat aber auch sehr nachgelassen, denn Emma wird sicher kaum noch Munition haben, aber endlich ertönt ihre Stimme wieder aus dem Gerät.

„Nein, sie haben es nicht geschafft, es tut mir leid", kommt nur aus dem Teil und Leo ist kurz davor Ausrasten. Neben ihm steht sein Freund Arlo, der weiterhin auf die Kranken schießt, aber nur noch auf die in der Nähe. Sofia ist zusammen mit Jessica im Camper verschwunden, die werden es wohl geschafft haben, warum sie aber alleine gefahren sind, wird sich sicher nie klären, aber sie hatte Angst um ihre Kinder. Leo versucht sich zu sammeln, nimmt seine Waffe hoch und erschießt einen Kranken, der gerade aus der Seitengasse gekommen ist, als Nächstes spricht er wieder ins Funkgerät.

„Wie sieht es bei dir aus, Emma? Kommst du noch klar oder sollen wir dich holen?" Diesmal kommt die Antwort tatsächlich sofort. „Ich komme klar, rettet die anderen, hier kommt keiner hoch und wenn es weniger wird, verschwinde ich zum Treffpunkt." Leo schaut zu Arlo, der auch zu ihm zurückschaut und was sagen möchte. „Lass uns Anthony und seine Familie retten und dann verschwinden wir hier, Emma kommt schon klar, hast du ja gerade gehört." Leo nickt nur und schaut wieder nach vorne, da sammeln sich immer mehr und mit bedauern müssen sie auch sehen, wie die Ersten bei Sarah ins Haus rein marschieren.

„Verdammt Arlo, siehst du das, die haben es irgendwie geschafft, in das Haus von Sarah zu kommen, wenn die Zwischentür geöffnet ist, kommen sie einfach durch zu ihr." „Seien wir mal ehrlich, wir hätten sie auch nicht retten können", kommt als Antwort zurück. Leo schaut einmal zu Boden und tränen kommen in seine Augen, natürlich hat Arlo recht, aber es sind schon so viele gestorben, sie hätten doch sofort abhauen sollen, aber nein, es musste ja gekämpft werden und er war an der Idee nicht ganz unschuldig. Das ganze Blut der gestorbenen Menschen klebt auch an seinen Händen. „Was machen wir mit Yve und Abi, wir können sie doch nicht zurücklassen", sagt er jetzt mit Angst verzerrten Gesicht. Trotz das sie in ständiger Gefahr sind und auch keine Zeit haben, nimmt Arlo seinen Freund kurz in den Arm. „Mach dir bitte keinen Kopf Leo, die beiden sind in Sicherheit, sie werden schon nichts Schlimmes anstellen."

Schnell nimmt Leo das Funkgerät wieder in die Hand und kontaktiert Emma. „Emma, hör mir bitte zu, wir retten jetzt noch Anthony und seine Familie und verschwinden dann zum Treffpunkt. Leider sind alle anderen entweder geflüchtet oder tot, aber vorne im Lager sind noch Yvonne und Abigail, die haben sich dort eingesperrt, kannst du sie bitte mitbringen, wenn die Flucht gelingt und wir noch nicht wieder da sind? Wir kommen da gerade nicht hin, aber wenn wir die anderen in Sicherheit haben, kommen wir zurück." Auch diesmal antwortet Emma sofort, es scheint wohl so, als ob sie keine Munition mehr hat. „Macht euch keinen Kopf, bringt euch in Sicherheit, ich halte es hier noch länger aus. Wenn es irgendwie möglich ist, bringe ich die beiden mit, versprochen." Leo packt das Gerät wieder weg, denn vor ihm hat sich was Neues entwickelt, die Kranken haben es geschafft, bei Anthony ins Haus zu kommen. Die haben solange vor das Fenster im Wohnzimmer gedrückt, bis es nachgegeben hat und nacheinander fallen sie durch das offene Teil nach innen.

„Komm Leo, wir versuchen es hinten, vielleicht bekommen wir sie da raus", sagt Arlo und ohne zu warten, rennt er um das Haus herum. Leo sprintet sofort hinterher, knallt noch zwei Schlürfenden jeweils eine Kugel in den Kopf und kommt zusammen mit Arlo am Schlafzimmerfenster an. Schnell sieht Arlo, das drinnen schon das große Chaos herrscht, Anthony drückt von innen gegen die Tür und die anderen sitzen auf dem Bett und sind am Heulen. Leo kümmert sich weiter draußen um die Angreifer, die von allen Seiten immer näher kommen und sein Freund haut wie ein Verrückter von außen gegen die Scheibe. Es dauert auch nicht lange, bis Caro das mitbekommt und endlich das Fenster öffnet, leider wurde dadurch Anthony von seiner Aktion abgelenkt und die Kranken schaffen es, die Tür zu durchbrechen. Mit seiner Waffe versucht er sie noch abzuwehren, schießen geht nicht mehr, daher benutzt er das Teil als Schlagkolben. Caroline reicht als erstes Laura nach draußen und Arlo nimmt sie auch sofort entgegen, Leo ist weiterhin damit beschäftigt, alles abzuwehren, daher kann er ihnen nicht helfen.

„Jetzt Simon", ruft Arlo von draußen. Der klammert sich aber fest ans Bett und Caro schafft es nicht, ihn zum Fenster zu befördern, sie schreit ihn die ganze Zeit an, aber der reagiert einfach nicht. Anthony hat gerade den Kampf verloren und der erste der Kranken beißt ihn in den Arm, den schlägt er noch ins Jenseits. Den Nächsten schafft er nicht mehr und Simon sitzt weiter auf dem Bett und muss das alles mit ansehen. Aber auch Caro unternimmt bei dem Anblick nichts mehr und starrt geschockt in die Richtung, wo vorher noch ihr Mann am

Kämpfen war. Einer nach dem anderen fällt über ihn her und beißt ein Stück von seinem Fleisch heraus, überall ist Blut und das ist kaum zum Aushalten. Die Sperre, die Anthony mit seinen Körper und seinen Angreifern vor der Tür aufgebaut hat, hält leider nicht lange, schon kriechen die ersten darüber und gelangen in den Raum, wo immer noch Caro und ihr Sohn Simon mit aufgerissen Augen keine Reaktion von sich geben. Arlo wendet sich draußen mit der kleinen Laura ab, ihm bleibt auch keine andere Möglichkeit, er kann die Restlichen nicht mehr retten, aber was sich jetzt im inneren abspielt, soll die Kleine nicht mit ansehen.

„Schnell Leo, wir müssen hier weg", schreit er ihn an und erst jetzt sieht Leo das ganze Ausmaß, was im Haus gerade abläuft. Er war so derbe damit beschäftigt, die Kranken draußen abzuwehren, dass er das alles gar nicht mitbekommen hat. Zusammen mit Arlo und Laura verschwindet er zum nächsten Haus und von da direkt in den Wald. Es ist das einzige Gebiet, wo noch alles frei ist, daher können die drei Entkommen und zum Treffpunkt rennen, aber ein paar Meter weiter bleiben sie stehen und schauen zurück. Das ganze Camp ist mittlerweile überlaufen, sie hätten auch gar nichts mehr tun können. In der Ferne sehen sie den Hochstand von Emma, komplett umzingelt von Körpern, die alle nach oben greifen, aber nicht dran kommen. „Komm Leo, wir müssen die Kleine in Sicherheit bringen, ich möchte nicht das die Kranken uns sehen und uns dann folgen." Leo schießt noch ein paarmal auf einige von denen, die mitbekommen haben, das sie da am Waldrand stehen und verschwindet dann mit den beiden anderen...

Kapitel 52

Trotz der Horde von Kranken ist Sofia zusammen mit Jessica, die durchgehend nur am Weinen ist und ihren Kindern an der Kreuzung angekommen. Die Front von ihrem Fahrzeug hat sich komplett rot verfärbt, sie kann gar nicht sagen, wie viele sie auf dem Weg nach unten überfahren hat, sie hatte aber versucht, den Dingern auszuweichen, denn wenn sich die ersten Leichen im Radkasten verfangen, wäre die Fahrt schnell zu Ende gegangen. Jetzt stehen die sechs vor der Krankenwagensperre und überlegen das weitere vorgehen.

„Was sollen wir jetzt machen Mama?" Fragt Matthew vom Beifahrersitz. Sofia schaut ihn von der Seite an und zieht ihre Schultern nach oben. „Ich weiß es nicht mein Sohn, zurück können wir nicht mehr, vom Camp ist nichts mehr übrig." Immer noch befinden sich hier unten eine Menge Kranke, die gerade dabei waren, den Weg nach oben einzuschlagen, jetzt aber lieber von außen gegen den Camper laufen. Jessica kommt auch von hinten und hat ein total verweintes Gesicht.

„Wir können die doch nicht alle im Stich lassen, vielleicht leben ja noch welche", sagt sie mit zitternder Stimme. Sofia geht gar nicht darauf ein und fährt ihren schweren Wagen ein wenig zurück. Sie bleibt aber noch mal kurz stehen und schaut erst ihren Sohn und dann Jessica an.

„Ich versuche jetzt hier, mit Schwung durch die Leitplanke zu fahren, dann geht es über die Wiese und da hinten wieder auf den Highway, wenn wir schnell genug sind, schaffen wir das auch.

„Keiner der Insassen sagt darauf ein Wort, so als ob es keinen interessiert was Sofia geplant hat, was sie aber auf keinen Fall möchte, den Weg nach Lake City einschlagen. Sie möchte erst nach Olustee fahren und von dort zur Ostküste, also bis es nicht mehr weiter geht.

„Sollen wir nicht lieber nachsehen, ob es jemand zum Treffpunkt geschafft hat?" Fragt Jessica, die immer noch im Durchgang zum

Fahrerhaus steht. „Jessi, es wird niemand geschafft haben und wenn doch, dann kommen wir von hier gar nicht da hin, sie werden auch nicht auf uns warten. Wir sind auf uns gestellt und müssen versuchen, hier wegzukommen."

Nach ihren Worten gibt sie Gas, Jessica fliegt nach hinten und landet auf dem Boden, aber es hat gerade keiner Zeit, sich um sie zu kümmern. Das Fahrzeug gewinnt an Geschwindigkeit und durchbricht die Seitenbegrenzung, dann wühlt er sich durch die Wiese und wird langsamer, nur noch ein Stück und Sofia kann rechts auf den Highway auffahren. Die Reifen sind schon am Durchdrehen, aber noch bewegen sie sich, einen kurzen Augenblick später verändert sich der Boden wieder, der Camper macht einen Schuss nach vorne und erreicht den Asphalt. Sofia hält aber erst mal an und schaut von hinten auf die Absperrung, etwas weiter links steht ein roter, verbeulter Porsche.

„Wir haben es geschafft", ruft sie einmal durch den Innenraum und auch Jessica ist wieder auf den Beinen. „Wo sollen wir jetzt hin?" Fragt sie wieder aus dem Durchgang, sie hat sich wohl mit der Situation abgefunden, da Sofia auch recht hat, sie hat es selber gesehen, da wird niemand überlebt haben. „Wir fahren zur Ostküste, also ans Meer und dann entscheiden wir zusammen, wie es weiter gehen soll." Ohne ein Wort darauf zu sagen, setzt sich Jessi wieder hinten in den Wohnraum und hält sich beide Hände ins Gesicht. Leise fängt sie an zu weinen und der kleine David nimmt sie in den Arm. Sofia schaut einmal nach hinten und fährt langsam los, der Weg ist weit und keiner weiß was noch alles kommt.

Arlo hat Laura weiterhin auf dem Arm, so geht es wenigstens schneller voran und Leo deckt den Rückweg. Keiner der Kranken ist ihnen auf den Fersen, nicht nur weil die zu langsam sind, sie haben die Flucht auch gar nicht mitbekommen. Die Kleine sagt kein Wort, sie klammert sich einfach an Arlo und rührt sich nicht. Sie weint auch nicht, es sieht eher nach einem Schock aus, darum können sich die beiden aber derzeit nicht kümmern. „Warte mal Arlo", sagt Leo von hinten und die Flucht wird kurz unterbrochen. „Was ist Leo?" Fragt Arlo betroffen, man sieht ihm sofort an, dass er sehr unter der Sache leidet. Aber natürlich ist auch Leo am Ende, trotzdem braucht er eine kurze Pause.

„Wo ist die Hütte wo wir hin wollen?" Arlo schaut einmal den Waldpfad hinunter und versucht sich zu erinnern. „Ich glaube es ist nicht mehr weit." Leo hat sein Gewehr im Arm und das Scharfschützengewehr von Arlo auf dem Rücken und folgt mit seinen Augen den Verlauf des Weges. „Wenn wir angekommen sind, dann gehe ich zurück und hole die anderen", sagt er plötzlich, als sich Arlo auf gemacht hat. Sofort bleibt er wieder stehen und schaut zu Leo. „Das ist zu gefährlich, wir müssen einfach hoffen, das Emma es schafft, die beiden zu retten. Was bringt es uns, wenn wir uns auch noch verlieren?" Ein wenig zornig, was aber nicht beabsichtigt ist, kommt Leo näher. „Ich werde Yvonne nicht einfach da oben lassen, auch Abi und Emma müssen es schaffen, also werde ich gleich wieder da hochgehen, egal was du sagst." Darauf antwortet Arlo nicht mehr, er hat eingesehen, das er Leo nicht davon abbringen kann. Langsam geht er weiter, schaut vorher aber noch mal nach Laura, die den gleichen Gesichtsausdruck hat. Er macht sich Sorgen um die Kleine, aber erst müssen sie unten ankommen. Leo ist auch wieder auf seiner Höhe und hält Schritt, dabei schaut er öfters nach hinten, einmal um nach Kranken Ausschau zu halten und natürlich um zu gucken, ob die anderen nicht schon nachkommen.

Ein wenig später kommen sie endlich bei der Hütte an, genau da hat Arlo Abigail das erste mal getroffen und jetzt ist er wieder hier. Die Umstände sind aber wie immer beschissen. Er versucht, Laura rein zu setzen, aber die klammert sich weiter an ihn fest, so das er sich mit ihr zusammen auf die Bank hauen muss. Leo schaut sich draußen eine Weile um, er will sichergehen, dass die beiden in Sicherheit sind, wenn er wieder zurückgeht. Er ist aber mit seiner Kontrolle zufrieden und legt Arlo das Scharfschützengewehr auf den Tisch.

„Ich mache mich wieder auf den Weg, seht zu,, das ihr beiden überlebt." Arlo greift nach der Hand von Leo und hält sie fest. „Sieh du lieber zu, dass du gesund wieder zurückkommst und bring die drei Frauen mit", sagt er noch und Leo nickt ihm zu, diesmal wieder völlig freundlich. Zurück bleiben Arlo und Laura, er muss sich nun um sie kümmern, sie hat ja keinen mehr, sie hängt aber weiterhin komplett an ihm und er belässt es dabei.

„Was machen wir jetzt?" Fragt Abi total außer sich in die Richtung von Yve, die am Fenster steht und raus schaut. „Ich lasse mir gerade was einfallen, aber ich denke, das wir gleich verschwinden." Abigail kommt auch ans Fenster und schaut nach draußen, sie können von da den Turm von Emma sehen, der immer noch total umzingelt ist. „Wir sind hier sicher Abi", sagt Yvonne zu ihr und geht nach nebenan. Abigail folgt ihr sofort, sie möchte nicht alleine sein und hängt an ihr wie ein kleines Kind, aber eigentlich ist sie ja auch noch eins. Hinten befinden sich eine ganze Menge Waffen, davon hatten sie genug, aber das hat sie nicht gerettet. Jetzt decken sich die beiden Frauen damit ein und nehmen auch die Handgranaten mit nach vorne.

„Was machen wir mit Emma?" Fragt Abi jetzt wieder und beide schauen durch das Fenster zu ihr rüber. „Ich habe keinen Plan, aber so wie es aussieht, ist sie ja in Sicherheit, es kommt jedenfalls keiner zu ihr hoch", antwortet Yvonne und lädt eine Pistole nach.

„Ich möchte nicht mehr hierbleiben Yve, lass uns endlich verschwinden, wir können uns doch durchschießen und dann in den Wald." Yvonne schaut von ihrer Waffe hoch und in ihren Blick sieht man Entschlossenheit. „Wir werden auch nicht mehr hierbleiben, ich habe eine Idee, wie wir hier verschwinden können." Sofort ändert sich der Gesichtsausdruck von Abi und ein Leuchten dringt in ihre Augen. „Hast du denn jetzt auch eine Idee wegen Emma, die kann ja nicht hierbleiben." Yvonne blickt noch mal nach dem Turm und wird nachdenklich.

„Abi, wir werden ihr nicht helfen." Mit großen Augen schaut die junge Frau sie an.

„Was meinst du damit?" „Genau das, was ich gesagt habe, wir verschwinden jetzt hier, aber ohne Emma, das Risiko gehe ich nicht ein." Irgendwie ist Abi damit nicht einverstanden, sie nimmt ihre Hände nach oben und macht damit eine abwehrende Geste. „Yvonne, wir können sie nicht einfach hier lassen, sie wird das nicht überleben und wir haben hier Waffen ohne Ende, wir können sie retten." Jetzt wird Yvonne schon fast hysterisch. „Nein Abi, ich werde für diese Frau keinen Finger krümmen und uns auch nicht in Gefahr bringen." Das war wohl auch das letzte Wort, was Yve darüber verlieren will, sie nimmt sich die Handgranaten und öffnet das Fenster, nur um es kurz darauf wieder zu schließen.

„Was ist jetzt los?" Fragt Abi total verwundert. „Warte eben hier, ich habe noch was vergessen", bekommt sie nur als Antwort und Yvonne rennt noch mal ins Lager. Abigail hat aber nicht wirklich Lust zu warten und schlendert langsam hinter her. Yvonne steht im hinteren Bereich und holt irgendwas rosafarbiges unter einem Karton hervor. Das steckt sie sich einfach unter das Shirt und schon kommt sie wieder zurück. Abigail steht noch im Raum und schaut sie verwundert an.

„Was war das Yve?" „Das war ein Geschenk, das lasse ich nicht hier, komm schon, wir müssen jetzt los." Die beiden gehen wieder ans Fenster und es wird das zweite mal geöffnet, Yve wendet sich aber ihrer Begleiterin noch mal zu.

„Seh zu, das du gleich schnell bist Abi, ich werde mit diesen Teilen die größten Gruppen ausschalten und dann rennen wir zum Wald, hast du das verstanden?" Abi ist den Tränen nahe, natürlich hat sie das verstanden, ist aber immer noch nicht damit einverstanden, das Emma einfach zurückgelassen wird. Aber Yve wartet gar nicht auf eine Antwort, sie zieht an dem ersten Stift von der kleinen Granate und schmeißt sie links aus dem Fenster. Eine kurze Zeit später kommt aus der gleichen Richtung eine Explosion und viele der Kranken, die noch in der Nähe sind, laufen genau da hin. Auch Emma bekommt das mit und beginnt zu winken.

Sie ist felsenfest davon überzeugt, das die beiden sie retten werden, daher fängt sie an, die Kranken unter ihr nacheinander mit dem Messer zu bearbeiten. Munition hat sie keine mehr, daher bleibt ihr nichts anderes übrig, aber es kommen immer wieder neue, ohne Schützenhilfe wird sie ihrem Versteck nicht entkommen können. Sie sieht jetzt, wie die beiden Frauen aus dem Fenster klettern und Yvonne die nächste Handgranate in eine Gruppe auf der rechten Seite schmeißt. Die Explosion zerreißt viele von ihnen in Stücke und andere in der Nähe Laufen hirnlos genau zu der Stelle.

Der Plan von Yve scheint zu funktionieren, denn der Weg zum Wald wird immer freier, aber sie müssen noch an dem Turm von Emma vorbei, wo die Kranken unten warten und sich nicht ablenken lassen. Die beiden rennen los, erschießen unterwegs ein paar vereinzelte und steuern direkt die Bäume an. Es dauert nicht lange, bis sie den Hochsitz passieren und nichts unternehmen, erst jetzt begreift Emma, das sie gar nicht vorhaben, ihr zu helfen.

„Hey" schreit sie noch von oben runter und lockt damit nur Neue zu ihrem Ausguck. Yvonne und Abigail sind mittlerweile am Rand des Waldes angekommen und bleiben stehen, sie hatten nicht wirklich viel Gegenwehr, die Explosionen haben ganze Arbeit geleistet. Zusammen sehen sie aber jetzt, wie sich eine immer größere Menge bei Emma sammelt und versucht, sie zu erreichen. Abigail schaut ziemlich sauer zu ihrer Begleiterin und zielt plötzlich mit ihrer Waffe auf dem Turm. Zu einem Schuss kommt sie aber nicht, denn Yvonne haut ihr das Teil aus der Hand.

„Vergiss es Abi, wenn du jetzt schießt, sind wir verloren." Mit Erschrecken sehen die beiden Frauen, das der Hochsitz anfängt zu wackeln. Durch die neuen Kranken, die hinzugekommen sind, ist die Wucht, die außen gegen das Holzteil drückt, sehr groß geworden und lange hält das Ding nicht mehr. Emma steht weiterhin darauf und macht nichts, sie blickt einfach zu den beiden Frauen am Waldrand und fragt sich, ob das nun die Rache für alles ist. Ein paar Augenblicke später kippt der kleine Turm nach hinten, sie hält sich noch verkrampft oben fest, das bringt aber alles nichts mehr, denn das ganze Teil fällt einfach um und verschwindet ganz schnell den Berg nach unten. Die meisten der Kranken kullern einfach hinter her und die Restlichen machen sich auch auf den Weg, es könnte ja was zu fressen geben.

„Yvonne" sagt Abi sehr leise und nimmt ihre Hand. „Los Abi, wir müssen hier weg."

Zusammen laufen sie weiter in den Wald hinein und lassen das verlorene Camp hinter sich. Vor allem Abi ist total in Gedanken versunken, sie stolpert eher von einer Wurzel zur nächsten und kann nicht begreifen, das sie Emma den Tod überlassen haben. Viele Meter weiter hält Yvonne auf einmal an und schaut zu ihrer Freundin.

„Abi, das kann sie nicht überlebt haben, wenn der Sturz sie nicht getötet hat, dann die Kranken." „Wir hätten sie retten können, wir haben sie einfach im Stich gelassen, sie ist wegen uns gestorben", antwortet sie mit verweinter Stimme. Einen kleinen Moment herrscht Ruhe zwischen den beiden und dann schaut Yvonne Abi tief in die Augen. „Es war besser so Abi, Emma war eine Gefahr für uns alle. Sie hat das bekommen, was sie verdient hat." Abi hält den Blick von ihr stand und ist damit auch noch nicht fertig. „Das war Mord Yvonne, wir haben sie umgebracht." „Nein, das haben wir nicht, die Kranken haben sie getötet, wir mussten uns retten." Abigail weicht Yvonne aus und will sich gerade wieder auf den Weg machen, als sie von hinten gehalten und noch mal herumgerissen wird.

„Hör mir zu Abi, das bleibt unter uns, die anderen dürfen davon nichts erfahren, hast du das verstanden?" Ein kurzes Nicken von Abi signalisiert, das sie es wohl verstanden hat. Wem will sie das auch erzählen? Yvonne wird immer das Gegenteil behaupten und vielleicht ist sie dann die nächste, wenn sie Yve verärgert, sie hat sich wohl in ihrer Freundin getäuscht. Zusammen rennen sie weiter und erreichen auch schnell den Pfad, der direkt nach unten geht, genau zum Treffpunkt. Hoffentlich hat es überhaupt einer geschafft.

Leo rennt wie ein verrückter den Weg nach oben, er hat unterwegs zwei Explosionen gehört und macht sich jetzt noch mehr Gedanken über seine Freunde. Eigentlich kann er gar nicht mehr, trotzdem bewegen sich seine Beine immer weiter. Zwischen den Bäumen hat er was gesehen, er konnte es nicht genau erkennen, aber da kommt ganz sicher jemand. Schnell versteckt er sich an der Seite im dichteren Wald und wartet, wenn es Kranke sind, dann will er sie lautlos ausschalten, denn keiner darf hier durchkommen. Ganz still steht er in seinem Versteck und hört den Waldboden knacken, es kommt also näher. Vom Boden schnappt er sich einen großen Ast, den er jetzt wie eine Waffe vor sich hält. Nur noch einen kleinen Augenblick und er springt auf den Weg und holt aus, aber anstatt zu schlagen, bekommt er von vorne was ins Gesicht und sackt nach unten.

„Leo" sagt eine ihm bekannte Stimme und schon wird ihm wieder auf die Beine geholfen. Seine Benommenheit verschwindet langsam und er erkennt Yvonnes Gesicht, die er auch sofort in den Arm nimmt. Er kann es nicht fassen, seine Liebste hat es wirklich geschafft, die Freude ist trotz aller Umstände riesig. Dann drückt er sie ein wenig weg und schaut sie von oben bis unten an, sein nächster Blick geht zur Seite, dort steht Abi und blickt sehr unschuldig.

„Seit ihr verletzt? Geht es euch gut?" Yvonne kommt wieder näher und streichelt Leo übers Gesicht. „Uns ist nichts passiert, wir sind entkommen." Leo lächelt sie an und schaut ihr über die Schulter. „Wo ist Emma?" Der Anblick von Yvonne ändert sich plötzlich und sie schaut ein wenig ernster. „Es tut mir leid Leo, sie hat es nicht geschafft." Leo schaut auf Yvonne und dann auf Abi, als ob er das nicht glauben kann und fällt auf seine Knie.

„So viele sind gestorben, ich kann es nicht fassen, wir haben versagt." Auch seine Freundin geht nach unten und richtet seinen Kopf nach oben.

„Wer ist noch alles unten am Treffpunkt?" „Nur Arlo und die kleine Laura, alle anderen sind entweder tot oder mit dem Camper geflohen." In Yvonnes Augen kommen tränen, sie kann nicht wirklich glauben, was Leo da gerade sagt, nur Arlo und Laura? Alle anderen sind tot? Schnell versucht sie, sich wieder zu fangen. „Wer ist denn mit dem Camper geflohen, habt ihr das gesehen?" Leo steht wieder auf und schaut sie an. „Sofia und ihre Kids zusammen mit Jessica." „Ich bitte euch, könnt ihr euer Gespräch verschieben, ich will unbedingt zu Arlo", sagt plötzlich Abi, die bis jetzt still geblieben ist. Natürlich möchte sie zu ihrem Freund, aber sie möchte auch unbedingt von Yve weg. Leo nickt der kleinen Frau eben zu, nimmt Yvonne an die Hand und zusammen laufen sie zurück zu Arlo. Es macht keinen Sinn, noch mal nach oben zu gehen, um nach Überlebenden zu suchen, es wird keiner mehr da sein.

Arlo hat es endlich geschafft, die Kleine von sich zu lösen und neben sich zu setzen. Weiterhin sagt sie kein Wort und schaut nur gerade aus und einige Gesprächsversuche haben keinen Erfolg gezeigt. Er kann sich auch schlecht vorstellen, was in so einem kleinen Mädchen vor sich geht, er ist ja selber völlig am Ende, aber sie ist erst fünf und hat ihre Familie verloren. Mit seinem Gewehr stellt er sich nach draußen und bleibt direkt vor der Hütte stehen. Er untersucht die Gegend, kann aber nichts entdecken, weder Flüchtlinge noch Kranke sind auf dem Weg hier her. Von dort schaut er zu der Kleinen, die sich mittlerweile hingelegt hat. Was soll er bloß machen? Sie ist noch so jung und hat mitbekommen, wie ihre Familie von kranken Menschen getötet wurde. Er mag die Kleine und schwört sich gerade, dass er sie nie in Stich lassen wird, das hätte Sam sicher auch gewollt. Er muss sich damit abfinden, dass er jetzt eine Tochter hat und genau so wird er sie auch behandeln. Sie müssen aber schnell hier weg, sie haben keine Verpflegung, nichts für die Nacht und auch die Munition wird nicht ewig halten. Arlo spielt tatsächlich mit dem Gedanken, nicht auf die anderen zu warten, aber kaum hat er diese Idee in Betracht gezogen, kommt Abi den Weg herunter gerannt. Schnell legt er sein Gewehr zur Seite und läuft ein Stück, bis seine Freundin endlich ankommt und in seinen Arm springt. Er kann es echt nicht begreifen, niemals hätte er damit gerechnet, dass Abigail jetzt hier auftaucht und das Leben wieder ein wenig mehr Sinn ergibt.

Oben am Berg sieht er dann auch Leo, zusammen mit Yvonne näher kommen, trotz der ganzen schlechten Sachen, gibt es immer noch ein paar positive Ereignisse die Menschen lächeln lassen können. Endlich treffen auch die anderen beiden ein und erst wird Yvonne und kurz danach auch Leo von Arlo umarmt.

Eine kurze ruhige Pause tritt ein, wo keiner was sagt, alle schauen in die Hütte und sehen Laura dort schlafen. Abigail verlässt die kleine Gruppe, zieht ihren Pulli aus, legt diesen über das Mädchen und kuschelt sich selbst daneben. Hier im tiefen Wald ist es doch recht kühl und die anderen beobachten ihre nette Geste mit Wohlwollen, sogar Yvonne. Arlo wendet sich aber wieder den anderen zu und schaut fragend in ihre Richtung. „Emma?" Fragt er ziemlich vorsichtig und blickt sie abwechselnd an. Yvonne reagiert nicht auf die Frage, sondern schaut einfach zu Boden, aber Leo ist bereit darauf zu antworten. „Es tut mir leid Arlo", sagt er aber nur, das sollte auch ausreichen, jedes weitere Wort hätte keine Bedeutung. Arlo torkelt ein wenig nach hinten und hält sich an dem Tisch in der Hütte fest, er kann einfach nicht begreifen, dass sie Tod sein soll. Von Yvonne lässt er sich aber trotzdem noch den Verlauf erklären, das die beiden Emma einfach im Stich gelassen haben, wurde natürlich verheimlicht. Bei der ausführlichen Erklärung schaut sie des Öfteren zu Abi, die weiter auf der Bank sitzt und jeden Blick einfach ausweicht. Sie sagt auch zu der ganzen Geschichte nichts, sie streichelt lieber über die Haare der kleinen Laura und ist versunken in ihren Gedanken. Leo ist der Erste, der versucht, die Sache objektiv zu betrachten, sie müssen halt jetzt beraten, wie es weiter gehen soll. Daher baut er sich vor allen auf und schaut jeden der Reihe nach an.

„Hat jemanden einen Plan, wie es nun weiter geht?" Fragt er einfach und hofft, dass jemand die Verantwortung dafür übernimmt. Erst mal kommt nichts zurück, entweder es hat keiner eine Idee, oder niemand will das in die Hand nehmen. Arlo ist innerlich damit beschäftigt, dass er Emma verloren hat, er lehnt immer noch am Tisch und schaut zu Laura und Abigail. Yvonne hat wohl begriffen, was sie wegen Emma getan hat, für sie war es eine Gefahr, die nun nicht mehr da ist, aber zu was für einen Preis, Abi hatte vollkommen recht, als sie es Mord nannte. Leo geht ein Stück zurück und schaut den Weg nach oben.

„Lange können wir hier nicht mehr bleiben, ich kann mir gut vorstellen, dass die Kranken auch hier runter kommen, wenn sie oben nichts mehr zu fressen haben." Sofort bemerkt er, wie scheiße seine Aussage gerade war, wie konnte er bloß das Wort „fressen" verwenden? Arlo kommt jetzt auch wieder nach draußen und stellt sich neben ihn.

„Zurück können wir nicht mehr, das ist wohl jedem klar, so wie ich das sehe, können wir nur nach Osten oder Nordosten, den Süden lasse ich einfach mal weg, da kommen wir nicht weit. Wir müssen schnell was finden, wo wir erst mal bleiben können." Abi schaltet sich ein.

„Nach Osten können wir nicht, da ist das Zeltlager, außerdem sind wir eh verloren und werden alle sterben. Es gibt sicher kaum noch Menschen und bald auch keine sicheren Orte mehr."

Arlo geht ihr ein wenig näher und schaut sie an. „Da irrst du dich Abi, Emma hatte mir heute Morgen noch erzählt, das sie letzte Nacht ein Flugzeug gesehen hat, es gibt also noch Leben und das müssen wir jetzt finden." Jetzt dreht er sich zu den anderen beiden um.

„Ich weiß es wird hart, aber alleine für die Kleine müssen wir durchhalten, ich will nicht das ihr was passiert." Niemand sagt auf die Sache irgendwas, sie schauen sich einfach nur an. Arlo geht in die Hütte und nimmt Laura wieder auf den Arm, sie rührt sich dabei keinen Millimeter und schmiegt sich sofort an ihm ran. Leo stellt sich neben die beiden und nickt einmal kurz. „Ihr habt Arlo gehört, wir haben ein Ziel, wir alle wollen Laura beschützen und ich finde, das ist ein gutes Ziel, ein ehrenhaftes, was wir mit unserem Leben verteidigen müssen." „Dann also auf nach Norden?" Fragt Yvonne ein wenig kleinlaut. Arlo und auch Leo nicken einmal hintereinander und machen sich abmarschbereit. Die kleine übrig gebliebene Gruppe setzt sich in Bewegung, in ein neues, unbekanntes und vor allem gefährliches Leben. Niemand weiß, was noch kommen wird, aber das Flugzeug von Emma macht Hoffnung, es gibt irgendwo zivilisierte Menschen, die nur gefunden werden müssen. Zuerst folgen sie dem Pfad bis zum See und von dort geht es dann auf dem nördlichen Weg weiter. Im Herzen werden die Opfer der letzten Tage nicht vergessen, jeder Tote aus dem Camp bleibt in ihren Gedanken, sie waren eine große Familie, eine Einheit, die alles schaffen wollte und am Ende versagt hat...

The End

CPSIA information can be obtained
at www.ICGtesting.com
Printed in the USA
LVHW092053211020
669312LV00048B/691